DAS BUCH

Wir schreiben das Jahr 3042. Die Menschheit ist ins Weltall aufgebrochen, doch nicht mit eigener Technik, sondern mit Hilfe von Objekten, die man bei Ausgrabungen auf der Erde gefunden hat: außerirdische Artefakte, die zwar nahezu magische Leistungen ermöglichen, deren Funktionsweise die menschlichen Piloten jedoch nur ansatzweise verstehen. So verläuft die Besiedelung anderer Planeten und der diplomatische Austausch mit Außerirdischen denkbar chaotisch, während interstellare Konzerne und Staaten die Ressourcen der Planeten rücksichtslos ausbeuten. Bis die Menschen auf eine außerirdische Spezies treffen, die anbietet, die menschliche Zivilisation unter ihre Fittiche zu nehmen und in die Gemeinschaft der galaktischen Völker einzuführen – die Collectors. Doch es ist ein vergiftetes Angebot, denn jeder Planet, der sich widersetzt, wird vernichtet. Selbst die härtesten Spezialeinheiten, die Justifiers, haben den Collectors nichts entgegenzusetzen. Als erste Nachrichten von den in Obhut genommenen Welten eintreffen, geht ein Schock durchs StellarWeb: Sie zeigen Menschen, die nicht mehr Herr ihrer Sinne zu sein scheinen. Schnell wird ein Team aus Outlaws und Justifiers gebildet, das herausfinden soll, wie man die Collectors besiegen und die Menschheit befreien kann. Ein verzweifelter Wettlauf gegen die Zeit beginnt …

Mit COLLECTOR hat Bestsellerautor Markus Heitz den Zwergen und Vampiren den Rücken gekehrt und die große Space Opera der deutschen Science-Fiction geschrieben. Dieser Band enthält beide COLLECTOR-Romane, die Erzählung »Suboptimal« sowie ein neues Vorwort des Autors.

DER AUTOR

Markus Heitz wurde 1971 in Homburg geboren, studierte an der Universität des Saarlands, arbeitete lange Jahre als Journalist und ist heute einer der erfolgreichsten deutschen Fantastik-Autoren. Die Romane seiner DIE ZWERGE- und DIE LEGENDEN DER ALBAE-Reihen standen monatelang auf den Bestsellerlisten. Mit COLLECTOR – DIE SAGA hat Markus Heitz sein großes Science-Fiction-Epos geschrieben. Der Autor lebt im Saarland.

diezukunft.de

MARKUS HEITZ

COLLECTOR

**DIE SAGA
IN EINEM BAND**

Mit einem Vorwort des Autors
und der Erzählung »Suboptimal«

WILHELM HEYNE VERLAG
MÜNCHEN

Der Verlag behält sich die Verwertung der urheberrechtlich
geschützten Inhalte dieses Werkes für Zwecke des Text- und
Data-Minings nach § 44 b UrhG ausdrücklich vor.
Jegliche unbefugte Nutzung ist hiermit ausgeschlossen.

MIX
Papier | Fördert
gute Waldnutzung
FSC® C014496

Penguin Random House Verlagsgruppe FSC® N001967

2. Auflage
Neuausgabe 6/2021
Copyright © 2010, 2013 by Markus Heitz
Coypright © 2021 dieser Ausgabe by
Wilhelm Heyne Verlag, München,
in der Penguin Random House Verlagsgruppe GmbH,
Neumarkter Str. 28, 81673 München
Umschlaggestaltung: Das Illustrat, München,
unter Verwendung von Motiven
von Shutterstock.com (Vadim Sadovski, freestyle images)
Satz: satz-bau Leingärtner, Nabburg
Druck und Bindung: GGP Media GmbH, Pößneck
Printed in Germany

ISBN: 978-3-453-32152-6

diezukunft.de

Inhalt

Für Paul,
den alten Rollenspieler und Phantasten,
der schon mal in die nächste Welt vorgegangen ist

Vorwort

Zwerge im Weltall ... gibt's schon woanders, geschätzte Leserinnen und Leser. Deswegen kommen die COLLECTOR-Romane und die JUSTIFIERS-Reihe ohne die »Kleinen« aus. Ganz bewusst. Sie müssen ja nun wirklich nicht überall sein, auch wenn ich sie sehr, sehr mag und den Zwergen viel verdanke. Stattdessen gibt es hier Space Opera satt, angereichert mit kleinen philosophischen Fragen, die im Hintergrund durch die Story wabern.

Wieso dieser vermeintliche Bruch mit meiner Hausdomäne Fantasy?

Es ist kein Bruch, sondern die logische Konsequenz aus dem, was in meiner Jugend liegt. Zu meiner Zeit als aktiver Pen & Paper-Rollenspieler in den 8oern und 9oern zockten wir Tage und Nächte im Justifiers-Universum, dessen Rollenspielrechte ich mir Dekaden später durch eine glückliche Fügung sichern konnte. Eben jene Justifiers-Welt, die den Grundstock der COLLECTOR-Romane bildet.

Diese Science- oder Space-Fiction-Welt faszinierte mich von Beginn an, weil sie herrlich anders war und einen Hauch von Cyberpunk in sich barg. Das habe ich beibehalten und ausgebaut, überarbeitet und etwas modernisiert. Der Dreh- und Angelpunkt von COLLECTOR sind mächtige Konzerne, die Beta-Humanoide (Mischwesen aus Menschen und Tieren) auf Fremdplaneten schicken, um sie auf ausbeutbare Ressourcen hin zu untersuchen und in Besitz zu bringen. Das Setting bietet viel Raum und Platz für Abenteuer, Verschwörung, Zukunftstechnik – und Humor, der bei einer Space Opera niemals fehlen darf.

Sie sehen: Es ist eine Fortführung der Vielfalt, die jeder Rollenspieler und jede Rollenspielerin kennt. Limitierung wäre falsch, wenn man genug Ideen hat und sie umsetzen kann.

Zu den Rollenspielern von einst gehörte Paul, der Ihnen vielleicht in der Widmung aufgefallen ist. Paul ist sein Spitzname, er hieß eigentlich anders, doch er war der beste Paul, den es je gab. Mit ihm verbinde ich unzählige Rollenspielabende, Hunderte von perfekt bemalten Warhammer-40K-Figuren, zahlreiche designte Diorameneigenbauten für Tabletop-Schlachten, sehr viel Lachen und Partys am Lagerfeuer. Dann kam der Krebs, und Paul ging. Vielleicht zu den Sternen, vielleicht ins nächste Level, man weiß es eben nicht.

Solange es die Menschen gibt, die das Privileg hatten, Paul zu kennen, wird es ihn geben. Mit ihm verbunden bleiben diese Erinnerungen an legendäre Rollenspielrunden und das schöne Leipzig, wo er als Ingenieur an einem Teil des Flughafens Leipzig/Halle mitarbeitete. Sie kennen ihn jetzt auch oder haben zumindest von ihm gehört.

Seine letzten Worte waren übrigens:

»Ihr wollt mich wohl verarschen – das soll's jetzt gewesen sein?«

Seitdem ging mir dieser Satz nicht mehr aus dem Kopf, den mir seine Lebensgefährtin überbrachte. Für mich ist es eine freundliche Aufforderung, eine Erinnerung, eine Mahnung, alles gleichzeitig.

Science-Fiction ist auf die Zukunft ausgerichtet, auf das Kommende. Den Blick nach vorne lenken und Dinge anpacken, ausdenken, umsetzen, und zwar rasch. Das hat Paul auch gemacht, wurde aber abberufen, bevor er mehr von seinen Plänen umsetzen konnte.

Es ist an mir, an Ihnen, an uns, die eigene nahe und ferne Zukunft zu gestalten. »Make it so«, wie Jean-Luc Picard mit einer Tasse Earl Grey in der Hand sagen würde.

Die nächste Zukunft wäre zum Beispiel, ein Buch zu lesen. Wie dieses vielleicht, was ich hoffe.

Somit wünsche ich viel Spaß mit den COLLECTOR-Romanen, die zum ersten Mal in einem Sammelband vorliegen.

Mit freundlichen Gegenwartsgrüßen, den allerbesten Zukunftswünschen und einem *Ad astra* (kein Bier, kein Impfstoff, nur Sterne),

Markus Heitz,
im Frühjahr 2021

COLLECTOR

ERSTER AKT

Erste Szene

1. Januar 3042 a. D. (Erdzeit)

SYSTEM: SOL
PLANET: ERDE/TERRA (FREIZONE)
GLOBALE SPEICHEREINHEIT: I
KOORDINATEN: 45°26'N, 12°20'O

Ausgerechnet heute muss es pissen.

Quietschend rutschten die Wischerblätter über die breite Frontscheibe und rieben den Schleier aus Staub und Feuchtigkeit zur Seite. Das Metronom des Niederschlags.

Kris sah aus der zehn Meter hohen Kanzel des titanischen Antigrav-Trucks auf die Überbleibsel einer lange vergangenen Zeit.

Die letzten ausgeblichenen Ruinen der Lagunenstadt änderten ihre Farbe. Regentropfen um Regentropfen befeuchtete sie und den ausgetrockneten, rissigen Boden des Venezianischen Golfs, der sich von Aschgrau zu Schwarz wandelte. Die jahrhundertealten Palazzo-, Straßen- und Brückenüberbleibsel wurden auch dunkler, als wollten sie sich der Umgebung anpassen und sich aus einem einzigen Zweck tarnen: vor der anrückenden zerstörerischen Maschine verschwinden, die herandonnerte.

Mit zweihundertachtzig Stundenkilometern jagte der dreihundert Meter lange, knallrot gestrichene Truck über den einstigen Meeresboden dahin. Anstelle von Rädern saßen eine Vielzahl dumpf brummender Antigravitationspulsatoren unter dem tonnenschweren Giganten und ließen ihn zehn Zentimeter über dem Grund schweben. Schwenkbare Hochleistungsrotoren am Heck und seitlich am Auflieger schoben ihn an.

Elf Wochen Trockenheit. Klar, dass das sich gerade jetzt ändern muss.

Kris nahm sich einen Schokoriegel von der Ablage und öffnete die Verpackung mit einer Hand, die andere blieb an der Multifunktionskonsole, mit der er das Gefährt steuerte, ein halbes Lenkrad mit zahlreichen Knöpfen und Touchpads darauf. Verschiedenste Anzeigen glühten schräg vor ihm und spiegelten sich in seinen grünen Augen. Wechselnde Außenbilder vom Truck wurden auf die Scheibe projiziert, zwei Dutzend Kameras lieferten die Bilder. Nur mit ihnen war er in der Lage, das Gefährt, das *Gauss Industries* gehörte, sicher ohne den Autopiloten zu lenken. Kris war ein Mietkutscher und konnte alles bewegen, was man ihm hinstellte, solange es über einen Antrieb verfügte.

Der Regen verstärkte sich. Das Metronom pendelte von selbst schneller.

Hoffentlich muss ich nicht aussteigen. Dazu habe ich nämlich überhaupt keine Lust.

Er biss ab und genoss den Geschmack, der sich in seinem Mund ausbreitete: süß, klebrig und irgendwie entspannend.

Die Baustelle tauchte auf, mitten im einstigen Canal Grande.

Kris wusste vom Canal Grande nur, weil er einen Lageplan vor Antritt des Jobs gelesen hatte, um sich auf das Manövrieren vorzubereiten. Ältere terranische Geschichte interessierte ihn nicht besonders, er fand die Gegenwart schon anstrengend genug. Aber er räumte ein: *Früher muss Venedig mal eine schöne Stadt gewesen sein.*

Die Aufnahmen von vor eintausend Jahren hatten ihn beeindruckt. Der geschwungene Hauptkanal, der von oben wie ein krummes Fragezeichen ausgesehen hatte, die vielen Nebenkanäle, die Paläste, die bunten Ziegeldächer, die Plätze und verborgenen Fleckchen hatten was von einem Retro-Vergnügungspark. Heute war das alles nicht mehr als eine Ansammlung unnötiger Vergangenheit, die ihm das Rangieren erschwerte. Das Wasser, das den außergewöhnlichen Charme der Stadt begründet hatte, gab es schon lange nicht mehr.

Kris grinste. *Heute bin ich Venedigs einziger Gondoliere.*

Neue Bauten waren entstanden – wenn auch nur vorübergehend. Krane erhoben sich mitten in den Resten der Serenissima, Scheinwerfer flammten von oben herab und beleuchteten den künstlichen Krater, den die Baumaschinen geschaffen hatten. Der Anblick erinnerte Kris an eine offene Wunde, in der gnadenlos herumgestochert wurde. Der

Bergungstrupp von *Gauss Industries* war darin fündig geworden. Jetzt brauchten sie einen Profi wie ihn, der auch ohne die Unterstützung des Autopiloten fahren konnte.

Sie buddeln wirklich! Er hatte bis vor kurzem noch geglaubt, eine Ladung besonders schwerer Container aus einem Hochregalhort abzufahren. *Na ja, was immer es sein wird: Last ist Last. Aber es ist mal was anderes als die üblichen Riesenkisten.*

Etwas abseits parkten vier klobige Hovercraft-Panzer, auf deren Dächern sich kleine Radarantennen drehten und sechsläufige Flakkanonen angebracht waren. Ein unmissverständliches Zeichen an alle, die *Gauss* den Fund streitig machen wollten.

Hm … Ein bisschen viel Standardgeleitschutz für nachher. Kris steuerte den Truck in gerader Linie auf das Loch zu. Dass er dabei mit der stählernen Frontschürze eine zwölf Meter breite Schneise durch die Ruinen zog und noch mehr Verwüstung anrichtete als die Jahrhunderte, interessierte ihn nicht. Venedigs Zeit war schon lange abgelaufen.

Steine wurden rechts und links davongeschleudert, die letzten widerstrebenden Holzbalken, die von Salz und Hitze konserviert worden waren, barsten. Ein kleiner Schuttberg schob sich vor dem Truck auf und fiel an den Rändern zur Seite weg.

Die sind lecker. Kris beugte sich zur Seite, um einen zweiten Schokoriegel zu greifen.

Der Blick blieb an seiner Hand hängen. Am Ringfinger, an dem die Erinnerung aufblinkte und die Aufmerksamkeit auf sich zwang.

Sie lebte heute an einem anderen Ort, drei Langstreckensprünge von der Erde entfernt. Bei einer anderen Frau und mit zwei adoptierten Kindern, die seiner Tochter gute Schwestern waren. Er würde Umaia gerne hassen, doch es gelang ihm nicht, obwohl sie ihm Soraya genommen hatte. Seine Kleine war drei Jahre alt – und kannte ihn nicht.

Ich bin selbst schuld. Ob ich mir …

Die blaue Kom-Leuchte flackerte, dann sagte eine Frauenstimme aus den Lautsprechern: »Sie sind spät, Kutscher.«

Seine selbstquälerischen Gedanken wurden durchbrochen. *Zum Glück.* Kris atmete auf. »Beschweren Sie sich bei Ihren Mechanikern, Miss«, gab er mürrisch zurück, doch der Tonfall tat ihm sofort leid. Wer immer mit ihm sprach, sie konnte nichts dafür, dass sein Privatleben ein ähnlicher Trümmerhaufen war wie Venedig. »Früher waren die Schraubendreher bei *Gauss* schneller. Die Steuerpropeller …«

»Ich brauche keine Erwiderungen von Ihnen«, schnarrte sie ihn kühl an. »Sie sind zu spät und zu schnell. Es ist ja anerkennenswert, dass Sie durch Ihre Raserei versuchen, den Verzug aufzuholen, aber jetzt drosseln Sie die Geschwindigkeit, sonst rauschen Sie in meine Baustelle.«

»Bestätigt«, gab Kris ungerührt zurück. »Ankunft in einer Minute.« Er drückte *Umkehrschub* auf der Konsole und lenkte leicht nach rechts, damit er neben dem Krater zum Stehen kam.

Scheiße, sie hat Recht. Das wird eng!

Ein Ruck lief durch das Vehikel, das durch sein Eigengewicht mit diesem Tempo einen Straßenzug echter, stabiler Häuser abreißen konnte, wenn es außer Kontrolle geriet. Was es mit Kranen, Alu-Aufbauten und Leichtcontainern anrichtete, wollte er gar nicht wissen.

»Errechneter Bremsweg: fünfhundertdreiundvierzig Meter«, meldete der Computer nüchtern; der Autopilot verweigerte bei dieser Fahrweise jeglichen Dienst. Zwei Warnungen flackerten auf der Anzeige auf, die Kris ignorierte. Hastig tippte er auf den Knöpfen herum, schob die Finger über die Pads.

Die Geschwindigkeit fiel. Der Truck korrigierte seinen Weg und wühlte sich weiter durch den Schutt. Aber …

Oh, Mann, wird das enger als eng! Kris verfluchte einmal mehr den Ring an seinem Finger und die Gedanken, die er auslöste.

Das blaue Kom-Licht erwachte erneut zum Leben. »Kutscher, was machen Sie denn da?!«, rief die Frauenstimme mit hörbarem Stress. »Sie sind immer noch zu schnell!«

Kris sah die Menschen im Canal, die sich zu ihm gedreht hatten. Die Ersten rannten los, zwei der Hoverpanzer fuhren vorsichtshalber aus dem Weg; die starken Luftströme um sie herum drückten den Regen und den Schmutz zur Seite. »Keine Sorge. Ich lande pünktlich.« *Heiliger Allvater Wotan, lass mich nicht gelogen haben.*

Ohne Rücksicht auf das Material ließ Kris die dreißig Stützen ausfahren, auf die man den Truck im Stehen senken konnte, um die Pulsatoren zu schonen. Bei knappen achtzig Stundenkilometern wirkten sie wie Fräsen und rissen den Boden auf. Dreck wirbelte meterhoch auf und wurde zu einer gewaltigen Staubfahne, die das LCV hinter sich herzog, als brenne es.

Kris wurde in die Gurte gepresst und hatte mit der Steuerung alle Hände voll zu tun. Der Auflieger drohte auszuscheren und mit der Breitseite in die Baustelle zu fegen.

»Errechneter Bremsweg: siebenundachtzig Meter«, meldete der Computer. »Achtung: Kollisionsalarm.«

»Scheiße!«, rief Kris, zog die Maschine gerade und schaltete die Antigrav-Einheiten aus. Ruckartig erhielten einhundert Tonnen ihr wahres Gewicht zurück und drückten auf die Stützen, die sich in das Erdreich bohrten.

Der Truck sackte nach unten – und stand.

Rote Meldungen flimmerten auf den digitalen Armaturen, zwei Streben hatten sich verzogen, doch ansonsten war nichts geschehen. Der Mittelsensor der rechten Seite meldete: »Abstand zum Hindernis: 0,002 Meter«, die entsprechende Kamera zeigte Kris den Sockel eines Krans in Makroaufnahme. Dichter wäre es nicht mehr gegangen.

Er ließ die Pulsatoren hochfahren und drückte das Gespann damit aus der Erde, manövrierte zur linken Seite und stellte den Truck auf die Stützen. Nach einmal Durchatmen und zwei Sekunden Warten presste er die Kom-Taste. »Ankunft wie vorhergesagt«, meldete er und schloss die Augen, schluckte. *Verdammter Ring!* Er hoffte, dass zwei verbogene Stützstreben wirklich alles an Schäden waren.

»Steigen Sie aus, Kutscher«, bekam er von der Frauenstimme in einem Ton befohlen, als handelte es sich um einen Überfall. »Wir brauchen Ihre Einschätzung.«

»Bestätigt.« Kris drückte den Ausstiegsknopf. *Prima. Raus ins Scheißwetter.*

Die Kanzel senkte sich fahrstuhlgleich nach unten, während er sich einen signalroten Wachsmantel über sein schwarzes Shirt warf und einen gelben Helm aufsetzte. Auf einer Baustelle war es zur eigenen Sicherheit wichtig, gesehen zu werden. Die hohen Stiefel würden ihn vor dem Dreck schützen, die Beine der schwarzen Cargohose stopfte er in die Schäfte.

Einen Meter über dem Boden hielt die Kanzel an.

Sagen wir mal guten Tag zu der schlecht gelaunten Dame. Aber dumm anmachen werde ich mich nicht lassen.

Die Steuerkonsole zog Kris ab und steckte sie ein, dann schwang er sich zur Tür in den Nieselregen hinaus. Es roch nach Staub und Feuchtigkeit, eine leichte Nuance von Algen und Salz schwebte in der Luft. Phantommeer.

Im Schein der Flutlichter und menschenklein wurde ihm bewusst, wie groß die Baustelle war und welche immensen Anstrengungen von *Gauss Industries* unternommen worden waren, den Fund zu bergen. Aus seinem LCV und zehn Metern Höhe lief er gern Gefahr, seine Umgebung zu unterschätzen. Kris kam sich zwischen den Kranen und Baumaschinen unglaublich winzig vor.

Eine Gruppe von Menschen in gelben Regenoveralls eilte auf ihn zu, die Schutzhelme trugen sie über den Kapuzen. Sie hatten wasserdichte Computerpads dabei, auf denen zwei geschäftig herumtippten.

Deren Job wollte ich auch nicht haben.

Vorneweg schritt eine Frau um die fünfzig, die ein Kehlkopfmikrofon stolz um den Hals trug, als sei es wertvoller Schmuck, dahinter kamen Ingenieure; begleitet wurden sie von fünf Bewaffneten, die in schweren, dunkelbraunen Metall-Kevlar-Panzerungen steckten und dickläufige Automatikgewehre in den Händen hielten. Die Militärhelme waren komplett geschlossen, von außen undurchsichtige Visiere nahmen ihnen das Menschliche. Gardeure des Unternehmens.

Er marschierte ihnen durch den aufweichenden Boden entgegen.

»Das ist also der Mann, der uns empfohlen wurde«, begrüßte ihn die Frau und klang genervt. »Als die Agentur Ihren Namen nannte, sagte sie nichts davon, dass Sie ein Stuntman sind.«

Lass dich von ihr nicht anmachen. Vor ihrer Mannschaft schon gar nicht. »Tut mir leid, Miss …« Er las ihren Namen auf dem Anstecker. »… Crompton.

Es gab ein Problem mit den Quaribarstabilisatoren, was die Rotationsquadrifuge der Kompensatorzylinder ...«

Sie hob unterbrechend die Hand. »Technikgeschwafel interessiert mich nicht, Kutscher. *Sie* sind da, *wir* wollen was verladen.« Crompton deutete auf das LCV. »Können wir denn was verladen, oder hat Ihre kleine Fahreinlage den Truck massiv beschädigt?«

»Nein. Alles bestens. Ich parke in Venedig immer so.« Kris sah einen der Ingenieure breit grinsen. Der Mann hatte kapiert, dass die ansatzweise Erklärung aus erfundenen Begriffen bestanden hatte. »Sie wollten meine Fachmeinung?«

»Kommen Sie.« Crompton drehte sich um und ging zur Baustelle. »Und packen Sie Ihre Schnodderschnauze wieder ein, Kutscher. Das zieht bei mir nicht.«

Ich bin kein Schnodderschnauzer. Kris folgte ihr mit den anderen. Die Stiefel patschten durch erste Pfützen. *Ich versuche es nur.* »Seit wann buddelt *Gauss* wieder nach Artefakten?«, fragte er, um sie von sich abzulenken. »Ich dachte, das Thema sei schon lange durch?«

»Für Sie als Externer mit Sicherheit.« Er rollte mit den Augen. Mit Konzernen zusammenzuarbeiten machte keinen Spaß. Es war nicht seine Art von Menschenschlag.

»Entschuldigung, dass ich Sie anspreche: Hat man schon was Neues von Babylon5 gehört?«, fragte ihn der Mann, der eben gegrinst hatte, aber die Heiterkeit war gänzlich verflogen. Er hieß Millers, wie sein Namensschild auf der Brust verkündete.

»Der Planet Babylon5?« Kris zuckte mit den Achseln. »Kommt darauf an. Wieso fragen Sie mich das? Haben Sie keinen Empfang hier?«

Millers verneinte. »Die Abstrahlung des Fundes stört manche Signale, wie den des orbitalen Nachrichtensatelliten. Mein letzter Stand ist, dass die Collectors im Anflug auf Babylon5 waren.«

»Das sind sie immer noch. Sie haben nebenbei Kitomea angegriffen, wie *Starlook* meldete.«

Millers' Schritte verlangsamten sich. »Zeus, bewahre sie«, murmelte er und presste sein Computerpad fester an sich.

Kris sah ihn bedauernd an. »Sie haben Verwandtschaft dort?«

»Gute Freunde von mir leben da«, antwortete er und schloss zu ihnen auf, nachdem Crompton ihm einen auffordernden Blick zugeworfen hatte. »Die Götter des Olymp mögen mit ihnen sein! Ich bete, dass ihnen die Flucht rechtzeitig gelungen ist.«

»Gehört der Planet nicht der FEC? Die kümmern sich normalerweise um ihre Bürger.«

»Nein. Sie haben ihn unter der Hand an die Automaten zur Pacht abgetreten. Deswegen mache ich mir solche Sorgen.« Millers schwieg, weil Crompton ihn wieder ansah. »Entschuldigung, Miss.«

Kris zog die Schultern leicht in die Höhe und schürzte ansatzweise die Lippen. *Merkwürdig.*

Normalerweise arbeitete die FEC nicht gerne mit dem Order of Technology zusammen, dessen Mitglieder abfällig *Automaten* genannt wurden. Ein Orden, der sich darauf spezialisiert hatte, den menschlichen, angeblich anfälligen Körper abzuschaffen, war nicht nach jedermanns Geschmack. Auch sein Beweggrund hörte sich besser an, als er war: Es ging dem 2OT, wie er abgekürzt wurde, darum, dem menschlichen Geist mehr Freiheiten zu geben und sich des Fleisches zu entledigen, weshalb seine Mitglieder sich die unterschiedlichsten Ersatzgliedmaßen, Kunstkörper und Apparate schufen. Größenwahnsinniges Streben nach Unsterblichkeit mit Hilfe der Technik. Und sie besaßen im Vergleich zu den meisten Konzernen und Regierungen überragende Technik, das musste der Neid ihnen lassen.

Kris schauderte, wenn er nur daran dachte, sich ohne Grund diverse Körperteile austauschen zu lassen. »Wird schon, Millers«, versuchte er den Mann aufzumuntern, glaubte aber nicht wirklich daran. Der 2OT war bekannt dafür, dass er Planeten effizient ausbeutete, in welcher Form auch immer, und sich dabei wenig um die Bevölkerung kümmerte. Dass er Menschen vor Angriffen der Collies schützte, glaubte er schon gar nicht.

Collie. Wer hat diese beschissene Verniedlichung eigentlich ins Spiel gebracht? Die nette, langhaarige Hunderasse hatte nicht mal im Ansatz mit dem menschenverachtenden, gepanzerten Auftreten der Ahumanen zu tun. Vermutlich sollte das Hunde-Kürzel die Verachtung gegenüber den

Widersachern ausdrücken. Kris fand es unpassend, aber er gebrauchte es dennoch. Es ging einfach schneller als *Collector* von den Lippen.

Sie hatten den Rand des Schachts erreicht.

Kris sah in das vierhundert Meter breite Loch und schätzte es auf eine Tiefe von vierzig Metern. Die Arbeiter und ihre Maschinen hatten sich durch den Boden gegraben, bis sie auf den rostfarbenen Fund gestoßen waren. Säuberlich freigelegt lag er da: zweihundert Meter lang, an seiner dicksten Stelle etwa zwanzig Meter im Durchmesser und ein bisschen an uralte Feststoffraketen erinnernd. Erste Stahlketten und Leinen waren drum herum geschlungen worden, die Krane machten sich zum Verladen bereit.

Kris hatte mit mehr gerechnet. Mit blinkenden Lichtern am Rumpf, geheimnisvollen Geräuschen oder Symbolen. *Das ist irgendwie ... langweilig.*

In den gefährlichsten Bereichen unmittelbar unter den Ketten arbeiteten einfache Lastenroboter und Beta-Humanoide. Betas waren Mischwesen aus Tier und Mensch, die von Unternehmen und Planetenregierungen je nach Verfügbarkeit als billige Arbeiter eingesetzt wurden. Man konnte sie in nahezu jeglicher Tierform züchten. Hier hatte *GI* Büffel-Betas eingesetzt, wegen ihrer gewaltigen körperlichen Kräfte. Sie trugen signalrote Regenoveralls. Groteske Wesen mit dicken Stierköpfen und -hörnern, die eine humanoide Statur hatten.

»Schick«, kommentierte Kris. »Das ist doch mal ein Fund. Und *was* ist es, Miss Crompton? Eine verbuddelte Altlast aus dem 21. Jahrhundert oder doch was Nützliches?«

»Ein neuer, unbekannter Antrieb«, antwortete Millers rasch.

Zu rasch, wie man Cromptons eisiger Miene ablas. »Bevor unser Ingenieur noch mehr Geheimnisse ausplaudert, sollte er zu Bergungsteam zwei gehen und die Hebung klarmachen«, sagte sie schneidend. Millers lief los. »Hatte ich Sie nicht darum gebeten, nicht krampfhaft lässig sein zu wollen, Kutscher?« Sie wartete seine Reaktion gar nicht ab. »Was ich von Ihnen wissen will: Hält das LCV sicher zwölfhundert Tonnen aus?«

»Das ist das Maximum an Ladung«, erwiderte Kris und mahnte sich, ihrer Bitte nachzukommen. Er war nicht der von Natur aus coole Typ, dem man die Sprüche abkaufte, sondern wirkte meist angestrengt. *Konzentriere dich auf das, wovon du Ahnung hast.* »Wenn das Gewicht gleichmäßig verteilt ist, wird es *nur* schwierig.« Er zeigte auf einen Wulst, der sich im hinteren Drittel um den Fund zog und an eine polierte Schweißnaht erinnerte. »Wenn da aber vierhundert Tonnen drinstecken, haben Sie ein Problem. Dann bekommen Sie den Antrieb nur mit einem Raumschiff geborgen. Zu viel Unausgeglichenheit für das LCV, auch wenn *Gauss*-Techniker am Truck gepfriemelt haben, um ihn leistungsfähiger zu machen.«

»Auf die Schnelle bekomme ich keins.« Crompton sah ihm direkt in die Augen. »Sie *müssen* es schaffen. Deswegen habe ich Sie herbestellt. Sie sind der Beste auf Terra, wenn es um Überfracht geht, wie man uns bei *Gauss* sagte. Hätten wir *unseren* Besten hier, hätte ich gern auf Sie verzichtet.«

»Klingt, als hätten Sie es eilig?« Kris ging auf ihre semibeleidigende Bemerkung nicht ein und sah zu den eckigen Hoverpanzern und den martialischen Geschützaufbauten. *Scheint doch wertvoll zu sein.*

Seine Blicke schweiften erneut in die Tiefe. Für ihn war die Grube lebendig gewordener Geschichtsunterricht: Er befand sich mitten in den Anfängen der menschlichen Langstreckenraumfahrt. Das wiederum fand er spannend.

Da die Menschheit nicht in der Lage gewesen war, effiziente Antriebe zu konstruieren, hatte man den Weg zu den Sternen *in* der Erde, in Pyramiden und in den Tempeln alter Hochkulturen gesucht: die Wracks abgestürzter außerirdischer Schiffe. Die Wissenschaftler hatten die Dinge, die man verstanden hatte, einfach kopiert.

Um diese Wracks waren Kriege geführt worden, denn sie waren der Schlüssel zu den weit entfernten Planeten und hatten das Leben auf der Erde vollständig verändert.

Zwar gab es noch das umgangssprachliche Beamen, wie man es aus alten Science-Fiction-Serien kannte. Der richtige Begriff lautete Trans-Matt-Technologie, und sie ging wesentlich weiter als das fiktionale Beamen. Aber die Technik war teuer und vom *TTMS*-Konzern monopolisiert. Eine Sende- und Empfangsstation mit Transmitterbögen, durch die man schritt, musste dazugekauft und aufgebaut werden.

Kris hatte schon welche gesehen, in den Konzerngebäuden, in denen er seine Lieferungen abgeladen hatte. Schlecht war, dass ein solcher Transmitterbogen von den Abmessungen nur einundzwanzig Quadratmeter betragen durfte. Das grenzte die Art der zu transportierenden Objekte stark ein, wie ihm ein Techniker erklärt hatte. TransMatt benötigte außerdem auch länger, um die Strecken zu überbrücken. Pro Lichtjahr einen Monat Reisezeit durchs Nichts. Der ultimative Vorteil: keine Gesundheitsschäden.

Manchen war das zu langsam, vor allem den Kons, den Konzernen.

Im Laufe der Jahrhunderte wurden mit steigendem technischen Verständnis und durch den Austausch mit anderen Rassen weitere Rätsel um Motoren, Antriebe, Reaktoren gelüftet. Aber noch immer funktionierte vieles in Raumschiffen, ohne dass die Kapitäne und Maschinisten wussten, warum. Raumfahrt, gerade wenn es durch das Interim ging, blieb spannend.

Heute wurde offiziell auf der Erde nicht mehr nach den außerirdischen Raumschiffrelikten gesucht. Die Stufe hatte man hinter sich gelassen.

Eigentlich.

Die Hoverpanzer mit ihren sechsläufigen Flaks sorgten nicht dafür, dass Kris sich sicherer fühlte. Dieser Fund zu seinen Füßen lockte offenbar gefährliche Neider an.

Die Menschheit ist bescheuert. Ich würde in keinen Truck steigen, von dem ich nicht wüsste, wie sein Motor funktioniert. Kris versuchte sich vorzustellen, wofür dieser Antrieb gut sein würde. *Langstreckensprünge?* In seinem Verstand reihten sich die Fragen aneinander. *Für einen Kurzstreckenmotor wäre er überdimensioniert. Ein Schubtriebwerk? Wie alt und woher?*

Kris grinste. Am Ende musste *Gauss* vielleicht Regressansprüchen einer ahumanen Rasse nachkommen, die nachweisen konnte, dass einer ihrer Vorfahren der Besitzer des abgestürzten Raumschiffs gewesen war. Das kam immer wieder vor.

Aber eine Sache beschäftigte ihn besonders. »Wie aktiviert man ein solches Triebwerk?«, fragte er. »Wissen das Ihre Spezialisten?«

»Sagte ich schon, dass Sie das nichts angeht?«, knurrte Crompton.

»Doch, geht es. Ich habe keine Lust, dass dieses … was auch immer plötzlich anspringt, wenn es auf meinem LCV liegt«, konterte Kris und steckte die Hände tiefer in die Manteltaschen. »Deswegen die Frage. Ich bin in der Transportgewerkschaft, und die legt Wert auf die Sicherheit ihrer Mitglieder.«

»Erstens ist es das LCV von *GI* und nicht Ihres. Zweitens ist das Ihr Berufsrisiko«, schmetterte sie ihn ab. »Versuchen Sie nicht, den Preis vor Ort in die Höhe zu treiben. Sie bekommen zwanzigtausend Terracoins für eine einfache Fahrt. Andere Leute leben davon ein Jahr.« Crompton zeigte auf den Truck. »Ihr Fahrstil ist gefährlicher für Sie als der Fund. Checken Sie lieber das Vehikel. Das Beladen wird gleich beginnen.« Sie ging mit ihrem Beraterstab auf einen Lift zu, der sie nach unten in die Grube fuhr.

Ein Jahr? Was für Leute kennt die denn? Vermutlich solche, die keinen Unterhalt zahlen müssen. Kris und die Sicherheitstruppe blieben am Rand stehen. »Ich würde trotzdem eines zu gerne wissen«, murmelte er und wandte sich an die Gardeure. »Wird es gefährlich? Ich meine, wozu sonst habt ihr so viele dicke Panzer dabei?«

»Man weiß nie«, antwortete einer von ihnen orakelhaft durch den Helmlautsprecher. »Es wäre besser, wenn du die Augen offen hältst. Hier kommt deine einfache Anweisung: Die Hover werden dich auf der Fahrt begleiten, und du wirst nicht anhalten. Egal, was passiert.«

Kris zeigte mit dem Kinn auf das Triebwerk, um das immer mehr Kabel und Ketten gelegt wurden. Kleinere Antigravplattformen schwebten herbei, um das Heben zu sichern. »Wenn ich *das* im Rücken habe, brauche ich Kilometer, um zum Stehen zu kommen.«

»Umso besser.« Die Gardeure gingen zum nächsten Panzer und stellten sich unter eine ausgeklappte Transportlukentür, um dem Regen zu entkommen; von dort betrachteten sie das Treiben.

Das alles gefällt mir immer weniger. Kris kehrte zum LCV zurück, öffnete die Box unterhalb der Kanzel und schaltete das Diagnosegerät ein.

Dann nahm er einen Handscanner und umrundete das Gefährt, prüfte es auf sichtbare und unsichtbare Schäden. Jetzt würde sich zeigen, ob wirklich alles in Ordnung war.

Seit vier Jahren verdingte er sich als Spezialkutscher und hatte sich bei den *Freighteners* angemeldet, einer freien Cargo-Agentur, die ihn an verschiedene Firmen auslieh. Nur Jobs auf der Erde, nur Jobs auf der Globalen Speichereinheit I. Gefangenentransporte lehnte er prinzipiell ab. Kris mochte keine Abenteuer, das Weltall und die Kolonien noch weniger. Damit hatte er abgeschlossen. Deswegen passte ihm nicht, dass sich seinem Empfinden nach etwas zusammenbraute. *Dabei hat es nach einem leichten Auftrag ausgesehen, verdammt! Aber es muss ja nichts passieren.*

Zügig hatte er seinen Rundgang beendet. Bis auf die verbogenen Stützen hatte sich kein Schaden gezeigt, auch das Diagnosegerät meldete nichts.

Kann losgehen. Kris stieg in die vakuumsichere Kanzel und fuhr wieder nach oben, streifte Mantel und Helm ab. Klickend rastete die Kontrollkonsole ein. »Stimm-Identifizierung: Kris Schmidt-Kneen«, sagte er laut. »Passwortphrase: Life's a bitch, and then you die.«

»Bestätigt«, erwiderte der Computer. Die Armaturen leuchteten auf. »Willkommen. Ihr Atemalkohol beträgt 0,0 Promille, keinerlei Pupillenveränderung messbar. Fahrtüchtigkeit bestätigt.«

Schon blinkte das Kom-Signal. »Hier ist Millers«, sagte der Ingenieur. »Sind Sie bereit?«

»Bereit, Millers.« Kris war erleichtert, dass der Mann die Bergung leitete. Auf die bissige Crompton konnte er verzichten.

»Gut. Folgen Sie meinen Anweisungen, und setzen Sie langsam vor.«

Das Rendezvous zwischen Fund und Auflieger begann.

Über die Kameras verfolgte Kris das Beladen, korrigierte dabei immer wieder die Position des LCV. Der Computer scannte das heranschwebende Triebwerk, hydraulische Elemente auf dem Auflieger hoben und senkten sich, damit die Last sicher wie in einem Bett ruhte.

Kris überwachte jeden Schritt, jede Bewegung und besserte von Hand nach. Sein Bauchgefühl wusste, wo es haperte und der Rechner übergenau arbeitete. Es war eine Aufgabe, die ihm alles an Konzentration abverlangte. Er schwitzte, seine Hände waren kalt. Der kleinste Fehler konnte zur Folge haben, dass sich das Triebwerk durch einen Sturz vom Auflieger in Schrott verwandelte. Im dümmsten Fall riss es ihn dabei in den Tod.

Schließlich huschten die Antigravplattformen zur Seite. Die Krane ließen das Triebwerk in seiner ganzen Länge millimeterweise auf den Truck ab.

Kris fuhr die Leistung der Antigravitationspulsatoren bis zum Anschlag hoch. Er hatte Crompton nicht gesagt, dass es die schwerste Last darstellte, die er seit Beginn seines Kutscherdaseins fuhr. *Irgendwann ist immer das erste Mal.*

»Maximale Belastung leicht überschritten: zwölfhunderteins Tonnen«, warnte der Computer. »Autopilot für Steuerung unzureichend, manuelle Steuerung notwendig. Bitte bestätigen.«

Kris folgte der Anweisung und übernahm noch mehr Verantwortung: Er allein entschied nun über jede Bewegung des Trucks und die damit verbundene Sicherheit der Fracht. Andere hätten vor Angst gekotzt.

»So, das ist jetzt Ihre Sache«, sagte Millers und klang erleichtert. »Wir haben Ihnen die Ladung übergeben.«

»Bestätigt«, sagte er. »Was ist es denn jetzt, Millers? Ich verrate es auch nicht.«

Der Ingenieur lachte. »Wir *schätzen*, und es ist nicht mehr als eine *Schätzung*, dass es ein Langstreckensprungantrieb ist. Jedenfalls nach den bisherigen Erfahrungen. Genau kann ich es nicht sagen. Die Scans haben große Mengen an Deuterium und Palladium gezeigt. Der Reaktor scheint auf eine Art Kalte Fusion ausgelegt zu sein. Das fehlt *GI* noch in der Sammlung.«

»Was viel wichtiger ist: Ist es ganz oder kaputt?«

»Auch das wissen wir nicht. Aber Strom fließt in einigen Leitungen um den Kern, das haben wir geprüft. Alles andere muss von unseren Experten in einem Labor gecheckt werden. Passen Sie ein bisschen auf, und bremsen Sie das nächste Mal vorsichtiger. Gute Fahrt!« Millers beendete die Unterhaltung.

Kris sah, wie sich ein Hoverpanzer schräg vor das LCV setzte. Durch die Kameras wurden die anderen drei auf der Scheibe eingeblendet: rechts, links und am Heck. Die konzerneigene Eskorte stand bereit.

Blaues Kom-Licht leuchtete. »Hier *GI first*. Folgen Sie mir«, sagte einer der Gardeure. »Fahren Sie konstant siebzig Stundenkilometer. Wir halten die Luft sauber. Alles andere schieben Sie aus dem Weg. Bestätigen.«

»*Die Luft sauber halten?* Mit was rechnen Sie denn, *GI first?*«

»Bestätigen Sie einfach, Kutscher«, schnauzte der Mann. »Danach herrscht Funkstille.«

»Bestätigt«, sagte Kris und ließ die Taste los. »Arschloch.« Er warf die Rotoren an, und es dauerte lange, bis sich der Truck überhaupt rührte. *Spitze. Das habe ich mir noch gewünscht: ein Problemtransport. Dabei habe ich der Agentur gesagt, dass ich solche Fahrten nicht mache. Die 20 000 Tois hätten mich stutzig machen sollen.*

Erst unter maximaler Leistung glitt das LCV auf dem Antigravpolster behäbig vorwärts und startete mit Schrittgeschwindigkeit. Es dauerte etwa zehn Kilometer, bis es auf siebzig beschleunigt hatte. Der kalkulierte Bremsweg betrug elftausendundein Meter.

Nun wurde Kris doch mulmig. *Gut, dass hier flacher Meeresboden ist.*

Die Fahrt verlief ruhig. Bis auf den beunruhigenden Umstand, dass alle zehn Minuten Störungen bei Kameras und Abstandssensoren auftraten, immer ungefähr auf der Höhe des Wulstes, der einer polierten Schweißnaht ähnelte.

Stimmt, Millers hat von Anomalien in den Frequenzen gesprochen. Scheiße, das hat mir noch gefehlt. Das macht das Manövrieren nicht einfacher. Kris' Blick huschte über den planetaren Nachrichtenticker in den Armaturen und hatte das Schlagwort Babylon5 entdeckt. »Laut abspielen«, befahl er dem Bordcomputer.

»... erreichte *Starlook* soeben die Meldung, dass Babylon5 an die Collectors gefallen ist«, sagte die männliche Sprecherstimme. »Der 2OT hat die Verteidigung wie zu erwarten eingestellt und den Planeten aufgegeben, der damit unter die sogenannte Obhut der Ahumanen gefallen ist.«

Damit hatten die Collies einundzwanzig Planeten eingenommen. Nach wie vor ließen sie sich kaum aufhalten, was nicht nur Kris beunruhigte.

Soraya lebte glücklicherweise nicht in dem Bereich, in dem die Collies operierten, sonst hätte er Umaia schon lange kontaktiert und sie zu einem Umzug gezwungen. Notfalls würde er ihr entgegen ihrer Abmachung das Sorgerecht streitig machen. Die Angst und die Sorge hafteten wie schmerzende Kletten auf seiner Seele.

»Der Tourismus- und Handelsplanet Babylon5 gab einer Milliarde Menschen eine Heimat«, erzählte der Sprecher. »Augenzeugen zufolge gelang einzelnen kleineren Schiffen die Flucht vor dem Eintreffen der Collectors. Ein Sprecher der Feudal European Coalition verurteilte ...«

»Ton aus.« *Ein weiterer Planet mehr für die Sammler. Hoffentlich konnten sich die meisten von ihnen retten.* Kris drückte die Kom-Taste. »*GI first*, haben Sie mitbekommen, was mit Babylon5 geschehen ist?«

»Ja, haben wir«, bekam er zur Antwort. »Halten Sie trotzdem Funkstille, Kutscher.«

Kris unterbrach die Verbindung. »Arschloch«, sagte er wieder und dachte an Babylon5.

Den Collies traute Kris alles zu. Ihre Taktik zeugte von der Härte, die sie gegen alle anwandten, die sich zwischen ihre Ziele und ihre Schiffe stellten. Die stets gleichen, harmlosen Worte ihrer lakonischen Botschaften galten schon lange nichts mehr.

Woher seid ihr gekommen, ihr Mistkerle?

Zwischenspiel

25 Jahre zuvor

Eine folgenreiche Begegnung

ZEIT: 1. JANUAR 3017 A.D. (ERDZEIT)
SYSTEM: GALLOWAY
PLANET: HAKUP (BESITZ: GUSA)
STADT: HAKUP-CITY, WESTATOLL
KOORDINATEN: 51°31'N, 0°7'W

Zu spät! Viel zu spät! Die geben alles aus! Anatol ging quer durch das unpersönlich eingerichtete Bankgebäude, an den vielen Wartenden vorbei, direkt zur Auszahlungsstelle. Die Stiefelabsätze knallten auf den Boden. *Mein Geld!* »Mein Geld!« Er schob die Frau an der Spitze der Schlange zur Seite. »Aus dem Weg!«

Sie taumelte nach rechts und wurde von dem Mann hinter ihr geistesgegenwärtig aufgefangen, sonst wäre sie gestürzt. Niemand protestierte gegen seinen rüpelhaften Auftritt.

Der Angestellte musterte ihn und langte mit einer Hand unter den Tresen.

»Sie sind neu, was?« Anatol wusste, dass er in dem zerschlissenen braunen Mantel, der zerknitterten Hose und dem alten Hemd nicht den besten Eindruck machte. Er unterschied sich kaum von dem Gesocks, das gelegentlich versuchte, die Niederlassung von *Hardcastle & Co* zu überfallen. Gerade das heutige Datum versprach eine beträchtliche Beute. Er bleckte die von Rissen durchzogenen Zähne. »Ich nehme nur, was mir zusteht.«

Die vier Soldaten mit den langen, schweren *Impact*-Schnellfeuergewehren halb im Anschlag rechts und links des Schalters blieben ruhig wie Kriegerdenkmäler. Auf ihrer schwarzgrünen Vollpanzerung prangte das Sternenbanner der Greater United States of America über dem geschwungenen H des staatseigenen Unternehmens.

»Schauen Sie zu denen, Jungchen. *Die* kennen mich.« Er trat an das dicke Glas, beugte sich nach vorne und sprach monoton in das Mikro: »Lyssander, Anatol, persönliche Kennnummer: 05/AL/LSP/ P3982. Alter: 53 Erdjahre.« Langsam richtete er sich auf und sah den jungen Angestellten ungeduldig an. »Geben Sie es schon ein!«

Plötzlich hörte Anatol die Geräusche doppelt so laut, dreifach so laut. Das Atmen der Frau hinter ihm, ihr Schlucken ... das Klicken der Tasten, auf die der Angestellte einhämmerte ... das Knirschen der Kevlar-FerroCarbon-Legierung, als einer der Gepanzerten den Kopf zu ihm wandte ...

Ich bin schon viel zu lange hier drin! Das Licht wurde greller, summte und schmerzte ihn. *Jungfrau von Orléans, ich will nicht springen!*

Er presste blinzelnd die Handflächen gegen die Ohren. »Wo bleiben meine Terracoins?«, schrie er panisch. »Gib mir meine Rente, du lahmer Pisser!«

Der Angestellte sah auf den seitlichen Bildschirm, auf dem Angaben erschienen. »Ich brauche Ihre IC, Sir.« Die Worte dröhnten brüllend wie Triebwerke.

Anatol musste dazu in die Tasche greifen. Aber dann würde er die Geräusche der Menschen, der Geräte, von allem um ihn herum noch länger ertragen müssen. Der Drang zu fliehen wurde übermächtig, die Aggression wuchs. »Haltet die Schnauze!«, tobte er und drehte sich zu den Wartenden um. »Hört ihr? HALTET DIE SCHNAUZE! Ich nehme jetzt meine Hände weg und muss meine Marke suchen.«

Die Leute sahen ihn teils verwundert, teils erschrocken an. Einige kannten ihn, und sie wirkten genervt.

Ihr könnt mich mal! Anatol wandte sich zum Angestellten, forschte einhändig in seinen Kleidern nach dem Ausweis, den anderen Arm reckte er hoch in die Luft. Es sollte die Mahnung an die Menschen sein, nichts zu tun und nichts zu sagen. *Wo habe ich sie hingetan? Scheiße, wo ...* Er hasste seine eigenen Finger dafür, dass sie so laut waren.

Endlich fand er die scheckkartengroße Marke im Stiefelschaft und schob sie über den Schaltertresen.

Der Angestellte nahm sie stumm entgegen, steckte sie stoisch wie ein Butler ins Prüfgerät.

Anatol stöhnte auf und verschloss seine Ohren erneut mit den Händen. Noch immer nahm er alles viel zu laut wahr, er hätte Amok laufen können. Atmen, Klicken, Reiben, Fiepen, Summen, sogar das Licht machte ein Geräusch! Es trieb ihn an den Rand des Wahnsinns.

Mein Mittel! Ich muss mein Mittel nehmen. Er tastete an seinem Hemd herum und förderte den Diffusor mit dem Neuroleptikum zutage. Anatol setzte ihn sich an den Hals und drückte die Taste.

Zischend jagte eine Dosis des Medikaments durch die Haut in seine Blutbahn. Ein leichter, feiner Schmerz kam aus seinem Magen. Wie immer, wenn er das Mittel nahm.

Es wirkte augenblicklich.

Die Geräusche fuhren auf ein Normalmaß zurück, er beruhigte sich und konnte wieder einigermaßen klar denken. *In letzter Sekunde.* Langsam senkte er die Arme.

»Es wäre besser, Sir, wenn Sie das Mittel gegen Ihr Interim-Syndrom nehmen, *bevor* Sie die Niederlassung betreten«, sagte der Angestellte neutral, aber in seinen Augen stand deutlich das Mitleid. Er hatte die Aufschrift auf dem Diffusor gelesen. »Sonst wird eines Tages doch der Alarm ausgelöst werden, Sir.«

Auf Anatols Seite des Tresens öffnete sich eine Klappe, und ein Stapel bunter Chips fuhr nach oben. Vierhundert Terracoins, wie jeden Ersten eines Monats, ausgegeben von *Hardcastle & Co* im Auftrag der GUSA für die treuen Dienste als Langstreckensprungpilot.

»Ihren Daumenabdruck zur Empfangsbestätigung bitte, Sir.«

Anatol drückte den rechten Daumen auf das Scannerfeld und strich die Plastikmünzen ein. »Ich war spät dran«, entschuldigte er sich und wurde sich seines unmöglichen Auftritts bewusst. Das Neuroleptikum machte ihn für wenige Stunden zu einem durchschnittlichen, scheinbar gesunden Menschen.

Sein Blick fiel auf die schwache Reflexion seines faltigen, grauen Gesichts: unrasiert, die blonden Haare hingen ohne erkennbare Frisur vom Kopf bis auf die Schultern. Seine Augen waren blutunterlaufen, die Pupillen pulsierten im Takt seines Herzschlags.

Scham befiel ihn, als er seine IC-Marke in Empfang nahm. Anatol schritt an der Schlange seiner schweigenden Bekannten vorbei, ohne einen von ihnen anzuschauen, und murmelte dabei unentwegt Entschuldigungen. Wie so oft.

Er verließ das Gebäude, das direkt am Raumhafen von Hakup-City lag, und setzte die Sonnenbrille auf. Das Licht, das sich auf dem hellroten See spiegelte, könnte sonst den nächsten Anfall auslösen. Trotz des Neuroleptikums. Das Interim-Syndrom war bei Anatol extrem stark ausgeprägt, so dass er die Dosis unentwegt erhöhen musste. Bald würden die Medikamente an ihre Grenzen stoßen, das befürchtete zumindest sein Arzt.

Seine Blicke schweiften umher.

Um den See herum, der seine ungewöhnliche Farbe von den winzig kleinen Kristallen im Wasser hatte, türmten sich die schwarzen Berge. Steinmassive von zehntausend Metern und mehr, auf deren Gipfeln hellblauer Schnee lag. Die Wirkung von noch mehr Wunderkristallen, die sich in den Schichten der Atmosphäre aufhielten und von den Niederschlägen nach unten gezogen wurden. Deswegen lautete der Spitzname des Planeten auch *Psychedelic*: Regen, Schnee, Nebel, alles, was mit Feuchtigkeit von oben zu tun hatte, konnte bunte Farben annehmen.

Heute ist es fast zu harmlos. Anatol mochte das optische Chaos, das seinem nicht minder chaotischen Verstand entgegenkam.

Er spielte mit den Chips in seinen Taschen. Vierhundert Tois Rente für seine zwei Frauen und sechs Kinder reichten ihm niemals.

Die GUSA kümmerte sich mehr schlecht als recht um ihre einst wichtigen Piloten, die sich die Gesundheit unrettbar ruiniert hatten. Deswegen hatte Anatol einen Job, der nichts mit dem Fliegen zu tun hatte. Und der durch sein Syndrom erst möglich geworden war.

In seinem oberen Nacken zog es, als gingen er und die Umgebung in den Zustand über, den manche Hyperraum oder Nebulus oder das Interim nannten. Von beschädigten Synapsen ausgelöste Schmerzen, doch sie kamen den echten, die er früher als Pilot beim Sprung verspürt hatte, recht nahe.

Die einfache, langsame und unschädliche Technologie des TransMatt hatte den Menschen nicht ausgereicht. Schneller in den Weltraum vorstoßen, schneller als die Konkurrenz, so lautete das gierige Motto. Durch die Kopie von außerirdischer Technik wurden Antriebe in die Raumschiffe gebaut, die sie gewaltige Strecken im Weltraum überbrücken ließen. Die Bezeichnung *Überlichtgeschwindigkeit* war lediglich ein Platzhalter. Echte und vor allem schlüssige physikalische Erklärungen für alles, was geschah, gab es noch immer nicht. Auch nicht nach neunhundert Jahren. Menschliche Physik schien in manchen Bereichen relativ. In einigen Ecken des Universums galt sie gar nicht.

Aber es hatte sich bald herausgestellt, dass sich ab einhundert solcher LSPs gesundheitliche Schäden einstellten. Physisch und psychisch. Der Mensch vertrug die fremde Technologie nicht besonders, doch in Ermangelung von Alternativen nutzte er sie noch immer.

Anatol konnte sich genau an seinen ersten LSP erinnern: zuerst ein Ziehen im Genick, gefolgt von einem unerträglichen Brennen im ganzen Leib, dann ein Kribbeln, bis der Verstand mit einer Explosion barst – um gleich darauf im Interim zu erwachen.

Das Interim war die Fahrrinne in der unbekannten Sphäre zwischen den Sternen, in der man immer eine Woche lang mit dem Raumschiff trieb, ehe es mit Schmerzen wieder hinausging. Jedes Mal hatten Anatol wie auch die Passagiere ein Stück ihrer Gesundheit als Tribut für die schnelle Reise dort zurückgelassen.

Bei ihm waren es deutlich mehr als einhundert LSP und einige Hundert Kurzstreckensprünge gewesen. KSP wurden erst ab vierhundert gefährlich, wie man vermutete. Es hing auch von der Konstitution eines Menschen ab, aber vierhundert waren ungefähr die Grenze.

400 Tois. Dafür, dass sie mich zum Krüppel gemacht haben, viel zu wenig.

Sein Kom klingelte.

Anatol riss sich von seinen Erinnerungen und dem Anblick der Berge los und fischte das Gerät aus der Manteltasche. Der Anzeige nach war es Fredinald Zumi, der Vorsitzende der Interstellaren Handelskommission von Hakup, der etwas von ihm wollte. *Scheiße. Den habe ich total vergessen.* Er nahm den Anruf entgegen. »Sie werden es …«

»Immer am Ersten«, fiel ihm der Mann leicht undeutlich ins Wort, »ist es der gleiche Mist mit Ihnen, Lyssander. *Sie* rennen Ihrer Rente nach, und *wir* sitzen hier und wollen die Verhandlungen beginnen. *Wer* ist nicht da?«

»Ich?«

»Richtig. Prächtig analysiert, Lyssander!«, rief Zumi scheinbar gut gelaunt und klang gleich darauf ätzend. »Ich habe ein Rudel Tiranoi zu Gast. Fliegen Sie ins Handelskontor! Sonst kürze ich Ihr Übersetzerentgelt!«

Klick.

Anatol grinste. *Fühl dich nur stark, Zumi. Du weißt, dass es umgekehrt ist.* Er ging die Stufen des Verwaltungsgebäudes hinab auf den See zu, wo einige Meter von ihm entfernt die offenen Schwebertaxis am Ufer warteten. Am schnellsten ging es nach Hakup-City übers Wasser.

Er stieg in das erstbeste Taxi ein. Zwar stand am Raumhafen sein eigenes Schiff, aber er hatte bereits getrunken. Vier Schnäpse, mehr nicht. Einen Unfall wollte er jedoch nicht riskieren.

Die Fahrt begann.

Der Schweber ließ mit seinen vierhundert Stundenkilometern eine hohe, rote Gischtwolke hinter sich, die Anatol an Blut in Schwerelosigkeit erinnerte. Auch der Geruch war metallisch, echt ... Lichtreflexe brachen sich auf der Oberfläche, leuchteten ihm in die Augen. Er musste würgen und nahm den Diffusor heraus, um den drohenden Anfall mit knallharten Chemikalien zu ersticken – und verharrte.

Schwer atmend betrachtete er das Gerät. *Nein. Ich muss es aushalten, sonst verstehe ich die Tiranoi nicht richtig.* Anatol steckte es unbenutzt zurück in die Tasche, dann klammerte er sich an seinen Sitz und starrte nach vorn.

Hakup-City wuchs vor ihm in die Höhe. Eine Seite lag am See, die andere am Meer, das Anatol sehen konnte. Schwarz wie Teer breitete es sich aus und schuf einen harten Kontrast zum roten Wasser; ein schmaler Damm trennte die beiden.

Die Stadt war Lebensraum für einundzwanzig Millionen Menschen, die in gewaltigen Hochhäusern lebten. Landeplattformen für Schweber standen wie kleine Blätter aus dicken Chrom-Betonstängeln hervor. In einer Sonderzone inmitten des Zentrums lebten die Kreaturen, die ahuman waren und eine Bleibegenehmigung von der GUSA bekommen hatten.

Anatol hörte in diesem Zusammenhang immer wieder von kritischen Personen die Worte Ghetto und Abschottung. Dazu musste man nicht ahuman sein, denn das beherrschten die Menschen selbst recht gut untereinander. Hakup-City zerfiel in viele kleine Gruppierungen und bildete damit keine Ausnahme in der Unzahl von menschlichen Städten im Universum.

Unsere Ahnen haben die Probleme von der Erde einfach ins Weltall mitgenommen. Viele Utopien aus Science-Fiction-Romanen der vorangegangenen Jahrhunderte hatten sich nicht bewahrheitet. Weder die düstersten noch die schönsten.

Ins Auge stach der *Tech-Scraper*, in dem das Unternehmen *2OT Technology* seine Basis unterhielt. Die Automaten hatten nicht nur das größte Hochhaus aus silbernem, goldenem und rubinrotem Chrom gebaut, nein, sie hatten es als eine überdimensionale Werbetafel errichtet. Auf den Fronten warben Botschaften für die Mission des Ordens, den menschlichen Verstand unabhängig vom Körper zu machen. Gnadenlos zeigten sie Videos von Umwandlungen. Auf dreißig mal dreißig Metern.

Wie kann man nur? Anatol sah, wie gesunde Arme und Beine abgetrennt und durch kybernetische Implantate ausgetauscht wurden. Und *das* waren noch die harmlosesten Verstümmelungen! Proteste gegen die übelkeiterregende Werbung hatten sie nie gestört. Der Zulauf sprach für *2OT Technology. Wie ein Tirani wohl mit Ersatzgliedmaßen aussieht?*

Der Schweber drosselte die Geschwindigkeit und legte an einem der vielen Stege an.

Anatol bezahlte und eilte in das Handelskontor, das unmittelbar an der Quai-Anlage lag. Er hetzte durch die Lobby, und die Plastiktois klimperten und klackerten dabei in seiner Tasche. Zwei davon verlor er. Unbeholfen musste er sie unter den Augen des unbeweglichen Sicherheitspersonals einsammeln. Niemand half ihm.

Tiranoi, vier Beine, humanoid und leicht reizbar, ging er durch, was er über die Rasse noch wusste. Sie kamen nicht sehr oft vorbei, aber Hakup benötigte deren Bio-Rohstoffe, um Luft- und Wasserfilter zu bauen. Die Partikel in der Planetenatmosphäre bedeuteten für empfindliche Lungen und Nieren ein Problem. Gelangten über Jahre hinweg zu viele davon in den Kreislauf, lagerten sie sich unter der Haut ab und färbten sie, was nicht immer zu schönen Ergebnissen führte. Auch wenn sich einige die Partikel spritzen ließen, um zum Kunstwerk zu mutieren, fanden es die meisten Bewohner nicht gut, bunt wie ein Hakugei zu werden. Zumi würde ihn wieder bitten, sehr behutsam zu verhandeln.

Als er im plexigläsernen Fahrstuhl nach oben fuhr, schaute er an sich hinab. *Ich sehe aus wie ein Penner.* Er rieb sich über die Stoppeln. *Ist aber heute glücklicherweise egal.* Tiranoi hatten den Vorteil, dass sie keinen Wert auf Äußerlichkeiten bei Fremdrassen legten. Außerdem waren sie so gut wie blind.

Anatol atmete tief ein und aus, machte sich locker und sammelte seine Konzentration für den Einsatz. Das Ziehen im Nacken kehrte zurück, dieses Mal war es jedoch gewollt.

Die durchsichtigen Lifttüren öffneten sich.

Er betrat das Vorzimmer des Verhandlungsraums, in dem zwei gut gekleidete Sekretärinnen hinter einer Schreibtischbarrikade aus Blaustein und Kupferelementen warteten. Die Delegationen waren hinter ihnen abgeschottet.

Die Blonde hob den Kopf und musterte ihn; ihr Name war Sally. »Da sind Sie ja, Mister Lyssander«, sagte sie tadelnd. »Mister Zumi ...«

»Jepp«, unterbrach Anatol sie und ging weiter. Bevor Sally ihn erreichen konnte, hatte er die Tür bereits aufgestoßen und betrat den Saal dahinter. Seine Strategie war es stets, sich nicht anmerken zu lassen, wann er sich unsicher fühlte.

Die Interstellare Handelskommission war mit zehn Männern und Frauen vertreten und saß mit dem Rücken zu den Fenstern. Die drei Tiranoi standen ihnen gegenüber, der zwei Meter breite Tisch trennte sie. Schweigend sahen sie sich an. Spannung und Unwohlsein waren für Anatol greifbar. Spürbar. Wie schwache elektrische Spannung.

Da komme ich rechtzeitig für eine Gehaltserhöhung. Er nahm das Kom-Gerät aus der Tasche und steckte es an die Armbandhalterung, nickte grüßend in die Runde. »Hallo, Mister Zumi. Habe ich etwas verpasst?«

Der Vorsitzende, ein langer dürrer Mann um die fünfzig in einem bauschigen, gemusterten Gewand und einem Respirator vor Mund und Nase, warf ihm einen Blick zu, in dem Wut und Erleichterung steckten. Er gehörte zu denen, die panische Angst vor den Partikeln hatten. »Mister Lyssander. Schön, Sie zu sehen«, kam es dumpf unter der Maske hervor. »Wir können dann be ...«

»Ich verlange heute das Doppelte«, fiel Anatol ihm ins Wort und setzte sich. »Ich habe das Gefühl, als wären die Gäste ungehalten. Das macht es schwieriger.«

»Sie sind ungehalten, weil *Sie* zu spät erschienen sind!«, brauste Zumi auf, und die Kommissionsmitglieder sahen den Übersetzer verurteilend an.

»Mag sein. Aber das ändert nichts daran, dass es schwieriger für mich ist«, beharrte Anatol lächelnd und massierte die Nasenwurzel. »Das Doppelte. Sonst kann es sein, dass mein Talent mich im Stich lässt.« Er zeigte auf die Berge. »Heute wird es bestimmt blauen Nebel geben, oder, Mister Zumi? Ich mag Blau.« Anatol grinste jetzt breit, zeigte die rissigen Zähne. »Sie mögen es nicht so. Verdammte Partikel, was?«

»Wenn man Sie nicht brauchte, Lyssander«, zischte Darakinta, die für Nahrungsmittel und Saatgut zuständig war, ihn an. Sie trug ein grellrotes, knielanges Kleid, darüber einen weißen Umhang, den sie locker über die Schulter geworfen hatte. »Wenn man Sie wirklich nicht brauchte, würde ich Sie sofort von Hakup verjagen!«

»Tja, wenn man mich nicht brauchte«, gab Antol gelassen zurück. Sie war seine Lieblingsgegnerin, seit er ihr vor der versammelten Kommission beschrieben hatte, wie herrlich sie sich in der Nacht gefühlt hatte, als sie nicht mit ihrem Mann geschlafen hatte. Sondern mit einem anderen. Dummerweise hatte ihr Gatte auch im Gremium gesessen, nun war sie geschieden und verbittert. Aber sie hatte ihn damals mit einem Spruch über seine Familie herausgefordert, was bei einem Mediator keine gute Idee war. Dass er es gewesen war, der mit Darakinta geschlafen hatte, verschwieg er bis heute. »Sie brauchen mich aber. Wer sonst könnte die Tiranoi verstehen?« Anatol schaute zu Zumi und ließ die Augenbrauen zucken.

»Ja, einverstanden. Das Doppelte«, sprach er seufzend und resignierte. Er fuhr sich durch die langen grauen Haare und strich sie glatt nach hinten.

»Danke.« Anatols Aufmerksamkeit stieg, das Ziehen im Nacken wurde zu einem hellen Stechen. Gleichzeitig fühlte sich sein Schädel an, als öffnete er sich wie das Dach eines Planetariums, um für die Gedanken der Fremden empfänglich zu sein. Das Verdienst des Interim-Syndroms.

Anatol »verstand« Ahumane auf mentale Weise, wenn er längere Zeit in ihrer Nähe verbracht hatte und sich intensiv mit ihrem Denken beschäftigte. Er erlangte dadurch Aufschluss über ihre Vorstellungen und Gedanken, was ihn in die Lage versetzte, mit den Ahumanen mithilfe von Bildern und Metaphern psychisch zu kommunizieren. Die meisten von ihnen ließen sich auf ihn und seine Art des Sprechens ein, Ablehnung hatte er selten erfahren, und erst in zwei Fällen war er attackiert worden.

Ihm erging es dabei wie manchen Kapitänen der LSP-Schiffe: Er hatte keine Ahnung, wie es funktionierte. Aber es funktionierte. Je schlimmer sein Interim-Syndrom wurde, desto besser. Ironie pur.

Die sind mies drauf. Anatols erster Eindruck von den Tiranoi war nicht gut. Er benötigte eine Minute, um sich wieder an die speziellen Muster und Bilder der Rasse zu gewöhnen. Dazu ließ er deren Impressionen und Gedanken wahllos auf sich einprasseln, ehe er seine Suche auf ein bestimmtes Ziel lenkte: die Verhandlungen. »Sie sind verstimmt, weil die letzte Lieferung von Sorulit-Protoplasma verdorben ist, bevor sie vollständig aufgebraucht war. Laut Haltbarkeitsdatum ein halbes Jahr zu früh«, sondierte er aus den Gedanken. »Sie wollen Entschädigung.«

Zumi und die Kommission berieten sich kurz. »Sagen Sie unseren geschätzten Handelspartnern, dass wir für die mangelhafte Ware die volle Verantwortung übernehmen und ihnen die Menge ersetzen.«

Anatol nickte und übersetzte stattdessen: »Die Hälfte wird erstattet. Die Lagerung war mangelhaft.«

Verständlicherweise regten sich die Tiranoi lautstark darüber auf, was bei ihnen klang, als würde eine Schar Büffel durch einen

Flusslauf getrieben und gleichzeitig gebrandmarkt. *Keine schönen Laute.*

Zumi sah sehr beunruhigt aus. »Was ist, Mister Lyssander?«

Er täuschte der Kommission vor, die Gedanken zu lesen, indem er einen der Ahumanen anstarrte. »Sie akzeptieren nicht. Sie möchten mehr haben, weil es sie sehr viel Anstrengung kostete, mit der verringerten Menge an Protoplasma über die Runden zu kommen«, log er routiniert. »Und ich kann Ihnen versichern, Mister Zumi: Die sind stinksauer! Ich spüre, dass sie die Verhandlungen gleich platzen lassen.« Er schloss theatralisch die Augen. »Moment! Einer von ihnen denkt gerade an Willheim, den Handelsminister von Eriban.« Er schaute von einem Delegierten zum nächsten.

Darakinta ließ Anatol nicht aus den Augen. Sie belauerte ihn. Ihm kam es vor, als versuche sie, seine Gedanken zu lesen. *Das kann sie nicht,* sagte er sich beruhigend.

»Wusste ich es doch!«, rief einer aus der Kommission. »Eriban ist in Sachen Protoplasma gleichauf, seit sie einen Spion in unsere Fabrik eingeschleust hatten. Diese europäischen Bastarde von der FEC booten uns aus!«

Anatol übersetzte den Tiranoi, dass Hakup ihr Benehmen unglaublich dreist fände und dass sie davor standen, die Verhandlungen abzubrechen, woraufhin sie noch lauter wurden. Er lächelte, lehnte sich in dem Stuhl zurück und betrachtete das Durcheinander zufrieden. Eine Hand spielte mit den Terracoins in der Tasche. *Am Ende bekomme ich das Dreifache, ich regele die Sache mit der Sorulit-Entschädigung, es gibt weiterhin Wasserfiltermaterial für Hakup, und alle werden glücklich nach Hause gehen. Mensch und Tirani. Ich liebe meinen Job!*

Er besah sich die Situation fünf Minuten und wollte sich eben schlichtend einmischen, als sich die Tür in seinem Rücken öffnete. Anatol blickte über die Schulter, die Augenbrauen zogen sich zusammen.

Auf der Schwelle stand Sally, hinter ihr folgten zwei Frauen und ein Mann in der betont engen, schwarzen Uniform mit dem hohen, weißen Kragen der CoS, der Church of Stars. In ihren Hüftholstern steckten unübersehbare großkalibrige Automatikpistolen, Modell *Thorn*. Man konnte die Mitglieder der interstellaren Kirche der christlichen Konfessionen, wenn man sie zum ersten Mal sah, gut und gern für die militärische Spezialeinheit oder für die Justifiers eines Konzerns halten: Die Haare waren kurzgeschnitten, die Kleidung saß perfekt, die schwarzen Schaftstiefel schimmerten poliert. Dennoch galt die Church als friedlich. Meistens. Außer, man mischte sich in deren Belange ein.

Was wollen die denn hier? Anatols Verwunderung wuchs, als Sally in den Raum trat. Sie ging an ihm vorbei zu Darakinta und flüsterte ihr ins Ohr. Er wusste sofort, dass es sich gegen ihn richtete, was geschehen sollte.

Anatol nutzte seine Gabe, um in die Gedankenwelt der Frauen einzutauchen. Er erfasste, dass die drei Churchler auf Bitten von Darakinta gekommen waren und dass sie anscheinend dem Verhandlungsgespräch gelauscht hatten – was immer man unter den Geräuschen der Tiranoi verstehen wollte. Sie hatten eine Auswertung vorgenommen und wollten die Ergebnisse vorstellen.

Das war eine Falle für mich! Darakinta hat das angeleiert, um mich abzuschießen. Auch wenn Anatol nicht alles durchschaute, was von ihr ausgeheckt worden war: Er wusste, dass er mit seinen ertragreichen Verhandlungsmanipulationen aufgeflogen war! Die Church schien einen Weg gefunden zu haben, die fremden Laute zu übersetzen.

Heimlich berührte er den roten Knopf an seinem Kom-Gerät und tippte eine Zahlenfolge ein. Nun musste er zehn bis fünfzehn Minuten überstehen, dann war er aus dem Gebäude. *Schon wieder umziehen. Das wird meinen Mädels nicht gefallen,* dachte er. *Ich war zu arglos.* Er drehte den Kopf erneut zur Tür, zu den Uniformierten, um zu sehen, was sie unternahmen.

Die Rangabzeichen saßen bei der Church in Form von weißen, toigroßen Symbolen auf dem Solarplexus, dem Rücken und auf den Oberarmen. Die Frau war eine Deaconess, eine Diakonin. Die anderen beiden waren gewöhnliche Preacher und Preacheress, Prediger und Predigerin.

Anatol ahnte, weshalb sie aufgetaucht waren. Sie waren in der Rangordnung ziemlich weit unten angesiedelt und vermutlich ausgesandt, sich in der Fremde ihre Sporen zu verdienen. Ein Aufstiegsritual. Die Church besaß die meisten Außenposten und missionierte gerne mit wirtschaftlichem Erfolg. Deswegen waren sie auf Hakup.

Anatol richtete seine Gedankenerfassung auf das Trio, zentrierte die Gabe auf den Kopf der Frau. *Die Schweine wollen meinen Job!*

»Verzeihen Sie, Mister Zumi und liebe Kolleginnen und Kollegen!« Darakinta erhob sich und deutete zur Tür. »Ich bitte Sie, mit mir Deaconess Hera und Preacher Emanuell sowie Preacheress Rodosta zu begrüßen, die auf meine Einladung gekommen sind. Ich bat sie, die Unterredung zu verfolgen. Sie haben eine erstaunliche Entdeckung zu berichten, was unseren Übersetzer angeht. Dürfen sie sprechen, Herr Vorsitzender?«

Wie ich es gesehen habe. Anatol schaute zum Fenster hinaus und tat vorerst unbeteiligt. Er erkannte in Darakintas Gedanken, dass sie ihn vernichten wollte. War da ein Hauch von Mordlust gewesen? *Dass sie so nachtragend ist, hätte ich nicht geglaubt. Dabei habe ich mir beim Sex mit ihr wirklich Mühe gegeben.*

Zumi war überrascht, aber er nickte.

Deaconess Hera trat vor, Preacher und Preacheress blieben hinter ihr und hatten die Hände an den Griffen ihrer automatischen Pistolen. »Werte Handelskommission, der Segen des Herrn sei allezeit mit Ihnen«, eröffnete sie mit einem gewinnenden Lächeln und bekreuzigte sich. Durch die schlichte schwarze Uniform konzentrierte jeder Betrachter sich automatisch auf ihr Gesicht. »Meine Freundin Rodosta ist gesegnet und versteht die Sprache der Tiranoi. Was sie von den Ahumanen vernahm und das, was Mister Lyssander sagte, passte nicht zusammen. Ich denke, dass Mister Lyssander grobe Übersetzungsfehler beging. Absichtlich.«

»Ach ja?«, sagte Anatol scheinbar gelangweilt und sah auf das Kom-Gerät. Noch zwölf lange Minuten. »Das denke ich nicht. Wie will die Preacheress die Herrschaften verstanden haben? Sie leidet bestimmt nicht am Interim-Syndrom.«

Deaconess Hera lächelte ihn an, und in den Augen glänzte Schadenfreude. »Indem wir deren Sprache entschlüsselt haben?«, konterte sie. »Das gesprochene Wort ist besser als das gedachte, Mister Lyssander.«

Unangenehmerweise sah Anatol an ihren Gedanken, dass sie Recht hatte. Seine Nackenschmerzen wurden stärker. Er hatte seine Gabe stark beansprucht, das Wechseln zwischen den Gedankenbildern verschiedener Spezies strengte ihn mehr an. Das Syndrom meldete sich.

Zumi war nicht überzeugt. »Sie sehen mich zögern, Deaconess. Bisher hat uns Mister Lyssander gute Dienste erwiesen.«

»Ob er uns wirklich *gute* Dienste erwiesen hat«, schaltete sich Darakinta ein, »sollten sie herausfinden.« Sie zeigte einladend auf die Tiranoi. »Bitte sehr. Zögern Sie nicht.«

»Ich werde den Wesen nun mitteilen, was Mister Lyssander uns fälschlicherweise übersetzt hat.« Rodosta langte auf den Rücken. Eine kleine Tasche wurde hörbar geöffnet, die Anatol am Gürtel vermutete, und sie nahm ein Röhrchen mit Knöpfen daran hervor, an dessen Ende ein kleiner Lautsprecher saß. Sie blies hinein und drückte dazu verschiedenste Kombinationen. Der Lärm aus dem Lautsprecher glich verblüffend den Geräuschen, welche die Kreaturen von sich gaben und Sprache nannten.

Die Reaktion erfolgte umgehend: Die Tiranoi starrten sie an und lauschten. Als Rodosta endete, glotzten sie auf Anatol, und einer von ihnen redete los.

Wer konnte denn mit so einer lästigen Erfindung rechnen? Anatol fokussierte sich auf den Sprecher der Quadropoden. Zu seinem wachsenden Entsetzen übersetzte die Preacheress dessen Worte richtig, als sie sagte:

»Sein Name ist Ulngbiu, und er meint, Mister Lyssander habe

ganz andere Dinge behauptet.« Rodosta gab dann sehr genau wieder, was Anatol gegenüber den Tiranoi erlogen hatte.

Verdammt! Verdammt noch mal!

Ulngbiu stieß neue Töne aus.

»Er ist empört und verlangt den Tod des Mannes, dem er unterstellt, dass er dieses Spiel schon sehr lange mit den verschiedenen Rassen getrieben hat«, übersetzte sie gleichgültig. »Man könne glücklich sein, dass es wegen dieses Menschen nicht zu schlimmeren Auseinandersetzungen gekommen sei.«

Geh in den Angriff, streue Zweifel an den Sternenpfaffen. Anatol zwang sich, nicht aufzuspringen und aus dem Raum zu hetzen. Noch war er nicht überführt. »Darf ich darauf hinweisen, dass sich die Preacheress das Ganze ausdenken kann?«, warf er ein und zeigte auf Darakinta. »Wir wissen alle, dass sie nicht gut auf mich zu sprechen ist. Sie kann die drei angeheuert haben, um mich erledigen zu lassen. Aus Rache.« *Gut gemacht*, lobte er sich selbst. *Nachsetzen und sachlich werden. Ich brauche Zeit.* »Hier steht Aussage gegen Aussage. Es gibt keine sicheren Beweise für die Kommission, ob das stimmt, was die Preacheress sagt, sofern wir wirkliche Mitglieder der Church und nicht Schauspieler vor uns haben.«

»Machen Sie sich nicht lächerlich!«, rief Darakinta erbost. »Sie versuchen, Ihre Haut zu retten, Lyssander! Sie sind ein jämmerlicher Lügner, der für seine Taten nicht geradestehen will! Mich würde interessieren, wie viele Regierungen Sie noch beschissen haben.«

Die Kommission redete nun durcheinander, alle wollten etwas zu der Thematik sagen. Zumi stöhnte und hielt sich die Stirn. Er war überfordert.

Redet nur, dann unternehmt ihr nichts. Anatol schaute wieder zum Fenster hinaus. Acht Minuten. *Jetzt tu beleidigt und verschwinde. Das ist nicht zu auffällig.* Langsam stand er auf. »Ich werde mich nicht anklagen oder von den Tiranoi umbringen lassen, nur weil Sie Ihre Eitelkeit befriedigen wollen, Miss Darakinta.« Er zog seinen Diffusor und setzte sich eine neuerliche Dosis, bevor ihn das Interim-Syndrom kaltstellen konnte. Seine Pupillen pulsierten bereits, wie er an seiner Wahrnehmung bemerkte. Der Raum und die Menschen darin wurden heller, dunkler, heller, dunkler ... »Ich gehe! Sehen Sie zu, wie Sie und Ihre Freunde das Geschäft zum Abschluss bringen!« Anatol machte zwei, drei Schritte zum Ausgang hin.

Da stellten sich ihm der Preacher und die Deaconess in den Weg.

»Wir *sind* von der Church of Stars und haben recherchiert, Mister Lyssander.« Hera blickte ernst und sehr sicher drein. »Seit ungefähr zehn Jahren machen Sie diesen Übersetzungsjob. Sie haben sich nicht gescheut, Kapital aus Ihrer ungewollten Gabe zu schlagen, und sich kleinere Sternensysteme mit primitiver Raumfahrt ausgesucht, wo ahumane Rassen und Menschen leben, ohne untereinander kommunizieren zu können.«

Anatols Versuch, abgebrüht zu wirken, scheiterte. Ihm brach der Schweiß aus. Wenigstens ließen die Schmerzen des Interim-Syndroms nach, das Mittel wirkte.

Hera sah in die Runde und zeigte anklagend mit dem Finger auf ihn. »Er ist als Vermittler zwischen den Planeten aufgetaucht und hat kräftig davon profitiert. Unsere Untersuchung hat gezeigt, dass er kleinere Missverständnisse absichtlich aufrechterhielt, damit er weiterhin gebraucht wurde. Zweimal ist seine Masche in der Vergangenheit aufgeflogen, zweimal hat er mit seiner Familie sehr rasch umziehen müssen.« Sie sah ihn wieder direkt an. »Wollen Sie dazu etwas sagen, Mister Lyssander?«

Das hättest du wohl gerne! »Sie haben gar nichts zu sagen, so sieht es doch aus, Deaconess!« Anatol trat die Flucht nach vorne an. »Wenn Sie mir was anhängen wollen, klagen Sie mich an. Die GUSA wird bestimmt kein Verfahren gegen mich einleiten.« *Du kannst mich mal.* Er sah Preacheress und Preacher an. »Aus dem Weg, ihr ...«

»*Ich* erstatte Anzeige. Im Namen meiner Abteilung der Interstellaren Handelskommission«, sagte Darakinta unverzüglich. »Als Würdenträgerin der Greater United States of America werde ich Sie vorläufig unter Arrest stellen lassen.«

»Ich schlage vor«, hakte Hera ein, »dass wir die Tiranoi vorab entscheiden lassen. Schließlich haben Sie die Ahumanen nicht minder betrogen als die GUSA und das Unternehmen *Hardcastle & Co.* Da rollen ganz schöne Schadenersatzforderungen auch von deren Seite auf Sie zu.« Sie nickte, und schon blies Rodosta in ihr Instrument.

Die Scheißgottesanbeterin will mich auch fertigmachen! Und zwar ohne jede Verhandlung.

»Halt!«, rief Zumi und bändigte seine langen Haare. »Das ist nicht korrekt! Lyssander hat Recht, wenn er sagt, dass wir es nicht überprüfen können, was Preacheress Rodosta mit diesem Gerät ...«

Sein Protest ging im Grölen der Kreaturen unter.

Abgang! Schallgeschwindigkeit! Anatol musste seine Gabe nicht einmal einsetzen, um zu verstehen, was sie wollten. Er hätte es so ohne weiteres auch nicht gekonnt. Das Neuroleptikum dämpfte die Fertigkeit bereits und verwischte die Empfindungen und Gedankenbilder wie mit einem Weichzeichner. Er stieß die Deaconess nach links, die über einen Tisch stürzte, und trat Emanuell in den Schritt, der stöhnend zusammensank. »Mit wem ist dein Gott, hä?« Rasch bückte er sich und nahm die schwere Pistole an sich, dann rannte er hinaus, vorbei an den rufenden Sekretärinnen.

Dem Rumpeln nach folgten ihm entweder eine Herde Elefanten oder die drei Tiranoi. Zwei Beine gegen zwölf.

Vier Minuten.

Alles wird gut! Alles wird gut! Anatol hetzte auf den durchsichtigen Lift zu, ging dabei rückwärts und richtete die Mündung der *Thorn* auf die Verfolger, die langsamer wurden. Es kostete ihn immense Anstrengungen, sie immer noch ungefähr zu verstehen. Er las, dass sie ihn büßen lassen wollten. »Ihr vertraut mir nicht mehr?«, sagte er mental zu ihnen. »Ich übersetze und verhandle für euch seit zwei Hakupjahren!«

»Du riechst nach Verrat«, antwortete Ulngbiu wütend. »Wir haben dir nie richtig vertraut, Wahnsinniger, aber wir wussten keinen Weg, dich zu prüfen.« Der Tirani blubberte und brüllte unentwegt. Nach wie vor verstand Anatol die eigentliche Sprache der Wesen nicht. »Heute haben wir endlich den Beweis erhalten. Die Götzenanbeter haben dich überführt.«

Mit einem *Ping* und leisen Zischen öffneten sich die Lifttüren hinter ihm, wie Anatol hörte. Er machte einen Schritt rückwärts. »Ich finde es schade, dass ihr unsere Freundschaft damit beendet«, sagte er zum Abschied und hielt die Pistole noch immer auf die Tiranoi gerichtet. Ulngbius Wunsch, ihn umzubringen, war übermäßig deutlich in dessen Gedanken zu lesen, trotz nachlassender Gabe. Diese Gelegenheit wollte Anatol ihm nicht geben.

Die Türen schlossen sich, und es ging abwärts. Die wütenden Gesichter verschwanden.

Das war beschissen knapp! Durch die Wände sah er die Lobby unter sich, in der Sicherheitskräfte des Gebäudes aufmarschierten. *Noch mehr Ärger! Was kommt denn noch alles?* Darakinta hatte ihren Coup gegen ihn extrem gut organisiert. Blitzartig dachte er nach. *Wenn ich die Kabine anhalte und warte, bis ...*

Es rumpelte, ein Ruck ging durch den Lift.

Anatol hob den Kopf und sah den erbosten Ulngbiu auf dem Dach sitzen. Der Tirani war in den Schacht gesprungen und drosch mit den Fäusten auf die Abdeckung ein. Zwei Gefahrenquellen, von oben und von unten, bedrohten ihn nun.

Anatol drückte fluchend den Nothalteknopf. Die Fahrt endete in elf Metern Höhe über der Lobby. »Geh weg, Ulngbiu«, sandte er dem Tirani gedanklich zu, soweit es ihm möglich war. »Ich tu dir weh, wenn du versuchst, mich umzubringen!« Die Nackenschmerzen wurden zu einem beständigen Pochen, die Eindrücke des Wesens über ihm verblassten und wurden mehrdeutiger als zuvor.

»Verpiss dich, Vierbein!«, schmetterte er dem Tirani entgegen und fuchtelte mit der *Thorn*.

In dem Moment barst die Front der Eingangshalle und überschüttete die aufmarschierten Sicherheitskräfte mit großen und kleinen Splittern sowie Metallstreben; die Männer in den leichten Panzerungen gingen zu Boden, hoben die Arme zum Schutz über den Kopf.

Durch das Loch schwebte die *Oracle*, Anatols blaugrau gestrichenes Raumschiff.

Den Autopilot hatte er so programmiert, dass die *Oracle* ihn durch den Sender im Kom-Gerät ortete und sich zu ihm bewegte, den meisten Hindernissen zum Trotz; eine einfache Glasfront hielt das Schiff nicht auf. Mehr als einmal hatte diese umsichtige Vorgehensweise Anatol die Gesundheit bewahrt, wenn nicht sogar das Leben gerettet.

Mein Taxi ist da! Hätte nicht später sein dürfen.

Das Raumschiff, dessen Form an einen Bumerang erinnerte, schwebte mit der spitzen Seite voran in das Gebäude, drückte Alustützen zur Seite. Leitungen rissen ab, Lampen stürzten in die Tiefe und erwischten zwei der Wachleute.

Die *Oracle* drang tiefer ein. Die Panzerung störte sich an dem bisschen Widerstand nicht weiter.

Anatol zerschoss die Kabinenwand, trat die Splitter zur Seite, damit das Loch groß genug für einen Sprung in die Freiheit und auf die *Oracle* war. *Das muss klappen!* Er katapultierte sich aus dem Stand vorwärts und schlug hart auf der Außenhülle auf. Ächzend, aber mit einem Grinsen auf dem Gesicht rappelte er sich auf und lief zur geöffneten Pilotenkanzel in der rechten Schwinge.

Im gleichen Moment durchbrach Ulngbiu das Dach und brüllte ihm hinterher.

»Bis dann, Arschloch«, rief Anatol, glitt in den Sitz und aktivierte den Schließmechanismus.

Der wütende Tirani setzte zum Sprung an. Die vier Beine verliehen ihm Kraft genug, die Distanz spielend zu überbrücken. Die Hände ausgestreckt und den Mund weit aufgerissen, als wolle er in das Kanzeldach beißen, flog er durch die Lobby auf die *Oracle* zu.

Gibt es denn so etwas? Er lässt nicht locker. Anatol lenkte das Raumschiff zur Seite.

Ulngbiu verfehlte die Schwinge. Kreischend fiel er elf Meter nach unten und krachte auf den Tisch der Empfangsdame, der unter dem Einschlag zu Bruch ging.

Das hat ihm mit Sicherheit wehgetan. Ein schlechtes Gewissen hatte Anatol deswegen nicht. *Ich habe ihn gewarnt.*

Rasch lenkte er die *Oracle* aus dem Gebäude ins Freie und flog los, nach Süden, wo sein Haus lag. Das Schiff war ein Atmosphären-Kurzstreckensprung-Gleiter mit schwacher Bewaffnung, die aber allemal ausreichte, um Piraten zu erschrecken und anschließend zu flüchten. Und es war verdammt wendig und sehr schnell. Eigenschaften, auf die Anatol angewiesen war.

Er aktivierte das Kom. »Samantha, hörst du mich?«, funkte er seine Hauptfrau an.

Es dauerte, bis sie sich meldete. »Was ist denn? Du wolltest doch ...«

»Packen.« Mehr musste er nicht sagen.

»Nicht dein Ernst!?«

»Doch.«

»Nicht schon wieder«, stöhnte sie genervt. »Das ist das *dritte* Mal! Und Hakup war wirklich nett. Die Kinder haben so viele Freunde gefunden.«

»Beschwer dich bei der Church. Beschissene Religionsfaschisten!« Das Radar meldete ihm, dass sich ein Flugobjekt im Anflug befand, das in gerader Linie auf ihn zuhielt.

Die Kennung verriet ihm, dass es sich um einen Jäger vom Typus *Cross Mark IV* handelte. Die Church hatte die als Transporter gebauten Raumschiffe zum Jäger modifiziert und sie mit leistungsstarken Zusatztriebwerken ausgestattet. *Mark IV* besaß ein stattliches Arsenal an Automatikkanonen, das der *Oracle* mit den Granatengeschossen die Platten von der Hülle schälen konnte. Dass das Design kreuzähnlich war, kam nicht von ungefähr.

Mit Atombomben auf Spatzen schießen. Typisch. »Scheiße!« Anatol würde es nicht schaffen, nach Hause zu gelangen, seine Frauen und die Kinder einzuladen und zu starten, um aus dem System zu springen. Die *Mark IV* war ihm zu dicht am Heck und holte beständig auf.

Der *Cross*-Jäger setzte ihm einen Warnschuss schräg vor den Bug. Die Granaten zischten dicht vorbei und schlugen im Boden ein, wo sie detonierend Löcher ins Erdreich rissen.

Anatol aktivierte das Kom-Gerät. »Was soll das, Stehkragen? Das geht Sie gar nichts an.«

»Ich verteidige mich«, antwortete ihm die Deakoness grimmig und doch von Vorfreude aufgekratzt.

»Haben Sie zu lange Weihrauch inhaliert? Sie können mich doch nicht zu Ihrer persönlichen Tontaube machen! Es gibt auch auf Hakup Gesetze, an die Sie sich ...«

»Das interstellare Gesetz gibt meiner Kirche das Recht auf Selbstverteidigung, sollte ein Mitglied in Ausübung seiner missionarisch-aufklärerischen Pflicht angegriffen werden.«

»Wer greift denn hier wen an?!«

»Sie *haben* mich und Preacher Emanuell angegriffen. Nennen Sie es ... zeitversetzte Notwehr«, erklärte Hera ihm genüsslich. »Außerdem unterstütze ich liebend gern die lokalen Ordnungshüter. Und ich bin nachtragend, Lyssander. Wie Darakinta. So lasse ich nicht mit mir umspringen.«

Die Weiber halten alle zusammen. Anatol lenkte die *Oracle* auf das schwarze Meer hinaus, um das zerklüftete Westatoll anzusteuern. Es lag keine dreißig Kilometer entfernt; zwischen den steilen Berghängen würde er die Deaconess abschütteln können. Die *Mark IV* war nicht so leicht zu manövrieren. Ein Bumerang flog besser als ein Kreuz. »Das heißt, Sie wollen einen Familienvater umbringen?«

»Wir werden sehen. Ich fange damit an, Ihnen zur Strafe für den

Angriff auf meine Leute das Raumschiff zu zerlegen und Sie wegen mehrfachen, vorsätzlichen Betrugs den Behörden von Hakup zu übergeben. Sollten Sie sich dabei Verletzungen zuziehen, würde es mich sehr freuen.« Die Deaconess lachte finster. »Zu schade, dass Sie Ihren Gen-Pool schon verteilt haben. Gott möge die armen Kinder davor bewahren, dass sie werden wie Sie!«

Das Westatoll erhob sich wie eine Reihe gezackter, weißer Raubfischzähne. Die versteinerten Korallen, aus denen die Gebirge bestanden, ragten Tausende Meter in die Höhe und hatten durch Witterung, Stürme und Wellen die verschiedensten Formen angenommen. Es gab sogar Durchbrüche, quer durch das Gebirge, von vielen Kilometern Länge.

»Sie werden mich nicht bekommen.« Anatol zündete den Nachbrenner.

Die *Oracle* beschleunigte ruckartig von vierhundert auf siebenhundert Stundenkilometer und drückte ihn in den Sitz. Ein Blick auf das Radar zeigte ihm, dass die *Cross* zurückfiel.

»Versuchen Sie es, Lyssander«, sagte Hera. »Aber es wird Ihnen nichts bringen.«

In dem Moment meldete ihm der Bordcomputer, dass sich drei weitere Angreifer von Osten näherten. *Hakupische Sicherheitskräfte.* Kleine Jägermodelle, die ihn wegen der geringen Feuerkraft nicht weiter beunruhigten. Aber zur Hatz gesellten sich just zwei weitere *Mark IV* aus dem Orbit, die ihn knapp vor dem Atoll abfangen würden.

Hera lachte. »Sie sagen ja gar nichts mehr?! Heute bekommen Sie den Lohn für Ihre Taten. Deus lo vult!«

Religion kann nerven. Für Anatol gab es nur einen Ausweg: Er ließ den Computer einen Not-Kurzstreckensprung berechnen, der ihn aus dem System brachte. Danach würde er sich hinter einen der Monde setzen und abwarten. Seine Frauen und Kinder mussten ausharren, ehe er sie von Hakup holen konnte.

»Sie werden mich heute nicht erwischen, Deaconess«, versprach er und starrte auf die Anzeige. Der Computer verlangte, dass er die

Atmosphäre verließ, ansonsten könnte die Gravitation den Sprung-vorgang negativ beeinflussen.

Das wird zu schaffen sein.

Anatol zog die Nase der *Oracle* nach oben und ging mit Mach eins in einen Steilflug über; seine Verfolger taten es ihm nach. Er sah Leuchtspurgranaten der *Mark IV* rechts und links an der Kanzel vorbeizischen.

»Ich weiß, was Sie vorhaben, und das passt zu Ihnen«, kam Heras Stimme aus den Lautsprechern. »Sie lassen Ihre Familie ...«

Predige in der Kirche, aber nicht mir. Er unterbrach die Verbin-dung und konnte es nicht erwarten, den Sprung einzuleiten. Es dauerte eine Minute, bis das Aggregat warm gelaufen war und ge-nug Energie erzeugt hatte, um den Impuls abzusetzen, der Mensch und Maschine auf Lichtgeschwindigkeit beschleunigte.

Jedenfalls nahm Anatol an, dass es Lichtgeschwindigkeit war. Das Modul, das am Reaktor seiner herkömmlichen Triebwerke an-geschlossen war, stammte vom Volk der C'uulm, das hatten die Wissenschaftler inzwischen herausgefunden. Die C'uulm gab es seit dreihundertelf Jahren nicht mehr. Eine Seuche hatte sie ausge-rottet, aber die Menschheit kopierte ihre Technik eins zu eins und bewahrte mehr oder weniger das Andenken an das ausgestorbene Volk. Kurzstreckensprungtriebwerke der C'uulm galten als die sichersten.

Lass mich nicht im Stich!

Endlich durchstieß die *Oracle* die obere Atmosphäre und glitt ins All. Sofort drückte Anatol den Knopf für die Initialisierung.

Dann krachte es, der Bumerangflügler geriet leicht ins Trudeln. Eine rote Warnlampe glühte auf.

»Treffer an Backbordtragfläche«, meldete der Computer mit der Stimme seines jüngsten Sohnes. »Atmosphärenflug nicht möglich, Reparatur in Orbitalwerft empfohlen. Achtung: Kühlmittelverlust. Abbruch der Sprungsequenz.«

Anatol stieß einen lauten Fluch aus. *Die Stehkragen haben einen Glückstreffer gelandet!* Er überbrückte die Sicherheitsschaltung und ließ den Countdown weiterzählen, während er mit der beschädigten *Oracle* Zickzack-Manöver flog, um sich keine weiteren Treffer einzufangen.

Damit hatten sie seinen eigentlichen Plan zunichtegemacht: Seine Familie würde Hakup mit einem regulären Passagierschiff verlassen müssen, sobald er ihnen seinen neuen Aufenthaltsort mitgeteilt hatte. Er verdrängte seine Sorge um sie. *Erst muss ich mich selbst schützen, sonst gibt es keinen mehr, der sich um sie kümmert.*

Drei *Mark IV* hingen ihm am Heck und feuerten aus allen Rohren. Die Granaten flogen als leuchtende Punkte an seinem Schiff vorbei und verschwanden zwischen den Sternen, einige kollidierten miteinander und explodierten geräuschlos im All. Er flog durch die Feuerwölkchen, klirrend schlugen die Splitter gegen das Cockpit.

Erneut gab es einen heftigen Schlag, der die *Oracle* erschütterte.

Nahezu alle Warnungen, die ein Computer anzeigen konnte, leuchteten auf. Das Einzige, was fehlte, war die Empfehlung für einen Notausstieg: Eine ganze Salve Granaten hatte die Panzerung aufgebrochen und sich in die Innereien des Schiffs bis zum Maschinentrakt gefressen. Der herkömmliche Antrieb hatte sein Steuermodul eingebüßt und schaltete sich ab. Aus Sicherheitsgründen.

»Scheiß auf die Sicherheitsgründe! Die kosten mich gleich das Leben!« Anatol konnte den Schaden nicht beheben. Theoretisch musste er sich zur nächsten Orbitalwerft schleppen lassen. Es war klar, dass ihn die Deaconess nur zu gern an den Haken nehmen würde.

Zwei *Mark IV* schossen an ihm vorbei, wendeten und setzten sich in zweihundert Metern Abstand vor ihn. Die je acht Geschützluken unterhalb der Cockpits, in denen die Maschinenkanonen verborgen lagen, waren geöffnet. Ein Scheinwerfer blinkte hektisch, morste ihm, er solle sich nicht von der Stelle rühren, sonst würden sie ihn mit dem Sitz verschmelzen lassen.

Das Ding muss laufen! Ohne den herkömmlichen Antrieb konnte er sich nicht durch das Interim vor den Stehkragen retten.

Auch wenn er damit riskierte, dass ihm der Mittelrumpf in einem eruptiven Glühen zerschmolz, riss er die Abdeckung der Konsole ab, zog die Pistole und drückte den Lauf gegen die Platine, um die Abschaltungsautomatik zu überbrücken.

Ein Funkenregen prasselte gegen ihn. Der elektrische Schlag zuckte durch seine Finger den Arm hinauf und ließ Anatol unwillkürlich die Zähne zusammenbeißen.

Der Antrieb brüllte sofort auf und zündete unkontrolliert mit voller Kraft.

Genau in diesem Moment erreichte der Countdown für den Kurzstreckensprung die Null – und die Sterne verzerrten sich vor seinen Augen.

Es funktioniert! Das heiße Brennen auf der Haut verkündete, was mit ihm und dem Schiff geschah: Das Interim sog sie ein. Anatol hatte das Gefühl, dass sein Nacken und sein Hinterkopf explodierten, während er seine Schmerzen hinausschrie ...

Es wurde für mehrere Sekunden grau. Er schnellte durchs Interim, bis er wieder vom Grau ausgespien wurde und zurück ins All stürzte.

Danke, ihr Götter des Weltraums! Anatol beglückwünschte sich in Gedanken dafür, dass er vorher noch das Neuroleptikum genommen hatte. Es verringerte auch die Leiden nach dem Austritt, obwohl sie immer noch ausreichten, um ihn stöhnen und würgen zu lassen; früher hatte er regelmäßig gekotzt.

Status? Sein Triebwerk hatte sich endgültig abgeschaltet. Die *Oracle* driftete mit einer Restgeschwindigkeit von knapp zweihundert langsamen Stundenkilometern vorwärts. *Besser als tot.*

»Achtung: Kollisionsalarm«, meldete sein Computersohn.

Wo bin ... ich rausgekommen? Anatol blickte nach vorne, aktivierte die Scheibenreinigung. Was auch immer im Interim war, jedes Mal wurden die Schiffe mit Schleim überzogen, der Glas und Plastik gleichermaßen angriff. Das hatte in den ersten Jahren zu schweren Dekompressionsunfällen geführt, bis man der Ursache auf den Grund gekommen war.

Flüssiger Stickstoff spritzte aus Düsen und schwemmte die zähe, gräuliche Masse herunter, und die Aussicht auf das Hindernis wurde frei.

Zunächst sah er es gar nicht, bis es ihm die gesäuberte Außenkamera heranzoomte. Vier Kilometer vor ihm stand ein unbekanntes Schiff regungslos in der Schwärze des Universums.

Die Maße wurden vom Computer auf das Waffensystemdisplay gelegt: fünfzig Meter lang, nur vier Meter breit und fünf Meter hoch. Im hinteren Bereich saßen vier ovale Tragflächen, vier kleinere Triebwerke waren um ein größeres in der Mitte angeordnet. Anatol dachte an einen Dartpfeil mit Flights. Bewaffnung war keine zu erkennen. Die Datenbank fand kein auch nur annähernd ähnliches Modell.

»Das ist doch mal eine Überraschung«, murmelte er.

Der Navigationscomputer sammelte noch immer Daten aus der Umgebung, um zu errechnen, wo sich die *Oracle* befand. Der Notsprung mit dem unkontrollierbaren Triebwerk war nach dem Zufallsprinzip ausgefallen. Wählerisch durfte sein, wer Zeit hatte.

Anatol rieb sich den schmerzenden Nacken und drückte auf den Knöpfen für die manuelle Steuerung der Manövrierdüsen herum. Sie arbeiteten mit harmlosem Gas und kamen in der Orbitalwerft zum Einsatz, um keine Brände auszulösen. Er versuchte, die *Oracle* auf einen Kurs zu bringen, der sie nicht gegen das unbekannte Schiff prallen ließ.

»Kollisionsalarm«, meldete die Stimme seines Sohns unablässig.

Fuck! Er drückte auf die Kom-Taste und sendete auf allen Kanälen: »Rufe unbekanntes Schiff. Wer immer ihr seid, geht ein paar Meter auf die Seite. Mein Antrieb ist beschädigt, und wie es aussieht, kann ich nicht verhindern, dass ich gleich gegen euch pralle.« Anatol lauschte auf eine Antwort.

Sie kam in Form von bizarren Rausch- und Fiepgeräuschen, begleitet von einem modulierenden Brummen.

Anatol fühlte, wie ihm der Schweiß aus den Poren drang. Er schwitzte für seinen Geschmack in den letzten Minuten viel zu oft und aus den falschen Gründen. *Scheiße. Wie ...*

Zwei weitere Schiffe gesellten sich zu dem ersten, die langen Schnauzen waren auf die *Oracle* gerichtet. Sie schienen baugleich zu sein, die Abweichungen an der äußeren Hülle waren minimal. Dann setzten die drei sich gleichzeitig in Bewegung und kamen auf ihn zu, lösten ihre Formationen und passierten ihn, ohne dass sie ihn rammten.

Halten die eine Parade für mich ab, oder was wird das? Anatol atmete auf, weil sie eine Kollision verhindert hatten. Noch immer war er sich nicht schlüssig, wen er da vor sich hatte. Eine Handvoll ahumane Lebensformen bauten ähnliche Gleiter, aber auch die FEC hatte an solchen Schiffen gearbeitet.

Keine Fenster.

Es gab einen Schlag. Abrupt hielt die *Oracle*, dann schob sich der dünne Rumpf eines der Schiffe über sein Cockpit.

Piraten? Anatol starrte auf die schmale Luke, die sich darin öffnete. Ein humanoides Wesen in schwarz-olivfarbenem, gepanzertem Raumanzug erschien. Möglicherweise handelte es sich um einen Null-g-Kampfanzug, wie ihn manche Spezialeinheiten besaßen, um Raumschiffe und -stationen zu infiltrieren. Boarding – entern. Dekompression.

Nein, das ist gar nicht gut!

Er hatte seinen Raumanzug nicht angelegt, also würde es ihn das Leben kosten, wenn die Kanzel geöffnet wurde.

Bleib mir bloß vom Leib!

Anatol hatte keine Ahnung, was er gegen das bevorstehende Entern unternehmen konnte. Die Displays sagten ihm noch immer, dass der Antrieb defekt war, dass ein Loch in seinem Maschinenraum klaffte und dass er dringend eine Werft anfliegen sollte. Mit den starr eingebauten Bordwaffen konnte er nichts ausrichten; sie hingen unter dem Rumpf.

Also hob er wieder den Kopf und sah nach dem Unbekannten.

Der Gepanzerte schwebte aus der Öffnung. Sein Anzug machte ihn wesentlich breiter und größer als einen Menschen, aber er hatte Arme, Beine, Hände mit fünf Fingern, einen Helm mit einem geschwärzten Visier. Auf der oberen Rückenpartie saß ein eckiger Tornister, als habe man einen gewaltigen Baustein unter die Panzerung geschoben. *Quadratbuckel.* An seinem Gürtel hingen Schwerter, aus deren Griffen Kabel verliefen und in die Rüstung führten.

Energiewaffen, um die Panzerung und das Glas des Cockpits zu knacken?

Der Besucher schwebte heran, steuerte zielstrebig auf die Kanzel zu, landete daneben und hielt sich am Haltegriff fest, der zum Ein- und Aussteigen gedacht war. Der Handschuh pochte gegen das Fenster, das dunkle Visier starrte Anatol an. Auf dem Anzug verliefen dünne und dicke Kabel, die an Sehnen erinnerten, und manchmal blinkte es in ihnen auf, als leuchteten LEDs.

Anatol hatte jede Bewegung verfolgt und schrak trotzdem zusammen, als es klackte. Ein Abzeichen einer Rasse, eines Staates oder eines Konzerns konnte er auf der Rüstung nicht erkennen. *Ist das ein First Contact?*

Behutsam öffnete er seinen Verstand für die Gedanken des Fremden. Seine Gabe.

Und wunderte sich ...

Nun verfluchte er die Wirkung des Neuroleptikums. Es war ihm nicht möglich, tiefer in die Bilderwelt und Vorstellungen einzudringen. Er empfing *wirklich* vollkommen neue, fremde Impressionen, die er nicht einordnen konnte! First Contact!

Aber diese schemenhaften Eindrücke zogen ihn an, saugten ihn auf und lockten ihn. Er wollte mehr von ihnen haben, sie erkunden, austrinken, mehr schmecken ... und wurde gebremst. Durch eine sehr reale Wahrnehmung: Eine penetrant aufflackernde Meldung auf dem Monitor ließ ihn den Kopf drehen. Der Computer behauptete plötzlich, der Schaden am Steuerungsmodul werde in zehn Minuten behoben sein.

Muss ich das verstehen? Anatol schaltete die Kamera im Maschinenraum ein.

Zwei weitere der Wesen standen in seiner *Oracle*, hielten irgendwelche Apparaturen in der Hand, stocherten damit im Antrieb herum. Er zoomte heran. An einigen Stellen waren ihre Rüstungen mit mehreren Lagen Metall verstärkt, manche Teile erinnerten ihn an Schraubverschlüsse, andere an Überdruckventile. Um diese Stellen waren dunkle Flecken, als wäre eine Flüssigkeit ausgetreten und dann getrocknet. Die Apparate erzeugten blaugrelle flackernde Lichtbogen, die entstanden und verloschen, flackerten und erloschen.

Sie ... reparieren den Schaden!? Verblüfft drehte er sich wieder zur Scheibe. *Ich muss mehr von ihnen erfahren.* Anatol versuchte, die Barrieren, die ihm das Neuroleptikum in den Weg stellte, zu durchbrechen oder zu umgehen, um vollends einzutauchen.

Es gelang ihm nicht.

Lediglich ein paar der fremden Emotionen sowie Gedankenbilder konnte er aufschnappen, verschwommen, verwaschen: Etwas beunruhigte sie nachhaltig, ängstigte sie beinahe. Dabei hätte er sich zu gerne bei seinen unergründlichen Helfern bedankt. Auf die richtige Art und Weise, nicht auf gut Glück und in der Hoffnung, ihnen die passenden Vorstellungen zu senden. Normalerweise benötigte Anatol Tage, um sich auf einen First Contact einzulassen.

Die habe ich aber nicht. Aber er versuchte es wider besseres Wissen.

Als er mit der Übermittlung seiner bestimmt sehr primitiv wirkenden Dankesbotschaft fertig war, geschah zunächst gar nichts. Der Fremde auf der anderen Seite hing unbeweglich vor ihm und hätte ebenso gut tot im Kampfanzug stecken können.

Unterdessen meldete ihm der Computer, dass das Modul voll einsatzbereit war. Vor der errechneten Zeit.

Wie ...? Die sind echt gut! Anatol versuchte herauszufinden, wie er sich bei ihnen revanchieren konnte. *Wovor fürchtet ihr euch? Ich will euch dagegen helfen.* Er konzentrierte sich auf das bisschen, das er bei dem humanoiden Fremden zu erkennen glaubte, versuchte, über die Ängste Fuß zu fassen – und schaffte es, Kontakt herzustellen: Er entdeckte in den Gedanken des anderen ein furchtbares, doch vertrautes Gefühl, das sich am ehesten mit Hunger umschreiben ließ. Der Unterschied zu einer herkömmlichen Kontaktaufnahme bestand darin, dass diese seltsam vage blieb, wie ein Stochern im Nebel. *Ihr Proviant ist zur Neige gegangen. Na, wenn es weiter nichts ist.*

Da Anatol nicht wusste, wo er sich befand und welches System oder welcher Planet ihm am nächsten war, dachte er an die Koordinaten von Hakup und an die Nahrung, die man dort besorgen konnte. Er dachte an die Sternenkonstellation, das System, in dem sich Hakup befand, an das schwarze Meer, die Stadt, die Einwohner, den Markt, an die riesige Auswahl. Und er dachte auch an Zumi, damit sie den richtigen Ansprechpartner hatten.

Ihm gefiel die Vorstellung, dass Zumi aus dem Zittern nicht mehr herauskommen würde, wenn die beeindruckenden Unbekannten erschienen, ihn mit ihrer Fiep-Quietsch-Brumm-Sprache überforderten und die Religionsfaschisten nicht mehr als Übersetzer taugten.

Ihr werdet euch wünschen, mich besser behandelt zu haben. Anatol grinste. Wie gerne würde er *das* sehen! *Ihr werdet einen Weg zur Kommunikation finden müssen.*

Seine Botschaft schien angekommen zu sein.

Das Wesen stieß sich ab und schwebte auf die Luke zu, in der es verschwand. Schnell sah Anatol auf den Monitor. Die beiden technischen Helfer zogen sich ebenfalls zurück.

Die Schiffe flogen davon, über ihn hinweg, dann aktivierten sich Lichter entlang der langen Schnauzen. Ein Leuchten schoss über die Außenhüllen und schien die Rümpfe aufzulösen; geblendet schloss er die Augen.

Als Anatol sie wieder öffnete, waren die Fremden verschwunden. Glimmende Wunderkerzenfünkchen trudelten umher, verloschen. Und mit ihnen vergingen seine Sorgen: Der Computer hatte ihm endlich mitgeteilt, wo sich die *Oracle* befand – es war der Arsch des Universums. Weit, weit außerhalb der Reichweite eines herkömmlichen KSP. Ein Novum, geboren aus Not und Zufall.

Where no man has gone before.

In der relativen Nähe befand sich Tanaka One, ein Kolonieplanet der EaSt, der Eastern Stars, eines politischen Bündnisses aus Indien, Pakistan, dem Vereinten Korea, Japan, Taiwan und den Emiraten. Tanaka One unterstand den Japanern, und mit denen hatte er es sich noch nicht verdorben.

Dann mal los. Das könnte eine neue Heimat für meine Familie werden. Anatol gab den neuen Kurs ein und aktivierte das Haupttriebwerk, das besser als je zuvor gehorchte.

Erstkontakt

ZEIT: 1. JANUAR 3017 A.D. (ERDZEIT)
SYSTEM: GALLOWAY
PLANET: HAKUP (BESITZ: GUSA)
STADT: HAKUP-CITY, WESTATOLL
KOORDINATEN: 51°31'N, 0°7'W

Zumi und die Interstellare Handelskommission saßen mit der Deaconess und ihrem Gefolge sowie den Tiranoi zusammen. Sie feierten im Versammlungsraum den Abschluss der Verhandlungen über Protoplasma und Filtertechnik. Mit Champagner für sie und Nitritjoditwasser für die Ahumanen. Berauschend für alle.

Zumi musste zugeben, dass die Konditionen niemals besser gewesen waren, und zwar für beide Seiten. Er stieß beschwingt mit Darakinta an und prostete Hera zu. »Auf die neue Ära«, sagte er laut, und Rodosta übersetzte seine Worte mit dem Apparat an die Tiranoi. »Möge uns der verbrecherische, sträflich fahrlässige Übersetzer Anatol Lyssander niemals mehr begegnen.« Zum Trinken führte er ein Röhrchen durch einen Stutzen im Respirator und sog den Champagner ein. Hakup produzierte den besten, mit dreifach so viel Alkohol wie gewöhnlich, wenn eine Feier kurz, aber heftig werden sollte.

»Gott möge ihn seiner gerechten Strafe zuführen«, murmelte die Deaconess hinterher. »Ich würde es notfalls auch tun. Mit dem Beistand des Allmächtigen.« Ihre Hand klopfte gegen den Pistolengriff.

Ulngbiu sagte etwas, und seine Leute lachten.

»Er will Lyssander gerne noch einmal begegnen, um ihn *vorher* zu bestrafen. Den Rest könnte dann dein Gott haben«, übersetzte Rodosta, und alle lachten. Sogar die Church-Anhänger. Man war zufrieden, wie Zumi an den Gesichtern ablesen konnte, zumindest bei den Menschen.

Das Lämpchen für einen Kom-Ruf aus dem Vorzimmer glomm, und Zumi drückte die Bestätigung. Es war klar, was sie fragen wollte. »Danke, Sally, aber wir haben noch genügend Rauschwasser«, sagte er gut gelaunt. Der Champagner wirkte bereits.

»Mister Zumi, hier sind drei ... Fremde. Ahumane«, antwortete die Sekretärin leicht verunsichert, die Stimme zitterte. »Ich bin ... mir nicht sicher, was sie wollen, aber sie haben ein ... Bild von Ihnen dabei. Ich glaube, sie haben es von der ... Wand in der Lobby abgerissen.«

Da er aus Versehen den Lautsprecher eingeschaltet hatte, hörten sowohl die Deaconess als auch Darakinta mit. *Wie komme ich zu dieser exklusiven Ehre?* »Die neuen Freunde sind von welchem Planeten?«

»Das kann ich Ihnen nicht sagen, Mister Zumi.« Sally räusperte sich. »Eine Anmeldung gab es nicht. Die Visiere sind verspiegelt, und sie tragen sehr ... kompakte ... Anzüge. Die Sicherheitstruppe ist auch schon da. Soll ich sie reinschicken?«

»Nein. Ich komme raus.« Zumi entschuldigte sich bei den Tiranoi, erhob sich und schritt auf den Ausgang zu. *Wäre schön, wenn ich heute noch einen Handelsabschluss fertigbringe! Was sie wohl an Gütern zu bieten haben?*

Als er die Türen öffnete, staunte er nicht schlecht.

Das Trio in den unbekannten schwarz-olivfarbenen, dreckigen Rüstungen war umringt von GUSA-Sicherheitsleuten, die ihre Waffen halb im Anschlag hielten. Auch wenn die Wachen schon sehr breit gebaut waren und in Halbpanzerung steckten, wirkten sie gegen die Fremden wie deren kleine Brüder.

Sie sehen nicht aus, als wollten sie landwirtschaftliche Produkte verkaufen, oder sie haben das gewalttätigste, gefährlichste Nutzvieh im Universum.

Die schrankgroßen und -breiten Ahumanen standen nebeneinander, eine Rangordnung war nicht zu erkennen, und sie erinnerten an Kriegerstatuen, bei denen der Künstler Archaik und Moderne gekreuzt hatte. In der gepanzerten Hand hielt der Rechte von ihnen Zumis Bild, das in der Lobby neben dem Fahrstuhl eingelassen gewesen war; am polierten Alurahmen hingen noch Reste des Putzes. Es machte einen unfreiwillig komischen Eindruck.

Das ist ja schon fast naiv süß. Zumi verbot sich ein Grinsen und musterte die Fremden genauer. *Aber jeder wusste sofort, dass sie mich suchen. Clever naiv.*

Drähte oder Leitungen verliefen mal aderngleich geschwungen, mal sehnenhaft gerade auf der düsteren Panzerung; manche Flecken sahen alt aus, andere wirkten wie draufgespritzt.

Ich habe nicht den leisesten Schimmer, woher sie kommen und was sie mir verkaufen möchten. Söldner vielleicht? Auf dem oberen Rücken zeichneten sich Tornister ab. Die runden Helme liefen nach vorne leicht spitz zu. Da die Visiere schwarz und blickdicht waren, konnte er nicht einmal sagen, welche Gesichter sich dahinter verbargen oder ob sie überhaupt annähernd humanoide Züge besaßen. Abgesehen von der Größe, faszinierte ihn das Schimmern der Leitungen am meisten. »Guten Tag«, sagte er laut und deutete eine Verbeugung an. Seine Blicke streiften die sehr großen Schwerter, die sie an der Hüfte trugen; dünne Kabel liefen aus den Griffenden in die breiten, dicken Gürtel. *Jedenfalls sollte ich alles vermeiden, was sie provozieren könnte.* Der Übermut des Champagners wurde von Anspannung zurückgedrängt, verlieh ihm aber Lockerheit, die man bei schwierigen Verhandlungen benötigte.

»Sir«, rief ihm ein Corporal aus den Reihen der Sicherheitskräfte zu. »Sir, die Typen sind laut GUSA nicht in der interstellaren Planetar-Zentraldatei erfasst. Seien Sie vorsichtig! Sie wissen, was das Prozedere bei einem First Contact vorsieht. Quarantäneabstand, Kontaktaufnahme nur durch eine Schleuse ...«

Natürlich wusste Zumi das. *Ein sinnloser Klugscheißer.* »Was ich auch tun würde. Aber sie stehen nun mal *vor mir*! Wieso eigentlich?« Er war ebenso aufgeregt wie ungehalten. Jemand hatte geschlampt.

Der Corporal zeigte mit dem Daumen nach hinten, in die Eingangshalle. »Sie sind schneller gelandet, als die Freunde der Luftüberwachung etwas dagegen unternehmen konnten. Unsere Jäger waren zu langsam, und dann landeten sie mit ihren Maschinen vor dem Ministerium.« Er nickte zu dem Trio hinüber. »So, wie *die* aussehen, wollte ich keinen Zwischenfall provozieren. Aber sie haben bislang einen friedlichen Eindruck gemacht. Gouverneur Fringeman ist auf dem Weg, um sich vorzustellen, wurde uns gesagt.«

Deaconess Hera trat neben Zumi. »Gepriesen sei der Herr«, sagte sie leise und musterte die Fremden mit unverkennbarer Faszination. »Sehen Sie sich *das* an: Noch mehr neue Schöpfungen des Allmächtigen! Seine Fantasie ist unendlich wie das All, das er erschuf!«

Und wenn es ein Scherz ist? Manchmal versuchten Witzbolde, einen First Contact vorzutäuschen, um die Verarschung von Regierungsvertretern aufzuzeichnen. Das *StellarWeb* war voll mit den Filmchen. Es gab sogar einen Wettbewerb, wer die meisten Leute reinlegte. Das schloss Zumi rasch aus, denn es gab einen entscheidenden Unterschied: Niemand konnte es sich leisten, mit eigens entwickelten Raumschiffen aufzutauchen und nebenbei die planetare Luftüberwachung der GUSA auszutricksen. *Echte Ahumane!*

Darakinta stellte sich an seine andere Seite. »Ich wünsche Ihnen Glück«, raunte sie ihm zu.

Seine Aufregung stieg gewaltig. *Er* war plötzlich der Repräsentant der GUSA an der Front, nicht der Gouverneur. Langsam zog er den Respirator von Mund und Nase, damit er deutlich verstanden wurde. »Mein Name ist Zumi, und ich bin der Vorsitzende der Interstellaren Handelskommission von Hakup. Wir sind ein Teil der GUSA und ... willkommen im Namen unserer Bewohner.« *Mache ich das alles richtig?* »Da Sie gezielt nach mir suchten, nehme ich an, es geht um den Güteraustausch?«

Die drei standen starr da.

Anscheinend verstehen sie uns doch nicht.

Dann erklang ein sekundenlanges Geräusch, das in den Ohren schmerzte: Hochtöne, gepaart mit Brummen und einem Pulsieren, in das sich elektronisch erzeugtes Rauschen mischte.

Zumi schrie auf. Er glaubte, sein Trommelfell würde platzen. Die Menschen legten die Hände instinktiv auf die Ohren.

Einer der Soldaten betätigte den Abzug! Das langläufige Schnellfeuergewehr jagte die Garben ausgerechnet in den Fremden, der Zumis Bild hielt. Die gehärteten Projektile prasselten klingelnd gegen die Rüstung, zerstäubten daran oder prallten ab und sirrten als Querschläger davon; dann war das Magazin leer.

Der Fremde stand in einer grauschwarzen Wolke, unbeweglich, ungerührt. Das Bild war nicht mehr als ein Fetzen, ein Stückchen Rahmen hielt er noch immer in den Fingern.

»Feuer einstellen, Feuer einstellen!«, schrie der Corporal. »Scheiße, Soldat, ich habe nicht befohlen zu schießen!« Er ging zu dem Mann und drückte den rauchenden Lauf nach unten. »Schon gar nicht die gesamte Ladung.«

Ist das Brummen ... ihre Sprache? Zumi nahm die Hände von den Ohren. »Ein Missverständnis!«, rief er den Ahumanen zu und schaute nach dem Getroffenen. Einige der Rüstungsleitungen waren durch die Geschosse gekappt worden, blaue Flüssigkeit troff auf den Boden und fraß zischend ein Loch in den grünen Kunststoffteppich. Aber die Panzerung selbst hatte standgehalten!

»Fuck«, sagte der Corporal und erbleichte, als er das vergleichsweise harmlose Resultat des Beschusses sah. »Was ist das denn?!«

Hoffentlich bleiben sie so friedlich. Zumi hörte neben sich jemanden auf den Boden fallen. Er drehte den Kopf. Die Deaconess lag zu seinen Füßen und hielt sich die Brust. »Einer der Querschläger hat sie getroffen!«

Und sie war nicht die Einzige. Darakinta, Sally, mehrere Soldaten sanken verletzt nieder, bluteten aus verschiedenen Wunden.

»Rufen Sie die Ambulanz!«, rief Zumi in den Versammlungsraum und kniete sich neben Darakinta, um nach der Verletzung an ihrer Seite zu schauen. *Die Blutung stoppen! Ich muss sie stoppen!*

Ein leises Surren wie von einem elektrischen Motor erklang, und ein breiter Schatten fiel auf ihn. Einer der Fremden bückte sich, streckte die Hand aus und entfernte Teile des Kleids mit einem raschen Ruck. Fast mit jeder Bewegung erklang dieses leise Geräusch, hochfrequent und offenbar sehr charakteristisch für diese drei Ahumanen.

Zumi war sich nicht sicher, ob die gepanzerten, groben Finger dazu geeignet waren, nach einer Kugel oder nach Splittern zu suchen, ohne noch mehr Schaden im Gewebe anzurichten. *Gott, das wird sie erst recht umbringen!* »Nein, die Ärzte kommen gleich«, sagte er und wusste nicht, wie er die Hilfe unterbinden konnte. Aus den Augenwinkeln sah er den Ahumanen, der angeschossen worden war, ebenso neben einem Verwundeten knien. *Sie haben verstanden, dass der Beschuss ein Versehen war.*

Der Dritte dagegen tat – nichts. Von ihm erklangen wieder diese Geräusche, die ihre Sprache zu sein schienen, nur wesentlich leiser; die Rüstungen mussten Lautsprecher eingebaut haben.

Die Panzerhand des Ahumanen vor Zumi fächerte klickend auseinander und teilte sich in Dutzende kleine Metallstäbchen auf, die an silberne, schmale Trinkhalme mit Knickgelenken erinnerten. Oder an Spinnenbeine.

Sind es Roboter?

Der Ahumane antwortete seinem unbeweglichen Artgenossen, der andere Arm zeigte auf einen Verwundeten.

Es sieht nach einer Maßregelung oder Aufforderung aus.

Doch der letzte der Ahumanen blieb an seinem Platz.

Scheint, als gäbe es Differenzen, was zu tun ist. Zumi musste schauen, was sich unmittelbar vor ihm tat.

Besser, als es jedes menschliche OP-Team hinbekommen hätte, wurde die Wunde von den Stäbchen gleichzeitig leicht geöffnet, und die Ränder wurden festgehalten. Manche Spitzen tauchten tief hinein und beförderten Splitter hinaus, während andere weitersuchten, bis das letzte Fragment entfernt worden war; dann roch es nach schmorendem Fleisch. Die Wunde wurde mit einer trüben Flüssigkeit versiegelt, die aus einem Stäbchen sprühte. Es knisterte, dann dampfte das Metall, und das Blut daran verging brutzelnd in der Hitze. Desinfektion auf die brutale Art.

Sie ist gerettet! Zumi sah auf das Visier, nur um sein eigenes Gesicht darin zu erkennen. Er war sehr erleichtert. »Vielen, vielen Dank«, sagte er aus tiefstem Herzen.

Und ... dann ... glaubte er ... ein schwaches Nicken gesehen zu haben!

Nacheinander versorgten die beiden Fremden die Schwerstverletzten und versammelten sich anschließend bei ihrem untätigen Freund. Sie redeten wieder miteinander.

Die ersten Ambulanzen waren angekommen. Medizinische Teams übernahmen die Versorgung der übrigen Verletzten, um die sich die Gepanzerten gar nicht erst gekümmert hatten. Ein kleiner Putzroboter surrte zwischen ihnen umher, saugte das Blut auf und sammelte die Verpackungen des Verbandmaterials sowie die Munitionshülsen ein.

Worum geht es? Zumi vermochte keine Stimmungslage in den elektronischen Geräuschen zu erkennen, aber es war offenkundig, dass die Fremden sich nicht einig waren. Über was auch immer. Das Wort *Gegenschlag* geisterte durch seinen Verstand. *Ich hoffe, dass der Dritte nichts Gefährliches unternehmen möchte.*

Die Deaconess stand wieder. Sie sah immer noch ungläubig auf die Stelle, die behandelt und geschlossen worden war, auf das Blut an ihrer Kleidung. »Ich spüre ... keine Schmerzen! Gottes Wege«, brach es freudig aus ihr heraus. »Amen! Das sind Gottes Wege! Er sandte sie zu uns, um uns etwas mitzuteilen! Amen, sage ich nochmals!«

»Noch denke ich, dass sie einfach nur Handel treiben wollen«, dämpfte Zumi. Er mochte es nicht, wenn die Church gleich mehr in ein Treffen hineindeutete, als wirklich notwendig war. »Sie wussten sicherlich von anderen Ahumanen, dass ich der Zuständige bin.«

»Nein«, sagte Hera voller Überzeugung. »Ich bin von einem sanftmütigen Ahumanen vor dem sicheren Tod gerettet worden. Ein Wunder!« Sie strahlte. »Fortan soll diese Rasse *Samariter* heißen!« Sie klatschte dem Trio Beifall und verbeugte sich dabei immer wieder; die übrigen Geretteten fielen in den Dankesapplaus ein.

Das schien die Gefeierten nicht zu kümmern. Es wurde weitergesprochen, ab und zu drehte sich einer von ihnen zu den Menschen und wieder weg.

»Verstehen Sie etwas, Preacheress?«, sagte Zumi zu Rodosta, ohne dass er daran glaubte, ein Ja zu hören. *Das wäre zu viel der Wunder.*

»Nein«, kam folgerichtig ihre Antwort. Mit den Wundern war es für heute vorbei. »Aber ich rufe die Tiranoi. Vielleicht kennen sich die Ahumanen untereinander.« Rodosta setzte das Röhrchen an die Lippen und betätigte den Translator.

Abrupt verstummte das Gespräch der Samariter. Sie fuhren herum, und die schwarzen Visiere richteten sich auf die Preacheress, die augenblicklich ihre Farbe verlor. Einige Töne misslangen, und sie hörte endlich auf.

Ich hätte niemals geglaubt, dass ein Visier Feindseligkeit und Hass abstrahlen kann. »Ich fürchte, da bahnt sich das zweite Missverständnis an«, sagte Zumi leise.

Die unsichtbaren Nanomotoren der Rüstungen surrten, die Samariter bewegten sich plötzlich und kamen auf Rodosta zu, die Hände langten nach den Schwertgriffen. Es krachte dumpf, wenn die schweren Stiefel auf den Boden aufsetzten, leichte Erschütterungen waren spürbar. Das Gewicht der Rüstungen schien hoch zu sein.

Die Preacheress wich vor ihnen zurück, bis sie gegen die Wand stieß. Sie klammerte sich an den Apparat.

»Werfen Sie den Translator weg!«, rief Zumi aufgeregt. *Was haben sie gegen die Sprache der Tiranoi?*

»Aber wir haben nur den einen«, gab sie zurück und sah hilfesuchend zur Deaconess.

»Wirf ihn weg!«, befahl Hera. »Mach schon!«

Zumi dachte an ihre Worte. *Gottes Wege … sind unergründlich. Oder es hat nichts mit ihm zu tun.*

Die Sanitätsteams brachten die Verletzten rasch weg. Der Corporal hatte seine verbliebenen acht Mann zwar anlegen lassen, doch ein Feuerbefehl würde nur weitere Tote und Verletzte in den eigenen Reihen verursachen, anstatt dem Feind Schaden zuzufügen. Bis die militärischen GUSA-Einheiten mit den schweren Waffen anrückten, schien es noch zu dauern. »Was soll ich tun, Vorsitzender?«

Zumi wusste es nicht. *Eine Eingebung, kosmische Macht! Schick mir eine Eingebung!*

Die Samariter hielten jeweils zwei Schwerter in den Händen und waren bei Rodosta angelangt. Sie schleuderte den Translator hastig von sich.

Ein schwerer Stiefel senkte sich auf das Gerät und zermalmte ihn. Die nonverbale Aussage der Samariter sprach Bände.

Oder hassen sie am Ende die Tiranoi selbst, und nicht nur deren Sprache? Noch bevor Zumi sich umwenden konnte, um die Quadropoden zu warnen, tauchten sie auf. Während sie in ihrer eigentümlichen Sprache durcheinanderbrüllten, leuchtete es von den elektrisch summenden Klingen der Samariter auf. Unmissverständlich.

»In Deckung«, schrie Zumi und begab sich aus der Reichweite der Hiebwaffen. Angst packte ihn, doch er befahl: »Corporal, lassen Sie nicht schießen, solange die Ahumanen uns nicht angreifen. Sonst gehen wir auch drauf.« Auch wenn es ihm um die Tiranoi leidtat, es waren Handelspartner und keine militärischen Verbündeten. *Sie müssen selbst sehen, wie sie sich gegen die Samariter behaupten.* Er gestand es ungern ein, aber: *Heute, ausgerechnet heute bräuchten wir Lyssander!*

Die Tiranoi fielen nacheinander unter den tödlichen Hieben der Gepanzerten. Die Lichtbogenschwerter brannten und schnitten sich zur gleichen Zeit durch das ungeschützte Fleisch der Wesen. Es wurde mit so viel Wucht geschlagen, dass die abgetrennten Gliedmaßen meterweit durch die Luft flogen, ehe sie aufklatschten. Braune Flüssigkeit, das Blut der Tiranoi, schwappte auf den Teppich, verstümmelte Leichen stürzten nieder.

Mit dem Tod des letzten Gegners wich die Aggressivität der Samariter. Das elektrische Summen der Klingen erstarb mit einem letzten Aufleuchten. Die Gerüsteten wirkten wieder so friedlich wie wenige Sekunden zuvor, während sie ihre Schwerter zurück in die Gürtelhalterung steckten.

Samariter ist definitiv die falsche Bezeichnung! Zumi stand fassungslos zitternd daneben und spürte, dass ihm etwas Warmes über das Gesicht rann. Ahumanes Blut.

»Beim Allmächtigen«, sagte Hera geschockt, die ihm gegenüber auf der anderen Seite des Ganges stand. Sie hielt ihre großkalibrige *Thorn* in der Hand. Rodosta bekreuzigte sich mit Tränen in den Augen und wimmerte vor sich hin, bat den Gott um Vergebung für ihre Tat, während der Preacher auf Latein in sein Kom-Gerät sprach.

Die Gepanzerten waren sich wohl einig geworden, denn sie marschierten los, traten die Überreste der Tiranoi zur Seite oder stiegen über sie hinweg. Offenbar wollten sie den Rückweg zu ihren Raumschiffen antreten.

Ich kann sie nicht einfach gehen lassen. Und was haben sie von mir gewollt? Zumi befürchtete, dass der Tiranoi-Zwischenfall weitaus größere Komplikationen nach sich ziehen würde, die seinen Planeten hart treffen konnten. Er wollte nicht ins Zentrum einer Auseinandersetzung zwischen Ahumanen geraten. »Wo bleibt der Gouverneur? Und weiß jemand, wie wir Lyssander erreichen?«, fragte Zumi in die Runde und sah die Deaconess an. »Haben Sie seine Sprungkoordinaten ermitteln können?«

»Wenn ich das hätte tun können, wäre ich ihm gefolgt«, antwortete sie kühl und sah auf die zerteilten Leichen, während die Samariter an ihr vorbeischritten. »Ich traue dem Mann zu, dass *er* es war, der uns das eingebrockt hat!«

Zumi glaubte das nicht für eine Sekunde.

»Sir! Sir, weg da!«, hörte er den Corporal aufgeregt rufen. »SIR!«

Was will er denn? Zumi schaute nach vorne. Die Samariter hatten sich zielstrebig auf ihn zubewegt. Der Angeschossene der drei streckte die Hand aus, die Eisenfinger schlossen sich um seinen rechten Beamtenoberarm. Die Kraft war zu groß, Zumi musste dem Ahumanen folgen. »Hey! Halt, nein!«, rief er aufbegehrend, dann zum Corporal: »Nicht schießen, hören Sie?«

»Ja, Sir.« Der Mann gab den Befehl zum Nachrücken.

Was haben sie von meiner Entführung? Warum ich und nicht der Gouverneur? Sie brauchen doch keine Geisel.

Die Bewaffneten folgten den Samaritern und ihm durch den Gang, die Treppe hinab auf den Ausgang zu, wo die Gefährte der Fremden auf der Straße geparkt standen.

In Zumis Augen ähnelten diese Schiffe Nadeln mit runden Federn. Sie hatten keine Fenster, keine sichtbaren Öffnungen. »Verzeihen Sie, aber warum soll *ich* als Geisel dienen?«, fragte er die Samariter und hoffte einfach, dass sie ihn verstanden und er sich das Nicken vorhin nicht eingebildet hatte. »Was ist an mir Besonderes, dass Sie mich ausgewählt haben?«

Aber sie reagierten nicht, sondern traten ins Freie und gingen jeder für sich auf die Maschinen zu. Über ihnen schwebten mehrere Gleiter der GUSA-Luftabwehr, in einiger Entfernung hatten sich leichte Kampfpanzer von *Hardcastle & Co* in Stellung gebracht.

Viel zu viele nervöse Militärs.

»Was sollen wir tun, Vorsitzender?«, rief der Corporal, der mit der Situation sichtlich überfordert war, was ihm Zumi nicht einmal übelnehmen konnte. Einen derart ungewöhnlichen, heftigen First Contact hatte es schon lange nicht mehr gegeben.

Schon gar nicht auf Hakup, wo das Leben üblicherweise in geregelten Bahnen verläuft. Bevor Zumi ihm antworten konnte, hatten andere entschieden, was zu tun war: Aus den Gleitern über ihnen ging eine Salve von Warnschüssen nieder, die rechts und links um die Schiffe einschlugen.

Nein! Ihr schießwütigen Deppen! Asphaltbrocken wurden weit durch die Luft und gegen Zumi geschleudert.

Einer der Samariter reagierte, indem er ihn hinter sich schob und ihn mit der Panzerung vor den umherfliegenden Splittern der nahen Detonationen schützte. Als der Beschuss endete, setzte er seinen Weg ungerührt zusammen mit seiner Geisel durch den Dreckschleier fort. Eine Luke wurde wie aus dem Nichts in der Außenhülle sichtbar.

Jetzt hat er mich vor meinen eigenen Leuten retten müssen. Zumi wurde vom Samariter so unsanft ins schmale, enge Innere gezerrt, dass Schmutzklümpchen aus seiner Kleidung fielen. »Nein, halt! Das geht mir zu weit«, protestierte er. »Bitte, ich bin nur der Leiter der interstellaren Handelskommission und nicht wichtig! Ich muss hierbleiben! Der Gouverneur ...«

Der Eingang schloss sich.

Der Samariter ließ ihn endlich los, stapfte den von gelben Bodenlämpchen beleuchteten Gang entlang.

Wo ist das Schott? Zumi tastete an der Wand herum, um den Öffnungsmechanismus zu finden. Mit dem Eingabefeld, das er entdeckte, vermochte er nichts anzufangen. Dort, wo ihn der Samariter gepackt hatte, schmerzte der Oberarm. *Verdammt! Gibt es ...*

Der Magen sackte ihm nach unten, die Knie knickten unter der abrupten, unerwarteten Belastung ein. Er fiel auf den warmen Metallboden. Das Raumschiff war blitzartig gestartet und beschleunigte immer noch.

Dumpf knallte es. Hagel klickerte leise gegen die Wand.

Zumi nahm an, dass die Gleiter das Feuer eröffnet hatten, um seine Entführung zu verhindern. *Dass sie mich damit umbringen könnten, scheint sie nicht zu kümmern.* Noch immer schaffte er es nicht, sich aufzurichten. Das Atmen fiel ihm schwer, unter Aufbietung seiner Kraftreserven schob er sich den Respirator von Mund und Nase. *Besser.*

Die Beschleunigung ließ allmählich nach. Er kroch in eine schmale Nische, um sicheren Halt zu finden.

Keine Sekunde zu spät.

Der Samariter absolvierte ein hektisches Flugmanöver nach dem anderen, was Zumi zum Schreien brachte. *Ich habe Achterbahnen schon immer gehasst!* Aber das war schlimmer als alles, was er in dieser Hinsicht bisher erlebt hatte: Rollen, Richtungswechsel, gewaltiger Schub, minimale Phasen von Schwerelosigkeit und Stürze senkrecht nach unten. Zumi übergab sich mehrmals. Es ging einfach nicht anders.

Dann wurde der Flug unerwartet ruhig.

Gesprungen sind wir nicht. Er wagte es, aus seinem Eckchen zu kriechen und dem Gang zu folgen. Schließlich kam er an eine Stelle, an der die Wände auf zwei Metern durchsichtig waren. Zumi hatte keine Ahnung, aus welchem Material dieser Teil der Wände bestehen mochte, doch zumindest konnte er hier einen Blick hinauswerfen.

Oh, verflucht. Er sah Hakup von weit, weit oben, jenseits der Atmosphäre. Und er erkannte ein Geschwader von schweren Orbital-Gleitern der GUSA, die sich über die Flanke näherten und sich zum

Angriff formierten; im Hintergrund schwebte die nadelartige Verteidigungsplattform *Defense One*, von der sie gestartet waren. Da Zumi keine weiteren Raumschiffe der Ahumanen sah, ging er fest davon aus, dass die anderen beiden entweder vernichtet oder gesprungen waren.

Leiter der Handelskommission, pah! Dabei hatte ich mir den Posten ausgesucht, weil er so unaufregend und ungefährlich war, dachte er und seufzte, ohne dabei die angreifenden sieben Gleiter aus den Augen zu lassen. Deren Bewaffnung reichte von Maschinenkanonen bis zu Raketenlafetten und Mikrowellenstrahlern. Das würde selbst die Samariter zu Fall bringen. *Und damit mich.*

Die Gleiter hatten ihre V-Formation eingenommen.

Scheiße. Zumi blieb, wo er war. Er wollte das Ende kommen sehen, lehnte sich gegen das durchsichtige Wandelement.

Hinter den GUSA-Gleitern explodierten die Sterne und vergingen in einem Funkenregen, aus dem sich die länglichen Umrisse eines imposanten Raumschiffs formten. Der Rumpf funkelte und flirrte, je weiter er sichtbar wurde. Ein langer, blauer Schweif folgte ihm, der sich als die Plasmaflamme eines Triebwerks entpuppte.

Das glaube ich nicht! Zumi machte ungewollt einen Schritt zurück.

Er wusste, dass ein Orbital-Gleiter zwanzig Meter lang war. Vor dem aufgetauchten Schiff wirkten sie mickrig, wie kleine Fruchtfliegen vor einem Kürbis. Zwanzig Kilometer war es sicherlich lang und sechs oder sieben hoch, dazu türmten sich weitere Aufbauten in die Höhe, deren Sinn sich ihm nicht erschloss. Die Oberseite war abgerundet, die Unterseite lief keilförmig aus. Eine Mischung aus Torpedo und Axt. Das Schimmern ließ nach, zurück blieben die hellen Punkte im Rumpf. *Decklichter?*

Zumi zweifelte nicht daran, dass es sich um die Samariter handelte, die aus dem Interim in das System rauschten.

An einer weiteren Stelle des Universums detonierten die Gestirne: Funkelnd tauchte ein ebenso großes Schiff auf.

Dann noch eines.

Und noch eines ...

Das glaube ich nicht! Mehr konnte Zumi bei dem Anblick nicht denken. Es wollte ihm nichts Schlaues einfallen. Staunen, Angst und das Begreifen, dass die Samariter Hakup mit dieser Streitmacht im Handumdrehen einnehmen konnten, lähmten seinen Verstand.

Die GUSA-Gleiter hatten ihren Angriff schon lange abgebrochen und versuchten, zur Verteidigungsplattform zurückzukehren, die ein Zehntel der Größe eines der fremden Schiffe besaß.

Blaue Strahlen jagten aus den Aufbauten des vorderen Samariter-Schlachtschiffs mitten in die *Defense One* hinein und brachten sie von innen heraus zum Leuchten, als würde eine kobaltfarbene Sonne in ihr aufgehen.

Oder die Reaktoren detonieren. Zumi musste die Augen schließen, doch selbst durch die Lider hindurch blendete es ihn. Und als er sie wieder öffnete, war die Station verschwunden. Die GUSA-Gleiter trudelten durchs All, ohne Antrieb, ohne Lichter.

Nein, sie kann nicht so einfach ... vernichtet worden sein! In ein paar Sekunden ausgelöscht! Darauf lebten fünftausend Menschen! Zuerst rettet ihr Leben, dann vernichtet ihr es tausendfach? Er unterdrückte einen Schrei des Entsetzens. *Was gäbe ich dafür, jetzt aufzuwachen und festzustellen, dass alles nur ein Traum war!*

Sein Gefängnis setzte sich in Bewegung, drehte sich und hielt auf das erste der gigantischen Schiffe zu.

Zumi sah die zwei anderen vorbeiziehen. Sie wurden größer und größer, nahmen das ganze Blickfeld ein und verdeckten die Sicht auf seine Heimat Hakup. Seine Vorstellung malte ihm aus, wie die ersten samaritanischen Einheiten auf den Planeten niedergingen und ihn einnahmen.

Was soll sie aufhalten? Das bisschen Flugabwehr? Aber was kommt danach? Wonach trachten sie? Zumi fürchtete, dass es um Hakup geschehen war. *Wer als Freund kommt, marschiert kaum wie zu einem Krieg auf.* Noch immer wusste er nicht, welche Rolle ihm dabei zugedacht war.

Graue Wände mit großen und kleinen Öffnungen darin glitten vorbei und verrieten nichts über die Herkunft der Fremden. Keine

Symbole, keine Zeichen, durch die man sie identifizieren konnte. Hinter einzelnen Fenstern brannte blaues Licht, Schemen bewegten sich darin.

Dann wurde ein ganzes Stück von einem der beiden Kolosse abgekoppelt. Es offenbarte sich als ein weiteres Schiff, wesentlich kleiner und damit tauglich, in die Atmosphäre des Planeten einzutauchen. Vier Triebwerke leuchteten grün auf, und es verschwand aus seiner Sicht.

Alles Gute, Gouverneur Fringeman. Zumi sah kurz wieder das All, und dann glitten grau getäfelte Wände dicht an ihm vorbei, bis das Raumschiff anhielt. Er musste an ein Bassin denken.

Eine Schleuse. Er lauschte und überlegte. *Meinen Tod wollen sie nicht, das hätten sie einfacher haben können. Ich könnte versuchen, Verhandlungen zu führen. Für Hakup und die GUSA, damit es nicht noch schlimmer kommt! Ich weiß, dass sie mich verstehen! Der eine hat mir zugenickt.*

Nach einer kleinen Pause vernahm er die schweren Schritte eines Samariters, der bald im Schein der Ganglampen erschien und auf ihn zuhielt.

»Verzeihung, aber bekomme ich die Gelegenheit, mit Ihrem ... Vorgesetzten zu sprechen? Deswegen haben Sie mich doch mitgenommen, oder?«

Im Vorbeigehen packte der Samariter Zumi am Arm, und wieder wurde er mitgezerrt wie ein störrisches Haustier.

»Bringen Sie mich zu ihm, bitte? Sehen Sie, es könnte zu weiteren Missverständnissen kommen und Unschuldigen auf beiden Seiten das Leben kosten, und das möchte ich verhindern.« Wieder glaubte er, ein Nicken erkannt zu haben.

Der Ausgang öffnete sich, graues Nebellicht fiel von draußen herein.

»Dann sollten wir aufbrechen.« Zumi atmete tief durch und verdrängte seine Angst. *Ich trage Verantwortung für das Schicksal eines Planeten! Ich werde reden wie niemals zuvor in meinem Leben. Das wird die wichtigste Verhandlung, die ich jemals geführt habe.*

Der Samariter stapfte los, zog ihn mit sich und schritt eine flache Rampe hinab. Sie befanden sich in einer Röhre mit glatten Wänden aus Kunststoff; aus der Decke hingen Kabel, die sich von selbst mit dem Gleiter verbanden.

Schmeicheln, verbiegen, bewundern. Ich muss alles tun, um Hakup zu retten.

Sie verließen die Röhre durch ein breites Tor, das sie in eine Art gigantischen Hangar führte. Darin standen geschätzte einhundert Samariter herum, deren Rüstungen im Gegensatz zu den dreien, die Zumi bisher gesehen hatte, komplett unterschiedlich geformt waren. Keine ähnelte der anderen, aber alle trugen diesen Tornister auf dem Rücken, in dem vermutlich eine Energiequelle saß. Ansonsten gab es in der Halle nichts. Sie wirkte frisch gesäubert und roch steril und weiß.

Was soll das nun?

Es war so still, dass Zumi sein Blut in den Ohren rauschen hörte. Ihm war nicht klar, ob sie den Sauerstoff speziell für ihn produziert hatten, oder ob die Ahumanen ebenfalls Atemluft zum Überleben benötigten. Umgeben von so vielen Hünen in Rüstung, die ihn hinter den verspiegelten Visieren vermutlich anstarrten, sank sein Mut wieder.

Ist das ein Rat? Mit welchem von ihnen soll ich reden?

»Geschätzte ... Lebewesen«, begann er mit belegter Stimme, »ich bin ...«

Sein Entführer sagte etwas in der Sprache der Ahumanen, und die Gepanzerten wandten sich zu ihnen um. Sie bewegten sich unvermittelt, bildeten einen exakten Kreis, in dessen Mitte Zumi und sein Entführer standen; dann trat der Samariter in die Reihe seiner Artgenossen und ließ den Menschen allein in ihrer Mitte.

Na, immerhin habe ich ihre volle Aufmerksamkeit. »Bitte, was wollt ihr von mir? Von Hakup?«, fragte er leise und drehte sich langsam um die eigene Achse. Seine Nervosität stieg, seine Beredtheit versiegte, und jede rhetorische Souveränität löste sich auf; heraus kam Gestammel. »Ihr ... versteht mich doch, ist es nicht so? Wir

Hakupianer sind ... friedliche Menschen, die nichts Böses wollen. Wir heißen euch gerne willkommen, sofern ... ihr gekommen seid, um ... Handel zu treiben.« *Was rede ich denn da?* »Wir sind nicht daran interessiert, eine Auseinandersetzung mit euch zu führen, die zum Tode von ...« Zumi geriet ins Stocken.

Die Samariter regten sich nicht.

Es misslingt! Seine Ohnmacht ließ ihn verzweifeln. »Versteht ihr mich? Wir wollen keinen Krieg mit euch!«, rief er.

An den Wänden leuchteten Bilder auf. Bilder von Menschen, die lachten und sich umarmten; die aus den Fenstern von schönen Häusern winkten; die sich liebten; die mit ihren vielen, vielen Kindern spielten. Ein Idyll jagte das nächste.

Sie wollen mir damit etwas sagen, und es sieht nach Frieden aus. Dann erkannte Zumi, dass Samariter im Hintergrund standen und den Menschen zuschauten; Samariter, die Menschen behandelten; Samariter, die Pakete vor den Häusern ablieferten und wieder gingen; Samariter, die neben Babys standen, sich bückten und sie mit ihren Eisenfingern sehr zärtlich streichelten.

Zumis Verwirrung nahm zu. *Wie habe ich das zu verstehen?* Er drehte sich und betrachtete die Einspielungen. »Soll *das* die Zukunft sein?«, fragte er. »Seid ihr nach Hakup gekommen, um mit uns ... *zusammen*zuleben?«

Nun schossen Zahlenkombinationen über die Bilder. Sternensysteme wurden ihm präsentiert, noch mehr Ziffern reihten sich aneinander, DNA-Darstellungen folgten – und dann endeten die Einspielungen.

Zumi blickte auf die nackten Wände, schluckte. »Ich bin mir nicht sicher, ob ich eure Botschaft richtig verstanden habe.«

Sein Entführer trat vor, die merkwürdige Maschinensprache erklang.

Der erste Samariter streckte die Hand nach vorne, der zweite blieb unbeweglich, der dritte auch, der vierte hob den Arm.

Sie stimmen ab, begriff Zumi. *Gott, sie stimmen über mich ab!* Er wünschte sich Lyssander sehnlichst herbei. *Ich hätte nicht zulassen* dürfen, dass Darakinta ihre Privatrache ausübt. Mit einem ordentlichen Verfahren hätte Lyssander auf Hakup bleiben müssen und mich begleiten können. Dann säße ich nicht taub und stumm bei den Ahumanen! Die Reue kam zu spät.

Die Abstimmung war abgeschlossen. Zumi sah weniger erhobene Hände als herabhängende Arme. Er wurde unruhiger. *Haben meine Worte Gutes bewirkt?*

Sein Entführer sagte wieder etwas, dann marschierte er auf Zumi zu und blieb vor ihm stehen.

»Muss ich sterben? Habt ihr meinen Tod beschlossen?«, platzte es aus ihm heraus. »Sag was!«

Der Samariter schwieg. Wie immer. Stattdessen packte er Zumi am Arm und ging los.

Er bringt mich ... wieder nach Hause? Er folgte ihm erzwungenermaßen zum dritten Mal. *So muss sich ein Hund fühlen.*

Sie verließen den Kreis und die Halle, schritten zurück in die Röhre, in der das Schiff stand. Die Luke öffnete sich für die beiden, und sie stiegen ein.

Zumi wurde die quälende Ungewissheit zu viel. Als sich der Eingang schloss und der Samariter gehen wollte, stellte er sich ihm mit dem Mut der Verzweiflung in den Weg. »Ich weiß, dass du mich verstehst: Was ist in dieser Halle geschehen? Über was habt ihr abgestimmt? Wohin sollst du mich bringen?«

Der Ahumane umschloss mit einer Hand sanft seine Kehle und schob ihn zur Seite. Dann strich er ihm behutsam über den Kopf, wie Zumi selbst es schon oft bei seinen Kindern getan hatte, um ihnen zu zeigen, dass er sie liebte. Er ging den Gang weiter und war verschwunden.

Was hatte das zu bedeuten? Ich will wissen: »Was hat das zu bedeuten?«, schrie er ihm nach. »Das war keine Antwort!«

Als der Gleiter startete und die Röhre verließ, stand Zumi hilflos an seinem Ausguck und sah die unvorstellbar großen Schiffe um sich herum.

Aus den offenen Luken strömte inzwischen eine lautlose Karawane kleinerer Gleiter. Größere Schiffe befanden sich bereits auf dem Weg durch die Schichten der Atmosphäre seiner Heimat und ritten auf feurigen Strahlen der Planetenoberfläche entgegen.

Alles wird gut. Sie meinen es nicht schlecht mit uns. Er dachte an die positiven Bilder, die ihm gezeigt worden waren. Als er nach rechts schaute, sah er die *Defense One* hell erleuchtet im All stehen. Sie wirkte zwischen den Titanen klein und fragil. Schützenswert.

Zumi lachte erleichtert auf. *Sie existiert noch! Ich habe die Samariter zu schnell als Mörder beschimpft! Zum Glück habe ich mich in ihnen getäuscht!*

Und als er dann noch verfolgte, wie die manövrierunfähigen Gleiter der GUSA von den Fremden mit einem großen Schiff geborgen wurden, erstarkte in ihm die berechtigte Hoffnung, dass der First Contact entgegen aller bisherigen Missverständnisse ein ausgezeichnetes Ende nehmen würde ...

Zweite Szene

1. Januar 3042 a.D. (Erdzeit)

SYSTEM: SOL
PLANET: ERDE/TERRA (FREIZONE)
GLOBALE SPEICHEREINHEIT: I
KOORDINATEN: 45°26'N, 12°20'O

Kris behielt die Anzeigen genau im Blick. Er wusste nicht, wann er das letzte Mal derart langsam gefahren war.

Das LCV zog mit siebzig Stundenkilometern dahin und arbeitete am Limit dessen, was es zu leisten imstande war. Zwölfhundert und eine Tonne drückten nach unten und belasteten die Antigravpulsatoren bis zum Anschlag. Sämtliche Überwachungsraster bewegten sich an der Grenze zum roten Bereich. Der Kleinstreaktor tief unter ihm im Herzen der Zugmaschine schaffte es gerade so, genügend Energie für die Schleichfahrt zu produzieren.

Sollte einer von den Pulsatoren ausfallen, bin ich so was von am Arsch. Kris hatte noch nie bei einem Transport geschwitzt, weil es keinen Grund gegeben hatte. Das Cockpit war klimatisiert, er musste sich nicht sportlich betätigen. Aber das Wissen, dass er persönlich die Verantwortung trug und ihm der Autopilot nicht beistand, während er Tonnen über den matschigen Meeresboden des venezianischen Golfs kutschierte, trieb ihm den kalten Schweiß auf die Stirn. Dazu gesellte sich die Gewissheit, dass das extraterrestrische LSP-Modul hinter ihm mit Sicherheit unersetzbar war. Die Versicherung der *Freighteners* würde schon durch einen Kratzer im Lack pleitegehen. *Nein, sie würden mich haftbar machen.* Ein neuerlicher Schweißausbruch überfiel ihn.

Der Kurs, den er vor einer Stunde bekommen hatte, führte ihn nach Süden, hinaus ins einstmals offene Meer und zu Hochregalpark I/52AFK/GI, was Kris verwunderte. Zuladen konnte er nichts mehr. Warum lotsten ihn die Hoverpanzer der *Gauss Industries*-Truppe dahin?

Wird eine Ablenkung für mögliche Verfolger sein. Er sah auf das Radar im Armaturenbrett, aber es zeigte sich nichts. Sie waren alleine.

Das Warnsystem des Reaktors fiepte und meldete eine leichte Überhitzung.

»Scheiße.« Kris würgte den Signalton ab und öffnete die seitlichen Verkleidungen der Zugmaschine. Damit erhöhte sich der Luftwiderstand des Gespanns und schuf Verwirbelungen, aber der Regen gelangte ins Innere und reduzierte die Wärme, bevor sie außer Kontrolle geriet. Ungefährlich war das nicht. Aufgewirbelte Steinchen und scharfkantige Schrottstückchen konnten hineingelangen, Abdeckungen durchschlagen und die elektronische Reaktorsteuerung sowie die empfindlichen Leitungen oder Platinen beschädigen.

Anders geht es nicht. Kein Interesse zu verglühen. Es sind noch vier Stunden, bis wir angekommen sind. Wo auch immer das sein mag.

»Hier *GI first*: Kutscher, was soll das?«, kam es aus dem Lautsprecher des Koms.

Aha, sie haben mitgekriegt, was ich getan habe. Kris drückte die Taste und konnte sich die Bemerkung nicht verkneifen: »Sorry, darf ich denn antworten? Ich meine, was ist mit der Funkstille?«

»Antworten Sie.«

»Ich musste die Hitze in den Griff bekommen«, erklärte er und unterdrückte das Lachen. »Der Reaktor läuft warm, weil ich leicht überladen bin und nicht so schnell fahren kann, dass Kühlwind auf herkömmlichem Weg in den Innenraum gelangt.«

»Das stellt ein Sicherheitsrisiko dar«, bellte ihn der Gardeur an. »Sollten wir angegriffen werden …«

»… habe ich euch«, unterbrach Kris ihn gelassen. »Ich schreibe euch auch nicht vor, wie ihr euren Job zu tun habt, also lasst mir bloß meine Ruhe!« Er beendete das Gespräch und sagte »Arschloch« beinahe zu früh. Um ein Haar wäre das Schimpfwort durch den Äther gegangen.

Vor ihm lag nichts als ebene, dunkelgraue Fläche, am Horizont erhoben sich die Hochregale von Park I/52AFK/GI.

Die größte dieser Speicheranlagen barg klotzartige Gebäude von dreitausend Metern Höhe in sich und verteilte sich über mehrere

Hundert Quadratkilometer. In diesen Parks lagerten Unternehmen ebenso ihre Rohstoffe und Produkte wie Nationen ihre Reserven jeglicher Art: Edelmetalle, ahumane Metalle, Ausgrabungsfunde der *Ancients*, kostbare Kolonialware, Daten, Schmuck. Beute nannten es andere.

Kris hatte einmal gelesen, die Kolonisation des 19. und 20. Jahrhunderts sei von der Menschheit konsequent von der Erde ins All getragen worden, nur habe sie diesmal weitestgehend auf die damaligen Gräueltaten verzichtet. Nicht, weil sie aus der Geschichte gelernt hätte, sondern in Ermangelung passender Gegner.

Die tote, ausgebeutete Erde war zu einem gewaltigen Speicher, zu einem einzigen Hort für die Schätze und Errungenschaften geworden. Das bisschen verbliebene Natur wurde weiter zerstört oder sich selbst überlassen. Außer den zähen Insekten gab es keine Tiere mehr. Ausgerottet. Ohne Importe von Kolonialwelten wären die Menschen auf der Erde verhungert und ohne Wetterkontrollsystem schon lange abgesoffen, von Stürmen davongewirbelt oder von der Sonne ausgetrocknet. Dass die Erde zu einem zweiten Mars mutierte, war gerade noch verhindert worden, und dennoch neigten die Wetterbedingungen zu extremen Ausschlägen.

Die Regierungen der Staaten saßen in einer der molochartigen GlobalCities und leiteten von dort ihre Länder auf der Erde sowie die Kolonien. Auch wenn diese siebenundzwanzig Titanstädte Milliarden von Einwohnern beherbergten, lebte das Gros der Menschheit an schöneren Plätzen auf schöneren Planeten.

Es gab nur zwei Typen von Erdbewohnern: die Reichen, die in den schönsten, höchsten Wolkenkratzern oder auf einer künstlichen Insel namens *At Lantis* lebten, und die Armen. Die Verlierer.

Kris gehörte zu den Verlierern. Jemand musste Kutscher sein, Lagerverwalter. Aufräumer. Kris hatte keinen Ehrgeiz mehr, seinen Status zu ändern.

»Genau deswegen hast du keine Frau mehr und musst deiner Tochter hinterhertrauern«, wie ihm Ugly, einer der anderen Kutscher, nach zehn Bier am Tresen vom *HookUp*, der Stammkaschemme, gesagt hatte. »*Du* bist jung und hast eine Pilotenausbildung. *Wir* sind die Interim-Krüppel, denen sie einen netten Job gegeben haben, damit sie uns keine Rente zahlen müssen«, hörte er Uglys Worte von damals. »Was, beim Hades, machst du hier auf der Erde?«

Was, beim Hades, mache ich hier? Kris sah auf die größer werdenden Regaltürme. *Ich würde sagen: meinen Job.*

Ein leises *Ping* lenkte seine Aufmerksamkeit auf das Radar: ein Punkt, noch ein Punkt ...

»Fuck«, entfuhr es ihm: Vier Flugobjekte näherten sich ihnen von Nordosten mit dreifacher Schallgeschwindigkeit. *Gleiter.* Damit war klar, dass es sich nicht um einfache Parkpiraten handelte, die sich auf das Plündern der Lagerstätten spezialisiert hatten. Diese griffen höchstens mit Hubschraubern oder Schwebern an, militärische Ausrüstung besaßen sie jedoch nicht. Eine Kennung strahlten die Gleiter nicht ab. Das war ein noch weniger gutes Zeichen.

»GI first, haben Sie unseren Besuch auch gesehen?« Kris blickte nervös auf die Entfernungsanzeige. In weniger als einer Minute waren sie über dem LCV. Er sah zum ersten Hoverpanzer. »GI first?« Durch seine erhöhte Position besaß er einen guten Überblick über den Meeresboden. So fiel ihm der abgestorbene, verkrüppelte Baum sofort auf, der einsam und verlassen aus dem Grau ragte. Auf der ausgezehrten, vergifteten Salzerde gedieh üblicherweise nichts ...

»Halten Sie die Geschwindigkeit, Kutscher.« Der Gardeur klang sehr angespannt, im Hintergrund vernahm Kris Stimmengewirr und verschiedene Funksprüche. Auf dem Dach des Panzers richteten sich die sechs Flakkanonen aus.

Das wird nie im Leben was, dachte Kris. Herkömmliche Explosivgeschosse gegen Gleiter, die mit Mach drei flogen. Jetzt befand er sich genau in *dem* gefährlichen Leben, das er nicht hatte führen wollen. Das Abenteuer war einfach zu ihm gekommen.

Vor den Mündungen der Sechsfachkanonen blitzte es im Wechsel auf. Unterarmlange Munitionshülsen wurden im hohen Bogen und in einem scheinbar unendlichen Strahl an der Seite ausgeworfen und flogen davon.

Kris konnte sich das Dröhnen vorstellen, in der Kanzel hörte er jedoch nichts davon. Die Außenmikrofone hatte er ausgeschaltet.

Gleich danach zogen die vier Gleiter über den Konvoi hinweg. Keiner von ihnen war getroffen worden; den Modellen nach mussten es *Hayabusa* sein, Jagdmaschinen der Eastern Stars.

War klar. Wieder sah er zum Baum, der ihn durch seine bloße Anwesenheit irritierte. *Jetzt geht das Hauen um den Antrieb los.*

Da platzte die Rinde ab. Der Stamm spie auf einen Schlag zwanzig kleine Raketen aus, die auf weißen Abgasstrahlen angeschossen kamen. Als Schwarm fielen sie über den ersten gepanzerten Hovercraft her.

Das Gefährt explodierte in zahlreichen kleinen Detonationen, wurde regelrecht in Fetzen gesprengt. Die Trümmer flogen weit umher.

Das LCV zog unbeirrbar mitten durch die Schrottwolke. Die scharfkantigen Teile vermochten der Kanzel nichts anzuhaben, die stählerne Frontschürze räumte die größeren Reste aus dem Weg.

»Fuck, fuck, fuck!« Kris hatte die Taste zum Schließen der seitlichen Abdeckungen längst gedrückt, doch es würde nicht mehr reichen: Mehrere Fragmente des Hoverpanzers fanden den Weg in den Motorraum. Keine Sekunde danach ratterten die Statusmeldungen über einen der Bildschirme: durchschlagene Schutzkästen, gekappte Stromleitungen, eine zerstörte Reaktorsteuerungsplatine, Kühlmittelverlust, Druckabfall.

»Warnung: Fahrzeug sofort anhalten!«, verlangte der Computer. »Abfallende Leistung der Pulsatoren. Bodenkontakt des Hecks in voraussichtlich zehn Minuten. Achtung: Ladungsverlust, Ladungsverlust!«

»*GI first* ... nein, *GI second*«, rief Kris ins Kom-Gerät und tippte auf die Steuerungskonsole ein, um Restenergie umzuleiten und sich mehr Zeit zu verschaffen. »*GI second*, meine Zugmaschine ist beschädigt worden. Ich muss anhalten.«

»Negativ, LCV«, kam es sofort. »Sie fahren weiter!«

»Aber wenn ich bei siebzig Sachen aufsetze ...«

»Unwichtig. Wenn *Gauss Industries* das Triebwerk nicht bekommt, wird es keiner bekommen«, lautete die Anweisung. »Nutzen Sie den Notausstieg, sobald das LCV seine Stabilität verliert.« Der Gardeur sagte noch etwas, aber ein Rauschen überlagerte seine Stimme. Kris vermutete, dass die Angreifer einen Störsender aktiviert hatten.

Der Baum spuckte wieder eine Salve Raketen aus.

Dieses Mal erwischte es den hinteren Hoverpanzer, wie ihm die Kameras zeigten. Zwar wurden zwei Drittel des Sprengkörpers im Abwehrfeuer der Flak vernichtet, doch die Einschläge in den Motor und in das vordere Schweberkissen sorgten dafür, dass sich das Vehikel überschlug. Noch während der Panzer sich drehte, jagte ein Gleiter im Tiefflug heran und setzte eine Breitseite aus den Bordgeschützen hinein. Von dem Hover blieb nichts als ein schwarzer, brennender Klumpen.

Endlich wurde der falsche Baum von der Flak des dritten Fahrzeugs zerlegt.

»Fuck, hätte ich das gewusst!« Kris sah gar nicht mehr auf die Bilder, sondern bearbeitete fieberhaft die Tasten der Konsole. Die Armaturen behaupteten: *Leistung ausreichend für acht Minuten, danach Reaktorabschaltung. Achtung: Fahrzeug anhalten, dringend Werkstatt benachrichtigen.* »Ich wäre zu Hause geblieben.«

»Hier spricht *Renegat Alpha*. Ich bin der Pilot des silbernen *Hayabusa*, schwarzes Cockpitglas, gelbes Symbol an der Flanke«, wurde er angefunkt. »Kutscher, fahren Sie Maschine zu folgenden Koordinaten …«

»Kann ich nicht. Mein Reaktor kollabiert in etwa acht Minuten!«

»Dann bringen Sie die Maschine zum Stehen. Wir wollen die Ladung, nicht Ihr Leben.«

Kris lachte bitter. »Schon klar. Als Dank bekomme ich dann eine Kugel durch den Kopf.«

Renegat Alpha musste ebenfalls lachen. »Nein. Sie bekommen zehntausend Tois, wenn Sie das Artefakt auf Ihrem Auflieger vor der Zerstörung bewahren.«

»Sicher. Klar. Glaube ich auch sofort.«

»Wir überweisen Ihnen das Geld innerhalb einer Minute. Unser Auftraggeber hat bereits Vorbereitungen getroffen«, sagte *Renegat Alpha*. »Nennen Sie mir Ihre Bankdaten. Sie können Ihr Konto prüfen. Ich schwöre bei meiner Maschine, dass wir Ihnen nichts tun werden.«

Der dritte Hoverpanzer verging in einer Explosion, einige Teile prallten gegen den Auflieger und das Triebwerk. Die Eskorte war Geschichte.

Was mache ich denn jetzt? Kris war vollständig überfordert. Mit allem. Falls er der Aufforderung nicht nachkam und die Anweisung von *GI* nicht befolgte, würde er den LCV zu Schrott verwandeln und von *Renegat Alpha* anschließend bestimmt erschossen werden. *Händige ich den Angreifern das LSP-Triebwerk aus, wird mich GI bis ans Lebensende mit Klagen überziehen. Und mir Killer auf den Hals hetzen.* Bei der hohen Summe, bei dem besonders wertvollen Fund, um den es ging, würde auch sein Gewerkschaftsausweis nicht helfen. Und niemand konnte ihm die Entscheidung abnehmen.

»Fuck!«, schrie er wieder – und leitete den Bremsvorgang ein. *Ich habe keine Lust, jetzt schon draufzugehen.* Danach gab er Renegat Alpha seine Kontodaten durch. *Bin nur gespannt, ob ich etwas erhalte. Das werde ich gleich an GI weiterleiten. Als Anzahlung,* dachte er bitter.

»Sie sind weise, Kutscher«, sagte Renegat Alpha.

»Tja. Das sehe ich dann gleich.«

»Ich halte mein Wort. Wir treffen uns, sobald der Truck steht.«

Das LCV verringerte je zweihundert Meter seine Geschwindigkeit um einen Stundenkilometer. Kris verfolgte, wie der vierte Hovercraftpanzer von den überlegenen Gleitern zerlegt wurde. Die Angreifer hatten dagegen keinerlei Ausfälle zu beklagen und waren nur leicht beschädigt worden.

Die Lenkung des Gespanns und Steuerung der angeschlagenen Systeme verlangten Kris' gesamtes Können. Wieder schwitzte er. *Sobald der Langstreckenfunk wieder einsatzbereit ist, sollte ich die Gewerkschaft informieren. Ich brauche einen Rechtsbeistand. GI wird mich vor Gericht zerren, das ist sicher.*

Das Radar meldete ihm neuerlichen Kontakt: sieben herkömmliche Kampfjets mit italienischer Kennung, die den Gleitern durch ihre Raketen durchaus gefährlich werden konnten.

War auch klar. Kris kümmerte sich nicht weiter um den anbahnenden Luftkampf. Er hatte alle Hände voll mit dem LCV zu tun, das zunehmend bockiger wurde. Die Pulsatoren liefen nicht mehr stabil, in unregelmäßigen Abständen verloren sie an Hebekraft. Jedes Mal, wenn eine

Seite oder das Heck kurz aufsetzten, wurde der Auflieger in Schwingung versetzt, die Kris durch Fahrmanöver ausgleichen musste. So oder so wollte *er* die Ladung nicht zerstören. Kutscherethos.

Die Kameras zeigten ihm, dass einer der *Hayabusas* plötzlich dicht über dem LSP-Triebwerk schwebte, kurz vor der dickeren Wulst. Ein Mann in einem engen, grauen Raumanzug sprang aus der Luke hinunter auf die Hülle, schaffte es, sich daran festzuklammern.

Was macht der denn da?

Vorsichtig stand der Mann auf und balancierte darauf entlang, während der Gleiter an den Himmel zurückkehrte.

Der will mich aus der Kanzel holen!

»Kollisionsalarm«, meldete der Computer.

Kris war gezwungen, nach vorne zu schauen: Einer der Jets raste in gerader Linie auf ihn zu! Unter seinen Tragflächen löste sich Rakete um Rakete. Die gelb bemalten Sprengköpfe zischten vorwärts ...

In Kris' Nacken zog es plötzlich vor Angst. Er hatte den vernichtenden Geschossen nichts entgegenzusetzen, keine Flaks und keine Hitzetäuschkörper, mit denen er die gegnerische Zielerfassung austricksen konnte.

Das Ziehen wurde schmerzhaft und beeinträchtigte seine Wahrnehmung, breitete sich über ihn aus und schien seine Haut in Flammen zu setzen. Er fühlte eine unglaubliche Beschleunigung auf sich wirken und sah durch einen Schleier die digitale Geschwindigkeitsanzeige des LCV bei neunhundertneunundneunzig stehen.

Das kann nicht ...

Die Umgebung wurde gleißend hell, während sich in seinem Körper ein Druck aufbaute, der ihm den Schädel zu sprengen drohte. Schreiend driftete er von der Helligkeit in ein Grau hinüber und wurde gleich darauf in Dunkelheit geworfen, aus der sich das All mit seinen Sternen formte.

Kris atmete keuchend und beugte sich nach vorne, übergab sich auf die Konsole und kotzte die Armaturen zu. Er konnte die Kontraktionen nicht kontrollieren. Unsichtbare Hände walkten den Magen durch und pressten ihn zusammen.

Endlich ließ der Zwang nach, den er von früher sehr gut in Erinnerung behalten hatte. *Das kann nicht geschehen sein.* Er spuckte aus und schaute hinaus.

Eine Schmierschicht haftete auf dem Glas und machte die Umgebung teilweise undeutlich. Zwei Planeten, einer rot, der andere grünlich schimmernd, schwebten groß wie Medizinbälle vor ihm. Über ihm kreiste ein magentafarbener, wabernder Spiralnebel mit diamantengleich funkelnden Sonnen darin, und unmittelbar zu seiner Rechten, keine zwei Kilometer entfernt, rotierte eine sogenannte Wagenrad-Raumstation mit ihren fünf Stockwerken um eine senkrechte Achse.

Dieses Arschloch hat den LSP-Antrieb ausgelöst! Kris sah misstrauisch nach der Kanzelscheibe. Auf Dauer würde sie dem Vakuum nicht standhalten, auch wenn das LCV laut Hersteller in »feindlicher Umgebung« operieren konnte. Um ihn herum war eisige Feindseligkeit, voll von Strahlung, Vakuum und vielfachen Todesmöglichkeiten. Er hasste den Weltraum, der vor dem dünnen, angeschlagenen Synthetikglas lauerte, und das machte ihn blind für die Schönheit des Nebels oder der Planeten.

Die Anzeigen waren tot, die Elektronik hatte den Sprung durchs Interim nicht überstanden. Er rieb sich das schmerzende Genick. *Mein achtzehnter Sprung.* Er würde es sich gleich in sein Kontrollbuch eintragen, bevor er es vergaß.

Aus der Raumstation näherten sich mehrere Bergungsgleiter.

Kris sah zu, wie sie mit Hilfe von langen Greifarmen Kabel am Truck befestigten und ihn abschleppten. Das Emblem von *Bangash Industries* prangte weithin sichtbar an der Station; ihr Name lautete *Shiva's Fortress,* wenn er es richtig lesen konnte. *Aha. Die Inder haben mich geschnappt.* Was genau das Unternehmen herstellte, hatte er vergessen. Zu viele Firmen und Kons im Universum, um sich jedes einzelne und jeden einzelnen merken zu können.

Langsam ging es durch ein breites Schott ins Innere. Weißer Nebel hüllte den Transporter ein, der Interim-Schleim wurde gebunden und entfernt.

Kris suchte seine Pistole. Er wusste nicht, wie der Konzern ihn behandeln würde, und kampflos gab er sicherlich nicht auf. Kutscher wie er waren immer bewaffnet. Er legte das Achselholster an und nahm das *Veloc* Hochgeschwindigkeitsgewehr aus der Halterung neben der Tür, lud durch und wartete. Die Zweifel an seiner Heldennummer kamen von selbst, als er auf die digitale Munitionsanzeige im vorderen Teil der Schulterstütze sah: 50.

Die Gleiter brachten das LCV in einen Hangar, in dem rotes Einsatzlicht brannte, und setzten ihn ab, um durchs Schott hinaus zu verschwinden.

Ein Signalton erklang gedämpft, die Lampen sprangen um auf Grün; gleich darauf öffnete sich ein kleines Tor.

Eine Gruppe Wissenschaftler – zumindest nahm es Kris wegen der weißen Kittel an – betrat den Hangar. Begleitet wurden sie von zehn Gepanzerten; dahinter liefen zwei armlose, zweibeinige Roboter, die an laufende kupferfarbene Riesen-Toaster erinnerten. Die Mündungsklappen und zwei kleine, vierschüssige Raketenlafetten auf den Schultern verrieten, was deren Aufgabe an Bord der Station war. Das Design der Bots und der Panzeranzüge war auffällig: ein verspielter Mix aus indisch-orientalischen Ornamenten und Jugendstil.

Ein bewaffneter Konzern-Gardeur machte einen Schritt auf den Truck zu und bedeutete Kris auszusteigen.

Tja. Unschlüssig saß er in seiner verkotzten Kanzel. *So hätte der Tag nicht enden sollen.* Er wusste nicht, was er tun sollte. Die Sekunden verstrichen.

Der Gardeur hob den Arm, und ein Ruck ging durch die Bots. Sie staksten nach vorne, die Klappen der Rak-Lafetten öffneten sich.

Tja. Schließlich entschied sich Kris dafür, das LCV zu verlassen, bevor sie ihn eliminierten. *Scheiß auf die Heldennummer.* Da sich das Cockpit nicht nach unten fahren ließ, öffnete er den Ausstieg von Hand und kletterte die schmalen Eisensprossen nach unten, bis er auf den Stahlboden sprang. Erst jetzt merkte er, dass blaue Lichtpunkte auf ihm leuchteten. Ziellaser, deren Ursprung bei den Bots lag.

»Meinen Glückwunsch«, sagte einer der Wissenschaftler, der in der ersten Reihe stand. Die gewellten, schwarzen Haare trug er kurz und mit Gel eng an den Kopf gelegt. »Sie sind der erste Mensch in der Geschichte, der einen KSP mit einem Truck absolviert hat. Und dazu noch lebend!«

Kris zuckte mit den Achseln. »Geplant hatte ich es nicht. Also, das Springen.«

Die Wissenschaftler lachten, und auch die Gardeure grinsten in ihren Helmen. Vor seinen Waffen fürchteten sie sich nicht. Ihre Überlegenheit war zu deutlich.

»Namaste! Mein Name ist Professor Fandaram, ich leite die Forschungsstation *Shiva's Fortress*, auf der ich Sie willkommen heiße, Mister Schmidt-Kneen«, sprach er amüsiert und rückte an seiner dicken Nerd-Brille herum. »Im Namen der Menschheit und des Unternehmens *Bangash Industries* spreche ich Ihnen meinen Dank aus, dass Sie der Aufforderung nicht nachgekommen sind, dieses unersetzliche Stück Technik dem Untergang preiszugeben.« Er zeigte auf den Antrieb hinter ihm. »Selbstverständlich haben Sie die zugesicherten zehntausend Terracoins für Ihre Entscheidung erhalten.«

»Okay.« Kris wusste nicht, was er sonst hätte sagen sollen. Er wandte sich zum Truck um und machte ein paar Schritte zur Seite, damit er ihn besser betrachten konnte.

Direkt unter seiner Kanzel, dort, wo der Kleinstreaktor gesessen hatte, klaffte ein Loch, und die Abdeckungen waren abgerissen. Die Kraftquelle, die eigentlich die Pulsatoren speiste, hatte einen Kreis durch den Boden gebrannt – oder zumindest sah es so aus. Der Auflieger hatte seine rote Farbe eingebüßt, jemand schien die Lackierung mit einem Schweißbrenner abgeflämmt zu haben. Die Folgen des ätzenden Interim-Schleims.

»Ach du …« Kris ging weiter um den mehrfach gehärteten Stahl-Auflieger herum. Etliche Pulsatoren waren durchgebrannt und nichts weiter als verschmurgelte Reste. Das LSP-Triebwerk hatte den Teil unmittelbar unter den Düsen einfach weggeschmolzen, erkaltete Reste standen wie verbogene Zinken ab.

Fuck. Kris wollte am liebsten einen Schnaps. Dass er noch lebte, verdankte er vermutlich hundert gut gelaunten Gottheiten quer durch alle

Glaubensrichtungen, aber nicht der Technik. Den Typen im Raumanzug, der den Sprung ausgelöst hatte, suchte er vergebens. Vermutlich war er durch den Beschleunigungsschub noch auf der Erde davongewirbelt worden. *Ich kann froh sein, dass die Düsen nicht in Richtung Cockpit gezeigt haben, sonst wäre ich weniger als Asche.*

Fandaram, dessen Haut tiefbraun schimmerte, war an seine Seite getreten. »Beeindruckend«, gestand er ein. »So etwas habe selbst ich noch nicht gesehen. Sie müssen ein sehr guter Kutscher sein, wenn Sie das LCV bei der Geschwindigkeit unter Kontrolle behalten haben.«

Kris wusste selbst nicht, wie es ihm gelungen war. *Instinkt.* »Tja.«

Stumm betrachteten sie, wie von allen Seiten Rampen herbeifuhren, auf denen die Wissenschaftler nach oben kletterten. Messgeräte wurden in Stellung gebracht, Kabel in Steckverbindungen geschoben. Die Auswertung lief an. Kleinere Schwebedrohnen, nicht mehr als untertassengroße Pulsatoren mit montierten Kameras, umschwirrten den Truck und filmten jedes Detail der Operation.

»Können Sie mir sagen, was das ist, das ich zu Ihnen … gebracht habe?« Kris bekam von einer Frau eine Flasche Cola gereicht, die er öffnete. Hastig trank er davon. »Oder ist das geheim?«

Fandaram lachte herzlich. Er roch nach Kardamom und Räucherstäbchen. »Nun, Mister Schmidt-Kneen, hier ist *alles* geheim, wie es sich für eine geheime Forschungsstation auch gehört. Um es offen zu sagen: Ihre Aussichten, lebend von hier wegzugelangen, sind äußerst gering. Sie haben keine unmittelbaren Angehörigen, die sich Sorgen um Sie machen, wie ich in Ihrer Agentur-Akte gesehen habe. Insofern …« Der Professor verschränkte die Arme auf dem Rücken. »Ja, ich denke, ich kann Sie zumindest oberflächlich einweihen. Wem sollen Sie es auch berichten?«

Zuerst hatte Kris gedacht, er würde verarscht. Jetzt wusste er, dass Fandaram es ernst meinte. Um ein Bild zu bemühen: Er war aus dem Staubsturm in den Treibsand geraten.

Fandaram nickte nach vorne. »Das ist ein Pimca'Shar Langstreckensprungantrieb, der ebenso in der Lage ist, KSPs zu absolvieren. Ein Kombi-Triebwerk. Davon gibt es im ganzen Universum nur vier Stück, denn die Technik ist nicht kopierbar. Zwar wissen wir inzwischen, wie man die Antriebe bedient, aber das Funktionsgeheimnis steckt in diesem Wulst. Wir können nicht mal erklären, mit welcher Energie er gespeist wird.« Er grinste. »Gut, wir wollen es auch nicht. Dazu müsste man den Antrieb aufbrechen und beschädigen. Ob er danach noch laufen würde, wissen wir nicht.«

»Aha. Und die Besonderheit ist, dass man ihn in ein LCV einbauen kann«, merkte Kris trocken an und rülpste leise. Was gäbe er für einen Schnaps! »Schätze, *Gauss* wird mich umbringen, wiederbeleben, umbringen, klonen und alle Klone umbringen.«

»Sie gefallen mir!« Fandaram lachte. »Sie haben Humor. Nein, die Besonderheit ist, dass die Pimca'Shar-Antriebe die geringsten Auswirkungen überhaupt auf den menschlichen Organismus haben. Studien haben ergeben, dass man entspannt vierhundert LSP machen kann, bevor ein Interim-Syndrom nachweisbar ist.« Fandaram nahm die Hände nach vorne. »Und er benötigt kein zusätzliches Triebwerk, um auf Interim-Touren zu kommen, sondern liefert selbst den nötigen Schub.« Er winkte zu seinen Kollegen hinauf. »Das sind die Gründe, warum ihn *Bangash Industries* so gerne zu seinem Besitz zählt. Verstehen Sie?«

Kris nickte. »War das vorhin ernst gemeint?«, hakte er behutsam ein. »Dass ich die Station nicht verlassen darf?«

Der Professor nickte fröhlich. »Ja.« Er gab den Gardeuren ein Zeichen, und sie rückten an. »Folgen Sie den Herrschaften bitte in Ihre Unterkunft, bis ich mit dem CEO von *BaIn* gesprochen habe und weiß, was mit Ihnen zu tun ist. Phir milenge.« Er marschierte auf eine der Rampen zu und ließ Kris einfach stehen.

Prima. Wirklich prima. Was …

»Kommen Sie, Sir«, sagte einer der Gardeure zu ihm. »Ich denke, Sie brauchen frische Kleidung.«

Kris war zu müde, um sich gegen die Bevormundung zu wehren. »Ist recht«, antwortete er und lief den Männern nach. Er freute sich sogar darauf, eine Dusche zu nehmen und sich danach ins Bett zu legen.

Schmerzen, Müdigkeit, Hunger – das alles machte ihn zu einem äußerst kooperativen Entführungsopfer.

Dritte Szene

2. Januar 3042 a.D. (Erdzeit)

SYSTEM: UNBEKANNT
ORT: STELLARE FORSCHUNGSSTATION SHIVA'S FORTRESS
   (IM BESITZ VON EASTERN STARS, GELEITET DURCH BANGASH INDUSTRIES)

Kris befand sich in seiner »Kabine«, die sich als Knastzelle von zwei mal zwei Metern erwies.

Das Erfreuliche war, dass es in der Tat eine Dusche gab. Und etwas zu Essen bekam er auch, wobei die Betonung extrem auf *etwas* lag: grünlicher Schleim aus Gemüsekonzentrat, ein Eiweiß-Pseudoschnitzel und zum Nachtisch ein himmelblaues Eis am verzehrbaren Stiel mit dem schönen Namen *Blu Sooky*. *Wollen die mich verarschen?*

Er lag auf seinem Bett, hatte geduscht und trug einen weißen Overall, der nach Waschmittel und klinischer Reinheit roch. Auf der Brust war eine Buchstabenkombination, darunter ein Barcode in die Synthetikfasern eingelasert.

Fehlt noch der Aufdruck PRISONER. Kris betrachtete die fugenlose Decke. *Ich hätte bei einer Lotterie mitspielen sollen.* Wie hoch war die Wahrscheinlichkeit, dass einem Derartiges zustieß? Und dann noch *ihm*, der nichts weiter tun wollte, als seinen Kutscher-Job zu machen und in Ruhe gelassen zu werden!

Als Kind hatte er jedoch genau davon geträumt: Abenteuer erleben. Zu den Sternen fliegen wie sein Vater. Prüfungen bestehen und zum Helden werden. Doch dann, nach der Pilotenausbildung, war einiges in seinem Leben schiefgegangen. Zu viel.

Kris konnte gut stundenlang daliegen und gegen die Decke starren, wahlweise auch in den Himmel, auf einen Baum oder Bilder von seiner Ex und der Tochter. Er war Weltmeister, Weltenmeister, Universumsmeister im Abwarten und sich Fügen. Schlecht getimter Widerstand, das hatte er in seiner Ausbildung zu Abenteurer-Helden-Zeiten gelernt, schuf nur Schmerzen. Gelassenheit dagegen bewahrte vor Leid und sparte Ressourcen. Da er sein Schicksal auf der Station nicht weiter beeinflussen konnte, verfiel er nicht in sinn- und ergebnislose Hektik. *Die Abenteurer-Helden-Zeiten sind vorbei.*

Geräusche aus seiner Umgebung hörte er nicht. *BaIn* hatte die Zelle gut isoliert. Die Halterungen an seinem massiven Bett, an der Wand und an der Decke, die vielen Anschlüsse für Strom, Sauerstoff und andere Gase ließen ihn stutzig werden. Anscheinend saßen öfter Problemfälle im Knast, die man fixieren und behandeln musste.

Immer nur auf einer Station, da würde ich auch irgendwann ausflippen.

Kris fragte sich, was mit den Mitarbeitern geschah, die auf einer geheimen Anlage kündigten ... und schon wollte er es nicht mehr wissen. Es gab nur eine effektive Methode, mit der man geheime Forschungsstationen vor Entdeckung schützen konnte.

Die Tür wurde ohne Vorwarnung geöffnet, ein Gardeur kam herein. »Kommen Sie. Sie haben eine Stunde Zeit, sich die Beine zu vertreten«, sagte der kurzgeschorene, blonde Mann und zeigte auf den Ausgang. »Sie dürfen sich aussuchen, was Sie auf der Station sehen möchten.«

»Echt?« Kris erhob sich und ging los.

»Nein.« Der Gardeur mit der schönen Nummer *002342* auf der gepanzerten Weste grinste ihn an.

Arschloch. Kris wurde an den nüchternen, weiß gestrichenen Wände vorbeigeführt, denen man ansah, dass sie aus vernieteten Platten bestanden. Er schielte auf die Bewaffnung seines Wächters: eine *Gauss Highfire* Pistole sowie ein Elektro-Klickstock im Gürtelholster; das Sturmgewehr hing lässig über der Schulter und war derzeit nicht einsatzbereit. Niemand hielt ihn für gefährlich.

Shiva's Fortress roch nicht nach neuer Farbe, aber auch nicht alt oder verbraucht. Die Forschungsstation schien sich in einem Stadium der Nutzung zu befinden, wo sich alles perfekt eingespielt hatte und sich jeder darin auskannte.

Ungefähr in der Mitte des Korridors passierten sie geschlossene Lifttüren.

»Wo sind wir? In welcher Sektion?«, wollte Kris wissen.

»Wir sind im Sicherheitstrakt«, erklärte ihm *002342*. »Die anderen Ebenen sind für Unbefugte nicht zugänglich. Weitere Auskünfte kann ich Ihnen nicht geben. Wir gehen einfach hin und her. Schweigend.« Damit hatte der Gardeur klargemacht, dass er erstens keine Lust auf eine Unterhaltung hatte und zweitens ihn nicht leiden konnte.

Letzteres beruht auf Gegenseitigkeit. Also lief Kris wie ein gefangenes Tier von einem Gangende zurück zum nächsten, bis eine Stunde verstrichen war. Gerade wollte er in seine Zelle zurückkehren, als sich die Fahrstuhltüren öffneten und der Professor herauskam.

»Ah, da sind Sie ja, Mister Schmidt-Kneen«, sagte er in seinem fröhlichen Tonfall.

Vermutlich spricht er Beschimpfungen und Todesnachrichten genauso aus. »Wo sollte ich auch sonst sein?«, gab Kris müde zurück.

Fandaram lachte. »Da ist er wieder, Ihr trockener Humor.«

»Ich hatte nicht vor, witzig zu sein.« Es stimmte: Wo, verfickt noch eins, sollte er sonst auch sein? »Hat der CEO gesprochen?«

»Er hat, Mister Schmidt-Kneen. Und nicht nur er.« Er legte ihm die Hand auf den Rücken und schob ihn in den Lift. »Kommen Sie in den Besprechungsraum. Da erfahren Sie alles Weitere.« Der Gardeur fuhr mit ihnen nach oben. »Inzwischen hat sich auch *Gauss* gemeldet. Nicht bei uns, sondern auf *Starlook* und über *Freepress*. Man ist mächtig sauer auf Sie. Die Zehntausend, die wir Ihnen gezahlt haben, sehen sie als Beweis an, dass Sie den Konzern von Anfang an getäuscht hätten.«

»Klar.« Kris blieb ruhig. Er hatte mit so etwas schon gerechnet. »Ich wäre auch so blöd und würde mir das Geld auf mein Konto …« Er schwieg. *Scheiße, ich habe wirklich nicht darüber nachgedacht!* Er seufzte. »Also, was ist die Konsequenz? Machen Sie es nicht so spannend, Professor!«

Fandaram nahm sein zigarettenboxkleines, millimeterdünnes Note-Pad aus der Brusttasche. »Ich habe es Ihnen aufgezeichnet.« Er hielt es ihm hin.

Kris nahm es entgegen und ließ den Beitrag laufen.

Zu sehen war ein Schwenk über die Ausgrabungen, die Einstellung verharrte dann auf einem Mann mit einem geschmolzenen Eisenstück in der Hand. »Ein neuerlicher, brutaler Überfall macht derzeit auf Terra von sich reden.« Im unteren Bildrand wurde *Salvador »Vador« M. Ransom, Sternenreporter* eingeblendet.

Kris kannte ihn. Execs nannten ihn auch gerne mal Pest, die Gewerkschaften fanden Worte wie Wahrheitsfinder und -verdreher. Kaum jemand, der Macht besaß, mochte »den Vador«. Und für eine Sensation war er sich niemals zu schade. Die normalen Zuschauer liebten die Berichte des Sternenreporters, in denen gelegentlich Kraftausdrücke zu hören waren.

Danach zeigte die Kamera die zerstörten Hoverpanzer und Reste des LCV, die sich beim abrupten Start des Antriebs gelöst hatten: Teile der Abdeckung sowie geschmolzener Stahl vom Auflieger, der Spuren in den Meeresboden gebrannt hatte. Im Hintergrund lief dramatische Musik und Vadors Off-Stimme erklärte, es habe achtundzwanzig Tote gegeben. Eigentum von *Gauss Industries* sei brutal entwendet worden.

»Auf der Flucht befindet sich der Fahrer des LCV, Kris Schmidt-Kneen.« Sein harmloses Konterfei wurde eingeblendet, das aus der *Freighteners*-Akte stammte: männlich, aber harmlos. »Allem Anschein nach wusste er von den Plänen. *Gauss Industries* hat für Hinweise, die zur Ergreifung des Mannes führen, eine Belohnung ausgesetzt. Vorgeworfen werden ihm Beteiligung an schwerem Raub und Betrug an seinem Auftraggeber *GI*«, sagte die Stimme scharf. »Da bei dem Raub auch Jagdflieger des italienischen Staates vernichtet wurden, die den Konzerngardeuren zu Hilfe kamen, wird Kris Schmidt-Kneen mit interstellarem Haftbefehl gesucht.« Ransom wurde wieder eingeblendet, der sich jetzt leicht nach vorne neigte. »Ich persönlich glaube ja, dass hier ein ganz anderer Scheiß läuft. Und das werde ich auch noch herausfinden. Das ist ein Versprechen *vom Vador!*« Der Beitrag endete.

Kris wusste schon wieder nicht, was er denken oder sagen sollte. Die Worte *Haftbefehl* und *interstellar* waberten durch seinen Verstand, blieben haften. Er durfte keinen Fuß mehr auf die Erde setzen, geschweige denn auf Planeten, die *GI* gehörten. Da *Gauss* ein deutscher Konzern war, bestand auch auf Kolonien der Coalition allergrößte Gefahr für ihn. *Soraya lebt auf einem FEC-Planeten!* Er konnte gar nicht so laut »Scheiße« schreien, wie er es gerne getan hätte.

»Tut mir leid, dass wir Sie in diese Situation gebracht haben«, sagte Fandaram heiter. Kris hätte ihm sehr gerne das Pad in eine Stelle geschoben, wo es dem Professor wehtat. »Zu unserer Verteidigung muss ich sagen, dass es nicht geplant war, dass Sie in der Kanzel des LCV sitzen. Wir wollten Sie eigentlich vorher zum Aussteigen zwingen. Und zwar an dem Punkt, wo Sie den Truck hätten hinfahren sollen.«

Kris gab ihm das Pad zurück. »Hätten Sie das mal lieber getan, anstatt das Triebwerk zu zünden.«

»Oh, *das* war der Notfallplan. Es ging nicht anders.« Fandaram sah auf die Stockwerkanzeigen. Die römische Ziffer III tauchte auf, darunter schnellten Zahlen in arabischer Schreibweise vorbei. »Der Lift verbindet die verschiedenen Ebenen miteinander. Wir fahren schon innerhalb der mittlersten, im Zentrum. Gleich sind wir …«

»Professor«, sagte eine aufgeregte Männerstimme aus dem Kabinenlautsprecher. »Sie müssen auf Ebene III-37 kommen. Wir haben größte Schwierigkeiten mit dem Prototyp *Homo tigris altaica*! Er schmiert uns ab!«

Kris sah die »37« in der Anzeige durchhuschen.

»Nothalt«, sagte Fandaram, ohne seine gute Laune zu verlieren. Rotes Licht leuchtete auf, die Kabine stoppte. »Zurück auf 37«, befahl er und hielt seine Hand vor einen kleinen Scanner. »Autorisation: Fandaram.« Der Lift gehorchte. Sekunden danach hielten sie sanft an, die Türen öffneten sich.

Kris hatte kein gutes Gefühl. Dieser Gang sah ganz anders als seine gepflegte, kleine Auslaufzone aus. *Solche Korridore kenne ich aus Horrorfilmen.*

An den Stahlwänden zeigten sich Kratzer und Rillen, sogar Dellen waren hineingeschlagen worden. Schummrige, bläuliche Beleuchtung machte den Eindruck nicht besser. Neben den Türen waren Monitore eingelassen, auf denen Bilder aus dem Inneren der Räume flimmerten. Es roch durchdringend nach Blut und Chemikalien. In einem Abstand von fünf Metern konnten an der Decke baumelnde Schieber herabgelassen werden.

Das gefällt mir gar nicht.

Fandaram verließ die Kabine. »Sie beide warten hier«, sagte er zu ihnen, eilte den Korridor hinab und blieb an der dritten Tür stehen. Zum ersten Mal hatte er nicht heiter geklungen. Er sah auf den dazugehörigen Bildschirm, bevor er eintrat.

Kris räusperte sich. »Ich weiß, Sie dürfen nichts sagen«, sprach er den Gardeur an. »Aber wissen Sie, *wo* wir sind?«

Der Mann schüttelte den Kopf, sein Mund war verkniffen. Er nahm das Gewehr von der Schulter und machte es schussbereit.

»Heißt das, Sie wissen es nicht, oder wollen Sie es mir …«

Gedämpfte Schreie erklangen, Glas zersplitterte, und Einrichtung ging rumpelnd zu Bruch. Das Licht im Korridor sprang um auf Gelb. Dumpf prallte etwas Schweres gegen die Tür, durch die Fandaram gegangen war, und die Schreie wurden schriller. Voller Todesfurcht.

Der Gardeur sah Kris an. »Sie bleiben …«

»… hier«, ergänzte er von selbst, und der Mann rannte los, das Gewehr im Anschlag. *Aber nicht unbewaffnet.* Kris langte blitzschnell zu und zog ihm unbemerkt ein Magazin sowie die schwere Automatikpistole aus dem Hüftholster. Mit ihr fühlte er sich wesentlich sicherer.

Routiniert lud er durch. Eine *Gauss Highfire* verschoss zwei Zentimeter dicke Kugeln, die beim Aufschlag in viele Splitter aufbrachen und garstige Wunden verursachten. Blutverlust, innere Verletzungen. Wer davon getroffen wurde und keine Panzerung trug, hatte kaum eine Überlebenschance.

Kris sah, dass der Gardeur die Tür öffnete und hineinstürmte.

Ein lautes Brüllen erklang, als versuchte ein heiserer, tobender Mensch, in ein Mikrofon zu schreien. Im Hintergrund waren das Rattern des Sturmgewehrs und entsetzte Rufe zu hören. Auf dem Türmonitor flackerte es hell vom Mündungsfeuer.

Weg hier! Kris drückte unentwegt die Knöpfe auf der Bedientafel, aber der Computer meldete ihm nur »Autorisation fehlerhaft«.

Krachend flog die dicke Tür aus den Angeln und knallte an die gegenüberliegende Wand, wo sie eine weitere Delle schlug; gleichzeitig schnellten die Schieber nach unten und riegelten den Korridor in einzelne Parzellen ab.

Kris drückte den Rufknopf. »Hallo? Hört mich jemand?«, sagte er hektisch in die dünnen Schlitze der Sprechstelle und blickte sich suchend nach einer Kamera um. »Ich stecke fest, Ebene III-37. Professor Fandaram ist eben …« Sein Blick wanderte hinaus auf den Gang, weil er eine Bewegung wahrgenommen hatte.

Fuck. Ich BIN in einem Horrorfilm! Kris erkannte trotz der vielen Gitter eine nackte Gestalt, die zwei Köpfe größer und wesentlich muskulöser war als er. Leicht nach vorne gebeugt stand sie da, den rechten Arm kampfbereit zur Seite abgespreizt, mit dem linken schlug sie unkontrolliert um sich; dieses Gliedmaß war schwarz wie Kohlenstoff, mehrere abgerissene Kabel ragten aus ihm heraus und schleiften über den Boden. Als die Finger die Wand trafen, erklang ein Rumpeln, als hätte das Wesen mit einem Vorschlaghammer dagegen gedroschen.

Braun-weiß-schwarz gestreiftes Fell bedeckte den Leib. Der blutverschmierte Kopf ähnelte einer Mischung aus Mensch und Raubkatze; schleimige Flüssigkeit rann am Schädel herab auf den Boden.

Das groteske Wesen hob den Kopf und witterte, dann stieß es ein heiseres Brüllen aus. Lange, weiße Reißzähne kamen zum Vorschein, die im Licht aufleuchteten.

Verdammt, ein Chim! Kris duckte sich und hob die Automatik. Die Wissenschaftler hatten eine Kreuzung aus Mensch und Tier geschaffen: Dieses Wesen war ein Beta-Humanoide, wie die offizielle Bezeichnung lautete. Er tippte auf einen Tigermenschen, wenn er die Botschaft an den Professor richtig deutete. Diese Chimären vereinten die Vorzüge ihrer jeweiligen Rasse mit einer halbwegs passablen Intelligenz und dem aufrechten Gang sowie dem Wuchs eines Menschen. Ein Büffel-Beta von der Baustelle wäre ihm wesentlich lieber gewesen: Vegetarier.

Der Anblick ähnelte der von Wer-Kreaturen aus Filmen. Allerdings hatten die Wissenschaftler dem Beta zahlreiche Kabel eingesetzt, die aus der Bauchdecke traten. Einige waren herausgerissen, andere verschwanden wieder unter die Haut.

Was Kris zuerst für eine Chrommanschette um den Hals gehalten hatte, entpuppte sich bei genauerem Hinsehen als vollständiger Halsersatz. *Sie haben dem Chim kybernetische Teile verpasst!* Er konnte sich leicht ausmalen, wie es in dem Labor aussah ...

Der Beta richtete die Katzenaugen auf Kris, grollte und rannte los. Aus vollem Lauf warf er sich mit dem künstlichen Arm voraus gegen das erste Gitter.

Die Streben rissen!

Zwar schnitten die scharfen Enden ins Fleisch des Wesens, als es sich hindurchzwängte, doch es ließ sich in seiner Raserei nicht aufhalten. Die Schmerzen peitschten es sogar noch an! Ein Gitter nach dem anderen durchbrechend bahnte es sich unaufhaltsam den Weg zum Lift. Zu Kris.

Nein, nein! Geh weg, du ...

»Hier Zentrale«, sagte eine Frauenstimme aus den Kabinenlautsprechern. »Ich sehe Sie, Mister Schmidt-Kneen. Das Problem ist, dass der Professor einen Nothalt angeordnet hat. Wir müssen das System abschalten, um den Befehl zu löschen. Aber wir versuchen unser Bestes.«

Grünes Gas strömte aus mikrobisch kleinen Düsen in den Wänden und hüllte den Beta immer wieder ein. Kris vermutete, dass es zur Betäubung dienen sollte.

Doch das wütende Wesen kannte kein Halten. Noch ein Gitter, und es wäre in seiner Reichweite.

»Scheiße, machen Sie schneller!«, rief er und versuchte, nicht in Panik zu geraten. Sollte er schießen müssen, brauchte er eine ruhige Hand.

Mit einem Ton, als risse die Saite eines Eierschneiders, lösten sich die fingerdicken, massiven Eisenrohre. Der Beta stapfte durch den grünen Nebel auf ihn zu. Sein Kopf zuckte unentwegt nach rechts, die Kiefer öffneten und schlossen sich rasend schnell, klickend. Der Kunstarm schleuderte umher, als besäße er eigenes Leben und Bewusstsein. Aus den Fingern schossen dreißig Zentimeter lange Stahlklingen.

»Weg!« Kris spürte die betäubende Wirkung des Gases, das in ersten Schwaden bereits zu ihm drang. Er hob die Pistole, entsicherte sie und zielte zitternd auf den Kopf. »Ich schwöre, dass ich dir dein bisschen IQ rausblase, Chim!« Er kam nicht umhin, die Eleganz des künstlich erschaffenen Wesens zu bemerken. Eine perfekte Mischung aus Mensch und Tier. Das viele Blut auf dem Fell, das nicht aus eigenen Wunden stammte, ließ erahnen, welches Massaker es im Labor angerichtet hatte. Irgendetwas war bei dem Experiment gründlich schiefgegangen.

Der modifizierte Beta fauchte, spannte die Muskeln – und sprang!

»Fuck!«, schrie Kris seine Angst hinaus und drückte ab.

ZWEITER AKT

Erste Szene

11. Januar 3042 a.D. (Erdzeit)

SYSTEM: DRUSCHBA
PLANET: PUTIN (IM BESITZ DER FEC, RUSSLAND)
STADT UND DISTRIKT: PUTINGRAD

Gouverneur Maxim Medotschow paffte eine rauchlose Zigarre, die nicht einmal schwach sichtbaren Dampf verströmte. Eine gesundheitsneutrale Chemikalie im Tabak band den Qualm und setzte lediglich den Duft frei.

Er tat es heute nicht wegen des Genusses und der Wirkung der verschiedensten Substanzen, die er sich von seinem Lieferanten in die schwarzen Blätter rollen ließ. Er tat es aus extremer Nervosität und versprach sich Beruhigung davon.

Auf dem Tisch stapelten sich die Förderberichte der Tagebau-Kombinate sowie die Rapporte der Direktoren aus den Distrikten: Verbrechensstatistiken, Geburtsraten, die Steuereinnahmen. *RussMining* hatte sämtliche Zahlen vorgelegt und wartete darauf, dass der Gouverneur sie kontrollierte und abzeichnete.

Medotschow dachte nicht daran.

Die braunen Augen waren unentwegt durch die dunkel getönten Scheiben seines Büros auf das eisengraue Raumschiff gerichtet, das von der Form her an eine Mischung aus Torpedo und Beil oder an alte griechische Kriegsgaleeren ohne Riemen erinnerte.

Es hing in zehn Kilometern Höhe über der Stadt und sah immer noch riesig aus. *Damoklesschwert*. Das dazugehörige Mutterschiff schwebte irgendwo außerhalb der Atmosphäre und erwartete die Antwort auf eine Frage, die einundzwanzig Planeten vorher bereits gestellt bekommen hatten. Interstellare Kommunikation wurde durch Störsignale unmöglich gemacht, die TransMatt-Portale waren dadurch ebenso außer Gefecht gesetzt. Das übliche Prozedere. Isolation.

»Einblendung Nahaufnahmen aufs Mittelfenster«, befahl Medotschow dem Entertainment-System. *Ich hätte niemals gedacht, dass ich mir solche Bilder damit anschauen würde.* Seine Finger fuhren über seinen dichten, dunklen Oberlippenbart.

Die digitalen Fotos des Raumschiffes, welche die Aufklärer vor drei Stunden geschossen hatten, wurden in die Scheibe projiziert. Die Collectors hatten es über sich ergehen lassen und keinerlei Gegenmaßnahmen ergriffen. Sie wussten die Aktionen der Menschen sehr gut einzuschätzen. Überlegenheit machte gelassen.

Medotschow, mal Gouverneur, mal aus russischer Tradition scherzhaft *Staatslenker* genannt, betrachtete die grauen Bordwände mit den runden, aufgesetzten Verzierungen. *Vernietete Platten?* Schmalere Öffnungen im Rumpf konnten Waffenmündungen oder Raketensysteme oder Null-g-Steuerdüsen sein. Außerdem entdeckte er geschlossene Klappen und Tore von unterschiedlichen Abmessungen, am Heck saßen drei dreieckige Triebwerke nebeneinander. Aus kleineren, eckigen Öffnungen im Rumpfgrat zischten blaue Steuerflämmchen und hielten das Schiff zusammen mit Pulsatoren in der Schwebe.

Aus den Aufbauten auf der Oberseite konnte er nicht erschließen, wo sich die Brücke befand – falls die Konstruktionen so etwas aufwiesen. In manchen Regionen stand ein wirrer Antennenwald, in anderen waren unterschiedlich große viereckige Kisten zu erkennen. Definitiv war es der Schiffstypus *Bigger*.

Zwei knappe Kilometer lang, fünfhundert Meter breit. Von den Aufbauten bis zum unteren Grat nochmals fünfhundert Meter. Das ist ordentlich. Medotschow nahm einen weiteren nervösen Zug. »Ausblenden«, befahl er und sah auf die Uhr. Gleich musste er los und über die Zukunft von Putingrad bestimmen.

Es war den Entdeckern des blaugrünen Planeten vor knapp zweihundertdrei Jahren ein ehrliches Anliegen gewesen, die neue Welt nach diesem russischen Präsidenten zu benennen. Er hatte vor mehr als eintausend Jahren mit neuer Härte den Weg über die gelenkte Demokratie hin zum erfolgreichen System des Absolutismus geebnet. Seitdem war es Russland innerhalb der Feudal European Coalition gut ergangen.

Diese Härte des russischen Volks und seines Staatslenkers würde man erneut brauchen. *Vielleicht benennen sie eines Tages auch einen Planeten nach mir.* Medotschow erhob sich und marschierte zur zweiten Tür hinaus, den gläsernen Gang entlang über die Halle hinweg, der ihn ohne Umwege ins Direktorium führte.

Darin warteten die Vertreter sämtlicher Verwaltungsdistrikte des Planeten Putin. Sie unterstanden seinem Kommando und führten seine Befehle aus, die ihm von der Erde, aus Sankt Petersburg, gesandt wurden. Abweichungen hatte er niemals geduldet.

Gleich würden sie sich allerdings wundern.

Für diesen besonderen Tag hatte sich Medotschow seine Offiziersuniform aus dem Privatbestand herausgesucht, das Replikat eines mehr als tausend Jahre alten Originals und der Offizierskleidung der siegreichen Zweiten Roten Armee nachempfunden, die für Volk und Zar gegen die demokratische Bedrohung gekämpft hatte.

Medotschow war immer der Meinung gewesen, dass Demokratie überschätzt wurde. Nicht ein einziges erfolgreiches Unternehmen, nicht ein einziger erfolgreicher Konzern wurde demokratisch geleitet. Wenn etwas funktionieren sollte, brauchte man einen starken Mann und höchstens eine Handvoll Berater. So hatte er es immer gehalten. Seine Berater, den Kolonialrat, hatte er schon lange gefeuert. Seine Hand war stark genug.

Er betrat das dunkel getäfelte Direktorium, das an einen universitären Vorlesungssaal erinnerte. An den Wänden waren Zeichen aus der Zaren- und Sowjetzeit mit den Symbolen des modernen Russlands kombiniert worden: Hammer und Sichel vor einer Raumschiffsilhouette, ein roter Stern, umgeben von elf Planeten, der Doppeladler der Romanows in Stahl-Techno-Optik. Alter Glanz und neue Stärke. Steil stiegen die hintereinander angeordneten Sitzreihen nach oben an, waren leicht im Halbkreis ausgerichtet und auf das Rednerpult in der Mitte konzentriert.

Genau dahin ging Medotschow unter dem Raunen der zweihundert Männer und Frauen, die ihre Distrikte vertraten. Alle waren gekommen und trugen ihre maßgeschneiderten grauen Anzüge oder Kostüme, als würde der in Sankt Petersburg residierende russische Gesamtstaatslenker gleich persönlich zu ihnen sprechen.

Medotschow stellte sich ans Rednerpult, das daraufhin drei Meter in die Höhe fuhr. »Meine Damen und Herren Direktoren, heute ist ein besonderer Tag für den Planeten Putin. Die Rasse, die wir die Collectors nennen, ist zu uns gekommen. Die Aufklärer melden ein Schiff der Klasse *Bigger*, mit dem sie in der Vergangenheit auf anderen Planeten vorsprachen. Außerhalb der Atmosphäre befindet sich ein *Hough*-Schiff zur Unterstützung. Sämtliche Kommunikation ist unterbrochen, alle TransMatt-Portale sind außer Funktion.« Während er redete, wurden die passenden Bilder, die er im Büro betrachtet hatte, an die weiße Wand hinter ihm geworfen. »Die Collectors verhalten sich friedlich. Wie immer.«

»Wir wissen, wie schnell sich das ändern kann«, warf Direktor Gruschin ein, und seine vom Mikrofon verstärkte Stimme hallte durch den großen Raum. Sein Spitzname lautete Lenin, weil er sich den gleichen Bart hatte stehen lassen. »Sobald sie ihre Aufforderung überbracht haben, wird sich das ändern.«

»*Noch* haben sie die Aufforderung nicht überbracht.« Medotschow schaltete vom Pult aus das Live-Bild zu, welches das Schiff über Putingrad zeigte. »Nach den bisherigen Erfahrungen wird es nicht mehr lange dauern.«

»Und dann?«, rief Direktorin Erinawa, die ihre langen, grauen Haare streng nach hinten gebunden hatte. »Ich habe gesehen, dass unsere Streitkräfte in Bereitschaft versetzt wurden – aber die Frage muss erlaubt sein: Können wir es unseren Leuten zumuten? Soweit ich weiß, sind militärische Erfolge gegen diese Ahumanen von kurzer Dauer.«

»Selbst der Order of Technology hat den letzten Planeten fast kampflos übergeben, da er die Aussichtslosigkeit erkannte«, fügte Gruschin hinzu.

Schon stand Direktor Kasparow auf, und sein breites, grobknochiges Gesicht war rot vor Zorn. »Direktorinnen und Direktoren! Die Feigheit mag manchen das Leben retten, doch der Kampf bewahrt uns vor dem Übel«, polterte er los und bedachte Erinawa mit bösen Blicken. »Ich weiß, dass einige unter uns mit dem Gedanken spielen, unsere Heimat Putin den Collectors zu überlassen. Aber das darf nicht sein! Die russische Tradition befiehlt uns den Aufstand gegen Feinde, wie wir es in unserer Geschichte mehrfach gehalten haben.«

»Es gab bislang keinen Planeten, der sich auf Dauer erfolgreich widersetzen konnte«, warf Gruschin mahnend ein. »Man kann ihre kleineren Jäger vernichten, schön. Aber was unternehmen wir gegen ihre *Bigger*- und *Hough*-Schiffsklassen?«

»Auf Hokoto wurde ein *Bigger* abgeschossen«, rieb ihm Kasparow genüsslich unter die Nase. »Die Japaner haben den Collectors schwere Verluste ...«

»Und dennoch ist Hokoto heute ein Collector-Planet«, fiel ihm Erinawa ins Wort. »Niemand hat ihn seitdem verlassen. Wer darauf landet, ist ihr Gefangener. Dass sie es *Obhut* nennen, macht es nicht besser.«

Medotschow verfolgte die Diskussion, mit der er genau *so* gerechnet hatte. »Direktorinnen und Direktoren«, unterbrach er sie mit lauter Stimme, und alle wandten die Köpfe zu ihm. »Ich ...«

»Da!«, rief Kasparow und zeigte auf die Wand mit dem Live-Bild. »Der heilige Rasputin stehe uns bei: Es geht los!«

Eine der großen Luken im rechten Seitenrumpf öffnete sich, und eine Reihe von Jägern des *Smaller*-Typus schossen heraus. Sie waren zwölf Meter lang, und ihr Design erinnerte an viereckige Pfeilspitzen, wobei eine Ecke kürzer war und immer nach unten deutete. Angetrieben wurden sie von einem wabenförmigen Hecktriebwerk.

Aus verschiedenen Berichten, die von überlebenden Piloten stammten, die man nach dem Kampf gegen die Collectors aus dem All gefischt hatte, wusste Medotschow, dass die *Smaller* Raketen und Magnetgeschosse benutzten. In der Atmosphäre erreichten sie Geschwindigkeiten von Mach acht und waren damit dem schnellsten Gleiter der Menschheit an Tempo überlegen. Die Schwachstelle bestand in der verhältnismäßig schlechten Wendigkeit. Dafür besaßen die Collectors effiziente Panzerung.

Das Kom-System meldete einen eingehenden Funkspruch, der auf allen Frequenzen des Planeten gesendet wurde. Den Anfang hatte *Starlook* bei seinen Berichten schon so oft gesendet, dass man ihn mitsprechen konnte:

Schützenswerte, bedrohte Rasse Mensch – eure Rettung ist nahe!

Vorgetragen wurde die Mitteilung von einer verzerrten menschlich anmutenden Stimme, die laut durch das stille Direktorium schepperte, als würde sie von einem uralten Computersprachmodul abgespielt.

Medotschow schloss die Augen. *Fahrt zur Hölle!* Er versuchte sich vorzustellen, was die Menschen auf den Planeten gedacht und gefühlt hatten, als sie Empfänger der Botschaft waren, die harmlos und freundlich daherkam. *Das Ende der Selbstbestimmung.*

»Niemals!«, rief Kasparow aufgebracht. »Niemals wird sich Putin ergeben! Wir leisten Widerstand und werden in die Geschichte eingehen. Als erster Planet, der das Joch nicht angenommen hat und die Besatzer vernichtete!«

Medotschow hob die Lider und sah ihn an, dann wieder zur Wand, wo die Botschaft der Collectors zu lesen stand:

Schützenswerte, bedrohte Rasse Mensch!

Ihr Planet wurde für das Obhut-Programm ausgesucht. Fühlen Sie sich geehrt!

Wir sind ein Volk von höheren Wesen, die sich um die Schwachen kümmern und für ihr Wohl sorgen. Haben Sie keine Angst! Wir wollen nur Ihr Bestes!

Schützenswerte, bedrohte Rasse Mensch!

Viele Planeten genießen bereits unser Wohltun, das nur einen Zweck verfolgt: vor dem Aussterben bewahren.

Die Rasse Mensch befindet sich unseren wissenschaftlichen Erkenntnissen nach in einem kritischen Zustand. Zählungen haben ergeben, dass der Bestand abnimmt und die DNA durch verschiedene Faktoren in der Vergangenheit negativ beeinflusst wurde. Das darf nicht sein!

Dazu ist die Rasse Mensch zu prächtig. Um es mit Ihren Worten zu sagen: die Krone der Schöpfung. So etwas Herrliches darf nicht verlorengehen.

Schützenswerte, bedrohte Rasse Mensch! Wir haben Sie als schützenswert aus-

erkoren und werden alles für Ihren Fortbestand sowie ein ursprüngliches, unver-
fälschtes Erbgut tun, um Ihre Artenvielfalt zu erhalten.

Als Sofortmaßnahmen unserer Obhut untersagen wir jegliche Raumfahrtaktivi-
täten, um den fragilen menschlichen Körper und Geist zu schonen und beidem eine
Entlastung zu gönnen.

Schützenswerte, bedrohte Rasse Mensch!

Es ist Ihnen untersagt, den Planeten zu verlassen. Sie werden in den kommenden
Monaten einem umfangreichen Aufbauprogramm unterzogen, das nur dann
Erfolge aufweist, wenn Sie es ununterbrochen durchführen. Wir tragen dafür
Sorge. Schützenswerte, bedrohte Rasse Mensch!

Wir versprechen Ihnen: Sobald das Programm abgeschlossen ist, verlassen wir
Ihren Planeten wieder. Und Sie werden glücklicher sein als jemals zuvor.

Schützenswerte, bedrohte Rasse Mensch!

Sollten Sie nicht verstehen, dass wir zu Ihrer Obhut handeln, müssen wir Sie mit
anderen Mitteln überzeugen, was uns sehr leidtun würde. Jedes tote Exemplar
wird von uns bedauert und als unnötig betrachtet.

Schützenswerte, bedrohte Rasse Mensch!

Wir erwarten Ihre Antwort in einer Standardminute.

Die Übertragung war beendet.

Medotschow richtete seine Blicke auf das schweigende Auditorium. »Direktorinnen und Direktoren. Ich werde keine Gesamtentscheidung für Putin treffen«, verkündete er und sah das Erstaunen, die Erleichterung, aber auch die Wut auf den verschiedenen Gesichtern. »Jeder Distrikt entscheidet für sich selbst, ob er sich in die Obhut der Collectors begeben möchte oder nicht.« Er richtete sich auf. »Putingrad wird sich ergeben.«

»Verräter!«, schrie Kasparow erwartungsgemäß, sprang auf und reckte die Faust gegen den Gouverneur. »Das melde ich Sankt Petersburg! Sie haben in der schwärzesten Stunde unserer Heimat versagt. Anstatt dem Collector entschlossen und geschlossen ...«

»Ich schließe mich Ihnen an, Gouverneur«, sagte Erinawa. »Für mich soll kein Soldat und kein Pilot sterben und das unvermeidliche Ende hinauszögern.«

»*Schützenswerte, bedrohte Rasse Mensch!*«, wurde die neue Nachricht an die Wand geworfen. »*Die Standardminute ist verstrichen. Ja oder nein?*«

Medotschow tippte auf seine Tastatur: »Putingrad, ja« ein und sandte die Entscheidung per Funk zu den Fremden. Nacheinander schickten die Männer und Frauen ihre Entscheidung ebenfalls los. Bis auf Kasparow hatten sich alle für die Übergabe ausgesprochen.

Es vergingen mehrere Sekunden, dann stand wieder zu lesen: »*Ja oder nein?*«

»Was hat das zu bedeuten?«, wunderte sich Erinawa.

»Ich glaube, die Collectors verstehen nicht, dass wir nicht einheitlich aufgeben«, sagte Kasparow. »Es sind vereinheitlichte Fragen, auf die sie nur zwei Antworten akzeptieren.«

»Mein Gott«, flüsterte Gruschin entsetzt. »Was werden sie tun, wenn sie es nicht verstehen?«

Das »*Ja oder nein?*« verschwand und kam gleich darauf wieder. Dieses Mal jedoch mit einem sechzigsekündigen Countdown.

»Kasparow, Sie Idiot! Sie waren der Einzige, der mit nein gestimmt hat. Es sind doch nur ein paar Monate! Geben Sie nach!«, verlangte Erinawa inständig. »Zum Wohl aller Distrikte! Die vielen Menschen …«

Der Direktor lachte. »Feiglinge! Ich knicke nicht ein, sondern kämpfe bis zum Letzten!« Er zeigte auf Medotschow. »Ich verteidige uns *alle*.«

»Tun Sie das nicht!«, sagte Gruschin dumpf und schüttelte langsam den Kopf. »Wir werden schreckliche Verluste hinnehmen müssen.« Er sah zu Kasparow. »Wegen Ihnen!«

»Das russische Volk ist es gewohnt zu kämpfen.« Kasparow hob die Hände. »Ich werde mich nicht dafür entschuldigen, dass ich der Einzige bin, der seiner Pflicht nachkommt, Widerstand zu leisten und …«

Der laute Knall ließ die Direktoren und Direktorinnen zusammenschrecken, einige stießen Überraschungsschreie aus.

Kasparows Kopf schnappte zurück, Blut spritzte gegen die Männer und Frauen unmittelbar hinter ihm. Er sackte zusammen und verschwand rumpelnd unter dem Pult.

Da sich alle auf Kasparow konzentriert hatten, bemerkte niemand, dass Medotschow seine *Prawda*-Automatikpistole gezogen hatte. Mit zitternden Fingern tippte er bei Sekunde fünf *Putin-ja* und drückte bei Sekunde zwei die Eingabetaste.

Die Antwort erfolgte prompt.

Schützenswerte, bedrohte Rasse Mensch!
Wir freuen uns, dass Sie sich in unsere Obhut begeben.
Von heute an wird es Ihnen besser ergehen.
Bleiben Sie in Ihren Häusern, bis Sie anderweitige Anweisungen erhalten.

Erinawa erhob sich von ihrem Platz und applaudierte dem Gouverneur, Gruschin fiel ein und stand ebenfalls auf, bis ihm das gesamte Direktorium stehende Ovationen gab. Kasparows leerer, blutbeschmierter Platz fiel damit noch mehr auf.

So hätte es nicht kommen dürfen. Medotschow sah in die Runde und deutete eine Verbeugung an, die Orden und Auszeichnungen an seiner alten Uniform pendelten. »Direktorinnen und Direktoren: Mir blieb keine andere Möglichkeit, unsere Heimat vor größerem Schaden zu bewahren. Aber es ist Mord, trotz der Motivation, Schlimmstes zu verhindern. Ich hasse die Collectors dafür, dass sie mich zu der Tat gezwungen haben. Ich habe ein Leben genommen, und damit bin ich schuldig. Das Strafmaß für Mord ist mir bekannt, und ich maße mir nicht an, über dem Gesetz stehen zu wollen«, sprach er getragen ins Mikrofon und schluckte. *Sei stark. Du hast nur einen Ausweg, um mit einer unvergesslichen Geste abzutreten.* »Möge die Geschichte über mich urteilen, aber richten muss ich mich selbst.«

Damit setzte er sich die *Prawda* unter das Kinn und drückte ab.

Gouverneurin Maja Erinawa saß in dem Büro, das bis vor wenigen Stunden noch Medotschow gehört hatte. Sie war immer noch von den Ereignissen erschüttert. Von dem doppelten Sterben im Direktorium.

Zwei gute Männer tot. Alles wegen euch. Sie sah hinüber zum Schiff der Collectors. Die ersten Frachter verließen die Luken und brachten containerweise Material auf den Planeten.

Eine Abordnung war bereits in der Nähe des Regierungssitzes in Putingrad gelandet. Die Fremden schichteten weißmetallene Module übereinander und schufen damit einen Quader, dessen Sinn sich Erinawa nicht erschloss.

»Gouverneurin«, sagte die Sekretärin durch die Sprechanlage. »Bishopness Theresa lässt fragen, ob sie mit Ihnen sprechen kann.«

Erinawa erhob sich und blickte auf die Stadt. Die Straßen waren menschenleer, Jäger der *Smaller*-Klasse flogen in Schrittgeschwindigkeit umher. Patrouille. Aus der Obhut gab es kein Entrinnen.

Doch alles blieb friedlich, und die Meldungen aus den anderen Distrikten machten Hoffnung, dass keine Leben sinnlos geopfert wurden. Putin wartete ab, wie sich die Collectors benahmen.

»Gouverneurin?«

»Sagen Sie ihr, dass ich keine Zeit habe«, antwortete sie schwer. Ihr war nicht danach, sich mit einer Eiferin der Church zu unterhalten und Fragen des Glaubens zu erörtern. Es gab neue Götter auf Putin, die über Leben und Sterben nach Gutdünken entscheiden konnten, und diese hatten Vorrang.

Wenn das alles beendet ist, dachte Erinawa, *werde ich einen Platz nach Medotschow benennen. Er hat uns vieles erspart.* Kasparows Name würde, wenn überhaupt, eine Sackgasse zieren.

Zweite Szene

2. Januar 3042 a.D. (Erdzeit)

SYSTEM: UNBEKANNT
ORT: STELLARE FORSCHUNGSSTATION SHIVA'S FORTRESS
(IM BESITZ VON EASTERN STARS, GELEITET DURCH BANGASH INDUSTRIES)

Kris sah die Tiger-Mensch-Kreatur mit sehr viel Schwung durch den Korridor angesprungen kommen und ließ sich nach hinten fallen, ohne den Finger vom Abzug zu nehmen. Er hatte die großkalibrige Pistole auf *Automatik* gestellt, da er sich nicht mit Einzelfeuer begnügen wollte. Nicht gegen einen mit Kybernetik aufgerüsteten Beta-Humanoiden.

Schuss um Schuss löste sich dumpf dröhnend aus der Gauss *Highfire*.

Aus den Augenwinkeln sah Kris, wie die leeren Hülsen aus dem Auswurf sprangen, gegen die Wand prallten und in wirrem Ballett durcheinanderhüpften, ehe sie nach unten fielen.

Die dicken Kugeln zerschellten teils am künstlichen Arm, trafen aber auch die Fratze des Gegners und richteten verheerenden Schaden an. Fellfetzen, Schädelsplitter und Blut flogen davon, ein Ohr wurde abgerissen.

Der Beta prallte hinter Kris gegen die Kabinenwand, wo er einen großen, roten Fleck hinterließ, und fauchte wütend; schon drehte er sich um.

Fuck, das Vieh lebt noch! Kris spürte Angst und Schwindel im Kopf. *Das Gas ...* Er machte eine Rolle über die Schulter vorwärts, raus aus dem Lift, und lud dabei nach, dann wandte er sich dem Gegner zu.

Die Mischkreatur schüttelte den Schädel, rote Tropfen spritzten gegen die Wand. Lebenssaft, Chemikalien aus den Schläuchen und schwarze Flüssigkeit aus der beschädigten Chrommanschette rannen über das Fell. Es roch furchtbar. Die Verletzungen in Brust und Gesicht waren schrecklich anzusehen. Ein normaler Mensch wäre schon lange tot umgefallen, Betas dagegen steckten viel ein. Der Grund, warum sie massenhaft in Tanks von Regierungen und Unternehmen gezüchtet wurden.

Ziel besser! Kris richtete die Mündung auf das geöffnete, zahngespickte Maul. Seine Hand zitterte leicht – da machte es süß, hell und klar *ping*.

Die Türen schlossen sich. Der Lift funktionierte wieder und trug den brüllenden Beta mit sich; das Toben wurde leise und leiser.

Glück gehabt. Er würde der Frau in der Zentrale ewig dankbar sein und ein dickes Geschenk machen.

Nach wie vor war es still im Stockwerk. Das Gas hatte sich bereits verflüchtigt.

Bin ich der einzige Überlebende? Kris schöpfte mit klopfendem Herzen mehrmals tief Luft, um das eingeatmete Gas aus den Lungen und den Schwindel aus dem Kopf zu bringen. Gegen Neugier und Helferdrang kam er nicht an, und so ging er vorsichtig los, die schwere Pistole im Anschlag. An der herausgebrochenen Tür blieb er stehen und lugte hinein.

Dahinter wartete ein vollkommen verwüsteter, im Zwielicht ruhender Raum, in dessen Mitte sich eine Stahlliege befand. Die massiven Fesseln und auch die vielen Kabel in der Halterung darüber waren abgerissen, Funken zuckten hervor; zerstörte OP-Lampen baumelten von der Decke. Die acht Monitore an den Wänden zeigten Schwärze und schimmerten feucht vom Blut der Toten.

Die verstümmelten Leichen der Wissenschaftler lagen auf dem Boden und den Bedienkonsolen, waren in Regale gequetscht worden. Männer und Frauen, in Kitteln oder in Schutzanzügen, fünf zerfetzte Gardeure, denen die Vollpanzerung nichts gebracht hatte. Sie waren in grotesken, unnatürlichen Haltungen gestorben. Es roch nach Elektrik und nach Blut und Exkrementen.

Der Beta hat ausgeteilt. Kris ließ die *Highfire* sinken und betrat den Raum. Glasscherben und Plastik zerbrachen knackend unter den groben Stiefelsohlen. Das Gefühl, sich übergeben zu müssen, wurde stärker und wollte ihn aus dem Raum zwingen, doch er musste prüfen, ob er wirklich niemandem mehr helfen konnte.

Fandaram lag neben einer Konsole. Seine Finger umklammerten eine Chipkarte und befanden sich keine zwei Millimeter vom Schlitz im Gerät entfernt. Das Lächeln war ihm vergangen, er blickte entsetzt. Die künstlichen Stahlklauen des Betas hatten ihm den Rücken vom Nacken bis zur Hüfte aufgeschlitzt, die Wirbelsäule stand geborsten aus dem Rot hervor. Kris sah und roch das Mark.

Hilfe kann ich mir sparen. Er sah sich weiter um, würgte. Neben der Liege, auf dem sie den Beta-Humanoiden bis zu seinem Ausrasten fixiert hatten, lag ein umgestürzter, verbeulter und ramponierter Container. Er schien einen weiten Weg hinter sich gebracht zu haben. An dem Aufdruck war herumgekratzt worden, um den Hersteller unkenntlich zu machen. Mit viel Fantasie konnte er ein halbes *O* und eine *2* identifizieren.

Jetzt war Kris klar, wer die kybernetischen Teile geliefert hatte.

Der durchsichtige, großfamiliengefrierschrankdimensionierte Brutkasten, in dem die Tier-Mensch-Kreatur gereift war, stand in der hintersten Ecke des Labors. Aufgedruckt war *Prototypus Homo tigris altaica, Mark I.*

»Kommen Sie sofort da raus«, sagte die Frauenstimme, dieses Mal aus einem Lautsprecher im Labor.

Ihm war es recht. »Ich wollte nur sehen, ob ich jemandem helfen kann.«

»Nein, können Sie nicht. Ich habe keine Vitalwerte der Leute auf dem Monitor«, kam es trocken. »Der Lift steht für Sie bereit, Mister Schmidt-Kneen. Er wird Sie zum neuen Leiter von *Shiva's Fortress* bringen.«

Das ging schnell. Kris sah in Fandarams gebrochene Augen. *In der Forschung wird keine Zeit verloren.*

Er eilte hustend hinaus. Die beißenden Dämpfe und der infernalische Blut-Fäkalien-Gestank verlangten seine ganze Beherrschung, um nicht doch noch sein Essen zu verlieren.

Die Kabine, in die er stieg, war sauber und roch angenehm nach exotischen Blüten. Sie mussten mehrere Lifts im Einsatz haben, oder sie hatten die schnellsten Reinigungs-Bots des Universums.

Kris steckte die Automatik hinten in den Gürtel, seine Hände zitterten nach wie vor. Er wurde sich bewusst, wie knapp er dem Tode entronnen war und wie viel Glück er gehabt hatte. Vor ihm blitzte Fandarams offener Rücken auf, und er schloss die Augen. Aber das schreckliche Bild blieb. *Scheiße.*

Früher, als er noch in der Ausbildung gesteckt hatte, hätten ihm derlei Situationen und Anblicke weniger ausgemacht. Er wunderte sich nachträglich, wie gut ihm die Rolle vorwärts über die Schulter und das gleichzeitige Nachladen gelungen war. *Nach all den Jahren.*

»Ebene V-50«, sagte die Frauenstimme. Der Lift hielt, die Türen öffneten sich.

Kris sah auf vier Gepanzerte, die ihn in Empfang nahmen. Der Vorderste streckte die behandschuhten Finger aus. »Pistole. Langsam, bitte.«

Kris reichte dem Gardeur die *Highfire* mit spitzen Fingern. »Denken Sie, ich würde weitermachen, wo der Beta aufgehört hat?«

»Vorschrift. Keine Waffen im Büro des Chefs.« Er zuckte mit den Achseln. »Folgen Sie uns.«

Es ging durch einen mit blauem Teppich ausgelegten Gang.

Für Kris stellte sich die Frage, ob er sich noch auf der gleichen Station befand: antike Bilder an der mit dunkelblauem Stoff tapezierten Wand, leise klassische Musik erklang aus unsichtbaren Lautsprechern. *Ein Paralleluniversum.* Er und die Gardeure wirkten fehl am Platz. Stattdessen erwartete Kris, Menschen in teuren Anzügen oder eine Partygesellschaft zu sehen oder Besucher eines Konzerts, dessen Ticketpreise ab zweihundert Tois begannen.

Das ist kon-gesellschaftlich die erste Liga.

Überall war mal mehr, mal weniger dezent das Zeichen von *BaIn* auszumachen, der stilisierte Kopf eines indischen Gottes, darunter und darüber die Fahnen der Eastern Stars – die Staaten, die den Konzern gegründet hatten.

Vor einer Toilette hielten sie an. Ein Gardeur schickte ihn zum Händewaschen, danach marschierten sie weiter. Die Ablenkung hatte den Vorteil, dass Kris nicht ständig an den Anblick der Leichen im Labor denken musste.

Nachdem sie ihn durch ein Vorzimmer mit einer äußerst hübschen Sekretärin in einem dunkelblau-goldenen Sari und einem klobig-indisch gestylten Wachdroiden eskortiert hatten, schritt Kris in das Büro des neuen Leiters – der eine Frau war. Das Namensschild auf ihrem Glastisch verriet: Prof. Dr. Tamara Huntington-Singh.

BaIn ist … locker, was das Outfit angeht. Niemals, niemals, niemals hätte Kris angenommen, dass sie die Leiterin der Station war. Die Sekretärin, nein, sogar der Wachdroid wirkten seriöser: Die kurzen, schwarzen Haare der Frau standen als kleine Stacheln vom Kopf weg, die Spitzen hatte sie gelb gefärbt. »Mein Beileid«, sagte er und nahm Platz, nachdem Huntington-Singh auf den Stuhl gezeigt hatte.

»Ich mochte ihn nicht«, gab sie mit einem kalten Lächeln zurück. Sie trug einen unindisch eng geschnittenen Hosenanzug in Dunkelweiß, dazu einen dunkelblauen Schlips mit dem Firmenlogo darauf. »Und verwandt war ich auch nicht mit ihm.« Huntington-Singh drückte auf den Touchpads auf dem Tisch herum, und aus der Mitte fuhr ein Holo-Kubus mit einer Kantenlänge von vierzig Zentimetern, in dem die Station zu sehen war. »Mein Vorgänger hatte den CEO von *Baln* kontaktiert, um zu erfahren, was mit Ihnen zu tun ist, Mister Schmidt-Kneen. Hat er Ihnen von der Belohnung berichtet, die *Gauss* auf Sie ausgesetzt hat?«

Kein Wort über den Vorfall, über den ausgetickten Beta-Humanoiden, über das verwüstete Labor und die Leichen. *Konzernleute haben kein Herz.* Kris nickte erstaunt. »Kann ich den Beitrag sehen?«

»Sicher.« Huntington-Singh aktivierte die Wiedergabe. Kris musste mit ansehen, wie wenige Sätze aus dem dünnlippigen Mund eines rasierten, gut gestylten *Gauss* Senior Vice Presidents sein Leben plötzlich sehr, sehr schwierig machten: Persona non grata auf allen FEC- und *Gauss*-Planeten. »Sie können ausschalten.«

Sie hatte ihn nicht aus den Augen gelassen, die durch das Glas einer grünen Brille blickten. »Diese Schwierigkeiten bedauern wir sehr, da Sie unserem Unternehmen wertvolle Dienste erwiesen haben. Dass Ihnen auch noch die zehntausend Terracoins durch *Gauss* entzogen wurden, ist schäbig«, sagte sie geschäftsmäßig.

Super. Dann kann ich mir das Zurückgeben ja sparen. Kris' Laune sank tiefer und tiefer. »Tja.« Was hätte er sonst sagen können? »Fandaram meinte, ich müsste hierbleiben. Wegen der Geheimhaltung.«

Huntington-Singh lachte. »Nein, das müssen Sie nicht, auch wenn Sie heute unbefugterweise Zeuge eines sehr wichtigen Experiments geworden sind.«

»Das ganz schön fehlgeschlagen ist«, fügte er hinzu und hoffte, dass er sie damit locken konnte, ihm mehr davon zu erzählen.

»Das ganz schön fehlgeschlagen ist«, wiederholte sie säuerlich. »Danke für die Erinnerung. Doch aus einem Misserfolg können Lehren gezogen werden. Gerade in der Forschung. Kommen wir lieber zu

Ihnen. Sie haben die Auswahl aus mehreren Optionen, die ich Ihnen anbieten kann.« Wieder strich Huntington-Singh über das Pad. Zu seinem Erstaunen erschien die Akte seiner Agentur im Kubus. »Sie heißen erst seit zehn Jahren Schmidt, früher lautete Ihr Name Arginto. Der Mädchenname Ihrer Mutter. Ihr Vater ist Anatol Lyssander, ein verschollener Pilotenveteran, der am Interim-Syndrom litt und sich als Human-Ahuman-Dolmetscher bezahlen ließ«, ratterte sie die Fakten herunter. »Seine Akte ist gespickt mit kriminellen Zwischenfällen und gesetzeswidrigen Ausflügen.«

Kris wunderte sich nicht über ihr Wissen. Kons besaßen sehr viele Möglichkeiten, um an Informationen zu kommen, und die Zentrale hatte sie bestens mit Fakten versorgt. »Stimmt. Was hat das mit den Optionen ...«

»Sie haben mit Eintreten der Volljährigkeit eine Pilotenausbildung beim Söldnerhaufen *StarMerch* absolviert, schieden jedoch auf eigenen Wunsch aus und heirateten, obwohl Sie sich als bester Kadett in der Geschichte der Söldnereinheit hervorgetan haben. Abschüsse ohne Ende.« Huntington-Singh musterte ihn. »Meine Güte. Was war los, Mister Schmidt-Kneen? Warum haben Sie aufgehört?«

»Zu jung. Ich dachte lange, es sei cool, Sachen gegen Bezahlung zu stehlen oder Menschen für Geld zu entführen oder sie umzubringen«, antwortete er und versuchte, nicht an die Toten im Labor zu denken. »Hab mich getäuscht, es erkannt und die Konsequenzen gezogen.«

Huntington-Singh legte die Finger zusammen, blickte über die grünen Brillenränder. »Sie heuerten bei den *Freighteners* auf der Erde an und wurden Kutscher. Container-Schubser.« Sie klang abwertend. »Auch wenn Sie wiederum der Beste in der Agentur wurden, fand Ihre Frau das als Perspektive für ein ganzes Leben nicht sehr aussichtsreich und hat Sie verlassen. Sie lebt mit Ihrer Tochter in ...«

Danke für den Rückblick auf mein beschissenes Leben. »Schön. Dann wissen Sie ja so viel von mir wie ich selbst.« Kris atmete tief ein. »Wenn Sie mir *jetzt* noch erklären, wie ich alles wieder in den Griff bekomme, gebe ich Ihnen einen aus.« Ihn nervte das überlegene Getue der Professorin. *Will sie mich damit weichkochen?* »Wie lauteten noch gleich die Optionen?«

»Aus dem, was die Zentrale über Sie herausgefunden hat, ergibt sich für Sie Option A, einen Arbeitsvertrag mit *Bangash Industries* einzugehen. Sie werden an verschiedenen Standorten als Pilot eingesetzt, erhalten ein regelmäßiges Gehalt und vermeiden es, Planeten der FEC oder von *Gauss* zu betreten.« Huntington-Singh lächelte gleichgültig.

»Die andere Option?«

»B: Sie bleiben auf *Shiva's Fortress* und stoßen zum Putzkommando.«

»Was?« Kris wusste jetzt, warum ihm der Gardeur die *Highfire* abgenommen hatte. In diesem Moment hätte er sie benutzt.

»Ja, das dachte ich mir, dass B Ihnen nicht zusagt. Weitere Optionen sind: C – Lagerarbeiter, D – Hilfstechniker und E wie Entsorgungssystem ...«

»Danke. Ich unterschreibe Option A«, unterbrach er sie. *Beschissene Erpresser.* Mangels Alternativen musste er das tun, was er nicht mehr hatte tun wollen: Raumschiffe bewegen. Durchs All fliegen. Sich dem großen Vakuum aussetzen – und dem Interim, das seinen Vater so schrecklich verändert hatte. *Fuck.*

»TransMatt-Teleportation ist kein Problem für mich, aber mehr als fünfzig LSP mache ich nicht«, stellte er sofort klar. Er hatte bereits sieben davon hinter sich. Und elf KSP. Der Körper vergaß nichts, die Zellen ebenso wenig. »Schreiben Sie das in meinen Vertrag.«

»Achtzig«, sagte die Professorin auf der Stelle. »Das ist Standard bei unserem Unternehmen. Danach erhalten Sie eine Abfindung und eine kleine monatliche Rente.«

»Vierhundert Tois, ich weiß.« Kris sah sich in die gleiche fürchterliche Welt wie sein Vater schlittern. Keiner von den Ärzten, die er befragt hatte, konnte ihm sagen, ob auch er diese Fähigkeit erlangen würde, die das Leben seiner Familie zerstört hatte: das intuitive Erfassen fremder Vorstellungen, das Dolmetschen zwischen Ahumanen und Menschen. *Niemals. Eher erschieße ich mich.*

Sie nickte, und aus einem sich öffnenden Spalt im Tisch surrte ein eng bedrucktes Blatt Papier. »Das ist der Arbeitsvertrag. Sie unterzeichnen ihn bitte und legen Ihre linke Hand auf den Scanner.« Ein kleiner Kasten wurde von der Sekretärin hereingebracht. »Nicht erschrecken, wenn es einen Stich gibt. Wir nehmen eine Blut- und eine kleine Gewebeprobe. Das Wundregenerationsspray wird das Fleisch innerhalb von wenigen Sekunden nachwachsen lassen.«

Er war sich bewusst, was die auf den ersten Blick recht harmlose, kaum schmerzvolle Prozedur bedeutete: Mit den Daten konnten die Wissenschaftler beliebig viele Klone von ihm herstellen, wenn sie es wollten, oder seine DNA in einen Beta-Humanoiden einbringen. Dennoch hörte er sich selbst sagen: »Klar.«

Resigniert unterzeichnete er, ohne jede Aussicht, aus eigener Kraft dieser Situation zu entkommen. Sein Handabdruck wurde gescannt, Blut und Gewebe entnommen. Er war zum Teil von *BaIn* geworden. Dem Kon wurde laut Vertrag sogar das Recht eingeräumt, seinen Körper zu verwerten, wenn er durch einen Arbeitsunfall sein Leben verlor. Standard.

Die Sekretärin verließ den Raum mit den Proben.

Huntington-Singh nahm den Kontrakt entgegen und schob ihn in eine Schublade, ein Duplikat kam aus dem Schlitz. »Das ist für Sie. Willkommen in der Familie.« Bevor Kris antworten konnte, sagte sie schon: »Wir setzen Sie für ein paar Wochen in verschiedene Simulatoren, damit Sie wieder das Gefühl fürs Fliegen bekommen, dann ein bisschen Null-g-Training, und im Anschluss haben wir einen Auftrag für Sie.«

»Ach ja? Wohin geht es?«

»Vorerst: da lang.« Sie zeigte auf den Ausgang. »Vielen Dank, Mister Schmidt-Kneen. Simone gibt Ihnen Ihre Stations-IC, damit Sie sich eigenständig bewegen können. Zumindest dahin, wo Sie sollen.« Die Professorin senkte den Kopf und las etwas, das auf dem erwachenden Monitor in der Tischplatte stand. Der Kubus fuhr in die Versenkung zurück.

Ein Kon-Knecht. Kris stand langsam auf und ging zur Tür. Noch hatte er nicht wirklich realisiert, was sich alles in seinem Leben verändert hatte und welche Auswirkungen die Geschehnisse der letzten achtundvierzig Terrastunden haben würden. *Das wollte ich nie sein.*

Er verließ das Büro greisenhaft zögerlich, bekam von Simone das Kärtchen gereicht, auf welches das *BaIn*-Emblem geprägt war. Sie redete freundlich mit ihm, erklärte ihm die Handhabung, als wäre er in einem Hotel abgestiegen. Ihre Stimme wurde leiser und zu einem schönen Geräusch, das sich mit den Tönen der klassischen Musik aus den Boxen vermischte.

Ich werde wie mein Vater, zuckte es ihm unentwegt durch den Kopf, und er hätte am liebsten gekotzt. Seine Mutter hatte in ihrer letzten Nachricht an ihn Recht behalten: Es gab keine Chance, dem Schicksal zu entrinnen.

DRITTER AKT

Erste Szene

11. Januar 3042 a.D. (Erdzeit)

SYSTEM: SIRIUS
PLANET: ARABIAN'S PRIDE II (IM BESITZ VON IJAS, ARABISCHE EMIRATE)
STADT: ADN, UNTERSTADT

Läuft mir zu schleppend. Faye saß am hintersten Tisch der überfüllten Bar *Lobo's* und beobachtete gelangweilt die vorüberziehenden Besucher durch die Dunstschwaden aus den Lungen der Wasserpfeifenraucher, den Kippen und dem Kunstnebel, der von der Tanzfläche herüberwaberte. Der aromatisierte Tabak schwängerte die Luft und erschlug die Geruchsnerven regelrecht.

Nach zwei Stunden noch nichts verkauft. Gibt's das? Sie verschränkte die Arme im Nacken, rieb über den ausrasierten Ansatz der kurzen, schwarzen Haare. Dazu kam das leichte Magenzwicken, seit sie auf dem Sukh eine Soroyi-Suppe mit Hummus-Paste gegessen hatte. So sehr sie den scharfwürzigen Geschmack liebte, so wenig vertrug sie das Zeug aus der Einheimischenküche.

Die Musik dröhnte. Huschende Scheinwerferstrahlen erfassten Faye in ihrer Ecke und färbten sie mal rot, mal grün und gelb; der Stein in ihrem für eine Frau sehr dicken Siegelring blinkte auf. Hierher kamen vorwiegend Fremde, raue, grobe Saison-Holzfäller, die sich nach der Arbeit bei einem Glas Bier, einer Shisha und dem Anblick einer sexy tanzenden Frau entspannen wollten. Manche von ihnen verlangten noch mehr: Illegales. Alkohol, Glücksspiel, Sex gegen Geld – in der Unterstadt war es nicht erlaubt, aber geduldet, sofern es nicht zu offensichtlich geschah. Diskrete Gesetzesbrüche gingen in Ordnung, auch seitens der Einheimischen.

In der Oberstadt sah es anders aus. Hier lebten die in Ungnade gefallenen Größen aus den Vorstandsetagen und Reichen, die privaten Besitzer der riesigen Wälder auf Arabian's Pride II, kurz Ape II. Die Sicherheitskräfte, von den Einheimischen *Sachbet* genannt, gingen gnadenlos gegen jeden Verstoß vor.

In der Unterstadt zeigte sich kein regulärer Sachbet. Stattdessen hetzte der Gouverneur Beta-Einheiten durch die Straßen und ließ die Halbbestien die extrem gefährliche Drecksarbeit erledigen. Die Gerichte wandten bei Unterstadtkriminellen gern die Todesstrafe an, und entsprechend wehrten sich die Verbrecher bei den Festnahmen.

Deswegen hatte sich Faye ins *Lobo's* verzogen, ihre sichere Basis, auch wenn sie dreißigmal am Abend nach Sex gefragt wurde und jedes Mal *Verpiss dich* antwortete. Das gänzlich unerotische Outfit rettete sie nicht vor den derben Avancen: klobige Boots mit Stahlkappen, schwarze Cargohosen, ein dunkles Shirt, darüber eine weite, dunkelbraune Lederjacke. Sie verkaufte nicht ihren attraktiven Körper an die Holzbullen, sondern andere Dinge.

Mann, ihr könnt doch eure Löhne nicht schon komplett verzockt und verhurt haben! Die umliegenden dichten Wälder boten allerhand an Beschäftigung für die nahezu zwei Millionen Arbeiter. Sie kamen aus allen Teilen des Systems, um in den harten Zeiten wenigstens ein bisschen Geld für die Familie oder sich selbst zu erwirtschaften. Die *Hakima Corporation*, welche die Holzfarmen im Auftrag von IJAS bewirtschaftete, bezahlte noch relativ gut. Besser als auf dem Nachbarplaneten Canopus, der *United Industries* gehörte.

Wohl nicht gut genug. Missmutig schnalzte die gut aussehende junge Frau mit der Zunge und rückte ihren Stuhl so, dass sie nicht mehr von den Strahlern erfasst wurde. Helligkeit war nicht gut fürs Geschäft, Wachsamkeit gehörte allerdings unbedingt dazu.

Alles war anders geplant gewesen.

Weit weg von ihrer psychopathischen Schwester endlich ein neues Leben anfangen, ein guter und legaler Job mit angemessener Bezahlung – so ähnlich hatte Faye sich das gedacht, als sie vor knapp einem halben Jahr auf Ape II angekommen war. Als einzige gewerkschaftslose Fahrerin eines LCV-Trucks hatte sie ihre Tois verdienen wollen. Doch nach wenigen Tagen hatte ihr der Vorarbeiter ihrer Kutscher-Truppe verkündet: »Entweder du schläfst mit mir, oder du fliegst raus.«

Pisser. Faye grinste breit. Sie erinnerte sich noch ganz genau an das verzerrte Gesicht des Mannes, als sie ihm mit den Stahlkappenboots zwischen die Beine getreten hatte. Job weg plus Verurteilung wegen vorsätzlicher Körperverletzung. Dreitausend Tois Schmerzensgeld hatte sie bezahlen müssen. *Das war es dennoch wert gewesen.*

Inzwischen wusste Faye, dass ihr eigentlicher Fehler darin gelegen hatte, nicht Mitglied der Gewerkschaft geworden zu sein, denn diese nette Organisation sorgte dafür, dass niemand Arbeit bekam, der sich ihr nicht anschloss. Aber ihr Stolz verbot es ihr, das Versäumnis nachzuholen.

Der Job, den sie jetzt hatte, war zwar gefährlicher, als Langholz zu transportieren, aber dreimal besser bezahlt. Seit zwei Wochen verkaufte sie für Mister Hundred, ein in der Szene bekannter Großdealer, das Zeug, was manche Drogen nannten, sie selbst aber lieber als »Lebensversüßer« bezeichnete. Die Arbeiter lechzten danach. Normalerweise.

Fayes reichhaltiges Angebot reichte von einfachen Beruhigungsmitteln bis hin zu der neuesten Sache: Equillizza. Das Zeug war ein synthetisches Rauschgift, das angeblich sogar Tote wieder zum Leben erwecken konnte. Dass einige der Männer dabei allerdings ins Gras gebissen hatten, wurde verständlicherweise verschwiegen. Und es ging die Mär um, dass die Collectors keine Planeten unter ihre Obhut nahmen, deren Bewohner harte Drogen einwarfen.

Faye fand, dass es ein exzellentes Verkaufsargument war, auch wenn sie selbst diese Gerüchte als Unsinn betrachtete und die Collies weit weg von *Ape II* operierten. Ganz weit weg.

So soll es bleiben. Die Musik dröhnte ohrenbetäubend laut durch die Bar. Zu ihrem Rhythmus bewegten sich jetzt einige bauchtanzende Stripperinnen gekonnt und aufreizend auf dem Tresen und in kleinen Wandnischen. Schleiertanz mal anders. Besoffene Arbeiter grölten und pfiffen, quittierten jedes fallende Kleidungsstück der Frauen mit anfeuernden Rufen.

Faye überlegte, ob sie offensiver vorgehen und die Männer anquatschen sollte. *Was sage ich? Wollt ihr was zum Einschmeißen?* Sie trank wieder von ihrem Bier, das allmählich Raumtemperatur bekam, und irgendwie fühlte sich der Tag nicht gut an. *Wie mein Magen.*

Ein paar Betas am Nachbartisch lachten in ihrer seltsamen, kehligen Weise. Da die Sprechorgane nicht ganz so perfekt ausgebildet waren wie bei normalen Menschen, klang es bei den meisten rau und sehr durchdringend.

Eklig. Faye verzog angewidert das Gesicht und sah nicht hin. Sie wollte nicht wissen, welches Vieh die Wissenschaftler mit menschlicher DNA gekreuzt hatten. *Verdammter Abschaum!* Ihre Toleranz hinsichtlich dieser Dinger war eher gering, und eigentlich mochte sie schon gar keine in ihrer Nähe. Das sichtbar Animalische stieß sie ab. Aber der Besitzer vom *Lobo's* fand die Betas »niedlich«, also durften sie bei ihm rein. Als Maskottchen.

Sie hob die Hand und winkte der Bedienung zu, ein dürres, blondes Ding, das jünger als sie und für diese Kneipe erstaunlich vollständig bekleidet war. Sie zeigte nicht einmal Dekolleté, was ihr sicher ein üppiges Trinkgeld verschafft hätte. *Zu viel Textilien.* Faye runzelte die Stirn. Die Wachsamkeit regte sich.

Die Kellnerin schlenderte an ihren Tisch und setzte sich unaufgefordert.

Hat sie Langeweile und sucht jemanden zum Quatschen? Faye musterte sie argwöhnisch und dachte an die *Hakima S-Crack*, eine halbautomatische Pistole, die im Schulterhalfter steckte, wo sie beruhigend an ihre Rippen drückte; die für Privatpersonen verbotene Waffe vermittelte durch die bloße Anwesenheit eine gewisse Sicherheit. »Ich wollte ein neues Bier. Keine Gesellschaft.«

»Hallo«, grüßte die bis zur Unkenntlichkeit geschminkte Frau und grinste breit, wodurch sie an einen Clown erinnerte. »Ich habe gehört, bei dir kann man interessante Dinge kaufen?«

Du wirst gar nichts bei mir kaufen. Faye lächelte abweisend. »Von was redest du?«

Das falsche Clowngrinsen blieb. »Der dicke Kerl hat es mir gesagt, der da drüben am Tresen steht. Er meinte, er kommt auch gleich rüber.«

Borlaine. Fetter Idiot! Faye mochte es nicht, wenn *sie* von neuen Kunden angesprochen wurde. Sie lieferte nur an jemanden, der ihr persönlich von einem alten Kunden vorgestellt worden war. Ohne Bürgschaft lief nichts. Das Parfüm, das die Fremde benutzte, kannte sie: *Quarante* hieß es, und es kostete viel. Nichts, was sich eine Gläserschlepperin ohne tiefen Ausschnitt leisten konnte.

»Ich bin Darryl«, sagte die Kellnerin, weil ihr das Warten auf eine Antwort zu lange dauerte.

»Natürlich bist du das. Niemand außer dir könnte diesen Namen tragen.«

»Verarschst du mich?«

»Schön, dass du es gemerkt hast.«

Das Grinsen wich, der Ausdruck in den blauen Augen veränderte sich. »Ich hätte gerne von diesem Equillizza. Sagen wir vier Kapseln?«

Faye zog die Nase hoch und verschränkte die Arme vor der Brust. Das wirkte erstens ablehnend, zweitens bekam sie die Hand so näher an ihre Waffe. »Seit wann arbeitest du bei Lobo?«

Schweigend zählte Darryl vierhundert Tois in Form von vier quadratischen, gelben Chips auf die Tischplatte und legte ihr Tablett darauf. »Spielt das 'ne Rolle? Kriege ich die Kapseln jetzt, oder willst du nichts verdienen?«, meinte sie leise und blickte sich schnell um.

Benimmt sich beim Kauf wie ein Anfänger. Faye konnte das ungute Gefühl in ihrer Magengegend ebenso wenig ignorieren wie das Geld. *Was soll schon passieren?* Sie sah zu Borlaine, der den Daumen hob und auf Darryl zeigte. Fernbürgschaft. *Lobo hat ständig Aushilfen.* Das schlechte Gefühl schob sie auf Soroyi-Suppe und Hummus-Paste.

Faye nahm die Hände nach vorne und betätigte mit einer geübten Bewegung den verborgenen Schließmechanismus ihres martialischen Siegelrings, der Fingerabdruckscanner im Stein trat innerhalb von Sekunden in Aktion. Der Deckel sprang mit leisem Zischen auf. Sie entnahm vier der Pillen, die jeweils nicht größer als eine Süßstofftablette waren, und verschloss das Versteck wieder.

»Sehr netter Trick.« Darryl hielt erwartungsvoll die Hand auf.

Faye zögerte für einen Moment, als sie das gespannte Blitzen in den

Augen der Kellnerin sah. Da war ein lauernder Ausdruck, der nicht zum Gehabe einer herkömmlichen Bedienung oder eines Junkies passte. Sie kannte ihn. Von früher. *Ich hätte auf mein Bauchgefühl hören sollen.*

Langsam glitt Fayes Linke unter die schwere Lederjacke, während sie mit der anderen die Kapseln an der ausgestreckten Hand vorbei auf den Boden fallen ließ. »Ups.« Mit der frei gewordenen Rechten nahm Faye die Ohrenstöpsel aus der Hosentasche und setzte sie schnell ein; die Geräusche um sie herum wurden dumpfer. *Na, was tust du jetzt? Traust du dich, mich aus den Augen zu lassen?*

Darryl zögerte, dann sprang sie auf und zog triumphierend eine Behörden-IC, auf der fett DEA geprägt stand. »Okay, das war's für dich! IJAS-Anti-Drogendezernat! Du bist festgenommen wegen …«

Faye zog die *S-Crack* und feuerte eiskalt in Richtung der Ermittlerin, zielte aber über sie hinweg. Sie setzte auf die Nebenwirkung der Pistole, bei der das »S« für *sonic* stand: Schall.

Der Lauf der Halbautomatik besaß kleine Bohrungen, die nicht dazu gedacht waren, das Mündungsfeuer zu verringern, sondern ein grelles Pfeifen zu verursachen. Zusätzlich war die Munition speziell, das Knallen der Treibladung überlaut. Die *S-Crack* konnte töten und kostete die Leute vor der Mündung wenn nicht das Leben, dann mitunter das Trommelfell. Eine sehr unangenehme Waffe, die beim Einsatz immer Aufsehen erregte.

Darryl schrie ebenso wie die Hälfte der Bargäste auf, presste sich die Hände gegen die Ohren, taumelte rückwärts und stürzte gegen den Tresen. Die Betas brüllten lauter als die Menschen, ihr Gehör war empfindlicher.

Raus hier, bevor ihre Kollegen eingreifen! Faye flankte elegant über den Tisch, rannte los. Sie wusste, was ihr blühte, falls man sie schnappte. Als Kleindealerin: Arbeitsknast der härtesten Sorte. *Ich habe mich zu sicher gefühlt.*

Während Faye versuchte, den Notausgang der Kneipe zu erreichen, tauchte plötzlich ein Mann vor ihr auf, der ihr eine DEA-IC entgegenhielt, mit einer Pistole auf sie anlegte und ebenfalls etwas von Anti-Drogendezernat rief.

Noch ein Sachbet. Ich werde unaufmerksam, dachte sie verärgert über sich selbst. Sie riss im Laufen die Halbautomatik hoch und zog zweimal durch. Sie zielte auf die Brust, weil sie annahm, dass der Mann eine Panzerweste unter dem karierten Hemd trug. Es ging ihr nicht ums Töten.

Hilflos mit den Armen rudernd ging der Gegner zu Boden und verstummte.

Wer hat mich verpfiffen? Faye sprang über ihn hinweg, fegte den stinkenden, schwarzen Vorhang vor dem Notausgang zur Seite – und sah in die Mündung eines automatischen Schrotgewehrs, das auf ihre Nase gerichtet war. Das lange Stangenmagazin hatte genug Schuss, um ihren Körper in Einzelteile zu zerlegen.

»Einen Schritt weiter, Mädchen, und dein Kopf ist verschwunden! Weg mit der Waffe!« Der ältere Sachbet mit dem Dienstausweis vor der Brust wirkte nicht im mindesten aufgeregt. Er schien solche Aktionen öfter mitgemacht zu haben. Sein Name war Forest, sein Akzent verriet, dass er nicht von Ape II stammte.

Shit. Sie ließ die *S-Crack* fallen. »Schon in Ordnung. Sie sind mit *der* Waffe eindeutig in der Überzahl.«

»Hände an die Wand, Beine auseinander«, befahl er ruhig. »Hatte ich den richtigen Riecher. Die jungen Kollegen lassen sich noch gerne austricksen.«

»Ich hätte die Frischlinge auch abknallen können«, sagte Faye. »Hab ich aber nicht. Nur damit Sie es wissen. Das gibt bestimmt Strafmilderung.« Gehorsam befolgte sie seine Anordnungen und überlegte fieberhaft. *Waren das alle, oder stehen noch mehr verkleidete Sachbets herum?*

»Tinman hatte eine Weste an, Mädchen, sonst hättest du ihn erledigt«, gab Forest zurück und setzte ihr den Lauf auf den Rücken. »Das wird dich bei den Richtern nicht beliebter machen.«

Lenk ihn mit Fragen ab. Mach ihn nachlässig. »Seit wann kommt die DEA in die Unterstadt?«

»Weil Mister Hundred damit nicht gerechnet hat. Wir reißen deinem Boss heute Nacht gehörig den Arsch auf«, sagte er lachend und tastete sie nach versteckten Waffen ab. »Mit seinen Dealern fangen wir an. Ach ja: Wen sollen wir verständigen?«

»Warum verkaufe ich wohl Drogen? Ich kann mir keinen Anwalt leisten.« Faye sah, dass die Besucher des *Lobo's* so gut wie verschwunden waren. *Der Sachbet ist allein. Gut!*

»Das meinte ich nicht. *Nach* dem Urteil«, präzisierte Forest. Als er ihr Stutzen bemerkte, fügte er ungläubig hinzu: »Du weißt nicht, wie das Dealen mit Equillizza seit Jahresbeginn bestraft wird?«

Die haben das Gesetz geändert? »Arbeitsknast. Ein paar Jahre, denke ich. Oder?« Sie machte sich bereit.

Er lachte. »Nein. Nicht mehr. Equillizza ist zusammen mit fünfzig anderen Drogen aufgestiegen und gehört seit dem 1.1. zur stärksten Substanzkategorie.«

»Klar.« Zuerst dachte Faye, er wolle ihr Angst machen, damit sie ein Geständnis ablegte und gegen ihren Boss aussagte. Die Hardliner in der IJAS für islamisch geführte Planeten hatten die Todesstrafe für Dealer mit harten Drogen eingeführt. *Und Ape II wird von einem arabischen Hardliner-Gouverneur gelenkt!*

Forest lachte noch immer. »Du bist schon der vierte Dealer, den wir hochnehmen und der es nicht mitbekommen hat. Gut für uns, sonst würdet ihr bei der Festnahme nur wild herumballern. Okay, umdrehen. Ich taste dich jetzt vorne ab.«

Nein! Ihr wurde eiskalt. Kaum fühlte Faye eine Hand des Agenten an ihrer Taille, trat sie nach hinten und traf ihn in den Unterleib; der Schuss aus dem Gewehr schlug dicht neben ihr in die Wand. Sie wirbelte herum und schlug mit der Handkante kraftvoll auf die Schläfe des überraschten Mannes. Es gab ein knackendes Geräusch, und Forest stürzte mit der Waffe zur Seite.

Raus, raus, raus! Sie hob das Schrotgewehr auf, lud durch, steckte die S-*Crack* ein und verließ das *Lobo's* hastig durch die hintere Tür. *Hundred, dieses Arschloch! Das hätte er ruhig sagen können! Nie im Leben hätte ich diese Scheiße für ihn weitervertickt!*

Die dunkle, regennasse Gasse versprach ihr ersten Schutz und die Aussicht zu entkommen.

Faye rannte los. *Todesstrafe. Das glaube ich nicht!* Sie hetzte vorwärts, ohne zu wissen, was sie als Nächstes tun sollte. Die DEA hob das gesamte Dealer-Netzwerk aus, und ihr brachen sowohl Anlaufstellen als auch der Schutz weg.

Da hätte ich auch bei meiner kaputten Schwester bleiben können. Die vierhundert Tois der falschen Kellnerin hatte sie auch noch in der Kneipe liegen lassen. *Fuck!*

Sie war fast bis ans Ende der schmalen Straße gelaufen, als sie in das grelle Licht eines Scheinwerfers getaucht wurde, der schräg von oben auf sie niederstrahlte und sie blendete.

»Bleiben Sie stehen, oder wir eröffnen das Feuer«, hallte eine weibliche Lautsprecherstimme durch die Nacht. »Wenn Sie uns unbedingt Arbeit ersparen wollen, rennen Sie einfach weiter.«

Faye zögerte, ahnte aber, dass sie dieses Mal einer wirklichen Übermacht gegenüber stand.

»Eins ...«

»Okay, okay!« Sie warf die Waffen auf den Boden und hielt die Arme schützend vors Gesicht. Sie würde sich auf jeden Deal einlassen, den ihr der Richter vorschlug. Das wusste sie. *Ich will nicht sterben!* »Ich will gegen Hundred aussagen ...«

»Hinlegen!«, bekam sie die harsche Anweisung.

Faye legte sich zu Boden und landete wegen des Gegenlichts mitten in einer Pfütze, die ihren Oberkörper durchnässte. Fluchend fügte sie sich in ihr Schicksal. *Passt zu dem beschissenen Tag!*

Schritte eilten auf sie zu. Sie sah tropfnasse schwarze Kampfstiefel vor sich. Kräftige Hände drückten ihr Gesicht schmerzhaft in den Schmutz der Seitenstraße, zerrten ihr die Arme hoch und fesselten die Gelenke mit FerroPlastriemen. Ein harter Fußtritt in die Seite rollte sie auf den Rücken.

Vier Männer in Kampfpanzerungen, mit Sturmmasken und Helmen standen um sie herum. Sie trugen DEA-Abzeichen und das Emblem der IJAS. Einer hielt einen Hand-Partikelstrahlenwerfer auf ihren Kopf gerichtet und gab ihr mit einer Geste zu verstehen, sich nicht zu rühren oder zu sprechen. Hinter ihnen standen hünenhafte Silhouetten mit Echsenköpfen und übergroßen Gewehren in den Händen. Beta-Humanoide als Rückendeckung.

Ein Mann kniete sich neben sie, streifte ihren Ärmel hoch und setzte einen Gen-Tester an. Auf ihrem Arm ziepte es. Das Gerät nahm Hautzellen auf, analysierte sie in zwei Sekunden und glich die Ergebnisse mit der Datenbank ab.

»Wen haben wir denn da? Faye Durrick! Das gibt für jeden von uns fünfhundert Tois extra«, sagte er zufrieden und erhob sich. »Gebt ihr ein Milligramm Sensuscain II, dann werft die Fotze in den Wagen, und weg hier. Wir haben noch mehr Kundschaft auf der Liste.«

Faye bekam eine Injektion, deren Substanzen unverzüglich Sehnerven und Sprachzentrum blockierten, dann wurde sie blind und stumm weggeschleift. Dabei hätte sie gern losgebrüllt.

Zweite Szene

Eine Stunde und eine Injektion später sah und redete Faye wieder. Unruhig rutschte sie auf ihrem Plastikhocker hin und her, während sie den Richter des Schnellverfahrens auf dem Monitor nicht eine Sekunde aus den Augen ließ.

Sie befand sich in einer kleinen Kabine aus Panzerglas, vergleichbar mit den Abmessungen eines alten Fotoautomaten, und sprach mit dem Mann am Bildschirm. »Hören Sie: Ich möchte eine Aussage gegen meinen Boss machen. Alles, was ich über ihn und seine Leute weiß. Andere Dealer, Großhändler, Fahrzeuge, Verstecke. Dafür werde ich nicht hingerichtet, einverstanden?«

Faye vermied es, auf die zwei Wärter neben der durchsichtigen Box zu achten. Es waren Wolf-Beta-Humanoide, die in den sandfarbenen Uniformen der Ape II-Polizeieinheit steckten: zwei Meter groß, schwarzes Fell, breit gebaut, aufrecht stehend und – wie sie fand – eine Schande der Natur. Früher hätte man solche Kreaturen gejagt und mit einer Silberkugel zur Strecke gebracht. *Das waren noch Zeiten.*

»Eine Aussage.« Der dicke schwitzende Mann in der gelben Richterrobe vor ihr räusperte sich. »Schön. Haben Sie Kenntnisse über die Verstrickung von Moreno Hundred mit der Familie Weng-Ho?«

»Nein ...« Faye hörte davon zum ersten Mal.

Das Bild eines jungen asiatischen Mannes wurde für fünf Sekunden auf dem Monitor eingeblendet, während der Richter sagte: »Haben Sie Weng-Ho Dihiciman zusammen mit Moreno gesehen? Wenn ja, bei welcher Gelegenheit?«

»Also, Asiaten ... habe ich schon mal ...«

»Das heißt nein. Dann können Sie uns hoffentlich sagen, wo Moreno Hundred die achtundzwanzig Millionen Tois versteckt hat, die er aus dem Handel mit illegalen Drogen gewonnen hat?«

»Nein«, sagte sie überrumpelt. »Aber ich weiß ...«

»Danke, aber alles andere kennen wir schon«, fiel er ihr ins Wort. »Sie sind nicht die Erste seiner Dealer, die auspacken will. Dass Equillizza plötzlich für alle tödlich ist, kam wohl sehr überraschend. Als Nebeneffekt lockert dieser widerwärtige Stoff verbrecherische Zungen.« Er hämmerte auf die Tastatur ein und las irgendetwas auf dem eingelassenen Bildschirm. »Ihre Sachlage ist klar. Ich komme somit zur Urteilsverkündung.«

»Was?« Faye stand auf und trat gegen die Boxwand. »Hey! So geht das nicht!«

»Im Namen der rechtschaffenen Bürger von Arabian's Pride II, gemäß dem Strafrecht der Arabischen Emirate mit Berücksichtigung der Statuten der IJAS, erlasse ich folgendes Urteil: Die Angeklagte Faye Durrick wird des illegalen Drogenhandels mit Substanzen der Kategorie A, des unerlaubten Waffenbesitzes, Widerstands bei der Verhaftung, Angriff und Körperverletzung eines Polizeibeamten in drei Fällen und versuchten Mordes an Polizeibeamten in zwei Fällen für schuldig befunden«, ratterte der Mann gelangweilt herunter, was vor ihm geschrieben stand. »Das Gericht gibt dem Antrag der Staatsanwaltschaft statt und legt das Strafmaß wie folgt fest: Die Angeklagte wird in drei Tagen bei Sonnenaufgang durch Erdrosseln hingerichtet.« Er sah in die Kamera. »Sofern Sie an einen Gott oder ein anderes mystisches Wesen glauben, möge er oder es Ihrer Seele gnädig sein.« Er beugte sich zur Seite und schaltete die Verbindung ab. Sie hörte noch, wie er sagte: »Kommen wir zu Fall 232 ...« Eine Fließbandverurteilung.

Faye saß bewegungslos da, starrte auf den schwarzen Monitor und schwieg betroffen. *Dass meine Karriere als Verbrecherin nicht gut enden würde, habe ich zwar geahnt, aber dass es gleich so ultimativ sein soll?*

Es klickte hinter ihr, die Box wurde geöffnet.

Eine Krallenhand zog sie am Arm hoch. »Komm mit. Ich zeige dir dein neues Zuhause für den Rest deines Lebens, Durrick«, knurrte einer der Wolf-Betas. Sie klangen immer so, wenn sie redeten: permanent gefährlich, gereizt und keinerlei Widerspruch duldend, wie es sich für Wachhunde gehörte.

Sie schüttelte die Finger angewidert ab. »Fass mich nie wieder an, Missgeburt. Verstanden?« Sie funkelte den Größeren böse an, der ihrem Blick grinsend standhielt und sie erneut am Oberarm packte. Faye roch das Tierhafte, das ein wenig an Hund erinnerte. Der Wolf-Beta bleckte die Reißzähne und verstärkte den Druck seiner Hand, so dass Faye aufstöhnte. »Ich werde euch alle umlegen, ihr verfluchten Laborzüchtungen«, fluchte sie leise und folgte ihnen gezwungenermaßen aus dem schlauchartigen Raum, in dem noch zehn weitere Boxen nebeneinanderstanden. Männer und Frauen warteten auf ihre Verurteilung.

Sie wurde durch die Flure des Sicherheitstrakts geführt, marschierte durch zwei Sicherheitsschleusen, bis sie vor einer blau gestrichenen Stahltür anhielten. Einer ihrer Eskorte öffnete die Tür und stieß sie hinein.

»Hey, Chim: Spring aus dem Fenster!«, rief Faye ihm zu und rieb sich den Oberarm. *Blut!* Die Beta-Krallen hatten sich durch den Stoff in die Haut gebohrt. »Du schwanzl «

Kommentarlos wurde die Öffnung geschlossen.

Das war es wohl. Sie drehte sich um und begutachtete ihr Übergangsheim. Ein Bettgestell mit einer dünnen Schaumstoffmatratze, Tisch und Stuhl, Waschbecken, Toilette und ein kleiner Spind füllten den ohnehin schmalen Raum zur Hälfte aus. Alles war aus leicht zu reinigendem Alu-Chrom gemacht, Desinfektionsmittelgeruch drang in ihre Nase. Wenigstens war es sauber.

Drei Tage bis zum Tod. Was mache ich bis dahin? Seufzend legte Faye ihre Lederjacke ab und warf sie über den Stuhl. Alles, was sie dabeihatte, war ihre Kleidung. Sonst nichts. Der Rest ihrer Habe lag in der eigentlichen Wohnung und wurde vermutlich gerade von den DEA-Leuten auseinandergenommen.

Dass mein Leben so zu Ende geht ... Wer interessiert sich schon für mich? Ich kenne niemanden, abgesehen von flüchtigen Bekanntschaften und dem Arschloch Hundred. Nicht einmal die Nachbarn würden merken, dass sie exekutiert worden war. Eine Bekanntmachung über ihren Tod auf der Homepage des Justizministeriums, mehr würde sie nicht bekommen.

Faye verspürte keine Lust, sich gegen das Anstehende zu wehren. Sie betrachtete die reinen Chromwände, und es machte sie noch immer fassungslos. Keine Verzweiflung, keine Reue. Eine Leere hatte von ihr Besitz ergriffen, die jegliche Emotion abtötete. Sie war unendlich müde, eine Nebenwirkung des Sensuscains oder des Antidots.

Was stellen sie eigentlich mit meinem Körper an? Verbrennen und verstreuen? Verwerten? Resignierend legte sich Faye auf das harte Bett, verschränkte die Hände hinterm Kopf und dachte gähnend über die Vergangenheit nach: ihre psychotische Schwester, die vergeblichen Versuche, ihr zu entkommen, und wie sie dabei immer wieder von Planet zu Planet gereist war.

Nuria ist schuld an allem. Wie viel einfacher wäre mein Leben ohne sie gewesen. Sie döste ein.

...

..

.

»Miss Durrick? Hallo!? Aufstehen!«

Faye schreckte hoch – und blickte einem fremden blonden Mann in die blauen Augen, der mit seinem Nadelstreifenanzug auffällig gut gekleidet war und über sie gebeugt stand. *Was will ...?*

Sie setzte sich auf und schaute auf die Uhr. »Zu früh zum Sterben«, murmelte sie und fühlte leichten Kopfschmerz. Nebenwirkungen des Sensuscains.

Er schob den Stuhl dicht ans Bett. Es quietschte laut, Gummi rieb über den Boden. »Ich darf mich vorstellen: Mein Name ist Mayers. Ich werde Ihnen jetzt ein paar Fragen stellen, und Sie antworten bitte immer nur knapp oder nicken, wenn es stimmt und keine weitere Erklärung notwendig ist.« Mayers setzte sich und fixierte sie kurz, als könnte er sie zwingen, wacher zu werden. Seine Rechte langte ins Sakko und nahm ein himmelblaues Mini-Note-Pad heraus, mit dem Daumen schaltete er das Gerät ein. Das Display spiegelte sich schwach in den Augen. »Sie sind Faye Elena Durrick, am 23. September 3021 auf TriCross geboren. Abgeschlossene Schulausbildung und Eintritt bei den EaSt-Sicherheitskräften, aber nach einem Jahr wieder rausgeflogen wegen Insubordination. Danach mehrere Gelegenheitsjobs auf verschiedenen Planeten der EaSt und FEC«, ließ er ihr unstetes Leben Revue passieren. »Sie betreiben seit Ihrem zehnten Lebensjahr Kampfsport, haben ein paar Jugendtitel gewonnen und waren kurze Zeit«, Mayers pfiff leise, »Cheerleader bei der Footballmannschaft *Koogan's*.« Als er die hellen Augenbrauen hob, ähnelte er einem maßregelnden Vater, der mit dem Tun und Treiben seiner Tochter keineswegs einverstanden ist. »Cheerleader?«

»Ich tanze gerne.« Faye nickte und sah ihn erstaunt an. »Was soll das?!« Sie suchte auf seinem Anzug nach einem Hinweis auf die Church. Sein Aftershave mochte sie nicht. *Zu viel Moschus.* »Sind Sie der Knastpriester?«

Mayers hob abwehrend die Hand und fuhr fort. »Sie versuchten dann aufgrund dringender Geldprobleme auf Arabian's Pride II einen Job zu bekommen, wurden gefeuert und haben seither für Moreno Hundred gedealt. Dummerweise waren Ihnen die DEA-Agenten der IJAS auf der Spur.« Er deaktivierte das Note-Pad und bedachte sie mit einem einstudierten Lächeln. »Das Ende vom Lied: Sie werden an der Stelle eines stinkreichen, untergetauchten Rauschgifthändlers hingerichtet, für den Sie gerade mal zwei Wochen gearbeitet haben, und sind nicht mal ein bisschen wohlhabend dabei geworden.« Er lehnte sich nach vorne. »Sagen Sie, Miss Durrick«, sagte er unerwartet vertraulich, »kotzt Sie das alles nicht an?«

Wer ist das? Faye rümpfte die Nase. »Auf eine unbestimmte Weise schon, irgendwie. Und was wollen Sie jetzt von mir? Seit wann sind die Gefängnispriester so gut informiert?« Sie beugte sich ebenfalls vor, so dass ihre Gesichter einander fast berührten. »Sagen Sie mir nicht, Sie möchten jetzt meine Beichte hören, wo Sie doch bereits mein ganzes Leben kennen!«

Mayers zeigte weder Angst noch wich er ihrem Blick aus. »Ich bin Ihre zweite Chance«, flüsterte er und zwang sie, genau hinzuhören; sein Atem war rein, was es ihr leichter machte, die Nähe zu ertragen. »Ihr zweites Leben. Denn Ihr erstes läuft in weniger als drei Tagen ab.«

Ich ... soll gehen dürfen? Zu welchem Preis? Faye wagte es nicht, an die Worte des Unbekannten zu glauben. *Ist das eine Verarsche?* »Nicht, dass ich Sie falsch verstehe, aber heißt das, Sie holen mich hier raus? Und *warum*, Mayers? Soll ich mit Ihnen ins Bett gehen? Wenn das alles ist ...«

Er lächelte und sah abschätzend an ihrem durchtrainierten Körper hinab. »Was Sie tun, wenn Sie das Gefängnis verlassen haben, bleibt zu einem gewissen Teil Ihnen überlassen, aber zu Ihrer Beruhigung: Sie *müssen* nicht mit mir schlafen. Es sei denn, Sie wollen es.« Mayers verstaute das Pad, stand auf und stellte sich hinter den Stuhl, die Hände lässig in die Hosentaschen gesteckt. »Ich mache Ihnen ein faires Angebot, mal abgesehen davon, dass die Alternative den Tod bedeutet.«

»Jetzt bin ich wirklich neugierig, Mayers«, sagte Faye und lehnte sich an die kalte Alu-Chromwand. Sie hatte keinerlei Ahnung, was sie gleich hören könnte.

»Meine Firma bietet Ihnen einen Job in einer Spezialtruppe an, bei dem Sie Ihr Leben riskieren müssen.«

Sie lachte auf. »Ich soll zu den Justifiers?« So nannten sich die Truppen von Konzernen und Regierungen, die ganz unterschiedliche, besondere Aufgaben hatten: Planetenerkundung und -besetzung, die Auslöschung oder Befriedung der Urbevölkerung, Überfälle auf die Welten anderer Unternehmen und vieles mehr. Sie bestanden aus Beta-Humanoiden, Verbrechern, Menschen von Hochschwerkraftplaneten und Verzweifelten.

»Zugegeben, Sie tauschen den sicheren Tod gegen einen wahrscheinlichen. Dennoch ist die Chance, bei uns zu überleben, wesentlich höher als hier.« Er wippte auf den Zehenspitzen, die luxuriösen Lederschuhe knarzten. »Nach einem *einzigen* Einsatz werden Sie wieder ein freier Mensch sein, dürfen gehen, wohin Sie wollen und sogar von neuem für Moreno Stoff verscherbeln. Was halten Sie davon, Miss Durrick?«

Herrlich. Ich und eine Justifierin. Ein Himmelfahrtskommando mit Chim-Begleitung. Aber besser, als erwürgt zu werden. Faye verzog den Mund. »Das ist alles? *Ein* Auftrag?«

Mayers nickte knapp. »Ganz recht. Um genauer zu sein, würden Sie für *Bangash Industries* arbeiten und das legal tun, wofür Sie hier umgebracht werden.« Er machte eine kleine Pause, in die hinein Faye trocken sagte: »Drogen verkaufen.«

Mayers musste lachen, die blauen Augen wurden kleiner. »Töten.«

»Hey! Ich bin *keine* psychopathische Killerin! Wenn ich gewollt hätte, wären die drei Drogenbullen im *Lobo's* tot!«, brauste sie auf. »Aber bevor ich von dreckigen Chims hingerichtet werde, komme ich zu Ihnen.«

Mayers grinste breit. »Oh, da werden Sie aber Ihre Freude an der Truppe haben. Wir haben ein paar Prachtexemplare von Betas dabei.«

Auch das noch. Faye überwand sich und unterdrückte den Wunsch auszuspucken. »Trotzdem will ich aus dem glänzenden Gitterloch.«

»Eine gute Entscheidung«, lobte Mayers und ging zur Tür. »In wenigen Stunden werden Sie von einem meiner Leute abgeholt. Ich muss noch die Formalitäten erledigen, dann sind Sie ein willkommenes Mitglied der Unternehmung *Cortés*, Miss Durrick. Die zusätzliche Justifier-Ausbildung erhalten Sie von ausgesuchtem Personal, und wenn Sie im Einsatz überleben, winkt die echte Freiheit.«

Faye fühlte Erleichterung und Freude, die nicht einmal durch das Wissen über die Zukunft an der Seite von Chims getrübt wurde. *Und wie ich das überleben werde!* Sie konnte es immer noch nicht fassen. Eben hatte sie mit dem Leben abgeschlossen, jetzt war sie wieder im Spiel. Und ganz hinten in ihrem Kopf mahnte jemand, dass es immer noch eine sadistische Täuschung der netten neuen Rechtsprechung sein könnte, um sie morgen mit einer anderen Nachricht zu schocken. »Warum ausgerechnet ich, Mayers?«

»Ich bin verwundert: Das fragen Sie sehr spät.« Er drehte sich noch einmal um. »Es ist ganz einfach: Sie haben mir gefallen. Ein Freund von mir, der in der Einheit ist, die Sie festgenommen hat, machte mich auf Sie aufmerksam. Ich kann eine Frau wie Sie nicht dem vorzeitigen Tod überlassen. Oh, und es würde mich freuen, wenn wir zusammen essen gehen würden, wenn Sie von Ihrer Mission zurück sind.«

Also will er doch mit dem bösen Mädchen ins Bett. Sie zuckte mit den Schultern. »Die Behörden von Ape II lassen mich einfach laufen?«

»Nein, nicht einfach so. Geld regelt alles, sogar den Tod. Und nun entschuldigen Sie mich bitte.« Mayers verließ die Zelle und verschwand auf den Gang, klackend fiel die Tür zu.

Faye legte die Hände in den Nacken und schaute an die Decke. Von nun an würden die Dinge richtig laufen.

Dritte Szene

12. Januar 3042 a.D. (Erdzeit)

SYSTEM: QALB
PLANET: ARABIAN'S PRIDE II (IM BESITZ VON IJAS)
STADT: ADN, UNTERSTADT

Fünf Stunden später wurde die Zellentür geöffnet.

Faye erwachte beim ersten Summen des elektrischen Mechanismus, stellte sich jedoch schlafend, um zu sehen, was geschah. Die Lider hatte sie einen schmalen Spalt geöffnet.

Nach wie vor traute sie dem Ganzen nicht.

Sie hatte sich einige Gedanken zu Mayers' Angebot gemacht, sie schließlich verworfen und sich dazu durchgerungen abzuwarten. Was sollte sie auch sonst tun?

Die riesige Statur eines Eisbären-Beta in basaltfarbener Uniform zwängte sich durch die Öffnung, das gepflegte weiße Fell des Mischwesens schimmerte wie Reif im Licht der Neonlampe. Wiegenden Schrittes bewegte er sich auf sie zu und rüttelte sie am Arm, während er dabei aufmunternd brummte.

Der Geruch, der aus seiner Schnauze drang, widerte sie an. »Finger weg, Chim!« Faye sah hoch und schlug in einem Reflex mit der Faust zu.

Der Beta blockte ihren Hieb wenige Zentimeter vor seiner Nase recht schmerzhaft ab und drückte sie mit einer prankenähnlichen Hand zurück aufs Bett. »Guten Tag, Miss Durrick. Mister Mayers schickt mich. Ich bin Goggon Chimeon von *Bangash Industries*«, stellte er sich mit tiefer Stimme vor. »Mein Auftrag ist es, Sie und mich unbeschadet zum Ausbildungslager zu bringen.« Er trat ein paar Schritte zurück, die mächtigen Muskeln an den Armen zuckten. »Man hat mir schon gesagt, dass Sie wenig für uns übrighaben, und so habe ich mich auf eine unfreundliche Begrüßung eingestellt. Aber es war vermutlich mein Fehler. Ich hätte Sie nicht so überraschend wecken dürfen.«

Auch noch ein Besserwisser-Chim. Faye stand wortlos auf und warf sich ihre Lederjacke über. »Ich wusste nicht, dass ihr Reagenzglasbastarde eloquent seid.«

Goggon brummte amüsiert. »So ähnlich denken wir von euch Menschen auch immer wieder.« Er lachte dröhnend und zückte ein Paar Handschellen. »Das sollte ein Scherz sein, Miss Durrick. Reichen Sie mir bitte Ihre Handgelenke, damit ich Ihnen unser bestes Armband verpassen kann?«

Sie schüttelte trotzig den Kopf. »Nicht mit mir. Ich verlasse das Gefängnis ohne Fesseln.«

»Tut mir leid, Miss Durrick, aber Vorschrift ist Vorschrift. Wenn es nach *mir* ginge, könnten Sie hier raushüpfen, -tanzen oder sich in irgendeiner anderen Weise fortbewegen.« Goggon grabschte unvermittelt nach ihr.

Faye tauchte unter seinen breiten Armen hindurch und schlug ihm beidhändig in den Magen. »Finger weg, sagte ich!«, fauchte sie aggressiv.

Goggon zeigte keinerlei Reaktion, die darauf schließen ließ, dass ihm der kräftige Hieb etwas ausgemacht hätte. Brummend nahm er sie in einen Haltegriff und presste langsam die Luft aus ihren Lungen.

Faye fühlte sich, als ob sie in einen Schraubstock geraten wäre. Ihre Gegenwehr erlahmte zusehends, so dass der Beta mühelos die Hand-

schellen anlegen konnte. *Riecht sein Fell wirklich nach Limetten-Shampoo?*
»Scheißvieh«, keuchte sie und rang nach Luft.

Er schob sie vor sich her und trat aus der Zelle auf den Gang. »Ihre Sachen wurden bereits weggebracht. Wir können uns also den Umweg zu Ihnen in die Wohnung sparen.« Goggon schubste die Frau weiter.

»Wie viele Chims sind bei diesem Auftrag dabei?«, wollte Faye wissen.

»Oh, das weiß ich nicht«, antwortete Goggon, der jeden vorbeilaufenden Wärter mit einem Nicken grüßte. »Es kommt auf den Auftrag an, den man zu erfüllen hat. Aber freunden Sie sich mit dem Gedanken an, ständig einige von uns in Ihrer Nähe zu haben.«

Scheiße. Faye ließ die Schultern sinken.

»Was haben Sie gegen uns, Miss Durrick?« Er sah sie aufmerksam von oben herab an.

Sie musste nicht lange überlegen. »Dass solche Wesen wie ihr frei herumlaufen, ist das Letzte! Und dann auch noch mehr Freiheiten und Rechte verlangen, wie ihr sie ohnehin schon habt. Mein Vater sagte immer, Chims sind falsch, unnatürlich, hinterhältig und in ihrem Innern reine Bestien, die eines Tages der Untergang der Menschheit sein werden.«

»Oh je«, brummte Goggon. »Ein wenig falsche Erziehung in den entscheidenden Jahren, und schon werden die Menschen zu Rassisten.« Er täuschte Betroffenheit vor, dann grinste er.

Der Chim verarscht mich! Faye atmete durch und zwang sich zur Ruhe. Aber sie musste sich eingestehen, dass sie von seiner Cleverness überrascht worden war.

Die beiden verließen das Gebäude.

Goggon steuerte auf einen dunkelgrauen Transporter zu, der abseits am Straßenrand geparkt stand. Das Emblem von *Bangash Industries*, der stilisierte Kopf einer indischen Gottheit, prangte großflächig auf der Motorhaube. Der Konzern war ein indisches Staatsunternehmen, von dem Faye wusste, dass es Kommunikationstechnologie herstellte. Die Zugehörigkeit zum *Indian Japanese Arabian Syndicate*, kurz *IJAS*, ermöglichte es Mayers, auf *Ape II* auf Justifier-Fang zu gehen.

Faye dachte darüber nach, wozu ein Konzern, der in erster Linie Satelliten und Kom-Geräte entwickelte, eine Justifier-Einheit benötigte. »Mayers hatte die Unternehmung Cortés erwähnt«, sagte sie zum Beta.

Goggon ignorierte ihre Frage. »Sehen Sie sich die Stadt noch einmal gut an, Miss Durrick. Sie werden sie nämlich so schnell nicht wieder besuchen können.«

Ich wünsche dir Flöhe. Faye blickte sich um und sah nun überhaupt zum ersten Mal, wo sie sich befand.

Das Gefängnis lag im südlichen Teil der Unterstadt, in dem sich billige Wohncontainer aufeinandertürmten und instabile Hochhäuser schufen. Einige waren grau, andere ohne Anstrich oder bunt, je nach Laune der Bewohner, die über Außenleitern, selbstgebastelte Rampen oder abenteuerliche Konstruktionen ins Hausinnere gelangten. Die Sicherung mit Seilen und festgeschweißten Eisenträgern würde gegen einen echten Sturm nichts ausrichten.

Das war ihr *altes* Leben gewesen.

Faye legte den Kopf in den Nacken und ließ sich die Sonne ins Gesicht scheinen. Sie roch die Abgase der Holzverwertungsfabriken, brennende Rinde und Chemikalien, gemischt mit Essensgerüchen und dem Dunst des Elends. *Das ist also der Beginn meines zweiten Lebens. Mit viel Glück habe ich noch ein paar Jahre vor mir.* »Wohin fahren wir, Chim?«

Goggon hielt die Tür auf, und sie stieg wegen der Fesseln umständlich ein. Er ging um den Wagen herum und setzte sich hinters Steuer. »Zum Raumhafen. Dort werden wir einen Flug machen.« Er schnallte sie an, dann kramte er im Handschuhfach und nahm ein kleines Kästchen mit einem roten Kreuz hervor. Er klappte es auf, ein Injektor kam zutage. Bevor Faye reagieren konnte, setzte er ihr das Gerät an den Hals und drückte ab. »Sie werden rechtzeitig wach werden, Miss Durrick.«

Sie konnte sein Tiermenschgesicht nurmehr undeutlich erkennen. »Du Scheiß …« Ihr fielen Hunderte Beschimpfungen zugleich ein, die auf ihn passten, doch die Zunge wurde zu schwer. Sie schluckte und schloss kurz die Lider. *Konzentrier dich*, dachte sie müde und schüttelte den Kopf.

Dann taumelte sie – fiel und stürzte zu Boden. Und es war nicht der

Fußraum des Wagens ... Faye bemerkte, dass ihre Hände frei waren. *Träume ich?*

»Kommen Sie, Durrick! Sind Sie eine schwache Schlampe oder das, was in Ihrer Akte steht?«, schrie ein Mann sie an. »Durrick, Sie Pussy! HOCH, HOCH, HOCH!«

Faye öffnete die Augen. In ihrem Mund haftete ein bitterer Geschmack, sie hatte starken Durst. Direkt vor sich sah sie polierte Kampfstiefel, von der Schuhgröße her sicherlich kein Beta. *Wenigstens das.* Sie richtete sich mühsam auf. Die Wirkung des Betäubungsmittels ließ merklich nach, das Trübe verschwand aus ihrem Blick. Ein gut aussehender Mann mit dünnem Schnurrbart und brauner Hautfarbe hatte sich vor ihr aufgebaut. »Was für ein Arschloch sind Sie, dass Sie meinen, mich herumkommandieren zu können?«, raunte sie heiser.

»Ich bin das Arschloch, das das Vergnügen hat, Sie zu einem Justifier für *Bangash Industries* auszubilden, Durrick.« Er tippte sich auf das Namensschild an seiner basaltschwarzen Uniform. *Instructor Malhotra.* Der Typ war mehr das Abbild eines Spaniers, wie sie in den auf alt getrimmten Mantel-und-Degen-Filmen auftauchten, als das eines Inders. »Sollten Sie die Spielregeln vergessen, werde ich sie Ihnen persönlich in den Schädel hämmern.«

Faye dachte an die ruhige, saubere Zelle auf Ape II. »Wo bin ich?« Sie stand in einer kleinen Schleuse mit nüchternen, grau gestrichenen Wänden. Ein Monitor leuchtete an der Wand, eine Lampe blinkte grün. *Eine Raumstation?*

»Weit weg. Es spielt keine Rolle für Sie.« Malhotra reichte ihr ein abgegriffenes, verflecktes Büchlein, das er aus seiner Beintasche zog. »Die Spielregeln.«

Faye steckte es ein, ohne es anzuschauen, verzog den Mund und versenkte die Hände in den Taschen der Lederjacke. »Danke.«

Er musterte sie abschätzend mit seinen fast schwarzen Augen. Dann steckte er sich einen Kaugummi in den Mund und ging los, eine Wolke von Chili- und Tabakgeruch um sich herum verteilend.

Er mag es extravagant.

»Folgen Sie mir, Durrick. Ich zeige Ihnen das Zimmer. Ein gemütliches

Viererapartment bei vierzehn Quadratmetern ist doch nicht zu verachten. Vollpension inklusive. Bestes Synthetikfressen.«

Das Stahlschott öffnete sich automatisch. Sie betraten einen langen, schlecht beleuchteten Gang.

»Ach, übrigens: Herzlich willkommen.«

»Vielen Dank. Ich fühle mich schon richtig wohl hier. Pussy ist mein zweiter Vorname.« Faye kam sich vor, als hätte sie das Gefängnis in Adn gegen dessen Kellerräume getauscht. *Einladend* war das letzte Wort, mit dem sie die Umgebung in Verbindung brachte.

»Und das wird bestimmt noch besser«, versprach Malhotra und lachte kurz. »Sie befinden sich in einem alten SpaceFort, das während der Auseinandersetzungen im Jahr 2811 zwischen der EaSt und den Ägyptern gebaut wurde. Materiallager und Truppenstützpunkt, Zuchtstation für die alte Generation der Tier-Humanoid-Formen. *BaIn* hat sie gekauft. Seither werden hier Justifier-Rekruten für zukünftige Einsätze ausgebildet.« Er bog in einen breiten Seitengang ab, der mit zahlreichen Türen rechts und links versehen war. »Das hier sind die Mannschaftsquartiere. Ich habe gehört, Sie mögen keine Betas?«

»Stimmt.«

»Dann beginnt Ihre erste Lektion gleich jetzt.« Malhotra blieb vor einem Eingang stehen. Laute Unterhaltung, Lachen und Musik tönten gut hörbar durch die dicke Isolierung des Raumes nach außen. Mit einem Ruck stieß er die Tür auf, während Faye noch versuchte, die Namensschilder zu lesen, und trat ein.

Von drinnen hörte man eine tiefe Stimme »Ach-tung!« brüllen, dann klapperten einige Stühle, und es wurde schlagartig ruhig.

Mit Chims in einem Zimmer? Faye musste gar nicht hinsehen, wer sich darin befand. Schikane gehörte zu den Spielchen, die sie bei ihrer ersten Ausbildung schon genossen hatte. Nur *ohne* die Beta-Humanoiden. Allein einen Schritt über die Schwelle in den Mief zu machen stellte sie auf eine harte Probe … *Raubtierkäfig,* schoss es ihr durch den Kopf.

»Durrick, kommen Sie herein. Ich möchte Ihnen Ihre neuen Mitbewohner vorstellen.«

Ich lebe, sagte Faye sich. *Nur das zählt.*

Sie trat in den beengten Raum und besah sich die bunte Mischung. Zwei Katzen-Betas, die einen Kopf kleiner waren als sie, ein gleich großer Panther-Beta sowie ein imposanter Braunbär-Beta, der sie von der Statur her an Goggon erinnerte. Sie trugen Stadttarnhosen und -shirts, liefen barfuß. Faye sah menschlich anmutende Füße, nur gröber und mit dem Einschlag der jeweiligen Rasse: Krallen statt Nägel. Fell. *Beschissener Zoo.*

Malhotra grinste zufrieden in die Runde, als er die überraschten Gesichter der anderen bemerkte, die wohl nicht mit einer Menschenfrau gerechnet hatten. »Dann wünsche ich viel Spaß beim *Beschnuppern.*« Er zwinkerte Faye zu und ging hinaus.

Das Panthervieh knurrte sie unvermittelt an, einer der Katzen-Chims hob den Kopf und schnüffelte in ihre Richtung.

Wäre Mayers in diesem Augenblick im Raum gewesen und mit dem Vorschlag an sie herangetreten, Faye hätte sein Angebot rundheraus abgelehnt.

Vierte Szene

15. Februar 3042 a. D. (Erdzeit)

SYSTEM: UNBEKANNT
PLANET: UNBEKANNT (IM BESITZ VON IJAS)
STADT: UNBEKANNT

Faye saß im karg eingerichteten, blau gestrichenen Vorzimmer von Malhotras Büro, weil sie zu ihm bestellt worden war.

Humboldt, sein Sekretär, hockte vornübergebeugt vor einem ausgefahrenen Bildschirm und hackte auf die plane Tastatur ein; die Buchstaben wurden von unten eingeblendet, der ganze Tisch war zugleich großes Touchfeld sowie Display und frei konfigurierbar. An jeder Stelle ließen sich Teile der Arbeitsplatte nach oben fahren und als Monitor nutzen, die Augenbewegungen wurden vom Computer erkannt und steuerten den Cursor.

Humboldt erinnerte Faye an einen Geier. *Du musst nicht mal ein Chim sein.* Sie grinste. *Ein ungewollter Chim. Vielleicht die nächste Designstufe?*

Sie sah auf die Liste mit den Ergebnissen. *Ist das wahr?* Sie lag in jeder physischen Disziplin, und das traf sie wirklich hart, hinter einem Beta. Im Schießen, Laufen, sogar im Schwimmen waren die Katzenwesen besser als sie, obwohl sie Wasser hassten! *Das kann gar nicht sein!*

Als sie umblätterte, wurde ihr ein bisschen wohler. Ihre Stärke lag eindeutig im Mentalen, wenn es ums Nachdenken und das Lösen logischer Probleme ging. Faye führte diese Statistik an. *Dabei war ich in der Schule wirklich nicht gut.*

Auch wenn der Drill sie nervte, spürte sie, dass sich ihre körperliche Verfassung unglaublich verbessert hatte. Hinzu kamen Null-g-Operationen im Simulator und das Knacken von verschiedenen Schleusensystemen, egal ob mechanisch oder elektronisch. Für sie sah es danach aus, als bildete *BaIn* sie für eine Weltraumoperation aus.

Faye wusste immer noch nicht, wo sie sich befand. Es konnte eine Raumstation sein, es konnte aber ebenso gut ein Ort unter der Erde oder eine abgetrennte Sektion in einem Raumschiff sein. Keine Fenster, keine Anhaltspunkte, wohin sie der Eisbären-Beta verschleppt hatte.

»Gibt es was Neues?«, fragte sie Humboldt, um die Stille zu brechen.

»Der Sicherheitsrat der Vereinten Humanen Raumfahrtnationen hat beschlossen, eine Abwehrflotte gegen die Collies aufzustellen. Mal wieder.« Er sah nicht einmal auf. Das lachsrote Hemd betonte seine blasse Haut, die sogar im wärmsten Licht fahl wirken würde. »Und die Collectors haben den Planeten Putin eingenommen«, sagte er abwesend. »Das ist insofern was Neues, weil man da nicht mit ihnen gerechnet hatte.«

»Ach?« Faye hatte keine Ahnung, wo sich Putin befand. Sie zerrte am grauen Overall. »Und warum?«

»Was *warum*?«

»Warum haben die Collies angegriffen?«

Humboldt seufzte und schien es zu bereuen, überhaupt geantwortet zu haben. »*Starlook* hat gestern einen Experten für die Collectors interviewt. Er vermutet, dass sie nur Planeten mit großer Bevölkerungszahl und wenig Ahumanen oder Betas unter ihre Obhut stellen, gemäß ihrem verqueren Ansatz, uns beschützen zu wollen. Den Menschen und sein Erbgut.« Er überlegte. »Da war eine Grafik zu sehen, die zeigte, dass sich die Collectors Planeten mit den besten Lebensvoraussetzungen für Menschen schnappen.«

»Aha. Dann ist Ape II nicht in Gefahr.« Faye sah zum Monitor an der Wand, in dem in kurzen Abständen neue Bilder eingeblendet wurden.

Ein Image-Film des Kons: atemberaubende Sternensysteme und Nebel, dahindonnernde Raumschiffe, raue Planetenoberflächen, Männer und Frauen mit dem *BaIn*-Emblem auf der dreckverschmierten Kampfpanzerung, die erschöpft in die Kamera schauten und dennoch die Daumen hoben und grinsten; im Hintergrund sah man die Silhouetten von Betas. Dann flog das Logo *Justifiers* ins Bild, gefolgt vom Text: *Geld, Abenteuer und eine Verantwortung für die Wissenschaft.*

»Kann ich was zu trinken haben?«

Humboldt brachte ihr ein Glas Wasser. »Ist gleich so weit, dann dürfen Sie zu Instructor Malhotra«, nuschelte er und kehrte an seinen Platz zurück. »Er hat noch Besuch.«

Spaß ist was anderes. In Fayes rechter Schulter zog es, auch wenn das gebrochene Schlüsselbein dank der modernen Medizintechnik und dem Implantat nach zwei Tagen verheilt war.

Oftmals hatte sie in den letzten Tagen mit schmerzenden Knochen im Bett gelegen, während die Betas sehr entspannt aussahen.

Malhotra hatte Recht gehabt: Die permanente Anwesenheit der Halbwesen ertragen zu müssen verlangte von ihr mehr Disziplin als alle anderen Prüfungen, Blessuren hin oder her. Sie hatte Abstand gehalten und getan, als gäbe es die anderen Mitbewohner nicht. Jeglichen Kontaktversuch hatte sie ignoriert.

Wofür sie ebenfalls Disziplin gebraucht hatte, war die Klimasimulationshalle: Kunstwüste, Kunsteishölle, Kunsttropen, Kunstgipfelhöhe – *BaIn* hatte alles auf Lager, was man sich an Atmosphäre eines Planeten vorstellen konnte. Faye schwitzte, fror, übergab sich vor Anstrengung, und das alles unter den Augen eines gleichgültig blickenden Malhotra hinter seiner isolierten Plexiglasscheibe.

Das war nun vorbei. Sie war eine Justifierin.

Faye schätzte, dass sie gesagt bekäme, wohin sie ihr Auftrag führen würde. »Stört Sie ja nicht, oder?« Sie aktivierte die TV-Funktion des Monitors und schaltete auf *Starlook*. Aber sie landete mitten in *Styliscious*. Die neuesten Meldungen über Mode interessierten sie nicht.

Die Tür öffnete sich, und Malhotra lächelte sie an. Wie immer trug er seine dunkle Uniform. »Da sind Sie ja, Durrick. Kommen Sie. Ich habe eine Überraschung für Sie.« Er machte ihr Platz, damit sie eintreten konnte.

»Danke.« Sie biss wegen der Schmerzen in der Schulter die Zähne zusammen und erhob sich. Wenn sie sich nicht sehr getäuscht hatte, wirkte er … freundlicher? Anders? Nicht wie der Instructor, sondern wie jemand, der Geschäfte mit ihr machen wollte. *Seltsam.*

Schon als sie sich dem Eingang näherte, bemerkte ihre empfindliche Nase einen aufdringlichen, pheromondurchsetzten Duft: *Mondo* – das ätzende Parfüm, das nur von einer einzigen ihr bekannten Person benutzt wurde.

Noch bevor sie den Schreck überwunden hatte, sah sie die Person, die ihr wie aus dem Gesicht geschnitten und bloß etwas älter war: »Nuria?« Aus dem Geruchsschreck wurde der reale Vollschock. *Sie hat mich schon wieder gefunden!*

Auf dem bequem aussehenden, weißgrau gemusterten Sofa saß: ihre Schwester. Ein knallroter Triple-A-Firmenausweis von *BaIn* haftete an ihrer Brust. AAA – access all areas: Zutritt zu allen Bereichen, keinerlei Einschränkungen. Die langen schwarzen Haare hatte sie auf der rechten Seite hochgesteckt, auf der linken geflochten und festgeklammert. »Hallo, UNSER Herz!«, sagte sie freudig, aber dezent und hob die Rechte, wackelte mit den Fingern. Weißgraue Lackhandschuhe verhinderten, dass ihre Haut mit der Welt in Kontakt kam. »WIR haben dich vermisst.«

Faye rang noch immer um Fassung.

Malhotra deutete auf den freien Stuhl. »Miss Durrick, bitte sehr.« Er reichte ihr einen Kaffee und stellte den batteriegroßen Aromata-Spender daneben, falls sie den Geschmack verändern wollte. Eine Minitablette reichte aus, um das Gebräu nach Nuss, Kirschlikör, Algen, allem Möglichen schmecken zu lassen.

Faye hatte das Verlangen nach einem starken epujanischen Tequila, der sie unverzüglich betrunken machen würde. Eine Alkoholinfusion wäre noch besser. »Danke«, würgte sie hervor und konnte die Augen nicht von Nuria wenden. *Seit wann ist sie ein hohes Tier bei BaIn?*

Ihre sieben Jahre ältere Schwester lächelte verzückt. Sie trug ein weißes Hemd mit einer schwarzen, kurzen Krawatte, dazu einen asymetrischen grauen Rock und graue Absatzschuhe, die sie im Stehen fünfzehn Zentimeter größer machten. »WIR finden, dass du dich gut geschlagen hast«, lobte sie mit ihrer wundervollen Stimme, um die sie Sängerinnen beneiden würden. »Instructor Malhotra hat UNS immer auf dem Laufenden gehalten.« Sie applaudierte kurz. »Bravo! Bei den ganzen Betas um dich herum dachten WIR, dass du irgendwann ausrastest.«

Malhotra deutete eine Verbeugung an und setzte sich neben sie. »Es war mir eine Freude.«

»Was machst du hier?«, brach es aus Faye heraus. »Und wie bist du an den Posten gekommen?« Sie zeigte fassungslos auf den Ausweis, auf dem *Prof. Nuria Suede* zu lesen stand. »Triple A? Ich meine … *Triple A*?«

Nuria legte die Hände in den Schoß und zog die Schultern hoch, lachte ausgelassen. Eines ihrer typischen Kleine-Mädchen-Verhaltensmuster, das sie bei Männern zusammen mit den Pheromonen unwiderstehlich machte. Das kam dem Umstand entgegen, dass ihre Schwester unersättlich war. Zwei Hochzeiten in kurzen Abständen waren nicht genug. »WIR sind eben gut.«

»Das sagen viele über dich«, kam es Faye über die Lippen. Sie hatte sich gefangen, und nun wollte sie den Spieß umdrehen, bevor sie ins Hintertreffen geriet. Das geschah leider meist viel zu schnell. Zwei gegen eine. »Mein Ex-Verlobter auch. Und mein Ex-Freund davor.«

Nuria kicherte und sah den Instructor an. »Macht es Ihnen etwas aus, uns für einen Moment allein zu lassen, Mister Malhotra?« Er stand beflissen auf und verließ den Raum; kaum war die Tür zugefallen, schwand ihre Freundlichkeit. »Du wagst es, so von UNS zu sprechen?«

»Mir fallen noch ganz andere Dinge ein«, giftete Faye zurück. »Ich sagte dir, dass du mich in Ruhe lassen sollst! Das beschissene Weltall ist so riesig, und was machst du? Rennst mir nach!«

»Du bist UNSERE Schwester«, gab Nuria gespielt beleidigt zurück. »WIR sind die Ältere und müssen auf dich aufpassen. Das haben WIR unseren Eltern versprochen.«

»Du verfolgst mich, weil das ... Ding in deinem Kopf Angst hat draufzugehen, wenn du stirbst!«, schrie Faye sie an. »Es ist nicht dein eigener Wille, Nuria. Und hör endlich auf, in der Mehrzahl von dir zu sprechen! Das regt mich auf!«

»Du bist unfair. WIR haben schon immer auf dich achtgegeben. Bevor WIR eine Auserwählte wurden.«

»Aber du bist vorher nie mit meinen Freunden ins Bett gegangen und hast mir meinen Verlobten ausgespannt.« Faye konnte die Wut einfach nicht zurückhalten. *Jedes Mal das Gleiche, scheiße.* »Es ist mir egal, was du alles Tolles kannst und wie schlau du bist, seitdem es in dich gefahren ist und dich zu einer CoDriverin gemacht hat. Du hast dich verändert, Nuria: Du bist zu einer übertalentierten, superschlauen Schlampe geworden.«

Ihre Augen wurden schmal. »Wie garstig du bist. Du hast UNS verletzt.«

»Das war auch so gewollt. Und es macht nicht einmal einen Hauch von dem gut, was du mir angetan hast.« Faye stürzte den Kaffee hinunter, obwohl ihr Blutdruck hoch genug war. Sie fuhr sich durch die kurzen schwarzen Haare. »Scheiße«, sagte sie leise. »Verschwinde doch einfach aus meinem Leben!«

Nuria atmete mit einem Lächeln aus. »Das werden WIR niemals. Du weißt das. WIR müssen uns schützen und absichern. Und du bist nun mal im Notfall kompatibel, auch wenn WIR nicht vorhaben zu sterben. Aber wer will das schon?«

Faye schloss die Lider. *Geh weg*, bat sie und wusste, dass sich ihr Wunsch nicht erfüllen würde. Vier Standardjahre ging das nun schon, und sie kamen ihr wie einhundert vor. »Was macht mein bescheuerter Ex-Verlobter?«, fragte sie der Vollständigkeit halber.

»Keine Ahnung. Wir haben uns gestritten. Er wollte nach Putin.«

Perfekt. Nicht nur, dass sie ihn mir ausgespannt und ihn vertrieben hat, jetzt ist er auch noch in den Händen der Collies. Faye sah ihre Schwester an, seufzte.

»Wie geht es weiter? Du hast doch was vor. Es ist kein Zufall, dass du bei *BaIn* bist.«

»Nein, das ist es nicht. Und es ist kein Zufall, dass du deinen Job auf Ape II verloren hast, dass du für Hundred gearbeitet hast, dass du hochgenommen wurdest und dass du hier gelandet bist«, fügte Nuria genüsslich hinzu und zupfte an ihrem TripleA-Ausweis herum. »UNSERE Rache für dein letztes unangemeldetes Verschwinden.«

Faye klappte der Unterkiefer herab. »N... nein«, stammelte sie. »Das hast nicht alles *du* in die Wege geleitet ...«

»Rache ist die beste Motivation, die einen jede Schranke überwinden lässt. Und sollte man nicht aus eigener Kraft drüberkommen, lässt man Geld oder Einfluss die Schranke heben«, antwortete sie böse lächelnd. »Du musstest büßen, weil du UNS verlassen hast, Schwesterherz. WIR hatten es dir angedroht, und wenn man droht, muss man konsequent sein.« Nuria wirkte schlagartig fröhlich. »Aber WIR haben dir vergeben. UNSERE Liebe zu dir ist unzerstörbar. Geschwisterlich.«

»Du bist ...« Faye merkte, dass sie im entscheidenden Moment schon wieder keine Waffen dabeihatte. Und selbst wenn, konnte sie nur Nuria erschießen, nicht das Wesen, das mit ihrem Verstand verschmolzen war. Der *Driver*. Außerdem wäre auch das keine gute Idee ...

Viel wusste Faye nicht über die unsichtbaren Kreaturen, die sich ausschließlich im menschlichen Geist einnisteten und den Mann oder die Frau mit neuen Kräften ausstatteten: Der IQ stieg bei den meisten um einhundert Punkte, und sie erhielten das, was man paranormale Begabungen nannte. Mehr als einhundert Menschen, die offiziell zum CoDriver geworden waren, gab es nicht. Diese »Auserwählten« waren extrem begehrt. Bei Regierungen, Unternehmen, beim Militär.

Aber sie veränderten sich auch, entwickelten ein überaus expressives, extrovertiertes und mitunter beängstigendes Verhalten. Gesichert war: Starb ein CoDriver, musste auch der *Driver* vergehen. Es sei denn, es fand sich schnell Ersatz.

Warum sich einer davon ausgerechnet ihre einst so nette, etwas naive Schwester ausgesucht hatte, verstand Faye bis heute nicht. *Aber auf Mist gedeihen die besten Pflanzen.* »Schön, dass du deinen Spaß hattest.«

»Genugtuung ist das richtige Wort. Satisfaktion.« Nuria strahlte sie an. »Die Aufgaben von Malhotra hast du nicht umsonst gemeistert. Wir gehen auf eine geheime Mission! Für *BaIn*. Die Durrick-Schwestern bestreiten ein gemeinsames Abenteuer! Wie Justifiers. Endlich können WIR so leben wie du!«

»Ich lebe so, weil ich vor dir flüchte.« Faye schenkte sich einen Kaffee nach und gab eine Kirschliköraromatablette hinein. Leider ohne Promille. Ihr wollte nicht einfallen, wie sie aus der Falle entkam. Der Vertrag, den sie eingegangen war, band sie an das Unternehmen, und *BaIn* würde einen Bruch des Kontrakts nicht akzeptieren. Nuria könnte sie dadurch vollkommen legal verfolgen. *Fuck*. »Hätte ich das gewusst«, sagte Faye und gab Zucker und Milch in das Getränk, »wäre ich auf Ape II geblieben.«

Nuria blinzelte ihr zu. »Denkst du, es wäre dir gelungen?« Sie stand auf. »Unser Schiff startet in zwei Stunden. Wir treffen uns in der Schleuse. Ach, WIR sind so froh, dass WIR dich wiederhaben!« Sie winkte mit ihren grauweißen Lackfingern und verließ das Büro.

Faye musste nicht fragen, wohin sie ging. Vermutlich würde sie es sich von Malhotra besorgen lassen. Oder von Humboldt. Oder von beiden. Sie nahm einen Schluck Kaffee und ging ebenfalls hinaus.

Der Sekretär saß hinter dem Schreibtisch und beachtete sie nicht.

Wenigstens hat sie Stil. Die Typen, die sie sich nimmt, sehen immer gut aus. Faye schaltete den Fernseher wieder ein. *Ich werde mir nur noch hässliche Männer suchen, solange sie in meiner Nähe ist. Sonst erschieße ich Nuria eines Tages doch.*

Sie war vorhin so durcheinander gewesen, dass sie vollkommen vergessen hatte zu fragen, was für eine geheime Mission das sein sollte. *Wenn sie eine äußerst wertvolle CoDriverin auf den Weg schicken, muss es etwas Wichtiges sein.*

Faye konnte sich gut vorstellen, dass der Konzern sogar darauf bestanden hatte, dass sie mitkam. Als Ersatzbecken, falls Nuria etwas zustieß. *Ich bin ein beschissener Fanghandschuh.*

Auf *Starlook* lief nach wie vor die Modesendung, und natürlich trugen die Models das Gleiche, was ihre Schwester bevorzugte. Sie war auf dem neuesten Stand des Must-have.

Niemals lasse ich einen Driver in meinen Verstand. Faye leerte ihren Kaffee mit einem tiefen Schluck und stellte die Tasse auf Humboldts Schreibtisch. Sie ahnte, dass Mayers und Nuria, dass *BaIn* sie doppelt verarscht hatten. Sie war durch ihren Vertrag gezwungen, die Reise als Justifierin anzutreten, aber als Ersatz-CoDriverin hätte sie Unsummen Geld verlangen können.

Fayes Wut kochte hoch, je länger sie darüber nachdachte. Ihr war nach einer Schlägerei. *Hoffentlich sind die Chims noch da. Dieses Mal reiße ich dem Teddybären den Arsch auf.* Sie beschleunigte ihre Schritte und lockerte die Muskeln. *Danach ist die Muschikatze an der Reihe.*

VIERTER AKT

Erste Szene

23. April 3042 a.D. (Erdzeit)

SYSTEM: UNBEKANNT
ORT: STELLARE FORSCHUNGSSTATION SHIVA'S FORTRESS
  (IM BESITZ VON EASTERN STARS, GELEITET DURCH BANGASH INDUSTRIES)

Kris *staunte* im besten Sinn wie ein kleines Kind vor der illuminierten Auslage eines kombinierten Süßigkeiten-Spielzeug-Ladens, in dem es ALLES gab, was man sich in den kühnsten Träumen ausgedacht hatte. Aber selbst dieses Bild reichte nicht aus, um das auszudrücken, was ihn bewegte, als er in seinem Raumanzug schwerelos durch das Tor in den Hangar schwebte.

Professorin Huntington-Singh hatte ihn in die senkrechte Achse der Raumstation bestellt, um die sich die fünf Ringe drehten. Was Kris zuerst für eine gigantische Halle für Aufbereitungsanlagen, Energiegewinnung und Abfall gehalten hatte, offenbarte nun das wahre Geheimnis: eine Werft. Mit einem überdimensionierten Gleiter darin.

Das ist unglaublich! Sie haben den ...

Noch während er sich umschaute, öffnete sich ein weiteres Schott.

Fünf Menschen in beigefarbenen Raumanzügen gesellten sich zu ihm. Als sie näher kamen, konnte er ihre Gesichter hinter den Scheiben erkennen: zwei Frauen, die einander sehr ähnelten, ein junger, vernarbter Mann und ein etwas älterer.

Kris nickte ihnen zu. Es wurde stumm zurückgegrüßt.

»Guten Tag, meine Damen und Herren«, erklang die Stimme der Professorin in seinem Helm. »Willkommen zur Präsentation Ihres neuen Zuhauses: die *Cortés*. Bitte aktivieren Sie wegen der geringeren Schwerkraft im Hangar die Magnete in Ihren Schuhsohlen und stellen Sie Kontakt zum Boden her.«

»Was ist das denn?«, fragte er halblaut und legte den Kopf in den

Nacken, um zu den hausgroßen Triebwerken hinaufzuschauen. Das mittlere kannte er sehr genau. *Der gestohlene Sprungantrieb!* »Sagen Sie nicht, dass *BaIn* in knappen zwei Monaten ein Schiff gebaut hat!« Mit einem leisen *klong* setzte er die Schuhe auf den Metallboden, die Magnete hielten ihn.

»Warum nicht?« Leises Lachen erklang, das vermutlich von den anderen Menschen stammte. »Die *Cortés* hat die Aufgabe, sich zuerst einem Planeten zu nähern, der den Collectors gehört, und sich darauf umzusehen, soweit es möglich ist. Danach werden Sie über die Grenze ihres Einflussbereichs hinausspringen und sich auf die Suche nach dem Ursprung der Collectors begeben«, erklärte Huntington-Singh ungerührt. »Woran die Theoretiker der Vereinten Humanen Raumfahrtnationen bislang gescheitert sind, soll nun *BaIn* gelingen.«

»Lassen Sie mich raten: Wir haben eine riesige, neu entwickelte Bombe dabei oder ein Virus, um die Collies zu erledigen«, hörte Kris eine rauchige Frauenstimme und gleich darauf ein Schnauben. »Mit mir kann man es ja machen.«

»Exakt, Miss Durrick«, antwortete Huntington-Singh ernst. »Bomben, Viren, Bakterien. Unsere Forschungsabteilung hat ein Arsenal zusammengestellt, aus dem man etwas mixen kann.« Dann lachte sie laut auf. »Nein, wir senden Sie nicht auf ein Selbstmordkommando. Das Unternehmen möchte lediglich den Ruhm, der damit einhergeht, dass wir endlich etwas über die Collectors herausfinden. Wie Sie alle wissen, haben wir im direkten Kampf gegen sie kaum eine Chance. Niemand hat je einen von ihnen gefangen, weder tot noch lebendig. Bisherige Expeditionen, die über die Annäherungsgrenze der Obhut-Planeten sprangen, wurden von den Collectors sofort geortet und zur Strecke gebracht. Die *Cortés* ist dank des Triebwerks, das uns Mister Schmidt-Kneen beschafft hat, in der Lage, auf einen LSP sofort einen KSP auszuführen.«

»Wie soll das denn ablaufen?«, hörte Kris wieder die gleiche Frauenstimme schnarren. »Klingt doch irgendwie nach ... Selbstmord.« Er mochte sie jetzt schon.

»Jetzt hören Sie bis zum Ende zu«, wies Huntington-Singh sie zurecht.

Kris drehte den Kopf zu den fünf, um zu sehen, wer die Aufmüpfige von ihnen war.

Die Jüngere der Schwestern funkelte ihn an. »Ich bin gerne skeptisch.«

»Das müssen Sie nicht, Miss Durrick. Sie haben einen sehr erfahrenen Interim-Piloten bei sich«, erwiderte Huntington-Singh. »Wären Sie so freundlich und heben die Hand, Mister Karupopoulos?«

Der junge Mann mit den vielen Narben riss den linken Arm in die Höhe und winkte ausgelassen, als wolle er in einer riesigen Menschenmenge auf sich aufmerksam machen. »Hallo. Mein echter Name ist 23«, flüsterte er. »Derzeit.«

»Nicht sein IQ, hoffen WIR«, sagte die andere Frau spöttisch. »Ach nein, UNS fällt es wieder ein: Es ist die Anzahl seiner Behandlungen. Für einen *Chemical* gar nicht so viel.«

Kris verschlug es für einige Sekunden die Sprache. Chemicals war die Bezeichnung für ganz besondere Menschen mit schrecklichen Missbildungen, die auf chemisch veränderte DNA der Eltern zurückgingen.

Diese Erbgutschädigungen hatten fürchterliche Auswirkungen auf die Kinder, nur ganz wenige waren lebensfähig. Zum Ausgleich erhielten sie von der Natur besondere mentale Fertigkeiten, mit denen sie in der Lage waren, die größten Raumschiffe per bloßem Willen zu dirigieren. Weder Steuerkonsolen noch Anzeigen waren notwendig, denn sie griffen mit den Gedanken auf die Maschinen, Antriebe und alle anderen Geräte zu. Die beste Absicherung gegen Diebstahl – leider ein Problem, wenn der Chemical zu Tode kam.

»23 hat mehr als fünfhundert LSP hinter sich gebracht«, erklärte die Professorin. »Sie können ihm vertrauen.«

Ein normaler Mensch wäre bei zweihundert schon so gut wie tot. Kris schüttelte sich. Er konnte sich nicht ausmalen, was in dem sicherlich zerstörten Verstand vorging.

»Die restliche Vorstellung sollten wir an Bord der *Cortés* vornehmen. Gehen Sie in Schleuse II, wir treffen uns auf der Brücke.« Huntington-Singh beendete die Einführung, es knisterte im Lautsprecher.

Kris übernahm die Spitze der kleinen Gruppe und ging auf einen herausfahrenden Stutzen unter dem Raumschiff zu, auf dem eine rote *II* prangte. Sie passten alle in den Lift hinein und wurden sanft nach oben befördert. Die Anzeige in den Wänden sagte: SAUERSTOFF-ATMOSPHÄRE AUFGEBAUT.

Er zog den Helm ab, die anderen taten es ihm nach.

Sofort füllte sich die Kabine mit einem durchdringenden Duft, den er faszinierend fand. Anziehend. Er betrachtete die beiden gut aussehenden Frauen. *Eine von ihnen wird es sein, die es benutzt.* Er probelächelte.

Die ältere der gut aussehenden Schwestern lächelte sofort zurück, die andere verdrehte die Augen und lehnte sich an die Wand.

Der Gegensatz zur Schönheit traf Kris umso härter: 23 hatte eine tätowierte Glatze und ein vernarbtes Gesicht, als wäre er in eine Scheibe gefallen und von einem schlechten Chirurgen genäht und geklammert worden; es wirkte künstlich und prothesenhaft starr. Die Augen machten Kris wirklich Angst: jeweils drei stecknadelkopfgroße Pupillen schwammen in einem grellen, pulsierenden Gelb. Als der Chemical lächelte und seine gesprungenen Zähne zeigte, bildeten die Narben neue Muster auf der Haut, wie sich verschiebende Grenzen auf einer Landkarte.

Das kann ja was werden. Kris bemühte sich, dass seine Züge nicht entgleisten, und versuchte, freundlich dreinzublicken.

Der dritte Mann, den Kris auf Mitte vierzig schätzte, wirkte zum Glück ganz normal. Die militärisch kurzen Haare ließen darauf schließen, dass er für die taktische Abteilung der Mission zuständig war. Der Anführer der Justifiers-Einheit. Was Kris aber genau tun sollte und was es mit den Frauen auf sich hatte, darauf war er gespannt.

Surrend ging es weiter aufwärts.

Geredet wurde nicht. Anscheinend verspürte keiner Lust, als Erster die Stille zu brechen.

Dann tue ich es eben. Kris öffnete den Mund, und die Kabine hielt; lautlos fuhren die Türen auf. *Dann eben später.*

Sie marschierten einen kurzen Gang entlang, durch den sie auf die beengte Brücke gelangten.

Ein halbes Dutzend Techniker stand und kniete vor geöffneten

Abdeckungen, prüfte die Geräte, hatte die elektronischen Diagnoseeinheiten angeschlossen. Eine Frau war mit vier Drähten, die zu Steckverbindungen in den Nacken führten, direkt mit ihrem Pad verbunden. Ihre Augen leuchteten, scannten mit schnellen Blicken und violetten Laserstrahlen aus den Pupillen einzelne Elemente der Brücke ab.

Techfreak. Ganz so schlimm war es nicht, wie Kris befürchtet hatte. Es gab zwei Pilotensitzliegen mit automatischen Bügeln und einem Haltegurtsystem. Jede Menge Monitore und Bedieneinheiten waren um die Sessel herum angeordnet. *BaIn* verließ sich nicht nur auf die Kunst des Chemicals.

Vier Notsitze, die mit einfachen Fünfpunktgurten auskommen mussten und unmittelbar an der Wand verankert waren, schienen für eventuelle Besucher auf der Brücke vorgesehen. Kris bemerkte, dass sich Notaggregate auf der Brücke befanden.

Mittendrin wartete die Professorin auf sie. Sie war die Herrscherin.

»Da ist ja mein Justifier-Team«, begrüßte sie die Gruppe und breitete die Arme aus. »Willkommen auf der *Cortés.* Ich führe Sie gleich durch das Schiff, damit Sie sich einen ersten Eindruck machen können. Danach haben Sie drei Tage Zeit, sich mit den Räumlichkeiten und Aufteilungen vertraut zu machen. Missionsbeginn ist der 27. April. Einen Erfolg würde *BaIn* gern so früh wie möglich verbuchen.« Sie zeigte auf 23. »Dass Mister Karupopoulos der Raumschiffpilot ist, habe ich bereits verkündet.« Ihr Zeigefinger schwenkte auf Kris. »Zur Hand gehen wird ihm dabei Mister Kris Schmidt-Kneen, der verantwortlich für alle weiteren fahrbaren und fliegenden Geräte auf der Mission ist. Trotz seiner jungen Jahre ein exzellenter Pilot.«

Kris wusste nicht genau, ob er sich geschmeichelt fühlen sollte. Im Grunde schon, aber wenn er an das eisige, vakuumisierte All dachte, an das graue Interim, an die Sprungschmerzen, an die unkalkulierbaren Abenteuer, auf die er keine Lust verspürte ... Oder würde der Eroberungswille noch in ihm aufkeimen?

»Der andere Herr ist Major Andrew McFaiden, der Leiter der gesamten Justifiers-Truppen, die Sie mitnehmen werden, um den Collectors im Nahkampf widerstehen zu können. Sie erhalten einen Zug Beta-

Humanoide verschiedenster Spezies sowie einen Zug Gardeure: achtzig zu allem bereite Experten.«

Kris dachte an den Metzel-Zwischenfall im Labor und hoffte, dass sie ihnen keine solchen modifizierten Exemplare mitgegeben hatten. *Piloten, Militär. Und was hat es mit den Frauen auf sich? Sie sehen nicht aus wie ...*

»Miss Durrick ist die Leibwächterin ihrer Schwester, Professorin Suede, die das Unternehmen *Bangash Industries* bei der Mission offiziell vertritt und sie auch leitet. Sie hat sämtliche Instruktionen erhalten und bekleidet den Rang eines Colonel«, kam die Erklärung von Huntington-Singh. »Die Professorin bildet außerdem die wissenschaftliche Einheit, verantwortlich für die Untersuchung ...«

»CoDriver!«, lachte 23 laut und zeigte auf sie, als wolle er sie verspotten. »Ha-ha! CoDriver, CoDriver!«

Kris starrte die ältere der Schwestern an; auch McFaiden konnte sich nicht dagegen wehren, sie anzuglotzen. Noch mehr Exotik.

»Sehr einfühlsam«, sagte Suede und lächelte charmant. »Es stimmt, WIR sind *höchstgradig ahuman kontaminiert,* wie es so schön in der Fachsprache heißt, und WIR sind UNS nicht sicher, was UNS weniger an Bezeichnung gefällt.« Sie blieb sehr gelassen, was Kris imponierte. »WIR freuen UNS auf die Aufgaben, die vor UNS stehen. Zusammen mit den extravaganten Persönlichkeiten um UNS herum sollte es UNS gelingen, *BaIns* Namen in den Geschichtsaufzeichnungen zu verankern.«

Als sie ihn anschaute und ihm einen tiefen Blick aus den braunen Augen zuwarf, beschloss Kris, dass er sich näher mit ihr beschäftigen würde. Mit ihr reden wollte. Herausfinden, was es bedeutete, ein CoDriver zu sein. Und er wollte sie nehmen, in allen möglichen Positionen. Er sog ihr Parfüm ein. *Sie hat mit mir geflirtet!*

23 hatte nicht mehr aufgehört zu kichern. »CoDriver. Besetzter Kopf.« Er wischte sich die Nase mit dem Raumanzugärmel ab. »Gefesselter Verstand.« Er tippte sich gegen die Schläfen. »Frei! Losgelöst!«

Plötzlich erwachten die Monitore zum Leben, Schiffsdaten wurden angezeigt. Die Techniker murmelten untereinander, sahen verwundert auf die Diagnosegeräte und drückten darauf herum. Die Konsolen meldeten den *Bereit*-Status, ein leichtes Vibrieren lief durch die Cortés.

»Oh! Schönes Schiff«, flüsterte 23 ekstatisch und fuchtelte mit den Armen, als dirigierte er ein unsichtbares Orchester. Kris vermutete, dass der Chemical gerade die Maschinen warmlaufen ließ. »Tolles Schiff! Groß, stark.« Die Waffensysteme erschienen auf dem rechten Bildschirm, eines nach dem anderen blinkte grün auf: Laser, Rak-Lafetten, Automatikkanonen. »Sehr stark!«

»Sie müssen noch abwarten, Mister Karupopoulos«, bat Huntington-Singh. »Erst in drei Tagen, bitte. Klinken Sie die Reaktoren bitte aus dem Hauptversorgungsnetz.«

23s Arme verharrten, sanken langsam nach unten, und gleichzeitig verebbte das Zittern. »Langweilig«, murmelte er. »So langweilig.«

»Machen Sie sich mit dem Sprungantrieb vertraut. Das könnte eine Herausforderung für Sie werden«, empfahl sie.

Der ist mental völlig hinüber. Kris beneidete den Piloten nicht um seine beeindruckende Gabe. Den Preis, den er dafür bezahlt hatte, rechtfertigte sie nicht. *Dann spiele ich lieber an Knöpfchen herum und benutze eine Steuerkonsole. Aber ich bin gespannt, wie er sich als Pilot anstellt.*

Huntington-Singh lächelte ihm knapp zu. »Beginnen wir mit der Führung, meine Damen und Herren. Ich zeige Ihnen die Glanzlichter der *Cortés*, die Sie so noch bei keinem anderen Erkundungs- und Kampfraumer gesehen haben.« Sie ging zur Tür.

Kris ließ 23 und McFaiden vorgehen, um sich direkt den beiden Frauen anzuschließen. Er konnte von dem Parfüm nicht genug bekommen und sog es wieder tief ein. Mit dem Duft stiegen eindeutige, sexuelle Bilder in seiner Vorstellung auf.

Suede schien das laute Atmen gehört zu haben und warf ihm über die Schulter einen vielversprechenden Blick zu. Verheißung pur.

Und wie sie flirtet! Sein Herz schlug schneller, die scharfen Bilder von ihr in seinem Kopf wurden plastischer.

»Denken Sie sich nichts dabei«, sprach ihn Durrick unvermittelt und leise an. »Sie steht auf Sex und ist nicht wählerisch. Sie oder McFaiden, einen von Ihnen wird sie bald zwischen den Beinen haben. Oder beide.

Oder nacheinander. Oder beide gleichzeitig.« Sie klopfte ihm auf die Schulter. »Nur als Warnung, damit Sie nicht Ihr Herz an sie verschleudern. Es bedeutet ihr nichts.«

Kris war verwundert über die Offenheit und die Verbitterung. Und indirekt hatte sie ihn mit dem »nicht wählerisch« auch noch beleidigt. »Für eine Leibwächterin sollten Sie freundlich über die Schutzperson reden, oder? Ich dachte, sie ist Ihre Schwester?«

Durrick lachte freudlos auf und betrat die Kabine.

Der Lift brachte sie nach ganz unten.

Huntington-Singh stieg zuerst aus, Durrick, 23 und McFaiden liefen los. Kris wollte gerade folgen.

Da neigte sich Suede zu ihm. Ihr langes schwarzes Haar streifte seine Wange, und die Parfümwolke versetzte ihn in unglaubliche Erregung. »Hören Sie nicht zu sehr auf UNSERE Schwester«, flüsterte sie verführerisch. »Sie ist eifersüchtig.« Dabei berührte sie ihn am Arm und schenkte ihm wieder diese besondere Art von Blick, die ein Mann nur auf eine Weise verstehen konnte. Dann spazierte sie an ihm vorbei.

Überrascht folgte er ihr. *Das war eindeutig.* Er war gespannt, was bei dieser Mission noch alles geschehen würde. Sex stand auf seiner Liste ganz weit oben.

Zweite Szene

24. April 3042 a.D. (Erdzeit)

SYSTEM: UNBEKANNT
ORT: STELLARE FORSCHUNGSSTATION SHIVA'S FORTRESS
 (IM BESITZ VON EASTERN STARS, GELEITET DURCH BANGASH INDUSTRIES)

Kris joggte nach dem Aufstehen durch die *Cortés* und klapperte ein Deck nach dem anderen ab. Den Lageplan hatte er sich auf DIN-A5 ausgedruckt und gegen den Schweiß in eine Plastikfolie gepackt. Er hatte keine Lust, das Computer-Pad mitzunehmen.

Eintausend Meter war das Schiff lang, drei gleich große Ebenen lagen übereinander, danach fächerte es im hinteren Drittel senkrecht auf. Von außen betrachtet erinnerte es grob an einen Keil.

Atmosphärenflugtauglich war es nicht, deswegen gab es drei Gleiter in verschiedenen Größen an Bord, mit denen die Crew auf Planetenoberflächen landen konnte. Kris hatte sie bereits inspiziert. Sie entsprachen den verschiedenen Simulationsmodellen, in denen er erfolgreich Flüge absolviert hatte. Auffällig fand er die überdimensionale Bewaffnung und die jeweils drei computergesteuerten Kampfdrohnen.

Gegen die Collies wird es nur bedingt helfen. Er kannte die Dossiers, die man über die gegnerischen Jäger geschrieben hatte und die einzig auf Beobachtung und der Auswertung von aufgezeichneten Gefechtsdaten stammten. Eine intakte Collie-Maschine hatte noch niemand erbeutet.

Momentan lief er auf der zweiten Ebene, in der sich die Triebwerke, Aggregaträume und Reaktoren befanden. Noch war es still. Über ihm waren heute die Gardeure und Betas eingezogen, wie er gesagt bekommen hatte; gesehen hatte er bisher keinen von ihnen.

Aus dem Seitengang tauchte plötzlich Durrick auf. Sie trug eine kurze Hose, ein Top und Turnschuhe, alles in Oliv. Zum ersten Mal sah er ihre Figur außerhalb eines Raumanzugs: sportlich, trainiert und genau richtig für eine Leibwächterin. Sie lief an ihm vorbei, nickte ihm zu.

Die Gelegenheit! »Na? Auch an Bord geschlafen?«, fragte er sie und spurtete, um auf gleiche Höhe zu gelangen.

»Nein.«

»Ah, Sie haben Ihre Schwester beschützt.« Kris hoffte, dass sie darauf einstieg. Als sie aber nichts erwiderte, redete er weiter: »Hatten Sie das ernst gemeint? Im Fahrstuhl?«

»Sicherlich.« Sie blieb stehen. Die unbedeckte Haut glänzte, Schweißflecken hatten sich auf der Kleidung ausgebreitet. »Ich weiß nicht, warum Sie bei der Unternehmung mitmachen und wie viel Tois man Ihnen im Gegensatz zu mir bezahlt, aber *mich* hat man verarscht. Allen voran meine Schwester«, antwortete sie genervt. »Also habe ich keinen Grund, Ihnen gegenüber freundlich zu sein. Nehmen Sie es nicht persönlich.«

Kris grinste sie an. »Wie lustig! Dann haben wir schon mal eine Gemeinsamkeit: Ich wollte auch nicht auf das Schiff.«

Jetzt wurde ihr Gesicht etwas freundlicher. »Ach?«

»Und wenn ich ehrlich bin: Ich hasse das All und das Interim. Eigentlich war ich Containerkutscher im Hort ... auf der Erde.«

»Das ist ja mal eine tolle neue Masche! *BaIn* rekrutiert Leute, die keine Lust haben. Und dann auch noch einen Piloten, der seinen Beruf hasst!« Sie musste lachen. »Nicht gerade die besten Voraussetzungen für eine erfolgreiche Mission.«

»Wenn Sie wollen, Miss Durrick, erzähle ich Ihnen meine Geschichte. Und dann höre ich Ihre. Wie wär's?«

Sie dachte kurz nach. »Warum nicht? Wenn wir schon ein ähnliches Schicksal haben und die nächsten Wochen zusammen auf dem Schiff verbringen. Ich bin gespannt.« Sie streckte ihm die Hand hin. »Ich bin Faye. Lassen wir das Miss und Mister, einverstanden?«

Kris hatte das sichere Gefühl, das Eis gebrochen zu haben, und war erleichtert. Er fand Faye nett, und wenn sie schlecht gelaunt war, wirkte sie noch hübscher. Die meisten Menschen sahen besser aus, wenn sie lachten. Nicht Faye Durrick. Die perfekte Leibwächterin. Er schlug ein. »Ich bin Kris.«

»Sehr schön!« Sie lachte und hielt die Hand fest. »Wettlauf?«

»Bis zum Lift.«

Sie lösten die Finger und rannten los.

Auch wenn sich Kris wirklich Mühe gab, sie zu überholen, die junge Frau hängte ihn bald ab. Nicht nur das: Faye stieg einfach in die Kabine und grüßte grinsend, ließ ihn im Gang stehen. »Looser«, hörte er sie noch rufen.

»Heute Abend, achtzehn Uhr Standardzeit, meine Kabine«, rief er zurück und hoffte, dass sie ihn gehört hatte. Fünf Minuten darauf war er in seiner Unterkunft mit geräumigen fünfundzwanzig Quadratmetern und einer für ein Raumschiff luxuriösen Einrichtung.

Er sprang unter die Dusche und ging im Kopf den Aufbau der Cortés durch. *Das wird noch eine Woche dauern, bis ich mir alles gemerkt habe,* dachte er deprimiert. *Die verschiedenen Schächte und Wartungstunnel nicht mitgezählt.* Kris fand es wichtig, die kleinsten Gänge und Löcher zu kennen. Man wusste nie, wozu man sie einmal brauchen konnte. *23 kennt bestimmt alles, ohne sie mühsam abzulaufen.*

Es fiel ihm schwer, sich vorzustellen, wie genau die Gabe des Chemicals funktionierte. Ein Raumschiff hatte keine Gedanken, die man lesen konnte, was er noch halbwegs nachvollziehbar gefunden hätte. *Eine gesteigerte Form von Intuition?*

Dass 23 seinen Verstand schon lange verloren hatte, betrachtete er als erwiesen. Für Kris war es deswegen noch mehr Ansporn, die *Cortés* auf herkömmlichem Weg zu lenken. Durchs All. Das unendliche All … Agoraphobie nannte man die Angst vor leeren, freien Plätzen – gab es auch eine Bezeichnung für die Furcht vor der Weite des Universums? Bestimmt. Universumphobie? Stellaphobie?

Mach dich nicht verrückt. Er schauderte und verließ die Dusche, das Wasser schaltete sich automatisch aus. *Es ist ein gutes Schiff. Du bist darin sicher.* Er trocknete sich ab und setzte sich im weißen Bademantel auf das Ledersofa vor den Monitor.

In seiner rechten oberen Ecke leuchtete das Signal für einen hereinkommenden interstellaren Anruf auf, und die Ziffernkombination kannte er.

Umaia! Er nahm das Gespräch auf dem Hauptmonitor an und aktivierte die Kamera im Rahmen. *Woher weiß sie, wie sie mich erreichen kann?* Die Angst, dass seiner Tochter Soraya etwas zugestoßen sein könnte, sprang ihn an. Sein Magen schien Zentner zu wiegen und faustklein zu sein.

Das Bild baute sich auf, und seine Ex sah ihn an. Umaia war das, was man den Inbegriff femininer Schönheit nannte. Weiche Züge, lange Wimpern und große blaue Augen. Die blonden Haare hatte sie zu einem Zopf zusammengefasst, und sie wirkte müde. »Da bist du ja«, sagte sie, ohne ihn zu grüßen.

»Wie hast du mich gefunden?«

Sie zog die Nase hoch. »Wie meinst du das? Bist du nicht zu Hause?«

Kris nickte schnell. *BaIn* hatte anscheinend festgestellt, wer ihn zu erreichen versuchte, und eine Umleitungsverbindung für seine ehemalige Gattin geschaltet. Abhörsicher, wie ihm die kleine Einblendung am unteren Rand sagte. »Doch, bin ich. Ist was mit der Kleinen?«

»Es …« Umaia presste die Lippen zusammen und sammelte sich, wischte sich über die Augen.

Kris wurde eiskalt. »Sag, was los ist!«, rief er aufgeregt.

»Es geht ihr gut«, schluchzte sie. Wieder musste sie sich unterbrechen.

Ich raste gleich aus! Er sah auf das Foto, das er von Soraya an der Wand hängen hatte.

Umaia räusperte sich, schnäuzte sich die Nase. »Ich war mit der Kleinen beim Arzt, weil sie ständig erkältet war, und … beim Niesen … hatte sie immer Nasenbluten.«

Kris stand kurz davor zu explodieren. »Umaia, reiß dich zusammen und sag endlich …«

»Ihre DNA ist verändert«, rief sie wütend. Wütend auf ihn, wie ihre Augen verrieten. »Die Ärzte haben sie untersucht und die üblichen Analysen gemacht, und dabei stellte sich heraus, dass Sorayas Erbgut mutiert!«

Kris hörte den Vorwurf in ihrer Stimme und verstand ihn sogar. Der Verdacht, dass er die Verantwortung dafür trug, lag nahe: Die Langstreckensprünge, das Interim … »Ich habe mich damals testen lassen«, sagte er langsam und nahm die Schärfe aus seiner Stimme. »Meine DNA war nicht beeinträchtigt.«

»Und woher soll das Kind sonst diese Scheiße haben?«, schrie Umaia los. Sie gehörte im Gegensatz zu Faye zu den Menschen, die hässlich wurden, wenn sie sich aufregten, und Kris mochte den Anblick überhaupt nicht. Er erregte seine Abscheu.

»Wie geht es ihr?«

»Gut. Noch.«

»Haben die Ärzte gesagt, welche Auswirkungen es später auf die Kleine haben wird?« Er wollte nicht näher auf ihre Vorwürfe eingehen und sich schon gar nicht die Schuld zuschieben lassen.

Umaias Blicke feuerten pausenlose Salven der Anklage gegen ihn.

»Sie können es nicht sagen. Wir müssen abwarten, sagen sie. Sie liegt im Krankenhaus, auf Zokal II.« Ihre Stimme zitterte. »Kris, wir haben damals gesagt, dass wir kein behindertes Kind haben wollen.«

»Soraya wird nicht behindert sein«, erwiderte er schwach.

Umaia sah weg. »Ich kann das nicht, Kris. Ich würde es nicht ertragen, wenn aus meiner lebendigen, süßen Tochter ein … keine Ahnung. Ein Mutant wird. Oder wenn sie Krebs bekommt oder …« Sie weinte wieder.

Eine Sache hatte sie geschafft: Kris fühlte sich dennoch schuldig. Und er konnte sie nicht einmal besuchen, weil die Mission begann. »Ich bin bald wieder zurück, und dann reden wir.«

»*Zurück*?« Sie schaute ihn wieder an. »Wie meinst du das?«

»Neuer Job auf Speichereinheit III«, log er. »Ich muss ein bisschen reisen.« Sie konnte vor ihm nicht verbergen, dass die schlechten Nachrichten noch nicht beendet waren. »Sollte ich noch was wissen?«

»Die Versicherung bezahlt nur die Hälfte der Kosten, weil sie glauben, die Wahrscheinlichkeit sei sehr groß, dass *du* der Auslöser für Sorayas Mutation bist«, sagte sie und klang wieder erbost. »Ich kann es mir nicht leisten, in Vorlage zu treten. Sie sagten, wenn das Geld nicht bald überwiesen wird, müssen sie die Kleine nach Hause schicken.« Sie atmete schnell, hatte die Hände zu Fäusten geballt. »Sie wollen zwanzigtausend Terracoins.«

Kris hatte schon lange beschlossen, seine Kosten auf *Baln* abzuwälzen, auch wenn es bedeutete, dass er seinen Vertrag verlängern musste. Er brauchte das Geld. Soraya brauchte es. »Hör mal, Umaia. Ich habe gute Kontakte zu einem Unternehmen, das DNA-Cleanings vornehmen kann«, sagte er betont, um ihr die Angst zu nehmen. »Ich kann mit ihnen sprechen und einen Termin für die Kleine vereinbaren.«

Jetzt sah Umaia ihn an, als hätte er den Verstand verloren. »Spinnst du? Weißt du, was das kostet? Hast du eine Fuhre Gold bei deinem Job auf die Seite geschafft, oder wie willst du an das Geld kommen?«

Die Gier in ihrer Stimme gefiel ihm nicht. »Ich überweise dem Krankenhaus das Geld, damit sie Soraya behalten, bis ich mehr von dem

Unternehmen weiß«, sagte er. »Schick mir die genaue Anschrift und die Rechnung sowie den Ansprechpartner. Ich will mit ihm sprechen.«

»Es wäre einfacher, wenn du es mir überweist.«

Damit du es ausgeben kannst? Kris schüttelte den Kopf. »Schick mir die Infos«, wiederholte er.

Ihr Gesicht wurde wieder hässlich, dann wurde die Verbindung unterbrochen.

Er starrte auf den Bildschirm, auf dem nun das normale TV-Programm erschien. *Starlook* strahlte die Action-Serie *Dam'n Collie die!* über den Kampf gegen die Collectors aus: Ein Justifier-Veteran wurde darin zum Helden stilisiert, der sich einen Kleinkrieg mit den Collies auf seinem Heimatplaneten lieferte.

Kris wusste, dass alles, was er sah, frei erfunden war.

Niemand war von einem Planeten entkommen, der den Fremden gehörte, weder mit einem Raumschiff noch durch ein TransMatt-Portal. Niemand hatte jemals einen Blick auf die Welten werfen können, die unter die Obhut gefallen waren. Keinerlei Kommunikation nach außen. Der Schutz war umfassend.

Eben erschoss der Held einen Collie. In der geknackten Rüstung kam ein Wesen zum Vorschein, das an einen Beta erinnerte, in dessen Aussehen man aber noch etliche andere Wesen eingearbeitet hatte.

Auch das war frei erfunden.

Die Realität: Wenn es gelungen war, einen Collector zu erwischen, dann brannten die Rüstungen von selbst aus und zerstörten sich komplett, samt Inhalt, und wurden zu einem brodelnden Klumpen Metall.

Tja. Kris schaltete auf *Auto-Zapping*, nahm das ComputerPad zur Hand und schrieb Professor Huntington-Singh eine Nachricht. Er bat um die Übernahme der Behandlungskosten für seine Tochter und fragte nach einem Weg, wie die Mutation zum Stoppen gebracht werden konnte. Kris wusste, dass er eine Hydra weckte. Mutation, ein junges Mädchen mit beginnendem Interim-Syndrom, daraus würde ein Unternehmen größtmöglichen Nutzen ziehen. Eine Alternative dazu sah er nicht.

Die Programme rauschten im Zehn-Sekunden-Takt vorbei, die Geräusche, Töne, Musik und Stimmen der verschiedenen Sendungen mischten sich zu einem absurden Hörspiel. Kris hob nur einmal den Kopf, als ein unbekannter Reporter von *FreePress* einen Mann vom Erzabbauplaneten Dynamo interviewte, der begrüßte, was die Collectors taten. »Sollen sie zu uns kommen! Uns würde es auf dem Drecksloch allen besser gehen, wenn sich jemand um uns kümmert!«, polterte er los. »Obhut wäre das Beste, was uns …« *Zapp*, und eine Verkaufsshow für Landparzellen auf Green Freya erschien.

Wie viele Menschen wie ihn gibt es wohl? Die Verlierer einer Gesellschaft waren am ehesten bereit, Veränderungen zu folgen, weil sie sich eine Verbesserung des eigenen Lebens versprachen. Kris fragte sich, wie verzweifelt man sein musste, um die Obhut herbeizuwünschen. Doch die Collectors suchten ihre Planeten selbst aus und erfüllten keine Hoffnungen.

Er sandte die Nachricht an Huntington-Singh ab und las gerade die Mail seiner Ex auf dem Monitor, die ihm kommentarlos die Informationen zum Krankenhaus gesandt hatte, als sich ohne seine Bestätigung eine Verbindung öffnete, das TV-Programm schaltete sich aus.

Die Leiterin der Forschungsstation erschien auf dem Bildschirm. »Hallo, Mister Schmidt-Kneen. Danke für Ihre Nachricht«, sagte sie freundlich. »*BaIn* wird sich gern um das Wohl Ihrer Tochter kümmern. Geben Sie uns eine Vollmacht, und wir nehmen Kontakt zu der behandelnden Einrichtung auf.«

»Ich spreche mit der Mutter«, antwortete er. »Sie wird einwilligen, wenn sie hört, dass es sie nichts kostet. Sie können meiner Tochter helfen?«

»Sicher. Und das verspreche ich Ihnen, noch bevor ich die Akte und Befunde gelesen habe.« Huntington-Singh lehnte sich in ihren Sessel. »Eines unserer Tochterunternehmen hat zahlreiche Erfolge vorzuweisen, gerade wenn die Mutationen Kinder betreffen. Sie sind robuster als man annimmt. Die Natur hat sie dazu erschaffen, viel einstecken zu können.«

Kris hatte die schreckliche Vision seiner Tochter, die mit Schläuchen, Sonden und neuronalen Interfaces vollgestopft in einem Quarantänekasten lag, während Wissenschaftler sich um sie scharten und gafften, sie als Besonderheit feierten.

Die Professorin schien die Sorge in seinem Gesicht zu lesen. »Halten Sie uns nicht für Monster«, sagte sie. »Wir wissen, dass wir es mit einem unschuldigen Leben zu tun haben. Ich gebe Ihnen schriftlich, dass wir Ihre Tochter nicht für Experimente missbrauchen. Durch die Behandlung fallen genügend Erkenntnisse für die Forschungsabteilung ab. Sie können sich voll und ganz auf die Mission konzentrieren.«

Er kniff den Mund zusammen. »Gut.« Er leitete Umaias Mail an sie weiter. »Danke.«

Sie zeigte ein Haifischlächeln. »Wir sind nicht selbstlos, Mister Schmidt-Kneen. Das kostet Sie einige Jahre im Dienst von *BaIn*. Die Modalitäten gehen Ihnen heute noch zu.« Sie hob die Hand zum Gruß und schaltete ab.

Pinhead wäre ein guter Spitzname für sie. Kris erhob sich und trat zu dem kleinen Vorratsschrank, wählte eine Flasche Rotwein und öffnete sie. Das hatte er sich verdient, auch wenn es noch früh am Tag war und er etliche Runden durch die *Cortés* vor sich hatte.

Nach einer weiteren Nachricht an seine Ex, in der er um die Vollmacht bat, und einem Glas Wein machte er sich wieder auf den Weg. Gang um Gang, Schacht um Schacht, Raum für Raum ging und kroch er durch das Schiff.

Doch seine Gedanken waren bei Soraya; richtig merken konnte er sich keine der gelaufenen Routen.

Erschöpft kehrte er in seine Kabine zurück und fühlte sich nicht in der Lage, ein guter Unterhalter zu sein. Er sagte Faye für den Abend ab. Nur er und die Couch.

Nach anderthalb geleerten Flaschen Wein brachte *Starlook* eine neue Meldung über den neuesten Schlag der Collectors.

Kris richtete sich unbeholfen auf und erhöhte die Lautstärke.

Was er sah, hielt er zunächst für eine Simulation: Die Kamera zeigte einen schwarz verkrusteten Planeten mit wenigen hellen Flecken darauf.

Es folgte ein Schnitt, und dann befand man sich auf der Oberfläche der Welt, die in einen Feuersturm geraten schien.

Ein Mann in einem knallroten Raumanzug schritt durch die Szenerie, wirbelte Asche auf und ließ eine Handvoll davon theatralisch zu Boden rieseln. Um ihn herum gab es nichts, kein Hindernis verbaute den Blick zum Horizont. Eingeblendet wurde *Salvador »Vador« M. Ransom, Sternenreporter*.

»Das sind erschütternde Bilder von Betterday, einst ein deutscher FEC-Planet, der die Gen-Optimierung und Aufzucht von Beta-Humanoiden verfolgte«, drang Vadors betroffene Stimme aus dem Off. »Hier arbeiteten zehntausend Wissenschaftler im Dienst des Unternehmens *KrE-Artifical*, eines Tochterunternehmens des Konzerns *SternenReich*. Einem Unternehmenssprecher nach lebten hier um die vierhundert Millionen Beta-Humanoide der unterschiedlichsten Gattungen, die teils in wilder Zucht entstanden, teils unter Laboraufsicht in Tanks entworfen wurden.«

Nun wurden Gebäudetrümmer gezeigt. Alles war verbrannt, mit Ruß überzogen, und mittendrin hopste der rote Vador umher.

»Diese Ruinen und Asche sind alles, was von der Natur, den Menschen und Beta-Humanoiden sowie den Einrichtungen übrig geblieben ist, nachdem Betterday vor zwei Standardtagen Besuch von den Collectors erhielt.« Das Bild zoomte heran und zeigte Vadors ernst-seriöses Gesicht. »Satelliten zeichneten auf, was sich ereignete. Wir senden dies ohne Kommentar und ohne Musik.«

Wieder ein Schnitt, zurück in den Weltraum.

Die Kamera war auf die Oberfläche der Welt gerichtet. Kris sah dünne Wolken, darunter konnte er die Umrisse eines Kontinents ausmachen. Es musste zur Zeit der Aufzeichnung schönes Wetter auf diesem Teil des Planeten geherrscht haben.

Plötzlich schob sich der Teil eines Raumschiffs der *Hough*-Klasse ins Bild. Die Kamera schwenkte darüber, so gut es ging, und zeigte die charakteristische Torpedo-KeilForm. Vordere Luken öffneten sich, und ein schier endloser Schwarm aus Raketen und satellitenähnlichen Gebilden ergoss sich daraus: kleine, große, vollkommen verschiedene Typen. Sie tauchten als ein dicker Strahl in die Atmosphäre ein.

Kris hatte zuerst angenommen, sie würden im Boden einschlagen, doch sie schwärmten aus, und der Pulk löste sich auf. Tausende Abgasstrahlen legten ein weitmaschiges Netz über Betterday.

»Zu diesem Zeitpunkt«, kommentierte Vadors Off-Stimme, »erreichte die Bodenkontrolle der knappe Funkspruch, dass Menschen, und zwar ausschließlich Menschen, dreißig Minuten Zeit hätten, den Planeten zu verlassen und sich in die Obhut zu begeben.«

Die Zeit lief unten eingeblendet mit.

Nach elf Minuten kamen die ersten Gleiter von der Oberfläche angeflogen und hielten auf die *Hough*-Klasse zu. Sie verschwanden aus dem Blickwinkel der Kamera, dann wurde die Aufzeichnung in schnellem Vorwärtslauf gezeigt. Kris zählte trotz seines benebelten Verstands nicht mehr als fünf kleinere Raumer. Aufgrund der knappen Evakuierungsvorgabe schätzte er, dass sich höchstens eintausend Wissenschaftler gerettet hatten.

Gerettet kann man so nicht sagen. Wer weiß, was die Collies mit ihnen anstellen.

Bei Minute *29.55* lief die Geschwindigkeit wieder normal. »Wir senden dies ohne Kommentar und ohne Musik.«

Pünktlich bei *30* entstanden viele kleine rotgelbe Punkte in unregelmäßigen Abständen in der Atmosphäre, die mehr und mehr wurden und sich ausbreiteten, bis der Kontinent und die Wolken verschwunden waren. Die Kamera zoomte näher.

»Flammen«, murmelte Kris gebannt. »Odin und Osiris!«

Ohne Experte zu sein, hatten ihm die Aufnahmen gezeigt, was die Collectors mit Betterday angerichtet hatten: Mit irgendeiner Substanz hatten sie den Sauerstoff in der Atmosphäre entzündet. Wenn er sich nicht sehr täuschte, hörte er vielstimmiges Tierjaulen und -geheul aus der Schiffsebene über ihm. Die Beta-Humanoiden ihrer Justifier-Einheit sahen offenbar das gleiche Programm.

Nach einer Minute wurde erneut vorgespult.

Das Feuer tobte unglaublich lange.

Kris musste absurderweise an eine Schneekugel denken. Diese antiken kitschigen Halbkugeln, die damals aus Plastik gemacht waren, in deren Inneren sich Flüssigkeit und Flitter oder weiße Plastikschnipsel befanden, um Schnee vorzutäuschen. Genau daran erinnerte es: eine Schneekugel, in die man brennendes Plasma gefüllt hatte.

Nach vier Stunden, sagte die Zeitangabe, verloschen die Flammen. Zurück blieb schwarzgrauer Rauch, der gefangen in der Atmosphäre umherwaberte.

Gott, da unten will ich nicht gewesen sein. Die Collectors hatten klargemacht, was in ihren Augen *keine* schützenswerte Rasse war. In ihren Botschaften war immer die Rede davon, dass sie die Menschen vor der Veränderung ihrer DNA schützen wollten. Beta-Humanoide mussten nach ihrem Verständnis das Schlimmste sein, was es gab.

Aber die Collectors waren noch nicht am Ende.

Aus den Luken flog ein stadiongroßer Kubus, der rotierend in den Qualm eintauchte. Es dauerte im Vorlaufmodus weitere vier Stunden, und der Rauch verließ den Planeten! Erste Schlieren streckten sich zögernd in den Weltraum hinaus.

»Experten gehen davon aus, dass die Collectors über Methoden verfügen, die die herkömmlichen Atmosphärenschichten auflösen können«, ertönte Vadors Off-Stimme. »Nach Vorlage der Satellitenbilder durch die FEC haben sich die Vereinten Humanen Raumfahrtnationen zu einem dringlichen Sicherheitstreffen noch in dieser Standardwoche verabredet.« Vador wurde wieder in seinem roten Raumanzug sichtbar. Die Kamera hielt unvermittelt auf seine Züge, und noch immer zeigte der Reporter Erschütterung. »Der Aufbau der Verteidigungsflotte wird vorangetrieben, wie ein Sprecher der VHR mitteilte. Unseren Informationen zufolge werden an einem geheimen Ort bereits erste Schiffe zusammengezogen. Gleichzeitig hat die Evakuierung von den Forschungsplaneten begonnen, die sich mit Aufzucht und Ausbildung von Beta-Humanoiden in großem Stil beschäftigen. Das war Salvador M. Ransom, Sternenreporter.« Der Bericht endete.

Kris atmete durch. Unvermittelt war die Obhut nicht mehr eine *Be*-drohung, sondern eine Drohung.

Jeder, der diese Bilder auf *Starlook* gesehen hatte, wusste, was Atmosphärenwelten geschehen konnte, wenn sie nicht den Ansprüchen der Fremden genügten oder sich gar der Obhut widersetzten.

Und natürlich dachte Kris sofort an seine kleine, süße Tochter. Mit ihrer mutierenden Erbsubstanz …

Ausschuss für die Collies! Ihm wurde schlecht, und das lag nicht nur am Rotwein.

Dritte Szene
14. Januar 3042 a.D. (Erdzeit)

SYSTEM: DRUSCHBA
PLANET: PUTIN (IM BESITZ VON FEC, DERZEIT UNTER OBHUT)
DISTRIKT: PUTINGRAD
STADT: VELJANORSK

Bishopness Theresa stand im Abflugterminal des Raumhafens. Hinter ihr wartete ihre persönliche Assistentin, Deaconess Ralda, und schirmte sie ab. Um sie herum lärmten die Menschen, riefen durcheinander und drängten sich vor den Schotts. Sie wollten zu den Schiffen gelangen.

Vor dem Durchgang waren zehn Collectors postiert, einschüchternd in Höhe und Breite. Zusätzliche Bewaffnung zu ihren Schwertern brauchten sie nicht einmal, sie hielten die Leute allein durch den Anblick der übergroßen Rüstungen auf Abstand.

»Ich kann es nicht glauben«, sagte Theresa erschüttert und starrte zu den dartförmigen Jägern der *Smaller*-Klasse, die über das Flugfeld strichen und darauf achteten, dass keines der Schiffe startete. Auch nicht die *Faith*, ihr gepanzerter Frachter mit den vielen verschiedenen Extras. Die starke Bewaffnung war versteckt, um den friedlichen Charakter nach außen zu wahren, doch wenn *Faith* in Gefahr geriet, konnte sie mächtig austeilen. Aber das nützte nichts, wenn sich keine Crew an Bord befand.

Beide Frauen trugen die enge schwarze Kleidung der CoS mit den hohen, weißen Stehkragen und den Rangabzeichen auf Rücken, Armen und Solarplexus, darüber schwarze Mäntel mit ebenfalls weißen Kragen. In ihrer dunklen Schlichtheit waren sie wiederum auffällig und lockten Beunruhigte an. Die Nähe zu Gott war plötzlich wieder gewünscht.

»Bitte, bleiben Sie doch ruhig!« Ralda hielt immer wieder Menschen zurück, die zu Theresa vordringen wollten. Verzweifelte, bittende Fragen wurden der Bishopness zugerufen, was zu tun sei, und einige Stimmen im Chor der Wartenden verlangten, sich gegen die Feinde zur Wehr zu setzen. »Haben Sie doch Verständnis«, bat sie die Leute unaufhörlich. »Die Bishopness muss sich erst ein Bild der Lage verschaffen. Bewahren Sie Ruhe.«

Theresa hörte ihre unermüdliche Assistentin und lobte sie in Gedanken. *Gott der Universen, warum prüfst du mich erneut mit den Samaritern?* Zwar hatten sich die Distriktverwaltungen für eine friedliche Übergabe an die Collectors entschieden, aber wenn sie jetzt Aufstand predigen würde, konnte ein Sturm losbrechen. *Soll das meine wahre Mission sein?*

Eigentlich war sie nach Putingrad gekommen, um mit dem Gouverneur über den Bau eines Gebets- und Religionszentrums zu sprechen, damit der christliche Glaube bei den Arbeitern gestärkt wurde. Gerade die kaderrussisch dominierten planetaren Regierungen pflegten ihre Ressentiments gegenüber dem Glauben. Religion als Opium fürs Volk – diese uralte diffamierende Parole galt vor allem hier und wurde von Sankt Petersburg bis in die Kolonien gesandt.

Dass Theresa mitten in den überraschenden Angriff der Collectors geraten war, weckte Erinnerungen. Schreckliche Erinnerungen.

Vor etwas mehr als fünfundzwanzig Jahren war sie auf Hakup gewesen, noch als junge Deaconess namens Hera, als die Fremden über den Planeten hergefallen waren.

Dieses Mal werde ich ihnen nicht entkommen. Theresa war aufgestiegen, bereits mit dreiundfünfzig Jahren eine Bishopness geworden, nachdem sie zwei Dekaden lang auf den verschiedensten Planeten für den Glauben gekämpft hatte, und das im wahrsten Sinn des Wortes. Ihre Fürsprecher sahen sie in knappen zehn Jahren im Amt einer Apostelin: Beraterin für den Ministrator, den Leiter der Church. Der Schöpfer der

Universen schien der Ansicht zu sein, dass sie sich den Collectors dieses Mal stellen *musste*.

Noch war ihr nicht klar, was Gott von ihr verlangte. *Ist es mir bestimmt, die Menschen zu trösten, Widerstand zu organisieren, Verhandlungen zu führen?* Sie wischte sich die grauen Strähnen aus den Augen. *Gib mir ein Zeichen!*

»Da! Seht doch!«, rief jemand.

Theresa schaute sich um und entdeckte, dass ein kleines Schiff sich anschickte, den Raumhafen zu verlassen.

Es hatte die Triebwerke gezündet und absolvierte einen senkrechten Blitzstart, schoss haarscharf an einem *Smaller*-Jäger vorüber und verschwand in den aufziehenden Regenwolken.

Die Menschen jubelten; die wachenden Collectors wurden mit obszönen Gesten bedacht – aber die Rufe gingen in einen kollektiven Schrei des Entsetzens über, als brennende und qualmende Einzelteile aus dem Himmel stürzten und auf die Landebahn regneten. Die Fragmente beschädigten umherstehende Raumschiffe, kleinere Trümmer schlugen hörbar auf dem Dach des Gebäudes ein, ohne es zu durchschlagen.

Nach dem gemeinschaftlichen Aufschrei wurde es still in der Halle. Alle hatten verstanden, dass es kein Entkommen von Putin gab.

Nur Theresas Gesicht zeigte ein entschlossenes Lächeln. *Danke für das Zeichen, Gott. Nun weiß ich, was zu tun ist,* betete sie stumm und bekreuzigte sich. *Nimm die Seelen der Unglücklichen auf dem Schiff gnädig bei dir auf.*

Sie stellte sich auf eine Wartebank, so dass alle sie sehen konnten, und hob die Arme zum Segen. Die Panzerköpfe von zwei Collectors ruckten herum, die Visiere richteten sich auf sie. Die Fremden hielten sich zum Eingreifen bereit. »Seht ihr, wie es denen ergeht, die sich gegen die Fremden stellen?«, rief sie mahnend. »Gott will nicht, dass ihr eure Leben durch sinnlosen Widerstand vergeudet. Haltet still und wartet ab.« Nach einer Kunstpause fügte sie hinzu: »Doch nicht wie die Lämmer, die zur Schlachtbank getrieben werden. Sondern wie Krieger, die auf eine Gelegenheit lauern, um das Joch der Unterdrückung, das sie Obhut nennen, abzustreifen!«

Ihre Assistentin wurde bleich. Sie schien Angst vor der Reaktion der Collectors zu haben, denn die Worte predigten latenten Widerstand, verlangten Bereitschaft zum Aufstand.

Die Antwort der Besatzer ließ nicht lange auf sich warten.

Die beiden Collectors, die zu ihnen blickten, stapften los und schoben alles, was ihnen im Weg stand, einfach zur Seite. Sie hielten auf die Bishopness zu; die aufgebrachten Rufe kümmerten sie nicht.

Die Zeit der Prüfung. Theresa lächelte. »Fügt euch zu eurem eigenen Schutz, Menschen von Putin, doch seid bereit!«, rief sie von ihrer improvisierten Kanzel herab. »Genießt die Annehmlichkeiten, die sie euch bereiten, aber vergesst nicht, dass es nicht von Dauer sein wird. Letztlich werden wir den Sieg davontragen! Mit Gottes Beistand!«

Die Gepanzerten hatten sie erreicht.

Ein Collector packte ihr Handgelenk, die Stahlfinger schlossen sich. Er hielt sie einfach am ausgestreckten Arm in der Luft und marschierte zum Ausgang. Der andere umfasste Raldas Genick und hob sie ebenfalls an. »Schützenswerte Rasse Mensch«, schnarrte es aus den Helmlautsprechern, »wir bringen Sie nun an einen besseren Ort. Freuen Sie sich.«

Theresa standen die Tränen in den Augen, weil der Griff äußerst schmerzte, dazu knirschte ihre Schulter. Sie wand sich und suchte den Blick der verstörten Menschen. »Sorgt euch nicht um mich!«, rief sie ihnen zu. Sie wollte nicht, dass sie in ihrer Wut etwas unternahmen, was sie das Leben kosten würde. »Denkt an meine Worte und seid bereit!« Dann hatten sie das Gebäude durch einen Seitenausgang verlassen.

Die Collectors hielten auf einen Antigrav-Transporter zu, vor dessen Türen zwei weitere ihrer Art Wache hielten.

»Bishopness, was tun wir?« Ralda sprach verzerrt, der Nackengriff bereitete ihr Qualen.

Theresa hatte die Frage richtig verstanden. »Du willst wissen, *warum* ich das getan habe«, rief sie zurück. »Du wirst es bald verstehen. Zweifle nicht!«

Einer der Fremden öffnete die Tür. Zuerst wurde Theresa, danach Ralda in die Finsternis geworfen; krachend fiel die Tür zu.

Im Innern roch es nach Schweiß, die Luft war abgestanden, warm und feucht. Sie hörten das Atmen vieler Leute, ab und zu ein leises Wimmern.

»Wer seid ihr?«, wurden sie aus der Dunkelheit von einem Mann gefragt.

Theresa zog die großkalibrige *Thorn* und aktivierte die unter dem Lauf eingebaute Lampe. Der grellbläuliche Lichtkegel huschte über ängstliche Gesichter: ältere Männer und Frauen, nur ganz wenige junge Menschen, Kinder oder Jugendliche. Sie schätzte ihre Zahl auf fünfzig. »Ich bin Bishopness Theresa, das ist …«

»Sternenpfaffen«, kam es von irgendwoher aus dem Container. »Hat euch der Glaube also auch nichts gebracht.«

»… ist meine Begleiterin Deaconess Ralda«, stellte sie sich in aller Ruhe vor. »Wir sind hier, um Ihnen Hoffnung zu geben«, antwortete sie freundlich. »Warum sind Sie alle hier?«

»Keine Ahnung«, sagte der Mann vor ihr, der einen schmutzigen blauen Bergarbeiteroverall trug. »Die Collies kamen in mein Haus, haben mir und meiner Familie Blut abgezapft. Keine Stunde später saß ich hier drin.« Er zeigte mit dem Daumen hinter sich. »Den meisten erging es so. Scheint, als wären wir der Ausschuss von Putin.«

»Sie selektieren«, raunte Ralda ihr zu. »Aus welchem Grund?«

Es hat bestimmt nur bedingt etwas mit dem Blut zu tun. Theresa durchzuckte der Gedanke, dass die Collectors bei ihrem Aufbauprogramm die Weitergabe genetischer Defekte verhindern wollten. *Die schützenswerte Rasse Mensch soll nach deren Vorstellung makellos sein … Oder geht es noch um was anderes, was wir gar nicht verstehen können?*

Der Transporter fuhr los.

Theresa behielt die Balance und wollte sehen, was sich draußen ereignete. »Zurücktreten«, befahl sie knapp, richtete die Pistole gegen die Wand und drückte mehrmals ab, es krachte extrem laut. Die dicken Geschosse stanzten mühelos Löcher, durch die sie und Ralda hinausschauten.

Sie fuhren durch Veljanorsks Vorstadt, die ausgestorben wie eine Geistersiedlung wirkte. Nur hinter den Fenstern der Häuser zeigten sich gelegentlich Gesichter, die dem Transporter mitleidige Blicke zuwarfen. Ab und zu passierten sie Jäger der *Smaller*-Klasse, dann wieder Patrouillen mit je drei Collectors, die mitten auf der Straße gingen. Der Transporter musste ihnen ausweichen.

Theresa hatte damit gerechnet, Tote zu sehen. Tote, Zerstörung und Feuer. Aber dem war nicht so. Die Fremden achteten auf die öffentliche Ordnung und mieden Vernichtung.

Je näher sie dem Zentrum kamen, desto belebter wurden die Straßen: Die Einwohner liefen unbehelligt umher, Geschäfte waren geöffnet. Ohne die vereinzelten Collectors, die mehr oder weniger unauffällig an Straßenecken oder in Nischen standen, hätte Theresa glauben können, die Obhut sei aufgehoben worden.

»Sehen Sie nach links, Bishopness«, rief Ralda aufgeregt. »Was tun die da?«

Sie brauchte etwas länger, bis sie erkannte, was ihre Assistentin meinte.

Ein Collector in einer weißen Rüstung mit roten Kreuzen auf den Armen, Rücken und Brust stand vor einer jungen Frau und setzte ihr auf offener Straße eine Injektion in den Hals. Sie wehrte sich nicht. Kaum war er fertig, stampfte er auf die nächste, deutlich ältere zu. Auch sie hielt still und ließ die Prozedur über sich ergehen. »Vitamine«, »Aufbaupräparate«, Impfungen«, diese blechernen Wortfetzen drangen zu ihnen, bevor der Transporter sich zu weit entfernte.

Sie fuhren von Norden nach Süden durch Veljanorsk, und sobald sie in die Außenbezirke kamen, wurde die Bevölkerung auf den Straßen wieder weniger. Theresa hatte die Vision, dass dies nicht der einzige Transporter mit Menschen war, die aus der Stadt gebracht wurden.

Sie fuhren über die Stadtgrenze hinaus und immer weiter. Die Fahrt wurde nun extrem schnell.

Sie passierten Collector-Straßensperren, sahen kubenförmige, hallengroße aufeinandergestapelte Blöcke, die sich kilometerweit dahinzogen.

Ein Wall? Die Unterbringung der Bodentruppen?

Theresa warf einen Blick über die Schulter. Ralda betete mit einem

Großteil der Menschen und bat den Schöpfer der Universen für den Erhalt ihrer Seelen, der Rest des Haufens Selektierter saß einfach apathisch auf dem Boden.

Draußen zogen immense Förderanlagen und titanische Tagebaugruben von *RussMining* vorbei, die brachlagen.

»Es sind diese Androiden«, sagte ein Mann in der Dunkelheit. »Die verdammten Dinger, die Hikma gebaut hat. Jetzt sind sie zurückgekommen und wollen sich an uns rächen. Deswegen findet man nichts Lebendiges in den Rüstungen. Sie tarnen sich!«

Theresa kannte die Theorie über die wahre Herkunft der Ahumanen, teilte sie jedoch nicht.

»Was meint er?«, flüsterte Ralda.

»Vor knapp zweihundert Jahren ging eine komplette Schiffsladung Androiden der Linie *Copy 23* der *Hikma Corporation* zusammen mit dem Containerschiff *Dhalia* verloren«, erklärte sie ihr. »Die Maschinen stammten noch aus der Zeit, als es nicht verboten war, intelligente Droiden zu bauen. Sie besaßen eine enorm hohe AI. An Bord befanden sich zweihundert Stück dieser Kunstmenschen. Der Kontakt zum Frachter *Dhalia* riss nach Verlassen des Interim ab. *Hikma* hat weder Trümmer noch Antriebsspuren gefunden.«

»Sie sind nicht zerstört worden. Die verdammten Androiden sind abgehauen, so sieht es aus«, rief der gleiche Mann. »Und jetzt kommen sie zurück und verarschen uns, indem sie so tun, als wären sie Ahumane.«

»Ich habe gehört«, warf eine Frauenstimme ein, »es sollen die *Ancients* sein, die ihren Gottstatus herstellen wollen. Was sagen Sie dazu, Bishopness?«

»Es gibt keinen Gott außer dem Schöpfer«, kam es sofort über ihre Lippen. Negierungsreflex. »Die Ancients, wie sie von den Wissenschaftlern genannt werden, sind nichts anderes als weitere Geschöpfe des Allmächtigen. Sie lebten lediglich früher als wir.« Die Spuren alter und sehr ähnlicher Kulturen hatte die Menschheit auf etlichen Fremdplaneten gefunden, Tausende von Jahren alt. Raumfahrer, Besiedler, Weltenformer. »Nein, die Collectors sind keine Ancients. Es gibt keine Parallelen zu ihnen. Das sagen auch die Wissenschaftler.«

Eine weitere Theorie, die im StellarWeb gerne verbreitet wurde, ließ sie außen vor. Diese Annahme besagte, die Collectors seien experimentelle Truppen eines Konzerns, die absichtlich geheimnisvoll operierten, um sich ohne Schaden und Angst vor Angriffen bereits besiedelte Planeten einverleiben zu können. Theresa fand diese Erklärung am unwahrscheinlichsten. Wer eine solche technische Überlegenheit besaß wie die Collectors, musste kein Versteckspiel betreiben.

»Es sind die beschissenen *Copy-23*-Androiden«, wiederholte die Männerstimme dumpf. »Wir hätten niemals schlaue Maschinen bauen sollen.«

Theresa sah wieder nach draußen.

Die Natur wurde wilder und unberührter. Schließlich verlangsamte der Transporter die Geschwindigkeit. Im Anhänger roch es inzwischen nach Urin; es waren keine Pausen gemacht worden.

Mit der Verringerung des Tempos schlug die Stimmung im Innern sofort um. Die Angst war schlagartig wieder da.

»Fürchtet euch nicht«, sagte Theresa milde. »Wenn sie uns hätten umbringen wollen, wäre es schon lange geschehen.« Sie wechselte das Magazin, lud auch ihre zweite Waffe durch, Ralda tat es ebenso. »Gott ist mit uns.«

»Hat er uns die Collectors gesandt oder der Teufel?«, fragte ein kleines Mädchen.

Die Unschuld stellt die gefährlichsten Fragen. Bevor sie antworten konnte, kam der Truck zischend zum Stehen. Die Türen wurden geöffnet, trübes Sonnenlicht fiel herein.

Theresa schirmte ihre Augen gegen die Helligkeit ab und ging einen Schritt nach vorne. Sie war froh, einen Grund bekommen zu haben, dem Mädchen nichts erwidern zu müssen.

Ein Collector stand vor ihr, sah in den Container und winkte auffordernd.

»Folgt mir«, rief sie und sprang ins Freie.

Sie waren mitten in die Wildnis gebracht worden. Zwei große, geöffnete Frachtcontainer standen abseits der Straße, der Aufschrift auf den Kisten nach zu urteilen enthielten sie Lebensmittelkonserven,

Decken und andere Güter aus den Beständen des hiesigen Katastrophenschutzes.

Nach und nach verließen die Menschen den Behälter und scharten sich ängstlich um die Bishopness. Der bunt gemischten Kleidung nach hatte es Bürger aus allen Schichten erwischt, von arm bis reich.

Der Collector wartete geduldig, bis alle ausgestiegen waren, schloss die Türen und ging zur Zugmaschine. Er passte nicht in das Führerhaus, wie sie nun sahen, sondern bediente die Armaturen vom Trittbrett aus, das sich unter seinem Gewicht bereits verbogen hatte; dann fuhr er davon.

»Der Herr der Welten hat euch nicht im Stich gelassen«, sagte Theresa mit einem Lächeln. »Preist ihn, denn er bewahrte eure Leben.«

»Für was?«, entgegnete ein Mann verächtlich und bitter. Er trug einen verknitterten, grauen Anzug und hatte seinen Aktenkoffer dabei, um seinen Hals baumelte der Kon-Ausweis, der ihn als Exec auswies. Ein Abteilungsleiter bei *RussMinin*g. Es sah surreal aus, wie er da stand, umgeben von Wildnis, während er wirkte, als wollte er in die nächste Vorstandssitzung oder ein Meeting oder zu einem Geschäftsessen. »Damit wir ein paar Monate in der Wildnis leben und danach verrecken?«

»Es ist eine Prüfung für Sie wie für mich«, erwiderte Theresa unerschütterlich und hielt die Waffe locker am ausgestreckten Arm vor dem Körper.

»Meinen Sie, ja? Ich glaube nicht, dass sie uns zurück in die Stadt lassen. Sie haben uns ausgesondert. Ich für meinen Teil wäre gerne dort geblieben, denn ich habe deutlich gehört, was die Collectors den Menschen sagten: Vitamine, Aufbaupräparate und Impfungen. Gutes Zeug.« Er wischte sich den Dreck vom Anzug. »Fuck. Ich würde sofort mit denen zusammenarbeiten, bei *der* Gesundheitsvorsorge.« Die anderen Rausgeworfenen schauten ihn stumm an.

Theresa schüttelte sachte den Kopf; auf seinem Ausweis stand *Terence Ominsky*. »Sie wären ein Narr, diese Sprüche zu glauben, Terence. Es kann sonst was in den Spritzen sein.«

Ominsky zeigte die Straße entlang zur Stadt. »Haben Sie jemand in der Stadt sterben sehen? Ich nicht! Und sie waren alle gut gelaunt, das Leben ging weiter. Ich habe von Anfang an gesagt, dass wir mit den

Collectors zusammenarbeiten sollen, anstatt sie zu bekämpfen. Sie wollen uns helfen, gesund und stark zu bleiben. Und bei Gott …«

»Verhöhnen Sie den Herrn nicht. Ich dulde keinen Frevel.«

Der Exec spie aus, sagte jedoch nichts mehr.

Die Leute müssen beschäftigt werden. Theresa zeigte auf die Frachtcontainer. »Gehen Sie und schauen Sie nach, was die Fremden Ihnen gelassen haben«, sagte sie laut. »Stellen Sie eine Liste zusammen, teilen Sie die Sachen ein. Ich denke, dass es sich am besten in der Nähe der Gruben leben lässt. Die Gebäude dort sahen so aus, als wären sie nutzbar.«

»Die Sternennonne hat Recht«, sagte der Exec und ging los. »Ich will möglichst am Leben bleiben, um nach Veljanorsk zurückzukehren. Von mir aus können die Collectors mich mit Injektionen vollpumpen.« Ein Teil der Menschen folgte ihm, die anderen standen unschlüssig und ratlos umher.

Ralda kam an Theresas Seite. »Bishopness, was ist zu tun?« Sie sah sich um, als erwartete sie einen Angriff aus dem dichten Unterholz.

»Der Gott der Universen hat mir eine Aufgabe erteilt«, sprach sie lächelnd. »Auf dem Raumhafen wurde es mir klar, als ich die Maschine brennend aus dem Himmel fallen sah: Ich werde das erste Lebewesen sein, das der Obhut der Collectors entkommt. Ich muss der Menschheit berichten, was sie mit uns und den Planeten anstellen. Ich möchte bewirken, dass die Gemeinschaft der Gläubigen sich zu einem neuen Kreuzzug gegen die Bedrohung zusammenfindet, wie sie es in der Vergangenheit schon mehrmals so glorreich getan hat. Terence gehört zu den Verblendeten, und gegen die Zweifler in den eigenen Reihen müssen wir ankämpfen. Mit Worten und Beweisen. Wenn wir, die wahren Gläubigen, einmal aufgebrochen sind, werden sich weitere unserer Unternehmung im Namen des Kreuzes und des Herrn anschließen.«

Ralda hing wie gebannt an den Lippen der älteren Frau, die Augen leuchteten beseelt. »Amen!«

»Es ist meine tiefste Überzeugung: Die Collectors verstoßen gegen Gottes Willen! Der Mensch lebe als Krone der Schöpfung in Freiheit. Wir dürfen diesen Zustand der Unterdrückung nicht länger zulassen, und schon gar nicht sollen Menschen wie der arme Terence glauben, die

Collectors brächten Besserung. *Gott* ist der *Einzige*, der Besserung bringen kann! Auf Putin bin ich erwacht: *Dies* ist meine Mission.« Sie zeichnete mit dem Zeigefinger ein Kreuz auf Raldas Stirn. »Du wirst mich dabei begleiten.«

Die Deaconess nickte erleichtert. »Ehre sei Gott.«

»Amen. Jetzt lass uns möglichst viel über die Fremden herausfinden, um die Stimmen der Verblendeten mit Beweisen ihrer schrecklichen Taten zum Schweigen zu bringen. Danach stehlen wir uns ein Raumschiff.« Theresa sprach voller Sicherheit. *Es wird uns gelingen.* Sie ging zu den Frachtcontainern, ließ sich Trinkwasser und einige Energieriegel als Proviant geben. Rasch erläuterte sie den Menschen, was sie beabsichtigte. Begleitung, die ihr angeboten wurde, lehnte sie ab. »Ihr sucht euch eine Bleibe und harrt auf die Rettung, die ich euch mit der Hilfe des Weltenschöpfers bringen werde.« Sie hob die Arme zum Segen.

Dieses Mal knieten sich alle nieder – bis auf den Exec.

Theresa bemerkte aus den Augenwinkeln, dass Ralda dieses Mal ihre Hand an den Pistolengriff legte, das leise Klicken des nach hinten wandernden Schlagbolzens war deutlich hörbar. Jetzt beugte auch der Exec schnell das Haupt und empfing die Kraft des Allmächtigen anstelle einer geweihten Kugel. *Manche Verblendeten müssen vorab zu ihrem Seelenheil gezwungen werden, bevor die Kenntnis sie ereilt.* Die Bishopness lächelte.

Vierte Szene
27. April 3042 a.D. (Erdzeit)

SYSTEM: UNBEKANNT
ORT: STELLARE FORSCHUNGSSTATION SHIVA'S FORTRESS
   (IM BESITZ VON EASTERN STARS, GELEITET DURCH BANGASH INDUSTRIES)

Kris saß im rechten Sessel und fand ihn sehr bequem, kontrollierte die Konsolen und hielt die Monitore im Auge. Sein Rufname lautete mit Antritt der Mission *SK*, weil sein Nachname zu lang war. Faye wurde bei ihrem Vornamen genannt, und die Professorin bevorzugte für sich *Brains*. Die Schwestern waren auf der Brücke, während Colonel McFaiden in den Mannschaftsquartieren bei seinen Justifiers darauf wartete, dass sie starteten.

Kris betrachtete 23. *Arme Sau.*

Der Chemical stand mitten auf der Brücke und dachte nicht daran, den Pilotensessel zu benutzen. Er grinste voller Vorfreude, bewegte den entstellten Kopf kreisend, dann tat er einige groteske Hüpfer. Vermutlich übermannten ihn gerade seine Emotionen, weil er gleich und endlich loslegen durfte.

In manchen Horrorfilmen, gerade in sehr alten oder solchen, die auf Retro machten, gab es Gestalten, die aus den Körperteilen verschiedener Menschen zusammengesetzt worden waren. Kris war versucht, den Piloten *Franky* zu rufen: Es hatte sich ausgerechnet bei einem gemeinsamen Mittagessen in der Kantine der *Cortés* herausgestellt, dass 23 aus Teilen von dreiundvierzig Menschen und diversen Prothesen bestand. Frankensteins Monster.

Die Bilder, die Kris vom Ersten Piloten aus seiner Kindheit gesehen hatte, zeigten ein Bündel Fleisch mit einem halben Gesicht, aus dem die Ärzte von *Baln* einen Menschen aus Leichenstücken geformt hatten. »Gebrauchtes« Fleisch war für Chemicals besser geeignet als Klon-Material.

Körperspender. Diese Klausel hatten fast alle im Vertrag, die für das Unternehmen arbeiteten. Jetzt wusste Kris, weswegen.

23 hatte ihm bei Eiweißschnitzel an Tomatensoße erzählt, dass er sich strikt weigerte, komfortable Kybernetikteile implantiert zu bekommen. Nachzucht aus eigenem DNA-Material kam wegen der starken Erbgutschädigung nicht infrage, also blieb nur der höchst unansehnliche Weg. Der Erste Pilot trug seine Narben allerdings mit Stolz. Und Absicht. Denn die Ärzte waren sehr wohl in der Lage, OP-Spuren restlos zu beseitigen, aber es machte ihm, so schätzte Kris ihn ein, schlichtweg Spaß, die Leute um ihn herum zu schockieren.

Faye und Professorin Suede betraten die Brücke.

»Hallo, die Herren. Dann wollen wir zu den Sternen fliegen.« Suede trug einen grauen Overall und Stiefel, die schwarzen Haare hatte sie zu einem Zopf gebunden. Um den Hals lag ein Kehlkopfmikrofon, das sie mit einem Knopfdruck aktivierte. »*Shiva's Fortress*, hier ist die *Cortés*«, sagte sie und begab sich auf die zweite Liege. »Bereit zum Aushallen.«

Faye winkte Kris zu und nahm auf einem der schmalen Notsitze Platz, legte die Gurte an. Auch ihr stand der Overall gut.

»Erlaubnis erteilt«, kam es aus dem Lautsprecher. Huntington-Singh persönlich verabschiedete sie. »Viel Erfolg, Professorin Suede. Kehren Sie mit Erkenntnissen zurück.«

»Nichts anderes haben WIR vor.« Sie nickte 23 zu. »Beginnen Sie.«

Der Chemical grinste. Ruckartig, als wäre er ein Kunstturner am Anfang seiner Kür, nahm sein deformierter Körper Spannung an. 23 verwandelte sich wieder in den Dirigenten, bewegte die Finger schnell wie bei einem Klavierlauf, schwenkte die Arme und pendelte dabei mit dem Oberkörper hin und her, während die Füße fest am Boden blieben. Erstaunlicherweise verlor er jegliche Unbeholfenheit und strahlte für Kris sogar eine unerklärliche Eleganz aus. Die Augen waren weit aufgerissen, leuchteten hell wie gelbe Lampen.

Das Zittern des Bodens verriet ihnen, dass die Reaktoren ihre Energie in die Triebwerke pumpten. Die *Cortés* ließ sich von ihm führen. Jedes Bauteil war ein Instrument und das Schiff ein williges Orchester, das seiner kleinsten Geste gehorchte.

Die Anzeigen lieferten die Entfernungen zu den Hallenwänden, zur Auslastung der Energieleitungen. Es kam Kris so vor, als könnte 23 die Kraft mit Mühe zurückhalten. Der Erste Pilot und das Raumschiff brannten darauf, sich zu beweisen.

Der größte Monitor zeigte ihnen, wie sich das Schott öffnete und sie in die Weite des Alls drifteten.

So viel Nichts. Kris bekam ein mulmiges Gefühl, wie er es in den ganzen Wochen seines Trainings nicht empfunden hatte. Die unendliche Weite eines Simulators war relativ. Hier dagegen wusste er, dass um ihn herum ein Vakuum herrschte und man so lange geradeaus fliegen konnte, bis man verdurstet war oder durch Strahlung starb oder auf einen

Planeten oder in eine Sonne stürzte ... Daran hatte sich seit Beginn der Raumfahrt nichts geändert. Es gab viele hässliche Möglichkeiten, in der Unendlichkeit sein Leben zu verlieren.

Die *Cortés* hatte die Werft mit ihren gesamten eintausend Metern Länge verlassen. 23 beschleunigte den Flug, um den Sicherheitsabstand von zehn Meilen zur Station zu erreichen, dann initiierte er auf Geheiß der Professorin den LSP.

Kris' Mund wurde trocken, in seinen Schläfen breitete sich das ankündigende Ziehen aus. Er wusste, dass er es sich einbildete, denn die Sprungschmerzen begannen immer im Nacken. *Wohin geht es?*

Der Computer behauptete, dass sie in ein System der FEC sprangen. Zielplanet war der russische Planet Putin mit seinem Bergbaukombinat *RussMining*, das Schwermetalle aus dem Boden holte und aufbereitete. Die neueste Eroberung der Collies.

»Das ist zu weit«, meldete Kris seine Bedenken an. »Wir kommen nicht mit einem einzigen ...«

»Danke für Ihre Anmerkung«, unterbrach ihn Suede. »WIR dachten das zuerst auch, als WIR den Kurs festlegten. Aber 23 war in der Besprechung der Meinung, dass es die *Cortés* locker schafft.«

»So? Meint er das?« Kris sah zu dem Chemical, dessen Gesten ausdrucksstärker, langsamer geworden waren, als bewegte er schwere Gewichte durch die Luft.

»WIR vertrauen ihm«, konterte sie. »WIR machen zuerst einen KSP, um einen Test durchzuführen, und wenn die Werte entsprechend gut sind, steuern wir Putin an.«

Er wollte etwas hinzufügen, dann zog es im Genick. Eiswürfel wurden ihm unter die Haut geschoben.

Seine Kiefer schlossen sich gegen seinen Willen, er musste fest zubeißen. Sein Körper verkrampfte sich und wurde hart wie Eisen.

Vor seinen Augen gingen weiße Sonnen auf, blendeten ihn und brannten sich durch die Knochen in seinen Verstand. Sie schmolzen sein Gehirn und ließen es heiß durch den Hals laufen, durch die Adern rinnen. Kris wollte den Mund öffnen und schreien, doch es ging nicht. Er steckte im Schmerz fest.

Aus dem Gleißen wurde ein helles Grau, das sich schnell verdunkelte und die Augen schonte. Die Qualen verebbten, und er konnte seinen Körper bewegen.

Als Kris wieder etwas sah, drehte sich die Umgebung zentrifugengleich. Er musste sich sofort übergeben und schaffte es, die Konsolen zu verfehlen. An den Geräuschen neben und hinter sich erkannte er, dass es ihm nicht alleine so ergangen war.

Er richtete sich mit einem Stöhnen auf. Das Drehen hielt an. »Tut mir leid«, entschuldigte er sich bei den Frauen. »Aber das ... war unerwartet ... heftig.«

23 stand nach wie vor an seinem Platz und wirkte, als hätte man die Luft aus ihm herausgelassen: nach vorn gebeugt, gealtert und schwach. Er atmete hektisch, seine Blicke schweiften orientierungslos umher, aber er hatte sich nicht erbrochen.

»Ich übernehme«, sagte Kris und wünschte sich den schrecklichen Geschmack aus dem Mund. *Ich denke, dass McFaiden lieber auf der Brücke und nicht im Mannschaftsquartier wäre. Er schwimmt bestimmt in Beta-Kotze. Der Geruch hier ist schlimm genug.* Der Schwindel ließ endlich nach.

Die Computersysteme gingen alle der Reihe nach online und bestätigten, dass sie einwandfrei arbeiteten. Der Langstreckensprung war gut überstanden. Die *Cortés* hatte ihr Ziel erreicht: Auf dem Hauptschirm sahen sie den Planeten Putin: ein blaugrüner Himmelskörper, der an die alte Erde vor ihrem Niedergang erinnerte. Um ihn herum kreisten drei kleine Monde. Rechts vor ihnen schienen die Ausläufer einer grün leuchtenden Galaxie zum Greifen nah und waren doch Hunderte Lichtjahre entfernt; hinter Putin schwebte ein größerer, gelber Planet.

»Entfernung: vierzigtausend Meilen, keine Schiffe in der Nähe«, las er laut vor und begriff in diesem Moment erst, *was* er sagte. Er drehte sich zu 23 um. »Was hast du gemacht? Wieso haben wir einen LSP absolviert und nur«, er sah auf die Interim-Zeiterfassung, »eine Minute gebraucht? Wir hätten eine Woche unterwegs sein müssen!« Kris' Haut kribbelte wie nach einem langen Aufenthalt in großer Kälte. Er bildete sich ein, fühlen zu können, wie seine Zellen mutierten.

Der Chemical blieb so starr und stumm wie eine Marionette. Ein rosafarbenes Speichelfädchen hing aus dem linken Mundwinkel und reichte bis auf die verbaute Brust. Den Flecken auf dem Overall nach hatte er kräftig gesabbert.

»Das war der Test«, erwiderte Suede an seiner Stelle und hielt sich den Kopf. »Bestanden, würden WIR meinen.«

Faye sah fluchend auf ihr Erbrochenes, rieb sich den Nacken und wischte sich das Blut unter der Nase weg. »Was hast du ihm gesagt, was er tun soll?«, ächzte sie. »Schau dir das an!« Anklagend hielt sie die roten Finger hoch.

Hat er wirklich ...? Kris rief die Daten des Sprungprotokolls ab. »Heiliger Wotan! Er hat den KSP-Antrieb beim Eintreten in das Interim gezündet!«

»Ein Sprung *in* der Sprungumgebung«, bestätigte Suede erleichtert. »WIR hatten die Theorie aufgestellt, dass es machbar ist, ungefähr vergleichbar mit dem Nachbrenner bei einem herkömmlichen Strahltriebwerk: Da wir uns schon in der Ebene des Interim befanden, beschleunigte es uns. Einen Sub-Interim gibt es nicht, UNSERE Theorie ist bestätigt. Ein großer Tag für die Menschheit und *Baln*, die als erstes Unternehmen ein Schiff mit gekoppelten Sprungantrieben gebaut haben.« Sie fand ihr Lächeln wieder und hob die Füße an, damit der schuhkartongroße Reinigungsdroide, der hereingefahren kam, sich um das Erbrochene kümmern konnte.

Faye schüttelte sich. »Typisch für meine Schwester. Wir sind noch nicht einmal eine Stunde unterwegs und bereits Versuchskaninchen«, sagte sie zu Kris.

»Tja.« Aus dem Kribbeln war ein Stechen geworden. Er rieb sich über den Arm und rechnete damit, Verdickungen zu spüren. Metastasen. *Nichts.*

»Sobald etwas Ruhe eingekehrt ist, bitten WIR Sie alle zur Vorsorgeuntersuchung ins Labor«, fügte Suede ungerührt hinzu. »Stimmt das, was WIR annehmen, verhält es sich so, dass die Zellen und die DNA nicht mehr belastet werden als bei einem herkömmlichen LSP.«

»Das rate ich dir«, grollte Faye.

»Annäherungsalarm«, sagte die freundliche Computerstimme. Das

Radar zeigte zehn Schiffe der *Small*-Klasse, die auf sie zukamen. Dartpfeile im Anflug. »Kontakt in zehn Minuten.«

23 blinzelte zum ersten Mal, bewegte sich aber noch immer nicht.

»*Cortés* klar zum Gefecht.« Kris aktivierte die Waffenkontrollen. Die Außenkameras zeigten ihm, wie die Raketenluken sich öffneten und die Lenkspiegelbatterie sich für die Laser ausrichtete. Autokanonen erhoben sich in ihren Buchten und schwenkten die Mündungen in die Richtung, aus der die Angreifer erwartet wurden.

Eine gelbe Warnleuchte flammte auf, ein lauter Alarmton erklang: Auf der Karte wurden keine zehn Meilen von ihnen entfernt elektromagnetische Schwingungen angezeigt.

»Interim-Aktivität«, rief er über die Schulter. *Scheiße. Noch mehr Besuch!* Bis eben hatten die Chancen gut gestanden, zumindest die größeren Jäger auszuschalten.

23 kicherte.

FÜNFTER AKT

FÜNFTER AKT

Erste Szene

17. Januar 3042 a. D. (Erdzeit)

SYSTEM: DRUSCHBA
PLANET: PUTIN (IM BESITZ VON FEC, DERZEIT UNTER OBHUT)
DISTRIKT: PUTINGRAD,
STADT: 202 MEILEN SÜDLICH VON VELJANORSK

Der Regen trug Kälte in sich, stand kurz vor dem Übergang zu Eis oder Schnee. Es waren nicht die besten Bedingungen, um ohne Wechselkleidung umherzulaufen.

Hoffentlich sind wir bald da. Theresa sah in den grauen Dunsthimmel auf, ohne stehen zu bleiben. Die Bishopness und ihre persönliche Assistentin hatten am zweiten Tag ihrer Wanderung in Richtung Veljanorsk den Nachteil der hochschaftigen, schwarzen Stiefel bemerkt: Das Schuhwerk war nicht wirklich dafür gedacht, damit längere Zeit zu marschieren. Das Hightech-Kunstleder rieb an den Fersen, am Spann, an den oberen Enden. Aus dicken Blasen wurden blutende Wunden, die sie beide zähneknirschend ertrugen.

Sie hatten die unangetastete Natur hinter sich gelassen und marschierten am Rand einer verwüsteten Kraterlandschaft entlang, in der Maschinen, himmelhohe Tagebau-Bagger und überdimensionale Lastwagen verlassen herumstanden. Die Collectors ließen nicht zu, dass die Menschen in ihrer Obhut arbeiteten.

Sie verzichteten auf das Reden. Erstens, um Kraft zu sparen, zweitens, weil es nichts zu reden gab. Die einzige Ausnahme bildete das Gebet, bei dem sie morgens und abends wie auch bei ihren Pausen gemeinsam um den Beistand des Schöpfers baten. Dann tauchte nach einer Biegung die weiße Wand aus den Einzelsegmenten vor ihnen auf. Mehr als einen Kilometer war es nicht bis dahin, und die Straße führte genau darauf zu.

Es beginnt. Theresa lotste sie runter von der Straße. Sie näherten sich dem ungewöhnlichen Bauwerk im Schutz eines kleinen Wäldchens, das vom gefräßigen Maschinenarsenal der *RussMining* noch nicht angetastet worden war.

»Was das wohl ist?« Ralda sah nach rechts und links, wo das Weiß zwischen den Bäumen hindurchschimmerte. Leises, beständiges Tropfen um sie herum erzeugte ein Grundrauschen, das ihre eigenen Laute schluckte. Wasser sammelte sich und perlte zu Boden, traf die eilenden Frauen. »Die Unterkünfte der Collectors?«

Theresa bog die Äste zur Seite und hielt am Waldrand inne, duckte sich ab. Sie hob ihr Kom-Gerät und schoss ein paar Aufnahmen zum Beweis. »Ich weiß nicht. Dafür ist mir zu wenig los. Wenn sie darin wirklich schlafen, sollten Transporter oder andere Fahrzeuge und Flieger unterwegs sein.« Sie war der Meinung, dass die Ahumanen in den Schiffen lebten. »Nein, sie haben einen anderen Zweck.« Vom Dickicht bis zur weißen Wand waren es knappe fünfzig Meter über freies Gelände.

Ralda schaute hinüber. »Keine Patrouillen, keine Kameras.«

Theresa glaubte nicht daran. »Irgendeine Art Sicherung müssen sie eingebaut haben«, antwortete sie. »Sie müssen damit rechnen, dass die ausgesonderten Menschen zurückwollen.« Sie zog ihre Pistolen. *Fast wie früher, nur dass ich damals wesentlich jünger war.* »Schauen wir nach. Der Herr sei mit uns.« Sie rannte los, die Deaconess folgte ihr.

Schlamm spritzte in die Höhe und beschmutzte die Mantelsäume, Theresa rutschte zweimal aus und konnte sich mit Mühe vor einem Sturz bewahren.

Sie erreichten die weiße Wand, ohne dass etwas geschah.

Theresa sah in die Höhe. »Ungefähr sechzig Meter.« Die Wand war glatt, fugenlos und bot keinerlei Gelegenheit, sich irgendwie festzuhalten und emporzuklettern.

»Dort drüben sind Fenster«, machte Ralda sie aufmerksam. »Komisch, dass wir sie vorher nicht gesehen haben.«

Sind sie für uns geöffnet worden? Die Bishopness fürchtete eine Falle, aber sie eilten dennoch vorwärts, eng an die Wand gedrückt und sich umschauend, ob ein Gleiter oder ein Collector erschien.

Sie erreichten die Fensterfront, die brusthoch über dem Boden ansetzte und sich über zehn Meter zog.

»Ich verstehe: Außenjalousien«, meinte Ralda nach einem schnellen Blick. »Sobald sie runtergelassen werden, sieht man nicht mehr, wo Fenster sind.«

»Bewundere sie nicht zu sehr für das, was sie erfunden haben«, maßregelte Theresa sie. »Denn sie tun nichts Gutes damit.« Sie sah durch die Scheibe ins Innere, in ein großzügig eingerichtetes Krankenzimmer mit acht Betten darin. In der Wand gab es Anschlüsse für Strom und Sauerstoff, an der Decke waren Gleitschienen angebracht. Die Tür war breit und hoch genug, um einen Collector durchzulassen, ansonsten war es auf menschliche Größe zugeschnitten.

Das kann nicht ein einziger Krankenhauskomplex sein. Theresa wollte hinein, um sich weiter umzusehen, und pochte mit dem Pistolengriff gegen die Scheibe. Es klang nach stabilem Glas, das einem Hieb widerstehen würde. *Das wird mich nicht aufhalten.* Sie richtete die Mündung auf die Scheibe, um ein Loch hineinzuschießen, als sich die Tür zum Zimmer öffnete und ein Collector hereinstapfte: weiße Rüstung, rote Kreuze. *Einer ihrer Menschenkümmerer!*

Sofort duckten sich die Frauen weg. Ralda konzentrierte ihre Aufmerksamkeit auf die Umgebung, Theresa aber spähte vorsichtig in den Raum und fotografierte mit ihrem Kom-Gerät.

Der Collector verharrte auf der Stelle, betrachtete die Tür. Dann ruckte sein rechter Arm nach oben, und er drückte auf eine Reihe von Knöpfen, die in der Wand eingelassen waren, ohne dass er hinschaute; mit der anderen pochte er mehrfach gegen den Rahmen.

Scheint, als wäre die Steuerung defekt. Theresa beobachtete, wie er sich umwandte und hinausschritt. Die Tür schloss sich wieder. *Gut, dass auch bei ihnen nicht alles reibungslos läuft.* »Er ist gegangen«, sagte sie zu Ralda, hob die Waffe. »Und ich muss rein! Du rennst in den Wald zurück und wartest auf mich. Sollten sie mich erwischen, hast du die Mission fortzuführen.«

»Bishopness, wir sollten zusammenbleiben. Wenn wir auffliegen, können wir uns immer noch aufteilen und jeder für sich versuchen zu entkommen. Die Collectors würden die Gegend im Fall eines Alarms sowieso absuchen und mich entdecken.«

Theresa zögerte, verzichtete aber darauf, länger darüber nachzudenken. Sie wollte nicht mehr Zeit verlieren. »Einverstanden. Und jetzt: Schöpfer der Universen, verschließe die Ohren der Ahumanen!« Sie schoss gegen das Glas.

Es knallte, und die Scheibe bekam ein faustgroßes Loch. Aber erst nach dem vierten Schuss und mehrmaligen Hieben mit dem Griff war eine Öffnung entstanden, die groß genug war, um die Frauen hindurchzulassen. Ein Ausbruch aus dem Krankenzimmer ohne derartige Hilfsmittel wäre nicht möglich.

Theresa lud nach. Die Collectors tauchten nicht auf. *Der Herr ist mit uns!* »Gehen wir!« Nacheinander schwangen sie sich ins Innere.

Bald danach streiften Ralda und sie durch das Erdgeschoss des Komplexes, der aus unzähligen großen Krankenzimmern, Korridoren und Säuglingsstationen bestand. Brutkästen und Säuglingsbettchen warteten alle steril in Plastikfolien verpackt.

Theresa erkannte das Muster schnell: Nach dreißig Zimmern folgten stets zwei OP-Säle, in denen jeweils vier gynäkologische Stühle und medizinische Geräte standen, danach kam je ein Aufenthaltsraum neben einem gläsernen Fahrstuhl, der nach oben führte. Alles wurde von ihr abgelichtet.

»Die Collectors scheinen ihrem Auftrag nachkommen zu wollen, die menschliche Rasse zu vermehren«, merkte Ralda an. »Sie sind auf ein ziemliches Aufkommen von Schwangeren und Neugeborenen vorbereitet.«

Theresa sah die Szene vor sich, als der Collector einer Frau auf offener Straße eine Injektion verabreicht hatte. *Das waren keine Aufbaupräparate.* Eine Ahnung, ein widerlicher Verdacht befiel sie. »Sie werden mit Sicherheit Sorge tragen, dass sich die Fruchtbarkeit passend erhöht.«

Da sie keine Treppe nach oben fand, betrat sie den Fahrstuhl, und Ralda folgte ihr. Auf dem Bedienelement waren zwanzig Stockwerke eingezeichnet, Theresa wählte Ebene zwei, und die Fahrt begann. »Gott würde das nicht wollen.«

Es dauerte nicht lange, und die Kabine hielt wieder.

Sie eilten durch den Korridor, öffneten die Türen: noch mehr Krankenzimmer, identisch eingerichtet und mit Gleitschienen an den Decken, die hinaus auf die Korridore führten und weiter verliefen.

»Die Kapazität ist … unglaublich! Man könnte meinen, dass sie jedes weibliche Wesen auf Putin in eine Schwangere verwandeln wollen.« Ralda wirkte entsetzt.

»Es wird so kommen.« Theresa ging zum Fahrstuhl zurück. »Wir brauchen Gewissheit darüber, was auf den anderen Ebenen ist.«

Ralda schüttelte sich. »Ich finde es schrecklich hier. Eine seelenlose Gebärfabrik.«

Sie überprüften ein Stockwerk nach dem anderen, ohne sich zu weit vom Lift zu entfernen. Nach einigen Krankenzimmeretagen gelangten sie in einen Bereich, der nach Wellness aussah: Bäderlandschaften, Entspannungsliegen, Vorrichtungen für Massage, Saunen, Schwimmbäder, Räume mit Fitnessgeräten.

Aber als Theresa auf die Ebenen dreizehn und vierzehn vordringen wollte, rauschte die Kabine weiter und hielt erst auf fünfzehn an. Anscheinend benötigte man für diese zwei Etagen eine Berechtigung, die sie nicht besaßen.

Zischend öffneten sich die Türen. Davor erstreckte sich ein dunkler Korridor.

»Was nun?« Ralda wirkte nervös. Sie sah auf ihre Uhr. »Vier Stunden sind wir hier drin unterwegs. Ich finde es merkwürdig, dass wir nicht aufgehalten wurden. Der Collector müsste die zerstörte Scheibe schon lange bemerkt haben.«

Diesen Gedanken hatte Theresa bereits gehabt, seit sie in den Komplex eingestiegen waren. Es gab mit Sicherheit eine Steuerzentrale, die alles überwachte. »Der Herr ist mit uns, Deaconess. Die Ahumanen sind bestimmt zu sehr mit dem Aufbau und der Kontrolle des Planeten beschäftigt«, gab sie zurück.

Ein leises Scharren erklang.

War da was? Theresa hob den linken Arm und richtete die Mündung der Automatik in die Finsternis. »Pscht«, machte sie zu Ralda, während sie mit der anderen Pistole den Knopf *abwärts* drückte.

Der Lift rührte sich nicht. Die Türen blieben offen.

Ralda zog die Abzüge leicht nach hinten und hob beide Läufe, die darunter montierten Mini-Lampen leuchteten auf. Stechend dünne, blaue Lichtkegel erfassten eine Männergestalt in einem zerschlissenen grauen Mantel und grauen Haaren. Er sprang um die Ecke und verschwand.

Theresa glaubte, einen flüchtigen Eindruck von seinem Gesicht erhascht zu haben. *Nein, das kann nicht sein …*

»Was war das?« Ralda leuchtete umher, doch niemand zeigte sich sonst. »War das ein Mensch?«

»Vermutlich jemand, der sich hier umschauen möchte. Wie wir.« Sie wollte noch etwas sagen, da wurden sie von grellem Scheinwerferlicht erfasst: Der Collector in der Rüstung mit dem roten Kreuz war von der anderen Seite in den Gang getreten. Ein lautes, elektronisches Brummen erklang.

»Ins Visier!« Theresa schoss beidhändig, Ralda löste ihre Waffen ebenfalls aus. »Raus und den Korridor runter«, schrie sie durch das Krachen der Treibladungen. Sie wusste, dass der Ahumane durch die Projektile bestenfalls irritiert wurde; gegen die Panzerung würden sie nichts ausrichten.

Die Frauen hetzten feuernd an dem Collector vorbei, in den dunklen Gang hinein.

Der Lichtkegel folgte ihnen, zuckte an den Wänden entlang und holte sie ein, dann rumpelte es rhythmisch hinter ihnen. Sie wussten, was die Geräusche bedeuteten: Sie wurden verfolgt!

Theresa überlegte fieberhaft, wie sie entkommen konnten. Ein Sprung aus dem fünfzehnten Stock bedeutete einen Fall aus etwa dreißig Metern Höhe. *Unmöglich.* Treppen hatte sie keine bemerkt.

Ralda blickte über die Schulter. »Er holt auf«, keuchte sie. »Ich halte ihn auf, und Sie …«

»Er wird sich von dir nicht aufhalten lassen«, lehnte sie den Vorschlag ab, bevor er in Gänze ausgesprochen war. Sie luden nach, klappernd fielen die leeren Magazine auf den Boden. Die letzten Munitionsstreifen wanderten in die dicken Griffschächte. »Wir bleiben zusammen, bis ich etwas anderes sage.«

Als sie an einer Fahrstuhltür vorüberkamen, blieb Theresa stehen und zerschoss kurzerhand den Eingang.

»Aber es ist keine Kabine …«

»Die brauchen wir nicht.« Theresa verstaute die Pistolen und sprang in den leeren Schacht. »Komm!« Ihre behandschuhten Finger schlossen sich um das Stahlseil. Sie rutschte daran nach unten und erreichte rasch das Erdgeschoss; die Deaconess folgte ihr zwei Herzschläge später. Die Grundausbildung der Church verlieh ihren Anhängern viele Fertigkeiten, wobei Schießen und Klettern nur zwei davon waren.

Gemeinsam stemmten sie die Tür auf, Ralda ging vor.

Theresa sah nochmals hinauf. Der Scheinwerferstrahl stand zitternd waagerecht in der Luft, dann senkte er sich ruckartig nach unten, huschte an der Wand entlang. Aber mehr als ihnen hinterherschauen konnte der Collector nicht.

Schöpfer, ich danke dir! Der Schacht ist sein Rotes Meer, jubelte sie innerlich und spürte jetzt erst die Schmerzen in den Handflächen. Trotz der Handschuhe hatte sie sich die Haut aufgerissen. »Der Herr ist mit den Seinen!«, rief sie überschwänglich hinauf und eilte Ralda hinterher.

Die junge Frau winkte aus einem Krankenzimmer. »Hierher, Bishopness! Ich habe einen Ausgang entdeckt.«

Theresa betrat den Raum und strahlte. *Herr, deine Güte ist wundervoll!*

Das Modul lag auf der stadtzugewandten Seite und war noch nicht fertig errichtet. Eine Wand, an die das nächste Zimmer angesetzt werden sollte, fehlte vollständig.

Unser Ausgang. Das nächste Ziel hatte Theresa klar vor Augen: der Raumhafen. Aber vorher musste sie in Putingrad für genügend Ablenkung sorgen, damit sie einen sprungfähigen Gleiter in die Luft bekamen. *Gib mir einen Einfall, Herr.* »Deaconess, unsere Mission geht weiter.«

»Amen, Bishopness.«

Sie sprangen ins Freie und rannten los.

Zweite Szene

27. April 3042 a. D. (Erdzeit)

SYSTEM: DRUSCHBA
PLANET: PUTIN (IM BESITZ VON FEC, DERZEIT UNTER OBHUT)

Vor der *Cortés* dehnten sich die Sterne und platzten wie stachlige, überblähte Seifenblasen. Glühend helle Funken flogen umher und formten daraus ein Collector-Schiff der *Bigger*-Klasse mit der klassischen Torpedo-Beil-Form.

Doppelt so groß wie wir. Kris aktivierte den Störsender, der die Zielerfassung des Gegners beeinträchtigen sollte. Ob es überhaupt Wirkung erzielte, wusste er nicht, und in neun Minuten waren die Jäger heran. *Auch ohne die ist es schon schwierig genug.*

»Zu viel für uns. Wir fliegen sofort weiter. KSP vorbereiten«, befahl Suede. »Bringen Sie uns hinter die Linien der Collectors, danach initiieren Sie einen herkömmlichen LSP. Die Woche, die wir im Interim verbringen, dürfte dann auch den Erwartungen von SK entsprechen.«

23 kicherte noch immer, die schmalen Schultern zuckten, und die Arme schlenkerten. »Antriebe müssen schnaufen«, hauchte er mit dünnem Stimmchen. »Sind heiß und wollen sich nicht zu Tode schwitzen. Sie sagen, dass sie in elf Minuten bereit wären.«

»Dann schwirren längst die Jäger um uns herum«, warf Kris ein.

»Nicht früher«, beharrte der Chemical und hüstelte. »Hab sie schon gefragt.«

»Gehörte das auch zu deinem Test?«, knurrte Faye ihre Schwester an. »Ist jetzt die Effizienz der Waffensysteme an der Reihe?«

Suede antwortete nicht. Ihr Kopf ruckte hin und her, sie erfasste die Anzeigen und überschlug die Möglichkeiten, die sie hatten. »Auf Abstand zum *Bigger* bleiben, Abwehrfeuer bereithalten«, befahl sie Kris und aktivierte das Kehlkopfmikrofon. »Hier ist das IJAS-Handelsschiff *Cortés*«, funkte sie zu den Collectors. »Wir wollen nach Putin. Wir wiederholen: Wir wollen nach Putin, um uns in Ihre Obhut zu begeben.«

»Clever«, entfuhr es Kris. Damit gewannen sie wichtige gefechtsfreie Sekunden. Die *Bigger*-Klasse war laut den Dossiers, die er gelesen hatte, in erster Linie mit Raketen und Rail-Kanonen bestückt, die massive Metallgeschosse beschleunigten. Die Ingenieure von *Baln* hatten sich etwas ebenso Einfaches wie Effektives einfallen lassen, um eine Art Schild zu errichten: Unmittelbar an der Oberfläche der *Cortés* saßen viele kleine Elektromagneten, die stark genug waren, um alles, was aus Eisen und magnetischen Substanzen bestand, aus der Bahn zu lenken. Zumindest unter Laborbedingungen. *Faye hatte mit ihrer Vermutung, was einen weiteren Test angeht, nicht mal so Unrecht.*

Langsam setzte er die *Cortés* zurück.

Das Collector-Schiff folgte ebenso behutsam nach. Plötzlich blieb es stehen, die blauen Bremsdüsen am Beilrumpf und im Kiel flammten auf.

»Es dreht ab«, sagte Kris verblüfft. »Sie lassen uns durch!«

»Die Collies sind nicht dumm«, kommentierte Faye. »Wenn wir nicht zwischen sie und ihre Jäger fliegen, wissen sie, dass wir sie angelogen haben.«

Suedes Gesicht war starr. »Maschinen halt«, ordnete sie an. »Langsamste Kraft voraus. Sie sollen denken, dass wir uns vor einem Angriff fürchten.«

Sollen? Ich fürchte mich wirklich! Kris bestätigte, sah zu 23, der die Augen geschlossen hatte und sich allmählich aufrichtete. »Sie öffnen mehrere kleine Schächte«, sagte er nach einem langen Blick auf die Bildschirme. »Ich nehme an, dass sie Raketen zum Abschuss vorbereiten.«

Kaum hatte er es gesagt, löste sich eine Salve von vier kleinen Raketen und schnellte auf das Heck der *Cortés* zu, ehe sie von selbst verglühten. Eine Warnung, ein Peitschenknall.

»Sie wollen uns antreiben.« Faye betrachtete die Monitore von ihrem Platz aus.

»Beschleunigen«, befahl Suede. »Zielerfassung auf die geöffneten Schächte, Breitseite aus den oberen Automatikkanonen bei 3 − 2 − 1 − jetzt!«

Kris bearbeitete die Kontrollen und nahm an, sie würden das Rütteln spüren, wenn die schweren Granaten abgefeuert wurden. Doch das Schiff gab die Erschütterungen nicht weiter.

»Raketen auf das Mitteltriebwerk des *Bigger*, Richtspiegel bereithalten für Gegenschlagabwehr, Magnetschild maximale Stärke.« Suede klang so sicher wie ein Veteranen-Admiral, der unzählige Gefechte erfolgreich hinter sich gebracht hatte. Für diese Sicherheit musste Kris die Frau bewundern.

»Ich fasse es nicht«, meldete sich Faye aus dem Hintergrund. »Meine Schwester ist auch noch ein Taktikgenie geworden.«

»WIR lesen und lernen«, gab Suede zurück. »Mit der gleichen Attacke waren die Japaner gegen ein *Bigger* erfolgreich. Was einmal klappt, sollte durchaus ein weiteres Mal greifen.«

Sie sahen auf die Bildschirme. Die Granaten aus den Automatikkanonen jagten zu einem großen Teil in die gegnerischen Schächte, die im Schließen begriffen waren. Kleinere Detonationen am Rumpf beschädigten das Schiff nicht weiter, doch die langen dunkelblauen Flammen, die aus den Abschussröhren fegten, versprachen mehr.

Kris unterdrückte den Jubelschrei. Noch war es zu früh.

Die Raketen hatten unterdessen die Triebwerke der Collectors erreicht und tauchten darin ein, als Feuergaben daraus hervorschlugen und die Sprengköpfe vor dem Aufschlag durch die bloße Hitze zum Explodieren brachten. Auf spektakuläre Explosionen warteten sie an Bord der *Cortés* vergebens.

»Keine sichtbaren Erfolge«, fasste Kris zusammen.

Das *Bigger* hatte etwas graue Lackierung verloren, unter der es schwarz schimmerte. Wie es in seinem Inneren aussah, wussten sie nicht. Das Schiff manövrierte schnell um die eigene Achse und wandte ihnen den schmalen Bug zu, um weniger Trefferfläche zu bieten.

»Mitdrehen«, befahl Suede angespannt. »Breitseite der Automatikkanonen in deren Flanke bei 3 – 2 – 1 – jetzt!«

Während sie einen neuerlichen Explosivhagel gegen die Feinde sandten, antworteten die Collectors mit Raketenschwärmen, die in kleinen Pulks angeflogen kamen. Der Magnetschild brachte die Hälfte der nahenden Geschosse kurz vor dem Aufschlag zum Abdrehen.

Aber einige fanden ihr Ziel.

Es rumpelte mehrmals dumpf. Ein Rütteln pflanzte sich durch die

Cortés fort, gefolgt von einer schwereren Explosion, die gleich fünf Warnlampen aufleuchten ließ.

»Obere AK-Geschütze ausgefallen, Munitionskammern drei bis fünf zerstört«, meldete Kris schwitzend. »Feuer gelöscht, Magnetschilde in Sektion zwei ausgefal…«

Wieder ging ein Ruck durch das Schiff. Die Gegner hatten die Schwachstelle sofort entdeckt und deckten sie mit metergroßen Stahlgeschossen aus den Railkanonen ein. Die *Cortés* wurde durch die Einschläge nach unten gedrückt.

»Ausweichen. Bringen Sie uns unter das *Bigger*«, befahl Suede. »23, was ist mit dem Sprungantrieb?«

»Gleich, gleich«, sagte er nörgelnd. »Die Triebwerke wissen, dass wir sie brauchen, und geben sich Mühe. Ich konnte schon eine Minute raushandeln.« Er rieb sich den rechten Oberarm, als fühlte er Schmerzen. »Ist nicht leicht. Nicht leicht, ehrlich.«

Kris hatte das Schiff in Position gebracht. Es wirkte unter dem *Bigger* plötzlich klein, trotz seiner Länge von einem Kilometer.

»Jägerkontakt«, meldete der Computer. »Schussweite erreicht.«

»Die Fliegen sind da. Bssssss«, meinte 23 und summte eine Melodie. Es war das Titellied der Actionserie *Dam'n Collie die!*

Kris schaltete die kleineren Laserabwehrgeschütze gegen die *Smaller*-Klasse auf Auto-Erfassung, damit er sich voll und ganz auf die Schlacht gegen den Hauptgegner konzentrieren konnte. Aber die Schadensmeldungen auf den Monitoren machten deutlich, dass sie nur mit viel Glück würden siegen können.

»Die japanische Taktik hat nicht gewirkt«, sagte Faye zu ihrer Schwester und verfolgte, wie zwei Jäger von den blitzschnell zuckenden, roten Pulslaserstrahlen zerschnitten wurden und in mehreren Einzelteilen davontrudelten; manche Fragmente lösten sich in kleinen Explosionen auf.

Das *Bigger* ließ Raketen auf sie regnen.

»Laser in die Röhren, volle Last auf die Lichtkonverter, Strahlen aufrechterhalten, solange es möglich ist«, befahl Suede kalt. »Jetzt!«

Sie hat darauf gewartet, dass uns das Bigger angreift. Kris schluckte und handelte.

Das gebündelte rubinfarbene Licht jagte aus den Konvertern und blieb in acht Strahlen stehen. Blutige Linien, die ihre Raumschiffe zu verbinden schienen. Die Laser zerstörten einige der herausfliegenden Raketen und drangen durch die Schächte vorwärts.

Das *Bigger* schüttelte sich. Grellgrüne Flammensäulen jagten aus den Öffnungen und verschluckten die Laser. Trümmerstücke trudelten oberhalb des feindlichen Schiffs nach rechts und links und wurden für sie sichtbar, die Detonationen schienen seine Oberfläche durchschlagen zu haben.

»Jäger ziehen sich zurück«, meldete Kris und sah zu den Bildschirmen. Noch wurden sie von vier Stück umkreist und attackiert, deren kleinere Granaten wie feine Nadelstiche wirkten.

Aber der verheerende Angriff erfolgte von oben: Das *Bigger* verschwand in den Abgasstrahlen der Raketen, die es gegen die *Cortés* warf.

»Sie haben sich auf die Stelle konzentriert, an der unser Magnetschild zerstört ist«, rief Kris. Er steuerte aus eigenem Ermessen, um die bereits beschädigte Region zu einem schwereren Ziel zu machen. Die *Cortés* litt nach einem Treffer in die Backbordsteuerdüsen unter einer spürbaren Schwerfälligkeit.

»Zehn Grad steuerbord, volle Kraft voraus!«, befahl Suede. »Raus aus der Zone!« Sie nannte 23 die Sprungkoordinaten.

Aber der Chemical reagierte nicht.

Die Einschläge trafen sie dieses Mal wie der Hammer eines wütenden Gottes. Noch mehr Anzeigen warnten vor Überlastung, vor Hüllenbruch, vor Dekompression; das Schiff antwortete mit einem metallenen Ächzen.

23 schrie laut, als folterte man ihn – dann stand sein Körper plötzlich wieder aufrecht, unter Spannung und voller Kraft. »Oh«, rief er glücklich und wurde aufs Neue zum Dirigenten. »Oh, da sind sie! SPRUNG!«

Kris schaffte es, rechtzeitig den Mund zu schließen, da zwang ihn der vom Übergang ins Interim ausgelöste Schmerz dazu, fest zuzubeißen. Die Zähne knirschten, er stöhnte vor Schmerzen auf. »*Kollisionsalarm*«, blinkte es zu seiner Rechten auf.

Es wurde wieder gleißend hell. Licht verschluckte alle Bildschirme, die Anzeigen und schließlich das gesamte Umfeld, bis es sich in Schmerz wandelte.

Alles Denken und Fühlen bestand aus Pein. Es gab kein Bewusstsein, nichts als die reine Qual, die zu einem schimmernden Grau wurde, sich abschwächte und weiter abschwächte. Aus dem dunklen Grau erschienen die Umrisse der Brücke.

Nicht kotzen! Kris' Verstand funktionierte wieder. Sein Genick stand immer noch in Flammen, doch dieses Mal wusste er besser damit umzugehen. Sofort überprüfte er ihren Standort, die Navigationscomputer rechneten bereits. 23 hatte gemäß den von Suede gegebenen Koordinaten einen Kurzstreckensprung initiiert. Sie schwebten vor einem gräulichen Planeten, dessen Oberfläche extrem viel Metall aufwies; ein azurblaues Doppelgestirn leuchtete in der Nähe, vor dem ein großer gelblicher Planet mit sieben Ringen stand.

»Der graue Planet ist Automaton Prime«, sagte die Professorin. »Bringen Sie uns näher ran, SK, und senden Sie den orbitalen Verteidigungsplattformen den Code. Sie sollen wissen, wer wir sind. Unverschlüsselt. Fügen Sie hinzu, dass wir an eine der Raumwerften andocken wollen. Es gibt genügend Arbeit, fürchten WIR.« Sie betätigte das Kehlkopfmikrofon. »McFaiden, Bericht.«

Die Hauptwelt des Order of Technology. Kris reduzierte den Schub der *Cortés* und setzte die Botschaft ab.

»War diese Einlage vor Putin jetzt ein Erfolg?«, sagte Faye süffisant und stellte sich neben seinen Sitz. Sie deutete auf die Schadensmeldungen. »Wie schlimm ist es?«

»Schlimm«, keuchte 23 und setzte sich auf den Boden, rieb sich die Oberarme, als friere er. »Ziemlich schlimm. Reaktoren sind kaputt, viele Wunden, aus denen sie blutet. Viel Arbeit für die Ärzte.«

»Deswegen sind wir nach Automaton Prime geflogen«, fiel Suede ihm ins Wort. »Es war uns am nächsten und ist am sichersten. Die Collectors werden sich nicht gegen die Festungen wagen.«

Noch nicht, dachte Kris und sah die Bilder vom zerstörten Betterday vor sich: verbrannt und anschließend erstickt.

»Brücke, hier McFaiden«, hörten sie die nüchterne Stimme des

Majors über die Lautsprecher. »Keine Atmosphäre auf Deck drei. Die Treffer in die Quartiere haben die Beta-Humanoiden rausgeblasen, und ich habe etwa die Hälfte meiner Leute verloren. Sie trugen zwar Raumanzüge, aber ...«

Er ließ offen, was sich alle denken konnten. Die Konzern-Gardeure schwebten im All, vor den Geschützluken eines *Bigger*. Im besten Fall wurden sie in die Obhut aufgenommen, was Kris jedoch nicht glaubte. Die meisten von ihnen nahmen harte, verbotene Substanzen zu sich oder nutzten eine Gen-Aufbesserung, um sich aufzuputschen und mehr Leistung zu bringen. Diese Drogen machten sie zu gefürchteten SupraKriegern. Aber die Collectors, so zeigten es Berichte, hatten für solche Menschen keinerlei Verwendung. Und was die Collectors mit Dingen und Lebewesen taten, die sie nicht für gut befanden, hatte Betterday gezeigt.

23 hob den Kopf, grinste. »Wir haben Besuch!«, rief er und hüpfte auf die Beine. Er streckte eine Hand aus, formte sie, als wollte er Wasser schöpfen. »Besuch! Auf dem Bug!«

Suede sah Kris an, der die passenden Kameras wählte. Die meisten waren ausgefallen, zerstört von den Einschlägen und Splittern der Raketen, doch zwei von ihnen zeigten, was der Chemical meinte.

Ich werd' verrückt! Kris machte große Augen. *Der Kollisionsalarm war nicht eingebildet.*

Zwischen den Aufbauten der *Cortés* hing ein Jäger der *Small*-Klasse wie ein zerschmetterter Vogel im Kühlergrill. Er war in der Mitte zerbrochen, der vordere Teil dampfte und schmolz bereits. Aber der hintere Teil war intakt und zeigte keine Anzeichen, dass der Selbstzerstörungsmechanismus gegriffen hatte.

Suede langte an ihr Kehlkopfmikro. »McFaiden, schicken Sie Ihre Leute raus, zum Bug«, befahl sie. »Wir haben einen Collector gefangen. Was immer Sie tun müssen, um ihn rauszukriegen, schaffen Sie ihn lebendig in Schleuse I.«

»Bestätigt«, sagte er, als sollte er bloß rasch Brötchen kaufen gehen. Man merkte dem Major nicht an, dass er einen Großteil seiner Einheit verloren hatte.

Suede lächelte Kris an. Es war wieder mehr als Freundlichkeit, die aus ihren Augen schnellte und ihn traf. Angebote, Absichten, Vorhaben. »Gut gemacht, Pilot. Guter Schachzug, einen von ihnen zu rammen und zu hoffen, ihn mitnehmen zu können.«

Er lächelte gezwungen. Die Lorbeeren, zu denen er unverhofft gekommen war, nahm er an, ohne zu widersprechen oder zu bestätigen. Und als ihn Faye mit einem Blick bedachte, in dem das ganze Wissen über den Zufall des Fangs lag, errötete er auch noch. Er schaute lieber nach vorne, um zu verfolgen, was McFaiden und der Rest seiner Leute taten. 23 kicherte schon wieder.

Wenige Minuten später sahen sie, wie sich die Gardeure in Kampf-Raumanzügen und mit panzerbrechenden Waffen ausgestattet von verschiedenen Seiten dem Jäger näherten. Vier davon waren in elektrisch angetriebene, drei Meter große Exoskelette gestiegen, die zum Transport und Bergen großer Lasten getragen wurden; ausgestattet waren die Roboterarme mit dreifingrigen Greifklauen sowie einem Schneidbrenner.

Kris rechnete damit, dass Suede den Befehl geben würde, die Reste der Vorderdeckbewaffnung zum Schutz der Männer zu aktivieren. Aber sie stand schweigend da und wartete ab. *Ich drücke dir die Daumen, McFaiden.*

Die Kon-Soldaten sicherten sich gegenseitig, sprangen zwischen den aufgebogenen Panzerplatten und Resten der Automatikkanonen vorwärts, bis sie nahe am *Small* waren.

Alles blieb ruhig.

»Wir versuchen, die Dose zu öffnen«, hörten sie die Stimme des Majors.

Sie beobachteten, wie die Männer in den Exoskeletten per Greifklauen sowie Schneidbrenner die Panzerung vom Jäger schälten. Schicht um Schicht legten sie ihn bloß, bis sie auf eine Art Kanzel trafen.

»Seien Sie vorsichtig«, funkte Suede. »Suchen Sie nach einem Öffnungsmechanismus, Major. Sobald Sie etwas beschädigen, kann es sein, dass Sie den Zerstörungsmechanismus in Gang setzen. Und lassen Sie jedes Teil in die Schleuse bringen. Egal, wie es aussieht.«

»Bestätigt.«

Kris war gespannt und fasziniert zugleich. Wenn sich die Gardeure gut anstellten, waren sie die Ersten, die einen Collector lebend fingen. *Wie bekommen wir ihn wohl aus seiner Panzerung? Oder sind es wirklich Droiden, wie behauptet wird?* Es gab die wildesten Spekulationen über den Ursprung: Droiden, Konzerne, Ahumane, Ancients. *Bald kenne ich die Wahrheit.*

Sie sahen, dass ein Teil der Kanzel nach oben schwang, grellweißer Dampf waberte hervor und löste sich glitzernd auf.

»Wir haben das Cockpit geöffnet«, meldete McFaiden und konnte seine Anspannung nicht länger verheimlichen. »Da sitzt der Collie! Wir holen ihn raus.«

Die Exoskelett-Männer wühlten mit den Stahl-Hydraulikhänden im Inneren des Jägers und hievten einen der Fremden in der üblichen, riesenhaften Panzerung ohne Gegenwehr ins Freie.

Wahnsinn! Wir haben einen! »Ich nehme an, dass alle so überrascht sind wie ich«, sagte Kris aufgeregt und schaute kurz zu Faye.

»Er wird ohnmächtig sein – falls darin was Lebendiges ist«, gab sie zurück.

»Er ist geborgen!«, meldete McFaiden begeistert. »Wir bringen ihn jetzt in die Schleuse.«

»Sehr gut, Major«, lobte Suede und sah zu Kris hinüber. »Bereiten Sie Schleuse I vor, und halten Sie sie stets für eine Notentlüftung bereit, um den Collector von Bord zu blasen, wenn sich etwas Unvorhergesehenes ereignet. WIR sind in der Schleuse.« Sie verließ die Brücke.

Faye atmete tief durch. »Unfassbar. Jetzt hat sie doch noch einen unglaublichen Erfolg zu verzeichnen.« Sie grinste Kris an. »Es war doch Zufall, dass du einen Collie-Vogel gerammt hast?«

»Tja.« Er grinste ertappt und führte Suedes Befehle aus.

Die Monitore zeigten ihnen, wie die Gardeure den Collector in die Schleuse brachten, wo sie bereits von der Professorin erwartet wurden; die panzerbrechenden Waffen waren auf den Gefangenen gerichtet, der regungslos am Boden lag. An manchen Stellen war die Rüstung beschädigt, blaue Flüssigkeiten liefen aus geborstenen Leitungen.

»Ich wette, er hat ein Hydraulikproblem«, meinte Kris.

»Viel schlimmer: Er hat ein Suede-Problem«, hielt Faye dagegen und kreuzte die Arme vor der Brust.

Die Professorin, gekleidet in einen Raumanzug, ließ verschiedenste Diagnosegeräte aus ihren Labors heranschaffen und untersuchte die Rüstung des Fremden, als kenne sie keine Angst. Plötzlich erklangen dumpfe Quietsch-, Pfeif-und Brummgeräusche aus dem Lautsprecher.

»Scheiße, er ist wach geworden!« Kris legte die Hand auf den Schalter für die Schleuse und hielt sich für eine Notentlüftung bereit.

Suede blieb gelassen und redete mit dem Collector. Außer den Geräuschen kam keine Reaktion. Sie hob den Kopf und sah in die Kamera. »SK, WIR haben ein massives Verständigungsproblem«, funkte sie. »Hätten Sie UNS eine Lösung anzubieten?«

»Ich? Wieso das?«, antwortete er verblüfft. *Wie kommt sie darauf?*

»Beherrschen Sie den gleichen Trick wie Ihr Vater? Hat er Ihnen das vererbt? Es wäre sehr hilfreich für UNS.«

Kris wurde heiß und kalt gleichzeitig. *Fuck. Jetzt hat mich die Vergangenheit eingeholt.* Natürlich wusste *BaIn*, wie sein richtiger Name lautete, und natürlich hatte Huntington-Singh diesen Umstand an Suede weitergegeben.

Faye runzelte die Stirn. »Was meint sie damit?«

Er atmete tief ein. »Eine dumme Geschichte. Ich erzähle es dir später, okay?« Dann funkte er: »Nein, Professorin. Hat er nicht.«

»Wissen Sie, wo WIR ihn finden?«

»Nein.« Zahlreiche Schmähungen und Schimpfworte huschten durch seinen Kopf, als er an seinen feigen Erzeuger dachte, der sie damals auf Hakup hatte sitzenlassen. »Und ich bin deswegen nicht unglücklich.«

»WIR fürchten, dass Sie bald unglücklich sein werden, denn die Mannschaft der *Cortés* hat seit zehn Sekunden eine neue Mission«, verkündete sie. »Wir suchen Ihren Vater.«

Dritte Szene

30. April 3042 a. D. (Erdzeit)

SYSTEM: MECHA
PLANET: AUTOMATON PRIME (HAUPTWELT DES ORDER OF TECHNOLOGY)

Kris leistete der Professorin Gesellschaft. Suede untersuchte den Collector im Frachtraum scheinbar rund um die Uhr.

Ein halbes Dutzend Gardeure bewachte den Ahumanen im Wechsel. Alle trugen jetzt schwere, von Nanomotoren unterstützte Kampf-Raumanzüge, die dem Träger größere Stärke verliehen, ähnlich wie der *Aries-One*-Kampfanzug. Das Original des gleichnamigen Konzerns hatte sogar noch mehr Extras eingebaut. Größtmöglicher Schutz musste sein. Die Gefährlichkeit der ahumanen Spezies stellte niemand in Abrede.

Die *Cortés* schwebte in Parkposition vor Werft II/V, die in zweitausend Kilometern Entfernung zur Oberfläche über den Südpol von Automaton Prime zog.

Werft II/V sah aus wie eine Ansammlung überdimensionaler, zusammengeschweißter Hallen mit vielen Auslegern. Kleine Schiffe wurden in den Hangars repariert, große wurden an den verstellbaren Auslegern festgemacht. Die Stellen, die im Freien instand gesetzt werden sollten, wurden abschnittsweise mit sehr dünnen, aber extrem festen Hüllen eingepackt, die an Treibhäuser erinnerten. Es schützte die darin agierenden Arbeiter zusätzlich vor Strahlung und umherfliegendem Kleinstschrott.

Die Ausleger waren alle besetzt, die Hangarfenster hell erleuchtet. Kris wusste, dass man ihnen einen Vorzugstermin zur Reparatur gegeben hatte, die Wartezeit betrug nur zwei Wochen. Im Verhältnis zu den üblichen Monaten eine sehr geringe Dauer, doch in Anbetracht der Dringlichkeit ihrer Mission fand er, dass jede Standardstunde schon zu viel war. Hinzu kamen weitere zwei Wochen für die Beseitigung der Schäden. Dass sie einen Collector an Bord hatten, wurde geheim gehalten.

Auf dem Schiff herrschte gespannte Stimmung, weil jeder etwas unternehmen wollte, sie aber durch die Umstände gezwungen waren, die Triebwerke ruhen zu lassen.

Durch das Helmvisier seines Raumanzugs betrachtete Kris die Kabel, die Suede in alle möglichen Spalten der Collie-Rüstung geschoben hatte. Messdaten liefen auf den Monitoren um sie herum auf, mit denen er nichts anfangen konnte. »Ich glaube, die Rüstung hat einen Defekt«, sagte er über Funk und bedauerte es, Suedes Geruch nicht wahrnehmen zu dürfen. Ja, er fand sie reichlich attraktiv und interessant obendrein.

»So? Glauben Sie?«, erwiderte sie, ohne dass sie sich zu ihm umwandte. Sie tippte in rasendem Tempo auf die verschiedenen Tastaturen ein.

Ihre Betonung sagte alles. Kris kam sich für seine Bemerkung unglaublich dumm vor. *Die Frau ist Professorin und hat vermutlich hundert IQ-Punkte mehr als du*, sagte er sich. *Vielleicht sogar zweihundert mehr.* Grundschüler, die sich in ihre Lehrerin verknallten, hatten die gleichen Chancen auf ein Date wie er. Noch dazu war sie seine Vorgesetzte.

Er konnte es selbst kaum glauben, dass er an ihr vorbeiging, damit sie ihn körperlich wahrnehmen musste. *Was tue ich denn da?* Pseudoexpertenhaft beugte er sich nach vorn und betrachtete die Collector-Rüstung, berührte sie mit der rechten Hand und verharrte an einem Punkt, als hätte er etwas entdeckt. *Scheiße, ich werde mich lächerlich machen!*

»Haben Sie UNS verschwiegen, dass Sie sich mit ahumaner Panzerungstechnologie auskennen, SK?«, kommentierte Suede mit einer Mischung aus Überraschung und Ungehaltenheit. Die Lehrerin maßregelte den Schüler. »Oder ergründen Sie, ob in Ihnen verborgene Kommunikationstalente wie in Ihrem Vater schlummern?«

»Ich bin mir nicht sicher, ob ich mich darüber freuen würde«, gab er zu und beschäftigte sich jetzt wirklich mit der Rüstung. Sie zeigte Schäden vom Einschlag, tiefe Rillen in der Panzerung, Lackkratzer und zerfetzte Leitungen, aus denen die blaue Flüssigkeit getropft war. An der rechten Schulter und am Torso war das Material heftig eingedrückt. »Wenn da ein Lebewesen drinsteckt«, sagte Kris, »hat es kaum mehr Platz.«

»Wie aufmerksam Sie sind. WIR sind beeindruckt«, kommentierte Suede ironisch und reichte ihm ein pinzettengroßes Miniaturspreizgerät, von dessen Ende ein fingerdickes Kabel in einen Generator führte. »Machen Sie sich nützlich. Versuchen Sie, ob Sie eine Öffnung an der Schulter schaffen können.«

Kris war glücklich. Ihre betörende Stimme machte wett, dass er sie nicht riechen durfte. Selbst zu den besten Zeiten zwischen Umaia und ihm hatte er sich nicht so zu einer Frau hingezogen gefühlt. Zu seiner sehr großen Verwunderung. *Liebe auf den ersten Blick?* Er suchte nach einem Riss im Material, in den er die Spreizerenden einführen konnte.

»WIR haben Erkundigungen über Ihren Vater eingeholt«, sagte Suede. »Er gilt offiziell als verschollen und hat seine Interim-Rente seit sieben Standardjahren nicht mehr abgeholt. Gelegentlich ist sein Name auf Passagier- oder Heuerlisten von alten, schlechten und vor allem billigen Frachtern aufgetaucht. WIR haben ihn auch ab und zu als Kapitän mit einem eigenen Schiff gefunden.«

»Gut. Je eher wir wissen, wo er ist, desto schneller haben wir eine Chance, mit dem Collector zu kommunizieren.« Kris ging nicht weiter auf das Thema ein. Es belastete ihn, weswegen er auch nicht mit Faye über ihn gesprochen hatte: Er wollte nicht. *Dabei dachte ich, ich sei ihn los. Verantwortungsloser Feigling!*

Mit einem Hammer und einem harten Schlag trieb er den Spreizer in den kleinen Riss, dann betätigte er die Hydraulik.

Zunächst tat sich nichts, dann quietschte es; schließlich rutschten die Spitzen ab und sprangen aus dem Spalt, Kris fing den Spreizer auf. *Shit!* Misstrauisch blickte er auf den Collector, der sich nicht regte. *Aller guten Dinge …* Also versuchte er es wieder.

»Er war Übersetzer auf Hakup«, sagte Suede nüchtern, »und hat Sie und seine Familie alleingelassen, als es brenzlig für ihn wurde. Ihr Vater ist kein sehr rechtstreuer Mensch. Und kein aufrichtiger.«

»Nein, das war er wohl nicht. Es ging ihm immer nur um seinen eigenen Vorteil, erzählte mir meine Schwester.« *Sie klingt sexy, egal was sie sagt!*

»Das heißt, Sie hatten mit der zweiten Frau Ihres Vaters danach keinen Kontakt?«

»Nein. Meine Schwester flüchtete mit mir, als die Collectors nach Hakup kamen.« Die Erinnerung an die Flucht überkam ihn als Welle von schlechten Empfindungen, die auch nicht von Suedes Stimme verdrängt werden konnten. Viel wusste er nicht mehr davon, aber an die Gefühle entsann er sich genau: Angst. Schreckliche Angst, nachdem der Gleiter, in dem seine Mutter und die jüngere Schwester saßen, durch einen Startunfall brennend zerschellt war. Er hatte es durch das Fenster seines Fluchtschiffs mit ansehen müssen.

Ich will nicht daran denken müssen. Und auch nicht darüber sprechen. Er rammte den Spreizer mit roher Gewalt in den Riss und drückte wieder den Aktivierungsschalter. »Kriege ich hin, Professorin. Da tut sich was.« Ächzend verbreiterte sich die Lücke.

»*Bain* hat herausgefunden, was aus ihnen wurde. Um sie ausfindig zu machen und nach Ihrem Vater zu befragen«, sprach Suede weiter und ließ seine Vergangenheit nicht ruhen. »WIR meinen Ihre anderen Geschwister.«

»Tja.« Er war zu höflich, um laut auszusprechen, dass es ihm schnuppe war, was dieser Zweig der Familie machte. Es war zu lange her. Er hatte nicht einmal Bilder von ihnen aufgehoben.

»Ihre ältere Stiefschwester Grenda und Ihr Bruder Zendor traten dem 2OT bei und sind auf Automaton Prime.«

Von mir aus kann Grenda Ministratorin sein. Er nickte und sah zu, wie die Hydraulik das Metall verbog und die Lücke verbreiterte. Er tat Suede nicht den Gefallen, doch auf seine Familie einzusteigen.

»Ihre Stiefmutter arbeitet als Verwalterin im Bereich Logistik in der FEC-Zentrale auf der Erde. Und Ihre andere Stiefschwester heißt heute Ralda. Sie ist der Church beigetreten und persönliche Assistentin von Bishopness *Theresa*.«

Sie betonte es so, als müsste der Name ihm etwas sagen. Kris konzentrierte sich lieber weiter auf die Rüstung. Erste Risse zeigten sich. Rund um die gewaltsam geschaffene Öffnung splitterte und platzte die Lackierung, darunter kam schwarzes Material zum Vorschein.

»WIR sehen, dass Sie unwissend sind.« Suede klang beinahe tadelnd. »Sie müssen wissen, dass Bishopness Theresa vor ihrer Weihe Hera hieß und die fragliche Deaconess war, die Ihren Vater von Hakup vertrieb. *Das* ist die Ironie des Lebens, SK.«

Das ist ein beschissener Zufall. Kris sah eine Platine im Spalt, in deren Bausteinen es gelegentlich blau zuckte und leuchtete. »Professorin«, sagte er aufgeregt. »Ich habe etwas entdeckt!« Mit der Helmkamera des Anzugs schoss er Erinnerungsfotos für seinen großen Moment: Er hatte eine Collie-Rüstung bezwungen!

Sie kam sofort an seine Seite, die Raumanzüge berührten sich. »Ausgezeichnet, SK. Sie machen UNS sehr glücklich!« Suede legte neue Kabel an und verband die Platine damit, neue Anzeigen erschienen auf den Monitoren. Der Collector gab die obligatorischen Geräusche von sich, die niemand verstand. »Scheint, als wäre er beunruhigt«, sagte sie zufrieden.

Die Rüstung klackte unvermittelt, und die Gardeure rissen die Waffen in den Anschlag. Zischend löste sich die komplette rechte Schulter- samt Armpanzerung und fiel scheppernd auf den Schleusenboden.

»Sie haben wohl eine Steuereinheit gefunden.« Suede und Kris blick- ten auf die Unterkonstruktion, die an schwarzsilberne Folie erinnerte, auf der wahllos flache Computerteile hockten. »Oh, interessant! Das Material weckt nur den Anschein, flexibel zu sein«, gab sie die Erkennt- nisse aus den Messdaten wieder. »Eine Legierung. Mit Kunststoffbeimi- schung. Den Werten nach erinnert es mich stark an die Substanzen, aus der Spinnenfäden bestehen. Leistungsfähiger als Stahl und doch biegsam.«

Eine zweite Panzerung. Kris war enttäuscht. Er hatte gehofft, endlich ein Gliedmaß zu sehen, wie auch immer es beschaffen sein mochte. Stattdessen waren da bloß Platinen, Mikroservomotoren, noch mehr Leitungen. Je länger er die Collie-Teile betrachtete, desto bekannter erschienen sie ihm. *Aber woher?*

»Die erste Schicht ist ab. Dank Ihnen.« Zum ersten Mal seit Beginn des Gesprächs sah sie ihn an. Und sie lächelte! Kris fühlte eine Woge wohltuender Wärme durch seinen Körper laufen, und dieses Mal ver- flogen die schlechten Gedanken an die Kindheit. »Gut gemacht, SK! Wenn WIR den wirren Chemical nicht brauchten, würden WIR *Sie* sofort zum Ersten Piloten machen.« Wieder lag etwas Anziehendes in ihrem Blick, das ihn erregte. Faszinierte. »WIR wissen etwas, um Ihnen ein wenig Abwechslung zu bieten: Begleiten Sie UNS nach Automaton Prime, SK. Jemand muss UNSER Shuttle fliegen.«

Und so, *wie* sie es sagte, schuf sie Bilder vor seinem geistigen Auge, die wilde Leidenschaft und Hemmungslosigkeit beinhalteten. »Unser Shuttle fliegen« verstand er als »es mir richtig besorgen«. Er schluckte. »Sehr gern, Professorin«, sagte er nach einer viel zu langen Pause.

»Dann schlagen WIR vor, Sie kümmern sich um den Flug. In drei Standardstunden geht es los. WIR würden zwar lieber am Collector arbeiten, aber dieses Treffen ist mindestens ebenso wichtig.« Sie zeigte auf den Schleusenausgang.

Kris salutierte unnötigerweise und lief los.

Allein mit ihr! In einem engen Shuttle! Auch wenn er sich bewusst war, dass er sich mit seinem verliebten Verhalten zum Idioten machte, und er Fayes Warnung nicht vergessen hatte – er konnte nicht anders empfinden: Suede brachte ihn um den Verstand.

SECHSTER AKT

Erste Szene

23. Januar 3042 a. D. (Erdzeit)

SYSTEM: DRUSCHBA
PLANET: PUTIN (IM BESITZ VON FEC, DERZEIT UNTER OBHUT)
DISTRIKT: PUTINGRAD
STADT: PUTINGRAD

»Wir sind vom Schöpfer der Welten gesegnet.« Theresa lag im Dreck und spähte über den kleinen Hügel hinweg zu den Hochhäusern der Vorstadt von Putingrad. *Keine hundert Meter bis zum ersten Hochhaus.* »Wir sind so weit gekommen, ohne von den Collectors bemerkt zu werden.« Sie schaute zu Ralda, die neben ihr kauerte und am ganzen Körper vor Kälte zitterte. »Bleib stark! In zwei Tagen spätestens sind wir entkommen und organisieren Hilfe für die Menschen.« Sie berührte ihre Assistentin an der Schulter. »Verzweifle nicht.«

»Amen«, sagte Ralda bibbernd und musste husten, bis sie würgte und sich beinahe übergab. Das kalte Wetter, das Laufen im Regen hatten Tribut gefordert.

Theresa nickte ihr zu. *Ich bin stolz auf dich.* Nass bis auf die Knochen, verdreckt und ungepflegt, als wären sie direkt von einem Schlachtfeld gekommen, warteten sie vor den Toren der Stadt auf die Nacht, damit sie unbemerkt eindringen konnten.

Es würde eine Herausforderung werden. Die *Smaller*-Jäger schwebten langsam in zwei Metern Höhe über den Straßen entlang, Dreier-Patrouillen der Collectors tauchten in unregelmäßigen Abständen auf. Abgesehen davon war es in der Stadt immer noch ruhig. Die Menschen hatten sich gefügt, wie Theresa es von ihnen verlangt hatte.

»Ich weiß nicht«, krächzte Ralda abgehackt, weil sie mit den Zähnen klapperte, »ob ich die Prüfung bestehe, Bishopness. Ich versuche, meinen Glauben die Schwäche besiegen zu lassen, aber ...« Ein neuerlicher

Hustenkrampf schüttelte sie. Ihr Kopf war rot, die stumpfen Augen lagen tief im Schädel. Sie war ernsthaft krank und geschwächt.

»Es ist nur eine Erkältung«, redete ihr Theresa gut zu. »Du schaffst es!« Sie sah, dass Ralda die Augen zufielen. »Nein, bleib wach!«, herrschte sie die Deaconess an und versetzte ihr eine Ohrfeige. Erschrocken zuckte diese zusammen. *Wir können hier nicht länger warten, sonst geht es noch schneller abwärts mit ihr.* »Auf die Beine. Wir gehen los.«

»Aber es ist noch nicht dunkel«, protestierte Ralda schwach und stemmte sich in die Höhe, als wäre sie alt und übergewichtig.

»Die Jäger sind gerade vorbeigeflogen. Wir haben eine kurze Zeitlücke.« Theresa eilte los und zog Ralda hinter sich her. Als Erstes würde sie warme Wechselkleidung für sie beide beschaffen. Die Wohnungen im Randbezirk sahen nach wie vor verwaist aus; dort würde sie etwas finden, ohne Aufmerksamkeit zu erregen.

Sie stürmten auf das nächste Hochhaus zu. Von weitem hörten sie das Stampfen der Collector-Panzerstiefel. Die Gefahr schien sich von rechts zu nähern.

Gott, nein. »Los, los! Mach schon, bevor sie auftauchen!« Theresa wusste sich nicht anders zu helfen und trat die verschlossene Tür auf, lief hinein, zerrte Ralda ins Treppenhaus und drückte den Eingang zu. *Verschließe ihre Ohren, Herr!* Mit angehaltenem Atem lauschten sie.

Das Rumpeln marschierte an der Tür vorbei.

»Wir gehen in eine Wohnung«, flüsterte Theresa und lief zur ersten Tür. Sicherheitshalber klopfte sie an. Als niemand öffnete, brach die Bishopness den Eingang auf und hoffte erneut, dass sie von den Collectors nicht bemerkt worden waren. Die Luft, die ihnen entgegenströmte, roch abgestanden, aber nicht muffig. Die biedere, gesetzte Einrichtung deutete auf ältere Personen.

»Hinein«, wies Theresa Ralda an und musste sie schieben.

Die Deaconess stolperte über den Teppich, stürzte gegen die Kommode, fiel auf den Boden und blieb bewusstlos liegen.

»Allmächtiger!« Theresa hob sie an und schleifte sie ins Wohnzimmer, um sie auf die schwarzweiß gestrichelte Plastikcouch zu legen.

Aus der Platzwunde am Kinn sickerte Blut und rann über die bleiche Haut.

Rasch sah sie sich um, sicherte die Wohnung und vergewisserte sich, dass sie wirklich allein waren. Die Bilder, die auf der Fototapete wechselweise aufleuchteten, zeigten ein älteres Ehepaar, das mindestens vier Enkel hatte.

Was wohl aus ihnen geworden ist?

Im Schlafzimmer durchwühlte sie die Schränke und suchte aus der dunklen Kleidung des Mannes für sie beide Hemden und Hosen heraus. Der Geschmack der Frau war nicht akzeptabel: bunt, gemustert, altbacken; bei der Unterwäsche spielte das glücklicherweise eine untergeordnete Rolle.

Schnell zog Theresa sich um und fand nach einem Blick in den Spiegel, dass sie Männerkleidung tragen konnte, ohne dass es merkwürdig aussah. Sie kehrte ins Wohnzimmer zurück, um Ralda zu entkleiden und ihr ebenfalls warme, trockene Sachen anzuziehen. Eine Decke verhinderte, dass die Deaconess weiter auskühlte. Danach schrieb sie ihr einen Zettel, dass sie die Innenstadt auskundschaften wolle.

Ich muss mir neue Munition besorgen. Oder andere Waffen. Elf Schuss hatten ihre beiden *Thorn*-Automatikpistolen noch. Da die Projektile gegen die Collectors nichts ausrichteten, konnte sie die Waffen ebenso gut zurücklassen.

Andererseits … Theresa verstaute die Pistolen in den Holstern und warf sich den Mantel des Mannes über, dann verließ sie mit einem kurzen Blick auf die schlafende Ralda ihren Unterschlupf und machte sich auf den Weg.

Zweite Szene

Durch den Beistand des Herrn gelangte Theresa unbehelligt bis in den Stadtkern.

Hier pulsiert das Leben. Zu ihrem großen Erstaunen benahmen sich die Menschen so ungezwungen, als hätte es den Überfall der Collectors niemals gegeben. Passanten warfen ihr ein freundliches Lächeln zu, alle schienen ein Bad mit den Zusätzen Wohlbehagen und gute Laune genommen zu haben.

Das Wetter hatte sich gebessert. Es regnete nicht mehr, und die Sonne sank in einem herrlichen dunkelblauen Farbton dem Horizont entgegen.

Theresa kaufte sich gebratene Nudeln und eine Cola und ließ sich damit auf einer Bank nieder. Jeder Bissen und jeder Schluck waren eine Offenbarung. Den künstlichen Pappgeschmack der Konzentratriegel hatte sie nicht mehr ertragen können. Doch sie war viel zu schnell satt. Ihr Magen vertrug keine großen Portionen mehr.

Genug gestärkt. Ich muss sehen, was die Collies treiben.

Als ihr ein verliebtes Pärchen entgegenkam, das sich unentwegt küsste und die Hände nicht voneinander lassen konnte, dachte sie sich noch nichts Böses. Dann sah sie zwei junge Männer auf einer Parkbank, in ihrer Mitte eine Frau um die vierzig. Sie küsste die Männer abwechselnd. Ihr schien es sehr zu gefallen, denn zugleich streichelte sie die Männer herausfordernd, während beide sie an intimen Stellen berührten.

Es sieht aus wie eine Szene aus einem billigen Pornofilm. Theresa wusste um die verschiedenen Sünden, die ein Mensch begehen konnte, doch dass eine Menage à trois, offenbar der geheime Wunschtraum vieler, so deutlich in aller Öffentlichkeit ausgelebt wurde, hatte sie auch noch nicht gesehen. Sie blieb stehen und beobachtete das Verhalten der Menschen in ihrer Umgebung nun aufmerksamer. *Allmächtiger!*

Männer und Frauen, vom Teenager bis hin zu älteren Menschen, machten auf sie einen frisch verliebten Eindruck. Es wurde geflirtet und tief in die Augen geschaut; in den Ecken und Nischen wurde leidenschaftlich geküsst. Mit den Collectors hatte die Liebe auf Putin Einzug gehalten.

Theresa eilte weiter.

Doch die Zwangsverliebten waren überall. Als sie an einem dunklen Hauseingang vorbeiging, sah sie einen verschlungenen Schatten darin und hörte das leise Stöhnen. Sie wusste, was vor sich ging. *Sie haben ihre Lust nicht mehr unter Kontrolle.*

Ein Collector in weißer Rüstung mit Sanitätsmarkierungen lief die Straße entlang. In einer Hand hielt er ein Display, in der anderen einen schwarzen Stab mit kleinen Stacheln, der mit dem Display durch ein Kabel verbunden war. Während er den Stab schwenkte, spiegelte sich die Anzeige des orangefarbenen Displays in seinem Visier. Die Symbole sagten Theresa nichts.

Sucht er etwas? Theresa schoss mit ihrem Kom-Gerät heimlich eine Aufnahme von ihm. *Oder überwacht er sie?*

Theresa begann zu ahnen, warum sich die Fremden auf einen starken Geburtenanstieg vorbereiteten: Sie hatten ihn selbst in die Wege geleitet! In den Injektionen schienen sich Substanzen zu befinden, die die Libido bei beiden Geschlechtern in höchstem Maße anregten.

Das ist schrecklich und widernatürlich!

Der ganze Planet verkam zu einem einzigen Sündenpfuhl, und niemand nahm Anstoß daran. Es war offensichtlich völlig normal. Theresa wollte sich nicht vorstellen, wie es auf den Straßen im Sommer aussehen würde, wenn die Menschen ihre falschen Gefühle wahllos überall auslebten.

Der Stab schwenkte herum – und wurde auf sie gerichtet.

Theresa versuchte, sich nichts anmerken zu lassen. *Herr, stehe mir bei!* Sie tat so, als telefonierte sie, ging langsam hin und her, redete dabei mit ihrer imaginären Mutter und wechselte die Straßenseite. In dem Auto, an dem sie vorbeischritt, trieb es ein Pärchen auf der Rückbank.

Ihr Puls stieg. Sie schielte auf die Seite, nach dem Collector. Der Stab war immer noch auf sie gerichtet.

Unvermittelt marschierte er los, genau auf sie zu, und beschleunigte seine Schritte; dabei verstaute er das Display und den Stab in einer Umhängetasche an der Hüfte.

Verflucht! Der Schutz des Herrn schien aufgebraucht. Theresa rannte los – und kam keine zehn Meter weit: Ein *Smaller*-Jäger fiel buchstäblich aus dem Himmel, fing den Rumpf einige Zentimeter über dem Boden ab und setzte sich vor sie, die Waffenmündungen auf sie gerichtet. Keiner der Städter nahm Notiz davon.

Was kann ich gegen einen Gleiter ausrichten? David gegen Goliath. Bevor

Theresa entschieden hatte, was sie tun wollte, fühlte sie die Stahlklauen in ihrem Nacken. Sie wurde herumgedreht, mit einer Hand festgehalten.

Der Collector zog den Injektor aus der Tasche, dessen Form an ihre Pistole erinnerte. In den verschiedenen Kammern schwappten unterschiedlich farbige Flüssigkeiten, die in der Mischmündung zusammengeführt wurden.

Theresa versuchte vergebens, sich gegen die Prozedur zu wehren. Die lange Spritze wurde ihr in den Hals gedrückt, es summte und zischte, als der Injektor betätigt wurde. Ein angenehm warmes Gefühl durchlief sie, und der Widerstand gegen die Behandlung verschwand wie weggewischt. *Drogen,* dachte sie noch und konnte sich nicht gegen das Grinsen wehren, das sich auf ihrem Gesicht ausbreitete. *Gefügigmacher.*

Die Spritze steckte noch immer in ihrem Fleisch. Das Zischen hielt an, bis es schließlich klickte und sie glaubte, verbrannte Haut zu riechen.

Der Collector zog die Kanüle aus ihr heraus, ließ sie los und ging den Bürgersteig entlang. Für ihn war die Sache erledigt.

Theresa taumelte und musste sich an einer Bank abstützen. Ihre rechte Hand fuhr sofort in den Nacken, wo sie eine Erhebung von der Länge und Breite ihres kleinen Fingers fühlte. Unter der verbrannten Haut ertastete sie einen harten Gegenstand. *Sie haben mich gechipt!* Das war der Grund für das Verhalten des Collectors gewesen: Sie hatte kein Signal abgestrahlt.

Die Erkenntnis, dass auch sie bald der chemisch-hormonell entfachten Libido zum Opfer fallen musste, traf sie hart. Sehr hart.

Sie faltete die Hände und hob den Blick zu den Sternen. *Schöpfer der Sonnensysteme, rette mich vor der falschen Lust,* flehte sie und verbrachte einige Minuten im Gebet, bis sie sich wieder gefasst hatte und der Schwindel verschwunden war.

Theresa atmete tief durch. Sie ging los, auf der Suche nach etwas, mit dem sie sich genügend Ablenkung verschaffen konnte, um zum Raumhafen und weg vom Planeten zu gelangen. So schnell wie möglich, bevor die chemisch auferzwungene Geilheit sie befiel.

Sie hoffte inständig, dass der Chip sie nicht verriet. *Was bewirkt er?* Entfernen wollte sie ihn nicht, weil sie fürchtete, dass es die Collectors umso misstrauischer machen würde. *Gott, du prüfst mich hart.*

Sie streifte in der Stadt umher und vermied es, die Liebenden anzuschauen, wenn das Treiben zu heftig wurde. Es gab kaum mehr Scham unter den Menschen. Theresa fühlte Wut und Mitleid.

Ganz ohne Plan war sie nicht unterwegs: Sie hatte die Hinweisschilder zu den Versorgungswerken gesehen und suchte fieberhaft nach einer neuen Vorgehensweise.

Beim Abbau von Kohle und Schwermetallen hatte *RussMining* auch Methanfelder erschlossen. Mit dem Gas wurden die Turbinen der Stromwerke betrieben. Putingrad ersparte sich damit wartungsaufwendige Reaktortechnik.

Theresa schlenderte bis zum Industriegebiet. Die Pipeline verlief unterirdisch, aber die Tanks ragten zu einem Teil aus dem Boden. *Wenn ich es schaffe, einen von ihnen zur Detonation zu bringen …*

Ein *Smaller*-Jäger zog langsam an ihr vorüber.

Sie ging weiter, als wäre sie eine Spaziergängerin. *Oder auf der Suche nach einem Mann.* Sie verzog den Mund. Diesen zweiten Gedanken hatte sie gar nicht haben wollen.

Als der Gleiter außer Sicht war, bog Theresa ab und betrat das Gelände der Versorgungswerke.

Die Anlage lief, wie sie sah und hörte. Eine Handvoll Leute trieb sich auf dem Areal herum, doch niemand wollte ihren Befugten-Ausweis sehen. Bevor noch jemand auf die Idee käme, bog sie rasch ab.

Das Gebiet um die Tanks herum, von denen zahlreiche kleine und große Rohre abgingen, war mit einem Zaun gesichert. Sie überwand ihn ohne Mühe und näherte sich dem meterhohen Gasspeicher.

Das wird nicht leicht. Sie war keine ausgebildete Saboteurin und hatte im Grunde keine Ahnung, wie sich ihr Gedanke umsetzen ließe.

Theresa wandte sich zum Kontrollgebäude um. *Ich könnte einen von ihnen dazu bringen, irgendwas mit dem Druck anzustellen.* Aber sicher war sie sich nicht, dass ihr das spontane Unterfangen gelang. Sie brauchte für die weitere Planung und vor allem die Umsetzung unbedingt Ralda.

Gerade weil die Deaconess noch keinen Chip in sich trug und sich von den Collectors unbemerkt bewegen konnte.

Sie trat den Rückweg an, vorbei am grinsenden Wachmann, der Magazine mit Fotos nackter Frauen las – und verspürte zu ihrem eigenen Entsetzen eine gewisse Anziehungskraft, die von dem Mann mit dem markanten Gesicht ausging.

Gott, bewahre mich! Sie rannte beinahe an ihm vorbei, um seinem Sexappeal zu entkommen. Eine leise, vollkommen ungewohnte innere Stimme rief ihr zu, zurückzugehen und all die Dinge mit ihm zu tun, die sie vor ihrer Zeit als Mitglied der Church getan hatte. Schöne Dinge, geile Dinge …

Diese Substanzen sind fürchterlich! Verwirrt lief sie die Straße entlang, bog um die Ecke – und stand vor einer Patrouille der Collectors.

Die Gruppe der Gepanzerten fächerten auseinander und nahmen sie in die Mitte, die Visiere sahen auf sie herab.

Das war kein Zufall. Sie haben mich gezielt ausgesucht. Sie sah von einem zum anderen. *Umzingelt.* Für eine Flucht war es zu spät. Ihr Plan, der Obhut zu entkommen, war bereits Geschichte geworden. »Was wollt ihr?«

Ein Collie zeigte stadteinwärts, drehte sich um und setzte sich in Bewegung.

Umringt von den falschen Samaritern, blieb Theresa nichts anderes übrig, als zu folgen. Sie marschierten in die Stadt, direkt in das Gebäude des Gouverneurs. *Was wollen sie mit mir tun? Mich hinrichten?*

Mit dem Lastenaufzug ging es nach oben, in die Etage des Gouverneurs. Die Kabine hielt an, und sie schritten den Korridor entlang, auf das Büro zu.

Lautes Stöhnen warnte Theresa vor: Eine nackte Frau, der verstreuten Kleidung nach eine Sekretärin, lag unter dem Schreibtisch und gab sich einem Mann hin, der den blauen Overall der Reinigungskräfte nur halb ausgezogen hatte.

Dieses Mal fand sie den Anblick der Kopulierenden weniger schlimm.

Ganz im Gegenteil …

Gott! Rasch betete Theresa die ersten Zeilen des *Vater Aller,* um sich abzulenken. *Ich werde den Collectors beweisen, dass mein Wille stärker ist als ihre Drogen!*

Sie wurde in das leere Büro geführt und in den Sessel gesetzt. Auf dem Schreibtisch stand das halb umgestürzte Schild *Maja Erinawa, Gouverneurin.*

Ein Collector schloss die Tür, das Stöhnen der Liebenden endete. Wie Statuen blieben sie im Raum stehen und warteten.

Also tat Theresa das Gleiche. Sie hatte aufgegeben, darüber nachzudenken, warum man sie an diesen Ort gebracht hatte, aber ihr Tod sollte es wohl nicht sein.

Sie öffnete die rechte Schreibtischtür und fand darin gekühlte Getränke. Theresa schob es auf die Drogen in ihrem Blut, dass sie ein Bier wählte und es öffnete. Kalt floss das dunkle Gebräu durch ihre Kehle.

Der Bildschirm vor ihr erwachte. Sie sah auf den spitz zulaufenden Helm eines Collectors, der in die Kamera blickte. Das blinkende Zeichen in der linken oberen Ecke bedeutete, dass die Übertragung stand und sie von dem Ahumanen ebenso gesehen wurde.

»Guten Tag«, sagte eine verzerrte Stimme.

Theresa hob langsam die Augenbrauen. *Bei Gott! Es gibt eine Möglichkeit, mit ihnen zu sprechen?*

»Mitglied der schützenswerten Rasse Mensch. Die Überprüfung deiner Identität hat ergeben, dass wir dich kennen«, hörte sie aus den Boxen. »Du wurdest aus der Stadt gebracht, weil du dich aufsässig und unangemessen verhalten hast. Anstatt aber in Freude dortzubleiben und nicht denen zur Last zu fallen, die tauglich sind, bist du zurückgekehrt.«

Sie mögen es, gestelzt zu reden. »Es ist meine Aufgabe, den Menschen Trost zu spenden«, gab sie zurück und nahm einen Schluck Bier.

»Trost ist nicht notwendig, Mitglied der schützenswerten Rasse Mensch«, bekam sie umgehend zur Antwort. »Die Mitglieder der schützenswerten Rasse Mensch in Putingrad *sind* glücklich. Durch unsere Obhut. Hier und in allen anderen Städten des Planeten.«

Theresia berührte den Chip. »Ich habe eure Obhut ebenfalls zu spüren bekommen«, stieß sie bitter hervor. »Ihr raubt uns …«

»Mitglied der schützenswerten Rasse Mensch«, wurde sie vom Collector unterbrochen. »Was du sagst, ist unerheblich. Wir wollen wissen, was du planst, denn wir glauben, dass dein von uns beobachteter Besuch im Versorgungswerk nicht zufällig war.«

Theresa lehnte sich zurück und ließ das Bier in der Alu-Flasche kreisen. »Ich tue, was mein Gott mir befiehlt. *Du* bist nicht mein Gott.«

»Woher weißt du das, Mitglied der schützenswerten Rasse Mensch?« Der Collector hob eine Hand und tippte sich gegen das Visier. »Gott hat mich vielleicht gesandt, um die schützenswerte Rasse Mensch gegen die Feinde in den Universen zu stärken. Ihr seid so wenige, schwach und in Gefahr. Ihr vermögt es nicht einmal, euch gegen unsere Obhut zur Wehr zu setzen. Bedenke, was geschähe, wenn wir böse Absichten verfolgten.«

Wer hat euch denn das Sprechen beigebracht? Theresa lachte auf. »Ich glaube dir nicht, Frevler! Wenn mein Gott seine Boten sendet, dann erkenne ich sie!«

»Die schützenswerte Rasse Mensch hat seinen Sohn vor dreitausendzweiundvierzig Jahren nicht erkannt. Wie will sie dann einen einfachen Boten erkennen?«, gab er zurück und klang dabei süffisant, boshaft. »Sag mir, Mitglied der schützenswerten Rasse Mensch, ob du alleine handelst oder es noch andere gibt, die du mit falschem Eifer anführst?«

Sie schwieg. *Das Verhalten passt nicht zu dem, was ich über die Collectors weiß.*

»Wir kennen dich«, sagte der Collector wieder. »Du warst damals auf Hakup, als wir auftauchten.«

Das hätte ich niemals für möglich gehalten! Theresa nickte zögerlich. »Das stimmt. Ihr seid meine Prüfung.«

»Wir sind deine *Rettung*, Mitglied der schützenswerten Rasse Mensch«, erwiderte er. »Deine und die aller anderen.«

Herr, ist das möglich? Je länger sie zuhörte, desto sicherer wurde sie sich, dass es nicht der Collector auf dem Monitor war, der zu ihr sprach.

Und umso sicherer wurde sie, dass sie sich in dem Krankenhausbau nicht getäuscht hatte. *Das Gesicht.* Sie glaubte, die dazugehörige Stimme erkannt zu haben.

Langsam beugte sich Theresa nach vorne. »Sind Sie das, Anatol Lyssander?«

Dritte Szene

30. April 3042 a. D. (Erdzeit)

SYSTEM: MECHA
PLANET: AUTOMATON PRIME (HAUPTWELT DES ORDER OF TECHNOLOGY)

»Ausgezeichnete Arbeit, Kris.« Suede gab ihm einen sanften, langen Kuss auf den Mund. »WIR sind sehr zufrieden mit dir.« Sie fuhr ihm durch die kurzen schwarzen Haare, rutschte von seinem Schoß und zog sich vor ihm in aller Ruhe an, so dass er ihren perfekten Körper im bläulichen Licht der Monitore sah. »Das werden wir beide noch viel öfter tun.« Sie lächelte ihm zu.

»Sehr …« Kris saß auf dem Pilotensitz, und ihm war irgendwie … schwindlig. Er starrte auf ihre festen Brüste und sah sie vor seinem geistigen Auge wippend und groß vor sich. Wie eben. Als sie auf ihm geritten war.

Die zurückliegenden Minuten hatten ihm gebracht, was er sich gewünscht hatte. Es war so überraschend gekommen, dass er nicht einmal Gelegenheit gehabt hatte, es zu genießen. Na ja, genossen hatte er es schon, aber er wollte mehr. Und er war verwirrt.

»Sehr gern.« Er stand auf und suchte seine Kleidung zusammen, die Suede rund um den gepolsterten Sessel verteilt hatte.

Das Hemd war eingerissen, im Rausch hatte sie sogar ein Loch ins Unterhemd gefetzt.

Unmittelbar nach dem Start mit dem Gleiter war sie über ihn hergefallen, mit ihrem Geruch, ihren Augen, ihrer unwiderstehlichen Aura.

Sie hatten sich heftigst in der Kanzel geliebt, während der Autopilot sie der Oberfläche näher brachte.

Jetzt wusste Kris nicht, wie er mit der Situation umgehen sollte.

Er sah, wie sie ihre langen schwarzen Haare zu einem Zopf zusammenfasste und sich die Bluse zuknöpfte. *Sie ist perfekt. Und sie ist mein Boss.* Er wusste nicht mal, ob er sie siezen oder duzen sollte. Fayes Warnung, dass ihre Schwester Männer wechselte, wie ihr der Sinn stand, meldete sich leise in seinem Hinterkopf. Dummerweise empfand er viel für Nuria ... Suede ... die Professorin. Es war mehr als simples körperliches Begehren. Die Beziehung hatte einfach begonnen und würde kompliziert werden.

Er öffnete den Mund, um etwas zu sagen, da leuchtete das Kom-Signal auf. Kris fluchte innerlich.

»Flightcenter Automaton Prime ruft *Cortéssa*«, sagte eine unpersönliche Computerstimme. »Ihren Code. Übermittlung innerhalb der nächsten zehn Sekunden.«

»Hier *Cortéssa*«, antwortete er. »Abruf der erteilten Landeerlaubnis, Code 63/AP/823-Z72.«

»Code korrekt«, kam es sofort. »Anflugkoordinaten werden übermittelt. Bitte weichen Sie nicht vom zugeteilten Korridor ab, sonst werden Sie von den Waffenplattformen beschossen. Vielen Dank für Ihr Verständnis und willkommen auf Automaton Prime.«

»Danke«, gab Kris zurück und dachte, das Gespräch sei damit beendet.

»Sollten Sie eine Verbesserung Ihres fragilen menschlichen Körpers wünschen, weise ich Sie darauf hin, dass die Wartezeiten in unseren Kliniken derzeit etwa zwei Standardtage betragen«, ratterte die Computerstimme die Werbung herunter. »Wir bieten Ihnen kybernetische Ersatzgliedmaßen ab fünftausend Terracoins pro Stück an, inklusive der Verstärkung der umliegenden Körperpartien.«

»Nein danke«, sagte Kris und musste lachen, während er die Route prüfte. Sie würden auf dem Raumhafen dicht an der Hauptstadt Daidalos landen. »Wollen Sie ... willst du?« Ein wenig ratlos schaute er zu Suede.

Sie war inzwischen vollständig angekleidet und zur Professorin geworden. »WIR schlagen vor, wir bleiben beim Du, solange wir nicht dienstlich miteinander zu tun haben«, legte sie die Regeln fest. »WIR sind deine Vorgesetzte, wenn du die *Cortés* fliegst oder wir nicht alleine sind. So wie hier.« Sie kam auf ihn zu und küsste ihn wieder, ihre Zunge leckte über seine Lippen. Dann seufzte sie. »Ach, daran haben WIR uns schon gewöhnt, Kris. Hüte dich vor UNS! WIR fordern viel von einem Mann.« Sie legte ihm den Zeigefinger unters Kinn und schaute ihm in die Augen. »WIR freuen uns auf den Rückweg.«

Kris auch. Der Gedanke genügte, und schon bahnte sich eine Erektion an. »Ich bemühe mich, Nuria.«

»Mit *Bemühen* kommt man nicht weit im Leben«, erwiderte sie und setzte sich auf den Sessel neben seinem. »Man muss es bringen.« Sie blickte nach vorn, durch die Glaskanzel auf die sich nähernde Oberfläche, und legte die Gurte an.

Er übernahm das Steuern, lenkte die *Cortéssa* exakt durch den Korridor. *Das war eine klare Ansage.*

Nicht weit von ihnen und gerade so außerhalb der Atmosphäre schwebten silber-weiß gestrichene Oktaeder von der Größe eines Zweifamilienhauses. Aus den glatten Flächen standen Mündungen hervor, an den oberen und unteren Enden waren Raketenlafetten angebracht. Sie ließen den mittelgroßen Jäger passieren, drehten die Hauptwaffenseite jedoch mit ihm.

Die *Cortéssa* trat leicht bockend in die Atmosphäre ein, in der es keinerlei Anzeichen von Wolken oder Nebelbildung gab. Der gesamte Planet schien ergraut zu sein. Das, was nicht aussah wie gestrichener Stahl, erinnerte an andere Metalle: Kupfer, Nickel, Zink, Gold, Silber – Automaton Prime wirkte wie ein in einer Schmelze gegossener Planet und nicht wie das Ergebnis des Zusammenspiels kosmischer Kräfte.

»Sogar das Meer scheint aus Quecksilber zu sein«, bemerkte Suede und rief die neuesten Daten ab. »Temperatur liegt bei dreiunddreißig Grad, zehn Prozent Luftfeuchte, Regenwahrscheinlichkeit null Prozent.«

»Das ist kein Wasser«, sagte Kris und deutete auf das Meer, das nördlich von Daidalos gegen die befestigte Küste schwappte. »Laut Scanner handelt es sich um ein Konglomerat aus Kühlflüssigkeit, Schmierstoffen, kybernetischen Fluiden und anderen Restprodukten, die bei den Produktionsvorgängen anfallen. Sie bereiten es auf und nutzen es für alles Mögliche.« Er sah zu Suede und begriff, dass er ihr schon wieder etwas erzählt hatte, was sie bereits wusste. »Entschuldige.«

»Nein, mach nur. WIR hören dir gern zu.« Suede lächelte. »Übrigens, die größte Einnahmequelle nach den kybernetischen Exo- und Endoprothesen ist tatsächlich der Tourismus.« Sie lachte auf. »Man stelle sich das vor: Wir beide verbringen eine romantische Woche zwischen Droiden, Kyborgs und Maschinenmenschen und schauen dabei verliebt auf ein Meer aus Kühlmittel.«

Wäre ich ein intelligenter Staubsauger, fände ich das bestimmt schön. Kris empfing das elektronische Leuchtfeuer von Daidalon und folgte dem Signal. »Wahrscheinlich sind die Touristen Fetischisten, die sich gern von Roboterarmen berühren lassen. Oder Menschen, die sich in einer der Fabriken für austauschbare Gliedmaßen gruseln wollen.«

Er schaute auf die Stadt, deren Bauten sich neben dem Hafen erhoben. Chromgebäude, Stahlgebilde, Pyramiden, Kristalle, Kugeln, Röhren, mal geradlinig, mal in Kombination verschiedenster geometrischer Figuren, verbunden, singulär, aber immer ästhetisch und gleichmäßig. Asymmetrie schien dem Order of Technology zuwider zu sein. Bei der Fassadengestaltung mischten sich unterschiedliche Metalle und Kunststoffe; Scheinwerfer oder von selbst leuchtende Elemente an den Bauwerken setzten Akzente.

Die Stadt wirkt kalt. Er lenkte die *Cortéssa* zur freien Landebucht und brachte sie sanft zum Aufsetzen. »Wir sind angekommen … Nuria.«

Sie löste die Gurte, packte seine Haare und zog seinen Kopf zurück, während sie ihn leidenschaftlich küsste. Dann löste sie behutsam ihre Lippen. »Das war der Abschied. Nur für ein paar Stunden«, sagte sie und löste seinen Gurt. »Sobald wir das Schiff verlassen, bist du nur UNSER Pilot.« Sie legte ihre Hand in seinen Schritt und strich zärtlich daran entlang. »Ein Paar sind wir wieder auf dem Rückflug.« Sie löste sich von ihm und schritt zur Kanzel hinaus.

Das wird so was von kompliziert. Kris erhob sich und hörte, wie Suede die Schleuse öffnete. Er trug den grauen Overall mit dem *BaIn*-Abzeichen darauf, darüber das Symbol der EaSt. Aus der Beintasche zog er seine Kappe und setzte sie sich auf, dann eilte er zur Schleuse.

Im Vorbeilaufen nahm er den Hüftholster mit der überschweren Halbautomatik *Hole* aus dem Spind. *United Industries* hatte mit ihr eine Pistole entworfen, deren Projektile auch auf größere Distanz dünne Wände und Stahlbleche durchschlugen. Perfekt für Automaton Prime mit all seinen Kunstmenschen und Bots. Die *Church* nutzte ein identisches Modell. Perfekt für die Missionierung und der Widerspenstigen Zähmung.

Schnell legte er sich die Waffe an, zurrte den Klettverschluss am Oberschenkel fest. Er sah sich durchaus als Leibwächter von Nuria … Suede … der Professorin. *Verdammt. Ich komme jetzt schon durcheinander.* »Kann losgehen.«

»Ausgezeichnet.« Suede musterte ihn. Er wusste nicht, was genau sie mit ihrer Äußerung meinte: ihn, das Outfit, die Waffe? »Wir haben in zwei Stunden ein Treffen mit Ihren Geschwistern …«

»Halbgeschwistern«, verbesserte er sofort und fand es befremdlich, von ihr gesiezt zu werden, so als hätten sie sich vor gerade einmal dreißig Minuten nicht hemmungslos geliebt.

»UNSER Fehler, SK. Jedenfalls haben sie sich bereiterklärt, mit *BaIn* zu sprechen.« Suede drückte den Knopf zum Ablassen der Laderampe. »WIR haben vorher noch ein Treffen, Sie können sich also bis dahin in Daidalon umschauen. Und nehmen Sie das Gepäck mit.« Sie zeigte auf die Koffer.

Zischend senkte sich die Rampe nach unten; warmer Wind strömte herein.

Kris fand, dass die Luft nach Servomotorenöl, nach Hydraulik und Metall wie in einer Fabrikhalle oder in einer Industrieschmiede roch. *Kein einladender Ort.* Was alles an Schadstoffen in der Luft schwebte, wollte er lieber nicht wissen.

Kris nahm sein Gepäck und klemmte sich ihre Koffer unter den Arm. Gemeinsam schritten sie die Laderampe hinab und wurden bereits von einem Mann erwartet. Als ein Windstoß seinen langen, anthrazitfarbenen Mantel auseinanderdrückte, erkannte Kris, dass er sich getäuscht hatte.

Anstelle von Beinen besaß er Antigravpulsatoren, die unmittelbar unter der Hüfte herausragten. Zusätzlich zu seinen normalen Armen hatte er zwei künstliche, die an Silberschläuche mit Fingern erinnerten. Der Torso steckte in einem hellgrauen Kunststoffpanzer, auf dem verschiedene Dioden leuchteten und abwechselnd blinkten. Hals und Kopf schienen unmodifiziert zu sein.

Ist das noch ein Mensch? Kris stellte die Koffer ab und versuchte, nicht auf die glimmenden Pulsatoren zu starren.

Er kannte ein, zwei Kutscher auf der Erde, die nach schweren Unfällen billige Kybernetik-Prothesen für verlorene Arme und Beine von der Gewerkschaft erhalten hatten. Aber Hochtechnologie wie diese hatte er in seinem direkten Umfeld noch nicht zu Gesicht bekommen. *2OT Technology* hütete das höchste kybernetische Wissen und machte es zu Bonzenware – bis auf den Arm für den Beta, den er gesehen hatte. Ihm wurde bewusst, wie ungewöhnlich sein Zusammentreffen gewesen war. *Die Modifikationen des Typs haben mehr als fünftausend Tois gekostet.*

»Hephaistons Gruß«, sprach sie der Mann emotionslos an, als wäre seine Stimme eine künstliche Terminalansage. »Ich bin Kratos Alpha 4011, Raumhafen-Sicherheitsdienst, und hier, um Ihre IC zu prüfen. Bitte.« Er streckte den rechten, verchromten Schlaucharm aus, in den funkelnden Fingern hielt er ein Lesegerät.

Zuerst schob Suede, danach Kris die Karte durch den Schlitz.

Kratos las die Daten, ein Laser leuchtete im Gerät auf und scannte die Gesichter der Besucher. »Vielen Dank, Professorin Suede und Mister Schmidt-Kneen«, sagte er zu ihnen. »*BaIn* hat Ihr Kommen angekündigt.« Kris verzog den Mund, was Kratos nicht entging. »Wir wissen, dass man ein Kopfgeld auf Sie ausgesetzt hat, Mister Schmidt-Kneen. Wir interessieren uns nicht dafür. Das gute Verhältnis zu *BaIn* ist uns wichtiger.« Eine Klappe öffnete sich im Torso, in der er das Datengerät verstaute. Ein unbemannter Wagen kam angefahren. »Ihr Taxi. Nennen Sie dem Computer Ihr Ziel. Er wird Sie sicher fahren.«

Kris schaute skeptisch und deutete auf die Straße jenseits des Raumhafens, auf der es vor Fahrzeugen jeglicher Art wimmelte. »Kann er überlastet werden?«

»Wir haben seit einhundertvier Jahren keinen Unfall mehr auf Automaton Prime gehabt, der mit einem Computerfehler zusammenhängt«, erwiderte Kratos herablassend. »Fehler produzieren in erster Linie Touristen und Gäste. Entweder durch das Verhalten oder durch falsches Bedienen.«

»Sehen Sie, SK?« Suede lachte und ging zum Wagen, der zwei Meter von ihnen entfernt angehalten hatte. »Sie müssen sich einfach nur hinsetzen und UNSER Leibwächter sein. Danke sehr, Kratos Alpha 4011.«

Sie hat sich den Namen gemerkt? Er eilte an ihr vorbei und hielt ihr die Tür auf. Danach stapelte er das Gepäck in den Kofferraum, umrundete das Taxi und stieg neben ihr ein. Er rieb die Finger und glaubte, einen dünnen Ölfilm auf der Haut zu spüren. *Wird wohl gut für die mechanischen Bewohner sein.*

»Archimedon-Tower«, sagte sie, und die Fahrt begann. »WIR waren noch nie auf einer ihrer Hauptwelten. WIR sind sehr gespannt auf die Eindrücke, die WIR bekommen.«

Kris schaute aus dem Fenster, während sie in den Strom aus glitzernden Fahrzeugleibern eintauchten und sich bei beachtlicher Geschwindigkeit ohne weiteres einfädelten.

Die Straße, auf der sie rollten, war zehnspurig in jede Richtung. Die schweren Transporter donnerten auf den drei rechten Spuren, der Rest drängte sich auf den sieben verbliebenen und schien noch sieben weitere zu benötigen. Hoch über den Köpfen verlief das strikt angeordnete Schienennetz der Eingleisbahn, Kabinen surrten zwischen den Gebäuden hin und her. Weiter oben waren die Antigravgleiter und Schweber unterwegs.

»Es ist sehr beeindruckend«, gab Kris zurück, ohne den Kopf zu drehen. *Jetzt weiß ich wieder, warum ich lieber auf der Erde sein wollte.* Er fühlte sich überfordert und fürchtete ständig, es könne ringsum zu Kollisionen kommen. Millimetergenau verfehlten sich die Fahrzeuge, rangierten sanft auf engstem Raum.

Wenigstens gibt es Sauerstoff, den man atmen kann. Nicht wie im Interim oder im All.

Der Wagen brachte sie durch die breiten Schluchten zu einem hohen, titanischen Turm aus Kupfer und Chrom und wechselte auf eine Hochstraße, die in Wendeln um das Gebäude führte. Kris musste an ein Schraubengewinde denken.

Meter um Meter fuhren sie in die Höhe, Abfahrten in jedem Stockwerk ermöglichten es, den gewünschten Zielort zu erreichen.

Er staunte. »Ich dachte immer, die Hochlagerparks auf der Erde seien von den Ausmaßen her gigantisch, aber das hier übertrifft sie noch.« Er schätzte, dass die Kantenlänge des Gebäudes zwei mal einen Kilometer betrug, und die vollständige Höhe konnte er nur erahnen. Die Eingleisbahnen führten auf verschiedenen Etagen mitten hindurch. »Wie viele Menschen leben darin?«

Suede rückte die Jacke zurecht. »Das kann man so direkt nicht beantworten. WIR haben gelesen, dass darin Wohneinheiten, Kaufhäuser, Clubs, Fabriken und Labors untergebracht sind.« Sie lehnte sich nach vorne und sagte: »Dreizehnter Stock.«

»Sehr wohl«, antwortete der Computer mit einer weiblichen Stimme. »WIR schlagen Ihnen vor, SK, sich den achten Stock anzuschauen. Das ist das Einkaufszentrum.« Suede lächelte. »Vielleicht finden Sie etwas Schönes, was Sie Ihrer Tochter schicken können.«

»Sollte ich tun.« Kris' Gedanken waren sofort bei der Kleinen. »Gibt es etwas Neues von ihr?«

Sie zuckte mit den Achseln. »Rufen Sie Huntington-Singh an. WIR sind in dieses Projekt nicht involviert.«

»Spaßig. Ich soll bei einer geheimen Forschungsstation durchklingeln?« Kris musste sich festhalten, als der Wagen hart in die Kurve ging und die Abfahrt nahm. Er hatte genau wahrgenommen, dass sie von seiner Tochter als *Projekt* sprach. Das fand er gar nicht gut.

Sie zückte einen Stift, nahm seine Hand und schrieb ihm eine Nummer auf die Haut. »Benutzen Sie den Code. Er stellt eine direkte verschlüsselte Verbindung zu Huntington-Singh her. Im Einkaufszentrum befindet sich ein interstellarer Kom-Laden. Automaton Prime ist mit wesentlich leistungsstärkeren Geräten ausgestattet als die *Cortés*.« Das Fahrzeug hielt an. »Das Gespräch mit ihr müsste reibungslos funktionieren.« Suede stieg aus. »Wir treffen uns in zwei Stunden hier. Holen Sie UNS ab.« Sie warf die Tür zu und schritt davon.

Kris las die Aufschrift *A-Prime Inventions* auf dem Eingangsportal, vor dem zwei martialische, hochgerüstete Sicherheits-Bots standen, die an Exoskelette erinnerten. *Oder sind es doch Menschen? Automaten mit höchster Weihe?* Er würde den Unterschied nicht erkennen, fürchtete er. Die Läufe waren unübersehbar an den Schultern und an den Unterarmen montiert; wegen der geringen Dicke der Mündungen schätzte er, dass es sich um Energiewaffen handelte. Gleich darauf fuhr das Taxi los und brachte ihn ungefragt auf Ebene acht zurück. »Hol mich in einer Stunde und sechsundfünfzig Minuten wieder genau hier ab«, befahl er dem Computer.

Die jetzt männliche Stimme aus dem Lautsprecher bestätigte. »Sie können Ihr Gepäck im Wagen lassen.« Vor Kris wurde ein Zettel aus einem Schlitz ausgeworfen, auf dem eine ID-Nummer sowie ein Code standen. »Die Aufbewahrung ist ein kostenloser Service von Automaton Prime *Cabs*. Mit dem Coupon erhalten Sie zehn Prozent Rabatt auf Kybernetisierung Ihrer Arme oder Beine. Sollten Sie …«

Kris stieg aus und ging durch das große, von silbernen Blitzen durchzogene Eingangstor. *Schade, dass es kein TransMatt-Portal von der Größe gibt. Dann könnte ich direkt zu Soraya fliegen und nach ihr sehen, obwohl ich für sie wie ein Fremder erscheinen muss.*

Um ihn herum schlenderten Hunderte normal anzuschauende Menschen, vermutlich Besucher oder Angehörige des 2OT, die noch keine oder keine höheren kybernetischen Weihen erlangt hatten.

Aber er sah auch Mensch-Maschinen-Konstrukte, die fast schon die Bezeichnung ahuman verdienten: Oberkörper tippelten auf Spinnenbeinen umher, andere wirkten gleich Stelzenläufern, dort saßen viele kleine Rollen anstelle von Füßen; sehr oft begegneten ihm metallisch schimmernde Gliedmaßen oder Köpfe, die Helmen ähnelten und nur Reste von menschlichen Gesichtern aufwiesen. Manche gaben elektronische Geräusche von sich, klickten, summten und fiepten.

Computersprache. Schätze ich.

Ab und zu zogen die Menschmaschinen den Geruch von schmoren-
den Kabeln hinter sich her, andere rochen nach Ozon, nach Drucker-
kartusche oder warmen Triebwerken.

Der Versuch eines Elektro-Parfüms. Könnte auch ein Defekt sein. Kris schüttelte es. Dabei hatte er es sich noch schlimmer vorgestellt. Vermutlich
bewegten sich die Ordensmitglieder mit den höchsten Weihen gar nicht
offen in dem Teil von Daidalon.

Er hatte von 2OTs gehört, die als turmgroße Maschinen umhergin-
gen, die sich in Satelliten verwandelt hatten oder ihre Hüllen ändern
konnten, wie sie wollten, und dabei das Gehirn in einer speziellen Box
als separates Modul einfach in Halterungen einklinkten. Sie wechselten
die Gefäße wie andere ihre Schuhe.

Wie kann man sich das freiwillig antun? Er betrat ein kleines Café unmittelbar am Eingang zum Zentrum, bestellte sich über das Gastrodisplay
im Tisch ein Isowasser sowie einen dreifach gebrühten Tarótee. Er
wollte seinen Kreislauf erst wieder in Schwung bringen, bevor er den
Kom-Laden suchte. Bis dahin würde er nichts anderes tun, als zu
schauen und zu staunen.

Ein Antigrav-Tablett kam angeflogen, daneben klemmte eine Bezahl-
einheit, in die er seine IC schob. Der Betrag wurde von seinem Gut-
haben abgebucht, das Tablett landete vor ihm, und er nahm sich die
Getränke herunter.

Der Tarótee dampfte heiß und roch nach der typischen Bittermandel-
del, aus der ein Teil des belebenden Extraktes gewonnen wurde. In
Kombination mit dem heißen Wasser und den Inhaltsstoffen der Tee-
blätter entfaltete das Getränk eine extrem aufputschende Wirkung auf
den Geist.

23 würde davon garantiert ausrasten. Kris freute sich auf den ersten
Schluck, setzte das Glas an die Lippen und sah dabei unbeabsichtigt auf
eine 2OT am Tisch vor ihm.

Die Frau hatte eine Wartungsklappe hinter dem Handgelenk nach
oben gekippt und stocherte mit einem schraubenzieherähnlichen Gerät,
an dessen Schaft Symbole aufleuchteten, darin herum.

Nachjustierung schien hier normal zu sein. Der Blick auf freiliegende Platinen weckte Kris' Neugier, und er stellte die Tasse wieder ab. *Ist das möglich?*

Er nahm sein Kom-Gerät heraus und schoss vorsichtig Bilder von den Innereien des Kunstarms. Er war beileibe kein Fachmann für diese Art von Technik, aber er glaubte, so etwas schon einmal gesehen zu haben. Genau diese Art von Platine und dieses Bauteil ...

Natürlich! Der kybernetisierte Beta in Shiva's Fortress!

Um sicher zu sein, würde er sich die Bilder später in Großaufnahme anschauen. Wenn er wirklich Recht hatte, dann arbeiteten *BaIn* und der 2OT entweder zusammen, oder aber *BaIn* benutzte einige Teile des Ordens, um sie in ihre eigenen Experimente einzubinden. Möglicherweise heimlich.

Wer hätte das gedacht? Das erklärt, warum wir hierhergesprungen sind. Es ist nicht nur wegen der Reparatur.

Die Zusammenarbeit war insofern bemerkenswert, weil es immer geheißen hatte, die Automaten würden ihr fortschrittliches und überlegenes Kybernetikwissen mit niemandem teilen.

Tja. Irgendeinen Grund wird es geben. Kris hob die Tasse und genoss den ersten Schluck seines Tarótees. *Wie erpresst man den 2OT? Oder wie beklaut man ihn? Justifier-Einheiten?*

Die Wirkung des Getränks setzte beim nächsten Schluck ein: Es wurde anscheinend heller im Café, Kris hörte die Gespräche deutlicher, und sein Verstand war aufnahmebereiter als gewöhnlich. In dem Moment, als er den Kopf weit in den Nacken gelegt hatte, um den letzten Tropfen nicht zu vergeuden, wurde er auf den großen Mann in dem knallgelben, teilweise verdreckten Overall aufmerksam, der hinter ihm stand. Er schien ihn beobachtet zu haben.

Shit. Bevor Kris das Glas abstellte, setzte sich der Fremde zu ihm.

Auf der Brust und auf den Armen prangten Abzeichen, die an fünfzackige Wurfsterne erinnerten. Im Mittelpunkt befand sich ein geschwungenes Zeichen, das Kris nichts sagte.

»Hallo«, sagte er mit leiser, schleifender Stimme.

Kris hatte sich als kleiner Junge vorgestellt, dass der Tod sprechen konnte. Genau so hatte er in seiner Vorstellung immer geklungen.

»Kennen wir uns?« Normalerweise war er etwas freundlicher, doch der uneingeladene Gast sollte verschwinden.

»Nein.« Wieder diese kaum vernehmbare Schmirgelpapierstimme, auf die man sich unwillkürlich konzentrierte. Die Zähne leuchteten himbeerrot, wenn er sprach, und warfen Licht auf das ovale und doch hagere Gesicht. Irgendwelche fluoreszierenden Substanzen oder kybernetischen Spielereien. »Aber ich möchte Sie gerne kennenlernen. Ich habe gehört, dass Sie zur Mannschaft der *Cortés* gehören.« Die Hände lagen zusammengefaltet auf dem Tisch und vermittelten Ruhe, Friedfertigkeit. Die langen schwarzen Haare hingen wie explodiert in alle Richtungen herab und verschleierten seine Züge.

»Nein«, log Kris, bevor er darüber nachdenken konnte, was er erwidern sollte. Sein Bauchgefühl hatte das Sprachzentrum gesteuert.

»Doch, das tun Sie.« Die Züge des Fremden bewegten sich langsam, zögernd. Kris brauchte eine Weile, bis er verstand, dass sich ein Lächeln darauf formte. Einstudiert, bemüht, vor dem Spiegel geübt, als würde der Mann normalerweise auf Freundlichkeit verzichten.

Hat der Tod auch nicht nötig. Kris musterte den Mann. *Es könnte ein Kopfgeldjäger sein!*

»Die *Cortés* hat einen besonderen Antrieb, sagt man sich«, sprach der Mann.

Also doch von Gauss Industries! »Würden Sie sich bitte einen anderen Gast zum Belästigen suchen?« Kris stellte das Bein, an dem er die dicke Halbautomatik trug, leicht auf, so dass die Mündung unter dem Tisch durch die Platte auf den Oberkörper des Unbekannten zielte. Seine rechte Hand legte sich an den Griff, tastete nach dem Abzug. Einen ähnlichen Trick hatte er mal in einem uralten Science-Fiction-Film gesehen.

»Sie sind mich sofort los«, erwiderte der Fremde himbeerfarben leuchtend. »Ich möchte nur wissen, welchen Antrieb die *Cortés* benutzt.«

»Ich sage Ihnen gar nichts, selbst wenn ich von der *Cortés* wäre.« Kris beschlich das Gefühl, dass er ihn nicht loswerden würde. *Was kann er mir in der Öffentlichkeit schon großartig antun?*

»Stammt er von der Erde?«

Jetzt war Kris verwundert. Der Fragestellung nach kümmerte es den Mann wirklich nur, was mit dem Antrieb war, und zwar mit dem LSP. Das Kopfgeld interessierte ihn nicht. *Möglicherweise ist er ein Antriebspirat.* Die leistungsfähigsten Sprungtriebwerke wurden extrem teuer gehandelt. Früher waren Kriege zwischen ganzen Erdnationen deswegen geführt worden, heute wurden immer noch Schiffe aufgebracht und zerlegt, ohne Rücksicht auf die Passagiere, Fracht und Crew. Einzig der Antrieb zählte. *Es hat sich herumgesprochen, was GI auf der Erde gestohlen wurde.*

Kris erteilte keine weiteren Auskünfte. *Soll er doch warten, bis seine Haare eine Frisur bekommen.* »Laufen Sie mir nicht nach, verstanden? Ich weiß nichts.« Er leerte das Glas mit dem Isowasser auf einen Zug und brach auf, um den Kom-Laden zu suchen. Er wollte wissen, wie es Soraya ging und was *BaIn* zu ihrem Wohl in die Wege geleitet hatte.

Als er über die Schulter blickte, war der Mann verschwunden.

SIEBTER AKT

Erste Szene

30. April 3042 a. D. (Erdzeit)

SYSTEM: MECHA

PLANET: AUTOMATON PRIME (HAUPTWELT DES ORDER OF TECHNOLOGY)

Kris saß in einer schalldichten Kabine, die ihm vom Computer im Kom-Laden zugewiesen worden war, und tippte den Code ins Terminal ein, den ihm Suede auf die Hand geschrieben hatte; dabei versuchte er, die tausend Fragen im Kopf zu ordnen. Sein Wunsch, das Kind, das er bedingungslos liebte, besuchen zu wollen, war am übermächtigsten von allen. Dabei war er Soraya noch kein einziges Mal begegnet. Musste er auch nicht, um so für sie zu empfinden.

Die Meldung *Ihre Verbindung wird aufgebaut* erschien.

Scheint zu klappen. Er grinste. *Ich rufe eine geheime Forschungsstation an. Wie abgefahren ist das denn?*

Es dauerte über zwei Minuten, bis die Wörter verschwanden und Huntington-Singh mit ihrer Stachelfrisur erschien. Sie trug einen weißen Kittel, auf dem einige rote und schwarze Spritzer hafteten, die Finger steckten in dicken, verschmierten Handschuhen. Sie führte das Gespräch nicht aus ihrem Büro, sondern direkt aus einem der Labors.

»Sie?« Verwundert sah sie in die Kamera. Sie hatte ein Plexiglasvisier vor dem Gesicht, an dem rote Tropfen herabperlten. »Wieso hat Ihnen …«

»Verzeihen Sie die Störung, Professorin, ich sehe, dass Sie beschäftigt sind«, sagte er eilends. »Ich muss einfach wissen, wie es meiner Tochter geht.«

Huntington-Singhs Gesicht entgleiste. Sein Anruf schien extrem unpassend zu sein. »Woher soll ich das wissen?«, erwiderte sie genervt.

»Bitte!«

»Ich habe alles weitergeleitet. Soweit ich weiß, wurde Ihre Tochter abgeholt, ich kann es aber nicht mit Bestimmtheit sagen.« Ein lautes Klirren erklang, viele Stimmen redeten laut und durcheinander. Sie schaute gehetzt nach links. »Ich muss wieder …«

»Das heißt, sie wird nicht auf *Shiva's Fortress* behandelt?«

»Sie stehlen mir wertvolle Zeit, Kutscher. Ich stecke mitten in einer wichtigen OP.« Sie hob die Arme und hielt die verschmierten Handschuhe näher an die Kamera.

»Wieder einen Beta zusammenflicken, dem Sie künstliche Arme oder sonst was verpasst haben? Weiß der 2OT überhaupt, was Sie mit den Kybernetik-Teilen machen, die er *BaIn* liefert?«, rutschte es ihm bissig heraus. »Steht das im Vertrag? Oder lassen Sie die Stücke stehlen?«

Die Reaktion war erstaunlich: Ihre Augenbrauen zuckten für eine Sekunde zusammen, sie sah bedrohlich aus. »Was soll das, Kutscher? Halten Sie sich für berufen, Dingen nachzuschnüffeln, die Sie nichts angehen? Vergessen Sie nicht, wer Sie sind! Sonst sind Sie schneller auf einem FEC-Planeten, als die *Cortés* fliegt.«

Mist. Da habe ich einen Nerv getroffen. Kris bedauerte bereits, dass er sich zu der Bemerkung hatte hinreißen lassen. Aber einfach hinnehmen wollte er die Drohung auch nicht. *Herumschubsen kann sie ihre niedrigen Angestellten.* »Sie wissen, dass Sie mich brauchen, um meinen Vater zu finden«, log er. »Nur mit ihm können wir den gefangenen Collector befragen. Also seien Sie netter zu mir.«

Huntington-Singh lachte freudlos auf. »Rufen Sie bei Professor Earden an.« Sie nannte einen Kom-Code. »Er wird Ihnen weiterhelfen.« Ihr Gesicht näherte sich dem Objektiv. »Über Ihren Ton mir gegenüber reden wir bei Gelegenheit noch. Sie sind unter Umständen entbehrlicher, als Sie denken.« Die Verbindung wurde unterbrochen.

Idiot, beschimpfte er sich selbst. Er hatte sie verärgert und auf sich aufmerksam gemacht. Sein Name würde bestimmt in dieser Sekunde auf die rote Liste der Querulanten gesetzt werden.

Schnell gab er den Code für Earden ein, von dem er weder wusste, wo er sich befand, noch was seine Aufgaben waren.

Wieder vergingen Minuten, bevor etwas geschah. Minuten, in denen Kris noch ungeduldiger wurde und sich noch mehr Sorgen machte.

Auf dem Schirm wurde ein sehr alter Mann mit Glatze sichtbar. Er trug einen ultramodernen Zwicker auf der Nase und band sich gerade eine weiß-rot gemusterte Krawatte. Die Finger bewegten sich schnell und sicher, fast so eckig wie das Zwickergestell. »Ah, Sie müssen Mister Schmidt-Kneen sein! Huntington-Singh hat Sie mir eben rasch angekündigt.«

Toll. »Dann ist Ihnen bekannt, was ich wissen möchte.«

»Fangen wir bei den einfachen Antworten an: Ihre Ex-Frau hat die Unterlagen weitergeleitet und in die Behandlung Ihrer gemeinsamen Tochter eingewilligt«, sagte Earden und zurrte den dicken Knoten fest. »Ihre Tochter ist in meiner Obhut ... uh, nein, ein belastetes Wort. Sagen wir lieber: Ich kümmere mich um sie. Derzeit laufen die Vortests, um allergische Reaktionen gegen die Mittel auszuschließen, und in zwei Wochen können wir mit dem DNA-Cleaning beginnen, wenn die Resultate passen.«

»Wo kann ich sie besuchen?«

»Sie werden sie nicht besuchen können, solange die Prozedur läuft, da ihr Gesamtzustand zu geschwächt sein wird. Auch Ihre Ex-Frau nicht.« Earden rückte den Knoten exakt in die Mitte des weißen Hemdkragens – auf dem zu Kris' Entsetzen das Emblem der FEC prangte!

Sie hat mich verraten! Sie ist eine Spionin der FEC! Die Sorge um Soraya schnellte in unglaubliche Höhen. *FEC wird meine Tochter als Druckmittel benutzen, um mich zu schnappen. Wie konnte Huntington-Singh mir das antun?* Er wusste nicht, was er sagen sollte.

Der Professor bemerkte seinen entsetzten Blick. »Oh, ist es wegen der FEC-Abzeichen?« Er bog die Hemdkragen in die Höhe. »Keine Sorge. Niemand wird erfahren, wer Ihre Tochter in Wirklichkeit ist. Ich bin freier Wissenschaftler mit eigenem Labor und arbeite für denjenigen, der mich bezahlt. Momentan sind das zu einem Teil die FEC und *BaIn* zum anderen Teil, wobei ich da strikt trenne.«

Kris wurde übel, die Kabine drehte sich leicht. Das Gefühl, seine Tochter in noch größere Gefahr gebracht zu haben, wollte nicht weichen. »Wo befindet sich Ihr Labor?«

Er lächelte entschuldigend. »Nur ein Unternehmen erhält exakte

Standortauskünfte. Aber ich kann Ihnen sagen, dass ich mich derzeit auf Rubicon befinde, weit weg von jeglicher Bedrohung.« Er sah auf die Uhr an seinem linken Handgelenk. »Ich muss zu einer Feier, Mister Schmidt-Kneen. Zu *meiner* Feier. Ich bekomme eine Auszeichnung für meine Forschungen in Sachen DNA-Cleaning. Das sage ich, damit Sie wissen, dass die kleine Soraya in guten Händen ist. Ich fasse nochmals zusammen: Ihrer Tochter geht es gut, in zwei Wochen beginnt höchstwahrscheinlich das Cleaning, und Ihre Ex-Gattin ist auf dem Weg zurück nach Belasol. Rufen Sie mich in zwei Wochen wieder an. Dann kann ich Ihnen alles Weitere zu den durchlaufenen Tests sagen.«

Tests. Er sah den kleinen Körper wieder vollgesteckt mit Nadeln, übersät mit Elektroden, umringt von Geräten und Maschinen. Und verrückten Wissenschaftlern. *Verdammt, ich hätte mir etwas anderes ausdenken müssen.* Kris machte sich Vorwürfe und war hin- und hergerissen. Er konnte das Beste, aber auch das Schlimmste für Soraya in die Wege geleitet haben. »Ich will sie sehen!«

»Nein. Tut mir leid.« Earden blieb freundlich, aber hart. Seine Augen wirkten unnatürlich wach. Entweder handelte es sich um Implantate, oder er hatte sich Aufputschmittel verabreicht. »Nur mit der Einwilligung von *BaIn*.«

»Ich bin ihr Vater!«

»Daran zweifle ich nicht. Aber die Fürsorgepflicht wurde von Ihrer Ex-Gattin für die Dauer der Behandlung auf *BaIn* übertragen. Und welche Vereinbarung ich mit *BaIn* habe, wissen Sie bereits. Schönen Abend auf … Oh, Sie sind auf Automaton Prime? Dann empfehle ich Ihnen das Restaurant *CyCook*. Exquisit.« Er nickte und schaltete ab.

Kris fühlte sich hilflos, wütend. Er hatte seine einzige Tochter an ein Unternehmen ausgeliefert, im Glauben, er würde ihr damit etwas Gutes tun. Stattdessen wurde sie verschoben wie Stückgut. *Für die Dauer der Behandlung, hat er gesagt. Wer entscheidet, wann sie vorüber ist?* In seiner momentanen Lage zweifelte er fast daran, dass er seine Tochter jemals sehen würde.

Dann regte sich Widerstand.

Das werde ich nicht zulassen. Es muss einen festen Termin geben, wann ihre Behandlung und ihr Aufenthalt zu Ende sind! Er würde mit Nuria sprechen. Sie musste dafür sorgen, dass Soraya nichts geschah. Auf keinen Fall durfte seine Tochter auf unbestimmte Zeit in einem Labor verschwinden.

Jemand pochte an die Kabinentür, und er wandte sich um. Davor stand ein Mann, der das Zeichen für *Anrufen* machte und auf das Terminal zeigte.

»Ist gut. Ich komme«, sagte Kris und verließ das Kabuff, ging zum Ausgang des Kom-Ladens und trat hinaus ins achte Stockwerk. Seine Gedanken kreisten um die Unterhaltungen, um seine Tochter, um Nuria.

Er realisierte nicht, dass er sich in einer von vielen Etagen eines Wolkenkratzers befand. Der Anblick wirkte wie der einer gewöhnlichen, mehrstöckigen Mall, mit Geschäften, Cafés, Kneipen und allem, was man benötigte, um Geld auszugeben. Ein Blick auf die holografische Uhr, die über einem mehrstrahligen Brunnen schwebte, sagte ihm: Das Treffen stand bald an.

Noch eine knappe Stunde. Er schlenderte die Mall entlang. Kris hatte kaum Augen für die Auslagen und die Angebote darin, seine Gedanken drifteten in die Vergangenheit.

So sehr er es versuchte, er konnte sich nicht wirklich an die andere Frau erinnern, die sein Vater als Zweitgemahlin auf Hakup geehelicht hatte. Sie war kaum mehr als eine Vorstellung, eine Silhouette ohne Gesicht.

Ähnlich verhielt es sich mit den Kindern aus der anderen Beziehung. Sie hatten einmal zusammen gespielt, und am Ende hatte es eine Prügelei um einen gelben Saturo-Kreiselball gegeben. Mehr wusste er nicht mehr.

Kris fand es merkwürdig, die Menschen zu sehen, die zu einem Teil das Erbe seines verschollenen Vaters darstellten, so wie er selbst. Zu seiner Verwunderung fühlte er sich ihnen nicht nahe. Es hatte nichts damit zu tun, dass sie dem 2OT beigetreten waren. Wenn er genauer in sich hineinhorchte, spürte er Ablehnung und Feindseligkeit.

Warum? Sie haben mir nichts getan. War es, weil sie beim Angriff der Collectors ungeschoren davongekommen waren?

Er konnte sich selbst keinerlei Antwort darauf geben und beschloss abzuwarten.

Ruhiger machte ihn das nicht.

Er strömte mit den Massen dahin, sah den Einbahnkabinen zu, wie sie über den Köpfen der Menschen dahinpfiffen, und konnte sich auf nichts konzentrieren. Nervosität und Sorge mischten sich. Zehn Minuten vor der angegebenen Zeit stand er an dem vereinbarten Treffpunkt und wartete auf das Taxi.

In seinem Rücken surrte es elektrisch.

»Sorry. Stehe ich im Weg?« Kris wandte sich um. Vor ihm stand eine drei Meter große Insektennachbildung, einer Gottesanbeterin ähnlich, aus mattem Edelstahl, schwarzen Kunststoffen und mit funkelnden Facettenaugen ausgestattet. Der Hinterleib war im Vergleich mit dem Vorbild aus der Natur stark verkürzt und schlanker, die Mandibeln sahen geschliffen und scharf aus, mit den Fangarmen verhielt es sich ebenso. Zwei kleine Düsen auf dem Rücken legten die Vermutung nahe, dass dieses Wesen fliegen konnte.

Heiliger Wotan! Ein Automat mit höherer Weihe. Kris machte einen Schritt zur Seite, damit der 2OT vorbeikonnte. »War keine Absicht.«

Die Gottesanbeterin bewegte sich nicht. Der Dreieckskopf senkte sich, die Facetten richteten sich auf ihn. »Du bist Kris«, sagte eine weibliche Stimme. »Ich war auf dem Weg zu unserem Treffen und habe dich hier stehen sehen.«

Ach du … Er atmete tief ein: Vor ihm stand jemand aus der anderen Familie. Kris wusste nicht, ob er die Hand ausstrecken sollte, vermutlich würde sie von den Fangarmen abgetrennt. Außerdem war er nicht erpicht darauf, Freundschaften zu schließen. Nicht mit dem, was er vor sich sah. »Du bist?«

»Mein menschlicher Name lautete Scarlett, bis ich dem 2OT beitrat und mehrere Weihen durchlief«, antwortete sie. Es bereitete ihm Schwierigkeiten, allein aus der hellen, fast kindhaften Stimme freundliche Gefühle ablesen zu können, während das Stahlgesicht keinerlei

Ausdruck zeigte. »Es wäre mir lieber, wenn du mich Kratos Beta 21/239 nennst, denn ich gehöre nicht mehr in die Welt der normalen Menschen. Ich bin erhöht.«

»Das ist ein langer und ungewöhnlicher Name«, sagte Kris in dem Versuch, so diplomatisch zu sein, wie es ihm nur möglich war. Schon die Formulierung *Ich bin erhöht* weckte seine Abneigung stärker als der befremdliche Kunstkörper.

»Für dich, ja. Für mich, nein.«

Ich werde den verquer-technoiden Quatsch dennoch nicht benutzen. Das Taxi rollte vor und hielt exakt vor ihm an, die Tür öffnete sich für ihn. »Sorry, der Wagen ist nicht auf deine Maße ausgelegt. Wir sehen uns später.« Er setzte sich und betrachtete sie durch das Panoramadach. *Zum Glück. Mit dir könnte man jedem Kammerjäger einen Herzinfarkt bescheren.*

Seine Halbschwester – oder wie auch immer man das metallische Ding nennen mochte – nickte und stieß sich vom Boden ab. Aus dem Stand gelangte sie in vier Meter Höhe, wo sie die kleinen Triebwerke zündete und davonflog.

»Ich habe so gar keine Lust«, murmelte er und nannte dem Computer das Ziel.

Das Taxi fuhr los, und bald tauchte Nuria am Straßenrand auf, eine schwarze Aktentasche unter dem Arm geklemmt. Das Gefährt hielt auf Kris' Anweisung an.

Nuria stieg ein und setzte sich neben ihn. »Du bist sehr pünktlich«, begrüßte sie ihn und warf ihm einen verlangendverheißenden Blick zu, der ihn dahinschmelzen ließ. Sie musste ihn, um ihn heißzumachen, nicht mal berühren. Ihr Anblick, ihr Geruch genügten vollauf. Kris nahm an, dass sich so wahre Liebe anfühlte, denn etwas Vergleichbares war ihm unbekannt.

Sie nannte dem Computerfahrer ein neues Ziel, dann wandte sie sich an Kris. »Was hast du Schönes getrieben? Oh, WIR sehen, du hast Soraya nichts gekauft?«

Er seufzte. »Nein, das habe ich vergessen. Ich war zu sehr in Gedanken. Ich hatte zwei Gespräche, die mich sehr beschäftigt haben.« Rasch berichtete er von Earden und Huntington-Singhs Aussagen und wie unglücklich er deswegen war. Mitten in der Erzählung wurde ihm bewusst, dass sie ihn mit *du* angesprochen hatte. »Ich bitte dich um deine Hilfe«, schloss er und nahm ihre Hand. Nicht die der Professorin oder die von Suede, sondern die seiner Geliebten. »Soraya darf nichts geschehen, auch wenn die Ärzte ihren Fall noch so spannend finden! Sie ist viel zu klein, um als Versuchskaninchen zu enden. Sie soll nicht zur Dauerleihgabe werden!«

Nuria hatte ihm aufmerksam zugehört. Sie beugte sich nach vorn und küsste ihn lange und sehr sanft.

Sein Herz schlug schneller. Er wollte sie! Direkt auf dem Rücksitz, unter dem Panoramadach. Es konnten ruhig alle sehen. Die Lust verdrängte alles andere, auch die Sorge um seine Tochter, und er griff nach ihr.

Aber sie machte sich los und lehnte sich gegen die Tür, weg von ihm. Ihre braunen Augen wirkten – spöttisch? »UNSER lieber Kris«, sagte sie nachsichtig. »WIR wissen, dass dir das Wohl von Soraya sehr am Herzen liegt, doch deine Ex-Gattin hat die Abtretungsunterlagen unterzeichnet. WIR werden ein gutes Wort bei *BaIn* für sie und dich einlegen.« Sie räusperte sich und klang belehrend wie ein Exec. »WIR sind UNS sicher, dass der Konzern auf UNS hören und nicht auf allen Punkten der Abtretung bestehen wird.« Sie lächelte. »Sind Sie schon aufgeregt, SK? Sie werden gleich Verwandtschaft treffen. Hoffentlich hören wir etwas über den Verbleib Ihres Vaters.«

Er sah sie verunsichert an. Von einer Sekunde auf die andere hatte sie umgeschaltet und klang wieder wie eine Geschäftsfrau und seine Vorgesetzte. Vermutlich hätte sie ebenso wenig Schwierigkeiten, wenn sie sich in weiteren zehn Sekunden wieder in das Liebespaar verwandelten. Kris dagegen schon.

»Nein. Ich habe meine Schwester schon gesehen.« In knappen Worten fasste er die Begegnung zusammen, ohne wirklich bei der Sache zu sein. Ihre distanzierte Reaktion hatte ihn getroffen und verwirrt. Faye hatte ihn vor der Abgebrühtheit ihrer Schwester gewarnt. Was Nuria eben gesagt hatte, klang nicht so, als wollte sie sich umfassend für Soraya einsetzen. Auch nicht ihm zuliebe.

Ich täusche mich bestimmt, machte er sich Mut und schenkte ihr ein Lächeln. *Ich versuche es zu einem anderen Zeitpunkt nochmals.* »Wie war Ihr Treffen, Professorin?«

»Oh, danke der Nachfrage. Sehr gut.« Mehr sagte sie nicht und blickte aus dem Fenster. »Wir sind gleich da, SK. Sehen Sie die Pyramide mit der sich drehenden Kugel im Zentrum?«

Kris schaute nach rechts.

Es sah aus, als wäre die jadefarbene Kugel aus großer Höhe in die dreiseitige weiße Pyramide gefallen und zur Hälfte darin eingesunken. Sie drehte sich im Uhrzeigersinn um die eigene Achse in einem Bett aus schwarzer Flüssigkeit. Kris konnte den Durchmesser schwer schätzen, aber mehr als vierhundert Meter waren es sicherlich. Er machte Fenster in der Kugel aus. »Sind das … Wohnungen?«

»Es ist ein Hotel. Die Pyramide besteht aus einem kompletten Erholungs- und Tagungszentrum, in der Kugel werden die Gäste untergebracht. Man kommt über einen Fahrstuhl senkrecht von unten hinein«, erklärte sie ihm. »WIR haben uns zwei Einzelzimmer mit Verbindungstür reservieren lassen.« Sie zwinkerte ihm zu. »Recht so, SK?«

»Sehr gut«, erwiderte er sofort.

Das Taxi näherte sich zügig, verließ den mörderisch dichten Verkehr, in dem noch kein einziger Unfall geschehen war, und bog in die rampenförmige Zufahrt ein. Sekunden darauf hielten sie vor dem Eingang des Hotels. Ein Hoteldiener wuchtete das Gepäck aus dem Kofferraum.

Suede stieg aus, nahm die Tasche. »Los, wir sind ein bisschen spät.« Sie scheuchte Kris aus dem Fond zu den Fahrstühlen, die außen angebracht waren.

Die senkrechte Fahrt führte sie ins siebte Stockwerk. Die Türen öffneten sich, und es ging einen hohen, verschwenderisch breiten Gang entlang, in dem er mit seinem Truck hätte manövrieren können. Besucher kamen ihnen entgegen und wirkten in dem Hallenkorridor klein und verloren.

Kris schwieg und dachte an Scarlett mit ihrer Insektenform. Er hatte vergessen zu fragen, warum sie sich als Gottesanbeterin präsentierte. *Ob es einen religiösen Hintergrund gibt? Oder frisst sie ihre Liebhaber?*

»Sind Sie jetzt gespannt, SK?« Suede lotste ihn durch das Gebäude, als wäre sie Stammgast.

»Ich bin zumindest neugierig, wie mein Bruder aussieht«, erwiderte er. Grinsend stellte er sich ihn als Cyborg-Ratte vor, als Alu-Elefant, als Karbon-Fliege. *Das wäre eine echte Herausforderung an die Konstrukteure des 2OT.* »Bestimmt was Kleines.«

»Aber nicht zu klein. Denken Sie an die natürliche Schranke. Der 2OT ist nicht in der Lage, den menschlichen Verstand mit seinem Wissen und dem humanoiden Bewusstsein in reine Daten umzuwandeln. Auf die Digitalisierung der Seele muss man noch warten«, referierte sie. »Außerdem ist die Frage nach der Existenz einer Seele als solche ungeklärt.« Sie blieb vor dem Salon IIOOOI stehen, klopfte und trat ein.

Sie hat nicht mal auf meine Antwort gewartet. Kris folgte ihr und erblickte Scarlett an der Stirnseite des aluminiumfarbenen Tisches. Schräg vor ihr stand ein Mann in einem stahlblauen Anzug mit kurzen blonden Haaren, der vom Profil her frappierend seinem Vater in Jugendjahren glich. Die Fotos kannte Kris noch.

»Guten Tag«, grüßte Suede sie und setzte sich ihnen gegenüber, ohne weitere Höflichkeitsfloskeln auszutauschen. Das wiederum fand Kris gut. »Schön, dass Sie Zeit für UNS gefunden und sich zu einem Treffen entschlossen haben.« Sie langte in ihre Aktentasche und zog zwei kleine Rollen Terracoins hervor. Beinahe schon verächtlich gab sie ihnen einen Stoß, so dass sie über die Platte zu Scarlett und dem noch namenlosen Mann rollten. »Bitte sehr. Die vereinbarten fünfhundert. Für Ihre Mühen.« Sie faltete die Hände zusammen. »Reden wir über Ihren Vater: Wo finden wir ihn?«

Der Mann setzte sich, schaute an ihr vorbei zu Kris, der sich wie ein Leibwächter fühlte und neben Suede stand, halb zur Tür gewandt und immer wachsam. Er erwiderte den neugierigen Blick.

Sein Halbbruder glich dem Vater sehr. Dem ersten Anschein nach hatte er noch keinerlei Modifikationen an sich vornehmen lassen, oder besser gesagt: noch keine vornehmen dürfen. Was unter dem Anzug steckte, blieb natürlich ein Geheimnis. »Guten Tag«, grüßte er zurück, und seine tiefe Stimme füllte den Raum. »Mein Name ist Olonin

Lyssander. Meine Schwester und ich sind in erster Linie hier, um dich kennenzulernen«, richtete er sich direkt an Kris. »Sie hat mir erzählt, dass ihr euch bereits getroffen habt.«

Es war Kris unangenehm, plötzlich im Mittelpunkt der Aufmerksamkeit zu stehen. »Ja«, sagte er daher nur knapp und hoffte, dass Suede wieder das Gespräch an sich reißen würde. Schließlich ging es ums Geschäft.

Olonin sah ihn an. »Ich erkenne die Ähnlichkeit«, meinte er bedächtig. »Wie schade, dass Mutter es nicht mehr erleben durfte, dass sich die Familien bei der Suche nach Vater vereinen.«

»Wir vereinen uns bestimmt nicht«, knurrte Kris. *Das würde mir noch fehlen. Und ich falle dir bestimmt nicht um den Hals.*

»Da müssen WIR UNSEREM Leibwächter Recht geben«, fiel Suede ein. »Also, Mister Lyssander, so sehr WIR ein wenig Gefühl und Rührseligkeit in gewissen Momenten zu schätzen wissen, möchten WIR von Ihnen hören, was Sie über den Verbleib von Anatol Lyssander wissen. WIR lassen Sie drei danach gern alleine, damit Sie in die Vergangenheit eintauchen können.«

Olonin nahm die Rolle Tois auf und steckte eine davon in die Tasche des Sakkos, die andere wurde von Scarlett mit einer sehr präzisen, unglaublich schnellen Bewegung des rechten Fangarms vom Tisch geschnappt. Eine Klappe in der metallischen Brust öffnete sich, das Geld landete darin. »Der Absturz meines Vaters, nein, seine Wandlung zum Kriminellen ist ein Fall voller Missverständnisse«, setzte Olonin zu einer ausschweifenden Erklärung an. Das hörte Kris bereits am Ton. »Ich weiß, dass er in vielen Systemen als Ganove bezeichnet wird, weil er sein Talent angeblich missbraucht hat, um Profit aus von ihm angezettelten Unruhen zu schlagen.« Er tippte sich gegen den Kopf. »Vergessen Sie nicht, Professorin: Sein Interim-Syndrom macht ihn zu einem Opfer. Die Ärzte, die ich gefragt habe, sind der festen Überzeugung, dass die Mittel, die ihm die GUSA gegen die Auswirkungen der Krankheit gab, nicht stark genug waren.«

»Mister Lyssander, WIR *richten* nicht über Ihren Vater, WIR *suchen* ihn nur«, warf Suede kühl ein. »Ich kann Ihnen schriftlich zusichern, dass

*Ba*I*n* ihn nicht an die GUSA oder die FEC oder an andere Staatenbünde ausliefern wird, auf deren Abschussliste er steht.« Sie deutete mit dem Daumen über die Schulter. »Mit SK halten WIR es ebenso, obwohl die Summe beträchtlich ist, die die Coalition für ihn bereit wäre zu zahlen. WIR halten uns an unsere Verträge.«

»Sie reden aus einem bestimmten Grund in der Mehrzahl?«, hakte Olonin ein.

»Im Namen UNSERES Konzerns«, konterte sie lächelnd. »Also? Dem Anfang haben WIR entnommen, dass Sie durchaus Informationen besitzen. Ihr Vater wird dringend von UNS gebraucht. Es geht um eine Angelegenheit von sehr großer Tragweite.«

»So etwas habe ich schon geahnt. Sein Kommunikationstalent ist einzigartig.« Olonin berührte ein Touchpad am Tisch, und in die Mitte der Platte wurde daraufhin eine räumliche Sternenkarte projiziert. »Wir haben das alte Schiff meines Vaters, die *Oracle,* schon vor längerer Zeit ausfindig gemacht.« Das Sternbild Orion leuchtete auf. »Ich habe es in den Anzeigen mit den Raumschiffen für Sammler entdeckt. Der Verkäufer hatte es von einem Schrotthändler erstanden, der es schwer beschädigt im All aufgebracht hatte. Den Schäden an der Hülle nach hatte unser Vater zuerst eine Kollision mit Kometentrümmern, danach eine Auseinandersetzung mit einem anderen, überlegenen Schiff. Die Rettungskapsel fehlte, aber nicht das Logbuch.«

Kris sah, dass sich Suede bei der Erzählung kurz versteifte, dann aber entspannt hatte. Sie hegte die Hoffnung, Anatol Lyssander lebendig ausfindig machen zu können.

»Und wo ist die Kapsel abgeblieben, Mister Lyssander?«, fragte sie. »WIR nehmen an, dass Sie schon nachgeforscht haben?«

Kris betrachtete die Karte, die sich gerade neu aufbaute, und las die Planetennamen. Es dauerte, bis er verstanden hatte: *Mächtiger Sonnenwolf! Das sind alles Welten, die von den Collectors in Obhut genommen wurden!* Er glaubte nicht daran, dass es sich um einen Zufall handelte. »Kann ich die Zeiten sehen, wann er wo war?«, fragte er und klang dabei angespannt.

Suede und Olonin sahen ihn beide verwundert an. Bei Scarlett war nicht zu erkennen, was sie gerade mit den Facettenaugen betrachtete und welche Gefühle sie dabei hatte.

»Sicher.« Wieder drückte Olonin auf der Tischplatte herum, und die Aufenthaltsdauer wurde über den Planeten eingeblendet.

»Gibt es eine Möglichkeit, den Tag einzublenden, an dem die Collectors jeweils vor Ort aufgetaucht sind?«, setzte Kris gleich hinzu. Schon erschienen die verlangten Daten, auch wenn Olonin seine Finger nun wesentlich langsamer bewegte. Er hatte den Sinn der Fragen verstanden.

Als die Wahrheit unübersehbar für alle abzulesen war, wurde es sekundenlang totenstill in Salon IIOOOI.

Kris deutete auf die Projektion. »Schaut es euch an! Das ist kein Zufall!«, rief er und trat an den Tisch; das Planetenbild zuckte und verzerrte sich für zwei Lidschläge. Aus der Wut auf seinen Vater wurde Hass, ohne dass er etwas dagegen tun konnte oder wollte. »Er kam und verschwand immer *einen* Tag, bevor die Collectors ins System sprangen.«

»Außer auf Hakup«, warf Suede ein.

»Vater ist kein Verräter«, erwiderte Scarlett erbost, die scharfen Fangarme öffneten sich leicht. »Es ist eine Fügung. Er wird geahnt haben, dass sie kommen. Das Interim-Syndrom wird ihn dazu befähigt haben.«

»Und weswegen hat er die Menschen nicht gewarnt?« Ihr Widerspruch machte seine Überzeugung umso härter.

»Weil unser Vater kein netter Mensch war, sondern einer, der sich immer zuerst um sich gekümmert hat, bevor er an andere dachte«, antwortete Olonin. »Aber ich stimme mit meiner Schwester darin überein, dass er kein Verräter ist.«

»Und wo haben Sie noch gleich den Peilsender der Rettungskapsel lokalisiert?«, brachte sich die Professorin ins Gespräch ein.

Olonin zeigte auf einen Planeten im Druschba-System, fernab von den bisherigen Angriffslinien der fremden Zwangsbeschützer. »Die Kapsel ging auf Putin runter, und seitdem ist unser Vater nicht mehr aufgetaucht. Das ist der Beweis, dass er nicht zu ihnen gehört.«

Kris lachte ihn aus. »Was soll denn *daran* ein Unschuldsbeweis sein?

Putin gehört den Collies! Ich würde sagen: Er hat sich zu seinen Freunden geflüchtet!«

»Unsere Analysen der Geschossfragmente im Wrack der *Oracle* haben ergeben, dass der Beschuss mit den Waffen der Collectors geschah«, hakte Scarlett aufgebracht ein. »Es ist klar ersichtlich: Sie haben ihn flugunfähig geschossen, um ihn zu schnappen und unter Obhut zu stellen! Weil sie seine Kommunikationsfähigkeiten benötigen. Und …«

Olonin hob die Hand, und sie verstummte. »Nachgewiesenermaßen hat sich unser Vater vorher niemals auf Putin aufgehalten. Der Angriff dort *kann* nicht mit ihm in Verbindung gebracht werden. Ich bleibe dabei: Es war Fügung, dass er sich jeweils kurz vorher auf den eroberten Planeten befand.«

Bevor Kris etwas erwidern konnte, lachte Suede auf und ergriff das Wort. »Wer hätte gedacht, dass wir ihm schon so nahe waren? Anatol Lyssander befindet sich auf Putin, das von den Collies besetzt ist«, resümierte sie mehr für sich als für die Anwesenden und nickte dabei leicht. »Schön. WIR klären das mit *BaIn* ab, und wenn der CEO grünes Licht gibt, lautet unser nächster Halt wieder Putin.« Sie stand auf. »Vielen Dank für Ihre Auskünfte«, sagte sie zu Olonin und Scarlett. »Sie waren Ihre fünfhundert Tois wert.« Sie führte einen ihrer Ringe über die Infrarotschnittstelle im Tisch und übertrug die Kartendaten auf den eingebauten Speicherchip.

Kris hatte nicht vor, allein mit seinen Halbgeschwistern im Raum zu bleiben. Es gab nichts zu bereden, keine Sentimentalitäten. Die Erkenntnis, dass sein Vater ein Ganove und ein Aufklärer des Feindes, ein Verräter am eigenen Volk war, raubte ihm jegliche Illusion. Das Interim-Syndrom für das Verhalten verantwortlich zu machen stellte eine zu einfache Entschuldigung dar, die er nicht akzeptieren wollte. *Er hat es mit voller Absicht gemacht. Wer weiß, was sie ihm dafür bezahlen.* Er wandte sich um und folgte Suede, die sich der Tür näherte.

»Professorin Suede!«, rief Scarlett.

Sie blieb stehen und drehte sich, damit sie an Kris vorbeischauen konnte. Er machte einen Schritt zur Seite, blieb aber mit dem Gesicht nach vorne stehen. »Ja?«

»Wir würden Sie gerne begleiten«, hörte er Scarlett sagen. »Wir möchten alles tun, um unseren Vater aus der Obhut der Collectors zu befreien. Wir verlangen auch nichts dafür.«

Nein. Alles, nur das nicht! Kris starrte Suede an und versuchte, ihre Gedanken zu beeinflussen. *Sag nicht Ja! Sag nicht Ja! Bitte!*

»Sehen Sie uns als Unterstützung für Ihr Team«, fügte Olonin seidenweich hinzu. »Wir hörten, Sie haben Ihre Beta-Humanoiden und die Hälfte Ihrer SuperSoldiers verloren. Ihre Justifiers-Einheit hat schwer gelitten. Ich kann ein paar Freunde mitbringen, die den Verlust aufwiegen.«

»Können Ihre Freunde kämpfen?« Suede ignorierte Kris' Blick sichtlich. »WIR wollen bei diesem Einsatz keine 2OTs um UNS herum, die in niedlichen Ersatzkörpern stecken, mit denen die Collectors kuscheln möchten.«

»Lass sie hier«, flüsterte Kris ihr entsetzt zu und vergaß das Siezen. »Bitte!«

»Das können sie, Professorin Suede. Sehr gut sogar«, versicherte Scarlett. »Wir sind eine Bereicherung für Ihre Mission und folgen jeder Ihrer Anweisungen.«

Jetzt sah Suede ihren Piloten und Leibwächter an. Als Vorgesetzte, nicht als Geliebte. »Willkommen an Bord, Mister Lyssander und Kratos Beta 21/239«, sagte sie laut, bevor sie sich wieder zur Tür wandte. »Abflug ist in einem knappen Monat. Sie sollten UNS Ihre Freunde vorstellen. Mein Major wird Sie auf Tauglichkeit testen. Schönen Tag.« Sie verließ den Salon.

Kris hetzte ihr nach. Auf Olonins Rufe, die ihn zum Bleiben bewegen sollten, reagierte er nicht. »He!« Er schloss zu ihr auf. »Warum hast du eingewilligt, sie mitzunehmen? Ich habe dich …«

»SK, Sie vergreifen sich gerade im Ton«, machte sie ihn kühl aufmerksam. »Abgesehen davon: WIR erachten sie in der Tat als wertvolle Unterstützung für das Team. WIR können aus Zeitgründen nicht zu *Shiva's Fortress* fliegen und die Verluste ausgleichen. Also nehmen WIR, was WIR bekommen können. Die Motivation Ihrer Halbgeschwister, Anatol Lyssander ausfindig zu machen, ist enorm hoch. Und dazu noch gratis. Alle weiteren Diskussionsversuche können Sie sich sparen.« Sie betrat den Lift und sah ihn an. »Kommen Sie, SK? Unsere Zimmer warten.«

Kris blieb stehen und sah zu, wie sich die Türen langsam schlossen. »Professorin, die Gegend ist sicher«, sagte er und unterdrückte seine Wut, die sich plötzlich gegen so viele richtete: gegen Suede, seinen Vater, Olonin und Scarlett, *Baln*. »Sie brauchen keinen Leibwächter.«

Sie lächelte nachsichtig und warf ihm die Keykarte für sein Zimmer zu, dann verschwand sie hinter den Türen.

Er hielt die Karte in der Hand und wartete, bis die Kabine abgefahren war. »Scheiße!«, schrie er seinen Frust hinaus und trat mehrmals hintereinander gegen die Wand. Die Stiefel hinterließen Vertiefungen im Material, teurer Kristallinputz bröckelte ab. »Heiliger Wotan, was hat das Universum gegen mich?«

Er stürmte durch die Tür zum Treppenhaus und machte sich an den Aufstieg zum Hotel in der rotierenden Kugel. Die Anstrengung sollte ihm dabei helfen, die Wut loszuwerden.

Auf der Keykarte erschien ein Miniaturlageplan und wies ihm durch einen wandernden gelben Punkt den Weg zum Zimmer. Am Ende seines sportlichen Programms kam er schweißgebadet vor seiner Tür an und war erledigt. Körperlich. Aber noch immer fühlte er den Zorn in sich.

Der beschissene Kutscher-Auftrag auf der Erde. Kris zog die Kleider aus. *Hätte ich ihn bloß nicht angenommen!* Er stellte sich unter die Dusche und genoss das warme Wasser, das aus zehn Düsen sanft auf seine Haut regnete.

»Da bist du ja endlich«, sagte Nuria hinter ihm und schlang ihre Arme um ihn, drückte sich an ihn. »WIR wollen dich!«

Was das Rennen die zig Stockwerke hinauf nicht geschafft hatte, gelang ihr mit ihrer Stimme, ihrem Geruch und ihrer Wärme.

Die Wut verflog, verdrängt von der Lust.

Zweite Szene

23. Januar 3042 a. D. (Erdzeit)

SYSTEM: DRUSCHBA
PLANET: PUTIN (IM BESITZ VON FEC, DERZEIT UNTER OBHUT)
DISTRIKT: PUTINGRAD
STADT: PUTINGRAD

Das Bild erlosch unvermittelt.

Hatte ich Recht? Theresa sah sich um, doch die Collectors um sie herum bewegten sich nicht. Der Monitor blieb schwarz. *Kann das wirklich Lyssander gewesen sein?*

Bevor sie sich in vielerlei Theorien verstrickte, ohne sie prüfen zu können, ließ sie es bleiben und achtete stattdessen weiterhin auf ihre Umgebung. Die Waffen hatte man ihr nicht abgenommen. *Elf Patronen.* Ein Schuss durchs Fenster, sie könnte hinausspringen und versuchen zu flüchten.

Nein. Das bringt nichts. Sie hätten mich wegen des Chips in meinem Nacken in wenigen Sekunden lokalisiert. Theresa legte die Hände in den Schoß und wartete. Minutenlang geschah nichts.

Dann surrten die Nanomotoren der Rüstungen. Ihre Wärter erwachten aus der Starre und kamen auf sie zu.

Theresa stand auf, die Hände an die Kolben der Waffen gelegt. Sie war bereit für eine neuerliche Prüfung, ganz gleich, wie sie aussehen sollte. *Das Visier könnte eine Schwachstelle sein.*

Gleich darauf öffnete sich die Tür, und ein Mann kam herein, den sie von früher kannte. Sehr viel früher.

Noch immer war Anatol Lyssander leicht zu erkennen, die wenigen Falten mehr im Gesicht veränderten ihn nicht maßgeblich. Er trug verschlissene Kleidung, als hätte er sich schon wochenlang in den Sachen bewegt, und roch nicht besonders gut.

»Sie sind es? Die Deaconess Hera, von früher?« Er kam ihr noch näher und betrachtete sie, sein fauliger Atem schwappte gegen sie.

Sie musste sich beherrschen, um ihre Waffen nicht zu ziehen. Damals waren seine Zähne von Rissen durchzogen gewesen, heute waren es zersprungene, ungepflegte Gebilde mit einer dicken, gelben Schicht darüber.

»Aus mir wurde Bishopness Theresa«, stellte sie richtig. Sie wollte ihm in die Augen, die pulsierenden Pupillen blicken – und musste nach zwei Sekunden wegschauen. Der Wahnsinn darin tat ihrer Seele weh. »Und aus Ihnen ein Verräter!«

»Ich lobe Gott den Herrn«, sagte er freudig. »Er hat mir Sie geschickt, um mich zu befreien.« Er senkte die Stimme. »Sie halten mich als ihren Sklaven und foltern mich, Bishopness. Ich muss ihnen zu Willen sein, sonst tun sie mir Dinge an, die ich nicht ertrage! Sonst geben sie mir mein Mittel nicht! Die Schmerzen des Interim-Syndroms sind …« Er suchte nach Worten, kniete dann vor ihr nieder, faltete die Hände und reckte sie flehend gegen sie. »Vergeben Sie mir und helfen Sie mir!«, sagte er unter Tränen. »Holen Sie mich hier raus, und ich bringe uns runter von Putin.«

Vergebung war eine Grundmaxime der Church. *Aber ich bestimme, wem ich vergebe. Noch ist es zu früh für dich und deine Taten.* Theresa sah zu den Collectors. »Ist es nicht etwas merkwürdig, dass die Wächter gar nichts unternehmen, während Sie von mir verlangen, Sie zu befreien?« Sie glaubte an einen Trick, um sie zu täuschen. Ihr waren solche Finten durchaus bekannt, wenn es um Verhöre von Abtrünnigen und Ketzern ging.

»Nein«, jammerte er. »Sie verstehen uns nicht. Und es interessiert sie auch nicht. Sie halten uns für primitive Tiere, die sie beschützen und vor der Ausrottung bewahren müssen.« Er umschlang ihre Beine. »Ich habe denen versichert, dass ich versuche, Sie auf diese Weise zum Reden zu bringen. Sie denken sich nichts dabei und ahnen nicht, dass ich sie betrügen könnte. Dafür war ich zu lange einer von ihnen.« Er drückte sein tränennasses Gesicht gegen ihre gestohlene Männerhose. »Gott ist mein Zeuge: Ich bin kein Verräter an der Menschheit!« Er schluchzte auf.

Theresa berührte sein fettiges Haar zögerlich mit der Rechten. *Herr der Galaxien, sende mir ein Zeichen!* Sie sah auf ihn hinab. Im Grunde war *er* das Zeichen: Vor ihr kniete der Mann, den sie vor fünfundzwanzig Jahren nicht zur Strecke gebracht hatte, und genau dieser Mann bot ihr an, sie in die Freiheit zu bringen, damit sie von den Gräueltaten der Collectors berichten konnte. Sie würde mit ihren Worten den notwendigen Aufschrei bei den Staatengemeinschaften erzeugen, der endlich im Zusammenschluss zu einer gewaltigen Flotte münden sollte. Eine Flotte gegen die Collectors und ihre Obhut. Eine Einheit gegen die Unterdrückung.

»Wie soll die Flucht gelingen?«, fragte Theresa ihn. »Die haben die Lufthoheit. Nichts, was fliegen kann und kein Vogel ist, schwingt sich in die Höhe.«

»Ich kenne ein paar ihrer Codes. Sie achten nicht auf mich.« Er sah sie lächelnd an. »Oh, Bishopness! Sie werden mich erlösen!« Er seufzte erleichtert. »Ich verlange Asyl, Asyl bei Ihrem Ministrator. Bringen Sie mich nach Christ. Ich erzähle alles, was ich über die Collectors weiß, und die Church of Stars wird als Retterin aus tiefster Not erstrahlen. Denn die Collectors *sind* Teufel! Der Glaube kämpft doch gegen den Teufel!« Die irren Pupillen zogen Theresas Blick auf sich. »Wir besiegen die Fremden, die Dämonen! Und *Sie*, Bishopness, werden diejenige sein, deren Name unsterblich wird. Womöglich werden Sie die nächste Ministratorin!«

Theresas Misstrauen war nicht völlig gewichen. Auf Christ, die Hauptwelt der Church, würde sie Lyssander schon mal gar nicht bringen. Aber alles andere gefiel ihr, auch wenn sie noch kein Zeichen um sich herum erkannt hatte, das ihr den Beistand des Schöpfers versicherte. »Wie sind Sie in die Finger der Collectors geraten?«

Er lachte, als hätte sie einen guten Scherz gemacht. »Abgeschossen haben sie mich. Durch einen Kometenschweif gejagt haben sie mich, und meine Rettungskapsel ging auf diesem Drecksloch nieder. Sie mussten mich nur einsammeln und bemerkten meine Gabe. Damit wurde ich zu ihrem Gefangenen.« Lyssander breitete die Arme aus. »Bitte!«

»Wie viele Pillen haben Sie noch?«

»Mein Diffusor und die Pillen … Es wird für eine halbe Woche ausreichen, danach … kann es sein, dass Sie mich in Tiefschlaf versetzen müssen. Anders ist das Interim-Syndrom nicht zu verkraften.« Er küsste ihre Schuhe und erhob sich. »Sie sind eine gute Frau, Theresa. Ich bereue zutiefst, was ich in meinem alten Leben getan habe. Diese teuflischen Bestien ließen mich dafür mehr als leiden.« Er schaute sie abwartend-auffordernd an.

Gegen die Dämonen. Theresa hatte sich schnell entschieden. *Es ist eine schwere Prüfung, aber ich nehme sie an, Herr aller Sonnen,* betete sie knapp. *Und ich nehme mich des verlorenen Schafs an und bringe es zurück zur Herde.* Sie legte beide Hände wie zufällig an die Waffengriffe. »Gibt es Schwachstellen an ihren Rüstungen?«

Lyssander stöhnte erleichtert auf. Er hielt sich den Bauch, als hätte er Schmerzen. »Gott segne Sie, Bishopness! Zielen Sie auf die Kabel auf der rechten Halsseite. Ich habe einen Unfall beobachtet, bei dem ein Collector zu Boden stürzte, nachdem das Kabel gerissen war. Warum das passiert ist, weiß ich nicht. Aber es ist passiert.«

Theresa suchte die Stelle unauffällig. Das Ziel war nicht größer als ein Terracoin, lag knapp sichtbar unter einer vorgebauten Panzerplatte. Sie wusste, dass sie einen, höchstens zwei Versuche hatte. *Der Schuss wird entscheiden, ob Gott mit mir ist oder nicht.* »Sobald ich gefeuert habe, laufen Sie los und zeigen mir, wohin wir müssen.«

»Mache ich«, nickte er. Das Gesicht wirkte lebendiger als vorher. Lyssander freute sich wirklich auf seine Freiheit. »Das Haus hat ein Kellersystem mit einem Rettungstunnel, durch den man bis zum Raumhafen gelangt. Da hinein können sie uns nicht folgen. Ihre Rüstungen sind zu klobig.« Er klopfte sich zweimal gegen die Brust. »Wir schaffen es, Bishopness! Für die Menschen!«

»Amen.« Theresa zog die *Thorn,* Lyssander fiel wieder auf die Knie, krümmte sich und hielt sich die Ohren zu. Sie zielte mit der Rechten und drückte einmal ab, schwenkte auf das nächste Ziel und feuerte erneut; der linke Arm richtete sich vorbereitend auf den dritten Collector.

Die Kugeln trafen exakt an dem Punkt, den ihr Lyssander beschrieben hatte. Blaue, stinkende Flüssigkeit sprühte meterhoch aus der zerfetzten Leitung, die unter enormem Druck gestanden haben musste. Die Tapete, der Boden lösten sich bei Berührungen mit der ätzenden Substanz auf, türkisfarbene Wölkchen stiegen auf.

Die Collectors fielen stumm wie Statuen nieder, der Boden erbebte unter dem Einschlag der schweren Rüstungen.

»Ich sehe deine Zeichen, Herr!«, rief Theresa außer sich und drehte den Kopf, um auf den letzten Gegner zu schießen.

Doch er stand nicht mehr dort!

Theresa bekam einen Schlag in den Rücken, der sie von den Füßen hob und vorwärts gegen einen gestürzten Collector katapultierte. Ächzend stürzte sie nieder und musste aufpassen, nicht mit der blauen Lache in Berührung zu kommen, sonst hätte sie sich schwere Verätzungen zugezogen. Eine ihrer Pistolen hatte sie verloren. Keuchend und mit einem heißen Stechen in der Mitte des Rückgrats nahm sie den heranstampfenden Feind ins Visier und schoss.

Klirrend zerschellte die Kugel an der Panzerplatte, die winzigen Fragmente zerschlugen die Bürolampe und eine Dekovase.

Theresa feuerte nochmals – *klick!*

Sie ersparte sich das Durchladen. Es war keine Fehlfunktion, sondern Munitionsmangel. Sie griff nach dem Schwert des getöteten Collectors. *Verdammt!* Es war so schwer, dass sie es nicht einmal aus der Gürtelhalterung lösen konnte.

Der Schatten des Wesens fiel über sie, und Theresa versuchte, sich mit einem Sprung in Sicherheit zu bringen. Die schnappende Stahlhand war jedoch schneller und bekam ihre kurzen Haare zu fassen, schrammte über die Kopfhaut und riss blutige Striemen.

Theresa schrie auf, wurde emporgehoben und pendelte vor dem Visier des Collectors. *Herr, habe ich mich in deinen Zeichen geirrt?*

Da hüpfte Lyssander wie ein lahmer Vogel vor sie, hielt ihre verlorene *Thorn* mit beiden Händen und drückte schreiend ab.

Laut dröhnten die Schüsse durchs Büro, und mit dem zweiten Krachen platzte das Kabel. Wieder sprühte die Flüssigkeit hervor.

Die künstliche Hand öffnete sich und gab Theresa frei, die auf dem

Boden landete und so gut es ging zur Seite hechtete; dabei legte sie einen Arm um Lyssanders Schulter und riss ihn mit.

Dort, wo sie eben noch gestanden hatten, ging ein bläulicher, ätzender Schauer nieder. Eine Sekunde darauf brach der Collector zusammen.

Theresa sprang auf die Füße. »Hoch mit Ihnen, Lyssander!«, sagte sie gepresst und wischte sich das Blut aus den Augen, das von der Kopfwunde über die Stirn herablief. »Wer weiß, wann die Verstärkung kommt.« *Schöpfer der Welten, ich danke dir!*

Der Mann rappelte sich taumelnd auf, fiel gegen die Tür und zog sie hoch. »Wir haben es geschafft! Geschafft, geschafft, geschafft!«, jubelte er ausgelassen wie ein kleines Kind und ließ ihr den Vortritt. »Weg hier. Die Treppe runter!«

Als sie auf seiner Höhe war, sah sie ein schlankes Messer in seiner Hand aufblitzen. Der Arm zuckte nach vorne und fuhr ihr durch den Nacken.

Mit einem Schrei warf sie sich zur Seite und zückte ihren eigenen Dolch. »Doch ein Verräter!«, schrie sie ihn an und setzte zum Stoß an.

»Da!«, rief er verzweifelt und ließ die Waffe fallen, mit der anderen Hand deutete er auf den Boden. »Da, das habe ich gemacht!«

Ein blutiger, fingerlanger und sehr dünner Gegenstand lag auf dem Boden des Vorzimmers.

Der Chip! Theresa betastete das brennende Genick, wo sich das Rot aus den Striemen mit dem aus der zweiten Wunde vermischte. *Er hat den Chip herausgeschnitten!* Der letzte Zweifel an seiner Aufrichtigkeit schwand: Er hätte sie gegen den Collector verlieren lassen und soeben töten können. Beides hatte Anatol Lyssander nicht getan.

»Gehen Sie endlich vor«, fuhr sie ihn an und drückte den Kragen gegen die Wunde, damit sie zu bluten aufhörte.

Er nickte hastig und lief los, sie folgte ihm. Sie konnte sich nicht dagegen wehren, ihn sich gewaschen, rasiert und mit neuen Zähnen vorzustellen. Dann würde er einen durchaus attraktiven Mann abgeben. Und seinem Wahnsinn konnte man mit Medikamenten abhelfen, so dass er …

Theresa stutzte. *Was denke ich denn da?*

Siedend heiß fiel ihr ein, dass sie diese Fruchtbarkeits-Injektion von den Collectors erhalten hatte. Ausgerechnet jetzt musste sie zusammen mit einem Mann flüchten!

Sie hoffte inständig, dass Anatol Lyssander den abstoßenden Gestank so schnell nicht verlor.

ACHTER AKT

Erste Szene

5. Mai 3042 a. D. (Erdzeit)

SYSTEM: MECHA

PLANET: AUTOMATON PRIME (HAUPTWELT DES ORDER OF TECHNOLOGY)

Kris saß im Bademantel vor dem Computerterminal in seinem Zimmer und betrachtete die Bilder, die er geschossen hatte: von der Collectorrüstung an Bord, von dem kybernetischen Arm der Frau im Café.

Gib sie mir größer. Er tippte auf den Computer ein und ließ sich die Ausschnitte in dreifacher Vergrößerung zeigen.

Nach dem aufregenden Liebesspiel mit Nuria unter der Dusche war er aufgekratzt und voller Energie gewesen. Im Überschwang hatte er den Fehler begangen, sie nochmals auf Soraya anzusprechen, aber sie hatte mit freundlicher Ablehnung reagiert. Damit war er sowohl bei seiner Vorgesetzten als auch bei seiner Geliebten mit dem Anliegen gescheitert, was ihn tief enttäuschte. Und das hatte er sie auch spüren lassen, indem er eine zweite Liebesrunde abgelehnt hatte. Es war ihm leichter gefallen, als er angenommen hatte. Ihr Geruch hatte sich durch das Wasser verändert.

Während sie beleidigt in ihr Zimmer verschwunden war, hatte er sich vor den Computer gesetzt und das geprüft, was ihn seit dem ersten Verdacht nicht mehr losgelassen hatte. Er ärgerte sich, dass er auf *Shiva's Fortress* nicht die Kaltschnäuzigkeit besessen hatte, den Tiger-Beta zu fotografieren, der auf ihn losgegangen war. Oder das Labor.

Kris legte die Bilder auf dem Monitor übereinander. *Die zwei Bauteile passen perfekt!* Er fuhr sich durch die feuchten Haare und verglich die Fakten mit den Augen eines Techniklaien. *Ich fasse es nicht. Die Collectors haben vom 2OT geklaut!*

Natürlich war es nur eine Annahme. Aber da der Orden eine jahrhundertelange Erfahrung mit der kybernetischen Technologie besaß, war es nur allzu wahrscheinlich, dass die Fremden bei ihren Raubzügen in den Besitz von einigen hochtechnisierten Beutestücken gekommen waren, die sie anschließend weiterentwickelt hatten.

Dass die Collectors eine getarnte Einheit des 2OT sein mochten, kam ihm zwar kurz in den Sinn, aber es erschien ihm dann doch zu absurd. Der Orden hatte diese Vorgehensweise nicht nötig. Er besaß genug Macht und Geld.

Um sicherzugehen, übertrug Kris die Aufnahmen in den 3D-Kubus und ließ sie neu berechnen, drehte und wendete sie, so dass er die Platinen und Bauteile von allen Seiten betrachten konnte.

Sein erster Eindruck bestätigte sich.

Verrückt. Er ging zur Minibar und ließ sich ein Bier zapfen. Nach dem ersten Schluck hatte er den Eindruck, dass es nach Öl schmeckte. Er schob es jedoch darauf, dass er den ganzen Tag die Luft von Automaton Prime eingeatmet hatte. Vermutlich waren sämtliche Geschmackspapillen mit dem Film überzogen.

Das ist total verrückt! Was mache ich jetzt mit meiner Annahme? Es brachte ihm herzlich wenig. Er wusste auch nicht, wem seine Erkenntnis von Nutzen sein mochte.

Er sah auf den 3D-Kubus, in dem die Bauteile umeinanderkreisten wie Satelliten.

Kris nahm einen weiteren Schluck. Unter Umständen konnte er doch einen Vorteil daraus ziehen. Für seine Tochter.

Noch fehlte ihm das probate Druckmittel, um *BaIn* zu zwingen, die Kleine nicht wie einen Testpatienten zu behandeln, an dem sie ihre neuesten Medikamente ausprobieren konnten. Den Beteuerungen von Earden glaubte er nicht, ohne ihm Lügen unterstellen zu wollen. Aber der Wissenschaftler würde sich im Fall der Fälle dem Druck des Konzerns beugen, also musste etwas her, um wiederum Druck auf den Konzern ausüben zu können. Die Kybernetikangelegenheit auf *Shiva's Fortress* kam Kris erneut in den Sinn.

Er musste noch mehr herausfinden. Mehr über die Betas, mehr über die Experimente, mehr über die Verbindung von *BaIn* und dem 2OT. Huntington-Singh hatte seltsam reagiert, als er Anspielungen auf die kybernetisch aufgerüstete Tiger-Chimäre und die Reaktion des Ordens gemacht hatte. *Vermutlich können es die Automaten wirklich nicht leiden, wenn zweitklassige Wesen ihre kostbaren Erfindungen eingebaut bekommen.* Er sah den Container mit der abgekratzten Aufschrift vor sich. Ein Indiz, dass niemand erfahren sollte, woher der Kybernetikarm stammte.

Noch ein großer Schluck Bier, und das Glas war leer. Er stellte es unter den Hahn, sofort sprudelte neues hinein.

Um Baln damit erpressen zu können, muss ich mehr wissen.

Kris legte sich einen Schlachtplan zurecht, wie er an Informationen gelangen konnte. Am einfachsten lief es, wenn er Nuria dazu bekam, ihm freiwillig zu helfen. Doch sein Vertrauen, sie mit Liebesdiensten und schönen Komplimenten zu beeinflussen, war nicht allzu hoch. Nuria hatte ihm bereits deutlich gemacht, als was sie ihn ansah: als Liebesspielzeug, das bei Gelegenheit ausgetauscht werden konnte. Loverboy, lovetoy. *Ich sollte ihr in Zukunft widerstehen.*

Ein Teil von ihm bekam prompt ein schlechtes Gewissen, weil er so abwertend von ihr dachte. *Mach sie nicht schlecht,* sagte er sich selbst. *Lass der Beziehung noch Zeit, sich zu entwickeln. Es ist eben kompliziert.*

Der Gedanke war gerade zu Ende gedacht, da bekam er einen neuen Einfall.

Faye!

Sie mochte ihre Schwester nicht und würde sich aus dem Grund bestimmt bereiterklären, ihm zu helfen.

»Was tust du da?«

Können CoDriver Gedanken lesen? Vor Schreck hätte Kris beinahe das Glas in der Hand zerdrückt. »Hast du was vergessen?«, sagte er abweisend und verfluchte den Umstand, dass er zu weit vom 3D-Kubus entfernt stand, um ihn abzuschalten.

»Ja.« Nuria war unbemerkt durch die Zwischentür getreten und stand nackt im Wohnzimmer. »Eine Entschuldigung«, nahm sie seine Frage auf. »WIR müssen dir vorkommen wie ein gefühlloses Wesen, das sich nicht in deine Lage versetzen kann.« Sie ging mit geschmeidigen Bewegungen auf ihn zu und nahm ihm das Bier aus der Hand, trank davon und betrachtete ihn; die langen schwarzen Haare umspielten ihren Hals und die Schultern. »Verzeih UNS.« Sie legte eine Hand auf seine Brust, schob den Bademantel zur Seite und berührte seine Haut.

Unerklärlicherweise empfand Kris sofort Lust, aus dem Nichts heraus und trotz aller Vorsätze. Doch auch wenn er sich nach vorn neigte und sie auf den Mund küsste, während sein Begehren stärker wurde, sagte ihm sein Misstrauen, dass sich sein Verhalten mit riesiger Verliebtheit nicht entschuldigen ließ. Diese Wechsel gingen zu schnell.

Widerstehe!, mahnte er sich. *Sie will dich benutzen, weil ihr danach ist. Weil sie gerade scharf ist und einen Fick will.*

Er konnte so viel denken, wie er wollte: Er ließ es geschehen, dass sie ihm den Bademantel auszog und ihn auf den Hals küsste, sich an ihn schmiegte und ihm dabei einen Schluck Bier einflößte. Die Erektion bahnte sich an.

Nuria lächelte verführerisch und zog ihn zur Couch – dabei fiel ihr Blick auf den 3D-Kubus. Das Lächeln verschwand wie ausgeknipst. »Was ist das?«, verlangte sie zu wissen. Die Vorgesetzte hatte die Kontrolle ihres Verhaltens übernommen.

»Ein Konzentrationsspiel«, log er. »Man muss die Gemeinsamkeiten der Gegenstände herausfinden und markieren.«

»SK, halten Sie UNS für zurückgeblieben? WIR wären die Ersten, die durch mentale Symbiose mit dem höheren Wesen dümmer anstatt klüger geworden sind.« Sie streckte die Finger aus, drückte auf dem Bedienfeld herum und vergrößerte die Ansicht. »Das ist ein Bauteil aus einer Steuerungsplatine, wie sie in der Kybernetik eingesetzt wird.« Nuria beugte sich nach vorne. »Das ist doch eine Detailaufnahme von UNSERER Collector-Rüstung!«, erkannte sie den Ausschnitt und starrte Kris an. »Sind Sie ein Spion? Für *Gauss Industries*? Wird Ihnen im Gegenzug das Kopfgeld erlassen?«

»Nein, bin ich nicht«, erwiderte er lahm, obwohl er ihren Vorschlag nicht schlecht fand. Sein Ständer war sowieso futsch. »Ich wollte auch ein bisschen forschen. Mehr nicht. Ich interessiere mich eben für den Collie.«

Nuria glaubte ihm nicht. »Sie haben UNS zu Beginn etwas ganz anderes gesagt, SK.«

»Es war mir etwas peinlich«, versuchte er sich weiter in Ausflüchten. »Was hättest du denn über mich gedacht: Der Pilot macht einen auf Wissenschaftler?«

Nuria vermittelte nicht den Eindruck, auf seine Finten hereingefallen zu sein. Sie zog den kleinen Speicherchip aus dem 3D-Kubus und hielt ihn entschlossen in der Faust. »Er ist konfisziert, Mister SK. WIR müssen die Aufnahmen daraufhin untersuchen lassen, ob brisantes Material dabei ist. Der Collector ist Eigentum von *Baln,* und somit sind es auch die Aufnahmen.« Sie trank das Bier aus, drückte ihm das leere Glas in die Hand, verschwand durch die Zwischentür und nahm die Lust mit hinaus. »Abflug morgen, vierzehn Uhr Terra-Standardzeit«, rief sie, bevor sie den Durchgang schloss.

»Tja.« Kris zog den Bademantel wieder an und legte sich auf das große Bett, das nach ihr roch – und unvermittelt seine Erregung weckte, ihn stimulierte.

Jetzt ist es genug! Suedes Geruch an meinem Kissen kann doch wohl nicht solche Gefühle auslösen!

Er schwang sich wieder aus den anti-allergenen Synthetikfedern und bettete sich stattdessen auf den Boden, denn die Couch war ebenfalls kontaminiert.

Vor dem Einschlafen fasste er noch zwei Entschlüsse.

Erstens würde er seine Nachforschungen weiter vorantreiben, weil Nurias Reaktion ihm gezeigt hatte, dass die Platinen von großer Bedeutung waren. Für *Baln.* Und damit ließ sich sicherlich das Druckmittel finden, das er brauchte, um Soraya zu schützen.

Zweitens musste er das Verhältnis mit Nuria beenden. Die erste Probe seiner Widerstandsfähigkeit würde der Rückflug sein.

Zweite Szene

Kris wurde sehr früh wach und aß das Frühstück, das ihm von einem automatischen Lieferservice vor die Tür gestellt worden war: verschiedene Pasten, sowohl würzig als auch süß, mehrere Scheiben Eiweißbrot. Die weiße Flüssigkeit, die Milch sein sollte und einen metallischen Beigeschmack hatte, brachte ihn zum Würgen. Kaffee schien es im Hotel nicht zu geben.

Er sah auf die Uhr. *Noch sieben Stunden bis zum Abflug.*

Die Zeit würde er nutzen, um sich die Stadt noch einmal anzuschauen. Vielleicht ergab sich die Gelegenheit, weitere kybernetische Bauteile zu fotografieren und anschließend zu studieren. Nuria hatte seine Bilder eingezogen. Den Grund dafür empfand er als vorgeschoben.

Er duschte, zog sich an, dann warf er seine Klamotten in den Rucksackkoffer und verließ damit das Hotel, ohne sich bei Nuria abzumelden.

Mit einem Taxi ging es nach Daidalon-Centrum, wo er mitten im Gewühl ausstieg und sich von der Masse aus Fleisch und Chrom, Kleidung und Eisen davontreiben ließ. Die vielen Touristen erkannte man daran, dass sie ständig Aufnahmen von den Gebäuden und den 2OT machten. Ordensmitglieder erkannte man von selbst; jedenfalls, wenn sie höhere Weihen erhalten hatten. Ein paar normale Bewohner von Daidalon gab es natürlich auch. Sie waren so unauffällig wie Kris und lebten gewiss ein ganz und gar herkömmliches Leben.

Kratos Beta 21/239. Kris schüttelte den Kopf und hängte sich an einen 2OT, dessen rechte Körperhälfte aus geschwärztem Metall bestand, auf dem goldene Drähte und Leitungen verliefen. Er besaß eine ganz eigene Ästhetik. Unter den Platten sah Kris weiße Kunstmuskelstränge, die aus einzelnen Fasern zusammengefügt waren. Ganz nach dem anatomischen Vorbild des Menschen und doch ungleich leistungsfähiger.

Schade. Keine offen liegenden Platinen.

Eine Frau geriet in sein Blickfeld, die einen scheinbar gläsernen Torso besaß, durch den man das kybernetische Innenleben betrachten konnte. Was er zuerst für ein breites Halsband gehalten hatte, war das Anschlussstück, eine Manschette, wie er sie bei dem Tiger-Beta auf *Shiva's Fortress* gesehen hatte.

Alles in ihrem Oberkörper war künstlich, sogar die Lungen und das faustgroße, von innen leuchtende Herz. Darm und Magen fehlten ganz, stattdessen wanden sich Kabel und Röhren durch die Bauchhöhle. Und er sah Steckplätze mit Platinen.

Ausgezeichnet! Kris folgte ihr und kam ihr ganz nahe; dabei hielt er sein Kom-Gerät so, dass er einigermaßen unauffällig Aufnahmen schießen konnte. Er brauchte noch mehr Anschauungsmaterial. Gemeinsam stiegen sie am Fuße eines dunkelblau verchromten Gebäudes in einen Fahrstuhl.

Sie verließ die Kabine im vierundsiebzigsten Stock, ging in eine Beratungsstelle für kybernetische Modifikationen von *2OT Technology*, grüßte die Angestellten und begab sich hinter den Tresen.

Sie ist bestimmt Werbung gelaufen. Er folgte ihr hinein und blieb an einem 3D-Kubus stehen, wo Operationsmethoden erklärt wurden: Ein Mann ruhte auf einer Liege, Schläuche führten von unten in seinen nackten Leib. Roboterarme ragten aus der Decke und wirbelten um ihn herum. Sie hantierten mit chirurgischen Instrumenten, vollführten Schnitte mit übermenschlicher Präzision, entbeinten den Mann und setzten ihm Implantate ein. Kris schüttelte sich.

Die Frau, der er nachgegangen war, klebte sich ein Schild auf die durchsichtige Brust, tippte mit dem Zeigefinger dagegen, und der Name *Magdalena* erschien. Sie sah ihn direkt an, ihr Lächeln war sehr menschlich und freundlich. »Hallo. Ich nehme an, Sie haben ein paar Fragen zu Körpermodifikationen? Mir ist aufgefallen, dass Sie mir gefolgt sind, Sir.«

Warum nicht? Kris beschloss spontan, ein paar Dinge zu erfragen. »Ja«, sagte er rasch und trat an den Tresen heran. »Sie sind mir aufgefallen. Es sieht ... toll aus.«

»Und es spart Ihnen sehr viel lästige biologische Arbeit«, fügte sie sofort hinzu, während sie mit der Rechten auf die Innereien deutete. »Keine Herzinfarkte, keine Ausscheidungen. Das für den Blutkreislauf notwendige Wasser und die Nährstoffe für den Körper nehmen Sie in Form von Konzentraten zu sich, Sir. Die Beutel werden hier«, sie zeigte auf den Rücken, »eingeführt. Es fallen keinerlei Abfälle an.«

»Außer dem Beutel«, sagte Kris.

»Dafür sparen Sie sich Toilettenpapier. Und senken den Wasserverbrauch in Ihrem Haushalt.« Magdalena lächelte. Sie schien es gewohnt zu sein, die merkwürdigsten Fragen gestellt zu bekommen. Anscheinend besaß sie Humor, was den Umgang mit der Kybernetisierung anging.

»Das heißt, der Rest von Ihnen, den ich nicht sehen kann, ist biologisch?«

»Korrekt. Noch.« Sie langte unter den Tresen und gab ihm einen fingernagelgroßen Chip. »Das ist unsere Infobroschüre und unsere Preisliste, damit Sie etwas zu lesen haben, Sir. Wäre die Modifikation für Sie oder vielleicht für Ihre Frau?«

»Für meine Freundin. Wie ist das beim Sex?« Kris wollte sehen, wie weit ihr Sinn für Spaß ging, und zeigte auf ihre Brüste.

»Wollen Sie mal anfassen?«, konterte Magdalena und beugte sich ihm entgegen. »Sie sehen nur hart aus, fassen sich aber an wie menschliche Haut und sind weich. Die Körbchengröße ist frei wählbar, Mikrosensoren übertragen Druck und Wärme ins Hirn. Ihre Freundin wird weiterhin Lust beim Sex empfinden, sofern sie es möchte, Sir.« Sie stand noch immer vornübergebeugt.

»Danke«, sagte Kris und musste zugeben, dass sie ihn mit dem Angebot erwischt hatte. Oder aber es war ihr gleichgültig. 2OTs dachten anders als Menschen.

Magdalena richtete sich auf. »Gern geschehen. Allerdings muss ich Sie vorwarnen: Wir sind momentan auf vier Monate ausgebucht. Seit offensichtlich ist, dass die Collectors kybernetisch modifizierte Menschen nicht unter ihre Obhut stellen, haben unsere chirurgischen Abteilungen sehr viel zu tun. Vor einem Besuch von illegalen Kliniken kann ich nur warnen, Sir. Das Material, das Ihnen von anderen Konzernen angeboten wird, ist weder so beständig noch so leistungsfähig wie das von *2OT Technology*. Unsere Garantieleistungen sind unschlagbar.«

»Na ja, es ist noch keiner von einem Planeten entkommen, den sie besetzt haben. Auch niemand mit einer künstlichen Hand«, warf er ein.

»Das ist korrekt, aber sie haben sich von Hephaiston Gamma nach einem Überflug zurückgezogen, nachdem sie feststellten, dass sich dort eine Kolonie des Order of Technology befand, Sir«, gab sie zurück und lächelte ihn nieder. »Und das ist bislang einmalig in den fünfundzwanzig Jahren seit ihrem Auftauchen.«

Kris hatte davon nichts mitbekommen. Bei *Starlook* war es nicht gesendet worden. »Gut zu wissen«, sagte er. »Sagen Sie, kann ich unseren Hund auch modifizieren lassen?«

Magdalena nickte. »Sicher. Das gehört zu unserem Standardprogramm. Ich weise Sie jedoch darauf hin, dass es bei manchen Spezies zu Komplikationen kommen kann. Einfach ausgedrückt: Je intelligenter ein Tier ist, desto einfacher ist es.«

»Prima! Das ist gut! Wir haben zu Hause auch einen Beta-Humanoiden. Ein Schimpansenmodell als Hausdiener. Link heißt der Gute.« Kris war gespannt, was sie antworten würde. »Er ist recht clever, und von daher wird ein Umbau ...«

»Oh«, machte Magdalena. »Es tut mir sehr leid, Sir, doch wir modifizieren keine Beta-Humanoiden.« Mehr sagte sie nicht.

Das war ihm zu wenig. »Ach so. Dann suche ich mir vielleicht doch besser einen anderen Anbieter.«

»Leider muss ich Sie enttäuschen, Sir. Weder in Daidalon noch irgendwo sonst auf Automaton Prime oder auf einer unserer anderen Welten wird man Ihnen den Wunsch erfüllen können, sofern es um die Produkte von *2OT Technology* geht.«

»Weil?«, sagte Kris auffordernd.

»Die Details erspare ich Ihnen, aber es liegt an der Hirnstruktur der Kunstwesen. Die Mischung aus verschiedenen Spezies macht den meisten unserer hoch entwickelten Interfaces zu sehr zu schaffen, Sir. Da sapientische und animalische Strukturen bei Beta-Humanoiden nicht klar zu trennen sind, ist es zu aufwendig.« Magdalenas Miene zeigte Bedauern. »Glauben Sie mir, dass unsere experimentelle Forschungsabteilung schon etliches versucht hat, Sir.«

»Aber ... ich weiß, dass es Betas in Justifier-Einheiten gibt, die kybernetisiert sind.«

»Ja«, sagte Magdalena herablassend. »Mit dem minderwertigen Material anderer Konzerne. Da deren Standards weitaus niedriger als die unsrigen sind, können sie Betas mit ihrer vergleichsweise schlichten Kybernetik ausrüsten. Es wäre, als würden Sie versuchen, eine Projektilwaffe mit Energiezellenmunition zu laden: Es kann nur schiefgehen.« Ihr Lächeln machte deutlich, dass sie es armselig fand.

Kris rief sich das verwüstete Labor und die vielen Leichen auf der Raumstation in Erinnerung. »Ist bestimmt gefährlich, wenn man es versucht.«

»Ich glaube, ja, Sir. Signalfeedbacks, Neuronenstörungen, Hirnüberlastung, Emotionsstau und vieles mehr.«

»Aha. Na, Sie sind ja gut geschult«, gab er zurück. »Danke für die sehr umfangreiche Erklärung.«

»Wir von *2OT Technology* sind Profis, Sir. Alle Mitarbeiter verstehen sich auf Kybernetik und sind nicht irgendwelche Verkaufsangestellte. Ich zum Beispiel habe einen Doktortitel. Letztlich geht es darum, auf Vorteile und Risiken rechtzeitig aufmerksam zu machen. Beratung ist das Alpha und Omega.«

»Dann sollte man das Kybernetisieren von Betas lieber gleich ganz verbieten, oder?«

Magdalena betrachtete ihn prüfend. »Wir lehnen es strikt ab und unterstützen keinerlei Forschungen, die unberechenbare Ergebnisse bringen, Sir. Die Kybernetisierung wird nach wie vor bei sehr vielen Individuen kritisch betrachtet, von daher können wir uns Zwischenfälle, die unserem Orden anzulasten wären, nicht leisten. Auch wenn wir den menschlichen Körper als schwach erachten, da er den Geist einengt und hemmt, schützen wir dennoch das Leben und die Gesundheit anderer. Sie würden nicht wollen, dass Ihre Haus-Chimäre über Ihren Sohn herfällt, nur weil die Interfaces nicht miteinander korrespondieren und das Wesen in den Wahnsinn treiben, Sir.«

Ein klares Statement. »Nein. Sicherlich nicht. Danke für die Warnung.« Kris hatte genug gehört und genau das erfahren, was er wollte. Er war sich nun sicher, dass *BaIn* die Kybernetikteile auf *Shiva's Fortress* vom 2OT gestohlen und unerlaubte Versuche angestellt hatte. Er steckte den Chip ein. »Ich melde mich wieder. Danke sehr.«

»Ich danke Ihnen, dass Sie mir gefolgt sind, Sir.« Magdalena hob die

Hand zum Gruß und winkte mechanisch, bis er gegangen war. Ihre Geste hatte etwas Roboterhaftes.

Kris stand auf der Straße, auf der nur Fußgänger unterwegs waren, und ging in Richtung der nächsten Einbahnstation. Dabei nahm er den Chip mit der Preisliste und den Modellen aus der Tasche.

Zuerst hatte er ihn wegwerfen wollen, doch jetzt entschied er sich anders. Vielleicht gab es verwertbare Bilder darauf.

Die Unterhaltung hatte ihm gezeigt, dass *Baln* offenbar gegen den Willen des 2OT an aufgemotzten Betas forschte und genau die Ergebnisse bekam, die der Orden schon früher gehabt hatte: irre Chimären. Sollte der 2OT Wind davon bekommen, wozu seine Produkte eingesetzt wurden, würden die Geschäftsbeziehungen sicher beendet werden.

»Gut«, murmelte Kris zufrieden. *Da ist doch ein prima Ansatz für ein Druckmittel. Die Beweise dazu werde ich auch bald kriegen.*

Seine Laune hob sich deutlich. Er sah über die Brüstung zu seiner Rechten, die mit einem blau pulsierenden Antigrav-Kraftfeld gesichert war, auf die Skyline von Daidalon. *Man vergisst sehr schnell, wie hoch man hier ist.*

Er hatte die Station fast erreicht, als das Kraftfeld mit einem grellen Summen zusammenbrach.

Ein glitzernder Schatten kam übermenschlich schnell von rechts auf ihn zu, harte Arme gabelten ihn auf und schleuderten ihn durch die Luft, bevor er erkennen konnte, was ihn erwischt hatte.

Unter ihm gähnte plötzlich die Tiefe, hinter ihm flammte das Kraftfeld wieder an der Brüstung auf. Kris schrie und schoss in freiem Fall auf den Boden zu. Er verfehlte knapp eine Eingleisbahn, die Luft riss an ihm und brachte seine Kleider zum Flattern. In ein paar Sekunden würde er auf dem harten Boden von Daidalon aufschlagen!

Die Umgebung flog so schnell an ihm vorbei, dass er nichts erkennen konnte. Er wirbelte und drehte sich wie ein zu schweres Blatt.

Wotan, Odin und Osiris, dachte er verzweifelt. *Ich opfere euch ...*

Unter ihm erschien ein tellerförmiges, schwarzgelb gestrichenes Objekt mit einem gelben Blinklicht. Es manövrierte so lange, bis Kris auf der zwei Meter breiten, runden Folie landete. Sie musste mit einer Haftmasse versehen sein, denn er klebte darauf wie eine Fliege an einem Honigtropfen.

Das Ding bremste seinen Fall abrupt, doch wider Erwarten erträglich und brachte ihn sanft auf den Boden.

Kleine Düsen besprühten ihn mit einer klaren Flüssigkeit, und Kris konnte sich wieder bewegen. Mit zitternden Beinen kam er auf die Füße und wischte sich die nach Alkohol riechende Feuchtigkeit aus dem Gesicht, die innerhalb weniger Sekunden verdunstete.

Er sah hinauf, in den siebzigsten Stock. *Wotan und Osiris, ich danke euch.*

Das war eindeutig: Jemand hatte ihn umbringen wollen. *Aber weshalb?* Die Lösung schien auf der Hand zu liegen. Es konnte im Moment nur einen Grund dafür geben: seine Nachforschungen.

Kris drehte sich um, betrachtete die 2OTs, die um ihn lauerten und ihn alle anzuschauen schienen. Feindselig, abweisend.

Jetzt werd nicht paranoid. Auch wenn Kris sich sagte, dass er sich die Feindseligkeit einbildete, empfand er es doch als besser, nicht länger an dem Ort zu bleiben. Die *Cortéssa* war für ihn der sicherste Ort auf Automaton Prime.

Der gelbe Rettungsbot schwebte auf Augenhöhe, so dass Kris den Antigravpulsator sah und auf ein kleines Display schaute.

Darauf stand zu lesen: »Sehr geehrter Mister Schmidt-Kneen. Sie haben die allgemeine Sicherheit durch die Beschädigung des Kraftfelds und den Sturz gefährdet. Ihnen wird eine Strafe von eintausend Terracoins angelastet und auf die Rechnung der *Cortés* geschlagen. Schönen Tag noch.« Die Plattform spuckte eine Quittung aus, die er auffing, und schwebte davon.

»Beschissener Tag! Nicht *schöner Tag*«, rief er dem Bot nach und machte sich auf den Weg zum Raumhafen, wobei er ständig Ausschau hielt, ob ihm jemand folgte.

Sein erster Versuch, Nuria anzurufen und ihr von dem Zwischenfall zu berichten, scheiterte. Den zweiten Wählvorgang brach er ab. *Und wenn sie es war, die den Anschlag in Auftrag gegeben hat?*

Auch wenn Kris keinen Verfolger entdeckte, blieb er in Bodennähe, so gut es möglich war, und mied fortan hohe Brücken.

Dritte Szene

23. Januar 3042 a. D. (Erdzeit)

SYSTEM: DRUSCHBA
PLANET: PUTIN (IM BESITZ VON FEC, DERZEIT UNTER OBHUT)
DISTRIKT: PUTINGRAD
STADT: PUTINGRAD

Theresa kroch hinter Lyssander durch den dunklen, nach faulendem Laub stinkenden Wartungstunnel, der sie zum Raumhafen führen sollte. *Von wegen Rettungstunnel für Notfälle.*

Sie war froh darüber, sich nicht durch die Stadt bewegen zu müssen, weil sie schätzte, dass die Straßen voller Patrouillen waren. Die Collectors konnten es sich nicht leisten, ihren einzigen Übersetzer zu verlieren. Um sie ging es dabei eher weniger.

Sie hörte den ehemaligen Interim-Piloten leise vor sich hin sprechen, als wollte er die Geister des Tunnels beschwören. Theresa bevorzugte ein Stoßgebet zu Gott, der sie bislang bei allen auferlegten Prüfungen begleitet hatte. *Es ist wie früher, im Kampfeinsatz mit der Galahad-Truppe.*

Noch war sie sich nicht sicher, was sie von Lyssander halten sollte. Er hatte ihr im Kampf gegen die Collectors beigestanden und seinen eigenen Tod riskiert. Machte es den Wahnsinnigen deswegen vertrauenswürdiger? Das Interim-Syndrom hatte sich in dem Vierteljahrhundert, das seit der letzten Begegnung verstrichen war, nicht verbessert. Und ein Verrückter bedeutete nicht gerade die beste Begleitung bei der Flucht von Putin; gleichzeitig stellte er ihre einzige Hoffnung dar. Der Schweiß brannte in ihrer Nackenwunde und riss sie aus den Gedanken.

Lyssander zwängte sich durch ein enges Tunnelstück. Vier Riegel wurden nacheinander bewegt, quietschend drehte sich ein Rad. Eine runde Luke öffnete sich, und grünliches Licht fiel in den Gang.

»Pst«, sagte er. »Wir sind jetzt im Gouverneurshangar.« Er huschte hinaus.

Theresa kroch ihm hinterher, rutschte ins Freie und kam in einer kleinen Halle zum Stehen. Keine zwanzig Meter von ihnen entfernt parkte ein grau lackierter Klein-Jet-Raumer mit einem KSP-Antrieb. Eine durchsichtige Plane deckte die Maschine ab, jemand hatte *VIP* darauf gesprüht. Auf dem Jet prangten Hammer, Sichel und das Doppeladler-Wappen der Romanows, darunter die russische Flagge. *Ein Geschenk Gottes!*

Aber Lyssander eilte daran vorbei.

»Halt«, rief sie halblaut. »Was ist mit dem Gleiter?«

»Gehört dem Gouverneur. Für Notfälle. Hat ein Ortungssystem eingebaut, mit dem sie uns verfolgen können.«

Das war Theresa gleichgültig. »Das lässt sich doch bestimmt ausschalten. Sie können es ausschalten.«

Lyssander blieb stehen. »Aber der Gleiter hat keine Waffen!«

»Die brauchen wir nicht. Ich gedenke nicht, mit den Collectors zu kämpfen. Wir haben keine Chance gegen sie.« Sie zeigte gegen das Dach. »Trauen Sie sich einen KSP innerhalb der Atmosphäre zu?«

Er lachte schrill auf. »*Ich* kenne die Schmerzen, aber *Sie*, Bishopness, werden leiden. Mehr als leiden. Und vielleicht auch sterben!«

»Das Risiko gehe ich ein.« Theresa kannte die Gefahren eines KSP, solange man sich in den unteren Atmosphärenschichten befand. Deren Masse beeinflusste die körperlichen Auswirkungen des Sprungs auf den Menschen und belastete vor allem das Venen- und Arteriensystem. Aneurysmen traten bei sechzig Prozent der Versuche auf, geplatzte Adern und Thrombosen bei neunzig Prozent. »Sie haben keine Angst?«

»Nein. Ich sterbe dabei nicht. Ich halte einfach die Luft an.« Er zog die Plane vom Schiff und betätigte den Öffnungsmechanismus. Surrend öffnete sich die Schleuse, und er stieg ein.

Die Luft anhalten? Er ist verrückt. Theresa kletterte ihm wieder nach und schloss den Eingang, folgte ihm ins Cockpit.

Sämtliche Beschriftungen waren auf Kyrillisch, eine der vielen Eigenheiten der Russen innerhalb der Coalition.

Lyssander störte das nicht wesentlich. Er aktivierte den Reaktor und fuhr die Systeme hoch. Mit einem gezielten Tritt entfernte er eine Abdeckung, dann riss er mehrere Platinen heraus und zerstampfte sie unter seinen Absätzen. Das Ortungssystem.

Theresa beobachtete ihn und machte sich bereits Gedanken für die Zeit nach ihrer gelungenen Flucht von Putin. Sie würden wirklich am besten doch nach *Christ* fliegen. Der Convent der Apostel musste Bescheid wissen, und dazu brauchte sie die Unterstützung von Lyssander und ... »Ralda!« *Herr, wie konnte ich sie beinahe vergessen!* Sie schob es auf die Aufregung und das Mittel, das man ihr verabreicht hatte. »Wir müssen nochmals in die Innenstadt«, sagte sie und stand von ihrem Sessel auf. »Ich muss meine Deaconess retten.«

Seine Hand schloss sich um ihren Unterarm, er zog sie zurück. Sie musste sich beherrschen, ihm keinen Schlag zu verpassen. »Nein«, sagte er entschieden und zeigte auf die Sensoren, die angesprungen waren. »Die Collectors sind die blauen Punkte.«

Theresa sah ihre Vermutungen bestätigt: Auf der Suche nach ihrem Übersetzer hatten die Fremden ihre Truppen offenbar verzigfacht. Zu viel blau.

»Wir kämen keine fünfzig Meter weit«, flüsterte er.

Ralda aufgeben? Verrat an ihr begehen? Sie sah die junge Deaconess mit Männern in einem Bett und sich der künstlichen Wollust hingebend, sah sie ungewollt schwanger und ein Opfer der Collectors werden – wie alle anderen auf Putin.

»Sie ist bestimmt schon in deren Obhut«, sagte Lyssander. »Wir können sie nicht retten, ohne uns in zu große Gefahr zu begeben.«

Theresa starrte auf die schier allgegenwärtigen blauen Punkte. »Wir können hinfliegen ...«

»Sobald wir den Hangar verlassen, sind wir auf deren Radar«, unterbrach er sie. »Es ist schon knapp genug, um weit genug in die Höhe zu kommen.«

Sie presste die Hände zusammen. So sehr sie nach einer anderen

Möglichkeit suchte, keine davon war gut genug. *Er hat Recht. Wir müssen sie zurücklassen, um unser höheres Ziel zu erreichen.* Theresa sprach grimmig ein Gebet für Ralda. *Aber ich werde zurückkehren und sie erretten!* »Fliegen Sie los.« Sie legte den Gurt an.

Lyssander zeigte auf das Display mit der Reaktorkontrolle. »Ich würde gern noch warten, bis wir die volle Leistung erreicht haben. Damit ist sicher, dass wir den KSP-Antrieb sofort nutzen können. Dauert noch knappe fünf Minuten.«

Theresa schloss die Augen und lehnte den Kopf an die Wand. Den Gestank, den der Mann verströmte, roch sie gar nicht mehr. Sie sah ihn vor sich, rasiert, gewaschen, mit schönen neuen Zähnen – und sie bekam Lust. Ungewohnt heftige Lust, die sie sehnsüchtig werden ließ. Sehnsüchtig nach einer intimen Berührung. Ihre äußerst ausgeprägte Vorstellungskraft lieferte die passenden Bilder, und ihr Schoß erwärmte sich.

Herrgott! Sie riss die Augen auf und atmete tief durch. *Ich widerstehe.* Sie suchte nach einer Ablenkung. »Was haben Sie eigentlich im Krankenhauscontainer gemacht?«, fragte sie Lyssander und schaute geradeaus. »Ich habe Sie dort gesehen.«

»Ich weiß«, gab er zu. »Die Collectors wollten, dass ich die Einrichtung überprüfe. Als ich Sie bemerkt habe, bin ich geflüchtet. Es war die Angst, dass Sie mich umbringen wollen. Ich meine, aus dem Grund sind Sie damals ja nach Hakup gekommen, aber Sie haben es nicht geschafft. Ich hatte die Befürchtung, dass Sie mich suchen, um es zu Ende zu führen.« Er drückte auf den Tasten herum, pochte gegen die Abdeckungen über den Anzeigen. »Was haben Sie auf Putin gemacht? Den Glauben verbreitet?«

Theresa nickte. »Das wollte ich. Aber der Herrscher der Universen war der Meinung, dass ich geprüft werden soll. Durch die Collectors und durch Sie.« Eine heiße Woge rollte durch ihren Körper, und ihr Schritt erwärmte sich weiter. Das Verlangen stieg und überwand mehr und mehr den Ekel vor dem ungepflegten Mann, wie sie entsetzt feststellte. Sie wünschte sich, dass er Dinge mit ihr tat, wie Liebende sie taten. Sofort und auf der Stelle. In verschiedensten Stellungen und stundenlang ...

Ich muss hier weg! »Ich schaue mich mal um«, sagte sie hastig und wollte sich losschnallen, als die Hangartore sich öffneten. »Waren Sie das?« Sie sah auf die Reaktoranzeige. Noch war die volle Leistungskraft nicht erreicht.

Lyssander fluchte nur und schaltete die Triebwerke ein, während durch den immer breiter werdenden Schlitz die hohen, breiten Panzersilhouetten der Collectors sichtbar wurden. »Sie haben uns gefunden. Bleiben Sie sitzen!«

Der Raumer schoss nach vorne, die Andruckkraft presste Theresa in den Sitz. Sie war das Fliegen gewöhnt und kam selbst mit starker Beschleunigung zurecht, doch einen solchen Start hätte sie sich niemals zugetraut. Dafür waren ihre Reaktionen nicht schnell genug.

Lyssander dagegen schaffte es, das Schiff leicht in die Höhe zu ziehen und senkrecht zu stellen, damit sie durch die Lücke hindurchschossen.

Es gab eine leichte Erschütterung, als sie zwei der Collectors rammten, dann jagte der Gleiter aus dem Hangar und ging sofort in einen brachialen Steigflug, der sie durch den prasselnden Regen himmelwärts führte. Die Spezialform des Sessels mit der Polsterung sorgte dafür, dass Theresas Wirbel nicht verschoben wurden.

Sie schossen steil in das Grau, durch die Tropfen.

Lyssander steuerte ohne Sicht, nur noch über die Sensorenanzeigen. »Sieht gut aus«, murmelte er vor sich hin. »Die Wolken geben uns Sichtschutz, aber es wird nicht lange dauern, bis deren Radar uns erwischt hat.«

Theresa dachte an den Flughafen. Der Gleiter, der damals die Flucht versucht hatte, war schon nach wenigen Sekunden als Schrott auf die Oberfläche gestürzt. Sie waren im Vergleich dazu schon sehr weit gekommen.

Die Wolkendecke riss auf – und sie flogen geradewegs auf einen *Smaller* zu! Er stürzte sich ihnen entgegen, die Geschützluken am Bug waren geöffnet. Sofort blitzte Mündungsfeuer davor auf.

Lyssander ließ ihren Gleiter bereits um die eigene Achse rollen und nach links schießen, am *Smaller* vorbei und immer weiter senkrecht hinauf, von wo aus ihnen neue Feinde entgegenkamen.

Er beschleunigte weiter und schlug dabei Haken. In einem unglaublichen Slalom ging es an vier, fünf Jägern vorbei, die ihre Salven wegen der hohen Geschwindigkeit zu ungenau gegen sie spien, um große Zerstörung anzurichten. Dennoch hörten sie Einschläge irgendwo im Schiff.

»Treffer in der Schlafkabine«, meldete der Computer.

»Bereich abschotten«, befahl Lyssander und schrammte so dicht an einem weiteren *Smaller* vorbei, dass die Funken stoben und sie ins Schlingern gerieten. Mit Mühe und unglaublichem Können fing er das Taumeln des Klein-Jet-Raumers ab, ohne die Geschwindigkeit zu verringern. Tempo war ihre Lebensversicherung.

»Springen Sie doch endlich!«, verlangte Theresa und wusste kein Gebet mehr.

Über ihnen erschienen die einschüchternden Torpedo-Beil-Umrisse eines *Big*-Schiffs, das drohend an der Grenze zum All hing und sie bewachte.

Sie sah auf die Reaktoranzeige: Es fehlte noch ein winziges Stückchen, um den roten Bereich zu verlassen und den KSP-Einsatzstatus zu erreichen. *Himmlische Heerscharen!*

Der Raketenalarm flammte auf. Ein Schwarm kleiner Punkte näherte sich von dem *Big*.

»Erschaffer des Lebens, rette uns!«, betete Theresa inständig, und in ihren Worten lag ihre Angst vor dem nahenden Tod. Sie zählte drei Dutzend Raketen, die auf sie zuhielten.

Lyssander steuerte und hantierte gleichzeitig an anderen Knöpfen herum, von denen sie nicht wusste, was sie auslösen konnten.

»Aufschlag in zehn Sekunden«, warnte der Computer nüchtern vor dem Ende.

»Schalten Sie den KSP ein!« Lyssander betätigte vier kleinere Hebel gleichzeitig und presste einen gelben Knopf tief nach unten. Die Reaktoranzeige machte einen mächtigen Satz, hinein ins Grün. »LOS!«

Theresa hob den Arm und wollte drücken – da krachte es. Die erste Rakete hatte sie erwischt.

Der Jet rüttelte und rotierte.

Durch die heftigen Bewegungen und Fliehkräfte verfehlten ihre Finger den Auslöser für den KSP. *Nein, nein!* Ein zweites Mal langte sie daneben.

Eine zweite Rakete rauschte unmittelbar über dem Cockpit in die Panzerung. Flammen ergossen sich vor der Kanzel in die Schwärze des Raums und raubten ihnen die Sicht.

Schlagartig wurde es dunkel. Sämtliche Lampen und Anzeigen erloschen, das Beben des Triebwerks verebbte, ein dumpfes Prasseln ertönte, als ginge Hagel auf sie nieder. Als das Feuer erlosch, schauten sie in blaugrünen Regen, der nicht enden wollte.

»Nein«, flüsterte Theresa entgeistert. »Was ist passiert?« Sie blickte zu Lyssander. »WAS IST PASSIERT?«

»Wir haben einen Treffer in die Kontrollen bekommen. Irgendeine wichtige Leitung ist durch die Rakete zerstört worden.« Er zeigte auf das Fenster, auf dem sich schwarze Punkte bildeten. »Wir stecken mitten im Abwärtsflug und sind gerade in die Atmosphäre von Putin eingetaucht.« Er sah ihr in die Augen. Sein Blick wurde fiebrig: »Wir stürzen ab!«

NEUNTER AKT

Erste Szene

8. Mai 3042 a. D. (Erdzeit)

SYSTEM: MECHA
PLANET: AUTOMATON PRIME
   (HAUPTWELT DES ORDER OF TECHNOLOGY)

Kris schlenderte in die Kantine der *Cortés*, in der sich immer ein paar Gardeure aufhielten.

Sie nutzten den Platz, um Karten oder andere Spiele zu spielen und sich Übertragungen von *Starlook* auf dem 3D-Cube anzuschauen. Gerade lief ein Hardball-Match, ein Spiel, in dem so gut wie alles erlaubt war, um den Ball in einen Korb zu befördern.

Fünf breit gebaute Männer und eine sehnige Frau in graublauen Tarnhosen und Unterhemden saßen davor und verfolgten den Verlauf des Spiels.

Kris schluckte. Die Gardeure hatten Muskelberge, die kein normaler Mensch ausschließlich von intensivem Training bekam. Verbotene Pugnamine, illegale Veloxcide, gesundheitsgefährdende Agilomone, Gen-Verbesserungen. Konzerne boten ihren Fußtruppen reichlich chemisch-biologische Möglichkeiten, sich abseits der Kybernetik in perfekte Kampfmaschinen zu verwandeln. Ein Schlag dieser Fäuste würde bestimmt genügen, um ihm den Tod zu bringen. *Ich muss behutsam rangehen, wenn ich lebend aus der Kantine rauswill.*

Die Stimmung hatte sich etwas gebessert, aber die Trauer und vor allem die Wut über den Verlust der Kameraden war noch lange nicht bewältigt. Nuria hatte ihm auf dem nicht sexfreien Rückflug von Automaton Prime gesagt, dass sie darauf drängten, sofort gegen die Collectors loszuziehen.

Kris nahm an, dass sie ihren gefangenen Collector liebend gern foltern wollten – vorausgesetzt sie wüssten, wie man die Rüstung knackte.

Er nahm sich einen Becher, zapfte sich Wasser mit Waldmeisterge-schmack aus dem Spender und setzte sich zu ihnen.

Zwei der Gardeure nickten ihm knapp zu, die anderen beachteten ihn gar nicht.

Wegen des Spiels oder weil sie mich nicht leiden können? Man kannte sich vom Sehen, mehr nicht. Die *BaIn*-Krieger blieben unter sich, in ihren Quartieren, und das machte es schwer, Kontakt zu ihnen zu finden.

Genau das wollte Kris heute nachholen, denn er brauchte Informationen über die Betas, die durch den Treffer ins Weltall gesaugt worden waren. Tapfer schwieg er bis zur Halbzeitpause, bevor er sich an einen der Männer wandte.

Aber bevor er etwas sagen konnte, meinte die Frau lässig: »Hab gehört, dass jemand versucht hat, dich auf Automaton Prime umzubringen. Stimmt das?« Kaum hatte sie die klare Stimme erhoben, wandten die Männer die kahlgeschorenen Köpfe und musterten ihn.

»Äh, ja«, antwortete er. »Das macht aber sehr schnell die Runde.«

Sie zuckte die Achseln. »Gibt ja sonst keine Neuigkeiten, die spannend sind. Außer, dass wir Blechbüchsen an Bord kriegen.« Die Männer lachten leise. »Also, Kutscher: Warum sollte dich jemand umbringen?«

»Wegen der Belohnung, vermute ich mal«, gab Kris zurück, weil er nicht beabsichtigte, ihnen etwas von seinen Nachforschungen zu berichten. »Die Coalition sucht mich. Wegen dem Antrieb«, er stampfte mit dem Fuß auf, »den *BaIn* hier eingebaut hat.«

»*Du* hast den *geklaut*?«, wunderte sie sich und musste grinsen. »Respekt. Hatte nur gehört, dass du früher Kutscher warst.« Sie streckte die Hand aus. »Lopez. Und frag mich nicht nach meinem Vornamen. Wir haben alle nur Nachnamen, sogar die Verheirateten unter uns.« Wieder lachten die Männer, und Kris stimmte mit ein. »Ist so ein Ritual, damit der Tod nicht genau weiß, wo er hinsoll.«

»Okay.« Kris schüttelte nacheinander die kräftigen Hände der Gardeure und fand, dass sie alle Brüder sein könnten: eckige Gesichter, Nackenmuskulatur, die den Hals verschwinden ließ, Tätowierungen mit verschiedenen Abzeichen und Symbolen darauf. Eine Tätowierung fand er überall: ein J mit einem Adlerkopf: das Wappen eines jeden

Justifiers, egal für welchen Kon er arbeitete. Und Narben trugen auch alle. *Ich wette, dass sie Kybernetix in sich tragen. Und diese Supra-Drogen.* »Wo wart ihr denn schon überall eingesetzt?«

»Offiziell: nirgends«, gab Lopez zurück und grinste noch breiter. Die kurzen blonden Haare standen ihr sehr gut und betonten die blauen Augen. Ein Engel zwischen fünf Höllenbrüdern. »Weißt du, Kris, Konzerne können sich nicht immer leiden, und wenn die Schreibtischhengste nicht zu einer Lösung am Verhandlungstisch kommen …« Sie tippte sich gegen die Brust, dann klopfte sie an den rechten Oberschenkel, wo ihre *Hole*-Automatikpistole im Halfter steckte. »Passiert öfter, als man denkt.«

Kris hatte davon gewusst. Als Kutscher hatte er immer wieder von Kollegen gehört, die von sonderbaren Frachtpiraten überfallen worden waren. Merkwürdigerweise waren sie äußerst militärisch vorgegangen und dabei ausschließlich mit der Ausrüstung eines konkurrierenden Unternehmens ausgestattet gewesen. Justifiers-Einheiten eben, die sogenannte »feindliche Übernahmen« durchführten.

»Und solche Missionen wie hier?« Er hatte verstanden, dass Lopez zumindest bei den fünf Männern das Alphaweibchen war, das den Ton angab.

»Nein.« Sie legte das Grinsen ab und wirkte ernst. »Wir waren alle begierig darauf, dabei zu sein. Den Collectors in den gepanzerten Arsch zu treten und mehr über sie herauszufinden, das ist eine abgefahrene Sache, die sich kein Justifier entgehen lassen wollte.« Ihr Gesicht verschloss sich. »Scheiße, dass es gleich die Hälfte von uns erwischt hat.«

»Ihre Seelen sollen bei Odin weilen«, sagte ein Mann, auf dessen Namensschild *Harper* stand. Gemeinsam wiederholten sie den Spruch und schlugen sich einmal gegen die Brust.

Somit ist die Frage ihrer Religion auch geklärt. Das handfeste Germanische passt zu ihnen und ihrem Beruf. Aphrodite wäre total falsch. Kris wartete, um das ehrende Schweigen nicht vorzeitig zu unterbrechen. »Keine Angst vor den Collectors?«

»Im offenen Kampf, nein. Im All in einem Raumschiff, ja«, gab Harper unumwunden zu. »Wir wissen, was wir können, und haben hart trainiert, um sie zu knacken. *BaIn* gab uns neue Waffen mit, die richtig krachen. Dakka-dakka-bumm!« Die anderen grinsten.

»Wirst du bald sehen, Kutscher.« Lopez zeigte gegen die Decke. »Ist der Chemical wirklich so verrückt, wie man es von denen hört?«

»Ist er«, antwortete Kris nickend. »Aber harmlos und extrem gut in dem, was er tut.«

Harper tat, als müsste er ausspucken. »Dieses Arschloch hat einen KSP im Interim gemacht! Ich habe gedacht, ich ersticke an meiner Kotze.«

»Moment! Das hat er auf Befehl von Suede getan«, verteidigte Kris 23. Er konnte kein gegen ihren Piloten gerichtetes Feindbild brauchen. »War ein erstes Experiment, das sie im Auftrag von *BaIn* gemacht hat.« So, wie er es gesagt hatte, schwebte im Raum, dass noch weitere folgen mochten, in die niemand sonst eingeweiht war.

»Wie ist sie denn so, die Professorin?«, hakte Lopez sofort ein und legte die Füße hoch. »Knallst du sie?«

»Sagt man das auch?«, konterte er mit einem Grinsen.

»Nein. Das *hört* man«, fügte Harper hinzu, und sie mussten alle lachen.

Kris hatte das Gefühl, dass sich ein wenig Vertrauen aufbaute. Dummerweise begann die zweite Halbzeit des Spiels, und die Männer richteten ihre Aufmerksamkeit wieder auf das Geschehen im Cube. Nur Lopez blieb weiterhin ihm zugewandt.

»Schön, dass du Kontakt aufgenommen hast, Kutscher.« Sie hob den Becher in seine Richtung und trank. »Wurde Zeit. Bist ja schon öfter hier herumgeschlichen.«

Kris prostete zurück. »Ihr seht eben nicht gerade … wie sage ich das jetzt, ohne von dir eine mitten ins Gesicht zu bekommen?«

»Ich verstehe, was du meinst«, sagte sie lachend und wurde von Harper angezischt, damit sie leiser sprach. »Wir bleiben normalerweise ja auch unter uns. Aber kannst uns gerne sagen, was die Professorin so alles vorhat und welche Neuigkeiten es sonst rund um die Mission gibt. Wir befolgen *BaIns* Anweisungen. Versuchskaninchen zu sein, das steht nicht in unseren Verträgen. Dafür haben sie ihre beschissenen Chims.«

»Mach ich.« Kris konnte sich die Gelegenheit nicht entgehen lassen. »Da fällt mir ein: Ist dir an den Betas irgendwas aufgefallen?«

»Außer dem Gestank?« Sie nahm noch einen Schluck.

»Ja. Ich meine … waren sie modifiziert?«

Sie sah ihn verwundert an, als wäre er debil. »Jeder Chim ist genmodifiziert. Die Hälfte meiner Jungs auch.«

»Nein. Ich meinte Implantate. Hoch entwickelte Kybernetik, wie ihr sie vorher noch nicht an einem Beta gesehen habt. Auffälliges, teures Zeug eben.«

Lopez hatte gerade zum Trinken angesetzt und hielt inne, schaute über den Rand des Bechers, ohne sich zu bewegen. »Odin verschone uns davor! Wie kommst du denn auf die kranke Scheiße? Wollten die Experimente mit den Chims machen?«

»Vergiss es.« Kris verbarg seine Enttäuschung.

»Einer von denen hatte nur einen Arm. Ich glaube, er hieß Karol. Ein Tiger-Chim«, sagte Harper über die Schulter, ohne das Spiel aus den Augen zu lassen. »Kann doch sein, dass sie da was anstöpseln wollten. Wozu hätten sie sonst einen kaputten Chim mitgenommen?«

»Das wäre eine ziemliche Verschwendung«, warf Inkman ein. »Chims sind schlau wie Eiswürfel. Jedenfalls diejenigen, die ich kenne. Der wüsste gar nicht, was er damit machen soll, und würde sich glatt selbst erwürgen.«

»Schnauze!«, rief ein Mann mit einem eintätowierten *Emerald* im Nacken, darunter stand die Blutgruppe sowie eine Liste, die nach Medikamenten und Mengenangaben klang. »Ich will das Spiel sehen!«

»Du *siehst* es doch«, merkte Lopez spitz an.

»Ich will auch die Kommentatoren hören«, schnaubte er. Die Adern am Hals schwollen an, es roch förmlich nach Testosteron und Adrenalin. Kris hielt ihn für einen der SuperSoldiers, wie sie bezeichnet wurden. Gefährliche Psychopathen, die ihr soziales Empfinden gegen harte Kampfsubstanzen abgegeben hatten. »Zum Quatschen über Chims mit Kyborg-Armen könnt ihr …«

»Achtung!«, brüllte eine dunkle Stimme. Sofort sprangen die Soldaten auf, wandten sich dem Rufer zu und salutierten.

Kris drehte überrascht und leicht ertappt den Kopf. Hinter ihm war unbemerkt McFaiden aufgetaucht, der seinen gepanzerten Kampfanzug trug und sie musterte. Vor allem auf ihm ruhte der Blick ungemütlich lange, bis auch Kris aufstand, ohne zu salutieren. »In die Unterkünfte«, befahl er seinen Leuten. »Unangemeldete Waffeninspektion. Danach steht was für die Ausdauer an.« Er zeigte auf den 3D-Cube. »Vor dem Ding werdet ihr mir zu träge. Abmarsch!«

Lopez und die Männer salutierten wieder und rannten davon.

Kris hatte den Eindruck, dass das Auftauchen nicht zufällig war. *Was kommt jetzt wohl noch?*

McFaiden stand immer noch vor ihm. »Ich erwarte«, sagte er leise zu ihm, die Miene war vereist, »dass Sie meine Justifiers nicht länger mit dem Unsinn über Chims und Hochtechnologie volltexten, SK. Das hat nichts mit der Mission zu tun, die sie zu bewältigen haben, und ist unnötige Ablenkung.«

»Wenn Sie meinen, Major«, antwortete Kris langsam. »Na ja, war nur so ein Gedanke.«

»Behalten Sie den für sich. Jetzt und solange wir auf der Mission sind.« McFaiden verließ die Kantine.

Kris schaute auf den Cube. »Tja.«

Er sah zu, wie einer der Hardballer von einem gegnerischen Mitspieler mitten im Rennen mit einem Schlag gestoppt wurde. Mit den Knien voraus sprang er auf den Liegenden, um ihn auszuschalten. Das Geräusch des Aufpralls wurde laut wiedergegeben, die Szene nochmals in Zeitlupe gezeigt.

Er ist bestimmt von Nuria geschickt worden. Ihr stinkt es gewaltig, dass ich mich einmische. Die ungewöhnliche Reaktion des Offiziers verlangte nach einer neuen Tat. Nach Gewissheit, sofern ihm die Götter gnädig waren.

Kris schaltete das Gemetzel ab, ging zum Ausgang und nahm sich unterwegs vom Wasser aus dem Spender. Sein Weg führte ihn zum Lift, mit dem er in den Frachtraum fuhr. Die Idee hinter seinem Tun: Die Betas hatte es zwar in den Weltraum gesaugt, aber die Ausrüstung und alles, was sie sonst noch dabeigehabt hatten, lagerten nach wie vor in der *Cortés.*

Kris stieg im Frachtraum aus und schaltete das Licht an. Summend erwachten die Trafos, LED-Lampen erhellten den riesigen Ladebereich mit kalt-bläulichem Licht.

Dann schauen wir mal nach. Er trank aus und stellte den Becher neben die Übersichtskonsole, rief die Ablageordnung auf und suchte nach den Ausrüstungskisten der Beta-Humanoiden.

Kein Eintrag, blinkte es auf dem Monitor.

»Aha?« Er versuchte es mit verschiedenen anderen Schlagworten, doch es führte stets zum gleichen Resultat.

Da er nicht daran glaubte, dass die Ladung bereits gelöscht worden war, begab er sich auf die Suche. Er hatte derzeit sowieso nichts anderes zu tun. Mit einem der kleinen Antigrav-Stapler surrte er die schmalen Gänge entlang und durchforstete sie systematisch.

Minuten verstrichen, die zu einer Stunde wurden. Ihm wurde deutlich bewusst, dass er an diesem Tag mit seinen Nachforschungen nicht zu einem Ende kommen würde. Zu viele Container, Kisten und Gänge.

Ein metallisches Klicken alarmierte ihn.

Kris hielt den Stapler an und lauschte. *Als würde eine schwere Spinne sehr schnell auf den Kisten über mir laufen.*

Plötzlich endeten die Geräusche.

Er ließ den Stapler höher schweben, um nach der Ursache zu schauen.

An den Hochregalen blinkten unvermittelt die grünen Lampen auf, ein lauter Warnton erklang. Surrend setzten sich die Transportbänder in Bewegung. Sie waren dazu gedacht, Fracht, die ganz hinten stand, nach vorne zu befördern, damit sie mit dem Stapler aufgenommen werden konnte. Und die Regale waren voll bis zum Anschlag.

Fuck! Kris gab Gas, um dem drohenden Bombardement zu entkommen – das Fahrzeug nahm gemächlich Fahrt auf und fuhr die Schneise entlang. Es war nicht für hohe Geschwindigkeiten und schnelles Anfahren konzipiert worden.

Das darf nicht wahr sein! Dicht hinter ihm stürzten die ersten Container von der Größe eines Kleinbusses aus dem Regal auf den Stahlboden, scheppernd krachten sie nieder. Der Auftakt für tödliche Kaskaden aus Frachtstücken.

Odin und Osiris! Er sah nach oben, von wo sich die nächsten Geschosse näherten. Mit einer Hand lenkte er, mit der anderen betätigte er sein Kom-Gerät. »23! Hörst du mich? Ich bin im Frachtraum. Schalt die Förderbänder aus! Sofort!«

Der Erste Pilot meldete sich nicht.

Eine Box erwischte die Gabeln des Staplers und drückte ihn nach unten, wodurch eine weitere Box Kris knapp verfehlte.

Er wurde nach vorn gegen das Sicherheitsgitter geschleudert, und dennoch versuchte er, die Kontrolle wiederzuerlangen. »23!«, schrie er, weil er den Kanal noch immer geöffnet hatte. »Bring die Bänder zum Stehen!«

Das anhaltende Scheppern klang unglaublich laut. Das nährte Kris' Hoffnung, dass irgendjemand davon etwas mitbekam und ihm half.

Eine Metallkiste krachte von hinten gegen den Motor des Antigrav-Pulsators, und mit einem hässlichen Wimmern schaltete er sich ab. Ohne eine Möglichkeit, den Flug des Staplers länger zu beeinflussen, schoss Kris mit dem Gefährt dem Boden entgegen.

Das überlebe ich nicht! Unten werde ich zerquetscht! Blitzschnell sprang er hinaus und streckte sich, um eine Strebe der Hochregale zu erwischen.

Er flog unter einem hinabstürzenden Container hindurch, prallte gegen die Verkleidung eines Regals und klammerte sich daran fest. Seine Finger fanden Halt, und er hing wie eine schlaffe Fahne herab.

So unvermittelt, wie sich die Bänder in Bewegung gesetzt hatten, kamen sie zum Stehen; hier und dort erklang ein letztes Rumpeln im Frachtraum.

Das war knapp! Kris hörte ein leises, metallisches Reiben über seinem Kopf.

Direkt über sich sah er eine Stahlbox hin und her kippeln, die sich nicht entscheiden konnte, ob sie stürzen sollte oder nicht.

Du wirst mich nicht erschlagen, jetzt, wo ich es geschafft habe, allen anderen zu entgehen! Schnell hangelte er sich zur Seite und zog sich hoch bis zum Nachbarschacht, um einen sicheren Stand zu haben.

Die Box bekam Übergewicht nach vorn und stürzte auf den kleinen Berg aus Containern, der sich im Gang aufgetürmt hatte.

Schwitzend und mit einer schmerzenden Schulter sah er auf das

Chaos hinab. *Ich wette, Nuria wird wollen, dass ich das aufräume.* Sein Gesicht brannte, weil er gegen das Staplergitter geknallt war.

»Kris?« Es war Faye, die besorgt nach ihm rief. Das leise Wummern eines Pulsators erklang, dann sah er sie an den Kontrollen eines Staplers, der langsam über das Durcheinander aus beschädigten, offenen und intakten Boxen schwebte. »Kris!«

»Hier«, rief er und machte mit Winken auf sich aufmerksam. *Woher hat sie gewusst, dass ich hier bin?*

»Den Göttern sei Dank!« Sie lenkte den Arbeitsschweber zu ihm hinauf und ließ ihn zu sich auf den Stapler springen. »Was ist denn ...?«

»Ich weiß es nicht. Und tu mir den Gefallen und flieg hoch bis über das Regal, falls das Ganze von vorne losgeht.« Er sah beunruhigt zu den Kontrolllämpchen hinüber, die wieder rot brannten. Faye steuerte das Gefährt in die Höhe. »Woher wusstest du, dass ich hier unten bin?«

»Ich habe deinen Funkspruch gehört und bin darauf gekommen, dass es nur einen Ort gibt, an dem Förderbänder laufen. Du klangst sehr verzweifelt, und ich ... dachte, ich schaue mal besser nach dir.« Sie drehte den Stapler auf der Stelle. »Das ist ganz schön viel Chaos, Kris.«

Eben wollte er antworten, da fiel ihm eine Reihe im Regal auf, ganz am hinteren rechten Ende. Die Container darin waren nicht ausgeworfen worden.

Sollten die Hinweise da drin sein? »Darf ich?«, sagte er und streckte die Hände nach den Konsolen aus. Sie machte ihm Platz und ließ ihn steuern.

Er fuhr zum Regal und fischte die vorderste Box aus dem Regal, die sich durch nichts von den anderen unterschied. Blank, unauffällig, ein kleines Display mit Beschriftung.

»Die hast du gesucht?« Faye hob die Augenbrauen. »Und dafür dieses ...«

»Ich war es nicht.« Er landete den Stapler und sprang raus. »Passt du bitte auf die Umgebung auf?«

»Wer sollte uns angreifen? Oder meinst du, die Bänder springen wieder an?«

»Pass einfach auf.« Er wollte sich beeilen, weil er fürchtete, dass entweder Nuria oder McFaiden erscheinen würden, um ihn daran zu hindern, einen Blick hineinzuwerfen.

Kris öffnete die Kiste, in der angeblich Proviant lagerte – und entdeckte eine zweite darin: zwei Elektro-Schlösser, ein Scanfeld für Finger und die Retina.

Die kriege ich auf die Schnelle nicht auf. Aber er sah sich bestätigt, dass Suede etwas verbarg. *Kein Konzern sichert Dosenbrot und Eiweißschnitzel auf diese Weise.* Er schloss sie wieder. »Okay, ich stelle sie zurück.« Er stieg zu ihr auf den Stapler, und die Kiste landete an ihrem alten Platz.

Das Kom-Gerät gab einen Summton von sich. »SK«, drang Suedes Stimme aus dem Lautsprecher. »Sofort auf die Brücke.«

»Dachte ich mir.« Kris bestätigte knapp. »Kannst du mich zum Ausgang fahren?«

»Sicher.« Faye lenkte das Gefährt über die Boxenhalden zum Lift. »Wer räumt das hier auf?«, fragte sie, als sie anhielt und er abstieg, um in die Kabine zu treten. »Und was war in der Kiste, die du geöffnet hast?«

»Hast du heute Abend schon was vor?« Er drückte den Knopf. »Ich erkläre es dir.« *Mit irgendjemandem muss ich darüber sprechen.*

Faye nickte. »Klingt sehr spannend! Aber ich räume deswegen nicht deinen Schrott hier weg«, erwiderte sie mit einem schwachen Lächeln. »Das machst du schön selbst. Meine Schwester lässt sich damit bestimmt etwas versöhnen.« Die Türen schlossen sich.

Kris hegte bedenkliche Zweifel an Fayes Annahme.

Zweite Szene
8. Mai 3042 a. D. (Erdzeit)

SYSTEM: MECHA
PLANET: AUTOMATON PRIME (HAUPTWELT DES ORDER OF TECHNOLOGY)

Genug gepuzzelt. Faye zog die Nase hoch und setzte die letzte verbeulte Kiste in das passende Hochregal.

Einen Teil der Aufräumarbeit hatte der dritte Antigrav-Stapler im Auto-Modus erledigt. Bei manchen Boxen waren die Barcodes durch den Aufprall dermaßen beschädigt worden, dass das Computerhirn keine exakte Zuordnung an die vorgesehenen Plätze vornehmen konnte. Also hatte sie sich erbarmt und die beschädigten Behältnisse einsortiert. Kris war noch immer bei Nuria. Faye wollte gar nicht wissen, was sie gerade taten.

Dafür schuldet er mir was. Auch wenn ich ihn leiden kann, dafür schuldet er mir was. Das ist mehr als ein Freundschaftsdienst. Sie hob das Kom-Gerät an die Lippen. »23, bist du da?«

»Ja, bin ich«, säuselte er zurück.

»Hast du herausgefunden, was der Auslöser für das Chaos im Frachtraum war?«

»Meine *Cortés* sagt: eine absichtlich herbeigeführte Überlastung des Ablagesteuersystems«, antwortete der Chemical singend, dann erklangen knisternde Kaugeräusche. Er aß Popcorn, sein Mund musste dabei offen stehen. »Sie konnte nichts dafür. Unmittelbar nach der ersten Bewegung von Kris' Stapler erfolgte der Eingriff, und zwar durch eine Beeinflussung vom Frachtraum aus. Er war nicht alleine da.«

»Heißt das, wir haben einen Saboteur in der Truppe?« Sie sah sich unwillkürlich um.

»Oder einen Passagier, den wir nicht hereingebeten haben. *Cortés* hat ihn nicht gesehen, die Kameras standen im falschen Winkel. Oder es ist unsichtbar, was immer es war, das *Cortés* in der Steuerung herumspielte.« 23 klang zornig. »Das war Vergewaltigung von künstlicher Intelligenz!«

Faye überlegte. »Weiß meine Schwester Bescheid?«

»CoDriver weiß Bescheid, meine Schöne«, sagte er kichernd. »Bericht und Ausdrucke. Alles. Alles! Kris ist unschuldig, *Cortés* ist unschuldig. Ich, der Soldatenmann und seine Krieger sind gerade auf CoDrivers Geheiß dabei, die Stockwerke zu cleanen. Ich mit den Augen von *Cortés*, die anderen zu Fuß. Keine besonderen Vorkommnisse. Bis auf unsere fünf Neuzugänge.« Er schluckte laut und trank schlürfend, was sie dazu brachte, den Mund zu verziehen. Es gab schönere Geräusche. »Die Automaten. Die Blechbüchsen.«

Die 2OTs. Nuria hat sie erwähnt. »Wo sind sie?« Faye hätte sie sich am liebsten gleich angesehen, nachdem sie von Kris die Beschreibungen seiner Halbschwester gehört hatte: Eine verchromte Gottesanbeterin, *das* würde sie sich nicht entgehen lassen.

»Sie machen gerade eine Tour und haben erst angefangen. Sie sind im unteren Deck. Ich habe ihnen einen ReinigungsBot geschickt, der ihnen die Sektionen anhand seines Putzplans erklärt.« Wieder knisterte es furchtbar. Sie stellte sich vor, dass es seine gesprungenen Zähne waren, die abbrachen und splitterten.

»Danke. Ich schaue sie mir mal an.« Faye parkte den Stapler und verließ den Frachtraum, in dem zwei Clean-Bots die letzten Spuren des Durcheinanders beseitigten. Kleine Dosen und verstreutes Essenskonzentrat wurde von ihnen eingesogen, der Boden gewischt. Aus einer Eingebung heraus beendete sie die Verbindung noch nicht. »Ach, 23?«

»Du störst mich beim Suchen«, quengelte er wie ein Kleinkind und schmatzte dabei.

»Waren die Automaten schon an Bord, als die Anlage im Frachtraum durchdrehte?«

»Kann sein, weiß nicht genau. Muss jetzt weg. Suchen. Mit *Cortés*.« Der Chemical rülpste und schaltete ab.

Faye fuhr mit dem Lift in die unterste Ebene des Raumschiffs und trabte locker durch die Korridore, auf der Suche nach den fünf Mitgliedern des 2OT. Sie hätte auch 23 fragen können, wo genau sie sich befanden, aber dann würde der Chemical vermutlich seine Beherrschung verlieren. Das wollte sie sich und ihm ersparen.

Gang für Gang, Schleuse um Schleuse passierte sie. Von den Neuankömmlingen fehlte jede Spur.

Wo stecken sie? Faye war sich im Klaren darüber, dass sie stundenlang durch die *Cortés* laufen könnte, ohne sie zu treffen. Und gerade eben, als sie 23 doch anfunken wollte, Laune hin oder her, wurde sie fündig.

Sie standen vor dem dicken Stahlschott, das in die Luftschleuse führte, in dem der Collector gefangen saß: die fangschreckenförmige Halbschwester, die wirklich so aussah, wie Kris sie beschrieben hatte; ein Mann und eine Frau, die auf den ersten Blick unmodifiziert waren;

ein schmaler Roboter, gerade einmal etwas mehr als ein Meter groß mit einem runden, schwarzen Tonnenleib sowie sechs mechanischen Armen ausgerüstet. Mann und Frau trugen lange schwarze Mäntel, darunter schauten dunkelgraue Hosen und klobige Militärstiefel hervor. Sie standen andächtig um den kleinen Putz-Bot der *Cortés* herum und lauschten seinen seelenlos vorgetragenen Erklärungen.

Sollten es nicht fünf sein? Faye schaute sich um, entdeckte in dem Gang jedoch keinen weiteren 2OT. »Hallo«, grüßte sie in die Runde und näherte sich. »Sie machen sich schon mit dem Schiff vertraut.«

Sie hoben die Köpfe und blickten sie an. Mann und Frau lächelten sofort, auf den metallenen Gesichtern der Schrecke und des Bots konnte sie keine Regung ausmachen. »Von Grund auf. Und wir können uns danach als Reinigungskräfte verdingen«, antwortete der Mann und deutete eine Verbeugung an. »Mein Name ist Olonin«, stellte er sich galant vor.

Kris' Halbbruder. Faye steckte die Hände in die Taschen. Zu nett wollte sie nicht sein. Die Automaten hatten sich nicht zuerst bei der Crew vorgestellt, wie es sich gehört hätte, sondern inspizierten die *Cortés*, als wollten sie das Schiff in Beschlag nehmen.

Olonin lächelte. »Das ist Kratos Beta 21/239, die Dame an meiner Seite ist Joule, und dies hier ist Daidalos Beta 21/1245643«, machte er sie nacheinander bekannt. »Nach Rücksprache reicht es jedoch aus, wenn Sie Daidalos und Kratos sagen.«

»Die *Cortés* ist bereits den Plänen nach ein schönes Raumschiff, aber in Wirklichkeit sieht sie noch besser aus«, sagte ausgerechnet Daidalos zu Fayes Überraschung mit einer sehr menschlichen, echten Stimme, die aus der Mundöffnung drang. Er erinnerte an eine vielarmige Künstlerpuppe, wie sie manche romantisch veranlagte Zeichner verwendeten, um den menschlichen Körper mit seinen Proportionen in verschiedenen Bewegungen darzustellen. Auf echtem Papier natürlich, nicht auf einem Tab-Sheet.

»Ich bin schon schlechter gereist«, stimmte sie ihm zu.

»Die Technik ist phänomenal«, lobte Joule mit einer künstlichen Computerstimme, wie sie vor mehr als eintausend Jahren einmal als modern gegolten hatte. 2OTs hielten das offenbar für schick. »Einen KSP- und LSP-Antrieb zu kombinieren, das ist nicht jedem möglich.«

Sie gingen weiter.

Olonin hakte sich ungefragt bei Faye ein. »Würden Sie uns die Ehre erweisen, die Professorin zu vertreten, damit wir wenigstens ein echtes Besatzungsmitglied beim ersten Rundgang dabeihaben?«

Sein Arm war kalt wie Stahl. Faye verspürte keine rechte Lust, die Fremdenführerin zu geben, zumal der Bot sich gut machte. Waren ihr schon die Chims zuwider, weckten die Stahlschrecke und die Künstler-puppe bei ihr noch mehr Ablehnung. Vermutlich lag es an dem Wissen, dass Menschen in der ganzen Elektronik steckten. Wer sich dermaßen verstümmelte, konnte nicht mehr normal sein. Im Innern der scheinba-ren Menschen Olonin und Joule hörte sie dank ihrer Einbildungskraft Zahnräder klicken und Kleinstreaktoren summen. Jetzt, wo sie die 2OTs gefunden hatte, wollte sie weg. »Ich habe noch etwas zu tun«, log sie.

»Wirklich?«, machte Joule, und jeder hörte, dass sie eigentlich *Lügne-rin* sagte.

Daidalos stellte sich so, dass Faye nicht nach hinten ausweichen konnte. Das passte ihr überhaupt nicht. »Bitte, tun Sie uns den Gefallen!«, bet-telte er geschickt. Die Stimme war nun so moduliert, dass etwas darin schwang, was ihren Widerstand hinwegschmolz. Olonins Arm schien sie eingeklemmt zu halten, und Kratos öffnete leicht ihre Fangbeine.

Belagern sie mich? Faye hatte sich noch nicht entschieden, was sie tun wollte, als sie einen schwachen blauen Blitz als Reflexion auf der glän-zenden Schreckengestalt sah. In ihrem Rücken ging etwas vor. *Sie wollten mich ablenken!* »Einen Moment«, sagte sie und machte sich von Olonin los, ging an Kratos und Joule vorbei und sah durch das kleine Fenster in den Hangar, wo der Collector gefangen saß.

Die fünf Justifiers lagen alle auf dem Boden und regten sich nicht. Der Collector stand noch immer an seinem Platz, wo sie ihn mit Mag-netschellen festgeschnallt hatten. Davor erhob sich ein fünf Meter gro-ßes Kunstwesen mit vier Roboterarmen und -beinen, die an einem humanoiden Rumpf saßen; einen Kopf sah Faye von ihrer Position aus nicht. Drei der Arme, an deren Enden siebenfingrige Eisenhände saßen, pflückten an der Rüstung herum, der vierte drückte auf die Bedienungstasten der Messgeräte. Dünne Schläuche, durch die leuchtend blaue Flüssigkeit jagte, verbanden das Wesen mit dem Collector.

»Hey!« Faye drückte den Knopf für den Öffnungsmechanismus.

Nichts geschah.

Sie schlug mit der Faust gegen die Scheibe. »Weg von dem Gefangenen!« Sie drehte den Kopf und sah die 2OTs an. »Was soll das?«, rief sie ärgerlich und legte eine Hand an den Pistolengriff.

Niemand antwortete. Olonin lächelte verkniffen.

Faye hob das Kom-Gerät. »23, öffne das Schott zum Hangar und ruf den Major. Wir brauchen die komplette Einheit sofort hier unten. Eine der Blechbüchsen hat sich den Collector geschnappt und ... macht ... irgendwas mit ihm. Er soll die schweren Waffen mitbringen.«

»*Cortés* ist böse«, sagte der Chemical aufgebracht. »Jemand hat ihre Augen beschädigt und ihr die Nerven abgeklemmt. Ich kann den Hangar nicht sehen und das Schott nicht ansteuern!«

Die LEDs im Gang wechselten von bläulich zu tiefrot. Die Alarmsirene dröhnte in rhythmischem Abstand.

Faye sah wieder durch die Scheibe.

Der Collector bäumte sich nun in seiner Halterung auf, Blitze spielten über die Oberfläche des Panzers. Der fünfte 2OT bearbeitete ihn gleichzeitig mit Härte, brutale Hiebe der Stahlfinger krachten gegen den Gefangenen und schüttelten ihn durch.

Verdammt! Er bringt ihn um! Faye aktivierte die Schottüberbrückung und drehte die Handkurbel, so schnell sie vermochte. Zentimeterweise hob sich die Sperre.

Das Quartett rührte sich nicht und schaute zu, als ginge es die 2OTs nichts an, dass einer von ihnen ein unentschuldbares Verhalten an den Tag legte.

Als die Lücke breit genug geworden war, rollte sich Faye in den Hangar und zog die Pistole. Sie rannte auf das riesige Bot-Wesen zu, das in dem roten Licht noch gefährlicher wirkte als durch das vakuumsichere Glas. »Lass ihn los! Weg von dem Collie!«

Der 2OT ließ tatsächlich von ihm ab. Die drei Arme lösten sich von der Panzerung, und der Rumpf drehte sich mitsamt Armen. In der Brust wurde ein eingelassenes menschengroßes, silbernes Gesicht sichtbar, das einem Helmvisier oder einer Theatermaske glich; die Augen leuchteten braun.

Faye bemerkte einen ungewöhnlichen Geruch, gemischt aus Öl, Blut und Koriander. Leise zischend klinkten sich die dünnen Schläuche aus dem Collector und wurden eingerollt, verschwanden im Leib.

»Hinaus«, drang es zwischen den starren, leicht geöffneten Lippen hervor. »Ich bin noch nicht fertig.« Armkomponenten verschoben sich und bildeten lange scharfe Klingen. Zwei Abdeckungen im Rumpf öffneten sich, Granatköpfe wurden sichtbar.

»Doch, bist du«, erwiderte sie, steckte die Pistole ein und hob eine der überschweren Waffen der Justifiers auf, um eine Chance gegen die mehr als doppelt so große Kampfmaschine zu haben. *Wo bleibt McFaiden?* »Ich glaube nicht, dass du die Erlaubnis von Suede hast, hier zu sein.« Sie deutete auf die Gardeure. »Tot?«

Ein lautes Quietschen vom Eingang her ließ sie kurz über die Schulter blicken.

Das Schott hatte sich geöffnet, und herein quollen McFaiden und fünf seiner Leute. Schwer bewaffnet und gepanzert, kaum von einem Collie zu unterscheiden, wenn sie größer gewesen wären. Deswegen hatte es vermutlich auch so lange gedauert: In eine Kampfrüstung sprang man nicht so eben.

Vor ihr klirrte es leise, öliger Wind streifte sie.

Als sie nach vorn blickte, wollte sie es zuerst nicht glauben. Vor ihr stand ein gänzlich anderes Wesen! Es war nur noch so groß wie ein Mensch und höchstens anderthalb Meter breit. Das Silbergesicht saß jetzt im oberen Drittel der Brust, exakt in der Mitte. Zwei Arme, zwei Beine. Es ähnelte stark den unförmigen Industrie-Bots, bei denen es nicht auf Schönheit ankam.

Faye senkte die Waffe. *Er ... hat sich umgebaut!*

McFaiden und seine Leute sicherten, drei Sanitäter kamen hinzu und kümmerten sich um die Kameraden, die am Boden des Hangars lagen.

»Was war hier los?«, wollte er von Faye wissen, die Stimme kam aus dem Helmlautsprecher. Die Mündung zielte dabei auf den 2OT.

»Die vier da draußen haben mich abgelenkt, und dieses … Ding hier hat den Collie bearbeitet.« Faye kam sich komisch vor. »Sie waren mit Schläuchen verbunden, und er hat versucht, mit seinen vier Armen …«

»Vier Arme?« McFaiden musterte den 2OT. »Ich sehe *zwei* Arme und *keine* Schläuche.«

»Ja, ich weiß. Er hat sich umgebaut. Gerade eben, als Sie und Ihre Truppe hereinkamen«, antwortete sie wütend. Sie sah dem Mann durch das Visier an, dass er ihr nicht glaubte. »Sie können sich die Aufzeichnungen anschauen.«

»23 sagte uns, dass der gesamte Hangar ohne Strom war. Es hat mal wieder einen Fehler in einem Steuerungsmodul gegeben. Keine Aufzeichnungen.« McFaiden zeigte mit der Mündung nochmals auffordernd auf den 2OT. »Was haben Sie getan?«

»Hier liegt ein Missverständnis vor.« Das Silbergesicht blieb steif. »Ich habe die Menschen gerettet und den Collector in Schach gehalten.«

»Sicher«, schnaubte Faye. »Ich habe doch gesehen, wie …«

»Sie haben die Lage falsch eingeschätzt, Miss Durrick«, sagte Olonin hinter ihr und trat vorsichtig näher. Einer der Sanitäter gab Entwarnung: Die Gardeure lebten alle noch. »Miss Durrick konnte nicht wissen, was sich ereignet hat.«

»Sie haben mich doch abgelenkt, damit ich nicht mitbekomme, was in der Schleuse vor sich geht«, sagte sie anklagend. »Ein paar Sekunden später, und dieser Automat …«

»Kothar Gamma 57/1«, warf der 2OT seinen Namen ein.

»… hätte den Collie fertiggemacht.« Sie sah McFaiden an. »Glauben Sie, ich lüge?«

»Sie lügen nicht, Sie interpretieren falsch.« Olonin räusperte sich. »Wir haben Miss Durrick zu ihrem eigenen Schutz abgelenkt, damit sie nicht in den Hangar stürmt und zwischen die Fronten gerät«, erklärte er. »Bei unserem Rundgang bemerkten wir, dass etwas im Hangar nicht stimmt. Wir sandten Kothar hinein, um den Collector wieder festzusetzen. Ihre Leute werden das bestätigen können.«

McFaidens Augenbrauen zogen sich zusammen. »Sie hätten stattdessen Alarm auslösen müssen!«

»Verzeihen Sie uns. Wir wollten durch die Bereinigung der Situation auf eigene Faust einen guten Eindruck bei der Professorin machen«, erklärte Olonin, und Joule nickte. Sie zerflossen förmlich vor Schuld. »Wie gesagt: Ihre Männer werden es Ihnen bestätigen können.«

»Na, schön.« McFaiden wies seine Leute an, die Fesseln des Gefangenen zu prüfen.

»Sie glauben ihm?« Faye stand kurz davor, einen ausgewachsenen Tobsuchtsanfall zu bekommen. Die Fingerknöchel wurden weiß, so fest umklammerte sie den Griff der Waffe.

»Ich denke, dass wir eine Erklärung für die unterschiedlichen Aussagen finden werden«, verbesserte er und funkte die Professorin an, um einen Statusbericht abzuliefern. Die Lampen sprangen wieder auf Blau. Nach einem kurzen Wortwechsel ging McFaiden zu den Messinstrumenten und nahm die Speichereinheiten heraus, steckte sie ein. Die ohnmächtigen Wachen wurden abtransportiert, vier neue übernahmen deren Posten.

»Mich verarscht ihr nicht«, raunte Faye Olonin und Kothar zu. »Ihr seid von nun an bei mir unbeliebter als ein Rudel Chims mit nassem Fell.«

Olonin bedachte sie mit seinem schiefen Lächeln, und Kothars Maskengesicht blieb starr und unbeweglich.

McFaiden beendete seine Unterhaltung. »Ich soll die 2OTs zu Professorin Suede bringen. Sie, Mister Lyssander, werden alles aufklären. Das wird mit den Aussagen meiner Leute und mit Ihrer Behauptung, Miss Durrick, abgeglichen«, ratterte er die Vorgehensweise hinunter und zeigte andeutend auf den Ausgang. Die 2OTs setzten sich in Bewegung.

Faye dachte nicht daran zu gehen. Sie wollte den Collector untersuchen. »Ich komme gleich nach.«

»Nein, brauchen Sie nicht«, erwiderte McFaiden im Weggehen. »Die Professorin hat nur nach den 2OTs verlangt.«

Sie hat sich ihre Meinung schon gebildet. Das ist ja hervorragend. Sie hob nur den Daumen und ging zum Collector, um ihn näher zu betrachten.

Der Geruch nach Öl, Blut und Koriander nahm zu. Blaue Tröpfchen hatten sich auf dem Deck gesammelt und schwammen und waberten quecksilbergleich. Der Collector verlor sie aus mehreren dünnen Rissen in der Rüstung, die mit dem Auge kaum wahrzunehmen waren. Es sah aus, als schwitzte er.

Sie warf einen Blick auf die unzähligen Messinstrumente. *Wieso haben die Messgeräte eigentlich funktioniert, wenn es keinen Strom gab?* Entweder hatte 23 sich getäuscht oder gelogen, oder der 2OT namens Kothar hatte die Maschinen selbst mit Energie versorgt.

Faye war neugierig, was McFaidens Leute zu Protokoll geben würden. Die Version des 2OT glaubte sie nicht eine Sekunde. Die Drohung gegen sie war eindeutig gewesen.

»Durrick, Achtung!«, hörte sie die warnende Stimme einer Frau hinter sich, und sie blickte hastig zu dem Collector.

Der Gefangene drehte ganz langsam den Helm, das Visier richtete sich auf sie. Es war die erste Regung, seit sie ihn vom Heck der *Cortés* gesammelt hatten. Er machte zwei schwache Nickbewegungen, dann lehnte er den Kopf wieder zurück.

Was hatte das zu bedeuten? Faye blinzelte. *Hat er sich ... bedanken wollen?*

»Komm lieber weg, Durrick«, sagte die unbekannte Frau in ihrem Rücken. »Reicht, wenn der Collie einmal am Tag ausrastet. Ich brauch das nicht öfter.«

Faye bewegte sich von dem Wesen weg und stellte sich neben die Kämpferin, auf deren Rüstung *Lopez* geschrieben stand. »Glauben Sie mir, oder denken Sie, ich hätte mir das ausgedacht?«

»Hab nur die Hälfte deiner Erklärung gehört.« Lopez, deren Gesicht hinter dem getönten Panzerglas leicht bläulich wirkte, zuckte mit den Schultern. »War nicht dabei, als es passiert ist, Durrick.«

Die Aussage reichte Faye. *Niemand glaubt mir.* Es wurde Zeit, dass sie sich mit Kris traf. Unerklärlicherweise hegte sie die feste Überzeugung, dass *er* nicht an ihren Worten zweifeln würde.

Ohne eine weitere Erwiderung verließ sie den Hangar.

Am liebsten hätte sie die 2OTs wieder von Bord gehabt. Wenn Faye ehrlich zu sich war, wäre *sie* am liebsten ganz schnell von Bord gegangen und auf eine Welt geflogen, wo es nichts gab außer normalen Menschen. Keine Chims, keine 2OTs, keine Collectors und schon gar nicht ihre verrückte Schwester mit dem Driver in ihrem Verstand. Sie seufzte. *Ein unerfüllbarer Wunsch.*

Sie machte sich auf den Weg zu Kris' Kabine.

ZEHNTER AKT

Erste Szene

21. März 3042 a. D. (Erdzeit)

SYSTEM: DRUSCHBA
PLANET: PUTIN (IM BESITZ VON FEC, DERZEIT UNTER OBHUT)
DISTRIKT: PUTINGRAD
STADT: PUTINGRAD

Ralda kannte die Schleichwege, die sie gehen musste, um den Patrouillen der Collectors zu entkommen.

Seit dem Tag, an dem sie allein in dem verlassenen Haus aufgewacht war, gab es nur noch einen Gedanken in ihrem Kopf: die Mission fortzuführen. Sie hatte sich sogar neue Waffen und Munition aus einem von den Collectors geschlossenen Waffenladen gestohlen, um sich halbwegs sicher zu fühlen.

Anfangs hatte sie noch nach Bishopness Theresa gesucht, aber da ihr niemand etwas sagen konnte, betete sie für deren Seele und lebte fortan unter den vor Lust Verblendeten. Sie wollte Wissen über die Ahumanen sammeln, damit sie bei ihrer Flucht genügend Beweise für die schrecklichen und menschenverachtenden Methoden vorliegen hatte. Fotos und Filmaufnahmen hatte sie inzwischen genügend. Das musste jeden umstimmen, der die Obhut freiwillig in Kauf nehmen wollte.

Eine Sache interessierte sie brennend.

Heute sollte es so weit sein, die Nachforschungen auf just diese Angelegenheit auszudehnen und sich selbst dabei in höchste Gefahr zu bringen.

Ralda überquerte die Straße und ging ins Stadtzentrum, vorbei an den balzenden Männern und promisken Frauen, die sich zwanghaft küssten.

Ich bin der einzige Mensch, der normal ist, dachte sie bei dem peinlichen Anblick. Sie war gewiss nicht prüde und lehnte natürliche Sexualität nicht ab, aber wenn es Erwachsene im Gebüsch einer Verkehrsinsel trieben, dann wollte sie nichts davon wissen. Das Wort *Verkehrsinsel* bekam offenbar eine neue Bedeutung. *Schlimmer als Tiere. Man hat sie ihres von Gott gegebenen Verstandes beraubt.* Sie bekreuzigte sich.

Aufschlussreich fand sie bei allem Abscheu über das Verhalten, dass das Alter keine Rolle spielte. Die künstliche Lust, hervorgerufen von den Injektionen, befiel alle ausnahmslos ab dem vierzehnten Lebensjahr bis ins hohe Alter hinein. Die aufgegeilten Männer vergriffen sich nicht an kleinen Mädchen. Anscheinend konnten die Collectors den Fortpflanzungstrieb exakt steuern.

Kein Tag verging, ohne dass die Bewohner Putingrads diese intensive Zweisamkeit betrieben hätten. Es musste sich um sehr starke Aphrodisiaka handeln. Ralda wollte daher einen dieser Injektoren in die Finger bekommen und die Wirkstoffe untersuchen.

Abgesehen von der Wesensveränderung der Menschen, verlief das Leben in der Stadt erstaunlich geregelt. Ohne die Sanitätscollectors, die von den Menschen akzeptiert wurden, hätte man meinen können, ganz Putingrad befände sich im Urlaub: Niemand arbeitete, alle genossen das Frühlingswetter beim Einkaufsbummel. Und dennoch gab es genügend Sachen zum Anziehen, zum Essen, zum Leben, Trinkwasser und Energie. Die Obhut sorgte für alle.

Ein falsches Paradies. Ralda blieb an einer Ecke stehen, als sie das Nahen eines Ahumanen hörte. Ihre Ohren waren inzwischen geschult, so dass sie die Nanomotoren der Rüstungen sowie das Stampfen der schweren Schritte rechtzeitig bemerkte, um ihre Route zu ändern.

Sie bog nach rechts ab und tauchte in dem Standgewirr eines Trödelmarkts unter. Während sie vortäuschte, sich für die Auslagen zu interessieren, sprach sie leise in ihr Kom-Gerät, mit dem sie ihre Beobachtungen aufzeichnete. Sie musste noch etwas nachtragen, bevor sie es vergaß.

Ralda hatte sich erinnert, dass die Collectors von »zu wenigen Menschen im Universum« gesprochen hatten. Das Zuchtprogramm lief auf Hochtouren, ohne Rücksicht auf den eigenen Willen der Menschheit.

»Das Blut der letzten Frau, das ich gestern im Krankenhaus heimlich untersucht habe, wies extrem erhöhte Hormonwerte auf«, murmelte sie leise vor sich hin und zog den zerknitterten Ausdruck aus ihrer Tasche. »Die Aktivität des Hypothalamus lag weit über normal, die Ausschüttung an Gonadotropin-Releasing-Hormon ist geradezu gigantisch. Infolgedessen wird der Körper von luteinisierendem Hormon und follikelstimulierendem Hormon geflutet. Das wiederum beschleunigt die Bildung der Geschlechtshormone im Eierstock. Östrogen und Gestagen sind im Überfluss vorhanden, die Analysewerte werde ich noch einscannen. Der Computer berechnete daraus eine dreihundertprozentige Chance auf eine Schwangerschaft mit mindestens Fünflingen. Ich ...«

Ein Collector bahnte sich den Weg durch die Menge, schwenkte das Erkennungsgerät wie bei einer Einsegnung.

Ralda wechselte nach links in eine Seitenstraße. »Zusatz: Die Frau ist vierundsechzig Jahre, und ich habe keine Ahnung, wie die Fremden es schaffen, die Menopause rückgängig zu machen.« Schnell stoppte sie die Aufzeichnung, senkte das Kom-Gerät und lief in die nächste Quergasse.

Sie bog wieder ab – und stand unvermittelt vor dem breiten Rücken eines weiß getünchten Collectors mit den roten Kreuzen darauf. *Schöpfer der Welten!*

Er hatte sie nicht bemerkt, weil er sich gerade um ein Baby im Kinderwagen kümmerte, das schrecklich hustete. Die Stahlfinger streichelten dem Säugling sanft über den Kopf, der zweimal in die vielgliedrige Hand gepasst hätte.

Die Mutter störte sich nicht daran, sondern sah mit einem erwartungsvollen Lächeln zu. Auch als er den Multi-Injektor zückte und eine äußerst dünne Nadel durch die Haut des Neugeborenen bohrte, so dass das Kind aufschrie, lächelte sie noch.

Ralda hielt die Luft an. *Was tut er dem unschuldigen Wesen an?*

Das Baby hörte auf zu weinen und schloss müde die Augen, schmatzte und schlief ein. Es wirkte friedlich, das Husten legte sich.

Während die Mutter sich überschwänglich bei dem Collector bedankte, als wäre er ein Heiliger, senkte er den Arm, um den Injektor in die Tasche zu stecken.

Das war die Gelegenheit, auf die Ralda gewartet hatte.

Herr, steh mir bei! Sie wartete, bis die Hand sich der Tasche näherte und die Finger sich öffneten; unter dem Mantel umklammerte sie den Griff ihrer Pistole.

Als der Collector das Gerät losließ, schnappte sie blitzschnell zu und bekam es zu fassen, ohne dass der Fremde es bemerkte. Ein Ruck, bevor er die Tasche schloss, und sie hielt ihn in Händen. *Langsam weg von hier*, rief sie sich zur Ordnung.

»Diebin!« Die Mutter zeigte auf Ralda und wirkte ernsthaft erbost. »Wie kannst du nur?«

Der Collector griff blind hinter sich.

Ralda zog ihre Waffe, richtete sie gegen die nahenden Finger und drückte ab. Der Automatikmodus jagte das ganze Magazin durch den Lauf, die Geschosse sprengten die feinen Gliedmaßen des Collectors ab. Blaue Flüssigkeit spritzte gegen die Menschen, zischend fraßen sich die Tropfen durch Kleidung und Haut. Die Leute schrien auf.

Ralda rannte los, so schnell sie konnte. *Amen! Gelobt sei der Herr.* Sie wollte ins Krankenhaus, um die Mittel in den verschiedenen Kammern untersuchen zu können.

Auf dem Trödelmarkt hinter ihr wurde das Rufen lauter und breitete sich rasend aus, als wollte es die Deaconess einholen und zum Stehen bringen.

Ralda bog mehrmals ab, streifte den Mantel ab und nahm sich im Vorbeilaufen eine leere Obstkiste. Sie warf den Injektor hinein; eine Zeitung, die sie aus dem Ständer riss, diente als Sichtschutz. Dann ging sie ganz langsam weiter, als wäre sie eine Frau, die mit ihren Einkäufen nach Hause wollte.

Jäger der *Smaller*-Klasse rauschten zum Trödelmarkt, Collectors in normalen Panzerungen strömten aus verschiedenen Richtungen herbei. Die Menge machte ihnen sofort Platz.

Ralda zitterte am ganzen Körper. Sie zweifelte nicht daran, dass die Fremden sie auf der Stelle für ihre Tat in Fetzen reißen würden. Auch wenn sie unentwegt betete, war es für sie ein kleines Wunder, dass sie das Krankenhaus unbehelligt erreichte.

Als sie die Stufen zum Eingang nahm, ertönten die Sirenen.

Die Menschen verließen fluchtartig die Straßen: Sperrstunde. Niemand durfte sich mehr im Freien aufhalten.

Ralda betrat das Krankenhaus, wo ihr der Wachmann am Eingang zunickte. Seit einem Monat arbeitete sie hier als *Huma Inovarowa*. Die IC hatte sie in einem leeren Haus gefunden und umgearbeitet. Sie wusste durch Beobachtung und die Tätigkeit im Krankenhaus, dass die Collectors Menschen einen Chip im Nacken implantierten, was sie bislang hatte vermeiden können. Dass sie nicht gechipt war, interessierte die Menschen nicht.

»Was war denn los?«, fragte er sie neugierig.

»Keine Ahnung«, antwortete Ralda und verfluchte ihre unsicher klingende Stimme. »Ich war froh, nicht in der Nähe gewesen zu sein. Die Collectors sahen nicht gerade gut gelaunt aus.« Sie eilte weiter zum Fahrstuhl und fuhr hinauf ins Labor, wo sie von ihren Kollegen knapp gegrüßt wurde.

In den folgenden Stunden erledigte sie ihre Pflichtaufgaben, was ihr nicht schwerfiel. Bevor sie der Church beigetreten war, hatte sie ihr Geld als Krankenschwester verdient.

In einem ungestörten Moment, als alle in die Pause gegangen waren, untersuchte sie den Injektor.

Es kostete sie einige Mühe, die Ummantelung aufzubrechen, doch das Labor war gut mit chirurgischen Geräten ausgestattet. Sie bohrte die zehn verschiedenen Kammern nacheinander auf. Die enthaltenen Flüssigkeiten schüttete sie in Glasröhrchen und beschriftete sie mit Fantasienamen.

Nacheinander gab sie kleine Proben in die Analysegeräte und wartete gespannt, was der Computer ihr dazu sagen würde. Sie starrte auf die Monitore, auf denen *In Arbeit* stand.

Macht schon! Ralda lud ihre Waffe nach und verstaute sie. Sie betete, wieder und immer wieder. Die Technik arbeitete gegen das Unwissen an.

Weil sie nichts zu tun hatte, zerlegte sie den Injektor weiter, so gut es ging. Das Gerät mischte den Inhalt der Kammern nach Bedarf und Individuum, wie es aussah. Das erklärte, warum ein krankes Baby gegen Husten behandelt werden konnte und gleichzeitig Menschen in liebestolle

Wesen verwandelt wurden. *Der Chip steuert die Art der Injektionen,* schätzte sie.

Nach einer Stunde kam die erste Enttäuschung.

Die Sensoren waren offensichtlich mit den Flüssigkeiten überfordert. Fünf davon konnten sie gar nicht zuordnen und nur einzelne Komponenten erkennen, wie Beruhigungsmittel oder eine Spur synthetisches Antibiotikum. Zwei weitere waren Hormonmixturen, die die hohen Werte bei allen Männern und Frauen erklärten.

Ralda schluckte, ihr Hals fühlte sich dünner als eine Spritze an, durch den sie den Speichel würgen musste. Sie war betroffen und voller neuer Verachtung für die Collectors. *Das hat Gott nicht gewollt! Greisinnen sollen kein Leben schenken!*

Die letzten drei Flüssigkeiten waren hyperdosierte Aufbaupräparate in Kombination mit Derivaten von extrem beruhigenden Stoffen. Nach Absetzen der Mittel wären sie, laut dem Computer, innerhalb einer Woche restlos abgebaut. Die Menschen erhielten dann ihren eigenen Willen zurück.

Ralda ließ sich die Auswertung ausdrucken, zog sich eine Kopie auf einen Speicherchip und las sich die Angaben deprimiert durch. *Wie schaffe ich es, dass die Menschen von den Collectors nicht mit den Stoffen vollgepumpt werden?*

Sie reinigte den Injektor mit Säure von ihrer DNA und warf ihn in den Sack mit dem anorganischen Sondermüll. Sie hoffte, dass er nicht entdeckt wurde, bevor sie das Gebäude verlassen hatte.

Dann steckte sie die Röhrchen ein und verließ das Labor.

Sie musste einen sicheren Ort für die Proben finden, wo sie leicht und jederzeit drankam, falls sich eine Gelegenheit zur Flucht ergab.

Als sie durch die Lobby ging und auf den Ausgang zu marschierte, verwehrte ihr der Wachmann das Verlassen des Gebäudes. »Wir haben immer noch Ausgangssperre, Miss Inovarowa«, machte er sie freundlich aufmerksam. »Ich würde an Ihrer Stelle nicht hinausgehen.«

Ralda zögerte. »Stimmt«, sagte sie dann langsam. »Hatte ich vergessen.« Sie sah auf die Uhr. »Aber die Sirenen haben vor gut fünf Stunden geheult.«

»Sie haben die Sperre nicht aufgehoben. Keine Ahnung, was passiert ist. Im Fernsehen kommt auch nichts darüber.« Er sah durch die Glasscheiben auf die menschenleeren abendlichen Straßen, in denen Nebel aufzog. »Unheimlich.«

»Ziemlich.« Ralda bildete sich ein, dass die Röhrchen in der Tasche schwerer und schwerer wurden und sie nach unten zogen, bis sie den Stoff zerrissen und vor dem Mann auf den Boden fielen. »Wie ärgerlich. Ich erwarte Besuch.«

»Der nicht kommen wird. Ausgangssperre.« Der Wachmann grinste. »Ist halb so wild.«

»Wir wohnen im gleichen Haus. Leider beschützt mich die Sperre nicht davor, eine miese Gastgeberin zu sein.«

Er zeigte unter sich. »Versuchen Sie, ob einer der Schächte offen ist.«

»Welche Schächte denn?« Kaum hatte sie die Worte ausgesprochen, wurde ihr bewusst, dass ihre Unwissenheit sie verraten könnte.

Doch der Wachmann registrierte sie nicht als Manko. »Ich vergesse, dass Sie erst seit einem Monat bei uns arbeiten«, entschuldigte er sich. »Das Krankenhaus verfügt über unterirdische Transportröhren, die sowohl zu den Minen als auch zum Gouverneurssitz führen. Für Notfälle und Grubenunglücke.« Er legte einen Finger an die Lippen. »Aber ich habe es Ihnen nicht verraten.«

»Nein, haben Sie nicht.« Ralda lachte ihm zu und machte kehrt, um in den Keller des Krankenhauses zu gehen.

Der Nebel ist ideal! Hatte sie zuerst geglaubt, dass die Ausgangssperre einen Nachteil für sie bedeutete, war sie sich jetzt sicher, dass genau das Gegenteil zutraf. Sie trug keinen Chip und konnte dadurch wohl auch nicht geortet werden, der Nebel gab ihr zusätzliche Deckung.

Natürlich hatten die *Smaller*-Jäger ein Ortungssystem. Die Frage war nur: Nutzten sie es auch, oder verließen sie sich auf die Chip-Signale?

Ralda war die Treppen nach unten gegangen, fand den Eingang in den breiten Schacht und machte sich auf den Weg. Bewegungssensoren schalteten das Licht vor ihr an und hinter ihr aus, was einen befremdlichen Effekt ergab. Die Röhre wurde wohl selten genutzt, eine mehlige

Staubschicht hatte sich auf dem Einbahngleis gebildet, und feine Spinnweben hingen von der Decke.

Ralda gelangte an eine Kreuzung: *Raumhafen, Gouverneurssitz, Minenkomplex* stand auf einem Hinweisschild zu lesen.

Soll ich es versuchen? Sie setzte wie von selbst die Stiefel in den Gang, der sie zum Raumhafen führte. *Schöpfer, leite mich.*

Nach guten dreißig Minuten erreichte sie ein Tor, das sich vor ihr von selbst öffnete, und blickte in die verlassene Abfertigungshalle. Kein Mensch. Kein Collector.

Der graue Dunst drückte sich wallend und wirbelnd gegen die feuchten Fensterscheiben der Glasfront, als wollte er sie eindrücken und den Raum mit Nebel fluten.

Ralda wollte zuerst nach einem Schiff suchen, aber dabei nicht ihre gesammelten Erkenntnisse in Gefahr bringen, falls die Collectors sie fingen. *Ich brauche ein gutes Versteck.* Ihr Blick fiel auf die Schließfächer an der rechten Wand. *Warum nicht?* Die Röhrchen und ihr Kom-Gerät legte sie in ein Schließfach und steckte den Schlüssel in den Topf einer Kunstpalme. *Hier seid ihr sicher, bis ich euch abhole.*

Ralda zog ihre Pistole und verließ die Halle durch einen Seitenausgang, orientierte sich anhand der schemenhaften Hinweisschilder, die mit ihren LED-Lampen sinnigerweise die Warnung *Fog* blinkten.

Sie lief umher, durch die nasskalten Gespinste, lauschte auf warnende Geräusche. Sie begriff, dass es nicht einen einzigen Gleiter oder Raumer gab, den sie zur Flucht hätte nutzen können. Die Obhut erlaubte den Menschen nicht, sich aus eigenem Willen aus der Stadt zu bewegen.

Ralda näherte sich dem Flugfeld. An den Bodenmarkierungen erkannte sie, dass sie auf Rollfeld eins lief. Auch hier stieß sie nicht auf ein einziges Raumschiff.

Was tue ich? Ist es dein Wille, Herr, dass ich bei den Menschen bleibe?

Sie wollte eben den Rückweg suchen, da tauchte die klassische, entfernt galeerenhafte Silhouette eines *Big*-Schiffs vor ihr auf. Von seinen Ausmaßen konnte sie nur etwas erahnen, der Dunst verschluckte es zu großen Teilen. Es stand geparkt auf Rollfeld acht, seine Lampen waren erloschen.

Ralda ging mit pochendem Herzen näher und vernahm das leise Wummern von Antigrav-Pulsatoren, die das Schiff in einigen Metern Höhe in der Schwebe hielten, als wäre es so leicht wie eine Feder. Aber der Boden unter dem scharfkantig zulaufenden Kiel war tief eingedrückt, der Kunststoffbelag gerissen und gebrochen.

Wer landet, hat dazu einen Grund. Ralda schritt in einigem Abstand daran entlang und gelangte an eine offene Ladeluke, die so groß wie eine Hausfront war. Aus dem Innern drang schwachrotes Licht, sie hörte ein vielstimmiges Surren.

Herr, dein Wille geschehe. Sie huschte die Rampe hinauf, immer den Eingang im Auge behaltend, und spähte vorsichtig hinein.

Der Nebel hatte sich bis in den Laderaum vorgekämpft und belegte ihn mit einem Schleier. Durch die Schwaden hindurch erspähte Ralda eine Flotte kastenförmiger Gleiter über- und nebeneinander aufgereiht, festgemacht in Halterungen wie Patronen in einem Munitionsgurt. Die Modelle erinnerten an die *Smaller*-Klasse, waren jedoch keine schlanken Jäger; sie sahen eher aus wie dicke Bolzen, die einen Kasten verschluckt hatten. Es ging offenbar um mehr Ladekapazität.

Unter ihnen fuhren Roboter auf Rollen entlang, die nicht die übliche Collector-Panzerung trugen, und schienen die Schiffe zu checken; im Hintergrund huschten größere Schatten sirrend umher. Die Geräusche ließen Ralda vermuten, dass Fracht verladen wurde.

Vorbereitungen für einen neuerlichen Angriff? Auf welche Welt? Ralda musste mehr wissen. Sie wartete, bis die rollenden Bots sich weiter entfernt hatten, und ging das Wagnis ein: Sie schlich in die Halle und begab sich in den Schutz des erstbesten Gleiters.

Auch dessen Ladeluke war geöffnet.

Ralda zögerte nicht, obgleich sie sehr aufgeregt war. Angst spürte sie keine mehr. Sie war der festen Überzeugung, dass der Schöpfer der Universen sie auserkoren hatte, den Ahumanen ihre Geheimnisse zu entlocken. Hätte er ihr sonst all diese Gelegenheiten gegeben?

Im Innern des Gleiters standen mannshohe blau gestrichene Tonnen umher, deren Beschriftung sie nicht verstand. Flexible Röhren führten aus ihnen heraus und verschwanden in der Wandverkleidung.

Treibstoff wird es kaum sein. Ralda ging weiter und durchforstete das Schiff, in dem es tatsächlich nichts gab außer diesen Tonnen und einer Pilotenkanzel, in der zahlreiche Lämpchen blinkten. Nach Armaturen suchte sie vergeblich. Zwei riesige Röhren, mehr nicht. Sie vermutete, dass die gepanzerten Arme der Wesen hineingesteckt wurden.

Am Fenster huschte ein Collector vorbei, und die Anzeigen im Cockpit leuchteten auf. Ein Dröhnen erklang, der Boden vibrierte unter ihren Füßen.

Sie starten! Ralda verließ die Kanzel und sah das Wesen durch die Ladeluke stapfen, die sich schloss. Sie tauchte hinter die Fässer ab und hielt die Pistole schussbereit.

Metallisch rumpelnd schloss sich der Ausgang. Der Ahumane lief an ihrem Versteck vorbei, ohne sie zu bemerken. Kurz darauf spürte Ralda, dass das Raumschiff abhob und beschleunigte.

Solange der Pilot fliegen muss, bin ich vor ihm sicher. Sie rutschte um die Tonnen herum zur Luke und suchte den Öffnungsmechanismus. Ralda beabsichtigte, in einem günstigen Moment abzuspringen, sobald der Gleiter wieder an Höhe verlor. Sie musste zurück zu ihren Beweisen am Raumhafen und wollte keinesfalls auf eine andere Welt gebracht werden. Ihre Mission war Putin.

Wie schnell er flog, das sah sie durch die kleinen, grau getönten Bullaugen neben der Luke. Sie ließen den Bodennebel hinter sich und schwebten über dem weißen Schleier.

Putingrad fiel unter ihnen zurück. Das weiße Band der Krankenhauscontainer tauchte aus den Dunstresten auf, zu denen sich noch mehr Segmente gesellt hatten.

Sie haben aufgestockt. Ralda wunderte sich nicht. Wenn jede Frau auf Putin zwischen vierzehn und achtzig auf einen Schlag in vermutlich sechs bis sieben Monaten mindestens fünf Kinder zur Welt brachte, brauchte man viele Betten.

Der Gleiter ließ das Krankenhaus hinter sich und flog zu den Tagebaufeldern und Minen.

Raldas Augen wurden groß. *Herr!*

Aus den herausgefressenen, kargen Schluchten waren grünende

Landschaften geworden. Gelbe, rote, grasfarbene Felder reihten sich aneinander, Gemüse und Getreide, so weit sie blicken konnte. Hunderte Obstbäume, von denen Ralda sicher wusste, dass sie bei ihrer Ankunft auf Putin nicht da gewesen waren, standen in Blüte. Sie erkannte große Maschinen, die den Boden bestellten.

Der Gleiter sackte plötzlich ab.

Es zischte hinter ihr. Sirrend lief eine Pumpe an, gluckernde Geräusche erklangen. Der Pilot fing den Flug waghalsige drei Meter über dem Boden ab und verringerte die Geschwindigkeit.

Ralda glaubte zu verstehen, was vor sich ging. *Sie spritzen die Felder mit Dünger oder bringen Samen aus.* Die Obhut verpflichtete die Collectors.

Jenseits des Fensters gab es nur Felder und Obstbaumplantagen. So schön hatte sie die Gegend nicht in Erinnerung. Ein künstliches Paradies. Darauf zumindest verstanden sich die Fremden, was allerdings nicht über den verwerflichen Zweck ihres Tuns hinwegtäuschen konnte.

Rechts und links von ihnen erschienen noch mehr Gleiter. Ralda hätte gern Aufnahmen gemacht und die Beweise gesichert. In einer langgezogenen Staffel flogen sie über die Felder und versprühten ihre Ladung, bis es einen schrillen Ton gab. Die Tonnen waren leer.

Das Frachtschiff gewann sofort wieder an Höhe und schwenkte Richtung Putingrad ein.

Ralda hatte keine Gelegenheit zur Flucht bekommen. In eine Wolke aus unbekannten Dünge- oder sonstigen Mitteln zu springen hätte ihren sicheren Tod bedeuten können. Außerdem wäre sie sofort entdeckt worden. Lieber kehrte sie in die Stadt zurück.

Was ist denn das? Sie sah angestrengt aus dem Bullauge nach Süden.

Eine neue Stadt war bereits zur Hälfte fertig, die eine gänzlich andere Struktur aufwies als die Bauten von Putin. Eine schneeweiße Halbkugel reihte sich an die nächste, dazwischen verliefen Eingleisbahnschienen, und an einigen Stellen erhoben sich Wolkenkratzer. Sie versuchte vergeblich, ein Muster darin zu erkennen.

Auf die Entfernung konnte Ralda die Abmessungen der Gebäude schlecht schätzen, aber sie waren immens. In einer Kugel klaffte ein großes, rußgeschwärztes Loch, als wäre etwas darin eingeschlagen und verbrannt.

Bauen sie das alles für die Menschen von Putin, oder errichten sie sich eine eigene Kolonie? Möglicherweise schufen die Collectors in den Kuppelhallen künstliche Atmosphäre, damit sie die Rüstungen ablegen konnten. Ralda fragte sich, was mit den Menschen geschehen war, die zusammen mit ihnen vor drei Monaten ausgesetzt worden waren. *Deren Bleibe wird es nicht sein. Aber ich hoffe, es geht ihnen gut. Herr, verzeih mir, dass ich mich nicht um sie kümmern konnte.*

Der Gleiter vollführte einen starken Rechtsschwenk.

Sie erkannte noch mehr Neubauten: flache Gebäude, die sich aneinanderreihten und zu denen mehrere Bahnschienen führten.

Fabrikhallen. Die Maschine flog in den Bodennebel zurück, die Welt wurde grau.

Ihr Ausflug hatte ihr genügend Material für Spekulationen geliefert, und nun wollte sie die Neubauten erkunden. Die Halbkugeln und die Fabriken sollten ihre Geheimnisse und ihre Zwecke offenlegen.

An der sinkenden Geschwindigkeit erkannte sie, dass der Landeanflug begonnen hatte. Kurz darauf senkte sich der Gleiter, das Pfeifen der Triebwerke erlosch, als er landete. Stille kehrte in den Laderaum zurück.

Ralda machte sich hinter ihrer Tonne ganz klein und hörte den Piloten vorbeilaufen. Knarrend und surrend fuhr die Ladeluke herunter. Es fiel ihr schwer abzuwarten, bis seine Schritte verklungen waren und sie die Flucht antreten konnte.

Ralda erhob sich und sah zum Cockpit und auf die Röhren für die Arme. *Kann ich die Maschine fliegen?* Der Gedanke verging wieder. Es war zu gefährlich, einen Flug damit zu wagen. Sie wusste nicht einmal, ob die Modelle einen KSP eingebaut hatten oder ob sie überhaupt vakuumtauglich waren.

Sie wandte sich dem Ausgang zu – und schaute auf einen Collector. Er hielt zwei leere Tonnen in den Händen, das Visier war auf sie gerichtet.

Beschütze meine Seele, Herr! Raldas Arm mit der Pistole ruckte in die Höhe, sie feuerte auf das Visier, von dem die Kugeln abprallten.

Der Collector machte zwei unbeholfene Schritte rückwärts, während sie einen Schuss nach dem anderen abgab.

Ein Querschläger riss ein Loch in die Tonne, ein leises Zischen erklang.

Als Ralda den stechenden Geruch bemerkte und begriffen hatte, dass Gas entwich, hatte sie den Finger bereits wieder gekrümmt. *Gott, nein!*

Eine Feuerblume blühte vor ihrem Lauf auf und steckte die Luft im Laderaum in Brand. Schlagartig entzündete sich der flüchtige Stoff.

Ralda duckte sich unter der heranrollenden Feuerwalze hinweg und entging ihr knapp. Der Collector verschwand bis zur Hälfte darin, ohne die Last loszulassen.

Durch die Hitze explodierten zuerst die beiden Fässer in seinen Händen und rissen ihm die gepanzerten Unterarme ab.

Ralda wurde von ätzender Flüssigkeit getroffen und hatte noch Gelegenheit, ein einziges Mal zu schreien, ehe sich ihre Lunge mit Feuer füllte und verbrannte; dann gingen die übrigen Behältnisse hoch.

Die Druckwelle fegte die Deaconess glimmend und qualmend durch den Raum bis in die Kanzel, wo sie mit dem Rücken gegen den festgeschweißten Stuhl schlug und ihr das Rückgrat gebrochen wurde.

Im tobenden, chemischen Flammenmeer verbrannte Ralda zu sauberster Asche, die das Druckluftlöschsystem hinaus in die Atmosphäre von Putin blies.

Zweite Szene

8. Mai 3042 a. D. (Erdzeit)

SYSTEM: MECHA
PLANET: AUTOMATON PRIME (HAUPTWELT DES ORDER OF TECHNOLOGY)

Faye stand ungeduldig vor Kris' Kabinentür und betätigte die Klingel. Er öffnete ihr im Bademantel und sah schlecht gelaunt aus. »Prima«, sagte sie. »Dein Gesicht passt zu meiner Laune.«

Er musste lachen und bat sie herein. »Du bist zu früh.«

»Es geht nicht anders. Eben ist etwas geschehen.« Faye setzte sich auf die Couch und berichtete ihm haarklein, was im Hangar vorgefallen war. Kris nahm ihr gegenüber auf einem Stuhl Platz und hörte staunend zu, die Finger spielten mit einem Stift, dann machte er sich Notizen auf seinem Pad.

»Ich kann mir das alles nicht erklären. Was wollte der 2OT von dem Collector?«, meinte sie, nachdem sie ihm den Vorfall geschildert hatte. »Warum diese Lügen? Irgendwas haben die Automaten vor.« Sie sah Kris an. »Was denkst du darüber?«

»Dass du Recht hast«, antwortete er zu ihrer Erleichterung. Er stand auf und holte zwei Gläser, füllte sie am Spender mit Wasser.

Wenigstens einer, der mir glaubt. Noch ein Grund mehr, ihn zu mögen.

»Es geht sogar noch weiter. Ich vermute, dass die Collectors die Technik des 2OT gestohlen und adaptiert haben. Und dass *Baln* kybernetische Experimente mit gestohlener Ware an Betas anstellt.« Ausführlich berichtete er, wie er darauf gekommen war.

»Das hätte ich nicht gedacht«, sagte sie, als er fertig war, und nahm sich das Glas, das er vor ihr auf den Tisch gestellt hatte. Sie musste dringend trinken, die Neuigkeiten hatten den Mund trocken werden lassen. »Jetzt sind alle Parteien, die in das Spiel verwickelt sind, auf der *Cortés*.«

»Auf einer Mission, die von höchster Bedeutung für die Menschheit ist«, fügte Kris hinzu und stieß mit ihr an. »Das kann noch mehr als heiter werden.«

Sie lächelte. »Meine Schwester hat dich am Leben gelassen, trotz des Chaos im Laderaum.«

Kris nippte an seinem Wasser. »Es fiel ihr schwer«, frotzelte er. »Sie hat gesprüht vor Wut. Aber 23 konnte beweisen, dass ich nichts damit zu tun hatte. Das hat sie milder gestimmt.« Er wich ihrem Blick aus.

Sie wusste, was er verbergen wollte: dass er und Nuria mit Sicherheit Sex gehabt hatten. Vor, während oder nach der Besprechung. Aus irgendeinem Grund war ihm das peinlich. *Weil ich ihre Schwester bin?* »Sind dir zufällig deine Halbgeschwister und deren Freunde begegnet?«

»Ja. Sie kamen später dazu. Nuria begrüßte sie recht freundlich und erteilte ihnen dann eine Rüge, weil sie sich durch ihre gefährliche Aktion hervortun wollten. Mehr gab es dazu wohl nicht zu sagen. Nicht von ihrer Seite aus.«

Für Faye bedeutete das nicht einmal eine große Überraschung. »Vermutlich wusste sie längst, was in dem Hangar wirklich geschehen ist. Aus taktischen Gründen hat sie davon abgesehen, die Automaten von Bord zu werfen.« Sie fuhr sich durch die kurzen schwarzen Haare. »Sie will, dass sie auf der *Cortés* bleiben.« Das Ränkespiel zwischen *BaIn* und dem 2OT ging demnach weiter.

»Und ich habe das Gefühl, dass es meinen Halbgeschwistern um mehr als die Suche nach meinem Vater geht«, fügte er hinzu.

»Nach allem, was ich gehört habe: um die Collectors.«

»Tja.« Er nickte, leerte sein Glas in einem Zug und schenkte sich aus einer anderen Flasche ein; der Geruch von Rotwein breitete sich in der Kabine aus. »Nur so ein Gefühl. Ich kann es dir nicht einmal genau sagen.« Er räusperte sich, nahm das Weinglas und setzte sich neben sie. Seine Finger drehten unentwegt das Glas. »Faye, ich habe eine Bitte an dich.«

Er klingt sehr besorgt. »Es geht um etwas anderes als das, worüber wir gerade gesprochen haben, richtig?«

»Um das Wichtigste in meinem Leben.« Er schluckte und goss ihr ebenfalls Wein ein. »Ich habe eine Tochter. Soraya. Sie ist drei Jahre alt, und sie leidet an einer Gen-Mutation«, begann er zögernd. »Ich habe Huntington-Singh davon erzählt. Als Lohn für meine Teilnahme an der Mission wird *BaIn* ihre DNA reinigen und sie zu einem gesunden Kind machen.« Seine Stimme zitterte leicht. »Aber beim letzten Gespräch ... Ich ... Ich glaube, sie werden Soraya behalten und Experimente mit ihr durchführen«, flüsterte er tonlos.

Es ließ sie nicht kalt. Faye fühlte tiefes Bedauern mit Kris und berührte ihn an der Schulter.

Er schniefte, sein Dankeslächeln misslang. »Meine Ex-Frau hat auf mein Drängen hin Papiere unterschrieben, womit sogar das Sorgerecht für die Dauer der Behandlung an das Unternehmen abgetreten wird. Sie hat diese Scheiße einfach unterschrieben. Alles. Ohne nachzudenken«, sagte er verzweifelt, mit unterdrücktem Weinen in der Stimme. »*BaIn* kann Soraya rausgeben, wann immer der Konzern es will, und nicht, wenn wir es verlangen. Wir, die leiblichen Eltern!«

»Wie geht denn ...«

»Sie nennen es *medizinische Gründe*. Wenn es für den Heilungsprozess wichtig ist, dürfen sie die Herausgabe verweigern. So lange, bis es besser ist. Anders gesagt: so lange, wie sie wollen. Dreckschweine!« Er trank seinen Wein hastig aus, stellte das Glas auf den Tisch und stützte die Stirn auf die Handballen. »Ich habe die Kleine noch niemals vor mir stehen sehen, Faye. Ich hatte immer die Hoffnung, dass ich sie eines Tages besuchen könnte. Es soll nicht zu spät sein. Meine Schuld ...« Er musste sich unterbrechen, rang um Fassung.

Fuck. Faye wusste nicht, was sie sagen sollte. Sie rutschte einfach näher heran und legte einen Arm um seine Schulter.

»Nuria meinte, dass es sie nichts anginge«, würgte er hervor und klang dabei zornig.

»Sie verfolgt immer nur ihre eigenen Interessen, Kris«, sagte sie mitleidsvoll. »Wer weiß, welche Ziele sie gerade mit ihrem Driver im Kopf verfolgt. Sobald sie diese erreicht hat, wird sie *BaIn* verlassen und sich etwas Neues suchen. So war sie in den letzten Jahren immer.« Sie drückte ihn leicht. »Ich weiß, dass es sich anhört, als wäre ich die verbiesterte oder eifersüchtige Schwester, aber ich warne dich noch einmal vor ihr.« Sie betrachtete dabei sein Gesicht, achtete auf die Reaktion. Sie wusste, dass sie seine Gefühle verletzte, aber zu seinem eigenen Schutz geschah das besser jetzt als später. »Du bist für sie nichts anderes als ein nettes Spielzeug, das dazu noch wichtig für die Mission ist. Dass sie mit dir schläft, bedeutet für sie nichts. Sie will Spaß, keine Liebe.«

»Ich denke, ich liebe sie«, entgegnete er nachdenklich. »Es ist so ... unbeschreiblich!«

Logisch! Ihre Geheimwaffe. Der arme Kerl. »Sie benutzt Pheromone, Kris«, gab sie zurück. »Sie hat das Parfüm selbst entworfen. Kein Mann, der nicht schwul ist, wird ihr widerstehen können. Es ist ein Trick, um möglichst viele Menschen an sich zu binden.«

Er sah sie entsetzt an.

Faye goss ihm Rotwein nach. »Es ist wahr.« Sie zog den Arm zurück. »Ich nehme an, ich soll dir dabei helfen, deine Tochter aus den Fängen von *Baln* zu befreien?«

»Das wäre großartig«, sagte er und klang noch immer überrascht. Mit dem Pheromon-Trick hatte er überhaupt nicht gerechnet. Die Erkenntnis, das Opfer von einem Sexuallockstoff, einer guten Figur und eines schönen Gesichts geworden zu sein, schmerzte gewiss und machte wütend. Sie las es in seinen Augen, die ihr sehr gut gefielen. »Ich suche nach Beweisen, mit denen ich *Baln* gegenüber dem zOT erpressen kann. Und ich denke, dass McFaiden auch involviert ist. Er hat seinen Justifiers den Mund verboten, als ich sie zu den Betas befragen wollte.«

Sie nahm seine Hand und drückte sie. »Ich helfe dir gern, Kris. Erstens wegen deiner kleinen Tochter, die es nicht verdient hat, als Experiment zu enden, und zweitens, weil ich meiner Schwester damit endlich das zurückgeben kann, was sie mir in den letzten Jahren angetan hat, seit sie zu einer CoDriverin geworden ist.« Sie trank vom Wein, doch der aufsteigende Groll ließ sich nicht hinabspülen.

Kris schien es zu ahnen. »Wie kam es, dass sie von dem Geistwesen …« Er suchte nach dem richtigen Wort.

»Okkupiert«, vollendete Faye »Sie versuchen es, als eine Besonderheit darzustellen, aber letztlich ist es nichts anderes als eine Besatzung auf Lebenszeit. Die etwas andere Art der Obhut. Das ist meine Meinung dazu.« Sie holte tief Luft. »Meine Schwester war ganz anders früher. Brillant, ja, ein bisschen eingebildet deswegen, das auch. Aber kein Sexmonster oder die rücksichtslose Einzelgängerin, die nur ihre Ziele verfolgt. Dabei zweifle ich, ob es wirklich *ihre* Ziele sind oder die des Geistwesens.«

Kris nickte. »Ich habe gelesen, dass es einen jederzeit treffen kann.«

»So ist es auch. Nuria befand sich auf einer Tagung auf Acropolis, in Polis-Beach. Es geschah in der Mittagspause, mitten in der Kantine, zwischen zweihundertelf Wissenschaftlerinnen und Wissenschaftlern, die über die Nutzung von schwarzer Materie diskutierten.«

»Du warst dabei?«

»Nein. Ich war am Strand und gab ein paar Kindern Surfunterricht. Polis-Beach ist dazu wie geschaffen. Ich lebte dort lange Zeit zusammen mit Nuria, bis sie zur CoDriverin wurde.« Faye tat die Erinnerung weh. Vor allem die Erinnerung an die gescheiterte Beziehung mit James Jablu, die ihre veränderte Schwester zerstört hatte. »Jedenfalls kippte sie mitten im Satz vom Stuhl. Alle dachten, es sei ein Gehirnschlag, bis sie im Krankenhaus feststellten, dass ihre Werte in Ordnung waren. Als sie aus ihrer Ohnmacht erwachte, sprach sie nur noch in der beschissenen Wir-Form. WIR wollen das, WIR können jenes, WIR sind so toll!«, imitierte sie ihre Schwester kurz und wurde wieder ernst. »Eine andere Nuria als zuvor.« Sie seufzte und trank noch einen Schluck Wein.

»Hast du dich damals für sie gefreut? Es gilt als Auszeichnung, von den Wesen ausgesucht zu werden. Na ja, bis vor kurzem habe ich auch so gedacht.«

»Das dachte ich noch *nie!* Ich finde die Vorstellung schrecklich, dass mir so ein Geist in den Verstand kriecht und mich verändert, ohne dass ich es merke und es auch noch gut finde, wie ich bin.« Faye bemerkte, dass sie ihr Glas ausgetrunken hatte und der Alkohol sie bereits redseliger machte. Aber es tat ihr gut, mit jemandem über all das zu sprechen. Das konnte sie normalerweise nicht. Sie mochte Kris' Nähe. »Entschuldige, wenn ich dich vollquatsche.«

»Nein, ich bestehe darauf«, entgegnete er auch nicht mehr ganz nüchtern. »Ich will mehr wissen.«

Sie goss ihnen beiden nach, die Flasche war leer. Sie las auf dem Etikett, dass es Starkwein war. Knappe einundzwanzig Prozent. *Deswegen fühle ich mich so. Drauf geschissen!* »Ich stellte Nachforschungen an. Über diese Wesen. Es gibt nur Theorien, denn CoDriver sprechen kaum darüber. Aber es scheinen hoch entwickelte Lebensformen zu sein, die nur im Verbund mit einem anderen Intellekt existieren können. Und so wie es aussieht, bloß mit Menschen. Es wurden noch keine CoDriver bei anderen Rassen festgestellt. Oder sie tarnen sich. Und verlassen hat ein Driver einen Menschen niemals freiwillig. Man nimmt an, dass sie mit dem CoDriver zusammen sterben, weil sie nur mit bestimmten Hirnströmen zurechtkommen.«

»Keine guten Aussichten, die alte Schwester zurückzubekommen.« Kris legte die Füße hoch und lehnte sich zurück.

Sie tat es ihm nach. »Nein. Ich habe es aufgegeben.« Faye ließ den Wein im Glas kreisen. »Die Probleme wurden erst dann massiv, als der Driver meiner Schwester zu der Ansicht kam, dass ich ebenso kompatibel für ihn bin. Sollte meiner Schwester also etwas geschehen, bin ich die Ersatzhülle. Schmeichelhaft, was? Die zweite Garnitur.«

»Keine Chance, sich dagegen zu wehren?«

Faye schüttelte den Kopf. »Nein. Ein Mensch kann die Okkupation nicht verhindern. Außer, ich bin weit genug weg.«

Kris stieß die Luft aus. »Das ist wirklich wie bei der Obhut der Collectors! Menschenverachtend!«

»Mir droht das gleiche Schicksal. Wenn ich Pech habe.« Sie stieß wieder mit ihm an. Seine braunen Augen wurden immer magischer für sie. »Ich liebe meine Schwester, aber das Wesen, das sie benutzt, hasse ich weltalltief. Sollte Nuria sterben, werde ich mich ebenfalls umbringen, damit dieses Ding nicht in mich fährt.«

Kris legte eine Hand auf ihre Schulter. »Tu das nicht«, sagte er sanft. »Es wäre zu schade um dich.« Er sah sie lange an.

Eine Sekunde, zwei Sekunden, drei Sekunden.

»Danke«, gab sie verwundert zurück und spürte ein leichtes Ziehen in der Brust. *Was ist das denn?* Ihr Herz schlug schneller, als sie es gewohnt war. »Es ist schon … ich muss noch …« Faye erhob sich rasch. »Ich bin dabei, Kris«, sagte sie zum Abschied, der sogar für sie selbst überraschend kam. Ihr war schrecklich warm. *Der Wein?* »Ich schaue, was ich von den Justifiers erfahren kann.« Sie reichte ihm die Hand. Ihr Blick fiel auf einen Digitalrahmen, in dem ein kleines Mädchen zu sehen war, das ihrem Vater sehr ähnelte. Es lachte und zeigte in die Kamera. *Bildhübsch.*

»Treffen wir uns morgen zum Joggen?«, fragte er sie. Seine Hand fühlte sich warm und trocken an.

»Wie immer«, gab sie hastig zurück und spürte, dass ihr Herz wie rasend pochte. *Ich bin den Alkohol nicht mehr gewohnt.* »Den Collector werde ich mir auch nochmal anschauen.« Sie trat hinaus auf den Gang und ließ Kris in seiner Kabine zurück.

Ihre Gedanken kreisten. Nun wurde die Reise noch spannender, als sie es befürchtet hatte. Viele Parteien, die Geheimnisse hegten, ein unbekanntes Wesen, das sie nicht verstanden und nicht aus seiner Rüstung bekamen, und seit wenigen Minuten eine persönliche Mission: »Rettet Soraya.«

Fayes Herz beruhigte sich allmählich wieder.

Was tue ich als Erstes?

Sie konnte den Collector nochmals besuchen und einen Blick auf die Geräte werfen. Dass der unheimlichste der 2OT, Kothar, etwas mit der Panzerung angestellt hatte, wusste sie ganz genau. Und Nuria wusste es gleichermaßen – allerdings mit dem Unterschied, dass sie mit dem Wissen etwas anzufangen vermochte.

Sie könnte die Begegnung der beiden absichtlich zugelassen haben. Faye stieg in den Lift, der sie in die Frachträume und zu dem Hangar brachte, wo der Gefangene streng bewacht wurde. *Meine Schwester tut nichts, ohne dass sie davon einen Vorteil haben könnte.*

Faye verließ die Kabine und sah das Schild auf der Hangartür bereits von weitem. Als sie näher gekommen war, las sie das Aufgedruckte: *ZUTRITT NUR FÜR BEFUGTE*. Sie blickte durch die Scheibe hinein.

Lopez, die zusammen mit einem anderen Gardeur in dicker Panzerung dahinter stand, wurde auf sie aufmerksam und machte ihr mit einer abwehrenden Geste klar, dass sie nicht zu den Befugten gehörte.

Nicht mehr.

ELFTER AKT

Erste Szene

11. Mai 3042 a.D. (Erdzeit)

SYSTEM: MECHA

PLANET: AUTOMATON PRIME (HAUPTWELT DES ORDER OF TECHNOLOGY)

Kris lag auf seinem Bett, die Hände hinter dem Kopf verschränkt, und schaute an die plastikverschalte, dunkelgrüne Decke.

Er kam von Suede, die er nur noch Suede nannte, sogar in seinen Gedanken, auch wenn sie nach wie vor fickten. Was rein Körperliches.

Er tat das aus voller Berechnung. Er wollte ihr nahe sein und damit die Gelegenheit bekommen, mehr Geheimnisse von *Baln* zu erfahren. Vor allem, was die Implantation der entwendeten Kybernetikmodule in Beta-Humanoiden anging.

Ficken. Mehr ist es nicht. Und es war auch niemals mehr. Seit Faye ihm gesagt hatte, dass ihre Schwester mit Pheromonen arbeitete, die ihre ohnehin vorhandene Attraktivität extrem steigerten, war die Wirkung für ihn verloren. Der Zaubertrick war erklärt, und damit konnte er nicht mehr fesseln. *Verarscht. Mich und die ganzen anderen Kerle.*

Kris hatte geglaubt, dass es ihm leichter fallen würde, Suede weiterhin glauben zu machen, dass er ihr verfallen sei. Doch seine Wut auf *Baln* und den nahezu verächtlichen Umgang mit ihm übertrug sich auf Suede, die sich keinen Deut besser verhalten hatte als ihr Arbeitgeber.

Und er war unzufrieden.

Der freie Zugang in ihr Quartier hatte ihm nichts Neues gebracht. Der Computerzugriff war verschlüsselt, die Schränke waren abgeschlossen. Er kam sich vor wie ein Kind, das von seinen Eltern nur deshalb allein zu Hause gelassen wurde, weil die Wohnung gegen jegliche Versuche, an Süßigkeiten oder elektrische Geräte zu kommen, abgesichert war. Also hatte er den Rückzug aus ihrer Unterkunft angetreten.

Sich ärgern, langweilen und grübeln konnte er viel besser in seiner Kabine, und wenn sie was von ihm wollte, sollte sie ihn anrufen.

Dass Suede einen Verdacht gegen die 2OT hegte, zeigte der Umstand, dass niemand mehr zum Collector durfte, außer McFaiden, dessen Truppe und ihr.

Den Kontakt zu seinen Halbgeschwistern hatte Kris gemieden. Sie machten umgekehrt keinerlei Anstalten, ihn aufzusuchen. *Wenn ich nicht bald mehr durch Suede herausfinde, werde ich es über sie versuchen,* beschloss er. Er hatte sich vorgenommen, die Parteien gegeneinander auszuspielen. Genau wusste er noch nicht, wie er es angehen sollte, aber sicherlich würde er die Konstellation ausnutzen können.

Und dann gab es noch 23, der die Augen und Ohren der *Cortés* war. Er konnte Kris Informationen über die Sicherheitssysteme des Schiffs besorgen, Gespräche belauschen, Nachrichten abfangen. Aber ein Chemical galt als äußerst loyal – nicht zuletzt wegen der Medizin, sprich Drogen, die er benötigte und die er von seinem Arbeitgeber bekam.

Es könnte sein, dass Faye bei ihm mehr ausrichtet.

Ansonsten hatten die letzten Tage nur den Vorteil gebracht, dass der 2OT ihre Reparaturen mit Ankunft der kleinen Automaten-Delegation an Bord unplanmäßig früher begonnen hatte. Wieder so ein *Un*-Zufall.

Kris spürte noch immer Fayes Arm auf seiner Schulter. *Der Versuch, mich zu trösten, war sehr nett.* Eine echte Geste, nicht einstudiert und nicht unterstützt von Pheromonen. *Sie ist mehr als okay. Ich sollte sie mal …*

Der Alarm erklang!

Kris sprang auf, schlüpfte in die leichten Schläppchen und zwängte sich in den Raumanzug, schloss den Helm und griff den Pistolengurt. Als er hinaus und zum Fahrstuhl rannte, begegnete ihm Faye, die sich ebenso gerüstet hatte. »Was ist los?«

»Weiß ich nicht«, antwortete sie angespannt. »Viel kann es nicht sein. Automaton Prime sollte kein Angriffsziel der Collies sein. Nicht einmal die *Royal Raiders* kreuzen hier auf. Die Verteidigungsplattformen sind viel zu überlegen.«

»Vielleicht trauen sie sich doch.« Kris hatte von der legendären Raumpiratentruppe gehört. Ihr Anführer und zahlreiche Piloten gehörten angeblich verschiedenen europäischen Königshäusern an. Sie besaßen eine verhältnismäßig große Flotte, die überall tätig war und die man auch ganz regulär bestechen konnte, damit sie sich still verhielten und keine Frachtrouten plünderten. Royales Schutzgeld. »*Starlook* berichtete allen Ernstes, dass die *Royal Raiders* mit dem Spezialtransportunternehmen *NoProb* an die Börse gehen wollen.«

»Klar.« Faye lachte. »Damit brauchen sie dann keine Kaufleute mehr zu bedrohen, sondern fahren deren Last gleich selbst. Ich sollte bei denen anheuern.«

»Ich bin dabei. Angeblich habe ich adliges Blut.« Er ließ ihr den Vortritt in den Lift. Es machte ihm Spaß, mit ihr zu flachsen.

»Schmidt ist nicht adlig.« Sie grinste.

»Aber Lyssander. Kommt von dem guten Spartaner namens Lysander. Ein astreiner Feldherr und Staatsmann.«

»Angeber.« Faye wirkte belustigt. »Und da tauscht der Mann Lyssander gegen Schmidt ein. Das ist doch mal Understatement.«

»Erzwungenermaßen.« Er dachte an seinen Vater, dessen Ruf er wirklich nicht brauchen konnte. *Dabei ist der Name an sich schön.*

Sie fuhren auf die Brücke, wo sie Suede und 23 bereits antrafen. Der Chemical stand in seinem Overall mitten im Raum, kraftlos, mit hängenden Schultern und geschlossenen Augen.

Die Professorin saß in dem Pilotensitz, der für 23 vorgesehen gewesen war. Auch sie hatte den Raumanzug nicht angelegt. »Sie sind beide spät«, sagte sie vorwurfsvoll und sah auf die Uhr auf einem der Bildschirme. »Wir hatten abgemacht, dass keiner länger als drei Minuten benötigen sollte, um seinen Posten einzunehmen.« Suede deutete auf das »Ready«-Zeichen, das aus den Quartieren der Justifiers gemeldet wurde. »Das üben WIR wohl noch ein paarmal für UNSERE Leibwächterin und UNSEREN Piloten.«

Kris öffnete den Helm, setzte sich in den anderen Sessel und zog die Steuerungskonsolen zu sich. Rasch überflog er die Bildschirme und checkte die Anzeigen.

Sie lagen noch immer im Raumdock, aber die Verbindungen für die Energieversorgungen zur *Cortés* waren gelöst worden.

Er rief den Schiffsstatus ab und wunderte sich: Es gab Lücken in der Panzerung, einige Laserkonverter arbeiteten nicht, und die schadhaften Automatikkanonen waren nur entfernt, aber nicht ersetzt worden. »Wir legen ab, obwohl nicht alle Schäden behoben sind?« Er wechselte einen raschen Blick mit Faye, die sich auf den schmalen Sitz an der Wand begab.

Suede hackte auf die Tastatur ein, mit der anderen Hand drückte sie auf das Touchpad. Das Bild von einem beeindruckenden, fünfeckigen Raumschiff erschien auf dem Großmonitor, aufgenommen aus weiter Entfernung: ein Wurfstern, dessen Mitte sich leicht nach oben wölbte. »Aus *dem* Grund.«

Kris sagte die Bauweise nichts. Er erkannte dafür das Abzeichen des merkwürdigen Mannes wieder, mit dem er sich in der Bar in Daidalon unterhalten hatte. *Shit.* Er behielt den kleinen Wortwechsel mit dem Fremden lieber für sich, sonst würden sie ihm am Ende die Schuld dafür geben, dass sie verfolgt wurden. Von wem auch immer. »Collectors sind es nicht. Ansonsten befindet sich die Menschheit meines Wissens in keiner nennenswerten Auseinandersetzung mit einer ahumanen Rasse«, wunderte er sich absichtlich laut.

»Böse. Mächtig böse«, brabbelte 23 vor sich hin und sabberte auf seinen Overall. »Sie hat Schmerzen und muss dennoch fliegen.«

»SK, bringen Sie uns langsam aus dem Dock und in eine Position, in der wir gleich einen KSP machen können«, befahl Suede. »Die *Cortés* wird es verwinden können.«

Kris setzte das Schiff behutsam rückwärts und ließ den Computer eine günstige Flugroute suchen, wo sie auf der Stelle beschleunigen konnten. »Unsere Panzerung hat noch einige freie Stellen«, merkte er dabei an.

»WIR haben einen Plan, der uns einen Kampf gegen die Collectors ersparen wird. Wir brauchen die Panzerung nicht einmal.« Sie wirkte sehr sicher. »Einzelheiten erfahren Sie alle, sobald wir aus dem Gefahrenbereich gelangt sind.«

»Erklär uns wenigstens, warum wir vor denen abhauen«, sagte Faye ungehalten.

»Sind die Pimca'Shar«, kicherte 23 und legte den Kopf schief.

Bei Kris schrillte eine interne Alarmglocke. *Woher kenne ich den Namen?* Er glaubte, ihn auf *Shiva's Fortress* gehört zu haben.

»Das Volk hat den Langstreckenantrieb entwickelt, den die *Cortés* in sich trägt und den Sie, SK, für *Baln* gestohlen haben«, löste Suede das Rätsel.

Faye stöhnte auf, und ihm wurde kalt. 23 prustete los, als hätte er einen guten Witz gehört.

»Und die wollen den Antrieb zurück?« Kris würde jetzt erst recht nicht mehr über das Zusammentreffen mit dem Mann sprechen.

»UNSEREN Informationen nach haben sich die Pimca'Shar auf dem Weg zur Erde befunden, um den Antrieb von *Gauss* im Austausch anderer Technologien freizukaufen. Sie verehren die Antriebe als Erbe ihrer Ahnen. *Gauss* hatte niemals vorgehabt, den Antrieb einzusetzen. Für sie war es nur ein Tauschgut. Diese Verschwendung konnte *Baln* nicht zulassen.« Suede setzte sich bequemer hin. »WIR bevorzugen es, den sehr ärgerlichen Vertretern dieses kriegerischen Volks nicht zu begegnen. Weder in einem Dock noch im freien Raum. WIR sind UNS sicher, dass deren Bewaffnung dreifach überlegen ist.«

»Wie ein atomarer Torpedo gegen eine Steinschleuder«, brabbelte 23.

»Und ich hatte noch gefragt, ob *Gauss* weiß, was sie da ausbuddeln.« Kris hatte die *Cortés* in den freien Raum manövriert und nahm die Hände von der Steuerung. Vor ihm lag die Weite des Alls – und ihm wurde unwohl. Vakuum, Tiefsttemperaturen, Strahlung. Nein, er würde sich niemals daran gewöhnen, sich zwischen den Sternen zu bewegen. *Danach mache ich wieder Kutscherjobs. Einfache nette Kutscherjobs. Keiner länger als hundert Kilometer.* Er schloss den Helm. »Übergebe an Sprungpilot.«

»*Gauss* wusste sehr genau, was sie ausbuddeln. Und WIR wussten, was WIR einbauen«, sagte die Professorin herablassend. »Risiken sind dazu da, eingegangen zu werden.« Sie wandte sich an den Chemical. »Sprung nach Piter und bereithalten für einen sofortigen LSP, falls wir verfolgt werden.«

23 riss die Lider hoch, und die weißen Augen strahlten wie explodierende Sonnen. Er wurde erneut zum Dirigenten, auf unwirkliche Weise

elegant und faszinierend von seinen Bewegungen und dem grotesken Anblick her.

Vor ihnen wölbte und dehnte sich der Weltraum. Er wurde undeutlich und schien zu verlaufen, bis sich aus der Unschärfe das fünfeckige Schiff schälte; gleichzeitig heulten die Sirenen auf.

»Kollisionsalarm«, rief Kris und packte erneut das Steuermodul. »Aufschlag in dreißig Sekunden!«

»Kurs beibehalten«, befahl Suede zu seinem Entsetzen. »23, Sprung!« Die Schiffe rasten aufeinander zu.

Der Bug des Pimca'Shar-Raumers schob sich wie zwei steife, stählerne Lippen auseinander, dahinter schimmerte es giftgrün. Blaue Blitze zuckten hervor und jagten in ihre Richtung.

Kris hörte das dumpfe Geräusch, mit dem sie getroffen wurden. Es knisterte, vier Monitore fielen aus. Das Hauptlicht erlosch.

Er sah auf die Schadensmeldung. »Keine Beschädigungen der Außenhülle, interne Struktur unbelastet«, verkündete er und konnte sein Staunen nicht verbergen. »Spannungsabfall im Reaktor um fünfzig Prozent und weiter verringernd! Einen Sprung bekommen wir nicht mehr hin. Aufschlag in sieben Sekunden ...«

23 stieß einen lauten Juchzer aus und riss die Arme in die Luft.

Die Sprungschmerzen überfielen Kris, und es wurde hell vor seinen Augen. Er erwartete den Aufprall, doch er kam nicht.

Stattdessen kehrte die Wahrnehmung zurück. Der Schwindel wirbelte die Brücke um ihn herum, doch er übergab sich nicht in den geschlossenen Anzug. Die Statusmeldungen liefen eine nach der anderen auf, der Reaktor erholte sich. *Wie ist dem Chemical das gelungen?* Er öffnete das Visier und sah auf die Sternenkarte: System Druschba, Planet Piter.

»Gut. Wir sind noch einen KSP von Putin entfernt.« Suede blickte zum Chemical, der sich feixend den Speichel vom Kinn wischte und an den Overall rieb. »Gute Arbeit, 23. Sie haben die Brücke. Sollten Sie einen Verfolger bemerken, führen Sie einen zufälligen KSP durch. Aber bitte nicht in ein System, das den Collectors gehört.« Die Professorin erhob sich. »Der Rest in UNSER Büro. Einsatzbesprechung.«

Kris stemmte sich aus dem Sitz. »Wie hast du das gemacht?«, fragte er 23.

»LSP-Antrieb braucht keinen fremden Schub, sondern macht seine eigene Energie. Tolles Ding, tolles Ding! *Cortés* hat sich ausgeruht.«

Mit einem herkömmlichen Antrieb wären wir mit den Pimca'Shar kollidiert. Kris schüttelte das Unwohlsein ab und klopfte dem Chemical dort auf die Schulter, wo keine Sabberflecken zu sehen waren. Neben Faye ging er hinter Suede her. Sie verließen die Brücke und betraten den Lift. »Wie lange werden uns die Pimca'Shar verfolgen?«

»WIR denken: so lange, bis sie ihren Antrieb wiederhaben. Das Erbe ihrer Ahnen«, antwortete sie gelassen.

»Als ob es nicht schon schwierig genug wäre, auf einem Collie-Planeten zu landen und einen Menschen zu suchen«, sagte Faye und musste ihre schlechte Laune nicht einmal spielen. »Nein, jetzt hängen uns die … Irgendwas-scha an den Hacken.«

»Tja«, machte Kris. Mehr konnte er nicht sagen.

Schweigend gelangten sie ins Büro; keine zwei Sekunden danach tauchte ein gepanzerter und bewaffneter McFaiden auf. Es schien, als wollte er direkt in die Schlacht ziehen.

Sie setzten sich um den Tisch, als sich die Tür öffnete und Krator zusammen mit Olonin eintrat.

Die hier? Da Suede nichts sagte, was die 2OT zum Gehen bewegte, nahm Kris an, dass sie an der Besprechung teilnehmen sollten.

»In aller Kürze: Wir nähern uns dem ersten Ziel unserer Reise: Putin.« Die Professorin ließ den 3D-Kubus aus dem Tisch fahren. Das System wurde darin rotierend angezeigt. »Wir wissen, dass Anatol Lyssanders ungewolltes Ziel Putin ist. Das Signal der Notbarke kam von hier«, Putin wurde herangezoomt, gedreht, bis eine Stadt namens Putingrad groß erschien. »WIR nehmen an, dass die Collectors ihn gestellt und gefangen haben. Sie werden ihn sicherlich unter Drogen setzen, um ihn gefügig zu machen, oder andere Druckmittel einsetzen, wie die Vorenthaltung der Medikamente gegen das Interim-Syndrom.« Suede klang leidenschaftslos, nüchtern und wissenschaftlich. »Sein Zustand wird nicht der beste sein.«

Kris hörte zu. Er war nach wie vor nicht davon überzeugt, dass sein Vater kein Spion der Collectors war. Hakup und Putin bildeten die Ausnahmen, doch alle weiteren Planeten waren an die Fremden gefallen und standen unter deren Obhut. »Haben wir überhaupt eine Möglichkeit, ihn zu finden?« Er rutschte auf seinem Sessel hin und her. »Wie viel Zeit bleibt uns, sobald wir ins System springen: zehn Minuten? Fünfzehn Minuten? Die Collectors werden uns auf jeden Fall orten und attackieren.«

»Das ist korrekt, SK.« Suede lächelte belohnend. »Deswegen brauchen WIR die Pimca'Shar.«

Faye lachte auf. »Ich fasse es nicht! *Du* hast sie wissen lassen, wo sich ihr Triebwerk befindet: in der *Cortés!*«

»Damit sie uns folgen und wir sie gegen die Collectors einsetzen können«, vollendete Kris und lehnte sich nach hinten. »Professorin, ich bin beeindruckt.« ... *von so viel Berechnung, Skrupellosigkeit und Egoismus*, fügte er in Gedanken hinzu. Die Erleichterung, dass er keine Schuld an dem Schlamassel trug, nahm ihm sein schlechtes Gewissen. Stattdessen erhöhte sich die Wut auf Suede. »Aber was bringen uns geschätzte zehn Minuten mehr? Putin ist immer noch zu riesig.«

»Ihr Vater, SK, ist ein besonderer Mann. Ein Mann, der vor vielen Jahren bereits an einem fortgeschrittenen Interim-Syndrom litt«, holte sie zu einer Erklärung aus. »Die GUSA betrieb damals ein geheimes Forschungsprojekt mit den Patienten und versorgte sie mit Medikamenten, die nicht exakt erprobt waren. Ohne deren Wissen natürlich.«

»Natürlich«, grollte Kris. *Anständigkeit gibt es wohl nicht mehr.*

»Eine kleine, aber feine Sonde wurde den Männern und Frauen in den Magen implantiert, die in regelmäßigen Abständen ein Signal mit den Blutwerten zu einem orbitalen Empfänger abstrahlte. Das unstete Leben von Mister Lyssander senior verhinderte zwar, dass seine Daten ausgewertet werden konnten, aber die Sonde ist nach wie vor tätig.« Suede erfreute sich sichtlich am Staunen in den Gesichtern der Anwesenden – oder zumindest der Anwesenden, die eine Mimik besaßen. »Die *Cortés* kennt das Signal und wird es aufspüren.«

»Wie lange dauert das?«, fragte Faye.

»UNSEREN Berechnungen nach nicht länger als fünfzehn Minuten. Wir orten Mister Lyssander senior, gehen runter«, sie zeigte auf Kris und McFaiden, »Sie holen ihn raus, wo immer er stecken mag, und nach weiteren fünfzehn Minuten sind wir verschwunden.« Sie lächelte selbstgefällig und sah aus, als wollte sie Applaus hören.

»Meine Leute und ich bekommen Lyssander frei, Colonel Suede.« McFaiden schien sich auf den Einsatz zu freuen.

»Wir sind selbstverständlich dabei, um Sie zu unterstützen, Mister McFaiden«, brachte sich Olonin ins Spiel. »Meine Freunde des Order of Technology werden Ihnen nach Kräften beistehen.«

»Was UNS sehr freut«, sagte Suede unverzüglich, weil sie Ablehnung in den Zügen des Militärs aufkeimen sah. »WIR brauchen nach dem Ausfall der Betas jede helfende Hand.« Das wiederum klang mehr nach einer Anweisung an den Major als ein Dank an den 2OT. Kris sah ihm an, dass es ihm nicht gefiel.

»Du hast bestimmt ausgerechnet, wie lange die Pimca'Shar durchhalten werden, oder?«, sagte Faye lauernd, als brenne sie darauf, eine Lücke in der wieder einmal perfekten Planung aufzudecken.

»Es ist schwer zu berechnen, weil WIR wenig über sie herausgefunden haben, gerade was die Kampfweise angeht. Die größte Schlagkraft geht von ihrem EMP-Generator aus, der jegliche herkömmliche Abschirmung knackt. Die *Cortés* hat sich vorhin noch gut gehalten. Für einen Streifschuss. Bei einem direkten Treffer fällt jegliche Elektronik aus. WIR hoffen, dass die Collectors genügend Elektronik im herkömmlichen Sinn benutzen. Tun sie das, liegt das Zeitfenster zwischen zwanzig und fünfundzwanzig Minuten.« Suede sah in die Runde.

Die Stille war dem Begreifen geschuldet, dass es mindestens zu einer Verfolgung durch die Collectors kommen würde. Mindestens. Dabei konnte durchaus ein Schusswechsel stattfinden …

Es war Faye, die als Erste sprach. »Sagtest du nicht vorhin auf der Brücke, dass wir die Panzerung der *Cortés* nicht brauchen?«

»Ja.« Die Professorin deutete auf Kris. »Es kommt auf unseren Piloten an. Nur er wird uns retten, nicht die Panzerung.«

Das ist genau der Druck, den ich hasse. Kris wäre am liebsten auf der

Stelle mit einem kleinen, ganz persönlichen KSP verschwunden oder hätte gern ein aufblasbares TransMatt-Portal aus der Tasche geholt, um sich davonzubeamen. Wie er an den Augen der anderen abzulesen glaubte, trauten ihm das Wunder nur Suede und Faye zu.

»Sollten wir nicht lieber …«, setzte McFaiden prompt an, wurde aber durch die abwinkende Hand der Professorin gestoppt.

»WIR haben verschiedene Versionen berechnet. Diese wird funktionieren.«

»Mit welcher Wahrscheinlichkeit?«, hakte Olonin ein.

»Siebenundsiebzig Prozent«, antwortete sie ungerührt. »Die nächste Variante kam nur auf dreiundfünfzig.« Suede betrachtete sie erneut der Reihe nach. »Noch Fragen?«

Kris schielte nach rechts und links. Niemand hatte das Bedürfnis, ihre Berechnungen infrage zu stellen, bevor sich die Zahlen zu ihren Ungunsten verschlechterten. Er schon gar nicht, denn an ihm hing das meiste.

Zweite Szene

14. Mai 3042 a.D. (Erdzeit)

SYSTEM: DRUSCHBA
PLANET: PUTIN (IM BESITZ VON FEC, DERZEIT UNTER OBHUT)

Der Austritt aus dem Interim brannte auf seiner Haut, unter seiner Haut, überall in seinem Körper. Mehr als sonst.

Vermutlich, so dachte Kris, lag es daran, dass er so viele KSP innerhalb kurzer Zeit absolvierte und kaum mehr nachkam, sie alle in sein Sprungbuch einzutragen.

Zwar hatten sich laut Suedes Laboranalyse keine Veränderungen gebildet, aber er spürte, dass sich etwas in seinem Körper veränderte. An der rechten Schläfe zog es mal mehr, mal weniger. Gelegentlich fühlte es sich an, als sickerte Flüssigkeit quer durch seinen Schädel, ein Rinnsal oder dergleichen. Aber die Untersuchungen hatten nichts ergeben.

»Putin vierzigtausend Meilen vor uns«, meldete er. »Die Pimca'Shar werden bemerkt haben, wohin wir gesprungen sind.«

»Beten wir zur Heiligen Jungfrau von Orléans und zum mächtigen Loki, dass sie nicht wissen, wer Putin gerade besetzt hält«, flüsterte Faye hinter ihm.

23 hatte sich auf den Boden gesetzt und die Beine angezogen. Der Sprung war absolviert, er sah seinen Anteil soweit als beendet an. Um sich herum hatte er Süßigkeiten verteilt, die er sich in den Mund schob, ohne sie auszupacken. Die Verpackung spuckte er blitzsauber aus, nachdem er den Inhalt verschlungen hatte. Es schien ihm egal zu sein, was um ihn herum geschah.

»Es kümmert die Pimca'Shar nicht. Die wenigsten Ahumanen interessieren sich für die Menschheit«, sagte Suede. »Solange die Collectors sie in Ruhe lassen, werden sie sich nicht einmischen.« Sie sah ebenfalls auf die Karte. »Bringen Sie uns rein, SK.«

Dann hoffe ich mal, dass die Collies sie angreifen. Sonst wird es nichts. Kris beschleunigte auf höchste Geschwindigkeit, um so schnell wie möglich vorwärtszukommen.

Die Scanner meldeten ihm unverzüglich ein *Bigger*-Schiff, das weit vor dem Planeten schwebte. Die erste Sperre. Es nahm bereits Abfangkurs auf sie. Zwei *Big*-Schiffe, die auf der abgewandten Seite von Putin im Orbit hingen, bewegten sich nicht. Sie schienen die Arbeit dem großen Bruder überlassen zu wollen.

»Kontakt. Es wird uns in die Quere kommen, sollten die Pimca'Shar nicht auftauchen«, sagte er laut in den Raum, und sein Puls beschleunigte sich.

»Auf die Beine, 23«, befahl Suede nun scharf. Auch sie konnte sich der Anspannung nicht mehr entziehen. Die Zahl siebenundsiebzig schwebte unausgesprochen durch den Raum. Eine gute Wahrscheinlichkeit blieb immer noch eine Wahrscheinlichkeit mit dreiundzwanzig Prozent für ein Debakel und darauffolgende Obhut für die Menschen an Bord. »Waffensysteme in Bereitschaft, KSP-Antrieb ebenfalls. Sollten wir zu Beginn in zu starkes Feuer geraten, springen wir raus.«

Falls wir dann nicht zu dicht am Planeten sind. Kris bemerkte einen starken

Masseausschlag hinter ihnen. »Die Pimca'Shar sind soeben aus dem Interim getreten!«, rief er erleichtert. »Sie folgen uns weiterhin und lassen sich durch das *Bigger* nicht abschrecken. Zusammentreffen in dreißig Sekunden.«

»Lassen Sie die Pimca'Shar näher rankommen, SK«, befahl Suede und sah auf den Bildschirm, auf dem die Collectors in Stellung gingen. »Sie sollen denken, dass sie uns dieses Mal einholen.« Sie blickte auf 23. »Senden Sie einen schwach verschlüsselten Funkspruch an das *Bigger*. Text: Wir kommen nach Hause und bringen Besuch mit.« Sie verschränkte die Arme hinter dem Rücken und sah mit glänzenden Augen auf den Hauptmonitor.

»Ich bin bereit zu beten, damit die Pimca'Shar uns glauben, dass wir zu den Collies gehören. Noch sind wir bei den siebenundsiebzig«, sagte Faye von hinten und klang aufgekratzt.

Die Schiffe jagten durchs All aufeinander zu. Das *Bigger* öffnete mehrere Luken im unteren, schmalen Rumpfbereich.

Noch zwanzig Sekunden. »Pimca'Shar in Schussweite. Sie haben den EMP-Generator aktiviert.« Kris verglich die Geschwindigkeiten der drei Schiffe. »Sie erreichen uns knapp vor den Collectors.«

»Volle Kraft voraus! Rendezvous-Kurs mit dem *Bigger*.« Suede nahm die Hände nach vorn, ballte sie zu Fäusten.

»Noch zehn Sekunden.« Kris atmete laut aus, fühlte den Schweißfilm auf seiner Haut und schloss den Helm seines Anzugs. *Scheiße*. Einen Vorteil hatte die Lage: Das Weltall machte ihm von all den Bedrohungen rund um sie herum am wenigsten Angst, und *das* sollte was heißen!

»Funkspruch gesendet«, rief 23 und krümmte sich zusammen. Arme und Beine, der Rumpf standen unter Spannung und verkrampften sich unnatürlich. »KSP bereit«, wimmerte er.

Noch zeigten die Collectors keine Reaktion. Das Schiff nahm den gesamten Bildschirm ein. Aus den geöffneten Luken kam nichts, weder Raketen noch andere Geschosse.

»SK, Konturflug an deren Bug entlang«, befahl Suede. »Danach Kurs auf die Oberfläche. Wir …«

Die Zeit ist abgelaufen. Eine Warnung fiepte auf: magnetische Interferenzen. »Entladung des EMP-Generators!« Kris sah auf die Anzeigen, dann auf den Bildschirm, der ihm das Bild vom Heck zeigte.

Das fünfzackige Schiff hatte die Stahllippen geöffnet, als fletschte es die Zähne. Das grüne Flackern intensivierte sich schmerzhaft, bis sich blaue Blitze daraus lösten. Kris stellte sich erneut das ohrenbetäubende Krachen und Knistern vor, das man hören musste, wenn die zerstörerischen elektrischen Energien in einer Atmosphäre zum Einsatz kamen.

»Festhalten!«, rief er warnend. *Bitte, Osiris und Wotan, siebenundsiebzig Prozent!*

Die Entladungen schnellten vorwärts – an der *Cortés* vorbei! Kleinere Blitzausläufer leckten über die Hülle und rissen zwei Panzerplatten funkensprühend aus der Verankerung, die volle Entladung krachte allerdings in den Bug des *Bigger*.

Schlagartig erloschen sämtliche Lichter auf dem Collector-Schiff, die Steuerdüsen schalteten sich ab. Der Flug des *Bigger* ging in eine spiralförmige Bewegung über, die unkontrolliert aussah.

Danke, ihr Götter! Kris wich erleichtert dem trudelnden Koloss aus. Ein harmloses Streifen der Wände würde die *Cortés* sonst zerschellen lassen. Dieser Teil des Plans hatte funktioniert.

Neue Meldungen leuchteten auf dem Monitor der Bodenüberwachung. »Zwei *Big*-Schiffe schwenken aus dem Orbit auf Abfangkurs zu den Pimca'Shar«, rief er. »Eintreffen in zwei Minuten. Vierzig Jäger der *Small*-Klasse nähern sich von der Oberfläche.«

»Abstand zu Pimca'Shar vergrößern, SK«, befahl Suede mit einem triumphierenden Unterton in der Stimme. »Halten Sie auf das nächste Collector-Schiff zu, und aktivieren Sie die Ortungssysteme. Wir sollten dicht genug dran sein, um den Sender von Mister Lyssander senior zu orten.« Sie wandte sich 23 zu. »Senden Sie erneut einen schwach verschlüsselten Spruch, in dem wir um Beistand gegen die Pimca'Shar bitten.«

Angespanntes Schweigen kehrte auf der Brücke ein. Kris verfolgte die Bilder auf den Monitoren. Von allen Seiten rückten die Bedrohungen auf die *Cortés* zu, die sich Putin entgegenwarf.

Die Jäger waren schnell heran und erreichten sie zuerst.

Auf Befehl von Suede deckte Kris sie mit Salven aus dem Impulslaser ein. Die Spiegel bildeten ein aufzuckendes Maschennetz aus rubinrotem Licht, in dem zehn Jäger zerschnitten wurden.

Die *Cortés* erhielt einige kleine Treffer. Explosivgranaten detonierten auf der Oberseite in der Nähe der Brücke und trommelten Löcher in die Panzerung, ohne Schaden in der internen Struktur anzurichten. Schürfwunden, mehr nicht, aber das Ruckeln spürten sie dennoch. 23 stöhnte auf, litt mit dem Schiff und rieb sich das Bein oder den Arm.

Sie sind schneller als errechnet. »Das erste *Big*-Schiff hat aufgeschlossen«, sagte Kris. »In Schussweite.«

Kaum sprach er es aus, jagten die Collectors ihre Raketenschwärme aus den Bugschächten gegen die *Cortés*.

»Magnetschild hoch, Automatikkanonen zur Abwehr bereithalten. Synchronisierung aktivieren.« Suede schob sich einen Kaugummi in den Mund. Ihr Unterkiefer bewegte sich schnell und hektisch, vermutlich stellte sie gerade neue Wahrscheinlichkeitsrechnungen an.

Bevor die Raketen einschlugen, zuckten erneut EMP-Blitze und hüllten die Geschosse ein, deren Flug daraufhin chaotisch wurde. Die Zielelektronik war ausgeschaltet worden. Die Raketen brachen aus, stießen zusammen und vergingen in spektakulären Feuerbällen, andere flogen in Richtung des Planeten und verglühten. Kunstkometen.

Die Pimca'Shar haben Angst um ihren Ahnen-Antrieb. Kris hatte das zweite *Big* groß auf dem Schirm.

Es eröffnete das Feuer aus allen Waffensystemen und konzentrierte sich dabei ausschließlich auf das fünfzackige Schiff. Das andere *Big* der Collectors stieg in den Angriff mit ein, gemeinsam spien sie Raketenstrahlen gegen den Feind.

Die Pimca'Shar ignorierten die heranzischende Bedrohung. Blaue Laser stießen aus den Seitenarmen der Sternflügel und brannten sich durch die Panzerung beider Feinde, als bestünde sie aus dünnem Holz. Die kleineren Collector-Schiffe verloren ganze Segmente, aus denen das Vakuum den Sauerstoff drückte. Gegenstände wurden in den Weltraum geblasen, kleinere Explosionen erhellten die Wrackfetzen. Bevor die Raketen einschlugen, zuckten Mündungsfeuer an der Oberseite des

Fünfzacks auf. Geschütze vernichteten die Geschosse, kaum eine Rakete schlug ein. Schaden richteten sie keinen an.

»Die Angriffsstärke der Pimca'Shar ist ziemlich hoch«, sagte Faye hinter Kris beeindruckt. »Sie haben ein paar kleine Kratzer einstecken müssen und sind gerade dabei, die nächsten Collectors auseinanderzunehmen!«

»Noch ist das kein Problem für uns«, gab er schnell zurück, um die Aufmerksamkeit nicht sinken zu lassen. »Aber sobald den Collectors die Feinde ausgehen, sind wir an der Reihe.« Nur durch einen weiteren Sprung würde sich die *Cortés* vor den ehemaligen Besitzern des Antriebs retten können. Im Kampf hätten sie keinerlei Aussicht auf Erfolg, trotz der guten Bewaffnung. *Noch keine Ortung von Anatol Lyssander.*

»Gut, sie sind aufgehalten!« Suede gab einen neuen Kurs vor, der das Schiff vom Gefecht wegbrachte. Die *Big*-Schiffe schossen noch immer, trotz der Schäden. Nach und nach erwachten die Lichter auf dem *Bigger* zum Leben.

Kris flog auf Putin zu und schwenkte bei achthundert Kilometern in eine Umlaufbahn. Unter ihnen lag die grüne und blaue Oberfläche.

»Ich dachte, Putin sei ein Bergbauplanet? Mit Tagbergbau«, wunderte sich Faye laut. »Dafür macht es aber einen sehr idyllischen Eindruck. Oder sehe ich das falsch?«

»Nein, siehst du nicht«, antwortete ihre Schwester, die auf eine Tastatur einhackte, und kryptische Nummern scrollten über ihren Schirm. »WIR haben die gespeicherten Daten mit den neuesten verglichen, die WIR von einem Wettersatelliten gezogen haben. Keinerlei Montanindustrie mehr. Seit der Landung der Collectors hat eine aktive Begrünung des Planeten begonnen. Anscheinend haben sie den Bewohnern ein kleines Paradies errichtet.« Zum Beweis legte sie aktuelle Aufnahmen auf den linken Monitor: riesige Felder, die sich in einem leichten Wind wiegten, Bäume in voller Blütenpracht, idyllische Seen mit glitzernden Wellen.

»Der perfekte Planet«, entfuhr es Faye mit einem Seufzen. »Da würde ich direkt Urlaub machen.«

»Nur kämst du niemals mehr von da weg«, kommentierte Suede.

Minuten verstrichen, während sie im Anflug auf Putin dahinrasten. Die Spannung auf der Brücke stieg.

Kris schaute immer wieder nach dem Radar und nach dem, was die Pimca'Shar und die Collectors machten. Beide lieferten sich einen erbitterten Kampf. Die Collectors hatten etliche kleinere Schiffe von der Oberfläche hinzugezogen und blieben anscheinend auf Abstand zum Feind. Und damit außerhalb der Reichweite des EMP-Generators. *Haltet durch*, dachte er. *Wir brauchen jede Minute, die wir kriegen können!*

Es piepte hell.

»Wir haben ihn!«, rief Kris aufgeregt. Auf dem Bildschirm mit Putins Landkarte erschien ein grünes Signal. »Koordinaten: 46°28'N, 13°21'O. Es steht und bewegt sich nicht. Die nächstgrößere Stadt nach den alten Plänen ist ... Putingrad.«

»23, bringen Sie uns tief genug runter«, orderte Suede. »SK, in den Hangar und ab in den Transporter. Sie fliegen McFaiden, die Justifiers und die 2OTs. Bringen Sie alle gesund zurück. Inklusive Ihren Vater.«

Kris räumte den Pilotensitz und eilte hinaus, nicht ohne sich vorher von Faye mit einer Handbewegung zu verabschieden.

Sie erwiderte seinen Gruß und schenkte ihm ein Lächeln, das ihn aufmunterte und ihm ein warmes Gefühl im Innern gab.

Ihm war eingefallen, dass Suede ihm keine Wahrscheinlichkeit für das Gelingen seiner Mission mitgeteilt hatte. Somit konnte er wirklich jede Aufmunterung gebrauchen.

Dritte Szene

Die *Cortéssa* ritt auf einem gleißenden Triebwerkstrahl dem Erdboden entgegen.

Kris fing sie knapp über dem Roggenfeld ab und jagte sie in einer extremen Beschleunigung nach vorn. Er grinste, als er sich die Gesichter der Justifiers im Laderaum vorstellte, die mit den vier G zu kämpfen hatten; die 2OT hatten damit bestimmt weniger Schwierigkeiten. Die Polsterung seines Sitzes fing viel davon ab. Sie donnerten mit achthundert Stundenkilometern auf einen neu errichteten Komplex zu, der aus schneeweißen Kuppelbauten und rechteckigen Hochhäusern bestand und mit einer Eingleisbahn verbunden war. Die Collectors mussten dies errichtet haben, denn die Bauweise unterschied sich völlig von dem, was es sonst in der Umgebung zu sehen gab.

Zuerst hatte Kris geglaubt, es handele sich um einen gigantischen Vergnügungspark oder um Atomreaktoren. Je näher sie kamen, desto sicherer wurde er, dass der Komplex zu groß dafür war. *Darin haben bestimmt Millionen von Menschen Platz*, schätzte er. Was die ausgedehnten Hallen zu bedeuten hatten, die sie zu ihrer Rechten passierten, wusste er nicht. Irgendwas wurde darin produziert – für die Collies oder für die Menschen auf Putin?

Kris zwang seine Aufmerksamkeit auf die Anzeigen. »Das Ortungssignal kommt aus der dritten Kuppel«, meldete er McFaiden und den Justifiers über den internen Kanal. »Ich folge der Eingleisbahn und bringe Sie direkt rein, Major. Platz genug ist dort, so wie ich die Sache sehe. Ein gigantischer Bahnhof. Keine Radarkontakte. Wir sind allein.«

»Bestätigt. Sie halten die Position, bis wir zurückkehren«, antwortete der Major routiniert. »Bei Feindbeschuss erwidern Sie das Feuer und warten, bis wir zurückkehren. Nur im Notfall, ich wiederhole, nur im Notfall und bei einer zu großen Übermacht starten Sie. Danach vereinbaren wir einen neuen Treffpunkt.«

»Bestätigt«, gab Kris zurück.

Im Konturflug zog er über die Landschaft hinweg. Weniger als ein Meter trennte den Gleiter und Boden mitsamt seinen Hindernissen voneinander.

Kris fühlte sich auf einem Planeten wesentlich sicherer als im Weltall. Luft, Gravitation und vor allem eine Überlebenschance bei einem Unfall.

Die Kuppelbauten wuchsen wie riesige Champignons vor ihm in die Höhe.

Das war leicht. Kris hatte mit Abwehrfeuer gerechnet, mit Jägerangriffen und Bodenbeschuss durch Raketen- oder Automatikkanonenlafetten oder Laserbatterien. Aber nichts dergleichen war bislang geschehen. Es schien, als wären alle Collectors aufgestiegen, um die Pimca'Shar zu bekämpfen. *Vielleicht ist das auch so.*

Er verringerte die Geschwindigkeit und zog die *Cortéssa* hoch, bis er das Gleis erreicht hatte. Mit knappen achtzig Stundenkilometern flog er in den Eingang der Kuppel.

Sie gelangten in eine Bahnhofshalle, die sicherlich dreihundert Meter hoch und schon sakral zu nennen war. Es gab nur weiße Materialien. Frische und Reinheit. An den Wänden konnte man bizarre Mosaiken bewundern, in die Bildschirme integriert waren, aber noch war darauf nichts zu sehen. Lange grüne Fahnen hingen von der Decke und schaukelten leicht im Fahrtwind der *Cortéssa*.

Ein Schwarm Raben, der sich in der Halle ein Zuhause gesucht hatte, stieg aufgescheucht in die Höhe und drehte eine Runde, ehe sich die schwarzen Vögel auf den Stangen niederließen. Neugierig beäugten sie den Gleiter. Ihr dunkles Gefieder bildete einen surrealen Kontrast zu dem vielen Weiß. Die Anwesenheit der Vögel mutete unwirklich an. Totenvögel.

Vier Minuten vergangen. Kris landete mitten auf dem Gleis, das Radar zeigte nach wie vor keinerlei Bewegung um sie herum. »Signalstandort: achthundert Meter Nord-Nordost«, gab er an McFaiden durch und öffnete die Ladeluke. »Sie haben zehn Minuten Zeit.«

»Bestätigt. Wir gehen rein.«

Jetzt zeigte das Radar mehrere grüne Punkte. Grün bedeutete *Freund*. Die Justifiers und die 2OTs trugen Freund-Feind-Kennungssender, damit Kris sie bei ihrer Rückkehr nicht aus Versehen mit den Bordgeschützen erledigte. Kameras am Helm lieferten ihm Bilder von dem, was die Soldaten gleich erleben würden.

Er schaltete die Zielerfassungsautomatik ein. Der Computer koppelte die Geschütze an das Radar und die übrigen Ortungssysteme. »*Cortés*, hier ist die *Cortéssa*«, rief er Suede. »Sind drin und auf der Suche nach dem Paket.« Dann schaltete er den Funk wieder aus. Die Collectors sollten sie nicht durch den Funk bemerken.

Der größte Monitor lieferte gesplittete Bilder der Helmkameras, die

Kris separat auswählen und vergrößern konnte. Für ihn begann die Zeit des Wartens, was er gar nicht mal so schlecht fand.

Um die Arbeit, die den echten Justifiers bevorstand, beneidete er die Männer und Frauen nicht. Zwar hatte man ihn, Faye und Suede auch als Justifiers bezeichnet, aber er zählte sich selbst nicht dazu. Er war nur ein Kutscher mit beschissenem Pech. Er hoffte und wünschte, dass die Kon-Gardeure ohne Verluste zurückkehrten.

Kris musste zugeben, dass es ihn an eine Action-Serie erinnerte. An *Dam'n Collie die!*

Die Justifiers-Einheit tastete sich schnell vorwärts, sicherte sich gegenseitig und ließ breite Tonnengewölbegänge hinter sich. Hinweisschilder, an denen sie unterwegs vorbeikamen, waren auf Englisch und TerraStandard.

Schwimmbad, Sauna, Atrium, Bibliothek, Sportanlagen, las Kris. Wohlklingende Einrichtungen, die scheinbare Freiheit und Unbeschwertheit vorgaukelten. *Die Collies meinen es echt gut mit den Menschen. Ich kenne genug Leute, die ihr verpfuschtes Leben auf der Erde gegen die Obhut eintauschen würden.*

Die Architektur war ein Mix aus verschiedenen Stilen, geschmackvoll und zeitlos. Wohlfühlen konnte man sich sicherlich, wenn man sich mit dem Umstand einer Gefangenschaft arrangierte. *Betreutes Leben.*

Kris machte sich in seiner Untätigkeit Gedanken um das Wiedersehen mit seinem Vater: Wie sehr hatte er sich verändert? Würde er den Mann wiedererkennen, der die Familie im Stich gelassen hatte, weil er mal wieder mit dem Gesetz in Konflikt geraten war?

Die Wut war immer noch da. Starke Wut. Er sah seinen Vater nach wie vor als den Schuldigen am Verlust von Schwester und Mutter.

Wäre er bei uns gewesen, wäre es anders gelaufen. Sie hätten sich mit dem eigenen Schiff vor den Collectors in Sicherheit bringen können. *Mutter würde heute immer noch leben.*

Seine Blicke schweiften über die Anzeigen. Drei Minuten waren verstrichen, und die grünen Punkte bewegten sich auf das Signal zu, Feinde gab es keine. Noch knappe vierhundert Meter bis zum Ziel.

Kris' Aufregung stieg. *Was sage ich zu ihm? Hallo, Arschloch! Ich wäre froh, wenn du tot wärst? Ist vielleicht ein bisschen zu hart.* Spontan fielen ihm weitere

Beschimpfungen ein. Vorhaltungen und Vorwürfe. Das Interim trug sicherlich seinen Anteil am verantwortungslosen Verhalten seines Vaters, doch es entschuldigte bei weitem nicht alles.

Ich werde ihn gewiss nicht umarmen. Er sah, dass die grünen Punkte fast beim Signal angekommen waren.

Die Helmkamera-Übertragung war gut zu erkennen: Die Justifiers waren vor einem massiven Schott angelangt, über dem *Zutritt verboten* in Englisch und in TerraStandard geschrieben stand. Lopez ging in ihrer Vollpanzerung mit dem gefleckten Tarnmuster nach vorne, platzierte Sprengladungen und trat ein paar Meter zurück.

Durch die Zündung verschwanden die Bilder für zwei Sekunden in einem grellen Lichtblitz, und als es wieder etwas zu sehen gab, gähnte ein Loch in der Wand. Das Schott war mitsamt der Halterung herausgebrochen.

Kris schaltete zu Lopez, die an der Spitze vorpreschte und in einen leeren, nur mit blauen Tapeten versehenen Raum lief. *Ich glaube das nicht!* Er lehnte sich nach vorn und zoomte heran.

Eine ältere Frau saß nackt auf einem unbekleideten, nicht mehr ganz jungen Mann. Handtücher dienten ihnen als bequeme Unterlage. Was sie taten, war offensichtlich; ihre Kleider lagen auf dem Boden verteilt.

Gibt es denn das? Sein Vater vögelte in aller Ruhe!

Auch Lopez war kurz stehen geblieben und von der ungewöhnlichen Situation überrascht.

Anatol und die Frau fuhren auseinander. Während sie die Kleidung an sich raffte und sich bedeckte, sprang sein Vater auf und hechtete nach einer Pistole, die zwischen seinen Sachen versteckt lag. Lopez riss ihr Gewehr in den Anschlag, Anatol feuerte und deckte die Einheit mit einem Kugelhagel ein.

Da traten die 2OTs in Aktion.

Kris verfolgte, wie sie an den Justifiers vorbeimarschierten. Sie stellten sich als Schilde vor die Einheit, was wegen der dicken Panzerung gar nicht nötig gewesen wäre. Olonin ging mit ausgestreckten Armen langsam auf Anatol zu, Joule kümmerte sich um die nackte Frau, die weinend in ihren Armen zusammenbrach.

Viel zu mutig, mein Halbbruder. Es gelang Kris nicht, den Blick vom Monitor zu wenden. Dafür war es zu spannend. *Das kann schief...*

Olonin hatte Anatol fast erreicht, da richtete sein Vater die Waffe auf ihn und schoss dem Sohn direkt zwischen die Augen.

Shit!

Olonin ging zu Boden. Anatol sprang lachend über ihn hinweg, warf sich gegen Lopez und versuchte, ihr das Automatikgewehr zu entreißen.

Kris sah das faltige, gealterte Gesicht durch Lopez' Kamera in Nahaufnahme auf dem Bildschirm. Es war sein Vater, kein Zweifel. Die Pupillen pulsierten rasend schnell, der Wahnsinn sprach daraus. Seine Züge besaßen nichts Menschliches.

Die unbändige Kraft, die er entfaltete, brachte die erfahrene Justifierin in Schwierigkeiten, trotz des Kampfanzugs. Er klammerte sich an den Abzug der Waffe, drehte den Lauf zur Seite und drückte ab; dabei lachte er und versuchte, andere aus der Einheit zu erwischen.

Sofort waren die 2OTs und Gardeure zur Stelle und schlugen auf Anatol ein, um ihn zu überwältigen. Es dauerte und kostete ihn einige Platzwunden, bis er die Augen verdrehte und endlich blutend in die Knie brach.

Entsetzt lehnte sich Kris zurück. *Er ist verrückt geworden! Gänzlich verrückt geworden. Wie soll dieses Wrack als Übersetzer für den Collector dienen? Suede muss schon wieder neue Wahrscheinlichkeitsrechnungen anstellen.*

Die grünen Punkte auf dem Ortungssystem kehrten zu ihm zurück. Es blieben noch knappe fünf Minuten, bis das errechnete Zeitfenster sich geschlossen hatte und die Collectors die Pimca'Shar aller Voraussicht nach besiegt hatten.

Ein dezenter Bestätigungston brachte Kris dazu, den Kopf zur Zielerfassung der *Cortéssa* zu drehen. Das Schiff hatte Gegner erkannt.

Fuck, wie sind die ...

Da erklang bereits das Wummern der Automatikkanonen. Die Granaten, die eigentlich dazu gedacht waren, die Panzerung von kleineren Raumern zu durchbrechen, trafen zwei Collectors und zerfetzten sie buchstäblich. Sie mussten durch den Eingang der Eingleisbahn gekommen sein.

Die Raben flogen krächzend aus der Halle und gerieten ebenso unter Beschuss. Der Computer machte keine Unterschiede und eliminierte den Schwarm. Das rote Blut der platzenden Vögel spritzte gegen die weißen Wände, wo die blaue Flüssigkeit der Collies sich zischend durch das Material fraß; schwarze Federn segelten zu Boden.

»Verdammt!« Kris sah zwei dicke Punkte auf der Schiene von rechts und links auf die Halle zufahren. *Die Collectors haben die Züge aktiviert. Sollte einer davon gegen die Cortéssa krachen, war es aus mit dem Rückflug.* »Major, beeilen Sie sich. Wir sind entdeckt!« Es schepperte, ein Bruchstück knallte staubend auf die Pilotenkanzel: Trümmer regneten von oben auf die *Cortéssa* nieder!

Die Geschütze röhrten erneut auf. Dieses Mal zielten sie in die Höhe und schleuderten ihre explosiven Geschosse gegen einen Transporter, der sich plötzlich von oben näherte. Er war dicker als ein *Smaller,* mit einem rechteckigen Laderaum, der wie angesetzt wirkte. In der Kuppelspitze über ihm klaffte ein großes Loch. Die Collectors hatten auf Überrumplung gesetzt – und es geschafft.

Erste Salven gingen auf Kris' Cockpit nieder, klingelnd und laut krachend schlugen die Projektile gegen das Panzerglas, Risse zeigten sich. *Shit!*

Die grünen Punkte waren keine dreißig Meter mehr entfernt.

»Major, Position halten«, funkte er. »Ich muss erst für Ruhe sorgen.« Kris ließ die *Cortéssa* aufsteigen. Er täuschte einen Rammangriff vor, rollte im letzten Moment nach rechts über die Seite weg. Dabei feuerten seine Geschütze unaufhörlich.

Aber der Transporter steckte ordentlich ein und teilte noch mehr aus. Die *Cortéssa* schüttelte sich unter den Einschlägen und bockte. Die Risse auf der Kanzel vermehrten sich.

Dann eben so. Mit einem Tippen aufs Touchpad veränderte Kris die Zielerfassung und leitete alle Angriffe auf die Triebwerke, um gleich danach die Rak-Lafetten auszulösen. Fauchend machten sich die Geschosse auf die Reise – und trafen.

Unter den Explosionen verbog sich die Steuerdüse. Der Transporter kreiselte umher, bis er gegen die Wand prallte und von dort auf die Schienen stürzte, wo er qualmend liegen blieb.

Keine drei Sekunden später fegte die Eingleisbahn von rechts in die Halle, mitten in das Wrack und katapultierte es durch die Luft. Um die eigene Achse rotierend und viele Teile von sich schleudernd, krachte es auf den Bahnsteig und rutschte weiter – genau auf die grünen Punkte zu.

»Major, weg da!«, schrie Kris und fing die *Cortéssa* ab.

Das Knirschen um ihn herum warnte ihn, doch dagegen tun konnte er nichts: Knallend barsten die Kanzelscheiben und überschütteten ihn mit fingerkuppengroßen Splittern. Mitten in der glitzernden Kaskade gefangen, sah er für einige Sekunden nichts mehr. McFaidens Brüllen dröhnte in seinen Kopfhörern.

Die Automatikkanonen röhrten schon wieder, der Computer hatte neue Ziele auserkoren.

Ich habe das Gefühl, dass ich mich gerade in die dreiundzwanzig bösen Prozent hineinbewege. Kris wischte sich die Splitter vom Visier. Unter ihm lag die entgleiste Bahn quer in der Halle und hatte verheerenden Schaden angerichtet.

Die zweite Bahn war dagegen rechtzeitig zum Stehen gekommen. Bewaffnete Collectors stiegen aus, die von der *Cortéssa* bereits beschossen wurden. Die langläufigen Waffen in den gepanzerten Fäusten sah Kris zum ersten Mal.

Die Warnleuchte für die Munition verhieß neue Probleme: Der Zähler der Lafetten und Granaten näherte sich gefährlich der Null.

»Major, neuer Treffpunkt!«, rief Kris aufgeregt und war froh, seinen Raumanzug angelegt zu haben. Ohne ihn hätte er bestimmt hässliche Schnittwunden im Gesicht davongetragen. Schnell fegte er noch mehr Plastikglas vom Touchpad und den wichtigsten Konsolen. »Sie müssen vor die Kuppel. Hier wimmelt es von Collies. Bestätigen.«

»Bestätigt, SK. Sind auf dem Weg«, antwortete zu seiner Verwunderung Lopez.

Schwere Einschläge schüttelten ihn durch, und die Geschütze verstummten plötzlich; dafür erschien die Schadensmeldung. Eine Rak-Lafette verging in einer Explosion und wurde vom automatischen System sofort ausgeworfen, ehe sie durch Folgedetonationen noch mehr Schaden am Schiff anrichtete.

Dann tanzen wir mal den Tontaubentanz. Kris vollführte in der Enge der Kuppelhalle Ausweichmanöver, so gut es ging, um die Collectors im Bahnhof zu beschäftigen und den Justifiers die Flucht nach unten zu ermöglichen. Wehren konnte er sich nur noch mit großkalibrigen Maschinengewehren. Die Granaten waren verschossen, und die letzten zehn Raketen wollte er sich aufbewahren, falls ihnen unterwegs Jäger begegneten.

Die Waffen der Ahumanen erinnerten an uralte Panzerfäuste mit wesentlich dünnerem Durchmesser. Beim Abschießen gab es kein Geräusch, kein Mündungsfeuer, nur einen weißlichen Kondensstrahl, der sich auflöste. Wenn sie trafen, durchschlugen sie die Panzerung mühelos, wie Kris erschrocken feststellen musste. Er tippte auf magnetisch beschleunigte und extrem gehärtete Geschosse. Oder Mini-Raketenwerfer. *Lange geht das nicht mehr gut.* Viele Nadelstiche brachten selbst große Tiere um.

Die MG-Garben zerschellten an den Collector-Rüstungen; die Wucht der Treffer warf manche von ihnen um, doch sie standen rasch wieder auf.

Dicht neben Kris sirrte ein Projektil in die Kanzel, durchbohrte zwei Monitore, ein Bedienfeld und prallte von den Metallteilen im Cockpit ab. Er spürte, dass es von hinten gegen seinen Helm flog – ohne Wucht. *Das war knapp.*

»Wir sind unten, SK«, kam die erlösende Meldung.

Raus hier! Kris jagte die beschädigte, rauchende *Cortéssa* durch das rechte Tor aus der Kuppel hinaus und ging augenblicklich in den Sturzflug über, um so schnell wie möglich beim Außentrupp anzukommen. Der schwarze, fette Qualm stammte von dem Schwelbrand, den die explodierte Lafette ausgelöst hatte; die Löschanlage bekam ihn nicht in den Griff. Das war deswegen ärgerlich, weil er den Collectors durch die Fahne ein zusätzliches Erkennungszeichen lieferte. Man brauchte kein Radar mehr, um ihn zu orten.

Die Drohnen! Die habe ich total vergessen! Schnell schickte Kris die computergesteuerten Jagdfluggeräte aus der *Cortéssa*. Damit sie die Collectors beschäftigten.

Die Justifiers hatten sich neben einem Ausgang verschanzt und warteten sichernd auf ihre Abholung.

Kris landete den Gleiter nicht, sondern hielt ihn mit den Antigravpulsatoren einen knappen halben Meter über dem Boden. Dann öffnete er die Ladeluke und verfolgte über die Kamera, wie die Gardeure und die 2OTs hineinsprangen und auch ihre beiden Befreiten an Bord brachten.

Wie …? Er hatte Olonin entdeckt, der mit einem Loch in der Stirn eben als Letzter einstieg. *Welche Modifikationen hat er an sich vornehmen lassen, dass er einen Kopfschuss übersteht?*

Rechts neben der *Cortéssa* detonierte der Asphalt, Dreckklumpen prasselten gegen die Außenhülle und zu ihm ins Cockpit. Hastig fing er die Druckwelle ab. Eine Drohne fiel zerstört aus dem Himmel.

Ein *Smaller*-Jäger schoss über ihn hinweg und drehte eine Schleife, setzte zu einem neuerlichen Überflug an.

»Anschnallen!« Kris beschleunigte aus dem Stand und war nach vier Sekunden bei knappen dreihundert Stundenkilometern. Aber es reichte nicht aus, um den *Smaller* abzuschütteln.

Sie flogen in engen Kurven immer schneller um die Kuppelbauten, zwischen den Monogleisbahnen und Hochhäusern umher. Ohne den Verfolger im Nacken hätte es ihm direkt Spaß gemacht. Pilot zu sein gefiel ihm – außerhalb des Weltraums.

Immer wieder rüttelte es die *Cortéssa* durch, der Antrieb wurde von den Treffern beschädigt. Der Einsatz der eigenen Bordwaffen war bei diesen abrupten Manövern zwecklos.

Wie werde ich dich los? Kris sah sich hastig um.

Beim Anblick eines der stark verglasten Hochhäuser kam ihm ein verwegener Gedanke.

Er lenkte den Gleiter mitten in die Front des Gebäudes. *Ich hoffe, die Splitter sind stumpf!*

Das Glas leistete keinen Widerstand, als die tonnenschwere und rasend schnelle *Cortéssa* durchbrach. Kris feuerte die Maschinengewehre ab und schwächte damit die Wände im Innern; rumpelnd fegte die Maschine durch die dünnen Mauern.

Dreck wirbelte auf und überschüttete Kris. Er kam sich allmählich vor wie in einer Müllkippe. Die Armaturen wurden schwer in Mitleidenschaft gezogen.

Der *Smaller* folgte ihm unbeirrt durch den Riss im Gebäude.

Damit ist Schluss! Kris löste zwei Raketen aus und schickte sie schräg vor sich in die Decke. Er wischte unter der herabstürzenden Last hindurch.

Der *Smaller* jedoch geriet in den Regen der Betonbrocken hinein. Zwar schaffte er es noch, durch die Trümmer zu fliegen, aber die Nase wurde so stark nach unten gedrückt, dass er sich in den Boden bohrte. Das Heck richtete sich schrill pfeifend in die Höhe, und das Triebwerk krachte gegen die Reste der Decke und zerbarst. Der Feuerball und die Druckwelle bliesen sämtliche Scheiben des Gebäudes aus den Rahmen.

»Ja!«, schrie Kris euphorisiert und jubelte ausgelassen.

Die *Cortéssa* schoss aus dem Gebäude hinaus.

Er zog sie nach links, ging in den Steigflug, solange das angeschlagene Triebwerk noch mitmachte und sie aus der Atmosphäre herausbrachte, raus aus der Anziehungskraft des Planeten. Die Monitore waren inzwischen alle bis auf zwei erloschen, er steuerte nach Gefühl. Aus den Augenwinkeln sah er, wie der obere Teil des Hochhauses zusammenbrach und auf die Straße stürzte.

Ein schneller Blick aufs Radar sagte ihm, dass er Besuch bekam, aber die Jäger waren erfreulicherweise noch weit von ihm entfernt. Er würde die *Cortés* auf alle Fälle vorher erreichen. »Hier ist die *Cortéssa*«, funkte er. »Das Paket ist an Bord.« Er suchte nach dem Signal des Mutterschiffs. »Haben Verfolger hinter uns. Geschütze zum Abfangen bereithalten.«

»Hier *Cortés*«, hörte er Suedes Stimme. »Ausgezeichnete Arbeit. Sind bereit zur Aufnahme. Aber beeilen Sie sich! Die Pimca'Shar haben gleich gewonnen.«

Pimca'Shar? Das wunderte Kris. *Harte Hunde. Gegen die hätten wir keine Chance.* »Bestätigt, Suede.« Er hatte auf dem zerkratzten Bildschirm mit viel Fantasie ausgemacht, wohin er steuern musste, und erhöhte die Geschwindigkeit weiter. Eigentlich hätte er sie *Brains* nennen müssen, wie ihr Rufname lautete, doch es war ihm egal. »Lopez, alles klar?«, fragte er über den internen Kanal.

»Geht so, Kutscher«, gab sie zur Antwort. »Haben ein paar Verletzte. Auf dem Weg nach unten sind wir zwei Collies begegnet, aber wir haben sie geknackt. Der Major ist bewusstlos.«

»Alles klar. Ich sage der *Cortés* Bescheid.« Er grinste. »Lehnt euch zurück und genießt den Flug.« Die Anspannung fiel merklich von ihm ab, auch wenn er noch nicht an Bord und in Sicherheit war.

Doch aus dem guten Gefühl der Erleichterung wurde bald Angst: Putin fiel hinter ihnen zurück, es wurde dunkler. Das All lauerte auf ihn.

Sein Raumanzug meldete ihm mehrere kleine Löcher, die sich durch die eingebettete Reparaturflüssigkeit in den Materialschichten von selbst schlossen. Für die wenigen Minuten im Weltraum würde es ausreichen. *Oder?* Er konnte nicht verhindern, dass sein Herz schneller schlug. *Es muss einfach halten! Ich habe diese Scheiße nicht überlebt, um im Vakuum zu krepieren.*

Die *Cortés* tauchte endlich vor ihm auf.

Noch in Sichtweite zu ihr verfolgte er, wie die Pimca'Shar das letzte intakte Schiff der Collectors mit dem EMP-Generator traktierte und gleich danach eine Raketenbreitseite gegen den wehrlosen Feind absetzte. Das Mittelstück des dunklen *Big* wurde durchlöchert, und in einer gewaltigen Detonation brach es auseinander.

Man sollte die Pimca'Shar als Verbündete gewinnen.

Kris steuerte das Mutterschiff an und landete sicher wie nie im Hangar. Als er alle Systeme ausgeschaltet hatte, lehnte er den Kopf gegen die Lehne. *Siebenundsiebzig Prozent. Gelobt seien die Götter und die Wahrscheinlichkeitsrechnung.*

Mit schmerzenden Knochen und erschöpft schnallte er sich ab und verließ das Cockpit, stapfte durch Glassplitter, Asphaltklumpen und Dreck.

Vor der *Cortéssa* traf er auf die *Baln*-Truppe und die 2OT.

Kris lächelte die Justifiers an. Lopez salutierte grinsend als Erste und betont lasch, dann taten die anderen es ihr nach. Es war als Ehrenbezeugung für seine Leistung gedacht. Er erwiderte die Geste.

Das medizinische Team stand bereit und bettete die Verwundeten auf Liegen, schaffte sie sofort auf die Krankenstation. Außer McFaiden hatte es Inkman und Emerald erwischt. Durchschüsse in den Beinen, Emerald hatte sieben Treffer in den linken Oberkörper kassiert, aber er wirkte so munter, als hätte er nur Streifschüsse abbekommen.

Gen-Verbesserung hat in dem Beruf Vorteile. Kris sah zu seinem Vater, den sie auf einer Liege festgeschnallt und mit Handschellen gesichert hatten. Er hielt die Augen geschlossen, doch die Augäpfel rasten darunter.

»Interim-Syndrom. Komplett durchgeknallt«, sagte Lopez neben ihm und zog den Helm ab. Darunter war sie verschwitzt, eine lange Platzwunde zog sich über ihre Stirn. »Hätte uns vorhin im Laderaum alle fertiggemacht, wenn wir ihm die Gelegenheit gegeben hätten. Zäher alter Mann mit unglaublicher Kraft.« Sie zeigte auf die Frau, die sie von Putin mitgebracht hatten. »Sie sagt, sie sei Bishopness Theresa. Vielleicht kann sie uns mehr über die Collectors berichten als dein Vater, Kutscher.«

Er nickte nur und starrte auf die Liege, auf der Anatol Lyssander hinausgeschoben wurde. Woher kam dieses Mitleid, das er nicht empfinden wollte?

»Gehen wir unseren Bericht abliefern«, sagte er zu Lopez. »Wilder Ritt, Kutscher.« Sie wies auf ihre Stirn. »Ist von dem Blitzstart vorhin. Kostet dich mindestens ein Bier.« Sie sah zur zerstörten Kanzel, grinste und schlug ihm hart auf die Schulter. »Ach ja: guter Job.«

»Guter Job«, gab er zurück und wünschte sich in der Tat ein eiskaltes Bier.

Die roten Warnlampen im Hangar sprangen an.

»Bereitmachen für Doppelsprung«, erklang Suedes Stimme über Lautsprecher, in der echte Sorge mitschwang. »Eben ist ein *Hough*-Schiff ins System gesprungen, das die Pimca'Shar mit zwei Schüssen eliminiert hat. Wir müssen schnell weit weg.«

Doppelsprung?! Kris stöhnte auf – und seine Haut brannte ankündigend. Dass er kotzen würde, war ihm bereits klar.

ZWÖLFTER AKT

Erste Szene

15. Mai 3042 a. D. (Erdzeit)

Kris saß seinem Vater gegenüber, ein schmaler Alutisch trennte die beiden voneinander. Sie hatten den Mann in einen einfachen grauen Schiffsoverall gesteckt und Plastikfesseln an Armen und Beinen angelegt, damit er sich nicht zu viel bewegen konnte.

Zur Sicherheit waren zwei gepanzerte Justifiers im Raum, die jederzeit eingreifen würden.

Lyssander sah durch ihn hindurch. Die Augen rollten und die Lippen bewegten sich tonlos, so dass die kaputten Zähne gelegentlich zu sehen waren. Unvermittelt raufte er sich die grau melierten Haare, starrte auf die Decke und lachte auf, dann fiel er zurück ins Brabbeln.

Kris betrachtete ihn und wartete auf freundliche, familiäre Gefühle. Doch außer ein wenig Mitleid, das er jedem Interim-Patienten gewährte, kam nichts.

Er könnte ebenso gut ein Fremder sein.

Anatol spielte mit dem Neuroleptikum-Diffusor. Das beruhigenddämpfende Mittel wollten sie ihm erst später geben, wenn sie sicher waren, dass sie seine Gabe nicht mehr benötigten. Solange musste Lyssander mit den Auswirkungen des Interim-Syndroms leben.

Betet er? Kris drehte sich nach rechts, wo Suede in einem schicken blauen Kostüm saß, die Hände zusammengelegt und ihren Fang betrachtend. »Was machen wir? Ich habe ihn jetzt schon wiederholt angesprochen, aber er reagiert nicht.«

Sie ließ ein geschäftsmäßiges Lächeln aufblitzen. »Es wird schon, SK. Machen Sie weiter. Nennen Sie noch ein paarmal die Namen Ihrer Mutter und Ihrer Geschwister.«

Kris hatte absolut keine Lust darauf. Denn das wiederum löste bei *ihm* Empfindungen aus, die eher den Hass auf seinen Vater steigerten und ihn extrem schmerzhaft an den Verlust vor vielen, vielen Jahren erinnerten. Der Schuldige an so vielen Katastrophen auf Hakup saß zum Schlagen nahe vor ihm.

Er erhob sich, Suede sah ihn überrascht an. »Ich brauche eine Pause«, sagte er und ging auf das Schott zu. Es war ihm gleich, was sie von ihm dachte. Noch einige Minuten länger, und er würde auf das faltige Gesicht einprügeln.

Kris trat auf den Gang, zischend schloss sich die Tür hinter ihm.

Es war totenstill, nicht einmal das Wummern des Triebwerks war zu spüren. Sie lagen im All, irgendwo in einer günstigen Sprungposition zwischen zwei Planeten, falls eine Bedrohung auftauchen sollte. Im Nichts. Im Nirgendwo, umgeben von Vakuum und minus zweihundertsiebzig Grad. Ungefähr.

Wo bin ich da hineingeraten? Kris atmete tief durch. Er dachte an seine Tochter und daran, dass ihm noch nichts in die Hände gefallen war, womit er *BaIn* erpressen konnte. Er rieb sich über das stopplige Gesicht. *Ich müsste mich mal wieder duschen und rasieren.* Er nahm sein Kom-Gerät und rief Faye an. »Na? Wie geht es mit der Bishopness voran?«

»Sie hat sich etwas gefangen«, antwortete Faye. »Die Blutanalyse hat sehr merkwürdige Resultate ergeben, wie mir der Arzt sagte. Was immer die Collies ihr gespritzt haben, sie ist unnatürlich fruchtbar und willig gemacht worden. Obwohl sie weiß, dass ihr Verhalten von Drogen oder Hormonen oder was weiß ich verursacht ist, kommt sie gegen den Trieb kaum an. Sie wird nur noch von Frauen bewacht, weil der Anblick von Männern sie zu sehr aufregt.« Sie atmete tief durch. Wie er. Ihr machte es zu schaffen, im Gegensatz zu ihrer Schwester. »Aber sie hat schon sehr viele Dinge von Putin berichtet, die nicht gerade schön sind. Sie will von uns nach Christ gebracht werden, um von dort aus mit dem Sicherheitsrat der VHR zu sprechen.« Faye trank etwas. »Was macht Lyssander?«

»Nichts. Er ist durchgeknallt.« Kris trat leicht gegen die Wand und war ihr dankbar, dass sie nicht »dein Vater« gesagt hatte. Er hatte aufgehört zu zählen, wie oft er in letzter Zeit gegen Wände getreten hatte. »Ich habe kaum Hoffnung, dass er uns beim Übersetzen helfen kann.«

Faye stieß die Luft aus. »Verfickter Scheiß. Wenn wir die Bishopness nicht gefunden hätten, wäre die Mission auf Putin ein echter Fehlschlag gewesen.«

»Tja ...« Kris hörte, wie die Tür sich hinter ihm öffnete, und er sah über die Schulter. Ein Gardeur, den er nicht kannte, winkte ihm zu und deutete in den Raum. Seine Pause war von höchster Stelle als beendet erklärt worden. »Sonst was Neues?« Hinter der harmlosen Frage steckte die Hoffnung, dass sie bei den Justifiers etwas über die kybernetisierten Beta-Humanoiden in Erfahrung gebracht hatte.

»Nein«, sagte sie. »Lopez deutete aber an, dass es da ...«

»SK!«, schallte der Ruf aus dem Raum. »Kommen Sie her und machen Sie weiter.«

»Später, Faye«, raunte er schnell ins Kom-Gerät. »Wir treffen uns in deiner Kabine.«

»Ich freue mich drauf.«

»Ich mich auch.« *Was habe ich da eben gesagt?* Er beendete leicht konfus die Unterhaltung und kehrte an den Tisch zurück.

Suedes Blicke ignorierend, stierte er seinen Vater an. »Lyssander!« Ansatzlos verpasste er ihm eine Ohrfeige. »Hey, alter Mann! Ich rede mit dir!«

Lyssander hatte nicht einmal gezuckt, aber das Pulsieren der Pupillen endete.

»Warum hast du die Collectors zu den Planeten geführt?«, brüllte er ihn voller Wut an, die Halsadern traten hervor. »Hä? Was hast du davon? So wahnsinnig kannst du nicht sein! Ich ...« Kris hätte gern viel mehr geschrien und ihm die Vorwürfe entgegengeschleudert, die er seit Jahren mit sich herumschleppte. Ausgerechnet jetzt wollten sie nicht aus seinem Mund.

Die Pupillen blieben klein und hörten auf zu tanzen, richteten sich ganz langsam auf Kris. »Schützenswerte Rasse Mensch«, schnarrte Lyssander. »Du gehörst in die Obhut.« Sein rechter Arm hob sich, so weit es möglich war, der Zeigefinger deutete auf die Professorin. »Du nicht.

Du hast einen zweiten Verstand in deinem Kopf, der dich beherrscht wie ein Reiter sein Pferd. Mehr bist du nicht mehr. Kontaminiert. Selektion«, sagte er und hielt den Blick dabei immer noch auf Kris gerichtet. »Keinerlei Verwendung.«

»Sehr gut«, flüsterte Suede drängend. »Sie sind zu ihm vorgedrungen. Machen Sie weiter! Weiter!«

Kris interpretierte das Verhalten ganz anders. *Er hält sich für einen von ihnen! Gut, dann spielen wir dieses Spiel.* »Anatol Lyssander, was ist Ihre Aufgabe auf Putin gewesen?« Ihn schauderte es. Wegen der Augen. Es gab kein Blinzeln, nicht einmal andeutungsweise.

»Das verstehst du nicht«, erwiderte er sanft. »Das liegt jenseits deines kleinen Verstandes.« Er schaute sich im Raum um. »Wir müssen runter auf den Planeten und dich zu den anderen bringen. Du brauchst deine Injektion, damit du dich schnell vermehrst. Dein Erbgut wird gebraucht. Viele Weibchen, die …« Lyssander versuchte aufzustehen, aber die Justifiers waren sofort zur Stelle und drückten ihn auf den Stuhl zurück.

»Du hast Recht«, sagte Kris rasch und gab ihnen das Zeichen loszulassen. »Du kannst dich mit einem von deinen Freunden besprechen. Was soll mit mir geschehen?«

Er runzelte die Stirn. »Was gibt es denn da zu besprechen? Du kommst in eine der Städte. Am besten nach Putingrad. So jung wie du bist, besitzt du viel Ausdauer. In Putingrad gibt es sehr viele Weibchen. Gut für das Aufzuchtprogramm.«

Suede grinste und rieb Kris sanft über den Oberschenkel. Anscheinend hatten die Worte bei ihr Erinnerungen an den letzten Sex geweckt.

»Es geht nicht nur um mich. Ich kenne einen Planeten, der sich in die Obhut begeben möchte.« Er änderte die Taktik. »Hörst du, Anatol Lyssander? Elf Milliarden Menschen! Bestes Genmaterial! Und sie wollen freiwillig zu euch.«

Lyssander setzte sich aufrecht hin. »Gut! Das ist gut!« Noch immer sah er nur Kris an. »Ja, das muss ich gleich mit den anderen besprechen.« Er hob wieder den Arm und machte eine Bewegung, als wollte er Kris' Kopf streicheln. Die Plastikbänder spannten sich und verhinderten, dass er ihn erreichte. »Du bist ein braves Exemplar.« Lyssander bleckte behutsam die gesprungenen Zähne.

Reinstes Psychopathenlächeln. Es jagte Kris Angst ein. »Ich führe Sie zu einem Freund.« Er erhob sich und zeigte auf das Schott. »Kommen Sie.«

»Perfekt, SK!«, wisperte Suede begeistert. »Machen Sie weiter!«

Lyssander stand ebenfalls auf. Die Gepanzerten hielten die Gewehre im Anschlag und folgten den beiden, dahinter marschierte die Professorin. Sie gingen durch die Korridore der *Cortés* bis zum Hangar, in dem sie ihren gefangenen Collector festhielten.

Kris hoffte, dass Lyssander beim Anblick der vertrauten Panzerung des Wesens redseliger wurde. Durch geschickte Fragestellung wurde es vielleicht möglich, den Ahumanen über die Zwischenstation seines Vaters zu verhören. *Ich brauche Gewissheit. Und noch ein bisschen Hilfe.* Mit seinem Kom-Gerät rief er Faye in den Hangar. Möglicherweise hatte ihr Anblick, der Anblick der Retterin, auf den Collector eine Wirkung.

Sie hatten den Eingang zur kargen Halle erreicht.

Die Schottwachen wichen auf ein Zeichen der Professorin zur Seite, Suede tippte die Geheimzahl ein und legte den Finger auf den Scanner.

Es fiepte, und der Zugang öffnete sich mit Verzögerung. Der kleine Tross hielt Einzug.

Der Collector hing noch immer in seinem Gestell, zwei weitere Justifiers, mit panzerbrechenden Waffen ausstaffiert, bewachten ihn.

Kris fiel zu spät ein, dass weder er noch Suede Raumanzüge trugen. *Wenn der Hangar per Notentlüftung geöffnet wird ...* Vakuum und Minusgrade standen für einen schnellen Tod. *Ich hasse den Weltraum!*

Lyssander ging auf den Gefangenen zu und strahlte dabei über das ganze Gesicht. Seine offenkundige Freude stützte Kris' Annahme, dass er sich tatsächlich für einen von ihnen hielt.

»Fragen Sie ihn, welche Voraussetzungen ein Planet erfüllen muss, um sich in die Obhut zu begeben«, sagte Kris. Von der Tür her hörte er eine laute Diskussion. Als er dorthin blickte, sah er Faye, die sich mit den Gardeuren stritt. »Suede, sagen Sie den Wachen, dass sie durch darf.«

»Sie denken, dass der Collector ihr so etwas wie Vertrauen entgegenbringt oder sie zumindest mehr mag als UNS und Sie?« Sie hatte seinen Gedanken sofort verstanden und winkte ihre Schwester zu sich. »Wir werden es gleich sehen.«

Faye stellte sich neben Kris, und er nahm den schwachen Hauch eines sportlichen Parfüms wahr. Plus ihren Geruch. Er mochte beides sehr. »Es gibt Neuigkeiten. Die Bishopness möchte nach Christ«, sagte sie zu Suede. »Sie ist der festen Überzeugung, die VHR zu einem kollektiven Schlag gegen die Collies überzeugen zu können. Sie hat Bilder auf Putin geschossen.« Sie schüttelte sich. »Schrecklich! Die Collies verwandeln die Menschen durch ihr Zuchtprogramm in … Tiere. Schlimmer als Betas.«

»Darum geht es gerade nicht.« Suede zeigte auf den Collector. »Ihn müssen WIR zum Sprechen bringen. Mit etwas Glück erfahren WIR Details zu ihrer Herkunft oder wenigstens das System, aus dem sie stammen. *Das* würde den Sicherheitsrat interessieren. Sobald wir von dort zurückgekehrt sind.«

Lyssander störte sich an den Gesprächen nicht. Er hatte das Gesicht auf seinen scheinbaren Artgenossen gerichtet.

Ich werde da nicht hinfliegen. Kris dachte an Meuterei. »Wir sind nicht die Pimca'Shar, und die *Cortés* ist nicht in optimaler Verfassung.« Dann verfolgte er genau, wie aus dem freudigen Strahlen auf den Zügen seines Erzeugers bald Verwunderung und danach Entsetzen wurde.

»Was …«, stammelte Lyssander und begab sich vor die Rüstung, legte eine Hand dagegen. »Er ist … tot?« Sein Kopf schnappte herum, wütend funkelte er die Menschen an. »Ihr habt ihn umgebracht!« Anklagend reckte er den Zeigefinger auf sie. »Ist das der Dank, schützenswerte Rasse Mensch? Wir retten euch vor der Vernichtung und Ausrottung, und ihr bringt uns um, wo immer wir auftauchen?«

Kris sah plötzlich Dinge im Hangar, die nicht sein konnten.

Felder wuchsen auf dem Boden, die Wand verschwand und gab den Blick auf einen blauen Himmel frei, an dem eine warme Sonne stand. Es roch nach Blumen, Schwalben schossen rufend über die Ähren hinweg, die in einer Brise wogten.

Er macht das!, dachte er verblüfft.

»Seht ihr das? Wir haben euch das Paradies auf Putin errichtet. Auf sämtlichen eurer Drecksplaneten haben wir es für euch errichtet. Und das ist der Dank?«, schrie Lyssander außer sich. »Ihr widert mich an!«

»Beruhigen Sie ihn lieber, SK.« Suede hob die Hand, und die Gardeure entsicherten ihre Gewehre.

Die Bilder veränderten sich. Die Landschaft verschwand, und stattdessen umgab sie das All.

Es ist eine Illusion. Kris zwang sich dazu, ruhig weiterzuatmen. *Du erstickst nicht, du dekompressionierst nicht und erfrierst auch nicht. Eine Illusion.*

»Ihr seid diese gute Behandlung nicht wert! Die Wyver hatten Recht, als sie ihre Einwände gegen das Projekt vorbrachten«, tobte Lyssander. Speichelfädchen bildeten sich in den Mundwinkeln, die Pupillen flackerten. »Die Zukunft wird entscheiden, was aus euch wird! Bald schon!«

»Wer sind die Wyver? Gehören sie zu euch?«, hakte Suede wissbegierig nach. »Wo können WIR euch finden, um mit euch über die Zukunft zu sprechen? Und die Obhut?«

Der durch Gedankenkraft erzeugte Weltraum bewegte sich, sie flogen weiter.

Lyssander lachte schrill. »Ihr mit uns reden? Ihr versteht uns nicht einmal!« Dann wurde er schlagartig ruhig, senkte den Kopf leicht. »Die Zukunft kommt zu euch. In euer Herz.«

Eine Milchstraße erschien, in deren Wolke sie eintauchten.

Sie flogen durch einen grellroten Nebel, weiter durch einen giftgrünen Kometenschauer und tauchten aus einem schier unendlichen Asteroidenfeld auf. Vor ihnen lagen Hunderte von Collector-Schiffen der verschiedensten Klassen. Doch alle ähnelten einander!

Manche von ihnen wiesen Greifarme auf, andere hatten gewaltige Frachtluken geöffnet und schleusten Container ins All hinaus. Die größten von ihnen schleppten ganze Asteroiden heran. Sie drehten sich wie kleine Monde im Uhrzeigersinn um ein rätselhaftes Konstrukt, das Kris an eine ovale Boje erinnerte. Eine Boje mit unglaublich vielen Anbauten, deren Sinn sich ihm nicht erschloss. Collectors umschwebten das Gerät und arbeiteten daran. In weiter Ferne schimmerte es rot, eine blutfarbene Linie zog sich hinter dem Feld und glomm wie eine Zündschnur.

Die Collectors erschaffen etwas. So viel war ihm klar. Er sah sich um. Ein völlig absurder Gedanke kam ihm beim Anblick der schieren Masse an Material, das sich sammelte. *Wird das ein künstlicher Planet?*

Heißer Schmerz brannte sich durch seine Schläfen nach außen, und er keuchte auf. Die Sicht verschwamm. Blut lief aus Kris' Nase und in den Rachen. Wie immer Lyssander die Projektion zustande brachte, sie war gesundheitsschädlich. Er langte in die Tasche, klammerte sich an den Diffusor und machte ihn einsatzbereit. *Damit stelle ich es ab.* Er nahm ihn hervor.

»Warten Sie«, befahl Suede. »WIR müssen mehr darüber wissen.«

Kris blickte zu ihr und sah, dass auch sie vor den negativen Auswirkungen nicht gefeit war: Alle im Hangar bluteten aus der Nase.

Lyssander hob die gefesselten Arme, das Plastik schabte leise. »Da entsteht es! Damit stoßen wir in euer Herz und entscheiden, ob wir es herausreißen oder es schützen und stärken.«

Die Boje verschwand in einem grellen Blitz. Als Kris wieder etwas sah, befand er sich in einem anderen System, in dem die Collector-Schiffe der *Hough*-Klasse scharenweise einfielen. Ihm sagten die Planeten nichts.

Die Schmerzen in seinem Schädel schwollen weiter an und wirkten sich allmählich auf seine Koordination aus. *Wenn ich noch länger warte, kann ich die Finger nicht mehr bewegen.* Er hielt den Diffusor zitternd und stöhnend vor Schmerzen an Lyssanders Hals.

Pft – eine Dosis des Neuroleptikums jagte durch die Haut in die Blutbahn.

Die Bilder blieben, zugleich verschlimmerten sich die Qualen.

Suede kreischte und brach zusammen, wälzte sich hin und her. Sie spuckte Blut, das Rot rann in feinen Rinnsalen aus ihren Ohren und den Augen.

Odin und Osiris! Kris löste den Diffusor mehrmals hintereinander aus. Ihm waren die Konsequenzen aus einer Überdosierung für Lyssander gleich, sein eigenes Leben und das aller anderen Menschen bedeuteten ihm mehr.

Die Hangarwände der *Cortés* tauchten widerwillig aus der Schwärze des Weltraums auf und nahmen feste Formen an, die *Hough*-Schiffe verblassten und verschwanden. Die Schmerzen verebbten.

Länger hätte ich es nicht mehr ausgehalten. Achtmal hatte Kris auf den Auslöser des Geräts gedrückt.

Hustend und würgend fiel Lyssander auf den Stahlboden und zuckte in Spasmen. Die Situation hatte sich umgekehrt. Nun litt er.

Kris fing Faye auf, die zu stürzen drohte. »Vorsicht«, sagte er freundlich und hielt sie fest.

Sie lächelte gequält. »Danke.« Mit einem Taschentuch, das sie aus der Jacke zog, wischte sie sich das Blut ab. »Schon wieder«, murmelte sie. »So oft wie auf der *Cortés* hatte ich das noch nie.« Sie reichte ihm ein frisches Taschentuch.

»Da bist du nicht allein.« Kris säuberte sich und ging neben Suede in die Hocke.

Sie lag still, die Augen waren geöffnet und voller Angst. Todesangst.

Er prüfte den Puls, der rasend schnell war, doch sie lebte glücklicherweise. »Bringen wir sie auf die Krankenstation.« Die Justifiers, die für die Bewachung des Collectors vor dem Schott abgestellt worden waren, übernahmen diese Aufgabe. Kris erhob sich wieder.

»Der Driver mag diese Art von Kino nicht«, kommentierte Faye und schaute ihn an. »Hast du das Gleiche gesehen wie ich? Die Schiffe und das silberne ... Riesenei?«

»Ja. Aber ich weiß nicht, was es sein sollte.« Er näherte sich dem Collector. »Lyssander hat sich fürchterlich aufgeregt, weil dieser Collie hier tot ist.«

Faye kam hinterher. Einer der Justifiers mit den schweren Waffen sicherte sie, der andere bewachte Lyssander, der sich immer noch am Boden krümmte. »Du weißt, wer für den Mord infrage kommt«, raunte sie ihm leise zu. »Es war dieser Automat. Der, der sich umgebaut hat, als die anderen zum Schott hereinkamen. Kratos irgendwas. Ich bin mir sicher, dass er dem Collie irgendeine Substanz verabreicht hat, die den Ahumanen umgebracht hat.«

Kris war geneigt, sich ihrer Einschätzung anzuschließen. »Aber warum sollten die 2OT den Collector umbringen? Weil sie deren Technik abgekupfert haben?«

»Und was wäre«, Faye trat an seine Seite und berührte die Panzerung des Toten, »wenn sie verhindern wollten, dass der Collector über *sie* spricht?«

Sie wechselten schnelle Blicke. Die Lage an Bord der *Cortés* war durch den Tod ihres Gefangenen nicht einfacher geworden.

»Was tun wir jetzt?« Faye spuckte einen roten Speichelklumpen aus, der vom hereinfahrenden Reinigungsbot sofort aufgesaugt wurde.

»Ich brauche ein Bier«, antwortete er und gab den *BaIn*-Gardeuren Anweisung, Lyssander einzusperren, bis Suede wieder auf den Beinen war und die Entscheidungen fällen konnte. Er nahm Faye an der Hand und zog sie mit. »Ich geb einen aus. Du kannst mir dabei sagen, was Lopez angedeutet hat.«

Zweite Szene
17. Mai 3042 a. D. (Erdzeit)

SYSTEM: MECHA
PLANET: AUTOMAT ON PRIME (HAUPTWELT DES ORDER OF TECHNOLOGY)

Bishopness Theresa hielt ihre schwere Pistole *Thorn* in der Hand, führte das Magazin in den Schacht und lud durch. Nachdenklich betrachtete sie den dicken Lauf.

Selbstmord – das verbat ihr der Glaube.

Aber eine solche Verzweiflung hatte sie nie zuvor in ihrem Leben gespürt.

Ihre Hand fuhr über den Lauf, zog den Hahn zurück. Es klickte.

Sie war vergewaltigt worden. Nicht durch Lyssander, sondern durch die Substanzen der falschen Samariter. Allein deswegen hatte sie sich einem Mann hingegeben, von dem sie mit Sicherheit schwanger werden würde. Eine Abtreibung des ungewollten Kindes kam nicht infrage, es konnte am allerwenigsten etwas dafür.

Trotz ihres Glaubens hatte Theresa mehrmals über ihren Tod nachgedacht. Über Selbstmord. Wegen der Schande, wegen der Erniedrigung. Wegen ihrer Verzweiflung.

Es ist kein Ausweg. Es ist eine Flucht, die ich nicht wählen werde. Sie entspannte den Hahn, steckte die Waffe ins Achselholster und verließ ihre Kammer. *Die Kugeln sollen andere zu spüren bekommen. Die Schuldigen.* Der weite, helle Overall, den man ihr zur Verfügung gestellt hatte, war ungewohnt, aber besser als die stinkende Kleidung von Putin.

Theresa ging den Korridor entlang und fühlte Erleichterung, dass es kaum Menschen auf der *Cortés* gab. Je weniger Menschen, desto weniger Männer.

Die Medikamente und Hormone in ihrem Blut ließen sie nach wie vor anfällig für eine Paarung sein. Der Anblick eines Mannes genügte, um sie Erregung spüren zu lassen. Sie hatte den Sex mit Lyssander immer noch in bester Erinnerung und fühlte sein Ding zwischen ihren Beinen.

Die *Cortés* lag angedockt in der Orbitalwerft und bekam die alten und neuen Schäden repariert. Das Schiff war wegen seiner offiziellen Wichtigkeit vorgezogen worden und sollte in nur drei Tagen einsatzbereit sein, um zur VHR-Flotte zu stoßen.

Ich könnte zu Lyssander auf die Krankenstation gehen und ihn erschießen. Theresa stieg in den Lift und fuhr zu Professorin Suedes Kabine, in der sie eine Schaltung über mehrere Stationen hinweg zu den Vertretern der VHR eingerichtet bekommen sollte. Man erwartete ihren Bericht. Die Aufnahmen, die sie gemacht hatte, waren bereits überspielt worden. Gleich würde sie mit eigenen Worten das Grauen schildern, das sie erlebt hatte.

Es war keine Zeit mehr, zuerst nach Christ zu springen und den Ministrator von allem in Kenntnis zu setzen. Theresa sah ein, dass das Anliegen zu dringend und zu wichtig war, um Umwege zu gehen, so richtig sie auch gewesen wären.

Nein. Wenn, dann hätte ich Lyssander früher töten müssen. Jetzt wäre es eiskalter

Mord am Vater meines Kindes. Der Lift hielt, die Türen öffneten sich, und sie stieg aus. *Aber gib mir einen neuen guten Grund, Lyssander, nur einen ...*

Suede, gekleidet in einen weißen Seidenkimono und sehr bleich, erwartete sie bereits. Sie hatte sich von ihrer Schwäche noch immer nicht richtig erholt.

»Hallo, Bishopness. Die Leitung steht bereits«, sagte sie und nahm sie am Arm, um sie an den Platz zu geleiten.

Theresa begab sich ins Wohnzimmer. Ein Projektor warf das Gesicht eines bärtigen Mannes an die Wand, der die dunkelrote Raumstreit-kräfteuniform der FEC trug.

»Das ist Air Marshal Tannmann, mit dem WIR eben rasch gesprochen haben.« Der Mann nickte ihr zu, dann verschwand er. Stattdessen wurde das schlichte Zeichen der VHR eingeblendet: eine Rakete mit den drei Buchstaben darin. »Wir werden gleich in die Versammlung verbunden. Schildern Sie, was Ihnen alles widerfahren ist.« Suede drückte Theresa in einen bequemen Sessel, stellte ihr ein Glas Wasser und ein Päckchen Taschentücher hin. Pragmatisch. »Tannmann hat hervorragende Neuigkeiten: Die Flotte ist aufgestellt! Vierhundert große Schlachtschiffe und Jägerträger, eintausend mittlere und nochmals fünftausend kleinere stehen bereit. Und nicht zuletzt hat der Ministrator einhundert persönlich von ihm gesegnete Schiffe gesandt.« Es war zu hören, dass es die Professorin amüsierte.

Sie glaubt nicht an Gott. »Aber wohin sollen sie denn springen?«, fragte Theresa und nahm vorab einen Schluck Wasser. Sie war aufgeregt. Erinnerungen drängten empor, die sie gar nicht gebrauchen konnte.

»WIR haben die Bilder, die uns Mister Lyssander so spektakulär in unsere Köpfe rammte, sehr gut im Gedächtnis behalten und mit Hilfe UNSERES Piloten einen Tag lang Berechnungen durchgeführt, die UNS den Standort dieser riesigen Baustelle verraten«, erklärte sie, nicht ohne Stolz in der Stimme. »Für diese Erkenntnis haben WIR die Schmerzen gern auf UNS genommen.« Sie fasste die schwarzen Haare zusammen und verknotete sie locker. »Das ist UNSER Beitrag zur Vernichtung der Collectors: *Bangash Industries* wird eingehen in die Geschichte.«

In Theresa regte sich der Widerspruch. »Nun, Ihnen gebührt bestimmt ein Anteil. Aber ich war es, die mit dem Beistand des Schöpfers die entscheidenden Bilder und Aufnahmen lieferte, die die VHR zum Handeln bringen.«

Suedes Fröhlichkeit schwand. »Dann könnten WIR ebenso sagen, dass auch Mister Lyssander seinen Anteil beigetragen hat, weil er UNS den Standort verriet?«, formulierte sie überspitzt. »Und vergessen Sie nicht UNSEREN Piloten, der seinen Vater dazu gebracht hat, die Beherrschung zu verlieren und uns überhaupt erst die Bilder zu zeigen, aus denen WIR UNSERE Erkenntnisse ziehen konnten.«

Wieso schmälert sie meine Leistung? Theresa starrte sie an. »Gottes Wege ...«

»Oh, bitte!« Suede hob eine Hand und verzog das Gesicht. »Nicht diesen Spruch. Milliarden von Menschen haben ihn anhören müssen und sich vertrösten lassen, seit diese Religion erfunden wurde. Bleiben wir einfach bei einem sehr treffenden: Der Erfolg kennt viele Väter.« Sie zeigte auf das Emblem des Unternehmens. »Aber *BaIn* ist der beste davon. Der mit den schnellsten Spermien.«

Theresa hatte begriffen, dass die Professorin diese Sprüche machte, um sie aufzuziehen und sogar zu verletzen. Der Driver im Kopf des Menschen mochte die Church nicht. Dabei war er doch ebenso eine Schöpfung des Herrn wie alle anderen auch. Nur dass der Schöpfer die Samariter geschaffen hatte, konnte sie schwerlich glauben. *Vielleicht sollte ich eine Schöpfungsprüfung der beiden Rassen beim Ministrator anregen. Es würde mich nicht wundern, wenn das Böse bei beiden beteiligt war.* »Wenn Sie es sagen, Professorin«, erwiderte sie knapp. *Ich weiß es besser.*

Das Stand-by-Signal verschwand, und ein Raum wurde sichtbar. Die Kamera befand sich am langen Ende des Saales, so dass die Frauen eine Gesamtansicht hatten. Militäruniformen dominierten das Bild, mittendrin befanden sich auch etliche Männer in Anzügen sowie Frauen in Kostümen und mit strengen Frisuren. Nationen und Konzerne hatten ihre Vertreter entsandt, die Church hatte ebenso drei Delegierte in der VHR.

Theresa fand die Männer in den weißen Uniformen, die der GUSA angehörten, besonders attraktiv. Schon fühlte sie sich schuldig. *Das bin nicht ich. Man hat mich verändert.*

Eine Frau in einer schwarzen Uniform erhob sich und nickte grüßend in die Kamera. Sie wurde herangezoomt, am Bildschirmrand wurde *Air Chief Marshal Erica Lanska* eingeblendet. »Guten Tag, Bishopness. Lassen Sie mich im Namen aller Anwesenden meine Hochachtung und mein tiefes Mitgefühl aussprechen für das, was Sie durchgemacht haben.«

»Danke, Air Chief Marshal Lanska, aber Milliarden von Menschen auf den besetzten Gebieten machen weitaus Schlimmeres durch: Sie sind noch immer in der Gewalt der Collectors«, antwortete sie gefasst. »Gott erwählte mich als sein Werkzeug, Ihnen von den Gräueltaten zu berichten und die Nationen aufzurütteln. Der Kreuzzug möge beginnen!«

Sie erhielt Applaus aus dem Saal, der ihr guttat und in dem sie Bestätigung gegenüber Suede fand.

»Darf man denn einen Kreuzzug gegen die Schöpfung Gottes führen?«, raunte die Professorin ihr zu.

»Wenn die Schöpfung ihren vorbestimmten Pfad verlässt und andere Schöpfungen unterjocht, dann ja«, erwiderte sie ruhig. *Du wirst mich nicht provozieren.* Sie würde eine Schöpfungsprüfung unter allen Umständen anregen.

Air Chief Marshal Lanska erbat sich wieder das Wort. »Wir haben militärische Spezialisten bei uns, die einige Fragen an Sie haben. Ich bitte Sie um Verständnis, dass wir wissen müssen, welche Erfahrungen Sie persönlich im Gefecht gegen die Collectors gemacht haben. Sie sind eine gute Ergänzung zu den Berichten und Filmen, die wir von Professorin Suede bekommen haben.«

Theresa nickte und berichtete von allem, was sie erlebt hatte. Von den Jägern, von der verwundbaren Stelle in den Rüstungen, jedes noch so kleine Detail verriet sie und hoffte, nichts vergessen zu haben. Mehrmals musste sie sich unterbrechen, wenn ihre Stimme zu stark zitterte. Doch sie fand ihre Beherrschung immer wieder.

Danach begannen die Befragungen.

Dritte Szene

Kris hatte das Bier mit Faye verschoben.

Er stand in der Krankenstation am Bett seines Vaters, der mit geschlossenen Augen dalag und schwach atmete. Schläuche führten zu seinen Armen, durch dicke Nadeln versorgte man ihn mit Nährflüssigkeit. Notfalls würde man ihm auf diesem Wege weitere Sediermittel verabreichen.

Ich habe ihn beinahe umgebracht. Die Überdosierung des Neuroleptikums konnte von Suede und ihren kleinen Helferrobotern nicht rückgängig gemacht werden. Lyssander hatte schwer mit den Auswirkungen zu kämpfen. *Ich lasse mir kein schlechtes Gewissen einreden.* Er steckte die Hände in die Taschen. *Hätte ich es nicht getan, wären wir alle tot.*

Leise öffnete sich die Tür.

Faye kam ins Krankenzimmer. Sie stellte sich neben ihn und drückte seinen Unterarm. »Na?« Sie war noch verschwitzt vom Jogging und trug ihre Sportklamotten.

Er roch ihren natürlichen Duft und fand ihn wesentlich angenehmer als das, was Suede an künstlichem Zeug auflegte. Er freute sich, dass sie gekommen war. Er freute sich immer, wenn er sie sah. »Er ist noch immer nicht zu Bewusstsein gekommen.«

»Und was willst du ihm sagen, wenn er es tut?«

Kris zuckte mit den Achseln. »Eigentlich habe ich ihm nichts zu sagen«, gab er nach einer Pause zurück. »Doch, schon … Aber mir fallen nur Vorwürfe ein. Die kommen jedoch fünfundzwanzig Jahre zu spät.«

Leise surrte einer der fünf Roboterarme, die an Halterungen an der Decke angebracht waren, nach unten. Die Computersteuerung ließ ihn exakt manövrieren, Minikameras und Lasermessgeräte erfassten die Abstände und lieferten die Daten an den Rechner. Er entfaltete sich, legte ein Messgerät an Lyssanders Hals, ein zweiter Arm folgte und versetzte dem Patienten gleich danach eine Injektion mit einer angesetzten Spritze, die er nach dem Gebrauch in einen Abfallschacht ausklinkte.

Der Herzschlag stieg an.

»Ob er aufwacht?« Faye sah auf die Monitore und dann auf die flatternden Lider.

Ein dritter Roboterarm setzte sich in Bewegung und richtete einen medizinischen Laser auf den Kopf des Gefangenen. Die Absicherung. Die Stärke konnte individuell eingestellt werden, bis hin zu tödlicher Kraft. Das war mit Suede so vereinbart worden, zum Schutz vor einer neuerlichen Attacke. Dieses Mal würde die Professorin keine Gnade walten lassen.

Kris' Anspannung wuchs. *Was tue ich hier? Was erwarte ich denn überhaupt?* Er drehte sich um und wollte gehen, bevor sein Vater die Augen öffnen konnte.

Aber es war zu spät: Der Mann hatte den Blick aus den weiten, starren Pupillen auf ihn gerichtet. Als Kris Fayes Hand neben seiner spürte, griff er zu. Er brauchte Halt.

»Verzeihung«, krächzte Lyssander, und eine Träne rann klar und hell aus seinem rechten Auge. »Verzeihung, Junge.« Seine Stimme klang brüchig, menschlich und ohne diesen Unterton von Überlegenheit und Hybris. »Der Nebel um meinen Verstand ist gewichen.«

Faye und Kris schauten sich verblüfft an.

»Ihr müsst schnell handeln. Die Samariter erschaffen ein Schwarzes Loch. Ich war dort und habe es gesehen! Sie werden ihre gesamte Flotte hindurchschicken, auch die gigantischen Schiffe, die aus eigener Kraft nicht sprungfähig sind.«

Normalerweise hätte Kris die Erschaffung eines Schwarzen Lochs als Gewäsch abgetan, aber er entsann sich der Bilder, die sie alle gesehen hatten. Er spürte, dass Faye eine Gänsehaut bekam wie er.

»Ihr Ziel ist das Core-System. Sechzig Milliarden Menschen sind in Gefahr.« Lyssander schloss die Augen wieder, räusperte sich und schluckte. »Wenn ich damals geahnt hätte, was ich tue …«

»Du wusstest genau, was du getan hast, als du uns auf Hakup gelassen hast!«, rief Kris, der seine Starre abschütteln konnte.

»Ich meinte die Samariter«, entgegnete er leise. »Ich habe sie nach Hakup geschickt, weil ich dachte, sie brauchen etwas zu essen. Ich konnte nicht ahnen, was daraus werden würde. Dass sie *das* tun.«

Kris versagte die Stimme. *Dann war er es doch, der sie zu uns gebracht hat!*

»Ich wollte nach einer Heimat suchen für dich und deine Geschwister. Aber kurz vor meiner Rückkehr erfuhr ich, dass sie den Planeten unter ihre Obhut gestellt hatten.« Lyssander öffnete die Augen erneut, es kostete ihn viel Kraft. »Keine Möglichkeit, zu euch zu kommen, mein Junge«, flüsterte er. »Ich bin herumgereist, habe die Planeten abgesucht, wo ihr stecken könntet, aber ich fand keinen von euch.« Er griff sich mit der Rechten an die Stirn. »Dann erwischten mich die Samariter ... und sie ...« Er seufzte schwer. »Danach besteht mein Leben aus vielen Lücken. Die Erinnerung ist so gut wie nicht vorhanden.« Sein Kinn bebte, die Tränen rannen stärker. »Sollte ich jemandem Schaden zugefügt haben, weiß ich es nicht mehr.« Er stöhnte auf und drückte mit dem Handballen gegen das linke Auge. »Es fällt raus! Es fällt raus! Gleich platzt es ...« Seine Beine zuckten, der Unterleib hüpfte auf und nieder. »Wir springen! Oh, ihr Götter des Olymp, wir springen! In die Sonne ... in das Schwarze Loch, das die Samariter ...!«

Sein Puls stieg an. Es piepste mehrmals, der Diagnosecomputer berechnete die Reaktion. Grünliche Flüssigkeit rann durch die Schläuche. Das Sedativum. Nach zehn Sekunden beruhigte sich Lyssander, lallte undeutlich und verfiel in Schlaf; das Herz schlug ruhig und langsam.

Kris versuchte noch immer zu begreifen, was er gehört hatte. *Ist er nun unschuldig oder nicht? War es gelogen? Versucht er, sich herauszureden und die Schuld abzuwälzen? Fantasiert er?* Er sah Faye an und ließ ihre Hand los. »Ich ...«

Völlig überfordert verließ er den Raum und ging ein paar Meter. Die Arme hatte er erhoben, die Hände an den Hinterkopf gelegt; so atmete er tief ein und aus, als sei er kilometerweit gerannt, Tränen liefen seine Wangen hinab, doch er wehrte sich nicht länger dagegen.

Faye folgte ihm. Sie lief neben ihm her, ohne etwas zu sagen.

Er wischte sich die Tropfen weg. »Es war einfacher, ihn zu hassen, anstatt ihn zu bemitleiden«, sagte er dumpf. »Was, wenn es stimmt, was er eben gesagt hat?«

»Die Wahrheit finden wir nur über einen Detektortest heraus.« Sie überlegte. »Natürlich kann es Taktik gewesen sein, um dich weichzumachen und an dein Mitgefühl zu appellieren. Aber ... ich habe es fast schon für ehrlich gehalten.« Sie machte eine wegwerfende Handbewegung. »Nur so ein Gefühl. Hör nicht auf mich. Die Sache mit dem Schwarzen Loch musst du unbedingt meiner Schwester sagen. Sie sitzt gerade in der Konferenz mit der VHR. Die Physiker sollen sich die Köpfe zerbrechen, ob es möglich ist.«

»Wir haben diesen Ort gesehen, den sie zur Geburt eines Schwarzen Lochs vorbereiten. Diese silberne Boje und all das«, sagte er leise. *Wer konnte ahnen, dass die Collectors eine solche Technologie beherrschen?*

Faye blickte an sich herab. »Ich muss dringend duschen. Du kommst zurecht?« Als sie ihn nicken sah, wandte sie sich um und wollte loslaufen.

Er hielt sie an der Schulter fest. »Danke, Faye.«

»Wofür denn?«

»Für deinen Beistand.«

»Sehr gern.« Sie lächelte beinahe verschämt und ging davon.

Kris lehnte sich gegen die Korridorwand. *So einfach mache ich es ihm nicht*, beschloss er. *Er kann nicht wach werden und alles auf die Collectors schieben. Hätte er sich damals besser verhalten, hätte er nicht von Hakup flüchten müssen.* In sich lauschend, stellte er sich die Frage: *Will ich ihm überhaupt verzeihen? Wäre ich dazu bereit?* Oder hatte er sich in den Jahren so sehr auf den Hass und die Wut festgelegt, dass er nicht mehr davon loskam?

»SK, bitte sofort zu UNS in UNSEREN Raum«, tönte Suedes Stimme über den Lautsprecher.

Das passt. Ich muss ihr von dem Core-System berichten. Kris machte sich auf den Weg zum Lift.

Sex konnte sie vergessen, darauf hatte er gar keine Lust. Außerdem versuchte er, seine Gedanken auf die Person zu lenken, die seine Hilfe viel dringender benötigte als ein ausgebrannter Sprungpilot, der dem Feind geholfen hatte. *Ich brauche endlich etwas, um Soraya aus BaIns Fängen zu reißen.*

Jetzt rächte es sich, dass er mit Faye nicht das Bier getrunken und über Lopez' Bemerkung zu den Chims gesprochen hatte.

Er sah auf die Uhr. *Später. Dann habe ich es mir vermutlich hart verdient.*

Plötzlich wurde Kris eiskalt: Soraya befand sich auf Rubicon.

Im Core-System.

Vierte Szene

Faye betrat ihre Kabine, streifte die schweißfeuchte Kleidung ab und stellte sich unter die Dusche. *Das tut gut!* Warm und sachte plätscherte das Wasser auf sie nieder, als wäre es ein Landregen an einem Sommertag.

Sie beschäftigte das, was sich in der Krankenstation abgespielt hatte, ebenso wie ihre Unterhaltung mit Lopez.

Die *BaIn*-Justifierin hatte sich erinnert, dass einige der Chims kahlrasierte Stellen aufgewiesen hatten. *Vorbereitungen für Operationen an Bord.* Da war sich Faye sicher.

Die mehrfach gesicherten Kisten des 2OT, die Kris im Lagerraum gefunden hatte, konnten durchaus Ersatzgliedmaßen beinhalten. Möglicherweise hatte ihre Schwester den Auftrag gehabt, die Kunstwesen mit den kybernetischen Gliedmaßen von *2OT Technology* auszustaffieren. Man traute bei *BaIn* einem CoDriver offenbar mehr zu als einer Forschungsstation.

»Wasser halt.« Faye rieb sich mit Flüssigseife ein. *Das wäre genau nach dem Geschmack der neuen Nuria: Immer weiter gehen als alle anderen, immer die Erste sein. Und die Beste sowieso.*

Faye war ein Gedanke gekommen, wie sie die Kisten öffnen könnten. Praktischerweise hatte sie das Wissen in der Ausbildung erlernt, die ihr Nuria eingebrockt hatte.

»Wasser an.« Das Nass spülte ihr den Schaum vom Leib, der trainiert und schlank war. Sie gönnte sich keine Schlamperei bei der Fitness. Je nachdem, welchen Auftrag die *Cortés* in der bevorstehenden Schlacht gegen die Collies bekam, müsste sie vielleicht zusammen mit den regulären Justifiers ran.

Es ist wieder an der Zeit, mich von meiner Schwester zu trennen. »Wasser aus.« *Meinen Auftrag für BaIn habe ich erfüllt. Dann beginnt das Versteckspiel von vorn.*

Faye stieg aus der Dusche, nahm das Handtuch und wickelte es um die Hüften. Die kurzen nassen Haare streifte sie zurück, sie würden von selbst trocknen.

Sie dachte an Kris und wie sie seine Hand gehalten hatte. Wie sie es immer wieder unauffällig schaffte, eine Verbindung zu ihm herzustellen.

Anfangs war es für sie überraschend, inzwischen hatte sie sich damit arrangiert: Sie mochte ihn. Und er mochte sie, das spürte sie. Zum ersten Mal könnte es sein, dass sie ihrer Schwester einen Mann ausspannte. Die Vorzeichen standen gut.

Abwarten. Sie schaute sich im Spiegel an, betrachtete kritisch ihre Figur, ihre Brüste. *So schlecht sehe ich wirklich nicht aus.*

Hinter ihr nahm sie eine schnelle Bewegung wahr, die an der Tür vorbeihuschte.

Sie wirbelte herum und sah – nichts.

Aber sie hörte ein leises Trappeln: eiserne dünne Spinnenbeine.

Hatte Kris nicht so etwas gehört, bevor es im Frachtraum losging? Faye legte das Handtuch ab, um größere Bewegungsfreiheit zu haben. Dass sie nackt war, ignorierte sie.

Ihre Waffen lagen neben dem Ausgang und im Wohnzimmer. Sie hatte nicht damit gerechnet, in ihrer eigenen Kabine angegriffen zu werden.

Sie hob den Arm mit dem Kom-Gerät. *Tot?* Jetzt gab es keinen Zweifel, dass etwas gegen sie lief. Faye setzte auf Geschwindigkeit, um an die Waffen zu kommen.

»Wasser an«, befahl sie und rannte im gleichen Moment zum Bad hinaus.

Es blitzte.

Sie zog den Kopf ein, und das Geschoss krachte über ihr gegen die

Wand. Ein tiefes Summen ertönte. So klang eine frustrierte Menschma-schine.

Daneben. Faye hielt nicht an, um herauszufinden, welcher von den Automaten ihr ans Leben wollte, sondern eilte ins Wohnzimmer, wo die *Hole* im Futteral auf dem Couchtisch lag. Sie flankte darüber, riss ihn absichtlich um und zog die Waffe. *Was will es? Mich erledigen, weil ich eine Zeugin bin?*

Schon gab es einen harten Schlag gegen ihre Deckung, ein faustgro-ßes Loch entstand. Neben ihr knallte eine Kunstglaskugel, die sie als Deko benutzt hatte, gegen die Wand und hämmerte ein Loch hinein. Sie schrie auf und täuschte einen Treffer vor, dann schnellte sie empor, die *Hole* im Anschlag.

In ihrem Zimmer stand Daidalos, die Künstlerpuppe, die mit ihren sechs Armen Gegenstände zum Schleudern hielt: eine Vase, eine Lampe, eine kleine Statute, einen Gewinnerpokal und eine Metallbox, in der Stifte waren. Sie stand auf vier Spinnenbeinen mit spitzen Enden. Faye entdeckte die geöffnete Lüftungsschachtluke in der Decke, dann schoss sie zweimal auf den 2OT.

Die Kugeln aus der *Hole* trafen ihn in die Brust und in den Kopf. Sie rissen zwei dicke Löcher und schleuderten Eisenspäne und andere Bau-teilfragmente aus dem Rücken auf den Boden; grüngräulicher Rauch kräuselte aus den Einschüssen.

Aber der 2OT lebte noch.

Das bewies er Faye, indem er alles, was er in den Greifklauen hielt, nach ihr warf.

Sie tauchte wieder hinter ihrer Deckung ab. Der Reihe nach prallten die Gegenstände gegen den Tisch. Ein Stuhl flog über sie hinweg, dann trommelte es gegen den Tisch, ohne dass dieses Mal etwas das Material durchschlug.

Kaum war es still geworden, schaute Faye seitlich hinter ihrer Deckung hervor und sah den 2OT gerade noch im Lüftungsschacht verschwinden.

»Hey!« Sie feuerte das Magazin leer und hoffte, dass sie ihn getroffen hatte. *Gibt es das?* Sie lachte auf, als sie sah, was vor dem Tisch lag: ihre zweite Waffe. Die Menschmaschine hatte die Pistole geworfen, anstatt sie zu benutzen. *Glück muss man haben.*

Faye hob sie auf, lud durch und wollte ihr Kom-Gerät benutzen. Es war nach wie vor lahmgelegt.

Hastig warf sie sich ihren Bademantel über, stopfte sich Ersatzmagazine in die Taschen und verließ ihre Kabine; die beiden *Holes* hielt sie in den Händen. *Dich lasse ich nicht abhauen!*

Sie hörte das leise Rumpeln im Schacht über ihr, das von ihr wegführte. Faye schoss absichtlich nicht, um Daidalos im Glauben zu lassen, sie sähe von einer Verfolgung ab.

Die Geräusche schienen auf den Lift zuzuführen.

Faye sah auf ihr Kom-Gerät. Kein Empfang. *Was läuft hier? Wird das der Aufstand der Maschinen?*

Sie überbrückte die Steuerung der Schachttür und öffnete sie manuell, schaute nach oben und nach unten.

Metallisch riechender Wind wehte ihr entgegen, eine Spur von Schmiermitteln war darin enthalten.

Tief unter ihr sah sie den 2OT die Wand schneller hinabhangeln, als der Fahrstuhl mit höchster Geschwindigkeit fahren konnte. Das leise Klingklingkling der Spinnenbeine klang wie Münzengeklimper. Dann schob er sich zu einer Tür hinaus.

Das ist die Ebene mit der Krankenstation! Faye rief den Lift und folgte Daidalos. Vorsichtig stieg sie aus und pirschte sich in den Gang; ihr Kom-Gerät funktionierte immer noch nicht, wie sie mit einem raschen Blick feststellte.

Auf mich allein gestellt. Sie umfasste die Griffe der Waffen fester. Als sie um die Ecke bog, sah sie zehn Meter vor Lyssanders Tür einen gepanzerten Justifier liegen; um ihn herum hatte sich eine dunkle Lache gebildet. Blut.

Shit! Sie wollte los, um nach dem Verletzten zu sehen, da schob sich Kothar Gamma durch die Eingangstür.

Er hatte die bekannte menschliche Gestalt angenommen, das Silbergesicht prangte im oberen Drittel der Brust. In der einen Hand hielt er den bewusstlosen, mit Stichwunden versehenen Lyssander am Kragen gepackt und schleifte ihn hinter sich her. Mit der anderen drückte er dem Mann eines der schweren Gewehre in die schlaffen Finger und schoss mehrmals auf den Justifier. Die Kugeln stanzten hässliche Löcher in die Panzerung, der Leichnam zuckte unter den Einschlägen.

Die 2OT wollen ihm jetzt einen Mord anhängen. Was haben sie gegen ihn? Faye hielt sich bereit, um einzugreifen, noch erschien es ihr zu gefährlich. *Es wäre wesentlich einfacher, Lyssander gleich zu töten.*

Kothar Gamma ließ Lyssander los, warf ihn auf die Leiche und wandte sich um, verschwand im Gang.

Faye löste sich von der Wand und eilte zu den beiden. *Nein, nicht Lopez!* Sie hatte die Tote erkannt, die halb unter dem Mann begraben lag. Die vielen Löcher in der Halspanzerung ließen keinerlei Hoffnung zu, die Justifierin retten zu können. Faye sah das blutige Messer in Lopez' Hand. Ihr wollte sie Lyssanders Tod anhängen.

Faye stopfte sich eine Pistole in die Tasche, fühlte Lyssanders Puls. Er war kaum mehr da, aus seinen Wunden sickerte das Blut. *Er wird sterben, wenn nicht bald etwas geschieht!* Sie überlegte fieberhaft, was sie tun sollte.

Neben ihr machte es leise *Klick.*

Sie sah genauer hin und erkannte das murmelgroße Loch in der Wand, das vorher nicht da gewesen war.

In der nächsten Sekunde spürte sie einen harten Schlag gegen die Schulter, der sie von den Beinen warf, Sekunden darauf kam der Schmerz. Blut quoll aus der fingerdicken Wunde.

Faye sah fluchend den Gang hinab.

Kothar Gamma kam angesprintet. Er hatte einen Gewehrlauf nach vorn gerichtet und feuerte lautlos.

Entweder ein Schalldämpfer oder magnetisch beschleunigte Geschosse. »Verpiss dich!« Faye bewegte ihre Hand; es funktionierte, wenn auch mit Qualen. Sie packte Lyssander am Kragen, schleifte ihn von der Kreuzung und schoss auf den 2OT. Mit viel Mühe wuchtete sie sich den Mann über die gesunde Schulter und rannte los. Bis zum Lift war es nicht weit, aber der Automat würde leider nicht lange brauchen, um zu ihr aufzuschließen.

Faye hatte Kothar Gamma noch genau vor Augen: wie er über dem Collector stand, ihn mit Schläuchen durchbohrte und ihn mit seinen eisernen Schlangenarmen untersuchte. Sie schauderte. Der Schmerz in der Schulter trieb sie an.

Ich weiß, wo ich sicher bin. Faye stolperte, fiel in die Kabine und drückte im Fallen mit dem Pistolenknauf auf den Abwärtsknopf. Lyssander lag vor ihr auf dem Boden und blutete weiter. Die Luftschleuse war der einzig sichere Ort vor den Automaten. Darin gab es eine Sprechanlage, die durch Direktverkabelung nicht zu stören war, zumindest nicht so leicht wie der Funk. Nuria musste erfahren, was die Ordensmitglieder an Bord der *Cortés* anstellten. Alle mussten es erfahren und den Kampf aufnehmen.

Die Kabine schoss abwärts und erreichte die untere Ebene.

Nuria wird sich ärgern, dass sie mir zuerst nicht geglaubt hat. Ich werde das hier überleben. Faye wuchtete sich Lyssander wieder über die Schulter, hob die Waffe und richtete sie aus einer Eingebung heraus nach vorn.

Die Türen glitten auseinander – und vor ihr stand Daidalos. Er streckte ihr die Arme entgegen, um sie zu packen!

Viermal drückte sie ab, perforierte den Kopf, aus dem weitere rote und gelbe Flüssigkeiten, Drähte, Platinen und menschliche Gehirnbrocken flogen. Ohne ein Wort fiel der 2OT um.

Solange ihr ein menschliches Gehirn eingebaut habt, kann man euch ausschalten. Faye rannte los, stöhnte unter der Last und den Schmerzen in der Schulter, die durch die Bewegungen und durch den Rückschlag nicht weniger geworden waren. *Ich hoffe, euer Hirn ist auch immer da, wo ich treffe.*

»Ich kriege dich!«, hörte sie Kothar Gamma, als sie die Schleuse erreicht hatten.

Faye drehte sich nicht um, sondern hastete in die dick gepanzerte Kammer. Bebend drückte sie auf der Konsole herum und verriegelte den Eingang.

Kaum hatte sie das Schott geschlossen, gab es einen metallischen Schlag.

Durch die kleine Luke sah sie das Silbergesicht des 2OT, während sich sein Körper veränderte. Teile verschoben sich, Kothar Gammas

Leib nahm neue Formen an. Werkzeuge fuhren aus, die sofort die Luke bearbeiteten. Funken flogen, ein helles Sirren erklang.

Er kommt rein! Faye sah rasch zum Ausgang. Die *Cortés* lag im Dock, also konnte sie sich in die Orbitalwerft flüchten. Durch einen ringförmigen Stutzen war das Schiff mit der Station verbunden.

Ein Blick auf den verletzten Lyssander brachte die Entscheidung. Sie öffnete das gegenüberliegende Schott.

Die verdutzten Gesichter der Techniker zeigten ihr, dass sie mit Besuch nicht gerechnet hatten. Sie trugen teilweise Manöverraumanzüge und schienen auf dem Weg zur Ausstiegsplattform zu sein, von der aus sie ins Dock gelangten. Kleine Druckluftsteuerdüsen an den Schuhen ermöglichten es den Arbeitern, in der Schwerelosigkeit um die *Cortés* zu fliegen und Reparaturen zu überwachen. Die Hauptarbeit verrichteten Bots. Unter den Männern und Frauen befanden sich einige, die kaum mehr Menschliches hatten. Kyborgs mit Austauscharmen, -beinen, -augen und vielem mehr.

Faye zerrte den Verletzten hinaus, der eine rote Spur auf den Platten hinterließ. »Schnell!«, rief sie. »Es gab einen Unfall mit der Luftschleuse! Wir brauchen einen Arzt!«

Die Arbeiter kamen sofort und halfen ihr, Lyssander zu tragen, bis jemand eine Antigrav-Liege brachte. Sie lehnte Hilfe für sich vorerst ab. Erst wollte sie die *Cortés* vor den 2OT warnen.

»Wir bringen ihn auf die Krankenstation«, sagte ein Techniker, der sich um die Wunden kümmerte. »Das ... sind ja Stiche, keine Quetschungen, Lady.«

»Ich weiß. Los! Krankenstation.« Faye nickte und ging auf seine Feststellung gar nicht ein. »Hat jemand ein Funkgerät, mit dem ich die *Cortés* benachrichtigen kann? Mein Kom ...« Ein Blick auf das blutverschmierte Gerät zeigte ihr, dass es wieder funktionierte.

Ein donnerndes Brausen lag plötzlich in der Luft, als fegte ein Sturm durch die Werft, gleichzeitig gellte ein durchdringender Signalton auf.

Einer der Arbeiter packte sie und riss sie zurück, ein mannsdickes Schott krachte von oben herab. Der Weg zum Andockring war damit versperrt.

Es hätte mich geplättet wie ein Stück Papier! Noch während sie versuchte herauszufinden, was geschah, sah sie auf dem Überwachungsmonitor das Leuchten draußen in der Werfthalle.

Die *Cortés* hatte ihren Standardantrieb gezündet und riss sich von den Verankerungen los. Heiße Plasmastrahlen und Abgase fluteten den gewaltigen Hangar, verbrannten Kabel und schmolzen die Streben, die als flüssige, glühende Tropfen schwerelos umherflogen.

Kris! Faye konnte nicht anders, als auf den Bildschirm zu starren.

Die Arbeiter schrien vor Entsetzen auf, das Glühen intensivierte sich, selbst das dicke Schott vibrierte. Faye fühlte die Hitze, die von ihm ausging.

Ein kräftiger Schlag fegte sie von den Beinen. Was nicht befestigt war, flog meterweit durch die Gegend, es regnete Deckenplatten und Abdeckungen auf die Menschen nieder. Schläuche rissen, Sauerstoff entwich mit hohem Druck, und ein lautes, eisernes Kreischen erklang. Das Material wurde auf die allerhärteste Probe gestellt.

Die Wände drehten sich, die Schwerkraft wich von einer Sekunde auf die nächste.

Faye klammerte sich an ein verbogenes Rohr, um nicht unkontrolliert durch die Gegend zu driften und sich noch mehr zu verletzen. Ihre Schulter schmerzte schlimmer als vorher. *Shit.* Sie sah auf den erloschenen Monitor.

»Was ist geschehen?«, rief sie einem Arbeiter zu, der sich an einer Öse an der Wand festhielt; um sie herum schwebten Menschen, Werkzeuge, Trümmerstücke.

»Sie … sind … gesprungen!«, stammelte er fassungslos. »Diese Irren haben mitten in der Werft ihr Sprungtriebwerk gezündet!«

Faye hangelte sich mit zusammengebissenen Zähnen bis zu einem der kleinen Fenster und blickte – ins All.

Die zerborstenen Reste des Reparaturhangars bewegten sich voneinander weg. Hier und da sprühten Funken aus zerrissenen Leitungen, kleinere Feuer loderten und erloschen flackernd, Rauchsäulen und Qualmwolken trieben umher. Dazwischen sah sie die Leichen von Arbeitern treiben. Es war reines Glück gewesen, dass sie in einem

Werftteil steckte, das der Interim-Welle standgehalten hatte und autark existieren konnte.

Ihr Götter! Faye wurde kalt. Sie wusste nicht, was sie tun sollte.

DREIZEHNTER AKT

Erste Szene

17. Mai 3042 a. D. (Erdzeit)

»Gibt es zu den Angriffsplänen irgendwelche Fragen?« Air Marshal Wilhelm Friedrich Tannmann, frisch beförderter Befehlshaber über die zusammengestoppelte Kriegsflotte der VHR, saß mit einhundert der besten und wichtigsten Schiffskommandanten zusammen vor der Sternenkarte, die an die Wand geworfen wurde. Sie hatten sich auf seinem Schiff eingefunden, der *Skull*, einem Zerstörer der *Helios*-Klasse.

Die Uniformfarben der Offiziere aus den verschiedensten Erdregierungen bildeten ein wirres Muster, das ihn an Luftaufnahmen von Feldern erinnerte. Es war gut, dass sie sich durcheinandergesetzt hatten. Gemeinschaft, wenn auch von der Not erzwungen. Es war ihm nicht entgangen, dass die Coalition die meisten schweren Schiffe stellte, daher saßen eine große Zahl von Polen, Russen, Deutschen und Briten im Raum.

Aufmerksam betrachtete er die Gesichter der Männer und Frauen im Halbdunkel. Die hier Anwesenden würden die Befehlshaber der kleineren VHR-Schiffe in Kenntnis setzen, deswegen mussten sie die Erläuterungen unbedingt verstanden haben. Zwar hatten sie die Taktiken auf ihre Schiffe überspielt bekommen, aber in einer Schlacht war keine Zeit für Nachfragen.

Tannmann wartete und rückte seine dunkelrote Uniformjacke zurecht.

Er hatte mit ihnen die Lage des Systems besprochen, in dem die Collectors ihr mutmaßliches Zuhause hatten und wo auch diese riesige stellare Baustelle lag.

Was die Ahumanen dort erschufen, wussten sie nicht. Es spielte keine Rolle für die Attacke. Die achtzig großen Schlachtschiffe, Zerstörer der

Hyperion-, *Helios-* und *Tartaros*-Klasse, bildeten die Spitze des Hauptangriffs, den sie auf den Flankenquadranten Rot führen würden. Begleitet wurden sie von zweihundert Fregatten der *Eos*-Klasse und eintausend *Themis*-Panzerkreuzern.

Flugkorridore für die einzelnen Geschwader, Gruppen und Staffeln waren aufgestellt worden, die alle einhalten mussten, um Durcheinander und Kollisionen zu vermeiden. Sogar die zweitausend kleinen Jäger hatten sich an strenge Vorgaben zu halten, sobald sie ausgeschleust waren. Der Rest der Flotte, inklusive der Abordnung des Ministrators, musste für Ablenkung sorgen. Er fragte sich, wer die gefährlichere Aufgabe übertragen bekommen hatte.

Als er in die Reihen blickte, sah er, dass einige Offiziere auf ihren Digitalblöcken und Tab-Sheets herumzeichneten oder Aufstellungen abriefen. »Keine Fragen?«

Eine blonde Offizierin in einer schwarz-dunkelgrünen Uniform hob die Hand und stand auf, als er auf sie deutete. »Group Captain Laroux von der *Jeton*«, stellte sie sich knapp vor. Tannmann wusste, dass sie einen russischen *Hyperion*-Zerstörer befehligte, die größte Klasse, die es in der humanen Kriegsflotte gab; an ihrem Revers haftete der goldene Doppeladler der Romanows. »Was ist mit den Rak-Plattformen? Ich habe gesehen, dass sie noch nicht am Sammelpunkt angekommen sind.«

Tannmann verfluchte ihre schnelle Auffassungsgabe. Sie hatte den wunden Punkt getroffen. »Wir haben keine dabei, Group Captain.«

Lautes Gemurmel setzte im Raum ein.

Laroux verschränkte die Hände hinter dem Rücken. »Wir haben keine Artillerie bei unserem Vormarsch? Und wenn sie uns Deckung geben müsste? Oder wenn wir ihre Feuerkraft zur Zerstörung der bisher von den Collectors erschaffenen Konstruktionen benötigen?«

Tannmann bedeutete ihr, sich wieder zu setzen. »Die Rak-Plattformen bleiben in den Systemen stationiert, um zusätzlichen Planetenschutz zu gewährleisten, wenn man von den Orbitalplattformen absieht. Die Furcht, dass die Collectors einen Ausfall unternehmen und mit ihren herkömmlichen Schiffen ins nächste System einfallen, war zu groß. Die Kollegen von der Kommandoebene mussten sich dem Willen der Staatsoberhäupter und Parlamente unterwerfen. Es war nicht mein Entschluss.«

»Wir müssen eben schnell sein«, rief ein blonder Offizier Laroux neckend zu. »Denken Sie, dass Sie mit der lahmen *Jeton* meiner *Viktoria* hinterherkommen? Ich wette um eine Kiste Champagner, dass ich dieses Collie-Silberei, das uns beschrieben wurde, als Erster vernichte.« Lacher brandeten auf.

Tannmann wusste, wer die gebürtige Französin mit dem Pagenschnitt aufzog: Freiherr Richard von Gerolon, Group Captain aus altem deutschen Adelsgeschlecht. Die graue Uniform saß tadellos. Dass sein Spruch die Stimmung lockerte, rechnete er ihm hoch an.

»Die Deutschen mögen den Blitzkrieg vielleicht erfunden haben, aber beherrscht haben sie ihn nicht«, gab Laroux nonchalant zurück und erntete neues Gelächter. »Ich bin dabei, von Gerolon.« Sie drehte sich um und hielt die Hand hin, der Group Captain schlug unter den Rufen der anderen ein. Die Umstehenden klopften den beiden auf die Schultern.

»Weitere Wetten können Sie draußen abschließen.« Tannmann verlangte Ruhe und Aufmerksamkeit zurück. »Setzen Sie Ihre Begleitschiffe in Kenntnis. Sprungzeit ist in T minus vier Standardstunden, die Koordinaten sind Ihnen übermittelt worden.« Er fuhr das Licht im Saal zu voller Helligkeit hoch. »Ich muss Ihnen nicht sagen, wie wichtig unsere Mission ist. Die Collectors müssen zerstört werden. Mit allem, was sie hervorgebracht haben.« Er salutierte.

Die Männer und Frauen erhoben sich von ihren Sitzen, erwiderten den militärischen Gruß und verließen in kleinen Gruppen den Saal.

Tannmann wechselte mit einigen von ihnen kurze Worte, schüttelte ein paar Hände von Offizieren, die er etwas besser kannte, bis er schließlich allein war.

Er schloss die Türen und kehrte an sein Pult zurück. Eine wichtige Sache hatte er den Männern und Frauen verschwiegen.

Er versuchte, die Sprechverbindung zur *Cortés* herzustellen, die vor knappen drei Stunden mitten im Satz von Bishopness Theresa abgerissen war. Dabei galten die Sendeverstärker von Automaton Prime als die besten.

Ihr Bericht hatte ihn tief bewegt, die Bilder weckten seinen Zorn auf die Collectors. *Ein derart menschenunwürdiger Umgang kann nicht geduldet werden.*

Und doch erinnerte er sich an die Worte seiner Gemahlin: »Im Grunde tun sie nichts anderes als die Menschen. Machen wir es nicht schon lange so mit den Tieren?«

Sie hatte es nebenbei gesagt, vor ein paar Monaten, am Mittagstisch, während »der Vador« auf *Starlook* von der Besetzung eines weiteren Planeten berichtete. Sie hatte es bestimmt nicht böse gemeint und sich vor seiner lauten Antwort erschrocken.

»Wie kannst du das sagen? Das darf man doch nicht vergleichen!«, hörte er sich sie anschreien. »Wir haben eine Seele!«

»Haben das Tiere nicht?«, hatte sie geantwortet und ihn damit noch wütender gemacht, ohne es zu wollen. »Ich meine, woher wissen wir das? Wir verstehen Tiere nicht, die Collectors verstehen uns nicht. Sie wollen nur unser Bestes, sagen sie. Sie retten uns vor dem Aussterben. Die Menschen schaffen seit Jahrhunderten Tierreservate für die Arten, die vom Aussterben bedroht sind. Wir bevormunden die Tiere, die Collectors bevormunden uns. Wo ist der Unterschied, Wilhelm? Erkläre es mir.«

»Dass wir nicht vom Aussterben bedroht sind und diese Obhut nicht brauchen«, hatte er geschnauzt und bereits gewusst, was sie antworten würde.

»Du weißt also, dass die Menschheit *nicht* vom Aussterben bedroht ist – aber woher denn? Nur weil es Milliarden von uns gibt? Das Universum ist gigantisch. Möglicherweise sind unsere Milliarden im Vergleich zu anderen Rassen wie ein Tropfen in einem Meer.« Sie hatte ihm Kaffee eingeschenkt.

»Mein Gott, du redest einen Quatsch«, hatte er fassungslos erwidert und sich gegen die Gedanken gewehrt, die sie ihm einpflanzte.

»Kann doch sein, dass die Collectors mit ihren Berechnungen Recht haben und wir wirklich zu wenige sind.« Sie hatte das Besteck weggelegt und ihn herausfordernd angeschaut. »Ich weiß, ihr Militärs spielt gern mit euren großen Schiffen und tollen Waffen, aber hat einer von euch in

Erwägung gezogen, die Obhut einfach vorübergehen zu lassen? Sie zu akzeptieren und auszusitzen? Wie viele Menschenleben wären bei den Versuchen, die Collectors zurückzuschlagen, nicht vergeudet worden? Viertausend? Vierzigtausend? Vierhunderttausend? Millionen? Wie viele werden bei den Kämpfen noch ihr Leben verlieren? Sag es mir, Wilhelm.«

Er hatte nichts erwidern können. Bis ihm das Argument eingefallen war: »Wir wissen nicht, was sie mit den Menschen auf den Planeten wirklich anstellen.« Da war sie aufgestanden und gegangen.

Sie hat eben Unrecht. Tannmann drückte auf dem Touchpad herum. Er bekam nach wie vor die Nachricht, dass die *Cortés* nicht erreichbar sei. Bei der gewaltigen Distanz konnte es schon passieren, dass eine Leitung nicht hielt. Möglicherweise ein Sonnensturm oder eine Magnetfelderuption, die die Übertragung störte.

Ich werde nicht in ein Reservat ziehen, sagte er sich. *Sollen die Collies einer anderen Rasse dabei helfen, nicht auszusterben. Einer, die um Hilfe gebeten hat.*

Was seine Frau bei ihren Worten außer Acht gelassen hatte, war die Unberechenbarkeit der Collies. Betterday war ein gutes Beispiel dafür. Um die Beta-Humanoiden war es schade gewesen, noch mehr um die Milliarden von Geldern, die durch den Angriff vernichtet worden waren. Betterday war unbewohnbar geworden, hatte auch die heimische Flora und Fauna verloren. *Fürchterliche Sache.*

Etwas hatten die Fremden mit ihrer Vorgehensweise jedoch erreicht: Niemals zuvor waren sich die humanen Regierungen auf der Erde so schnell einig geworden, etwas gemeinsam anzupacken. In einer militärischen Operation, wie es sie in der Geschichte noch nicht gegeben hatte, und er trug die Verantwortung dafür. Für einen Lohn, bei dem ein Exec morgens nicht einmal aufstand und zur Arbeit ging.

Tannmann betätigte ein letztes Mal den Rufknopf – und erhielt ein Antwortsignal.

Der Monitor im Pult erwachte, knackend schalteten sich die Boxen im Saal an.

Das Bild war nach wie vor schrecklich gestört, und man konnte die Köpfe von Suede und der Bishopness in dem Rauschen nur erahnen.

»Hier ist die *Cortés*«, sagte die Professorin klar und deutlich. »Verzeihen Sie die Unterbrechung, Air Marshal. Wir hatten technische Probleme und bekommen sie nicht ganz in den Griff. Die Collectors haben uns bei der Mission auf Putin die Kom-Einheiten zerschossen.«

»Noch ist es nicht zu spät.« Tannmann nahm seine Frageliste wieder heraus. Die Hälfte hatten sie abgearbeitet. »Ist der Sicherheitsrat der VHR zugeschaltet?«

»Nein. Das kriegen die Techniker in der kurzen Zeit nicht hin«, gab Suede zurück. »WIR würden gern vor dem Rat selbst berichten. Wo finden WIR ihn? Er ist doch bei der Flotte?«

Eine Statusmeldung blinkte in einem zweiten Fenster des Monitors auf. Sein Überwachungsoffizier meldete, dass die *Cortés* sich näherte. Sie war in die Nähe des System gesprungen und donnerte mit Höchstgeschwindigkeit auf den Sammelpunkt zu.

»Ich fliege Ihnen entgegen. Peilen Sie die *Skull* an, und kommen Sie an Bord. Ich setze Sie über«, antwortete er.

»Müssen Sie nicht, Air Marshal. Sie stecken doch bis über beide Ohren in den Kriegsvorbereitungen.« Suede klang etwas hölzern und angespannt.

»Vorschrift, Professorin.« Tannmann sah eine neuerliche Meldung, wieder von seinem Ü-Offizier. *Leuchtfeuerbarke entdeckt. Transpondersignal aktiv.* »Nichtmilitärische Schiffe haben keinen Zugang zur Flotte. Das gilt auch für Sie.« Er las eine dritte Meldung: *Transpondersignal verschlüsselt, unbekannter Code.*

»Einen Moment, Professorin.« Er unterbrach die Verbindung und schaltete auf die Brücke des Zerstörers. »Alarm für Flotte auslösen, Schiff klar zum Gefecht. Störsender aktivieren und Jägerstaffel Schwarz ausschicken. Die Barke muss aufgebracht werden.« *Kein Signalgeber materialisiert sich aus dem Nichts. Könnte es sein, dass ...?*

Er schaltete zurück zu Suede. »Bringen Sie Ihr Schiff unverzüglich zum Halten«, befahl er. »Näher heran dürfen Sie nicht.«

Schweigen.

Verdammt! Tannmann verließ den Saal und eilte auf die enge, militärisch nüchterne Brücke der *Skull*, wo bereits rege Betriebsamkeit herrschte. »Geschütze auf die *Cortés* richten.« Die Männer und Frauen wussten, was nach seinen Anordnungen zu tun war. Geschützleitung, Raumüberwachung, Schildkoordinatoren, Manövercrew, alle hatten die Posten besetzt und die Kontrollen vor sich.

Tannmann setzte sich in den Sessel, der sich unmittelbar neben der Geschützleitung befand, und legte die Gurte an. »Hat die *Cortés* sich gemeldet?«

»Nein, Sir«, antwortete ihm ein Offizier der Manövercrew. »Sie hat ihre Geschwindigkeit gedrosselt und ist zum Stehen gekommen.«

»Halbe Kraft voraus, auf Abfangkurs gehen. Rak-Batterien und Laser bereithalten«, befahl er und betrachtete die *Cortés* auf dem großen Schirm in der Mitte der Brücke. »Es ist kein Collector-Code, den die Barke nutzt?«

»Nein, Sir. Nichts Bekanntes. Auch die Bauweise des Transponders ist unbekannt.«

Was soll das, zum Teufel? Er rief das Schiff, auf dem sich die Vertreter der VHR versammelt hatten. Air Chief Marshal Lanskas Gesicht erschien, und er gab ihr einen knappen Bericht. »Jetzt ist die *Cortés* aufgetaucht, zusammen mit der Barke. Erklären kann ich es mir nicht«, endete er.

»Möglicherweise hat der Driver etwas damit zu tun«, sagte sie bedächtig. »Meines Wissens nach ist die Professorin eine CoDriverin. Solche Personen sind berüchtigt, unvorhergesehene Dinge zu tun.«

»Gute oder schlechte Dinge?«

»Hier geht die Mehrheit von guten Dingen aus«, erwiderte sie und machte deutlich, dass sie die Ansicht nicht teilte. »Die Hoffnung ist, dass der Driver vielleicht noch andere Rassen im Universum kennt als wir. Gut möglich, dass er deswegen den Transponder gebaut hat: Der unbekannte Code könnte ein ahumanes Volk in den Konflikt einbeziehen, das zu unseren Gunsten eingreift.«

Tannmann behielt seine Meinung dazu lieber für sich.

Lanska blickte an der Kamera vorbei. »Ich sehe auf dem Monitor, dass die *Cortés* stehen geblieben ist. Die VHR ist der Meinung, dass ihr Verhalten merkwürdig genug ist, um Nuria Suede direkt zu befragen.

Hiermit erhalten Sie den Befehl, das Schiff aufzubringen, Air Marshal. Gehen Sie dabei vorsichtig vor, ich möchte es nicht zu einem Zwischenfall kommen lassen. Die *Cortés* gehört *BaIn*. Wenn etwas schiefgeht, so haben mir deren Vertreter am Tisch versichert, wird es teuer für die VHR.«

»Ich halte mich an die bestehenden Militärgesetze, Chief Air Marshal.« Tannmann salutierte, schaltete ab und gab die Order an seine Piloten und Special Forces weiter. »Enterteam vier und fünf bereitmachen, Jägerstaffel Gelb zusätzlich aussenden. Sie sollen den Enterschiffen Deckung geben.« Er verfolgte, wie Jägerstaffel Schwarz sich dem Ziel näherte.

Die Jäger erinnerten von ihrer Form an dreieckige Pyramiden, von denen eine Kante nach vorn gezogen worden war. Plasmatriebwerke, Laser, Raketen – alles, was man brauchte, um Gegner zu eliminieren. Die *Skull* glich ihnen, nur war sie hundertfach größer als sie und sprungfähig.

»Sir ...«, sagte der Offizier am Pult der Raumüberwachung verwundert und ließ die Finger über die Bedienfelder fliegen. »Ich ... Sir, ich habe eine Interim-Welle auf dem Frequenzer ... aber kein Schiff dazu.«

Tannmann holte sich die Anzeige auf den Hauptschirm und staunte nicht weniger als sein Ü-Offizier: Den Werten nach hatte sich etwas Riesiges aus dem Interim geschoben, doch die normalen Messgeräte zeigten nichts an. *Keine Masse, keine Energieabstrahlungen, keine Metalle.* »Geben Sie einen ...«

Zwei rote Lampen sprangen am Pult der Raumüberwachung an. Eine Sekunde darauf lief ein Rütteln durch die *Skull* und brachte sie zum Beben. Alles vibrierte, mehrere Monitore fielen auf der Brücke aus. Die Interim-Welle hatte sie getroffen.

Tannmann spürte, dass sich sein Zerstörer zur Seite drehte und in eine Rollbewegung abglitt. »Gegensteuern, viertel Kraft voraus«, befahl er eilig und sah die Warnleuchten eine nach der anderen aufflammen. Zwei Decks meldeten Druckverlust. Die *Helios*-Klasse hielt üblicherweise jeder Interim-Welle stand, aber diese Erschütterungen waren beispiellos. »Bericht?«

»Mehrere …« Weiter kam der Offizier aus der Manövercrew nicht, weil sein Blick auf den Hauptmonitor fiel und es ihm die Sprache verschlug. Tannmann sah es ebenfalls.

Keine einhundert Kilometer vor ihnen hatte sich eine Flotte aus dem Interim bewegt und jagte mit hoher Geschwindigkeit auf sie zu. Die Schiffe erinnerten an einen Drillingslauf, an den man rechts, links und ans Heck Stummelflügel angesetzt hatte. Die sechshundert Meter langen Rümpfe waren schwarz gestrichen, die Anbauten in Weiß und Chrom gehalten. Auf langen grünen Plasmaflammen ritten sie heran.

»Sir, Sie nutzen zur Kommunikation den gleichen Code wie die Barke«, rief der Ü-Offizier aufgeregt. »Ich zähle bislang dreihundert Schiffe. Teilen sich in Pfeilformationen zu je zehn ein und fächern auseinander. Anstieg der Energiewerte.«

Tannmann betätigte die Rundruftaste. »Hier Air Marshal Tannmann an die Kommandanten der VHR-Kampfschiffe: Zerstörer nach vorne, Verteidigungslinie bilden und freies Feuer nach eigenem Ermessen. Alle kleineren Schiffe: abwarten und bereithalten, um durchgebrochene Feindschiffe abzufangen.« Er deaktiverte die Verbindung und gab seinen Leuten Anweisung, wie sie die *Skull* manövrieren sollten.

Sein *Helios*-Zerstörer öffnete die Raketenluken und schickte den Angreifern ein paar herkömmliche Geschosse entgegen, um zu testen, wie die Reaktion ausfiel.

Die *Cortés* hatte sich nicht mehr bewegt und lag wie tot im All. Genau zwischen den Linien.

Neue Modelle der Collectors? Oder andere ahumane Aggressoren, die ihre Chance nutzen wollen?

Bevor die Sprengköpfe in den vordersten Schiffen detonierten, glühten sie auf und explodierten scheinbar von selbst. Keine einzige der vierzig Raketen erreichte das Ziel.

»Eine … Art … Mikrowellen-Flak«, meldete der Ü-Offizier verdutzt, auf die Monitore starrend. »Sie haben sie durchgeschmort!«

Vermutlich würden sie die Granaten der Automatikkanonen ebenso leicht abwehren. Es blieb nur noch gebündeltes Licht. Tannmann sah, dass die Unbekannten noch zehn Kilometer entfernt waren. »Schwere

Laserbänke bereithalten, Impulslaser auf maximale Leistung und höchste Frequenz einstellen«, befahl er. »Freies Feuer ab vier Kilometer.« Er wollte vermeiden, dass die Laser an Kraft einbüßten, und ließ die Fremden absichtlich näher herankommen.

Bevor sie in Reichweite der *Skull* gelangten, geschah etwas Neues.

Die Fremden koppelten die oberen beiden Röhren einfach ab, während der darunterliegende kleinere Rumpf bremste und die Geschwindigkeit auf null reduzierte. Die beiden Röhren wiederum klinkten sich aus und machten sich jede für sich allein auf den Weg zur Flotte. Tannmann dachte an herrenlose Waffenläufe, ohne Abzug und Griff.

Noch während sie flogen, leuchtete es tief in ihnen auf, dann jagten gleißend silberne Geschosse in einem Stakkato aus den Röhren, blendende Magnesiumschweife hinter sich herziehend.

»Laser zur Abwehr nutzen, Automatikkanonen Feuer!«, rief Tannmann. »Haltet diese Dinger von der *Skull* fern!«

Der Hauptmonitor zeigte ihm, dass die Laserstrahlen an den reflektierenden Oberflächen wie an Spiegeln abglitten oder gebrochen wurden. Die Autokanonen spien Granaten in langen, leuchtenden Linien gegen die nahende Bedrohung, doch nur wenige Geschosse trafen. Es waren zu kleine und zu wenige Siege, über die sich Tannmann nicht freuen konnte.

Drei der Silbergeschosse schwenkten aus dem Schwarm und hielten auf die *Skull* zu, der Rest jagte an allen Seiten an ihr vorbei.

»Voraussichtlicher Aufschlag in Deck vier, zehn und der Brücke!«, schrie der Ü-Offizier in die angsterfüllte Stille hinein. »Null Reaktion auf die Magnetschilde.« Keiner sprach. Die Augen starrten auf die Anzeige, auf der die Sekunden bis zum Einschlag runterratterten.

Ares, eile uns zu Hilfe! Tannmanns Finger krallten sich in die Sitzlehnen.

Ihm zuckte ein verrückter Gedanke durch den Kopf. Was, wenn seine Frau doch Recht gehabt hatte? *Sind diese unbekannten Schiffe der Grund, weswegen die Collectors uns vor dem Aussterben bewahren wollen? Sind das unsere wahren Feinde?*

Eines der Geschosse, das Kurs auf die Brücke genommen hatte, verging nach einer Autokanonen-Salve in einer gewaltigen Explosion.

Die zwei anderen entkamen dem Sperrfeuer.

Tannmann und die Crew spürten die Einschläge und die darauffolgenden Explosionen. Der Carbon-Stahl-Boden hob sich durch die unbeschreibliche Wucht, verformte sich unter den Füßen, Konsolen rissen aus ihren Befestigungen. Flämmchen zuckten, es stank nach verschmorten Kabeln und kokelndem Plastik. Menschen schrien vor Angst und Überraschung. Niemand hätte geglaubt, dass eine Helios-Klasse durch zwei Geschosse derart beschädigt werden konnte.

Dann tanzte blaues Licht elmsfeuergleich über die Einrichtung – und das Licht erlosch.

Jede Art von Elektrik, alles, was mit Energie betrieben wurde, versagte den Dienst. Die Brücke der *Skull* versank in Qualm und Dunkelheit, nicht einmal die Notbeleuchtung sprang an.

EMP! Tannmann wollte sich abschnallen, doch die Halterung hatte sich anscheinend verzogen. *Es sind EMP-Torpedos!* »Ruhig bleiben!«, schrie er. »Bleiben Sie, wo Sie sind.« Er zog sein Messer aus dem Stiefelschaft und durchtrennte die Gurte. Um sich herum hörte er die Crew arbeiten, die nach dem ersten Schock versuchte, durch Umgehungsschaltungen die Versorgung herzustellen. *Es wird nicht gelingen.* »Begeben Sie sich zu den Notfallbuchten, und legen Sie unverzüglich die Raumanzüge an«, befahl er. »Es kann jederzeit zu einer Dekompression kommen. Wir haben keinen Überblick, wie schwer die *Skull* beschädigt wurde.«

Bestätigungen wurden gerufen, Schritte entfernten sich von ihm, ab und zu erklang ein Stolpern und Fluchen.

Meine Frau hatte Recht, hämmerte es in Tannmanns Kopf. Er kannte sich blind auf der Brücke aus und folgte seiner Crew zu den Notfallbuchten. In den in die Wand eingelassenen Schränken befanden sich die Raumanzüge. Einheitsgrößen, die jedem mehr oder weniger gut passten. Im Fall einer Katastrophe ging es ausschließlich ums Überleben.

Er fand zur Bucht, ertastete einen Anzug und legte ihn an.

Die nächste Schwierigkeit wartete. Er konnte so viel er wollte auf den Startschalter für die Anzugelektronik drücken, es geschah nichts. *Scheiße.* Keine Kommunikation, keine Helmscheinwerfer. Alles, was funktionierte, war die Sauerstoffversorgung, die mechanisch ablief. *Techniker mit Weitblick,* lobte er die Entwickler im Stillen.

Da er sich nicht bei seinen Leuten verständlich machen konnte, ging er auf eigene Faust in Richtung Lift, in dessen Wand eine Wendeltreppe eingelassen war. Auf diese Weise konnte man die Stockwerke gut überbrücken.

Was er genau unternehmen wollte, wusste Tannmann noch nicht, aber untätig in der Dunkelheit herumstehen konnte er ebenso wenig. *Vielleicht gibt es im Maschinenraum ein Aggregat, das man in Gang setzen kann. Ewig wird die EMP-Wirkung nicht anhalten.*

Er betätigte die Handkurbel für das Sperrschott.

Kaum hatte es sich einen Spalt geöffnet, schien ihn unvermittelt eine Gigantenfaust zu packen und gegen die Wand zu ziehen. *Dekompression!* Der Druck war unmenschlich. *Wenn ich vor den Spalt gerate, wird es mich zerreißen!*

Mit aller Gewalt klammerte er sich an der Kurbel fest, schrie und ächzte. Seine Finger, die Gelenke in Armen und Schultern schmerzten. Dann war der Druck verschwunden und er plötzlich schwerelos.

Jetzt ist der Stabilisator auch noch ausgefallen. Tannmann drehte das Rad weiter und öffnete das Schott. Ein eiserner Vorhang, der sich vor einer Bühne hob.

»Ares!«, sagte er laut bei dem schrecklichen Anblick, der sich ihm bot.

Jenseits der Schleuse waren das Weltall und die brennenden Trümmer eines halbkugelförmigen Zerstörers der *Hyperion-* Klasse zu sehen, der gleich einem vergehenden Mond nach unten wegsackte und einer komplett zerrissenen Korvette der *Kronos*-Klasse Platz machte.

Ein zweites *Hyperion*-Schiff schob sich von oben in Tannmanns Blickfeld, dessen Lichter flackerten und aus dessen Hangar lange Plasmaflammen schlugen. Sich um die eigene Achse drehend, kollidierte es mit beiden gleichzeitig, und sie zerbrachen in Hunderte Einzelteile, die sich miteinander mischten. Neuerliche Explosionen sandten magmafarbene Eruptionen aus den Luken. Schließlich erstarben die Flammen, das stumme Todesballett war zu Ende getanzt.

Ares, du hast uns im Stich gelassen. Das Kriegsglück hast du unseren Feinden geschenkt! Lämpchen leuchteten in Tannmanns Helm auf. Die fast entladene Batterie schaffte es gerade noch die überlebenswichtige Heizung zu betreiben.

Er trat bis dicht an die Luke und schaute nach oben, nach unten.

Dahinter war nichts mehr von seiner *Skull* übrig. Sie war in mehrere große Stücke zerbrochen, die auseinandertrieben und sich mit den Fragmenten der anderen Zerstörer verbanden. Aus der beeindruckenden Flotte war eine Schrottwolke geworden.

Eigene Jäger irrten zwischen den Wracks umher und führten ein Ausweichmanöver nach dem anderen durch, um nicht zu zerschellen. Tannmann konnte immerhin etliche kleinere rechteckige Korvetten und Kreuzer ausmachen, die intakt geblieben waren. Unbeschädigte Zerstörer sah er keine.

Wer sind diese Fremden? Seine Blicke schweiften weiter umher, bis er zufällig die *Unity* erkannte, das untertassenartige Schiff, auf dem sich der Rat der VHR eingefunden hatte. Es war umgeben von vier Panzerkreuzern der Themis-Klasse und bewacht von ungefähr vier Jäger-Staffeln. *Gut*, dachte er erleichtert, aber die Sorge wollte nicht weichen. *Sie müssen schnellstens verschwinden! Die Experten der Menschheit ...*

Da sprang die *Cortés* aus dem Interim!

Sie kam dicht neben der *Unity* hervor und feuerte sämtliche Waffen ab, die sie besaß. Lautlos zischten die Raketen durch den Weltraum, vor den Autokanonen standen meterlange Mündungsfeuer. Tannmann sah die roten Laser in die Panzerung des Schiffs schneiden und sich durch das Glas bohren.

Springt!, dachte er entsetzt. *Springt raus, sonst ...*

Als die Kreuzer die *Cortés* unter Beschuss nahmen, brach die *Unity* gleich an mehreren Stellen auseinander. Glühend zerfiel sie, wälzte sich dabei zur Seite wie ein sterbendes Tier und rammte einen der Kreuzer, der nicht mehr ausweichen konnte.

Nein. Tannmann war entsetzt.

Die *Cortés* jagte noch eine dicke Wolke Raketen in die Wrackstücke und beschleunigte, zündete ihren Sprungantrieb und entkam dadurch den Attacken der Jäger und Kreuzer. Die Schäden waren nicht groß genug gewesen, um sie am Verschwinden zu hindern.

Der Air Marshal stand noch immer in der Luke, gebannt von Schock und Schrecken. Er sah in das Inferno und fegte ein kleineres Trümmerstück mit dem Handschuh zur Seite, das langsam auf ihn zugeflogen war. *Denk wie ein Offizier!*, sagte er sich. *Reiß dich zusammen und gebrauche deinen Verstand.*

Analytisches Denken verdrängte die Panik. Die Flotte war der ersten Einschätzung nach stark dezimiert worden und würde Zeit brauchen, um sich zu reorganisieren. Dass sie mit dem kläglichen Rest etwas gegen die Collectors ausrichten konnten, wagte Tannmann nicht zu hoffen. Der Verlust des Sicherheitsrates der VHR wog noch schwerer und ließ sich seiner Ansicht nach überhaupt nicht abschätzen. Etliche ranghohe Vertreter von Nationen und Konzernen existierten nicht mehr.

Und es stellte sich die Frage, ob die Collectors nach diesem Tag überhaupt noch die wirklichen Gegner waren.

Zweite Szene

27. Mai 3042 a. D. (Erdzeit)

SYSTEM: MECHA
PLANET: AUTOMATON PRIME (HAUPTWELT DES ORDER OF TECHNOLOGY)

Faye saß zusammen mit Arbeitern im dicht gefüllten Aufenthaltsraum von Orbitalwerft III/II.

Die Reparaturstätten vor Automaton Prime quollen über vor beschädigten Schiffen. Die VHR hatte alles, was von der Kriegsflotte noch einigermaßen sprungtauglich war, zu den Automaten geordert, um sie flicken zu lassen.

Sie sah sich die neuesten Aufnahmen an, die *Starlook* zu dem verheerenden Angriff auf die humane Flotte sendete. Die Militärs gaben immer mehr Material frei.

Faye konnte sich denken, warum sie das taten: *Um die Menschen auf einen Krieg einzustimmen und nach den Verlusten viele Freiwillige zu rekrutieren.* Sie nahm das Glas Wasser, das vor ihr stand, und setzte es an die Lippen. *Aber ohne mich.*

Die Bilder wurden langsamer und froren ein.

Die Schiffe der unerwarteten Aggressoren flimmerten in voller Größe auf dem Schirm, in 3D. Dann wurden sie in eine Animation aufgelöst und von allen Seiten dargeboten: eine schmale Röhre, darüber zwei dickere Seitenflossen, leistungsstarke Plasmaantriebe, Sprungantriebe, die vermutete Bewaffnung wurde per Grafik eingeblendet.

»Die kleinere Röhre ist das eigentliche Schiff, so lautet die Annahme«, erklärte die Sprecherstimme von Sternenreporter Vador aus dem Off. »Die anderen beiden werden von den Experten als lenkbare Abschussbasen angesehen, die nach getaner Arbeit wieder an der kleinen Röhre ankoppeln. Auch von kombinierten Explosiv-EMP-Torpedos ist die Rede, die Korvetten und Kreuzer mit einem einzigen Treffer lange außer Gefecht gesetzt haben.«

Wehrlos und damit leichte Beute. Faye trank einen Schluck und setzte das Glas ab. *Energiebedarf als größte Schwachstelle. Wir sollten Holzraumschiffe bauen, die mit Sonnenwind segeln.*

»Falls Sie, liebe Zuschauerinnen und Zuschauer, einen solchen Typus irgendwo gesehen haben, zögern Sie nicht und kontaktieren Sie mich, *Starlook* oder die VHR«, sagte Vador ermunternd. »Jede noch so kleine Information ist kostbar. Schon morgen können die Angreifer vor Ihrem Heimatplaneten auftauchen.«

Wichser. So verhindert man keine Panik. Faye las in der eingeblendeten Meldung, dass die VHR zwar einige Zerstörer verloren habe, die Verluste jedoch erträglich seien.

Sie gab nichts auf die offizielle Verlautbarung, die vollen Werften sprachen eine ganz andere Sprache. Die Techniker der Streitkräfte, die den Mitgliedern des 2OT zur Hand gingen, hatten bei den Gesprächen in den Pausen völlig andere Zahlen auf Lager. Angeblich gab es nur noch zwei Zerstörer der *Hyperion*-Klasse und dreißig vom *Helios*- und *Tartaros*-Typus.

Der Sternenreporter erschien groß im Bild. »Hören wir, was die Wissenschaftler über die neue Bedrohung, über die Collectors, über deren mögliche Verbindung oder den Sinn der Obhut auszuführen haben.« Vador wandte sich nach rechts. »Beginnen wir bei Ihnen, Professor Chang. Sie sind der Zweite Vorsitzende des Indian Japanese Arabian Syndicate und hochdekorierter Ahumanen-Forscher.«

Ein asiatisch anmutender Mann wurde eingeblendet, der leicht nervös in die Kamera schaute. »Wir müssen uns die Frage stellen, ob die Obhut die bessere Alternative wäre«, sagte er und wurde prompt von den Arbeitern um Faye herum ausgepfiffen. »Wenn sie uns vor den Ahumanen schützen können, wäre es nur sinnvoll. Die Streitkräfte der VHR sind dazu augenscheinlich nicht fähig. Die Collectors wussten offenbar schon lange von dieser Bedrohung. Seit fünfundzwanzig Jahren. Wir haben sie nicht wahrgenommen.«

»Und wenn es eine Taktik der Collies ist?«, hakte Vador ein. »Womöglich wollen sie uns glauben machen, dass die Obhut der einzige Weg zu einem Leben in Sicherheit sei.«

Faye hörte nur halb hin, sie war an dem spekulativen Gewäsch nicht interessiert. Sie versuchte sich noch immer einen Reim darauf zu machen, wohin die *Cortés* gesprungen war. *Warum* sie gesprungen war. Und vor allem: *Wo steckt Kris, und wie geht es ihm?*

Sie dachte an Lyssander, der auf der Krankenstation lag.

Seinetwegen war sie immer noch hier, sonst hätte sie nichts auf einer Werft gehalten, die dem 2OT gehörte. Die Med-Bots hatten lange an seinen Wunden zu arbeiten gehabt, bis alle verletzten Organe verklebt, die Wundhöhlen gereinigt waren und das Fleisch ebenfalls verklebt worden war. Das Interim-Syndrom und die angeschlagene Konstitution hatten es schwergemacht, sein Leben zu retten. Noch immer schlief er in einem künstlichen Koma.

Er muss bald auf die Beine kommen! Faye hatte den wahnwitzigen Einfall, Lyssander um etwas zu bitten. Sie wollte wissen, ob er seinen Sohn mit seinen Fertigkeiten aufspüren konnte.

Sie stellte das Glas ab, seufzte. *Wenn ich nur wüsste, was passiert ist!*

Alles verwob sich, ohne einen Sinn zu ergeben. Das Verhalten der

2OT, die Verstrickung von *Baln* in Experimente mit Chims, der Driver ihrer Schwester, der durchgeknallte Chemical … Ihr Versuch, darin einen sinnvollen Lösungsansatz zu finden, scheiterte bislang. Es war wie ein verheddertes Wollknäuel aus bunten Fäden, ohne Anfang, ohne Ende. Daraus ließ sich keine Erklärung stricken.

Ein Mann und eine Frau in schwerer dunkelgrauer Körperpanzerung traten zu ihr an den Tisch; die schwarzen und silbernen Applikationen sollten an antike Rüstungen erinnern. Das Emblem der FEC prangte auf ihrer rechten Brust, darunter die britischen Farben. Faye war halbwegs beruhigt, dass die *Repeater*-Lasergewehre auf dem Rücken hingen; an den Hüftgurten trugen sie Pistolenholster und ihre Helme.

»Sie sind Miss Faye Durrick?«, fragte die Frau freundlich. Der Akzent ihres TerraStandards zeigte sehr deutlich, dass sie zur britischen Fraktion innerhalb der Coalition gehörte.

»Möglich. Ich verkaufe aber keine Drogen mehr.«

Sie lächelte. »Ich bin Special Corporal Wellington, das ist Special Corporal Redhand. Wir sind Ihre Eskorte.«

»Schön. Und wohin sollen Sie beide mich eskortieren?« Faye blieb gelassen. »Ich habe mit der FEC nichts zu tun.«

Die ersten Arbeiter schauten zu ihnen hinüber, steckten die Köpfe zusammen. Es wurde sicherlich spekuliert, was man von ihr wollte.

»Das können Sie Air Marshal Tannmann erklären«, sagte Wellington und gab damit einen typischen Special-Forces-Spruch von sich. »Sie wurden demnach noch nicht informiert?«

»Nein.« Sie sah auf ihr Kom-Gerät. Auf dem Display blinkte »eine neue Nachricht.« *Shit.* »Moment.« Faye rief die Nachricht ab.

Das müde Gesicht eines bärtigen Mannes entstand, der ihr zunickte. »Mein Name ist Tannmann, ich bin Air Marshal der VHR. Ich habe gehört, dass Sie bis vor kurzem als Crewmitglied an Bord der *Cortés* waren, Miss Durrick. Ich muss Sie deswegen dringend sprechen. Eine Eskorte ist auf dem Weg zu Ihnen. Bitte begleiten Sie die Herrschaften. Ich brauche Ihre Hilfe.«

»Das«, sagte Redhand grinsend und zeigte auf das Kom-Gerät, »war die Nachricht.«

»Danke. Sehe ich.« Faye wurde aus der Bitte nicht schlau. Ihre brennende Neugier verlangte, dass sie aufstand und die beiden Soldaten begleitete. »Dann mal los.«

Sie marschierten zum Aufenthaltsraum hinaus, durch den Korridor bis zu einer Schleuse für Beiboote.

Davor standen vier weitere Soldaten, dieses Mal jedoch in Vollpanzerung und mit geschlossenen Helmen. Faye sah die gekreuzten Sensen als Einheitsabzeichen auf der Brust in Silber glühen. *Oh, Reaper!*

Sie bevorzugten Kopfschutz ohne Visiere. Zwei kleine Löcher waren in Augenhöhe angebracht. *Kameras.* Sie projizierten das Bild direkt auf die Netzhaut des Soldaten; zwei Kameras auf der Rückseite des Helms erlaubten, das Geschehen im Rücken zu verfolgen. Einen Reaper konnte man nicht überraschen. Die Gewehre, die sie vor sich hielten, besaßen ein stattliches Kaliber.

Faye wurde durchgelassen, Redhand und Wellington warteten vor der Schleuse.

Der Durchgang öffnete sich, und sie trat ins Innere eines Schiffs.

An einem Klapptisch saß Tannmann, bekleidet mit einer schwarzen Hose, einem weißen Hemd und der roten Uniformjacke. Er deutete auf den Stuhl ihm gegenüber. Neben ihm stand ein Aktenkoffer.

»Schön, dass Sie gekommen sind, Miss Durrick«, begrüßte er sie. »Verzeihen Sie die kargen Verhältnisse, aber Militärs kennen keinen Luxus.«

»Stimmt.« Faye setzte sich. »Ich wollte mal so etwas in der Art werden.« Sie kreuzte die Arme vor der Brust. »Sind die Verluste so hoch, wie sich die Mechaniker erzählen?« Es war ein Test. Sie wollte sehen, wie viel Ehrlichkeit ihr der Mann bot.

Er ließ den Blick über sie schweifen. »Ja. Aber bitte behalten Sie das für sich. *Starlook* wird das früh genug herausfinden. Unsere Schwäche sollte möglichst lange ungewiss bleiben.« Er beugte sich zur Seite, öffnete den Koffer, nahm ein Abspielgerät heraus und stellte es vor sie hin.

»Schauen Sie sich die Sequenzen an, so oft Sie möchten. Danach sagen Sie mir alles, was es zur *Cortés* zu sagen gibt.« Er schob es ihr hin.

»Haben Sie *BaIn* nicht gefragt?«

»*Baln* sagte mir, dass der eigentliche Auftrag abgeschlossen gewesen sei. Der Konzern hat jegliche Verantwortung für das, was die *Cortés* tut oder getan hat, abgelehnt. Der CEO macht Ihre Schwester, Professorin Nuria Suede, allein für alles verantwortlich und sieht die Schuld bei ihrem Driver.«

»Sie rücken nicht einmal Schiffspläne raus?«

»Sie sagen, ein unbekannter Virus habe die Dateien vernichtet.« Tannmann drückte den Wiedergabeknopf. »Verraten Sie mir, wie Sie die Sache einschätzen, denn ich sehe in der *Cortés* den Schlüssel zum Angriff der Unbekannten auf die Flotte.«

In Fayes Kopf arbeitete es bereits heftigst, als sie die Aufnahmen sah. Sie mussten zusammengeschnitten worden sein und von verschiedenen Schiffen stammen. Es war unzweifelhaft die *Cortés*, die zuerst an die Flotte herankam, dann zwischen den Linien verharrte, während um sie herum die Schlacht tobte. *Sie greifen nicht ein.*

Dann, als der Überfall seine Hochphase bereits hinter sich hatte, sprang sie plötzlich, tauchte neben der *Unity* auf und vernichtete das Schiff mit einer Salve, die sogar einer großen Fregatte der *Thea*-Klasse hätte gefährlich werden können. Gleich darauf setzte sie sich in das Interim ab.

Faye sah sich alles fünfmal an und schwieg, weil sie es nicht glauben konnte.

»Hier. Das möchte ich Ihnen nicht vorenthalten.« Tannmann spielte ihr Signale vor, die fremdartig und unbekannt klangen.

»Was ist das?«

»Funksprüche zwischen den fremden Schiffen untereinander sowie der *Cortés*. Und Signale der Barke«, erklärte er und schaute sie gespannt an. »Schon mal gehört?« Er aktivierte die Aufnahmefunktion des Geräts.

Beim besten Willen nicht. Sie schüttelte den Kopf. Die letzten Erlebnisse mit Kothar, Kris' Theorien, der Mordversuch an Lyssander stiegen in ihren Gedanken auf. »Könnte es vielleicht sein, dass Mitglieder des 2OT in den Vorfall verwickelt sind?«

Tannmann forderte sie mit einer Geste auf weiterzusprechen.

Sie berichtete von dem Mordversuch an ihr und an Lyssander, von den ungewöhnlich gesicherten Kisten im Laderaum und von den mutmaßlichen Übereinstimmungen zwischen der 2OT- und der Collector-Technologie. »Die Beweise dafür befinden sich allerdings auf der *Cortés*«, sagte sie verärgert. »Das sind die Puzzleteile, die ich einfach nicht richtig zusammenbekomme, Air Marshal.«

Tannmann hatte intensiv zugehört. »Sehr viele Teile, Miss Durrick. Die Verbindung zwischen dem 2OT und den Collectors hätten Sie viel früher melden müssen.« Er machte einen elektrisierten Eindruck. Ihre Theorie stieß bei ihm zumindest nicht auf sofortige Ablehnung.

»Wie denn?«, erwiderte sie und lachte auf. »Zu welchem Zeitpunkt denn? Hätten Sie mir geglaubt?«

»Nach dem Angriff schon«, räumte er ein. »Wir brauchen demnach die *Cortés*, um die Angelegenheit lückenlos und sicher aufzuklären.«

Das ist die Fügung, auf die ich gehofft habe! »Geben Sie mir ein Schiff!«, verlangte Faye sofort. »Irgendeins, das springen kann. Ich mache mich auf die Suche und bringe Ihnen die Lösung!«

Tannmann setzte zum Sprechen an, atmete stattdessen durch und sah sie an. »Miss Durrick, wie wollen Sie ein Schiff im unendlichen Weltall finden?«

»Vertrauen Sie mir. Trotz meiner Akte«, sagte sie unsicher lächelnd und kam sich komisch vor, den vermutlich ranghöchsten Offizier der VHR-Raumstreitkräfte um ein Schiff zu bitten. »Ich schwöre Ihnen, dass es einen Weg gibt.«

»Und der wäre?«

»Vertrauen Sie mir!«

»Nein«, sagte er ihr knallhart ins Gesicht. »Ich habe nicht mehr so viele gute Schiffe, dass ich einfach eines an eine Frau geben kann, deren Motivation ich nicht ganz durchschaue und die mir nicht sagen kann, wie sie die *Cortés* ausfindig machen will.« Er machte wieder diese auffordernde Geste.

»Kris Schmidt-Kneen. Sein Vater ist ein Mediator mit ausgeprägtem Interim-Syndrom«, erklärte sie schweren Herzens. Es widerstrebte ihr, den Trumpf aufdecken zu müssen. »Mister Lyssander besitzt Fähigkeiten, die eine Suche ermöglichen.« Bei diesem Satz war ihr nicht ganz wohl: Sie verkaufte Tannmann ihre Hoffnung als ein Faktum. *Lass mich nicht gelogen haben.* »Außerdem habe ich eine Ahnung, wo sich das Schiff befinden könnte.« Sie sah in seinen graugrünen Augen, dass er dabei war, nachzugeben. *Sei nicht so stur, verdammt!* »Sie sagten, die *Cortés* sei der Schlüssel. Ich kann ihn beschaffen!« *Gib dir einen Ruck.* Faye schluckte. »Was meine Motivation angeht: Ich möchte verhindern, dass die Flotte der Collectors durch das Schwarze Loch ins Core-System springt und sechzig Milliarden Menschen in die Obhut zwingt.«

Tannmann verlor jegliche Gesichtsfarbe. »*Was* sagen Sie da?«

Sie horchte auf. »Sie ... wussten nichts davon?« Dann fiel ihr ein, dass Lyssander es ihr kurz vor dem Anschlag auf ihn verraten hatte. »Wir haben es von Lyssander erfahren, und Kris hatte es meiner Schwester sagen wollen ...«

»Die Nachricht kam nicht bis zu uns durch. Ich denke kaum«, sagte er finster, »dass wir mit der Zusammenarbeit Ihrer Schwester rechnen dürfen. Und ich wage zu behaupten, dass *BaIn* einen schweren Fehler begangen hat, eine solche Frau mit dieser Mission zu betrauen.«

Faye verstand, dass Kris entweder nicht mehr bis zu Nuria gelangt war oder sie kein Interesse gehabt hatte, die Wahrheit weiterzugeben. *Dieser beschissene Driver in ihrem Kopf!* »Sie hatten keine Ahnung, dass die Collies ein künstliches Schwarzes Loch errichten wollen?«

»Die stellare Baustelle, die beschrieben wurde, von der wussten wir. Aber nicht, was sie zu bedeuten hat«, erwiderte er heiser vor Bestürzung. »Funktioniert so etwas überhaupt?«

Sie musste lachen. »Da fragen Sie die Falsche. Lyssander sagte, er sei dort gewesen, im System der Collies. Und er will mit eigenen Augen gesehen haben, woran sie arbeiten. Ihre schwersten Schiffe besitzen keinen eigenen Sprungantrieb, und durch die Erschaffung eines Schwarzen Lochs brauchen sie es auch nicht. Der Lohn für den Aufwand wären sechzig Milliarden Menschen.« Fayes Herz trommelte in ihrer Brust.

»Noch größere Schiffe als die *Hough*-Klasse?« Der Air Marshal sank auf dem Stuhl zusammen. »Ares, hilf! Ich muss die neue Lage mit der VHR und den Militärs besprechen«, sagte er abwesend und rieb sich über das stoppelige Kinn. Er sah aus, als bräuchte er eine Woche Schlaf. »Physiker müssen abklären, ob ...«

»So viel Zeit habe ich nicht«, unterbrach sie seinen Monolog, der offensichtlich dazu dienen sollte, seine Gedanken zu ordnen, und nicht dazu, sich mit ihr zu unterhalten. »Bitte, geben Sie mir ein Schiff und eine Crew. Ich finde die *Cortés!* Dann lösen wir die Rätsel um die Collies, die fremden Angreifer und den 2OT!« *Jetzt gib mir endlich irgendein Scheiß-schiff!*, hätte sie ihn am liebsten angebrüllt.

Tannmann hielt das Aufzeichnungsgerät an. »Sie kennen den Spruch über ungewöhnliche Situationen und ungewöhnliche Maßnahmen?«

Faye atmete erleichtert auf. *Die Götter seien gepriesen!*

Er hob sein Kom-Gerät und ließ sich über den Schiffsfunk zu einem Group Captain namens Laroux durchstellen. »Ich muss Sie um einen Gefallen bitten, Laroux. Ein Spezialauftrag, bei dem Sie Anordnungen von einer Zivilistin ausführen müssen«, sprach er in das Gerät und sah dabei Faye an. »Die Mission ist so extrem wichtig, dass ich Ihre *Jeton* dafür benötige. Eine Extraktion aus tiefstem Feindgebiet.«

»Sicher, Air Marshal, Sir«, erklang die Stimme einer Frau. »Mein Schiff steht Ihnen jederzeit zur Verfügung.«

»Danke, Group Captain. Ich lasse die Zivilistin und einen weiteren Passagier in wenigen Stunden zu Ihnen bringen.« Tannmann trennte die Verbindung. »Lyssander wird von meinen Leuten von der Krankenstation auf das Shuttle verlegt. Die Ärzte der *Jeton* sind ausgezeichnet und können die Nachsorge übernehmen. Redhand und Wellington begleiten Sie, damit Sie Ihre Habseligkeiten ...«

»Die sind auf der *Cortés*«, fiel sie ihm ins Wort. Sie war glücklich und ungeduldig zugleich. Vor allem konnte sie bald auf die Ausbildung zurückgreifen, die sie bei *BaIn* bekommen hatte. Als Justifierin unter regulären Soldaten. »Ich bleibe an Bord und warte, bis wir zur *Jeton* fliegen.« Sie reichte ihm die Hand. »Danke.«

Er schüttelte ihr die Hand. »Wenn Sie es schaffen, muss ich Ihnen danken, Miss Durrick. Das werde ich dann auch mit aller Inbrunst tun, stellvertretend für sechzig Milliarden Menschen.« Tannmann stand auf. »Ich fürchte, ich muss eine Besprechung einberufen.« Er salutierte und ging.

»Bevor ich es vergesse«, sagte sie, als er durch die Luftschleuse in die Werft ging, um die Soldaten zu instruieren. »Was ist die *Jeton* für eine Mühle?«

»Zerstörer. *Hyperion*-Klasse, russische Flotte«, antwortete er und lächelte schwach. »Der Vorletzte seiner Art. Passen Sie gut darauf auf, und ärgern Sie Group Captain Laroux nicht zu sehr.«

Jetzt war Faye nicht nur zuversichtlich, Kris zu finden und zu befreien. Nein, sie war beeindruckt.

VIERZEHNTER AKT

Erste Szene

29. Mai 3042 a. D. (Erdzeit)

SYSTEM: CHARIOT

Wie urdinische Sardinen in einer Schrumpfbüchse. Faye sah sich von ihrer Koje aus in der Kajüte um, die sie mit drei anderen Frauen teilte. Die *Jeton* war zwar einer der größten Zerstörer der VHR-Flotte, dennoch gab es so gut wie keinen Platz für die Menschen.

Die eckige, wie ein gestauchter Oktaeder wirkende *Hyperion*-Klasse bestand aus meterdicker Panzerung, leistungsstarken Sprung- und Manövertriebwerken, gigantischen Waffensystemen und zehn Fusionsreaktoren, die die notwendigen Energien lieferten. Für die Crew hatten die Konstrukteure nur minimalen Raum vorgesehen. Es ging um siegreichen Kampf, nicht um größtmöglichen Komfort, und das bekam Faye deutlich vor Augen geführt.

Sie schaute auf die Uhr. *12.43 STZ,* leuchtete es auf der Anzeige. In knappen fünfzehn Minuten würde sie sich mit Lyssander treffen und versuchen, Kontakt zu Kris herzustellen – falls der Mediator dazu in der Lage war.

Fuck, ich bete zu den Heiligen und Unheiligen, dass es klappt!

Sie schwang sich aus dem Bett und stand auf, streckte sich und machte ein paar schnelle Dehnübungen. Die anderen drei Soldatinnen ignorierten sie, lasen, hörten Musik oder schauten *Starlook.* Für sie gehörte sie nicht zur Crew.

Schlampen. Faye warf sich in ihre Klamotten, schlüpfte in die Schuhe und trabte zum Fahrstuhl, der sie zur Krankenstation brachte. Laroux, die Kommandantin, hatte sie kurz willkommen geheißen und ihr einen knopfgroßen Schiffskommunikator verpasst, den sie am Kragen tragen musste. »Sie brauchen was, Sie sprechen hinein, und es wird geschehen. Militärische Entscheidungen überlassen Sie mir. Uns allen viel Erfolg«, hatte die knappe Ansage gelautet.

Der Lift hielt an.

Was mache ich, wenn er es nicht kann? Faye stieg aus und ging durch die Schleuse hindurch. Sie seufzte schwer.

Die Krankenstation war ebenso spartanisch eingerichtet wie die Kajüten der *Jeton*. Kein Firlefanz, nackte Stahlkarbonwände mit Unmengen von Anschlüssen und Halterungen, Med-Bot-Arme an der Decke und Platz für vierzig Schwerstverletzte. Alle anderen Kranken und Verwundeten mussten in ihren Kojen genesen.

Das Licht schien hell, kalt und bläulich von der Decke. Momentan lagen vier Soldaten auf der Station. Den im Koma befindlichen Lyssander hatten sie auf die Isolierstation verlegt, damit ihm niemand zu nahe kam.

»Doc?« Faye steckte die Hände in die Taschen. »Sind Sie da?«

»Wo soll ich sonst sein? Im Urlaub?«, kam die genörgelte Antwort aus dem hinteren Bereich. Klirrend fielen Instrumente zu Boden. »Herrgott, Jesus, Maria und Josef und der beschissene Esel neben der Krippe! Jetzt kann ich den ganzen Mist wieder sterilisieren!« Er kam auf sie zu, einen durchsichtigen Plastikmantel über seinem Kittel tragend. »Oder haben Sie zufällig einen Flammenwerfer dabei, den ich schnell draufhalten kann?«

»Nein, Doc.« Faye grinste. Professor Nimoy Ingstrabur, untersetzt und mit einem braunen Backenbart, wie er vor eintausend Jahren modisch gewesen war, gefiel es, unfreundlich zu sein. Er erfüllte nahezu jedes Klischee, das man über Militärärzte verbreitete, denn er war ein Zyniker und Klugscheißer der ruppigsten Sorte. Genau ihr Kaliber. »Sie wissen noch, dass wir ein Date haben?«

»Wir zwei? Sie meinen, der Scheintote und wir.« Er tauchte vor ihr auf und versuchte, die Vorspiegelung der schlechten Laune aufrechtzuerhalten. »Ich habe schon alles in ihn hineingepumpt, was man braucht. Ist eine Frage von Minuten, bis er die Lider hebt.« Er schob einen Vitalwertmonitor so, dass beide draufschauen konnten, tippte etwas ein und bekam Lyssanders Werte angezeigt. »Alles bestens. Aber das Interim-Syndrom macht mir Kopfschmerzen und ihm Probleme.« Er zeigte auf für Faye kryptische Kurven. »Lassen Sie es mich so sagen, dass Sie es verstehen: nicht gut.«

Faye musste lachen. »Danke, ich verstehe. Und was genau heißt das?«

»Dass es ihm sein Hirn zerfetzen wird, wenn wir zu lange auf das Neuroleptikum verzichten. Die Rezeptoren und Synapsen …« Er bemerkte ihren zunehmend ratlosen Ausdruck. »Er wird unwiederbringlich senil. Innerhalb von wenigen Stunden«, kürzte er ab. »Er braucht eigentlich einen implantierten Injektor, der das Zeug in regelmäßigen Abständen freisetzt. Die Abhängigkeit ist enorm hoch.«

Aber je weniger er davon hat, desto besser ist er, wenn es um seine Kräfte geht. Faye hatte ansatzweise ein schlechtes Gewissen, doch es gab keine Alternative dazu. *Außerdem schuldet er Kris etwas für die letzten fünfundzwanzig Jahre,* sagte sie sich, um sich selbst zu beschwichtigen. »Wecken wir ihn und fragen ihn selbst«, bat sie.

»Sagen Sie *mutabor.*« Ingstrabur hackte auf die Tastatur unter dem Monitor ein, mit der er die medizinischen Geräte in der Kammer steuerte.

»Was?«

»Kennen Sie das Märchen nicht? Kalif Storch?« Er rief ein Untermenü auf, eine Abfrage blinkte auf. »Damit sie sich von Störchen in Menschen zurückverwandeln? Nein?« Er bestätigte die Abfrage, und ein Summen erklang. »Egal. Ich war so frei, ihn wieder zu einem lebenden Wesen zu machen. Eigentlich hat er mehr von Lazarus als von Kalif Storch.« Er schlenderte los und bot ihr den Arm als Geleit an. »Wenn wir in der Isolierstation angekommen sind, müsste er erwacht sein. Soeben wurde die entscheidende Spritze gesetzt.«

Faye war ihm dankbar, dass er sie mit dem Geplauder ablenkte. Die Ungeduld, die sie seit zwei Tagen mit sich herumschleppte, konnte sie kaum noch ertragen. So schnell hatten sich die Vorzeichen gewendet: *Nun muss der Vater den Sohn suchen.*

Sie passierten die Schleuse und standen am Bett von Anatol Lyssander, der ein blassblaues OP-Hemd trug. Darunter hoben sich Elektroden ab, die ihre Werte per Sender an die Geräte übermittelten. Die Augen bewegten sich unter den Lidern, er atmete schnell und noch an der Grenze des Unbedenklichen; die Anzeigen der Überwachungsgeräte leuchteten grün.

Kris gleicht seinem Vater sehr. Faye betrachtete die entspannten Züge. »Kann ich ihn ansprechen?«

»Können Sie.« Ingstrabur begab sich an eine Konsole und gab den Geräten neue Anweisungen. »Für den Notfall.« Er sah zur Decke, wo sich zwei Bot-Arme aus der Ruheposition herabsenkten und über dem Patienten verharrten, als lauerten sie auf etwas.

Faye beugte sich leicht über den Mann. »Mister Lyssander? Öffnen Sie die Augen, bitte.«

Er reagierte nicht.

»Mister Lyssander, bitte. Ich brauche Sie und Ihre Gabe! Ihr Sohn ist entführt worden, und Sie sind der Einzige, der ihn …«

Jetzt riss er die Augen weit auf und starrte zu den Bot-Armen hinauf, öffnete den Mund zu einem lautlosen Schrei. Die Halsadern schwollen an, der Kopf drückte sich tief ins Kissen, und die Finger schlugen sich ins Laken. Zu hören war nicht mehr als ein helles, leises Fiepen. Die Pupillen pulsierten im Herzschlag; die gesprungenen, verfärbten Zähne erinnerten sie an uralten Kunststoff, der in der Sonne gelitten hatte.

Dann hustete Lyssander und richtete sich ruckartig auf. »Ich …« Er sah sich orientierungslos um. »Das ist nicht die *Cortés*?« Er bemerkte die Bot-Arme über sich und stieß einen Schrei aus, rutschte nach hinten. »2OT! 2OT!«

Ingstrabur ließ die Bots sich zurückziehen, damit die Panik des Patienten nicht noch zunahm.

»Nein, Mister Lyssander. Wir sind auf der *Jeton*, einem Zerstörer der *Hyperion*-Klasse. Es gibt keine 2OT auf dem Schiff«, sagte sie betont langsam und mit tieferer Stimme als sonst. »Die *Cortés* ist aus der Werft gesprungen und hat einige Stunden danach einen Angriff gegen die Flotte der VHR angeführt.« So behutsam wie möglich erklärte sie, was geschehen war. Sie hatte den Eindruck, dass er begriff, was sie sagte. »Die *Cortés* ist der Schlüssel zu so vielem, was sich in den letzten Wochen und Tagen ereignet hat. Und Kris befindet sich auf dem Schiff.« Sie nahm ihn an den Schultern und zwang seinen Blick auf sich. Als sie in die wahnsinnigen Augen sah, bereute sie ihre Idee schon wieder. Es war unangenehm, von ihm angestarrt zu werden. »Wir müssen die *Cortés* finden und aufbringen. *Sie* können das Schiff aufspüren! Sie *müssen!*«

Lyssander bat um ein Glas Wasser, das ihm einer der Bot-Arme reichte. Gierig trank er es leer und schaute auf seine nackten Füße.

Meine Güte, jetzt sag doch etwas! Faye stand unter Strom.

Er griff sich mit beiden Händen an den Kopf. »Dieses Ding kam herein. Als ein menschenähnliches Ding kam es herein und verwandelte sich in …« Er keuchte, tastete an sich herum. »Mit Klingen! Mit Klingen an seinen Armen! Hier, hier und da!« Dabei deutete er auf die Einstichstellen, schielte zu den Bot-Armen an der Decke. »Ich weiß nicht mehr, was danach geschehen ist.« Er blickte Faye an. »*Doch!* Sie haben mich getragen, richtig?«

Sie nickte. »Hat er irgendwas gesagt?«

»Nein. Nein, hat er nicht. Er kam rein und griff sofort an.« Lyssander hatte jetzt erst den Arzt entdeckt und nickte ihm knapp zu. »Wir suchen Kris?«

»*Sie* suchen Kris und sagen, wohin wir fliegen müssen«, verbesserte sie. »Sie können das! Sie schulden Ihrem Sohn etwas!«

»Sie müssen es nicht betonen«, entgegnete er und lehnte sich mit dem Rücken an die Wand. »Ich schulde es nicht nur ihm, sondern den Menschen. Durch mich sind die Samariter auf uns aufmerksam geworden.« Er ließ sich noch ein Glas Wasser geben. »Aber diese anderen Schiffe, die die Flotte angegriffen haben, kenne ich nicht. Die Beschreibung sagt mir überhaupt nichts. Sie gehören garantiert nicht zu den Samaritern.«

Faye sah aus den Augenwinkeln, dass zwei der Anzeigen des Vitalmonitors auf rot umgesprungen waren. Das Fehlen des Neuroleptikums wirkte sich bereits aus. »Sie wissen, was es für Sie bedeutet?«

»Dass ich dabei sterben kann?«, sagte er und lachte auf. »Ja, das weiß ich. Die Diagnose kenne ich schon seit vielen Jahren. Aber warum sollte ich ausgerechnet jetzt tot umfallen, wo ich zum ersten Mal damit Gutes tun kann? Die Samariter haben mir selten die passende Dosis des Medikaments gegeben, und ich habe es überstanden.« Er atmete ein. »Welches Datum ist heute?«

»Der 29. Mai.«

Er rutschte vom Bett. »Viel Zeit bleibt uns nicht mehr. Gibt es so etwas wie einen … Navigationsraum? Eine Kartensammlung?« Er bemerkte die Kontakte an seinem Leib.

Faye war erleichtert. Es klang, als wüsste Lyssander, was er zu tun hatte. »Ich frage die Kommandantin.«

»Lassen Sie die Kontakte kleben. Damit kann ich Ihre Werte überwachen«, warf Ingstrabur ein und befestigte einen medizinischen PDA oberhalb des Handgelenks. Neben ihm erschien ein Bot-Arm, in der mechanischen Hand hing ein Bademantel. »Ziehen Sie den über. Sie müssen Ihren Anus nicht jedem zeigen. Es sei denn, Sie möchten es.« Lyssander schlüpfte in den Mantel und stieg in Einweglatschen. »Was meinten Sie mit *wenig Zeit*?«

»Das Sprungtor in das Core-System.« Er ging schleppend los, Faye und der Arzt flankierten ihn. »Es dauert nicht lange, bis sie das Schwarze Loch gebaut haben. Erschaffen.«

»Ein Schwarzes Loch, aha. Bauen. Schön. Ist ja leicht. Das macht die VHR jeden Tag.« Ingstrabur hob die Augenbrauen. »Ich sollte die Dosis …«

»Sie denken, dass ich mir das ausgedacht habe?« Lyssander blieb stehen. Ein dünner Blutfaden sickerte aus der Nase, den er nicht bemerkte. »Was die Technologie angeht, sind sie viel weiter als wir. Es ist nicht das erste Schwarze Loch, das sie erschaffen. Wenn sie ein Ziel auserkoren haben, setzen sie alles daran, es zu erreichen. Und in dem Fall sind es die Menschen.« Schnell sah er weg, als der Arzt seinem Blick standhielt. Faye hatte den Eindruck, dass er etwas verbergen wollte.

»Dann sagen Sie uns mal schnell, wie ich mir ein Schwarzes Loch baue, falls ich in der *Jeton* von der Krankenstation in einen Hangar muss?« Ingstrabur ließ nicht locker. »Und seien Sie nett: Ich bin kein Physiker.«

»Ich auch nicht«, gab Lyssander zurück.

»Ist das jetzt wichtig?«, warf Faye ein, die es nicht erwarten konnte, dass die Suche nach Kris und der *Cortés* begann.

»Für mich schon. Der Lift ist oft zu voll.«

»Dann passen Sie auf, Doktor.« Lyssander dachte kurz nach. »Sie suchen sich eine Gegend mit riesigen Mengen an kosmischem Staub, der zu einem Großteil aus Nickel und Eisen besteht. Aus den gleichen Materialien entstand vor Jahrmilliarden die Erdsonne.« Er ging langsam weiter. »Zusammen mit interstellarem Wasserstoff, den sie sich aus der Gegend ziehen, wird alles durch Laserbeschuss zu Plasma erhitzt. Das Plasmafeld wiederum lässt sich magnetisch kontrollieren. Es ist eines von vielen, jedes Tausende von Kilometern breit. Sie schieben sie mit ihren Raumschiffen wie Bagger von allen Seiten zusammen, auf eine Stelle. Durch die Verdichtung und nötigenfalls eine Initialzündung dieser kritischen Masse entsteht das Schwarze Loch. Es dauert Jahre, bis die Vorbereitungen abgeschlossen sind, doch es funktioniert.« Er musste stehen bleiben, Ingstrabur und Faye stützten ihn. »Die Menschen im Core-System werden es zu spüren bekommen, wenn wir nichts dagegen tun.«

»Ich fürchte«, sagte der Arzt todernst, reichte ihm ein Taschentuch und machte ihn auf das Blut aufmerksam, »die Methode der Lochbildung ist mir zu umständlich. Ich werde doch lieber den Lift nehmen.«

Sie setzten ihren Weg fort.

Faye dachte darüber nach, dass die Collies viel Erfahrung mit der besonderen Sprungtechnik gesammelt hatten. Sie hatte schon einiges über die Schwarzen Löcher gehört; darüber, was mit Raumschiffen geschehen war, die an den Rand gerieten; über die Zeitparadoxa; die Zerstörungskraft der hohen Masse der Singularität im Zentrum des Lochs. »Wie kommen die Schiffe eigentlich wieder zurück, Mister Lyssander?«, fragte sie ihn, kurz bevor sie die Brücke erreicht hatten.

»Gar nicht. Die Collectors sind Heuschrecken … Nomaden, die umherziehen und sich immer nur für eine Weile niederlassen, wo ihrer Meinung nach ihre Obhut nötig ist. Wo sie beschützen müssen.« Er schien sich unwohl zu fühlen. »Sicher ist, dass sie vernichtet werden müssen. Ihr Treiben geht schon viel zu lange.« Seine Hand deutete auf den Eingang. »Können wir? Wie ich schon sagte: Wir haben keine Zeit zu verlieren. In zwei, höchstens drei Wochen ist das Loch fertig.«

Vertrau ihm nicht zu sehr. Er wird sich vielleicht bald wieder für einen Collie halten. Faye zwang sich zu einem Lächeln. »Sie schaffen das.«

Sie betraten die Brücke, die etwa so groß wie zwei geräumige Wohnzimmer, aber in blankem Metall und ungestrichenem Carbon gehalten war.

Männer und Frauen saßen auf gepolsterten, ergonomisch geschnittenen Sesseln vor Monitor- und Kontrollfeldalleen; einige von ihnen trugen Helme, in die Okularkarusselle eingepasst waren, andere waren über Kabel im Kopf mit Konsolen verbunden. Alle steckten in Druckanzügen, nur die Köpfe schauten heraus, die Helme baumelten griffbereit rechts an den Sitzen. Schmale Pfade zwischen den einzelnen Stationen erlaubten schlanken Personen, sich rasch auf der Brücke von A nach B zu bewegen. Wer dick oder muskulös war, konnte hier keinen Dienst verrichten. *Nerds.*

Das Licht war bläulich eingefärbt und kaum heller als die Bildschirme. In der Mitte war ein 3D-Kubus installiert, in dem das System zu sehen war.

Nichts für mich. Faye fand die Stimmung geradezu gespenstisch und bedrohlich. Das Licht raubte den Menschen die Lebendigkeit. *Es könnten Androiden sein. Dem 2OT würde es hier gefallen.*

Laroux, eine zierliche Frau mit kurzen blonden Haaren im Pagenschnitt und grüngelben Augen, hatte ihren erhöhten Sitz an der rechten Wand verlassen und kam ihnen entgegen. »Ich sehe, Ingstrabur hat es mal wieder geschafft, einen Patienten nicht umzubringen.« Sie legte die Hände auf den Rücken, um Lyssander nicht die Hand schütteln zu müssen. »Ich mache aus meiner Ablehnung Ihrer Person keinen Hehl, und die Gründe muss ich Ihnen nicht erläutern.«

Klare Ansage, dachte Faye.

»Was brauchen Sie?«, fragte Laroux sie.

»*Ich* muss Sternenkarten sehen«, antwortete Lyssander, der bebte und die Finger zu Fäusten ballte.

»Welches System?«

»Alle, die Sie haben«, antwortete er. Seine Stimme kühlte merklich ab.

Faye erinnerte es an den Klang, als Lyssander seinen Collie-Aussetzer auf der *Cortés* gehabt hatte. Sie wandte sich dem Arzt zu, der auf seinen PDA am Unterarm blickte. Sein Gesichtsausdruck war skeptisch.

»Hier entlang«, sagte die Kommandantin und führte sie zur Manövercrew. »Wenn Sie noch etwas brauchen?«

»Ja: meine Ruhe. Gehen Sie weg.« Lyssander stellte sich neben den Offizier und verlangte, dass er die Karten in sekundenschnellem Wechsel einblendete, bis er Halt sagen würde.

Faye beugte sich zu Laroux, die eben die Stirn runzelte und den Mund öffnete. »Bitte, Group Captain. Nichts erwidern«, flüsterte sie. »Wir brauchen Mister Lyssanders Fähigkeiten und seine absolute Konzentration. Sein mentales Gleichgewicht ist fragil.«

Laroux verzog die Lippen. »Sagen Sie mir, wenn er den Planeten oder was auch immer gefunden hat.« Sie kehrte auf ihren Platz zurück und bedachte den Mediator von oben mit tödlichen Blicken.

Lyssander starrte auf die aufleuchtenden und gleich wieder verschwindenden Sternenkarten. Ingstrabur starrte auf sein Überwachungsgerät, das immer mehr rote Werte anzeigte. Und Faye starrte auf Lyssander. *Ich wünschte, ich wäre bei Kris.*

Zweite Szene

29. Mai 3042 a. D. (Erdzeit)

SYSTEM: AURORA

Tannmann saß in seiner Kabine vor dem Computer und rief die Liste der einsatzbereiten Schiffe ab.

Nach der Zerstörung der *Skull* war der Air Marshal neuer Kommandant der *Closer* geworden, einer Fregatte mit doppelter Panzerung, die fast ausschließlich mit Autokanonen und Lasern bestückt war. Ein riegelförmiges, schlankes Nahkampfschiff mit immenser Feuerkraft und – dank dreifacher Steuerdüsen – unglaublicher Wendigkeit.

Seine Lektüre war reichlich ernüchternd. Und deprimierend. Die Verstärkungsflotte der VHR hatte sich drastisch verkleinert. Gerade die wertvollsten schweren Schiffe waren Opfer der unbekannten Angreifer geworden. Von der *Hyperion*-Klasse, den größten Zerstörern, blieben ihnen gerade mal zwei. Und nur einer war bei der Flotte.

Die Jeton muss rechtzeitig zum Angriff zurückkommen, dachte er. Ihr Fehlen war natürlich bemerkt worden, und es kursierten bereits die wildesten Gerüchte, wo sie abgeblieben sei. Sieben Jägerträger hatten sie noch zur Verfügung, dazu vierhundert Korvetten und Fregatten verschiedenster Größen und fast sämtliche Kreuzer. *Sie wirkten wohl nicht gefährlich genug.*

Er lehnte sich nach vorn, bis die Wirbel knackten und ihre alte Position einnahmen, dann stand er auf und ging an das Bullauge, um einen Blick auf die klägliche Ansammlung der Schiffe zu werfen.

Ihr Treffpunkt war sicher vor weiteren Angriffen, davon ging er fest aus. Dennoch hatte die VHR darauf verzichtet, eine Versammlung mit dem eilig neu gewählten Sicherheitsrat einzuberufen.

Tannmann schaute auf die Uhr an der Wand. Es hatte eine Funkkonferenz des Rates stattgefunden, die seit wenigen Minuten zu Ende sein musste. Er hatte als Gast sein Wissen rund um die Schlacht vorgebracht und Faye Durricks Erzählung abgespielt, nun wartete er mit Spannung auf das Ergebnis. *Sie werden hoffentlich nicht daran denken, die Obhut zu akzeptieren.*

Der Rufton des interstellaren Kom-Geräts erklang.

Er eilte an den Schreibtisch, um das Gespräch anzunehmen. Neben der Tastatur hatte er einen fingerlangen Metallsplitter auf einer Halterung liegen. Ein Erinnerungsstück: ein Fragment der *Skull*, das zugleich eine Mahnung war, wachsamer zu sein. Erbarmungslos zu sein. »Hier Air Marshal Tannmann«, meldete er sich und aktivierte die Kamera.

Der Bildschirm leuchtete auf und zeigte ihm das schlanke Gesicht von Claudio Triffoni-Dale, dem neuen Vorsitzenden des VHR-Sicherheitsrats. Die langen schwarzen Haare rankten um sein Gesicht herum, wie immer trug er einen verwegenen Dreitagebart. »Ich grüße Sie, Air Marshal. Wie steht es mit der Flotte?«

»In zwei Wochen wohl wieder vollständig einsatzbereit. Zumindest mit dem, was wir haben reparieren können«, gab er zurück. Er versuchte, im Gesicht des Mannes zu lesen, was er gleich zu hören bekommen würde. Geplänkel lag ihm nicht. »Sind die Regierungen und der Rat zu einem Ergebnis gekommen?«

Triffoni-Dale nickte und legte die beringten Finger zusammen. Er wirkte wie ein modern gemalter Jesus, den man in einen dunkelblauen Anzug gesteckt hatte. »Ein hartes Stück Arbeit, Air Marshal. Wir haben Ihren Bericht genau studiert und Mister Lyssanders Aussagen kontrovers erörtert. Gerade ihm glauben die wenigsten, zum einen wegen des Interim-Syndroms, zum anderen wegen der Rolle, die er in der Vergangenheit gespielt hat. Nicht wenige Regierungsvertreter waren der Ansicht, dass man die Obhut annehmen sollte, statt sich in einen aussichtslosen Krieg zu verwickeln.« Der Ratsvorsitzende langte nach einem Packen Papier. »Es gab Grundsatzdiskussionen über Verfassungsartikel, über die Bedeutung von Selbstbestimmung«, er warf die Blätter hin, »und darüber, was Freiheit kosten darf. Nicht zuletzt haben wir es plötzlich mit zwei Feinden zu tun: den Collectors und diesen unbekannten Ahumanen. Das konnte keiner vorhersehen. Die Vertreter der kleineren Staaten mit wenigen Kolonien waren der Meinung, dass die Collectors sie beschützen könnten.«

Komm zum entscheidenden Punkt, dachte Tannmann und machte ein verkniffenes Gesicht. *Politiker. Reden – und das Handeln anderen überlassen.* »Sehr schön, Sir. Die Entscheidung?«, drängelte er. »Die Flotte möchte wissen, ob sie gebraucht wird oder sich auflöst.«

Triffoni-Dale lächelte. »Sie sind ein Mann der Tat, Air Marshal, ich weiß. Die Entscheidung fiel denkbar knapp aus. Die Aussagen von Anatol Lyssander, die Bilder und Berichte, die von Bishopness Theresa stammten, und das Vorhaben, sechzig Milliarden Menschen die Freiheit zu rauben, haben die VHR dazu bewogen, die Flotte erneut gegen die Collectors zu schicken.«

Tannmann erlaubte sich ein befreites Aufatmen. »Danke, Sir. Das bedeutet zwar, dass uns der härteste Teil noch bevorsteht und weitere Leben geopfert werden, doch es ist die richtige Entscheidung.«

»Uns ist bewusst, dass wir Tausende Soldaten in den Tod schicken«, sagte Triffoni-Dale ernst. »Und Ihnen muss bewusst sein, dass es nicht allein um die Zerstörung des geplanten Schwarzen Lochs geht. Die

Collectors müssen vollständig, und ich betone: *vollständig,* ausgelöscht werden! Diese Gefahr für die Menschheit muss ausgerottet werden, damit wir uns danach auf die Unbekannten konzentrieren können.«

»Sehr gut, Sir. Dann kann ich die Flotte in Kenntnis setzen, dass wir in vierzehn Tagen den Angriff starten?«

»Ja, Air Marshal.« Triffoni-Dale schrieb mit der rechten Hand auf der Tastatur. »Es gibt noch eine Sache. Ein schmutziges Geheimnis.«

Tannmann sah erwartungsvoll in die Kamera. »Sir?«

»Sie erhalten in einer Woche Besuch von einer kleinen Frachttrans-porterflotte. Drei Schiffe, die *Arc I, II* und *III.* Die VHR hat sie von *Twilight Industries* gechartert. Wissen Sie, wer das ist?«

»Warum haben wir Zivilisten beim Angriff dabei?«

»Weil der Plan zu gefährlich für Menschen ist. *Twilight Industries* befin-det sich in der Hand freier Beta-Humanoiden. Sie übernehmen Dienst-leistungen und Bergungsoperationen aller Art, mögen sie noch so gefährlich sein«, erklärte ihm Triffoni-Dale. »Anders gesagt: Söldner. An Bord befinden sich jeweils viertausend Beta-Humanoide, die den-ken, wir bräuchten sie als Entermannschaft, außerdem haben wir Kis-ten mit Ausrüstung bei ihnen eingelagert. Randvoll mit Bomben. Die wirkungsvollsten Atomsprengköpfe, die wir gefunden haben.«

Tannmann glaubte die Andeutung zu verstehen. »Da die Betas sie nicht von Hand raustragen sollen, nehme ich an, dass es sich bei *Arc I* bis *III* um Kamikaze-Schiffe handelt. Ohne das Wissen der Besatzung.«

»Sie, Air Marshal, haben freie Hand, was die Nutzung angeht. Die Frachtersteuerungen wurden von unseren Experten manipuliert. Ich übermittle Ihnen einen Code, mit dem Sie die Manövercomputer direkt übernehmen können. Ein zweiter Code zündet die Bomben. Sie ent-scheiden, wie Sie die Frachter und Betas einsetzen, aber zögern Sie nicht, die Frachter mit dem Feind kollidieren zu lassen, wenn es kriegs-entscheidend ist.«

»Warum nehmen wir, mit Verlaub, dafür nicht Betas eines Konzerns?«

»Die Mehrheit des VHR-Sicherheitsrats war der Meinung, dass Kon-zerne in dieser Angelegenheit nicht eingeschaltet werden sollen. Es würde das Gremium erpressbar machen.« Der Vorsitzende blickte gleichgültig. »Sollten Sie sich dazu entschlossen haben, darf niemand davon erfahren, dass wir die Betas absichtlich zu Kamikaze-Bombern gemacht haben, sonst zerreißen uns die Gewerkschaften und Beta-Menschenrechtsorganisationen in der Luft. Das gute Öffentlichkeitsbild der Flotte und der VHR wäre für alle Zeiten dahin, abgesehen von den Schadenersatzforderungen von *Twilight Industries* und den Anklagen der Hinterbliebenden der Betas. Soweit ich weiß, gehören ein paar Hybride zu der Mannschaft. Das heißt, es gibt irgendwo Menschen, die die vollen Rechte eines Staates genießen. Regressansprüche müssen wir verhindern.«

Tannmann fiel ein, dass Triffoni-Dale früher im Vorstand eines Konzerns gesessen hatte. Der Mann war es gewohnt, brutal und rücksichtslos zu entscheiden. Er als Soldat hatte damit in der Tat größere Probleme. »Ich habe verstanden, Sir.« Er hatte die Stimme seiner Frau im Ohr, die ihm sagte, dass sie lebendige, fühlende Wesen ausnutzten und in den Tod sandten, ohne sie vorher um Einverständnis zu bitten. Regelrechte Opfertiere.

Halbtiere, keine Menschen, sagte er sich, um keinerlei tiefergehende moralische Bedenken zu entwickeln. *Das ist ein Unterschied.* Und er wusste, dass seine Frau daraufhin nur triumphierend lächeln würde.

Tannmann bemerkte, dass sich Triffoni-Dale verabschieden wollte. Es war jedoch noch nicht alles geklärt. »Sir, was haben die Experten zur Untersuchung des Materials gesagt? Zu den zwei röhrenförmigen Abschussvorrichtungen, die wir nach dem Angriff auf die Flotte abfangen konnten?«

»Der Bericht liegt noch nicht vor. Der 2OT ist noch …«

»Der 2OT?«, unterbrach er Triffoni-Dale. »Was hat der Orden mit der Untersuchung zu schaffen?«

»Sie reparieren unsere Schiffe schneller als jeder andere, Air Marshal. Sie sind Experten und allen anderen Staaten und Konzernen technisch voraus. Deswegen hat der VHR-Sicherheitsrat beschlossen, ihnen die Untersuchung zu überlassen. Der Orden hatte es uns angeboten.« Er sah verwundert aus. »Ihnen passt das nicht? Nennen Sie mir Ihre Gründe, Air Marshal.«

»Ich war nur überrascht«, log er. Für seinen Geschmack mischte sich der 2OT zu sehr ein. Dazu noch die Ereignisse auf der *Cortés*, die mutmaßlichen Erkenntnisse von Durrick und Schmidt-Kneen über die 2OT und die Collectors. Er räusperte sich. »Die Ausführungen von Miss Durrick ...«

»Sie erfahren das Ergebnis noch vor dem Sicherheitsrat der VHR«, versprach ihm Triffoni-Dale. »Entschuldigen Sie mich, Air Marshal. Ich muss zu den Reportern und den Menschen mitteilen, was wir beschlossen haben, ohne zu viel zu verraten.« Er stand auf.

»Danke, Sir.« Tannmann schaltete ab. Seine Blicke richteten sich auf das Trümmerstück der *Skull. Ich traue dem Orden nicht mehr.* Er ließ sich in den Maschinenraum der *Closer* verbinden, zum Ersten Ingenieur namens Paschulek. »Sagen Sie, das Schiff wurde beim Angriff beschädigt und repariert?«

»Korrekt, Sir.«

»Wo?«

»Meinen Sie, wo es beschädigt wurde oder ...«

»Der Ort der Reparatur.«

»Raumstation *Delos*, Werft II/VII, System Mecha, nahe dem 2OT-Planeten Hephaiston«, berichtete Paschulek. »Nur Kleinigkeiten, Sir. Sie haben uns eine neue Panzerung draufgeschraubt und vier Steuerdüsen ersetzt. Ein halber Tag Arbeit für deren Bot-Armee. Oder waren es reguläre Techniker? Bei denen weiß man es nie.«

Tannmann folgte seiner Eingebung. »Nehmen Sie die Reparaturen genau unter die Lupe. Mit Ihren besten Leuten. Kontrollieren Sie jeden Anschluss, jedes Teil, das in die *Closer* eingebracht wurde.«

»Sir, keiner hat bessere Werften als der 2OT«, versuchte Paschulek einen schwachen Protest. »Ich kann das machen, kein Problem, Sir, aber ich denke nicht, dass sie Fehler beim Einbau ...«

»Es geht mir nicht unbedingt um Fehler«, fiel Tannmann ihm ins Wort. »Es geht mir darum, dass sie uns unter Umständen Dinge eingebaut haben, die wir *nicht* gebrauchen können.«

Es blieb mehrere Sekunden lang still.

»Sir, wollen Sie damit andeuten, die Automaten könnten uns absichtlich sabotiert haben?«, platzte es aus Paschulek heraus. Man hörte seinen Unglauben.

»Untersuchen Sie die Stellen. Machen Sie nicht zu viel Aufhebens darum, es soll keiner wissen, was ich vermute. Sie erstatten nur mir Bericht. Bestätigen.«

»Bestätigt, Sir.«

»An die Arbeit, und seien Sie gründlich. Schreiben Sie alles auf, was Ihnen merkwürdig und verdächtig erscheint. Sie haben einen halben Tag.« Er legte auf und knetete die Unterlippe mit Daumen und Zeigefinger.

Mit seiner Überprüfungsanordnung stocherte er im Nebel. Aber wenn Paschulek etwas fand, hatte er einen Beweis, dass die 2OT nicht im Sinne der Menschheit handelten. Sabotage der VHR-Flotte, *das* bedeutete Hochverrat. Schlimmsten Hochverrat, zu dem es keine Steigerung mehr gab.

Hat der Orden ein geheimes Bündnis mit den Collectors abgeschlossen? Was könnten sie im Gegenzug erhalten? Er seufzte. *Es sind alles Spekulationen,* dachte er unzufrieden. Er musste Paschuleks Untersuchung abwarten.

Tannmann rief die Karte des Aurora-Systems auf, in dem sich die Flotte befand. Etwas mehr als dreitausend Schiffe hatten sich bereits versammelt. *Zeit, die Kommandanten in Kenntnis zu setzen.*

Die Brücke rief ihn. »Air Marshal, wir haben eine Interim-Welle«, meldete die Überwachungsstation. »Keine Ankunft angemeldet.«

»Gefechtsbereitschaft«, ordnete er an, sein Puls beschleunigte sich. »Alle Schiffe klar zum Gefecht. Ich bin sofort bei Ihnen.«

Er war bis zur Tür gelangt, als sich sein interstellarer Kommunikator mit einem Fiepen meldete. Er hatte eine persönliche Nachricht erhalten.

Triffoni-Dale? Tannmann wandte sich um und rief sie hastig auf. *Ares, warum ausgerechnet jetzt?* Er hatte wahrlich Besseres zu tun.

Bester Air Marshal Tannmann,
ich habe vergessen, Ihnen mitzuteilen, dass wir neue Verbündete in unseren Reihen begrüßen dürfen: Gern hat der Sicherheitsrat der VHR dem Wunsch von

Automaton Prime entsprochen und über die passive Hilfe hinaus die aktive Unterstützung in der kommenden Schlacht angenommen.

Die Leitung des 2OT wird Ihnen eine kleine Kampfeinheit senden, bestehend aus zweihundert Schiffen.

Ein historischer Tag! Denn zum ersten Mal beteiligt sich der Order of Technology an den Unternehmungen der VHR.

Die Koordinaten wurden der Flotte bereits übermittelt, die Schiffe müssten bald bei Ihnen angekommen sein.

Beste Grüße und viel Erfolg, im Namen aller Menschen!

Maestro Oleander Triffoni-Dale

Das darf nicht wahr sein! Tannmann schaltete um, legte sich die Bilder der Außenkameras auf den Monitor, klickte sich schnell durch die Ansichten durch, bis er die neu angekommenen Schiffe sah.

Sie tauchten gleichzeitig aus dem Interim ins All ein, ein Pulk aus scheibenförmigen, flachen Gebilden mit überdimensionierten Antrieben. An den Seiten waren starre, lange Waffensysteme angebracht, die wie Ausleger wirkten, und die Rümpfe schimmerten verchromt, schwarze Lackierung setzte Akzente.

Hässliches Design. Tannmann rief die Brücke. »Gefechtsbereitschaft für die Flotte aufheben. Eine Abordnung des 2OT ist zu uns gestoßen, um uns zu unterstützen. Informieren Sie die restlichen Schiffe darüber, bevor einem Kommandanten die Nerven durchgehen und er das Feuer eröffnet. Danach rufen Sie die 2OT und lassen sich eine Aufstellung der Bewaffnung und der Kampfkraft geben. Ich will alle technischen Daten dieser Flundern. Keine Geheimnisse und keine Ausreden.«

»Ja, Sir.«

Unsichere Verbündete sind Verbündete, die man nicht gebrauchen kann. Er setzte sich, legte die Füße hoch und sah aus dem Bullauge, vor dem in einiger Entfernung die neuen Mitstreiter schwebten.

Sicherlich wurde jetzt in der ganzen Flotte gejubelt. Mit dem Beistand hatte niemand rechnen können, und für die Moral war es mehr als gut.

Er versuchte sich vorzustellen, wie die Piloten in den flachen, silbernen Schiffen aussahen.

Und da, ausgerechnet da fiel ihm ein wichtiger Grund ein, warum der 2OT mit den Collectors ein Bündnis eingegangen sein mochte ...

Aber sicher! Der Zugang zur Technik, um ihr krankes Ziel, die Entkopplung von Geist und Leib, zu erreichen! Tannmann sah erneut auf die Zeitanzeige seines Kom-Geräts. Noch elf Stunden, bis Paschulek ihm etwas sagen konnte. Spätestens. *Hoffentlich nicht zu spät.*

Wieder gab er seinem Bauchgefühl nach, als er die *Closer* in Gefechtsbereitschaft und den Sprungantrieb auf Stand-by gehen ließ. Am liebsten wäre er die ungewollte Unterstützung wieder losgeworden.

Warum eigentlich nicht? Ich bin der Befehlshaber. Er rieb sich über die Stirn. *Ich weiß auch schon, wie.*

FÜNFZEHNTER AKT

Erste Szene

31. Mai 3042 a. D. (Erdzeit)

»ICH FINDE IHN NICHT!«, schrie Lyssander markerschütternd. Seine schrille Stimme brachte die Monitore vor ihm in der Halterung zum Schwingen, die Luft vibrierte merklich.

Die Männer und Frauen auf der Brücke zuckten zusammen, irgendwo klirrte es leise; einer der Navigatoren mit den Linsenkarussellen vor den Augen stöhnte auf.

Lange wird er sich nicht mehr kontrollieren können. Faye saß im Sessel neben ihm. Den dritten Tag in Folge sichteten sie Sternenkarten, ohne dass Lyssander eine Eingebung erhielt oder er Kontakt zu Kris aufnehmen konnte.

Sie sah zu dem Navigator, der aufgestöhnt hatte und just den Helm abzog. Das Material wies einen Riss auf, der sich rundum zog.

Ingstrabur befand sich in Reichweite, den Blick fest auf die medizinischen Kontrollen auf seinem PDA gerichtet. Er trug einen Koffer bei sich, in dem verschiedene Notfallpräparate steckten. In unregelmäßigen Abständen spritzte er Lyssander etwas, um ihn zu beruhigen und die immer weiter außer Kontrolle geratenden Werte zu bändigen. Das Neuroleptikum würde der Mediator nicht erhalten. Noch nicht. Sie brauchten einen Erfolg.

»Sein Blut kann ich direkt als Chemiecocktail verkaufen«, flüsterte Ingstrabur Faye zu und wählte bereits eine neue Ampulle aus, die er in den Hochdruckinjektor schob. »Danach wird eine Entgiftung angesagt sein, sonst versagen die Organe der Reihe nach.«

Faye fühlte durchaus Mitleid, wollte ihm aber keines gönnen. *Tu deine Arbeit, Lyssander. Rette deinen Sohn!*

Sie schwebten im All, untätig und ungeduldig, in der Nähe eines

Planeten, dessen Namen sie vergessen hatte und der unter Obhut stand. Sie blieben weit genug entfernt, um nicht aufgespürt zu werden.

Mach schon! Sie hätte den Mann am liebsten geschlagen, um ihn anzutreiben.

Lyssander presste die Handflächen vor der Brust zusammen, schlug sich gegen den Kopf. »Ich finde meinen eigenen Sohn nicht!«, brüllte er und hielt sich am Sessel fest. Wieder rann Blut, dieses Mal aus beiden Nasenlöchern; teilweise war es schon geronnen, kleine Klümpchen wurden ausgeschwemmt. »Verdammte Götter! Ihr werdet mich nicht besiegen! Ich zerstöre eure Paläste, wo immer ihr wohnt! Ich besitze mehr Macht als ihr!« Er drückte einen Handballen gegen das rechte Auge. »Es platzt!«, keifte er. »Nein, es springt! Ich sehe ... damit in das ... Interim!«

Dem Schweigen auf der Brücke merkte man die Betretenheit an. Eine Mischung aus Betroffenheit und Furcht davor, dass der Mann bald Schlimmeres anrichten würde, als Bildschirme zum Wackeln zu bringen und Helme zu spalten. Laroux' Gesichtsausdruck nach zu urteilen, machte sie sich erhebliche Sorgen um den *Hyperion*-Zerstörer und die Crew.

»Miss Durrick«, sagte sie von ihrem Sessel aus.

»Ja?«

»Ich habe Nachricht von Air Marshal Tannmann erhalten. Sagen Sie dem Suchergenie, dass uns noch knappe zwölf Tage bleiben, um die *Cortés* zu finden und aufzubringen. Dann muss ich mit der *Jeton* zur VHR-Flotte stoßen. Sie können auf meinen Zerstörer beim Angriff auf die Collectors nicht verzichten.«

Faye nickte und war sich sicher, dass Lyssander die Frau genau gehört hatte, aber seit dem ersten Zusammentreffen sprach er nicht mehr mit ihr. »Danke.« Sie ersparte sich jeden Versuch, mehr Zeit herauszuhandeln zu wollen. Die Kommandantin würde sich an ihre Befehle halten. Außerdem war die Unterstützung für die Flotte mehr als wichtig. Überlebenswichtig.

Sie legte Kris' Vater die Hand auf den Rücken. »Bitte, Mister Lyssander.«

»Ich weiß es doch!«, fuhr er sie an, und sein linker Arm zuckte unkontrolliert in die Höhe, verfehlte das eigene Gesicht knapp und fiel schlaff herab. Ingstrabur hatte den Kontrollverlust über die Gliedmaßen vorhergesagt. Lyssander bekam Ticks und Anfälle wie Patienten mit Tourette-Syndrom. »Was denkst du, was ich hier tue, Schwarzschopf? Die Sterne zählen, die ich begaffe?« Er fletschte die Zähne und gab Schmatzgeräusche von sich. »Oh, könnte ich sie doch verschlingen«, raunte er gleich darauf. »Das All fressen und raffen, um schneller zu sein als …«

»Hören Sie auf damit, Sie Irrer!« Faye versetzte ihm eine Ohrfeige – doch er wich pfeilschnell aus, lachte und wies mit dem Zeigefinger auf sie. Er amüsierte sich über sie, verhöhnte sie.

Sie verlor die Beherrschung und schlug wieder zu, aber er zuckte vor der Faust zurück. Die Knöchel zischten harmlos durch die Luft. *Lass es sein,* riet ihr die Vernunft. »Lyssander, ich weiß nicht, was ich noch alles sagen und tun muss, um Sie anzutreiben«, sagte sie verzweifelt. »Reißen Sie sich zusammen, oder Sie sind bald wahnsinniger als 23 und haben nichts erreicht. Ihr Sohn wird sterben!«

Lyssanders Gesicht gefror mitten im Lachen ein, wurde zu einer Grimasse. »Aber natürlich«, wisperte er. »Aber natürlich!«, schrie er dann aufgeregt und legte beide Hände gegen die eingeblendete Sternenkarte. »Wo bist du?«, rief er gellend und schloss die Augen. »WO?«

Faye sah fasziniert und erschrocken zu, wie die Karten ohne Zutun des Navigators wechselten. Sie huschten viel zu schnell vorbei, um sie mit normalem Verstand zu erfassen. Aus Lyssanders Nase sprudelte das Blut und flutete die Konsole darunter. Ingstrabur sprang herbei und tamponierte die Nasenlöcher.

Der Mediator atmete durch den Mund, lächelte und schloss die Augen. Sein Körper spannte sich an.

Knisternd bildeten sich Sprünge auf dem Monitor, die bald über den Rand hinausliefen und sich auf der Wand fortsetzten. Die Anzeige flackerte, die Bildschirmallee wurde auf einen Schlag dunkel. Nur der Bildschirm, den Lyssander berührte, leuchtete weiter. Eine Station nach der anderen erlosch.

»Mister Ingstrabur«, rief Laroux, »schalten Sie diesen EMP-Torpedo auf zwei Beinen ab, bevor er meine *Jeton* zerstört!«

Ein Rütteln lief durch die Brücke, als tauchte der *Hyperion*-Zerstörer in die Atmosphäre eines Planeten ein.

Der Arzt wechselte den Injektor, klemmte die nächste Ampulle in die Kammer und setzte die Düse in den Nacken des Mediators. *Pft!* Aber das Medikament zeigte keine Wirkung. Lyssander setzte fort, was er angefangen hatte. Die Risse breiteten sich weiter aus.

Faye hielt sich mit Mühe auf den Beinen und sah, wie der Carbonstahl sprang. *Welche Kräfte wirken hier?*

Die Vorderseite von Lyssanders Monitor schmolz, dann erklang ein Warnton.

»Doc!«, schrie Laroux und erhob sich, zog die Pistole. Sie richtete die Mündung auf den Mediator. »Los! Schläfern Sie den Mann ein, oder ich schalte ihn ganz aus.«

Ingstrabur klappte den Koffer zu und hob ihn mit beiden Armen über den Kopf, um damit in den Nacken des Mediators zu schlagen – als das Bild auf der Anzeige stehen blieb. Gleichzeitig endete das Rütteln, und die Kontrollen erhielten die Energie zurück.

Das System des Osiris. Faye blickte auf die Karte, wo sich an einem bestimmten Punkt ein gelber Fleck gebildet hatte. *Der Planet Ra. Es ist die erste Welt, die die Collies in ihre Obhut genommen haben. Was wollen sie dort?*

»Da sind sie«, hauchte Lyssander und nahm die Hände langsam weg. Er schwankte und brach zusammen, wurde vom Arzt aufgefangen. »Der Chemical … ich habe den Chemical aufge…« Er verlor das Bewusstsein. Rotes, klumpiges Blut quoll aus dem Mund und rann das Kinn hinab auf seine Brust.

Der Navigator versuchte, die Einstellung auf dem Monitor zu verändern, doch sie hatte sich förmlich eingebrannt. Sogar als er den Bildschirm aus der Verankerung schraubte und den Strom unterbrach, blieb die Karte sichtbar. Verblüfft sah er auf Lyssander, der von Ingstrabur versorgt wurde.

»Ich bringe ihn besser wieder in die Isolierstation«, sagte der Arzt zu Faye und rief einen Med-Bot. Eine Antigrav-Liege kam Sekunden darauf herangeschwebt, auf die sie den Verletzten hievten. »Hier verliere ich ihn. Er braucht Blutkonserven und -verdünner.«

»Kurs berechnen, Osiris-System, nahe an den Planeten Ra ran«, befahl Laroux und kümmerte sich nicht um den Mediator. »Sprung vorbereiten, Gefechtsbereitschaft.« Sie sah den Arzt an. »Sorgen Sie dafür, dass er schläft und erst wach wird, wenn wir ihn brauchen. Keine Verabreichung des Neuroleptikums.« Ingstrabur nickte und verließ mit seinem Patienten eilends die Brücke. Die allgegenwärtigen, dienstfertigen Reinigungsbots säuberten den Boden vom Blut.

Faye gab Laroux zwar Recht, aber sie fürchtete, dass Lyssander bald sterben würde. »Ra«, sagte sie. *Was wird uns da wohl erwarten?*

»Wissen Sie, wie er den Planeten ausfindig gemacht hat?«, wollte Laroux wissen.

»Ich vermute es nur«, entgegnete Faye. »Er hat den Chemical erwähnt, der die *Cortés* steuert. Anscheinend war es leichter, dessen starke psychische Impulse zu orten als die seines Sohns.«

»Hoffen wir, dass Lyssander sich nicht getäuscht hat. Aber was macht die *Cortés* dort?«

»Ich habe keine Ahnung«, gestand sie. »Ich vermute, dass die Verbindungen zwischen den 2OT und den Collies enger sind, als wir angenommen haben.«

»Vermuten Sie, ja?« Laroux sah zu den Rissen in der Wand. »Heilige Johanna von Orléans! Ich wusste nicht, dass ein Interim-Syndrom zu solchen Dingen befähigt.« Sie hatte sich entspannt. »Kennen Sie Ra?«

»Nein. Ich bin niemals dort gewesen.«

»Es war einmal ein sehr schöner Ort zum Leben. Viel Grün, viel Natur. Sie haben Landwirtschaft betrieben und die Hälfte des Systems mit Lebensmitteln, Obst und Gemüse versorgt. Bald werden wir sehen, was die Collectors daraus gemacht haben.«

»Die Bishopness sprach davon, dass sie die Planeten optimieren, um den Menschen ein kleines Paradies zu bauen. Damit sie sich noch besser vermehren«, sagte Faye. »Insofern nehme ich an, dass Ra noch herrlicher geworden ist. Das kann jedoch nicht darüber hinwegtäuschen, dass die Collectors die Menschen wie Vieh behandeln.« Die Erleichterung, endlich zu wissen, wo sie Kris und die *Cortés* suchen mussten, wurde sofort von der Sorge um ihn erstickt. »Wie lange brauchen wir?«

Laroux zeigte auf den 3D-Kubus in der Mitte der Brücke, wo ihr Ziel dargestellt wurde. »Es geht tief ins Reich der Collectors hinein. Soweit wir wissen, haben sie Patrouillen, die den Raum überwachen, und einzelne, schwerbewaffnete Drohnen. In der Nähe von Ra befindet sich ein Mond, in dessen Schatten wir springen. Er gibt uns durch seine Masse und seinen hohen Mineraliengehalt Deckung vor herkömmlichen Ortungssystemen. Es dürfte reichen, sich eine Stunde unbemerkt dort aufzuhalten und Lyssander den genauen Standort ermitteln zu lassen. Er weiß ja, wo sich der Chemical befindet. Danach müssen wir sehen, was uns entgegengestellt wird: Orbitalplattformen, Schiffe, Jäger oder andere Waffen. Was mit der *Cortés* ist, steht noch vollkommen außen vor.«

Faye wusste nun, warum Tannmann ihr den größten Zerstörer mitgegeben hatte. Es war die einzige Möglichkeit, gegen die Collies eine gewisse Zeit zu bestehen und nicht auf der Stelle in Einzelteile zerlegt zu werden. »Das ist der militärische Part des Unternehmens. Da mische ich mich nicht ein.«

»Auf den Gedanken wäre ich auch nicht gekommen«, gab Laroux zurück. »Und was Ihre Frage angeht, Miss Durrick: sechs Tage für den Flug dorthin. Wir haben nur einen Tag, um die *Cortés* und ihre Besatzung zu retten. Danach müssen wir den Rückflug antreten, um zur VHR-Flotte zu stoßen.«

»Danke.« Faye verließ die Brücke. Sie ging gemächlich zur Krankenstation, um nach Lyssander und Ingstrabur zu sehen.

Ein riskantes Unternehmen, in dem sie steckte. *Das werden sehr lange sieben Tage.* Die alte Ungeduld war wieder da, noch schlimmer als sonst.

Es tat ihr leid, dass sie sich dazu hatte verleiten lassen, den Mediator zu schlagen. Andererseits wäre er sonst niemals auf den Gedanken gekommen, nach 23 zu suchen. Wenigstens lebte der Chemical noch.

Was werden sie mit ihm angestellt haben? Faye vermutete, dass sie Kris verhören würden, um herauszufinden, was er über den 2OT und die Collies herausgefunden hatte. *Danach werden sie ihn vermutlich in ihr Zuchtprogramm stecken.* Ihr wurde bewusst, dass sie es einem Zufall und dem missglückten Mordversuch der Blechbüchsen verdankte, nicht zusammen mit den anderen entführt worden zu sein.

Der Vergewaltigung entkommen. Sie konnte sich nicht vorstellen, welche Qualen die Bishopness durchlitt, die den Collectors zum zweiten Mal in die künstlichen Hände gefallen war: Fruchtbarkeitsinjektionen. Zwanghafter und ständiger Sex bis zur Schwangerschaft. Entbindung, und danach alles von vorne.

Wäre ich an ihrer Stelle, ich glaube, ich würde mich umbringen.

Zweite Szene

29. Mai 3042 a. D. (Erdzeit)

SYSTEM: AURORA

Tannmann sah auf die Listen, die auf dem Bildschirm zu lesen waren. »Sie sind sicher?«

Paschulek stand vor seinem Schreibtisch, blass und erschöpft, aber mit klarem Blick. Er war sich dessen bewusst, was seine Untersuchungsergebnisse bedeuteten. »Ich habe es dreimal gegengecheckt, Sir, alles andere wäre mir zu heiß gewesen.« Er sah an seiner Montur herab, auf der verschiedenfarbige Flecken hafteten. Kühlmittel, Öl und sonstige Substanzen, die ein Schiff verlieren konnte.

»Was Sie hier niedergeschrieben haben, bedeutet, dass wir keine direkten Hinweise auf die Herkunft der rätselhaften Angreifer haben. Und doch ist das Material, das die Unbekannten beim Einsatz verwendet haben, so gut wie identisch mit dem, das der 2OT zum Bau seiner herkömmlichen Schiffe benutzt.« Tannmann nahm die Whiskeyflasche aus dem Regal hinter sich und goss zuerst Paschulek, dann sich selbst einen Schluck ins Glas. »Habe ich Ihre Analysedaten richtig interpretiert?«

»Korrekt, Sir. Auch wenn ich mit meinen beschränkten Mitteln nicht beweisen kann, dass es direkt Schiffe des 2OT waren, so liegt zumindest die Materialgleichheit von denen und den Unbekannten bei siebenundneunzig Prozent. Das ist zu viel, um ein Zufall zu sein. Ein großes Labor kann sicherlich mehr analysieren als ich auf der *Closer*.« Der Ingenieur nahm sich den Drink und kippte ihn auf ex. »Möglicherweise haben die Fremden beim Orden gestohlen. Oder umgekehrt.«

Tannmann schwieg. Er betrachtete nochmals die Zahlenreihen, die Formeln, die Ergebnisse. Es war kein eindeutiges Indiz; für eine sofortige Anklage wegen Hochverrats würde es nicht ausreichen. Aber es genügte, um die VHR sowie den Sicherheitsrat umgehend über die Erkenntnisse zu informieren und eine unabhängige, unparteiische Untersuchungskommission einzusetzen.

Man hätte den Automaten schon viel früher auf die Finger schauen müssen. Da sie eine überragende Technik besaßen, die alle anderen haben wollten, hatte der Orden stets eine Sonderstellung eingenommen. Schon dass er sich nicht der VHR angeschlossen hatte, passte ins Bild. Mehr denn je.

Paschulek goss sich ungefragt einen neuen Whiskey ein. »Es ist nicht anzunehmen, dass die 2OTs bei ihrer Untersuchung für den Sicherheitsrat zu dem gleichen Ergebnis kommen werden, Sir. Wir müssen die VHR informieren.«

»Das sehe ich ebenso.« Tannmann blickte auf den zweiten Monitor, auf dem die »dickärschigen Flundern«, wie die Schiffe des 2OT inzwischen genannt wurden, im All schwebten. Waren sie von den Abmessungen vergleichbar mit einem Kreuzer, konnte es die offizielle Bewaffnung jedoch spielend mit einer kleinen Fregatte aufnehmen. Der Air Marshal war sich sicher, dass die Flundern noch mehr auf Lager hatten, als angegeben worden war. *Wir haben den möglichen Verräter ganz offensichtlich in unseren Reihen.*

»Die Überprüfung der Reparaturen bestätigt meiner Ansicht nach die Vermutung, dass der Orden uns schaden will«, fuhr Paschulek fort. »Überall dort, wo unsere Leute mithalfen, die Beschädigungen instand zu setzen, konnte ich keine Unregelmäßigkeiten feststellen. Aber an den Panzerplatten, die in Eigenregie von den Bots sowie den 2OT-Ingenieuren ausgebessert wurden, habe ich Strukturfehler gefunden. Wir haben quadratmetergroße Schwachpunkte an der *Closer*.« Er langte in seine Tasche und nahm ein Kästchen hervor, das an ein Feuerzeug erinnerte. »Das haben wir auch gefunden.« Er legte es vor Tannmann auf den Tisch.

Er nahm es in die Hand. Glatt, schwer und ungefährlich. »Machen Sie es nicht so spannend. Was halte ich in meinen Fingern?«

»Das Durchleuchten ist fehlgeschlagen, aber wir haben festgestellt, dass es auf Funkimpulse reagiert. Ich denke, es handelt sich um einen Peilsender, der durch ein Signal eingeschaltet wird.« Er leerte den Whiskey in einem Zug. »Eine Hilfe für die Zielerfassung eines Raumschiffs, schätze ich. Nicht zufälligerweise genau *da*, wo sich die künstlichen Schwachstellen unseres Kreuzers befinden.«

»Ares, Mars und Merkur!« *Wer ist davon noch betroffen?* Tannmann wurde gleichzeitig heiß und kalt.

Rasch rief er die Meldungen ab, welche beschädigten Schiffe sich in den Werften des 2OT befunden oder Hilfe durch den Orden erfahren hatten. Er kam auf eine Quote von zweiundneunzig Prozent.

Ihr Götter der Unterwelt! Sie können uns mit einer Handvoll Raketen auslöschen. »Können wir beweisen, dass dieser Sender«, er hob den Fund hoch, »vom Orden gebaut wurde?«

»Nein, Sir«, antwortete Paschulek und gab sich keine Mühe, den Frust zu verbergen. »Leider Standardmaterial.«

Tannmann warf den Sender auf den Tisch. Den Beweis würde erst der Aktivierungsimpuls an die Peilgeräte erbringen, und dann war es für etliche Fregatten, Korvetten und einige wenige Kreuzer zu spät. Melden würde er den offenkundigen Verrat des 2OT trotzdem an die VHR, auch ohne Beweise. *Das kann ich nicht entscheiden. Die Politiker müssen die Konsequenzen für die Regierung von Automaton Prime beschließen.* Ihm blieb die Verantwortung für die Flotte und den Angriff auf die Collectors. »Können wir das Signal stören?«

»Ja, Sir. Aber die Störfrequenz müsste so stark sein, dass die Schiffe keinerlei Funk mehr benutzen könnten.« Paschulek wollte sich einen dritten Drink gönnen, doch der Air Marshal stellte die Flasche wieder weg.

»Sind Sie in der Lage, die Peilgeräte zu lokalisieren, oder müssen die Techniker von Hand auf die Suche gehen?«

»Solange sie inaktiv sind, gibt es keine Chance, sie aufzustöbern«, gab der Ingenieur verdrossen zurück. »Die kurze Reaktion des Peilsenders auf unser Funksignal erfolgte erst bei einem Abstand von einem Meter.«

Tannmann musste sich sehr zusammenreißen, um keinen lauten Fluch auszustoßen, nicht den Tisch zu packen und ihn durch die Gegend zu schleudern. »Danke, Paschulek. Sehr gute Arbeit. Nicht nur ich schulde Ihnen was. Jetzt legen Sie sich für ein paar Stunden in die Koje. Und bewahren Sie Stillschweigen.« Er salutierte.

Der Mann verließ nach einem militärischen Gruß die Kabine.

Tannmann erhob sich von seinem Sessel und trat an das runde Fenster, um nach der vermeintlichen Unterstützungsflotte des 2OT zu sehen.

Nach den neuesten Erkenntnissen betrachtete er sie als Feinde, die auf Knopfdruck entweder selbst die Vernichtung der Flotte in Angriff nahmen oder ihr den Rest geben wollten, nachdem die Collectors zugeschlagen und Vorarbeit geleistet hatten.

Alarm geben kann ich nicht. Dann aktivieren sie die Peilsender und feuern alles ab, was sie haben, grübelte er. Außerdem glaubte er daran, dass der Orden seine neu gebauten Silberschiffe ganz in der Nähe geparkt hatte. Sie könnten auf einen kurzen Funkimpuls hin bestimmt sofort ins System springen und ebenfalls attackieren. *Es bleibt mir nur mein ursprünglicher Plan.* Ob er funktionieren würde, wusste er nicht.

Tut der Orden das wirklich wegen des Technikwahns? Oder habe ich einen Grund übersehen? Ist der Zentralrechner auf Automaton Prime schlichtweg verrückt geworden? Es ist einfach nicht nachvollziehbar. Nach einer Pause fügte er für sich selbst hinzu: *nach menschlichem Ermessen. Womöglich ist diese Stufe bereits übersprungen.*

Tannmann kehrte an den Schreibtisch zurück und befahl in einer Nachricht allen Schiffen, die repariert worden waren, eine Durchsicht der behobenen Schäden. Sie sollten Ausschau nach den kleinen Kästchen halten. Er stufte die Nachricht als *geheim* ein, damit nichts nach außen drang und weder der 2OT noch die Collectors davon erfuhren.

»Die Kästchen müssen gesammelt und zur Vernichtung vorbereitet werden. Vernichtung erfolgt auf mein Kommando hin«, tippte er und chiffrierte die Botschaft dreifach, ehe er sie absandte.

Dann rief Tannmann seinen Ersten Navigationsoffizier zu sich und erklärte ihm bei einem Glas Whiskey, was er beabsichtigte.

Mitten im Satz wurde er sich bewusst, dass die *Jeton* ebenfalls kleinere Reparaturen hatte erledigen lassen.

Es bestand keine Aussicht, den Zerstörer zu kontaktieren.

Dritte Szene

5. Juni 3042 a. D. (Erdzeit)

SYSTEM: OSIRIS
PLANET: RA

Faye bewegte probeweise den Arm und war erleichtert, als die lautlosen Nanomotoren der Panzerung funktionierten. *Klappt. Nichts hängt.* Sie hatte beim Check der schwarz lackierten *Aries One*-Rüstung kurz geglaubt, einer der Antriebe habe eine Fehlfunktion, auch wenn die Helmanzeigen das Gegenteil behaupteten. Die Statusmeldung zeigte *o. k.* an.

Die komplett geschlossene Panzerung besaß eine eigene Energieversorgung und verlieh dem Träger durch Nanotechnologie zusätzliche Kraft. Faye hatte damit in ihrer Ausbildung trainiert und es sehr gemocht.

Der *Aries*-Konzern, der die gleichnamigen Rüstungen herstellte, war unerreichbar in Sachen Kampfpanzerung, auch wenn *Gauss* und *United Industries* und viele andere sich an Plagiaten versuchten. Gegen die Collies war die *Aries One* dringend nötig, denn deren Rüstungen waren mehr als zweimal so dick.

Faye fuhr mit dem Zeigefinger der Rechten über ihr detailliertes Emblem, das sie zwei Stunden lang mit Bronzefarbe aufgemalt hatte: ein janusköpfiger Adler, das generelle Abzeichen einer Justifier-Einheit. Es machte sie zu etwas Besonderem unter den Russen.

Wenn Malhotra das sehen könnte. Sie grinste unter ihrem Helm und hielt ihr klobiges, großkalibriges Schnellfeuergewehr der Marke *Deathmace* fest, in dessen Magazin raketengetriebene Explosivmunition steckte. Sie sah sich im Transporter um.

Zusammen mit Team Black der Special Forces der *Jeton* saß sie in Schleuse I des *Hyperion*-Jagdgleiters, der sich mit waghalsigen Manövern durch einen schmalen Korridor voller Asteroidenbrocken bewegte. In Schleuse II wartete Team Red, zwanzig Special-Forces-Soldaten mit tragbaren schweren Waffen. *Schlagkraft haben wir genug.*

Faye sah auf die Zeiteinblendung. Der Zerstörer würde in vier Minuten aus seiner Deckung auftauchen und einen Angriff auf Ra vortäuschen, um alle Kräfte an sich zu binden. Die Ortungsgeräte der *Jeton* hatten zwei Orbitalplattformen und einen Schiffstypus der *Bigger*-Klasse identifiziert, was Laroux wenig Sorgen bereitete. Bedenken hatte sie nur wegen möglicher Unterstützung, die die Verteidiger anfordern konnten.

Neben ihr kauerte Lyssander, den sie mit roten Kreuzen auf seiner Panzerung markiert hatten. Ingstrabur hatte ihm eine minimale Dosis des Neuroleptikums verabreichen müssen, sonst wäre er übergeschnappt. Dafür war er nicht mehr in der Lage, die genauen Impulse des Chemicals oder seines Sohns auf größere Distanz wahrzunehmen. Also hatten sie ihn mitnehmen müssen.

»Alles klar?«, fragte sie ihn über Funk, damit er nicht einschlief. Der Mediator war am Ende des Machbaren angelangt und hatte schon zehn Bluttransfusionen erhalten. Das Rot lief ihm fast schon wie Wasser aus der Nase; eine Drainage verhinderte, dass sich zu viel Druck im Schädel aufbaute. Ingstrabur hatte eine Art zweiten, äußeren Blutkreislauf gebildet, indem er den Schlauch unter der Haut entlangführte und in die Schlagader des Beins münden ließ.

Lyssander hob die Hand. Sein Visier war verspiegelt wie alle anderen. Faye vermochte die Wahrheit über seinen Zustand nicht von seinem Gesicht abzulesen.

»Wohin?« Sie hielt ihm die Karte des Planeten auf einem Display hin, das mit der Brücke der *Hyperiona* verbunden war.

Wie in Zeitlupe hob er den linken Arm und drückte auf eine Stelle oberhalb des Äquators, direkt am Meer. »23«, murmelte er schwach.

»Und Kris?« Sie riss sich zusammen, um ihn nicht anzuschreien. *Du wirst doch deinen Sohn finden können!* »Ist er auch da?«

Lyssander grunzte unverständlich und versuchte, die Handschuhe abzustreifen, die bei der Aries One fest mit dem Anzug montiert waren. Die Wirkung des Neuroleptikums ließ nach, die alten Ticks und Aussetzer wurden stärker.

Ground Commander Uschtrow beugte sich zu ihr. »Sie werden ihn fesseln, wenn er wieder anfängt, Schwierigkeiten zu machen, Durrick. Zwei meiner Leute werden ihn dann auf die Antigrav-Liege packen und durch die Gegend schieben. Die Mission ist schon gefährlich genug. Ich brauche keinen Wahnsinnigen, der meine Männer zusätzlich gefährdet.«

»Klar, GC.« Faye nickte und salutierte lax.

»Ziel markiert«, hörten sie die nüchterne Stimme der Pilotin in den Helmen. »Haben die Gegend lokalisiert. Ist ein Stadtkomplex, wie ich von hier oben sehen kann. Ziemlich groß und ziemlich einfallslos konzipiert. Streng geometrisch. Ein paar Millionen Menschen werden hier Platz haben, schätze ich.« Das Licht sprang um auf Blau. »Die *Jeton* ist soeben hinter dem Mond aufgetaucht. Orbitalplattformen haben Kurs genommen. Von der Oberfläche steigen mehrere *Big*-Schiffe auf. Wir lassen sie durch und beginnen Anflug. T minus drei Minuten.«

Faye hatte sich die Unterlagen über Ra von Laroux geben lassen und sie genau studiert. Sie rief die Pläne und Satellitenkarten ab und verglich die Region mit der heutigen Situation. *Verdammt!* »Okay, da hat sich was geändert. Die Stadt ist neu«, sagte sie zu Uschtrow. »Vor dem Auftauchen der Collies gab es da nur einen Fischereihafen und eine Fabrik für Fischverarbeitung.«

»Anscheinend hat es den Collies da gut gefallen.« Der Ground Commander gab Befehle, die Special Forces prüften die Waffen ein letztes Mal. Die Mündungen hatten zentimetergroße Durchmesser. Ohne die *Aries*-Rüstungen wären die Gewehre für einen Menschen wegen des hohen Rückschlags bei normaler Munition und des Gewichts nicht zu bedienen gewesen. Die Kolben wurden in den Halterungen am Boden vor den Sitzen arretiert, damit sie nicht bei harten Schlägen oder abrupten Manövern des Jagdgleiters durch die Gegend flogen.

Faye betrachtete weitere Satellitenaufnahmen. *Ra ist tatsächlich noch grüner geworden.* Kleine Städte waren verschwunden und einigen wenigen Mega-Citys gewichen.

Was ist denn das? Sie betrachtete mehrere Punkte, die aussahen wie primitive Hütten. Die Aufnahmen zeigten, dass sich dazwischen Menschen bewegten.

Ob sie der Obhut entkommen sind? Aber sie zweifelte gleich wieder an ihrer Vermutung. Den Collies wären sie nicht entgangen. *Wenn ich sie so leicht finde, können sie das auf alle Fälle auch. Warum sollten sie die Ausbrecher tolerieren?*

Außerhalb der Städte zeigten ihr die Bilder hallenhafte Komplexe, die an die Erzählungen von Bishopness Theresa erinnerten: vermutlich gewaltige Krankenhaus- und Entbindungseinrichtungen.

»Wir gehen runter«, sagte die Pilotin. »Erreichen die Oberfläche in vier Minuten. Schneller geht es leider nicht, die Atmosphäre ist etwas knifflig.«

»Bestätigt«, sagte Uschtrow.

Faye zoomte den Stadtkomplex näher. »Lyssander, bitte, suchen Sie nach Kris und den anderen.« Sie hatte bewusst den Namen seines Sohnes zuerst genannt. »Strengen Sie sich an! Wir kommen ihnen immer näher, es sollte Ihnen also leichtfallen.« Sie hielt ihm das Pad hin.

Er nahm es mit den langsamen, erschöpften Bewegungen eines Greises entgegen, hielt es mit beiden Händen und rührte sich nicht mehr.

Die *Hyperiona* ruckelte plötzlich und vollführte schlingernde Bewegungen. Die Insassen wurden durch die straffen Gurte gehalten, sonst wären sie durch die Kammer geschleudert worden. Faye biss sich auf die Zunge, weil sie gerade etwas zu Lyssander hatte sagen wollen.

Der Ruck schien den Mediator jedoch geweckt zu haben. »Hier«, ächzte er und drückte fest auf die Stadtkarte. »Kris. Und der Chemical. Sie erwarten uns! Sie spüren mich!«

»Wie geht es ihnen?«, verlangte Faye aufgeregt zu wissen.

»Sie ... sind wohlauf.« Lyssander stockte. »Nein ... Kris ist ... schläft ... oder 23?« Er stieß würgende Geräusche aus, danach heulte er wie ein Tier.

»Solche Angaben habe ich mir gewünscht«, kommentierte Uschtrow bitter. »He, Lyssander.« Er versetzte ihm einen Stoß. »Lyssander, hey: Wo ist Professorin Suede?«

Faye wurde sofort misstrauisch. »Was haben Sie vor, GC? *Ich* gebe die Ziele vor!«

»Halten Sie die Klappe, Durrick.«

»Uschtrow, kann es sein, dass Sie zu wenig Sauerstoff in Ihrer Rüstung haben? Ihr Hirn hat Aussetzer.«

»Sie mögen Laroux Befehle geben können, aber nicht mir, Justifierin.« Er hob den linken Arm und drückte gegen ihr Emblem. »Sie sind keine von uns.« Uschtrow schob sie nach hinten. »Mir wurde von einem Unternehmen nahegelegt, mich zuerst um die Professorin Suede zu kümmern.« Er wandte sich wieder an den Mediator. »Also, wo ist Suede?«

Shit. Faye ärgerte sich, dass sie den langen Arm von *BaIn* unterschätzt hatte: Der Konzern wollte seinen wertvollen Driver zurückhaben. Sie ließ sich erst gar nicht auf eine Diskussion mit dem Ground Commander ein. Ihr blieb die Hoffnung, dass sich Nuria in der Nähe von Kris aufhielt. *Ich suche ihn notfalls auf eigene Faust. Und danach mache ich dich fertig, Russki!* Sie berührte den janusköpfigen Adler wie zum Eidschwur.

»Wir suchen ihn gemeinsam«, sagte Lyssander. Ihr wurde erst nach zwei Sekunden bewusst, dass sie seine Stimme in ihrem Verstand und nicht im Helmfunk vernommen hatte. »Wir lassen ihn nicht im Stich.« Verwundert drehte sie sich zu ihm und sah wieder nur das verspiegelte Duralpanzerglas.

»Dringen in die Stadt vor«, meldete die Pilotin, die noch immer so ruhig klang, als würde sie zum Einkaufen fliegen. »Folge den Parametern, erreiche Ziel in zwanzig Sekunden. Special Forces, fertig machen zum Ausstieg. Ich gehe hoch und halte euch den Rücken von Jäger-Einheiten frei.«

Faye hörte das dumpfe Rattern. Die Geschütze des Jagdgleiters waren in Aktion getreten, gleich darauf prallte etwas gegen die *Hyperiona* und ließ ihr Heck absacken. Sie biss die Zähne zusammen.

»Zwei *Smaller* ausgeschaltet, kleinere Wrackkollision«, erklärte ihnen die Pilotin eiskalt. »Keinerlei Schäden.« Die seitliche Klappe wurde bereits herabgelassen, Wind fegte herein und wirbelte Papier und Schmutz in Schleuse I. Eine Sekunde danach setzte der Jagdgleiter rumpelnd auf.

»Los, los, los!« Uschtrow löste die Gurte, schnappte sich das Gewehr und stürmte voraus, zwei Soldaten packten Lyssander und zerrten ihn vorwärts, so dass er selbst kaum laufen musste.

Faye blieb nichts anderes übrig, als ihre *Deathmace* zu nehmen und dem Pulk zu folgen. Ihre Wut auf *BaIn* und ihre Schwester wuchs.

Nach wenigen Schritten stand sie vor dem Eingang zu einem Krankenhaus. Besitzerlose Fahrzeuge parkten mitten auf den Straßen um sie herum. Die Eingleisbahnen hatten angehalten, wie sie mit einem Blick in die Höhe feststellte. Die Gondeln hingen wie eingefroren am Himmel. Hinter den Scheiben starrten sie die Gesichter von Männern, Frauen und Kindern an.

Faye sah ihnen an, dass sie sich fürchteten. *Wir wirken für sie bestimmt wie die kleinen Brüder der Collies.*

»Team Red: Luftabsicherung«, hörte sie Uschtrows Kommando, dann fauchte etwas links von ihr. Die Special-Forces-Truppe mit den schweren Waffen hatte ihre Raketenrucksäcke, mit denen sie normalerweise im Weltraum manövrierten, gezündet und katapultierten sich damit auf die Dächer der umliegenden Gebäude. Sie bauten Abwehrstellungen gegen die *Smaller*-Jäger auf, die von der *Hyperiona* nicht abgefangen werden konnten. Der Jagdgleiter hob sich mit den Antigrav-Pulsatoren zurück in die Luft, bevor er die Düsen zündete.

»Team Black: vorwärts. Hauserkundung.«

Faye folgte den Special Forces und hielt sich immer dicht hinter Lyssander, die *Deathmace* schräg vor sich und bereit, sofort auf ein Ziel zu feuern. Der Helm besaß eine elektronische Zielerfassung und war mit der Waffe gekoppelt. Ein kleiner roter Punkt markierte, wohin der Lauf des Gewehrs gerade zeigte. *Dann beweise ihnen, was du gelernt hast.*

Die Krankenhaustüren öffneten sich automatisch vor den Soldaten.

Sie stürmten vorwärts und sicherten sich dabei gegenseitig. Lyssander gab dem Ground Commander gestöhnte Anweisungen und wurde von den beiden Männern brutal geschoben und geschleift; die Sohlen berührten kaum den gekachelten Boden.

»Collie«, rief einer der Special Forces von der Spitze des Zugs, der eben um eine Ecke gebogen war, »eine San-Einheit.« Faye hörte das tiefe Bellen der Gewehre und sah das grelle Mündungsfeuer sich an den Wänden widerspiegeln. Nach etlichen Schüssen kam die Meldung: »Ziel ausgeschaltet, Sir.«

»Wir müssen in den vierten Stock«, sagte Lyssander schwach. »Da oben ist ... Suede.«

»Weiter!« Uschtrow dirigierte sie ins Treppenhaus.

Faye erhaschte einen Blick auf den vernichteten Collector. Die Geschosse der *Deathmace* hatten die Panzerung durchschlagen und fingerdicke Löcher geschaffen, aus denen blaue Flüssigkeit rann. Rauch kräuselte aus den Öffnungen, als würde der Ahumane in seiner Rüstung gegrillt. Die Special Forces waren auf ihre Aufgabe perfekt vorbereitet.

Der Aufstieg begann.

Sie schwitzte nicht in ihrer *Aries One*, das Lüftungssystem arbeitete einwandfrei. Sie war hochgradig angespannt.

Noch bevor sie den Absatz des vierten Stockwerks erreicht hatten, wurden sie unter Beschuss genommen. Der Helm eines Soldaten wurde regelrecht zerstäubt und der ganze Schädel vom Hals geblasen; das Geschoss schlug ein faustdickes Loch in die Wand dahinter. Er fiel nieder und rutschte die Stufen runter. Die Soldaten wichen der Leiche aus, die auf dem Absatz darunter zum Liegen kam, eine rote Spur hinter sich herziehend. Faye hatte keinen Schuss gehört.

»Drei Collies«, meldete die Vorhut. »Wacheinheiten, Sir.«

»Karo elf«, befahl der Ground Commander. Uschtrows Leute antworteten auf den Angriff mit massivem Gegenfeuer und zwei Granaten.

Die Wucht der Detonationen ließ Teile des Treppenhauses einstürzen.

Das war nicht vorgesehen, dachte Faye. Das hohe Gewicht der Collector-Rüstungen hatte sicherlich eine Rolle gespielt.

Die drei Collies rauschten an ihnen vorbei in die Tiefe. Die Special Forces zielten weiter auf die Gegner, deckten sie im Fallen mit einem tödlichen Hagel ein. Blaue Flüssigkeit und Gewebefetzen flogen zusammen mit Panzerfragmenten davon. Sie durchschlugen weitere Treppen und verschwanden in einer Betonstaubwolke.

Das macht es einfacher für uns. Faye hatte ihre *Deathmace* in Anschlag gebracht und sicherte nach unten, der rote Punkt erschien in ihrer Helmansicht. Somit wusste sie immer, wohin ihr Lauf gerade zielte.

Team Black rückte weiter vor.

Um den Spalt zu überbrücken, mussten sie zwei Meter springen, ehe sie in die vierte Etage gelangten. Die Panzertüren waren durch die Granaten aus der Verankerung gesprengt worden und hatten sich stark verbogen. Beinahe unleserlich stand geschrieben: *Eintritt verboten. Nur für Samariter.*

Sie haben die alte Bezeichnung von Hakup übernommen. Faye machte einen gewaltigen Satz über den Abgrund. *Aries One* verlieh ihr die Sprungkraft eines Superhelden, und sie schloss zu Lyssander sowie dem vorderen Teil der Truppe auf.

»GC, hier Team Red. Wir haben Feindkontakt«, lautete die Funkmeldung. »Mehrere Truppengleiter, wie es aussieht.«

»Wie lange können Sie sie aufhalten?«, wollte Uschtrow wissen.

»Nicht länger als zehn Minuten, Sir.«

Faye wurde schlecht. *Das reicht niemals, um alle herauszuholen.* Aufgeben kam für sie jedoch nicht infrage. *Ich werde Kris retten, und wenn ich auf eigene Faust von Ra entkommen muss.* Sie sah zu Lyssander. »Wo ist er?«

»Vor uns«, antwortete er ihr in Gedanken.

Die Special Forces rückten weiter, schnell und geduckt, die Gewehre im Anschlag.

Nach wenigen Metern war jedem klar, dass sie sich auf einer Station des Krankenhauses befanden, die sich mit dem Gegenteil von neuem Leben befasste.

Der Korridor, durch den sie gingen, besaß Glaswände.

Dahinter lagen Menschen jeden Alters auf Stahlliegen gefesselt. Teilweise steckten derart viele Schläuche und Drähte in ihnen, dass es schwerfiel, den Körper in dem Wust überhaupt zu erkennen. Auf den Bildschirmen neben den Betten huschten Symbole in raschem Wechsel vorüber. Die Zeichen sagten Faye nichts. Der Anblick der gespickten Säuglinge und Schwangeren machte ihr am meisten zu schaffen. Sie wurde langsamer, musste ins Innere starren.

Was geht hier vor? Für sie sah es nicht danach aus, als sollten die Menschen von etwas geheilt werden. Die Collies experimentierten mit ihnen! Die Sorge um Kris wuchs ins Unermessliche. *Lass ihn davon verschont geblieben sein.*

»Weiter, Justifierin. Weiter«, trieb Uschtrow sie ungeduldig an. »Verschwenden Sie nicht meine Zeit.«

Lyssander führte sie unbeirrt. Sie bogen mehrmals ab, während eine Liege mit einem gequälten Menschen nach dem anderen an ihnen vorbeizog. Faye schätzte, dass sie einhundert Patienten passiert hatten, und der Gang war noch lange nicht zu Ende.

Dann blieb der Mediator stehen und deutete auf einen Raum. »Da.«

Faye blickte hinein. Sie erkannte 23, der an eine aufrecht stehende Liege gefesselt war. Dünne Schläuche und blanke, bronzefarbene Kabel steckten in seinem Hirn. Die Schädeldecke war dafür entfernt worden, der Rest des Kopfs in eine Halterung eingespannt worden.

»Das ist nicht Suede!« Uschtrow versetzte Lyssander einen Stoß, der daraufhin einknickte und leicht in die Knie ging. »Du verarschst mich nicht!« Ein Soldat hielt den Mediator fest. »Wo ist sie, du Scheißwrack?« Er richtete die Mündung gegen das Visier.

»In der Kammer nebenan«, ächzte er.

Faye machte zwei Schritte zur Seite. »Fuck«, entfuhr es ihr entsetzt. Übelkeit überfiel sie derart schnell, dass sie die Verriegelung des Helms nicht mehr öffnen konnte. Würgend übergab sie sich in die Rüstung.

Die Collectors hatten Nuria zerlegt und in Bassins aufgeteilt. Ihr mit Drähten gespickter Kopf schwamm mit geöffneten Augen in einer bräunlichen Flüssigkeit, darunter lieferten Anzeigen irgendwelche Werte in Collie-Sprache; Arme, Beine, der Rumpf trieben in anderen Tanks.

Regelmäßig durchzuckten Blitze die Flüssigkeit, woraufhin die Glieder zappelten, als wären sie lebendig. Nurias Gesicht vollführte spastische Grimassen.

Uschtrow kam an ihre Seite. »Scheiße. Sie haben ein Driver-Puzzle aus ihr gemacht«, fluchte er. Er gab den Medics seiner Einheit Order, 23 von der Gerätschaft zu lösen und ihn irgendwie transportfähig zu machen. »Hat jemand einen Vorschlag, wie wir die Profess...«

»GC, da drin ist jemand!«, rief ein Soldat und zeigte in den linken, dunkleren Bereich des Raums. »Kein Collie. Sieht aus wie ein Mensch.«

Faye spuckte aus. *Fuck.* Der Geruch des Erbrochenen erzeugte die nächste Übelkeitswelle. Sie lenkte sich ab, indem sie nach der aufgestöberten Person sah. Sie hob die *Deathmace,* der rote Zielpunkt legte sich auf die Gestalt. *Das ist doch ...!* »2OT, auf elf Uhr«, sagte sie. In einer Ecke, halb hinter eine Maschine gedrängt, stand – Joule. »Sie war auf der *Cortés* und gehörte zur Delegation, die uns der Orden auf den Hals gehetzt hat!« *Was hat sie mit Kris gemacht?*

Faye stürmte hinein, vorbei an den Behältern mit den Nuria-Einzelteilen, und achtete nicht auf die Rufe der Soldaten.

In der rechten Hand hielt Joule eine kurzläufige Pistole, die sie sofort fallen ließ, als Faye drohend vor ihr auftauchte. »Ich ergebe mich«, sagte sie mit ihrer antiquierten Computerstimme, die Blicke hatten sich auf das FEC-Abzeichen geheftet. Das Justifier-Emblem schien sie zu irritieren. »Ich wurde gegen meinen Willen entführt, und ...«

»Lügnerin!« Faye schlug mit dem Gewehrlauf gegen ihre Schläfe. Die 2OT wurde hart gegen die Wand geworfen, Hautfetzen klebten an der Mündung. »Mir machst du nichts vor, Automat!«, rief sie erbost. »Ich bin Faye Durrick, Nurias Schwester.« Sie drückte ihr das Laufende gegen das rechte Auge. »Wo steckt Kris?«

»Miss Durrick!«, sagte sie freudig, obwohl ihr Blut aus der Platzwunde rann. Für einen kurzen Moment sah es aus, als wollte Joule sie umarmen.

Faye schlug wieder zu. »Wo ist Kris?«, schrie sie aufgebracht und setzte den Lauf gegen die Stirn der Frau, presste sie hart gegen die Wand. »Ich blase dir ...«

»Draußen!«, rief sie hastig. »Draußen, bei den Schlachthäusern!« Sie fiel auf die Knie. »Bitte, nehmen Sie mich mit! Ich habe mit Olonins Machenschaften nichts zu tun! Er folgt den Anweisungen von Automaton Prime. Ich nicht!«

Ich bin nicht zu spät. »Wo genau arbeitet er dort?«

Joule machte ein verwundertes Gesicht. »Arbeitet?«

»WO, verfickt?«

»Er ... arbeitet nicht dort«, stammelte sie. »Er kommt in die Verarbeitung.«

»Verarbeitung ...?« Hilflos starrte sie die 2OT über den Lauf hinweg an. *Ihr Götter, lasst es nicht das sein, was ich gerade befürchte.*

»Sie wissen es noch nicht? Ich dachte, deswegen wären Sie hier!« Joule schluckte. Soldaten umringten sie und zwangen sie auf die Beine, fesselten sie.

»Was bedeutet das?«, knurrte Faye.

Joule schien wirklich erleichtert, dass man sie gefunden und festgenommen hatte. »Die Samariter verfolgen mit ihrer Obhut nur einen Zweck: Menschen möglichst schnell und reichlich zu züchten.« Sie sah die Justifierin an, und mit ihrer Computerstimme sagte sie: »Um sie dann zu verzehren.«

SECHZEHNTER AKT

Erste Szene

13. Juni 3042 a. D. (Erdzeit)

SYSTEM: STYGMA

Air Marshal Tannmann hätte sich niemals vorstellen können, etwas derart Überwältigendes zu sehen: Das Weltall vor ihm brannte!

Auf schier unendlichen Quadratkilometern stand eine rote, pulsierende Wolke aus Plasma im Raum. Die Anzeigen der Messgeräte der *Closer* befanden sich jenseits von Gut und Böse, die von Magnetfeldern gezügelten Energien waren nicht in Werten auszudrücken. Das Rot überstrahlte die Sterne und Planeten, schien sie aufzufressen und zu absorbieren. Die Collectors spielten mit der kritischen, energiereichen Materie und formten sie nach ihrem Willen.

Früher hätte man solche Wesen Götter genannt. Tannmann war beunruhigt. Nicht nur wegen der Tatsache, dass keine *Jeton* am vereinbarten Zwischensprungpunkt erschienen war.

Die Interferenzen, welche die gigantischen Plasmahaufen und Magnetfelder verursachten, blockierten jede Art von Ortung. Der Air Marshal wusste nicht einmal, wie viele Schiffe der VHR-Flotte ins System gesprungen waren. Er musste sich darauf verlassen, dass sich alle an die verabredeten Zeiten und Angriffskorridore hielten. Über Kamerabilder und Funksprüche allein war die Schlacht nicht zu koordinieren.

Er setzte sich in seinen Sessel, den Blick immer noch auf das brennende Plasma gerichtet.

»Sir, die Collectors zentrieren die Plasmamasse an einem Punkt, ungefähr ein halbes Lichtjahr von der nächsten Sonne entfernt«, meldete sein Navigator. »Das kann ich aufgrund meiner Berechnungen sagen. Mehr aber nicht.«

»Rekalibrieren Sie die Ortungsscanner«, befahl Tannmann. »Ich muss wissen, was die Flotte macht.« *In zehn Minuten wird der erste Angriff beginnen.*

Die *Closer* hatte eigentlich die Aufgabe gehabt, die Schlacht zu leiten und als Springer an den Fronten auszuhelfen, wo es eng wurde. Und da waren noch die Frachttransporter von *Twilight Industries* mit ihrer sehr speziellen Ladung. *Arc I* bis *III*. Er musste den Bordcomputer der Schiffe mit den Atomsprengköpfen abschalten und von Hand steuern können, sobald es erforderlich wurde. Ohne das Wissen der Beta-Humanoiden an Bord und gegen deren Willen. Es war von großer Bedeutung, dass er genaue Daten erhielt.

»Ja, Sir.« Der Navigator machte sich daran, die Systeme neu einzustellen und sie den Energieaktivitäten anzupassen. Er tippte auf die Eingabefelder ein.

Tannmann versuchte nicht daran zu denken, dass sie mit der *Jeton* einen ihrer schwersten Zerstörer verloren hatten. Dessen Feuerkraft würden sie schmerzlich vermissen, sie war kaum zu ersetzen.

Minuten verstrichen.

Inzwischen arbeiteten noch mehr Techniker an den Konsolen, verbanden Kabel neu und löteten an Platinen herum. Der Geruch von heißem Metall und schmorendem Plastik schwebte durch die Brücke.

Tannmann dachte an die ahnungslosen Beta-Humanoiden, die annahmen, eine wichtige Rolle im Kampf zu spielen. Man hatte *Twilight Industries* gesagt, dass sich provisorische Rak-Lafetten in den Laderäumen verbargen. Ihr offizieller Auftrag lautete, so nahe wie möglich an die größten Schiffe der Collectors zu gelangen.

»Es ist nicht rechtens«, hätte seine Frau gesagt. »Ihr benehmt euch wie die Collies. Ihr glaubt, Betas würden unter den Menschen stehen.«

Erleichtert sah er auf die Anzeige, wo aus einem grauweißen Schneegestöber ein klares Bild wurde: Die VHR-Flotte erschien, und er musste sich nicht weiter mit eventuellen moralischen Bedenken plagen. Es gab endlich Ablenkung. Die Statusmeldungen zeigten: Die Kommandanten der Kreuzer, Fregatten und Korvetten hatten sich an die Instruktionen gehalten. Die Operation *BlackHole* lief.

»Danke«, sagte er zu den schweißgebadeten Technikern. »Gute Arbeit!« Er aktivierte das Kom-Gerät und wünschte allen viel Glück.

Der Angriff rollte. Von den Schiffen des 2OT sah er weit und breit nichts. Das freute ihn besonders.

Ein Teil der Flotte, Geschwader Gelb, nahm Kurs auf die etwa achthundert kastenförmigen Schubschiffe der Collectors, die die glühende Plasmamasse wie Bulldozer mit ihren magnetischen Feldern vor sich her drückten. Sie galten als Primärziele. Das Plasma, eine der Grundvoraussetzungen für die Erschaffung des Schwarzen Lochs, durfte unter keinen Umständen weiter verdichtet werden. Der größere Teil, Geschwader Blau, suchte nach Verteidigern, um sie zu binden.

»Keine *Hough*- oder anderen Collector-Schiffe, Sir«, meldete der Überwachungsoffizier verblüfft. »Sie haben ihre Arbeiter allein ...« Es fiepte: Kontakt. »Ich berichtige, Sir«, sagte er mit brüchiger Stimme. »Quadrant drei und vier: Die drei größeren Asteroiden im ... Schwarm sind keine. Soeben wurden Antriebe gezündet. Sie gehen auf Abfangkurs zu Geschwader Gelb.«

Der Monitor zeigte, wie sich Öffnungen an der Oberfläche der Asteroiden auftaten. Aus einigen schossen Jäger der *Small*- und *Smaller*-Klasse heraus, woanders wurden klar erkennbare Geschütze ausgefahren.

Zweihundert Kilometer im Durchmesser! Tannmann starrte auf die Werte der Abtaster, die sämtliche Asteroiden überprüften. *In einem lassen sich schon genug Raketenmengen unterbringen, um die Flotte zweimal zu vernichten.* Ihr größter Zerstörer wirkte mit knappen zehn Kilometern Länge gegen diese Giganten immer noch klein.

Der Air Marshal löste sich aus dem ersten Schock. Es blieb keine Zeit zum Zögern.

»Richten Sie die Scanner auf die Asteroiden. Suchen Sie mir die strukturell schwächste Stelle, jeden noch so kleinen Riss in der Oberfläche«, befahl er dem Überwachungsoffizier. »Geschwader Blau: Abfangkurs auf die Asteroiden. Immer zehn Schiffe bündeln ihre Zielpunkte auf eine Stelle. Sie bekommen gleich mitgeteilt, wo am meisten Beschusswirkung zu erwarten ist.«

Er sah auf die Raumüberwachung. Die Schiffe des 2OT tauchten nach wie vor nicht auf.

Gut. Sie haben die Täuschung nicht bemerkt! Tannmann hatte dem unge-wollten Beistand von Automaton Prime die falschen Koordinaten für den Zwischensprungpunkt gegeben. Sie waren unterwegs ans andere Ende des Systems. Sollten sie dennoch zur VHR-Flotte finden, konnte es nur bedeuten, dass sie von den Collectors gerufen worden waren.

Und ich hoffe nicht, dass das geschieht. Dieser Kampf wird hart genug.

Zweite Szene
5. Juni 3042 a. D. (Erdzeit)

SYSTEM: OSIRIS
PLANET: RA

Die *Hyperiona* donnerte dicht über die Oberfläche von Ra.

Die Verluste hatten sich niedrig gehalten. Nur acht Mann, die zur Flugabwehr eingeteilt gewesen waren, hatten ihr Leben bei den Atta-cken der *Smaller*-Jäger verloren. Dafür hatten sie drei Truppentranspor-ter der Collies vernichtet.

»Keine weiteren Verfolger«, meldete die Pilotin den Special Forces. Faye fand, dass die unbekannte Frau die coolste Person war, die sie je kennengelernt hatte – ohne sie zu sehen. Noch immer klang sie, als absolvierte sie eine Sightseeing-Tour. »Zwei *Smaller* haben wir runterge-holt, etwa zehn neue haben sich an die Verfolgung gemacht. Wir müss-ten den Zielpunkt meinen Berechnungen nach vor ihnen erreichen. Uns bleiben zwei Minuten, um die Person zu extrahieren. Gegen zehn ihrer Jäger haben wir keine Chance. Zwei Minuten, keine Sekunde mehr.«

Es wird reichen. »Erzählen Sie mir, was vor sich geht.« Faye saß Joule gegenüber, die an Armen und Beinen gefesselt war und von zwei Spe-cial-Force-Soldaten flankiert wurde.

23 hatten sie in die Minimal-Krankenstation des Gleiters gebracht, Nurias Schädel mitsamt der Röhre ebenso. Die Mediziner der Ein-heit hatten bemerkt, dass das Gehirn der Frau noch aktiv war. Ground

Commander Uschtrow hatte das Behältnis kurzerhand eingepackt. *Baln* musste ihm sehr viel Geld geboten haben.

Faye starrte Joules Stirn an und wünschte sich die Kräfte eines Mediators. »Wieso arbeiten der Orden und die Collectors zusammen?«

Joule sah sie mit ihren künstlichen Augen an, deren Falschheit man auf diese Entfernung genau erkannte und vermutlich auch erkennen sollte. Sie waren tot wie Glas, ohne Ausdruck. »Ich habe mit der Sache nichts zu tun«, sagte sie mit der emotionslosen Kunststimme. »Ich bin gezwungen worden, an dieser Mission teilzunehmen, sonst hätte mir Automaton Prime die nächsthöhere Weihe versagt und mich eliminiert.« Sie blickte auf die Handschellen. »Aber das spielt jetzt keine Rolle mehr. Ich will nicht mehr Teil der Verbrechen sein, die seit Jahren begangen werden ...«

Verlogener Automat! Faye packte sie bei der Kehle, die unter der kühlen Haut hart wie Stahl war. Die Anzeige behauptete: dreiundzwanzig Grad Körpertemperatur. »Ich stecke in einer *Aries One*, Bot«, spie sie ihr entgegen. »Ich kann dir den Kopf abreißen, wenn ich es will!«

»Ich rede doch schon«, rief Joule verzweifelt. »Aber Sie müssen mir versprechen, dass Sie und die VHR keine Strafaktionen gegen die Welten des Order of Technology durchführen werden. Nur die Führung und diejenigen von uns mit den höchsten Weihen wussten davon. Ich ... erfuhr davon ... durch ein Versehen.«

Faye ließ sie los. »Was weiß der Orden? Wie lange weiß er es schon?« Sie sah, dass Ground Commander Uschtrow mit einer Berührung seitlich am Helm die Frequenz seines Funkgeräts wechselte. *Wen ruft er?* Allmählich war sie dabei, Paranoia zu entwickeln. Sie würde Laroux auf alle Fälle in Kenntnis setzen, dass der GC auf der Gehaltsliste von *Baln* stand.

Joule setzte zum Sprechen an, als ein harter Schlag die *Hyperiona* traf. Die Gurte hielten sie, dennoch blieb Faye für Sekunden die Luft weg. Das Licht sprang auf Blau um.

»Automatische Geschütze«, kam die Meldung aus dem Cockpit. »Wir müssen durch Abwehrfeuer, das von einem nahe gelegenen Raumhafen der Collies kommt. Sind aber nur«, wieder krachte es, und der Jagdgleiter machte einen Satz zur Seite, »stationäre Einheiten.« Gleich darauf prasselte es gegen die Backbordflanke.

Kleinkalibriger Beschuss. Faye verwünschte die Ahumanen und blitzte Joule auffordernd an.

»Ich verlange Schutz«, sagte die 2OT. »Ich kann und will nicht mehr zurück. Meine Hände sollen wieder rein werden ... Ich bin die Kronzeugin der Anklage, wenn es sein muss. Es sind ungeheuerliche Dinge, die die Menschen erfahren müssen.«

»Klar. Machen wir«, sagte Faye, ohne dass sie beabsichtigte, die Zusage einzuhalten. *Du hast bestimmt kein Recht auf irgendeine Zusage, Scheißautomat.* »Ich spreche mit dem Sicherheitsrat der VHR. Aber nur, wenn ich endlich höre ...«

»Der Orden ist schuld, dass die Samariter überhaupt auf den Geschmack von Menschenfleisch kamen«, begann Joule hastig. Sie klang erleichtert, die erste Wahrheit ausgesprochen zu haben, und schluckte. *Ich höre ja wohl nicht richtig?!* »Wie soll sich das denn zugetragen haben?«

»Wir ... kennen die Samariter schon lange. Seit ein paar Hundert Jahren. Ein Pilot des 2OT hat in den Anfangsjahren der Überlichtgeschwindigkeit mehrere Fehlsprünge absolviert und war durch das Interim-Syndrom wahnsinnig geworden. Damals kannte noch keiner die Gefahren der häufigen Nutzung. Er kam dabei mit den Samaritern in Kontakt.«

Fast wie bei Kris' Vater. Faye hörte aufmerksam zu und aktivierte, ohne dass es Joule bemerken sollte, die Aufnahmefunktion ihres Kom-Gerätes. *Man weiß nie. Bevor sie sich weigert, die Geschichte noch einmal zu erzählen, oder ich sie aus der Schleuse werfe. Oder Uschtrow sie erledigt.* Sie sah nach dem Ground Commander, der still dasaß und lauschte. »Und warum sollten die Collies das tun: Menschenfleisch essen?«

»Zufall. Er hat ihnen Abfallstücke angeboten, weil sie Hunger hatten.« Joule zögerte. »Abfallstücke. Das ist der Begriff für menschliche Gliedmaßen, Organe und Innereien, die durch Kybernetikersatz sinnlos geworden sind. Es stellte sich heraus, dass Menschenfleisch der perfekte Ersatz für die verdorbenen Vorräte der Collies war. Besser als alles andere. Unglücklicherweise ging das einher mit der Abhängigkeit.«

Angefüttert, dachte Faye und war froh, dass man ihr angewidertes Gesicht durch das Spiegelglas nicht sah.

Niemand redete der 2OT dazwischen, alle lauschten. Vermutlich taten die Special Forces das mit dem gleichen Abscheu wie sie.

»Die Rasse war hochfortschrittlich, was Kybernetik anging. Automaton Prime sah eine riesige Chance, einen technischen Quantensprung hinzulegen. Es ging um die Befreiung des Geistes vom unzulänglichen menschlichen Leib, und das Ziel schien durch die Begegnung mit den Samaritern näher zu rücken. Die Abfallstücke reichten jedoch nicht aus. Um den Bedarf der Collectors an Fleisch zu decken«, erklärte Joule weiter, »bauten wir Klon-Anlagen für minderwertiges Menschenmaterial. Die Standorte waren geheim, um die Collectors in Abhängigkeit zu halten. Im Austausch für das Fleisch erhielten wir die Technik der Fremden.«

Fuck! Kris hatte Recht mit seiner Beobachtung: Da haben wir den Grund für die große Übereinstimmung der Technik. Faye spürte, dass sich immer mehr Wut in ihr anstaute. Es war ihr gleich, wer den 2OT regierte, ob es ein Rechner war oder ein Tech-Kaiser oder sonst etwas. *Für diese Scheiße muss er zur Rechenschaft gezogen werden!* Sie sah auf die Uhr. »Wie lange noch?«, funkte sie an die Pilotin.

»T minus elf Minuten«, bekam sie zur Antwort.

»Fertig machen«, befahl GC den Truppen in Schleuse I und II. Der Helm drehte sich, er schien sie und die 2OT anzuschauen. Sekundenlang verharrte er.

Faye kam sich vor wie in einem Western, in dem sich die Protagonisten vor dem Showdown belauerten. Sie traute Uschtrow zu, unvermittelt etwas gegen Joule zu unternehmen. Denn am Ende der Kette von Collectors und 2OT stand – *BaIn. Mir kann keiner sagen, dass der Kon nichts davon wusste.* Unter Umständen war Joule auch eine Zeugin in einem Prozess gegen *BaIn.* Das ließ sich kein Unternehmen gefallen. Faye wollte schon allein deswegen die Geschichte zu Ende hören. »Rede schneller, wenn du willst, dass ich die VHR ...«

»Es lief lange Jahre sehr gut für uns. Automaton Prime hütete das Geheimnis der Technologie gegenüber der VHR. Auch von den Klon-

Basen wusste keiner etwas.« Joule war weder an der Stimme noch am Mienenspiel anzumerken, ob der Bericht sie mitnahm. »Durch einen Unfall riss der Kontakt zu den Collectors ab.« Joule hielt sich an den Gurten fest, als die *Hyperiona* sich stark in die Kurve legte.

Mit dem Verhalten Abhängiger kannte Faye sich bestens aus. »Die Collies mussten sich auf die Suche begeben.« *Und trafen auf Kris' Vater.* »Auf die Suche nach ihrem Stoff. Und sie haben ihn gefunden.« Faye atmete tief ein. »Das ist widerlich!«

»Ich weiß«, sagte Joule niedergeschlagen. Sie konnte den Klang vermutlich steuern. »Automaton Prime hat schreckliche Schuld auf sich geladen. Die Führung *wusste* sofort, was über die Menschen herfiel, als die Collectors auf Hakup auftauchten. Automaton Prime hat aber nicht nur versucht, die alte Schuld mit allen Mitteln zu vertuschen, sondern auch die Kontakte zu den Collectors wiederbelebt, um an allerneueste Technologien zu kommen.« Joule schloss die Augen, und Tränen rollten über ihre Wangen. Blauschwarze Tränen. »Im Austausch dafür steht Automaton Prime jetzt auf der Seite der Collectors.«

Faye wurde eiskalt. »Erklär mir das!«

»Automaton Prime wird vorgeblich eine Unterstützungsflotte zur VHR schicken.« Joule wischte eine Träne weg und malte sich eine breite blauschwarze Bahn über die Haut. »Was die VHR nicht weiß: Diese Flotte wird im Fall einer Schlacht die Seiten wechseln.«

Die Stille war gefährlich, voller Spannung und Mordlust.

»T minus eine Minute«, hallte die Pilotinnenstimme in den Helmen.

»Ihr sollt zur Hölle fahren«, raunte Uschtrow. »Ihr ganzen Automaten solltet verrecken! Ihr seid noch verrückter als der schlimmste Interim-Patient, den ich kenne.«

Faye musste erst verdauen, was sie gehört hatte. *Alles ergibt nun Sinn!* Die Anschläge auf Kris, das Verhalten des 2OT im Hangar und der Mord an dem Collector, die Flucht der *Cortés* aus dem Hangar, um die Beweise wegzuschaffen. Außerdem hatte die *Cortés* die Koordinaten der VHR-Flotte erhalten …

»Ich bringe dich und die ganze Automatenbrut um!« Einer der Männer von Team Black hatte die Hand am Gurt, um ihn zu öffnen und sich auf die 2OT zu werfen. Uschtrow rief ihn zur Ordnung, doch der Mann war außer sich. »Scheiße! Wegen euch müssen wir leiden?«, schrie er weiter, ohne den Platz zu verlassen. »Wegen eurer beschissenen Tech-Religion habt ihr zwei Dutzend Welten und Milliarden von Menschen auffressen lassen!«

Joule senkte geschickt den Blick. »Ich kann nichts dafür«, sagte sie leise. »Ich erzähle es euch, damit es endet. Ihr müsst die Regierung auf Automaton Prime stürzen!«

»Bereitmachen.« Das Licht sprang um auf blau. »Wir gehen rein«, kam es von der Pilotin.

»Mister Lyssander«, sagte Faye und wandte sich an Kris' Vater, der wie eine schlaffe Marionette in seinen Gurten hing. Dabei huschte ihr durch den Kopf, dass er mindestens ebenso viel über die Gräueltaten der Collies wissen musste. *Er wird mir einiges zu erklären haben.* Doch zunächst war eine Sache viel wichtiger. »Wo ist Kris? Dirigieren Sie unsere Kutscherin.«

Lyssander erwachte mit einem Ruck zu schwachem Leben. »Ich fühle ihn ...«, murmelte er. »Ihn und Theresa ... links. Weiter nach links ...« Er gab seine Anweisungen an die Kanzel. Die *Hyperiona* reagierte ruckelnd. Jede Kurskorrektur wurde ohne Rücksicht auf die Mägen und Befindlichkeiten sofort vorgenommen. »Da! Da ist er! Direkt unter uns. In der ersten Halle.« Der Mediator sackte zusammen. »Unter ...« Die Augen rollten nach oben weg, die Lider schlossen sich.

»Medic!« Faye rief seine Vitalwerte ab, die auf dem kleinen Monitor an ihrem rechten Unterarm angezeigt wurden.

Der Feldarzt mit dem roten Kreuz auf Helm und Brustpanzerung kam durch die schwankende *Hyperiona* zu ihnen. Er kniete nieder und nahm einen Hochdruckinjektor aus seinem Kofferrucksack. An der Panzerung gab es verschiedene Ansatzstellen, um Notfall-Injektionen zu geben, ohne die Rüstung zu öffnen. Lyssander bekam das Neuroleptikum.

Der Jagdgleiter sackte weg. Brausend donnerten die Triebwerke und verstummten schlagartig, als die Antigrav-Pulsatoren übernahmen und die *Hyperiona* sanft aufsetzen ließen, während die Schleusenportale bereits nach unten klappten.

»Abflug in zwei Minuten«, warnte die Pilotin nochmals. »Braucht ihr länger, gehen wir alle drauf.«

»Absitzen«, befahl Uschtrow und verteilte die Aufgaben wie in der Stadt. Luftüberwachung Team Red, Team Black ging rein.

Faye folgte Uschtrow, sprang ins Freie. Die *Aries One* gab ihr Sicherheit, die Sorge um Kris spornte sie an.

Vor ihnen offenbarte sich die Front einer schnörkellosen Halle mit einer dicken Tür. Rechts und links von Faye startete Team Red die Raketenrucksäcke und nahm die Verteidigungsposition auf dem Dach ein. Gegen zehn *Small*-Jäger war es utopisch, an einen Sieg zu glauben, aber Job war Job.

Ich werde Joule eigenhändig erstechen, wenn ich zu spät komme. Faye rannte an der Spitze, das *Deathmace*-Schnellfeuergewehr im Anschlag, auf den Eingang zu. *Jeden beschissenen 2OT bringe ich um!*

Raketen zischten aus den drehbaren Werfern der *Hyperiona* an ihr vorbei und krachten in das Schott. Sie sprengten die Verriegelung und bliesen die mannsdicken Komponenten aus der Verankerung; mit leisem *Ping* flogen die Splitter gegen sie.

Verdammter Dreck! Wenn sie Kris damit verletzt haben, drohte sie den Schützen an den Bordwaffen innerlich, *bekommen sie die gleiche Behandlung wie die 2OT.*

Team Black hetzte in das Gebäude.

Die Justifierin duckte sich, um nicht mit den scharfkantigen Rändern in Berührung zu kommen, machte ein paar Schritte durch den Qualm, den die Explosion ausgelöst hatte – und stand in einer geräumigen Vorhalle.

Die Wände waren in abgetöntem Weiß gestrichen, die Decke in zartem Blau. Aus unsichtbaren Boxen spielte leise klassische Musik, Wasser plätscherte dezent.

Ist das … ein Entspannungszimmer?

Achthundert Augen starrten die Gepanzerten ängstlich an.

Die Mehrheit der Menschen hatte sich nach der Detonation vom Eingang weggeflüchtet, manche hatten kleinere Wunden abbekommen. Einige wenige saßen auf großen Sesseln oder hatten es sich auf Liegen bequem gemacht, tranken aus hohen Gläsern. Alle trugen bläuliche, weite Überwürfe und waren barfuß. Keiner von ihnen war über dreißig. Es schien, als wüssten sie nicht recht, was der Auftritt zu bedeuten hatte. Keine Panik, kein Fluchtverhalten. Team Black wurde einfach … begafft.

Faye musste an eine Rinderherde denken und sah sich um. Ihr war klar, dass sie keinen von ihnen mitnehmen konnten. »Kris!«, rief sie und drehte die Außenlautsprecher voll auf. »Kris, wo steckst du? Ich bin es: Faye!«

»Faye!«, kam seine Stimme aus der Menge, und er bahnte sich einen Weg zur ihr. »Faye, hier!«

Faye sah einen Mann, dessen Kopfhaare geschoren waren und dessen Kopfhaut von Einstichstellen übersät war. Der Aufenthalt bei den Collies hatte sein Gesicht sichtbar altern lassen. *Was haben sie dir angetan?*

»T minus sechzig Sekunden«, mahnte die Pilotin. »Die zweite Welle Jäger wird nach weiteren vier Minuten ankommen. Die *Jeton* lässt ausrichten, dass sie sich zurückziehen muss. Wir haben null Spielraum!«

Kris kam auf sie zu und schenkte ihr das hinreißende Lächeln, weswegen sie sich unter anderem in ihn verliebt hatte. Er trug den gleichen blauen Kittel wie alle anderen. »Ab heute glaube ich wieder an Loki und alle Götter, die es gibt«, stieß er erleichtert aus. Sie sah, dass er mit den Tränen rang. Er zeigte nach rechts, wo sich eine Schiebetür befand. »Wir müssen die Bishopness retten. Sie wurde eben erst abgeholt.«

»Negativ. Raus!«, bellte Uschtrow und befahl den Rückzug von Team Black.

»Aber wer weiß, was sie sonst mit ihr anstellen?«, hielt er verzweifelt dagegen. »Sie ist wichtig! Sie hat mir so viel über die Collectors und deren Verhalten auf Putin berichtet. Das muss die VHR erfahren!«

Ich kann es nicht zulassen, dass sie in die Verwertung kommt. Sie ist schwanger. »Ich gehöre nicht zu Ihrem Team. Ich bin eine Justifierin.« Faye hob die *Deathmace* und rannte auf das Tor zu, das sich in diesem Augenblick vor ihr öffnete.

Ihr schoben sich zwei Sani-Collies entgegen. Die einst weißen Rüstungen starrten vor Blut; teilweise war es geronnen, zog dunkle Schlieren und troff auf den weißen Boden. Sie zogen rote Fußspuren und dünne Linien hinter sich her. In den Händen hielten sie die übergroßen Lichtbogenschwerter und kamen damit auf die Eindringlinge zu.

Die Menschen kreischten auf und drängelten sich in eine Ecke der Halle. Faye musste jetzt erst recht an primitives Tierverhalten denken.

»Scheiße, Durrick! Musste das sein?«, schrie Uschtrow sie an. »Team Black: Angriff! *Hyperiona*: bereitmachen für Notstart. Team Red: Einsatz sämtlicher Waffen zur Jägerabwehr. Bei Munitionsende unverzüglich in den Gleiter zurückkehren und warten.«

»Kris, bleib zurück!« Faye schoss zweimal auf den vordersten Collie und jagte ihm die panzerbrechenden Rak-Geschosse in den Helm. Die *Aries One* fing spielend den Rückstoß ab, der einem Menschen in normaler Rüstung die Schulter zertrümmert hätte. Sie sprang in langen Sätzen an ihm vorbei und sprintete in die geöffnete Kammer. Team Black eröffnete ebenfalls das Feuer, die Geschosse trafen den zweiten der Angreifer hinter ihr. »Lauf zum Gleiter!«

Ihr Messgerät zeigte an, dass sich in dieser Zimmerluft starke Betäubungsmittel in hoher Konzentration befanden. Menschen würden nach wenigen Atemzügen in Schlaf verfallen. Über ihr verlief ein Schienensystem; es gab mehrere Türen, durch die Schienen führten. Der Anblick erinnerte sie an eine Schlachterei.

Sie folgte den roten Spuren, die die Collies hinterlassen hatten. Ihr wurde immer mulmiger. Die *Aries One* erhöhte ihre Eigengeschwindigkeit und ließ sie überschnell werden. Die Rüstung kostete auf dem Markt eine Million C, und das war sie auch wert.

Vor Faye öffnete sich die nächste Tür automatisch – und sie musste einen Sprung zurück machen. Von oben war ein Robotergreifarm herabgestoßen, der sie durch ihre instinktive Reaktion knapp verfehlte.

Zu schnell für dich! Sie feuerte auf ihn und zerfetzte die Kunstfinger, bevor sie nachfassen konnten. Braunrötliche Hydraulikflüssigkeit spritzte umher. Sie blickte in einen größeren Raum, in dem die Schienen an der Decke weiterverliefen. Daran hingen Eisenhaken. *Schlachthaus.*

Etwa zwei Meter von ihr entfernt hing ein Nackter mit dem Rücken zu ihr und dem Kopf nach unten; die Haken waren ihm durch die Sehnen an der Ferse gezogen worden.

In Fayes Kehle gurgelte es.

Ein weiterer Roboterarm zuckte von der Seite heran. Eine Klinge blitzte auf, und gleich darauf ergoss sich das Blut aus der aufgeschlitzten Kehle plätschernd in den Gitterrost unter der Schiene. Der geschächtete Leichnam wurde sanft in ein Wasserbecken abgesenkt, vermutlich um letzte Verunreinigungen abzuwaschen.

Fuck ... Faye kämpfte erneut mit dem Brechreiz, als sie die Blicke schweifen ließ: Körper an Körper reihen sich an den Haken hintereinander und wurden durch das Schienensystem vorwärts und durch verschiedene Ausgänge transportiert. Männer und Frauen im mittleren Alter, geschoren, enthaart. Sie zappelten und tanzten durch die Bewegungen der Schienenhakenbahn auf groteske Weise, pendelten und wedelten mit den Armen. Durch das Rucken schienen sie ohne Unterlass zu nicken und der Verarbeitung zuzustimmen.

Ganz vorne, am vierten Durchgang, vor den durchsichtigen, rot verschmierten Plastiklamellen, hing die sterbliche Hülle der Bishopness, dann war sie auch schon im Durchgang verschwunden.

»Zwanzig Sekunden, Team Black und Red. Die Triebwerke sind vorgeglüht. Rein mit euch!«, rief die Pilotin, die zum ersten Mal richtig beunruhigt klang. »Collie-Geschwader im Anflug.«

Faye brauchte mehrere Sekunden, bis sie begriffen hatte, dass nichts mehr zu wollen war. Bishopness Theresa war tot. *Zu spät.* Irgendwelche Maschinen verarbeiteten sie gerade zu ... was auch immer. Kein Gott des Universums konnte sie wieder lebendig machen. Auch nicht ihrer.

Sie wich rückwärts aus der Kammer und kehrte in die Vorhalle zurück. In Gedanken sah sie Automaton Prime bereits in einem Bombenhagel der VHR untergehen. Vergeltung, Bestrafung, wie man es auch nennen wollte, Hauptsache, dieser unaussprechliche, unvergleichliche Verrat wurde gesühnt.

Die beiden Collies lagen tot und blau blutend auf dem Boden, die Einschüsse hatten sie zerfetzt. Die Beschädigungen hatten zudem ihre Selbstzerstörung ausgelöst, Rauch stieg in dicken Schwaden von den Körpern auf.

Faye rannte an ihnen vorbei und schloss zu Team Black auf, das sich auf den Ausgang zubewegte.

»Ich komme«, funkte sie und sah zu den Menschen, die verängstigt zurückblieben. Die ersten wagten sich aus dem Pulk und näherten sich vorsichtig.

Aber nicht etwa dem Ausgang, wo ihre Rettung in Form der *Hyperiona* wartete, sondern den vernichteten Collectors. Die Mienen waren besorgt. Einige Männer schauten die Special Forces wütend an und schüttelten drohend die Fäuste.

Sie haben immer noch keine Ahnung, was die Collies mit ihnen veranstalten. Der Vergleich mit tumben Nutztieren erschien ihr immer passender. Faye rannte hinaus und bildete mit drei der Soldaten den Schluss von Team Black. *Sie halten uns tatsächlich für die Bösen!*

Schleusentür II schloss sich eben zischend, Team Red hatte sich schon eingefunden.

Die Automatikkanonen auf den oberen Auslegern der *Hyperiona* feuerten ununterbrochen und spien dicke Hülsen aus. Schwärme von kleinen Raketen zischten los und wirbelten Dreck auf, durch den der Eingang zu Schleuse I vernebelt wurde. Die Triebwerke der *Hyperiona* glommen und strahlten extreme Hitze ab. Fayes Rüstung meldete zweihundert Grad Umgebungstemperatur.

»Es geht los!« Die Pilotin aktivierte die Pulsatoren und schwebte einen Meter über der Erde.

»Los, los, Justifierin!«, brüllte Uschtrow sie an. »Sie sind schon über uns!«

Faye machte einen weiteren Schritt – und neben ihr öffnete sich die Erde, um einen Geysir heißen Dampfs in die Höhe speien zu lassen. Eine unwiderstehliche Macht packte sie, warf sie davon wie ein leichtes Blatt.

Irgendwas ist neben mir explodiert. Sie wurde emporgeschleudert und prallte nach einem langen Flug gegen die Außenhülle des Gleiters. Alle Anzeigen in der *Aries One* wurden rot, *kritischer Zustand* wurde gemeldet. Ihr eigenes Knie schlug gegen das Kinn, aus Versehen löste sie die *Deathmace* mehrmals aus.

Dann stürzte sie durch den treibenden Sand dem Boden entgegen und verlor beim Aufschlag das Bewusstsein.

Dritte Szene

Kris wurde von zwei Soldaten durch eine brüllend heiße Dreckwolke in den Gleiter gezerrt. Er musste die Luft anhalten, die Augen brannten und schienen in Sekunden auszutrocknen. Jemand drückte ihm einen Respirator ins Gesicht, was es erträglicher machte, bis sie in der Schleuse waren.

Sie setzten ihn auf einen freien Platz und schnallten ihn an.

Genau gegenüber von Joule.

Sie ist es! Er starrte sie an. *Sie haben sie mitgenommen!* »Sie müssen das Ding loswerden!«, rief er und zeigte auf die 2OT. Als sich niemand anschickte, seinen Aufforderungen Folge zu leisten, versuchte Kris, sich von seinen Gurten zu befreien. »Geben Sie mir ein Gewehr, eine Pistole! Ich mache es selbst. Sie haben keine Ahnung, was für ein Monstrum das ist!«

»Setzen Sie sich, Zivilist«, wurde er angewiesen. Als er nicht sofort reagierte, zwang ihn ein Gepanzerter in den Sitz. Der Mann blieb sogar vor ihm stehen, um ihn daran zu hindern, wieder aufzustehen. In der *Aries One* war ihm das ein Leichtes. »Keine Diskussion im Einsatz. Gurte nicht anfassen.«

Kris beugte sich zur Seite, um an ihm vorbei zu schauen.

Joule lächelte ihn an. Kalt, satanisch und ohne jegliches Gefühl in ihren entseelten Kamera-Augen. So hatte sie auch geschaut, als sie in seinem Beisein die Behältnisse mit Suedes Überresten einen nach dem anderen sabotiert hatte. Eine Killerin für den Tech-Orden. Sie formte mit den Lippen: *Nicht mit mir.*

»Wen haben Sie alles gerettet?«, fragte er den Soldaten.

»Keine Auskünfte«, schmetterte er ihn ab.

Kris fluchte.

»Wir haben den Chemical«, sagte der Mann neben ihm schwach,

trotz der verstärkenden Helmlautsprecher, und zog den Kopfschutz ab. Auf die Proteste des Soldaten achtete er nicht. »Und den Kopf von Suede.« Er seufzte schwer. Die Augen standen voller Blut, es rann sogar über die Lippen und aus den Ohren. Unter der Nase trug er eine feucht glitzernde, rote Tamponade. »Theresa ist tot. Faye kam zu spät.«

Kris starrte in das ledrige alte Gesicht seines Vaters. »*Du* hast mich gefunden! Du warst es! Mit deiner Gabe!«

»Ja«, antwortete Lyssander schleppend und sehr müde. »Aber ich kann … nicht mehr. Sie haben mir das Neuroleptikum gegeben. Meine Gabe … schläft. Ruht sich aus … zerläuft.« Er fuhr sich mit den Fingern über die Augen und verschmierte das Blut wie eine Schicht zu dicken Kajals. »Sie ist tot. Und das Kind. Mein Kind …«

Er redet von der Bishopness. Kris musste einmal tief durchatmen, um den Schock zu verdauen. Doch eine Tote besaß weniger Vorrang als die Lebenden. »Was ist mit Suede?« Er rüttelte an seiner Schulter. »Vater …« Er stockte, weil er ihn zum ersten Mal so genannt hatte. Nach fünfundzwanzig Jahren, was Anatol zum Lächeln brachte. »Vater, habt ihr das Gefäß überprüft, in dem sie Suedes Kopf konserviert haben?« *Sie darf nicht sterben.* Mit herzzerdrückender Angst dachte er an den intakten Driver in ihrem Kopf, der sofort in Faye übergehen würde, wenn die Schwester ihr Leben verlor. Und das Geistwesen würde Faye auf diese fürchterliche Art verändern, wie es das bei ihrer Schwester getan hatte. *Das darf nicht geschehen!*

»Es ist auf der Krankenstation. Funktionstüchtig.« Anatol sah seine Sorge. »Haben wir etwas übersehen? Müssen wir mehr Energie …«

»Sie«, unterbrach Kris ihn und deutete auf Joule. »Ich habe gesehen, wie sie die Behälter sabotierte. Sie ist von Kothar Gamma als Körper für Suede vorgesehen gewesen. Sie sagte mir, dass sie nicht will, dass ihr Kopf …«

»Das hätte er gern gehabt! Aber ich lasse mich doch nicht wegen eines CoDrivers ersetzen«, giftete Joule. Ihre Stimme klang plötzlich hasserfüllt, trotz der gewollten elektronischen Verzerrung. »Dieser Körper ist mir heilig. Ich habe meine Weihen nicht unter großen Schmerzen erhalten, um einem unwürdigen … Ding als Wirt zu dienen. Kothar hätte mich kalt lächelnd über die Klinge springen lassen und meinen Kopf entfernt. Für ... *das* da! Die Parasiten müssen ausgemerzt werden! Sie sind keine Vorteile für uns! Automaton Prime irrt! Es irrt sich!« Sie lachte dunkel. »Der Driver wird verrecken! Dafür habe ich gesorgt!«

Kris' bekam eine Gänsehaut.

»Schnauze, Automat!« Der Gepanzerte versetzte der 2OT einen Tritt ins Gesicht. Der Einschlag des Stiefels hätte einem Menschen den Schädel zertrümmert, die Kraft der Rüstung war tödlich.

Joules Kopf schnappte nach hinten, prallte mit einem vernehmbaren *klong* gegen die Stahlwand. Ein Stück Haut hatte sich von der Stirn bis zum Kinn gelöst, blaue Flüssigkeit rann aus dem falschen Gewebe, unter dem es schwarz schimmerte. Karbon. Die entstellende Verletzung machte ihr Grinsen noch schrecklicher.

Anatol betätigte sein Kom-Gerät und rief die kleine Krankenstation des Gleiters. »Checken Sie das Behältnis, in dem sich Nuria Suedes Kopf befindet, auf Unregelmäßigkeiten und den Zustand des Schädels«, wies er die Medics an. »Es ist wichtig.«

Joule muss vernichtet werden. Kris sah die drei letzten Soldaten zurückkehren. *In der Mitte, das muss Faye sein. Die Einzige mit einem Justifiers-Abzeichen auf der Rüstung.* Er fühlte sich glücklich und schuldig zugleich. Sie hatten viele Menschen in der Obhut zurücklassen müssen, weil es nicht anders ging. *Wir kommen bald wieder und befreien sie. Sie alle!*, sagte er sich. Aber es wurde nicht besser.

Unmittelbar auf der *Hyperiona* krachte es, das blaue Licht erlosch. Gleichzeitig spritzte Dreck neben dem Schiff in die Höhe, und die drei Gepanzerten verschwanden in einer Staubwolke. Pfeifend flogen Schrapnelle in das Innere.

Kris fühlte, dass ihn etwas am Arm traf, doch der Schmerz war erträglich. »Nein!«, schrie er entsetzt und sprang von seinem Sitz auf. Er öffnete die Gurte. »Wir müssen noch die ...« Keiner kümmerte sich um seine Einwände.

»Hoch«, befahl irgendeiner mit einem besonderen Abzeichen und dem Kürzel *GC* auf der schwarzen Rüstung. Kris spürte, dass sie Abstand zur Oberfläche gewannen. »Schleuse zu.«

Ein Gepanzerter krachte von oben auf die sich schließende Luke und drohte, über die Kante nach unten abzurutschen, während die Halle unter ihnen zurückfiel. Er sah das Justifiers-Abzeichen auf der Rüstung.

Faye! Kris sprang, ohne zu zögern, und streckte die Hand aus. Er bekam ein gepanzertes Bein zu fassen. Das Gewicht riss ihn nach vorne, er musste kämpfen, um das Gleichgewicht nicht zu verlieren. *Du wirst nicht auf Ra zurückbleiben.* Einen gewaltigen Schrei ausstoßend, zog er sie Zentimeter für Zentimeter über den Rand. Seine rechte Hand schmerzte unglaublich, die Muskeln schienen reißen zu wollen. Dann rutschte sie endlich in die Schleuse und warf ihn um.

»Danke, ihr Götter!« Er nahm ihren Helm ab, um nach ihr zu schauen. Die ruckartige Beschleunigung der *Hyperiona* warf ihn nach hinten.

»Zurück auf den Platz«, schrie der Mann mit dem *GC* auf der Panzerung ihn an. Zwei Gerüstete drückten ihn erneut in den Sessel, zwei andere kümmerten sich um die bewusstlose Faye und schnallten sie hastig fest.

Kris sah ihr Gesicht und freute sich. Es war mehr als Freude, wie er sich eingestehen musste. Nein, er *durfte* es sich eingestehen.

»Willkommen in der Freiheit«, sagte der Mann mit dem Abzeichen. »Ich bin der Ground Commander des Einsatzteams, mein Name ist Uschtrow. Die VHR schickt uns, Sie zu befreien.« Es grummelte und donnerte plötzlich, als flöge der Jagdflieger durch ein schweres Gewitter. Ein Krachen, ein Scheppern, die Passagiere wurden durchgerüttelt und hohen Gravitationskräften ausgesetzt. Die künstlichen Turbulenzen hatten nicht lange auf sich warten lassen.

»Ein Jammer, dass wir die anderen nicht mitnehmen konnten. Ich hoffe, sie werden nicht sofort zu Fressen für die Collies verarbeitet.« Uschtrow schien von den Vorgängen nicht allzu sehr betroffen. Kris unterstellte ihm unglaubliche Gefühlskälte. Die Berufskrankheit eines erprobten Soldaten. »Obwohl … Sie haben bestimmt andere Sorgen, nachdem wir aufgetaucht sind.«

Kris musste schlucken und klammerte sich an seinen Gurten fest. »Fressen?«

»Sie haben während des Aufenthalts nichts bemerkt?«

»Ich habe die meiste Zeit geschlafen. Irgendwelche Beruhigungsmittel, nehme ich an.«

»Sie züchten uns. Die Obhut soll für möglichst viele Menschen sorgen, damit die Bestien was zum Fressen haben.« Der GC zeigte mit dem Gewehrlauf auf Joule. »Hat sie uns erzählt.« Ihm fiel die Verletzung der Frau auf. »Gott, verdammt! Wer hat sie so zugerichtet?«

»Ich, Sir«, meldete sich der Schuldige. »Sie verhielt sich unangemessen. Wir haben ihr erklärt, wie das an Bord der *Hyperiona* gehandhabt wird.«

Der GC begab sich auf einen freien Platz. Die Sache war wohl erledigt. »Drücken wir die Daumen, dass uns die Automaten nicht aus dem Himmel holen.« Er zeigte auf Kris. »Sauerstoffmaske auf, falls wir ein Leck bekommen. Im All gibt es nichts zum Atmen.«

Daran muss er mich nicht erinnern. Kris sah die 2OT an, die das Grinsen aufgegeben hatte und stur geradeaus blickte, ohne dass sie ein Ziel fokussierte. *Wer weiß, was sie noch alles vorhat.* Er nahm die Maske aus der Halterung über sich und streifte sie über. Sie war mit einem Ohrstöpsel und Sprechfunk ausgestattet, so dass er sich weiter unterhalten konnte. Ein Medic kümmerte sich an Ort und Stelle um die bewusstlose Faye. Auf der Krankenstation war kein Platz mehr frei.

Die *Hyperiona* ging in einen senkrechten Steigflug über, das Gewitter fiel hinter ihnen zurück.

»Wir fliegen zum Rendezvous mit der *Jeton*. Ein Zerstörer der *Hyperion*-Klasse«, sagte ihm Uschtrow, dem kaum Anstrengung anzuhören war, trotz der höheren Beschleunigungskräfte. »Danach springen wir aus dem System und stoßen zur VHR-Flotte.«

»Flotte?«

»Die Großen der Welt sind sich einig: Wir treten den Collies in den Arsch«, sagte Uschtrow lachend, und seine Leute fielen mit ein.

Eine Flotte! Endlich! Kris hatte dennoch das Gefühl, dass es kein auch nur halbwegs gutes Ende für die Menschheit nehmen würde. Besorgt sah er zu Faye. Der Medic hatte einen Injektor an einer kleinen Öffnung angesetzt, ein Kabel stöpselte er an einer anderen Stelle ein. Die Justifierin war komplett medizinisch überwacht.

Der Medic hielt das Display schräg, damit Kris die Werte sehen konnte. »Alles wieder okay. Prellungen, Anbrüche, ein paar Zerrungen. Schmerzhaft, aber nicht lebensbedrohlich«, erstattete er Bericht.

Kris war erleichtert und hörte eine Frauenstimme sagen: »GC, wir werden verfolgt. Es ist kein Collie-Schiff. Dem Transpondersignal nach heißt das Schiff *Cortés*, und es ist beschädigt. Es hat unseren Kurs aufgenommen. Soll ich es abschießen? Könnte eine Falle sein.«

»Das ist 23«, rief Kris und fühlte sich bei seiner Annahme sehr sicher. »Der Chemical fliegt das Schiff per Gedankensteuerung. Die *Cortés* gehört zu uns.«

»Auf Abschuss verzichten«, befahl Uschtrow. »Krankenstation, fragen Sie den Chemical, ob er das wirklich ist. Falls ja, soll er die *Cortés* hinter uns lassen. Wir führen ihn zum Rendezvous-Punkt.«

Vierte Szene

13. Juni 3042 a. D. (Erdzeit)

SYSTEM: STYGMA

Tannmann sah auf dem Hauptmonitor der *Closer*, dass Geschwader Gelb sich in Scharmützeln mit den Plasmabulldozern befand.

Orcas gegen fette Pottwale.

Die riesigen, behäbigen Schiffe mit den Magnetfelderzeugern hatten den Angriffen aus eigener Kraft kaum etwas entgegenzusetzen. Panzerung besaßen sie offenkundig so gut wie keine. Während die Raketen und Granaten durch die magnetischen Kräfte abgefälscht wurden, waren sie gegen Energiewaffen hilflos. Kurze Breitseiten genügten, um die Collector-Arbeitsschiffe auseinanderbrechen zu lassen. Die Laser schnitten sich mühelos durch die Hüllen, brachten die Antriebe zum Explodieren.

Aber der ganz große Erfolg fehlte der Flotte noch.

»Bislang: siebenundvierzig zerstörte Plasmaschieber«, meldete der

Überwachungsoffizier. »Eigene Verluste: siebenunddreißig. Überwiegend Panzerkreuzer, Sir.« Er aktualisierte die Anzeigen und eingehenden Meldungen. »Sir, die Asteroiden zeigen trotz des konzertierten Beschusses nur geringe strukturelle Verformungen. Auch der Plasmahaufen hat sich nicht aufgelöst. Die Bulldozer schließen die Lücken bislang effektiv. In Quadrant 7, III, A geht einer der Bulldozer mit seinem Magnetfelderzeuger gegen zwei unserer Panzerkreuzer vor. Die Kommandanten melden, dass die Instrumente einschließlich der Zielerfassung verrücktspielen.«

Tannmann biss die Zähne fest zusammen. *Dann bleibt mir nur eins.* »Geben Sie mir die *Arc I*. Geschwader Blau soll auf meinen Befehl einen Korridor schaffen und notfalls das Sperrfeuer auf sich ziehen.« Er schob sein schlechtes Gewissen zur Seite. *Die Nationen und Konzerne opfern bei Erkundungsmissionen seit Jahrzehnten Betas für Profit. Heute sterben sie für Größeres.*

»Nur keine freien Betas und Hybride. Nicht in solch gewaltiger Zahl und auf einen Schlag«, hörte er wieder seine Frau. »Und nicht mit einer Lüge.«

Ich weiß, ich weiß. Er bewegte die Schulter und lehnte sich nach vorn, um auf die Tastatur einzutippen. Der Code zur Aktivierung der Fernsteuerung für das Schiff und die Atomsprengköpfe wurde übermittelt – und abgewiesen.

Nein! Tannmann wiederholte den Versuch.

Der Computer blieb stur und lehnte den Code weiterhin ab. Auf dem Monitor zeigten sich Störstreifen. Die magnetischen Interferenzen wirkten sich erneut aus.

Damit geriet der Plan in Gefahr.

Damit geriet der Erfolg der Schlacht in Gefahr. Und was danach mit dem Core-System geschehen würde, wollte er sich nicht ausmalen.

»Hier ist die *Arc I*.« Das menschlich anmutende Affengesicht von Captain Hukka erschien auf dem Monitor. Der Beta-Humanoide salutierte, an seinem Hemdrevers prangte das *Twilight Industries*-Abzeichen. »Air Marshal«, grüßte er ernst und hatte beim Sprechen dieses Kehlige, Animalische, das die Züchter niemals ganz wegbekamen, egal in welcher Entwicklungsreihe oder bei welcher Rasse. »Wie lautet unser Auftrag?«

Einen unpassenderen Zeitpunkt für ein Gespräch mit einem Todeskandidaten hätte es nicht geben können. *Ich muss improvisieren.* »Hukka, schön, dich zu sehen ... Bereitmachen zur ... Operation *Headshot*«, befahl Tannmann schlepppend. Nebenbei bemerkte er, dass er den Beta selbstverständlich geduzt hatte. Er wusste nicht, wie man einen freien Beta ansprach. »Du ... Sie ...«

Hukkas Gesicht zeigte ein Grinsen. »Ich kenne das Problem, Sir. Sie können mich duzen, wenn Ihnen das lieber ist. Ich war jahrelang bei *United Industries* als Pilot.« Er ließ die Kamera nach unten schwenken, damit das Justifiers-Emblem sichtbar wurde. Es war in Schwarz gehalten, wie es viele Veteranen voller Stolz trugen. »Ein Sie käme mir merkwürdig vor.«

»Ihr werdet einen Korridor für den Anflug zugewiesen bekommen«, sagte Tannmann. »Nichts darf euch aufhalten! Ziel ist es, mit den Rak-Lafetten im Laderaum so nahe wie möglich an den ersten Asteroiden heranzufliegen und die Werfer abzufeuern. Noch besser ist es, in eine der Spalten einzudringen und dort erst die Waffen auszulösen. Damit erreicht ihr, dass das Gestein zerbricht.«

Hukka hatte seine Fröhlichkeit nicht verloren. »Sir, als ehemaliger Planetenerkunder kenne ich mich durchaus ein wenig mit Geologie, Physik und Sprengungen aus. Sie müssen es mir nicht erklären. Ich bin nicht begriffsstutzig.«

Tannmann hörte schon wieder seine Frau, die ihn drängte, die Wahrheit zu sagen und die Betas selbst entscheiden zu lassen. Im Widerspruch dazu gab er den Code für die beiden andere Beta-Schiffe ein. Ein Test. »Verzeihung. Ich wollte dich nicht belehren. Unseren Berechnungen zufolge reicht die Zeit, dass ihr mit *Arc I* entkommen könnt. Ihr habt ein Zeitfenster von einer Minute, ehe alles explodiert.«

Der Computer meldete ihm *in Arbeit.* Der zweite Code schien zu stimmen, aber die Übermittlung wurde durch die magnetischen Felder gestört. Mit dem dritten verhielt es sich nicht viel anders. Noch mehr Probleme.

»Ich sehe schon: *Twilight Industries* holt für die VHR das Eisen aus der Schmelze«, sagte Hukka begeistert und zwinkerte. »Ein großer Tag für die Betas, Sir. Ich bedanke mich auch im Namen meiner Leute und des Konzerns für das Vertrauen. Meine Pilotencrew und ich werden es meistern. Wir haben besser abgeschnitten als die meisten ...« Er unterbrach sich. »Verzeihen Sie, Sir. Ich wollte nicht abschweifen. *Arc I* meldet sich, sobald wir den Auftrag abgeschlossen haben.«

»Viel Glück, Hukka.« Er unterbrach das Gespräch. Hukka hatte im Überschwang sagen wollen, dass die Beta-Humanoiden beim Pilotieren besser abgeschnitten hatten als die menschlichen Piloten, weil ihre Reflexe oft schneller waren. Spezialisten und dem homo sapiens überlegen.

Tannmann sah, wie die *Arc I* sich im Deckungsfeuer von Geschwader Blau dem ersten Asteroidenschiff näherte. Obwohl es ein ziemlich schwerfälliger Frachter war, führte die Manövercrew die Arc recht elegant. Sie wich den gefährlichsten Salven aus den Geschützen der Collectors aus.

Er hatte einmal gehört, dass der antike Streifen »Planet der Affen« Kultstatus unter den Beta-Humanoiden besaß. *Ich hoffe, dass es niemals so kommt.*

»Stellen Sie mich zu Major Castle durch«, verlangte er. Er bekam einen Kanal zum Anführer des blauen Geschwaders geöffnet. »Major, schalten Sie Ihren Voicerecorder aus.«

»Geschehen, Sir.«

»Was ich Ihnen jetzt befehle, ist niemals geschehen.«

»Aye, Sir.«

»Sie bleiben in der Nähe von *Arc I*. Sobald der Frachter in einen Riss an der Oberfläche eingetaucht ist, feuern Sie Ihre Raketen auf ihn ab. Trefferkoordinaten: oberes Heck, knapp hinter den Triebwerken. Das ist die Schwachstelle.«

»Sir ..., ich ...?«

»Handeln Sie, Major Castle. Wir werden später einen Programmierfehler Ihrer Zielerfassung vortäuschen. Es wird keinerlei Konsequenzen für Sie und Ihre Karriere haben. Im Gegenteil: Sie sind kriegsentscheidend, Major.«

»Aye, Sir.« Castle schaltete ab.

»Sir, die Scoutschiffe von Geschwader Gelb melden, dass die Plasmawolke auf eine Sonde zugeschoben wird«, rief der Überwachungsoffizier. »Laut den Vermutungen der Physiker der VHR handelt es sich dabei um eine gewaltige Wasserstoffbombe. Mit ihr kann die Initialzündung erfolgen, um das Schwarze Loch zu kreieren.«

»Kommen wir an die Sonde heran?«

»Nein, Sir. Dazu müssten wir das Plasma umfliegen, aber die Ausmaße sind zu gewaltig. Nicht mal unser schnellster Kreuzer kann es. Vor die Wolke zu springen ist zu gefährlich. Die Wahrscheinlichkeit, dass das Schiff dabei hineingerät oder von Ausläufern erfasst wird oder in das Magnetfeld gerät, liegt bei neunundneunzig Prozent«, gab der Mann zurück.

Die *Arc I* erhielt mehrere Raketentreffer mittschiffs, Panzerplatten wurden mit gewaltigen Explosionen vom klobigen Rumpf geschält.

Nein, ihr Scheißbetas! Ihr müsst den Frachter in den Riss bekommen! Tannmanns Finger krallten sich in die Sitzlehne.

Die nächsten Geschosse durchschlugen die Hülle, und der Antrieb erlosch mit einem Flackern. Erschrocken sah der Air Marshal, dass Boxen aus dem Leck geschleudert wurden. Die Container trugen einen Teil der wichtigen Sprengköpfe in sich. Der Transporter hielt unbeirrt seinen Kurs.

Tannmann erwiderte nichts. *Los, Hukka, du Chim-Bastard! Bring das Ding ins Ziel,* dachte er inständig.

Arc I zündete plötzlich die Steuerdüsen, stürzte sich mit einer akrobatischen Steuerbordrolle dem Asteroiden entgegen und hielt mit halsbrecherischer Geschwindigkeit auf eine freie Stelle zwischen zwei Geschützen der Abwehrstellungen zu. Ein blinder Fleck und breit genug, um darin zu verschwinden.

Zwar wurde der Transporter von einer Salve Granaten getroffen, aber die Einschläge konnten nicht verhindern, dass Hukkas Crew mit äußerster Genauigkeit in den Spalt eintauchte.

Da jagte Castle heran und schoss zwischen dem Sperrfeuer hindurch. Es sah wirklich aus, als würde er die Stellung der Collectors angreifen, und keiner würde etwas anderes behaupten. Aus seinen Rak-Lafetten strömten die Geschosse – und fanden die *Arc I* in ihrem Versteck.

Eine gewaltige atomare Explosion vernichtete den Frachter. Die Kraft der gleichzeitig gezündeten Atombomben riss einen Krater in den Asteroiden und löste eine Kettenreaktion aus. Das Innere des Gesteinsbrockens löste sich auf, die Dekompression sprengte weitere Stücke ab, es kam zu weiteren Detonationen. Der Asteroid zerbarst in viele Einzelstücke, die in verschiedene Richtungen auseinandertrieben.

Tannmann musste erleichtert lächeln, die Menschen um ihn herum brachen in lautes Freudengeschrei aus. Das Leben der Betas zählte nicht.

»EMP-Welle erreicht uns in vier Sekunden«, meldete ein Offizier.

Tannmann ließ die Elektronik des Kreuzers aus Sicherheitsgründen für mehrere Sekunden abschalten.

Als die Systeme alle wieder arbeiteten, rief er die *Arc II*, um ihr den Angriffsbefehl auf Asteroid zwei zu geben.

Er erhielt keine Antwort.

»*Arc II*, hier spricht der Air Marshal. Ich rufe Captain Uhiba.« Tannmann sah auf den Monitor und ließ sich die letzte Position des Transporters anzeigen.

Aber an dieser Stelle war nichts als leerer Raum.

Sie sind abgeschossen worden! »Überwachungsoffizier, lokalisieren Sie *Arc II* und *III*.«

Es dauerte keine vier Sekunden. »Sir, wir haben die Ausläufer von zwei Interim-Wellen gemessen, kurz nachdem die EMP-Welle uns passierte.« Er sah Tannmann entgeistert an. »Die Frachter *Arc II* und *Arc III* sind aus dem System gesprungen!«

SIEBZEHNTER AKT

Erste Szene

6. Juni 3042 a. D. (Erdzeit)

SYSTEM: CHARIOT

Die Zeit im Interim verging nach Kris' Einschätzung wesentlich langsamer.

Während er vor der Schleuse der Krankenstation warten musste, lief er in dem engen Korridor auf und ab, und die Sekunden dehnten sich zu gefühlten Minuten und Stunden und Tagen. Er wollte Faye sehen!

Er machte sich tausend Gedanken gleichzeitig, von der Zukunft seines Vaters bis hin zur Schlacht, von der er durch Group Commander Laroux erfahren hatte. Dorthin waren sie unterwegs: die VHR gegen eine Angriffsflotte der Collectors.

Laroux hatte ihm Fragen zu seinen Erlebnissen auf Ra gestellt. Er konnte darauf nichts antworten. Bis auf die Episode mit Joule, bei der er wach gewesen war, wusste er nichts. Medikamente, Schlaf – er erinnerte sich an keine weitere Begebenheit! Bis er in diesem schrecklichen Raum erwacht war, zusammen mit den anderen Schafen, die zur Schlachtbank geführt werden sollten. Seine Retterin hieß Faye.

Dann war er schon wieder bei seinen Gefühlen für sie. Er sorgte sich unsagbar um sie – und gleichzeitig um Suede. Nicht, weil er für die Professorin noch etwas empfand, sondern wegen des Drivers.

Das Geistwesen kann von mir aus verrecken.

Kris gelang es nicht, dieses allgemeine Gefühlschaos zu ordnen, die Gedankensprünge waren seiner Aufregung geschuldet. In den kommenden Tagen entschied sich so unglaublich vieles: das Schicksal der Menschheit, die Zukunft von ihm und Faye, der Umgang mit dem 2OT oder zumindest mit der Regierung von Automaton Prime …

Ich könnte Nuria ins Interim werfen. Oder aus der Luftschleuse, kurz vor einem Sprung. Dann würde der Driver Faye nicht finden.

Das Schott öffnete sich.

Ein Mann in einem weißen Kittel mit einem durchsichtigen Plastikmantel darüber machte einen Schritt nach vorne und blickte ihn an. »Hypernervös und hektischer Blick. Wenn Sie noch einen Strauß Blumen, eine Zigarre und einen Fresskorb dabeihätten, könnte ich annehmen, dass Sie ein werdender Vater sind.«

Kris trat auf ihn zu. *Das muss Ingstrabur sein.* »Wie geht es ihr?«

»Sie meinen Miss Durrick?«

»Natürlich!«

»Na ja. Besser als Mister Lyssander«, erwiderte der Arzt mit knarzender Stimme und gab den Eingang frei. Sein Backenbart war altmodisch, aber er passte sehr gut zu ihm. »Kommen Sie rein. Ich führe Sie zu Miss Durrick.« Sie liefen nebeneinander durch die Abteilung. »Sie hat ein paar Splitter abbekommen, nichts Gefährliches. Aber einen Stepptanz sollte sie derzeit noch nicht hinlegen. Ab morgen kann sie es aber wieder. Die enzymatischen Wundkleber von *Gardner Pharmaceutical* vollbringen Erstaunliches.« Er führte ihn an einen Vorhang und schlug leicht dagegen, dabei machte er Geräusche, als klopfte er auf Holz. »Besuch, Miss Durrick. Ein sehr nervöser junger Mann. Ohne Geschenke. Wollen Sie ihn dennoch sehen?«

Shit. Kris wurde sich des Fauxpas bewusst. *Ich Idiot!*

Sie hörten sie lachen. »Ja, er kann rein.«

Kris wollte durch den Vorhang treten, da hielt ihn Ingstrabur kurz am Arm fest. »Wenn Sie Ihrem Vater noch was sagen möchten, sollten Sie das heute tun.« Er zeigte auf die kleinere Schleuse, wo sich die Isolierkammer befand. »Sein Hirn zersetzt sich. Bald wird er auch die vegetativen Fähigkeiten verlieren.« Er nickte und schob ihn weiter, auf die andere Seite.

Faye lag in einem Bett, ein Dreifach-Infusionsschlauch führte in ihren Arm. Die Vitalwerte sahen zu Kris' Beruhigung sehr gut aus. An der Brust und der Schulter trug sie kleinere Verbände, die nicht einmal rote Spuren aufwiesen. »Es geht mir bestens«, sagte sie gleich zur Begrüßung. »Ingstrabur besteht darauf, dass ich im Bett bleibe, bis das Fleisch besser verwachsen ist.«

»Ich glaube, er lügt. Er will nur eine hübsche Frau auf seiner Station haben.« *Ich würde dich so gern umarmen!*

Sie lächelte. »Keine Geschenke?«

»Nein«, sagte er seufzend. »Ich habe es vergessen.« Er kam näher, sein Herz klopfte schnell. *Wage es einfach!* Unsicher setzte er sich neben sie auf den kleinen Schemel und streckte vorsichtig die Hand nach ihrer aus. Als er die Finger ergriff, zog sie sie nicht zurück. Sie sahen einander in die Augen, in denen die Wahrheit zu lesen stand. Es bedurfte keiner weiteren Worte.

»Du hast mich gerettet«, sagten sie gleichzeitig und mussten lachen.

»Du hast dabei die größere Aufgabe auf dich genommen«, versicherte Kris. »Ich habe nur ein bisschen schneller zugegriffen als einer von den Special Forces. Die hätten dich schon nicht von der Rampe fallen lassen.«

»Uschtrow traue ich das zu«, erwiderte sie grinsend. »Ich bin *nur* eine Justifierin. Und er steht auf *BaIns* Gehaltsliste. Wer weiß, was Huntington-Singh oder ein anderer Exec ihm befohlen hatte. Hat Laroux meine diesbezügliche Botschaft bekommen?«

»Ja. Aber sie wusste schon, dass er gute *Kontakte* zu *Bangash* hat. Konsequenzen wird es keine für ihn haben. Er hat sich nichts zuschulden kommen lassen.« Kris drückte ihre Hand liebevoll. »Ich habe Angst um dich«, sagte er und sprach damit aus, was ihn bedrückte. »Wegen des Drivers.«

»Mir geht es genauso. An Bord der *Jeton* kann ich ihm nicht entgehen. Wir müssen einfach fest hoffen, dass Nuria am Leben bleibt, bis ich weit genug weg von ihr bin.«

Kris fand, dass sie den kommenden Tod ihrer Schwester sehr gut wegsteckte. »Du willst sie nicht retten?«

»Nuria hätte ich gerettet. Die *alte* Nuria. Aber das Wesen, das nur noch als Schädel mit Gedanken existiert, hat nichts mit der Frau zu tun, mit der ich zusammen aufgewachsen bin.« Fayes Stimme färbte sich ein, klang emotionaler. »Natürlich werde ich traurig sein, doch verloren habe ich sich damals schon. Als der Driver in sie einfuhr.«

Kris hätte sie am liebsten umarmt, aber er wagte es nicht. Bald gab es bessere Gelegenheiten, vor allem, wenn ihre Wunden verheilt waren. »Ich habe von der VHR-Flotte gehört. Die *Jeton* hat eine große Verantwortung in der kommenden Schlacht«, sagte er, um sie abzulenken. »Ihr Sprungantrieb hat jedoch was abbekommen. Wir werden bald aus dem Interim müssen. Denkst du, wir sollten mit 23 an Bord der *Cortés* gehen und mit ihr in die Schlacht fliegen oder auf dem Zerstörer bleiben?«

»Das sage ich dir, sobald ich mich besser fühle.« Sie stutzte. »Die *Cortés*?«

»Ja. Sie ist auf dem Flugdeck der *Jeton*. Sie haben alle Jäger in eine Ecke geschoben, damit Platz ist. 23 hat sie von der Krankenstation der *Hyperiona* aus geflogen. Die Collies haben Versuche mit seinem Gehirn veranstaltet. Vermutlich ist er deshalb in der Lage gewesen, das Schiff auf diese Entfernung hin zu steuern.« Kris dachte an den grässlichen Anblick des Chemicals, dem seine neuerliche Verstümmelung nichts ausmachte. »Ingstrabur musste ihm eine Ersatzschädeldecke anfertigen. Aus Panzerglas«, berichtete er und verdrehte die Augen. »Ansonsten hat er die Experimente wohl gut weggesteckt. Ein Chemical ist abgehärtet, meinte er noch.«

Faye musste auflachen. »Das passt zu 23«, sagte sie. »Wo ist er?«

»Laroux hat ihm eine Kabine zugeteilt. Die gleiche wie meine«, antwortete er missmutig. »Die Geräusche, die er von sich gibt, sind unfassbar. Kichern, lachen, aufstöhnen, dann kreischt er und hopst klatschend durch die Kabine, oder er liegt stundenlang in der Koje und zählt. Einfach nur so.«

»Und die 2OT?«

»Joule sitzt in der Zelle, unter permanenter Bewachung. Sie wurde schon mehrmals verhört, erzählt immer wieder ihre Geschichte und besteht dabei auf ihrer Unschuld.« Kris sah die 2OT vor sich und schüttelte sich. »Ingstrabur hat sie untersucht. Sie ist komplett aus einem Karbonskelett gebaut. Die Innereien sind lange schon ausgetauscht. Sie war die persönliche Assistentin eines Ministers auf Automaton Prime, die eine Nachricht gelesen hatte, die nicht für ihre Augen bestimmt war«, erzählte er. »So wurde sie auf diese Mission geschickt.«

»Klar. Das hat sie dir *erzählt*«, fügte Faye an. »Ich nehme nicht an, dass man ihr trauen kann.«

»Ich weiß es nicht. Dass sie als Reservoir für Nuria hätte herhalten sollen, traf sie schwer. So schwer, dass sie zur Verräterin geworden ist.« Er streichelte ihre Haut und war unsagbar glücklich. »Es wird viel Wahres in ihrer Geschichte liegen. Das reine Unschuldslamm kaufe ich ihr nicht ab. Dennoch ist sie die wichtigste Zeugin für die Verhandlung gegen den 2OT.«

»Die VHR wird sich das hoffentlich trauen. Am Ende knicken sie ein, wetten?«

Kris schüttelte den Kopf. »Sie muss. Es geht um Verbrechen gegen die Menschlichkeit. Ich habe kein Problem damit, zu *Starlook* oder einem anderen Nachrichtensender zu gehen.« Er wagte es, sich nach vorn zu beugen und ihrem Handrücken einen Kuss aufzudrücken. Eine andere Sache beschäftigte ihn jedoch. »Faye, ich komme bald wieder. Ingstrabur deutete an, dass es meinem Vater nicht gutgeht. Ich soll mich von ihm verabschieden.«

Sie nickte ihm zu und ließ seine Finger los. »Ich laufe dir nicht weg.«

Er stand auf und verließ ihr Zimmer mit den dünnen Plastikstoffwänden, winkte ihr durch den Vorhang und pries die Götter im Stillen, dass er eine Frau wie sie gefunden hatte. Keine künstlichen Pheromone der Welt würden gegen ihre Wirkung mehr ankommen. Jetzt mussten sie noch die Schlacht gegen die Collectors überstehen und Automaton Prime zur Rechenschaft ziehen. *Wir haben uns noch gar nicht geeinigt, ob wir die Cortés nun nehmen oder nicht.*

Kris öffnete die Schleuse und betrat die Isolationskammer.

Der Anblick seines Vaters machte ihn tief betroffen. Anatol sickerte das Blut nicht mehr nur aus den Körperöffnungen und Augen, es sammelte sich sogar auf der Haut. Er schwitzte es aus. Bot-Arme umkreisten ihn mit den typischen abrupten Bewegungen und tupften unablässig. Eine ganze Batterie Infusionsbeutel und -behälter hing über ihm, acht Schläuche führten zu ihm hinab. Die Nadeln lagen an den fixierten Armen, am Hals, sogar am Kopf. Die Haut war bleich, grau und faltig.

Er sah aus wie ein Greis von achtzig Jahren und mehr; bemerkt hatte er den Besucher nicht. Anatol blickte ins Leere.

Wieder brach ein Wust von Gefühlen über Kris herein. Wut auf die Vergangenheit, weil er seine Familie im Stich gelassen hatte. Hass wegen des Verrats an der Menschheit, weil er den Samaritern, Collectors oder wie auch immer sie hießen, den Weg gezeigt hatte. Und – Mitleid.

Nein, das wirst du nicht von mir bekommen. Kris ballte die Fäuste und versuchte, sein Mitleid zu unterdrücken. Lieber wollte er sich an die seelischen Schmerzen erinnern, die ihm sein Vater zugefügt hatte, und an all das Leid, für das er die Verantwortung trug.

Es gelang ihm nicht.

Er ist schuld an dem Leid von Millionen von Menschen und dem Tod von ebenso vielen.

Kris gab nicht auf und drängte das Mitleid weg von sich, wollte Hass und Wut freien Lauf lassen.

Aber er erinnerte sich auch an die Berichte: Der Order of Technology hatte es letztlich zu verantworten, dass die Collectors abhängig von Menschenfleisch geworden waren. Nicht Anatol Lyssander. Er hatte den Fremden lediglich den schlechtesten Weg gewiesen, den man sich hatte denken können.

Früher oder später wären sie auf die Menschen gestoßen, sagte er sich. *Es war ein dummer Zufall, dass er sie nach Hakup gelotst hatte.* Doch so sehr Kris dies einsah und seine Wut auf seinen Erzeuger schwand, wollte ein Teil von ihm Anatol nicht verzeihen. Der Verrat an seiner Familie wog zu schwer.

»Ich danke dir«, sagte sein Vater leise und wandte sich zu ihm. »Ich danke dir, dass du zumindest versucht hast, mir zu verzeihen.«

»Du ... kannst meine Gedanken lesen?« Kris war vor Verwunderung zusammengezuckt.

»Nein. Die Wirkung des Neuroleptikums unterbindet es. Aber ich spüre deine Empfindungen.« Anatol lief das Blut über die Lippen, als gäbe es eine kleine Quelle hinter seinen gesprungenen, gelben Zähnen. Sofort surrte ein Bot-Arm heran und tupfte es weg, bevor es das Laken erreichen konnte. »Du kannst nicht ermessen, wie glücklich und erleichtert es mich macht.«

Kris trat näher, die Augen auf die Fesseln gerichtet.

»Die Anfälle wurden zu stark. Ich habe mich dabei verletzt und mir immer die Nadeln rausgerissen.« Er schluckte schwer. »Ich denke, ich werde nicht bis zur Schlacht durchhalten, Sohn.«

Das Mitleid schmolz schlagartig. »Du wirst dich nicht noch einmal vor deiner Verantwortung drücken! Du musst durchhalten!«, rief er. »Hörst du? Das bist du so vielen schuldig! Wir brauchen dich, um uns mit den Collectors zu verständigen! Wie sollen wir sonst mit ihnen verhandeln?«

»Finde deinen eigenen Weg. Denn du hast die Gabe in dir.«

»Keine Chance! Das habe ich nicht!«, gab er trotzig zurück. »So viele Sprünge durch das Interim habe ich nicht gemacht.«

»Deine Tochter, habe ich gehört, leidet an der Gen-Veränderung. Du hast es ihr vererbt, Kris. Das Gleiche, was ich dir vererbt habe«, sagte Anatol. »Du hast es abgeblockt, all die Jahre, schätze ich. Unbewusst. Aber es ist da. Du musst es zum Vorschein bringen.«

Damit ich so ende wie du? »Nein. Halte durch, Vater!«

»Ich kann es dir nicht versprechen.« Er starrte auf die Infusionen. »Was da in mich hineinläuft, sind nur noch Antischmerzmittel, um meine Qual einigermaßen erträglich zu halten. Das zerstörte Gehirn gaukelt mir inzwischen Wunden vor, die ich nicht habe, und foltert mich zusätzlich.« Seine Zunge wurde schwerer, er musste sich stark konzentrieren. »Es ist die Strafe der Götter, Kris. Aller Götter, die es gibt. Es ist ihre Strafe, weil ich mein Volk verraten habe. Weil ich mich für einen von denen hielt. Für einen Collector.«

»Das war wegen des Interim-Syndroms!«

Anatol schnaufte mehrmals rasch hintereinander, als wolle er Luft für die kommenden Sätze auf Vorrat in seiner Lunge einlagern. »Aber es gefiel mir, einer von ihnen zu sein«, flüsterte er. »Ein überlegenes Wesen, das sich um die Schwachen kümmert. Ich kam mir unglaublich erhaben vor.« Er hustete, und Blut sprühte empor; wieder wurde er von mechanischen Fingern schnell und gründlich gereinigt.

Ein Bot-Arm fuhr auch auf Kris zu und wischte ihm das Blut von der Jacke. Eine Wolke aus Desinfektionsmitteln hüllte ihn ein, es roch nach eisenhaltiger Zitrone.

Fiepend schlugen zwei Anzeigen Alarm, was zur Folge hatte, dass ein Bot eine neunte Injektionsnadel in den Kranken schob. Dieses Mal in den Unterschenkel. Die Flüssigkeit, die in ihn hineinlief, war braun und ölig.

Nein, er schafft es wirklich nicht mehr.

»Die Erinnerungen sind schlimmer als der Schmerz in mir«, wisperte Anatol. »Die Schuld! Ich war in meiner Verblendung und Verwirrung dabei. Auf so vielen Planeten. Ich habe mich unter die Menschen gemischt und sie ausspioniert, um den Collectors alles zu berichten. Wir haben die Städte für die Domestizierten angelegt und sie mit dem medizinischen Wissen auf den höchsten Grad der Zucht getrieben. Es gibt Menschenklon-Fabriken, die du noch gar nicht gesehen hast. Die Produkte dienten den Soldaten der Collectors als Standardfutter.«

Produkte. Kris fühlte, dass die Wut zurückkehrte, aber das Mitleid nicht erlosch. Geistlichen musste es ebenso ergehen, wenn ein Mehrfachmörder seine Beichte ablegte. Sie konnten nichts anderes tun, als dazusitzen und zuzuhören, obwohl das Grauen sie anwiderte. Er aktivierte die Aufnahmefunktion seines Kom-Geräts.

»Die Domestizierten wurden besonders verwertet. Ihr Fleisch bekamen die Höhergestellten unter den Collectors, oder man konnte es sich kaufen. Für besondere Anlässe. Gelegentlich paarten wir Klone und Domestizierte, um deren Fleischqualität aufzubessern. Hybride sind gar nicht mal schlecht, aber die Wildfänge waren besonders lecker.« Anatol leckte sich über die Lippen und hinterließ darauf eine rote Spur.

Er hat sie auch gegessen! Kris hatte verstanden, was sein Vater alles getan hatte und wie sehr er sich selbst als einen der Collectors angesehen hatte. Dass er nicht zufällig auf den Planeten gewesen war, die kurz nach seinem Abflug an die Ahumanen gefallen waren. *Ich hatte also doch Recht.*

Er wollte nichts mehr von all dem hören, aber er musste schweigen und es über sich ergehen lassen. Nach dem Tod der Bishopness und angesichts des bevorstehenden Endes seines Vaters war er jetzt der wichtigste Zeuge der Taten, die von den Collectors begangen worden waren.

»Die Wildfänge lebten in primitiven Hütten, außerhalb der Städte und Klonanlagen«, raunte Anatol. »Wir haben sie im Glauben gelassen, sie seien unserer Obhut entkommen. Sie lebten anders als die Domestizierten, ernährten sich anders, lebten bei Wind und Wetter im Freien. Ein unglaublicher Geschmack! Das Kilogramm kostete …« Er verschluckte sich an seinem eigenen Blut und hustete sekundenlang, während die MedBot-Arme um ihn herumwirbelten. Danach schwieg er lange Zeit mit geschlossenen Augen.

»Siehst du?«, sagte er beschämt. »Siehst du, dass ich mich trotz des Neuroleptikums nicht davon lösen kann?«

»Das haben sie aus dir *gemacht*, Vater. Du wolltest es nicht. Du bist krank gewesen, und sie haben es ausgenutzt.« Kris konnte es selbst kaum glauben, dass gerade er seinen Vater verteidigte. *Warum tue ich das?* Mit dem Geständnis auf dem Kom-Gerät würde jedes Gericht eines jeden Planeten die Höchststrafe verhängen.

»Ich habe mitgemacht und anfangs sogar Theresa getäuscht, auf Putin, um sie in eine Falle zu locken. Die gemeinsame Flucht war inszeniert, um ihr Vertrauen zu gewinnen. Die Schwachstelle an den Rüstungen der Collectors existiert nicht …« Er schluckte. »Was ich erdulde, ist meine Strafe, an deren Ende der Tod wartet. Das erspart einem Gericht, mich zum Tode zu verurteilen. Daran dachtest du doch eben?« Er sah ihn an und versuchte ein Lächeln. »23 und ich haben einen Plan gefasst.«

»Ihr habt euch doch gar nicht getroffen, seitdem ihr …« Als er das Lächeln auf dem Gesicht seines Vaters bemerkte, wusste er, dass der von den Collectors veränderte Chemical und der Mediator ohne Worte kommunizieren konnten. »Welchen Plan?«

»Dass ihr beide glücklich werdet.«

»Ich verstehe nicht.«

Anatol zeigte mit dem Finger zum Ausgang. »Faye und du. Sie hat alles in die Wege geleitet, um dich zu retten, aber jetzt ist sie in Gefahr. Sie soll nicht …« Seine Stimme wurde schwächer, und er schloss die Lider. Die Vitalwerte wurden langsamer. Auf einem der Bildschirme stand *Patient im Schlafmodus*.

Was haben die beiden verabredet? Kris wusste nicht, ob er nun beruhigt oder besorgt sein sollte. *Wie darf ich das verstehen?* Dann fiel ihm Suede als derzeit größte Bedrohung ein. *Was haben sie getan?* Er hob sein Kom-Gerät und rief Laroux. »Hier spricht Kris … Kris Lyssander«, sagte er langsam, damit sie begriff, wer er war.

»Sie haben Ihren Namen geändert?«, gab sie verwundert zurück.

»Wo befindet sich der Kopf von Professor Nuria Suede?«, fragte er.

»Auf der Krankenstation bei …« Laroux brach mitten im Satz ab. »Nein, ist er nicht! Ich bekomme keine Werte mehr von dort geliefert. Woher wissen Sie das?«

»Ich bin zu Besuch hier. Mir ist aufgefallen, dass der Behälter verschwunden ist«, log er und sah auf seinen schlafenden Vater. *Deine Schuld ist bereits groß genug.*

»Warten Sie. Ich lasse die *Jeton* rasch auf Besonderheiten überprüfen und schicke Ihnen ein paar von meinen Special Forces. Sie sollen die Krankenstation durchsuchen.« Laroux gab gedämpfte Anweisungen, dann bekam sie eine Meldung zugerufen. »Haben Sie es verstanden, Mister … Lyssander junior?«, fragte sie ihn.

»Nein.«

»Ein kleines Rettungsschiff ist ausgedockt. Im Interim. Der Computer sagt mir, dass es eine Fehlfunktion war.« Sie klang unterschwellig wütend. »Haben Sie eine Erklärung dafür?«

Kris hatte eine, aber er würde sie nicht aussprechen. »Nein. Nicht im Geringsten.« Er sah zu seinem Vater, der im Schlaf lächelte.

Was im Interim verlorenging, kehrte niemals mehr zurück, hieß es. Es gab keine Erfahrungswerte über den grauen, mit ätzender Substanz gefüllten Raum zwischen zwei Punkten im Weltall.

»Dachte ich mir irgendwie«, erwiderte sie verstimmt. »Kommen Sie auf die Brücke, Lyssander junior.« *Klick.*

Dabei war die Erklärung vollkommen einfach. Laroux würde bald selbst darauf kommen. Da 23 die *Cortés* über eine Entfernung hinweg steuern konnte, war es ihm bestimmt möglich, auch einfache Kontrollen eines Zerstörers kurzzeitig zu übernehmen. *Sie haben den Kopf an Bord des Rettungsschiffs gebracht und ihn damit im Interim ausgesetzt!*

Vielleicht hatte der Chemical den Kopf selbst getragen, vielleicht hatte er einen kleinen Multifunktions-Bot dafür missbraucht. Seine Gedankenkraft erlaubte ihm viel mehr als noch zu Beginn ihres Einsatzes.

Letztlich war es gleichgültig. Die Fakten waren geschaffen worden.

Hoffentlich geht das gut! Kris verließ die Isolierstation und spähte vorsichtig durch den Vorhang, hinter dem Faye lag. Sie las auf einem Pad, nippte an einem Glas Saft und hatte die Beine angezogen. Nichts deutete darauf hin, dass der Driver bei ihr eingezogen war.

Als Kris das ankündigende Ziehen im Genick spürte, wusste er, dass die *Jeton* just in diesem Moment das Interim verließ.

Alles wurde gleißend weiß und dehnte sich bis weit außerhalb seines Gesichtsfelds. Die Geräusche der Überwachungsmonitore schmerzten in den Ohren, und die Übelkeit drosch ihm das Essen aus dem Magen in die Speiseröhre. In letzter Sekunde konnte er das Erbrechen unterdrücken. Rülpsend hielt er sich am Stoff fest.

Da erklang der Alarm: Die *Jeton* wurde sofort nach ihrem Auftauchen attackiert.

Zweite Szene

13. Juni 3042 a. D. (Erdzeit)

SYSTEM: STYGMA

Air Marshal Tannmann sprang von seinem Sessel auf.

Ohnmächtige Wut trieb ihn auf die Beine. Wie gern hätte er geschrien und getobt oder gegen die Konsole getreten. Stattdessen blickte er durchdringend auf den Monitor, als könnte er damit die verschwundene *Arc II* und *Arc III* zurückhexen. Er hatte gehört, dass die Eingeborenen auf Paraton derartige Künste beherrschen sollten. Für einen von denen wäre er jetzt dankbar gewesen. *Verschwunden mit all unseren Sprengköpfen!*

»Sir, Asteroid zwei und drei beschießen das Geschwader Gelb«, bekam er zugerufen. »Sie melden schwere Verluste!«

Die Betas haben genau gewusst, was ihnen blüht, wenn sie bleiben. Scheiße! Tannmann konnte sich nicht um die Konsequenzen kümmern. Er hatte nur getan, was Triffoni-Dale ihm befohlen hatte, und hoffte, dass *Arc II* und *III* keinerlei Aufzeichnungen vom Ende ihres Schwesterfrachters gemacht hatten.

Die Asteroidenschiffe verschossen dicke, gelbe Impulslaserstrahlen, die Löcher quer durch die Decks der Kreuzer brannten und die Jäger in Gänze verdampften. Das zerstörerische Licht zuckte stroboskophaft. Die Schiffe der VHR starben nun nahezu im Sekundentakt.

Man hätte die Betas mit weniger Verstand bauen sollen! »Sammelruf an die Flotte«, befahl er. »Hier spricht Air Marshal Tannmann. Planänderung. Ich wiederhole: Planänderung. Alle Korvetten und Fregatten konzentrieren sich auf die Plasmabulldozer, die Kreuzer beginnen ihre freien Angriffe gegen die Asteroidenschiffe. Primäres Ziel ist die Verhinderung des Schwarzen Lochs. Gute Jagd und viel Glück!«

Die Plasmawolken zerfransten inzwischen. Die Lücken wurden zu groß, die Magnetfelder konnten nicht mehr alles abdecken. Die gewaltigen Energien brachen aus, schlugen um sich und drohten, die Schiffe der Collectors zu erwischen.

Wenigstens das scheint zu klappen. Tannmann ließ die *Closer* einen Angriffskurs auf einen Bulldozer im Quadranten 7, IV, B nehmen. Seiner Meinung nach deutete sich dort die größte Schwachstelle des Feldes an. Er wollte mit der Attacke als gutes Beispiel vorangehen.

Die Asteroidenschiffe teilten schrecklich aus. Die Verlustmeldungen jagten auf dem seitlichen Bildschirmrand durch. Der Takt hatte sich verlangsamt, dennoch verlor er jede zehn Sekunden zwei wertvolle Kreuzer mit vielen tapferen Soldaten an Bord, die für die Freiheit von sechzig Milliarden Menschen stritten.

Die *Closer* näherte sich ihrem Ziel.

»Alle Waffensysteme: Feuer!«

Das dumpfe Röhren der Geschütze und der Rückschlag wurden als Schwingung ins Innere übertragen. Warnleuchten verkündeten eine Überhitzung der Laserspiegelbatterie, die Läufe der Automatikkanonen glühten durch das Dauerfeuer.

Eine lange Linie wurde ins Heck des Bulldozerschiffs gefräst. Das Triebwerk zerbarst und verschwand gleich danach in einem Blitz. Durch die Lücke schlugen befreite, rot glühende Plasmatentakel und bohrten sich in die umliegenden Bulldozer.

Wir haben die entscheidende Bresche geschlagen! Tannmann ballte eine Faust und reckte sie in die Höhe, die Offiziere jubelten.

»Sir!«, rief ein Offizier von der Überwachungsstation. »Ich habe hier eine Interim-Welle! Es kommt was rein!«

Ihr Götter des Olymp! Nicht noch mehr Collies! Er öffnete den Mund.

Noch bevor er Befehle erteilen konnte, erwachte im Zentrum des Plasmafelds ein silberner Stern mit unscheinbarem Flimmern. Aus dem Flimmern wurde eine Blase, die langsam rotierend groß und größer wurde und sich gleichzeitig nach allen Seiten ausdehnte, bis ihre Ränder die titanische rote Wolke erreichten und sie anzusaugen schienen.

»Wasserstoffbombenexplosion«, brüllte jemand.

Tannmann wusste, was es bedeutete: Die Collectors hatten nicht länger auf ihren Tunnel ins Core-System warten wollen. *Jetzt gibt es keine Taktik mehr. Alles auf eine Karte.*

»Sammelruf an die Flotte«, gab er durch, kalter Schweiß rann ihm den Rücken herab. Ihm war schlecht, einen so hohen Puls wie jetzt hatte er schon lange nicht mehr gehabt. »Alle Angriffe auf die Asteroiden. Wenigstens ihre größten Schiffe sollen nicht durchkommen. Die Götter mögen uns schützen.« Er nickte der Manövercrew zu.

Die *Closer* schwenkte herum und jagte auf den vordersten Angreifer zu.

»Interim-Welle«, flackerte die Meldung. »Kollisionsalarm!«

Direkt hinter uns. Tannmann schaltete zu den Heck-Kameras. *Mächte des Alls!*

Im Rücken des Kreuzers und mit grellem Glitzern schoben sich zwei titanische Schiffe der *Hough*-Klasse aus dem Interim und eröffneten sofort das Feuer.

Dritte Szene

6. Juni 3042 a. D. (Erdzeit)

SYSTEM: CHARIOT

Kris stand neben einem von den Special Forces auf der Brücke. Vom Eingang aus besah er sich die Szenerie.

Die Offiziere schwiegen und arbeiteten konzentriert im schwachen Schein der Lampen und Monitore an ihren Stationen, während die Kommandantin über allen auf dem Sessel thronte und die Werte auf den Bildschirmen um sich herum abglich.

Niemand sprach. Es wurde nicht mal geflüstert.

Wenigstens werden wir nicht angegriffen. Er war sofort nach dem Alarm losgerannt, um ins Herz des Zerstörers zu gelangen. Er brauchte Informationen und wollte aus erster Hand erfahren, was sich ereignete. Zuerst hatte man ihn nicht auf die Brücke lassen wollen. Die *Jeton* war immer noch ein Kriegsschiff. Aber unter Bewachung wurde es ihm gestattet.

Als er auf den Monitor blickte, auf dem sich ein neues Bild aufbaute, konnte er sich denken, wie er zu der verspäteten Ehre gekommen war: Sie wollten seine Einschätzung.

Laroux winkte Kris zu sich. »Haben Sie diesen Typus von Schiff schon mal gesehen?« Sie drückte auf ein paar Knöpfe, und die Vergrößerung zoomte Feinheiten des Collector-Jägers heran.

Der Gegner stand regungslos im Raum. Antriebe und Steuerdüsen waren abgeschaltet, die lange Schnauze wies auf die *Jeton.*

Kris dachte an einen Barrakuda. »Klar.« Er stellte sich vor, wie das Bild von außen wirken musste: Ein fünfzig Meter langer, nur vier Meter breiter und fünf Meter hoher Jäger der *Small*-Klasse stellte sich einem kilometerlangen Kampfkoloss entgegen. Goliath gegen den viel, viel kleineren Bruder von David. »Vier ovale Tragflächen im hinteren Bereich, vier kleinere Triebwerke sind um ein größeres in der Mitte angeordnet. Ein Collector-Jäger.«

»Das will mir der Computer auch erklären.« Laroux vergrößerte die Ansicht weiter. »Aber da sind uns ein paar Kleinigkeiten aufgefallen, die ihn von einem Standardjäger unterscheiden. Und: Der Collie unternimmt nichts. Kein Angriff, kein Funksignal. Als wäre er tot. Die Abstrahlung des Reaktors sagt aber was anderes.«

Jetzt, nachdem sie es erwähnt hatte, sah Kris genauer hin. »Ich bin noch nicht so oft mit den Jägern aneinandergeraten«, brachte er zu seiner Verteidigung vor. Dann bemerkte er die Markierung auf der Panzerplatte. Es erinnerte ihn an verzerrte Hieroglyphen. Schriftzeichen aus einer anderen Zeit und von einer anderen Kultur. »Da!«, sagte er. »Das ist wohl neu. Die Collectors haben bisher keine Schriftzeichen verwendet.«

»Das dachte ich auch. Das abwartende Verhalten konnte ich mir nicht erklären.« Sie öffnete den Kanal zur Krankenstation. »Ingstrabur, können Sie mir Lyssander senior auf die Brücke bringen?«, sprach sie ins Kom-Gerät.

»Kann ich. Aber das wird der letzte Ausflug sein, den er lebend macht, Sir«, antwortete der Arzt schnoddrig wie immer. »Ob ich ihn mit schlagendem Herzen wieder runterbekomme, weiß ich nicht.«

»Keine Zeit für Rücksichtnahme. Her mit ihm, Doc.«

Sie warteten angespannt und betrachteten den Jäger.

Kris sah, dass die Waffensysteme der *Jeton* hochgefahren waren, die Reaktoren lieferten maximale Energie in die Generatoren für Laserbänke und Magnetschilde. *Das reicht, um den Smaller in Dampf zu verwandeln.*

Das Schott öffnete sich.

Zuerst erschienen fünf weitere Gepanzerte des Special-Forces-Teams der *Jeton*, dann fuhren Ingstrabur und ein simpler Med-Bot Anatol auf einer Antigrav-Liege herein. Wegen der Enge schoben sie den

Schwerverletzten so weit, wie es ging. Das Kopfende wurde angehoben, so dass er den Monitor sah. Der Bot hatte keine andere Aufgabe, als das hervorsickernde Blut wegzuwischen, was er mit dünnen Metallärmchen tat. Ingstrabur behielt die Überwachungsgeräte im Auge und prüfte die Abgabemenge der Infusionen.

»Da sind wir, Sir«, meldete er überflüssigerweise. »Patient lebt und ist einigermaßen ansprechbar. Nur wie lange, *das* weiß ich nicht.« Er klopfte gegen die Infusionsbeutel. »Chemie hilft. Fragen Sie 23.«

Laroux sah Anatol an. »Mister Lyssander, hören Sie mich?«

»Ja«, stöhnte er mehr als er sprach und öffnete die Augen. Es kostete ihn viel Kraft.

»Wir brauchen Ihre Einschätzung. Sie sind unser einziger Experte von solcher Qualität.« Sie zeigte auf den Monitor und das Symbol. »Was können Sie mir zu diesem *Small*-Jäger sagen? Was hat das Zeichen zu bedeuten? Ein Scout? Irgendwas Besonderes? Die Vorhut einer Flotte?«

Anatol richtete sich auf, die Augen fest auf den Bildschirm gerichtet. Seine Lippen bewegten sich, zuerst langsam, dann immer schneller, als redete er. Die Pupillen leuchteten, das Blut lief ihm aus den Mundwinkeln und sprang über die Lidränder.

»Mister Lyssander?« Laroux klang alarmiert.

»Herzfrequenz steigt, Serotonin- und Dopaminwerte auch.« Ingstrabur schaute in die Runde. »Ich würde sagen, unser Phänomen … freut sich?«

»Er kennt es«, schloss Laroux daraus. »Mister Lyssander junior, reden Sie mit Ihrem Vater. Ich muss wissen, was es zu bedeuten hat!«

Kris begab sich neben Anatol. Von der anderen Seite arbeitete der emsige Android daran, die feinen Ströme aus Blut zum Versiegen zu bringen. »Vater. Woher kennst du sie? Sind es andere Collectors?«

»Ein Aufklärer«, sagte er und sog röchelnd die Luft ein. »Wie damals. In Hakup.« Er versuchte, die rechte Hand zu heben, und zeigte andeutungsweise auf den Monitor. »Es sind …« Anatol suchte nach den richtigen Worten. »Es waren zwei. Zwei, die ein Ziel hatten, aber …« Verzweifelt schaute er zu seinem Sohn. »Ich … es rutscht mir durch das

Denken«, stieß er hervor und weinte rötliche Tränen. »Die Worte …«
Er gestikulierte. »Wyver.«

Kris verstand nicht, was er wollte. Er erinnerte sich, dass sein Vater
den Begriff *Wyver* schon einmal gebraucht hatte. »Ruhig, Vater. Du
darfst dich nicht zu sehr aufregen. Das macht es nur schlimmer.« Er
strich ihm über den Kopf, ohne sich an dem Blut zu stören, das an seiner Hand haften blieb. *Vielleicht geht es, wenn ich ihn mit Fragen leite.* »Du
kennst sie?«

»Ja«, sagte er begeistert. »Ja!«

»Sind es die Collectors? Oder sind es die Wyver?«

»Ja … nein.« Anatol sank in das Kissen zurück. »Ich werde … sie
rufen.«

Laroux gab den Männern der Special Forces einen Wink. Sie legten
auf Anatol an, die fünf Mündungen waren auf seinen Kopf und Oberkörper gerichtet. »Mister Lyssander senior, ich weise Sie darauf hin, dass
ich nicht zögern werde, Sie erschießen zu lassen, wenn Sie mein Schiff
oder die Besatzung in Gefahr bringen.« Sie gab ihren Waffenoffizieren
Anweisung, die Zielerfassungen auf den *Small*-Jäger zu richten.

»Herzfrequenz bei 191«, sagte Ingstrabur. »Drohen Sie einfach noch
ein bisschen mehr, Kommandantin, und Sie müssen ihn nicht erschießen.«

»Sohn«, flüsterte Anatol. »23 wird dir helfen. Ich ebne euch den Weg,
aber danach müsst ihr weitermachen.«

Er ist dabei aufzugeben. »Du wirst dich jetzt nicht von mir verabschie-
den!« Kris betrachtete das müde Gesicht, die dünnen Adern unter der
Haut, die sich rasend schnell verdickten und wieder zusammensanken.
Der Professor veränderte die Einstellung am Infusionsblock.

»Es liegt nicht mehr in meiner Hand, Kris«, sagte er bedauernd. »Lass
mich meine Arbeit tun.« Von einer Sekunde auf die nächste entspannte
er sich. »Ich habe der Menschheit beinahe die Vernichtung gebracht. Ich
kann heute wieder etwas gutmachen.«

»Was hat er gesagt?«, wollte Laroux wissen. »Was ist mit dem Collie?«

Kris betrachtete die Züge seines Vaters. Die Atmung verlangsamte
sich. »Ich weiß es nicht«, murmelte er.

»Bitte?«

»Ich weiß es nicht!«, rief er ihr zu und wandte sich um. »Er scheint wohl Kontakt zu ihnen herstellen zu wollen.«

Die Kommandantin stieß die Luft aus, erwiderte jedoch nichts.

Wieder senkte sich Schweigen über die Brücke, die Anspannung stieg.

Kris hob sein Kom-Gerät und rief 23.

»Jaha? Ich merke, dass du eine Frage an mich hast?«

Kann er Gedanken schon auf diese Entfernung lesen? Er traute dem Chemical durchaus zu, dass er sich nur einen Scherz erlaubte. »Was habt ihr, du und mein Vater, ausgeheckt?«

»Hinfort mit dem Ballast! Hinfort!« Er stieß ein gellendes Lachen aus. »Kopflos lebt es sich besser, dachten wir uns«, sagte er glucksend. »Weg mit dem Driver! Weg mit dem Sklavenhalter! Weg mit der Unfreiheit! Gefangen, für immer! Oder er vergeht im Grau. Pech. Pech, Pech, Pech!« Er brabbelte unverständliches Zeugs und lachte zwischendurch immer wieder auf.

Er ist noch verrückter als Vater. Die Collectors haben ganze Arbeit geleistet, als sie ihm sein Gehirn aufbohrten. »23, hör mir zu: Anatol sagte mir, dass wir beide weitermachen sollen. Er redet gerade mit dem Collector-Schiff, aber er denkt, er wird bald sterben.«

23 verstummte. »So?«, sagte er dann traurig. »Oh. Sehr viel oh. Wäre schade, sehr schade um ihn. Wo wir uns doch gut verstehen! So gut verstanden! Er hat mir einen fantastischen Witz erzählt, von einem Ork, der einen Zwerg …«

»Hör mir zu!«, rief Kris laut, und einige der Offiziere drehten die Köpfe zu ihm. »Kannst du mit ihnen reden? Mental? Wie ein Mediator?«

Der Chemical sagte nichts, sondern atmete nur sehr laut. »Ich denke, wir müssen etwas ausprobieren.«

Anatols Überwachungsgeräte fiepten langgezogen, die Anzeigen färbten sich rot.

»Herzstillstand«, meldete Ingstrabur unaufgeregt, aber mit Nachdruck. Er langte in den Korb, der an der Antigrav-Liege angebracht war, und nahm einen Defibrillator hervor. Der Bot bereitete derweil alles vor, hielt Kontaktgel bereit und bat die Soldaten, einen Schritt zurückzutreten. Die Kontakte wurden Anatol auf die Brust gesetzt. Mit einer hörbaren Entladung jagte der Strom durch ihn hindurch.

»Schiffsaktivität«, meldete der Überwachungsoffizier im gleichen Augenblick. »Der Collector hat die Steuerdüsen gezündet und bewegt sich auf uns zu. Er ... er steuert auf Hangar drei zu!«

Kris ahnte, was vor sich ging. »23, bist du das? Steuerst du den Jäger?«

Laroux sah zum Mediator, der eben einen weiteren lebenspendenden Elektroschock versetzt bekam. »Mit den Geschützen verfolgen, Hangartor öffnen, Hangar räumen«, befahl sie nach kurzem Abwägen. »Uschtrow, machen Sie Team Red klar und schicken Sie es mit den schwersten tragbaren Waffen in Hangar drei. Blasen Sie den Jäger auseinander, wenn er auch nur eine Geschützluke öffnet.« Sie sah zu Kris. »Ich bete, dass ich gerade alles richtig mache. Denn tatsächlich weiß ich es nicht.«

23 lachte hysterisch. »Ich kann es! Ich kann es! Ich habe sie am Haken! Waffensysteme sind ausgeschaltet, sie können uns nichts tun.« Es rumpelte, als wäre er über etwas gestürzt. »Komm in den Hangar, Kris! Komm! Wir reden mit ihnen! Oh, ich weiß, wie! Ich weiß es!« Er schaltete ab.

»Patient verstorben«, hörte Kris hinter sich. »9.23 Uhr Standardzeit.« Er wandte sich um. Der Bot reinigte die Kontaktflächen vom getrockneten Blut und tupfte wieder das Rot vom Leichnam. »Tut mir leid, Mister Lyssander. Nichts mehr zu machen. Das Hirn war zu beschädigt. Keine Kontrolle über die vegetativen Funktionen. Es war besser, ihn gehen zu lassen.«

Kris registrierte, dass Ingstrabur das »junior« weggelassen hatte; dass er selbst gar nichts dachte, sondern auf das Wachsgesicht seines toten Vaters starrte; dass ihm keine Tränen über die Wangen liefen. Er stand neben sich, konnte nicht wirklich begreifen, was gerade geschehen war.

Aber eines wusste er: Die Verantwortung für den Kontakt mit den

Collectors, die sich aus irgendeinem Grund von den anderen unterschieden, lag bei ihm und dem verrückten Chemical.

Er machte einen Schritt zurück, weg von der Antigrav-Liege, als müsste er vor dem Verstorbenen flüchten. Die Trauerbewältigung musste verschoben werden.

»Ich bin in Hangar drei«, kam es über seine Lippen, ohne dass er es gedacht hatte, und dann stürmte er von der Brücke.

Wie gerne hätte er Faye an seiner Seite gehabt.

Vierte Szene

Faye lag in ihrem Bett auf der Krankenstation und bekam mit, dass es auf der *Jeton* unruhig wurde.

Ingstrabur hatte ihr gesagt, dass ein kleines Collie-Schiff aufgetaucht war, bevor er mit Anatol auf die Brücke gefahren war. Niemand wusste, was der Jäger der *Small*-Klasse von ihnen wollte.

Und ich liege untätig herum! Der Professor hatte ihr nochmals eingeschärft, sich nicht zu rühren, weil sonst die Wundklebestellen aufreißen konnten und es eine »mordsmäßige Sauerei« geben würde, die er keinem Reinigungs-Bot zumuten wollte. Sie mahnte sich zur Ruhe und versuchte, sich den Einsatz madig zu machen. *Was sollte ich tun? Dekorativ herumstehen?*

Sie hatte ihren Einsatz auf Ra gehabt und den Mann befreit, dem ihr Herz gehörte.

Faye betrachtete ihre Hand, die Kris vorhin gehalten hatte. Ein wunderschönes Gefühl, das sie gern die ganze Zeit über spüren würde. Die Leichtigkeit tief im Innern, irgendwo hinterm Herzen, wo jetzt gerade das Vermissen saß. War das der wahre Sitz der Seele? Sich so gefreut und so empfunden hatte sie vorher nie in ihrem Leben.

An Männern hatte es ihr nicht gemangelt, verliebt und verlobt war sie auch oft genug gewesen, bevor ihre Schwester ihr die Männer ausgespannt hatte.

Heute muss ich ihr dankbar sein. Sonst hätte ich keinen Platz für Kris in meinem

Leben gehabt. Nein, sonst wären wir uns niemals begegnet. Faye dachte an die Zeit auf Ape II, ihre kriminelle Zeit. Das erste Mal, dass aus einer Verurteilung zum Tode etwas derart Positives hervorgegangen war.

Beim Gedanken an den Tod sprang ihr Verstand sofort zu Nuria.

Ingstrabur hatte ihr auch berichtet, dass man den Kopf der Professorin anscheinend »verloren« hatte. Der Umstand, dass ein Rettungsschiff der *Jeton* mitten im Interim ausgeklinkt worden war, sprach gegen einen Zufall. Jeder an Bord wusste, wo sich die letzten Überreste von Nuria Suede befanden. Zumindest grob. Retten würde man sie nicht mehr können.

Zum Glück. Zuerst hatte sie Kris im Verdacht gehabt, dass er dahinterstecken könnte, aber es passte nicht zu ihm. Infrage kam viel eher der Chemical. Er war verrückt genug, so etwas zu tun. Und er besaß auch die Macht dazu, der *Jeton* ohne Tastaturen und Bediencomputer direkte Befehle zu erteilen. Seine mentalen Kräfte schienen gewachsen zu sein.

Was Nuria wohl macht? Faye hatte Angst davor, dass der Driver plötzlich in sie einfuhr. Ohne Vorwarnung, ohne Ankündigung. Einfach eine Verschmelzung mit ihrem Ego, um eine neue Persönlichkeit daraus zu formen, die sicherlich nicht mehr Faye Durrick sein würde.

Sie sah das Behältnis noch vor sich. Das Gesicht ihrer Schwester hinter der glasähnlichen Wand, mit Energie und Nährstoffen versorgt. Nicht tot, nicht lebendig.

Wären wir Sekunden später auf Ra gelandet, hätte die 2OT Nurias Kopf zerstört. Ich bin knapp am Dasein einer CoDriverin vorbeigeschrammt.

Faye fand es bezeichnend, dass eine ganz besondere Art der Eifersucht dem Driver zum Verhängnis geworden war. Joule hatte sich gegen den Willen von Automaton Prime gestellt, weil sie sich herabgesetzt gefühlt hatte.

Nicht auszudenken, was passiert wäre, wenn Nuria einen Androidenkörper bekommen hätte. Dann wäre sie komplett größenwahnsinnig geworden. Durch sie wäre der Orden garantiert noch mächtiger geworden, was anscheinend auch die Führung des 2OT so gesehen hatte. CoDriver waren begehrt. Nicht nur bei Regierungen und Konzernen.

Ich kann hier nicht bleiben. Vielleicht braucht Kris mich.

Faye bewegte sich leicht, wartete auf das Ziepen an den behandelten Stellen. *Es wird schon gehen.*

Sie stand auf, schlüpfte in ihre Sachen und machte sich auf zur Brücke.

ACHTZEHNTER AKT

Erste Szene

13. Juni 3042 a. D. (Erdzeit)

SYSTEM: STYGMA

»Zwei *Hough*-Schiffe direkt hinter unserem Heck!«, schrie der Überwachungsoffizier in Panik. »Isis, nein! Neue Interim-Welle, Sir! Materialisierung von vier *Bigger*-Schiffen und drei weiteren *Hough*.« Der Mann starrte zum Air Marshal. Er war nicht der Einzige, der Tannmann anschaute, als wäre er der Schlüssel zur Erlösung von diesem Schrecken. »Sir?«

Tannmann konnte nicht anders, als nichts zu sagen. Der Stratege in ihm, der Optimist in ihm – beide schwiegen angesichts der Dimensionen von neuen Feinden. *Was sollen wir dagegen ausrichten?* Die Betas waren verschwunden und hatten die entscheidenden Atombomben mitgenommen, eigene schwere Zerstörer gab es keine mehr. Die Schlacht war zu Ende.

»SIR?«, sagte der Überwachungsoffizier flehentlich, schon beinahe wimmernd. Die Kom-Lampe glühte, die Kommandanten der VHR-Flotte wollten wissen, was sie tun sollten.

Du bist der General in der Schlacht. Sie warten auf deine Befehle. Tannmann räusperte sich und aktivierte den Sammelruf an alle Schiffe der VHR-Flotte. »Meine Damen und Herren Offiziere, hier spricht Air Marshal Tannmann. Sie haben gesehen, was eben hereingesprungen kam. Das bedeutet für uns: Wir sind das letzte Bollwerk gegen die Collectors, die sich nur wenige Raumkilometer vom Durchgang in das Core-System entfernt befinden. Wir haben die Pflicht, dies zu verhindern. Kämpfen Sie, taktieren Sie wie niemals zuvor in Ihrem Leben. Unsere schwersten Kreuzer greifen die Asteroidenschiffe an. Die Fregatten und Korvetten sollen die neuen Feinde bekämpfen«, befahl er und bemühte sich, dabei zuversichtlich zu klingen, ohne dass es übertrieben und damit sinnlos erschien. Er legte eine kurze Pause ein und sah die *Hough*-Schiffe die Abdeckungen ihrer Waffensysteme öffnen. »Jedes Mittel ist nach dem Ermessen des Kommandanten erlaubt. Die Asteroiden dürfen nicht durch das Tor gelangen! Mögen uns die Götter das, was wir tun müssen, verzeihen.«

Tannmann gab das Zeichen zum Angriff auf das nächste *Hough*-Schiff. Eine Mücke gegen einen bis an die Zähne bewaffneten Elefanten. *So verzweifelt stand es um die Menschheit noch nie.* Der verschlüsselte Ausdruck »jedes Mittel« und »nach Ermessen« bedeutete nichts anderes als die Aufforderung, sich mit den Kreuzern gegen die Asteroidenschiffe zu stürzen, wenn es taktischen Sinn ergab. Selbstmordangriffe als Ausdruck größtmöglicher Hilflosigkeit.

Die *Closer* vollführte eine extreme Wendung und näherte sich mit Drehungen und Haken dem Collector, der sie unter Beschuss nahm.

Glühende Geschosse verfehlten den Panzerkreuzer, der sich anmutig wie eine Ballerina aus den Attacken herausdrehte und nach Tannmanns Befehl auf der schmalen, messerspitzenähnlichen Unterseite des *Hough* entlangdonnerte. Dreißig Meter, mehr trennten die Gegner nicht. Auf den Bildschirmen sah es so aus, als könnte man die Collectors berühren, sobald man eine Hand aus einem Bullauge streckte. Die Magnetschilde waren wegen des geringen Abstands ausgeschaltet.

»Autokanonen Feuer frei«, befahl er und beobachtete genau, was die Granaten an der Panzerung des Feindes ausrichteten.

Es war deprimierend zu sehen, dass einige der dicken Platten abgesprengt wurden und darunter eine zweite, unlackierte Lage zum Vorschein kam. »Pirouettenkehre, alle Laserbänke auf die Lücken konzentrieren, die wir eben gehobelt haben.« Tannmann wollte sehen, was das gebündelte Licht ausrichtete.

Wieder vollführte die *Closer* mit ihren zahlreichen Steuerdüsen ein Wendemanöver, das kein herkömmliches Schiff zu absolvieren in der Lage war. Die blauen Strahlen des Impulslasers fraßen sich durch die *Hough*-Hülle! Ein erleichtertes Stöhnen war auf der Brücke zu vernehmen. Ein kleiner Erfolg, der Hoffnung gab.

Das hätte ich nicht für möglich gehalten. »Maschinen halt, *Closer* näher ran und Automatikkanonen auf die umliegenden Stellen richten! Lassen Sie das Schiff auf der Stelle tänzeln!«

Da stieß das *Hough* eine dichte Wolke aus reflektierendem Material aus, das exakt in die Bahn der Laser flog. Die blauen Strahlen wurden gebrochen und abgelenkt, die zerstörerische Wirkung zunichtegemacht.

Bevor Tannmann neue Befehle erteilen konnte, leuchtete ein Warndisplay auf: *Raketen im Anflug.* Er erfasste es schneller, als sein taktischer Offizier ihm die Nachricht melden konnte. Aufgrund des geringen Abstands zum Feind war ein Ausweichmanöver nicht mehr möglich. Die Schilde fuhren hoch, würden ihre volle Stärke jedoch nicht rechtzeitig entfalten können.

Der letzte Tag ist gekommen. Tannmann wartete auf den Einschlag.

Ein harter Schlag traf die *Closer* ins Heck. Sämtliche Lampen und Monitore flackerten, als die Notbrennstoffzellen mit leichter Verzögerung einsprangen. Der Air Marshal wurde in den Gurten herumgeschleudert, festhalten konnte er sich an den Lehnen nicht. Sein Körper war ein Spielball der physikalischen Kräfte, knackend brach sein rechtes Schlüsselbein. Er unterdrückte den Schrei, biss die Zähne fest zusammen. Der Computer zeigte an, dass das Triebwerk zerstört worden war und sich mehrere Reaktoren abgeschaltet hatten.

»Evakuierung des Maschinenraums«, befahl er ächzend. »Schotts schließen.«

Ein lautes Prasseln und Donnern erklang, die *Closer* vibrierte.

Er erlebte über die Bildschirme mit, wie die Oberseite des Panzerkreuzers mit Explosivgranaten geschält wurde. Mehrere Geschosse schlugen durch die beschädigten Triebwerke in den Maschinenraum und vernichteten die verbliebenen intakten Reaktoren. Eine Außenkamera nach der anderen fiel aus, zerstört durch umherwirbelnde Stahlsplitter der Panzerung oder durch direkte Einschläge.

Wieder flackerte das Licht.

Das ist ein schlechtes Zeichen. Derzeit bezog das gesamte Schiff seine Energie aus den Brennstoffzellen, die aber nicht darauf ausgelegt waren, eine längere Zeit solchen Stromverlust zu überbrücken.

»Treffer in die Brennstoffzellenkammer, Sir«, meldete einer aus der Crewstation. »Abschaltung sämtlicher Systeme in zwanzig Sekunden.«

Die letzte Kamera, die auf der Oberseite verblieben und der Zerstörung entgangen war, zeigte Tannmann, dass das *Hough*-Schiff Fahrt aufgenommen hatte. Der schmal zulaufende Rumpf zog über sie hinweg und senkte sich dabei nach unten. *Wir sind ihnen nicht mal mehr einen Schuss wert.*

»Kollisionsalarm«, meldete der Computer mit freundlicher Stimme und zeigte die rasch schrumpfende Entfernung zwischen Kiel und Oberseite in rot leuchtenden Ziffern an. »Ausweichen wird empfohlen.« Mit diesem Satz traf das *Hough*-Schiff gegen die Closer. Die Kamera fiel aus.

Wieder gab es einen harten Schlag. Tannmann schrie auf, als die gebrochenen Knochen des Schlüsselbeins sich ins Fleisch bohrten.

Das Metall kreischte hörbar und peinigte das Trommelfell, als sich die Hülle verzog und Streben verbogen, gestaucht wurden. Die interne Struktur geriet aus dem Lot.

Aber die *Closer* zerbrach nicht; dann ging das Licht aus.

Das war's. Hoffentlich hält die Hülle so lange, dass die Mannschaft zu den Rettungskapseln gelangen kann. Tannmann tastete unter den Sitz, wo eine Taschenlampe angebracht war, nahm sie hervor und leuchtete über die Brücke.

Weitere Strahlen schnitten durch die Dunkelheit und rissen verstörte Gesichter aus der Schwärze. Manche der Offiziere wischten sich verstohlen die Tränen der Todesangst aus dem Gesicht, manche wirkten erleichtert. Andere ärgerten sich und schlugen auf die nutzlosen Konsolen.

Genau so wütend fühlte sich Tannmann.

Antriebslos, blind, taub, stumm und harmlos trieb die *Closer* mit ihm zusammen durchs All, während um sie herum die Schlacht der Schlachten tobte. Ohne einen echten Feldherrn. Die meisten Armeen, das bewies die Geschichte, gingen unter, sobald sie den taktischen Kopf verloren hatten.

Ein Medic kam auf ihn zugelaufen und hielt einen Hochdruckinjektor in der Hand.

Was wird nun werden? Er wehrte sich nicht gegen die Verabreichung des schmerzstillenden Mittels. Aber seine Verzweiflung ließ sich damit nicht lindern.

Zweite Szene

6. Juni 3042 a. D. (Erdzeit)
SYSTEM: CHARIOT

Zischend öffnete sich eine Luke mitten im glatten, fugenlosen Rumpf.

23 und Kris standen in gepanzerten Raumanzügen vor dem *Small*-Jäger. Team Red hatte sich mit den schweren Waffen um das Schiff verteilt. Einer von Uschtrows Männern wartete neben dem Knopf mit der Aufschrift *Notentlüftung*, die Abdeckung des Schalters war bereits nach oben geklappt.

»Ist offen«, sagte der Chemical und kicherte. »Gleich lässt er sich blicken! Ich sehe ihn schon!« Der Helm verhinderte, dass man einen Blick auf seine Schädeldecke werfen konnte.

Das muss gutgehen! Kris war angespannt. 23 hatte ihn noch nicht in den Trick einweihen wollen, wie sie sich mit dem Collector verständigen sollten. Dabei hing so viel von dem ab, was gleich geschehen würde. Auf das Tragen von Waffen hatte er selbst verzichtet. Mit Pistolen würde er nichts ausrichten. Der Special-Forces-Trupp hatte genug Feuerkraft aufgebaut. *Es muss einfach gehen.*

In der Öffnung erschien ein Collector, wie Kris ihn kannte. Weder war seine Rüstung anders lackiert noch trug er irgendwelche Abzeichen. Groß, einschüchternd breit, mit den beiden Schwertern am Gürtel und dem rechteckigen Tornister im oberen Rückenbereich; bläulich leuchtende Leitungen schimmerten unter Lücken in der Panzerung.

Der gepanzerte Kopf mit dem Spiegelvisier drehte sich. Das Wesen schien die Special Forces zu scannen, bevor es einen Schritt aus dem

Jäger machte und den Boden des Hangars betrat. Die Geräusche, die danach erklangen, kannte jeder Mensch, gleich welchen Alters und welchen Geschlechts. Und doch verstand es niemand: ein Dröhnen, Fiepen und Quietschen gleichzeitig.

Mehrere Sekunden lang ließ der Collector sie erklingen, dann verstummte er und wartete ab, während das letzte Echo durch den Hangar rollte.

»Ich sehe, was er denkt«, juchzte 23, dessen Linien auf dem Narbengesicht sich zu neuen Mustern verschoben. »Das ist lustig! Ich sehe seine Gedanken.« Schlagartig wurde er traurig. Die Linien sackten nach unten. »Aber ich verstehe sie nicht. Das musst du machen, Mediator.«

»Ich kann es nicht!«, sagte Kris. *Ich bin kein Mediator.* »Ich spüre nicht einmal ... Was tust du?«

23 hatte seinen Helm abgezogen und löste die Verschlüsse von Kris' ebenso. »Ich brauche Kontakt zu deinem Kopf. Zugang zu deinen Gedanken, ohne das Glas und das Metall zwischen uns.« Er machte eine auffordernde Geste.

»Das wird nichts«, unkte Kris und legte den Kopfschutz dennoch ab. Er roch die metallische Luft des Hangars: warmes Eisen, Dreck und Öl. Seine Blicke huschten zum Knopf der Notentlüftung. Seine Vorstellungskraft gaukelte ihm vor, dass der Soldat draufdrückte und sich die Tore öffneten. Er wirbelte als Nichts hinaus ins Weltall und starb an Dekompression und Kälte. Vakuum. Minus zweihundertsiebzig Grad Celsius ... *Denk nicht dran!*

23 nahm ihn bei den Ohren und zog ihn zu sich heran, senkte den Kopf dabei, so dass sich die Stirnen berührten. Es kostete Kris Überwindung, so nahe am entstellten Gesicht des Piloten zu sein und die Luft einzuatmen, die der andere ausstieß. Das Schädelstück aus Plexiglas gab den Blick auf die gräuliche Masse frei, die sich an manchen Stellen gelb, grün und lila verfärbt hatte. Folgen der Collector-Experimente.

Was ...? Ein Kribbeln stellte sich im vorderen Bereich von Kris' Verstand ein.

Es sickerte durch die Haut, durch den Knochen in sein Hirn und ließ ihn Veilchen riechen. Veilchen mit Vanille und Pfeffer.

»Du wehrst dich noch«, beschwerte sich 23. »So wird das nichts. Wie kann ich dir sonst die Bilder schicken, die ich von ihm bekomme?«

Kris hatte den Plan des Chemical endlich begriffen. Er arbeitete als Transmitter, als Schaltrelais, das die eingegangenen Impulse weiterleitete. *Ich hoffe, es funktioniert auch auf umgekehrtem Weg. Falls ich mit den Bildern überhaupt etwas anfangen kann.* Er war unsicher, schielte zum Collector. *Ich glaube, es sieht doof aus, wie 23 und ich hier stehen,* dachte er zu seiner eigenen Überraschung. Dass er sich über so etwas in dieser Lage Gedanken machte ... Er musste grinsen.

Unvermittelt *sah* er die Bilder, die ihm 23 sandte.

Es waren keine echten Bilder, sondern Empfindungen als Farben, die sich veränderten, flüssig umeinander wirbelten. Der beherrschende Ton war ein sattes Grün, das sich gegen alle anderen Nuancen durchsetzte. Dazwischen gab es Braun und Schwarz, ein bisschen Weiß und eine Spur von Gelb.

Was soll das? Kris schwitzte vor Aufregung und war ratlos. Plötzlich schien es im Hangar glutheiß zu werden. »Ich bin kein Mediator«, flüsterte er 23 zu. »Ich sehe es zwar, aber mir geht es wie dir: Ich *verstehe* es nicht! Noch weniger weiß ich, wie ich mich mit dem Collector unterhalten soll!«

Der Chemical zog die Nase hoch und schluckte laut. »Du hast schöne Augen, Kris«, sagte er verträumt.

»Ist das wichtig?«

»Ich sehe sie mir gerne an. Es sieht aus, als hättest du nur ein einziges. Weil ich dir so nahe bin.« 23 griente. »Sag mir, was ich ihm schicken soll. Nein, *zeige* es mir!«

Möglich, dass es auf diesem Weg klappt. Kris konzentrierte sich wieder auf die Farben und versuchte, ihre wallenden, wabernden Bewegungen zu verändern. *Das wird niemals im Leben etwas. Ich muss es auf meine eigene Weise versuchen.* Also dachte er an seinen Vater. Und an Hakup. An den Tag, an dem die Collectors zum ersten Mal in Erscheinung getreten waren. »Siehst du das, 23?«

»Ja«, gab er angestrengt zurück. »Ich schicke es dem Collie.«

Kris' Herzschlag hatte sich beinahe um das Doppelte erhöht. Es dauerte.

23 regte sich nicht, sondern klammerte sich inzwischen schmerzhaft an Kris' Ohren.

Und dann, als er dachte, der Chemical sei in Trance verfallen, flutete er ihm den Verstand mit der Antwort des Collectors!

Dieses Mal waren es wirklich Bilder.

»Ich sehe etwas«, entfuhr es Kris. Zugleich kämpfte er gegen den Schmerz an, der sich hinter seinen Augen wie verdickte Säure ausbreitete.

Er sah Bishopness Theresa als junge Frau aus der Sicht eines Collectors. Das Bild war schwarz-weiß und leicht getrübt, vermutlich durch das Visierglas. Verschiedene Anzeigen mit Symbolen waren zu sehen, die Kris an das Zeichen erinnerten, das außen am *Small*-Jäger haftete.

Es ist der Tag aus der Erinnerung des Collectors!

Auf die Collectors wurde geschossen, woraufhin Zeichen im Helm lilafarben aufleuchteten. Durch die Querschläger wurden Menschen verletzt, und die Ahumanen kümmerten sich um die Verletzten – bis auf den Collector, der vor Kris stand.

Er hörte, dass er mit seinen beiden Begleitern sprach, und die Gefühle dabei waren voller Respekt, aber auch voller Wut und Mahnung. Er sprach sich gegen etwas aus, das sie taten. Oder das sie zu tun gedachten.

Kris kam ein Gedanke. *Ist er der Wyver, von dem Vater gesprochen hat?* Er begriff, dass der Ahumane sich gegen die beiden Collectors stellte und ihnen etwas verbieten wollte.

Sie diskutierten lange und ausführlich, dabei glommen erneut Symbole im Helm auf; Listen ratterten herunter, einzelne Werte blieben stehen.

Dann benutzte die Begleiterin von Theresa ein Gerät, das ein Translator sein konnte. Das grauenvolle Geräusch, das dabei entstand, spülte alle positiven Empfindungen fort.

Ein starkes Hassempfinden brandete in Kris hoch, das ihn die Hände zu Fäusten ballen ließ. Er wollte töten, sofort! Und zwar diejenigen, die diese Töne verursacht hatten, weil sie eine schreckliche Plage waren. Weil sie eine Gefahr für die Menschen darstellten ...

Es klappt! Kris fühlte Glück und Erleichterung. »Ich kann es, 23«, flüsterte er ihm zu und schmeckte zu seiner eigenen Verwunderung Blut im Mund. Es strengte seinen Körper an. Die zähe Säure breitete sich weiter aus, doch aufhören kam nicht infrage. Nicht jetzt, wo er sich langsam in den Verstand der Fremden einfühlte.

Er sah plötzlich zahlreiche Collectors mit unterschiedlichen Rüstungen, die um seinen Collector herumstanden. Noch immer war die Ansicht schwarz-weiß.

Die Gefühle, die ihm nun vermittelt wurden, kamen Enttäuschung sehr nahe. Er spürte etwas, das Verrat gleichkam, gegen den er nichts unternehmen konnte. Schwäche, Unterlegenheit, die wiederum wütend machten.

Auf einer Sternenkarte wurden Systeme eingeblendet. Auch wenn er die Bezeichnungen der Fremden nicht lesen konnte, wusste er, dass ihm die Planeten gezeigt wurden, die an die Collectors gefallen waren. An die Collectors, die offenbar eine andere Einstellung zur Menschheit hatten. An die Menschenfresser.

Sie haben sich zerstritten.

Kris' Collector trat an ein Bullauge und sah ins Weltall, wo sich eine Flotte von *Hough*-Schiffen teilte. Der eine Teil zog weiter nach Hakup, dessen Anblick er niemals vergessen hatte, der andere Teil verschwand in eine andere Richtung.

»Sie haben sich wegen uns zerstritten«, sagte er verblüfft zu 23. Seine Zunge bewegte sich schwer, als wäre er betrunken oder eben erst aus dem Schlaf aufgewacht. »Nach dem Kontakt zu uns auf Hakup haben sie sich getrennt. Die Obhut-Menschenfresser sind über uns hergefallen, die anderen ...«, er fühlte vertraute Wut und wusste unvermittelt, was sie, die Wyver, getan hatten. »Sie haben die Heimstätten der Tiranoi gesucht, um sie zu vernichten!«

»Sehr gut, Kris.« Der Chemical klang müde. »Brauchst du noch lange? Es strengt mich an. Es tut mir weh, im Kopf. Muss mich ausruhen.«

Wie wahr! »Ich versuche noch, ihm zu sagen, dass wir sehr dankbar sind, dass sie zurückgekehrt sind, um ...« Schuld. Überbordende Schuld ging von dem Collector aus. Und etwas sehr Kräftiges: ein Schwur. Ein Waffeneid ... »Dass sie zurückgekehrt sind, um uns gegen ihre eigenen Leute zu verteidigen!«

»Gut. Aber beeil dich!«

Kris befand sich in einem Höhenflug, auf einer Woge der Euphorie. Er sandte dem Collector mit eigenen Gedanken und Empfindungen, was in ihm vorging. Und dass er der Sohn von Anatol Lyssander war.

Noch bevor er die Antwort bekam, zog 23 den Kopf zurück und musste sich auf den Hangarboden setzen, wo er sich übergab. »Ging nicht mehr«, sagte er zwischen zwei Schüben rülpsend und röhrend.

Kris schwankte und plumpste neben ihn nieder, sah und roch das Erbrochene und würgte. *Nicht kotzen!* Er richtete die Augen auf den Collector, der starr und steif vor seinem Jäger stand.

Die Tür des Hangars öffnete sich.

Faye kam herein. Sie störte sich nicht an den Special Forces, nicht an deren Rufen, nicht am Collector. Sie lief sofort zu Kris und ging neben ihm in die Hocke. »Alles klar?«

»Solltest du nicht auf der Krankenstation liegen?« *Ich bin so froh, dass du da bist!* Er versuchte, vorwurfsvoll zu schauen, aber schließlich lächelte er doch.

»Und dich alleinlassen?« Sie nahm seine Hand und blickte zu dem Collector. »Wer weiß, was sie dieses Mal mit dir vorhaben?«

»Es sind andere. Sie nennen sich Wyver«, antwortete er keuchend. Die Schmerzen im Kopf ließen langsam nach. »Es sind die Guten.« Nach kurzem Zögern fügte er an: »Denke ich.«

Der Collector nickte langsam.

Dritte Szene

11. Juni 3042 a. D. (Erdzeit)

Laroux sah auf den Schirm. »Alle Stationen: Gefechtsbereitschaft.«

Kris stand wieder auf der Brücke, Faye an seiner Seite, und grinste. »Das brauchen Sie nicht, Kommandantin. Es sind die Guten.« Dieses Mal hatte sie verzichtet, ihm einen Aufpasser an die Seite zu stellen.

Laroux würdigte ihn keines Blickes. »Es ist ja schön, dass Sie sich mit den Ahumanen unterhalten können, aber ich habe leider nicht die Fähigkeit, mit den Collectors zu sprechen ...«

»Verzeihen Sie, aber wir nennen unsere Verbündeten nicht wie den Feind«, fiel er ihr ins Wort. Sein neues Selbstbewusstsein rührte von den Erfolgen der letzten Tage. »Sie bevorzugen den Begriff Keeper, weil es besser trifft, was sie eigentlich tun wollten: uns vor den Tiranoi beschützen.«

»Müssen sie nicht mehr. Die Hauptwelt der Tiranoi ist vor einundzwanzig Jahren durch ein Schwarzes Loch zerstört worden«, sagte Laroux und kniff die Augen zusammen. Sie wurde sich der Parallele bewusst. »Heilige Jungfrau von Orléans! Waren *die* das etwa?«

Kris nickte. »Die Tiranoi haben einen Pakt mit zwei weiteren ahumanen Rassen geschlossen, von dem Hakup nichts wusste. Man wollte sich die bedeutendsten Planeten unseres Volks aneignen und die Menschen, die darauf lebten, ausrotten. Etwas Ähnliches hatten sie mit einer Welt der Keepers versucht. Seitdem waren sie wachsam. Auch für uns«, erklärte er. »Dummerweise hatte der Zwischenfall den alten Hunger auf Menschenfleisch wieder geweckt, dem sich die Collectors hingegeben haben.«

Laroux schüttelte den Kopf. »Sehen Sie, Lyssander? Ich traue auch den Keepers nicht, obwohl sie mit in die Schlacht ziehen. Es ist der gleiche Stamm.«

»Das freundliche Verhalten wird Sie beruhigen. Die Flotte müsste gleich eintreffen.« Er drückte Fayes Hand.

Die zurückliegenden Tage waren für Kris in einem äußerst merkwürdigen Zustand vergangen. Zusammen mit 23 hatte er nichts anderes getan, als sich mit dem Collector auszutauschen und sich immer näher an die Denkweise heranzutasten. Dass es recht schnell gegangen war, hing vermutlich damit zusammen, dass der Chemical sehr starke mentale Kräfte besaß, die es Kris' Begabung leichtmachten, etwas zu erkennen.

Tatsache war jedoch: Ohne 23 funktionierte es nicht. Die Gabe war Kris von seinem Vater als latente Kraft vererbt worden, die vermutlich erst nach vielen Interim-Sprüngen zum richtigen Leben erwachen würde.

Die freie Zeit hatte er mit Faye verbracht: reden, in die Augen schauen, die Finger blieben stets in Kontakt. Das war extrem wichtig. Sie brachte ihn jedes Mal zurück in die Gegenwart, in die Realität. Die Gedanken der Collectors wurden mit der Zeit sehr dominant und beeinflussten auch sein Denken. Dagegen musste er ansteuern, die Gedanken an seine Tochter halfen ihm ebenso dabei. Bald würde er sie persönlich aus dem Labor von *BaIn* oder sonst wem holen, wenn die Therapie abgeschlossen war. Faye hatte ihm auch dazu ihre Unterstützung angeboten.

»Habe ich dir gesagt, wie stolz ich auf dich bin?«, sagte sie leise zu ihm. »Du bist gerade dabei, die Menschheit zu retten!«

»Wir werden sehen«, sagte er bescheiden. »Ich habe gar nichts gemacht. Die Keepers werden …«

»Ohne dein Eingreifen und deine Vermittlung wäre die *Jeton* mit Sicherheit ins Gefecht mit dem Jäger gegangen«, unterbrach sie ihn energisch und strich seinen Rücken hinab. »Du kannst stolz auf dich sein.«

Kris dachte an seinen Vater. *Er wäre stolz auf mich.* »Da ist aus dem einfachen Kutscher doch was geworden«, gab er zurück. Echte Erleichterung wollte sich jedoch nicht bei ihm einstellen.

Die entscheidende Schlacht stand bevor. Die *Jeton* hatte aufgrund ihrer Beschädigungen keine langen Sprünge machen können, um rechtzeitig zum Angriffspunkt zu gelangen. Dabei wurde ihre Feuerkraft dringend benötigt. *Die Keepers sind die beste Chance für die VHR.*

»Interim-Welle!«, brandete der Ruf über die Brücke. »Eine Flotte kommt rein!«

Sie verfolgten, wie sich der Weltraum dehnte und wölbte, als wollte er etwas gebären, und dann spien die Sterne die Schiffe der Keepers aus.

»Fuck …« Jetzt drückte Faye Kris' Hand.

Er hätte nicht sagen können, ob es wieder der Stolz war oder ein Zeichen der Angst oder ob sie schlicht beeindruckt war.

Ein *Hough*-Schiff reihte sich an das nächste, der Monitor konnte gar nicht alle darstellen. Zwischen ihnen glitten die *Bigger-* und *Big*-Klassen und gaben ihnen Geleitschutz, während Schwärme von *Small*-Jägern um sie herum glitzerten. Plötzlich schien das unendliche All zu klein zu werden.

»Merde«, sagte Laroux beeindruckt. »Gefechtsstationen aufheben. Da bringt nicht mal ein Hauch von Widerstand was.« Sie legte das Bild aus dem Hangar auf den 3D-Kubus. Ihr einstiger Gefangener steuerte eben seinen Jäger hinaus und der Flotte von Keepers entgegen, die ihrerseits die *Jeton* umspülten wie einen winzigen Stein in einem Bachbett. »Hoffen wir, dass Sie beide sich auch richtig gut verstanden haben, Mister Lyssander.«

»Haben wir, Kommandantin.« Kris bekam das Grinsen nicht mehr aus dem Gesicht. Er fühlte nicht länger nur Zuversicht, sondern eine tiefe Sicherheit, dass sie die Collectors aufhalten würden. Vorausgesetzt, sie erreichten den Angriffspunkt, bevor die Schlacht verloren und das Schwarze Loch entstanden war.

Der Keeper stieß zu seinen Leuten und flog in den Hangar eines der *Hough*-Schiffe.

Von nun an lag es nicht mehr in Kris' Hand. Besser gesagt: in Kris' Gedanken.

Er hatte sich so sehr auf die Erklärung ihrer derzeitigen Lage und die Ängste der Menschheit vor der Vernichtung konzentriert, dass wenig Zeit geblieben war, etwas über die Rasse der Keepers und Collectors selbst in Erfahrung zu bringen. Er wusste nach wie vor nicht, was in den Rüstungen steckte, wo sie herkamen, wie sie lebten …

Das hole ich nach, sobald die Schlacht geschlagen ist. Kris atmete tief durch. Sie hatten mit dem Keeper abgemacht, dass er ihnen ein Lichtzeichen geben sollte: dreimal kurz, dreimal lang, dreimal kurz – SOS – Save Our Souls. Genau das würden die Fremden tun: die Menschen retten. »Sagen Sie der Ortungsstation, dass sie das Schiff nicht aus den Augen lassen sollen.«

»Ich weiß, Mister Lyssander. Das SOS-Signal«, erwiderte Laroux und strich sich durch die blonden Haare. »Danach sende ich ihnen die Koordinaten, an denen die Collies versuchen, ein Schwarzes Loch zu errichten.« Sie sah nachdenklich aus.

»Was ist? Alles läuft doch gut, Kommandantin.«

»Die *Jeton* ist zu langsam. Ich habe es nochmals durchrechnen lassen. Wir gelangen mit der *Jeton* einen Tag zu spät ans Ziel. Einen Tag nach Angriffsbeginn. Aber wir müssen der VHR irgendwie mitteilen, dass es die Guten sind, wie Sie sagten, die zur Rettung kommen. Sonst geht es schief. Sie sind durch die Ortungssysteme nicht voneinander zu unterscheiden.«

»Ich habe mit dem Keeper vereinbart, dass sie eine Botschaft in Wiederholungsschleife senden. Meine Stimme mit dem Satz ›Wir sind keine Collectors und kämpfen für die VHR! Nicht angreifen!‹ sollte helfen, dass sie nicht sofort beschossen werden. Aber es ist ihnen klar, dass sie Gefahr laufen, aus einem verständlichen Irrtum heraus angegriffen zu werden. Für den Fall werden sie sich verteidigen. Und zwar so, dass es möglichst wenig Verluste gibt.« Er nickte. »Außerdem bin ich auch noch dabei.«

Laroux wirkte nicht überzeugt. »Das Beste hoffen, das Schlimmste annehmen«, murmelte sie. »Oh, man hat uns die Lichtzeichen gesendet.« Sie tippte auf dem Pad herum. »Habe auf der von Ihnen angegebenen Frequenz die Sprungkoordinaten übermittelt. T minus fünfzehn Minuten.«

Kris packte Fayes Hand fester. »Es ist so weit. Gehen wir an Bord.« Er salutierte zu Laroux hinüber, die den Gruß erwiderte. »Erbitte die Erlaubnis …«

»Verschwinden Sie, Mister Lyssander«, würgte sie ihn ab. »Sie sind Zivilist und Miss Durrick ist eine Justifierin.« Sie lächelte. »Alles Gute. Halten Sie mit der *Cortés* die Stellung, bis wir kommen.«

Er lief los, Faye eilte neben ihm her. Gemeinsam betraten sie den Fahrstuhl, der sie ins Jägerdeck brachte.

Kaum schlossen sich die Türen, drückte Faye sich an ihn und gab ihm einen leidenschaftlichen Kuss, den Kris erwiderte. Atemlos ließen sie voneinander ab, als die Kabine anhielt.

»Wow«, sagte er heiser. »Was wird das erst, wenn wir im Bett landen?« Alles fühlte sich anders mit ihr an. Besser. Richtig.

»Guter Sex?«, gab sie grinsend zurück und streichelte sein Gesicht. »Los. 23 ist bestimmt schon ungeduldig.«

Sie liefen den kurzen Gang entlang, der vor einer gewaltigen Schleuse endete.

Das Verschlusslicht leuchtete rot, das Schott war arretiert.

Faye verzog den Mund. »Ist das sein schräger Sinn für Humor?«

Kris runzelte die Stirn und hob das Kom-Gerät. »Lyssander ruft die *Cortés*. 23, mach das Schott auf. Faye und ich wollen rein.«

Er bekam keine Antwort.

Sie stupste ihn an und zeigte auf den kleinen Monitor mit den Statusmeldungen. Darauf stand zu lesen: »Eintritt nicht möglich. Haupttor des Flugdecks geöffnet.«

Die beiden schlossen ihre Raumanzughelme.

Was macht er da? Hatte Kris dem zerrütteten Verstand durch die Übersetzungstätigkeit den Rest gegeben?

»23!«, schrie er in sein Kom, obwohl er wusste, dass es keinen Unterschied machte, wie laut oder leise er sprach. »23, komm zurück!«

Laroux meldete sich bei Faye. »Soeben hat die *Cortés* die *Jeton* verlassen. Können Sie mir sagen, wieso ich Sie zwei trotzdem auf meinem Monitor vor der Schleuse zum Flugdeck sehe?«

»Nein, kann sie nicht!«, rief Kris von der Seite.

»Mister Lyssander«, kam plötzlich eine elektronisch verzerrte Frauenstimme aus seinem Kom-Gerät. »Hier ist Joule. Sie erinnern sich noch an mich?«

Shit! Die Frage war rein rhetorisch, aber dramaturgisch gut platziert. »Du bist an Bord der *Cortés*?« Er gab Faye ein Zeichen, Laroux in Kenntnis zu setzen.

»Bin ich. Und Ground Commander Uschtrow sowie einige seiner Leute. Wir haben eine Abmachung geschlossen, die für uns beide von Vorteil ist. Ich verschwinde zu *BaIn*, und er bekommt dafür Geld.« Sie klang erheitert. »Ich bleibe natürlich Zeugin gegen den 2OT, aber ich entscheide selbst, wann ich aussagen werde. Die Stimmung an Bord der *Jeton* war mir zu feindselig. Nicht ich bin schuld an dem, was passiert ist, sondern die Regierung auf Automaton Prime. Und schon gar nicht werde ich als Sündenbock für einen Lynchmob herhalten.«

»Wo ist 23?« Kris verwünschte Laroux, dass sie nicht sorgsamer gewesen war. *Sie hätte sich denken können, dass so etwas passiert.*

Faye flüsterte ihm ins Ohr: »Das Feuerleitsystem hat die *Cortés* erfasst.«

»Er schläft. Tief und fest«, sagte Joule. »Ich habe ihn nicht umgebracht. Warum sollte ich? Aber ich musste ihn eine Weile ausschalten, sonst könnte er mich mit seinen Chemicalkräften zurückholen. Übrigens, ich werde der VHR-Flotte noch einen Gefallen tun. Alles Gute, Mister Lyssander! Oh, Ihnen gewähre ich einen ganz besonderen Gefallen. Ich bin nicht so schlecht, wie Sie es von mir denken.«

Kris hielt den Lautsprecher des Kom-Geräts zu. »Sag Laroux, sie soll …«

»Die *Cortés* ist eben gesprungen«, hörten sie die Kommandantin sagen. »Die Keepers sind auch weg.«

Faye und Kris schauten sich an. »Ich könnte diese 2OT umbringen«, sagte er leise.

Jetzt saßen sie zusammen mit der *Jeton* fest und kamen einen Tag nach der Schlacht an. Das Schicksal des Core-Systems entschied sich ohne ihr Beisein.

»Die Götter sind bestimmt mit uns.« Faye öffnete ihren Helm und nahm seine Hand.

Kris zog den Helm ab und sah ihr in die Augen. »Sie müssen.«

Die Alternative dazu wollte keiner der beiden aussprechen.

Vierte Szene

14. Juni 3042 a. D.

Angespannt warteten Kris und Faye auf der Brücke. Sie schwiegen wie alle Offiziere. In wenigen Sekunden würde sich offenbaren, was bei den Koordinaten geschehen war.

Sie wussten nichts. Überhaupt nichts.

Niemand hatte auf die Funksprüche reagiert, die auf Laroux' Geheiß vor dem Sprung in das Interim abgesetzt wurden. Im Zwischenraum war keinerlei Kontakt nach außen möglich, eine verspätete Antwort konnte sie ebenfalls nicht erreichen. Dass es vielleicht keinen mehr gab, der ihnen antworten konnte, daran wollte Kris nicht denken.

»Austritt in fünf, vier«, zählte einer der Männer an der Navigationsstation laut für alle über Bordlautsprecher, »drei, zwei, eins …«

In Kris' Nacken zog es, doch er hatte sich inzwischen daran gewöhnt. So viel gesprungen wie in den letzten Wochen war er schon lange nicht mehr. Gezählt hatte er nicht. Die blendende Helligkeit vor seinen Augen erschien und ließ langsam wieder nach. Neben ihm ächzte Faye auf, und er legte beschützend einen Arm um sie, damit sie nicht taumelte.

Die *Jeton* tauchte an den Koordinaten des Schwarzen Lochs auf.

Sofort brüllten die Sensoren auf und meldeten Kollisionsalarm von allen Seiten, da gab es schon die ersten Einschläge in dem *Hyperion*-Zerstörer.

»Magnetschilde hoch«, befahl Laroux, und das Dröhnen ließ nach. »Laser zur Abwehr …« Sie betrachtete den Monitor. »Verdammt«, entfuhr es ihr. »Ausweichmanöver vor den größten Wracks einleiten, Magnetschilde bleiben aktiv. Scanner verstärkt Wärmequellen und Strahlung suchen lassen. Alle Kanäle öffnen, um Funksprüche und Signale aufzufangen.« Sie schaltete weitere Bilder auf den Monitor und aktivierte den 3D-Kubus. »Was Sie hier sehen«, sagte sie zu Faye und Kris, »sind alle möglichen Arten von Wracks und Trümmern. Die automatische Computererkennung identifiziert gerade etliche VHR-Schiffe.« Sie zeigte auf die durchjagende Liste am Rand. »Sie wird mit der letzten bekannten Aufstellung der Flotte abgeglichen.« Auf dem Schirm waren auch rot eingefärbte Fragmente gekennzeichnet. »Das sind Collectors- oder Keepers-Wracks. Der Computer macht dabei keinen Unterschied.« Laroux bezog die Außenkameras mit ein. »Außerdem ist da noch viel Gestein, das sich daruntergemischt hat. Die Scanner melden uns Hinweise auf ausklingende Energiequellen und zerstörte Bauten, die sich im Inneren befunden haben.«

»Umgebaute Asteroiden! Hieß es nicht, dass die größten Schiffe der Collectors keinen Sprungantrieb besitzen?« Kris zeigte auf die Brocken mit den Resten aus Metallstreben.

»Sehr wahrscheinlich.« Laroux warf einen Blick auf die Werte, die von der Überwachungsstation geliefert wurden. »Aber etwas Lebendiges befindet sich nicht mehr im Schlachtfeld. Keine Abstrahlung, kein Funk. Nicht einmal Notsignale von Rettungskapseln.« Sie atmete tief durch. »Anscheinend waren die Keepers gründlich.«

Kris sah auf das Schwarze Loch. Überreste wurden von der hohen Gravitation angezogen und trieben mit zunehmender Geschwindigkeit darauf zu.

»Vielleicht sind die Überlebenden durchgeflogen?«, sprach Faye seine Gedanken laut aus.

Laroux ließ die *Jeton* langsam vorangleiten. »Ich denke, wir wünschen uns alle diese Möglichkeit.«

»Sir, ich habe ein Signal«, rief man ihr zu.

»Laut stellen«, verlangte sie.

»*Wir sind keine Collectors und kämpfen für die VHR! Nicht angreifen!*«, schallte Kris' Stimme durch die Brücke und wiederholte sich immer und immer wieder.

»Lokalisieren und anfliegen.« Laroux sah zu Kris. »Ich lasse 23 auf die Brücke bringen. Ich bete, dass wir einen Keeper haben, der uns sagen kann, was passiert ist.«

»Sir, der *Smaller*-Jäger, auf den wir getroffen sind«, meldete ihr der

Überwachungsoffizier. »Er gibt uns SOS-Lichtzeichen und aktiviert seine Triebwerke.«

Kris und Faye verfolgten, wie der Jäger auf das Schwarze Loch zuhielt und beschleunigte, um sich der Rotationsgeschwindigkeit anzupassen. »Er hat auf uns gewartet«, sagte Kris leise. »Wir sollen ihm folgen.«

Die Kommandantin musterte ihn. »Glauben Sie das, oder hatten Sie mentalen Kontakt?«

»Ich bin mir sicher«, antwortete er fest.

Laroux gab den Befehl, dem Keeper zu folgen, dann schaltete sie die Bordlautsprecher an. »Crew, herhören. Hier spricht Group Captain Laroux. Wir werden gleich durch ein Schwarzes Loch fliegen und vermutlich im Core-System herauskommen. Ich habe noch keinen Wurmloch-Sprung absolviert und kann Ihnen daher nicht sagen, was Ihnen gleich bevorsteht. Daher lasse ich Gefechtsbereitschaft herstellen und alle Schotts schließen. Unser Bordarzt ist informiert. Melden Sie nach dem Durchflug sämtliche gesundheitlichen Ungewöhnlichkeiten. Uns allen viel Glück.«

Kris nahm wieder Fayes Hand und lächelte. »Keine Sorge. Er würde uns nicht in Gefahr bringen.«

»Das hoffe ich sehr«, gab sie zurück.

Die *Jeton* geriet in die Anziehung des Schwarzen Lochs und beschleunigte von selbst immer höher und höher. Der Zerstörer begann zu vibrieren, rüttelte und wurde schlagartig vollkommen ruhig.

Kris' Wahrnehmung veränderte sich.

Die Brücke schien nochmals zu entstehen, knapp verschoben neben der eigentlichen, als würden Bilder ineinander kopiert. Immer mehr Brücken entstanden. Er sah sich und Faye ebenfalls mehrfach.

Dann brannte die ätzende Säure hinter seinen Augen, als spräche er wieder mit dem Keeper. Kris keuchte und stöhnte. *Nein ...*

Das Gefühl blieb nicht hinter den Augen!

Es kroch vorwärts, weiter in seinen Schädel hinein und zerfraß das Gehirn. Er konnte nicht sagen, ob er schwebte, ob er stand, ob er sich auf der *Jeton* befand.

Die Gedanken schwanden und wurden ersetzt durch nichts.

Durch Licht.

Durch Weiß.

Er wurde blind und fühlte seine Extremitäten nicht mehr. Sein Kopf war Leere und Schmerz, der ihn wie Blitze durchzuckte.

Aus weiter Ferne näherte sich Grau wie eine Wand, und er glitt hinein. Je weiter er vorwärtskam, wie auch immer das geschah, desto dunkler wurde es, bis er in Schwärze steckte und nicht mehr weitergelangte. Er klebte in geruchlosem Teer.

Wie lange dieser Zustand andauerte, vermochte er nicht zu sagen. Kein Zeitgefühl.

Aber irgendwann kam ihm ein erster Gedanke: *Faye!*

Es war wie Licht in der Finsternis, wie ein Seil, das man einem Ertrinkenden zuwirft. Er konzentrierte sich auf sie, rief sich ihr Gesicht in Erinnerung.

Je mehr er an sie dachte, desto klarer wurde die Vorstellung von ihr, bis ein Bild vor ihm entstand. Ein Bild, das sie auf der … Brücke der *Jeton* zeigte.

Ich erinnere mich! Kris ließ die Gedanken nicht los. Seine Konzentration krallte sich hinein, malte das Bild weiter aus, fügte die richtigen Farben hinzu, die Schatten. Plötzlich gesellten sich Geräusche zu dem Bild. Und Bewegungen.

Kris sah Faye über sich. Ihre Lippen öffneten und schlossen sich, und er vernahm ihre Stimme. Sie sah besorgt aus, und er wollte ihr sagen, dass sie das nicht sein musste. Stattdessen hustete er, und ihr Gesicht bekam viele rote Spritzer. *Mein Blut?*

Faye kümmerte sich nicht darum und sah über die Schulter, schrie und drückte ihre Arme fest auf seine Brust.

Sie belebt … mich wieder! Kris verfiel in Panik, rang nach Luft und spürte die Schmerzen durchdringender. Er hörte die Geräusche noch lauter, das Summen und Fiepen von Geräten mischte sich mit dem Schreien etlicher Frauen und Männer.

Plötzlich tauchte Ingstrabur auf der anderen Seite auf, wie immer mit seinem Plastikmantel über dem weißen Kittel. Der Blick, den er der rot gesprenkelten Faye zuwarf, schien sagen zu wollen: »Sehen Sie? Ich hatte Recht!«

Kris wurde ein Hochdruckinjektor an den Hals gesetzt, und das Licht ging für ihn aus.

NEUNZEHNTER AKT

Erste Szene

16. Juni 3042 a. D. (Erdzeit)

SYSTEM: CORE

PLANET: PARADIGMA (FEC-BESITZ, KÖNIGREICH GROSSBRITANNIEN),

QUEENS (HAUPTSTADT)

Eindringlich berichtete der *Starlook*-Nachrichtensprecher von den vielen, sich überschlagenden Ereignissen. Bilder wurden gezeigt, Soldaten interviewt und immer wieder die Schiffe der Collectors sowie der Keepers eingeblendet und analysiert.

Aber die Statements von Verteidigungs- und Militärexperten, die Schaltungen in Diskussionsrunden bekam Faye nur am Rande mit. Sie saß an Kris' Bett und hielt seine rechte Hand. *Bitte, werde wieder gesund.*

Ingstrabur hatte ihm eine Genesungswahrscheinlichkeit von vierzig Prozent zugebilligt. Die Hirnblutung hatte er zum Stoppen gebracht, aber das in Mitleidenschaft gezogene Gewebe machte ihm richtig Sorgen. Zumal die Hirnströme sich nicht so verhielten, wie sie sollten.

»Tagträumer«, hatte er gesagt. »Mister Lyssander ist laut den Werten wach und schläft gleichzeitig.«

Faye sah aus dem Fenster, über die Skyline von Queens.

Es war friedlich auf dem Planeten, vor dem die Reste der VHR-Flotte in eine Orbitalposition gegangen waren. Viel war davon nicht mehr übrig. Ein paar Keeper-Schiffe der *Bigger*-Klasse waren zu ihrem Schutz geblieben, pro forma, denn die Hauptarmada der Collectors war vernichtet. Restlos. Die verletzten Menschen wurden in den Krankenhäusern von Paradigma behandelt.

Ein einziger Lazarettplanet.

Die VHR-Führung vermutete, dass die übrige Keeper-Flotte zu den Planeten aufgebrochen war, wo sich noch ein paar Einheiten der Collies aufhielten. Es würden nur kurze Kämpfe sein, die Keepers hatten die zahlenmäßige Überlegenheit auf ihrer Seite. Erste Funksprüche von eilig in die betroffenen Systeme losgeschickten Kreuzern, die Berichte von den Kämpfen dort sandten, bestätigten diese Hoffnung. Die Schreckensära der Collectors neigte sich dem Ende zu.

Faye streichelte Kris' Kopf. *Ohne dich wäre das alles nicht möglich gewesen. Das hier darf nicht dein Lohn sein!* Sie schluckte, rang mit den Tränen.

Ingstrabur hatte die Vermutung geäußert, dass Menschen mit besonderen Mediator-Veranlagungen – aus welchen Gründen auch immer – äußerst sensibel auf die Kräfte in einem Schwarzen Loch reagierten.

23 galt als prominentestes Opfer. Er war auf dem Weg zur Brücke zusammengebrochen, das Hirn hatte sich zersetzt und war zu rotem Schleim geworden. Der Chemical hätte nach Fayes Ansicht ein ganz anderes Ende verdient gehabt. Von den zweitausend Mann Besatzung der *Jeton* hatte es sonst niemanden so hart erwischt.

Wenn die Collies keine Experimente mit ihm veranstaltet hätten, wäre er vielleicht noch am Leben. Ihr Kom-Gerät leuchtete auf. Sie sah die Nummer von Air Marshal Tannmann und nahm den Anruf entgegen. »Hallo, Sir.«

»Guten Tag, Miss Durrick«, grüßte er. »Wie geht es unserem Helden?«

»Nicht besser, aber auch nicht schlechter«, antwortete sie beherrscht. »Er lebt.«

»Schön. Eine Verschlechterung hätte ich mehr als bedauert.«

Faye wusste, dass er eigentlich gehofft hatte, ihn bei Bewusstsein vorzufinden. Die VHR benötigte einen Übersetzer, um mit den Keepers endlich in einen vernünftigen Dialog zu treten. Die Mitgliedsstaaten lechzten nach Informationen und Konzerne nach Geschäften mit den Fremden.

»Tja«, sagte sie und übernahm damit Kris' Lieblingsfloskel, die alles sagen konnte. Mehr als die längsten Schachtelsätze. »Wie ist es mit Automaton Prime gelaufen?«

»Der Ratsvorsitzende des 2OT und vier Mitglieder haben sich nach unseren Anklagen schuldig bekannt und sich vor wenigen Minuten freiwillig den VHR-Behörden gestellt«, berichtete er und hörte sich keinesfalls erfreut an. »Ein Bauernopfer. Aber leider haben wir keine ausreichenden Beweise.«

Faye ärgerte sich. »Keine weiteren Sanktionen?«

»Noch ist der 2OT der einzige Hersteller von exzellenter Kybernetik und spezialisierter Technologie. Vielleicht ändert sich das, wenn wir mit den Keepers reden können.« Tannmann ließ kurz aufblitzen, wie sehr es ihn drängte, auf Kris als Übersetzer zurückgreifen zu können. »Automaton Prime hat uns die Flotte überlassen, mit welcher der erste Angriff auf die VHR geflogen wurde. Die Schiffe sollen als Reparation dienen. Unsere Experten schätzen gerade den Wert der Modelle.«

Ich nenne das Bestechung, nicht Wiedergutmachung. Faye schimpfte die VHR eine Ansammlung von gierigen Feiglingen, aber ändern würde sie nichts daran. »Gibt es eine Spur von der *Cortés?*«

»Ja, in der Tat. Sie tauchte in einer Schiffswerft auf, im Ishtara-System, und hat Proviant an Bord genommen, ist jedoch sofort weitergeflogen. Ich habe sie zur Fahndung ausschreiben lassen.« Im Hintergrund erklangen mehrere Stimmen. »Übrigens, ich höre gerade: Uns wurden die übrigen Teilnehmer an der Mission des 2OT, also auch die Geschwister von Mister Lyssander, überstellt. Sie können ihm sagen, dass sie nach geltendem Gesetz der VHR verurteilt werden. Und die Coalition hat nun ein Kopfgeld auf diese … Joule ausgesetzt. Mister Lyssanders Kopfgeld wurde zurückgezogen.«

Immerhin sind ihm diese Scherereien genommen. Sie nickte.

»Nun entschuldigen Sie mich, ich muss zu einer weiteren Sitzung. Die VHR und ihre Nationen wünschen eine intensivere Zusammenarbeit, damit bei einer neuerlichen Bedrohung nicht wieder fünfundzwanzig Jahre vergehen müssen, bis etwas geschieht. Das Zauberwort lautet gemeinsame Anstrengung. Ich wünsche Mister Lyssander das Beste.«

»Danke.« Das Gespräch endete. Faye seufzte. *Shit. Wir haben gewonnen, und ich fühle mich wie eine Verliererin.*

Es klopfte leise an die Tür.

»Herein!«

Eine ältere Frau in einem schicken dunkelgelben Kostüm kam herein; auf den kurzen grauen Haaren saß ein asymmetrisch geschnittenes

Hütchen in Schwarz. An ihrer Jacke prangte ein Namensschild: *Gudrun Frisker, Bangash Industries.*

»Guten Tag«, raunte sie, wohl um Kris nicht zu wecken. »Sie sind Miss Durrick?«

Faye betrachtete sie argwöhnisch. *Sie werden es doch nicht irgendwie geschafft haben, den Kopf meiner Schwester aus dem Interim zu bergen?* Ihre Angst, als Ersatzgefäß für den Driver herhalten zu müssen, war noch nicht verschwunden. Gut, dass sie bewaffnet war. »Warum?«

»Weil man mir sagte, dass ich Sie hier finde. Sie wurden mir als seine Vertrauensperson genannt.« Frisker nickte zum Bett. »Mister Schmidt-Kneen?«

»Lyssander«, präzisierte sie. »Er hat seinen Namen geändert. Was möchte *BaIn*?«

»Eine Schuld einlösen.« Sie verschwand auf den Flur und kam gleich darauf mit einem Mädchen in einer schwarz-weißen Schuluniform herein, dessen Ähnlichkeit zu Kris unbestreitbar war. Es war um die vier Jahre alt und schaute schüchtern zwischen den Erwachsenen hin und her. »Das ist …«

»Soraya.« Faye ließ Kris' Hand behutsam los. Sie stand auf und ging vor dem Mädchen mit den dunklen Locken in die Hocke. »Hallo. Ich bin eine Freundin von deinem Vater. Er hat mir schon viel von dir erzählt.« Sie wusste nicht, ob dies der richtige Moment für eine Familienzusammenführung war. Der Tochter ihren bis eben unbekannten Vater unter solchen Bedingungen vorzustellen war so was von unpassend und schwer für das Kind. Einem Konzern wie *BaIn* war das natürlich gleich. Container verladen, Umsatz machen, fremde Kinder abliefern. Die Unterschiede bei den Verwaltungsvorgängen waren vermutlich nur marginal.

Soraya lächelte schwach und ergriff die ihr entgegengestreckte Hand. »Hallo. Sie hat gesagt«, dabei sah sie kurz zu Frisker, »dass mein Papa jetzt auf mich aufpasst.«

»Das stimmt auch«, schaltete sich die Konzernfrau ein. Sie hielt Faye ein Pad hin. »Würden Sie mir unterschreiben, dass ich Soraya an Sie übergeben habe?«

War klar. »Ich bin keine Erziehungsberechtigte!« Sie sah zu Kris. *Wenn du nur wach wärst.* »Er müsste das machen!«

»Kann er aber nicht, wie ich hörte.« Frisker bewegte das Pad leicht als penetrante Aufforderung.

»Aber ...«

»Wenn Sie nicht quittieren, nehme ich sie wieder mit. Wir kümmern uns zwar sehr gern um Soraya, aber unsere Station ist weit weg. Es wird lange dauern, bis wir wieder in der Nähe sind. Und Langstreckensprünge sind für kleine Menschen nicht gut.« Frisker beendete ihre Aufzählung von Drohungen. Noch immer lächelte sie.

Soraya beugte sich zu Faye. »Bitte, ich will da nicht mehr hin«, flüsterte sie. »Sie machen sonst wieder Sachen mit Nadeln und Spritzen.«

Shit! Faye seufzte und unterschrieb auf dem Pad. »Wie lange darf sie bei ihrem Vater bleiben?«

»Von mir aus bis zur Volljährigkeit und so lange sie will«, sagte Frisker und drückte einen Knopf. Der eingebaute Drucker spie einen kleinen Zettel aus. Eine Quittung, die sie Faye überreichte, dann langte sie in die Aktentasche und gab ihr eine Mappe. »Darin sind die Formalitäten. Ab heute hat Mister Lyssander das alleinige Sorgerecht für seine Tochter.« Sie drehte sich zur Tür. »Oh, und die Therapie hat sehr gut angeschlagen. Wir haben das Erbmaterial säubern können. Bessere Gene finden Sie in der gesamten Galaxis nicht.« Sie winkte zum Abschied. »Tschüss, Soraya. Ein schönes Leben wünsche ich dir. Und Ihnen auch, Miss Durrick. Sämtliche Vertragsabmachungen zwischen Ihnen und *BaIn* sind erloschen, Sie sowie Mister Lyssander haben keinerlei Schulden bei uns. Richten Sie ihm meine Grüße aus.« Frisker ging.

Ich glaube es nicht. Faye rang sich ein Lächeln ab. *Jetzt muss ich auf zwei Menschen aufpassen.* Sie betrachtete Soraya. »Hast du kein Gepäck?«

»Steht vor der Tür«, sagte sie und betrachtete sie neugierig. Sie stellte sich auf die Zehenspitzen und sah an ihr vorbei. »Das ist mein Papa?«

»Ja.«

»Er sieht ... was ist mit ihm? Hat er eine Erkältung?«

»Ja, so was in der Art. Sein ... Kopf hat ... eine Erkältung«, sagte Faye, weil ihr nichts Besseres einfiel. *Was mache ich denn?* Sie war vollkommen überfordert und wusste nicht, wo sie anfangen sollte. *Wie hat Baln das mit dem Sorgerecht gedreht?* Ein Konzern besaß genügend Einfluss auf Gerichte, das hatte sie am eigenen Leib erfahren. *Vermutlich haben sie ihrer Mutter irgendwas angehängt, das sie als Erziehungsberechtigte unmöglich gemacht hat.*

Soraya wartete nicht länger, sondern ging an ihr vorbei ans Bett ihres Vaters.

Faye erhob sich und folgte ihr.

Langsam berührte das Mädchen Kris' Hand und setzte sich auf den Stuhl daneben. Sie schien so lange warten zu wollen, bis er die Augen öffnete.

»Kleines, das kann noch dauern«, sagte Faye und stellte sich neben sie.

»Ein Kopf kann keine Erkältung bekommen«, antwortete sie und klang sehr erwachsen. »Er hatte eine Blutung, habe ich gehört.«

Faye horchte auf. Zwar schwang etwas Naives in der Stimme mit, doch nicht die Kindlichkeit, die sie vermutet hätte. Sie dachte daran, dass *Baln* Experimente mit Soraya unternommen hatte. *Fuck! Sie haben ein Klugscheißerkind aus ihr gemacht.*

»Ich bin gleich wieder da. Pass auf deinen Vater auf, ja?« Sie ging hinaus auf den Korridor und entdeckte die vier großen Koffer. Sie wollte endlich die aberwitzige Lieferbestätigung einstecken und schaute noch einmal drauf. Und stutzte. Ganz unten war im Abschnitt Bemerkungen notiert:

»Damit sind wir quitt. Beste Grüße und alles Gute! Joule«

Die 2OT hatte ihren Einfluss beim Konzern bereits geltend gemacht. *Gut, dass ich sie nicht erschossen habe. Aber meine Freundin wird sie deswegen noch lange nicht. Quitt ist der richtige Ausdruck.* Faye steckte den Wisch ein und schleppte das Gepäck ins Zimmer. *Ich werde Soraya im gleichen Hotel wie mich unterbringen,* überlegte sie währenddessen. Sie hatte keine Ahnung, was es bedeutete, auf ein Kind aufpassen zu müssen. Diese Ausbildung hatte sie bei *Baln* im Justifier-BootCamp nicht erhalten. *Aber ich kann ihr das Schießen beibringen.* Sie grinste.

Als sie mit den letzten beiden Koffern hereinkam, hörte sie zu ihrer großen Freude Kris' Stimme. »Du bist wach?« Strahlend blickte sie zum Bett, aber er hatte die Lider noch immer geschlossen. »Kris?«

»Nein.« Soraya hielt die Fernbedienung in der rechten Hand und zielte damit auf den Fernseher. Sie hatte lauter gestellt. Von dort war die Stimme gekommen.

Verwundert drehte sich Faye um. »Fuck«, sagte sie, als auf dem Schirm formatfüllend ein Keeper zu sehen war, erkennbar an dem unscheinbaren Abzeichen, das sie von den Collectors unterschied. Links oben leuchtete das Emblem von *StarLook*, unten lief unentwegt eine Meldung auf rotem Hintergrund:

+++ Nachricht soeben eingetroffen! +++ Neuer Schock! +++ VHR ruft zur Ruhe auf! +++

»Was ist denn?«, fragte sie Soraya.

»Die Keepers haben fast alle Collies von den Planeten verjagt«, sagte sie und klang so gar nicht wie eine Vierjährige. »Aber die Obhut bleibt aufrecht.«

»Nein!« Faye wartete, bis die Ausstrahlung des Berichts wiederholt wurde.

Tatsächlich hatten die Keepers Kris' Stimme benutzt, um ihre Botschaft zu formulieren. Die Worte stammten aus Unterhaltungen, die er im Beisein von ihnen mit Menschen geführt hatte. Die benötigten Fragmente waren einfach ausgeschnitten und neu zusammengefügt worden. Die Keepers beherrschten demnach ein Grundverständnis für menschliche Syntax.

Was Faye hören musste, sorgte für Übelkeit.

»Schützenswerte, bedrohte Rasse Mensch«, sagte der Keeper mit der Kris-Stimme. »Wir entschuldigen uns tausendfach für die schrecklichen Taten, die Teile unseres Volkes an der Spezies Mensch begangen haben. Es hätte niemals so weit kommen dürfen, dass eine kostbare Rasse der Abhängigkeit, dem Hunger nach Fleisch zum Opfer fällt. Die Statistiken bedrücken uns sehr. Es war uns eine freudige Pflicht, die Menschheit von dem Übel zu befreien.« Der Keeper bewegte sich kaum und erinnerte an ein Standbild. »Schützenswerte, bedrohte Rasse Mensch. Wir stehen tief in der Schuld der Menschheit. Wir haben die Systeme mit den größten Verlusten an Männern und Frauen, die durch die Schlacht erzeugt wurden, ermittelt und werden sie unter unsere Obhut stellen, damit die Bevölkerung bald wieder die alte Stärke erreicht. Unsere Schiffe sind auf dem Weg, unsere Aufbauprogramme starten bald. Schützenswerte, bedrohte Rasse Mensch. Bitte, wehren Sie sich nicht gegen unsere Bemühungen. Wir sind Ihre Freunde, Ihre Helfer und Ihre Beschützer. Wir können nicht zulassen, dass der Homo sapiens zugrunde geht. Unseren Berechnungen nach können wir die Obhut je Planet nach zwanzig Jahren wieder aufheben. Wir freuen uns auf die gemeinsame Zeit. Friede und Wohlstand für alle.«

Danach begann die Botschaft von vorne.

Faye hatte noch nicht verarbeitet, was sie gerade gehört hatte. Die VHR war am Boden, die Keepers hatten keinerlei Gegenwehr zu fürchten und drehten jetzt erst richtig auf. Wegen der Verluste, die die Collectors und der 2OT angerichtet hatten.

Was für eine Scheiße!

Dieses Mal gibt es keinen Ausbruch aus der Obhut. Die ganzen Anstrengungen, die Strapazen, die vielen Toten, um sich von der Bevormundung zu befreien, erschienen ihr plötzlich sinnlos. Viele Planeten würden in den kommenden zwanzig Jahren ihre Freiheit aufgeben müssen. Paradigma gehörte zu ihrer Erleichterung nicht dazu.

»Habe ich im Schlaf gesprochen?«, murmelte Kris hinter ihr. »Faye?«

Ihr Herz tat einen Freudensprung. Sie wandte sich zu ihm um. *Endlich!*

Er öffnete die Augen, sah sie an, dann bemerkte er Soraya an seiner Seite.

Selten hatte Faye eine derartige Überraschung und Überwältigung im Gesicht eines Menschen gesehen. Sie lächelte und freute sich unsagbar für ihn. »Du hast Besuch bekommen«, sagte sie mit belegter Stimme. »*BaIn* hat sie dir übergeben. Sie haben sie geheilt. Und du hast das Sorgerecht.«

Kris schluckte, blickte auf die kleinen Finger, die seine hielten. »Hallo, Soraya.«

»Hallo, Papa«, erwiderte sie mit einem Lächeln. »Ich habe mich so auf dich gefreut!« Sie wartete seine Erlaubnis gar nicht ab, sondern hüpfte zu ihm aufs Bett und umarmte ihn.

Faye sah, dass Kris weinte, und auch sie spürte Tränen an den Wangen herablaufen. *Wenigstens ein kleines Happy End.*

Sie schaltete den Fernseher aus. Die schlechten Nachrichten würden sie noch oft genug hören. Jetzt zählte allein der Moment.

Als ihr Kom-Gerät wieder summte und Tannmanns ID angezeigt wurde, drückte sie den Air Marshal einfach weg. Auch er musste warten. Die Keepers mussten warten.

Wir haben uns Ruhe verdient. Sie setzte sich auf den Stuhl und nahm Kris' rechte Hand. *Sollen dieses Mal andere die Helden spielen.*

Er lächelte ihr zu. Glück sprach aus seinen Augen, unendliches Glück.

Sie beugte sich nach vorn und gab ihm am Schopf seiner Tochter vorbei einen langen Kuss auf die Lippen.

Zweite Szene

29. Juli 3042 a. D. (Erdzeit)

SYSTEM: UNBEKANNT

Die *Cortés* schoss aus dem Interim, ganz in der Nähe der *BaIn*-Forschungsstation *Shiva's Fortress*. Nach mehreren Kurzstreckensprüngen und einem Besuch in einer abgelegenen Werft, um das Schiff von allen Schäden befreien zu lassen, hatten sie ihr Ziel erreicht.

Joule saß auf der Kommandobrücke im Sessel, wo sonst Kris seine Aufgabe verrichtet hatte. Uschtrow verharrte neben ihr, eine Hand am Griff seiner *Hole*.

»Sehr gut«, sagte sie erleichtert mit ihrer Frauencomputerstimme. »Bald werden Sie ein reicher Mann sein. Ihre Dienste sollen von *BaIn* entlohnt werden. Ich habe bereits mit dem CEO gesprochen. Die

Zahlungen werden in dem Moment veranlasst, wenn ich sicher auf der Station bin.«

»Davon gehe ich aus«, gab er zurück. »Meine Männer und ich haben lange genug warten müssen.« Er fühlte sich in ihrer Gegenwart nicht wohl. Hatte er sie die ganze Zeit für eine leicht modifizierte Frau gehalten, nahm er inzwischen an, dass sie zu einer Art Androidin geworden war. 2OT. *Ich werde das nie verstehen.* Gegen Implantate hatte der Soldat nicht einmal etwas. Sie machten Krieger, die im Feld zu Krüppeln geworden waren, wieder zu tauglichen Männern. Aber ein Komplettaustausch aus Glaubensgründen? Er sah sie verstohlen an. *Haben sie auch Sex? Haben sie noch Spaß dabei?*

Joule rief die Station und verlangte Huntington-Singh.

Es dauerte, bis ihre Verbindung stand.

Laut Überwachungssensoren waren sie nicht die einzigen Schiffe. Zwei große Containertransporter hatten an *Shiva's Fortress* angedockt, die Zeichen darauf waren übermalt worden. Arbeiter in Raumanzügen pinselten ein neues Abzeichen drauf.

»Das sind eigentlich Schiffe von *Twilight Industries*«, sagte Uschtrow verwundert. »Was haben die auf der *BaIn*-Station zu suchen?«

Joule erwiderte nichts. Ihre Kameraaugen bewegten sich ruckartig hin und her, erfassten die Anzeigen der Instrumente auf den Konsolen.

Dann öffnete sich endlich der Kanal zur Station.

Aber anstelle von Huntington-Singhs Charakterkopf wurde das Gesicht eines Tiger-Betas sichtbar. Das rot-schwarze Fell hatte eine schöne Maserung und glänzte gepflegt, die kurzen Ohren standen in die Höhe. Der Beta war wachsam. »Hallo, *Cortés*. Hier ist Raumstation *Paradise*. Vorübergehend müssen wir jedem Schiff eine Annäherung verbieten. Drehen Sie umgehend ab, oder wir aktivieren unsere Abwehrvorrichtungen.« Er grollte leise und zeigte andeutungsweise die langen Fangzähne.

»Eine Chimäre?«, entfuhr es Joule voller Verachtung. »Was geht da vor? Wo ist Huntington-Singh? Du hast mit deinen Bestienfreunden doch wohl nicht die Frechheit besessen und die Station geentert?«

Der Tiger-Beta grinste, und sein kräftiges Raubtiergebiss wurde gänzlich sichtbar. »Doch. Es war nicht vorgesehen. Es hat sich ergeben, Roboterfresse. Die Forschungseinrichtungen können uns sehr behilflich sein.«

Uschtrow fiel ein, was er bei *Starlook* gesehen hatte. »Ich erinnere mich«, flüsterte er der 2OT ins Ohr. »Sie gehörten zum Kontingent der VHR-Flotte, wie ich in den Nachrichten gehört habe. Sie gelten als verschollen. Die Schiffe haben unzählige Atombomben an Bord.«

Joule atmete aus – oder tat zumindest so – und lehnte sich zurück. Uschtrow nahm an, dass sie bereits an einem neuen Plan arbeitete. »Was hast du vor, Chim? *Baln* wird mit einer Mini-Flotte auftauchen und euch schneller aus der Station blasen, als ihr euch ergeben könnt.«

»Mein Name ist Cohlonn«, ließ er sie knurrend wissen, die Schnurrbarthaare zitterten. »Wir haben auf *Paradise* unser neues Zuhause. Es wird all denen eine Anlaufstelle sein, die sich gegen die verachtende Unterdrückung der Menschen auflehnen. Auch wir haben Rechte.«

»Sicher«, lachte Joule mehr als sie sprach. »Mach dir nichts vor, Chim. Spätestens in einem halben Jahr ist der Traum von deiner kleinen Revolution beendet, und eure Kadaver werden neuen Chims als Futter präsentiert werden.« Sie rief die Navigationskontrolle auf und ließ einen neuen Kurs berechnen. Anscheinend hatte sie nicht vor, sich mit der Station und den Sprengköpfen anzulegen. »Wie naiv ihr seid, ihr Tiere!« Sie steuerte die *Cortés* weg von der Station und schaltete den Funk aus.

Uschtrow machte ein langes Gesicht. *Noch mehr Warterei auf mein Geld.* Er wurde allmählich ungehalten. »Wie lange noch?«

»Nicht mehr als eine Woche«, antwortete sie, nachdem sie die Berechnungen gelesen hatte. »Wir fliegen nach Kalipur. Dort ist eine Niederlassung von *Bangash*. Nur noch ein wenig Geduld, GC. Ich habe auch Besseres vor, als mit einem Schiff durch die Gegend zu fliegen.«

»Ach ja?«

»Ja.« Mehr sagte sie nicht. Sie hatte wohl nicht vor, ihn über ihre Pläne zu informieren.

Ein lautes, knisterndes Krachen ertönte.

Die *Cortés* verlor an Schub und geriet ins Trudeln. Sämtliche Alarmanzeigen wurden aktiviert, vom Maschinenraum über die Reaktoren bis zum Funk.

Uschtrow wurde von den Beinen geholt, fiel gegen eine Konsole und landete auf dem Boden. »Verdammt, Sie hätten den Beta nicht reizen sollen!«, schimpfte er, rappelte sich auf und hielt sich an ihrem Sessel fest.

»Ich glaube nicht, dass ...«, setzte sie zu einer Erwiderung an.

Doch ein weiterer Schlag brachte sie zum Verstummen. Überall auf den Geräten tanzten blaue Funken, es sprühte und zischelte elektrisch. Qualm quoll aus kleinsten Ritzen. Plastik und Platinen schmorten.

Das Leuchten sprang auch auf Joule über. Sie kreischte auf, ihre Kunststimme modulierte. Sie schlug um sich, zappelte und hüpfte unkontrolliert in den Gurten – und sackte in sich zusammen. Aus den Kameraaugen zogen graue Rauchfahnen, aus ihrem halbgeöffneten Mund kräuselten sich gelbliche Schwaden. Das Licht fiel aus.

Überspannung? Uschtrow machte ein paar Schritte weg von ihr und rammte dabei irgendetwas.

Die *Cortés* verlor ihre Schwerkraft. Er hob vom Boden ab und trudelte davon, prallte gegen die Decke. Er vermutete zumindest, dass es die Decke war. Über das Kom-Gerät versuchte er seine Leute zu erreichen, die auf dem gesamten Schiff verstreut waren.

Nichts funktionierte.

Verdammt. Er tastete sich hustend vorwärts und suchte dabei nach einem Ausgang, um den giftigen Dämpfen zu entkommen. Er sah Sternchen und Kreise, bekam kaum Luft und sackte der Ohnmacht immer rascher entgegen. Zwar erreichte er das rettende Schott, aber er fand die manuelle Überbrückung nicht. Irgendwo mussten die Raumanzüge sein.

Hier! Hier sind sie.

Uschtrow drückte sich ab, fand den kleinen Griff und betätigte ihn. Das Schränkchen mit den Notraumanzügen öffnete sich für ihn. Mit schwindenden Sinnen schlüpfte er in einen hinein, schloss den Helm und schaltete die mechanische Sauerstoffzufuhr ein. Nach wenigen Atemzügen ging es ihm wieder besser.

Aber Licht gab es noch immer keines.

Ein Rütteln erfasste die *Cortés*, das in ein Dröhnen überging. Es war, als arbeiteten tausend Mann gleichzeitig mit Schlagbohrmaschinen an der Hülle. Das Geräusch ging in ein Wummern über, bis es krachte.

Ein armdicker roter Laserstrahl schnitt knapp an Uschtrow vorbei und teilte den Raum, der sofort zerbrach. Der Ground Commander wurde von der Dekompression ins All geschleudert und landete mitten in einer Wolke aus Schiffsfragmenten.

Das Sternenlicht machte sichtbar, was sich ereignet hatte: Über dem Wrack der *Cortés* schwebte ein fünfzackiges Raumschiff, aus dessen Unterseite ein Wald aus Laserstrahlen herauszuckte.

Wer, zum Hades, ist das denn?

Mit präzisen Schnitten zerlegten und schälten sie die verschiedenen Schichten, drangen bis zum Kern und damit zu den Triebwerken vor.

Sie zerstören das Schiff nicht einfach. Uschtrow verfolgte staunend, wie sie in recht kurzer Zeit eines der Triebwerke grob, aber säuberlich von allen störenden Bauten befreiten. *Beschissene Triebwerkspiraten!*

Dann erloschen die Laser. Zwei kleinere Schiffe wurden aus dem fünfzackigen ausgeschleust und manövrierten gekonnt durch das Schrottfeld, um das Triebwerk mit Greifvorrichtungen zu bergen und es in eine Ladebucht zu schaffen. Kaum war es geschafft, nahm das große Schiff Fahrt auf und flog davon.

Das kann nicht wahr sein! Uschtrow wollte nicht glauben, dass seine Pläne und sein Reichtum von Triebwerkspiraten durchkreuzt worden waren. Umgeben von großen und kleinen Trümmern konnte er nichts anderes tun, als voller Bitterkeit aufzulachen.

Die Suche nach seinen Männern konnte er sich sparen. Wenn einer von ihnen überlebt hatte, würden sie das Gleiche tun wie er: Uschtrow orientierte sich und suchte die Station, die seit neuestem *Paradise* hieß. *Besser bei Chims leben und auf eine Gelegenheit warten zu entkommen, als im All erfrieren.*

Nach kurzer Zeit entdeckte er die Station. So weit waren sie gar nicht weg gewesen.

Er nutzte ein paar größere Bruchstücke der *Cortés*, um sich abzustoßen, und hielt einigermaßen genau auf die Weltraumstation zu. Wie lange er für seinen Flug benötigte, konnte er nur schätzen. Er atmete flach, damit der Sauerstoff reichte, und driftete durch den Weltraum.

Als Befehlshaber der Bodentruppen und Neuling in Sachen Weltall-spaziergang unter gefährlichen Bedingungen hatte Uschtrow nicht berücksichtigt, dass es noch andere Fragmente gab. Kleine Fragmente, die man nicht sofort mit bloßem Auge sah.

Ein scharfkantiges Stück Panzerung kam wie aus dem Nichts von rechts oben angeflogen und prallte gegen seinen Helm. Es hinterließ auf dem Visier einen langen, hässlichen Kratzer. Einen tiefen Kratzer.

Gott! Nein! Heiliger Rasputin ... Uschtrow hörte das leise Knistern, das in ein Splittern überging. Mit beiden Händen hielt er das Duroplexglas fest, aber gegen die Macht des Vakuums kam er nicht an. Es barst in einer feuerlosen Explosion.

Eisige Luftleere strömte in den Raumanzug und beendete das Leben des Ground Commanders binnen Sekunden.

Sein gefrierender Leichnam flog weiter, auf leicht veränderter Bahn.

Bevor er nach achteinhalb Stunden gegen die untere Ebene der Raumstation *Paradise* prallen konnte, aktivierte sich die automatische Abwehrvorrichtung, die zum Schutz vor Kollisionen mit Raummüll eingerichtet worden war. Mit vielen kleinen, gezielten Laserstrahlen sorgte sie dafür, dass er mit verdampft wurde.

Einzig ein glitzernder Splitter des Visiers setzte seine Reise unbehelligt fort, schwebte knapp an Ebene I von *Paradise* vorbei und flog weiter.

In die Tiefen des Raums.

OPERATION
»VADE RETRO«

OUVERTÜRE

26. August 3042 a.D.

SYSTEM: GALLOWAY
ORT: IN DER NÄHE DES PLANETEN HAKUP (BESITZ: GUSA, AKTUELL NOCH UNTER OBHUT)

Wenn es einen Ort gab, den Fredinald Zumi kannte und der sich trotz der vielen vergangenen Jahre fest in seinen Verstand eingebrannt hatte, dann war es diese weiße Halle, die intensiv nach klinischer Sauberkeit roch und durch die irritierende Reinheit beängstigend wirkte. Und genau dort befand er sich jetzt wieder, einen Schritt vor dem gerüsteten Collector, der ihn damals von Hakup entführt hatte.

Es ist kein Traum. Ich bin dahin zurückgekehrt, wo es begann! Zumi war der *First Contact* gewesen, der erste Mensch, der offiziell in die mechanischen Krallen der Ahumanen gefallen war. Damals, als er noch den Titel *Vorsitzender der Interstellaren Handelskommission* geführt und man die Wesen in den gewaltigen Vollrüstungen noch irrtümlich Samariter genannt hatte.

Am 1. Januar 3017 hatte sich sein Leben schlagartig geändert: Die Ahumanen waren auf dem Planeten Hakup erschienen und hatten ihn mitgenommen. Nicht um ein Handelsabkommen der GUSA zu schließen, wie er zuerst gedacht hatte. Sondern als Anschauungsobjekt.

Welches Jahr haben wir inzwischen? 3035? Später? Zumis Blicke schweiften durch die Halle.

Er hatte jedes Zeitgefühl verloren und nur an der Alterung seines Spiegelbilds ablesen können, wie Monate um Monate verstrichen, die er in der persönlichen Obhut eines Collectors verbrachte.

Sein Haar war in der Gefangenschaft grau geworden, gelegentlich schnitt er es ebenso wie seinen Bart. Die beigefarbene Kleidung, die er trug, erinnerte an einen Kaftan. Mehr hatte er von dem Ahumanen nicht bekommen. Nicht mal Unterwäsche. In einer kleinen Tasche trug er die selbstgemachten Ohrenstöpsel aus Dichtungsmasse, die er gelegentlich benötigte.

Zumi vermutete, dass er als Trophäe diente. Als Besitz. Eine Mischung zwischen Haustier und Pokal. Daher begleitete er den Collector bei seinen Reisen, besuchte Planeten, die unter die Obhut der Ahumanen fielen, und verfolgte fassungslos und bestürzt vom Raumschifffenster aus, wie sich die Welten veränderten, auf denen die Fremden ihre Herrschaft ausriefen. Eine Qual.

Mehrere Fluchtversuche. Und zweimal hatte er versucht, sich umzubringen.

Aber jedes Mal hatte ihn der Collector reanimiert, mit seinen überragenden Operationsmöglichkeiten geflickt und sämtliche Schäden am Körper behoben. Die Schmerzen, die Zumi dabei durchlitt, hinderten ihn daran, es noch einmal darauf ankommen zu lassen. Es erschien ihm sinnlos.

Seitdem suchte er nach Gelegenheiten, an Informationen über seinen Wärter zu kommen. Doch trotz der langen Zeit des Zusammenseins lernte er so gut wie nichts, weder Schriftzeichen noch Kleinigkeiten zur Steuerung des Schiffs oder der Technik. *Ein exotisches, dumm gehaltenes Schoßhündchen, das vor dem Kochtopf verschont blieb.*

Zumi wusste, dass die Collies, wie ihr Spitzname lautete, Menschen verzehrten.

Mit perfidem, perfektem System züchteten sie den Homo sapiens auf den Planeten, die sie einnahmen, und erhöhten die Fertilität der Frauen, die Geburtenrate und die Anzahl der Kinder je Schwangerschaft auf mindestens drei.

Zumi wusste noch nicht, ob Menschenfleisch als Delikatesse, Droge oder Standardfutter betrachtet wurde. *Ich bin ein Snack auf zwei Beinen,* dachte er bitter, *den man jederzeit wegessen kann, wenn er nervt. Aber dann wäre es auch endlich vorbei.*

Er trottete hinter der titanenhaften Rüstung her, in der sein ganz persönlicher Collector steckte.

Auf der düsteren, in unbestimmtem Oliv gehaltenen Panzerung sah er die Drähte und Leitungen, deren Position und Zustand er auswendig kannte. Die Nanomotoren surrten leise, beim Aufsetzen der Stahl-schuhe rumpelte es metallisch. Ausnahmsweise wirkte die Oberfläche der Rüstung gesäubert und herausgeputzt.

Gibt es einen besonderen Anlass?

Was umgeben von der unglaublich strapazierfähigen Rüstung lau-erte, wusste Zumi nicht. Ein Geist, eine KI, eine ahumane Spezies, andere Menschen? Letztere Annahme verwarf er.

In der hellen, weiß ausgeleuchteten Halle befand sich wie beim letz-ten Mal nichts – außer weiteren Collectors.

Aber Zumi bemerkte den eklatanten Unterschied: Es waren viel weniger versammelt. *Elf. Von etwas mehr als hundert. Warum so wenige?*

Alle Panzerungen besaßen eigene Gravuren und Zeichen, wichen mitunter in Form und Farben voneinander ab, was die Collectors ein-fach unterscheidbar machte. Gemeinsam waren ihnen lediglich die Tor-nister auf dem oberen Rücken sowie die abgerundeten Helme, die vorne leicht spitz zuliefen. Schwarz und undurchdringlich hoben sich die Visiere vom Weiß der Umgebung ab. Niemals hatte Zumi erfahren dürfen, was sich dahinter befand, nicht einmal andeutungsweise. Auch hier reichte seine Vorstellungskraft von Kameras bis hin zu einem ext-raterrestrischen Gesicht.

Er sah die gewaltigen Schwerter an den Hüften baumeln. Von den Griffen führte jeweils ein dünnes Kabel in den breiten, schweren Gür-tel. Wurde die Energie der Lichtbogenwaffen aktiviert, schnitten sich die leuchtenden Klingen durch nahezu jedes Material. Zumi hatte noch nie erlebt, dass sie an etwas scheiterten. Nebenbei steckte er sich die Ohrenstöpsel in die Gehörgänge. Sie schlossen nicht komplett ab, aber es reichte, um Schäden zu verhindern.

Sein Collector marschierte auf die Versammelten zu, die einen Kreis gebildet hatten, und fügte sich in ihre Formation ein; gleich darauf erklangen die Brummgeräusche, gepaart mit hohem elektronischem Kreischen, als würde man die Ultraschalltöne einer cetanischen Fleder-maus hörbar machen, sie von einer defekten Kreissäge und einem 20-Hertz-Summen begleiten lassen.

Dank der Ohrenstöpsel ertrug Zumi das Warten entspannt. Die

tiefen Schwingungen kribbelten in ihm, brachten seine Kleidung zum Vibrieren. Ohne den Schallschutz wäre er schreiend in die Knie gesunken. Das menschliche Gehör wurde mit der Sprache der Collies komplett überfordert, und er versuchte gar nicht erst, einen Sinn in den Tönen zu finden.

Abrupt endete die Unterredung.

Zumis Collector hob die Hand, ein gepanzerter Finger schnellte in die Höhe und winkte ihn heran.

Kaffeepause? Haben sie Hunger bekommen?, dachte er sarkastisch und setzte sich gehorsam in Bewegung. *Jeder darf mal abbeißen.*

Es öffnete sich eine Lücke für ihn.

Er begab sich in die Mitte des Runds und betrachtete die finsteren Visiere der Ahumanen ... Womit auch immer sie es taten: Sie starrten ihn an! Das spürte er!

»Was?«, fragte er ungeduldig. »Was wollt ihr von mir?«

Schlagartig verwandelten sich die weißen Hallenwände in Bildschirme, genau wie beim letzten Mal. Die Einblendungen und kurzen Filmsequenzen bestanden aus zusammengeschnittenen Nachrichtenmeldungen.

Zu seiner Verwunderung umkreisten sich in den Beiträgen baugleiche torpedo-beilförmige Schiffe, feuerten aufeinander und lieferten sich heftige Gefechte. Gelegentlich rauschten auch Raumer, Zerstörer und Kreuzer verschiedener Konzerne und Staaten durchs Bild, doch die Entscheidung in den Schlachten wurde immer von den *Hough*- oder *Bigger*-Schiffen herbeigeführt. Es sah nach einem Bruderkrieg aus.

So erfuhr Zumi, dass die Collectors von einer Raumflotte der United-Space-Travelling-Nations-Organisation und ihren ahumanen Verbündeten geschlagen worden waren. Diese Freunde der Menschheit waren eine Splittergruppe der Collectors, wie es den Anschein hatte, und nannten sich Wyvers oder Keeper.

Zumi begriff, dass die elf um ihn herum die letzten Überlebenden der Aggressoren waren. *So ändern sich die Zeiten.* Er lächelte böse und zufrieden, bemühte sich jedoch um Zurückhaltung. Sein Peiniger war zum Gejagten geworden.

Die Collectors befanden sich auf dem Rückzug. Sie gaben ihre Obhutplaneten nicht kampflos auf, wie die Berichte zeigten, sondern verteidigten sie zäh. Doch sie unterlagen mehr und mehr.

Die nächste Filmsequenz bestand wiederum aus montierten Dialogsamples.

»Zumi. Du sollst // für uns die Verhandlungen übernehmen«, erschallte es aus den unsichtbaren Lautsprechern der Halle mal mit Frauen-, mal mit Männerstimmen, was das Zuhören anstrengend und zugleich seltsam machte, trotz des folgenreichen Inhalts. Die schnell wechselnden Gesichter und Sequenzen hatten ein geradezu künstlerisches Niveau.

»Du wirst // unser Gesandter, um vor der United-Space-Travelling-Nations-Organisation um Gnade // zu flehen. Wir ergeben // uns der Menschheit und ihrem // Richterspruch. Im Austausch // räumen wir unsere eroberten Welten und bieten unsere Technologie. Ohne // Vorbehalte. Wir können // die Menschheit in // eine neue Ära // führen. Überlichtgeschwindigkeitsreisen ohne // biologische Auswirkungen. Neue Antriebs // technologie. Neue Medizin // technologie. Alles, nach // dem die Menschheit in den letzten Dekaden trachtete, schenken wir euch. Im Aus // tausch für unsere // Existenz. Es muss verhindert werden, dass uns die // Wyvers aus // löschen. *Das* // ist unsere *einzige* Be // dingung.«

Die Sequenz endete, und die Hallenwände wandelten sich zurück in ihr kaltes, gleichgültiges Weiß.

Zumi versuchte, die Fülle an Informationen zu ordnen, und fühlte sich damit überfordert. Er wusste nichts über diese Wyvers, nichts über den Zustand der Menschheit nach dem langen Krieg und dem Widerstand gegen die Collies.

Doch er verstand: *Ich darf in die Freiheit!* »Wie reise ich zu den Verhandlungen?«, fragte er und gestikulierte unterstützend.

Erneut erschienen auf den Wänden zusammengestückelte Bild- und Sprachfetzen.

»Wir haben dir eine Maschine besorgt. // Sie wartet im Hangar auf Sie. // Du sollst zur Erde fliegen und mit den Vertretern der Regierungen und Konzerne // sprechen«, wiesen die Männer, Frauen und Kinder aus Soaps, Nachrichten, Reportagen, Filmen und Sitcoms ihn an und wechselten in den Anredeformen. »Unterbreiten Sie Ihnen das Angebot. // Und danach kehrst du // an den Punkt zurück, den ich dir in den Navigationscomputer einprogrammiert habe. // An diesen Koordinaten erhältst du weitere Anweisungen. Die // Botschaft und genaue Instruktionen // sowie einige unserer // technischen Geräte zum Beweis unserer // Ehrlichkeit sind ebenfalls auf dem Schiffscomputer. // Studiere sie auf deiner Reise.«

Sein Collector machte einen Schritt zur Seite, damit Zumi den Kreis verlassen konnte.

»Geh, mein Freund. // Trage das Licht zur Menschheit und // erhelle sie mit unserem Wissen. // Möge die Macht mit dir sein.«

Zumi nickte deutlich, damit die Collies sahen, dass er den Auftrag annahm.

Am anderen Ende der Halle öffnete sich ein Schott.

Dahinter wurde ein kleiner Raumer sichtbar: ein äußerst seltener *Starscream Mark III*, der dank einer leistungsfähigen Steuerungsprogrammierung von nur einem Mann geflogen werden konnte. Der zuverlässige und vor allem vorbereitete Sprungantrieb beschleunigte Zumis Reise enorm.

Der Wert des Schiffs lag bei etwa zweihundertachtzig Millionen Tois. Trotzdem reichte es als Entschädigung für die miese Behandlung der letzten Jahre bei Weitem nicht aus.

In einer Woche bin ich auf der Erde! In Freiheit! Zumi verließ den Kreis bedächtig und zwang sich, nicht zu rennen. Er wollte raus aus dem weißen Raum, aus der Obhut seines Collies, weg von den starrenden, schwarzen Visieren, hinter denen alles Mögliche lauerte.

Mit langen Schritten durchmaß er den Raum und drehte sich nicht um, als würde ein Blick zurück alles Schöne zerstören, das in ihm pulsierte.

Das Hangarschott war keine zehn Meter mehr entfernt.

Bei jedem Herzschlag rechnete Zumi mit einem gebrummten Befehl oder mit Nachrichtensprechern auf den Wänden, die ihn verhöhnend anschrien, es sei alles ein Scherz gewesen. Um das Schoßhündchen zu ärgern.

Aber das geschah nicht.

Zumi erreichte den Hangar.

Hastiger als zuvor ging er die geöffnete schmale Laderampe hinauf und drückte mit einem langen Ausatmen den Knopf für den Schließmechanismus.

Surrend fuhr die Luke zu, klackend verriegelten die dicken Bolzen.

Zumi entfernte die Ohrenstöpsel.

Ihm kamen urplötzlich massive Zweifel an der Glaubwürdigkeit seiner Auftraggeber. *Woher wollen sie wissen, dass ich meinen Job erfülle?*

Oder hatten die Collies eine Bombe an Bord angebracht?

Oder biologische Kampfstoffe in den Abdeckungen verborgen?

War nicht das *Angebot*, sondern das *Schiff* das trojanische Pferd? Allmählich verstand er, welches Potenzial das Angebot besaß – und welcher Zündstoff darin schlummerte.

Überbringe ich das Angebot, werden sich die Konzerne sofort darauf stürzen, dachte er. *Der 2OT sowieso.*

Was im ersten Moment nach ultimativer und totaler Aufgabe der Collectors aussah, bedeutete in Wahrheit nichts anderes als ein vergiftetes Geschenk, eine Art Trojanisches Pferd, das mit Sicherheit Zwist unter den Staaten und Mega-Firmen auslösen würde. Das konnte verheerender sein als der bisherige Krieg gegen die Ahumanen. Schon allein, dass sich die Collectors auf Verhandlungen einließen, kam ihm unpassend vor.

Oder war es doch Verzweiflung – sofern sie dieses Gefühl überhaupt kannten?

Grübelnd begab sich Zumi in die schmale Kanzel des *Starscreams*, setzte sich und schnallte sich an.

Die Bedienelemente waren intuitiv zu verstehen, der aktivierte Bordcomputer wartete nur auf die Freigabe. Auf Knopfdruck würde er die programmierte Route abrufen. Zumi brauchte sich nach dem Übergang ins Interim lediglich zurückzulehnen und eine Woche die Zeit zu vertreiben.

Dann bin ich auf Terra. Und was richte ich dann an? Nachdenklich betrachtete er den Startknopf, der unter einer Sicherungsklappe aus Plexistahlglas geschützt lag.

Der Gedanke, dass er sich einfach weigern sollte, den *Starscream* zur Erde zu steuern, flog ihn an.

Ich könnte aussteigen und mich von ihnen fressen lassen. Sollen sie sich einen anderen suchen, der die Menschheit ins Verderben stürzt.

Zumi fand seine spontane Eingebung von Sekunde zu Sekunde besser. Auf die erste Euphorie, freigelassen zu werden, folgten Ernüchterung und die Erkenntnis, zu einem neuerlichen Plan der Collies zu gehören.

Doch er wollte nicht mitspielen.

Zumi atmete tief ein, aus, ein, aus – dann lösten seine Finger den Anschnallgurt. Sein Entschluss, der zugleich sein Todesurteil bedeuten würde, war gefasst. Das Schoßhündchen verweigerte nach Dekaden der Gefangenschaft den Gehorsam.

Er stand auf, strich den Kaftan glatt, ließ die Rampe wieder nach unten fahren und verließ den Raumer.

Die Ahumanen standen nun in einer leicht bogenförmigen Reihe, die Visiere auf das Schott gerichtet, in dem Zumi sichtbar wurde.

»Ich mache nicht mit«, rief er und sprang auf die Metallplatten. »Welchen Plan ich auch immer in die Wege leiten sollte, ich steige aus. Bringt mich um, fresst mich, oder tut sonst was mit mir. Ich bin es leid! Der Tod ist besser als mein Schicksal!« Er wünschte sich eine Waffe, um sie angreifen zu können. *Um die Hand zu beißen, die mich füttert, um bei der Metapher zu bleiben. Und wie ich beißen würde!*

Ein schriller, modulierender Pfeifton erklang, der sich durch Zumis Verstand schnitt. Dummerweise hatte er die Ohrstöpsel in der Kanzel herausgenommen, was sich nun rächte.

Doch es war keiner der Ahumanen, der sich in der komplexen Sprache mit Seinesgleichen verständigte.

Die Collectors bewegten sich, die Helme wandten sich nach rechts und links. Sie schienen sich durch unsichtbare Blicke abzustimmen oder nach der Ursache zu suchen.

Das Pfeifen blieb.

Eine Schiffswarnung? Zumi sah, dass sich die weißen Wände nach einer Geste seines Collies zu Monitoren wandelten.

Dieses Mal gewährten sie einen Blick ins All um sie herum.

Zumi sah Hakup, seinen Heimatplaneten, vor dem diverse *Hough*- und *Big*-Klasse-Schiffe schwebten. Die kleine Flotte schien die Welt umklammert und eingeschlossen zu haben; im Hintergrund erkannte er zudem zwei Raumschiffe der *Bigger*-Kategorie, die unscheinbar wirkten, doch in Wahrheit viele Kilometer lang, breit und hoch waren. Sie wiesen die typische Torpedo-Beil-Form auf.

Mitten in der Ansammlung der *Hough*-Schiffe verschwamm das All, als könnte dort große Hitze scheinbar vorhandene Luft zum Flirren bringen. Dann verschwanden die Sterne an diesem Fleck, und es wurde dunkler, schwarz, tief finster.

Zumi verfolgte, wie sich die Collieschiffe von der Stelle entfernten. Es sah nicht nach einem geordnetem Manöver, sondern nach purer, überhasteter Flucht aus. *Was kann sie dazu bewegen? Ein Angriff der Menschen-Wyver-Flotte?*

Er freute sich, dass die Befreiung seiner Heimat anstand, und spielte kurz mit der Idee, sich ein Schwert zu greifen und seinen Collie zu attackieren, aber die Waffe sah zu schwer für einen Mann wie ihn aus. Das Alter und der lange Aufenthalt im Weltraum hatten ihn schwächer werden lassen.

Voller Ungeduld wartete er auf den Übergang der Schiffe aus dem Interim – doch er geschah nicht.

Stattdessen schnellten schwarze Tentakel aus dem düsteren Fleck und hieben peitschenschnürengleich gegen die nächsten Collector-Schiffe. Sobald sie auf das Metall der Hightech-Vehikel trafen, schlugen Funken aus den Bordwänden, sandten meilenlange Sternchenfontänen ins All und erleuchteten die umliegenden Schiffe.

Die Rümpfe der Attackierten wurden von blauem Elmsfeuer umspielt, die Wände drückten sich ein, als herrsche im Inneren ein unglaubliches Vakuum.

Zumi hatte eine solche Waffe noch nie gesehen, bei keinerlei Gefechten, deren Zeuge er geworden war. *Du meine Güte! Was ist das?* Das erklärte, warum die Collies die neuen Verbündeten der Menschen derart fürchteten. Anscheinend war es ihnen mit dem Aufgabe-Angebot doch ernst?

Aus dem dunklen Nichts schob sich ein pyramidenartiges Gebilde, dessen Kantenlänge einige Kilometer aufweisen musste.

Es bestand aus neun verschieden großen Segmenten und wirkte so groß wie ein *Big*-Schiff der Collectors, schimmerte golden und kupferfarben. Gigantische Luken öffneten sich und sogen die Schwärze ein, aus der es gekommen war. Auch die zerstörerischen Tentakel wurden zurückgezogen, die in der Rückwärtsbewegung noch um sich schlugen und zwei weitere *Big*-Schiffe trafen.

Die *Hough*-Exemplare spien unterdessen erste Raketen- und Railgun-Salven gegen die Pyramide. Die Geschosse trafen auf die Außenhaut, zerplatzten und zerstoben daran, ohne dass Zumi erkennbaren Schaden ausmachen konnte.

Er grinste schadenfroh. *Nun bekommt ihr es mit der Angst zu tun, die ihr sonst großzügig unter uns verbreitet habt.* Langsam ging er rückwärts. Von Mitleid war er so weit entfernt wie die Erdensonne vom Zentrum der Milchstraße.

Zumi wollte nun doch in den *Starscream*, um sich den millionenteuren Raumer als Rückzugsmöglichkeit zu sichern. Da er keinen Schutzanzug trug, genügte ein winziges Loch in dem Collie-Schiff, um ihn ersticken zu lassen. Das sollte kurz vor seiner Freiheit möglichst nicht geschehen; dabei sah er abwechselnd zu den Ahumanen und auf die Wände, um das Treiben im All zu verfolgen.

Doch ihn wunderte, dass sich keine Flotte der U.S.N.O. zeigte. *Sie werden warten, bis die Wyvers die größten Brocken der Gegner ausgeschaltet haben.*

Die Pyramide flog unbeeindruckt vorwärts. Dabei drehte sie sich um die eigene Achse, stellte sich scheinbar auf die Spitze und erinnerte an einen Kreisel; tatsächlich versetzten sich dabei einzelne der neun Segmente in Rotation.

Zumi beschlich das ungute Gefühl, dass im Innern des Wyver-Schiffs eine Maschine angeworfen wurde, die sich auflud und zu einer gewaltigen Eruption, einem vernichtenden Schlag bereit machte.

Jetzt hagelte es aus allen Richtungen Salven gegen die Pyramide: Raketenwolken zischten durch den Weltraum und zogen weiße Abgasstrahlen hinter sich her, malten Linien zwischen die Sterne; rote und grüne Laser zuckten und warfen sich gegen den schrägen Goldkupferrumpf, wurden abgefälscht und aufgefasert. Granaten detonierten im Sekundentakt an der Oberfläche und schufen malerische rot-orangefarbene Explosionsblumen, die aufblühten und vergingen.

Die in der Halle versammelten Collectors redeten jetzt miteinander.

Zumi schob sich hektisch die Ohrenstöpsel in die Gehörgänge. Niemand schenkte ihm mehr Beachtung. Sie debattierten und gestikulierten mit eckigen Bewegungen.

Die Pyramide zeigte sich weiterhin resistent gegen jegliche Zerstörungsbemühung: Sie schob sich durch das Gewitter der Vernichtung, umspielt von Lasern, Verpuffungen und zerschellenden Projektilen. Inzwischen rotierten sämtliche Segmente umeinander.

Zumi hatte das Schott erreicht. Mit einem letzten Blick auf die Monitorwände verfolgte er, dass die *Hough*-Schiffe aus dem System sprangen. Sie gaben auf und ließen die *Bigger* das Ablenkungsmanöver fortführen.

Er schluckte. *Wenn sie verschwinden, müssen die Waffen der Wyvers extrem gefährlich sein!* Zumi hastete die Laderampe ein zweites Mal hinauf, drosch panisch auf den Schließen-Knopf und rannte ins Cockpit. Selten war er in seinem Leben schneller gelaufen.

Die Angst, mit der die Collies rangen, hatte sich auch seiner bemächtigt. *Ich muss auf der Stelle weg hier!* Die Pyramide konnte ihre Zerstörungskraft seinetwegen unter Beweis stellen, wenn er sich in Sicherheit gebracht hatte. Daran, dass sein Fluchtvehikel eine Bombe oder Schlimmeres verborgen in sich tragen könnte, dachte er nicht mehr.

Ohne zu zögern, warf er sich in den Sessel, schnallte sich an und klappte gleichzeitig die Sicherheitsabdeckung über dem Aktivierungsschalter hoch. Seine bebenden Finger legten das kleine Hebelchen um.

Das Licht im Hangar sprang auf Rot.

Eine Abfolge unbekannter Schriftzeichen und Symbole prasselte auf den Bildschirm, blinkte zweimal und erlosch.

Na, ganz ausgezeichnet. Zumi fürchtete, dass die ahumane Technik ihm noch Schwierigkeiten bescheren würde. Wer auch immer die entscheidenden Teile des Schiffs ursprünglich entworfen hatte, es waren – wie so oft – keine Menschen gewesen.

Brüllend erwachten die Triebwerke des *Starscream Mark III*, und das Ausflugsschott vor der kurzen Schnauze öffnete sich rotierend wie eine Irisblende.

Ein wuchtiger Hieb erschütterte das Collie-Schiff.

Zuerst dachte Zumi, dass etwas an der Aufhängung des Raumers fehlerhaft sei. Aber die Außenmikrofone übertrugen ein hässliches metallisches Ächzen und Reiben. Enorme Kräfte wirkten auf die Außenhaut und die interne Struktur.

Im gleichen Moment wurde die Hälfte des Hangars herausgerissen, als sei eine mächtige Keule von oben nach unten durchgerauscht. Wäre der Bug des *Starscream* zwei Meter länger gewesen, würde Zumis Kanzel in kleinen, handlichen Schrottteilen als Raumschiffkonfetti durchs Vakuum treiben. Die Dekompression erfolgte schlagartig, zwei Collectors wirbelten am Cockpit vorüber und zischten ins All.

Er sah durch das Loch hinaus und in das Inferno, das sich ausbreitete.

Die gefürchteten, einst als kaum besiegbar eingestuften Schiffe der Collectors trieben mit Einschusslöchern und lodernd durch den Weltraum. Andere zerbrachen explosionslos, eingehüllt von purpurfarbenem Licht, das von der Pyramide ausging; die Trümmer wurden zum Wyver-Schiff gesogen.

Ihr Götter von Uaosuh! Welche Art Waffe ist das? Zumi spürte, wie seine Hände feucht und kalt wurden. *Sie werden mich einfach mit einsaugen.*

Das violette Licht fiel jetzt auf den zerstörten Hangar.

Der *Starscream* reagierte mit einem schrillen Warnton, gleichzeitig setzte ein sanftes Vibrieren ein, das jedes Teil des Schiffs erfasste. Aus dem leichten Schwingen wurde ein Wackeln, dann ein Rütteln, das sich weiter steigerte.

Es wird uns auseinanderreißen wie die anderen. Aus dem Augenwinkel sah Zumi eine zweite kleine Dekompressions-Warnleuchte: Die Ladeluke war geöffnet worden. Jemand ging an Bord des *Mark III.*

Auch das noch! Und ich dachte, ich wäre die Collies los! Schnell verriegelte er das Cockpit und nahm sich vor, den Rest des Schiffs bei Gelegenheit zu entlüften und die verdammten Collies zu den Sternen zu blasen. *Oder am besten ins Interim. Das überleben selbst sie nicht. Doch vorher …*

Auch wenn Zumi wusste, dass es keine gute Idee war und er vermutlich dabei draufgehen würde, betätigte er den Knopf für den Überlichtantrieb, obwohl er sich noch im Innern des Mutterschiffs befand.

Eine andere Möglichkeit sah er nicht, wenn er sich und den *Starscream* retten wollte. Lieber starb er bei seinem Versuch, als durch diese rätselhafte Waffe zu Puzzlestückchen geschüttelt zu werden.

Wieder flammten die hieroglyphenartigen Zeichen auf dem Schirm auf, tanzten und zuckten unter der Einwirkung der Wyverwaffe, verzerrten sich. Vermutlich beschwerte sich der Masselimiter, dass sie sich in der Nähe eines Hindernisses befanden, das bei der Zündung des FTL-Antriebs schweren Schaden nehmen konnte.

»Mach schon!«, schrie Zumi und hopste in dem bockenden Pilotensitz ungewollt hin und her. Panisch schlug er mehrmals auf den Knopf ein, idiotischerweise sogar mit der Faust, als ginge es dabei um Kraft – und der Raumer zündete endlich den Sprungantrieb.

Zumi spürte das ankündigende Brennen in den Schläfen und im Nacken und kämpfte, um seinen Schließmuskel unter Kontrolle zu behalten.

Die Umgebung wurde hell und heller, gleißend und blendend weiß.

Der *Starscream* warf sich flüchtend ins Interim.

ERSTER AKT

Erste Szene

31. August 3042 a.D. (Erdzeit)

»Manche werden Helden genannt.
Für etwas, das sie nur aus Verzweiflung getan haben.
Das ist höchst unfair im Vergleich zu denen, die etwas
bewirken wollten und unbemerkt scheiterten.«

ZUMI, Vorsitzender
der Interstellaren Handelskommission Hakup

SYSTEM: LACAILLE 9352
PLANET: HAIL (GUSA-BESITZ)
ORT: 34 MEILEN SÜDWESTLICH VON HAIL-CITY

»Preiset den Herrn!«, rief der Mann im weißen Priestergewand, auf dessen Brust ein eingearbeiteter, flexibler LED-Bildschirm prangte; ein brennendes Kreuz loderte effektheischend in Dauerschleife darauf. Sein Haupt war von einer hellen Kegelkapuze verhüllt, in der ihm zwei Löcher das Sehen ermöglichten. An seinem rechten Oberarm prangte eine Binde mit dem Emblem der GUSA. »Heute Nacht ist die Nacht des gerechten Zorns!«

Seine helle, kräftige Stimme hallte durch den Saal, in dem sich vierzig weitere Vermummte versammelt hatten. Sie saßen ein wenig unwürdig auf betagten Alu-Klappstühlen, trugen dafür aber saubere weiße Roben und Masken, hatten dunkelgrüne Kevlarpanzerungen darübergeschnallt und Waffen mitgebracht, die allesamt aus den Beständen der lokalen GUSA-Trooper zu stammen schienen.

Der Hexenmeister nahm das großkalibrige Schnellfeuergewehr der Baureihe *Impact* vom Tischchen vor sich und schulterte es lässig. »Heute ist die Nacht, in der wir zornig hinausgehen und die Siedlung der Pferdeanbeter von Alpha Centauri in Brand stecken. Wir brauchen sie nicht auf Hail. Werfen wir ihre lächerliche Pferdestatue und ihre Leichen in den Vulkan. Unser gutes Höllenfeuer, in der wir sämtliche Sünderseelen versenken. So ist es Brauch, und so werden wir es halten!«

Die Maskierten riefen ihre Zustimmung frenetisch hinaus. Ihre Aufmerksamkeit war auf den Imperialen Hexenmeister von Hail gerichtet, den Anführer des örtlichen Ky-Klos-Clang. Zustimmung wurde gemurmelt, Fäuste wurden gehoben, und das Summen sich aufladender Energiewaffen erklang.

Der Hexenmeister zeigte zum Fenster hinaus. »Niemand hat sie eingeladen, zu uns nach Hail zu kommen. Wir sind gute Christen, Protestanten des Herrn, von Geburt an allen anderen überlegen. Wer nicht zu uns passt und sich nicht beugt, wird entfernt. Wir baten sie freundlich, zu konvertieren oder Hail zu verlassen. Aber wollten sie das?«

Die aufgebrachten »Nein«-Rufe rollten durch den Saal.

»Eben, Brüder und Schwestern! Sie wollten NICHT! Die Geduld, die uns der HERR anmahnte, ist vorüber. Jetzt müssen sie mit den Konsequenzen leben!« Der Imperiale Hexenmeister richtete die Mündung des *Impact* auf die Doppeltür ihm gegenüber. »Schreiten wir hinaus und stellen die von Gott gegebene Ordnung wieder her.«

Die Mitglieder des Ky-Klos-Clangs erhoben sich von ihren Plätzen. Die Vereinigung war aus dem erloschenen Ku-Klux-Clan hervorgegangen und führte die Traditionen der militanten Verachtung fort. Auch auf Hail.

»Ach ja: Und niemand behält etwas von den Sachen für sich. Sämtliche Wertgegenstände und gefundenen Tois gehen in die Kollekte. Die Häuser werden erst abgefackelt, wenn alles Teure draußen ist.« Der Anführer umrundete das Tischchen und setzte sich an die Spitze des Trosses.

Er hatte den Ausgang eben erreicht, als die Flügel vor ihm aufschwangen.

Auf der schmalen Veranda stand ein älterer Mann mit verlebtem Gesicht, Drei-Tage-Bart und langen schwarzen Haaren, die ihm in Strähnen über die Schulter hingen. Die blassgrünen Augen erinnerten den Hexenmeister sofort an einen Trinker, der einen Großteil seines

Verstands versoffen hatte. Der einfache graue Mantel, der keinen Blick auf die Kleidung darunter erlaubte, starrte vor planetarem Dreck. Er musste mit einem Hoverbike gefahren sein, und das, obwohl die Atmosphäre gerade vor schweren Graphitpartikeln strotzte.

Als der Unbekannte die Gruppe sah, lächelte er und hob den rechten Arm. In den Fingern hielt er einen Zettel, auf dem er sich anscheinend sehr altmodisch die Adresse notiert hatte. »Ich bin neu auf Hail und wollte bei euch reinschauen.« Seine Stimme klang wie geraspeltes Metall mit Rauch und Whiskey, gekrönt von einem Bass, der in solch niedrige Frequenzen vordrang, dass es durch Mark und Bein ging. Er sprach bedächtig, als hätte er alle Zeit des Universums. Die Gruppe Bewaffneter beeindruckte ihn nicht sichtlich. »Gläubige, die radikal ihre Ansichten vertreten, das mag ich.«

Der Hexenmeister stutzte. »Oh, das ist heute schlecht. Wir wollten eben ... aufbrechen.« Er trat nach vorn und wollte ihn zur Seite drängen. »Komm morgen wieder. Es passt gerade nicht.«

Der Unbekannte nickte in Richtung Schnellfeuergewehr, ohne sich zu rühren. »Geht es gegen die Heiden?«

»Amen«, rief jemand eifrig aus dem Pulk des Clangs. »Gott sendet uns in der Nacht des gerechten Zorns gegen die Pferdeficker.«

Der Unbekannte machte einen Schritt zur Seite. Als ihn die Hälfte der Gruppe passiert hatte, sagte er: »Wieso nennt ihr euren Vorsitzenden *Imperialer Hexenmeister?*«

Die Menge blieb stehen und starrte ihn an. Die spitzen Kapuzen bildeten einen lustigen Wald, der an Spargel oder unbemalte Pylonen erinnerte. »Was?«, erklang es von irgendwo irritiert.

»Imperialer Hexenmeister«, wiederholte der Fremde ruhig und begab sich auf die zwei kleinen Stufen, die zum Eingang des Saals hochführten, damit man ihn besser sah und hörte. »Das ist nicht gerade christlich.«

Jetzt schauten sich die Clangs reihum an. Köpfe drehten sich hin und her, die Roben und Masken raschelten. Die Szene hatte etwas Comichaftes. Es fehlten lediglich die gemalten Fragezeichen über den Köpfen. Niemand konnte etwas zur Erklärung vorbringen, bis endlich jemand rief: »Jeff!«

Jeff entpuppte sich als der Hexenmeister, der mit einem leisen Fluch zurückeilte und sich vor den breit gebauten Fremden stellte. Er musste mit einer Hand seine Maske festhalten, die sonst herabgerutscht wäre.

»Es gibt auch die Bezeichnungen *Großer Drache* und *Großer Zyklop*«, redete der Unbekannte weiter, verschränkte die Arme vor der Brust und klemmte die Hände unter die Achselhöhlen. »Der Drache ist gemäß der Bibel ein Synonym für den Teufel. Und ein Zyklop ist eine Gestalt aus heidnischen Geschichten.«

»Das ist eben die Tradition.« Jeff machte unter seiner Maske ein ver-wundert-verärgertes Gesicht. »Wir werden dich nicht zwingen, bei uns mitzumachen, aber ich kann dir versichern, dass wir alles im Namen des HERRN tun und es bei uns nichts gibt, das auch nur annähernd sein Ansehen und seine Macht in Frage stellt. Es sind einfach nur … Bezeich-nungen«, stellte er mit Nachdruck fest, um zu vertuschen, dass er es selbst nicht wusste. »Wie gesagt, wir haben gerade keine Zeit.«

»Ich weiß. Die Pferdeficker, die ihr umbringen müsst«, gab der Fremde entspannt zurück. »Eins noch, damit ich das verstehe: Warum sind die weißen Protestanten anderen Gruppen von Geburt an überle-gen, laut dem Clang? Und die Unterdrückung von Schwarzen, Juden und Katholiken, von Schwulen … wie genau ist denn Gottes Plan mit ihnen, den ihr erfüllt?«

Jeff sah ihn nachdenklich an. Etwas passte ihm nicht an den Fragen, die zu kritisch waren für jemanden, der beim Clang mitmachen wollte. »Habe ich dein Gesicht nicht schon mal gesehen, Bruder? Und wie lau-tet dein Name?« Er richtete den Lauf der *Impact* auf das Gesicht des Fremden. »Magst du die Pferdeficker?«

Der Mann lächelte kühl und blieb so ruhig, als würde er mit einer harmlosen OtrenaBalu-Banane bedroht. »Ich mag viele Dinge. Aber eines ist mir zuwider: Dummheit. Damit meine ich nicht gutmütige Dummheit. Sondern so was wie euch.«

Jetzt wurden noch mehr Waffen gezogen und auf ihn angelegt.

»*Das* meinte ich.« Der Unbekannte bewegte sich behutsam rückwärts und ließ die Hände sinken. Sein harter Blick schweifte umher. »Mein

Name ist Civer Black, und ich bin als Nuntius im Namen des Ministrators nach Hail gekommen, um mir ein Bild von den Vorgängen zu machen, die den halben Planeten in Aufruhr versetzen.«

Sofort wurden die Waffen gesenkt, aber Jeff schrie sie an, dass es ein Trick sei, und hielt das Schnellfeuergewehr unverändert auf Black. »Was machen wir denn schon Böses?«, rief Jeff. »Es kann doch nur im Sinn des Ministrators sein, wenn wir die Pferdeficker ...«

Black hob langsam wieder die Arme und präsentierte ihnen seine geballten Fäuste, in denen nun wie von Zauberhand kleine, blinkende Fernbedienungen steckten. »Es sind keine *Pferdeficker*, sondern Menschen und damit Geschöpfe Gottes«, fiel ihm Black schneidend ins Wort. »Sie mögen noch Heiden sein, die einem Pferdegötzen namens Pegason huldigen, doch der Ministrator sagt, dass man sie zu unserem Glauben führen soll, um ihre Seelen zu retten. Aber man bringt sie nicht um, wenn sie nicht konvertieren möchten.« Er betrachtete die Menge. »Geht nach Hause.«

»Wir sehen es ein bisschen anders. Wir müssen dem Abschaum eine Lektion erteilen, die er nicht vergisst.« Jeff war nervös. Ihm brannten die Augen, und sein Atem roch unter der Kapuze sauer.

»Ihr wollt immer noch ausrücken«, vergewisserte sich Black.

»JA!«, schrie die Menge.

»*Gott* will es.« Jeff grinste. »Wie geht es jetzt weiter?«

»Ich werde dem Ministrator Bericht erstatten.« Black drückte den Knopf des Geräts in seiner rechten Hand. Mit einem Summen entstand ein fast unsichtbares Kraftfeld, das die Luft vor ihm zum Wabern brachte. »Und er wird hören, dass ihr alle einem Hexer gefolgt seid und von dessen Dämonen besessen wart. Es gab keinen anderen Weg als ...«

»Du Dreckschwein!« Jeff drückte ab, ließ eine Salve gegen die Barriere prasseln.

Aber die Projektile wurden abgefälscht.

Die übrigen Ky-Klos-Clangs hielten auf den Nuntius, was die Waffen hergaben. Lange und kurze Mündungsfeuer zuckten um den Hexenmeister, fegten die weiße Kapuze davon. Ein Mann mit gewöhnlichem

Gesicht und schütterem grauem Haar kam zum Vorschein, der sich schreiend duckte und sich die Ohren zuhielt.

Die vereinten Kugeln scheiterten ebenso am Kraftfeld. Die ersten Clangs traten bereits den Rückzug an, wollten davonlaufen und warfen die lächerlichen Kappen davon.

»Ihr verstoßt gegen den Willen des Ministrators und gegen den Willen Gottes. Es gibt keinen größeren Dämon als die eigene Überheblichkeit. Von ihm erlöse ich euch.« Black drückte den Knopf des zweiten Geräts. »Vade retro.«

Vor dem Gebäude explodierte die Erde in einem Radius von guten zwanzig Metern und spritzte in hohen Fontänen auf. Die Druckwelle schleuderte die Männer und Frauen davon, zerfetzte die meisten dabei. Scharfkantige, glühende Splitter durchdrangen Torsi, Arme und Beine, verletzten und töteten.

Aufwirbelnder Staub raubte Black die Sicht, Körper prallten gegen das Kraftfeld und rutschten daran ab. An manchen Stellen blieb das Blut haften und schien zu schweben.

Als sich der Nuntius sicher war, dass keine Trümmer und Schrapnelle mehr umherschossen, deaktivierte er das Kraftfeld, das von einem kleinen Generator unter den Stufen gespeist wurde. Es ging nichts über gute Vorbereitung.

Der wabernde, sich allmählich senkende Dreckschleier roch nach Erde und Blut, nach warmem Fleisch und dem Explosivstoff Plastilit, der nach Anis stank. Das tat es immer, wenn Nuntius Civer Black eine Zehn-Kilo-Bombe zündete.

Und Black hatte schon oft welche gezündet, um Frieden in der Gemeinde und auf Planeten herzustellen, inoffiziell oder offiziell. Das war ein Teil seines vielfältigen Aufgabenbereichs. Der verlängerte und persönliche Arm des Ministrators hatte sich erhoben und zugeschlagen.

Vor Black breiteten sich die Leichname um einen Detonationskrater aus, größtenteils verstümmelte, qualmende, verdrehte Überreste.

Mitleid empfand er nicht. Jeff und seine Einfältigen vom Ky-Klos-Clang hatten ihre Chance vertan, auf die Mahnungen des Ministrators zu hören.

»Wer nicht hören will, muss sterben«, murmelte Black und zerrte den toastergroßen Generator aus dem Versteck unter den Stiegen hervor. Länger hatte das kleine Maschinchen das Kraftfeld nicht aufrechterhalten können. Sein Timing stimmte noch.

Black hustete und spuckte aus, um den Staub aus dem Mund zu bekommen. Es wurde Zeit für einen Drink in der Stadt. Danach kam der übliche Besuch im Bordell und im Tattooladen. Er hatte einen im Vorbeigehen gesehen, im Sündenviertel von Hail. Da fühlte er sich wohler als in den Niederlassungen der Sternenkirche.

Aber bevor er nach Hail-City fuhr, würde er die Leichen und Kadaverfetzen auf den kleinen Lastwagen laden, zu den Pferdeanbetern düsen und das blutige Puzzleteil, das mal Jeff geheißen hatte, samt seiner wortwörtlich versprengten Mitstreiter kommentarlos auf dem Dorfplatz abkippen.

Oben auf diesen Haufen aus Fetzen, Stoff und Idiotenüberbleibseln käme eine Nachricht des Ministrators mit dem Hinweis, dass die Church in der Lage sei, nur die wahren Gläubigen dauerhaft zu schützen. Subtil wurden Schutz und Drohung gleichermaßen präsentiert.

»Wenn sie dann nicht konvertieren und die Pegason-Statue einschmelzen, weiß ich es auch nicht«, murmelte Black und zog eine Schachtel Kippen aus der Manteltasche.

Natürlich hieß die Marke *Holy Smoke* und wurde in den Fabriken der Church of Stars hergestellt. Wer sie rauchte, bekam keinen Krebs, hieß es in der Werbung.

Wahrlich, ein Wunder.

SYSTEM: UNBEKANNT
ORT: EINST STELLARE FORSCHUNGSSTATION
    SHIVA'S FORTRESS (IM BESITZ VON EASTERN STARS,
    GELEITET DURCH BANGASH INDUSTRIES),
    JETZT: RAUMSTATION PARADISE (BESETZT VON ENTFLOHENEN BETA-HUMANOIDEN)

Cohlonn, ein von sich eingenommener, stattlicher Tiger-Beta, ging voraus und führte seine Besucherin durch die Werft, die im Innern der

Station lag. »Da drüben parkt das Prachtstück. Es kam vor ungefähr zwei Standardstunden herein. Frisch überholt«, berichtete er und klang dabei grollend, wie die meisten Raubkatzen-Tier-Menschen. »Wir haben unsere besten Techniker darauf angesetzt.«

Hoverkrane düsten umher und wuchteten Container; Ketten, Haken und Elektromagneten hingen an Hebevorrichtungen von der Decke. Es zischte von irgendwoher, an einem hausgroßen Teil wurde geschweißt, es brrrizzelte lautstark, und der typische Geruch von heißem Metall waberte durch die Halle.

Die Schwerkraftgeneratoren waren eingeschaltet, sodass sie auf die Magnetschuhe verzichten konnten. Aktuell wurden keine schweren Teile in der röhrenartigen, scheinbar unendlich langen Halle bewegt, sodass man auf Null-G verzichtete.

Clarissa Fairbanks hob die Hand und rieb sich langsam über die frisch rasierte Glatze, die sie maskuliner und für die meisten Männer unattraktiver machte. Sie hatte auf das Tragen einer ihrer zahlreichen unterschiedlichen Perücken verzichtet, weil es nicht darum ging, besonderen Eindruck zu machen. Das Geschäft war bereits mit dem Auftraggeber abgeschlossen. »Da bin ich mal gespannt«, murmelte sie.

»Auf was?«, fragte Cohlonn und machte mit einer knappen Geste auf ein tiefhängendes Kabel aufmerksam, damit sie sich nicht stieß.

»Auf die *Interception*.« Sie nahm ein kleines Pad hervor und rief die Daten des Schiffs auf. »Ich glaube das erst, wenn ich es sehe. Diese Maschine *kann* gar nicht funktionieren.«

Der Tiger-Beta warf einen kurzen Blick über seine breite Schulter. Wie sie steckte er in einem klobigen, signalroten Raumanzug, dessen zurückgeklapptes Visier sich jederzeit mit einer schnellen Handbewegung schließen ließ. Auf den Emblemen stand noch *BaIn* zu lesen, die einstigen Besitzer der Station. Mit dickem Filzstift war *PARADISE* drübergeschrieben worden. »Was meinst du?«, fragte er und schnurrte neugierig.

Ich sollte damit weniger hausieren gehen. Clarissa schnaufte. »Nicht so wichtig. Geht dich auch nichts an.« Sie überflog nochmals die Daten. »Vergiss es einfach.«

Die *Interception* war ein kleines Schiffchen mit dicker Außenhaut sowie einem riesigen regulären Antrieb, der eine schnelle Flucht ermöglichte, aber ohne FTL-Option. Für lange Strecken taugte der Raumer nicht, eher für gewagte Sprintrennen durch Meteoritenfelder. Genau das Richtige für Piraten, Schmuggler und Kleinräuber, die sich auf Luxusjachten spezialisiert hatten.

Dennoch steckten im Bauch des Vehikels Unmengen von zusätzlichen Energieerzeugern sowie ein weiterer Motor, der nicht für den Antrieb benötigt wurde.

Ihr Auftraggeber hatte eine Menge Geld dafür gezahlt, dass sie den Befehl an Bord übernahm. Die eine Hälfte der Crew befand sich bereits an Bord der *Interception,* die andere Hälfte brachte sie mit. Clarissa mochte es nicht, mit Unbekannten zu fliegen, schon gar nicht in dieser Sonderausgabe von Raumschiff. Das liebe Geld zwang sie dazu.

»Stimmt. Geht mich nichts an.« Cohlonn grollte und blieb vor einem Vakuumschutzschott stehen, das er mit der Eingabe eines Codes für sie öffnete. »Bitte sehr, Captaine.« Die Tigeraugen musterten sie, doch die Fragen, die ihn sichtlich beschäftigten, kamen ihm nicht über die Lippen.

Clarissa ärgerte sich, die Anmerkung überhaupt gemacht zu haben. Auf einer Raumstation, die von abtrünnigen Betas geleitet wurde, bedeuteten jede Art von Informationen Macht.

Zu welchem Konzern Cohlonn einst gehörte hatte, wollte sie nicht wissen. Ihrer Ansicht nach war Paradise dem Untergang geweiht, auch wenn sich das Sammelsurium Betas der trügerischen Sicherheit hingaben, dass ihre zwei gestohlenen Schiffe voller Atomsprengköpfen sie vor einer Konzernattacke schützten. *Je schneller ich raus bin, desto glücklicher werde ich sein.*

Der Tiger-Beta blieb halb vor dem Durchgang stehen. »Kannst du mir den Trick verraten, wie du das damals angestellt hast? Als ihr den Raid gegen *United Industries* geflogen seid?«

Sie seufzte. Er hatte seine Neugier nicht länger zurückhalten können. Es war ihr Fluch, dass das halbe Universum von ihrer Vorgeschichte zu wissen schien. Ob es an der Glatze lag, dass sie ständig erkannt wurde?

Clarissa gehörte bis vor zwei Jahren noch den *Royal Raiders* an, einer Vereinigung von Adligen, die sich ganz in der Tradition der edlen Piraten sah – falls es überhaupt je edle Piraten gegeben haben sollte. In erster Linie überfielen sie die Niederlassungen und Schiffe der großen Kons, griffen sich aber auch bei passender Gelegenheit unvorsichtige Reiche.

Den Nachnamen Fairbanks hatte sie mit ihrem Ausstieg angenommen, nachdem sie einen uralten Piratenfilm mit einem Schauspieler gesehen hatte: Douglas Fairbanks. Das passte, wie sie fand. Richtig hieß sie Clarissa Jeanne Madelaine Baronesse de Contignac und entstammte einem französischen Adelsgeschlecht.

»Na ja. Wir sind rein und wieder raus«, antwortete sie knapp. Sie wollte die Geschichte nicht zum tausendsten Mal erzählen. Schon gar nicht Cohlonn.

»Verstehe.« Er gab den Weg frei. »Vielleicht zu einem anderen Zeitpunkt und in einer intimeren Atmosphäre?« Das dunkle, lockende Schnurren machte deutlich, was ihm vorschwebte.

Mich wirst du nicht vernaschen. Ich bin kein Katzenfutter. Clarissa schenkte ihm ein hinreißendes Lächeln. »Eher nein, mein Stolzer. Ich stehe auf Frauen.« Das war zwar gelogen, aber es brachte sie aus der Klemme.

Sie ging an ihm vorbei in den abgetrennten Bereich des Hangars und stand vor der *Interception*.

Im ersten Moment lachte sie auf. Die Form des Schiffs sah reichlich merkwürdig, um nicht zu sagen lächerlich aus. Es erinnerte an einen Bienenkörper, an den man seitlich eine kleine Pfeilspitze angeklebt hatte: das Cockpit. Es musste nachträglich angesetzt worden sein. Die vielen Öffnungen in der Außenhaut waren keine Einschusslöcher, sondern Unmengen von Steuerdüsen, mit denen die abruptesten Manöver geflogen werden konnten.

Jesus und Judas! Da habe ich mich auf was Schönes eingelassen. Clarissa hatte den Eindruck, dass die Konstrukteure beim Entwerfen alle halbe Stunde gewechselt hatten. Nur so ließ sich das zusammengewürfelte, willkürlich anmutende Äußere erklären. Der Antrieb wirkte wie angeklebt und war doppelt so groß wie der Rumpf. Das verlieh zwar die hohe Geschwindigkeit, machte die Austrittsöffnungen des Plasmastrahls aber zum leichtesten Ziel.

Clarissa umrundete die *Interception* mit einem ungläubigen Schmunzeln. Am Kiel, schräg unterhalb des Cockpits, saß etwas, das an ein eingeklapptes Solarsegel erinnerte.

Das muss es sein! Neugierig trat sie unter den feisten Rumpf des Schiffs, der nach Lösungsmittel roch. Die Mechaniker der *Paradise* hatten Chemie eingesetzt, um die letzten Verschmutzungen von den Panzerplatten zu entfernen.

Clarissa ging in die Hocke, um näher heranzukriechen, und betastete die Abdeckung.

»Achtung!«, rief jemand warnend hinter ihr. »Weg da! Das Ding steht unter Hochspannung! Sie könnten einen Schlag erhalten!«

Shit! Sofort riss sie die Hand zurück und machte einen Hüpfer rückwärts, so gut es ihr möglich war, geriet durch den Raumanzug ins Straucheln und landete auf dem Hintern.

Ein meckerndes Lachen traf sie. »Kleiner Scherz. Willkommen, Captaine.«

Clarissa erhob sich und betrachtete den Mann, der in einem dunkelgrünen Overall an eines der Landebeine gelehnt stand. Er hatte die breiten Arme vor der Brust gekreuzt, um seine Hüfte hing ein Gurt mit allen möglichen Werkzeugen und elektronischen Messgeräten darin.

»Lieber einen Scherz als einen Schlag«, gab sie zurück und schwor sich, dass sie es dem Typen heimzahlen würde. Sie hätte beinahe einen Herzinfarkt erlitten.

»Gute Einstellung«, erwiderte er nickend und salutierte mit einer Hand angedeutet, was sehr lax wirkte. »Ich bin der General.«

Sie lachte. »Ah, verstehe. Sie haben in Wahrheit das Kommando, und man hat mich angestellt, weil ich gut aussehe?«

Er taxierte sie. »Nein. Bestimmt nicht.« Der General wandte sich um. »Kommen Sie, Captaine. Ich stelle Sie vor.«

Clarissa grinste. *Der ist wirklich lustig.* Sie folgte ihm eine Sprossenleiter hinauf zu einer Einstiegsluke, was mit dem Raumanzug nicht das einfachste Unterfangen bedeutete.

Sie standen in einer Schleuse, an deren Wände *Notausstieg. Schwimmwesten anlegen!* gesprüht worden war.

Dort wurden sie von zwei weiteren Männern erwartet, die erbeutete Panzerungen der GUSA und ansehnliche Bewaffnung mit sich trugen; die Abzeichen des Konzerns waren teilweise übermalt oder abgerissen. Einer war blond, der andere bunt, chaotische Frisuren mochten beide. Keine besonders hübschen, aber auch keine besonders hässlichen Exemplare.

»Die beiden Ballerinas heißen Sierra und Cheap. Sie sind unsere Kampfspezialisten sowie für die Sicherheit an Bord zuständig, außerdem sind sie das Empfangskomitee«, erklärte der General. »Sobald wir was an Land gezogen haben, sorgen sie dafür, dass der Fang keine Scherereien macht.« Er zog einen Schraubenzieher und tippte sich mit der Spitze gegen die breite Brust. Durch die Bewegung wurde eine Tätowierung am Hals sichtbar, ein achtstrahliger Stern, an dessen Enden Widerhaken saßen. Ein klares Bekenntnis. »Ich bin die Technik und weise Sie umgehend in unsere Spezialität ein. Damit Sie als Captaine grob wissen, wie das geht. Details erspare ich Ihnen.«

Clarissa nickte Sierra und Cheap zu, die angepisst wirkten. Es gefiel ihnen nicht, dass sie unter einem neuen Kommando standen. *Beste Voraussetzungen für Misserfolge. Wundervoll.* »Freut mich«, sagte sie.

»Uns nicht«, entgegnete der blonde Cheap bissig.

»Wir hatten einen Captain«, fügte der bunte Sierra hinzu, »und der war gut!«

»Bis man ihn beim Kartenspielen erschossen hat«, ergänzte Clarissa neutral. »Habe ich gehört.«

»Er ist nicht *er*-schossen, er ist *ange*-schossen«, warf der General ein. »In einem halben Jahr wird er wieder, sagen die Ärzte.« Er steckte den Schraubenzieher zurück ins Futteral. »So lange wollte das Oberkommando leider nicht warten.«

»Und dann heuern sie *so was* an«, brummelte Cheap und machte eine Geste, die Unglaube und Verzweiflung deutlich rüberbrachte. Er hakte die Daumen unter die Schutzweste. »Sie und Ihre Männer sind nicht mal welche von uns.«

Am liebsten wäre Clarissa aus der *Interception* gestiegen, hätte die Anzahlung zurückerstattet und sich eine andere Heuer gesucht. Das Jammern begann bereits vor dem Abflug, was kein gutes Zeichen war. »Ich bin Söldnerin, ja, das stimmt«, sagte sie sanft. »Aber das muss euch nicht kümmern. Ich erledige meine Aufgabe mindestens genauso gut wie der alte Captain.«

Sierra stieß die Luft aus, Cheap verdrehte die Augen.

»Was die beiden Ballerinas so herrlich wortlos sagten: *Wir* stehen zu den Dingen, die wir tun. Aus *Überzeugung*«, übersetzte der General. »Dass wir uns drei Lohnseelen an Bord holen, passt so gut dazu wie feinstes sargittarisches Beeffilet in einen Veggie-Eintopf. Verstehen Sie das nicht falsch: Die Qualität des Fleischs ist bestens – aber es passt dennoch nicht.« Er zog die Nase hoch.

Die drei sahen sie schweigend an und erwarteten offenkundig eine Zustimmungsbekundung, einen verbalen Schulterschluss mit den Idealen der Chaoten.

Clarissa räusperte sich. Sie spürte die Last des signalroten Raumanzugs und wollte ihn loswerden. Genau wie die Situation, in der sie steckte.

Doch die Verbindlichkeiten, die sie begleichen musste, ließen ihr keine andere Wahl. Große Konzerne heuerten keine Söldner an, freie Kons hatten meistens keinen Bedarf. Also trat sie in die Dienste von *Doomsday Unlimited,* auch wenn sie Magenschmerzen deswegen litt.

Sie kannte den Hintergrund des Pseudokonzerns, der mit großer Wahrscheinlichkeit von den *Calyptics* betrieben wurde. Die *Calyptics* waren religiöse Spinner und trachteten nach dem Untergang der menschlichen Rasse, die sie als Schädlinge im Pelz des perfekten Universums ansahen.

Das machte sie dennoch nicht zu Fans der Collies, wie man vermuten könnte.

Ganz im Gegenteil: Dadurch, dass die Ahumanen die Menschheit hochzüchteten – wenn auch nur zum eigenen Verzehr –, schufen sie sich in den *Calyptics* erbitterte Feinde.

Doomsday Unlimited stellte ihren exekutiven Arm dar, der nichts anderes tat, als Militärforschung zu betreiben, um eine ultimative Massenvernichtungswaffe zu kreieren. Böse Zungen behaupteten, dass dies bereits mit Erfindung des Gelds an sich geschehen wäre. Ihre Basis unterhielten sie angeblich auf einem Asteroiden, genannt *Doomsday*, der irgendwo im Weltall herumschwirrte. Clarissa hielt das für Humbug.

Es war ein offenes Geheimnis, dass verschiedene Kons Jagd auf die *Calyptics* machten – wegen der Ergebnisse aus der Waffenforschung.

Clarissa wollten keine passenden *Ich-finde-euch-toll*-Worte einfallen, und sie unterdrückte ihr Seufzen. Sollte sich herumsprechen, dass die *Interception* den Bekloppten gehörte und welche Technik im Bauch des hässlichen Raumers ruhte, hatten sie ein Dutzend Justifiers-Einheiten an den Hacken kleben. *Dafür verdiene ich viel zu wenig.* »Seht mich als Soja-Schnitzel«, sagte sie schließlich.

»Was?«, machte Cheap.

Der General lachte. »Ah, sieht aus wie Fleisch, ist aber keins. Das bedeutet, dass Sie gut finden, was wir machen?«

»Es ist gut, wenn man Konzernen in den Arsch tritt. Da bin ich ganz bei euch«, erwiderte sie versöhnlich. *Das muss reichen.*

»Aber sie teilt unsere Einstellung nicht!«, beschwerte sich Sierra beim General, als wäre die Captaine gar nicht anwesend. »Sie wird niemals mit vollem Herzen das Risiko eingehen, das unsere Sache erfordert. Kein Vermögen des Universums kann Entschlossenheit wettmachen.«

Auch da stimmte Clarissa zu, und sie war es leid, als Befehlshaberin einem Verhör unterzogen zu werden. Es wurde Zeit, dass ihre eigenen Leute an Bord gingen und das Kräfteverhältnis ausglichen.

Der General bemerkte die sich ändernde Stimmung bei seiner Vorgesetzten. »Okay, genug beschnuppert. Rufen Sie Ihre Leute an Bord, und ich zeige Ihnen die Geheimnisse der *Interception,* soweit Sie die für Ihren Job kennen müssen.«

Der blonde Cheap und der bunte Sierra verließen die Notausstiegsschleuse ohne einen Gruß.

»Denken Sie sich nichts dabei«, sagte der General milde. »Die Jungs müssen das erst noch verdauen.«

Clarissa rief ihre Leute mittels einer in ihr KomGerät getippten Nachricht. »Ich habe Verständnis, das aber nur bis zu einem gewissen Punkt reicht«, gestand sie offen. »Sie mögen Ihre merkwürdigen Einstellungen zur Menschheit pflegen, aber das darf nicht dazu führen, dass wir auf einem Raid anfangen zu diskutieren, ob meine Einstellung etwas taugt.« Nun legte sie Schärfe in die Stimme. Der Mann sollte verstehen, wie ernst es ihr damit war. »Ihre *Doomsday Unlimited* heuerte mich an, somit bin ich Ihre Vorgesetzte. Sollten das die beiden Ballerinas nicht verstehen oder Sie mir Scherereien machen, die uns alle das Leben kosten könnten, schmeiße ich Sie raus. Auf einem Planeten, im All, egal wo. *Ich* mache meinen Job, und *Sie drei* machen mit.« Sie sah ihn mit leicht zusammengekniffenen Augen an. »Haben wir uns verstanden, General?«

Der Mann hob die Brauen, dann nickte er beeindruckt. »Verstanden, Captaine. Werde ich auch den beiden Ballerinas beibringen.« Er sah zur geöffneten Luke hinaus in den Hangar. »Dann warten wir mal, bis Ihre Leute da sind. Bin gespannt, was Sie zu unserer kleinen Erfindung sagen. *Doomsday* hat sich einiges einfallen lassen, um die Kons in Zukunft noch mehr zu ärgern und in die Scheiße zu reiten.«

Das glaubte ihm Clarissa auf Anhieb.

Sie sahen Cohlonn, der scheinbar zufällig durch das Schott trat und ein Pad in der Rechten hielt; in der Linken trug er eine ausgedruckte Liste. Er wollte sie glauben machen, dass er in den angemieteten Hangar gekommen war, um Administratives zu erledigen oder irgendwelche Inventarlisten von *Baln* zu prüfen.

Du kleine neugierige Miezekatze. Sie sah zum General und deutete dann auf den Tiger-Beta.

Der Mann grinste, zog einen Schraubenschlüssel aus der Gesäßtasche und schleuderte ihn mit viel Kraft aus der Luke.

Klirrend sprang das Werkzeug auf die Metallplatten, hopste scheppernd darüber und brachte Cohlonn zum gereizten Auffauchen; seine Ohren klappten nach hinten, und er sah aufgebracht zur *Interception.*

»Raus«, rief der General fröhlich. »Du kannst hier putzen, sobald wir verschwunden sind, gestreifte Muschi!«

Cohlonn bewegte sich rückwärts und entblößte dabei sein beeindruckendes Raubtiergebiss. Sein Stolz rang mit dem Umstand, dass er nicht im Recht war.

Er verschwand, und doch wusste Clarissa, dass er nicht aufgeben würde. Weil sie unachtsam gewesen war.

31. August 3042 a. D. (Erdzeit)

SYSTEM: ROSS 614 A
PLANET: CORNU COPIAE (COS-BESITZ, VERPACHTET AN TAUCETIPRIME)
ORT: EINE HALBE MEILE WESTLICH VON CORNUS-CITY

»Aber sind *sie* nicht die unschuldigsten Kreaturen? *Gerade* sie, *weil* sie nichts dafür können, dass sie so geboren wurden?« Die fragende, appellierende Stimme der jungen Preacheress Colomba hallte durch den hohen Saal, an dessen hinterem Ende ein Kreuz mit fünf Sternen als Halbkreis darüber an die Wand projiziert wurde. Das eingeblendete Logo der Church of Stars genügte, um aus der leeren Lagerhalle für Getreidecontainer ein Gotteshaus zu machen. Die Macht der Technik brachte den HERRN in die hinterste Ecke eines Planeten.

»Wer sind wir, dass wir sie daher als Werk der Anmaßung und Überheblichkeit des Menschen verdammen können?« Sie lehnte sich nach vorne und hielt sich mit Mühe auf der Klappleiter. Da es in der Halle keine Kanzel für eine Predigt gegeben hatte, erklomm Colomba kurzerhand die Sprossen, um zur kleinen Gemeinde des Außenpostens zu sprechen.

Sie hatte für ihre Predigt das eng anliegende Uniformhabit der Church gegen ein weites, weißes Gewand getauscht, was wohl erlaubt war, aber selten gemacht wurde. Für Colomba bedeutete es eine Umgewöhnung, aber sie wollte weicher wirken und weniger militärisch.

Ihr Begleiter, Preacher Anjelo, stellte rasch einen Fuß auf die untere Sprosse, damit nichts umkippte.

Unter ihr saßen etwa hundertfünfzig Männer, Frauen und Beta-Humanoide auf unbequemen Stahlkisten, die ihren Ausführungen mal mehr, mal weniger interessiert lauschten. Da sich ein Außenposten der Church auf der von *TauCetiPrime* gemieteten Welt befand, galt es für alle als Pflicht, sich in den wöchentlichen Gottesdienst zu begeben. Wer dreimal ohne einen guten Grund nicht erschien, wurde vom Planeten verbannt.

Colomba sah die verschiedenen Mienen vor sich. Cornu Copiaes Bewohner waren nicht leicht zu begeistern.

Es konnte allerdings auch an ihrem Thema liegen, das bei den Männern und Frauen auf wenig Gegenliebe stieß, wie sie deutlich an den nach unten hängenden Mundwinkeln erkannte.

Doch die junge Preacheress, die sich auf ihrer ersten Missionsreise befand, verstand es als Herausforderung. Es war ihre Bewährungsprobe nach einer langen theoretischen Ausbildungsphase und ein paar Trockenübungen auf Christ, dem Hauptplaneten der Church.

»Denn die Kreaturen, die manche abfällig Chimären nennen, und deren Bezeichnung noch abfälliger Beta-Humanoide lautet, sind zwar von Menschenhand geschaffen worden«, sprach sie laut und getragen; ein kleines Mikrofon an ihrem Kragen übertrug die Stimme in die tragbaren Lautsprecher, die rechts und links von der Klappleiter standen. »Sie sind somit allerhöchstens *unsere* Fehler, doch das können wir ihnen nicht zum Vorwurf machen. Akzeptieren wir sie so, wie sie sind, und geben ihnen ein Zeichen, dass wir sie mögen.«

Unter dem verwunderten Gemurmel der Gemeinde kletterte Colomba die Sprossen hinunter, die kurzen blonden Haare trug sie an den Seiten ausrasiert, was an eine mittelalterliche Frisur erinnerte.

»Übertreib es nicht«, zischte ihr Anjelo zu. »Du wandelst mit deinen Reden auf einem schmalen Grat. Ich kann …«

Sie ließ ihn stehen und marschierte durch den Mittelgang zum kleinen Grüppchen der Betas, die sie überrascht anstarrten. Die Aufmerksamkeit war ihnen deutlich zu viel. »Und Gott sprach: Die Erde bringe hervor lebendige Tiere, ein jegliches nach seiner Art: Vieh, Gewürm und Tiere auf Erden, ein jegliches nach seiner Art. Und es geschah also. Und Gott machte die Tiere auf Erden, ein jegliches nach seiner Art, und das Vieh nach seiner Art, und allerlei Gewürm auf Erden nach seiner Art. Und Gott sah, dass es gut war«, zitierte sie aus der Bibel.

Das Murmeln der Menschen wurde lauter, als die Preacheress den ersten Tiermenschen umarmte, einen kleinen Fuchs-Beta, der bei der unerwarteten Freundlichkeit einen leisen aufgeregten Beller tat.

»Ich zeige euch meinen Respekt«, sagte sie. Danach schlang Colomba die Arme um die Brust eines gewaltigen Bären-Beta und kam nicht um ihn herum, was das Ganze ungewollt komisch wirken ließ. »Denn das Menschliche in dir ist von Gott erschaffen, und deine animalische Seite wurde ebenfalls von Gott dem Allmächtigen in der Schöpfung festgelegt. Ich kann daher nichts Schlechtes in dir erkennen.« Sie ließ den Bären-Beta los und machte die Reihe mit zweiundzwanzig Kreaturen durch, ehe sie sich zur Gemeinde umwandte. »Wer folgt meinem Beispiel?«

Der erhoffte Ansturm blieb aus.

Man starrte sie an, manche grinsten, andere schüttelten verständnislos den Kopf.

Anjelo bedeutete mit Gesten, dass sie schweigen und die Segnung erteilen sollte. Für heute reichte es.

Aber Colomba sah nicht ein, vor der Zurückweisung der Arbeiter und Kon-Angestellten zu kuschen. Ihre Worte entsprachen der Wahrheit. »Seht ihr es denn nicht? Sie sind nichts anderes als die Kombination von …

»Und Gott sprach: Lasst uns Menschen machen, ein Bild, das uns gleich sei, die da herrschen über die Fische im Meer und über die Vögel unter dem Himmel und über das Vieh und über die ganze Erde und über alles Gewürm, das auf Erden kriecht«, sagte ein Mann aus der hinteren Stuhlreihe. Er trug eine Teilrüstung, die ihn als *TauCetiPrime*-Trooper auswies, und zeigte auf die Betas. »Ich umarme meinen Hund auch nicht. Er soll tun, was ich von ihm verlange. Wie die Chims. Ich glaube, Sie haben die Bibel falsch interpretiert, Preacheress.« Er nickte ihr zu und verließ die Halle, ohne den Segen abzuwarten.

Vereinzelte schlossen sich ihm an, beinahe zwanzig Gläubige gingen.

Anjelo bekniete Colomba mit Blicken, wieder den üblichen Kurs einer Preacheress und der Church einzuschlagen.

Colomba dachte drüber nach, ihrem Zorn freien Lauf zu lassen, wie es viele Märtyrer getan hatten, doch sie befand sich erst am Anfang ihrer Karriere. Und auf Cornu Copiae gab es nichts, wozu sich ein Ableben gelohnt hätte.

Also stellte sie sich auf einen frei gewordenen Stuhl und hob die Arme zum Segen. Die Menschen und Betas standen zum Empfangen der göttlichen Strahlung auf. »So gehet hin in Frieden. Es …«

»Ich glaube, dass Gott nur ein Prophet war«, schallte es laut und deutlich in ihre Worte hinein. »Und er ist schon lange tot.«

Colomba sah sich um. Einer der Männer hatte sich demonstrativ hingesetzt und die Beine hochgelegt.

Anjelo bedeutete ihr, dass sie erst den Segen zu Ende sprechen sollte. Danach würde man sich um das verirrt-verwirrte Schaf kümmern.

Doch Colomba war zu aufgekratzt. Zuerst die Provokation durch den Gardeur, der zufällig eine Bibel-Stelle nach Moses zitieren konnte, und nun ein Spaßvogel, der aus dem Christengott einen Ansager machen wollte. Eine größere Degradierung war kaum möglich.

»Ein Prophet, ja?« Sie behielt die Arme oben, als würden sich gleich Blitze aus ihren Handflächen lösen und den Mann in Fetzen reißen.

Anjelo fühlte sich bemüßigt einzugreifen.

Er lief los, seine kurzen schwarzen Haare wippten. Im Uniformhabit wirkte er wie der Rausschmeißer einer militärischen Einheit. Er packte den Sitzenden am Kragen und riss ihn auf die Beine. »Das ist Gotteslästerung!«, schrie er ihn an und versetzte ihm zwei harte Ohrfeigen. »Wie kannst du es wagen, am Ort des HERRN?«

Der Mann befreite sich aus dem Griff des Preachers und stieß ihn von sich. »Das ist nur eine Scheiß-Getreidecontainerhalle! Und wenn es Gott immer noch gibt, warum macht er nicht, dass es endlich regnet? Noch zwei Wochen ohne Wasser, und wir können die Getreideernte vergessen. Die Kapazitäten der Bewässerungsanlagen reichen nicht mehr aus.« Er stellte sich aufrecht und kämpferisch hin. »Ist *das* Gottes Wille: eine biblische Dürre und Hungersnot auf dem Planeten, die mit unserem Getreide rechneten?«

Colomba fühlte sich erneut herausgefordert.

Auf jedem Außenposten der Church hatte sie bislang auf ihrer

Missionsreise eine gute Leistung abgeliefert, aber auf Cornu Copiae schien etwas zu schwären, das es der Seele nicht erlaubte, dem christlichen Leuchtfeuer zu folgen.

»Der Regen wird kommen«, sagte sie fest und bekam den nächsten Blick von Anjelo. Die eiserne Regel der Ausbildung lautete: keine falschen physischen Versprechungen. *§ 34.1b: Wunder dürfen nur dann angekündigt werden, wenn man sich sicher ist, dass sie geschehen.* »Und Gott ist der einzig wahre GOTT und schon gar kein Prophet!«

»Aber es gibt noch andere. In der Bibel steht doch, dass man keine anderen Götter neben ihm haben soll. Mehrzahl. Und zu denen beteten die Menschen in den Tausenden Jahren zuvor oder eben immer noch«, konterte der Mann, dessen einfache Klamotten nicht verrieten, welchen Posten er bei *TauCetiPrime* innehatte. Seine Sprache ließ Colomba eher auf einen einfachen Arbeiter tippen, vielleicht noch einen Vorarbeiter. »Ich meine, die könnten die Welt ebenso erschaffen haben. Ich war nicht dabei, um sicher zu sein. Sie vielleicht, Preacheress?«

»Halt die Schnauze, Lennard«, schimpfte ein Besucher.

»Setz dir das nächste Mal Kopfhörer auf, und hör dir deine Musik an, aber nerv uns und die Preacheress nicht«, stimmte eine Frau zu.

Das Murren gegen den Störenfried wurde lauter. Die Gemeinde schlug sich auf die Seite Gottes und nicht des Zweiflers. Vermutlich weil Colomba ihnen ein Wunder versprochen hatte.

Lennard lachte laut auf. »Ja, ist gut. Ich gehe euch nicht auf den Sack. Schluckt das, was das Kreuz euch vorkaut, aber ich weiß, dass ich meine Existenz einem anderen göttlichen Wesen verdanke. Für mich ist Gott tot, und er war nur Prophet der wahren Mächtigen.« Amüsiert sah er Colomba an. »Daran ändert auch die einundsiebzigste Preacheress nichts, die sie uns schicken. Und ich bin sehr gespannt, wie sich die Meinung ändern wird, wenn der versprochene Regen ausbleibt.« Er nickte in die Runde und verließ die Halle.

Endlich sprach Colomba ihren Segen und entließ die Gemeinde in den verdienten Sonntag. Sie bekam ein paar Schulterklopfer, aufmunternde Worte sowie den Hinweis, dass sie sich nichts aus Lennards Worten machen sollte.

Als der Letzte gegangen war, kam Anjelo zu ihr und versetzte ihr einen Stoß zwischen die Rippen. »Bist du bescheuert? Du kannst den Maisköpfen doch keine solche Garantie geben?«

Sie setzte sich auf eine Kiste. »Es wird regnen«, wiederholte sie, als würde ihr Wille es ermöglichen.

»Klar wird es das. Aber wir bestimmen nicht den Zeitpunkt.« Kopfschüttelnd baute er den kleinen Projektor ab, das Logo der Church of Stars erlosch an der Wand. Damit war es wieder nichts anderes als eine Lagerhalle. »Das wird noch Ärger geben. Genau wie deine Predigten über die Betas.«

»Nicht schon wieder«, schnaubte sie.

»Doch! Schon wieder!« Anjelo verstaute das Gerät in der Box. »Wir hatten ausgemacht, dass du das lässt. Du gehst damit nicht konform mit den Church-Lehren, die besagen …«

»… dass jeder Einzelfall zu prüfen ist, ich weiß. Aber meine Argumentation ist schlüssig.«

»Das war die des Troopers auch.«

»War sie nicht. Sie kam nur gut an. Leider auch bei dir, Preacher. Das verrät viel über dich.« Colomba hatte Hunger und Durst, ihre Energie war in ihre eifrigen Worte geflossen. »Lass uns frühstücken gehen. Dabei können wir überlegen, wie du meine Scharte mit deiner nächsten Predigt auswetzen kannst.« Sie fuhr ihm durch die dunklen Haare. »Anjelo, der Ministrator ist sicherlich sehr stolz auf dich.«

Er wusste nicht, ob es ernst gemeint war, freute sich aber dennoch über ihre Berührung. Offiziell verbot die Church keine Beziehung zwischen den Aktiven, doch es war nicht gern gesehen. Es lenkte zu sehr von den Aufgaben ab. »Mir hat einer von den Maisköpfen gesagt, dass Lennard ein Spinner ist, der dem Glauben an die Ancients anhängt.«

»Ah! Das erklärt, warum er Gott nur als Propheten betrachtet.« Colomba grinste. »Dabei könnte Gott ebenso *dessen* Götter erschaffen haben.«

»Du wirst ihn bestimmt nicht zu einem theologischen Wettstreit herausfordern«, bremste er ihren aufkeimenden Ehrgeiz. »Er hat sogar einen Schrein zu Hause, vor dem er opfert, sagte man mir.«

»Opfert?«

»Angeblich hat er schon zwei Betas aufgeschlitzt, als Gabe für die Götter des Planeten. Und seinen Wohncontainer habe er auf einem angeblichen Landepunkt der Ancients aufstellen lassen. Beweisen konnte man ihm nichts.«

Nun runzelte sie die Stirn. »Gibt es eine Ancientsstätte auf Cornu?«

Anjelo schüttelte den Kopf. »Nein, ich habe nachgeschaut. Unsere Experten prüften die Spuren, und die Archäologen von *TauCetiPrime* ebenso. Es gab keine Hinweise. Lennard ist einfach nur besessen von seiner Idee. Deswegen: Reiz ihn nicht.«

»Ganz im Gegenteil, Anjelo: Wenn der falsche Glaube so immanent auf dieser Welt vertreten ist, müssen wir ihm entgegentreten und ihn auf den Pfad des Lichts führen.« Colomba freute sich. Endlich bekam sie eine echte Herausforderung. »Lennard wird sich taufen lassen, das schwöre ich!«

»Noch ein Wunder«, murmelte er und ging auf den Ausgang zu. »Komm. Ich rieche Pfannkuchen.«

Gemeinsam verließen sie die Halle, in der die Trocknung und Lagerung vorgenommen wurde. *TauCetiPrime* produzierte Terra-Mais, Cetani-Gerste, taurische Kartoffeln und eine eigene Apfelzüchtung, die es sonst nirgends gab. Der Konzern bewirtschaftete den Planeten, mit Erlaubnis und gegen hohe Abgaben an die Church, die als Erste den Fuß auf diese Welt gesetzt hatte.

Das war ein Trick, den Colomba sehr clever fand: Die Church beanspruchte den Claim, ohne ihn zu nutzen, und vergab die Ausbeutungsrechte gegen eine großzügige Beteiligung. Das hatte in der Vergangenheit sehr gut funktioniert, und sogar die Mega-Konzerne wie *TauCetiPrime* hielten sich an die Abmachungen. Auseinandersetzungen gab es selten.

Preacheress und Preacher gingen quer über den Platz, der mit gelöcherten Hartplastikmatten ausgelegt war. Sie verhinderten, dass sich der feuchte Boden unter den gewaltigen Reifen der Container-ATVs in eine einzige Schlammsoße verwandelte.

Gegenüber des Hallenkomplexes am Raumhafen lag ihr Quartier, die

Niederlassung der Church of Stars, die von Deaconess Jeanne geleitet wurde. Sie und ihr Mann hatten stattliche elf Kinder, alle streng nach dem Glauben erzogen und gute Landwirte. Vier hatten schon verkündet, ebenfalls in den aktiven Dienst der Church zu treten.

Die Niederlassung war im Stil einer kleinen Kathedrale gebaut, aus Stahl, Aluminium und Sandsteinimitationen, dazu ein bisschen gotischen Schnickschnack mit modernem Einschlag plus dem Logo auf der Spitze des Kirchturms, das bei Nacht hell erstrahlte – und fertig war die Zentrale des Glaubens. Banner wehten an den aufgestellten Fahnenstangen im warmen Wind.

Colomba kannte den Geruch: Es roch immer nach Erde, mal vermischt mit Gras, mal mit Blütenduft. Eine Agrarwelt durch und durch. Die Helligkeit am späten Morgen wirkte gelblich, angeschwefelt und unwirklich. Vermutlich hatte sich irgendwo durch einen starken Sturm tonnenweise Sand in die Atmosphäre erhoben und veränderte die Lichtbrechung.

In etwa einer halben Meile Entfernung befand sich die Hauptsiedlung von Cornu Copiae, vier weitere lagen weit verteilt auf dem Planeten. Auch dort hatten sich Colomba und Anjelo bereits blicken lassen und ihre Predigten gehalten.

Im benachbarten Cornus-City hatte sie eine Werkstatt-Niederlassung des 2OT gesichtet. Sie erinnerte sich, dass sie die Deaconess nach der Legitimität fragen wollte. Womöglich hatte *TauCetiPrime* ein Abkommen mit dem Technikverblendeten.

Kurz bevor sie das Gebäude erreichten, schoben sich fünf latzhosenbekleidete Betas aus dem Schatten eines Containerverladekrans. Es waren der Fuchs, der Bär, zwei Bisons und ein Waschbär.

Anjelo verlangsamte seine Schritte und war erleichtert, dass er seine *Thorn II* an der Seite trug. Nicht dass er mit einem Angriff rechnete, doch der Anblick des Bären-Beta machte ihn unruhig. Vermutlich sagte das Urmenschliche in ihm, dass er vor einem Raubtier flüchten sollte, statt mit ihm zu sprechen.

Colomba dagegen setzte ihr freundlichstes Strahlen auf. »Ah, meine Lieben. Was kann ich für euch tun?«

Die Betas, die alle *TauCetiPrime* gehörten, sahen sich an, dann schob einer der Bisons den Fuchs nach vorne.

Seine puschelige Rute zuckte, er schien nervös. »Hallo Preacheress. Meine Freunde und ich … nun, wir wollten danke sagen.«

»Wofür? Und wie ist dein Name und der deiner Freunde?«

»Ich bin Red.« Der Bär hieß Pelzig, der Waschbär Susa, die Bisons Jark und Dana. »Und bedanken wollten wir uns … weil Sie für uns sprechen, wie es noch keiner getan hat. Nicht einmal die Gewerkschaft.«

»Genau«, sagte Susa aufgekratzt aus dem Hintergrund. »Für die sind wir auch nichts Besseres als ein Mittel, um die Konzerne mit der Gleichstellungsforderung zu nerven. Aber ernst meinen sie es nicht.«

Colomba sah kurz zu Anjelo und wackelte grinsend mit den Augenbrauen. Ein kleiner persönlicher Triumph. »Ich freue mich über eure Worte, doch Dank ist nicht notwendig. Ich erfülle lediglich den Willen des HERRN …«

»… und nicht den des Ministrators«, raunte Anjelo ihr zu.

Die Betas sahen Red auffordernd an. Das Waschbärenweibchen rieb sich nervös die pfotenartige Hände, als würde es etwas Unsichtbares unter einem Wasserstrahl reinigen. Sie waren noch nicht fertig.

»Was kann ich noch für euch tun?«, kam ihnen Colomba entgegen.

»Wir fragten uns«, druckste der Fuchs-Beta, »ob Sie uns vielleicht taufen wollen, Preacheress?«

Anjelo sog hörbar die Luft ein. Verboten war es ihnen nicht, das Sakrament der Taufe anzuwenden, auch nicht bei Ahumanen, die geprüft und für würdig befunden worden waren. Aber bei Beta-Humanoiden war die Sachlage anders und sehr speziell.

»Ein Tier kann man lediglich segnen, nicht taufen«, flüsterte er ihr zu. »Bedenke das.« Er schaute zum Church-Stützpunkt. »Deaconess Jeanne ist am Fenster. Sie sieht uns zu! Mach jetzt keinen Fehler, sonst stehst du schneller vor dem Ministrator und seinen Aposteln zu einer Prüfung, als du ein Vaterunser aufsagen kannst.«

Colomba sah freundlich in das Fuchsmenschgesicht, betrachtete die Augen, in denen sie nichts Animalisches erkennen konnte. Die Labore der Kons hatten bei den Beta-Humanoiden gute Arbeit geleistet. »Nichts würde ich lieber tun, Freund Red. Aber ich fürchte, ich bekomme mächtige Scherereien mit meiner Vorgesetzten.«

Die Betas senkten die Köpfe, Ohren und Schweife hingen herab und zeigten ihre Enttäuschung.

»Schade«, sagte Red. »Wir hatten uns darauf gefreut. Es hätte uns das Gefühl gegeben, dass Sie es durch und durch ernst meinen mit dem, was Sie predigen, Preacheress.«

»Aber das meint er nicht als Vorwurf. Wir verstehen es«, mischte sich Susa wieder ein. »Sie würden gern, aber es wird Ihnen nicht erlaubt.«

»Wir erfreuen uns einfach an dem Gefühl, dass Sie es getan *hätten*«, stimmte ihr Pelzig mit einem Brummton zu.

»Gut gemacht«, sagte Anjelo erleichtert zu Colomba.

Die Preacheress fühlte sich mies. Sie hatte den Betas Hoffnungen gemacht, ohne sie vertiefen zu können. »Eines Tages werdet ihr die gleichen Rechte haben wie wir«, sagte sie zu Red und legte eine Hand auf seinen Kopf. »Dafür bete ich.«

Da klatschte ihr ein Tropfen in den Nacken. Er war groß und tat beim Auftreffen beinahe weh. Eine Sekunde darauf erklang ein Donnerschlag, der ihr Gehör auf eine harte Probe stellte. Erschrocken zuckte sie zusammen.

Noch ein Tropfen ging auf ihrem Hinterkopf nieder, auf die ausrasierte Stelle, und benetzte die Haut, gefolgt von weiteren, die immer rascher herabstürzten. Der Wind frischte fauchend auf, die Banner knatterten und schienen sich in der Böe zu spannen.

Die Augen der Betas wurden groß. Die Blicke gingen an Colomba vorbei und richteten sich in den Himmel.

»Beim Allmächtigen«, hörte sie Anjelo neben sich raunen.

Die Preacheress wandte sich um.

Über der Halle bauschten sich die dunklen Wolken, kleinere weiße zogen rascher vor ihnen her wie Meldeläufer. Blitze gingen nieder, und unter den finsteren Gespinsten aus Wasserdampf hing ein schier unendlich langer grauer Schleier herab: Regen. Literweise. Sturzbachartig. Nass im Überfluss.

Danach hatte die Deaconess sicher geschaut, *nicht* nach dem, was zwei Preacher vor ihrem Stützpunkt trieben.

Vor diesem großartigen Schauspiel durchbrach ein Meteorit die Wolken und verglühte dabei mit einem tiefllilafarbenen Schweif, was dem Ganzen noch eine zusätzliche mystische Note verlieh. Der Wind roch nach schmelzendem Metall und verdampfendem Wasser.

Der Regen erreichte sie und warf sich auf sie, durchnässte innerhalb weniger Sekunden die Kleidung, die Pelze, die Haut von Mensch und Beta. Warm und weich rann er über Colombas Gesicht, die ihre unbändige Freude laut hinauslachte.

»Da habe ich mein Wunder bekommen, Anjelo«, rief sie außer sich vor Glück und hob wieder die Arme. »Red, Susa und Pelzig, Jark und Dana, vernehmt meine Wort: Ich taufe euch mit dem Wasser des tosenden Regens und dem ureigenen Element des Planeten im Namen meines Gottes. Von nun an seid ihr in seiner Hand wie ich und Anjelo.« Danach umarmte sie jeden Beta und gratulierte ihm.

Die Beta-Humanoiden waren gerührt und wollten die Frau gar nicht mehr loslassen.

Anjelo verzog den Mund, doch weil es regnete und das Wunder geschehen war, das sie versprochen hatte, schwieg er. Streng genommen, sagte er sich, hatte Colomba keine echte Taufe vorgenommen, es war nicht der korrekte Ritualablauf gewesen. Ein schlechtes Gefühl blieb dennoch.

Er stapfte durch den Regen und wollte sich irgendwo unterstellen. Da sah er Lennard neben der Halle in einem ATV sitzen. Er hielt sein KomGerät in der Hand und sprach hinein, den Blick auf Colomba gerichtet.

Der Ausdruck in seinen Augen versetzte den Preacher in höchste Alarmbereitschaft. Der Verrückte schien etwas zu planen, um das Wunder zu relativieren.

Zweite Szene

31. August 3042 a.D. (Erdzeit)

»Nicht jeder, der in Deckung geht, ist automatisch ein Feigling.
Manche ducken sich auch nur, um die Munition aufzuheben,
die ihnen runtergefallen ist.«

TROOPER DSHINGIS, aus der Serie *Damn' Collie, Die!*

SYSTEM: LACAILLE 9352
PLANET: HAIL (GUSA-BESITZ)
ORT: HAIL-CITY

»Ich suche einen Mann namens Civer Black. Er ist Nuntius des Ministrators, und mir wurde gesagt, dass ich ihn hier finde. Was ich nicht glauben kann. Nein, ich *möchte* es nicht glauben, fürchte jedoch, dass es wahr ist.«

Betty, die brünette Empfangsdame im Tätowierladen *BadInk*, sah vom 3D-Display hoch, auf dem sie die neusten Nachrichten verfolgt hatte. Sie stand vornübergebeugt auf den Tresen gelehnt, und die durchsichtige violette Korsage hatte Mühe, ihre Brüste im Zaum zu halten.

Der Aufmacher sämtlicher Medien war die Gasexplosion in Seven Peaks, die just in dem Moment stattgefunden hatte, als sich die Mitglieder des Ky-Klos-Clang zu einem Treffen versammelten. Die Detonation war dermaßen heftig gewesen, dass die Leichen im Siedlerstädtchen *Pegason's Pasture* runtergegangen waren.

Der junge Mann vor ihr war um die Mitte zwanzig und trug die übliche Kleidung der Church: eine betont enge schwarze Uniform mit hohem weißem Kragen. Auf den Mantel hatte er verzichtet, in seinem Hüftholster steckte eine sauber polierte *Thorn II*. Die Automatikpistole war wegen ihrer Durchschlagskraft gefürchtet. Sie fand, dass er in diesem Outfit irgendwie sexy aussah.

»Und wieso?«

»Das geht Sie nichts an«, gab er bemüht freundlich zurück. Er trug seine blonden Haare kurz getrimmt. Alles an ihm war so perfekt, als müsste er an einer Parade zu Ehren des Ministrators teilnehmen. Die Rangabzeichen, weiße, toigroße Symbole auf dem Solarplexus, dem Rücken und auf den Oberarmen, wiesen ihn als Preacher aus. Die unterste Rangstufe.

»Stimmt. Aber ich meinte, warum du es nicht glauben möchtest?«

»Weil es sich für einen Nuntius nicht schickt. Es sei denn, der Einsatz würde es erfordern, ein solches … Etablissement zu betreten, werte ….«
Er sah auf das Schildchen auf dem Tisch. »… Betty.«

»*Werte Betty?* Du bist ja niedlich.« Die Brünette lachte und richtete sich auf. Die enge Korsage war lediglich über den Brustwarzen undurchsichtig und gab ansonsten den Blick auf die zahlreichen Tätowierungen an ihrem Körper frei »Na ja, er hat mehr Bilder auf seiner Haut als ich. Ich denke, dass er öfter an Orten ist, an denen es sich nicht für einen wie ihn schickt.« Sie grinste. »Und was bist du, Preacher? Sein Anstandswauwau?«

»Mein Name ist Innocent White, und ich habe den Auftrag, den Nuntius zu finden. Mehr müssen Sie gar nicht wissen. Betty.« Innocent lächelte verkrampft. »Wo finde ich ihn?«

Betty zeigte mit dem Daumen über die Schulter. »Erste Kabine. Wenn du dir das gleiche Tattoo machen lässt, bezahlst du nur die Hälfte, Kleiner.«

»Der Friede des HERRN sei alle Zeit mit dir«, grüßte er und ging nach hinten.

»Muss er gar nicht. Ich bin froh, wenn was los ist«, rief sie ihm nach. Betty hätte den Schnuckel zu gern rangenommen und seine Missionarsfähigkeiten getestet.

Doch sie wusste auch, dass sie es gar nicht versuchen brauchte. Der Preacher hatte eine Aufgabe, der er Vorrang einräumte. Das sah sie an seinen dunkelblauen Augen: Ozeane des Glaubens, angefüllt mit Überzeugung und festem Willen.

»Das sind die Schlimmsten«, murmelte sie und beugte sich erneut nach vorn, um die Nachrichten zu lesen.

Gerade kam die Meldung rein, dass der überwiegende Teil der kleinen Pegason'schen Siedlung bekannt gab, sich von Hail zurückzuziehen. Der Rest wollte nach eigenen Angaben zur christlichen Konfession wechseln.

Welche Tätowierung lässt er sich stechen? Innocent White, dreiundzwanzig Jahre und der Beste seines Abschlusskonvents, ging durch den Laden nach hinten und stand vor der Tür, die zu Kabine 1 führte.

Er fühlte sich unwohl wie niemals zuvor in seinem Leben. *Mehr Bilder auf sich als Betty. Herr in den Himmeln, steh mir bei!*

Hail, ein Planet, der von gemäßigten Pilgervätern besiedelt worden war, schmorte in der Sonne. Die Temperaturen sanken nie unter zwanzig Grad, und die attackeartigen Stürme, die lose Graphitschleier umherwirbelten, färbten den weißen Kragen seiner Uniform blitzschnell schwarz. Mit Heil, wenn man den Namen übersetzte, hatte der Planet kaum etwas zu tun.

Ich würde ihn eher als Hell *bezeichnen. Hölle passt.* Innocent ärgerte sich, dass die GUSA den Radikalen und Radikalisierten freie Hand im Umgang mit religiös anders Orientierten ließ, solange die Minen gute Erträge lieferten. Das brachte das Christentum in Verruf, und schlechte PR wurde nicht gern gesehen. Schließlich brachte sich die Church of Stars gerade als Retter vor den Collies in Position.

Das Surren einer Tätowiermaschine erklang von der anderen Seite der Tür.

Ich hoffe, es ist eine Bibel oder ein Spruch aus den Psalmen. Innocent klopfte und trat ein.

Nuntius Civer Black lag in einer Art Zahnarztstuhl, die Augen geschlossen. Den Oberkörper hatte er entblößt. Auch wenn man dem Leib ansah, dass er beinahe fünfzig Jahre zählte, war er imposant, muskulös und voller Tätowierungen sowie Narben. Black hatte keinen Wert auf gute Wundversorgung gelegt.

Der Nuntius hielt eine halb volle Flasche Whiskey in der rechten Hand. *Mighty Spirit,* aus den Destillerien des Ministrators. Er summte ein Lied, das Innocent nicht kannte.

Der Tätowierer ritzte unterdessen leider keine Bibel in die kleine freie Stelle auf dem rechten Brustmuskel, sondern eine Nonne mit Strapsen, die unanständige Dinge mit einem Rosenkranz und einer Kerze anstellte.

Ihr Heiligen! Innocent verdrehte die Augen. »Nuntius Black«, sagte er und ignorierte die Blicke des Mannes mit der Tätowiermaschine. Eigentlich gab es programmierte Roboterarme, die ein Bild genauer, schneller und exakter in die Haut malten, doch der Nuntius schien sehr *old school* zu sein. »Ich bin Preacher White.«

Der Tätowierer lachte, ohne seine Arbeit zu unterbrechen. »Ist nicht wahr? Black und White?«

»Genau. Eine schöne Fügung des Herrn«, sagte er und wartete vergebens darauf, dass Black die Lider hob. »Nuntius, ich muss mit dir reden. Aber nicht vor dem …«

»Das ist in Ordnung. Royal und ich kennen uns schon lange. Ich vertraue ihm«, unterbrach ihn der durchtrainierte Mann, dessen lange schwarze Haare sein markantes Gesicht umrahmten. »Ist es wegen der Sache auf Ruven 234?«

»Nein.«

»Wegen der Angelegenheit auf Centauri Prime?«

»Äh … nein?« Innocent war verwirrt. *Zu viele Baustellen. Höchste Zeit, dass das Wrack von einem Glaubensmann in einem Archiv verschwindet.* »Es ist wegen Seven Peaks. Der Ky-Klos-Clang. Das war nicht das, was sich der heilige Ministrator vorgestellt hat.«

Black setzte die Flasche an die Lippen und nahm einen langen Zug. »Junge, ich hatte vorhin Sex. Mehrmals. Ich bin geringfügig angetrunken, und die leichten Schmerzen der Nadeln haben Endorphine freigesetzt«, erklärte er mit schachttiefer Stimme. »Es ist nicht der beste Zeitpunkt, den Moralapostel zu spielen. Zumal ich mir von einem Preacher sicherlich nichts sagen lassen werde. Die Glaubensnazis waren von Dämonen besessen. Ich habe beides ausgetrieben. Punkt.«

Royal lachte wieder. »*Moralapostel* – der war gut.«

»Nuntius, ich habe eine persönliche Aufforderung des Ministrators für dich.«

»Was steht drin?«

»Sie ... ist für deine Augen. Nicht für meine, oder ...« Innocent sah zu dem Tätowierer.

»Mach auf, und lies mir vor. Ich bin gerade so schön entspannt«, befahl Black und trank erneut.

So ein Idiot. Er nahm die Verpackung, in der der Chip mit der Nachricht steckte, erbrach das Siegel, ließ Black auf den winzigen Daumenabdruckscanner fassen und legte den Datenträger in das Wiedergabegerät, das er mit sich führte.

Zu seinem Erstaunen wurde die Stimme des Ministrators laut und deutlich abgespielt.

»Nuntius Civer Black. Ich befehle dir, dich zusammen mit Preacher White unverzüglich nach Christ zu begeben, um deine Entlassung als Nuntius entgegenzunehmen. Du wirst auf Christ nach Jahren treuer Dienste in den Rang eines Priest versetzt und erhältst einen netten Außenposten zur eigenständigen Betreuung. Wir erwarten euch beide so schnell wie möglich.«

Es folgte ein Autorisierungscode, der die Echtheit der Anweisung des Kirchenoberhaupts zertifizierte.

Damit endete die Nachricht.

Innocent wunderte das Ende der Amtszeit nicht. Black war achtundvierzig Jahre alt, das Höchstalter für die Aufgabe eines Nuntius. Früher wäre er als Exorzist bezeichnet worden, heute waren die Aufgaben wesentlich umfassender geworden. Sie kamen bei Untersuchungs- und Strafmissionen zum Einsatz, ausgestattet mit Gebeten und Feuerkraft. Oft fungierten sie auch als Aufklärer und Vorauskommando der Inquisition, die offiziell lieber *Untersuchungsausschuss* genannt wurde.

Die Akte, die Innocent über Black gelesen hatte, beeindruckte durch Erfolge, Gesetzesverstöße und Anklagen. In letzter Zeit überwogen die Anklagen.

Kein Wunder, dass er weg soll. »Du hast gehört, was der Ministrator möchte. Brechen wir auf, Nuntius. Wo ist dein Uditor?«

Ein Nuntius wurde üblicherweise von einem Uditor begleitet, ein Diplomat geistlichen Stands, quasi als »rechte Hand« dem Nuntius zur

Seite gestellt. Diplomat bedeutete, dass er sich bestens mit dem örtlichen Recht, aber auch mit Feuerwaffen auskannte, um dem Nuntius auf verschiedene Weise den Rücken freizuhalten. Innocent würde mit ihm noch ein paar Worte wechseln und wunderte sich, warum dieser nicht in der Nachricht erwähnt wurde.

»Ich habe keinen«, erwiderte Black und sah zu, wie Royal die Farbe in den Rosenkranz brachte. »Schon lange nicht mehr. Sie gehen zu schnell drauf und sind hinderlich. Deren Gelaber nervt wie die Hölle.«

»Ah.« Innocent stand stocksteif in der Kabine. »Mister Royal, würden Sie sich bitte beeilen?«

»Es dauert so lange, wie es dauert«, gab der Mann zurück. »Das Motiv soll ja nicht scheiße aussehen.«

»Erstens tut es das sowieso, ohne Ihre handwerklichen Fähigkeiten anzuzweifeln, zweitens lautete die Anweisung *unverzüglich*«, hakte Innocent drängend ein. Sicherlich war dies seine Pilgerreise, seine Feuertaufe, bevor er die nächste Rangstufe in der Sternenkirche erklomm, und eine Pilgerreise erforderte Geduld. Aber er wollte nicht ewig warten müssen. Schon gar nicht auf ein Wrack wie Black. In ihm wandelte sich die Ablehnung gegen den Nuntius in Abscheu. »Geben Sie Gas, Mister Royal.«

Jetzt richtete sich der Blick des Nuntius auf ihn. »Du bist jung, engagiert, schlau und ein großes Arschloch. Du wirst es weit bringen«, sagte er langsam und tief, während er den Arm des Tätowierers zur Seite schob und sich aus dem Sessel stemmte. Die Muskelberge zuckten und versetzten die Bilder in der Haut in Bewegung. Die Nonne schien zu lachen und den Rosenkranz zu schwingen. Aber fertig war es noch nicht.

»Schön, dass wir aufbrechen.« Innocent lächelte belohnend und verbuchte es als Sieg.

Die Faust, die heranflog und auf sein Kinn zusteuerte, hatte er nicht erwartet. Kurz vor dem Einschlag konnte er LORD unterhalb der weißen Fingerknöchel lesen, dann explodierte das Universum in schillernden Farben.

Seine Knie wurden weich, und er fiel in die Arme des Nuntius. Dunkelheit rollte heran, drückte ihm die Lider herab.

»Royal, schmeiß die Maschine an«, hörte er Black weit entfernt sagen. »Ich denke, unser junger Preacher braucht ein kleines Andenken an den heutigen Tag, damit er sich erinnert, dass Demut und Respekt ein Teil der Sternenkirche sind.«

Innocent wollte protestieren, doch die herannahende Ohnmacht lähmte die Muskeln.

»Demut?«, gab der Tätowierer zurück. »Ah, da habe ich was. Ist zwar die Vorlage für eine Domina, aber das passt auch.« Das hochfrequente Summen setzte ein. »Mache ich freihändig.«

Innocent verlor das Bewusstsein …

… und kam gleich darauf wieder zu sich.

Jedenfalls dachte er das.

Zu seinem Erstaunen lag er nicht auf dem Boden des Tätowierladens. Er befand sich der Länge nach ausgestreckt auf einer Sitzgruppe, die zu einem Wartesaal gehörte.

Innocent blinzelte.

Die Umgebung kam ihm bekannt vor. Hier war er vor Kurzem angekommen, in der TransMatt-Station von TTMS. Die TransMatt-Bögen oder auch Teleporter-Tore zerlegten jegliches Material beim Passieren in seine Moleküle und sandten es mit Lichtgeschwindigkeit zum nächsten Portal, wo die Bestandteile wieder zusammengesetzt wurden. Die langsamere, aber gesündere Alternative zu Sprungraumschiffen mit FTL-Antrieben. Man wollte es kaum glauben, aber es gab hierbei keinerlei Nebenwirkungen für den menschlichen Körper.

Sein Kiefer schmerzte, und sein rechter Handrücken brannte ebenso wie der komplette Unterarm. *Wie bin ich hierhergekommen?*

Vorsichtig setzte er sich auf.

»Ah, der kleine Preacher ist wach geworden«, kommentierte Black neben ihm und biss in einen Burger, der penetrant nach Zwiebeln und BBQ-Soße stank. »Man merkt, dass du keine Kampfeinsätze hinter dir hast.« Er sah auf die Uhr in der Halle. »Knappe vier Stunden weggetreten. Von einem kleinen Kinnhaken. So wirst du nie Nuntius.« Black nahm eine selbstkühlende Bierdose vom Tischchen und zog ordentlich daran.

Will ich auch nicht. Innocent sah seine Zukunft in der behutsamen Missionierung, in der Macht des Worts. »Ist das die TransMatt-Station von Hail?«

Black nickte. »Ich dachte, ich bereite unseren Aufbruch vor und lasse dich ausschlafen. Dein Gepäck ist bereits hier. Wir sind Nummer 238/34-A.« Er wedelte mit dem Brötchen. »Ich mag die GUSA nicht besonders, aber die Burger sind unschlagbar.« Er schlug die Zähne in sein Essen.

»Du hast mich wirklich tätowieren lassen?« Innocent schob den rechten Uniformärmel hoch und rechnete mit dem Schlimmsten.

Doch anstelle der Domina, eines Dildos in Kreuzform oder grinsenden Totenschädels wand sich zu seiner Überraschung ein Spruch in Schwarz, Gold und Silber um den Arm. Royal hatte gute Arbeit geleistet, die Buchstaben waren in altertümlicher Form gehalten und wirkten bereits, ohne dass man den Satz lesen musste.

Dummerweise konnte Innocent ihn nicht verstehen.

»Was ist das für eine Sprache?«

»Oh, das musst du selbst herausfinden. Aber es ist ein Psalm.« Black feixte. »Und ich denke, er wird dich zum Nachdenken bringen. Somit ist der HERR stets bei dir.« Dann deutete er mit soßenverschmierten Fingern auf den Schalter. »Es sind noch zwei vor uns, aber danach können wir nach Christ. Ich nehme an, du hast die Koordinaten unserer Empfangsstation?«

»Habe ich.« *Ein Psalmenspruch in unbekannter Schrift. Sicherlich.* Innocent stand auf, damit ihm keine Beleidigungen über die Lippen kamen, und ging zum Tresen.

Er glaubte dem Nuntius kein Wort. Vermutlich handelte es sich um eine Obszönität in einer ahumanen Sprache, die ihm irgendwann und unvermutet Ärger einbringen würde. *Ich werde es nach unserer Rückkehr entfernen lassen.*

Er trat an den Schalter, um dem Angestellten beim Check-in die Koordinaten des Sprungs nach Christ zu geben.

Die TransMatt-Station auf Hail wurde wie alle von TTMS betrieben. Die Empfangsstation auf dem Hautplaneten der Sternenkirche sowie auf Planeten, die CoS gehörten, unterstanden dagegen den Bediensteten des Ministrators, die gegen eine horrende Gebühr eine Einweisung von TTMS erhalten hatten. Somit sollte verhindert werden, dass TTMS zu viel vom Kommen und Gehen auf Christ und den Kirchenwelten erfuhr.

In ihrem Fall spielte es keine Rolle, dass TTMS wusste, wohin die Reise in Lichtgeschwindigkeit ging. Ein schäbiger Nuntius, der aus dem Verkehr gezogen wurde, und ein Preacher waren so wichtig wie ein Sack Kotho-Reis, der auf einem Agrarplaneten umfiel.

Innocent grüßte den Mann, der auf einer Bildschirmtastatur herumwischte und sich mit den kommenden Teleportationen beschäftigte. »Nummer 238/34-A«, stellte er sich vor. »Mein Begleiter hat bereits gebucht, ich habe die Koordinaten.« Er rief die Daten auf seinem Komgerät auf und übermittelte sie über eine Infrarotschnittstelle an den Computer des Terminals. »Es geht nach Christ.«

Der Angestellte sah auf den Code. »Nein, geht es nicht.«

Innocent seufzte. »Doch, geht es. Wir haben den Auftrag dazu.«

»Kann sein, dass Sie das möchten, aber die Daten passen nicht.« Er rief eine Sternenkarte auf und prüfte den Ort, an dem der Sprung endete. »Der geht ins Leere.« Er drehte den Bildschirm so, dass der Preacher es selbst erkannte. »System Gliese Jahreiss 1111, direkt um die Ecke. Sie kommen zwischen den Planeten Rodne und Alda Raan raus. Ein ziemliches Nirgendwo. Wollen Sie die Koordinaten nochmals prüfen lassen?«

»Das würde …« Innocent unterbrach sich. *Das würde viel zu lange dauern.* Hail war nicht unbedingt fortschrittlich ausgestattet und verfügte leider nicht über Stellar Voice Radio, das eine Verbindung ohne Verzögerung aufbauen konnte. Bis er mit herkömmlichen Kommunikationsmitteln nach Christ gefunkt und eine Antwort erhalten hatte, vergingen Wochen, wenn nicht sogar Monate. Die Anweisung des Ministrators dagegen lautete *unverzüglich.*

Er grübelte.

Eine Duftwolke aus Zwiebeln und BBQ-Soße hüllte ihn ein. Black hatte sich lautlos genähert und kam an seine Seite. »Oh, das ist dann der große Vertrauensbeweis«, sagte er und kaute auf dem letzten Stück Burger. »Weiche und wanke nicht. Vertraue der Church«, zitierte er einen der Werbeslogans.

»Sarkasmus ist nicht hilfreich«, konterte Innocent entnervt. »Es muss ein Übertragungsfehler sein.«

»Oder Absicht, um dich zu testen«, fügte der Nuntius hinzu. Die blassgrünen Augen hatten den Suffschleier verloren und wirkten hellwach, die Blicke waren lauernd. »Na, was tust du, kleiner Preacher? Nachfragen und dich blamieren oder mit mir zu den Koordinaten springen? Könnte doch sein, dass sie uns beide loswerden wollen. Hast du was ausgefressen?«

Nein, hatte er nicht. »Wir könnten Raumanzüge …«

»Nein. Entweder so, wie man einen Sprung von TransMatt zu Trans-Matt macht, oder gar nicht«, fiel Black ihm ins Wort. »Sonst werden alle denken, dass du ein vertrauensloser Feigling bist.«

Der Angestellte hörte gespannt zu. Innocent war sich sicher, dass diese Episode die Runde auf Hail machen würde.

»Musstest du auch einen solchen Test durchlaufen?«

Der Nuntius schüttelte den Kopf, die schwarzen Haare flogen. »Nein. Keinen solchen zumindest.«

Innocent schluckte und betete stumm zum HERRN. *Was mache ich nur?*

Der TTMS-Angestellte sah auf ein zweites Display. »Nummer 238/ 34-A. Bitte zum TransMatt-Bogen. Soll ich die Koordinaten nehmen?«

Black lehnte sich an den Tresen. »Na? Soll er?« Er zwinkerte gut gelaunt.

Das macht dem Arsch Spaß. Innocent atmete mehrere Sekunden lang aus, dann gab er sich einen Ruck. »Ja. Machen Sie den Bogen bereit. Wir holen unser Gepäck …«

»Steht hinter dir, Preacher«, warf der Nuntius ein, bückte sich und ergriff seine beiden Metallkoffer, auf denen zahlreiche Dellen, Rillen und Vertiefungen zu sehen waren. »Wir können sofort los.« Er stapfte auf das Portal zu.

Ich habe das Gefühl, dass meine Pilgerreise erst beginnt. Mit einem sehr mulmigen Gefühl nahm Innocent sein glänzendes brandneues Köfferchen aus dunkelgrauem Gron-Leder-Imitat.

Er hatte verstanden, dass es um Vertrauen ging. Vertrauen zu sich, zu Gott und zu den Vorgesetzten, die von ihm verlangten, ins scheinbar leere All zu springen. Mit einem anderen Preacher an seiner Seite oder einem Nuntius, der eine saubere Akte hatte, wäre es einfacher gewesen.

Er sah Blacks breiten Rücken vor sich, den dreckigen Mantel, die verbeulten Metallkoffer. *Ein Söldner. So sieht er aus. Nicht wie ein Mann des Glaubens.*

Sie durchquerten die kleine Halle, liefen durch die Absperrungen und traten durch die Türen, die zum TransMatt-Bogen führten. Die Energie würde sie in ihre Bestandteile zerlegen, mit Lichtgeschwindigkeit versenden und …

… und dann vertraue ich auf den HERRN. Innocent ging an Black vorbei. »Lass mich vorgehen.«

»Ah. Du willst vor mir sterben.« Der Nuntius grinste breit und hatte noch Fleischreste zwischen den Zähnen. »Dann mal los.« Bezeichnenderweise wurde auf sein Nicken zur Kontrollkabine hin die Energie eingeschaltet.

Summend baute sich das Feld auf, durch das sie schreiten mussten.

»Frauen und Preacher mit lächerlichen Köfferchen zuerst. Du kannst auch singen, wenn dir das hilft.«

»Der HERR sei mit dir, Nuntius Civer Black. Wir sehen uns auf der anderen Seite.« Innocent White war sich bewusst, wie doppeldeutig sein Wunsch auszulegen war.

Lautlos betete er das Ave-Maria und konnte nicht verhindern, dass er die Augen schloss, als er vorwärtsging, aus der Zwiebel-BBQ-Wolke marschierte und in das Portal trat.

SYSTEM: UNBEKANNT
ORT: EINST STELLARE FORSCHUNGSSTATION SHIVA'S FORTRESS
     (IM BESITZ VON EASTERN STARS, GELEITET DURCH BANGASH INDUSTRIES),
     JETZT: RAUMSTATION PARADISE (BESETZT VON ENTFLOHENEN
     BETA-HUMANOIDEN)

Clarissa steuerte die *Interception* gekonnt aus dem Hangar der Station, die einen anderen Anstrich erhalten hatte. Nichts erinnerte mehr an die alten Besitzer. *BaIn kann sie abschreiben, das ist sicher.*

Sie hatte sich vor dem Abflug kurz mit Cohlonn unterhalten und herausfinden wollen, was die Betas mit ihrer Eroberung vorhatten.

Der Tigermensch hielt sich bedeckt, doch er stellte in Aussicht, dass die gewaltige Anlage in Zukunft als freie Handelsstation für jeden genutzt werden konnte, der nicht einem großen Kon angehörte. Das wiederum reduzierte die Zahl potenzieller Nutzer auf eine Handvoll Söldner, Piraten, freie Kons und die üblichen Wahnsinnigen.

Sie sah auf den Monitor, der ihr ein letztes Bild von *Paradise* aus der Heckperspektive lieferte.

Neben ihr stand Triton, ihr extrem muskulöser Erster Offizier, mit dem sie bei den *Royal Raiders* ausgestiegen war. Er war beinahe fünfzig, hatte etliche Gefechte mit ihr zusammen geschlagen und es geschafft, dabei stets die Übersicht zu behalten. Es gab keinen Besseren an den Waffenkonsolen als ihn.

Irgendwo in der Kombüse des Raumflitzers tobte sich Morlin aus, ein guter Ingenieur und Pilot, der nebenbei immer auf der Suche nach neuen Rezepten war, um aus Ungenießbarem etwas Schmackhaftes zu machen. Konzentrat-Rationen, Konvertermahlzeiten und Fleischimitationen hingen allen zum Hals raus, sogar den *Calyptics*.

Sie hatten sich die *Interception* klar aufgeteilt. Die unteren zwei Decks lagen in der Aufsicht der Stammmannschaft unter der Leitung des Generals, der Rest in den Händen von Clarissa, die gleichzeitig allen was zu sagen hatte, wenn es in den Einsatz ging. Ansonsten wurde die Parole »höfliches Ignorieren« ausgegeben. *Söldner und Überzeugungstäter, das geht selten gut.*

»Sie werden es nicht schaffen«, sagte Triton, die Augen auf die wagenradförmige, mehrstöckige Station gerichtet. »Ich wette, die U.S.N.O. selbst hetzt ihnen ein Spezialkommando auf den Hals. Niemand kann es sich erlauben, durchgebrannte Betas mit Atomsprengköpfen frei herumlaufen zu lassen.«

»Sehe ich auch so.« Clarissa nickte. »Und ich gebe zu, dass ich froh bin, von da wegzukommen, bevor der Tanz beginnt.« Sie prüfte die Anzeigen, die auf die Scheiben der Brücke projiziert wurden. Alle Systeme des Raumers schnurrten am ganz unteren Rand der Belastungsskala vor sich hin. Das Sonderdisplay für die eingebaute Erfindung im Laderaum blieb schwarz. Noch gab es nichts zu fischen. *Ich bin echt gespannt, ob es klappt.*

»Wohin fliegen wir, Captaine?« Er rieb sich das Kinn.

»Zu einem Treffpunkt mit einem Sprungschiff von *Interrun Limited.* Wir haben ein Rendezvous in Sektor Orange, wo er die Gäste aufnimmt.« Clarissa trug ihren schwarzen Overall, auf dem keinerlei Abzeichen geblieben waren. Jeden Hinweis auf ihre Vorgeschichte hatte sie entfernt. *Schweren Herzens.* Aber sie gehörte nicht mehr dazu. »Er wirft uns an unserem Ziel ab.«

Triton brummte und pochte gegen die Scheiben, die nur vermeintlich aus Glas bestanden. In Wahrheit waren sie ein hochkomplexer Verbundstoff, der Panzerplatten gleichkam. »Ich mag das nicht«, befand er. »Wer baut denn so einen Schwachsinn heute noch?«

»Du meinst seitlich angesetzte Kanzeln?«

Er nickte. »Und dann nur mit dem einzigen Aufzug erreichbar.«

»Jemand, der will, dass man um sein Leben und die Erfindung bis zum letzten Tropfen kämpft?«, schlug sie vor und ließ ein düsteres Lachen folgen. *Eine gute Absicherung gegen ehrlose Söldner.* Das Problem war, dass die *Interception* keine eigene Station für Angriff und Verteidigung besaß. Im Falle eines Gefechts kam es auf Clarissa an. *Ja, dieses Schiff ist eine einzige Zumutung.* »Du überlegst, wie du dich nützlich machen kannst.«

Triton, dessen dunkelbraune Haare immer praktisch kurz geschnitten waren, nickte. »Merkt man mir deutlich an, nicht wahr?« Er sah sich in der Kanzel um. »Ich kann höchstens eine Route berechnen, falls der Computer ausfallen sollte. Ansonsten haben wir einen ausklappbaren Notsitz, von dem aus ich Zugriff auf die Waffensysteme hätte. Aber ist das sinnvoll? Vielleicht braucht mich Morlin zum Dosenöffnen?« Er schüttelte noch einmal den Kopf. »Sag mir, warum wir den Job angenommen haben, für diese Spinner zu fliegen? In so einer Schüssel?«

»Weil du zehntausend Tois bekommst, egal, ob er erfolgreich ist oder nicht?«, erinnerte sie ihn und ließ den Raumer ins offene All jagen. Sie wollte die Antriebe und deren Leistung einem Test unterziehen. *Wie gut ist dieses Baby zu reiten?*

Bei den *Royal Raiders* flog sie immer in der ersten Angriffswelle oder spielte den Scout bei besonders kniffligen Aufgaben, wo es auf Geschwindigkeit und Präzision ankam. Als wollte man einen derolischen Prachttruthahn mit chirurgischer Präzision in zehn Sekunden tranchieren. Das war Clarissas Spezialität. Eine gute Kanonierin ging dagegen nicht an ihr verloren, und das sorgte zumindest bei Morlin und Triton für eine gewisse Nervosität.

»Du fliegst uns in ein Asteroidenfeld, Captaine. Ich weiß, du machst das mit Absicht, aber solltest du dich nicht vorher noch mit dem Ding hier besser vertraut machen, bevor du es testest?« Triton hielt sich mit einer Hand fest, als könnte er damit die Fliehkräfte beeinflussen. Sie rauschten gerade mit achttausend Meilen pro Sekunde durch den Weltraum. Bei einer sofortigen Vollbremsung würde erst sein Arm abreißen und der Rest von ihm an der Scheibe plattgedrückt wie ein Insekt auf dem Kühler eines rasenden ATV.

»Geht schon. Ich habe das Handbuch gelesen«, gab sie feixend zurück.

Triton lachte auf.

Ein Running Gag zwischen den beiden. Clarissa las niemals Handbücher und fand, dass man ein Schiff erfühlen, erfahren, erspüren müsse. Das tat sie meist ausdauernd und ohne Rücksicht auf die Mägen der Besatzung. In planetarer Atmosphäre nannte man sie *Göttin des Konturflugs*, während die Crew Wetten darauf abschloss, wer a) zuerst und b) am weitesten kotzte.

Triton war inzwischen abgehärtet, Morlin hatte es erst einmal erwischt. Und das war auf einem sehr hügeligen Planeten gewesen, wie er stets betonte.

Clarissa betätigte den Knopf, damit ihre Stimme aus den Bordlautsprechern drang. »Hier spricht die Captaine. Crew, bereit machen für Abruptmanöver. Ich führe einen Systemtest unter Extrembedingungen durch. Kann sein, dass die künstliche Schwerkraft ausfällt. Alle auf ihre Posten.«

Das Asteroidenfeld näherte sich als ein Meer aus schwebenden kleinen, stachligen und scharfkantigen Gesteinsbrocken, die bei einer Berührung enormen Schaden an der Außenhaut anrichteten. Sie schimmerten im Licht eines blauen Gasriesen wie deformierte Seifenblasen oder verloren gegangene Glaskugeln.

»Denkst du, dass diese Erfindung der Bekloppten funktionieren wird?«

Clarissa überschaute die Kontrolldisplays. *Plasmabrenner, Hochdruckkonvertoren, Verwirbler, Boosterkammern, Steuergastanks, check. Leinen los und hoch die Segel.*

»Ich weiß es nicht. Ich bin schon froh, wenn uns die *Interception* nicht um die Ohren fliegt.« Sie sah auf den nach wie vor schwarzen Monitor für das Gerät im Bauch des Raumers. »Warum interessiert dich das?«

»Weil ich es reichlich beeindruckend fände, wenn ihnen das gelungen ist. Es galt, soweit ich weiß, als unmöglich.« Triton sah sich um, die Brocken rückten sehr schnell näher. »Dann wäre dieses Schiff unbezahlbar«, fügte er hinzu.

Am Klang seiner markanten Baritonstimme hörte Clarissa, was er vorschlug, ohne dass er es aussprach. »Wir sind *ehrbare* Söldner, mein Lieber«, antwortete sie auf die Frage. »Sollte die Lohnzahlung ausstehen, können wir darüber reden. Falls ihr Maschinchen überhaupt anspringt.«

»Du weißt, was passiert, wenn sich herumspricht, was die *Interception* vermag? Und ich wette, dass einer von den Betas der Raumstation die Klappe nicht halten kann.« Triton schien sich Gedanken gemacht zu haben.

»Sie wissen nichts.« *Jedenfalls fast nichts.* Clarissa verschwieg ihm, dass sie Cohlonn aus Versehen neugierig gemacht hatte. »Bist du bereit, alter Mann?«

Triton nickte und blickte in das Meer aus schwebendem Tod.

Sie setzte sich den Helm auf, der ihr weitere Anzeigen zu denen auf der Kanzelscheibe direkt auf die Netzhaut einblendete: Vektoren, Kollisionsberechnungen, Alternativrouten und viele Informationen mehr landeten in Clarissas Verstand und wurden innerhalb von Sekundenbruchteilen verarbeitet.

Sie hetzte die *Interception* unter einem großen Trümmerstück vorbei, aus dem sich permanent Eissplitter lösten, als würde ein Wasserfall in seinem Innern fließen und das Nass gefrieren, sobald es ins All strömte. Leise klockend und tockend trafen die faustgroßen Stücke auf die Kanzel und zerplatzten.

Triton sah Clarissa vorwurfsvoll an, behielt aber jeglichen Kommentar für sich.

Jetzt geht es los! Clarissa erhöhte den Schub und verließ sich auf ihre Intuition.

Sie zwang das Schiff in endlose Schrauben um Asteroiden herum, rauschte durch Felsspalten in den großen Brocken, versuchte sich am Konturflug und drückte die *Interception* in Kurven, um gleich danach eine gerade Linie zu fliegen.

Sosehr sie sich auch bemühte, die Belastungsgrenzmarke war noch lange nicht erreicht. Die dreihundertzehn Steuerdüsen ließen pirouettenhafte Manöver zu, um anschließend die zackigsten 90-Grad-Winkel hinzulegen, die man sich vorstellen konnte.

Nur die Anzeige auf dem Cockpitglas bekam Schwierigkeiten mit der Vielzahl der Informationen und konnte sie nicht mehr richtig darstellen. Der Helm war also umso sinnvoller, damit die Maschine ihr nicht entglitt und gegen eine Felswand krachte.

Das ist unglaublich! Damit kann man dem schnellsten Collie entkommen. Clarissa hörte ihr Herz hämmern. Sie schwitzte und fühlte sich aufgeputscht.

»Wir haben einen Verfolger«, hörte sie Triton neben sich sagen. »Ich habe ihn eben über uns kreuzen sehen. Verdammt klein, aber sein Triebwerk ist zu hell.« Er lachte auf. »Verdammt. Jetzt hat diese Glaskanzel doch einen Vorteil gegenüber einer Vollverkleidung.«

»Was? Wie kann er der *Interception* folgen?« Sie hatte sich so auf ihre Manöver konzentriert, dass sie ihren Schatten nicht bemerkte.

Clarissa verringerte den Schub und ließ den Raumer dahingleiten, um danach das Radar eingehender zu betrachten.

Doch erst als sie auf feinste Stufe geschaltet hatte, erkannte sie ihren ungewollten Begleiter. »Das ist kleiner als eine Rakete. Vermutlich eine Spionagedrohne«, meldete sie ihrem Ersten Offizier. *Cohlonn, du frecher Milchlecker. Wolltest du wissen, was mein Baby alles kann, oder habe ich dich wirklich so heißgemacht?*

Clarissa schaltete die Waffensysteme scharf. »Schauen wir mal, wie viele Anläufe ich brauche, bis ich das Ding ausgeschaltet habe.«

»Mehr als ich«, kommentierte Triton und klappte den Notsitz herab, um notfalls an die Waffenkontrollen zu gelangen.

Dritte Szene

»Um ehrlich zu sein, so ganz genau weiß ich nicht mehr,
wie wir das angestellt haben, aber es gelang uns.
Es kann nur Gottes Beistand gewesen sein, denn ich weigere
mich anzunehmen, dass Dämonen größere Macht besitzen sollen.«

INNOCENT WHITE, Zitat aus seiner Zeit als aktiver Uditor

INTERIM

Zumi rechnete jeden Moment damit, dass die Tür zur Pilotenkanzel aus den Angeln flog, ihn die metallischen Finger packten und ihm den Nacken brachen.

Aber die Collectors, die vor seiner Flucht aus dem *Bigger*-Schiff an Bord des *Starscream* gegangen waren, verhielten sich ruhig.

Das machte ihn nur noch nervöser.

Wo steckt ihr, und was tut ihr? Er schaltete sich durch die Kameras im Laderaum, ohne die Ahumanen zu entdecken. Waren sie auf dem Weg zu ihm? *Ich gehe kein Risiko ein. Und sollte es mir die gesamte Inneneinrichtung zerschmelzen oder verätzen, ich muss es tun!*

Zumi öffnete die Laderampe und schaltete die Notentlüftung ein, die im Falle von giftigen Gasen an Bord des Schiffs einen kompletten Luftaustausch vornahm.

Nach mehreren automatischen Sicherheitshinweisen und der dringenden Warnung, dass die umgebende Atmosphäre keinerlei Sauerstoff barg, sprangen die Turbinen an, sogen den Interim-Schleim an und pumpten ihn aufheulend in die Gänge, die Kammern, in den Laderaum. Abgesehen von seinem Cockpit wurde jeder Raum von dem Durchfluss der zähen, gräulichen Substanz heimgesucht.

Ich hoffe, ich habe euch Bastarde erwischt! Zumi blieb keine Alternative. Sollte auch nur einer im Schiff verblieben sein, würde er sich mit Sicherheit für den Tod seiner Artgenossen rächen wollen.

Noch besser wäre es, einen zu erwischen. Wehrlos.

Vielleicht tat ihm der Schleim den Gefallen und setzte sie außer Gefecht. Denn noch hatte er nicht vergessen, dass sich im Schiff durchaus eine Gefahr für die Erde befinden konnte.

Sicherlich, Terra war größtenteils nichts anderes als ein Speicherhort für die Erträge der Kons. Abgesehen von den GlobalCitys und großen Teilen des Gefängniskontinents Australien bestand die Erde aus Brache, vergiftetem Boden und sterbender Natur. Wo sich einst die kilometertiefen Ozeane und Meere befunden hatten, gab es kaum mehr nennenswerte Wasserflächen; der traurige Rest sah zwar hübsch aus, aber viel Leben gab es darin nicht mehr. Das wusste Zumi aus den Datenbanken über Terra. Das Resultat von Raubbau und Rücksichtslosigkeit.

In den GlobalCitys gab es dagegen noch internationale Landesregierungen und offizielle Repräsentanten der MegaKonzerne.

Ein lohnenswertes Ziel für die Collectors?

Oder ging es darum, die Horte zu vernichten und die Speicherkomplexe auszulöschen? Mit einem Mal wären sämtliche Rücklagen, sämtliche Grundlagen für den Wert des Geldes, egal ob Toi oder C, vernichtet.

Oder wollten sie die orbitale Börse crashen, was die gleiche Wirkung hätte?

Oder war ein symbolischer Schlag gegen die Wiege der Menschheit vorgesehen?

Egal, was er sich ausmalte, es wollte zum bisherigen Verhalten und Vorgehen der Collies nicht passen. Aber was unternahm ein verzweifelter Gegner nicht alles, der unterlegen war und um seinen Fortbestand fürchtete?

AUSTAUSCH ABGESCHLOSSEN, meldete ihm der Computer und hielt die Turbinen an. Jeder Quadratzentimeter des *Starscream* mit Ausnahme der Kanzel war voller Schleim.

Zumi beschloss, die aggressive Suppe einen Tag oder besser zwei wirken zu lassen. Eine vage Hoffnung, die Besucher zu entfernen oder aufzulösen, war besser als keine.

Noch immer erklang kein drängendes Pochen und Rumpeln am Schott zur Brücke.

Zumi erlaubte sich, einmal tief aufzuatmen und die Augen zu schließen. Mit einer Hand massierte er seine schmerzende rechte Schläfe – die Nachwirkungen des Sprungs ins Interim.

Glücklicherweise war sonst kein Malheur geschehen, weder Erbrechen noch Kontrollverlust des Schließmuskels. Peinlicher könnte sein Erscheinen auf der Erde nicht sein. Doch es wartete noch der Austritt aus dem Zwischenraum.

Sechs Tage. Das wird lang. Zumi sah sich genauer auf der kleinen Brücke um.

Es gab nichts, mit dem er sich sinnvoll die langen Stunden vertreiben konnte. Funkkontakt war aus dem Interim nicht möglich. Das bedeutete, er würde dasitzen, Däumchen drehen, abwarten.

Ich verliere durch das Nichtstun noch den Verstand. Er trommelte mit den Fingern auf der Konsole.

Soweit er sich erinnerte, besaß die Erde einen sehr starken Verteidigungsring mit Orbitalwaffenplattformen sowie einem extrem guten Ortungssystem. Sobald der *Starscream Mark III* ohne eine Anmeldung so dicht vor Terra aus dem Interim erschien, würden sie ihn aus dem Himmel fegen. *Das ist nicht gut. Was mache ich dagegen?*

Blieb noch seine Befürchtung, der Träger einer neuen Collie-Waffe zu sein …

Da er gerade das Schiff mit Schleim hatte volllaufen lassen, konnte er sich auch nicht mit dem Handsuchgerät umschauen, um das Geschenk der Collectors hinter Wandverkleidungen oder in Hohlräumen aufzustöbern.

Er beruhigte sich mit dem Gedanken, dass er mit herkömmlichen Methoden sowieso nichts finden würde. Dazu waren die Ahumanen zu clever.

Zumi atmete bewusst langsam ein und aus, um ruhiger zu werden. Dabei wurde ihm klar, wie aktiv er geworden war. Er hatte seinen Fatalismus und das hündische Ergebenheitsverhalten an Bord des Schiffs abgestreift wie eine hinderliche Hülle. Nun, da sich die Möglichkeit bot, konnte er endlich und erfolgreich gegen seine jahrelangen Kerkermeister aufbegehren.

Eine Warnlampe auf dem Monitor leuchtete auf. Zu seinem Erstaunen meldete der Computer: ACHTUNG! ÜBERLADUNG. FRACHT SOFORT VERRINGERN. REISESTABILITÄT GEFÄHRDET.

Davon hatte Zumi noch nie gehört. *Wie schwer ist denn Interim-Schleim?*

Sein Versuch, die Collectors aus dem Schiffsbauch zu entfernen, hatte unerwartete Schwierigkeiten gebracht. Auch das Vorhaben, die zähe graue Masse mehrere Tage lang wirken zu lassen, war damit beendet.

Missmutig betätigte er die Kontrollen, bis er die Funktion gefunden hatte, um die Gänge und Räume mit Überdruck freizublasen. Der Schleim wurde durch Kohlendioxid zur Ladeluke hinausgeschoben. Danach setzte er die Sprinkleranlage in Gang, um die Reste im Innenraum abzuwaschen.

Die Kameras zeigten ihm keinerlei Bilder mehr. Entweder waren die Signale durch die Wirkung des Interim gestört, oder das zähflüssige Grau hatte bereits Schäden an den Geräten angerichtet.

Es vergingen etliche Stunden, bis die ÜBERLADUNG-Anzeige erlosch.

Zumi suchte sich einen Raumanzug, stieg hinein und schloss den Helm. Es gab eine kleine Laserpistole, die zum Anzug gehörte, sowie ein Satz Werkzeuge. Das half nicht gegen die massiven Vollrüstungen der Ahumanen, die man höchstens mit panzerbrechenden Waffen knacken konnte.

Ihr Götter und Nicht-Götter, steht mir bei! Er schloss den Helm und öffnete den Eingang zum Cockpit.

Sofort waberte eine Dampfwolke in den Innenraum.

Die Temperaturanzeige des Anzugs meldete 67 Grad und eine Luftfeuchte von 97 Prozent. Anscheinend hatten Wasser, Inneneinrichtung und Schleim eine chemische Reaktion miteinander begonnen.

Es war dunkel. Die Notbeleuchtung verweigerte den Dienst, und so musste er die eingebauten kleinen Scheinwerfer an Helm und Brust einschalten.

Kein Collie. Zumi bewegte sich behutsam vorwärts.

Sein Herz schlug schnell und so stark, dass es schmerzte. Obwohl der Anzug klimatisiert war, schwitzte er vor Furcht.

Im blaukalten Licht der Lampen sah er den Gang, in dem teilweise noch die hartnäckigen verdünnten Reste des Schleims hafteten.

Die Farbe an den Wänden war angelöst, blähte sich auf oder blätterte ab, Stahl und Plastik wirkten verwittert und verrostet, porös und aufgeweicht wie Gelatine. Die aggressive Substanz hatte in der kurzen Zeit viel Zerstörung angerichtet.

Zumi wusste plötzlich nicht mehr, ob es eine gute Idee gewesen war, den Schleim als Waffe einzusetzen. Sollte die Elektronik ausfallen und der ahumane FTL-Computer im Maschinenraum abschalten, blieb er im Interim verschollen. Auf ewig.

Es gab Legenden von verschwundenen Schiffen, die nach einem Sprung hinein niemals wieder auftauchten.

An seine Geschichte würde sich nicht einmal jemand erinnern, weil sie keiner kannte. *Aber ich hätte das Problem für Terra gelöst, falls die Collies mir was anhängen,* dachte er mit Galgenhumor und durchforstete den *Starscream* weiter.

Die Außenmikrofone übertrugen ein leises, beständiges Zischen. Der Auflösungsprozess setzte sich fort.

Ungewollt hatte Zumi ein Rennen in Gang gesetzt, dessen Einsatz SEIN Leben war: *Wer erreicht zuerst sein Ziel – mein Flug oder die Auflösung?*

Seine Erkundung führte ihn durch die schmalen, leeren Gänge. Die

Strahlen der Lampen huschten verschreckt durch das Dunkel, beleuchteten die allgegenwärtige Zerstörung.

Dann stand er vor dem angelehnten Schott zum Laderaum.

Wären sie noch im Schiff, hätten sie schon lange versucht, die Brücke zu erreichen, machte sich Zumi Mut und schob die dicke Tür dank der manuellen Überbrückung auf, um sich zu vergewissern, dass keiner der Ahumanen mehr übrig war.

Vorsichtig stahl er sich in den kargen Raum, in dem es ebenso zischelte und knisterte. Allmählich machte sich Zumi Gedanken um dem Zustand seines Raumanzugs. Zwar galten die Sohlen als säurebeständig, doch an Interim-Schleim hatten die Hersteller sicherlich nicht gedacht.

Die Lichtkegel fielen in eine dampfgefüllte Ödnis. Gelegentlich durchdrangen sie den Dunst und beleuchteten die Wände, während Zumi tapfer voranging und immer zuversichtlicher wurde, dass seine List überraschend gut funktioniert hatte – bis eine Collectors-Rüstung vor ihm auf dem Boden lag.

Nein! Zumi schluckte und hob wie in Zeitlupe eine Taschenlampe, um die Panzerung genauer zu betrachten. Die Lichtlanze zitterte, er bebte am ganzen Leib.

Als am Rand der konzentrierten Helligkeit zwei weitere Rüstungen schemenhaft erkennbar wurden, verstärkte sich seine Angst. Die Leitungen und Drähte auf der Außenhülle sahen teilweise zerstört aus, blaue Flüssigkeit lief heraus. Gegen die graue Masse des Interim hatten auch die Ahumanen kein Mittel aufzubieten.

Das war das Beruhigende an seiner Entdeckung.

Beunruhigend jedoch war, dass die breiten Brustsegmente bei allen drei Rüstungen offen standen.

Als sei etwas entstiegen …

Er dachte an Sarkophage von mächtigen Kriegern, aus denen die Geister der Verstorbenen entwichen waren, um die Lebenden heimzusuchen.

Nein! Nein, nein, nein! Zumi leuchtete panisch umher. *Wo sind sie hin?*

Es konnte sein, dass sie ins Interim hinausgespült worden waren –

oder sie eben doch eine Möglichkeit, einen Schlupfwinkel gefunden hatten, um sich vor der Masse in Sicherheit zu bringen.

Niemand wusste bislang, wie das Wesen aussah, das sich in der großen Panzerung verbarg. Alle Versuche, die Rüstung zu öffnen, hatten zur Selbstzerstörung geführt und keinerlei DNA- und Material-Analysen mehr zugelassen.

Zumis Atmung beschleunigte sich, der Computer warnte ihn vor Hyperventilation.

Er betrachtete die Panzerungen. Nun bot sich die Gelegenheit, die Rüstungen zu sabotieren und eine Rückkehr in die sichere Schale unmöglich zu machen, falls sie in der Lage waren, die Schäden zu reparieren.

Warum nicht?

Er zog die Laserpistole und feuerte in das Innere.

Das gebündelte Rubinlicht brannte sich durch die Kabel, schmolz Anschlüsse und Halterungen. Erst als er sich sicher war, dass damit nichts mehr anzufangen war, stellte er den Beschuss ein und zog sich langsam zurück.

Zumi wurde klar, warum sie nicht versucht hatten, ins Cockpit einzudringen: Ohne die servomotorengestützten Panzerungen besaßen sie nicht die notwendige Kraft, um das verriegelte Schott zu sprengen.

Dabei fiel ihm ein, dass er vergessen hatte, den Eingang zu schließen.

Fluchend rannte er den Weg zurück, den er gekommen war.

Dass sich die Collies weder zeigten noch ihn attackierten, gab ihm das gute Gefühl, die Ahumanen seien ihm körperlich in ihrer wahren Gestalt unterlegen. Er sah auf die Laserwaffe. Nun schien sie doch etwas zu taugen.

Er bog um die Ecke und in den Korridor, der zur Pilotenkanzel führte.

Der Scheinwerfer in seiner Brust fiel dabei auf die Seitenwand, eine Verkleidung aus Alustahl. Sieben tiefe Rillen zogen sich darauf über mehrere Zentimeter Länge.

Zumi wurde schlecht. Eine Krallenhand schien in dem Metall ihr Signum hinterlassen zu haben. Oder galt es als Markierung? Für die anderen Collies?

Er war kein Experte für Xenobiologie, aber vom Abstand der tiefen Kratzer schloss er auf eine Handbreite von mindestens zwanzig Zentimetern. *Alustahl. Dann sind sie stark genug, um mich mit dem Anzug in Fetzen zu schneiden!*

Der Eingang zur Kanzel schien unerreichbar weit entfernt, der Korridor mit lebendigen Schatten angefüllt, die auf ihn lauerten.

Er klammerte sich an seine Pistole, verstaute die Taschenlampe und zog sogar noch das Plasmahandschweißgerät. Trügerische Sicherheit. Die letzten Jahre hatte er weder Zeit noch Gelegenheit bekommen, sich mit Schießen und Nahkampf zu beschäftigen. Schoßhündchen bellen allenfalls.

Erst mal bis zur Tür gelangen. Danach sehen wir weiter.

Zumi setzte einen Fuß vor den anderen, lauschte auf jedes Geräusch, das in den Helm übertragen wurde.

Knistern, Zischeln, das Rauschen von Dampf, Knacken. Die Eingeweide des *Starscreams* lösten sich weiter auf.

Als er die Hälfte des Wegs hinter sich gebracht hatte, erklang ein tiefes elektrisches Summen, das sich steigerte, bis es eine hohe unangenehme Frequenz erreichte.

Zumi wusste nicht, ob es das Schiff von sich gab oder die Collies dahintersteckten.

Die Lampen seines Anzugs flackerten und erloschen, schlagartig stellte die Elektronik ihren Dienst ein. Es wurde still, die Belüftung verstummte.

Zumi hörte lediglich sein eigenes hektisches Atmen, der Helm beschlug rasch und gab der Dunkelheit ein Geräusch. *Was war das?*

Er drückte auf dem Bedienungselement am Unterarm herum, doch die Anzeige blieb schwarz. Sämtliche Energie schien abgeleitet zu sein. Zumi steckte in einem Kokon, in dem die Atemluft früher oder später zu Ende gehen würde.

Ohne etwas zu sehen, tastete er sich vorwärts, auch wenn es ihm davor graute, den Arm auszustrecken.

Seine Vorstellungskraft gaukelte ihm vor, dass die drei Collectors vor ihm standen, alle mit weit geöffneten, zahnbewehrten Mäulern, und darauf warteten, dass einer von ihnen das Los zog und zuschnappen durfte.

Er konnte nicht einmal sagen, wie weit er vom Cockpit entfernt war. Es schien sich kilometerweit zu ziehen.

Als Erstes kehrte das Gehör zu ihm zurück. Die Helmlautsprecher übertrugen ihm zusammen mit elektrostatischem Knacken das bekannte Auflösungszischeln; dann erwachten die Lampen seines Anzugs aus dem erzwungenen Schlummer – und beleuchteten die Kreatur, die sich unmittelbar vor Zumi im Korridor befand.

Sie füllte den Gang komplett aus, besaß einen langgestreckten dürren Leib mit einer deformierten Brust und nur einem Arm, der wie ein Fremdkörper aus dem rechten Torso ragte. Sie wirkte, als habe man einem fast verhungerten, deformierten Menschen zu gigantischem Wachstum verholfen. Das Wesen stand auf zwei Beinen und zwei Stummeln, die durch ihre Knicksegmente an ausfahrbare Stützen erinnerten; die Haut war grellgelb, signalgrüne Streifen zogen sich an den Seiten hinab.

Wie passen die Collies in die Rüstung? Oder quellen sie auseinander, wenn man sie aus der Panzerung schält? Zumi drückte auf den Zündknopf, der Plasmaschweißer fauchte auf und ließ eine fingerlange, steife und blau leuchtende Flammennadel vor der Mündung entstehen. »Bleib mir vom Leib! Oder ich schwöre dir, du hast zum letzten Mal einen Menschen gefressen«, sagte er drohend.

Die fünf braun leuchtenden Augen hatten sich auf den Mann gerichtet. Einen Mund besaß der Collector nicht. Der grotesk lange Arm, der bestimmt zweieinhalb Meter maß und an einen Ausleger erinnerte, schnellte heran, die sieben Finger mit den langen Krallen nach vorne gereckt.

Zumi ließ sich fallen und fuchtelte mit dem Plasmabrenner herum.

Das Wesen gab das elektronische Surren von sich und zog seine Gliedmaße zurück. Eine lange Brandspur zog sich quer über die Hand, das Gelenk und einen Teil des Unterarms.

»Lass das«, sagte es anklagend. Die Stimme ertönte wie aus einem Radio mit schlechtem Empfang: schwach, leer und mit Nebenrauschen versehen. »Ich wollte dir nichts tun.« Vorwurfsvoll hielt es die verletzte Stelle hin. »Schau!«

Der Collie spricht! Zumi rappelte sich auf, ohne die Waffen sinken zu lassen. Im flackernden Licht erschien die Kreatur unwirklich und wie von einer Bildquelle projiziert.

»Es trifft sich gut, dass du versucht hast, mich gefangen zu nehmen«, sagte der Collector. »Wir warteten lange auf diese Gelegenheit.«

»Welche Gelegenheit? Die Panzerung zu verlassen? Das hättet ihr die ganze Zeit tun können.«

»An Bord der Kapseln zu gelangen.«

»Welche Kapseln?«

Die Kreatur kratzte mit den Fingernägeln über den Alustahl. Späne lösten sich aus der Wand wie Butter unter den Zähnen eines Messers. »Die hier. Eure.«

Zumis Verstand arbeitete viel zu langsam, um präzise Schlüsse ziehen zu können, und die Angst machte es nicht besser. Die Finte des Collies, ihm den Naiven vorzuspielen und dem Schiff eine stark vereinfachte Bezeichnung zu geben, ergab keinen Sinn – und da kam ihm der Gedanke, dass es überhaupt keiner der gepanzerten Ahumanen war!

Das Interim! Bei dem Versuch, seine Peiniger aus dem *Starscream* zu spülen wie Exkremente, hatte er sich ein Wesen an Bord geholt, das in dieser grauen Substanz lebte. Unvorhergesehen. Bei einem genaueren Blick bemerkte er, dass sich die Platten unter den Füßen und Stützen verbogen. Das wiederum erklärte die Überladungsmeldung.

»Wir suchten nach einem Weg, mit euch in Kontakt zu treten, aber wir konnten nicht durch die Schale der Kapseln, ohne den Kern und euch darin zu zerstören«, redete das Wesen mit seiner Radiostimme weiter. Es schien die Worte mit einem unsichtbaren Organ zu formen, denn die Sätze drangen aus dem Helmlautsprecher. »Wir versuchten es, aber es nahm kein gutes Ende.« Die Hand schnippte die Späne davon, klirrend landeten sie vor Zumi und lösten sich in den Resten des Interim-Schleims auf. »Du hast eine gute Tat vollbracht. Damit haben das Schweigen und die Demütigungen ein Ende.«

Zumi entspannte sich, obwohl er nach wie vor mit einem Angriff rechnete. Der Verbleib der drei Collies blieb weiterhin ungeklärt, was seine Nervosität nicht verringerte. »Was bist du?«

»Wir sind wir«, sagte das riesige, spindeldürre Wesen. »Wir tragen keine Namen wie ihr. Wir leben in dem, was ihr Interim nennt, und wir blieben unbehelligt, bis ihr anfingt, mit euren Kapseln einzudringen, wie und wann es euch gefiel. Das richtete viel Leid, Zerstörung und Zorn an. Niemand konnte vorhersagen, wo die nächsten Kapseln auftauchten. Ihr habt Räume, Leben, Strukturen zerschnitten und wart gleich darauf verschwunden, während sich eure Spur des Todes durch unser Reich brannte und nicht mehr tilgen lässt. Wo eure Kapseln entlangschießen, ist alles verloren.«

Zumi schluckte, hörte zu und hinkte gedanklich hinterher.

Eben noch hatte er um sein Leben gebangt, nun stand er vor einer Kreatur, die behauptete, sie existiere in dem Schleim und leide unter den FTL-Sprüngen der Menschen. Abgesehen davon benutzten die Menschen nicht als Einzige die Technologie und trugen auch nicht die alleinige Schuld an der Verwüstung. »Wo hast du unsere Sprache erlernt?«

»Wir streben schon lange danach, Kontakt zu euch zu finden. Die misslungenen Versuche lehrten uns ein wenig über euch. Auch die Sprache, die Vorrang hat, damit wir mit euch kommunizieren können. Endlich ist das Wissen von Nutzen!«

Die Sprechweise des Wesens erinnerte Zumi an primitive Völker, an Ureinwohner frisch entdeckter und besiedelter Planeten, die noch über einfache Dinge wie Kaffeemaschinen und Feuerzeuge staunten. Mit diesen Einarmigen schien es sich ebenso zu verhalten: schlicht, aber schlau genug, die Grundlagen der Sprache zu erlernen. Und was taten sie? Anstatt an Handel und Austausch zu denken, beschwerten sie sich! *Typisch.* »Das tut mir leid …«

»Ja, es ist gut, dass es dir leidtut. Ich werde es so weitertragen. Die anderen waren dagegen, dass ich in deine Kapsel gleite, und wollten sogleich Gegenmaßnahmen ergreifen. Aber ich sagte, dass ihr bestimmt nicht wisst, was ihr mit unserem Lebensraum anrichtet.«

Gegenmaßnahmen? »Das ist korrekt. Wir dachten, dass das Interim nichts weiter als eine Ebene ist, die man durchquert wie …«, er zeigte auf den Gang, »wie einen leeren Korridor.«

»Das dachte ich mir.« Die Kreatur klatschte mit der Hand auf den Boden, die Platten bogen sie an den Rändern durch die Kraft in die Höhe, die Klauenfinger hinterließen einen Abdruck. »So ist es wichtig, dass du es deinen Freunden erzählst. Ihr müsst damit aufhören.«

»Ich bin ein Mensch, aber es gibt noch andere Rassen … Spezies im Weltraum, die …« Zumi seufzte. Das Wort *Gegenmaßnahmen* ging ihm nicht mehr aus dem Kopf. »Ich richte es aus. Aber ich weiß nicht, ob man mir glauben wird. Es ist so … niemand rechnete damit, dass das Interim bewohnt ist.«

Das Wesen legte den ausgemergelten, übergroßen Kopf schief. »Sie *müssen* dir glauben. Wir erlauben das Durchqueren nicht mehr, ohne dass ihr ankündigt, wo es geschehen wird. Oder ihr nutzt die Bahnen, die ihr bereits in unsere Sphäre gebrannt habt. Sonst wird keine Kapsel mehr durch unser Reich gelangen. Wir haben genug erduldet und sind endlich vorbereitet.«

»Wir … würdest du deinen Freunden sagen, dass wir … dass ich Zeit brauche? Ich muss viele Nationen und Konzerne unterrichten, um … begreiflich zu machen, was die Sprünge anrichten.« Zumi sprach schnell und verhaspelte sich. Sein Talent als Handelskommissionsleiter war gefragter denn je.

Ein First Contact, schon wieder. Mit ihm als alleinigem Vertreter der Menschheit. Und erneut standen unzählige Leben auf dem Spiel. Nichtsahnend sprangen die Schiffe ins Interim und würden von den Einarmigen auf welche Weise auch immer angegriffen und vernichtet. *Das muss ich verhindern.*

»Ich verstehe. Ich werde ausrichten, dass sie sich gedulden sollen. Aber nicht zu lange. Der Schmerz in meinem Volk ist zu groß.«

»Wie gesagt: Ich bedauere dies.«

»Bedauern ist gut. Aber wir wollen eine Wiedergutmachung«, fügte es ätherisch hinzu.

Zumi musste seine erste Einschätzung revidieren. Sie waren zwar schlicht, aber schlau genug, um Reparationen anstatt Handelsabkommen zu fordern.

Das würde sicherlich den Widerstand der Kons hervorrufen, die sich darauf beriefen, nicht gewusst zu haben, was sie mit FTL-Sprüngen anrichteten. Unwissenheit schützte jedoch nicht vor Strafe. Diesen Grundsatz wiederum nutzten die Unternehmen sehr gern.

Zumi stellte sich vor, wie er reagieren würde, wenn jeden Tag ein Schwerlasttransporter mitten durch sein Haus brach, seine Kinder überfuhr und nicht anhielt, um nach dem angerichteten Schaden zu schauen.

Ja, er verstand den Ärger, die Wut und den Hass.

Du meine Güte. Was können sie wollen? Was bleibt denn in einer solchen zerstörerischen Umgebung überhaupt intakt? »Was schwebt euch vor?« Da es keinen Namen besaß und auch nur von »Volk« sprach, beschloss Zumi, das Wesen *Radiovoice* zu nennen. Es war neutral, nicht despektierlich und müsste nicht peinlicherweise geändert werden wie damals von *Samariter* zu *Collector*.

Das Wesen hob den langen Arm nur leicht und schnitzte mit einer Kralle ein Bild in den Alustahl, das Zumi entfernt an eine dicke Linse oder eine plattgedrückte Melone erinnerte. Darunter folgten jede Menge Abkürzungen, die zwar in Terra- Standard geschrieben waren, ihm aber nichts sagten. *Keine Funkcodes. Jedenfalls nicht Codes von 3014. Typenbezeichnungen?*

»Was ist das?«

»Dinge, die wir im Innern der fliegenden Kapseln fanden, die wir aufhielten, um sie zu untersuchen. Sie sind sehr nützlich für uns. Wir wollen so viele, wie ihr geben könnt. Mindestens aber eine Million.« Radiovoice versah manche Abkürzungen mit Punkten. »Diese sind uns besonders wichtig. Davon wollen wir Fünfzigtausend.«

»Gut. Ich werde es meinem Volk ausrichten. Eine Versammlung muss darüber beraten.« *Und erst einmal herausfinden, was das alles überhaupt ist.* Eine Million irgendwelcher Bauteile klang machbar. Wozu gab es die Konzerne und ihre Massenfertigung? »Wie können wir Kontakt aufnehmen?«

»So, wie du es tatest: Ihr müsst hereinspringen und unser Element in eure Kapseln lassen. Nur so gelingt es. Wir sind wachsam und werden sofort reagieren. Anschließend müssen unsere Völker beraten, wie ihr zerstörungsfrei durch unsere Sphäre reist.« Die Kreatur legte ihren Arm an, was aussah wie das Einholen einer Antenne. »Ich werde mich zurückziehen. Öffne eine deiner Luken in der Kapsel, damit ich zurückgleiten kann.«

Zumi nickte. »Ja, das tue ich. Dazu muss ich in mein Cockpit.« Er zeigte den Gang entlang.

Radiovoice presste seinen langen, dürren Leib gegen die Wand, um ihn passieren zu lassen. Aus der Nähe betrachtet war der Ahumane noch hässlicher, aber trotzdem musste Zumi grinsen. *Das denkt er sicherlich gerade auch von mir.*

Er wollte die Tür aufziehen und hineingehen, da übertrugen die Außenmikrofone ein leises, schleifendes Geräusch, das aus der Kanzel kam. Metall, das über Metall schabte.

Die Collies! In seiner Aufregung des First Contact hatte er die anderen drei vollkommen vergessen. *Haben sie die Schwerter mitgenommen?* Zumi erinnerte sich nicht mehr, was er bei den leeren Rüstungen erkannt hatte, und zögerte.

»Was ist?«, hörte er Radiovoice hinter sich. »Geh hinein, und öffne eine Luke.«

»Ich ... Sind dir im Schiff andere Ahumane begegnet?«

»Du meinst Wesen, die nicht aussehen wie du?«

»Ja ... nein ... kann sein.«

Radiovoices Augen schlossen sich eins nach dem anderen und öffneten sich in umgekehrter Reihenfolge. »Nein«, gab er nachdenklich zurück. »Aber wenn deine Frage darauf abzielt, ob sich noch andere Wesen, die nicht so aussehen wie du, in der Kapsel befinden: Diese Frage muss ich mit ja beantworten.« Sein überlanger Arm hob und streckte sich. »Zwei befinden sich genau vor dir, das andere Wesen ist schräg über mir, in einer der Röhren, die sich durch die Kapsel ziehen.«

Zumi machte einen ersten Schritt rückwärts. Es gab keine Notwendigkeit mehr, das Cockpit aufzusuchen – es sei denn, er wollte sofort sterben. Die Collies würden ihn auf der Stelle angreifen. *Sie haben über-lebt! Was tue ich …?*

»Sind es keine Wesen, die mit dir gern durch unser Reich reisen?«, fragte Radiovoice.

Hinter ihm schnitt sich eine blau glühende Klinge durch die Decke.

Eine humanoide Gestalt sprang durch das geschaffene Loch nach unten. Die Helligkeit des Lichtbogenschwerts blendete Zumi, er konnte kaum mehr als eine Kontur des Angreifers erkennen.

Das Schott zur Kanzel flog auf, ein Summen erklang, und grelles Leuchten flammte auf. Die beiden Collectors kamen ihrem Freund zu Hilfe.

Zumi scherte es nicht, was sie mit Radiovoice anstellten. Er wandte sich um und sprintete in den Nebengang, in der Hoffnung, sie würden sich zuerst um den Ahumanen kümmern.

31. August 3042 a.D. (Erdzeit)

SYSTEM: ROSS 614 A
PLANET: CORNU COPIAE (COS-BESITZ, VERPACHTET AN TAUCETIPRIME)
ORT: EINE HALBE MEILE WESTLICH VON CORNUS-CITY

Colomba freute sich über den Regen, der aus dem Himmel fiel und die ausgetrocknete Erde tränkte. Sie saß lächelnd am Fenster und betrach-tete, wie die Tropfen gegen die Scheibe schlugen, sich vereinten und in kleinen Bahnen am Glas hinabliefen.

Für die junge Preacheress war es kein Zufall, wie manche sicherlich behaupten würden. Sie hatte gebetet, und der HERR hatte ihr das Wun-der gewährt.

Damit waren die Ernten gerettet.

Zudem sah sie den Regen als Taufe der Betas, und die Mischwesen aus Mensch und Tier verstanden es ebenfalls so.

Colombas Plan mit Red, Pelzig, Susa, Jark und Dana ging sogar noch weiter. *Sie* würden die Botschaft der Heiligen Schrift unter ihresgleichen verbreiten: Missionierung der Betas, nicht durch die Stimme der Church of Stars, sondern durch die eigenen Artgenossen.

Das wirkte tausendfach besser als Geschwätz von der Kanzel herab. Red und seine Freunde hatten ein Wunder am eigenen Leib erfahren, und das machte sie zu den besten Gläubigen überhaupt. Zu den eifrigsten. Zu den überzeugtesten.

Deaconess Jeanne kam herein und setzte sich zu ihr ans Fenster. Schweigend reichte sie eine Tasse Tee herüber. Gemeinsam betrachteten sie den Regen, der beständig aus den dunkelgrauen, tiefen Wolken prasselte. Leise trommelte es auf Scheibe und Dach.

»Ausgezeichnete Arbeit«, lobte Jeanne sie nach einer Weile und trank von ihrem Tee. Auch sie hatte ihren Uniformhabit gegen ein weiches, fließendes Gewand eingetauscht. Es schien, als sei der junge Anjelo der einzige Hardliner und Korrekte auf Cornu Copiae. Ihre langen grauen Haare trug sie in einem Zopf, die Seiten und der Nacken waren ausrasiert.

»Das Wunder?«, gab sie zurück und lächelte dabei.

»Das auch. Ich meinte in erster Linie deine Predigt. Es ist schön zu sehen, dass es auch Nachwuchs gibt, der sich gegen die bestehende Meinung auflehnt und Dinge anspricht, die unpopulär sind«, erläuterte die Deaconess. »Jesus war alles andere als bequem, und wir stehen in seiner Tradition. Gut, *ich* zumindest sehe es so. Andere sind eher Fans des Alten Testaments. Ich habe es nicht so mit Augen und Zähnen.«

»Danke sehr.« Colomba tat das Lob sehr gut. Anjelo hatte sie deutlich spüren lassen, dass er die Predigt für die Rechte der Betas als Fehler betrachtete.

Irgendwo im Haus wurde gesungen und gelacht. Die Kinder schmetterten einen nicht church-konformen aktuellen Hit aus dem StellarWeb.

Jeannes Miene wurde ernster. »Ich will nicht verschweigen, dass du dich damit in die Schusslinie der Church-Hardliner begibst. Und der Kons. Das muss dir klar sein, Preacheress.«

»Das ist es.«

»Und dass dir Anjelo früher oder später in den Rücken fallen wird. Er ist ein traditioneller Preacher, der keine Heldentaten vollbringen will oder Ideale hat wie du. Ich kenne seine Art sehr gut.« Jeanne lehnte sich nach vorne und stützte die Ellbogen auf die Knie. »Das ist nicht schlimm. Die Church braucht Konservative wie ihn – aber ebenso aufmüpfige Köpfe wie dich. Er bangt jetzt schon um seine Karriere, sobald du den Mund aufmachst.« Sie lachte leise. »Aber da erzähle ich dir nichts Neues.«

Colomba schüttelte den kurzgeschorenen blonden Kopf. »Ich denke, dass sich nach *Cornu* unsere Wege trennen.« Unverhofft hatte sie eine Verbündete gefunden, und das erleichterte sie ungemein. »Ich sehe meine Zukunft in der Missionierung der Betas, Deaconess. Sie sind die Schwachen, die Ausgegrenzten, zu denen sich Jesus gesetzt hätte, um zu ihnen zu sprechen und ihnen Hoffnung zu machen, dass es sich zum Guten wandelt.«

Jeanne richtete sich auf und strich das Gewand am Oberkörper glatt. »Ich verstehe dich. Sei dir bewusst, dass ich mit meiner Meinung zu einer Minderheit gehöre, aber gib deswegen nicht auf. Der Ministrator und seine Apostel werden einsehen, dass man die Chimären nicht wegstoßen sollte.« Ihr Antlitz wurde ernst. »Dafür gibt es einfach zu viele von ihnen.«

Colomba hörte Sorge in den Worten. »Wie meinst du das?«

»Je früher wir ihnen den rechten Glauben einimpfen, desto höher ist die Wahrscheinlichkeit, dass sie ihre Menschlichkeit nicht verlieren, die ihnen die Forscher in die DNA mixten. Das Tier darf nicht die Oberhand gewinnen, sonst erheben sich die Betas eines Tages gegen uns. Sie sind schlau, sie können sich organisieren. Es ist besser, wenn sie die Menschen mögen und auf den gleichen Gott vertrauen wie wir.« Sie prostete ihr mit der Tasse zu. »Gott hat uns *alle* erschaffen. Das können wir ihnen nicht oft genug sagen.« Die Deaconess erhob sich und legte im Vorbeigehen kurz die Hand auf die Schulter der Preacheress. »Ich bin stolz auf dich. Behalte dir das Ungewöhnliche und Gradlinige.«

»Das werde ich, Deaconess«, beteuerte sie und errötete wegen des vielen Lobs. Anjelo würde ein guter Priest werden, seinen Außenposten bekommen und gegen die Sünde wettern oder was sich sonst an Standards anbot. Aber niemals käme er an sie heran.

Colomba freute sich noch mehr und sah durch die Regenscheibe zur großen Halle, in der sie einen Dankgottesdienst abhalten wollte. Sie hatte Red und Konsorten ausgesandt, um die Betas in den anderen Städten einzuladen und gemeinsam zu feiern.

Als sie an Anjelos Gesicht dachte, das nicht nur entgleist, sondern komplett auseinandergefallen war, als er von ihren Plänen erfuhr, musste sie grinsen.

Sie stand auf, ging durch den Wintergarten in den Flur, nahm den Überwurf vom Haken und legte ihn sich um. Gleich darauf stapfte sie durch den heftigen Wind, die Sohlen klapperten über die ausgelegten gelochten Matten. Überall standen Pfützen mit braunem Wasser. Der Staub der letzten Monate war abgewaschen worden und kehrte auf den Boden zurück.

Colomba ließ sich die Tropfen aufs Gesicht regnen und leckte sie sich von den Lippen. Süß und weich schmeckte das Wolkenwasser.

Sie betrat die Halle und überlegte, wie sie die Container dekorieren wollte. Mehr fürs Auge, mehr für die Emotionen. Ein Logo, das mit Laser an die Wand geworfen wurde, spendete keine Wärme, sondern erinnerte eher auf schlechteste Weise an einen Konzern.

Sie schritt hin und her, probierte am Arrangement der Klappstühle herum – als sie die roten Spritzer auf dem Boden bemerkte.

Colomba wischte mit der Fußspitze darüber. Blut?

Die Flüssigkeit war frisch, haftete an den Platten und auf Kopfhöhe an einem der Lagercontainer. Es musste einen Unfall gegeben haben.

Sie sah sich weiter um und entdeckte rote Schleifspuren, daneben ein Büschel rotes Fell.

Schnell folgte sie den Linien, Colomba wollte dem Verletzten zu Hilfe eilen.

Als sie um die Ecke bog, stand sie vor Lennard, der scheinbar auf sie gewartet hatte. »Dir stopfe ich das Maul wie den anderen!« Mit einem breiten Grinsen hob er den Arm und schlug blitzschnell mit der E-Schraubzwinge zu.

Das Metall traf sie seitlich am Schädel, ein greller Blitz schlug in ihren Verstand ein, und es wurde dunkel ...

… bis sie mit Schmerzen wieder erwachte.

Colomba hing auf einem Metallstuhl und war mit Handschellen gefesselt, wie sie sofort feststellte. Warm sickerte das Blut aus der Platzwunde an ihrem Hals hinab.

Sie sah sich um, ihre Sicht verschwamm gelegentlich noch.

Der Raum war klein und mit Strahlern perfekt ausgeleuchtet. An den Wänden prangten Symbole und Zeichnungen, die Ahumane darstellen sollten: in kämpferischen und herrschaftlichen Posen, beim Essen, beim Sex, beim Gespräch mit Menschen – und beim Sieg über das Symbol der Church of Stars. Der Ministrator und seine Apostel lagen auf der flachen Spitze einer Pyramide, zerschmettert und zerstückelt, vor einem Ahumanen mit langen Tentakelarmen. Um das Bauwerk herum feierten die jubelnden Menschen.

Colomba ließ den Blick schweifen und erkannte an der gegenüberliegenden Wand einen Schrein, von dem Anjelo berichtet hatte. Darüber lag der Preacher, mit geöffneten Augen und offener Kehle! Sein Blut hatte sich auf eine kleine Statue ergossen, die wiederum einen Ahumanen mit den Tentakelarmen zeigte. Lennard opferte seinen Göttern tatsächlich – aber keine Betas.

Mit einem Pfeifgeräusch öffnete sich die Stahltür, und Lennard kam herein. Sein Gesicht war voller roter Spritzer, die Mundwinkel verschmiert, als habe er einen Brocken rohes Fleisch verschlungen.

»Ah, die Christenschlampe ist wach«, rief er gut gelaunt zur Begrüßung. »Da komme ich gerade richtig.«

Er trug ein albernes grünes Gewand mit Hieroglyphen darauf und hatte sich einen Kopfschmuck aus bemalten Knochenstückchen angefertigt. Vor seinem Bauch trug er eine Metzgerschürze, auf der frisches und getrocknetes Blut haftete.

Lennard ging zu seinem Schrein und versetzte Anjelos Leichnam einen Tritt, sodass er von dem kleinen Altar herabfiel. Dabei wurde das Loch in der Brust sichtbar. Der Verrückte hatte dem Preacher das Herz herausgeschnitten und es anscheinend verzehrt.

»Du bist sofort dran. Meine Götter sind mir gewogen«, brabbelte er und riss ein Messer aus der Scheide, die am Gürtel baumelte.

Colomba zog es nicht einmal ansatzweise in Betracht zu schreien. Sicherlich befand sich der Raum unter der Erde, man würde sie nicht hören. Kraftverschwendung. »Hilf dir selbst, dann hilft dir Gott«, lautete ein altes Sprichwort. Nicht das falscheste, wie sie fand. Sie musste auf Gott vertrauen UND sich etwas einfallen lassen.

»Aber *ich* habe es regnen lassen«, erwiderte sie.

»Und *meine Götter* sandten mir ein Zeichen«, hielt er gut gelaunt dagegen.

»Welches?«

»Du hast es nicht gesehen? Der Komet!« Er warf beide Arme in die Höhe, die Klinge funkelte. »Der Komet, der zur Erde fiel, während du dich über die läppischen Tropfen freutest. *Das* war das Signal! Sie sagten mir, dass ich beginnen soll, ihre Ankunft vorzubereiten.« Lennard gestikulierte und rannte zur gegenüberliegenden Wand. Begeistert deutete er mit der Spitze auf die Symbole und Zeichnungen. »Hier steht es, hier steht es doch!«, rief er und fuhr die Striche mit dem Messer nach. »*Und es wird fallen ein Stern, umkränzt vom Tränenmeer des Himmels, der verkündet, dass die Zeit gekommen ward.* Und sie verlangten von uns: *Töte so viele wie möglich und so viele wie nötig.*«

Colomba erinnerte sich tatsächlich an den stürzenden Himmelskörper. »Du hast das doch selbst geschrieben.«

»Ich?« Lennard lachte sie aus. »Du dumme Jesusschlampe! Du hast keine Ahnung, wo du dich befindest, nicht wahr?« Er deutete auf die Wände um sie herum. »Wir stehen in einem ihrer Gebäude!«

»Das du errichtet hast.«

»Nein. Ich *fand* es. Bei Ausschachtungen für meinen Keller. Und da nutzte ich die Gelegenheit.« Lennard kicherte irre. »Ja, ich habe ein bisschen was dazu gemalt. Aber erst nach meinen Visionen.« Er tippte die Spitze wie besessen gegen das zerstörte Logo der Church. »DAS ist mein großes Ziel. Und nun, da meine Götter kommen, fange ich an. Du zuerst, und danach die Deaconess. Und sie werden sich in ihrer ganzen Pracht und Herrlichkeit zeigen, und die Menschen werden verstehen, dass sie die wahren Götter sind und sich ihnen zuwenden. Du«, er kam auf sie zu und versetzte ihr eine kräftige Ohrfeige, »wirst ausgelöscht.

Ich arbeite mich mit ihnen von Planet zu Planet vor, bis ich nach Christ komme und den Ministrator eigenhändig erwürge.«

Colomba versuchte, die Wirkung des Schlags abzuschütteln, der sie nach rechts geworfen hatte. Ohne die haltenden Handschellen wäre sie zu Boden gefallen, die metallenen Ringe schnitten in ihre Gelenke.

Da wurde sie am Kragen gepackt und festgehalten.

»Komm schon. Zeit, für meine Götter zu sterben!« Lennard machte sie los, zerrte sie wie einen Sack neben sich her und schleuderte sie auf den Altar. Er kniete sich in ihren Rücken, machte sie bewegungsunfähig und griff in ihr kurzes blondes Haar.

Colomba war zu angeschlagen, um sich richtig wehren zu können. Weder fiel ihr etwas ein, noch geschah ein Wunder. Sie sah der geschnitzten, unförmigen Statue vor sich in die starren Augen, roch das Blut des Preachers, das von den Tentakelarmen herabtroff.

Lennard zog ihren Kopf weit zurück und legte ihre Kehle bloß. »Ihr Götter, hört mich! Euer treuer Diener Lennard spricht zu euch und tötet eine weitere Frevlerin. Sie wird denen folgen, die ich schon zu euch sandte.«

Colomba betete stumm das Vaterunser – da vernahm sie das leise Piepsen: Jemand gab den Türcode ein.

Lennard hatte es ebenso gehört und wandte sich dem Eingang zu. Da er sie immer noch am Schopf gepackt hielt, konnte sie nichts sehen.

Mit einem zischenden Pfeifen glitt die Tür auf.

»Ihr?«, machte der Mann hinter ihr erstaunt und freudig. »Oh, ihr Götter! Ihr seid zu mir herabgestiegen, um …« Der Griff in ihre Haare lockerte sich etwas, das Knie verschwand aus ihrem Rücken. »Ich bin überwältigt!«

Ein lautes Fiepen und dröhnendes Brummen erklang, das Colomba zum Aufschreien brachte. Sie kannte diese Laute aus den Berichten über …

Sie riss sich los und warf sich nach rechts, schlug seinen Arm zur Seite, um wenigstens vorerst der Klinge des Verrückten zu entkommen, der plötzlich nicht mehr ganz so wahnsinnig erschien.

Colomba erfasste die Situation im Raum mit einem Blick: Zwei Meter neben ihr stand Lennard, der auf die Knie sank und seine Gefangene völlig vergessen hatte. Auf der Schwelle erhob sich die bekannte Gestalt eines Collectors.

Der Ahumane streckte den gepanzerten rechten Arm waagerecht aus, die Hand stellte sich senkrecht wie zum Gruß auf.

»Ihr seid da! Ich wusste es! Ich wusste es immer! Ich bin beseelt vor Glück«, schrie Lennard verzückt. »Nun können wir …«

Ein grüner Laserstrahl leuchtete auf und malte einen Punkt auf die Körpermitte des jungen Mannes, dann spie ein in der mechanischen Hand montierter Lauf eine Garbe in seinen Körper.

Die Hochgeschwindigkeitsprojektile drangen genau in die Stelle ein, die mit dem Laser markiert war. Sie durchschlugen den Leib und schnitten regelrecht ein Loch von zehn Zentimetern Durchmesser in den Brustkorb. Die Geschosse hagelten gegen die Wand dahinter, rissen Gewebefetzen mit heraus. Blut färbte die aufgemalten Symbole rot ein, die Ahumanenstatue zersprang ebenso wie der Schrein.

Lennard stürzte tot auf Anjelos Leichnam, den Mund weit aufgerissen. Es roch nach Blut, nach Schlachthaus, nach Metall.

Der Collector senkte den Arm, das grüne Licht erlosch. »Sei unbesorgt«, drang es in holprigem Terra-Standard aus dem Außenlautsprecher. »Ich bin gekommen, um dich zu befreien.«

Colomba wollte sich am liebsten übergeben und starrte ihren Retter an. Die Rüstung, jede Kleinigkeit, sah genauso aus wie in den Nachrichten. »Was …«, krächzte sie. »Seid ihr …« Sie dachte an den Kometen, der anscheinend wirklich keiner gewesen war. »Verschont Cornu Copiae mit der Obhut! Ich bitte euch. Es lohnt sich nicht.«

»Ich bin nicht deswegen gekommen.« Der Collector setzte einen Fuß in den Raum, die Nanomotoren sirrten leise. Das schwarze Visier drehte sich nach rechts und links. »*Deswegen* kam ich. Wegen den *anderen*. Nicht wegen euch.«

»Dann bist du ein Wyver?«

»Nein.«

Colomba versuchte, ihren Verstand zur Arbeit zu bewegen. Es war zu viel geschehen, zu viel Dramatisches, zu viel Schreckliches – aber auch zu viel Wichtiges, um sich Panik zu erlauben. Vor ihr stand eines der gefürchtetsten Wesen des Weltraums, das weder nach ihr noch nach dem Planeten trachtete.

»Hatte Lennard recht?« Sie erhob sich und ging weg von den Leichen, wobei sie sich an der Wand abstützte. »Wir sind in einer Ancient-Stätte?«

»Das möchte ich herausfinden.« Der Collector drehte sich um und stapfte hinaus. »Hilfst du mir? Ich denke, wir haben den gleichen Feind. Wenn auch aus verschiedenen Gründen.«

Colomba schluckte, kämpfte gegen die Übelkeit an. Sollte sie die Trooper rufen? Die Deaconess benachrichtigen? Wegrennen und Zuflucht suchen, um in Ruhe nachzudenken?

Da der Collie ihr das Leben gerettet hatte, einfach so, beschloss sie, ihm zu folgen. Abhauen konnte sie immer noch.

Zögernd begleitete sie den Gerüsteten, rieb sich die geschundenen Handgelenke und verdrängte die Bilder des toten Anjelo. Einen Zusammenbruch wollte sie sich erlauben, wenn die Lage klarer wurde. Sie musste etwas trinken und brauchte dringend Zucker, sonst würde ihr Kreislauf absacken.

Lautlos sprach sie ein Dankgebet an Gott.

Sie fand den Sinn des HERRN für Humor wieder einmal einzigartig. Einen Ahumanen zu senden, um sie aus der Hand eines radikalen Heiden zu befreien und den Heiden von seiner vermeintlichen Gottheit erledigen zu lassen – das hatte schon was.

Der Collector führte sie durch einen gegrabenen Gang, dessen Wände, die Decke und der Boden von verrosteten Eisenlochblechen stabilisiert wurden. Lennard hatte Vorsicht walten lassen.

In einem Schacht wartete ein Lastenaufzug, das Emblem von *Tau CetiPrime* war eingraviert. Anscheinend hatte sich der Mann den Lift heimlich irgendwo abgezweigt und eingebaut.

»Kann ich …«

»Nicht jetzt«, unterbrach er sie. »Lass uns zuerst sein Haus durchsuchen.«

Zusammen fuhren sie hinauf und standen in einer kleinen Kammer, deren Tür herausgerissen war. Der Collie hatte sich nicht lange mit dem Hindernis aufgehalten.

»Ich übernehme das untere Stockwerk, du das obere«, befahl er ihr. »Und komm nicht auf den Gedanken, vor mir flüchten oder mich hintergehen zu wollen. Der Planet beherbergt nichts, was mich aufhalten könnte. Du weißt, wie effektiv wir sind.« Damit ließ er sie stehen und verschwand in dem Zimmer nebenan.

Colomba wusste nicht einmal, nach was sie suchen sollte. Aber sie folgte den Anweisungen und stieg die Treppe hinauf.

Lennard bevorzugte ein spartanisches Leben. Alles war aufgeräumt, es gab nur Möbel mit einfachen, klaren Linien. Gelegentlich entdeckte sie eingravierte Symbole als Schmuck in den Wänden, in Schranktüren oder auf Einrichtungsgegenständen. Sie waren identisch mit den Hieroglyphen im Schreinraum.

Glücklicherweise stieß sie auf eine Box mit Getränken sowie eine Sammlung Kohlenhydratriegel, die sie eilends plünderte. Danach ging es ihr besser.

Unten rumpelte es. Der Collie zerlegte alles, was er fand, um die Geheimnisse des Verrückten zu ergründen.

Im Schlafzimmer bemerkte Colomba nach kurzem Suchen, dass sich die Rückwand des Schranks verschieben ließ.

Sie drückte und legte ein zweites Regal frei, das wiederum von einer Panzerglasscheibe gesichert wurde. An der Seite befand sich ein Fingerabdruckscanner.

Jenseits des Glases hatte Lennard eine Sammlung von Gegenständen drapiert und indirekt beleuchtet, was an Museumsausstellungen erinnerte. Nichts davon kam ihr bekannt vor. Die Anordnung der Bedienungselemente schien nicht für Menschen gemacht, es konnten Waffen, Werkzeuge, Schmuck oder sonst was sein.

Colomba vermutete, dass der Mann sie aus der Kammer geborgen hatte. Lag wirklich ein Bauwerk unter ihren Füßen? Hatte sowohl die Church als auch der Konzern eine Ancients-Stätte übersehen? Das war kaum vorstellbar.

Probeweise schlug sie gegen die durchsichtige Tür, doch sie hielt. Also musste sie den Collie holen, damit er ihr mit seinen Kräften oder der Waffe Zugang verschaffte.

Colomba ging zur Treppe. »Hey! Ich habe was gefunden!«, rief sie hinab und lauschte in die Stille.

Es blieb still.

»Hallo?«

Nichts.

Colomba setzte den ersten Fuß auf die Stufen, um nach unten zu gehen und nach ihrem Retter zu sehen. Sicher saß er gerade über einem eigenen Fund und analysierte ihn.

Als sie den zweiten Schritt abwärts machte, trat ein Mann um die Ecke. Er trug legere Kleidung, eine Panzerweste sowie einen *Repeater* halb im Anschlag.

Sie kannte ihn. Es war der Trooper, der bei ihrem Gottesdienst offenen Widerstand geleistet hatte.

Dieses Mal hatte er auf seine Rüstung verzichtet. Aber die Mündung des Gewehrs ruckte in die Höhe und zielte auf die Preacheress.

»Keine Bewegung«, zischte er. »Was tun Sie hier? Wo ist Lennard? Und warum sieht es hier aus wie nach einem Bombenangriff? Ist das *Ihr* Blut?«

Colomba hielt inne. Sie wusste im gleichen Moment, dass es aussah, als wäre sie in die Wohnung eingedrungen. Als hätte sie alles verwüstet. Als hätte *sie* Lennard umgebracht.

Alle Verdachtsmomente sprachen gegen sie – es sei denn, der Collector trat aus seinem Versteck und zeigte sich.

Der Trooper bedeutete ihr, nach unten zu kommen. »Ich glaube, Sie haben ein bisschen was zu erklären«, sagte er drohend. »Wo ist Lennard?«

Colomba sah ihn an und wusste nicht, was sie tun sollte. »Sir, ich habe seine Schreie gehört«, sagte sie mit zitternder Stimme, doch dann verlegte sie sich auf die Wahrheit. »Ich … nein, eigentlich griff er mich an und verschleppte mich. Es war in der Lagerhalle, und er brachte mich in einen kleinen Raum, wo ich Anjelos Leiche fand. Lennard opfert

Menschen! Für seine kruden Götter, und dann wollte er mich ebenso hinrichten.«

Der Trooper musterte sie. »Sie stehen unter Schock, Preacheress«, befand er. »Kommen Sie.« Er senkte das Gewehr. »Ich helfe Ihnen.«

Dankbar ging Colomba die Stufen hinab, nicht wissend, dass sie noch in dieser Nacht von Deaconess Jeanne als verschollen gemeldet werden sollte.

Vierte Szene

> *»Es gibt mehrere Versionen einer Geschichte.*
> *Meine, eine andere und die Wahrheit.«*
>
> ROBBIE WILLIAMS der Vierte.

SYSTEM: UNBEKANNT
ORT: IN DER NÄHE EINST STELLARE FORSCHUNGSSTATION SHIVA'S FORTRESS
    (IM BESITZ VON EASTERN STARS, GELEITET DURCH BANGASH INDUSTRIES),
    JETZT: RAUMSTATION PARADISE (BESETZT VON ENTFLOHENEN
    BETA-HUMANOIDEN)

Clarissa lenkte die *Interception* mit einer Genauigkeit durch das Asteroidenfeld, wie es ihr vorher bei keinem anderen Schiff gelungen war. *Kein Jota Abweichung von meinem Kurs! Wie haben die Calyptics das Trimmen der Steuergewerke hinbekommen?*

Die Entfernungsanzeigen berechneten den Abstand zu den Gesteinsbrocken, an denen sie vorbeischossen, bis auf wenige Zentimeter, und doch kam nicht ein einziges Mal Unsicherheit auf. Der Raumer gehorchte jeder kleinen Bewegung an den Kontrollen.

Clarissa hörte Triton neben sich ein-, zweimal Luft durch die Zähne einziehen, doch er schwieg und kommentierte ihre Manöver nicht weiter. Das nannte man Vertrauen zur Captaine und der Technik, die zwar von Chaosjüngern entworfen worden war, aber dennoch mit Präzision arbeitete.

Die Drohne, die sie jagten, schrammte dagegen mehrmals an Kanten vorbei und konnte die Geschwindigkeit nicht halten. Unaufhörlich schob sich die *Interception* an ihr Ziel heran. Die Waffendisplays legten ein Fadenkreuz über den unbemannten Flugkörper.

»Bei *dem* Tempo?«, fragte Triton skeptisch. »Da wird ordentlich Munition draufgehen, bis wir sie haben.«

»Die Chaoten sind bekannt für ihre Knarrenvernarrtheit«, hielt sie dagegen. »Sie haben die Trimmung garantiert mit den Geschützen abgestimmt.« Clarissa musste sich zurückhalten, um nicht zu sehr in Begeisterung zu verfallen. Weder mochte sie die *Calyptics* noch allzu viel Ballerei, aber bei diesen Voraussetzungen drohte es fast, Spaß zu machen. Außerdem tat es der Drohne nicht weh.

Nach einem letzten Sturzflug und einer Sechzig-Grad-Kurve sprangen die Fadenkreuzanzeigen auf Grün um. Sämtliche Waffensysteme hatten das Ziel erfasst.

»Niemals«, murmelte Triton.

Probehalber gab sie eine Salve mit den Automatikkanonen ab, die kleine Granaten verschossen. Jedes zehnte Geschoss war mit einer Leuchtspur versehen, sodass sich eine Linie bildete, anhand derer das menschliche Auge erkannte, wohin die Explosivprojektile zischten.

Der glühende Strich schoss davon – und die Drohne verging in einem multiplen roten und blauen Feuerball. Die *Interception* flog gleich darauf durch die letzten Flämmchen, leise klirrten die Reste des Flugkörpers gegen die Bordwand und das Kanzelglas.

»Ein Versuch«, stellte Clarissa fest.

»Ihr heiligen Pferde von Gliese!« Triton richtete sich auf, sah zuerst in den Weltraum und dann auf das Display, wo ein Smiley erschien und meldete: ZIEL ELIMINIERT – WO IST DAS NÄCHTSE? Triumph mit Schreibfehlern. *Calpytics*-Humor. »Was bin ich froh, dass wir denen niemals in die Quere gekommen sind oder einen Raid gegen ihre Basis unternommen haben! Nicht mal ein Psioniker würde das mit einer ersten Salve hinbekommen!« Er tätschelte die Seitenverkleidung. »Gutes

Maschinchen. Bist dreckhässlich, doch deine inneren Werte sind aus Gold.«

»Ich nehme auch alles zurück«, fügte Clarissa hinzu und gab den Kurs zum Rendezvous-Punkt ein. *Dieses Vehikel mag scheiße aussehen, aber es ist tödlich, präzise und schnell.* Das machte die *Interception* in mehrfacher Hinsicht noch lukrativer.

Clarissas und die Blicke des Ersten Offiziers trafen sich, man verständigte sich stumm. Die Übernahme gefiel beiden.

»Sie werden sicherlich Schutzvorrichtungen eingebaut haben«, gab Triton zu bedenken. »Irgendeinen Code, den man regelmäßig eingeben muss, oder sie fliegt in die Luft.«

»Meinst du?« Zuzutrauen wäre es ihnen. »Morlin wird sich mal die Elektronik anschauen. Sicher ist sicher.« Clarissa erhob sich. »Komm, wir prüfen, ob die Kaffeemaschine genauso genial ist wie der Rest.«

Gemeinsam begaben sie sich in die Kombüse, wo ihnen Morlin zum nachtschwarzen Gesöff etwas hinstellte, das aussah wie ein Keksberg, aus dem man sich einzelne Stücke herausbrechen musste.

Schon beim ersten Schluck wusste sie, dass die *Calyptics* guten Kaffee schätzten. »Ist das … *echter?*«

Morlin, ein untersetzter Mann mit afrikanischem Einschlag und weißen Tätowierungen auf den breiten Unterarmen, nickte beeindruckt. Seine blauen Augen glommen begeistert. »Sie haben *nur* echtes Zeug! Sogar Double-Taste-Steaks, luftgereift! Die Freaks leben wie die Luxusmaden.«

Triton erhob seine Tasse zum Gruß. »Gut, dass wir hier sind.«

Sie lachten, und Morlin setzte sich zu ihnen. Von der restlichen Crew war niemand zu sehen.

»Ich hätte zu gern gewusst, warum Cohlonn uns die Drohne nachsandte.« Clarissa sah zu Morlin. »Ach ja, prüf bei Gelegenheit die Elektronik und die Computer. Ich möchte wissen«, sagte sie mit gesenkter Stimme, »ob es Schutzmechanismen gibt.« Mehr musste sie gar nicht anweisen. Morlin wusste, was sie planten.

»Muss *er* es gewesen sein?«, überlegte Triton laut. »Wir waren an Bord einer gekaperten Station. *Baln* wird sich bereits in Position gebracht haben, um sie sich wieder zu holen.«

»Atomsprengköpfe?«, fragte Clarissa erinnernd.

»EMP-Attacke?«, warf Morlin lachend ein. »Im Ernst: EMP. Damit schalten sie alle elektronischen Geräte für eine gewisse Zeit aus oder schmurgeln alles durch. Solange es keine Zünder für die Bomben gibt, kann man damit nichts anfangen.«

»Das wissen die Chims auch. Es gibt auf *Paradise* mehrere Räume, die gegen EMP abgeschirmt sind.« Triton brach sich ein Stück vom Megakeks ab. »Was soll das sein? Verführerischer Gebäckscheißhaufen?«

»Ich habe experimentiert. Wo wir bei den Chaoten gelandet sind, dachte ich, ich backe mal was.« Morlin feixte. »Aber den Namen nehme ich.«

Clarissas gelöste Stimmung verpuffte. *Er hat recht. Irgendein Kon kann sie uns auf den Hals gehetzt haben.* Sie wurde unruhig und erhob sich. »Ich bin wieder oben.« Im Stehen trank sie den Kaffee aus.

»Was ist los, Captaine?« Morlin war enttäuscht. »Wollte mich gerade ein bisschen in deiner Anwesenheit sonnen.«

»Nimm das heitere Gemüt des Ersten Offiziers dafür. Ich will die Kontrollen im Auge behalten.« Sie zwinkerte den Männern zu und kehrte in die Kanzel zurück.

Clarissa nahm im Sessel Platz, schaltete alle Überwachungsgeräte auf höchste Sensibilität und setzte sich den Helm auf. Falls sie nochmals Jagd auf eine Drohne machen durfte, die sich bislang erfolgreich vor ihnen verborgen hatte und nun erst entdeckt wurde, wollte sie gerüstet sein.

Die Stunden verstrichen, ohne dass es eine besondere Meldung gab. Das Asteroidenfeld lag bereits lange hinter ihnen, und im freien Raum wäre jeder fremde Schatten aufgeflogen.

Dafür erreichte die *Interception* die vereinbarten Koordinaten.

Ein kleiner Mond erschien, umgeben von kreuzförmig angeordneten Ringen. Auf der Rückseite lag das FTL-Sprungschiff von *Interrun Limited*, das sie aufnehmen sollte. Dicht an der Oberfläche, wie ihr der Scanner zeigte.

Keine Ahnung, wie er das geschafft hat und wie wir von da wegkommen sollen. Clarissa zwang den Raumer mit dem überdimensionalen Antrieb in einem waghalsigen Sturzflug durch die Schuttringe dichter an die Hügel und Schluchten des Monds. Sie probierte sich erneut an einem Konturflug.

Dann erschien ihr Interim-Taxi: ein klobiges Trägerschiff namens *Christopherous* mit acht langen Auslegern, an denen bereits sieben Schiffe angedockt hatten. Vier Frachter, zwei Kreuzer sowie eine Yacht, die abgewrackt aussah; das unterste befand sich eine halbe Meile über der graubraunen Mondoberfläche.

Mit uns acht. Wie die Pfeile des Chaossterns, dachte Clarissa. Ihr fiel sofort auf, dass die *Christopherous* keinen eigenen Schubantrieb besaß. »Hier *Interception*. Bereit zur Aufnahme?«

»Hier ist der Lademeister«, kam über Funk. »Sie sehen den freien Ausleger?«

»Bestätigt.«

»Nähern Sie sich mit einhundert Stundenkilometern an, dann fangen die Klammern sie autom…« Die männliche Stimme schwieg. »Scheiße, was habt ihr denn für ein Triebwerk?«

»Ein gutes.«

»Es ging mehr um … egal.« Der Lademeister schien überlegen zu müssen. »Sorry, das muss ich manuell machen. Langsame Annäherung, Gleitflug, und ich versuche …«

In der Zwischenzeit hatte Clarissa die Haltevorrichtungen mit den Kameras herangezoomt und begutachtet. »Nicht nötig. Ich komme rein, bleibe stehen und lasse mich pflücken.«

»Was?«

Clarissa steuerte den Raumer an den FTL-Träger, vorbei an zwei der Frachter und der Yacht. Als Ex-*Royal Raider* konnte sie nicht anders. Ein solches Prachtschiff, das lediglich für den persönlichen Spaß des Besitzers gebaut wurde, lockte sie nach wie vor. Doch die Yacht hatte ihre guten Tage hinter sich gebracht. Einschusslöcher sowie ein aufgeschweißtes Loch im Rumpf zeigten, dass es mindestens einmal gekapert worden war.

Heiße Ware. Clarissa wuchtete die *Interception* herum, ließ sie einmal um die eigene Achse rollen und stand genau unter den Klammern der *Christopherous*, ohne nachkorrigieren zu müssen. »Fertig, Lademeister. Docken Sie uns an«, sagte sie genüsslich. Sie stellte sich vor, wie dem Mann die Augen aus dem Kopf gefallen waren.

»Bestätigt«, kam es deutlich verwundert herein. »Was für eine coole Show, Lady.«

Mit leisem Klacken wurden die Halterungen um den Raumer geschlossen. Danach zündeten die beiden größten Frachter ihre Triebwerke und schoben den FTL-Träger mit seinen acht Anhängseln weg von der Oberfläche, damit der Übergang ins Interim ohne Gefahr geschah. Es konnte sein, dass sich die Mondmasse ansonsten negativ auswirkte und ihr Sprung an einem anderen Ort endete als vorgesehen.

»Achtung: Sprungwarnung. T minus zehn Minuten. Was immer ihr tut, werdet fertig«, dröhnte es in Clarissas Ohren.

Sie drückte auf den Knopf, der in der *Interception* das Licht dimmte und die Gänge und Räume in bläulichen Schein tauchte. Die Warnung für die Crew, nicht mehr mit etwas anzufangen, das bei einer Ohnmacht tödlich enden konnte.

Auf dem Display vor ihr leuchtete wieder ein Smiley auf. Eine Nachricht erschien:

Guten Weltraumtag, Captaine Fairbanks!

Wir freuen uns, dass du mit dabei bist. Wenn auch gegen Geld. Aber das macht ja nichts.
Freu dich dran, solange es das Zeug noch gibt. Wir arbeiten dran, es zu ändern.

Inzwischen solltest du dich mit unserem Goldstück vertraut gemacht haben.
Geile Maschine, was?!
Das ist die Kreativität des Chaos!!!

Hier kommt dein erster Job:

Nachdem der Sprung erfolgt ist, geht ihr mit der *Interception* in Stellung.

Ihr müsst exakt zur vorgegebenen Zeit, Terra-Standard, an den Koordinaten sein, die du unter *Programmierung Alpha* abrufen kannst. Das Codewort ist dein Geburtstag. Ich weiß, nicht einfallsreich, aber da ja niemand wusste, wer der Captaine ist …

Sobald ihr die Position erreicht habt, wird der General die Maschine anwerfen. Er wird euch dann auch erklären, was unser erstes Ziel ist.

Um eine Andeutung zu machen: Wir gehen mal Geld sammeln und Kons ärgern.

Alles Weitere dann von ihm.

Nach erfolgtem Abfischen werdet ihr den raschen Rückzug antreten. Die Koordinaten sind unter *Programmierung Beta* hinterlegt, die sich erst abrufen lassen, sobald ihr die Position *Alpha* erreicht habt. Passwortabfrage weiß ich gerade nicht. Siehst du dann …

Dort sollte es dann weitergehen. Wie, weiß ich gerade auch nicht. Aber wenn ihr auftaucht, haben wir uns was ausgedacht. Ganz echt. Harrharr – so lachen doch Piraten, oder?

Dann mal los!

Es grüßt das chaotische Oberkommando …

Oh, diese Nachricht zerstört sich zusammen mit dem Schiff innerhalb von fünf Jahren selbst.

Können auch Sekunden sein.

Oder Dekaden.

Wir haben den Timer einfach mal auf »fünf« gestellt. Wir werden sehen, wann es BUMM macht!

Clarissa hatte sich schon gedacht, dass es nicht leicht werden würde, für diese Chaosclowns zu arbeiten. Nun *wusste* sie es. *Scherzbolde.* Zumindest hoffte sie, dass die Sache mit dem Timer ein Witz war.

Der Countdown für die Sprungwarnung fiel soeben unter eine Minute.

Sie lehnte sich in den Sessel, schloss die Augen und dachte an eine schwarze Rose, wie sie es jedes Mal vor dem Übergang tat. Es fokussierte ihre Gedanken und verhinderte, dass ihr schlecht wurde.

Dabei fiel ihr ein, dass sie ihr Sprungbuch noch suchen musste. Grob geschätzt war es ihr achtzigstes Eintauchen ins Interim, rangierte also noch in der Rubrik gefahrlos. Ihre Gesundheit und die Veränderung ihrer DNA und ihrer Zellstruktur lag noch im Toleranzbereich.

Ein Job, den man nicht ewig machen kann, sinnierte sie. *Wenn es im Interim wenigstens nett oder lauschig wäre oder man die Aussicht bewundern könnte.*

Die Anzeige sprang auf NULL, und das Ziehen im Nacken setzte unverzüglich ein.

INTERIM

Zumi hastete durch das unbekannte Schiff, in dem es unentwegt auflösend knisterte und knackte. *Ich brauche ein Versteck! Irgendwas, wo sie mich nicht finden!*

Hinter ihm erklang ein Brüllen, dazu mischte sich das Tosen eines Wasserfalls. Es rumpelte, die Erschütterungen waren auch unter seinen dicken Sohlen zu spüren: Collectors und Radiovoice kämpften gegeneinander.

Zumi ging davon aus, dass die Collies gewannen. Diese verfluchten Schwerter würden den anderen Ahumanen in dünne Tranchen schneiden.

Danach gab es keinen Grund, warum sie sich nicht ihn vornehmen sollten – den Mann, der ihre Rüstungen komplett unbrauchbar gemacht hatte.

Sechs Tage im Interim. Er sah auf die Anzeigen des Anzugs.

Der Sauerstoffaufbereiter würde es schaffen, auch für Flüssigkeit war gesorgt. Ein kleines Röhrchen neben seinem Mund stellte den

Halm dar, den er mit den Zähnen öffnen und verschließen konnte. Eine Diät von sechs Tagen war verschmerzbar.

Gut. Zumi sah hinauf zum Einstieg ins Lüftungssystem. *Da hinein? Trotz des klobigen Anzugs?* Er musste überleben, um der Menschheit die Nachricht der Interim-Bewohner zu überbringen.

Wäre dieser Auftrag nicht gewesen, sein Weg hätte ihn geradewegs in den Maschinenraum geführt, um das Schiff zu zerstören und zu verhindern, dass sowohl eine mögliche Collie-Waffe wie auch das Trio selbst Terra jemals erreichte. Heldenhaft und sinnvoll.

Sinnlos erschien ihm jedoch sein angedachtes Versteck. *Nein, da hatten sie sich ja selbst verborgen. Das würden sie sofort erraten.*

Er lief herum und wusste nicht, wohin er sich begeben sollte, bis er in seiner Not doch den Maschinenraum des *Starscream* aufsuchte.

Ein Blick in die zusammengestauchte Kammer machte ihm klar, dass es kein Ort war, um ein gutes Versteck zu finden. Die Ingenieure hatten jeden Millimeter ausgenutzt. Überall lagen Leitungen, Kabelbäume, Tanks oder zumindest etwas, das danach aussah, dazu große und kleine Aggregate, und nicht zuletzt der kalte Fusionsantrieb.

Die drei asymmetrisch geformten Vorrichtungen mit den unleserlichen Zeichen gehörten zum FTL-Antrieb und wirkten, als habe jemand ein Kunstobjekt in einer Abstellkammer vergessen. Einzelne Zeichen leuchteten, manche blinkten in schnellem Wechsel; die Anzeigen wusste Zumi nicht zu deuten.

Nein, das bringt leider gar nichts. Er huschte hinaus, stand im Gang und lauschte, ob der Kampf zwischen den Ahumanen noch anhielt.

Rumpeln, Fauchen und Krachen. Radiovoice gab nicht auf und hielt sich anscheinend.

Blaues Licht schimmerte im Gang, und eine humanoide Gestalt, die sicherlich zwei Meter groß und schlank war, bog um die Ecke.

Sie trug einen Ganzkörperanzug, der mattsilbern schimmerte und in Segmente eingeteilt zu sein schien. Der Kopf lag ebenfalls darunter verborgen, und es gab keine Öffnung für die Augen. Am Schwert war erkennbar, dass es sich um einen Collie handeln musste; das Kabel am Griff führte an den breiten Gürtel, den er sich angelegt hatte.

Zumi hob die Laserpistole und schoss.

Der Strahl verfehlte den Ahumanen, der daraufhin losrannte – auf seinen Gegner zu.

Zumi schoss noch einige Male, ohne den Collie zu treffen. Erstens fehlte ihm die Übung, zweitens entkam der Feind mit leichten Drehungen einem Treffer. »Verschwinde!«, schrie er wütend und kehrte in den Maschinenraum zurück, zog die schwere Tür zu und verriegelte sie.

Was mache ich? Er lehnte sich gegen die Wand. *Denk nach! Es muss dir ... natürlich!*

Der Maschinenraum besaß ein eigenes Lüftungssystem, das nur ein paar Meter lang war und direkt durch zwei Aktivfilter nach draußen führte. Die Außenklappe war zu, wegen des Interims. Seine einzige Versteckmöglichkeit.

Er ging los und suchte verzweifelt nach dem Einstieg. Bestimmt gab es eine Wartungsklappe in der Nähe des Fusionsantriebs, also kroch er durch die engsten Stellen, verhakte sich zweimal und verfiel in Panik, sich nicht mehr aus dem Wirrwarr befreien zu können.

Endlich entdeckte er eine Markierung und die Aufschrift: PULL, perhaps. If not: try again!

Zumi drückte, und die Öffnung fuhr in die Höhe.

Geschafft hatte er es dennoch nicht. Zuerst musste er mit zitternden Fingern vier weitere Filtergitter sowie eine wabenförmige Membrankonstruktion ausbauen, bevor er in den schmalen Schacht rutschte.

Der Raumanzug passte gerade eben hinein, das Material rieb an den Wänden und quietschte leise wie ein Luftballon in einem Fallrohr. *Ich muss achtgeben, sonst verrate ich mich dadurch.*

Eine dumpfe Detonation erklang, und die Tür zum Maschinenraum wurde aufgesprengt.

Der Collie in dem Ganzkörperanzug trat herein, das Schwert mit der surrenden, zischelnden Lichtbogenklinge in der Hand. Dämonenhaft unwirklich trat er ein, sah sich mit einem gesichtslosen Kopf um und richtete sich plötzlich auf.

Zumi fühlte sich angestarrt. So leise es ging, setzte er die Filter ein und fummelte die Abdeckung von innen vor den Einstieg. *Er sieht mich! Ihr Handelsgötter, er sieht mich!*

Der Collie kam näher, eine Hand nach vorne ausgestreckt, als müsste er vorfühlen oder nach verborgenen gespannten Drähten tasten. Zielstrebig näherte er sich dem Versteck.

Zumi hob die Laserpistole, visierte sehr genau und mit aufgelegtem Lauf durch die Gitter und Waben auf den gegnerischen Kopf. *Du kannst nicht unsterblich sein, sonst bräuchtest du keine Rüstung.* Er drückte ab und sandte einen gebündelten Lichtstrahl auf die Reise.

Das Licht traf, doch nicht in den Kopf, sondern in die Schulter.

Der Ahumane gab einen Laut von sich, der nicht nach Freude klang. Wo der Laser getroffen hatte, glomm der Anzug dunkelrot und schien sich stark erhitzt zu haben, ohne das Material zu durchdringen.

Der Collie ging daraufhin zwischen den Aggregaten in Deckung und verschwand aus Zumis Blickfeld.

Wie stark habe ich ihn verletzt? Er kroch weiter in die Röhre hinein, die Mündung auf die Klappe gerichtet. *Los, trau dich! Halt deinen Kopf rein, dieses Mal verfehle ich dich gewiss nicht!*

Die Temperaturanzeige meldete, dass die Luft um ihn herum heißer wurde, was vermutlich kein Zufall war. Der Collie wusste, wo er sich versteckte, und jagte irgendwelche Gase in das Rohr, das ungeöffnet wunderbar dicht hielt und wie ein Backofen wirkte.

Die Gradzahlen stiegen so rasch, dass der Anzug warnend piepste. Bald wäre das Limit erreicht.

Zumi kletterte aufwärts, entdeckte neben sich eine zweite Klappe und öffnete sie, kroch unbeholfen hinaus und fand sich auf einem großen Tank wieder, zu dem Eisensprossen führten. Vier Meter unter ihm lag der Maschinenraum – und da sah er den Collie. Er wartete neben der unteren Luke, das Schwert in der einen Hand. Der andere Arm hing herab.

Er will ihn schonen. Zumi legte wieder auf den Collie an. Seine Zuversicht, wenigstens einen der Ahumanen zu töten, wuchs leicht. *Ich werde nicht eher aufhören, bis ich dich erwischt habe!* Er löste gleich mehrmals hintereinander aus.

Die Laserpistole schleuderte ihre Strahlen gegen den Feind. Wieder erklang der Laut, einem Schrei nicht unähnlich, dann brach der Collie zusammen.

Aber das Schwert hatte er nicht ausgeschaltet! Die vernichtende Klinge schnitt in eines der FTL-Antriebsbauteile. Sämtliche Symbole des asymmetrischen Gegenstands leuchteten grell auf, ein Ruck ging durch den *Starscream*.

Opalisierende Eruptionen schlugen aus dem Schnitt wie brennende Plasmawolken aus einer Sonne und walzten gegen die Decke, erfassten die Kabelbäume und den Leib des Collectors. Alles, was getroffen wurde, löste sich in einer schwarzen Wolke auf, die sich ebenso zersetzte.

Zumi warf sich flach auf den Tank und betete, dass sein Anzug hielt.

Das Schiff verfiel in beständiges Rütteln, als würde es die Insassen aussieben wollen.

Das wird nicht ... Er konnte sich nicht länger auf der glatten Oberfläche halten und fiel einige Meter tief, bevor er hart auf dem Metallboden aufschlug. Dabei sah er, wie ein neuerlicher Ausbruch dorthin zuckte, wo er eben noch gelegen hatte.

Die Symbole auf dem beschädigten FTL-Baustein erloschen flackernd.

Abrupt kam der *Starscream* zum Stehen.

Zumi beschleunigte von selbst, schoss über die Platten und rutschte genau in eine glitzernde Ausgasung aus dem Schlitz, die unter anderen Umständen sehr hübsch anzuschauen gewesen wäre.

Er dachte noch daran, dass es nun keinen mehr gab, der die Menschheit vor den Radiovoices warnte.

Die Welt löste sich in einem schimmernden Regenbogen auf, durch den er flog und scheinbar jedes Gewicht verlor.

Zumi glaubte zu schweben, umspielt und umspült von glitzernden Farben – dann knallte er sehr unschön auf der anderen Seite des Maschinenraums wieder gegen die Wand.

Die Wände hatten sich verschoben, alles war krumm und schief und deformiert, als habe jemand das Schiff mit einem großen Hammer nachbearbeitet.

Sein Helmvisier war zerbrochen. Er atmete das Dampfkonglomerat ein, das eine solch universale Mischung bedeutete, dass er keine einzelnen Gerüche zuordnen konnte. Er musste husten, der Rauch reizte die Lungen. Leitungen verbrannten mit schwarzgrauem Qualm, eine Warnsirene wiederholte monoton ihren Sound, als könnte sie damit etwas besser machen.

Zumi wusste nicht, was mit dem *Starscream* geschehen war.

Ächzend bewegte er den Kopf und versuchte, mehr zu erkennen. Vor seinen Augen verschwamm das Bild oder verdoppelte sich, je nach Laune und Zustand seines Gehirns.

Die Anzeigen an den Modulen sind erloschen. Nichts geht mehr. Der Collector schien mit der Zerstörung des FTL-Antriebs auch den Fusionsreaktor ausgeschaltet zu haben. *Willkommen im Interim,* dachte Zumi. *Jetzt gehöre ich also zur Armee der Verlorenen ...*

Ein Fluch auf Terra-Standard erklang. Sohlen quietschten über Metall, Werkzeug fiel scheppernd zu Boden.

Vor ihm erschien ein pelziges Hund-Mensch-Gesicht, die graugrünen Augen sahen ihn ergründend an. Eine Hand näherte sich seinem rechten Auge, *KLICK*, und ein grelles Licht blendete ihn.

Zuerst dachte Zumi, er halluzinierte und würde Opfer seines angegriffenen Verstands, der mit den Dämpfen nicht zurechtkam.

Aber die Halluzination öffnete den schnauzenähnlichen Mund und rief: »Pupillenreaktion, Sir! Hier ist ein Überlebender! Medic, zu mir!«

Ein Beta! Zumi schloss für eine Sekunde die Augen. *Gerettet ... oder ... bilde ich es mir doch ein?* »Wo bin ich?«

»Abgestürzt. Aber wir haben Sie gefunden, Sir«, antwortete der Beta-Humanoide beruhigend, der keinen Raumanzug, sondern eine stadttarnfarbene Halbpanzerung mit einem Kon-Emblem sowie dem Adlerkopf-J für *Justifiers* trug. »War nicht leicht.«

»Welcher Quadrant?«, fragte er unter Schmerzen. »Wo ist mein Schiff aufgetaucht?«

»*Aufgetaucht* ist gut, Sir. *Reingerauscht* sind Sie, mitten in das gute alte Terra, Sir.«

»Schieb deinen Hintern zur Seite, Barum.« Der Beta machte einer jungen Frau in der gleichen Kampfmontur Platz, die ein rotes Kreuz auf einem weißen Untergrund an ihrer Panzerung trug. Sie hielt einen Hochdruckinjektor in der rechten Hand, mit der linken zog sie Zumis Kragen zur Seite. »Willkommen auf der Erde, Sir.« Sie setzte ihm das Gerät gegen den Hals. »Das wird jetzt ein bisschen wehtun, aber danach ist Ihnen alles egal.«

Und so kam es.

Fünfte Szene

1. September 3042 a.D. (Erdzeit)

> *»Ich hatte mal großes Vertrauen zu der Church of Stars.*
> *Aber was ich dann alles sehen und erleben musste!*
> *Niemals hätte ich geglaubt, worin dieser Haufen verstrickt ist.*
> *Wenn wir in der Geschichte zurückgehen und denen*
> *eine Zeitmaschine geben, die würden Jesu Kreuzigung*
> *wieder zulassen, damit er umso herrlicher auferstehen kann.«*
>
> RENATA DE CAMERONE, Ex-Priestess und Aussteigerin aus der Church,
> Buchautorin von »Der Schatten des Kreuzes«
> und »Glaube an Macht«

SYSTEM: GLIESE JAHREISS 1111
PLANET: ZWISCHEN RODNE UND ALDA RAAN
ORT: –

Das Erste, was Innocent White sah, als er auf der anderen Seite des TransMatt-Bogens herauskam, waren die verwunderten Gesichter zweier Männer in stark strapazierten Halbpanzerungen, die ganz in der Nähe standen und bis eben wohl noch ein Gespräch geführt hatten. Sein Auftauchen hatte es abrupt beendet.

Nicht nur das: Sie griffen an ihre Waffenholster!

Ihr Heiligen! »Das ist eine Verwechslung! Bewahren Sie doch bitte Ruhe. Ich bin Preacher White, und …« Bevor Innocent entschied, was er tun sollte, und immer noch seinen Koffer in der Hand haltend, bekam er einen Stoß in den Rücken. Er schlug der Länge nach hin, das Gepäckstück löste sich aus seinen Fingern und rutschte durch die kleine Halle.

»Unten bleiben!«, herrschte Civer Blacks dunkle Whiskeystimme, dann krachte es von vorne und von hinten.

Das Feuergefecht endete so rasch, wie es begonnen hatte. Mit einem leisen Klirren rollten leere Munitionshülsen über den Metallboden, ein letztes Röcheln kam von dem einen der beiden Gepanzerten.

»Nuntius! Was …?« Innocent erhob sich und sah fassungslos auf die beiden Erschossenen, aus deren Panzerungen rotes Blut hinablief und sich um sie verteilte; die Farbe betonte das Grausilber der Platten. Die bunte Haarfarbe des einen wirkte unpassend wie auf einem retuschierten Foto. »Das waren die Männer des Ministrators!«

»Waren sie nicht.« Black ging an ihm vorbei, seine Vollautomatik am ausgestreckten Arm auf den Eingang gerichtet. »Hoch mit dir.«

Er sah zu den Leichen und bemerkte erst jetzt die abgekratzten Zeichen der GUSA auf den Panzerungen. »Oh …«

»Genau. *Oh!*«, äffte ihn Black nach und filzte die Toten. »Piraten, schätze ich. Was ist das für eine Konsole?«

Innocent überlegte, ob er zuerst seinen Koffer holen sollte, entschied sich dann aber dagegen. Die Situation erforderte es, Informationen zu sammeln. Sein Herz klopfte schneller, und seine Finger fühlten sich schwitzig an, als er an die Konsole trat. *Wie kommt er darauf, dass ich Trans-Matt-Techniker bin?*

Innocent kannte sich mit TransMatt so gut aus wie jedes andere Wesen im Universum, das nicht bei TTMS arbeitete: rudimentär. Den Aufbau eines Portals und die Details kannte niemand. Aber er sah auf den ersten Blick, dass es sich bei der Bedieneinheit nicht um ein Standardmodul handelte. Finger- und armdicke Kabel schlängelten sich aus dem Aufbau, teils zum TransMatt-Bogen, teils in die Wand. Energiezufuhr? Messdaten?

»Was ist jetzt?«

»Ja, gleich, Nuntius. Ich arbeite nicht schneller, wenn man mich ständig aus der Konzentration reißt.« Er drückte auf den Knöpfen herum, die am ungefährlichsten aussahen, und wischte über den interaktiven Monitor.

Nach dem vierten *Klick* stand auf dem Display vor ihm:

+++ Sprung umgeleitet ... Zwei Individuen an Bord ... Beziehe neue Messdaten ... Abgleich der Interferenzen ... Portal auf Rodne aktiviert ... Nächster Sprung ins System: T minus 23 Minuten ... Abfangvorgang initiiert +++

Innocent hob den kurz geschorenen blonden Kopf. »Ich bestätige deine Vermutung. Wir sind auf einem Piratenschiff. Anscheinend fangen sie mit ihrer Vorrichtung Sprünge ab. Sie werden es auf Fracht abgesehen haben.« *Ich wusste gar nicht, dass es so etwas gibt! Wer kommt auf diese Idee – und wie könnte man diese Vorrichtung bauen?* Er sah auf das Modul, das nach Elektrizität und warmem Plastik roch; aus dem Innern erklang ein drohendes Summen. Innocent bemerkte, dass sich seine *Thorn II* leicht auf die Konsole zubewegte. *Kraftfeld und Magnete?*

»Sag bloß.« Black hatte den Toten die Tois aus den Taschen gezogen und steckte sie ein. »Danke für die Kollekte«, murmelte er. »Sollen eure Seelen doch in der Hölle verrotten.«

Im Lautsprecher an der Decke knackte es. »Hey, ihr beiden Spaßvögel! Wieso haben wir Passagiere? Sollte das nicht die Lohnlieferung für die Fabrikarbeiter auf Rodne sein?«, fragte eine hörbar missgelaunte Frauenstimme. »Funktioniert das Maschinchen doch nicht so wie gewollt?«

Black nickte Innocent zu, damit er antwortete.

»Äh ...«, machte er und räusperte sich. »Alles in Ordnung. Haben sie umgenietet. Waren die Aufpasser. Vorauskommando von GUSA.« Er hustete. »Sorry. Hab was im Hals.«

»Wieso denn GUSA?«, kam es verblüfft von der Decke. »Ist doch gar nicht ihr Gebiet?«

»Steht mal auf den Rüstungen. Ach nee, wohl doch nicht.« Innocent brach der Schweiß nun richtig aus. *Rodne. Rodne, zu welchem Kon gehört denn Rodne?* »Hab mich verlesen.« Er sah zu Black, der lautlos *UI* mit den Lippen formte. »Lag am Licht. Sind Gardisten von *UI*.«

»Shit«, drang es zu ihnen. »Das erklärt, warum sie das Tor wieder scharf schalten. Die neue Ladung kommt erst in 23 Minuten.« Es schepperte, dann wieder ein Fluch. »Habt ihr die Guards unter Kontrolle?«

»Beide hinüber, Boss.«

Stille.

»HINÜBER?«, schrie die Frau beinahe. »Seid ihr meschugge, ihr Ballerinas? Jetzt haben wir *UI* noch wegen Mord am Arsch.« Eine leisere Stimme rief ihr etwas zu, das Innocent nicht verstand. »Shit noch eins hoch unendlich! Wir müssen aus dem System. Sie schicken uns Jäger hoch. Unsere kleine Abzweigenummer wurde bemerkt. Um euch kümmere ich mich später.« *Klack.*

Black kniete sich hin, öffnete einen seiner Koffer und nahm noch mehr Waffen heraus, lange und kurze, zusammensteckbare Gewehre und Pistolen, magazinweise Munition. »Brauchst du auch noch was, oder reicht dir deine schicke *Thorn*, die so fein poliert ist? Darfst du die überhaupt dreckig machen?«

»Was hast du vor?«

»Die Crew davon überzeugen, dass wir *im* System bleiben. Ich habe nicht vor, mit den Piraten irgendwohin zu verschwinden und von *UI* zerlegt zu werden. Für Kollateralschäden bin ich mir zu schade.« Black entsicherte sämtliche Waffen und nahm das Sturmgewehr in den Anschlag.

»Ist das nicht gefährlich?«

»Schießereien sind immer gefährlich. Frag die beiden da am Boden.«

»Nein, ich meinte das Entsichern. Wenn du stürzt …«

Black schenkte ihm einen mitleidigen Blick und öffnete das Schott.

Dahinter lag ein Gang, ausgekleidet mit altem grauem Plastik, das etliche Kratzer und Macken aufwies. Kleine Birnchen leuchteten dahinter und schufen eine eintönige, traurig weißliche Helligkeit.

»Bleib hier und achte auf deinen Koffer. Dann läufst du mir auch nicht vor die Mündung, Preacher.« Black stürmte hinaus.

Innocent kam sich gerade zu tausend Prozent unpassend vor.

So hatte er sich seine Pilgerreise, seine Initiationsmission für die großen Aufgaben in der Church, nicht vorgestellt. Herausforderung, sicher. Außergewöhnliches, ja. Spannung, gern. Aber das übertraf alles. Es war zu viel, zu viel und nochmals zu viel.

»Runter, mein Sohn! Runter, oder ich bringe dich dazu, vor mir und dem HERRN unfreiwillig zu knien«, schallte es hohl herein. Black hatte ersten Widerstand ausfindig gemacht.

Es knallte beinahe niedlich, was der Nuntius mit einer ganzen dröhnenden Salve aus dem *RapidFire* erwiderte.

Ein Mann schrie und verstummte nach einem Schlaggeräusch.

Innocent starrte auf den Ausgang und wartete förmlich darauf, rote Spritzer an der Plastikwand zu sehen. Oder die Ausläufer einer Blutlache, die herankrochen.

Meine Mission ist es, Black zu begleiten und sicher abzuliefern. Er schluckte und zog die *Thorn II.* »HERR, gib mir deinen Beistand. Ich brauche ihn dringend«, flüsterte er und pirschte sich vorwärts.

Nach einigen Metern in dem geraden Gang sah er einen overallbekleideten Mann regungslos am Boden liegen. Seine kleine Pistole hielt er nicht mehr in der Hand, die Salve hatte ihm den halben Arm zerfetzt.

Effizient ausgeschaltet. Innocent folgte dem Korridor bis zu einem Lift, die Türen waren geschlossen. Es blieb ihm nichts anderes übrig, als den Knopf zu drücken und zu warten, was geschah.

Ungeduldig tippelnd harrte er der Kabine, sicherte hinter sich und konnte sein Herz einfach nicht beruhigen. Das war keine Einsatzsimulation wie auf dem Schießstand. Die Kugeln würden ihn treffen, verletzen, womöglich töten.

Ping.

Mit einem leisen Schrei fuhr Innocent herum und zielte in die leere Kabine.

An der Wand stand mit Filzstift geschrieben: *Falls dir unerwartet Eier gewachsen sind und du das liest: Knopf drei, und du bist dabei!*

»Dieser …« Er stieg ein und folgte der Anweisung. In Windeseile fuhr der Lift in die Höhe und hielt scheinbar sofort wieder an.

Die Tür schob sich auf.

Innocent roch das vergossene Blut. Er stand auf der Brücke des unbekannten Raumschiffs, zwei Angeschossene zu seinen Füßen, die sich unter Schmerzen krümmten und keine Anstalten machten, nach ihren verlorenen Waffen zu greifen. Die dicken Löcher in den Oberschenkeln beschäftigten sie mehr als möglicher Widerstand.

Black hielt eine Glatzköpfige an der Kehle und presste sie gegen die Wand, wandte den Kopf Innocent zu. »Ah, der Preacher! Frag die beiden, ob sie beichten möchten. Könnte sein, dass sie bald verblutet sind. Die gesegneten Kugeln reißen aber auch Wunden.« Er sprach ruhig und kühl. »Wenn sie dir rettungswürdig erscheinen, lege ihnen einen Verband an. Ich kümmere mich um die Diebin, die sich am Eigentum anderer vergreift. Noch will sie nicht kooperieren.«

Innocent sah zu den beiden verwundeten Piraten. Er erinnerte sich, dass man einst in der Seefahrt Schiffe mit falschen Signalen auf die Riffe lockte, um die Ladung der Aufgelaufenen zu plündern. Falschen Signalen waren er und Black gefolgt, das Ergebnis war für sie ähnlich. In ihm rührte sich Mitleid, aber verdient hatten die Verbrecher es nicht.

»Sie werden sich zu helfen wissen«, sagte er kurz angebunden und schritt an ihnen vorbei. Die Mündung hielt er grob in ihre Richtung. »Hat sie überhaupt was gesagt?«

»Mein Name«, sprach sie würgend, »ist Clarissa Fairbanks. Ich bin Captaine der *Interception*, und wir sind Rebellen zum Wohl der freien Völker aller Galaxien. Wir nehmen es von den Kons und geben es denen, die es mehr verdient haben.«

»Arbeiter haben ihren Lohn sehr wohl verdient«, kommentierte Black. »Du solltest dieses Spielchen in der Nähe der Konzernzentralen abziehen. Das würde die Richtigen treffen.«

Innocent glaubte Clarissa nicht. Sie würde *alles* erzählen, um etwas edler dazustehen und Verständnis zu erhalten. Die Jäger der Planetenoberfläche rückten unaufhaltsam näher, wie ein Blick auf den Monitor zeigte.

Auf einem anderen Display sah er den schematischen Aufbau der *Interception:* ein kleines Schiffchen mit einem riesigen regulären Antrieb, der eine schnelle Flucht ermöglichte. *Kein Sprungantrieb.* Dennoch steckten im Bauch des Vehikels Unmengen von zusätzlichen Energieerzeugern sowie ein weiterer Motor, der nicht für den Antrieb benötigt wurde. Innocent ging davon aus, dass es für den Sprungabfänger benötigt wurde.

»Ich darf mal?« Er ging zum Pilotensessel und öffnete eine Leitung. »Rodne Bodenkontrolle, hier ist Preacher White. Ich spreche im Auftrag von Nuntius Civer Black. Wir haben das Schiff unter unsere Kontrolle gebracht. Ich wiederhole, wir haben das Schiff unter unsere Kontrolle gebracht. Wir bringen die Maschine auf die Oberfläche. Angriff abbrechen. Kommen?«

»Hier Rodne Bodenkontrolle. Haben verstanden, glauben es aber erst, wenn die *Interception* vor uns steht. Sie bekommen drei Jäger als Geleitschutz«, sagte eine angespannte Männerstimme. »Gehen Sie langsam in den Landeanflug über, die Vektoren übermittle ich Ihnen. Jede Abweichung wird geahndet. Bis gleich.«

»Bis gleich. Over.« Innocent setzte sich auf den Sessel und machte sich mit den Instrumenten vertraut. *Das ist einfach.* »Ich übernehme die Landung, Nuntius. Du hast ja die Hände voll.« Er legte die *Interception* zur Seite und folgte dem Kurs, den ihm die Bodenstation übermittelte.

Black ließ Clarissa los und wirkte nachdenklich. »Preacher, wäre es nicht gerecht, diese kleine Vorrichtung der Church zu übergeben? Ich denke, dass sie viel wert ist.«

»Die Abfangvorrichtung?«

»Genau.«

Clarissa lachte. »Und *wir* sind Diebe, ja?«

Black versetzte ihr einen Stoß gegen die Schulter, sodass sie rückwärtstaumelte und zwischen ihren Männern niederfiel. »Wir bringen dem HERRN ein Instrument, das er nach seinem Willen für das Gute einsetzen kann. Nicht für das Schlechte wie ihr.« Er nickte Innocent zu. »Ich sehe die Zustimmung in deinen Augen, Preacher.« Black lächelte kalt, wie es einem rücksichtslosen Verbrecher gut gestanden hätte. »Bring uns hier raus.«

Irgendwann 3042 a.D. (Erdzeit)

SYSTEM: SOL
PLANET: TERRA
ORT: GLOBALCITY PARIS

Fredinald Zumi saß auf seinem Bett in einem karg eingerichteten Zimmer, das man auch als Zelle bezeichnen konnte.

Er wusste immer noch nicht, wo er sich befand oder welcher Tag heute war. Der weiße Pyjama, den man ihm hingelegt hatte, kratzte auf der Haut und roch nach Desinfektionsmittel.

»Hallo? Ich würde gern mit dem Verantwortlichen sprechen«, sagte er zum dutzendsten Mal in Richtung der Kamera, die in der linken oberen Ecke eingelassen war. »Ich muss vor die U.S.N.O.! Es gibt wichtige Dinge zu besprechen, ich bitte Sie! Es geht um das Interim! Wir sind nicht allein, verstehen Sie?«

Niemand kam.

Kein Wunder. Ich klinge wie ein Verrückter. Nach der Injektion mit dem Ist-mir-doch-egal-Mittel der Medic verschwamm die Erinnerung für lange Zeit. Realität und Erfundenes hatten sich vermischt, es gab lediglich schwammige, sehr wirre Bilder in seinem Kopf. Und Erinnerungen an Schmerzen. Die Nähte und Narben an seinem Körper verdeutlichten ihm, dass man ihn an sehr vielen Stellen zusammengeflickt haben musste.

Dann gab es die Pein, die aus seinem Innersten stammte und nichts mit den Operationen und Eingriffen seiner Retter zu tun hatte. Auswirkungen seiner Interim-Reise, die alles andere als normal verlaufen war?

Zumi rieb sich den Arm, die Haut fühlte sich spröde an. *Bin ich mit irgendwas verstrahlt worden?*

Es klopfte energisch gegen die Metalltür, gleich darauf schwang sie auf.

Zuerst kam der Hunde-Beta herein, an dessen Gesicht sich Zumi deutlich erinnerte. *Hieß er nicht Barum?* Er war klein, drahtig und schlank, wie geschaffen zum Aufspüren. Er trug eine leichte Rüstung, eine Pistole im Hüftholster sowie eine Stadttarnuniform darunter. Das Konzernabzeichen wurde von einem Zettel verdeckt, der aus seiner Brusttasche ragte; danach folgte eine Ärztin, die er erst auf den zweiten Blick als Medic erkannte. Sie hatte ihre Panzerung gegen einen Kittel ausgetauscht, in der Rechten hielt sie ein Pad.

Dahinter schoben sich zwei einschüchternde Waran-Betas in den Raum, die bis an die Zähne bewaffnet waren. Anscheinend traute man ihm zu, dass er mit bloßen Händen töten konnte. Sie wirkten extrem gefährlich, und die Echsen-Mensch-Augen hielten ihn stets im Blick. Der eine züngelte sogar, eine blau geschlitzte Zunge kam zum Vorschein. Diese Chimären fand Zumi furchteinflößend.

Erst als diese ein Okay-Zeichen zur Kamera gaben, erschienen ein Mann und eine Frau in schicken Anzügen.

Sie waren gestylt und schoben eine Wolke von Parfüm und einen Hauch von Konzernetage vor sich her. Er trug seine halblangen dunklen Haare in einem Schnitt, der schwierig zu beschreiben, aber definitiv beeindruckend war; sie dagegen zwang ihre roten Locken in asymmetrische Formen.

Zumi kannte diesen Typus Mensch: firmenloyal, ehrgeizig, rücksichtslos. Als Vorsitzender der Handelskommission hatte er mehr als einmal mit solchen Spezies Sitzungen abgehalten. Keine war in guter Erinnerung geblieben. Dass er einen Pyjama trug, gehörte zur Taktik. Damit war er ihnen schon von den Klamotten her unterlegen.

Sie blieben vor seinem Bett stehen und lächelten ihn an, als befänden sie sich in einem Versicherungs-Werbespot.

»Guten Tag«, sagte die Frau unverbindlich. »Ich bin Beate Metz, das ist mein Kollege Clemens Dröger. Wir sind Spezialisten, wenn es um das Erkennen von Chancen geht.« Sie zog eine Visitenkarte aus der Brusttasche und reichte sie ihm. »Und Ihr Name ist, Sir?«

»Zumi, Fredinald. Ich war ... Vorsitzender der Interstellaren Handelskommission auf Hakup«, sagte er und sah auf den Konzern, der auf dem bedruckten Papier stand: *SternenReich. Die Deutschen. Auch das noch.*

Metz nickte. »Ich kenne Hakup vom Namen her. Der erste Planet, der unter die Obhut der Collies fiel. Gehörte der GUSA.«

»Na ja, jetzt wieder«, warf Dröger ein. »Ein schöner Tag mehr für die Menschheit nach so langer Zeit in Knechtschaft.«

Zumi horchte auf. »Hakup ist befreit?«

»Fangen wir doch vorne an, Mister Zumi.« Sie tippte auf ihrem Pad herum und stutzte. »Helfen Sie mir auf die Sprünge: Hier steht, dass Sie als vermisst gelten. Seit … 3016.« Ihre durchdringenden grellgrünen Augen, die sicherlich Implantate waren, richteten sich auf ihn. »Das ist eine sehr lange Zeit. Das Timing Ihrer Rückkehr wirft gelinde gesagt manche Frage auf. Aber bevor wir ins Detail gehen und Spezialisten heranziehen müssen: Haben Sie etwas zur plausiblen Erklärung im Angebot?«

In Zumi regte sich Widerstand. Weder gehörte er dem Konzern an, noch war er Deutscher, sondern Erdenbürger der GUSA.

»Ich muss Ihnen gar nichts sagen«, antwortete er schnippisch. »Ich muss zu einem Vertreter der U.S.N.O. Es geht um die Belange der gesamten Menschheit und derjenigen Ahumanen, die FTL-Antriebe nutzen. Ich denke, das habe ich deutlich genug gemacht. Stundenlang, wenn ich das anmerken darf.«

»Stimmt. Sie *müssen* nichts sagen. Wie wäre es dann mit Dankbarkeit, weil wir Ihren Arsch aus den Trümmern gezogen haben?«, schlug Dröger freundlich drohend vor und rückte seinen Krawattenknoten so exakt in die Mitte, als könnten seine Fingerspitzen sehen. »*SternenReich* hatte erheblichen medizinischen Aufwand mit Ihnen, Mister Zumi. Können Sie das begleichen? Jetzt und hier?« Er zeigte auf die Ärztin. »Professor Weilander ist eine begnadete Chirurgin. Ich bin mir sicher, sie kann die ganzen Platten, Schrauben, Drähte in wenigen Sekunden wieder ausbauen und Sie in Ihren Ursprungszustand zurückversetzen.« Das kalte Lächeln blieb auf dem perfekt rasierten Gesicht.

Arschloch. Zumi seufzte und erzählte. Von damals. Vom First Contact. Von der Entführung durch den Collector. Von seinem langweiligen Leben als Trophäe und Memorabilie. Von der Zusammenkunft der verschiedenen Collies. Vom Angriff der Wyvers und seiner Flucht. Von

Radiovoice und dem Verlauf des Kampfs mit dem Collector im Maschinenraum.

Dröger und Metz hörten zu, sie schrieb mit und machte sich gelegentlich Notizen, er hielt die ganze Zeit sein Pad in der Hand und hielt die kleine Linse auf ihn gerichtet. Sicherlich wurde alles zusätzlich mit der Überwachungskamera aufgezeichnet.

»Sie sagen, dass der Ahumane, den Sie Radiovoice nennen, eine Art Ultimatum stellte?«, fasste Metz zusammen und sah besorgt aus. »Eine Blockade des Interim, richtig?«

Zumi nickte.

»Ich sollte TTMS-Aktien kaufen. Die werden im Kurs steigen«, murmelte Dröger und gab etwas auf dem Pad ein.

Die Ärztin grinste.

Metz sah wieder auf ihr Pad. »Die Spezifizierung dieser Sachen, die als Reparationen von RV gefordert wurden?«

»RV?«, echote Zumi.

»Die Abkürzung von Radiovoice. Ich bin zu faul, den Namen jedes Mal zu sagen.« Sie lächelte entschuldigend.

»Ah. Ja, er hat was in die Gangwand gekratzt. Seltsame Zeichnungen und Typenbezeichnungen, denke ich«, erklärte er genervt. Er wollte endlich Informationen und aus dieser Zelle entlassen werden. Er fand sich mehr als kooperativ. »Also, sagen Sie mir nun, wo Sie mich festhalten? Und wann lassen Sie mich raus, damit ich vor die U.S.N.O. kann?«

Seine erhobene Stimme führte dazu, dass sich die Waran-Betas anspannten. Sie belauerten ihn.

»Langsam, Mister Zumi. Sie sind schwer traumatisiert«, beschwichtigte ihn Dröger und ließ Ironie aufblitzen. »Wir tragen doch Verantwortung für Ihr Wohl. Das müssen Sie verstehen.« Dann langte er in seine Sakkotasche und nahm ebenfalls eine Karte heraus. »Aber Sie sind in besten Händen. Betrachten Sie mich als einen Vorausschuss, den Sie als Fürsprecher gewinnen könnten. Ich weiß nicht, welche Vorstellung Sie haben, aber man kann mal nicht so eben in der Geschäftsstelle anrufen und zehn Minuten später in der Versammlung sprechen. Ein komplizierter Vorgang, Sir. Sie werden Hilfe brauchen.«

Zumi sah auf die Schrift: *Clemens Dröger, U.S.N.O.-Secretary Germany*. Er ging davon aus, dass der Deutsche wirklich in dem Gremium saß oder zumindest Einfluss hatte.

»Halten Sie uns nicht für Unmenschen.« Metz steckte ihr Pad in einen verborgenen Schlitz in der Wand, worauf sich die Oberfläche in einen gigantischen 3D-Bildschirm verwandelte. »Wir haben Ihnen selbstverständlich ein bisschen Material zusammengestellt, damit Sie wissen, was Sie überhaupt überlebt haben und wie sehr sich das Universum während Ihrer Auszeit entwickelte, Sir.«

»Und was Ihr Erscheinen ... nun, *anrichtete* ist wohl das beste Wort«, ergänzte Dröger.

Zumi wandte sich den Aufnahmen zu und nahm das Glas vom Beistelltischchen, in dem eine grünliche Flüssigkeit schwappte, die angenehm nach Zitrone schmeckte.

Die erste Sequenz stammte von einem Überwachungssatelliten und aus einer Nachrichtensendung von *StarLook*.

Der *Starscream Mark III* schoss mit einer Explosion, deren Farben an die opalisierenden Gaswolken im Maschinenraum erinnerten, aus dem Interim, dicht an einer orbitalen Waffenplattform vorbei. Die Schockwelle reichte aus, um die Station zu pulverisieren und das Kamerasignal massiv zu stören, sodass die Bilder unscharf wurden.

Das Raumschiff warf sich kreiselnd der Oberfläche von Terra entgegen und zog einen langen Schweif hinter sich her.

Die umliegenden Verteidigungsplattformen feuerten dem *Starscream* Raketen hinterher, automatisierte Abfangdrohnen rauschten aus den Startröhren und nahmen die Verfolgung auf.

Du meine Güte! Zumi verstand, wie knapp er dem Tod entgangen war. Oder: wie oft!

Das zweite Filmchen war vom Boden aus gemacht worden und zeigte die verwackelte Aufnahme eines scheinbaren Kometen. Der Umgebung nach befand man sich in einem Dachpark, wie sie in den GlobalCitys angelegt wurden. Man hörte Lachen und Rufen, Musik dudelte leise im Hintergrund.

Dabei sagte der Mann hinter der Kamera auf Französisch, zu dem

Untertitel eingeblendet wurden: »Hey, Magda. Eine Sternschnuppe am helllichten Tag. Schnell, wünsch dir was.«

Die Frau sagte: »Ich weiß nicht. Soll das so sein?«

Es wurde hektisch eingezoomt, und die Umrisse eines Schiffs wurden sichtbar.

»O mein Gott! O mein Gott«, rief der Mann entgeistert. »Es stürzt ab! Es … es kommt auf uns zu! Heiliger DeGaulle, es rast auf Paris zu! Wir müssen weg von hier! Magda, lauf!«

Zumis Hals schnürte sich zu, da seine Fantasie ihm ein erschreckendes Szenario in den Verstand zauberte.

Die dritte Aufzeichnung dagegen stammte aus einem Schweber, die Einblendung verriet, dass es ein Team des Nachrichtensenders France 1 war und man direkt aus der GlobalCity Paris berichtete.

Zumi wusste, dass sich Terras Einwohner in diesen Riesenstädten aufhielten, die sich auf viele Kilometer Breite und mehrere hundert Meter, oftmals einige Kilometer Höhe verteilten. Keine dieser molochartigen Megastädte hatte weniger als hundert Millionen Einwohner. Die benötigten Flächen wuchsen beständig, nahmen wiederum die Ausdehnung von kleinen Staaten an.

So waren die Bilder auch nicht in der Lage, Paris komplett zu zeigen.

Es ging den Kameraleuten darum, die Schneise in Szene zu setzen: Die künstliche Schlucht, geschaffen vom abschmierenden *Starscream*, fräste sich einen halben Kilometer in die GlobalCity, dicht vorbei am zugebauten Eifelturm, von dem nur noch die Spitze zwischen noch höheren Wolkenkratzern herausragte.

»… konnte das Unglücksschiff von Experten als *Starscream Mark III* identifiziert werden, was ein extrem seltenes Schiff ist und über einen FTL-Antrieb ahumanen Ursprungs verfügt«, sagte eine englische Off-Stimme mit französischem Akzent. »Die Behörden haben aufgrund der unsicheren Lage die komplette Evakuierung der Arrondissements der Umgebung angeordnet, bis eine Einschätzung von Xenophysikern vorgenommen wurde. Gleichzeitig wurde über die GlobalCity der Ausnahmezustand verhängt. Die CityTrooper sind angewiesen, auf Plünderer ohne Vorwarnung das Feuer zu eröffnen. Leisten Sie den Anweisungen unbedingt Folge. Premierministerin Claire Blanché bat um Ruhe und Besonnenheit ...«

Das Raumschiff hatte etliche Häuser beschädigt oder komplett zum Einsturz gebracht. Zumi sah wandlose Wohnungen, in denen die Gardinen und Vorhänge im Wind wehten, dazu umherfliegende Decken und Papiere. Vereinzelt brannte es im Schutt.

Über allem erhob sich eine Staubwolke, die mal grau, mal schwarz, mal licht, mal undurchdringlich war. Feuerlöschschweber umschwirrten den Unglücksort und gingen mit Wasser und Schaum gegen die Brände vor, woanders wurden verzweifelte Menschen aus ihren zerstörten Behausungen gerettet.

Den *Starscream* selbst sah man nicht. Er lag irgendwo tief unten unter den Trümmern, war zerschellt oder hatte sich aufgerieben.

»Das tut mir leid«, sagte Zumi leise, als könnte er etwas für die Katastrophe.

»Kennen Sie sich mit GlobalCitys aus?«, fragte Dröger. »Oder waren Sie vielleicht schon mal in Paris?«

»Nein. Auf Hakup hatten wir Städte dieser Größe nicht.«

Dröger stand auf und deutete auf die Luftaufnahme, die Szene fror ein. »Das Schiff kam an einer ziemlich prominenten Stelle der Stadt runter. Die französischen Behörden schätzen den Schaden auf mehrere hundert Millionen Tois, andere gehen von mindestens einer Milliarde aus, und die Opferzahlen belaufen sich auf etwa achtzig- bis hunderttausend. Genau kann man es nicht sagen, da der größte Schaden in Downtown«, er deutete auf die Wolkenkratzer, »also alles unter der Erde und in Häusern mit einer Höhe von bis zu hundert Metern angerichtet wurde. Downtown ist sozusagen der Bodensatz. Dort leben die Unterprivilegierten oder Abgestürzten. Sozial, meine ich. Die wenigsten sind registriert. Es könnten auch hundertzwanzigtausend Tote sein.«

»Unsere Mannschaft hat Sie lokalisiert und aus dem Wrack rausgeholt, bevor die französischen Erdenbürger zur Stelle waren«, fügte Metz hinzu. »Sie können sich vorstellen, was die mit Ihnen angestellt hätten, Sir.«

Zumi wusste, dass er nicht zu dankbar sein musste. Was Metz als Rettungsmission beschrieb, bedeutete im Klartext nichts anderes, als dass *SternenReich* widerrechtlich auf französischem Staatsgebiet geplündert hatte.

Er sah auf die Schäden, die Zerstörung, dachte an die Toten und Verletzten. Das Geschenk der Collectors hatte mit einfachsten Mitteln bereits tausendfachen Tod gebracht. *Die Collies!* »Bin ich der einzige Überlebende?«

Metz sah zu Dröger. »Wir haben eine nicht identifizierbare Leiche gesehen, die schwerste Plasmaverbrennungen aufwies. Ihren Beschreibungen nach schätze ich, es handelt sich dabei um die Überreste von RV«, sagte sie bedächtig.

Zumi schüttelte sich. »Sonst nichts?«

Dröger räusperte sich nur. Metz sah auf den Bildschirm. »Tja«, sagte sie dann und kaute auf der Unterlippe.

Tja bedeutete übersetzt so viel wie: Es sind womöglich zwei Collectors in der GlobalCity Paris unterwegs. In Downtown, wo sie perfekt im Zwielicht und in den Reihen der Gesetzlosen untertauchen konnten, sofern sich deren Statur halbwegs humanoid gestaltete.

Dazu kam: Niemand wusste, was der zerstörte FTL-Antrieb des havarierten Schiffs noch alles tat und wie viel Verderben er brachte.

Auf dem Wandbildschirm erschien das Zeichen für einen eingehenden Anruf.

»Das könnte jetzt spannend werden.« Metz aktivierte die Leitung, und das Gesicht eines Mannes wurde sichtbar. Er trug einen Helm, Reste der Oberkörperpanzerung wurden sichtbar. Das Abzeichen *CT* stand für CityTrooper. »Monsieur Rafique, comment ça va?«

»Ça va bien«, erwiderte er grinsend und verfiel in Terra-Standard. »Ich habe was für Sie.« Im gleichen Moment kam eine Nachricht herein, gesendet von *LaLaBoum*, der Bildanhang wurde automatisch geöffnet.

Zumi sah die Zeichnungen und Abkürzungen, die Radiovoice ins Metall geritzt hatte. »Das sind sie!«, rief er, bevor ihn jemand fragte. »Das sind die Bauteile, die sie haben wollen.«

»Ist ganz schön viel los hier«, sagte Rafique und sah sich um. »Muss auch gleich wieder zurück, aber nachdem Sie mir mit einer schönen Belohnung winkten, musste ich bei meinem kleinen Fund sofort an Sie denken.«

»Sollten Sie MEHR finden, Monsieur, denken Sie wieder an mich«, erwiderte Metz und grüßte mit einer Handbewegung. »Bonne chance und mein Mitgefühl.«

Der Trooper nickte und beendete die Unterhaltung.

»Und?« Abwartend betrachtete Zumi die Kon-Leute. »Können Sie was dazu sagen?«

Beide schüttelten die Köpfe.

»Ich schon, Sirs«, meldete sich Barum, der Hunde-Beta, der wie die Waran-Tiermenschen regungslos herumgestanden hatte und zu einem Teil der Raumeinrichtung geworden war. »Das sind Typenbezeichnungen. Aber nicht von Bauteilen.« Er deutete mit dem Zeigefinger auf die obere Ziffern-Buchstaben-Folge und arbeitete sich abwärts. »*Fatlady*, zweihundert Kilotonnen. *Badboy*, fünfhundert Kilotonnen. *Farcry*, 1,2 Megatonnen. *Deathstar*, acht Megatonnen ...«

»Atombomben?« Dröger verlor die Fassung. »Bist du sicher, Barum?«

»Sir, ich bin Justifier. Bei unseren Aufträgen muss ich viel wissen. Sollte man mir beispielsweise den Auftrag geben: *Finden Sie eine Fatlady*, sollte ich nicht nach korpulenten Frauen schnüffeln«, gab er freundlich zurück und schaffte es, sowohl herablassend als auch respektvoll zu klingen. »Die Skizzen sind grobe Zeichnungen von *Razor Eleven*, neunhundert Kilotonnen, und *Kamikaze*, zehn Megatonnen.«

Zumi konnte sich nicht erklären, was die Radiovoices damit wollten. *Krieg führen? Oder sagte er etwas von Energie nutzen?*

»Das wird bei der nächsten Sitzung der U.S.N.O. spannend«, murmelte Dröger und rieb sich den Nacken. Seine aufwendige Frisur blieb dabei unangetastet.

»Das wird keiner machen«, prophezeite Metz. »Abgesehen davon haben wir keine Beweise für die Macht der RV. Außer Ihrem Report, bei allem Respekt, Mister Zumi. Sie könnten in der langen Zeit bei den Collectors mental beeinflusst worden sein, um ihnen diese Waffen zu verschaffen.«

»Dann schicken Sie mich noch mal ins Interim«, beschwor er die Konzerner. »Ich weiß, wie ich Kontakt aufnehmen muss.«

»*Wir* doch jetzt *auch*, Mister Zumi. Bitte keine Umstände«, sagte Dröger fröhlich und nickte seiner Kollegin zu. »Ich arrangiere das mit der U.S.N.O., so schnell ich kann, Sir. Seien Sie so lange unser Gast. Wir mögen die GUSA. Es wird Ihnen an nichts mangeln, und derweil können Ihre Wunden auch richtig verheilen. Professor Weilander wird sich weiterhin um Sie kümmern. Schöne Rekonvaleszenz, Sir.« Er und Metz wandten sich zum Gehen.

Barum warf Zumi einen aufmunternden Blick zu und zuckte bedauernd mit den Achseln, als er sich zur Tür wandte.

»Einen Moment noch«, erhob Zumi die Stimme. »Sie sagten, dass Hakup befreit wäre?«

Dröger und Metz gingen einfach weiter.

Der Hunde-Beta blieb stehen. »Ja, das sagt man. Wir nehmen es zumindest an.«

»Aber … waren es nicht diese Wyvers, die unter den Collies aufräumten? Ich habe es doch gesehen, wie …«

Barum gab einen Ton von sich, der Jaulen und Seufzen gleichzeitig war. »Es waren nicht die Wyvers. Die sind übrigens auch nicht viel besser als die Collies. Wussten Sie das nicht? Die Wyvers haben die Obhut auf den Planeten nicht aufgehoben, sondern setzten das Zuchtprogramm für die Menschen fort. Sie sind die wahren Beschützer, weswegen man sie Keeper nennt. Die Collies wollten die Menschen fressen und uns Betas ausrotten.« Er legte die Ohren ein wenig an. »Soviel ich weiß, ist nicht bekannt, welches Volk vor Hakup auftauchte und die Obhut sprengte. Die Untersuchungen laufen noch. Es wird kompliziert, Sir.« Dann verließ er zusammen mit den Waran-Betas und Weilander das Krankenzimmer.

Noch bevor Zumi nachhaken konnte, war er allein. Weder wusste er, wo er sich befand, noch wie lange er warten musste.

Dass ihn die Professorin nicht erneut untersuchte, deutete er als gutes Zeichen. Es war ohnehin ein Vorwand, um ihn festzuhalten. Kaltzustellen. *SternenReich* würde in diesem Moment oder in wenigen Stunden seine sprungfähigen Raumschiffe bemannen und in aller Eile versuchen, mit den Radiovoices in Kontakt zu treten. Vor der Sitzung der U.S.N.O., um sich Vorteile zu sichern.

Zumi sank nach hinten aufs Bett und betrachtete die kahlen Wände.

Ich existiere nicht. Für niemanden. Vom Interim ausgekotzt und direkt in einer anderen Zwischenwelt verschwunden. Die Zwischenwelt der Konzerne.

Auch darin herrschten eigene, ahumane Gesetze.

2. September 3042 a. D. (Erdzeit)

SYSTEM: SOL
PLANET: TERRA
ORT: GLOBALCITY PARIS

T'arj Emin Isix erwachte und wusste im gleichen Moment, dass er vor einem Problem stand: Nichts fühlte sich richtig an, weder die Umgebung noch sein Körper.

Geräusche, die er nicht kannte, stürmten von allen Seiten auf ihn ein. Schritte, Stimmen, elektronisches Piepsen, die Sprache der Behüteten und andere verbale Kommunikationssignale, die er nicht begriff.

Jede verfrühte Bewegung konnte zu einem schweren Schaden führen, also zwang er sich, die Position zu halten und einen inneren Check vorzunehmen. Eile war schädlich.

Mit seinem Sondierungssinn prüfte er die Organe, die Knochenstrukturen, die Kreisläufe, die Pumpen, die Leitungen, die Wärmetauscher, Flüssigkeitsvorräte, Muskelzustand. Kleinere Mängel fielen ihm auf, doch man konnte sie ignorieren, wenn er bestimmte Dinge unterließ. Diagnose abgeschlossen.

Isix öffnete die Augen und erhob sich.

Er hatte auf dem Boden einer Wohnung gelegen, der definitiv zwei Wände fehlten. Warmer Wind wehte herein und verwirbelte den Rauch, der in dicken Säulen draußen emporstieg. Sirenen heulten in weiter Entfernung, die dünnen Stimmen der Behüteten schrien und riefen.

Er warf einen Blick an der Abbruchkante nach unten.

Der Boden lag geschätzte vierhundertachtzig Meter unter ihm, die Gebäude um ihn herum ragten kilometerhoch in den Himmel; manche wiesen Schäden und Risse auf.

Gerade eben barsten Teile einer Hausfront. Zweihundert Meter Fassade eines Turms brachen los und rauschten mit Getöse und Klirren auf die Erde zu. Schweber umschwirrten den Vorgang wie kleine Insekten.

Isix kannte die Vorliebe der Behüteten, alles zu dokumentieren und auszustrahlen, damit sich möglichst viele betroffen zeigten oder ein Gefühl teilten. Eine Unart, wie er fand, aber perfekt, um sie zu eigenen Zwecken einzusetzen.

Er sah zur künstlichen Schlucht, die das Schiff beim Absturz gegraben hatte, analysierte den Verlauf und berechnete den wahrscheinlichsten Standort des Wracks. Dorthin musste er, um nach dem Rechten zu sehen.

Ohne seine schwere Kampf-Umwelt-Panzerung fehlte ihm die Sorglosigkeit, die man sonst getrost beim Zusammentreffen mit Behüteten haben durfte. Isix wusste auch, dass sie ihn fangen wollten, sobald sie verstanden, mit wem sie es zu tun hatten. Es machte es gleichzeitig spannend.

Sein Toriin-Schwert hatte er verloren. Somit besaß er nichts als den Energiezellengürtel sowie das Unterkleid, das eine gewisse Widerstandsfähigkeit gegen einige Waffen aufwies.

Langsam trat er vom Rand zurück, bevor ihn einer der Schweber entdeckte.

Isix sah sich im Zimmer um, das einem Behüteten gehörte, der offenbar viel Zeit mit Sammeln verbrachte.

An den restlichen Wänden hingen sorgsam eingeschweißte Plakate von Filmen aus vergangenen Jahrhunderten: *Predator, Predator II, Terminator I, Alien, Alien versus Predator, E.T.* Auf den Bildern waren humanoide Lebensformen abgebildet, die wohl gefährlich und grimmig wirken sollten. Die Preise, die auf den Aufklebern am unteren Rand zu lesen standen, lagen bei etlichen tausend Tois.

Isix fand es mitunter armselig, wie begrenzt das Vorstellungsvermögen der Behüteten war.

Er kannte Wesen, die aussahen wie ein terranisches Beinkleid und mit einer mentalen Attacke spielend leicht Tausende Existenzen beendeten. Diese Spezies auf dem Plakat mit E.T. traf es schon eher. Etwas Ähnliches hatten sie schon ausgerottet.

Abgesehen davon hielt er sich äußerlich auch nicht für besonders bedrohlich, und doch hatten die Menschen ihm und seiner Rasse nichts entgegenzusetzen. Ohne das Eingreifen der Wyvers wäre der Plan, das Core-System mit dem Schwarzen Loch zu erreichen, in die Tat umgesetzt worden.

Jetzt stand Isix auf Terra, im Sol-System. Umgeben von Milliarden von Behüteten. Leider so gut wie allein.

Angst hatte er trotzdem keine, und verhungern konnte er nicht. Zwar galt es als risikoreich, Nahrung aus unkontrollierten Zuchtbedingungen zu sich zu nehmen, doch er war auf den Geschmack gespannt.

Er sah auf die Plakate, auf den Predator, auf den E.T., den Klingonen, auf den Gremlin und einen Tremor und schüttelte den Kopf. Eine Geste, die er von den Behüteten gelernt hatte und die ihm gut gefiel. Manchmal wunderte er sich über alles, was sie taten. Und darüber, dass sie schon so lange überlebten.

Isix fand eine gebogene Klingenwaffe, die unhandlich und schwer zu führen war, dazu musste sie ein Idiot geschliffen haben. Angeblich hatte sie einmal einem *Commander Worf* gehört, wie auf der Halterung stand. Er vermutete, dass es sich um eine Fälschung handelte – jedenfalls ließ die Qualität zu wünschen übrig.

Draußen senkte sich die Dunkelheit auf die Stadt – oder versuchte es zumindest. Unzählige Scheinwerfer beleuchteten die Absturzstelle, sämtliche Lichter in den intakten Häusern waren eingeschaltet. Dazu sandten Leuchtreklamen ihre zusätzlichen Lumen hinaus.

Auch das hatte Isix nie verstanden: die geradezu paranoide Furcht vor der Finsternis. Dabei war es viel einfacher, jemanden im Hellen zu töten und anzugreifen. Verstecken konnte man sich überall. Das hatte er gelernt, bevor er seine Rüstung erhielt.

Er verließ das offene Zimmer und marschierte durch die verlassene Wohnung. Auch hier fanden sich keine Waffen.

In der Küche zögerte Isix. Er hatte eine Schwäche für bestimmte Fertiggerichte, welche die Behüteten an Bord ihrer Schiffe bunkerten. Vielleicht gab es sie auch hier?

Er spürte aufkeimenden Hunger und wollte noch nicht jagen. Dabei kam es darauf an, die Behüteten zu überraschen und sofort zu töten, damit sie keine Stresshormone ausschütteten, die das Fleisch so gut wie ungenießbar machten. Andere wiederum schworen auf diesen Beigeschmack, weil er für Kampf, für Authentizität stand. Er mochte es einfach nicht.

Isix inspizierte die Küche und durchsuchte die Schränke, fand aber keine der kleinen Köstlichkeiten.

Also wanderte er weiter durch den Gang, wo er sich einen Herrenmantel und einen Hut vom Haken nahm. Nachdem er beides angezogen hatte, ging er mit hochgestelltem Kragen zur Tür hinaus.

Auf den Aufzug verzichtete er, weil es darin kaum Möglichkeiten gab, neugierigen Blicken zu entgehen.

Stockwerk um Stockwerk arbeitete er sich abwärts, nutzte Querbrücken zwischen den Häusern, um sich dem Endpunkt des Absturzes weiter zu nähern.

Doch allmählich wurde das Aufkommen von uniformierten und gepanzerten Behüteten sehr dicht, sodass es kaum mehr eine Lücke gab, um sich hindurchzuschmuggeln. Auch der wabernde Staub senkte sich zu Boden und nahm immer mehr ab. Die natürliche Deckung verringerte sich.

Das Raumschiff geriet plötzlich in sein Blickfeld. Es hatte sich beinahe vollständig aufgelöst. Nur ein letztes Drittel steckte im Sockel eines Wolkenkratzers und hatte Betonstücke um die Einschlagstelle herausbrechen lassen. Breite Risse liefen von dort in alle Richtungen, Fensterscheiben waren zerbrochen oder gerissen.

Isix schätzte, dass das Wrack hundert Meter von ihm entfernt lag, der

Boden befand sich in achtzig Metern Tiefe. Dafür war jedes Eckchen ausgeleuchtet: Behütete in Schutzanzügen liefen in einem abgesperrten Bereich herum, schwenkten Messgeräte, sammelten Proben.

Seine Aufmerksamkeit galt dem Wolkenkratzer, der bald einbrechen würde. Spätestens wenn die Behüteten versuchten, das Trümmerstück herausziehen zu wollen, knickte das Gebäude ein. Bis dahin brauchte er Gewissheit.

Isix analysierte die Umgebung nach möglichen Routen für eine Annäherung, checkte die Deckung, berechnete die wahrscheinlichsten Bewegungen der kommenden gerüsteten Behüteten, die Einfallswinkel der Scheinwerfer, und entschied sich für einen langen, aber sicheren Weg.

»Monsieur?« Jemand tippte ihm von hinten auf die Schulter und schnalzte rügend mit der Zunge. »Que est-ce que vous faites ici? Alors, on y va! Accompagnez-moi…«

Isix griff hinter sich, packte den Arm des Behüteten, ohne hinzuschauen, und schleuderte ihn herum, sodass er mit Kraft gegen die Wand schlug, an der er stumm hinabrutschte. Weder der Helm noch die Panzerung halfen dem Behüteten. Die Wucht war genau berechnet gewesen und hatte ihm das Genick gebrochen.

Auf seiner Rüstung stand CT, darunter eine Dienstnummer und RAFIQUE, was wohl sein Name sein sollte. Das Visier war zersplittert, Blut lief ihm über das Gesicht.

Isix konnte nicht anders: Er *musste* kosten, auch wenn es alles andere als hygienisch war.

Er legte einen Finger auf das Antlitz des Behüteten.

Der rote Saft voller Eisen, Sauerstoff, Plasma, Wasser und leichten Toxinen wurde durch das Unterkleid aufgesogen und diffundierte in seinen Körper, gelangte in seinen eigenen Kreislauf.

Isix spürte die Wirkung, schmeckte das Blut und das Muffige darin, was sicherlich an der Stadt lag. Es gab kaum Freilauf, kaum gute Luft, wenig adäquate und ausgewogene Nahrung.

Er kam zu dem Schluss, dass sich dieses Exemplar nicht besonders gut ernährte und zu wenig Tageslicht bekam, von wichtigen Vitaminen ganz zu schweigen. Auf solches Fleisch konnte er verzichten.

Isix nahm dem Rafique das Holster samt Revolver ab, eignete sich dessen Messer und das Funkgerät an. Damit wusste er zumindest mehr über die Vorgänge der gepanzerten Behüteten, sofern sie Terra-Standard benutzten. Anschließend entsorgte er die Leiche im Fahrstuhlschacht.

Die ersten Meter zum Wrack gelangen Isix, ohne dass er überhaupt Vorsicht walten lassen musste. Die Schattenwinkel fielen günstig für ihn. Doch dann wurden die Behüteten durch mechanisch-elektronische Drohnen unterstützt, die sich in einem chaotischen System bewegten. Er musste improvisieren.

Hilfreich waren die gelegentlich verständlichen Befehle über das Funkgerät. Die CT schienen sich mit Behüteten herumzuärgern, die zu Konzernen gehörten. Immer mehr dieser Vertreter liefen auf und mussten zurückgedrängt werden.

Isix kannte diese Sorte Behütete. Sie hatten oft versucht, Kontakt zu seinem Volk aufzunehmen, um Handel vorzuschlagen. Abkommen. Austausch. Doch durch die Abhängigkeit vom Order of Technology hatte man gelernt. Die Behüteten waren zu launisch, zu unberechenbar, zu sprunghaft. Es hatte keinen Sinn, Verträge mit ihnen abzuschließen oder sich mit ihnen zu unterhalten.

Aber sie schmeckten hervorragend!

Umso ärgerlicher war es, dass der Plan mit dem Zumi nicht so verlaufen war wie vorgesehen: zuerst die Wyvers, die sie aufgespürt und sich mit den Behüteten verbündet hatten, dann die überraschende Attacke der Unbekannten.

Eine Analyse der neuen Gegner und deren Angriffsmatrix war nicht möglich gewesen, zumal er sich nicht auf seinem eigenen Schiff befunden hatte. Stattdessen musste er mit dem Zumi flüchten, hatte sich mit dem Interim-Abschaum herumgeschlagen und war gestrandet.

Wieder schüttelte Isix den Kopf.

Er hoffte, dass der Zumi noch lebte und ihre Botschaft übermittelte und sich nicht vom einarmigen Interim-Abschaum hatte beeindrucken lassen.

Isix kannte sie genau: die CuTesha, kleine Erpresser und Räuber, hinterlistig und nervig. Denen hatte sein Volk bereits vor langer Zeit eine Lektion erteilt, und die CuTesha hatten danach gekuscht und niemals mehr Forderungen gestellt.

Nun versuchten sie es bei den Behüteten.

Isix spähte aus seiner Deckung.

Sein Verstand tüftelte bereits eine neue Strecke aus, die er nach kurzem Abwägen unverzüglich nutzte. Noch ließ er Hut und Mantel an, um notfalls als einer von ihnen durchzugehen wie bei dem Rafique.

Schließlich setzte er seinen Marsch fort und gelangte an den Rand des voll ausgeleuchteten Sperrgebiets.

Nun war reine Geschwindigkeit angesagt, um in das Raumschiff zu gelangen. Die übrigen kleineren Trümmerteile interessierten ihn nicht. Wenn er fündig wurde, dann in dem halbwegs intakten Rest, in dem sich der Maschinenraum befand.

Isix überlegte, dass er bei eingeschränkter Höchstgeschwindigkeit etwa sieben Sekunden bis zum Wrack brauchte. Dabei wurde er mit einer Wahrscheinlichkeit von hundert Prozent bemerkt. Die Behüteten wären schätzungsweise zwanzig Sekunden unsicher, dann würden sie zaghafte Gegenmaßnahmen einleiten. Alles in allem blieben ihm dreißig Sekunden zum Erkunden.

Das genügte ihm. Danach würde er sich zurückziehen, und zwar durch das Haus, in dem das Wrack steckte.

Doch zuerst wollte er das Licht der Absturzstelle herunterfahren.

Isix schleuderte die schlechte Commander-Worf-Waffenimitation und traf damit den Generator, den die Behüteten aufgestellt hatten.

Ein Funken- und Blitzschauer löste sich aus der Einschlagstelle, danach erloschen drei der großen Lichtmasten.

Isix sprintete los.

Sechste Szene

1. September 3042 a.D. (Erdzeit)

»Nein, ich habe nichts gegen Betas.
Ich hasse sie!
Und wenn mir einer auch nur in die Augen sieht
und mich provoziert, ich schwöre, ich knall
ihn ab. Ihn und alle, die ihnen Menschenrechte
zugestehen wollen.«

JOSEPH DRYWATER,
Vorsitzender der Partei ANTI-Beta

SYSTEM: GLIESE JAHREISS 1111
PLANET: ZWISCHEN RODNE UND ALDA RAAN
ORT: –

Innocent White konnte ein Raumschiff dieser Größe steuern, und bei allen Heiligen der Church of Stars, er wäre auch durch ein dichtes Meteoritenfeld geschippert – mit etwas Zeit und Umsicht.

Aber Zeit hatte er gerade nicht mehr, denn die Jäger von *United Industries* hielten auf die *Interception* zu und machten ihre Waffensysteme scharf. In der aufsteigenden Panik ging die Umsicht verständlicherweise verloren.

Hinter ihm stand Nuntius Civer Black, die Waffe auf die Besatzung des erbeuteten Schiffs gerichtet, und betrachtete die Anzeigen des kleinen, aber antriebsstarken Raumers. »Du erinnerst dich an den Plan, dieses Geschenk nicht zu verlieren, sondern es für den HERRN zu retten?«

Innocent sparte sich jeden Kommentar. Die Finger tippten auf den Steuerungsdisplays herum, die *Interception* reagierte prompt und sehr direkt.

»Hier Rodne Bodenkontrolle. *Interception*, Sie sollten landen«, mahnte die Stimme aus dem Lautsprecher.

Civer drückte die Sprechtaste. »Tut mir leid, aber wir sind gerade wieder von Piraten überwältigt worden«, rief er und täuschte Atemlosigkeit vor. Er feuerte ein paarmal, die Kugeln sirrten durch die Tür hinaus in den Fahrstuhl. »Schießen Sie die Maschine ab! Im Namen des HERRN: Ich wiederhole, schießen Sie …« Dann unterbrach er grinsend die Verbindung. »Jetzt dürfte es gleich losgehen.«

»Lassen Sie mich fliegen!«, rief die Captaine besorgt vom Boden aus. »Dann haben wir wenigstens eine Chance, den Jägern zu entkommen.«

Civer legte eine Hand auf Innocents Schulter. »Der Junge hat den Segen des HERRN, und den brauchen wir dringender als jede Flugkunst.«

Innocent presste die Lippen zusammen und rief sämtliche Energie ab, welche die Motoren bekommen konnten.

Die *Interception* reagierte auf den leisesten Tastendruck, wand sich zwischen den ersten Salven der Gegner hindurch, tänzelte die Raketen aus und entging den faustgroßen Geschossen der Railkanonen.

Der Abstand zwischen ihnen und den *UI*-Schiffen wuchs und wuchs. Schließlich hatten sie die Verfolger abgeschüttelt.

Innocent konnte kaum glauben, was die Anzeigen präsentierten: Die Triebwerke orgelten, ohne auch nur in die Nähe des roten Bereichs zu gelangen. Er kannte kein Schiff dieser Größe, das es an Endgeschwindigkeit mit einem *Hyperion*-Zerstörer aufnahm. *Die Leistung bringt uns bis knapp an die Lichtgeschwindigkeit heran. Herr der Himmel!*

»Fein gemacht, Preacher.« Black nickte grimmig. »Ich schlage vor, wir fliegen den nächsten Außenposten der Church an und geben durch, was für einen schönen Fang wir hier haben. Der Ministrator soll entscheiden, was damit geschieht.«

»Und wenn er die *Interception* zurückgeben möchte?«, fragte Innocent, lehnte sich in den Sessel und entspannte die verkrampften Muskeln.

»Dann geben wir das Schiff zurück an …« Der Nuntius sah Captaine Fairbanks an. »Gehört es dir, oder seid ihr für jemanden anderen auf Kaperfahrt?«

»Es gehört …«, setzte der muskulösere der beiden verletzten Männer an, die inzwischen die Wunden versorgt hatten. Die Löcher in den Beinen waren umwickelt, dennoch müsste eine besser Versorgung her.

Fairbanks versetzte ihm einen Stoß. »Das geht die Kreuze nichts an«, zischte sie.

»*Kreuze*«, schnarrte Black und lachte whiskeyraudunkel. »Das ist doch mal eine nette Bezeichnung.«

Innocent hielt sich raus und suchte im Navigationsgerät nach Außenposten mit einer entsprechend leistungsstarken Funkanlage. »Ich habe einen gefunden. CoS-Alpha-2Koh311. Der Flug wird bei der Geschwindigkeit eine Woche benötigen, sagt der Computer.« Er setzte Kurs und schaltete auf Automatik. »Ich würde gern nach den Wunden der Gefangenen sehen.«

»Die sind leicht zu finden«, erwiderte Black und lachte leise und böse.

»Verstehen Sie sich darauf, oder machen Sie alles schlimmer?«, fragte Fairbanks kritisch.

»Ich verstehe mich darauf. Als Preacher legen wir eine Prüfung als Rettungssanitäter ab, bevor wir in den Außendienst gehen.« Innocent erhob sich aus dem Sessel, kniete neben dem ersten Angeschossenen nieder und suchte im Erste-Hilfe-Koffer nach Utensilien. »Die *Interception* hat vermutlich keine Krankenstation?«

Fairbanks schüttelte den Kopf.

Black durchsuchte derweil die Brücke, sichtete Unterlagen und kleine Notizzettel, betrachtete Bilder und versuchte offenkundig, mehr über die Crew herauszufinden.

Innocent entfernte den Notverband, setzte lokale Betäubungsspritzen und entfernte die Geschossüberreste aus dem Fleisch, so behutsam es ging. Fairbanks half ihm dabei, wobei sie immer wieder nach dem Nuntius sah. Sie wirkte lauernd.

»Geben Sie sich keine Mühe«, sagte er, obwohl er mit dem Rücken zu ihr stand und in einem Heft aus Tab-Sheets blätterte. »Ich bekomme alles mit. Versuchen Sie lieber nicht, kindischen Widerstand zu leisten. Ich sehe zwar alt aus, aber ich nehme es mit fünfzig von Ihnen auf.«

Fairbanks öffnete den Mund, um eine Erwiderung abzufeuern, als die Computerstimme der *Interception* erklang:

Sprung umgeleitet …
FÜNF Individuen an Bord …
Beziehe neue Messdaten …
Abgleich der Interferenzen …
KEIN neues Portal in Reichweite …
Standbymodus aktiviert.

Fairbanks lachte schallend. Black runzelte die Stirn.

Innocent sah langsam zur Captaine. »Was hat das zu bedeuten? Ihre Leute?«

»Meine?« Sie zeigte auf die Angeschossenen. »*Das* sind meine Leute, plus die, die Sie unten irgendwo erledigt haben. Ihr zwei Weihrauchlutscher habt den ReRouter nicht abgeschaltet. Er hat sich irgendwas angesaugt, das sozusagen gerade vorbeikam. Ich bin sehr neugierig, was ihr an Bord geholt habt.«

»Betäube die drei, und dann komm mit«, grollte Black und prüfte die Munition seiner Waffen. »Videokameras?«

»Nicht im Empfangsraum. Die elektromagnetischen Störungen durch die Maschine sind zu stark. Das wird eine echte Überraschung«, antwortete Fairbanks, die nun weniger schadenfroh und beunruhigter klang. Sie begriff, dass es auch um ihr Leben ging.

Innocent erhob sich und bekreuzigte sich. »Wir lassen sie besser bei Bewusstsein. Könnte sein, dass wir sie als Unterstützung brauchen.«

Blacks Stirn lag immer noch in Falten, dann trat er der Captaine gegen das Kinn, sodass sie wie vom Blitz gefällt ohnmächtig umfiel. Die beiden Crewmitglieder bekamen wuchtige Schläge mit dem Kolben und sanken ebenfalls um, dann eilte er zum Lift.

Warum habe ich überhaupt etwas gesagt? Innocent seufzte und folgte ihm.

Die Türen schlossen sich, der Lift brachte sie nach unten in den Maschinenraum und spuckte sie in den Korridor aus.

»Sollten es Gardeure von *United Industries* sein, nicht schießen. Mit denen kann man verhandeln. Alles andere wird umgenietet.« Black ging vor, die *RapidFire* im Anschlag. Er bewegte sich leise, als würden seine Schuhe keinerlei Kontakt zum Boden haben.

Innocent hielt die *Thorn II* schussbereit, schluckte und fragte sich, wie er in das alles hineingeraten war: eine ungewollte Tätowierung in unverständlicher Sprache, eine Schießerei nach der nächsten und dazu ein Nuntius, der sich benahm, als sei er aus einem miesen Actionfilm ausgebrochen und versuche, sämtliche Klischees zu erfüllen. Inklusive Nutten, Drogen und Tätowierungen.

Sie schlichen vorwärts, achteten auf jedes winzige Geräusch, das über das elektrische Summen und Wummern des Antriebs hinausging.

Aber es blieb ruhig.

Die neuen Passagiere schienen sich im Empfangsraum sicherer zu fühlen und beratschlagten gewiss, was sie tun sollten.

Innocent und Black passierten das Crewmitglied mit der Schulterverletzung. Kein Atemgeräusch, kein Heben und Senken des Brustkorbs. Es war verblutet.

»Gott sei deiner Seele gnädig«, murmelte Innocent und konnte sich nicht ausmalen, wie viele Ave Maria er beten musste, um mit dem HERRN einigermaßen ins Reine zu kommen. Er war Preacher, und das, was er gerade erlebte, gehörte nicht in sein Repertoire. Überhaupt nicht.

Sie erreichten das schwere Schott.

Black zog eine Granate aus der Tasche, postierte sich neben dem Eingang und bedeutete Innocent, er möge ihn öffnen.

»Nuntius, diese Granate könnte ...«

Fauchend schoss das Schott in die Höhe. Qualm rollte in den Gang und raubte Innocent sofort die Sicht.

Leise klingelnd flogen zwei Rauchgranaten aus der Wolke und versprühten noch mehr künstlichen Nebel.

»Geben und nehmen.« Black warf seinen Sprengsatz durch das Loch, das sich umrisshaft abzeichnete.

Es knallte und blitzte einmal im Raum, dann noch zweimal, und nach wenigen Sekunden Pause ein drittes Mal.

Innocent verstand, dass es sich um eine Multi-Flash-Bang-Granate gehandelt hatte, die in Soldatenkreisen auch *GangBang* genannt wurde. Schon allein des Namens wegen hatte sich der Nuntius bestimmt welche zugelegt.

Aus dem Innern hörte man aufgeregtes Rufen, ein Schatten taumelte an Innocent vorbei.

Geistesgegenwärtig schlug der Preacher mit dem Waffengriff zu – und traf mit einem dumpfen Geräusch den Helm des Unbekannten.

Der Einschlag warf den Mann seitlich gegen die Wand.

Innocent sah eine Panzerung, auf der das Emblem von *United Industries* leuchtete, darüber schwebte der Adlerkopf mit dem *J* für Justifiers. Keine Gardeure, aber doch Kon-Einheiten. Die Gestalt am Boden schien ein Mensch und kein Beta zu sein.

Was jetzt? Er hätte zu gern das Gesicht des Nuntius gesehen, um sich mit Blicken abzustimmen, aber der Rauch verhinderte es.

Die Bewaffnung des Justifiers konnte sich sehen lassen: ein *RockIt9*-Maschinengewehr in der Rechten, eine *Arclight*-Laserpistole am Gurt, und die Panzerung würde die Kugeln einer *Thorn II* zumindest so weit abbremsen, dass sie nicht ganz so tief in den Körper eindrang und den sofortigen Tod verhinderte.

Sie werden die Interception *auf alle Fälle erobern wollen. Das Schiff ist ein Unikum und mit Geld gar nicht aufzuwiegen. Es ist der ultimative BuyBack! Die ganze Einheit würde auf einen Schlag freikommen.* Diese Erkenntnis sorgte bei Innocent für einen Panik- und Adrenalinschub. Er würde nicht mit Schonung rechnen dürfen. *Was tue ich denn jetzt? Aber darf ich einen Wehrlosen einfach erschießen?*

Gelähmt starrte er die Gestalt am Boden an, die sich mehr und mehr orientierte und anscheinend ihre Sehkraft zurückerlangte.

Die gelben Augen des Mannes erfassten den Preacher, die Verwunderung darin war eindeutig. Der Arm mit dem *RockIt9* hob sich.

Innocent schoss und schrie dabei vor Überraschung und Angst. Die Kugel der *Thorn II* drang durch das Visier und färbte es in Millisekunden von innen rot, machte es undurchsichtig.

Der Justifier krampfte kurz und brach zusammen.

Der Knall der Automatikpistole bedeutete gleichzeitig den Startschuss für ein Feuergefecht, das an Intensität schwerlich zu überbieten war: Aus dem Schott zuckten lange Mündungsfeuer von Sturmgewehren. Das aufjaulende Sirren ließ auf Drehläufe einer *Gatling-Mark IX* schließen. Eine Sekunde darauf röhrte das leichte Geschütz ohne Unterlass und bestrich den Gang gleichmäßig.

Die Plastikplatten wurden gestanzt und zerschlagen, Splitter flogen umher. Funkenstiebend gingen die Lampen zu Bruch, Querschläger sirrten von Stahlträger zu Stahlträger, die Abdeckungen wurden hinweggefegt.

Die *MarkIX* kreischte ihre Geschosse ununterbrochen in den Korridor. Zusammen mit dem Qualm hatte es den Anschein, als tobe es in einer Gewitterwolke.

Hätten Innocent und Black nicht unmittelbar rechts und links des Schotts gestanden, sie wären zu ähnlichen blutigen Schnipseln geschreddert worden wie der Leichnam des Crewmitglieds. Sein Restblut sprenkelte Wände und Decke; Gliedmaßen wurden abgerissen und weggewirbelt.

Dann stellten die Läufe den Beschuss ein. Ein letztes Sirren, und es senkte sich Stille herab.

Das Licht flackerte, zwei Birnchen verbreiteten unverzagt einen Hauch Restlicht. Der Rauch hatte sich so gut wie aufgelöst, renitente Schwaden waberten frühnebelhaft umher.

Aus dem Schott schoben sich zuerst die Läufe der Sturmgewehre, dann sprangen die Träger der Waffen unvermittelt heraus. Die Justifiers sicherten sofort nach rechts und nach links.

Damit waren Black und Innocent entdeckt.

Der Preacher starrte auf die Mündung der *UI Mark VII*, einer Pistole, die ohne Rückstoß arbeitete und ihre Geschosse mit elektromagnetischer Beschleunigung verschoss. Im Magazin befand sich die passende Batterie, sodass die Energie nicht im Kampf zu Ende ging. Die Mündung war auf seinen Kopf gerichtet.

Innocent ließ die *Thorn II* sofort fallen. »Halt! Ich dachte, Sie sind ...«

Ihm gegenüber krachte es mehrmals laut.

Innocent spürte die Einschläge, die aus Civer Blacks schwerer *Thorn* stammten, an Schulter und Brust. Als der in den Rücken getroffene Justifier gegen ihn prallte, ging der Preacher unter dem Gewicht zu Boden.

Er hat einfach geschossen! Obwohl ich da stand!

Er wurde unter dem Mann begraben und konnte ihn nur mit Mühe von sich herabrollen; dabei nutzte Innocent die Gelegenheit, sich seine *Thorn II* wieder zu greifen, während das anhaltende Knallen und die Detonationen von Granaten zu einem alternierenden Dröhnen verschmolzen. Ohne seinen Helm wäre Innocent sicherlich taub geworden.

Er sah Black neben dem Schottrahmen knien und Salven aus eroberten Sturmgewehren in den Raum feuern, aus dem lediglich sporadische Gegenwehr erfolgte.

Wie hat er das angestellt? Sollte der Schutz des HERRN tatsächlich auf ihm ruhen? Innocent weigerte sich, dieses Wunder hinzunehmen, da es seine Glaubensgrundsätze dezent erschüttern könnte. Civer Black gehörte nicht zu den Wesen, deren Reinheit ein göttliches Mirakel erlaubte. *Es wird eine andere Erklärung geben*, hoffte er inständig.

Black warf die Gewehre weg, zog seine beiden *Thorn* und sah zu Innocent. Er setzte zum Sturm an. »Ah, wieder aufgestanden, Preacher? Wie schön.«

»Du hast auf mich geschossen!«, antwortete er zornig und betastete die schmerzende Stelle. Das Blut des Getöteten klebte an ihm, die Kugel steckte fühlbar deformiert in der Weste.

»Nein. Die Kugeln gingen durch das arme Schwein und prallten gegen dich«, verbesserte Black und zog den Kopf zurück, als hektische Schüsse abgegeben wurden. »Hätte ich dich getroffen, wärst du so tot wie der Justifier.«

»Ihr Wichser!«, schrie jemand wütend aus dem Raum, in dem der ReRouter stand; der Stimme nach war der Sprecher ein Mann und hatte seinen Helm geöffnet oder abgezogen.

»Ihr habt zuerst geschossen!«, rief Black zurück und grinste grimmig. »Wie viele stehen noch?«

»Wüsstest du wohl gern, was?«, kam es von drin.

»Also bist du allein.« Der Nuntius überlegte. »Machen wir einen Deal?«

»Verpiss dich mit deinem Deal! Du hast mein Team umgelegt!«, brüllte der Unbekannte. »Ich jage eher den Kahn in die Luft, als mit dir ins Geschäft zu kommen.«

»Und was machst du dann?« Black rieb sich mit dem Ärmel unter der

Nase entlang und warf Innocent, der abwartend dastand, einen kurzen Blick zu. »Es hat etwas mit Erlösung zu tun.«

»Erlösung?«, erwiderte er.

»Dein tätowierter Spruch. Es geht um Erlösung. Und er steht in der reformierten Bibel nach Ministrator Lux.« Black bewegte die Schultern, um sich zu lockern.

Wie kann er daran denken? Innocent bemerkte die Einschusslöcher im Mantel des Nuntius und die kleinen roten Rinnsale. Ganz ohne Verletzung war er aus dem Kampf nicht herausgekommen, was den Preacher erleichterte, ohne es böse zu meinen. Es raubte dem Mann den aufkommenden Hauch von Unfehlbarkeit oder Unverwundbarkeit.

»Damit ihr es wisst: Ich drücke jetzt auf ein paar Tasten an dieser Maschine. Mal sehen, was passiert«, verkündete der Justifier.

»Und wenn du als Held zu *United Industries* zurückkehren könntest?«, rief Black. »Hast du eine Ahnung, vor was du stehst, du Anfänger?«

»Woher weißt du, dass es ein Anfänger ist?«, raunte Innocent.

»Ein Profi hätte schon lange mit den Verhandlungen begonnen. Die Lage ist aussichtslos, und doch hat er die besseren Karten. Der ReRouter ist unbezahlbar. Das müsste er wissen. So ahnungslos kann keiner sein, der länger dabei ist.« Black sah auf die Munitionsanzeige seiner *Thorns*. »Wir gehen gleich rein. Ich lasse dir den Vortritt. Für mein Alter habe ich heute genug Kugeln eingesteckt.« Er nickte entschlossen, der Ausdruck in den Augen vernichtete jede Weigerung in Innocents Verstand. »Ich zähle rückwärts, und bei NULL stürmen wir.«

»Ich ... ich«, stammelte der Justifier aus dem Raum verunsichert.

»*Wo* hättest du Schlaumeier mit deinen Leuten rauskommen sollen, und *wo* seid ihr tatsächlich gelandet? Wie soll das möglich gewesen sein? Denk nach!«, antwortete Black.

»Das ist nicht möglich! Niemand kann einen TransMatt-Sprung abfangen!«, hallte es aus der Kammer.

»Der ReRouter hat euch aus Versehen angesaugt und bei uns ausgespuckt. Angedacht war, dass wir die Lohnlieferung bekommen. Mit euch hat keiner gerechnet.« Der Nuntius machte keine Anstalten, mit dem Zählen zu beginnen.

Innocent sah auf die vier Leichen im Gang und in der Schottöffnung. Blacks Treffer wiesen eine ungewöhnlich hohe Akkuratheit auf, von der er weit entfernt war.

»Ja, scheiße. Wir sollten wo ganz anders ankommen.« Der Justifier zog laut die Nase hoch. »Dieser ReRouter ist scheiß viele Tois wert. Und da du mir den Deal anbietest, gehört diese Maschine entweder nicht dir, oder du willst mich verarschen«, lautete seine Schlussfolgerung. »Ich mache jetzt Folgendes: Ich setze Sprengladungen an verschiedene Vorrichtungen hier drin und komme dann raus, den Sender in der Hand. Er hat eine Totmannschaltung, also keine Scheiße bauen, okay? Dann reden wir.«

»Okay. Wir warten.« Black senkte die Waffen, legte den Kopf in den Nacken. »Null, Preacher.«

»Was? Aber er sagte …«

»Null!«, wiederholte er harsch und sah auf das Schott. »Ich wette, er rechnet nicht damit.«

Ich auch nicht. Innocent atmete aus und stürmte durch die Öffnung, die *Thorn II* im Anschlag und sich umblickend.

Rechts von ihm lagen zwei weitere Erschossene, darunter auch der Träger der *Gatling-MarkIX*, die den Gang zerfetzt hatte.

Doch vom letzten Justifier entdeckte er nichts.

Wo steckt er? Weiter hinten? Behutsam ging er voran. Munitionshülsen rollten leise klirrend davon, unter seinen Stiefeln verwandelten sie sich in gefährliche kleine Lager, die ihn zum Schwanken brachten.

Und genau in der Sekunde der Unsicherheit poppte der Justifier hinter der Bedienkonsole in die Höhe, ohne besonders überrascht zu wirken. In der Linken hielt er einen Funkauslöser, in der Rechten ein kurzläufiges Gewehr, das seine Kugeln gegen den Preacher schleuderte.

Die Projektile durchdrangen zwar nicht die Panzerung, aber die Einschläge schmerzten und würden noch mehr Blutergüsse hinterlassen.

Geistesgegenwärtig erwiderte Innocent das Feuer und zwang den Mann zurück in seine Deckung.

»Ihr seid ja Scheißkreuze!«, rief er überrascht hinter dem Schutz heraus. »Was habt ihr denn hier zu suchen?«

»Das geht dich …«

Die übrigen Worte vergaß Innocent, weil eine Granate von hinten zwischen seinen Beinen hindurchrollte und neben der Konsole zum Liegen kam.

Der Justifier warf sich mit einem Sprung zur Seite, um der drohenden Detonation zu entgehen. Dabei schoss er im Flug, dieses Mal aber nicht nach Innocent. Die Garbe jagte an dem Preacher vorbei.

Black gab einen erstickten Laut von sich. Gleich darauf sackte er neben Innocent zusammen und hielt sich den Unterleib. Das heraussprudelnde Blut ließ darauf schließen, dass eine Ader verletzt worden war.

Die Granate explodierte nicht.

»Ha!«, rief der Justifier und erhob sich schwankend, immer noch den Sender in der Hand. »Blindgänger. Wie ihr beide.« Er richtete die Mündung der Maschinenpistole auf Innocent. »Ich denke, die Verhandlungen haben sich damit erledigt. Ich kann in aller Ruhe mit *UI* Kontakt aufnehmen, während ich eure beiden toten Körper dem Weltraum überlasse.«

Innocent erfasste unbewusst, wo sich der Mann befand. Ein spontaner Plan entspann sich. *Es könnte klappen. Er wird weder mir noch dem Nuntius viel Zeit lassen.* »Lass uns darüber noch mal reden«, sagte er und hob die Arme, tat so, als wollte er sich ergeben. Die Finger öffneten sich dabei und gaben die *Thorn II* frei.

Die Vollautomatik flog.

»Du solltest lieber beten.«

Zuerst dachte sich der Justifier nichts dabei. Aber als der Parabelflug auf der Bedienkonsole des ReRouters endete, weiteten sich die Augen des Mannes.

Summend sprang der Energiebogen an, die *Interception* jagte die erzeugte Leistung des Zusatztriebwerks durch die dicken Kabel.

In Sekundenbruchteilen baute sich das Feld auf und erfasste den Justifier, der sich unmittelbar in dem kleinen TransMatt-Bogen befunden hatte.

Die Vorrichtung zerlegte ihn in seine Moleküle, und das gleiche

Schicksal erlitt der Sender für die Sprengladungen. Mit einem Flirren und Knistern verschwand der Mann und würde an einem zufällig ermittelten Punkt in der Galaxis rematerialisieren. Ohne Helm.

Innocent wartete dennoch mehrere Sekunden, ob sich die Detonation nicht trotzdem ereignete.

Kein Knall.

»Herr, ich danke dir!«, sagte er laut und inbrünstig.

Erst dann kniete sich Innocent neben den ohnmächtigen Nuntius, nahm ihm die Panzerung ab, öffnete die Kleidung und versorgte rasch die Blutung. Er säuberte die Stelle, verklebte die angerissene Ader mit Spezialmittel und vernähte das Loch. Danach gab er einen Stoß K-Spray darauf – fertig.

Als er sicher war, dass seine Maßnahmen griffen, erlaubte er sich, mit dem Rücken gegen die Konsole zu sinken; dabei behielt er das Schott und den zersiebten Korridor im Auge.

Plötzlich stand es für ihn und seine Mission recht gut, obwohl seine Finger zitterten und ihm alles wehtat.

Aber der Nuntius lebte noch – sie hatten den ReRouter erobert, und mit der Captaine würden sie sich einigen. Daran zweifelte Innocent nicht mehr.

Er setzte Black eine Aufputschspritze, die den Mann innerhalb weniger Minuten sehr aufgekratzt und lebendig machen würde.

Innocent bekreuzigte sich und erhob sich ungelenk, rutschte auf den allgegenwärtigen Patronenhülsen aus und kam umständlich auf die Beine. »Bringen wir dem Ministrator sein Geschenk«, sagte er.

2. September 3042 a. D. (Erdzeit)

SYSTEM: SOL
PLANET: TERRA
ORT: GLOBALCITY PARIS

Isix hatte sich verrechnet: *Niemand* bemerkte ihn bei seinem Sprint durch den abgesperrten Bereich.

So gelangte er ungesehen in das Schiffswrack, wo er die zerstörten Gänge durchstreifte und den Behüteten in den Schutzanzügen auswich.

Doch schnell wurde ihm klar, dass sich an Bord niemand seines Volks befand.

Die von Plasmabrand zerfressene Leiche des Interim-Abschaums hatten man gesichert, es wurden Proben entnommen. Viel würden sie daraus nicht ziehen können, das Plasma hatte die Struktur zerstört. Zudem stammte das Wesen aus einer Spähre, in der die physikalischen Gesetze der Behüteten nicht in gewohntem Maß griffen.

Für Isix, der im Maschinenraum auf einem hohen Tank kauerte und die Behüteten bei ihrer Arbeit beobachtete, blieb die Frage, ob D'rai Jro Pasxal und Y'lo Din Qan ausgelöscht oder in Gefangenschaft geraten waren.

Im besten Fall war es ihnen wie ihm ergangen. Wenigstens lag eins ihrer Toriin-Schwerter auf dem Boden, das gerade untersucht wurde. Die erste brauchbare Waffe.

Ungeklärt blieb die Frage, was Isix nun unternahm, im Sol-System, auf Terra. Abgeschnitten von jeglicher Kommunikation.

Zumal: Sein Volk hatte gerade Wichtigeres zu tun, als eine Rettungsmission für drei Jindaix zu starten. Das verstand er voll und ganz.

Die Wucht des Angriffs vor Hakup hatte alle überrascht. Die geballte Macht der umgedrehten Pyramide übertraf die eigene Technik ebenso wie die der Wyvers. Die Behüteten hätten so etwas niemals erbauen können. Sie durchschauten nicht einmal die Wirkweise der meisten erbeuteten FTL-Antriebe.

Wer steckte dahinter?

Isix sah auf die Behüteten, die sich emsig bemühten, Wissen zu erlangen, und doch immer wieder zum Scheitern verurteilt waren. Beinahe naiv hatten sie Kabel und Leitungen in Zugangsbuchsen der beiden übrig gebliebenen asymmetrischen FTL-Module geschoben, das Steuerungsmodul vom Schiffscomputer entkoppelt und mit Analysegeräten verbunden. Es war, als wetzte man eine Pistole mit einem Schleifstein: sinnlos.

Eine Horde Betas kam herein, alle gepanzert und bewaffnet, aber ohne Komplettschutz. Sie flankierten einen Behüteten in einer Aries-ONE-Rüstung, die es ansatzweise mit seinem Kampf-Umwelt-Anzug hätte aufnehmen können.

»Guten Tag«, kam es aus den Helmlautsprechern. »Mein Name ist Professor Karlander von STPD Engineering. Wir haben den *Starscream Mark III* damals gebaut. Ich kann Ihnen eher weiterhelfen als Ihre Selbstversuche.«

Die Behüteten in den weißen Anzügen blickten sich durch ihre Visiere an. Isix sah ihnen an, dass sie sich wunderten und ärgerten.

»Monsieur, ich bin Professor Houblet, der Leiter des Teams. Mir wurde nicht angekündigt, dass wir es mit Ihnen und Ihren«, er schaute nach den Betas, »Begleitern zu tun bekommen. Es liegt in den Händen der französischen Regierung, nicht in den Händen eines Konzerns.«

»Ich nehme an, dass Sie die passende Order gleich bekommen. Mein Problem ist meistens, dass ich meinen Aufträgen vorauseile. Oder meinem Ruf.« Der Karlander ließ sich von einem Löwen-Beta ein Köfferchen geben. »Ich habe einen Computer mit den passenden Anschlussbuchsen für die FTL-Module dabei. *Ich* kann nachsehen, in welchem Zustand sie sind. *Sie* auch?«

Isix kannte den Antrieb, der aus den Beständen der Pjagoor stammte. Er wusste auch, wie man ihn ausschalten, überlasten oder aktivieren konnte.

Früher hatte sein Volk bauähnliche FTLs genutzt, bis sie dank Forschung etwas Besseres fanden und sich auch nicht mehr mit dem Interim-Abschaum plagen mussten.

Die Anzeigen sagten ihm, dass die Module den Ausfall einer Brenn-Mix-Kammer meldeten und davor warnten, einen Sprung zu versuchen, solange das beschädigte Teil nicht ersetzt worden war. Außerdem beschwerte sich der Steuerungscomputer darüber, dass er keinerlei Feedback von einer übergeordneten Rechnereinheit empfing.

Der Houblet sah auf die *Aries-ONE*-Rüstung, als wollte er sich mit bloßen Händen darauf werfen und versuchen, den Behüteten darin zu erwürgen. »Ich …«, setzte er an und hielt inne, als lauschte er. »Alors, Monsieur. Sie haben recht. Mir wurde von der Einsatzleitung gesagt, dass ich mit Ihnen kooperieren muss«, sagte er angesäuert und gab den Weg mit einem symbolischen Schritt zurück frei.

Isix verfolgte, wie sich der Karlander den Modulen näherte, das Köfferchen öffnete und die passenden Kabel heraussuchte. Er war wirklich gespannt, was der Behütete aus den Signalen ableiten konnte. Außerdem überlegte er, ob er sich einen von ihnen greifen sollte, um herauszufinden, ob die Behüteten D'rai Jro Pasxal und Y'lo Din Qan in ihre Gewalt gebracht hatten.

Dabei hatte er die Beta-Humanoiden vollkommen vergessen.

Einer von ihnen hob den Kopf, witterte und stieß einen Laut aus, riss das Gewehr in Anschlag und legte auf Isix an.

Die meisten Wesen der Einheit folgten seinem Beispiel, einige knieten sich ab und richteten die Mündungen sichernd in die anderen Ecken des Maschinenraums.

Das Licht von intensiven Strahlern richtete sich auf ihn und schälte Isix aus den Schatten.

Der Karlander stellte das Köfferchen ab. »Monsieur, was haben Sie da oben verloren? Sind Sie Reporter?«

»Wie ist er in die Zone gelangt?«, echauffierte sich der Houblet bereits laut und rief nach den CityTroopern. »Das darf doch nicht sein!«

Isix erinnerte sich, dass ein Toriin-Schwert nahe dem zerstörten Modul auf dem Boden lag. Beim Eintreten der Beta-Humanoiden hatte einer der Behüteten rasch eine Plane darübergelegt, um es zu verbergen.

Er warf sich blitzschnell vom Tank, sprang dem Kalander auf die Schultern und warf ihn zu Boden. Den Salven der Beta-Humanoiden entging er dadurch spielend.

Im Vorbeirennen fegte er die Folie zur Seite, griff sich das Toriin-Schwert und war schon aus dem Maschinenraum verschwunden.

Isix ärgerte sich.

Richtig vorangebracht hatte ihn sein Unterfangen nicht, abgesehen vom Schwert und dem Wissen, dass seine beiden Begleiter nicht mehr hier verweilten.

Er verließ das Wrack durch eine aufgerissene Luke und stand im beschädigten Hochhaus. Dort hetzte er die Treppe hinauf, ließ Stockwerk um Stockwerk hinter sich.

In Etage 60 gab es eine Verbindungsbrücke, die zu einem Gebäude führte, von dem aus er seine Flucht fortsetzen und sich ein Versteck suchen wollte. Die weiteren Schritte mussten durchgeplant, durchgerechnet und notiert werden. In Ruhe.

Unter sich vernahm er schnelle Schritte und Trappeln.

Beim kurzen Blick über das Gelände in das sehr marode, dreckige Treppenhaus erkannte er die Beta-Humanoiden, die ihn verfolgten.

Ihre animalischen Instinkte machten sie den Behüteten in vielen Bereichen überlegen. In diesem Fall bei der Jagd: Isix besaß eine Witterung, die man aufnehmen konnte, und mochte sie noch so seltsam und fein in der Luft liegen.

Diese lästigen Wesen musste er zuerst abschütteln. Noch ahnten sie nicht, was er war. Sie hielten ihn garantiert für einen Justifier.

Isix klemmte sich das Toriin-Schwert unter den Gürtel, verstaute Pistole und Messer des Rafique, danach trat er mit viel Wucht die nächste Tür ein, sodass sie weit in die Wohnung dahinter flog. Anstatt jedoch hineinzugehen, erklomm er das Geländer und zog sich ins Stockwerk darüber. Dort lauerte er.

Die Betas schlossen fast gleichzeitig auf, sahen den beschädigten Eingang. Sie verständigten sich kurz, dann hörte er sie den Wohnungsflur betreten.

Isix schwang sich am Geländer wieder zurück und versetzte dem sichernden Bären-Beta einen Tritt gegen den Kopf, der das Wesen zur Seite schleuderte und die Stufen hinabschickte.

Ein Luchs-Beta erschien in der Tür und feuerte sofort mit einem kurzläufigen Sturmgewehr los.

Die Kugeln trafen Isix an Brust und Hals, mehr als ein Dutzend knallten gegen das Unterkleid und prallten davon ab. Aber es war sehr, sehr schmerzhaft.

Isix packte den heißen Lauf und drückte ihn zur Seite, mit der anderen Hand zog er das deaktivierte Toriin-Schwert und hackte dem

Angreifer den Kopf von den Schultern. Blutsprühend brach der enthauptete Leichnam zusammen.

Damit hatte der dahinter lauernde Wolfshund-Beta freie Schussbahn: Er deckte Isix mit Garben aus einer schweren Automatikpistole ein. Zwei Treffer an den Hals, zwei an die Stirn.

Isix ging in die Knie. Das Kaliber hatte gehörige Wirkung und bereitete ihm durch die Prallwirkung heftige Schwindelattacken. Das klare Denken versank im Schmerz, sein Gesichtsfeld färbte sich dunkelblau ein. Das Cobalt in seinem System bekam einen Schub und beeinträchtigte ihn. Er musste sich hinlegen, um es besser in seinem Körper zu verteilen.

»Ich habe ihn«, meldete der Bluthund-Beta voreilig. »Was ist das für ein Spinner? Der trägt einen Vollkörper-Stretch-Anzug.« Er beugte sich über Isix, stellte einen Stiefel auf das Handgelenk. Die Mündung war auf Isix' Nase gerichtet. »Ich sehe nicht mal seine Augen.« Er sah verwundert aus. »Und … keine Wunden!«

Die Cobaltkonzentration hatte sich reduziert, das Blau verschwand. Er konnte wieder loslegen.

Isix hob einfach den Arm, das Gewicht des Betas bedeutete keine Belastung. Er schleuderte den Fuß weg, sodass sein Gegner taumelte und die nächsten Schüsse verriss. Danach sprang er auf und drosch erneut mit der Klinge von unten nach oben zu. Isix spaltete das Halbwesen vom Schritt bis auf Herzhöhe; fließend zog er dabei die gestohlene Pistole des Rafique und schoss, ohne sich umzuwenden, viermal in Richtung Eingangstür, wo er tapsende Schritte vernommen hatte.

Das leiderfüllte Aufbrummen stammte vom Bären-Beta, der sich vom Sturz erholt hatte und in den Kampf eingreifen wollte. Von diesen Treffern würde das Erholen schwerer fallen.

Isix ging in die Hocke und sah einen Löwen-Beta mit einem leichten Maschinengewehr aus der Küche springen und sich über die Schulter abrollen. Mit einer eleganten Bewegung kam der Gegner hoch und löste dabei die Waffe aus.

Isix langte vor sich und hielt den sterbenden Bluthund-Beta als Kugelfang vor sich, dann rannte er auf den letzten Gegner zu.

Fauchend warf der Löwen-Beta das MG weg und kam ihm entgegen, ein breites Schwert gezogen, dessen Klinge vibrierend summte. Er wollte es auf die altmodische Weise.

Isix schleuderte den Toten von sich, dessen tierhafter Geruch ihn anwiderte. Der Löwe stank noch schlimmer.

Kurz vor dem Zusammenprall beschleunigte Isix nochmals, um den feindlichen Hieb zu unterlaufen, und blieb sogleich stehen. Kein Wippen, keine Korrekturschritte. Von jetzt auf gleich verharrte er und zentrierte sich. Härtete sich. Wurzelte.

Der Löwen-Beta hatte nicht damit gerechnet und prallte noch in der Ausholbewegung gegen das Hindernis.

Isix war massiv wie eine Mauer, gegen die sein Feind mit ganzer Geschwindigkeit und Wucht anrannte. Er konnte sehen, wie sich Gesicht und Brustkorb des Wesens beim Aufschlag verformten, hörte die Knochen brechen und bersten.

Eine Blutfontäne, ausgeschlagene Zähne und Stückchen vom Kiefer schossen dem maunzenden Beta aus dem Mund, dann fiel er rücklings um und verlor das Schwert. »Was bist …«, röchelte er sterbend, dann erschlaffte er.

Isix löste die Starre, die seinen Leib hart wie Eisen machen konnte.

Er verließ die Wohnung, warf die Pistole des Rafique weg und setzte seinen Aufstieg in den 60. Stock fort.

Er musste dringend nachdenken.

Sehr dringend.

Siebte Szene

30. September 3042 a.D. (Erdzeit)

>*»Nehmen wir doch mal das Universum. Nichts ist absurder.*
>*Keine Luft, eiskalt. Warum sollte ich wieder dorthin?*
>*Ich bleibe lieber auf der Erde und verrecke an den Umweltgiften –*
>*es ist und bleibt nun einmal meine Heimat.«*

KRIS, Trucker und Volksheld

SYSTEM: BARNARDS PFEILSTERN
PLANET: CHRIST
ORT: VATIKAN CITY

Innocent White und Civer Black standen in der großen Wartehalle, die den Innenraum eines Doms neidisch gemacht hätte, sofern die Baumaterialien zu solchen Gefühlen fähig gewesen wären.

Die Männer schwiegen, weil jedes noch so kleine Flüstern durch die Akustik verstärkt und weitergetragen wurde, zwischen den Wänden umhergeisterte. Ein Sakrileg.

Ich bin auf dem Weg in das Allerheiligste. Innocent konnte nicht verhindern, dass ihn tiefe Ehrfurcht packte. Bis zur Kuppeldecke waren es bestimmt vierzig Meter und mehr, und unter ihren Füßen breitete sich echter, polierter Marmor aus.

Die hohen Fenster wurden von klassischen Malereien geziert, zeigten biblische Szenen oder Momente der jüngeren Vergangenheit der Church, wie den Zusammenschlussschwur der christlichen Konfessionen oder die Gründung des ersten Außenpostens, den Ministrator im Kreis seiner Apostel oder die Rückeroberung von Golgatha, einem Planeten, der von Atheisten heimgesucht worden war.

Innocent hatte seine Weihe zum Preacher auf Christ erhalten, aber nicht in Vatikan City, sondern in Clearwater. Nur die höheren Klerikalen durften an diesen Ort, an dem er sich gerade befand.

Er war in seinem schlichten weißen Ornat angetreten, wie immer penibel gesäubert und gepflegt. Die äußere Reinheit musste zur inneren Reinheit passen. Ginge es danach, müsste der Nuntius direkt in die Höllen fahren. *In alle gleichzeitig.*

»Würde mich interessieren, wie hoch die Heizkosten sind«, murmelte Black und zog Schleim die Kehle hoch. Ein Blinzeln lang fürchtete Innocent, der Nuntius würde ausspucken. »Na, die Schäfchen und die Planetenpacht werden es schon decken.« Er lachte dunkel und rau, was durchaus etwas Satanisches besaß. Er hatte es nicht für nötig befunden, seinen Dreitagebart zu bekämpfen. Die langen schwarzen Haare sahen zwar gewaschen aus, doch sein einfacher grauer Mantel starrte noch immer vor Graphitschmutz von *Hail*. Darunter sah man den zerknitterten Uniformhabit.

Innocent seufzte. *Respekt ist ihm fremd. Sogar im Kern des Glaubens.*

Überhaupt fand er den Mann immer anstrengender.

Nach der Ankunft auf dem Außenposten und einem Funkspruch hatte man ihnen einen FTL-Carrier gesandt, um die *Interception* nach Christ zu bringen. Die Piraten saßen vorerst im churcheigenen Gefängnis und warteten auf unbestimmte Zeit. Der Ministrator entschied, was mit ihnen geschah, nachdem dem Schiff mit dem ReRouter die letzten Geheimnisse entlockt worden waren. Fairbanks murrte dagegen, aber was sollte sie schon tun?

Black hatte sich unterdessen behandeln lassen, Whiskey gesoffen und gequalmt wie ein gefülltes Weihrauchgefäß. Er feierte offenbar schon die bevorstehende Entlassung. Hätte es auf dem Carrier einen Tätowierladen und Huren gegeben, Innocent war sich sicher, dass der Nuntius eine Woche lang mit beidem verbracht hätte.

»Sag mal, Kleiner, ist es dir eine Ehre?«, hörte Innocent ihn neben sich sagen und ärgerte sich über den mokierenden Ton.

»Ja, es ist mir eine Ehre«, erwiderte er und blickte zum Kreuz, das wuchtig und massiv an der Wand gegenüber des Eingangs hing. Es war zwanzig Meter hoch, bestand aus Gold und symbolisierte die Herrlichkeit des Glaubens. Den Triumph über alle anderen. Die Weisheit des HERRN sowie des Ministrators, dem Stellvertreter Gottes im All.

»Und? Hast du schon mal einen Apostel gesehen?«

»Nein. *Deswegen* ist es mir eine so große Ehre.« Er musste zugeben, dass ihn die Einladung überraschend getroffen hatte. Anscheinend wollte man sie wegen der Erbeutung des Schiffs besonders belobigen.

»Du wirst aber erwähnen, dass es meine Idee war, die *Interception* für die Church in Besitz zu nehmen?«, fragte Black beiläufig. »Das könnte für einen kleinen Bonus sorgen. Das Gehalt eines Priest auf einem Außenposten ist nicht eben üppig.«

»Es wird für den Whiskey reichen«, gab Innocent spitz zurück. »Bei den Huren solltest du dich einschränken.«

Der Nuntius lachte erneut seine Dämonenheiterkeit. »Das muss ich nicht. Du wirst mir bei den Verhandlungen mit dem Apostel beistehen, Kleiner.«

»Ich rettete dir dein Leben. Das genügt.«

»Du bist ein Mann voller Nächstenliebe.«

»Und du spendest die deine gern denen, die auch dein Geld dafür nehmen.« Innocent sah keinerlei Veranlassung mehr, sich dem Mann gegenüber zurückzuhalten. Sie würden sich nie wiedersehen, es sei denn, er würde aus Versehen Blacks Außenposten anfliegen. Diesen Planeten würde er mit einem großen Zeichen markieren, um ihn zu umgehen.

Ihr Rededuell schwang als Nachklang in der Wartehalle umher, wurde zu einem dunklen Ton, bevor es sich in nichts auflöste.

Dann lachte Black wieder. Es begann leise, steigerte sich und füllte den Raum bis in die letzte Ecke. Ein Lachchoral, der den Teufel beeindruckt hätte.

Ich frage nicht, was so komisch ist. Innocent hoffte, dass endlich jemand erschien, um ihn aus diesem Albtraum zu erlösen.

Endlich öffnete sich scheinbar die Wand, was sich bei näherem Hinsehen als verborgene Tür in der Vertäfelung entpuppte.

Ein Mann in einer dunkelgrünschwarzen Soutane trat heraus und hob den Arm, winkte sie mit dem Finger zu sich, als müsste er sie durch einen Seiteneingang hereinlotsen, bevor sie jemand sah. Ähnlich wie bei unliebsamen Verwandten oder Bittstellern.

Das passt. Innocent nahm den Kirchenoberen nicht übel, etwas undankbar behandelt zu werden, und schob es auf die Anwesenheit des schwarzen Schafbocks an seiner Seite. Er achtete darauf, dass man die Tätowierung nicht sah, die er immer noch trug. An Bord des Carriers gab es keine medizinisch passenden Einrichtungen, um die Zeichen zu entfernen, und auf Christ hatte sich noch keine Gelegenheit ergeben.

Sie gingen los und erreichten den Mann, der um die sechzig Jahre alt war und ein von Narben gezeichnetes Gesicht hatte. Es konnte von allen möglichen Verletzungen herrühren. Am wahrscheinlichsten waren Schnittverletzungen und Verätzungen. Die langen silbernen Haare hingen zu einem Zopf zusammengefasst auf den Rücken.

»Preacher White, Nuntius Black«, grüßte er leise und nickte ihnen zu, bevor er in den Gang hinter sich deutete. Er trug dunkelgrüne Samthandschuhe mit schwarzen Zierlinien darauf. »Ich bin Ignatius Horàt, apostolischer Geheimsekretär. Ich darf euch beide in den Besprechungsraum bringen. Immer geradeaus.«

Innocent schritt an ihm vorbei und bemerkte das Kreuz am hohen Kragen der Soutane, dessen Mitte mit Stacheldraht umwickelt war, der wiederum ein senkrechtes Schwert daran festband. Das Abzeichen hatte er noch nie gesehen, fragte jedoch nicht.

Sie gingen einen vertäfelten Korridor entlang, an dessen Wände die Porträts von Aposteln und Ministratoren hingen, bis Horàt sie überholte und eine Tür öffnete. »Bitte sehr«, dirigierte er sie hinein und folgte ihnen.

Es war ein heller freundlicher Raum mit weißen Marmorwänden und einem ebensolchen Boden. Die Fenster erlaubten einen Blick über die Gärten von Vatikan City, die sich in voller Pracht ausbreiteten: hohe, uralte Bäume, blühende Sträucher, Blumenfelder und Blütenmeere. Dazwischen erhoben sich Statuen mit religiösen Darstellungen, pittoreske Brunnen und zwei Labyrinthe, die einmal rund und einmal eckig angelegt waren und dabei in der Mitte religiöse Symbole bargen.

»Das Paradies, was?«, brabbelte Black vor sich hin. Er ließ sich auf einen Stuhl fallen und faltete die Hände, als wollte er beten. Eine kleine Graphitwolke löste sich aus seinem Mantel und rollte durch den Raum.

»Für mich wäre diese gebrochene Natur die Hölle. Schickt mich bloß nicht auf eine solche Welt.«

Innocent dachte an den Klassiker von Dürer, die betenden Hände, und wie sich wohl die Finger des Nuntius machen würden. Auf einem modernen Gemälde wäre es sicherlich ein begehrtes Motiv, Sammler zeitgenössischer Kunst würden viel Geld hinlegen. *Zumal es noch authentisch ist.* Er wartete, bis ihm Horàt mit einer freundlichen Geste einen Platz anbot.

»Das haben wir nicht vor«, sagte der Geheimsekretär. »Eine solche Naturgewalt wie dich würden selbst Flora und Fauna nicht verkraften.« Er lächelte gütig. Das entstellte Gesicht geriet dabei außer Kontrolle, als würden die Züge komplett verrutschen, ehe sie zurück in eine ernste Form glitten.

Innocent glaubte, dass die Narben für Horàt ein Ehrenzeichen waren.

»Zuerst möchte ich euch beiden den Segen des Ministrators erteilen«, sagte der Sekretär und schlug ein Kreuz in der Luft, »und mich für die Abwesenheit von Apostel Thaddäus entschuldigen. Er wurde zu einer dringenden Sitzung berufen, die keinerlei Aufschub duldete.«

Black lachte leise auf. »So habe ich mir meine Verabschiedung vorgestellt.«

Nach einem kurzen Klopfen schwang die Tür auf, und eine junge Novizin in grauem Habit und kleiner Haube brachte ein Tablett mit Getränken, von Kaffee bis Säften. Sie stellte es mit einer Verbeugung ab und verschwand wieder.

Innocent hoffte, dass der Nuntius ihr nicht interessiert-eindeutig nachschaute. »Das verstehe ich«, antwortete er und goss Horàt Kaffee ein, danach Black und schließlich sich selbst. Er versuchte, seine Enttäuschung zu überspielen. Apostel Thaddäus galt als charismatischer Mann, angefüllt mit Weisheit und geradezu heiliger Ausstrahlung. *Das alles nur wegen des Kerls.*

Der Geheimsekretär setzte sich, die behandschuhten Finger tippten auf einer im Tisch eingelassenen Tastatur. Daraufhin verwandelte sich die Oberfläche in einen Bildschirm. Es wurde ein Planet gezeigt, die Einblendung dazu lautete *Cornu Copiae, vermietet an Konzern TauCeti-Prime.*

Black schlürfte laut Kaffee, langte in die Tasche und goss sich aus seinem Flachmann einen Schuss *Mighty Spirit* hinein. »Nett. Am Hintern der Galaxis. Maisköpfe und Hülsenschüttler. Da freue ich mich aber«, kommentierte er trocken.

»Geleitet wird der Außenposten von Deaconess Jeanne«, erklärte Horàt ungerührt.

Das Bild der älteren Frau leuchtete auf. Sie blickte direkt in die Kamera, während sie sprach.

»Hoher Apostolischer Rat, ich muss Preacheress Colomba und Preacher Anjelo als vermisst melden«, sagte sie besorgt. »Es gehen merkwürdige Dinge auf Cornu vor, denen ich allein nicht nachgehen kann. Anscheinend gibt es churchfeindliche Strömungen, die immer mehr um sich greifen. Es könnte aber auch mit der Beta-freundlichen Haltung der Preacheress zusammenhängen. Ich erbitte Beistand. Dringend! Ich fürchte um meine Sicherheit und die meiner Familie.«

Horàt hielt die Aufzeichnung an. »Die Nachricht erreichte uns vor nicht allzu langer Zeit.«

»Jetzt soll ich meine Rentenzeit damit verbringen, nach enthusiastischen Jungpredigern zu suchen«, schloss Black aus dem Gehörten.

»Nein. Du wirst als Nuntius nach Cornu Copiae reisen und nach dem Rechten schauen. Sieh es als deinen letzten Auftrag an, Civer.« Der Geheimsekretär richtete den Blick auf Innocent. »Meinen allerherzlichsten Glückwunsch und den Segen des Ministrators, der Apostel und des HERRN: Hiermit berufe ich dich im Auftrag der Church of Stars und kraft der mir übertragenen Bevollmächtigung zum Uditor, Innocent White.«

Nein, dachte er in einem ersten Impuls.

»Nein!«, schrie Black, der genau wusste, was die Beförderung zu bedeuten hatte. »Das könnt ihr nicht machen!«

Horàt ließ sich nicht beeindrucken und blieb stoisch. Vermutlich würde er auch genauso auf einem Schlachtfeld stehen oder auf einem explodierenden Schiff oder einem abstürzenden Flugzeug. »Wir sind keine Organisation, die dafür bekannt ist, demokratisch strukturiert zu sein. Jesus ließ seine Jünger und Anhänger auch nicht abstimmen.« Er tippte erneut. Die Gesichter der Vermissten leuchteten jetzt in der Tischplatte auf. »Sie befanden sich auf ihrer Initiationsreise und sammelten Erfahrungen beim Missionieren. Colomba ist eine gute Rednerin, aber sie neigt zum Ungehorsam und Missdeutungen der offiziellen Lehre. Anjelo ist ein vorsichtiger junger Mann, der sein Vorgehen genau abwägt. Als Team waren sie gut. Flammende Begeisterung und Umsicht.«

Black stürzte seinen Kaffee herunter und spülte mit einem Schluck aus dem Flachmann nach. »Der Church gehen jedes Jahr Frischlinge abhanden. Manche steigen aus, andere werden von der Meute plattgemacht oder ... was weiß ich.« Man sah ihm an, dass er keine Lust auf den Auftrag hatte. Black wollte in seinen Ruhestand und war sich für das Suchen zu schade. »Das ist der Preis, den man für seinen Glauben bezahlt.«

Arroganter Idiot. »Es ist mir eine Ehre, dem Apostolischen Rat zu dienen«, erwiderte Innocent sogleich, der seine Beförderung noch nicht fasste. *Ich bin Uditor!*

Eigentlich bedeutete es eine noch größere Ehre, die vielen Zwischenphasen und Prüfungen übersprungen zu haben, doch er wurde das Gefühl nicht los, dass er die Stufen nur erklommen hatte, weil man keinen anderen fand, der mit dem Nuntius arbeiten wollte. Das trübte seinen Aufstieg beträchtlich.

»Mit dem Preis, den man bezahlt, kenne ich mich aus.« Horàt nickte. »Der Auftrag lautet: Ihr beide reist nach *Cornu*, findet heraus, was vor sich geht, und bringt die Preacheress unversehrt zurück.«

Black setzte den Flachmann ab, den er eben an die Lippen gesetzt hatte. »Zurück? Reicht es nicht aus, wenn wir ihnen den Hintern versohlen?«

Warum nur die Preacheress? Innocent behielt die Frage für sich und glaubte an einen Versprecher des Geheimsekretärs.

»Wir gehen davon aus, dass sich auf dem Planeten mehr tut als Glaubensunruhen, die durch die Worte einer unvorsichtigen Preacheress ausgelöst wurden. Daher ist es wichtig, den Bericht über die Vorkommnisse direkt zu hören.« Horàt gab etwas Milch in seinen Kaffee, ein weißer Tropfen spritzte mit einem Glucksen auf und landete nach einem erstaunlich hohen Flug auf seinem Emblem. Zitternd haftete er an einem silbernen Stacheldrahtwiderhaken. »Nuntius, du kannst den Raum verlassen und dich einen Tag ausruhen. Man wird nach deinen Wunden schauen, morgen beginnt die Reise.«

Black erhob sich langsam, die Stuhlbeine quietschten über den Marmor. »Alles klar«, sagte er betont. »Ein bisschen Geheimniskrämerei zwischen verwandten Seelen. Der Uditor muss noch auf Kurs gebracht werden.« Er ging hinaus und nahm die Kaffeekanne sowie seine Tasse mit. »Ich suche den Zigarettenautomaten.«

Als der Nuntius den Raum verlassen hatte, fühlte sich Innocent erleichtert. Das Wissen, mit dem unmöglichen Mann eine längere Mission verbringen zu müssen, behagte ihm nicht. *Soll das meine Prüfung sein, HERR?*

Horàt lehnte sich in den Sessel zurück, drückte auf das Bedienfeld, und das Bild der Preacher verschwand. Stattdessen erschien eine Stadtansicht, eingeblendet wurde *Cornus-City*. »Der Ministrator hält große Stücke auf dich, mein guter Innocent, und war von deinen bisherigen Leistungen beeindruckt. Der Bericht von der Einnahme des Schiffs fand Anklang. Du stellst soeben unter Beweis, dass du den Rang als Uditor verdient hast. Deine Besonnenheit wird den Nuntius stützen und schützen«, eröffnete er.

»Vielen Dank«.

»Ich muss dir nichts über die Aufgaben eines Uditors sagen. Du bist intelligent genug, um es zu wissen. Deine Noten sprechen für sich. Daher halte ich mich erst gar nicht mit Belehrungen auf. Du bist bereits ein treuer Diener.« Der Geheimsekretär zeigte mit dem besamteten Finger auf die Szene. »Dein Verstand wird gebraucht.«

Innocent neigte sich nach vorn, um besser sehen zu können. »Ist das eine Niederlassung des 2OT? Auf *unserem* Planeten?«

Horàt kniff die Mundwinkel kurz zusammen, die Narben gerieten für zwei Sekunden in Unordnung. »Wir konnten es nicht verhindern.

TauCetiPrime hat sie dank einer Lücke im Pachtvertrag nach Cornu geholt. Wir wissen nicht, warum.«

»Aber gibt es nicht Sperrklauseln im Pachtvertrag?«

»Es handelt sich dabei lediglich um eine *Werkstattniederlassung*, die man angeblich für die Reparatur der Erntefahrzeuge benötigt. Vermutlich wollte der Kon Geld sparen und verzichtete auf ein eigenes Team. Outsourcing.« Horàt klickte auf das kleine Gebäude und vergrößerte es. »Nuntius Black ist rustikal genug, um sich bei den einfachen Arbeitern Respekt zu verschaffen und die Ermittlungen auf handfeste Weise voranzutreiben. Das ist seine Stärke. Deine ist der Verstand, Uditor.«

Er zog ein kleines Kästchen aus den Falten der dunkelgrün-schwarzen Soutane, öffnete es und nahm das Kragenabzeichen hervor, das Innocent zustand: ein stilisierter Gerichtshammer in Gold, auf dem ein Kreuz eingraviert war.

Feierlich stand Horàt auf, Innocent erhob sich ebenfalls, und er entfernte die Knöpfe des Preachers, um sie gegen das Uditor-Symbol auszutauschen. Dann schlug er ihm einmal auf die Schulter und malte mit dem Daumen das Kreuz auf die jugendliche Stirn. »Ego te absolvo.«

»Danke, Geheimsekretär.«

Horàt kehrte an seinen Platz zurück, Innocent setzte sich mit pochendem Herzen. »Aus diesem Grund erhältst du einen Zusatzauftrag, den du vor Nuntius Black verschweigen wirst.« Er deutete auf das Gebäude. »Die 2OT-Werkstatt wird von Kyniras Beta 23/23811 geführt, den alle aber *Arms* nennen«, das Bild dazu zeigte einen dunkelhaarigen Mann, der zwei zusätzliche kybernetische Arme besaß und dessen Augen sichtbar gegen Linsen ausgetauscht waren, »und der sich nie aus dem Gebäude hinausbewegt.«

»Das machen die meisten 2OT, wenn sie keine Werbung für Gliedmaßen-Austausch laufen.«

»Vor einigen Wochen kam es zu starken Gewittern und Unwettern, in deren Verlauf ein Komet auf *Cornu* niederging. Dachte man.« Horàt nippte am Kaffee. »Allerdings erhielten wir den Hinweis, dass es sich dabei um ein Schiff gehandelt hatte. Ein Collector- oder Wyver-Schiff. Unsere Quelle ist sich da nicht ganz sicher. Es zerbrach beim Eintauchen in die Atmosphäre, aber der Pilot soll angeblich von Arms geborgen und in die 2OT-Niederlassung gebracht worden sein.«

Innocent machte große Augen. »Und ich soll herausfinden, ob sich der Collector dort befindet?«

»So ist es.«

»Um *was* zu tun?«

»Kontakt aufnehmen und herausfinden, was vor sich geht. Dabei spielt es keine Rolle, ob es sich um einen Collector oder einen Wyver handelt.« Horàt sah ihm direkt in die Augen. »Uditor: Der Ministrator verlangt von dir, dass du Beweise lieferst, dass der 2OT immer noch in Verbindung mit den Ahumanen steht. Damit können wir den Automaten den letzten kleinen Schlag erteilen, der noch fehlt, um den schändlichen Orden endgültig auszulöschen! Die U.S.N.O. muss sie verdammen! Es wird mit Entschädigungszahlungen nicht mehr getan sein.«

Innocent nickte begeistert. »Wir könnten sie zu Fall bringen!«

Die Church of Stars verabscheute die Automaten, die nach der vollständigen Maschinisierung des Menschen strebten. Leider wirkten kybernetische Austauschgliedmaßen und Verbesserungen verführerisch auf die Menschheit. Dass sie dabei ihre Seele verloren, scherte sie nicht. Also sah es der Ministrator als seine Aufgabe an, dagegen anzukämpfen.

Der 2OT war letztlich verantwortlich dafür gewesen, dass die Collectors abhängig von Menschenfleisch geworden waren. Zuerst hatten sie mit ihnen heimlich Handel im Austausch gegen Körperaustauschabfälle, später gegen Klonfleisch geführt. Der technische Vorsprung, den der Orden dabei erlangte, war uneinholbar. Nachdem der Kontakt jedoch abgebrochen war, suchten die Collectors auf eigene Faust nach Nahrung und hatten sie gefunden. Die jahrelange Unterdrückung durch die Obhut von zahlreichen Planeten war die Folge gewesen.

Der 2OT hatte zunächst versucht, seine Verstrickung zu vertuschen, doch die Schändlichkeit seiner Taten war aufgeflogen.

Leider hatte es nicht dazu gereicht, die Völker und Konzerne dazu zu bringen, einen großen Schlag gegen den Orden zu führen. Man war zu abhängig vom Technikwissen des 2OT.

Das Böse hat viele Gesichter. Wir zeigen den Menschen die Wahrheit. Innocent freute sich über das Vertrauen – und fühlte sogleich die schwere Verantwortung auf seinen Schultern. »Geheimsekretär Horàt, ich bin zutiefst bewegt …«

»… und zugleich hegst du Bedenken, der Aufgabe gerecht zu werden, da du jung an Jahren und gering an Einsätzen bist«, vollendete der Mann freundlich. »Wir lassen dich nicht allein. Sobald du dir sicher bist, dass es einen Collector oder einen Wyver auf Cornu Copiae gibt – und ich meine *sicher,* also mit eigenen Augen gesehen und aufgezeichnet im Gespräch mit dem 2OT –, wirst du uns eine Nachricht senden. Bis die Unterstützung eingetroffen ist, werden du und Nuntius Black die Stellung auf dem Planeten halten. Unter allen Umständen. Für so etwas gibt es keinen Besseren als Civer.«

»Ich habe verstanden.« Innocent war noch aufgeregter. *Es ging in Wahrheit gar nicht um die verschollenen Preacher. Sie dienen als Vorwand, uns auf den Planeten zu entsenden. Ganz offiziell.* »Dann werde ich meine Vorbereitungen treffen.«

»Tu das.« Horàt segnete ihn und deutete zur Tür. »Das Schiff steht morgen für euch bereit. Draußen wird dich eine Novizin empfangen und in deine Unterkunft führen.«

Innocent erhob und verbeugte sich, schritt zur Tür und verließ den Besprechungsraum. Ihn durchströmten ambivalente Gefühle. Als einfacher Preacher war er gekommen, und nun wandelte er als einer der mächtigsten Männer der Church of Stars durch einen Korridor von Vatikan City.

Ich muss mir nochmals meine Sonderbefugnisse durchlesen, grübelte er. *Gerade einmal zwanzig Jahre und Uditor. Hat es das schon mal gegeben?*

Innocent White lächelte der Novizin zu, die ehrfurchtsvoll und scheu auf sein goldenes Abzeichen schaute. Mit der ungewohnten Macht musste er erst noch umzugehen lernen.

»Siehst du? Das ist der Grund, weswegen ich Chaos nicht mag.« Triton deutete exemplarisch in die Zelle. »Es führt zu *nichts*. Außer zu Unordnung, aus der man sich mühsam wieder herausschaffen muss.«

Clarissa zupfte an ihrer weißen Robe herum, die ihnen zusammen mit pantoffelähnlichen Schuhen gegeben worden waren. Ihre alte Kleidung sowie sämtliche Ausrüstung befand sich in irgendeiner Lagerbox. Sie saß neben ihrem Ersten Offizier auf einer Pritsche. »Ich weiß.«

»Ich kann euch hören«, sagte der General aus der anderen Ecke, wo er auf dem Boden hockte, die Hände an die Stirn gelegt, als müsste er die Gedanken zurückdrängen.

»Ist aber egal. Wir könnten Witze über deine Mutter machen, und du müsstest es ertragen.« Sie seufzte und nahm für einen Moment Tritons Hand, um sie zu drücken. Eine Entschuldigung und die Suche nach Halt.

Er lächelte sie an, doch seine Augen verrieten, dass er nicht sonderlich viel Hoffnung besaß.

Sie hingen auf Christ fest, dem Hauptplaneten der Sternenkirche. Somit entschieden allein die Weihrauchlutscher, was geschehen würde. Momentan saßen sie in einer Art Wartekäfig, einer Zwischenstation, von der aus sie einzeln zum Verhör gebracht wurden.

Sie könnten uns verschwinden lassen. Wer würde es merken? Clarissa ließ die Finger des Mannes los. »Tut mir leid. So war es nach dem Ausstieg nicht geplant«, sagte sie leise. »Es hätte besser laufen sollen.«

»Wenigstens hat uns *UI* nicht geschnappt«, versuchte Triton mit schwarzem Humor, das Positive herauszustellen. »Ich wollte schon immer ans Kreuz geschlagen werden. Habe gehört, das machen die mit ihren Gefangenen.«

Sie lachten beide, wenn auch gequält.

»Ja, ihr sitzt gewaltig in der Kacke«, rief der General ihnen zu.

»Du nicht?«, gab sie verwundert zurück.

Lachend schüttelte er den Kopf und sah die ehemaligen *Royal Raiders* an. »Sie brauchen mich.«

»Wie einen Tumor«, kommentierte Triton grimmig.

»Einen Tumor, der *weiß*, wie der ReRouter funktioniert und bedient wird«, verbesserte der General und bleckte die Zähne. »Ich habe denen gleich gesagt, dass ich derjenige von uns bin, der wichtig ist. Sie werden mir alles geben, was ich brauche. Was sie mit euch machen? Na ja ... ihr habt euch ja eine Kreuzigung gewünscht.« Er legte die Ellbogen auf die angezogenen Knie und kicherte. »Und schon entsteht aus dem Chaos eine neue Ordnung. Eben dachtet ihr noch, ihr kommt davon, und jetzt ziehe ich an euch vorbei und winke.«

Clarissa und Triton wechselten Blicke.

»Ich mache das«, sagte der Erste Offizier, tätschelte ihren Oberschenkel und erhob sich.

»*Was* macht er?«, erkundigte sich der General und erhob sich langsam.

Clarissa schätzte, dass Triton ihm eine Lektion erteilen wollte. »Wirst du gleich spüren.« Sie sah zur winzigen Videokamera in der Ecke, die alles aufzeichnete. Vermutlich hatten ihre Kerkermeister nichts dagegen, dass sie sich prügelten. Für die Church waren sie allesamt nur Abschaum.

Triton hatte den General erreicht. »Du meinst also, du bist der Einzige, der es weiß?«, sagte er sehr laut.

»Ja, klar. Ich habe ihn mitentwickelt«, gab der andere verwundert zurück.

»Dann habe ich Neuigkeiten für dich: Wir haben dich genau beobachtet und wissen, was man machen muss.« Triton grinste siegessicher und neigte den Kopf ein wenig zur Seite. »Mal sehen, mit wem die Jungs lieber Geschäfte machen: mit einem *Calyptic* oder uns.«

Der General riss das Knie zu einem Stoß in Tritons Unterleib hoch.

Doch der Erste Offizier hatte damit gerechnet, blockte den Angriff mit dem Bein und ließ eine Folge von raschen, ultraharten Fauststößen gegen den Solarplexus folgen.

Da der General mit dem Rücken zur Wand stand, konnte er dem Kettenangriff nicht ausweichen, sondern hing in den Abfolgen gefangen und wurde durchgeschüttelt. Beim vierten Treffer spuckte er Blut, das auf die weiße Robe spritzte, beim fünften knickte der gesamte Brustkorb knirschend zusammen.

Der General sog erstickend nach Luft, aber Triton ließ nicht nach. Der achte Hieb traf den *Calyptic* seitlich am Kinn. Der Kopf schnappte mit einem Knacken herum, und der Gegner fiel kraftlos zu Boden. Das Ganze hatte nicht länger als drei Sekunden gedauert.

Ruhig kehrte Triton zu Clarissa zurück, setzte sich und betrachtete seine Fingerknöchel, an denen das Blut des Generals haftete. »Ich habe das Informationsangebot reduziert«, sagte er kalt und schenkte ihr ein warmherziges Lächeln, das nicht zu seiner brutalen Tat passte. »Das Chaos ist aufgeräumt.«

Eine normale Frau wäre in diesem Augenblick schreiend davongelaufen, hätte nach den Wärtern geschrien oder versucht, der Nähe des psychopathischen Mannes zu entkommen.

Clarissa nicht.

Sie kannte das Geheimnis ihres Ersten Offiziers, der in vielen Kriegen focht und sich aus Überzeugung gegen die Konzerne stemmte. Weil sie ihn erschaffen hatten, durch Drogen, durch DNA-Manipulation, durch chemische Substanzen, die sich in seinem Körper, in seinen Organen, in seinem Blut abgelagert hatten.

Eine Aussicht auf Heilung gab es nicht. Triton war ein SupraSoldier, unberechenbar, ausbrechend und auslöschend, wenn er ein Ziel gefasst hatte. Dazu war er erschaffen worden: um etwas zu Ende zu bringen.

Clarissa hatte ihn in ihr Team genommen, weil er sie respektierte und für sie ansprechbar blieb – sogar im Vernichtungsmodus. Warum, wusste sie nicht. Vielleicht sah sie aus wie Tritons Mutter oder eine Frau, die er früher geliebt hatte. Jedenfalls war sie sein Notaus.

Sie hätte ihn zurückhalten können, aber sie wollte nicht.

Clarissa wusste, dass sein Vorgehen sinnvoll war. Letztlich waren die

Calyptics Wahnsinnige, die mit ihrer Idee von der totalen Ausrottung der Menschheit nicht einmal in die Nähe von Terroristen rückten. Es tat ihr um den General nicht leid, der als Leiche und aus dem Mund blutend mit überdrehtem Nacken auf dem Zellenboden lag.

»Ich bin gespannt, was die Weihrauchlutscher jetzt machen«, sagte sie. »Wehre dich nicht gegen sie. Ich brauche dich noch.«

Die Tür entriegelte sich klackend.

»Ist gut, Captaine.«

Zwei Männer in blütenrein weißer Panzerung kamen herein, als Abzeichen trugen sie eine Patrone mit Kreuzstempel und die Aufschrift *Papal*. Sie hielten Betäubungsgewehre in den Händen und schossen sofort auf Triton, der mit einem Ächzen in sich zusammensank.

Und danach traf ein Geschoss auch Clarissa.

18. September 3042 a. D. (Erdzeit)

SYSTEM: SOL
PLANET: TERRA
ORT: GLOBALCITY PARIS

Isix saß in einer stinkenden Behausung, in der sich schon jede Art von Beta-Humanoidem aufgehalten und kopuliert haben musste.

Vor ihm lag der ehemalige Besitzer, ein Behüteter, der versucht hatte, ihn mit Hilfe eines keulenartigen, nadelgespickten Werkzeugs umzubringen.

Isix hatte ihm eine Ohrfeige verpasst, eine einzige, die ausreichte, den dünnen Schädel zu zerbrechen. Zwar spürte er inzwischen Hunger, doch er konnte sich nicht überwinden, von diesem Fleisch zu essen.

Tiefer konnte man nicht mehr sinken, im wahrste Sinne: Er befand sich unter der Erde, in einem Höhlensystem der Stadt, das deutlich älter war als jedes Bauwerk und aus einer früheren Siedlungsphase stammen musste.

Altertümliche Backsteinwände, Gewölbe, schmalste Gänge, zum Kriechen und Rutschen, ungeklärte Abwässer und Unrat, Hunderte Schädel und Tausende menschliche Knochenfragmente, Zahlenabfolgen an den Wänden. Sollten dies Jahresangaben sein, rangierten sie von 1432 bis in die Gegenwart.

Im Jahr 2012 hatte jemand in altem Terra-Standard geschrieben:

> *WIR WERDEN ALLE STERBEN!*
> *DER KALENDER IST ZU ENDE!!!!*
> *DIE ERDE GEHT UNTER!!!!!*
> *Scheiß-Mayas ...*

Isix überlegte, dass das Ende eines Kalenders noch nie dazu geführt hatte, dass der Untergang eines Planeten eintrat. Höchstens durch einen Zufall, nicht aber durch einen kausalen Zusammenhang.

Den letzten Satz verstand er zudem nicht genau: War es ein Befehl an einen Maya, oder sollte es eine Verwünschung des Mayas sein?

Seit seiner Flucht aus dem Raumschiff hatte er es vorgezogen, sich unterirdisch zu bewegen. Hier würden ihn die Behüteten weniger rasch entdecken. Er musste selbst unglaublich darauf achten, welche Wege er nahm, um nicht die Orientierung zu verlieren. Sein Unterkleid schützte ihn vor dem unmittelbaren Kontakt mit den krankmachenden Ausflüssen der Besiedlung.

Isix sah sich in dem gemauerten kleinen Raum um.

Vermutlich hatte der Behütete die ehemaligen Beta-Bewohner vertrieben. Das Blut an den Nägeln seines Knüppels roch noch halbwegs frisch. Es gab immer einen Stärkeren, was neuerdings auch das Problem seines Volks war, und das ziemlich schnell und unerwartet.

Er hatte einen Ort zum Nachdenken gesucht, aber stattdessen fand er keine Ruhe.

Auch wenn der Gestank seine Abscheu mehr und mehr erregte, blieb er und setzte sich auf einen Aluminiumstuhl, den er als halbwegs sauber einstufte.

Isix benötigte Informationen.

Zu seiner Überraschung entdeckte er beim Rundumblick eine von diesen primitiven Boxen, in denen via Bilderzeugung öffentlich empfangbare Allgemeinnachrichten versandt wurden. Die Box stand auf dem Boden, auf einem Packen alter defekter Pads; ein Kabel führte durch die Decke nach oben, die Energiezufuhr schien gewährleistet.

Mit der Zehenspitze schaltete Isix den Kasten ein; zischelnd baute sich der Empfang auf.

Ein Behüteter wurde sichtbar, der in einer Einblendung als »Der Vador« bezeichnet wurde. Er stand neben dem Raumschiffwrack – wie auch immer er es hinbekommen hatte, durch die Absperrung zu gelangen.

»... noch immer ist ungeklärt, wie man den FTL-Antrieb ausschalten kann. Gerüchten zufolge kam es zu einer Schießerei mit einem Unbekannten, der sich an Bord des *Starscream* geschlichen hatte. Dabei wurde eine Justifiers-Einheit von *STPD Engineering* bei der Verfolgung des Unbekannten ausgelöscht. Die Bilder haben wir Ihnen bereits geliefert, geschätzte Zuschauer«, sagte er und machte ein paar Schritte, bis ein zweiter Behüteter in einem geschlossenen Schutzanzug neben ihm erschien. Es sah lustig aus. Der eine vermittelte Unbekümmertheit im schick-legeren Anzug, der zweite sehr viel Angst. »Bei mir steht Mister Tacoi, Pressesprecher der *STPD*-Niederlassung Terra. Können Sie mir sagen, ob wir uns mitten in den Vorzeichen zu einem neuen Kon-Krieg befinden?«

»Ich verstehe Ihre Frage nicht«, gab der Tacoi schmallippig zurück. Isix fiel erneut auf, wie gleich die weißen Behüteten aussahen. Die Haarfarbe half, sie auseinanderzuhalten.

»Was gibt es daran denn nicht zu verstehen? Wir haben ein abgestürztes millionenteures FTL-Raumschiff, eine ausgelöschte J-Einheit und eine Katastrophe in einer GlobalCity. Für mich sieht es danach aus, als würden sich Kons Spielchen auf Kosten der Allgemeinheit liefern«, hakte der Vador nach.

Der Tacoi lächelte und versuchte, dabei herablassend zu wirken. Er ähnelte einem Wolf, den man mit blutiger Schnauze im Schafstall gefunden hatte und der die herbeigeeilten Häscher allen Ernstes vom Selbstmord der Tiere überzeugen wollte. »*STPD Engineering* wurde gerufen, weil wir bei der Konstruktion des *Starscream* eine entscheidende Rolle spielten. Woher der Unbekannte kam, wissen wir nicht. Alles andere müssten Sie die Pariser CityTrooper fragen.«

»Aha. Und stimmt es, dass an Bord des Wracks ein Mensch war, der auf den Namen Fredinald Zumi hört?«

»Das weiß ich nicht. Ich dachte, es geht Ihnen um den Antrieb?«

Der Vador legte dem Behüteten eine Hand in den vom Anzug umgebenen Nacken.»Guter Hinweis. Na, dann erklären Sie unseren Zuschauern, wie genau Sie den ahumanen Antriebsblock ausschalten wollen, um eine Überhitzung zu verhindern?«

Der Tacoi setzte zu einer Antwort an, als der Vador ihn mit einem Zischen abwürgte. »Ich höre gerade, wir schalten um zu einer Live-Pressekonferenz, die eben in GlobalCity London abgehalten wird. Wie es den Anschein hat, kam der *Starscream* mit Passagier*en* herunter. Mehrzahl, geschätzte Zuschauer. Wir sind gleich wieder zurück – falls der Antrieb in der Zwischenzeit nicht hochgeht. Aber das werden Sie bemerken.«

Das Bild wechselte.

Isix sah, dass in einem hässlich eingerichteten Saal ein Meer aus Behüteten vor einem Tisch drängelte. Sie hatten Kameras, Fotoapparate, Mikrofone und weitere digitale Speicher- und Sendemedien dabei.

Die Aufmerksamkeit sowie die Linsen richteten sich auf die Gestalt, die auf der gegenüberliegenden Seite der Platte saß. Sie trug einen dunklen Overall sowie einen geschlossenen Helm, die Hände steckten in Handschuhen. Die Finger ruhten auf einem Pad, dann bewegten sie sich plötzlich.

»Ich bin ein Angehöriger des Volks, das ihr Collectors nennt, liebe Behütete«, sagte die Sprachausgabe des Pads. »Ich bin zusammen mit dem Zumi einen weiten Weg geflogen, um bei euch zu sein und einen Vorschlag zu unterbreiten.«

Isix starrte auf den Bildschirm. Er wusste, dass es sich um D'rai Jro Pasxal handelte. Wie er so schnell raus aus der Stadt und in eine andere gekommen war, wusste er nicht. Unter Umständen hatte es ihn bereits viel früher aus dem Schiff geschleudert, aber das würde er ihn fragen können, wenn sie sich trafen.

Die Behüteten schwiegen und warteten auf weitere Worte, die prompt kamen.

»Wir entschuldigen uns für das, was in der Vergangenheit durch uns angerichtet wurde, doch es geschah aus Not und Hunger.«

Die Behüteten lachten auf, es wurde gemurrt, und erboste Rufe ertönten.

»Nun gehören wir zu den in Bedrängnis und Unterzahl geratenen Spezies. Da ihr, liebe Behütete, euch mit unseren Feinden zusammengetan habt, flehen wir durch euch um Gnade. Wir ergeben uns der Menschheit und ihrem Richterspruch. Im Austausch räumen wir unsere eroberten Welten und bieten unsere Technologie. Ohne Vorbehalte. Wir können die Menschheit in eine neue Ära führen. Überlichtgeschwindigkeitsreisen ohne biologische Auswirkungen. Neue Antriebstechnologie. Neue Medizintechnologie. Alles, was die Menschheit von uns in den letzten Dekaden wollte, schenken wir euch – im Austausch für unsere Existenzgarantie. Es muss verhindert werden, dass uns die Wyvers auslöschen. Das ist unsere einzige Bedingung.«

Isix war stolz auf D'rai Jro Pasxal. Damit war die Botschaft überbracht, ohne dass man den Zumi noch brauchte, wo immer er auch steckte. Das Geschoss hatte sich auf den Weg gemacht, sich in den Verstand der Behüteten gebohrt, und ihre Gier würde erwachen.

Diesen Anreizen konnten sich weder sämtliche Regierungen noch Konzerne verschließen. Irgendeiner von ihnen würde alles unternehmen, um sein Volk vor der Gruppe der Wyvers zu retten.

D'rai Jro Pasxal nahm die Finger vom Pad und wurde von den Behüteten mit Fragen bestürmt, die er auf sich eintrommeln ließ, ohne zu antworten.

Isix überlegte, ob er ebenso vorgehen sollte. Mit Hilfe der Pads ließ sich kommunizieren, und mit Kommunikation konnte der einfache Verstand der Behüteten beeinflusst werden. Nachdem man die bewährten biologischen und chemischen Mittel nicht mehr einsetzen konnte, musste er es auf diesem Weg versuchen.

Lange hatte sich sein Volk geweigert, überhaupt nach einer Methode zu suchen, um mit den Behüteten Kontakt aufzunehmen. Schließlich war es nichts weiter als Fleisch. Nahrung. Essen. Man musste damit nicht reden.

Aber Isix hatte schon immer gefunden, dass sich diese Vernachlässigung rächen würde. Wie gut, dass er und seine Freunde sich fortgebildet hatten. Das Fehlen passender Sprachorgane erforderte Improvisationstalent, und das hatte D'rai Jro Pasxal soeben bewiesen.

D'rai Jro Pasxal rührte sich wieder, schrieb auf das Pad. »Liebe Behütete, ich werde jetzt die Fragen beantworten, in der Reihenfolge, wie ich sie verstanden habe«, schepperte es aus dem Lautsprecher. »Erstens: Warum ich einen Helm trage und mein Äußeres vor euch verberge? Mein Volk hat auf einem Planeten wie Terra dank der Lichteinstrahlung zahlreiche körperliche Einschränkungen zu kompensieren. Daher schütze ich mich. Zu einem späteren Zeitpunkt werde ich gern …«

»Verrecken sollt ihr Scheißcollies!«, schrie ein Behüteter aus der Menge. Die Kamera zeigte, wie er eine der altertümlichen Waffen auf Rückstoßbasis zog und den Abzug bediente.

Eine lange Salve löste sich, vor dem Lauf stand sekundenlang ein sternförmiges Mündungsfeuer.

Isix musste mit ansehen, wie die Kugeln in D'rai Jro Pasxal eindrangen. Anscheinend trug er sein Unterkleid nicht, das ihn vor den Projektilen bewahrt hätte.

Das weißlich blaue Systemfluid spritzte gegen die Wand und oxidierte sofort beim Kontakt mit Sauerstoff, das schwarze Hybridfluid trat aus und reagierte mit spektakulären grellen Verpuffungen, die jedem Behüteten, der ohne Schutzbrille hineinsah, die Netzhaut ablöste. Nachdem eine Kugel wohl das Steuerungsreaktiv streifte, zerfraß die Säure D'rai Jro Pasxal von innen und ließ Flammen aus seinem Leib schlagen. Er sackte brennend zusammen, die Hitze schmolz den Tisch, den Helm und alles um ihn herum.

Isix betrachtete das traurige Ende seines Freunds. Mit Aggressionen hätte er rechnen müssen, die Behüteten neigten zu Impulsivität. Anscheinend hatte es sich dabei um ein Exemplar gehandelt, das weder Kon-Interessen noch Staatsinteressen verfolgte, sondern seinen primitiven Rachegelüsten folgte. Das musste man bedenken.

Die Behüteten im Raum flüchteten schreiend vor den heißen Lohen, die Bilder verwackelten und wurden ungenau, bis die Live-Übertragung abbrach.

Danach wurde der Vador sichtbar, der jetzt neben dem erbleichen Tacoi stand und zumindest sehr überrascht aussah. »Geschätzte Zuschauer, wir müssen noch klären, ob es sich bei der Pressekonferenz um den Scherz von ein paar ... Nein, ich höre gerade, dass es sich zumindest um echtes Feuer handelte, das von der Brandlöschanlage nicht zu tilgen ist. Das Gebäude wird zurzeit evakuiert.« Er wandte sich an den Tacoi. »Soeben wurden wir Zeuge, wie sich ein Collector zum ersten Mal an die Menschheit wandte, um ein Angebot zu unterbreiten. Hätten Sie mit einer solchen Wende, einem solchen Gnadengesuch gerechnet? Und wie wird Ihr Konzern darauf reagieren?«

Der Tacoi fuchtelte in der Luft und ging nach rechts aus dem Bild, sodass der Vador allein zu sehen war.

»Keine Antwort ist auch eine Antwort. Ich fasse zusammen: Der mutmaßliche Collector, der in der GlobalCity London vor die Medienvertreter trat, ist von einem Fanatiker erschossen worden und danach in einem sehr heißen Abgang verglüht. Hinterlassen hat er ein brennendes Gebäude und die Botschaft, die Menschheit möge nun die bedrohte Spezies Collector vor dem Aussterben bewahren. Ich bin sehr gespannt, welche Reaktionen darauf erfolgen.« Er ging auf die Kamera zu. »Und es stellt sich die Frage, *wie viele* Collectors an Bord waren und wie sie unter dem Helm aussehen.« Er streckte den Finger in die Linse. »Paris, gib gut acht! Wer weiß, wie viele Ahumane sich gerade tummeln und Hunger haben? Wir bleiben für Sie dran. Rufen Sie mich an, wenn Sie einen Collie gesehen haben. Mein Name ist Ransom M. Vador, und ich berichte für Sie live von Terra, wo die letzten Minuten dramatischer waren als alles Bisherige.«

Isix schaltete den Kasten mit dem Fuß wieder aus.

Er wollte Ruhe, um sich zu zentrieren. Zu fokussieren. Seine Art der Erholung und nicht vergleichbar mit dem todesähnlichen Zustand der Behüteten, den sie einnehmen mussten, um zu Kräften zu kommen. Eine ihrer größten Schwächen.

Nach genau sieben Minuten hob er den Zustand der absoluten Regungslosigkeit auf. Er hatte Kontakt mit der Umgebung aufgenommen, sich verwurzelt und möglichst viel Kraft herausgezogen, die er in sich speicherte. Die Behüteten vermochten es nicht, die Energie zu nutzen, die in der Umgebung steckte, um sie einzusetzen.

Leider half es nicht gegen seinen Hunger. Das Körperliche verlangte seinen Tribut. Isix würde nicht um die Jagd herumkommen.

Sein Fleisch wuchs in den größten Hochhäusern, ganz oben. Er hatte begriffen, dass sich der soziale Status der Behüteten an der Höhe ihrer Behausung maß. Je weiter oben, desto besser war die Qualität der individuellen Existenz und damit die des Fleischs.

Er erhob sich, prüfte den Sitz des Toriin-Schwerts, das er auf dem Rücken unter dem Mantel trug, und machte sich auf den Weg an die Oberfläche, um von da in einen der Wolkenkratzer vorzudringen.

Isix wollte nicht den prunkvollsten wählen, da die Schutzvorrichtungen besser ausgeprägt sein konnten.

Außerdem taten ihm die Behüteten einen Gefallen: Sie evakuierten viele Gebiete der Stadt. Es vereinfachte die Jagd, wenn sich das Wild auf einem Fleck scharte. Die Gruppe bot vermeintlichen Schutz. Tatsächlich erschwerte sie die Flucht, weil sie sich gegenseitig behinderten. Paradox, aber wahr.

Isix lief erst noch etliche Kilometer unter der Erde durch die uralten Röhren, folgte vergessenen und stillgelegten Schnellbahntunneln. Im Vorbeigehen tötete er sieben, acht Behütete und Beta-Humanoide, die ihm in der irrigen Annahme den Weg versperrten, er würde ihnen Geld bezahlen, um weiterzukommen. Die Gegner bewegten sich bei ihren Attacken dermaßen langsam, dass es ihn nicht einmal Mühe oder Zeit kostete, sie auszuschalten.

Zwischendurch dachte er an das Ende von D'rai Jro Pasxal.

Er bedauerte den Tod und das Ende, das er genommen hatte. Sie hatten zusammen Abenteuer auf Welten bestanden, Flotten in Gefechte geführt, die Obhut von Planeten organisiert und vieles mehr.

Die Behüteten würden den Status als Freundschaft bezeichnen, und doch war es mehr. Vielschichtiger und inniger.

Die Einschränkung auf lediglich zwei Geschlechter existierte bei seinem Volk nicht. Es gab mehr als männlich und weiblich, und es gab mehr als Freund und Gefährte. Mit dieser Komplexität waren einfache Kreaturen überfordert.

Wie verletzlich sie ohne ihre Kampf-Umwelt-Panzerung waren, vergaß Isix allzu rasch. D'rai Jro Pasxal musste einen guten Grund gehabt haben, auf sein Unterkleid zu verzichten. Das Todesurteil für ihn.

Die Rache hatte Isix bereits geplant.

Man konnte nicht einfach das Leben seines Freundes auslöschen und erwarten, dass keine Gegenreaktion erfolgte.

Waren seine Berechnungen korrekt, würde er damit die Hälfte der GlobalCity auslöschen und fand die Vergeltung allerhöchstens gerechtfertigt und wohltariert. Aber erst, nachdem er gejagt und gegessen hatte, um den Vorrat an physischer Kraft wieder aufzustocken. Sein Speicher darbte vor sich hin.

Isix verließ bei der Markierung *Panthéon* die Schächte und stieg an die Oberfläche.

Er kam in einem verlassenen Hinterhof heraus, umschlossen von Wolkenkratzern und nach Staub schmeckendem Dunst, und versuchte erst gar nicht, einen Eingang in das Hochhaus unmittelbar neben ihm zu finden. Er sah, dass es genug Fugen in den Platten und Betonklötzen gab, aus denen das Fundament errichtet war.

Isix nahm Anlauf, sprang zehn Meter in die Höhe und hielt sich fest. Nach kurzem Warten, bei dem er sich zentrierte und Kontakt zum Material aufnahm, erklomm er das Gebäude von außen; der wallende Dunst gewährte ihm in den unteren Stockwerken Schutz vor zufälliger Entdeckung.

Erst bei Etage 81 schnitt er mit dem Schwert eine Öffnung in eine Scheibe und kletterte hinein, um durch das Treppenhaus nach oben zu laufen.

Bis ganz nach oben, wo das gute Fleisch auf ihn wartete.

Achte Szene

30. September 3042 a.D. (Erdzeit)

> »Einstein sagte einst: Zwei Dinge sind unendlich,
> das Universum und die menschliche Dummheit,
> aber beim Universum bin ich mir noch nicht ganz sicher.
> Heute wissen wir: Beides ist falsch.«

Mult. Prof. DAMINIA JACK-WHITE,
Dozentin für Xeno-Physik und Xeno-Astrophysik

SYSTEM: BARNARDS PFEILSTERN
PLANET: CHRIST
ORT: VATIKAN CITY

Christ war kein einfacher Ort für Menschen wie Civer Black.

Er saß auf der kronenförmigen Spitze des höchsten Glockenturms von Vatikan City, neben sich eine Flasche Whiskey *Mighty Spirit* auf der Brüstung und eine *Holy Smoke* im Mundwinkel.

Unter ihm wuselten die Menschen insektengleich durch die Straßen und weitläufigen Plätze, die dem italienischen Vatikan-Original auf Terra nachempfunden waren. Nur schöner, leicht modernisiert und noch imposanter. Seele und Verstand mussten staunen.

Die Gläubigen des Universums sahen den Planeten als Zentrum ihres persönlichen Heils, und einen Gottesdienst zusammen mit dem Ministrator zu bestreiten, auch wenn er in einem stadionähnlichen Gebäude stattfand, war das Größte.

Einmal und nie wieder. Da ist ja die 3D-Cube-Übertragung persönlicher.

Man teilte das Erlebnis mit hunderttausend anderen Menschen, aber das machte es umso intensiver. Sagte die Werbung. Hostien wurden palettenweise auf Lastschwebern hinter der Bühne verladen und durch Helfer auf den Rängen verteilt. Den Messwein gab es aus kleinen Plastiktrinkbeuteln mit Abreißperforation.

Civer nahm einen tiefen Zug, langte nach der Whiskeyflasche und spülte den bitteren Tabakgeschmack aus dem Mund. Die Schleimhäute brannten leicht. *Eine Preacheress finden. Lächerlich.*

Pro Tag besuchten etliche Tausend die Sehenswürdigkeiten auf Christ, wurden mit Bussen und Flugzeugen strengstens organisiert durch die Gegend gekarrt, plünderten die Souvenirshops und retteten ihre Seele auf fünf Sünden im Voraus. Das alles funktionierte durch die sakrosankte Wirkung des Lebenswassers aus der Heilquelle, das Gebet vor dem fünfzig Meter hohen Reliquienaltar der Märtyrer, das Berühren der Heiligen Lanze oder das Betrachten des Heiligen Rocks. Und es gab viele weitere Möglichkeiten, die sich auf Christ boten.

Civer mied diesen Glaubensausverkauf, der schon immer zur kommerziell ausgerichteten Religiosität gehört hatte. Es spielte keine Rolle, welchen Gott oder welche Götter man anbetete – irgendeiner wollte stets Geld, mal Obolus, mal Steuern, mal Abgabe, mal freiwillige Spende genannt. So lief es eben.

Er dagegen hatte sich in den Dekaden als Nuntius seine eigene Philosophie und Glaubensauslegung erarbeitet. Der ursprüngliche Jesus, wie er im Testament beschrieben war, war relaxt und mochte Partys in großer und sehr gemischter Gesellschaft, traf sich mit Unterprivilegierten und Ausgestoßenen. Meistens war er friedlich. Außer im heiligen Zorn, und dann wurde Gottes Sohn auch schon mal handgreiflich.

Diese Grundhaltung machte sich Civer zu eigen, dazu mischte er einige Hardliner-Ansichten aus dem Alten Testament, bei denen es um Strafe ging, und als Streusel sowie Deko kamen seine ganz persönlichen Ansichten dazu. Damit war er gut gefahren.

Civer schnippte den Stummel vom Turm und sah zu, wie er fiel, eine Aschespur hinter sich herzog und erlosch. Das ersparte dem Gläubigen, der vielleicht davon getroffen wurde, ein Brandloch in der Kleidung.

Und ein Weichei als Uditor habe ich auch noch. Kann nur als Strafe gedacht sein. Sein Blick richtete sich auf den Dom, in den die Menschen strömten. Die heilige Messe würde bald beginnen, heute stand Apostel Simon Zelotes hinter dem Altar und schmiss die Show.

Civer freute sich, Christ verlassen zu dürfen, und hatte auch nicht vor, nochmals zurückzukehren.

Sobald sie das verlorene Predigerinschäfchen gefunden hatten, würde er sich direkt auf seinen Altersruhesitz begeben. Der Rummel und das Jahrmarktähnliche auf dem Planeten kotzte ihn an. Er war der Ausputzer und nicht der Lächler am Empfang.

Bei allem Kritischen gegenüber der Einrichtung Kirche glaubte Civer sehr wohl an Gott. Das bewahrte ihn davor, sich auf die andere Seite zu schlagen und ins Lager der Bösen zu wechseln.

Er nahm einen Schluck *Mighty Spirit* und grinste. *Ich wäre ein guter Böser. O ja, das wäre ich!*

Gelegentlich zweifelte er am Verstand seiner Vorgesetzten. Wie konnten sie annehmen, dass er nicht nachdachte?

Der Geheimsekretär Horàt hatte sich nicht versprochen, als er sie anwies, die Preacheress zurückzuholen.

Im Umkehrschluss bedeutete das: Was mit der armen Sau Anjelo geschah, interessierte den Mann nicht. Anjelos Überreste – sofern sie geborgen wurden – kamen in den Altar der Märtyrer, und man würde einen Gottesdienst für den gefallenen Preacher abhalten. Eines von hundertfachen ähnlichen Schicksalen. Missionstätigkeit bedeutete Opferbereitschaft.

Aber das gilt nicht für die süße Preacheress. Warum? Civer erinnerte sich an die Personalakte, die er vorhin im Zuge der Vorbereitung gelesen hatte. Einst Eloise Drake, jetzt Preacheress Colomba. Sie sah hübsch aus, trotz der kurz geschnittenen Haare. Die Eltern gingen normalen Berufen nach, es gab keine wichtigen Persönlichkeiten in ihrer Verwandtschaft oder Bekanntschaft. *Nichts, was sie als Entführungsopfer interessant machte.*

Colomba hatte sich nach Abschluss der Schule sofort bei der Church beworben und von Anfang an klargemacht, dass sie in die Mission wollte. Dabei fiel sie sowohl durch ihre Diskussionsbereitschaft mit den Lehrern als auch durch ihre flammende Begeisterung für die Church sowie ihre Leistungsbereitschaft auf. Zudem forderte sie mehr Bescheidenheit von den hohen Würdenträgern und eine Besinnung auf die wahren Werte des christlichen Glaubens.

Kein einfacher Charakter und kein Dummchen. Hätte Luther bestimmt gut gefallen, dachte Civer grinsend.

Blieb als Grund ihres Verschwindens ein schnödes Verbrechen aus verschiedenen Motiven. Möglicherweise hatte sie die Arbeiter auf Cornu Copiae einfach durch ihre Beta-freundliche Haltung aufgebracht. Oder sie war vergewaltigt und entsorgt worden.

Civer lehnte den Kopf an den warmen Stein. *Und doch ist es merkwürdig, dass wir nachschauen sollen. Ein Nuntius. Mit was rechnen die dort?*

Ebenso rätselhaft fand er die Verwirrung um die Sprungkoordinaten. Das wollte er vor White nicht zugegeben, doch die Anweisung, einfach ins Nichts zu springen, hatte er noch nie bekommen. War es Absicht gewesen, weil die Church von der *Interception* gewusst hatte? Sollten sie an Bord der Piraten gehen und sie aufmischen?

Mal sehen, was ich herausfinde. Civer sah auf seine Multibox, die er am Handgelenk trug.

Niemand hatte sich gemeldet.

Also sandte er seine Kurznachrichten ein zweites Mal, um Druck zu machen.

Zwar galt er nicht als besonders beliebt, doch er wurde gefürchtet, und das brachte manche Klerikalen auf Christ dazu, sich um seine Anfragen zu kümmern. Inoffiziell natürlich.

»Du kannst es nicht lassen«, sagte eine Frauenstimme neben ihm. Stoff raschelte, dann setzte sich eine Nonne in schwarzem Habit an seine Seite. Ihre nussbraunen Haare lagen unter einer schwarzbestickten Kappe verborgen; die übliche ausladende Haube wäre im wehenden Wind verloren gegangen.

»Stimmt.« Er reichte ihr die Flasche, ohne die Besucherin anzuschauen. Civer wusste genau, wie sie aussah.

Sie nahm das Angebot an und sah auf das Etikett. »Ah, *das* Zeug. Hättest du was gesagt, hätte ich was Besseres mitgebracht.« Sie setzte die Öffnung an die Lippen, trank kurz, behielt die Flasche aber. »Wie lange ist es jetzt her?«

»Vier Jahre, sieben Monate, zwei Wochen und drei Tage. Die Stunden, Minuten und Sekunden zähle ich nicht mehr. Ich komme durch das viele Reisen beim Rechnen durcheinander«, antwortete er und sah einer Plastiktüte zu, die von einer Böe über die Dächer der Kirchenpaläste getragen wurde. Pilgerschmutz. Die Auflehnung in der schönen, reinen Welt.

Hinter ihnen ratterten Zahnräder. Eine Motorenwinde lief mit leisem Surren an, und eine kleine Glocke tat den ersten Schlag.

Es war der Auftakt für ein dröhnendes Geläut, die größten und schwersten Glocken erschütterten dabei den Turm. Es machte die Töne noch erfahrbarer, noch eindringlicher.

Civer regte sich nicht, sondern betrachtete Vatikan City, während das Konzert ihn umtoste. *Das letzte Mal, dass ich hier bin. Vermissen werde ich es nicht, bei aller Pracht. Und den schönen Erinnerungen.* Er grinste. *So viele sind es auch nicht. Aber Tamara gehört dazu.*

Als das Läuten nachließ, reichte ihm Tamara die Flasche zurück. »Es war ein Fehler.«

»Nein. Ich war sehr glücklich mit dir.«

»Ich meine eure Koordinaten«, korrigierte sie sanft, wobei er genau hörte, dass seine spontane Antwort bei ihr angekommen war. »Sie waren falsch berechnet.«

Gut blamiert. Civer durchlief ein Schauder. »Du willst mir sagen, dass der Kleine und ich im All gelandet wären?« Jetzt musste er sie anschauen, um in ihrem Gesicht zu lesen. »Wer hat Scheiße gebaut?«

Tamara hatte sich ihm bereits zugewandt. Sie war kaum älter geworden, die vier Jahre bemerkte nur, wer genau hinsah. Die Fältchen um die Augen standen ihr sehr gut. Lachfältchen. »Unglaublich, oder? Auf Christ reden wir lieber von Wundern, wenn es sich zum Guten wendet.«

Da hat der Boss selbst eingegriffen. »Wie konnte das passieren?«

»Ein Übertragungsfehler, sagte mir die Transportkoordination.« Tamara wirkte erleichtert. »Sie gehen davon aus, dass der Computer falsch gefüttert wurde oder dass es bei der Übermittlung an die TTMS-Station einen Zahlendreher gab.«

»Heiliger Rasputin!« Civer zog eine weitere *Holy Smoke* aus dem Etui, zündete sie an und bot sie Tamara an, die ablehnte. Ohne die Abfischaktion der Piraten mit dem ReRouter wäre er tot. Lustigerweise fiel ihm ein, dass man Jesus Menschenfischer genannte hatte. *Auch eine Art Ruhestand.* »Ist das sicher?«

Tamara lachte. »Du denkst, dass dich jemand umbringen würde? Und den kleinen Preacher gleich mit? Mach dir nichts vor. Du hast zwar keine Freunde, aber so weit würde keiner der Apostel gehen.«

»Auch nicht Philippa?«

»Weil du ihr vor dem Ministrator die Meinung sagtest?« Sie dachte nach. »Nein. Ich habe nichts Diesbezügliches gehört. Außerdem würde sie damit warten, bis du auf einem Planeten sitzt und man dich ganz entspannt erschießen kann, ohne dass auch nur der Hauch eines Verdachts auf sie fällt.« Tamara sah auf die Stadt. »Es war eine gute Idee, sich hier oben zu treffen. Ich genieße den Anblick viel zu selten.«

»Ich zum letzten Mal.« Er trank vom Whiskey. »Halleluja.«

»Amen«, setzte sie hinzu. »Über die beiden Verschwundenen habe ich nichts Wichtiges herausfinden können. Nur ein Eintrag machte mich stutzig.«

Ich wusste, dass es etwas gibt. Civer fuhr sich über den Drei-Tage-Bart. »Na?«

»Colomba bekam einen Chip eingesetzt, bevor sie Christ verließ. Einen Chip, der sie leicht ortbar macht.«

»Ist das nicht die Standardprozedur bei Missionarinnen und Missionaren?« Civer hatte seine größte Hoffnung in den Transponder gesetzt. Das Signal war passiv und konnte durch einen externen Ping ausgelöst werden.

»Schon. Aber der Chip hat eine besonders gute Leistung und ist EMP-geschützt.« Tamara sah verwundert aus. »Das Ding kostet vierzigtausend Tois, Civer. Das ist ein Haufen Geld, der in eine aufmüpfige Preacheress investiert wird. Zumal damit sichergestellt ist, dass man sie unter widrigsten Bedingungen noch finden kann.«

»Aber trotzdem verschwand sie.« Es war also etwas an Colomba, das sie wichtiger machte als eine herkömmliche Anfängerin. Und das wiederum erklärte, warum sie einen Nuntius wie ihn nach Cornu Copiae entsandten. *Es kann ungemütlich werden.* »Was macht man mit den Piraten und ihrem technischen Gerät?«

»Sie bleiben vorerst auf Christ. In den dunklen Ecken, die du sehr gut kennst«, erzählte sie. »Es gab wohl einen Kampf zwischen ihnen, jetzt sind es nur noch zwei. Einer von ihnen ist ein SupraSoldier. Unsere Spezialisten suchen nach den passenden Verhördrogen, um mehr über den ReRouter herauszufinden. Der Getötete gehörte zu den *Calyptics*, wie sich herausstellte, und die anderen zwei sind Söldner. Ist ein wenig undurchsichtig, aber sie arbeiten dran, Licht in die Wissensfinsternis zu bringen. Jedenfalls feiert man den ReRouter als Geschenk Gottes.«

»Obwohl die *Calyptics* nach offizieller Doktrin ein Werkzeug des Teufels sind. Ulkig wie immer, die Herrschaften. Es lebe die Auslegung.« Er lachte leise. »Danke, Tamara.«

»Habe ich gern gemacht.« Sie hob den Arm, die Hand berührte seine raue Wange. »Du siehst sehr müde aus.«

»Ich *bin* müde. Mein Ruhestand wäre verdient.« Civer genoss die Wärme ihrer Finger. Es löste eine Erinnerungsflut aus, Bilderstürme rollten durch seinen Kopf. Er sah sich und Tamara, nackt und im Bett, bei gemeinsamen Spaziergängen oder endlosen Stunden, in denen sie zusammensaßen und erzählten.

Dann war ihre Beziehung aufgeflogen.

Aus Apostelin Simona war über Nacht Deaconess Tamara geworden, die den Apostolischen Chor betreuen durfte, was ungefähr so wichtig war wie das Auffüllen der Toilettenpapierspender. Offiziell hatte sie ihren Rücktritt eingereicht, was allgemeine Verwunderung auslöste.

Für Civer hatte es keine Konsequenzen gehabt, abgesehen von Missionen, die ihn an entlegenste Orte des Universums brachten und die niemand sonst überlebt hätte. Daher hätte es ihn auch nicht gewundert, wenn der »Fehler« mit den Koordinaten kein Versehen gewesen wäre. Seit ihrer erzwungenen Trennung war er zum ersten Mal nach Christ zurückgekehrt.

»Du wirst ihn genießen. Jeden Abend eine *Holy Smoke* und ein Glas Whiskey. Ich schicke dir besseren«, sagte sie.

»Du könntest ihn mir selbst vorbeibringen.« Das hatte er schneller ausgesprochen als gewollt. *Es wäre mir eine große Freude.*

»Ich glaube nicht. Solange ich eine Aufgabe auf Christ habe, werde ich hierbleiben.« Tamara seufzte. »Ich erwarte nicht, dass du es verstehst.« Sie erhob sich, und der Wind spielte mit ihrem Habit. »Es war schön, dich wiederzusehen. Schade, dass es das letzte Mal sein soll.«

Er erwiderte nichts, sondern richtete die Augen nach vorne.

Civer presste die Kiefer gegeneinander, um die Worte zurückzuhalten. Die vielen Huren, die vielen Affären – das alles hatte er getan, um sich von ihr abzulenken. Um sich von dem Verlust abzulenken, mit dem bisschen Hoffnung ausgestattet, eine vergleichbare Frau zu finden wie Tamara.

Das kurze Gespräch, der Blick in ihre Augen und der Klang ihrer Stimme hatten ihm gezeigt, dass es keine andere geben würde, die an sie herankam. *An nichts von dem, was sie ausmacht.*

Sie beugte sich nach vorn, küsste ihn auf den Scheitel. »Acht Stunden, vierzehn Minuten und«, sie blickte auf ihre Uhr, »elf Sekunden.« Dann ging Tamara.

Civer blieb allein zurück.

Ganz allein.

Die Tiefe unter seinen Stiefeln lockte ihn, doch er blieb sitzen. Das war kein Ende für einen Mann wie ihn.

Außerdem hatte er noch eine Mission zu erledigen. Als Nuntius. Danach würde ihm der HERR sicherlich eine Lösung anbieten.

Die Schönste wäre, wenn Tamara auf meinem Alterssitz erscheint und einfach bleibt. Das wäre auch ein Wunder, mit dem er sehr gut leben könnte. Civer sah auf die Whiskeyflasche. *Halb voll oder halb leer?*

Er hielt sie über den Rand, drehte sie langsam um und ließ den *Mighty Spirit* auf Vatikan City regnen. Seine Art des Segnens.

Jedenfalls ist es genug. Sonst komme ich wirklich auf dumme Gedanken.

Die leere Flasche stellte er in den Turm. Sie sollte zurückbleiben und dem Glöckner ein paar Rätsel aufgeben.

Isix hatte sich gewünscht, in der Wohnung eine Familie vorzufinden, am besten mit drei, vier kleinen Nachkommen. Das Fleisch der Milchgesäugten schmeckte vorzüglich, und genau danach wäre ihm sehr gewesen. Die Kleinen als Häppchen vorneweg.

Aber sein Wunsch wurde ihm nicht gewährt.

In Stockwerk 411 und knappe eintausenddreihundert Meter über dem Boden brach er in eine Behausung ein, die von einem Pärchen Behüteter bewohnt wurde. Sie waren jung, sportlich und lieferten dennoch keinen nennenswerten Widerstand. Was gut war: kaum Stresshormone.

Isix brach die Leichen mit dem Schwert auf, zerlegte sie fachmännisch und war beim Kosten aufgeregt. Sein erster Wildfang, unter ernährungsbiologisch einwandfreien Bedingungen aufgewachsen!

Der Behütete schmeckte besser. Die Behütete hatte zwei Implantate in den Brüsten, die sich negativ auswirkten und einen gummiähnlichen Beigeschmack anrichteten, obwohl er die Säckchen herausnahm und die Stellen ausspülte. Doch er wurde satt von seiner Mahlzeit. Die physischen Kraftspeicher füllten sich.

Isix legte sich auf die Couch im Wohnzimmer und schaltete den Kasten für die Nachrichtenverbreitung ein, der im Vergleich zu dem Ding unter der Erde um tausend Qualitätsklassen besser war.

Die Behüteten arbeiteten noch immer an den FTL-Modulen, der Tacoi berichtete von ersten Erfolgen und dass der erste Block runtergefahren werden konnte. In einigen Tagen sei alles unter Kontrolle.

Isix fand das lächerlich. Es gab nichts zum Runterfahren. Der Tacoi belog die übrigen Behüteten, um falsche Sicherheit zu verbreiten.

Es wurde berichtet, dass die Evakuierung vorerst weiterlaufe und eine Sicherheitszone eingerichtet wurde. Es waren einige Arrondisements im Zentrum betroffen.

Isix schätzte, dass der Radius nicht einmal im Ansatz ausreichte, um die Leben der Behüteten zu retten. Nach der Detonation des Moduls folgte die Neutronenstrahlung. Weder die Techniker noch die Vorgesetzten wussten, um was es sich bei den Antrieben handelte, aber alle täuschten vor, Ahnung zu haben. Die übliche Hybris der menschlichen Rasse.

Dann wurden die Sendungen wieder unterbrochen, zugunsten einer Übertragung aus dem französischen U.S.N.O.-Büro.

Isix erkannte den Zumi wieder, der in einem zu großen himmelblauen Anzug und mit einer gerüschten Krawatte an einem Rednerpult stand. Hinter ihm wurden Zeichnungen eingeblendet, die den Interim-Abschaum zeigten. Man hatte die Bilder nach den Angaben des Behüteten von Hakup angefertigt.

Er wippte mit den Füßen und sah kurz auf das Toriin-Schwert. Isix ahnte, dass der Zumi gleich etwas verkünden würde, das seinen Plan entweder in die zweite Reihe drängte oder ganz hinfällig machte. Der Interim-Abschaum hatte gewiss seine üblichen Drohungen ausgestoßen, die im ersten Moment stets fürchterlich gefährlich klangen. Die Behüteten fielen sicherlich darauf herein.

Das durfte er nicht zulassen!

Isix schaute sich um und entdeckte ein Pad, wie es auch D'rai Jro Pasxal benutzt hatte. Er schaltete es ein, drückte darauf herum, bis er die Sprachausgabe gefunden hatte, und probierte es aus. Gehorsam gab das Gerät seine geschriebenen Sätze wieder.

Währenddessen begann der Zumi zu sprechen.

»Ich möchte mich zuerst ausdrücklich bei der französischen Regierung dafür bedanken, dass sie mich aus meiner misslichen Lage befreite und dafür sorgte, dass ich vor Ihnen stehen und meine wichtige Mission erfüllen kann.« Er räusperte sich nervös. »Mein Name ist Fredinald Zumi, und ich war an Bord des *Starscream*, der in Paris abstürzte. Mit an Bord befanden sich drei Collectors, über deren Verbleib ich nichts weiß, und außerdem ein Wesen, das aus dem Interim stammte.« Er machte eine kurze Pause.

Niemand im Büro sprach ihn an. Es wurde leise telefoniert, wie man bei der Übertragung hörte.

Isix hatte mit wenig Mühe die Nummer des übertragenden Senders herausgefunden und ließ sie von der Kom-Anlage der Wohnung wählen.

»Dieses Wesen aus dem Interim, das ich wegen seiner Stimme Radiovoice nenne, machte mir deutlich, dass es ein Botschafter sei. Es habe eine Nachricht für den Teil der Menschheit, die Raumschiffe mit FTL-Antriebe benutzt und damit durch das Interim fliegt«, erzählte der Zumi langsam und deutlich. Er las die Rede von einem kleinen Monitor ab. »Wir müssen uns das so vorstellen, als würde ein solches Raumschiff jedes Mal mitten durch deren Häuser fliegen und dabei Zerstörung und Tod bringen. Die Antriebe verbrennen und verwüsten ihren Lebensraum unwiederbringlich. Die Radiovoices haben genug davon. Und sie wollen eine Entschädigung für das, was wir ihnen antaten.«

Isix wurde verbunden und schrieb: »Ich bin eines der Wesen, die ihr Collectors nennt. Ich war im Wrack und habe die Justifiers ausgeschaltet. Meine Freunde und ich töteten den Interim-Abschaum ...«

»Hör zu, du Bekloppter«, wurde er von einer genervten Behüteten unterbrochen. »Ich sehe, woher du anrufst.«

Isix schaltete die Kamerafunktion der Kom-Anlage ein. »Sehen Sie mich?«

»Ja. Ich sehe einen verkleideten Bekloppten. Ich werde dich jetzt aus der Leitung werfen, Mister Jules Wong.«

»Einen Augenblick«, sagte das Pad für Isix. Er trug das Kameramodul in die Küche, wo er die ausgebeinten Leichenüberreste der Behüteten abgelegt hatte. »Das sind der ehemalige Besitzer und sein Weibchen.«

»Heilige Kacke«, rief die Behütete erschrocken.

Isix sah in die Linse und tippte auf dem Pad, während er ins Zimmer mit dem Nachrichtenkasten zurückkehrte. Gerade verkündete der Zumi, welche Forderungen die RV gestellt hätten: Tausende Atombomben. Zur Energiegewinnung.

»Der Zumi fiel auf ein Volk aus Betrügern herein«, erklärte er. »Sie versuchten das Gleiche bereits mit uns, doch wir fanden einen

Weg, sie zu besiegen und zurückzuschlagen. Ich rate, euch nicht auf die Drohungen einzulassen. Wenn ihr, liebe Behütete, uns vor den Wyvers rettet, zeigen wir euch, wir ihr mit dem Interim-Abschaum umgehen müsst. Es ist ganz einfach. Doch erst benötigen wir eine Garantie. Rettet uns vor unseren Feinden.«

»Sicher«, erwidert die Behütete durch das Kom und klang fahrig.

»Klar, das machen wir. Sollen wir Sie parallel zur Konferenz von Mister Zumi schalten? Sie könnten mit ihm diskutieren und Meinungen austauschen.« Im Hintergrund redeten Stimmen durcheinander, das Wort CityTrooper fiel.

Da wusste Isix, dass man ihm nicht glaubte. Die Behüteten hielten ihn vermutlich für einen schlichten verwirrten Mörder, der sich wichtigmachen wollte.

»Ich muss euch warnen, liebe Behütete. Ich bin kein Verrückter«, schrieb er. »Doch mir ist bewusst, dass man euch nur mit Beweisen überzeugen kann, gegen die ihr euch nicht wehren könnt. Daher kündige ich dir an, dass ich zum Wrack gehen und den FTL-Antrieb überlasten werde, sodass es zu einer Energiefreisetzung kommt.«

»Ist klar«, sagte die Behütete aufgeregt.

»Die anschließende Neutronenstrahlung wird die GlobalCity Paris sicherlich entvölkern. Das bedauere ich sehr, weil wir viel versuchten, um euch vor dem Aussterben zu bewahren. Doch da es um mein Volk geht, muss ich drastische Beweise erbringen.« Isix hörte Schritte im Treppenhaus. Ein Schweber, auf dem groß CT gepinselt war, zog mit montierten Waffen an den Auslegern vor der Fensterfront hoch. Man hatte Truppen geschickt. »Ich melde mich, bevor ich die FTL-Module kurzschließe, liebe Behütete.«

Er bedauerte, dass er die Nachrichten mit dem Zumi nicht weiter verfolgen konnte. Die Kampf-Umwelt-Panzerung fehlte ihm schmerzlich. Die höhere Agilität im Unterkleid machte die sonstigen Vorteile seiner Rüstung nicht wett.

Da die Behüteten der CT garantiert auch schwere Waffen dabeihatten, durfte sich Isix nicht erlauben, sitzen zu bleiben und die Ausstrahlung zu Ende zu schauen.

Die ersten CT huschten durch den Eingang in die Behausung, kurz-läufige Gewehre im Anschlag. »Hey! Runter auf den Boden«, wurde er angeschrien. »Los! Sofort, oder ich schieße dir die Kniescheiben weg!«

Da ihn der Schweber mit seinen Auslegern eher beunruhigte als die Behüteten im Zimmer, sprang er auf, machte zwei lange Sätze und zer-schlug im Sprung die große Außenscheibe.

Eingehüllt von Scherben flog er auf das Vehikel zu und erkannte die entsetzten Gesichter der beiden Piloten durch die Kanzel.

Isix landete auf der langen Schnauze und schnitt mit dem Toriin-Schwert funkensprühend einen Einstieg in das Cockpit.

Währenddessen eröffneten die CT aus der Behausung das Feuer auf ihn. Die Kugeln schlugen schmerzhaft in seine Rückseite, ohne das Unterkleid zu durchdringen, oder prallten an der Panzerung des Schwe-bers ab.

Dann fanden einige Projektile den Weg durch die geschaffene Öff-nung.

Die Piloten schrien nacheinander auf, einer sackte zusammen, der andere hielt sich die Seite. Es blitzte in der Kanzel auf, eine Funken-wolke hüllte den Innenraum ein. Die Projektile hatten den eigenen Leu-ten den Untergang gebracht, aber natürlich würden die Behüteten es ihm anhängen. Unvermittelt sackte der Schweber nach unten weg und zog steil nach rechts.

Isix hielt die Balance und ließ sich mit abwärts trudeln.

Die Stockwerke und Hochhäuser pfiffen an ihnen vorbei. Neugierig betrachtete er den verletzten Behüteten dabei, wie er versuchte, mit ver-zerrtem Gesicht die Kontrolle über das Vehikel zu erlangen. Seine Wunde und die technischen Probleme erschwerten es. Isix' Prognose fiel negativ aus.

Auf Höhe von Stockwerk 87 sprang er von der Schnauze, durch-brach ein Fenster und landete in einer Behausung. Wenn er richtig be-obachtet hatte, befand er sich unweit des abgesperrten Bezirks. Der Sturzflug des Schwebers hatte ihn dankenswerterweise zu seinem Ziel befördert.

Draußen erklang ein dumpfes Krachen, und die Scheiben des Hauses gegenüber vibrierten, einige zersprangen. Das Flugobjekt war weiter unten in die Fassade gestürzt.

Isix hielt sich nicht lange auf. Er hatte der Behüteten etwas versprochen, das er halten musste, um sie von seinen Worten zu überzeugen.

Er verließ die Wohnung, spurtete durch das Treppenhaus, nutzte Querverbindungen, bis er sich am äußeren Rand des verbotenen Bereichs befand. Er stand in einem halb zerstörten Wohnhaus, das durch den Absturz des Raumschiffs eine Wand und Teile der Böden verloren hatte.

Da niemand seinen Worten Glauben geschenkt hatte, waren die Vorsichtsvorkehrungen zur Sicherung des *Starscream* kaum verstärkt worden. Die Handvoll Behüteter mit den dünnen Panzerungen und dem CT-Abzeichen konnten ihn nicht aufhalten. Anscheinend sollten sie weitere Reporter, Neugierige oder Beta-Humanoide abschrecken, die im Dienst von Konzernen standen.

Isix sprang aus dem Raum nach unten durch die Löcher in den Decken, hüpfte von Querträger zu Querträger und landete schließlich im Schuttfeld.

Der Sprint führte ihn an den verdutzten Wachen vorbei, die ihm nachschrien, aber viel zu langsam waren.

Isix flog förmlich in das Wrack, schlug Behütete, die in Panzerung und geschlossenen Sicherheitsanzügen im Maschinenraum herumstanden, mit raschen Schwerthieben nieder.

Nur den Karlander von *STPD Engineering* in der Aries-ONE-Rüstung ließ er in Ruhe. Ihm wollte er noch etwas sagen, da er vielleicht zu den Überlebenden gehören konnte.

Der Behütete wich bebend vor ihm zurück, sein Mund öffnete und schloss sich. Er schien um Hilfe zu funken.

Isix zog ein Pad aus den Fingern eines Toten und schrieb: »Ihr müsst *uns* retten, damit *wir* euch retten können.« Dann ging er zu den FTL-Modulen und entfernte die zahlreichen Kabel, welche die Behüteten übereifrig angeschlossen hatten. »Aber zuerst empfangt die Vergeltung dafür, dass ihr einen von uns getötet habt, liebe Behütete. Das darf sich niemals wiederholen.«

Isix drückte zwei Symbole auf dem Kasten.

Neunte Szene

8. Oktober 3042 a.D. (Erdzeit)

> *»Ich muss heute noch lachen, wenn ich an Galileis Worte denke,*
> *dass Mathematik das Alphabet sei, mit dessen Hilfe*
> *Gott das Universum beschrieben habe. Niemals!*
> *Zahlen und Buchstaben, sie hängen keinesfalls zusammen,*
> *mal von Schach abgesehen.*
> *Und Gott?*
> *Seine Schulnoten will ich nicht wissen.«*
>
> Dr. EMMA EKKLIIN, Dozentin für Angewandte Informatik

SYSTEM: ROSS 614 A
PLANET: CORNU COPIAE (COS-BESITZ, VERPACHTET AN TAUCETIPRIME)
ORT: EINE HALBE MEILE WESTLICH VON CORNUS-CITY

Innocent White stand auf dem Raumhafen, neben dem Gebäude von Deaconess Jeanne, und sah in den schwarzen Himmel, aus dem sich strömender Regen ergoss. Unter seiner wasserdichten Kunststoffrobe und der Kapuze war er vor der Nässe geschützt.

Die in der Nähe arbeitenden Betas dagegen wurden nass bis auf die Haut. Das Fell brachte ihnen nichts, während sie Tonnen herumrollten und an Containern werkelten. Die Overalls taugten nicht als Regenbarriere.

Der Boden abseits der Betonplatten sowie des Asphalts hatte sich in Morast verwandelt; die Spuren von Radladern versanken in Pfützen.

Innocent sah zwei Fahrzeuge bis zur Hälfte der Räder eingesunken neben den Lagerhallen stehen. *Die Ernte können sie vermutlich vergessen.*

Black stand auf der überdachten Veranda, die Tropfen klopften auf das Blech. Er hatte sich eine Zigarre angesteckt, die langen schwarzen Haare lagen eng am Kopf. »Beschissenes Wetter«, murmelte er.

Die Tür öffnete sich, und Deaconess Jeanne trat heraus. »Sie hat vor ihrem Verschwinden noch für Regen gebetet«, sagte sie leise.

»Dann hätte man sie erst entführen sollen, nachdem sie die Dusche wieder ausschaltete«, meinte Black und nickte ihr zu. »Ich bin Nuntius Black, und das ist ... *Uditor*«, er verbiss sich das Lachen, »White. Wir sind die Rettungsengel.«

»Auch wenn der Nuntius mehr nach einem Reiter der Apokalypse aussieht«, schoss Innocent zurück. *Warum sich zurückhalten?* Er ging die Stufen hoch und reichte der älteren Frau die Hand. »Gesegneten Tag, Deaconess.«

»Das wünsche ich euch auch.« Sie bat sie herein, nahm die nassen Mäntel entgegen und musterte dabei die zwei Männer.

Innocent wusste, was sie sah: Beide trugen den Uniformhabit, einmal in Akkurat-schlank, einmal in Schlampig-muskulös. Black besaß so viel Anstand, seine *Heavy Holy Smoke* zu löschen und auf der Veranda zu lassen.

»Man ließ mich mit meinen Sorgen nicht allein. Das freut mich«, sagte sie erleichtert.

»Uns freut es, dir helfen zu dürfen«, erwiderte Innocent, während sie durch das Haus gingen.

In der warmen Stube warteten Tee, Kaffee und Kuchen. Man setzte sich, die Frau schenkte Getränke aus. Natürlich trank Black seinen Kaffee schwarz und Innocent seinen Tee mit sehr viel Milch.

»Wir machen uns alle Sorgen«, begann Jeanne und lieferte einen lückenlosen Abriss der letzten Wochen, seit Colomba und Anjelo nach Cornu Copiae gekommen waren: Predigten in den Städten, auf den Farmen, der nette dunkelhaarige Preacher, die provozierende blonde Preacheress. Eines Abends waren beide verschwunden.

Innocent hatte sein Pad gezückt, um seine bisherigen Informationen zu ergänzen, und öffnete eben den Mund.

»Hatten sie ein Verhältnis?«, fragte Black und schlürfte laut an seinem Kaffee.

»Soweit ich weiß: nein.«

Schön, dass er vorprescht. Innocent setzte erneut an.

»Was ist mit dem Trooper, der den Gottesdienst verließ?«, fragte der Nuntius. »Ist er ein Hardliner? Zumindest scheint er sich ein wenig mit der Bibel auszukennen. Kann man ihm zutrauen, mit dem Verschwinden zu tun zu haben?«

»Mir gegenüber hat er alles abgestritten.« Jeanne sah auf seine reichhaltigen Tätowierungen, die man durchaus als Drohungen begreifen durfte. »Dir wird er bereitwilliger Auskunft geben.«

»Deswegen bin ich hier. Mein Uditor ist nicht unbedingt dazu geeignet, durch seine physische Präsenz Angst und Schrecken zu verbreiten.« Black griente. »Trooper und Gardeure kann man ruhig hart rannehmen.«

Ihr Apostel! Innocent wollte endlich seine Frage stellen. »Du hast von einem Lennard berichtet, der angeblich den Ancients anhängt. Käme er für das Verschwinden in Frage?«

Jeanne nickte zögerlich. »Er war der Erste, den ich beschuldigte und verhören ließ. Vero Dansdale, der Trooper von Cornus-City, holte ihn ab und setzte ihm zwei Tage lang mit Befragungen zu, aber dann musste er ihn wieder freilassen. Auch in seinem Haus fanden sich keine Spuren, die auf ein Verbrechen hindeuteten. Raumschiffe sind weder weggeflogen noch gelandet. Der Planet hat die beiden verschluckt.«

»Hat er nicht«, befand Black und dippte ein Stück Kuchen in die Tasse. »Sie sind noch hier, und ich finde sie.«

»*Wir* finden sie«, ergänzte Innocent freundlichst und nahm seine Teetasse.

»Sicher«, gab er zurück und schlürfte wieder extra laut. »Die Kon-Leute wissen noch nicht Bescheid, dass wir da sind?« Black schob sich den Kuchen in den Mund und kaute, Krümel blieben an den Bartstoppeln hängen.

»Doch. Es wird sich schnell herumgesprochen haben. Ich musste es im Vorfeld ankündigen. Die Zuständigkeiten sind geklärt, die Trooper werden mit euch zusammenarbeiten. Die Zentrale von *TauCetiPrime* hat grünes Licht gegeben und will sofort informiert werden, sobald wir … sobald ihr etwas erfahrt.« Jeanne goss ihnen nach, dann sah sie zum Fenster hinaus. »Ihr müsst schnell sein. Ich spüre, dass sich etwas zusammenbraut. Ich bat Christ bereits um eine Ablösung, aber sie wurde abgelehnt.«

»Sie wollten, dass ein alleinstehender Deacon oder Deaconess nach Cornu Copiae kommt, ist mir gesagt worden. Weswegen?«, hakte Innocent ein.

»Es wird zu gefährlich«, gab sie nachdenklich zurück. »Ich fürchte um meine Familie.«

»Wir sind Schild und Schwert des Glaubens. In zwei Tagen ist der Spuk zu Ende.« Black trank seinen Kaffee aus und erhob sich. »Danke für deine Mühe.« Er setzte sich in Bewegung.

»Wohin, Nuntius?« Innocent wurde von seinem Aufbruch überrascht und sah ihm nach, die Teetasse in der einen, den Unterteller in der anderen Hand. *Unglaublich, wie er sich benimmt.*

»Zuerst rede ich mit dem Trooper namens Dansdale, der Lennard verhörte. Anschließend ist der Ancients-Freund an der Reihe«, sagte er im Gehen und verließ das Haus; klappernd fiel die Verandatür zur. »Wir sehen uns heute Abend«, rief er von draußen. »Dann erzähle ich euch, was ich erfahren habe.«

Ein Motor sprang an. Das Brummgeräusch entfernte sich rasch.

Hat er einfach ihren Wagen genommen? »Ich muss mich für den Nuntius entschuldigen, was ich vermutlich noch sehr oft tun werde«, sagte er peinlich berührt. »Er ist … speziell.«

»Ich weiß. Man sieht es ihm an. Das mit dem Wagen ist kein Problem, er gehört der Church.« Jeanne räusperte sich und bot ihm noch Kuchen an, was er gern annahm. Schoko-Zimt-Waldbeere war unwiderstehlich. »Du bist sehr jung für einen Uditor.«

Ihre Neugier war gut beherrscht, aber spürbar. »Es traf mich ebenso überraschend«, gestand er frei heraus. Er mochte die Deaconess, die in den Akten der Church als *gelegentlich widerborstig, aber innerhalb der Toleranzgrenze* geführt wurde. »Wir sollten mehr über Colomba reden. Ich glaube, dass sie der Grund für das Verschwinden war. Erzähl mir mehr von ihr, damit ich sie besser verstehe.«

Jeanne plauderte drauflos.

Innocent schrieb mit und zeichnete ihre Worte mit dem Pad auf. Aus ihren Schilderungen formte sich mehr und mehr ein Bild von einer jungen Frau, die gern und ständig aneckte, sich hingebungsvoll mit jedem anlegte und den Großen sowie Mächtigen die eigenen Fehler und Versäumnisse vorhielt. *Das sieht niemand gern.*

»Schön«, sagte er dann und erhob sich, nahm noch ein kleines Kuchenstück und biss ab. »Der Nuntius ist ja bereits auf dem Weg, um erste Nachforschungen in der unmittelbaren Umgebung anzustellen. Ich werde mich in den anderen Städten umhören. Kann sein, dass sich Colomba Feinde machte, die wir bislang übersehen haben.«

»Gut. Nimm den anderen ATV. Das GPS wird dich leiten. Aber gib acht, einige Straßen sind schon abgesoffen oder unterspült.« Jeanne begleitete ihn zur Tür und drückte ihm die Kontrolleinheit für den Wagen in die Hand, während er in seine Robe schlüpfte. »Das Gepäck lasse ich aus dem Schiff ausladen und hier unterbringen. Heute Abend werden dann ein gutes Essen und ein warmes Bett auf dich warten.« Sie reichten sich die Hände.

Innocent verließ die Church-Niederlassung, eingepackt in seine regendichte Robe. Bis zum ATV, der neben der ersten Containerhalle geparkt stand, waren es fünfzig Meter. *Ohne Cape wäre ich genauso nass wie die Betas.*

Er ging an ihnen vorbei und überlegte gleichzeitig, wie er sich am besten über Unstimmigkeiten oder Auffälligkeiten bei der 2OT-Niederlassung erkundigte, ohne dass es zu sehr auffiel.

Jedermann wusste, dass die Church of Stars die Automaten nicht ausstehen konnte. Hörte sich ausgerechnet auch noch ein Uditor um, wurde Aufmerksamkeit geweckt, die sie nicht gebrauchen konnten. Nicht, solange der Verbleib von Colomba und Anjelo ungeklärt war. *Ich werde improvisieren.*

Es fiel Innocent zudem nicht leicht, Black die Informationen über den eventuellen Collector auf Cornu Copiae vorzuenthalten. *Ich könnte Horàt bitten, doch die Erlaubnis zu bekommen.*

Er hatte den hochachsigen ATV erreicht. Die Funkimpulse der Kontrolleinheit in seiner Robentasche entriegelten die Türschlösser automatisch. Innocent stieg schnell ein und legte eine Hand an den Türgriff.

»Sir, Uditor, Sir!«, hörte er eine helle Stimme, in der das Gutturale eines Beta schwang.

Er drehte den Kopf und sah einen Waschbär, dessen Fell durch den Regen glatt und eng am dünnen Körper hing. »Was gibt es?«

»Mein Name ist Susa, Sir«, stellte sie sich vor. »Ich ... meine Freunde Red, Pelzig, Jark und Dana ... wir machen uns Sorgen«, eröffnete sie. »Colomba ist eine tolle Preacheress.« Mit einer Pfote zeigte sie in den Himmel. »Sie ... hat den Regen gemacht. Und danach sagte sie, wir wären durch die Tropfen getauft.« Aufgeregt rieb Susa die Pfoten gegeneinander. Das Wetter musste für einen Waschbären die wahre Freude sein. »Unsere Seelen sind sicher.«

Auch das noch. Innocent hatte kein Problem mit Betas, teilte aber nicht Colombas Meinung. »Wie schön.« Er öffnete die Tür. »Wir geben uns Mühe, das verspreche ich dir.«

»Sir, Uditor, Sir!«, rief Susa und kam zur Tür getrippelt, die Stiefel patschten durch Pfützen. »Wir würden Ihnen gern helfen.«

»Wobei?«

»Bei der Suche, Sir.«

»Nuntius Black und ich bekommen das schon allein hin.« Innocent wollte endlich los.

»Ja, Sir, wir haben auch volles Vertrauen zu Ihnen. Aber wir«, die Waschbären-Beta legte einen krallenähnlichen Finger an ihre Nase, »haben den besseren Riecher.« Sie druckste herum, senkte den Kopf, schaute sich um, wischte mit der Hand über den Türrahmen.

»Was noch?«

»Red ... also, das ist der Fuchs, Sir. Red hat etwas gesehen. In der Lagerhalle, Sir, Uditor. Aber dann wurde er niedergeschlagen.« Die Barthaare zitterten, Wasserperlen lösten sich und fielen mit den Regentropfen auf die Erde.

»Wann?«

»An dem Tag, an dem Colomba verschwand.« Susas Ohren stellten sich kerzengerade auf. »Es war in der Lagerhalle, Sir.«

»Und das habt ihr Deaconess Jeanne gesagt?« Er konnte sich nicht entsinnen, einen Hinweis in ihrem Bericht gelesen zu haben.

»Nein, Sir. Uns fragte niemand, und … Red hatte zu viel Angst. Vor Lennard.«

Lennard! Das will ich genauer wissen. Innocent stieg wieder aus, schloss den ATV und ging zusammen mit der Beta in die Lagerhalle, um nicht im Regen herumstehen zu müssen. »Dann erzähle mir, wo ich Red finde.«

»Red ist … krank. Ein Arbeitsunfall. Er wurde am Kopf getroffen.« Susa blickte sich um, dann schnüffelte sie. »Gut. Lennard ist nicht da«, sagte sie sichtlich erleichtert. »Wir glauben, dass er Red niedergeschlagen hat.«

»Hast du nicht eben gesagt …«

»Das war eine Ausrede. Um Lennard zu täuschen. Er hat Red mit einer Schraubzwinge niedergeschlagen, weil er Blutspuren gefunden hat. Wir denken alle, dass Lennard glaubte, Red mit seinem Angriff umgebracht zu haben. Also hat Red nach seinem Erwachen behauptet, er erinnere sich an nichts mehr.« Susa sprach leise und hektisch, tippelte dabei auf der Stelle. »Aber die Blutspuren waren weggewischt.«

»Das lässt sich nachträglich feststellen.« Er drückte auf den Rufknopf seiner Multibox, um Black zu informieren.

Susa gab einen keckernden Laut von sich. »Nein. Es wurde alles mit Chemie behandelt. Keine Spur mehr von Blut. Red schwört, dass es nach Anjelo gerochen hat.«

Diese Geheimniskrämer! Damit machen sie doch alles schlimmer! Innocent hätte die Beta am liebsten geschüttelt. »Warum sagte er das nicht der Deaconess?«

»Wir trauen ihr nicht. Nicht mehr.« Ihre Ohren legten sich nach hinten. »Weil … die Deaconess … Sie hat nach dem Verschwinden von Colomba und Anjelo mit Lennard gesprochen. Und sie war dabei sehr freundlich. Nein.« Mehrmals wischte sie sich aufgeregt über die Schnauze. »Erleichtert. Ja, sie sah erleichtert aus!«

8. Oktober 3042 a. D. (Erdzeit)

Civer Black hielt genau vor der kleinen Polizeistation, auf dem groß das Zeichen von *TauCetiPrime* prangte, um nicht zu weit durch den Wolkenbruch gehen zu müssen. Er stieg aus dem ATV, mit dem er mehr geschwommen als gefahren war.

Auf Planeten, die von einem Konzern bewirtschaftet wurden, sei es durch Pacht oder Besitznahme, übernahmen die Gardeure die Aufgaben von Gesetzeshütern und nannten sich als stationäre Einheiten Trooper. Dabei galten eine Handvoll allgemeiner Regeln, die das Zusammenleben erleichtern sollten, plus je nach Konzern Sonderstatuten, die man besser nicht vergaß.

Im Fall von Cornu Copiae war es so, dass das Unternehmen Pächter der Church war. Als Nuntius wiederum war Civer weisungsbefugt wie der direkte Vorgesetzte eines Troopers. Das erleichterte die kommende Unterredung.

Er betrat den Warteraum, in dem eine Plastikbank und ein -tisch standen. Mehr als neun Quadratmeter konnte das Zimmer nicht haben, trotz der Infotheke in der Mitte, hinter der sich das Büro anschloss. *Es gibt wohl keine Verbrechen auf dem Planeten.*

Ein Trooper sah auf, als der Nuntius den nassen Mantel an den Haken hing, der Kopf ragte über die Theke. »Sir?«

»Ich bin Civer Black, Nuntius seiner allerheiligsten Heiligkeit des Ministrators«, stellte er sich vor und nahm eine Kippe aus der Packung. Er spannte seine Brustmuskeln an, der Uniformhabit straffte sich. »Sind Sie Mister Ross Dansdale?«

»Ja, Sir.« Der Trooper erhob sich. Er trug eine Halbpanzerung, ein Hüftholster mit einer *Prawda* und Handschuhe. Die Hosenbeine waren unterhalb der Knie nass. Anscheinend war er gerade von der Streife zurück; es roch nach frischem Kaffee.

»Sie haben den Verdächtigen Lennard Tolstoi wegen des Verschwindens der Preacheress befragt?« Er ging auf die Infotheke zu, auf der sich Dansdale mit beiden Händen abstützte, als sei er ein Barkeeper.

»So ist es, Sir.«

Civer steckte sich die *Holy Smoke* an. »Krebsgefahrfrei. Wollen Sie auch eine?«

»Nein.« Dansdale musterte ihn, nickte ganz leicht. »Kann ich Ihren Ausweis sehen?«

»Kann ich Ihren sehen?«

Gleichzeitig hielten sie sich die kartengroßen Legitimationen unter die Nase, dann grinste Civer. »Okay, das war der Schwanzvergleich. Jetzt kommen die Eier.« Er flankte aus dem Stand über die Theke und landete neben dem Trooper, wischte sich die Haare aus dem Gesicht. »Warum schonen Sie Lennard? Machen Sie gemeinsame Sache, oder ist er nur ein Kumpel, dem Sie helfen wollen? Hat es was mit Ihrem Ausraster im Gottesdienst zu tun?«

»Was?« Dansdale bekam einen roten Kopf. »Ich … nein! Lassen Sie den Scheiß! Ich habe unseren Bekloppten ganz regulär verhört!«

»Ich habe das Verhörprotokoll gelesen, und mir scheint einiges nicht geheuer.« Blacks blassgrüne Augen waren eindringlich auf den Mann gerichtet. Der Bluff hatte gesessen. *Erwischt.* Zwar hatte sich der Trooper wieder gefangen, aber in den ersten zwei Sekunden hatte sich Angst in der Stimme und auf dem Gesicht gezeigt. *Phase zwei: nachsetzen und checken.* »Rufen Sie Lennard an, und bitten Sie ihn her. Sagen Sie ihm, dass Sie etwas mit ihm zu bereden hätten. Ich wäre hier gewesen und hätte Ihnen stark zugesetzt.«

»Was soll ich denn mit ihm zu bereden haben, Herrgott noch mal?«, stieß Dansdale aus.

»Das wird er auch wissen wollen und herkommen.« Black grinste und blies ihm Rauch entgegen. »Klingen Sie ruhig so panisch wie jetzt. Umso schneller wird er hier sein.«

Die beiden starrten sich an.

Schweigen.

Jetzt weißt du nicht, was gerade abgeht, nicht wahr? Oder was ich schon vielleicht herausgefunden habe und wo ihr einen Fehler begangen habt. Aber du weißt, dass ich dich beim Lügen ertappte. Das verunsichert dich. »Was ist?«, forderte ihn Black eisig auf. »Anrufen.«

»Ich … ja. Klar, Sir.« Dansdale wandte sich halb um, stockte. »Sir, ich muss Ihnen etwas gestehen.«

»Was? Dass Sie ein ganz schön mieser Schauspieler sind?« Black hatte ein bösartiges Lächeln auf den Lippen. Seine lockere Haltung täuschte darüber hinweg, dass er jede Bewegung seines Gegenübers belauerte.

»Nein.« Dansdale hatte beide Hände an die Koppel gelegt. »Mister Tolstoi ist bereits da.«

Black hörte das feine Klicken hinter sich und zog den Kopf vor dem Knall zur Seite.

Dummerweise hatte Lennard jedoch auf seinen Oberkörper gezielt, sodass die Kugel traf – aber durch die kugelsichere Weste unter dem Habit aufgehalten wurde.

Einen Weg gespart. Der Nuntius warf sich nach vorn und packte den Trooper am Kinn, trat ihm in den Schritt und schleuderte ihn herum.

Scheppernd landete Dansdale zwischen einem Drucker und der Kaffeemaschine, ächzte und hielt sich das Scrotum.

»Ihr Scheißkreuze!« In der Tür stand ein älterer bärtiger Mann. Er steckte in einem neonfarbenen Regenponcho und hielt eine *Mower* im Anschlag, die er auf Einzelschuss gestellt hatte. »Ihr werdet uns nicht aufhalten!« Er schoss wieder.

Das ist nicht Lennard. Dieses Mal wich Black aus, duckte sich und zog seine eigene *Thorn.* Obwohl er hinter dem Tresen kniete, feuerte er durch die dünne Wand. Das schwere Kaliber jagte mühelos durch das Hindernis, fetzte Holzimitat und die Füllung hinaus.

Der falsche Lennard schrie auf.

Getroffen. Black federte in die Höhe und sah den Mann hinkend aus der Wache flüchten. Blutsprengsel hafteten an der Wand.

Hinter ihm erklang ein Ächzen, gefolgt von einem Klacken.

Als sich Black umdrehte, sah er den vornübergebeugten Trooper am Waffenschrank stehen und eine *Galactic* herausziehen. Anscheinend vertraute er der Wirkung seiner Halbautomatik im Holster nicht und wollte die automatische Schrotflinte zum Einsatz bringen.

Der Nuntius musste sich entscheiden – und verpasste Dansdale zwei Treffer. *Rechte Schulter, linke Schulter. Feierabend!*

Das rote Blut des Troopers spritzte gegen Drucker und Wand, aufschreiend sackte er zusammen und verdrehte die Augen. Der Schock hatte ihn ohnmächtig werden lassen.

Black hetzte hinaus und sah einen dunkelroten Jeep, der mit gelöschten Lichtern auf die Straße bog und mit Vollgas davonbrauste. *Keine Ahnung, wer du bist, aber ich schnappe dich.*

Jetzt wäre es an der Zeit gewesen, den Uditor über die Multibox zu informieren und sich Beistand zu erbeten, damit einer auf den angeschossenen Trooper aufpasste.

Black dachte nicht daran.

Das ist mein Job. Das Bürschchen soll sich was anderes suchen, um sich die Zeit zu vertreiben. Er sprang in den ATV, startete und drückte aufs Gas. Im Gegensatz zum falschen Lennard schaltete er alles an Licht ein, was sein Wagen zu bieten hatte. Das würde seinen Gegner blenden und zu Fahrfehlern zwingen.

Die Verfolgungsjagd ging aus Cornus-City hinaus, über die regenaufgeweichten Straßen und durch einen neuerlichen Guss von oben, der es in sich hatte. Selbst auf höchster Stufe schafften es die Scheibenwischer nicht, die Wassermassen zur Seite zu schieben. So wurde ein Blindflug daraus, was dem Nuntius gar nicht gefiel. *Ausgerechnet heute muss es schiffen!*

Wie aus dem Nichts stand der dunkelrote Jeep schräg vor ihm auf der Strecke.

Heilige … Schon rauschte Black in das Hindernis. Alles Bremsen nützte nichts mehr.

Es krachte laut, die Airbags entfalteten sich knallend im Innenraum und dämpften den Aufschlag. Der Nuntius wurde durchgeschüttelt, in den Gurt geschleudert und knurrte dabei verärgert, während der Wagen hopsend und gleitend zur Ruhe kam.

Aber das schallende Krachen endete nicht. Dafür splitterte die Frontscheibe und fiel komplett in den Innenraum.

Irgendwo da draußen stand der falsche Lennard und pumpte Schuss um Schuss in den ATV. Anscheinend hatte er auch eine *Galactic* dabeigehabt.

Leicht benommen löste Black den Gurt, rutschte auf die andere Seite und ließ sich zur geöffneten Tür hinausfallen. Er landete nach kurzem Sturz im dahinfließenden Wasser, das die Straße in einen Strom verwandelte.

»Ihr Scheißkreuze«, brüllte der falsche Lennard in der Dunkelheit. »Wir machen euch alle fertig!«

Black robbte unter dem Wagen durch, umspült von Wasser und Dreck, und zog die *Thorn*. Da er nicht wusste, ob der Trooper bis zur Rückkehr verblutet war, durfte er mit dem Leben des zweiten Gegners nicht verschwenderisch umgehen. *Am besten einen zweiten Streifschuss.*

Wieder erklang ein dröhnender Schuss. Das Mündungsfeuer verriet die Position des Schützen.

Black schoss beinahe gleichzeitig, und der Mann schrie auf. Als er stürzte, platschte es. Sein Heulen sprach dafür, dass er noch lebte.

Der Nuntius rollte sich unter dem ATV heraus und ging durch das tosende Unwetter auf den Widersacher zu; die Mündung der Automatik war auf dessen Kopf gerichtet. »Heiliger Rasputin«, sagte er und spuckte aus.

»Mögen dich die Untiefen verschlingen!«, presste der Mann gequält heraus und hielt sich die zweite Beinwunde, die er eben verpasst bekommen hatte.

»Wie ist dein Name?«

»Fick dich!«

»Okay, Fickdich: Du sagst mir, wo ihr Colomba und Anjelo versteckt haltet, und wir kommen mit einem Gnadengesuch ins Geschäft. Bei jeder anderen Antwort«, er legte den Hahn der *Thorn* um, »steigt die Anzahl der Schusswunden. Die Kugeln sind gesegnet und reißen heftige Löcher, wenn ich will.«

»Fick dich!«, kreischte ihn der falsche Lennard an.

»Ich habe deinen Namen verstanden, aber du nicht meine Frage.« Black schoss dem Liegenden in den Arm. Wie gewollt wurden nur wenige Millimeter Haut verletzt, doch es machte Eindruck. »Wo sind ...«

»Weg! Ganz weit weg!«, jaulte der Mann. »Wir haben sie weggebracht. Sie wollte es so! Ehrlich, sie wollte es doch so!«

»Wer ist *wir*?«

Der falsche Lennard stöhnte und würgte, sein Adamsapfel hüpfte. »Scheiße«, flüsterte er. »Mir wird kalt ... ich ...«

»Wer ist *wir*?« Black spannte den Hahn.

»Die Templars of the Ancients«, hauchte er mit flatternden Lidern. »Wir werden über euren falschen toten Gott siegen und seinen Glauben zum Aussterben bringen! Sie wird uns dabei helfen. Sie hat ...« Der Kopf des Mannes sank zur Seite und wurde vom schmutzbraunen Strom umspült.

Du säufst mir nicht ab. Schnell ging Black zu ihm, packte sein Haar und zog ihn aus dem Wasser. Dann schleifte er ihn am Schopf zum ATV und bugsierte ihn rüde ins Innere, um die Wunden mit Druckverbänden zu schließen. Es würde reichen, bis sie ins Krankenhaus kamen.

Black klemmte sich hinters Lenkrad und fuhr zurück in die Stadt, um Dansdale festzusetzen. Falls er noch lebte.

Es gibt sicher mehr als die drei Verschwörer, überlegte er. *Die Templars. Wer hätte das gedacht?*

Es hatte ihn immer gewundert, dass er in seiner ganzen Zeit als Nuntius nie an diese Spinner geraten war. Sie verehrten die Tempel und Ruinen der sogenannten *Ancients* als heilig und die *Ancients* selbst als die wahren und ersten Götter. Alle anderen Religionen wurden entweder rigoros abgelehnt oder in das verquere Weltbild mit eingebaut, in dem natürlich alle anderen unter den *Ancients* standen.

In den Kolonien gab es laut den Dossiers der Church viele heimliche Anhänger, gerade auf den Planeten, wo sich nachgewiesenermaßen Relikte einer frühen, technisch höher stehenden Rasse fanden. Diese Hinterlassenschaften waren bei Konzernen heiß begehrt und Grund für zahlreiche Auseinandersetzungen, Gemetzel und Gräueltaten.

Die Templars waren weniger an der Technik interessiert. Sie taten sich durch feige Anschläge gegen die Church hervor, meist auf Welten, wo es die besagten Ruinen gab.

Black steuerte den ATV durch den Regen. *Das bedeutet wohl, dass wir auf* Cornu Copiae *doch eine Ancients-Stätte haben. Schöner Mist.*

Das Verhör der beiden Gefangenen würde hoffentlich Klarheit bringen.

ZWEITER AKT

Erste Szene

8. Oktober 3042 a. D. (Erdzeit)

»Die Ancients sind die einzigen Götter, die es jemals gab und geben wird. Sie haben Planeten erschaffen und ihre Monumente sichtbar hinterlassen, damit wir sie finden, an sie glauben und uns auf den Tag ihrer Rückkehr freuen. Wenn es andere Götter von ihrer Macht gäbe, warum sieht man dann keine Spuren von ihnen? Eben!«

MORDRED TREMAINE, ehemaliger Hochmeister
der Templars of the Ancients nach seiner Festnahme

SYSTEM: ROSS 614 A
PLANET: CORNU COPIAE (COS-BESITZ, VERPACHTET AN TAUCETIPRIME)
ORT: CORNUS-CITY

Cornus-City war eine Stadt, die erstaunlich groß erschien. Zumindest wenn man bedachte, dass sie sich auf einem reinen Agrarplaneten befand und der Raumhafen weit entfernt war.

Innocent White sah das Lichtermeer von einer sanften Anhöhe aus. Er schätzte die Zahl der Gebäude auf viertausend, was auf etwa zehn- bis fünfzehntausend Bewohner schließen ließ.

Anscheinend bevorzugen es die Menschen, abseits der Church-Niederlassung zu siedeln. Der Jung-Uditor kannte das Phänomen von seiner eigenen Missionsreise: Man hörte sich die Botschaft des HERRN gern an, doch im eigenen Leben hielt man den Glauben lieber auf Abstand.

Innocent kurvte mit dem ATV durch die Straßen und sammelte erste Eindrücke.

Cornus-City besaß alles, was man sich wünschte, wenn man ein einsamer Arbeiter im Dienst von *TauCetiPrime* war. Jede Menge Schnellrestaurants, eine Handvoll Kneipen, Etablissements, bei denen klar war, was man käuflich erwerben konnte, ein paar Unterhaltungszentren. Der Lohn, der ihnen ausgezahlt wurde, versickerte in den Kon-eigenen Geschäften.

Black würde sich hier wohlfühlen. Mit den missionierten Betas, von denen Susa die Anführerin zu sein schien, war er so verblieben, dass er sich nach seinem kleinen Ausflug sofort bei ihnen meldete. Er glaubte nicht, dass die Deaconess etwas mit dem Verschwinden zu tun hatte. *Aber nach ihrem Verhältnis zu Lennard werde ich sie fragen.*

Die Sprachausgabe der planetaren Datei erzählte ihm von den Besonderheiten dieser Welt, die nichts in sich bargen, was den Besuch eines Collies rechtfertigte: eine unterirdische Grotte, einen Zwillingsberg, die größte Fruchtplantage des Quadranten. *Zu wenige Menschen, die sie ausplündern können.*

Auf seiner Spritztour durch den strömenden Regen passierte er auch die Niederlassung des 2OT.

Es war eine umgebaute Autowerkstatt, und auf dem Hof parkten zwei große Vollernter-Landmaschinen unter einem Vordach, bei denen Abdeckungen fehlten. In der Garage brannte Licht, ein Schatten bewegte sich darin.

Der Automat arbeitet noch. Löblich. Innocent hielt an und ließ sich die Informationen zum Verdächtigen geben. *Nicht lange dabei, zwei zusätzliche Arme, künstliche Augen, geleast von TauCetiPrime, um die Geräte und Fahrzeuge zu warten,* fasste er das Wissen zusammen.

Konnte es sich bei dem 2OT um einen getarnten Agenten des Ordens handeln? Befand sich der Planet an einem strategisch wichtigen Punkt für die Ahumanen, von dem aus sie losschlagen wollten? Oder spionierte der Mechaniker etwas anderes aus? Hing das Verschwinden der Preacheress mit ihm zusammen? War sie ihm und seinem Geheimnis zu nahe gekommen?

Fragen über Fragen. Er sah zur Garage. *Da drin warten die Antworten.*

Innocent spielte mit dem Gedanken, sich doch Black an die Seite zu holen, der genau wusste, wie man mit sperrigen Verdächtigen umging. Berufserfahrung und Rücksichtslosigkeit, die Horàt beschönigend *rustikal* genannt hatte.

Doch er verwarf den Einfall.

Um ernst genommen zu werden, sowohl vom Nuntius als auch von der Church, würde er diesen Auftrag allein erledigen müssen.

Aber was mache ich? Er überlegte, wo sich ein Collector verstecken würde.

Die Rüstung der Ahumanen war groß und auffällig, die Servomotoren erzeugten leisen, aber hörbaren Lärm. Der Raumhafen stand zu dicht an der Church-Niederlassung, außerdem war zu viel los.

Blieben in einer der Städte diejenigen Orte, an denen die elektronischen Geräusche der Panzerungen nicht auffielen.

Das waren Schrottplätze.

Oder eine 2OT-Niederlassung. Innocent konnte aber nicht einfach aussteigen, in die Werkstatt gehen und den Mann fragen.

Sobald er sich in der Nachbarschaft umhörte, war man sich darüber im Klaren, dass etwas mit dem Automaten nicht stimmte. Über Umwege würde die Neuigkeit letztlich auch zum 2OT gelangen, und damit wäre die Überraschung verloren.

Dann werde ich selbst spionieren. Innocent legte den weißen Kragen ab, um nicht sofort identifiziert zu werden. Der schwarze Uniform-Habit sorgte für genug Schutz in der Dunkelheit. Nach kurzem Überlegen nahm er die *Thorn II* mit. *Man weiß ja nie.*

Die hellen Haare sowie sein Gesicht verschwanden unter einer Sturmhaube, die er aus dem Ausrüstungskasten des ATV nahm und die eigentlich gegen Kälte gedacht war.

Es konnte losgehen.

Innocent stellte den Wagen zwei Straßen weiter ab, stieg aus und huschte durch die Schatten zurück zur Niederlassung der Automaten.

Die Aufregung gefiel ihm, es hatte etwas Packendes. Aber richtig wohl fühlte er sich dennoch nicht – mit jedem Schritt kam er sich unvorbereiteter vor: Weder wusste er, wie man Schlösser knackte, noch hatte er eine Ahnung, wie man schlich oder unbemerkt in ein Gebäude eindrang. Er hoffte, dass es der 2OT mit den Sicherheitsvorkehrungen nicht so genau nahm.

Innocent näherte sich der Niederlassung von der Rückseite.

Es gab keinen Zaun, keine sichtbaren Kameras. Er konnte einfach über den Platz bis zu den großen Garagentoren gehen, durch deren Bullaugenfenster das kalte Neongaslicht fiel. Ein Pressluftschrauber sirrte dahinter, klirrend fiel etwas zu Boden.

Innocent sah hinein.

Kyniras Beta 23/23811, genannt Arms, stand vor einem aufgebockten ATV mit dem Logo des Konzerns, die Motorhaube stand offen, die Räder waren entfernt. Eine OP-Lampe ragte an einem flexiblen Arm von der Decke, die Strahler leuchteten in den Motorraum. Während der Mann mit seinen beiden menschlichen Händen in den Kabeln wühlte und nach losen Enden suchte, hielten seine künstlichen Metallarme Messgeräte sowie Werkzeuge bereit. Sie dienten als Anreicher.

Innocent fand den Anblick unheimlich, fast dämonisch. Die Augen mit den langen Linsenaufsätzen, die vor- und zurückfuhren, je nachdem, ob er zoomte oder einen Gesamtüberblick benötigte, machten es nicht besser. *Menschmaschine. Furchtbar. Das kann Gott nicht gutheißen. Sich ohne Not derart seiner Menschlichkeit zu berauben.*

Er sah sich um, entdeckte aber keinen Collector.

Was habe ich erwartet? Dass er in der Ecke steht und die Reifen für den 2OT durch die Gegend schleppt? Bei der Vorstellung musste Innocent grinsen.

Er umrundete das Gebäude und stöberte in kleinen und großen Containern, während der Regen ihn komplett durchnässte. Nach einer Stunde wusste der Jung-Uditor, dass es rund um die Werkstatt nichts gab, was ihm bei seinen Nachforschungen weiterhalf.

Sein Blick richtete sich auf das Gebäude. *Da drin?* Er beschloss zu warten, bis Arms die Arbeiten einstellte.

Innocent richtete es sich in der Kanzel eines Vollernters gemütlich ein, in der er vor dem Unwetter geschützt blieb. Nass war er schon, aber ein Blitz musste ihn nicht noch zusätzlich treffen.

Die Kontrollen der großen Maschine waren leicht zu verstehen, und so gönnte er sich den Luxus, die Heizung einzuschalten. Sie lief über die Brennstoffzelle und erzeugte dabei keinerlei Lärm. Triefend saß Innocent auf dem gepolsterten, bequemen Fahrersitz im warmen Luftstrom und beobachtete – bis er einschlief.

Erschrocken zuckte er irgendwann wieder hoch. *Heilige Heiligkeit!* Innocent blickte auf die Multibox an seinem Handgelenk. Kurz nach drei Uhr morgens.

Es plätscherte noch immer vor sich hin. Die Umgebung hatte sich nicht verändert, abgesehen davon, dass das Licht in der Garage erloschen war.

Endlich. Innocents Ärger über sein ungeplantes Nickerchen hielt sich in Grenzen. Die Heizung hatte ihn im Schlaf getrocknet, und er fühlte sich ausgeruht genug, um die Werkstatt unter die Lupe zu nehmen.

Er kletterte aus der Kabine, eilte zum Eingang und rüttelte erst gar nicht an der Tür, sondern stieg die schmale Leiter hinauf, die auf das Dach führte.

Durch eines der Oberlichter stieg er ein, hangelte sich an den Alustahlquerträgern entlang und sprang auf einen hochbordigen Kipp-Anhänger.

Mit einem lauten *KLANG* trafen seine Stiefel auf.

Die feuchten Sohlen rutschten auf dem schmierigen Untergrund weg, und Innocent legte sich der Länge nach auf die Ladefläche.

KLANG.

Die *Thorn II* löste sich aus der Haltung und hopste über die Fläche.

KLANG, KLANG, KLANG ...

Verdammt! Er lauschte, doch es blieb alles ruhig.

Innocent sah an sich hinab. Sein schwarzer Uniform-Habit war voll feuchtem Getreidestaub, der sich durch die Nässe in grauen Schleim verwandelt hatte. Black hätte ihn sicherlich schallend ausgelacht.

Seufzend suchte er die *Thorn II*, die genauso versifft war, und steckte sie nach einer groben Reinigung an der Jacke zurück in das Holster. Erst dann stieg er aus dem Kipper und durchsuchte die Werkstatt.

Seine Sohlen hinterließen natürlich Abdrücke. Der 2OT würde am nächsten Morgen auf alle Fälle wissen, dass jemand in seine Werkstatt eingebrochen war. *Ich sollte das Schnüffeln wirklich Profis überlassen.*

Erneut wurde Innocent enttäuscht: Weder in der Halle noch in dem kleinen Büro deutete irgendwas auf einen Kontakt zwischen dem 2OT und einem Collie hin. Oder überhaupt auf einen Ahumanen, gleich welcher Herkunft. Alles sah stinknormal aus.

Gegen fünf Uhr morgens war Innocent geneigt, die Sache nicht weiter zu verfolgen. *Es kann ja nicht jedes Gerücht stimmen.*

Aber sein Pflichtbewusstsein mahnte ihn, wenigstens noch in der Privatunterkunft des Mechanikers nachzuschauen. Vielleicht bewahrte er dort Korrespondenzen zwischen der Hauptwelt Automaton Prime und der Niederlassung auf?

Die Adresse von Arms war Innocent bekannt.

Also nahm er sich den Schlüssel für die Seitentür aus dem Büro und steckte wahllos elektronische Werkzeuge ein, die teuer aussahen. Dann verließ er das Gebäude durch die Tür. Der Automat sollte an einen Diebstahl glauben.

Gleich darauf saß er in seinem ATV, fuhr durch die langsam erwachende Stadt und hielt an einem öffentlichen Backautomaten an, um sich ein Croissant, zwei Scheiben Käse sowie einen Kaffee zu ziehen. Von hier aus konnte man bereits das Haus sehen, in dem der 2OT seine Wohnung hatte.

Sehr praktisch. Im Wagen sitzend aß er, betrachtete die Menschen, die mehr und mehr aus den Häusern kamen und missmutig in den grauen Himmel blickten, aus dem unaufhörlich Regen fiel. Die meisten Arbeiter blieben unter den Überdachungen zwischen den Gebäuden. Niemand schien sich auf die Felder zu begeben. Es gab nichts zu tun, denn man konnte nicht mal das Getreide ernten, um es aufwändig in den Hallen mit Gebläsen zu trocknen. Die schweren Vollernter sackten trotz ihrer breiten Reifen und großen Auflageflächen in den matschigen Böden ein und blieben stecken.

So schnell wird Gutes zu einer Last. Innocent spülte die Croissantreste mit dem Kaffee aus den Zahnzwischenräumen.

Plötzlich sah er Arms.

Er kam aus dem Haus, schlenderte durch den Regen und grinste. Seine mechanisch-elektronischen Gliedmaßen trugen zwei Koffer, die nach Reparaturset aussahen. Arms stapfte in ein Unterhaltungscenter.

Kleiner Nebenverdienst? Innocent fand den Kaffee gar nicht so schlecht.

Kommst du noch mal zurück, oder kann ich bei dir einbrechen? Ihm war noch nicht eingefallen, wie er die Tür aufbekommen sollte, aber dieses Mal vertraute er auf Gottes Fügung.

Er legte eine Hand auf den Griff, betrachtete die verlöschende Werbung an der Fassade des Centers, wo aus einem sattgrünen OPEN ein SORRY! CLOSED FOR ONE HOUR! aufleuchtete.

Und da durchzuckte es Innocent.

Spielhallen! Natürlich!

Wenn es einen Ort gab, wo das Surren von Servomotoren, elektronisches Fiepen und Brummen nicht auffielen, dann hier. Der neuste Schrei waren Retro-Games, die alten Charme aus den 2800er Jahren verströmen sollten.

Perfekt, um sich zu verbergen. Innocent schwang sich hinaus, verzichtete dieses Mal auf seine Sturmhaube und hastete zum Hintereingang, der nicht verschlossen war. Ein Mülleimer klemmte im Türspalt, vermutlich um die Putzkolonne hereinzulassen.

Er drang in das Center ein.

Es roch nach Öl, nach warmen Relais und erhitztem Plastik und auch nach Ozon. Dazu mischten sich der Schweiß der letzten Besucher und Deos, der Duft von frittierten Maisbällchen mit Käsesauce, Taccos und gebratenem Fleisch sowie Bier, das sich auf dem Boden verteilt hatte. Die Reinigungscrew hatte etwas zu leisten.

Geduckt streifte Innocent durch das leere Erdgeschoss, in dem die Spielautomaten in langen Reihen nebeneinander standen und noch liefen. Am anderen Ende erkannte er die Umrisse von Arms, der sich an einer der Gerätschaften zu schaffen machte und mit allen vier Händen gleichzeitig arbeitete.

Wo könnte der Collie stecken? Er sah zu Treppe, die nach oben führte. Die Hinweisschilder versprachen den Besuchern *ShooterGames & ShooterGirls*.

Innocent verzog das Gesicht. Er wollte gar nicht wissen, was *Shooter-Girls* waren. Als er losging, trafen seine Stiefel prompt auf leere Nussschalen, die im vorderen Bereich überall herumlagen. Das Knistern war gut zu hören.

»Ist da wer?«, drang Arms' Stimme zu ihm.

Innocent verharrte und wagte nicht einmal mehr, Atem zu holen.

»Oleg, du Idiot! Bist du das? Bist du wieder am *SuperBoy* einge-schlafen?«

Was jetzt? Er sah sich hektisch um. *Gebe ich mich als Oleg aus?*

»Hu?«, machte eine dunkle Stimme und gähnte herzhaft. »Ah, scheiße. Sorry, Arms! Die haben mich nicht geweckt. Wollte dir keinen Schrecken einjagen.«

Innocent entspannte sich. Gott war mit ihm. Behutsam zog er den Fuß aus dem Nussschalenmeer und nutzte die Geräusche, die Oleg beim Schlurfen verursachte, um in einem Bogen zur Aufwärtstreppe zu gelangen.

»Halt, schützenswerte, bedrohte Rasse Mensch!«, dröhnte eine mechanische Stimme. Servomotoren surrten bedrohlich.

Ein Scheinwerfer flammte neben ihm auf und badete ihn in gleißen-dem Licht.

Es ist doch wahr! Innocent wirbelte zur Seite, zog die Automatik und richtete sie auf den plötzlich aufgetauchten Gegner, was kindisch war. Selbst das schwere Kaliber der *Thorn II* drang nicht durch eine Collie-Rüstung.

Zu seiner Rechten stand wie aus dem Nichts ein Collector, hinter dessen schwarzem Visier vier rote Augen glühten. Die gepanzerte Hand schoss in die Höhe und fächerte auseinander, klickend wurden einzelne kleine Segmente daraus, die dank der Knickgelenke extrem beweglich waren.

»Halt, schützenswerte, bedrohte Rasse Mensch!«, wiederholte er mit modulierender Stimme. »Du wirst in meine Obhut genommen! Wehre dich nicht!«

Nein! Nein, ich muss doch … Innocent wich den zuschnappenden Mul-tifingern aus, stürzte über etwas und fiel hin.

Ein Schuss löste sich aus der *Thorn II*, das Projektil fuhr durch einen großen 3D-Cube, der zu irgendeinem Gemeinschaftsspiel gehörte.

»Scheiße, Oleg!«, schrie Arms. »Hör auf, mit besoffenem Kopf auf die Spielautomaten zu schießen! Nimm gefälligst die vorgesehenen

E-Waffen, nicht deine eigenen! Was ist das für eine Knarre? Davon wird man ja taub!«

»Das war ich nicht«, antwortete der Gescholtene vom Ausgang.

Innocent lag auf dem kurzflorigen Teppich, aus dem der Geruch von Bier und feuchter Erde drang, und starrte auf den plötzlich regungslosen Collector. Auf dem Bein war ein Kästchen angebracht, auf dem INSERT TOI geschrieben stand. *Ein Spielautomat! Ich bin so dämlich.*

Schritte näherten sich. »Wer soll es denn sonst gewesen sein, Oleg?«

»Keine Ahnung.« Der Mann kehrte langsam in den Raum zurück. »Soll ich die Trooper rufen? Mann, wenn das Diebe sind?«

Innocent bekam Panik – und stellte sich gleichzeitig das lachtränenüberströmte Gesicht des Nuntius vor.

»Diebe?« Arms stöhnte auf. »Was wollen die hier klauen? Oleg, geh nach Hause. Ich schaue selbst nach dem Rechten.«

»Is gut.« Die Tür fiel klappernd zu.

Die Nussschalen knackten und knisterten, der 2OT näherte sich Innocent, der hastig unter eine Ablage kroch. Der Rauch, der aus dem Lauf der *Thorn II* stieg, brachte ihn zum unterdrückten Hüsteln.

»Sie sind dieser Uditor«, hörte er den Mann sagen. »Der Knall hat Sie verraten. Das war eine *Thorn*, vermutlich die neue Version. Niemand außer der Church benutzt diese Waffe, und die Deaconess würde hier nicht herumschleichen. Ihr Nuntius wiederum wäre anders vorgegangen.«

Damit wusste Innocent, dass sich Arms informiert hatte. *Mehr, als das ein normaler Mechaniker in einer outgesourcten Werkstatt tun würde.*

»Sie haben sich Mühe gegeben, nicht aufzufallen, aber ich habe Sie gesehen. Erst lungern Sie auf meinem Hof herum, dann schlafen Sie selig wie ein Baby im Vollernter, und danach schnüffeln Sie in meiner Werkstatt herum.« Arms lachte leise. »Dachten Sie wirklich, ich hätte keine Kameras angebracht?«

Innocent verzog den Mund und hörte Blacks imaginäres dröhnendes, satanisches Whiskeylachen. *Ich bin so was von dämlich.* Horàt würde durch und durch enttäuscht von ihm sein.

Doch dann regten sich Trotz und der letzte Rest Stolz in ihm.

Er kroch aus seiner Deckung, die Automatik am langen Arm haltend.

Arms stand keinen Meter von ihm entfernt, entspannt gegen die Collie-Imitation gelehnt. »Ah, da ist er, der Kreuzritter«, sagte er spöttelnd. »Was genau suchen Sie denn bei mir? Die beiden vermissten Preacher? Fragen Sie mich einfach. Das würde es erleichtern.«

Innocent hoffte, dass ihm etwas Schlaues einfiel. »Genau, Sir. Nuntius Black und ich wurden entsandt, um nach den Vermissten zu suchen. Es gab die Information, dass mehr dahinterstecken könnte als eine Lösegelderpressung an die Church.« *Was rede ich denn da?* Er zeigte mit dem Finger auf ihn. »Wir gehen jeder Spur nach. Ein Tipp brachte uns auf Sie, Sir. Ich wollte mir zunächst einen eigenen Eindruck verschaffen, bevor ich mit dem Nuntius anrücke.«

»Aha.« Arms sah amüsiert aus, die Linsenaugen zoomten rückwärts. »Sie denken, ich würde zwei Preacher entführen? Weswegen?«

»Das galt es herauszufinden.«

»Haben Sie Lennard und seine bescheuerten Freunde bereits befragt? Die *Ancients*-Anhänger?«

»Ich darf dazu nichts sagen, Sir.«

Der Mann sah ihn an, die elektronischen Augen fokussierten dieses Mal leise summend. »Lennard war es, richtig? Der geheime Informant?«

»Möglich.«

Arms nickte, als habe er alles durchschaut. »Ja, er war es. Und das alles, weil ich mich geweigert habe, seinen komischen Bunker zu reparieren. Passt zu ihm.«

»Bunker, Sir?«

»Fragen Sie ihn danach. Er hat eine angebliche *Ancients*-Stätte unter seinem Haus. Er habe sie beim Ausschachten entdeckt«, erklärte der 2OT. »Logischerweise habe ich es mir angeschaut, aber mir war beim ersten Blick«, er deutete auf seine Linsen, »klar, dass er sich wichtigmachen will. Das Ding hat er selbst gebaut, um seine Freunde zu beeindrucken.«

Innocent lauschte und konnte nicht fassen, wie er mit Neuigkeiten zugeschmissen wurde. Er hatte die richtige Blase angestochen. »Diese Freunde – haben sie Namen?«

Arms nannte sie überlegt und ohne Stocken; darunter waren auch Gesetzeshüter von Cornus-City. »Und da wundert sich die Deaconess, dass niemand auf dem Planeten fündig wird.« Er lachte und klopfte der Collie- Rüstung mit etwas Anstrengung auf die Schulter. »Hat er Ihnen Angst gemacht, der Kleine?«

»Ich war überrascht«, erwiderte Innocent ausweichend und steckte die *Thorn II* weg. Er musste dem Nuntius gleich berichten, was er herausgefunden hatte. Den Hinweisen des 2OT wollte er nachgehen. »Gut, wir prüfen Ihre Aussagen, Mister Kyniras ... Beta ... 23/23811.«

»Tun Sie das. Treten Sie Lennard in den Hintern. Er und seine Templars gehen den Menschen ohnehin auf den Geist, aber es traut sich eben keiner, was zu sagen, weil ein, zwei Trooper mit drinhängen.« Seine künstlichen Roboterarme zuckten wie Schlangen um ihn. »Ich muss mir da weniger Sorgen machen.« Er sah auf den Collector-Nachbau. »Wollen Sie mal?« Er steckte eine Hand in die Tasche und zog eine Münze heraus. »Eines unserer beliebtesten Spiele: Sie müssen ausweichen. Zehn Angriffe. Berührt er Sie, erhalten Sie einen Schlag. Entgehen Sie allen, bekommen Sie einen Preis.« Arms deutete auf den Boden. »Aber im Kreis bleiben.«

Innocent wollte nicht. Die Gefahr für Colomba und Anjelo schien massiv zu sein und verlangte nach schnellem Handeln; zudem war nicht geklärt, wie viel Wahrheit in der Aussage des 2OT steckte. »Ein anderes Mal.« Er suchte in seiner Tasche nach einem Bündel Tois und reichte es ihm. »Für den Schaden am 3D-Cube. Ich wäre Ihnen dankbar, wenn niemand erfährt, dass wir uns unterhalten haben.«

»Ja, Uditor.«

Innocent lächelte halb freundlich. »Danke für die Informationen.«

»Die hätten Sie gleich haben können, ohne sich die schicke Uniform mit Getreidematsch zu versauen«, erwiderte Arms grinsend und steckte das Geld ein. Dann warf er die Münze doch in den Schlitz. »Kommen Sie: eine kleine Runde.« Er trat vom Collie zurück, hinter dessen Visier erneut die roten Augen aufglühten.

»Ich würde lieber ...«, setzte Innocent an und musste schon der ersten Attacke ausweichen. Sie kam langsam und behäbig.

»Level eins absolviert, schützenswerte bedrohte Rasse Mensch«, verkündete der Spielautomat. »Mach dich bereit für Level zwei.«

Innocent wollte zur Seite treten, raus aus der Markierung.

»Oh, hatte ich vergessen: Sobald Sie drübersteigen, bekommen Sie auch einen Schlag«, merkte Arms an. »Und zwar einen heftigen.«

Die metallischen, trinkhalmdünnen Vielfachfinger schossen heran; zwischen den Kuppen sprangen elektrische Entladungen hin und her. Dieses Mal verfehlten sie den Uditor ganz knapp.

»Level zwei absolviert, schützenswerte bedrohte Rasse Mensch«, verkündete der Spielautomat. »Mach dich bereit für Level drei.«

»Stellen Sie das ab!« Innocent schielte auf den Arm und wartete darauf, dass er sich rührte.

In diesem Augenblick flogen die Türen auf.

Oleg stürmte herein, dieses Mal jedoch zu ihrer beider Verwunderung in Halbpanzerung und mit einem *Repeater* ausgestattet, den er sehr professionell und keineswegs angetrunken mit der Mündung nach vorne auf die beiden Männer gerichtet hielt. Seine Miene verriet Entschlossenheit, ein Headset lag um den Kopf. »So bleiben«, rief er ihnen zu und entsicherte demonstrativ das Gewehr. »Genau *so* bleiben!«

Hinter ihm schwärmten sechs weitere Gerüstete herein, davon fünf Beta-Humanoide und eine Frau. Rote und grüne Laserpointer zuckten und tanzten, Gewehre und Pistolen schimmerten im gedimmten Licht. Die routinierte Vorgehensweise, das zügige Vordringen und Sichern, die kurzen Kommandos mit Gesten oder Worten sprachen für Vollprofis.

Was hat das zu bedeuten? Innocent hätte es ungern eingestanden, doch er wünschte sich Nuntius Black herbei. *Das sind keine planetaren Einheiten.* Er versuchte, seine Multibox zu aktivieren.

»Lassen Sie das!« Oleg erreichte sie als Erster, ohne das *Repeater* zu senken. Auf seiner Schulterpanzerung war das Zeichen von *SternenReich* zu sehen, auf der Brust das J mit dem Adlerkopf für Justifiers. Ein kurzer Hieb mit dem Lauf gegen Innocents Handgelenk, und die Multibox zerfiel.

Arms sah ihn abschätzend an. »*SternenReich?* Was wollt ihr denn hier?«

Der Spielautomat zuckte.

Innocent wich der Attacke eher durch Zufall aus. Die Finger hatten leise geknistert, die Luft roch elektrisch. *Das Ding wird mich grillen!*

»Abstellen«, befahl Oleg dem 2OT.

»Du hättest nach Hause gehen sollen. Kein Scheiß, Oleg«, raunte Arms.

Während sich Innocent die Frage stellte, was die Justifiers-Truppe hier wollte – sie tauchte bestimmt nicht wegen der Einnahmen des Centers auf –, bewegte sich unvermittelt der zweite Arm des Collies.

»Level drei absolviert, schützenswerte bedrohte Rasse Mensch«, schepperte es aus den Lautsprechern. »Mach dich bereit für Level vier.« Die Handfläche stellte sich blitzschnell senkrecht nach oben, und in der Mitte öffnete sich eine Klappe.

Dahinter erschien eine Mündung …

21. September 3042 a. D. (Erdzeit)

SYSTEM: SOL
PLANET: TERRA
ORT: GLOBALCITY PARIS

Isix stand auf der Spitze eines Antennenmasts, und der wiederum befand sich auf dem Dach eines Superwolkenkratzers am Rand der GlobalCity, gute zweitausendsiebenhundertelf Meter über dem Boden.

In aller Ruhe sah er sich um, hatte sich zuvor zentriert und verwurzelt, um nicht von den unbeständigen Böen davongerissen zu werden.

Die Vorteile der alten Superwolkenkratzer waren, dass sie nicht nur erdbebensicher errichtet, sondern auch mit einem dicken und zugleich flexiblen Innenmantel versehen waren, die einem Atomschlag standhielten. Man hatte als Bewohner den Bunker also praktisch um die Ecke und musste nicht quälend lang durch Treppenhäuser absteigen.

Diese insgesamt zwanzig Gebäude konnten in einer Druckwelle ganz nach Vorbild eines Schilfrohrs nach rechts und links schwanken, die Spitze neigte sich dabei viele Meter. Sie stammten aus den Zeiten, als GlobalCitys einander noch mit Auseinandersetzungen gedroht hatten. Das war längst vergessen.

Isix hätte dem Konstrukteur gratuliert, würde er vor ihm stehen: Die Superwolkenkratzer ragten aus Schutt, Trümmern und umherwehendem Staub und Qualm wie die letzten Bäume nach einem Waldbrand. Oder Minarette aus dem Dunst. Es gab einige Vergleichsmöglichkeiten. Der Rest von Paris war verschwunden.

Isix war beeindruckt. Die beiden FTL-Module hatten mehr Zerstörung angerichtet, als er vermutet hatte.

Es war eine Kombination aus Aerosol- und Neutronenbombe herausgekommen, die in ihrer zerstörerischen Abfolge wundervolle Bilder komponierten. Die Ästhetik der Vernichtungskraft: Als sei eine Sonne über Paris aufgegangen und habe die Stadt versengt, bevor das Gestirn grollend auf den Boden fiel, zerplatzte und in einem wütenden Sturm alles davonfegte.

Wo die FTL-Module detoniert waren, hatte sich ein neues Phänomen gebildet. Eine Halbkugelsphäre existierte genau dort, einen Kilometer rund und einen halben hoch, wabernd und schillernd, die sich verbergend über das legte, was sich darin befand.

Selbst Isix vermochte nicht zu erkennen, was sich innerhalb tat. Die glockenartigen Wände erlaubten keinerlei Einblicke.

Theoretisch war vieles möglich: ein Durchgang ins Interim, in eine andere Dimension, die Bildung eines schwarzen Lochs, die Geburt eines kleinen Planeten oder eine unaufhaltsame Kettenreaktion, die sich bis zum Terra-Kern voranfraß.

Isix wusste es nicht, bedauerte es aber auch nicht.

Die Behüteten mussten lernen, dass der Tod eines Angehörigen aus seinem Volk nicht hingenommen werden konnte. Dafür waren es einfach zu wenige. Man würde sich zukünftig genau überlegen, was man mit seinesgleichen tat und ob man Hand an ihn legte.

Es herrschte Stille.

Die Behüteten sandten noch keine eigenen Rettungsmannschaften, weil man nicht wusste, was man riskieren konnte.

An den Stadtrandgebieten erkannte Isix erste Beta-Humanoide, die in Hundertschaften in die Trümmer gesandt wurden, um mit Messgeräten zu klären, welche Strahlungen herrschten. Unbemannte kleine und große Drohnen schwirrten herum, doch die meisten fielen bald aus dem Himmel. Die Sphäre schien ein EMP-Feld abzustrahlen.

Isix schätzte, dass der Karlander inzwischen in seiner Zentrale angekommen war. Er hatte den Behüteten nach der Initialisierung der Sequenzen auf den FTL-Modulen mitgenommen, damit er der Vernichtung entging, und ihn kurz vor den ersten Detonationen in die Kanalisation geworfen. In der Aries ONE musste er gut davongekommen sein.

Die anderen geschätzten zweiundzwanzig Millionen Behüteten der GlobalCity nicht.

Isix sprang von der Antenne auf das Dach des Wolkenkratzers. Er hatte eine Verabredung.

Die Idee, vor die Kameras der Behüteten zu treten, ergab nun erst Sinn. Man würde ihm zuhören und ihn nicht mehr für einen Verrückten halten wie bei seinem ersten Anruf. Dasselbe galt für seine Forderungen – sein Hilfegesuch würde nicht abgelehnt werden.

Er blickte auf die vernichtete Stadt.

Sie sollten ihm dankbar sein. Nun konnten die Behüteten eine schönere errichten, besser strukturiert und ohne die Altlasten vergangener Jahrhunderte, wie diesen hässlich-primitiven Eisenturm, die klotzigen Bögen oder die Unart, Verkehrsströme sowohl am Boden als auch in der Luft in großen Kreiseln leiten zu wollen.

Isix wusste, dass die Behüteten es so nicht sahen und ihre millionenfachen Toten bejammerten, statt sich über die neuen Möglichkeiten zu freuen. Sogar der verseuchte Fluss war verschwunden, und das ausgebrannte Bett konnte mit gesünderem Wasser geflutet werden. Mehr Lebensqualität. Besseres Fleisch.

Es blieb lediglich die Unwägbarkeit der Plasmasphäre, die von den FTL-Modulen erschaffen worden war. Isix würde den Behüteten in seiner Großzügigkeit dabei helfen, deren Natur zu ergründen, um weiteren Schaden abzuwenden.

Er nahm den Weg zu den Fahrstühlen, warf dabei Hut und Mantel davon. Er verbarg sich nicht länger. Daher nutzte er den Lift, der durch ein Notstromaggregat am Laufen gehalten wurde.

Die Fahrt abwärts dauerte lange, und die ersten siebzig Stockwerke war er allein.

Dort hielt die Kabine, die Türen glitten auf.

Isix blickte auf eine junge Behütete, die einen Morgenmantel trug. Ihr Blick flackerte, doch sie erkannte ihn intuitiv als Collector. »Du bist … dieses Monstrum!« Sie hielt eine großkalibrige Pistole in der Rechten, ihre Hände zitterten. »Du hast ….«

Seiner Diagnose nach stand sie unter Schock. Kein Zustand, den er dulden wollte, solange sie ihn mit der Waffe verletzten konnte.

Isix versetzte ihr einen schnellen Hieb mit der Faust gegen die Brust, sodass sie rückwärts in den Gang fiel und über den Boden kullerte. Als Zeichen seiner Nachsicht verzichtete er darauf, sie zu töten. Die Behüteten hatten ihre Strafe bereits erhalten. Weitere Opfer waren vorerst nicht nötig.

Die Tür schloss sich wieder, es ging weiter abwärts.

In den Stockwerken ab einhundert war mehr los, fast auf jeder Etage hielt der Lift.

Sobald die Behüteten Isix sahen, blieben sie stehen oder wichen furchterfüllt zurück. Er musste nicht einmal das Pad benutzen, um zu erklären, was er war. Wer er war. Sein Äußeres sprach für sich.

Als er den Boden erreichte, die Kabine federnd anhielt und sich die Türen öffneten – war die Lobby angefüllt mit Behüteten. Sie trugen das am Leib und mit sich, was sie eilends mit in ihre kleinen Bunker hatten nehmen können. Mit großen Augen schauten sie ihn an.

Isix spürte keine Furcht und zog nicht einmal sein Toriin-Schwert. Er ging vorwärts.

Die Menge teilte sich, bildete ein stummes Spalier, durch das er schritt, geradewegs auf den Ausgang zu.

Niemand schrie ihn an, niemand beschuldigte ihn, es wurde weder geweint noch gejubelt. Das Einzige, woran man die Anwesenheit der Behüteten bemerkte – abgesehen von ihrem Anblick –, war der erhöhte Kohlendioxidgehalt in der Lobby, die erhöhte Temperatur sowie die Luftfeuchtigkeit und die raschelnden, knisternden Geräusche der Kleidung.

Isix verließ den Superwolkenkratzer und fand einen langen Tisch mit einem Stuhl davor, genau wie er es von dem Karlander verlangt hatte.

Ganz langsam setzte er sich und strich über die weiße Tischdecke; der weiche Stoff schnurrte leise unter seinen Fingern entlang.

Isix legte das Pad vor sich und schaltete es ein. Seine Vorbereitungen waren abgeschlossen.

Dann machte er eine Geste, die den Wartenden erlaubte, sich ihm zu nähern.

Die zahllosen Behüteten mit Kameras und sonstigen Bilderübertragungsgeräten kamen bis zur Markierung auf dem Boden an den Tisch heran.

Die großen und kleinen Objektive waren auf ihn gerichtet, man flüsterte für sich, um sich Mut zu machen; zum Nachbarn, um Meinungen auszutauschen; zu den Zuschauern sonst wo im Universum, um Eindrücke zu schildern.

Isix tippte: »Stellt eure Fragen, liebe Behütete. Ich werde sie alle beantworten.«

Zweite Szene

8. Oktober 3042 a.D. (Erdzeit)

»Ich bin kein rücksichtsloser Mann.
Ich bin ein Mann, der seine Aufgabe sehr ernst nimmt,
und wenn ich dazu Dinge tun muss, die nur
Gott mir verzeihen kann, wird es einen Sinn haben.«

CIVER BLACK, Nuntius

SYSTEM: ROSS 614 A
PLANET: CORNU COPIAE (COS-BESITZ, VERPACHTET AN TAUCETIPRIME)
ORT: CORNUS-CITY

Xenoheidnisch. Black sah sich um. Er stand in der Kammer, die der echte Lennard für seine kleinen Anbetungsrituale gebaut hatte. *Xenoheidnisch, aber nett. Und sehr aufwendig.*

Es roch widerlich nach Verwesung.

Die Leichen des vermissten Preachers und des echten Lennard lagen herum, zersetzten sich und stanken vor sich hin; manche Körperteile waren bereits abgefallen. Anscheinend hatte sich niemand von den Templars zuständig gefühlt, bei Lennard aufzuräumen. Besser sagt: *mit* Lennard.

Black ging zu seinem Church-Bruder und schlug das Kreuz über ihm. »Möge deine Seele Frieden finden.« Die Reste würde er später in einen Sack stopfen und nach Christ überführen. Der Altar der Märtyrer würde um einen Bewohner reicher werden.

Danach schritt er zum echten Lennard. Der falsche Lennard hatte nach seinem Erwachen geplaudert, was nicht zuletzt an massiven Drohungen und massiverem Drogeneinsatz lag. Trooper Dansdale hatte es vorgezogen, seine eigene Zunge zu verschlucken und zu ersticken, bis Black in die Polizeistation zurückgekehrt war. Das machte den falschen Lennard, der Igon Hunter hieß, zu einem wichtigen Zeugen.

Hunters Behauptung: Angeblich sei die Preacheress abgeholt worden. Von einer anderen Templars-Gruppe.

Das glaubte der Nuntius nicht. Er vermutete Colomba auf Cornu Copiae, in einem ähnlichen Loch wie diesem.

Nachdem Black Hunter ins Krankenhaus geschafft hatte, wo er richtig versorgt wurde, sandte er eine Videoaufzeichnung des Verhörs sofort nach Christ und begab sich zu Lennards Haus. Dank der Infos, die ihm Hunter gegeben hatte, fand er den Eingang in den Bunker schnell.

Die Aufzeichnung würde vermutlich zwei bis drei Wochen brauchen, bis sie ankam, und bis dahin saß der kleine Uditor dem alten Horàt auch schon längst wieder auf dem Schoß. Mit einem FTL-Antrieb konnte man die Nachrichten spielend leicht überholen.

Der Planet besaß keinen Stellar Voice Radio, weswegen die zu sendenden Daten zuerst zu einem Satelliten in der Umlaufbahn gingen.

Von dort sandte sie ein Streamer an eine Verstärkerstation weit weg von hier, wo sie komprimiert und beschleunigt wurden. Über zwei weitere Verstärker gelangte das Geständnis von Igon Hunter mit unglaublicher Verzögerung zu den Aposteln und dem Ministrator.

Der Nuntius sah auf den Leichnam von Lennard, dessen Körpermitte wie herausgestanzt wirkte. Die Fetzen und Splitter hingen an der Wand oder hatten sich auf dem Boden verteilt, die enorme Blutlache war schon lange eingetrocknet.

Hochfrequente Waffe, gehärtete Projektile, schätzte Black. Sie rissen keine Wunden, sondern schnitten sich regelrecht durch die Ziele, gerade auf kürzeste Distanz. Vergebens suchte er nach Patronen. *Eingesammelt oder hülsenfrei.*

Er ging umher, schoss Fotos, sprach Memos auf sein Kom. »Keine Spur von der Preacheress, keine Hinweise auf weitere Verstecke.«

Hunter hatte ihm noch zwei weitere Namen von Templars gegeben, die in anderen Städten lebten. Eine Überprüfung ergab, dass sie nicht zur Arbeit erschienen waren.

Black rechnete jede Sekunde damit, dass sie auftauchten, um sich zu rächen. Die Deaconess wusste Bescheid, die christlich ambitionierten Betas unter der Leitung von Red hatten ihr Beistand geschworen.

Der Fuchs-Beta hatte noch was von falscher Annahme und Missverständnis gefaselt, und dass es ihnen leidtat, aber das interessierte den Nuntius nicht. Solange die Viecher auf Jeanne aufpassten, konnte er sich mehr auf seinen Job konzentrieren.

Betende Betas. Black betrachtete die Reliefs. *Wenn ich solche Viecher auf meinem Pensionsplaneten habe, raste ich aus.* Lennard hatte sich viel Mühe gegeben, die ahumanen Zeichen einzugravieren, aber man sah, dass es keine *Ancients*-Ruine war, in der sich der Schrein befand. *Ein Fake.*

Black stellte die Nachforschungen in der Kammer ein und kehrte durch den Schacht in Lennards Haus zurück, um die komplette Inneneinrichtung auf den Kopf zu stellen.

Seine Vorgehensweise hatte sich mit den Jahren eingespielt: zuerst zart, mit Abklopfen, Ausschütteln und sorgsamem Abtasten. Danach suchte er sich einen Vorschlaghammer, um einer Wohnung die letzten

Geheimnisse zu entlocken. Kollateralschäden interessierten ihn nicht, schon gar nicht auf einer Welt im Besitz der Church und in der Bude eines Toten, der den militanten Templars angehörte.

Hinter einer Schrankwand wurden er und sein Vorschlaghammer fündig: Relikte der *Ancients*, gut verborgen und geschützt. Aber die Macht des Hammers erwies sich als zu groß.

Black setzte sich aufs Bett und untersuchte jedes Stück. Akribisch verglich er die Zeichen auf seinen Funden mit den Mustern im Bunker, fotografierte sie.

Identisch! Black hatte die Vorlage für die Verzierungen gefunden.

Als Nächstes sandte er seine Bilder an den Computer des Raumschiffs, mit dem sie gekommen waren. Die Suchdatenbank konnte die Hieroglyphen abgleichen. Vielleicht ergab sich daraus eine neue Spur.

Müde sah er auf die Zeitanzeige. *Kurz nach vier. Ich sollte ins Bett.* Die Lennardmatratze erschien ihm verlockend weich.

Aber er wollte die Deaconess und ihre Familie nicht zu lange allein lassen. Die Betas waren niedlich, aber nicht zum Kämpfen ausgebildet. Die beiden vermissten Verdächtigen hatten als Gardeure und Trooper gearbeitet, also kannten sie sich mit Feuerwaffen aus und würden sich einen Spaß daraus machen, die Pelze zu durchlöchern.

»Dann hoch mit dir«, sagte er zu sich selbst. Er spürte den Drang nach einem guten Schluck Whiskey, aber leider hatte Lennard keinen Stoff im Haus.

Der Frage, wer den Templar auf seiner eigenen Spielwiese mit dieser Feuerkraft umgelegt hatte, wollte er leicht betrunken nachgehen. Ab einem Promille kamen die besten Gedanken. Hunter wusste angeblich von nichts und schloss kategorisch aus, dass jemand aus der Gruppe Lennard erledigt hatte.

Black sammelte die Relikte ein, stopfte sie in eine Tasche und warf sie sich über die Schulter. Langsam ging er durch die zertrümmerte Wohnung und überlegte.

Er durfte die beiden übrig gebliebenen Templars auf keinen Fall töten. Einer von ihnen könnte die verschollene Preacheress in einem

Versteck geparkt haben, in dem sie ohne die Rückkehr ihres Peinigers verhungern müsste.

Keine Toten. Das war eine Herausforderung, je nach Aggressionslevel der Angreifer.

Black ging die Treppe nach unten ins Erdgeschoss und warf nochmals einen Blick ins Wohnzimmer, ob sich nicht doch irgendwo Schnaps fand. Einhändig zog er eine *Holy Smoke* heraus und steckte sie an.

Der Aufruhr, den er gerade auf Cornu Copiae verursachte, war ihm egal. Sein letzter Job. Seinetwegen konnte der ganze Planet dabei in Flammen aufgehen. Wichtig war nur, dass er die Göre zurückbrachte, wem auch immer er damit eine Freude machte.

Vermutlich besaß sie einen Onkel in einer Vorstandsetage, der der Church eine großzügige Spende in Aussicht stellte, sobald die Nichte wieder in Sicherheit war.

Klirrend barst die Scheibe neben ihm. Ein kleiner Gegenstand kullerte über den Teppich unters Sofa.

Vermutlich rettete Black dieser Umstand vor schweren Verletzungen: Die Handgranate ging hoch, die Mehrzahl der Splitter blieb im Möbelstück stecken, und die Welt verschwand zumindest für Sekunden in einer Wolke aus gelblich weißem Füllmaterial.

Black ließ sich sofort fallen und ärgerte sich, eine *Holy Smoke* angesteckt zu haben. Die sengenden Schmerzen im Oberschenkel sagten ihm, dass er zwei glühende Schrapnelle abbekommen hatte, aber es schien ihn nicht weiter zu beeinträchtigen.

Er blieb unten, robbte aus dem Wohnzimmer und legte sich hinter der Tür auf die Lauer. Die vermissten Trooper schienen wie befürchtet angerückt zu sein, um ihren Templar-Kumpel zu rächen.

Der Erste kletterte durch das geborstene Fenster, der Zweite machte sich eben an der Vordertür zu schaffen.

Nicht mit mir. Black drückte die *Thorn* gegen die Tür, hielt die Mündung auf geschätzter Kniehöhe eines normal großen Mannes und jagte das Magazin komplett durch das Holzimitat, lud in neuer Bestzeit nach und wartete, was geschah.

Von draußen erklang Kreischen, ein gepanzerter Körper fiel zu

Boden. Die Knie gehörten nun mal nicht zu den am besten gesicherten Stellen.

Black grinste fies. *Wer schreit, lebt. Ich muss nur die Blutung rechtzeitig gestoppt bekommen.*

»Fred?« Der zweite Templar ließ sich nicht blicken, sondern rief aus dem Zimmer.

Sein Kollege brüllte nach wie vor, flehte die Götter um Beistand an. »Ich werde meine Beine verlieren! Meine Beine! Die Sau hat mir die Knie …« Der Satz ging in weiteren Schreien unter.

»Scheiße!« Der zweite Templar nestelte an irgendwas herum, und eine Sekunde darauf flog eine zweite Handgranate heran.

Billardzeit. Black öffnete einfach die Tür, und der Explosivkörper kullerte an ihm vorbei.

Die darauf folgende Detonation fegte das Türblatt davon, beendete das Kreischen von Fred und schleuderte blutige Fetzen des Mannes sowie Teile der Halbpanzerung in die Wohnung.

Black saß im Schutz der Wand und ertrug den Scherbenregen gelassen.

Jetzt tauchte der andere auf, ein *Galactic* in den Händen. Der Hellblonde feuerte auf gut Glück; die Salve aus Vollgeschossen ging knapp über den Kopf des Nuntius hinweg.

Gerade als der Templar seinen Winkel korrigieren wollte, sandte ihm Black eine Reihe von Schüssen wie üblich in die Schulter des Arms, dessen Hand den Abzug bediente.

Die Panzerung hielt die Projektile auf, gab aber den Einschlag weiter. Der Mann verriss die nächste Garbe.

»Leg die Knarre hin«, sagte Black und zielte auf den Schritt des Gegners. »Die Halbpanzerung wird die Kugeln aus einer *Thorn* an *der* Stelle nicht aufhalten. Das wissen wir beide.«

»Du Scheißkreuz«, spie ihm der Hellblonde entgegen. Er bewegte den getroffenen Arm leicht. »Du bist zu spät.«

»Kommt darauf an, für was.« Black sah ihn an. »Wo ist Colomba?«

»An einem Ort, an dem sie gebraucht und Gutes vollbringen wird«, gab der Templar zurück und griente. »Damit kannst du nichts anfangen, was?«

»Nein. Deswegen wirst du mir übersetzen, was du damit sagen wolltest.«

»Fick dich!«

»Den Namen habe ich schon mal gehört, aber es sind keine guten Erinnerungen.« Langsam erhob er sich. *Er macht nicht den Eindruck, als würde er lügen.* »Ihr habt sie tatsächlich weggeschafft?«

»Sie befindet sich auf ihrer Missionsreise, und darin wollten wir sie unterstützen«, antwortete der Hellblonde gehässig. »Sie ist verloren!«

»Verloren ist man erst, wenn es nichts mehr zu finden gibt. Also?«

»Also *was*?«

»Wohin habt ihr sie gebracht?«

»Zu den Ursprüngen! Zu den Anfängen! Zum Zentrum der Erleuchtung!« Der Mann senkte langsam den Kopf. »Du wirst niemals dorthin gelangen, denn nur wir können mit den Göttern sprechen!«

»Soll das heißen, ihr wollt Colomba opfern, aber an einer echten *Ancients*-Stätte?« Black hatte plötzlich die Vision, dass Lennard auf seinem selbstgemachten Altar nur Probeläufe veranstaltete. *Könnte das sein?* Er übte ein bestimmtes Ritual zuerst an Betas, danach an einem Preacher, um danach in die Top-Liga der Opfermeister aufzusteigen.

»Du verstehst es nicht, Kreuz. Du wirst es niemals verstehen.« Der Mann schoss.

Oder zumindest hatte er es vorgehabt – Black sah das ankündigende Zucken der Sehnen und Muskeln an der Hand des Gegners und feuerte zuerst auf dessen Finger.

Die Kugel der *Thorn* verwandelte das Greiforgan des Templars in rote Fetzen, die an explodierte Würste mit viel Ketchup erinnerten. Der Waffengriff zersplitterte, der Abzug der *Galactic* riss ab.

Der Templar gab einen undefinierbaren Laut von sich, sah auf die rot sprudelnde Verletzung und kippte augenverdrehend zur Seite.

Zart besaitet. Black erhob sich. Da Fred nicht mehr sein würde als Einzelteile, würde er dem Mann die Wunde abbinden und auch ihn ins Krankenhaus bringen. Allmählich befand sich die gesamte Templars-Zelle im Hospital. *Er wird mir sagen, auf welcher Welt ich Colomba finde.*

Seine Multibox machte sich durch Displayflimmern bemerkbar.

Die Nummer war unbekannt, doch er ging dennoch dran. Es konnte einer der Betas bei Jeanne sein, der was berichten wollte. »Nuntius Black«, sagte er und näherte sich dem Ohnmächtigen.

»Komm her!«, hörte er Whites aufgeregte Stimme. »Bei allen Heiligen, bitte! Hier sind ...«

Es krachte im Hintergrund, das Knattern von mehreren Feuerwaffen dröhnte, und die Stimme des Uditors wurde vom Lärm verschluckt. Zwischendurch hörte er Ansagen wie »Insert Toi«, »Nächster Level« und »Rekord geknackt!«

»Bist du in einer Spielhalle?« Black hörte genauer hin. *Ja, das klingt wie Automaten.* »Was treibst du? Spielst du, oder kämpfst du?«

White schrie unentwegt »Cornus-City, Spielcenter!«, bis der Empfang abbrach.

Noch mehr Templars. Da werde ich schnell sein müssen, bevor sie nichts mehr vom Kleinen übrig gelassen haben.

Black bückte sich – und sah die Handgranate gegen seinen rechten Stiefel rollen, die sich aus den Fingern des Bewusstlosen gelöst hatte.

27. September 3042 a. D. (Erdzeit)

SYSTEM: SOL
PLANET: TERRA
ORT: GLOBALCITY LONDON

»Meiner Ansicht nach begehen wir einen Fehler, wenn wir das Angebot des Collectors namens Isix nicht annehmen.« Der deutsche U.S.N.O.-Sekretär Dröger, wie stets adrett gekleidet und frisiert, sah in die Runde, die sich im Besprechungsraum versammelt hatte. »Wir verlieren dabei nichts. Die Wyvers sind *nicht* unsere Freunde, wie wir alle wissen. Sie haben die Obhut auf den Planeten aufrechterhalten. Zwar, wie sie sagen, um die Zahl der Menschheit zu heben und nichts weiter, aber sie nehmen den Bewohnern den freien Willen und machen sie zu wild kopulierenden Fick- und Gebärmaschinen.«

»Wie soll das gehen?«, warf sein englischer Kollege Delany ein. Er saß aufrecht, eine Tasse Tee vor sich und in einen dunklen Maßanzug gesteckt, der mit seinen hellen Längslinien sehr spleenig daherkam. »Wir nehmen die Collies in unseren Städten auf und gewähren ihnen Asyl? Bauen wir ihnen kleine Ghettos oder Reservate?«

»Und wenn sie in Wirklichkeit etwas anderes mit uns vorhaben?«, fügte Krashnow hinzu, der für den russischen Zaren am Tisch saß. Er trug ein Kleidungsstück, das zwischen Pelz- und Bademantel lag, in Rot und Gold. »Die Wyvers und Collectors können sich in Wahrheit verbünden, und keiner von uns wüsste es. Womöglich ein trojanisches Pferd?«

Nach kurzem Schweigen fügte Delany hinzu: »Angenommen, die Collies meinen es ernst und brauchen uns gegen ihre Brüder: Unsere Verteidigungseinrichtungen sind für die Wyvers eher … Kinderkram. Technisch stehen sie mit den Collies auf einer Stufe. Sie könnten uns davonfegen, und wir alle wissen, dass von der U.S.N.O.-Flotte nicht viel übrig ist. Wir sollten es nicht schlimmer machen, als es bereits ist.«

Zumi saß mit am Tisch und verfolgte die Diskussion, die bereits zwei Stunden ergebnislos lief und sich im Kreis drehte.

Nicht *einmal* ging es den Männern und Frauen der U.S.N.O. um die millionenfachen Toten von Paris oder um die tobende Plasmasphäre, die sich wie eine vom Himmel gefallene Sonne zur Hälfte in die Erde gebrannt hatte und nicht erlosch.

Sie denken wie Konzerne. Zumi vermutete, dass die Sekretäre alle einen fetten Bonus vom Unternehmen bekamen und erst danach an ihre Verantwortung gegenüber der Menschheit dachten. Clemens Dröger war die Krönung der Verquickung: Sekretär und *SternenReich*-Zugehöriger.

Er sah zu Dröger, der seine Blicke mied. *Kein Wort der Entschuldigung für das lange Festhalten.*

Erst auf Druck der französischen Regierung entließ man Zumi, der bis zuletzt nicht wusste, wo man ihn verborgen hatte. Sicherlich hatte *SternenReich* seine ersten Justifier-Teams ausgesandt, um als Erste zu den Radiovoices zu gelangen.

Deals. Abschlüsse. Darum ging es nach wie vor, auch wenn Zumi erst jetzt aus seiner ungewollten Verbannung zu den Lebenden stieß. Die Jahre hatten das Denken der Menschheit nicht verändert.

Man hatte ihn nur zur Besprechung dazu geholt, damit er seine Eindrücke von den Collectors schildern und zur Klärung mancher Mysterien um die Ahumanen beitragen konnte.

Aber schnell hatten die U.S.N.O.-Sekretäre gemerkt, dass er nichts wusste. Nichts Bedeutsames wie Codes, die Sprache oder die Bedeutung ihrer Zeichen.

Zumi war von den Verständigungskünsten des Collies namens Isix ebenso überrascht wie der Rest. Das Interesse an dem ehemaligen Vorsitzenden der Handelskommission erlosch. Also saß er einfach dabei, schlürfte an seinem Tee und knabberte Schnittchen.

Zumi scrollte sich durch die hereinkommenden Informationen auf dem kleinen Display auf dem Tisch. Jedes Mitglied besaß einen eigenen Monitor, empfing darauf Botschaften und Nachrichten, griff aufs StellarWeb zu. Er spekulierte auf News von Hakup.

Aber außer den bisher bekannten Bildern war nichts dabei. Fachleute analysierten, mutmaßten und konnten doch nichts mit Sicherheit sagen.

»… melden wir uns mit einer sensationellen Neuigkeit, geschätzte Zuschauer«, sagte ein Mann, unter dem *Ransom M. Vador* eingeblendet wurde. Er stand vor einer großen Glaswand, dahinter wurden Landschaften sichtbar, die mit hoher Geschwindigkeit vorbeizogen. Die Farben schienen außerhalb des Schiffs verfremdet und unwirklich zu sein, ab und zu sah man Einschlagskrater. Sie stammten vermutlich von abgestürzten Raumschiffteilen, die nicht vollständig verglüht waren. »Ich befinde mich an Bord des Shuttles *Hurry*, das vom Mutterschiff *Regina* abgesetzt wurde und zu einer ersten Erkundung aufbrach. Wir von *StarLook* haben keine Mühen gescheut, dem Universum diese exklusiven Bilder zu liefern. In 3D und gestochen scharfer Qualität, wie Sie es gewohnt sind.«

Das ist Hakup! Zumi hörte auf zu kauen, damit er den Reporter besser verstand. Mit einem schnellen Blick in die palavernde Runde stellte er fest, dass niemand bemerkte, was auf seiner Heimat vor sich ging. *Oder wissen sie es schon?* Er tat so, als gäbe es nichts Interessantes.

»Wir zeigen Ihnen die Bilder von Hakup nach dem Abzug der Collies und der Vernichtung einer ihrer Entsatzflotten«, kommentierte Vador stolz und zeigte auf das Farbendurcheinander. »Wie Sie sehen, geschätzte Zuschauer, ist der Planet intakt.« Er sah nach vorne. »Jim, bring uns runter.«

Das Shuttle senkte sich und beschrieb eine leichte Kurve, sodass der Horizont nach oben wegglitt und der Boden in Gänze sichtbar wurde.

Am Außenfenster zogen jetzt riesige containerartige Bauten vorbei, die an eine lange Mauer erinnerten. Zu sehen waren Menschen, die ein und aus gingen, Sachen hinaustrugen. An anderen Stellen waren Brände ausgebrochen, ölige Rauchwolken stiegen auf.

»Hierbei handelt es sich um die sogenannten Breeding Tanks, in denen die Collies die Schwangeren entbanden und den Nachwuchs versorgten«, erklärte Vador. »Wir kennen sie dank der Zeugenbeschreibungen von anderen befreiten Planeten.«

Die Perspektive wechselte, die Kamera am Bug des Shuttles wurde eingeschaltet.

Im Tiefflug ging es über die langen Containermodule hinweg, sodass Zumi kurz schlecht wurde. Er erinnerte sich sehr genau an die Einrichtungen, die er aus weiter Ferne auf verschiedenen Planeten gesehen hatte. Aber die Menschen hatten sich davon befreit und waren wieder Herr ihrer Sinne und des Geschlechtstriebs.

Sobald das Shuttle von den Bewohnern bemerkt wurde, winkten sie ausgelassen. Der Zoom holte strahlende Gesichter heran. Man war die Besatzer und Verstandräuber endlich los.

»Bilder der Freude, geschätzte Zuschauer«, sagte Vador aus dem Off. »Feiern wir mit ihnen. Keine Wyvers und keine Collies mehr.«

Ein Rütteln ging durch das Shuttle.

Der Reporter fluchte laut. »Halt, nach links! Rüber! Auf das … Ding!«, befahl er dann.

Die Kamera hastete vorwärts, filmte durch eine kleine Luke, die einen günstigeren Winkel für einen Schuss hatte.

Zumi sah die zerbrochenen Reste eines Raumschiffs, das weder den Collies noch den Wyvers gehörte. Es war in flache, riesige Vierecke zerfallen, die aussahen, als hätte man Tranchen aus einem großen, goldenen

Rechteck geschnitten, das sich verjüngte; insgesamt zählte er fünf Segmente, die teilweise mit Kabeln verbunden waren. *Was ist denn DAS?*

»Wir sollten …« Dröger sah auf seine vibrierende Multibox am Handgelenk, dann schaltete er seinen Monitor ein. Er starrte auf das Bild, während die Sekretäre wiederum warteten, dass er den Satz vollendete. Als das nicht geschah, aktivierte einer nach dem anderen die Displays, und das Schweigen setzte unisono ein.

Das Shuttle auf Hakup hielt die Position, die Kamera vergrößerte, zoomte Details aus dem Fund.

»Sieht aus wie … keine Ahnung«, sagte Vador verwundert. »Auch der Pilot meinte, er habe so etwas noch nicht gesehen.«

»Mister Zumi?«, fragte Dröger in die kollektive Verwunderung hinein. »Helfen Sie uns: Was sehen wir?«

»Ich weiß es nicht.« Er konnte sich nicht erinnern, auch nur ansatzweise etwas Derartiges bei seinen Reisen mit dem Collie bemerkt zu haben. »Nichts, was mit den Collies zu tun hat.«

»Also ein RV-Schiff?«

»Ich bin mir nicht sicher, ob sie im Interim Raumfahrzeuge benutzen«, gab er zurück. Und auf einen Schlag fiel ihm ein, wo er eine ähnliche Abbildung gesehen hatte. *Es war an der Wand, im hinteren Teil des Collie-Raumschiffs.* Zumi hoffte, dass man ihm nichts ansah. »Wirklich, ich weiß es nicht.«

Das war nicht einmal gelogen.

Aber je mehr er sich konzentrierte, desto mehr Einzelheiten von damals fielen ihm ein.

Er hatte es für eine Anleitung gehalten, irgendein Teil, das so aussah, musste mit einer Reihe von Handbewegungen oder was auch immer bedient werden. Es war mal zusammengesetzt, mal in Einzelteilen dargestellt gewesen.

»Mister Zumi?«, hörte er Dröger misstrauisch sagen. »Sind Sie sicher?«

Verdammte Kon-Leute. Die haben einen Riecher für so etwas. »Ja, bin ich. Das ist kein Collie-Schiff.« Zumi nickte heftig. Und hatte wieder nicht gelogen.

»Ich weiß nicht, was wir gefunden haben«, sprach Vador aufgeregt.

»Jim, lande mal. Wir sehen uns das aus der Nähe an.« Dann machte der Reporter einen Schritt auf die Kamera zu. »Hey, ihr Konzern-Affen! Wie gefällt euch das? Ich betrete einen Schatz vor euch. Wer weiß, was ich alles herausholen kann, bevor ihr mir Justifiers auf den Hals hetzt?«

Der Kameramann lachte, das Bild wackelte leicht, was auch mit dem Landemanöver zu tun haben konnte.

»Wir melden uns nach einer kurzen Pause wieder, geschätzte Zuschauer, wo auch immer Sie sitzen«, verabschiedete sie Vador in die Unterbrechung. »Bleiben Sie dran, und erforschen Sie mit mir die letzten intimen Geheimnisse der Schlacht um Hakup.« Er salutierte. Das Zeichen von *StarLook* leuchtete, gefolgt vom profanen Spot für Dentalhygiene.

Dröger sah auf die U.S.N.O.-Sekretärinnen und Sekretäre. »Ich schlage vor, wir vertagen das alles, bis wir mehr über dieses Ding auf Hakup herausgefunden haben.«

»Das der GUSA gehört«, fügte Smithings ein, der amerikanische Vertreter im kleinen Kreis, und lächelte breit. Aus irgendwelchen Gründen trug er Poloklamotten, so als habe man ihn vom Training zur Sitzung beordert. »Wie schön, dass es auf unserer Welt runterkam.«

»Abwarten«, murmelte Delany mit steifer Oberlippe. »Wenn ein Bergungstrupp derer auftaucht, denen es wahrhaftig gehört, werden alle anderen froh sein, es nicht bei sich zu haben.«

Dröger sah auf seine Multibox, auf der schon wieder ein Anruf einging. »Gut. Unterrichten wir unsere U.S.N.O.-Abgeordneten von unseren Ergebnissen und warten, was die *StarLook*-Nachrichten bringen.« Er nickte knapp und verließ als Erster den Raum.

»Aber was ist denn nun mit diesem … Isix?« Zumi fasste es nicht. *Sie haben nichts entschieden. Hakup und dieses Artefakt wurden ihnen wichtiger.*

Delany nahm sein Pad und schaute flüchtig zu ihm. »Mister Zumi, Sir, wir haben soeben von einem Raumschiff des Volks erfahren, das es schaffte, einige Collectors-Schiffe in Trümmer zu verwandeln. Was denken Sie, Sir? Wie gefährlich können die Wyvers und Collies noch sein, wenn wir diese Unbekannten für uns gewinnen?«

»*Falls*«, verbesserte er und sah den Männern und Frauen nach, die geschäftig und telefonierend hinauseilten. Das Geschehen im Universum hatte mal wieder eine Wendung genommen, mit der keiner rechnete. Chaosprinzip.

Wie kann man nur so kurzfristig denken? Vielleicht lag es daran, dass Zumi viele Jahre in Isolationshaft bei einem Collie verbracht und jede Menge Gelegenheit zum Sinnieren und Philosophieren gehabt hatte: Er verstand seine eigene Spezies nicht mehr.

Isix hatte ihnen in Paris demonstriert, was er vermochte, wie gut er sich mit ahumanen Antrieben auskannte, welche Bedrohung in ihm lag – und doch betrachteten sie ihn als kalkulierbare Gefahr.

Wo sich der Collie aufhielt, wusste Zumi nicht. Niemand wusste das.

Nach seiner bizarren Pressekonferenz hatte sich der Ahumane abgesetzt, war verschwunden, um sich den Blicken zu entziehen, damit seine Worte besser nachhallten und im Verstand derjenigen gärten, die sie vernommen hatten.

Dann werde ich nach Hakup zurückkehren. Langsam erhob er sich. Er hatte getan, was er hatte tun müssen: Die Menschheit wusste von den RV und ihrem Begehr. Von nun an mussten sich Mächtigere als er darum kümmern.

Zumi verließ den Besprechungsraum, ging durch das Vorzimmer und den Gang in den allgemeinen Wartebereich, wo sich Besuchergruppen, Einreicher von Petitionen, Lobbyisten oder Bürger einfanden, welche die Sprechstunden eines Sekretärs besuchen wollten.

An diesem Tag war nichts los, abgesehen von einer einsamen Frau in weiten, weißen Gewändern und schwarzen Stiefeln.

Die zehn U.S.N.O.-Trooper in Aries-ONE-Rüstungen standen wie Denkmäler herum, hatten aber die Helme alle auf den Bildschirm gerichtet, auf dem *StarLook* lief. Sie warteten auf Vador und seine Berichterstattung von Hakup.

Zumi fiel auf, wie nervös die einsame Frau im Sessel saß und die Übertragung überhaupt nicht verfolgte.

Als er an ihr vorbeiging, sprach sie ihn an. »Verzeihung, aber ist die Besprechung zu Ende?«

»Ja.«

»Sekretär Dröger ist auch schon gegangen?«

»Das ist er. Und Sie werden ihn bestimmt heute nicht mehr in seinem Büro antreffen. Fragen Sie an der Information.« Zumi wollte weiter.

»Dann müssen *Sie* mir helfen«, sagte sie und schob sich ihm in den Weg.

»Ich bin leider kein Sekretär.« Ihre Augen schimmerten für einen Moment changierend, was ihn irritierte. *Implantate?*

»Aber Sie sind doch der Mann, der den Collies entkam! Nach vielen Jahren. Ich habe Sie im 3D-Cube gesehen, als Sie vor der U.S.N.O. sprachen. Sie haben Einfluss«, bat sie flehend. »Oh, ich ... die Zeit läuft mir davon.«

Er musste verbittert lachen. »Ich habe keinerlei Einfluss.« Zumi ging nach links, um sie zu passieren. Seine Heimat erwartete ihn.

»Mehr als wir.« Sie versperrte ihm erneut das Durchkommen. »Bitte. Wir teilen das Schicksal: Auch wir entgingen den Collies.«

»Ach ja?«

»Ihren Schlachtereien und Verarbeitungsfabriken, in denen sie die Nachzuchten zu Nahrung verarbeiteten«, stieß sie hervor. Wieder flirrten ihre Augen, sowohl die Iris als auch das Weiß. Ein verwirrender Effekt, weil es den Anschein erweckte, sie würde ihn scannen. »Wie auf Hakup.«

Ich sollte sie wenigstens anhören. Zumi betrachtete sie und seufzte. »Also, was ist Ihr Anliegen?«

Sie atmete erleichtert auf. »Danke! Vielen Dank, Mister Zumi.« Sie reichte ihm ein Datenchip, während sich Tränen an den Lidrändern sammelten. »Ich habe alle Informationen zusammengestellt, die relevant sind. Und ich bitte Sie, das Dossier genau zu studieren und sich der Tragweite bewusst zu sein.« Bevor er es zu verhindern vermochte, umarmte sie ihn und hielt ihn fest. »Retten Sie uns!«, raunte sie. Ein Tropfen benetzte seine Wange.

Ein U.S.N.O.-Wächter wandte den Kopf, wie Zumi über ihre Schulter hinweg sah. »Hey! Was machen Sie da?« Er machte einen Schritt, die Servos der Aries ONE erzeugten leise Motorengeräusche. »Weg von dem Mann!«

»Schon gut«, rief Zumi. »Sie will sich nur ...«

Dann wurde die Unbekannte von einer Explosion zerfetzt: Die schwarzen Flammen, die aus ihrem Leib schossen, hüllten ihn ein.

Dritte Szene

8. Oktober 3042 a.D. (Erdzeit)

> *»Ihr könnt mich alle mal.*
> *Ganz ehrlich, ihr könnt mich!*
> *Macht euren Dreck allein, aber lasst mich durch,*
> *damit ich wenigstens versuchen kann,*
> *das Universum zu retten.«*

> Funkspruch eines unbekannten Astrophysikers
> nach der Operation VADE RETRO

SYSTEM: ROSS 614 A
PLANET: CORNU COPIAE (COS-BESITZ, VERPACHTET AN TAUCETIPRIME)
ORT: CORNUS-CITY

Die eingebaute Waffe des Collectors schoss unmittelbar neben Innocent los, das Mündungsfeuer stand wie eingefroren waagrecht auf der Handfläche und blendete ihn. Das Geräusch, das dabei entstand, war eine Mischung aus schrillem Pfeifen und Maschinengewehr.

Innocent schrie vor Ohrenschmerzen und Überraschung auf. Er warf sich nach rechts, weg von dem Ahumanen, um nicht von ihm oder dem Gegenfeuer getroffen zu werden.

Die Projektile sirrten gegen die Justifiers, gegen die Spielautomaten, gegen die Einrichtung. Glas splitterte, Plastik wurde zerfetzt, Schreie wurden laut.

Dann schossen die Angreifer zurück.

Innocent robbte tiefer in die Spielhölle, um einen sicheren Ort zu finden. Der Collie würde dank seiner überragenden Ausstattung gegen die Justifiers siegen. *Ich brauche den Nuntius hier.* Seine eigene Multibox war nicht mehr existent, also brauchte er Ersatz. *Woher nehmen? Gibt es im oberen Stockwerk so etwas wie ein Büro?*

Neben ihm fiel ein Körper nieder, der in Agonie krampfte.

Innocent sah Arms, der mehrere Treffer aus einer kleinkalibrigen Waffe ins Gesicht bekommen hatte. Die künstlichen Augen waren zerstört, Blut und eine andere Flüssigkeit sickerten aus den Implantaten. Mit einem krächzenden Husten verstummte der 2OT.

»Friede deiner Restseele«, murmelte Innocent und zog den Arm zu sich, an dem eine Multibox befestigt war. Er wählte die Nummer des Nuntius. *Geh ran, und sei nicht zu besoffen!*

»Nuntius Black.«

Oh, ich preise dich, Herr der Welten! »Komm her!«, rief er aufgeregt. »Bei allen Heiligen, bitte! Hier sind …«

Das Feuergefecht näherte sich seiner Position.

Der Collie schien die Justifiers durch die Halle zu hetzen, es wurde aus allen Rohren gefeuert. Die Automaten wiederum schienen sich einen Spaß daraus zu machen, in den wenigen leisen Sekunden des Gefechts ihre Ansagen zu brüllen, während neue Magazine einrasteten oder leere Hülsen umherrollten.

»Bist du in einer Spielhalle?«, fragte Black verwundert. »Was treibst du? Spielst du, oder kämpfst du?«

»Cornus-City! Spielcenter!«, schrie er gegen den Lärm an und musste den Arm des Toten loslassen, weil sich die Justifiers ballernd rückwärts auf ihn zubewegten. *Hoffentlich ist er schnell hier.*

Innocent rutschte unter einen großen Tisch und hielt die *Thorn II* in der Rechten. Abwarten, bis der Nuntius erschien, war die beste Alternative.

Aber was richten wir gegen den Collie aus? Er lag, lauschte und überlegte hektisch. Ein Collie, der sich mit Hilfe eines 2OT als Spielautomat ausgibt – welchen Sinn hat das?

Spionage auf einem Agrarplaneten?

Wohl kaum.

Wegen der Templars?

Auch nicht.

Die Justifiers waren gesandt worden, um den Collector einzusammeln, dessen Anwesenheit sich herumgesprochen hatte. Auch wenn seine Art von den Wyvers bedroht war, galt ihr technisches Wissen als ungebrochen himmelhoch überlegen. Also waren sie für die Unternehmen ebenso ungebrochen interessant.

»Delta-One, bist du endlich fertig?«, schrie Oleg.

»Bestätigt, Sir. Löse aus«, kam die Erwiderung. »Bereithalten!«

Urplötzlich blitzte es hellblau, als wäre eine starke Lampe aufgeleuchtet und geplatzt.

Schlagartig erloschen sämtliche Anzeigen der Spielautomaten. Auch das Schießen endete. In die Stille fiepte etwas elektronisch wie ein sich aufladender Debrifillator.

»Override-EMP erfolgreich«, meldete eine Stimme, die zweifelsfrei einem Beta gehörte. »Feind regungslos. Gerät lädt, auslösebereit in zwei Minuten, Sir.«

»Holen wir ihn raus, Sir?«, fragte eine zweite Stimme.

»Nein. Immobilisieren, Pad herbeischaffen zur Verständigung und abwarten«, sagte Oleg. »Deltas, die Ausgänge sichern. Ich will keinen Besuch hier drin haben.« Eine Taschenlampe leuchtete auf, der Kegel huschte am Boden entlang und leuchtete halb unter Innocents Deckung. »Rauskommen, Uditor! Und bitte nicht zum Märtyrer werden wollen.«

»Habe ich nicht vor.« Fluchend kam er aus seinem nicht besonders guten Versteck, das ihn immerhin vor Treffern bewahrt hatte. Der helle Strahl blieb auf sein Gesicht gerichtet, sodass er vorerst nichts von seiner Umgebung erkannte. Es roch nach Beschädigung, nach verbrannten Treibladungen und Blut. »Ich muss Sie darauf hinweisen, dass Sie sich auf einem Planeten der Church of Stars befinden. Sie handeln widerrechtlich sowie ohne die Zustimmung des Pächters *TauCetiPrime*.«

»Zeig uns an«, sagte eine fistelnde Stimme, die nicht Oleg gehörte und mit Gelächter quittiert wurde. »Ich bin Jesus, das sind meine Kumpels von der judäischen Volksfront.«

»Ich dachte, wir sind die Volksfront von Judäa?«, kam es aus dem Hintergrund, woraufhin das Lachen noch zunahm.

Innocent lächelte unmotiviert. Dieser unglückselige Film *Das Leben des Brian* war ein Fluch für die Church und seit mehr als tausend Jahren nicht auszurotten. Noch immer lieferte das antike Machwerk Albernheiten gegen das Christentum en masse.

»Genug auf Kosten des Uditors gescherzt. Sichert die Eingänge. Ich nehme an, dass der Nuntius nicht lange auf sich warten lassen wird«, befahl Oleg, der immer noch eine Stimme hinter dem Licht war. »Lasst ihn rein. Ich habe keine Lust auf Ballerei. Deswegen sind wir nicht hier.« Er sah zu Innocent und reichte ihm ein Phonestick. »Mein Name ist Idòciu, ich bin der Commander von Team Delta. Rufen Sie Ihren Nuntius an, und sagen Sie ihm, dass wir nicht daran interessiert sind, Krieg zu führen. Alles, was wir wollen«, er deutete hinter sich auf den Collie, »haben wir.«

»Aber die Church of Stars wäre sicherlich ebenfalls daran interessiert. Oder *TauCetiPrime*.« Innocent wusste, dass er naiv wirkte. Angeleuchtet wie ein Reh von einem ATV, geblendet, mindestens eine Mündung auf sich gerichtet – und er machte Einwürfe. *Komm ihnen am besten noch mit Paragrafen,* schalt er sich selbst.

»Gehört und registriert«, kommentierte Idòciu aus dem Strahl heraus. »Wir geben den Collie an die Church zurück, sobald die Xeno-Abteilung mit ihm fertig ist.«

»Sir, an der Rüstung leuchten die ersten Lämpchen auf«, meldete ihm ein Justifier. »Objekt fährt Systeme wieder hoch.«

»Override-EMP?«, fragte Idòciu.

»Bereit, Sir. Wir können ihn gleich wieder ausschalten, sollte er aggressiv sein.«

»Gut. Corporal Saber, achten Sie auf den Uditor. Er soll seinen Nuntius endlich anrufen.«

Innocent wunderte sich, warum sie ihren Fang nicht einluden und verschwanden. Und ein bisschen wunderte er sich, warum der elektromagnetische Impuls diese verheerende Wirkung gezeigt hatte. Soweit er wusste, half es gegen die Collie-Schiffe nichts. Das hatte man als erste Maßnahme im Krieg ausprobiert. Womöglich stellte der Override-EMP eine Neuentwicklung dar.

Die Taschenlampe bewegte sich von ihm weg.

Innocent sah nach kurzer Eingewöhnungszeit etwas.

Idòciu entpuppte sich als Mann mittleren Alters mit militärischem Kurzhaarschnitt, der zu dem Ahumanen ging. Unmittelbar vor dem Uditor stand ein Dobermann-Beta, etwa seine Größe und mit leicht zurückgezogenen Lefzen, ohne jedoch zu knurren. Die Grimasse machte deutlich, wie scharf er seinen Gefangenen im Blick hielt und beobachtete. Er hatte seine kurzläufige *Mower* auf Innocent angelegt, der Finger lag am Abzug.

»Sie haben den Commander gehört. Machen Sie schon«, grollte Saber. »Aber legen Sie die *Thorn* vorher auf den Boden. Nicht dass Sie durcheinanderkommen und sich die Rübe wegballern, weil Sie den Phonestick mit dem Abzug verwechselten.«

Innocent nickte und legte die Pistole weg, danach versuchte er, Black zu erreichen.

Aber der Nuntius reagierte nicht.

Heiliges Kreuz! Was mache ich? »Hallo Nuntius«, fakte er den Anruf kurzerhand. Er tat, als würde er mit ihm sprechen, forderte zum Nichtangriff auf und bat ihn zur Vordertür. »In einer Stunde? In Ordnung. Ich sage es den Herrschaften von *SternenReich*.« Er legte den Phonestick auf den Tisch und betete, dass der Beta die Anzeige nicht prüfte.

Saber nickte. »Dann warten wir.«

»Hier?«

»Wo sonst?« Der Beta-Dobermann hielt ihn in seinem aggressiven Blick gebannt. »Oder wollten Sie mit mir frühstücken gehen?«

Bestimmt nicht. Innocent sah zwar nicht, was der Rest der Justifiers-Truppe machte, aber er hörte wenigstens, was Idòciu mit dem Collie besprach.

»Sir, mein Name ist Oleg Idòciu, und ich bin im Auftrag von *SternenReich* hier, um mit Ihnen eine Reise zu unternehmen. Ich betone, dass sie *nicht* ohne Ihr Einverständnis geschehen soll. Dank der letzten Vorkommnisse auf Terra wissen wir, dass es möglich ist, mit Ihrer Spezies zu kommunizieren. Wenn Sie also das Pad benutzen möchten? Wir lösen die EMP-Elektrofessel Ihrer Hand.«

Gleich darauf sagte die Sprachausgabe des Pads: »Ich befand mich bereits in Verhandlungen mit der Church of Stars.«

Innocent horchte auf. *Hatte Colomba mit ihm gesprochen?*

»Was immer Ihnen geboten wurde, Sir, ich bin bevollmächtigt, Ihnen alles zu offerieren, was Ihr Kollege Isix auf Terra verlangte«, sagte Idòciu.

»Aber ich dachte, es sei eine Sache der U.S.N.O.?«, vernahm Innocent die Pad-Stimme.

Der Uditor konnte inhaltlich nicht ganz folgen. Vor lauter Konzentration auf den Fall auf Cornu Copiae hatte er die Lage im All etwas aus den Augen verloren. Es erschien ihm sogar ein wenig merkwürdig, dass er das Verschwinden von Colomba und Anjelo höher ansetzte als die Zukunft der Menschheit.

»Sir, die U.S.N.O. ist ein Gremium, das sehr lange benötigt, um zu einer solch wichtigen Entscheidung zu gelangen. *SternenReich* bietet Ihnen und jedem Ihres Volks Schutz, der ihn haben möchte. Unter der Voraussetzung, dass Sie Ihr Wissen und Ihre Technik mit uns teilen«, antwortete Idòciu. »Sollten Sie sich dazu bereiterklären, werden meine Leute und ich Sie mitnehmen. Die Einzelheiten werden dann von Bevollmächtigten des Konzerns mit Ihnen verhandelt.«

Das kann ich nicht zulassen! »Ich biete das Gleiche«, rief Innocent spontan. »Die Church of Stars bewilligt das Gleiche! Und es lassen sich bestimmt noch andere Dinge finden, die Ihnen gefallen.«

Saber stieß ihn mit der Waffenmündung an. »Schnauze!«, sagte er knurrend. »Du wirst die Klappe halten.«

»Oder?« Innocent gab sich in die Hände Gottes. Gerade wusste er gar nichts. Weder ob es in Ordnung war, was er tat, noch ob es ein gutes Ende nehmen würde. Saber gehörte zu den Betas mit der niedrigen Hemmschwelle.

»Uditor, halten Sie sich raus«, rief Idòciu. »Noch ein Wort von Ihnen, und ich lasse Saber Sie zum Schweigen bringen.«

Der Beta knurrte und zog die Lefzen grinsend noch weiter zurück. »Trau dich«, flüsterte er und sah über das Visier.

Es klickte leise. »Der 2OT bot mir auch schon sehr viel«, sagte das Pad als Stimme des Collies.

»Nochmals, Sir: *SternenReich* wird Ihnen jeden Wunsch erfüllen«, sprach Idòciu.

»Und wie will der Konzern mich gegen die Wyvers schützen?«

»Es gibt mehrere Möglichkeiten, wurde mir gesagt, vom Leben auf einer Raumstation bis zur Besiedlung eines verborgenen Planeten«, zählte Idòciu auf. »Mehr kann ich Ihnen leider nicht andeuten, schon allein wegen des Uditors im Raum. Doch *SternenReich* hat Auswahl.«

»Wie jeder andere Kon auch«, tönte es dunkel durch die Halle.

Saber sah Innocent verwirrt und wütend an.

»Das war ich nicht«, betonte er sofort und hob die Hände.

»Nuntius Black«, rief Idòciu. »Wo auch immer Sie stecken, bleiben Sie, wo Sie sind. Es täte mir leid, einen so prominenten Mann Gottes auszuschalten. Kurz vor der Pension.«

»Mir täte es nicht leid, euch abzuknallen«, erwiderte Black in seiner unnachahmlichen Direktheit. »Meine Laune ist beschissen, weil ich mich eben mit den Bekloppten der Templars herumschlagen durfte. Ihr macht meinen Tag perfekt, Justifiers.«

»Er ist im Lüftungsschacht, Sir«, meldete einer aus der Delta-Truppe aus dem Off. »Habe ihn lokalisiert, Sir. Mit Wärmebildsicht erkennt man ihn.«

»Lassen wir doch den Collie entscheiden«, rief Innocent und bekam dafür einen Stoß mit der Mower-Mündung gegen den Mund. Es tat höllisch weh, die Lippen sprangen auf, und Blut lief ihm innen aus dem Zahnfleisch. *Das bekommst du wieder!*

Saber grollte glücklich. »*Schnauze*, sagte der Commander«, erinnerte er ihn überflüssigerweise.

Innocent fuhr sich mit der Zunge an den Zähnen entlang, sein Mund schien zu brennen. Ein Zahn war abgebrochen, das Stückchen spuckte er aus.

»Gute Idee«, rief Black aus dem Schacht. »Wie lautet Ihr Auftrag, wenn sich der Collie *gegen* Ihr Angebot entscheidet, Idòciu?«

»Ich bin friedlich. Seien Sie das auch, Nuntius, und wir ersparen uns erhöhten Munitionsverbrauch«, erwiderte Idòciu. »Sir«, sagte er wohl wieder zu dem Ahumanen, »wie lautet Ihre Entscheidung?«

Innocent überlegte, wie er an Saber vorbeigelangen konnte, um sein Veto einzulegen, ohne einen Hieb zu kassieren oder gleich erschossen zu werden. *Ein Zeichen, HERR.*

Da sah er am Treppenaufgang zur nächsten Etage ein schwaches rotes Licht blinken. In regelmäßigen Abständen leuchtete es auf und erlosch, leuchtete auf, erlosch, leuchtete auf ...

Noch ein Collie! Wie warne ich den Nuntius? Innocent wusste, dass sich Saber auf den nächsten Schlag in sein Gesicht freute.

Stille.

»Sir, können wir Ihre Entscheidung hören? Werden Sie mich zu *SternenReich* begleiten?«

Black lachte böse. »Sieht schlecht aus, was? Vielleicht ist er verreckt?«

»Sir!« Idòcius Schritte erklangen. »Sir, hören Sie mich?«

Innocent sah an Saber vorbei zu Treppe. *Jesus und Judas! Er wird bestimmt gleich ...*

Saber bemerkte, dass in seinem Rücken etwas vorging, wagte aber nicht, sich umzudrehen, da es sich um einen Trick handeln konnte. »Sir, bitte um Überprüfung des Treppenaufgangs. Der Uditor schaut die ganze Zeit hin.«

»Night, prüf das«, ordete Idòciu.

»Achtung! Das ist ein zweiter Collie«, rief Innocent panisch. »Da oben leuchtet etwas Rotes!«

»Oh, habt ihr etwa *nicht* das ganze Haus überprüft?«, kam es von Black aus dem Lüftungsschacht.

Ein muskulöser schwarzer Panther-Beta pirschte sich mit einem *Repeater* im Anschlag die Stufen hinauf, der Schwanz peitschte sachte hin und her, die Ohren waren hoch aufgerichtet.

Aus der Etage darüber erklang ein Klappern. Schuhe quietschten, jemand rannte vor dem Justifier davon.

»Sir, klingt nicht nach einem von denen«, sagte der Panther und hetzte mit kraftvollen Sprüngen die Treppe hoch. »Er riecht auch nicht so.«

»Nuntius, raus mit Ihnen«, befahl Idòciu. »Stoßen Sie zu uns. Ich sehe Ihre Wärmesignatur. Meine modifizierte *Prawda* durchdringt das

Blech so spielend leicht wie Ihre *Thorn*.« Dann: »Saber, bring den Uditor nach vorne.«

Der Dobermann-Beta packte Innocent am Kragen und schwenkte ihn daran herum, schob ihn vor sich her zu der Stelle, wo der Collie regungslos auf dem Boden lag.

Ein Justifier mit einem Gerät, das an einen Flammenwerfer erinnerte, stand mit gesenktem Dreifachlauf am Kopfende und bedrohte den Ahumanen damit. Idòciu und eine uniformierte, gepanzerte Frau, die bislang noch gar nichts gesagt hatten, warteten zwei Meter daneben, ebenfalls mit gezogenen Waffen.

Nuntius Black schwang sich aus einer Wartungsklappe im Luftschacht und landete federnd auf einem großen Spielautomaten. »Was für ein Höllendurcheinander«, bemerkte er und setzte sich auf seinen Aussichtspunkt, nahm eine *Holy Smoke* und entzündete sie. »Da zieht man los, um zwei Preacher zu finden, und stattdessen muss man sich mit Templars und Justifiers herumschlagen. Kurz vorm Ruhestand.«

»Mein Beileid«, gab Idòciu grinsend zurück. »Aber wir haben es gleich geschafft.« Er sah zur Justifierin, die einen großen Hartschalenrucksack neben sich abgestellt hatte. »Schau mal nach, ob sich was messen lässt. Ich fürchte, das Exemplar hat nichts dagegen.«

Sie nickte, öffnete die Fächer des Rucksacks und zog Klemmen, Buchsen und andere Kabel heraus, schloss sie sehr sicher an Messgeräte an und befestigte sie an den Kabeln, die an der Oberseite der Panzerung verliefen. Sie schaltete und drückte Knöpfe, betrachtete die Anzeigen und verzog mehr und mehr das Gesicht.

Innocent sah zu Black hinauf, der ihn wiederum ansah und den Kopf schüttelte. Voller Vorwurf und Anklage – so schaute man jemanden an, der die pure Enttäuschung bedeutete. »Nuntius …«

»Schnauze!« Saber versetzte ihm einen semiharten Schlag gegen den Hinterkopf. »Der Commander hat dir nicht erlaubt zu sprechen.«

»Lass den Kleinen in Ruhe«, sagte Black von oben. »Sonst muss ich die Exekutive in die Hand nehmen.« Er langte in die Tasche und zog eine scharfe Handgranate heraus, die mit einem Streifen Tape gesichert war. »Das ist die heilige Handgranate von Antiochia.«

Es passt zu ihm, dass er aus dem Film zitiert. Innocent wunderte sich nicht.

»Saber, aufhören«, befahl Idòciu und ging neben der Justifierin in die Hocke. »Was ist?«

»Da sind keine Ströme«, sagte sie mit Befremden in ihrer Komsexstimme, die Innocent als äußerst attraktiv und hocherotisch empfand. Er konnte sich nicht dagegen wehren. Sie klickte auf den Geräten herum, wechselte die Displayansichten, schob Klemmen auf den Rüstungskabeln vor und zurück. »Nichts.«

»Sir, ich habe ihn«, kam es von der Treppe. Der Panther-Beta kehrte zurück. In seinem Prankengriff hing ein junger Mann mit asiatischem Einschlag, der Klamotten von *TauCetiPrime* trug. Auf seinem Rücken hing eine große Tasche, die sehr schwer zu sein schien. Daraus verlief wiederum ein gedrehtes Kabel, das in seiner Kamera endete.

Der Raubtier-Beta stellte ihn vor dem Commander ab. »Sag deinen Namen.«

»George Hu«, murmelte er angepisst.

Alle starrten auf die Handkamera, die er in der Linken hielt. Das Aufnahmlicht leuchtete nicht mehr.

»Und was hat dich dazu gebracht, hier herumzuschnüffeln?« Idòciu sah zum Panther. »Sieh nach, was in seiner Tasche ist.«

»Nichts. Nur meine Akkus. Und ich habe gar nicht euch gefilmt. Ich mache einen Beitrag über alte Spielautomaten für das *StellarWeb*«, plapperte er und wollte verhindern, dass der Beta das Tragebehältnis öffnete.

»Ich schau mal nach, wie es innen aussieht«, vermeldete indes die Justifierin. Ein Bohrer jaulte hochfrequent auf, was Saber einen Fluch entfahren ließ. Auch der Panther legte die Ohren schützend nach hinten.

Aus der Tasche wanderten nach und nach tatsächlich Akkus, aber auch mehrere hintereinandergeschaltete Vorrichtungen; Leuchtdioden blinkten, eine Digitalanzeige lieferte verändernde Zahlenwerte sowie grün leuchtende Balken und zeigte die Meldung SIGNAL STABIL – ÜBERTRAGUNG VERLUSTFREI.

Innocent hatte keine Ahnung von Kameras, aber das sah nicht nach einem handelsüblichen Gerät aus. *Übertragung?*

Idòciu blickte auf den Boden, wo der Panther alles stapelte. »Tye, hast du einen kleinen Moment, um dir das anzuschauen?«

Die Justifierin wandte den Blick von ihren eigenen Geräten ab, stieß einen Fluch aus und zog mit einer Hand zwei Kabel heraus. Der Bohrer fräste sich derweil munter durch die Panzerung des Ahumanen.

Die Anzeige wechselte zu ÜBERTRAGUNG ABGEBROCHEN.

»Die Scheißkamera hat noch gesendet, Sir«, erklärte sie mit ihrer samtenen Sexstimme und korrigierte den Winkel des Bohrers.

»Okay, kümmere dich wieder um den Collie. Night, durchsuche alles an ihm.« Idòciu richtete die Mündung auf Georges Stirn. »Wohin ging das?«

»Und seit wann hast du gesendet?«, rief Black von oben runter.

George schluckte und erbleichte. »Hey, das könnt ihr nicht machen!« Der Panther nutzte seine Krallen, um die Klamotten des jungen Mannes aufzuschlitzen und nach verborgenen Gegenständen zu suchen. Dabei ritzten die Spitzen auch die Haut, aber George wagte nicht, sich zu rühren. »Ah, scheiße! Das tut weh!« Innerhalb weniger Sekunden stand er in blutigen Fetzen vor den Justifiers, Black und Innocent. »Ich sagte doch, dass ich …«

»Sir!« Tye zog den Bohrer aus dem gefrästen Loch. Sie verrieb zerspantes Plastik zwischen ihren behandschuhten Fingern und zerkrümelte es. »*Das* ist nie und nimmer ein *echter* Collie.«

Black lachte lauthals und schlug sich auf den Schenkel. »Darauf trinke ich einen.« Er nahm den Flachmann aus der Tasche.

Innocent fand es weniger lustig.

Sein Verstand sagte ihm, dass das heitere Wettbieten zwischen ihm und *SternenReich* durch den Kameramann live gesendet worden war; vermutlich ebenso wie die Schießerei, das Auftauchen des Nuntius, das Statement gegen die U.S.N.O. … *Oh, nein. Bitte, das wäre … eine nie dagewesene Katastrophe! Welchen Schaden habe ich der Church durch meine unbedachten Worte zugefügt?*

»Eine Attrappe?« Idòciu musterte die Panzerung, auf der zahlreiche

Dellen von den Einschüssen zu sehen waren. »Sieht aber aus wie in den Dossiers.«

George lachte schallend. »Ihr seid so scheiße.«

Der Commander schnipste, und Saber verpasste dem Mann einen Hieb ins Gesicht, sodass er zu Boden ging. »Kannst du es aufmachen, Tye?«

Sie nickte und suchte die Rüstung ab, tastete, zog und drückte, bis sie ein halbes Dutzend geschickt verborgener Verriegelungen gefunden hatte. Als sie die letzte entsperrte, ließen sich Teile der Rüstung lösen. Das Brustsegment mit dem Kopf klappte komplett nach oben.

Darin wurde ein Mann sichtbar, der mit geschlossenen Augen dalag. Die Brust hob und senkte sich nicht mehr, ein Atemschlauch, der in die Nase führte, war herausgerutscht. Blut lief ihm aus Mund und Ohren. Es roch nach Urin sowie nach verschmorten Kabeln.

»Der EMP-Beschuss hat die Lebenskontrollen der Attrappe außer Gefecht gesetzt und die Überspannung gegrillt«, erklärte Tye abgebrüht. »Override war auch nicht dazu gedacht, solche kleinen Dinge außer Gefecht zu setzen.

»Frank!«, heulte George entsetzt vom Boden auf. »Um Gottes willen!«

»Friede seiner Seele«, kam es von Black, der mit der Kippe ein Kreuz schlug. Der Rauch formte das Zeichen nach und löste sich auf, als sei es die Seele, die in den Himmel auffuhr.

Idòciu fragte ziemlich kalt: »Zum letzten Mal: Wer seid ihr Spaßvögel?«

»Das ist Frank Dominian«, rief Night verblüfft. »Der Typ in der Rüstung. Kennt ihr den nicht?«

Alle schüttelten die Köpfe.

»Er hat bei *Damn Collie, Die* mitgespielt! Zuerst als einer der Helden, ich glaube, er war Specialist Armstrong. Egal. Danach tat er sich als Stuntman hervor. Flog raus, weil er am Set klaute.« Night deutete auf den Toten. »Ich schwöre, dass er das ist!«

Alle sahen George in seinen roten Fetzenklamotten an, der sich inzwischen aufgerappelt hatte. Der Dobermann-Beta grollte auffordernd.

George seufzte. »Okay, okay.« Er hatte innerlich aufgegeben. »Aber ihr werdet mich nicht killen! Ich kann nichts dafür, dass ihr vor meiner Kamera aufgetaucht seid.«

30. September 3042 a. D. (Erdzeit)

SYSTEM: BARNARDS PFEILSTERN
PLANET: CHRIST
ORT: VATIKAN CITY

»Ah, Miss Fairbanks! Wieder erwacht. Wie schön.«

Wie schön? Das will ich abwarten. Clarissa hob den Kopf.

Sie lag ausgestreckt auf dem Parkettboden einer antik wirkenden Turnhalle, die sehr feudal hergerichtet war. Stuck an der Decke, Marmor an den oberen Wänden, die bis auf Schulterhöhe mit dunklem Holz verkleidet waren. Riesige Fenster ließen das Sonnenlicht herein, die meterlangen weißen Vorhänge wehten sachte im lauen Wind, der leicht nach weihrauchartigen Gewürzen roch.

Ich … sie haben mich umgezogen! Clarissa steckte in einem sehr engen weißen Fechtanzug, trug leichte Schuhe und Handschuhe. Das Abzeichen darauf war die Patrone mit Kreuzstempel und der bekannten Aufschrift *Papal*, wie es die Wärter getragen hatten.

Langsam richtete sie sich auf und stellte sich hin, um sich nicht im Liegen mit dem älteren Mann zu unterhalten. »Weiß steht mir nicht.«

»Ich finde, dass es Sie ausgezeichnet kleidet, Miss Fairbanks.« Er trug eine dunkelgrün-schwarze Soutane und hatte die Hände auf den Rücken gelegt. Neben ihm befand sich ein fahrbarer Ständer, auf dem alle möglichen kurzen und langen Stichwaffen befestigt waren, von altmodisch bis hypermodern. Sein Gesicht wurde von Narben verunstaltet, die silbernen Haare lagen offen auf seinen Schultern, was ihm etwas Verwegenes gab.

»Warum trage ich den Anzug?«, fragte sie und kam langsam auf ihn zu. »Wollen Sie mich unterrichten?«

Er neigte leicht den Kopf. »Verhandlungen. Mit einer Ex-Piratin.

Nennen Sie mich nostalgisch. Ich dachte, ich mache es Ihnen ein wenig vertrauter. Sicher gab es ähnliche Rituale bei den *Royal Raiders*?«

»Sie sehen mehr nach Pirat aus.« Clarissa deutete auf die Narben und die Haare.

»Ich wäre eher Freibeuter als Pirat. Ich mag es eher, einem gewissen Codex zu folgen, als rücksichtslos zu plündern, zu morden und schlimmere Dinge zu tun.«

»Wobei das Resultat das Gleiche bleibt, es ist nur besser für das Gewissen. Erinnert ein wenig an die Vorgehensweise der Church, nicht wahr?«

»Eine spitze Zunge und ein schneller Verstand. Das lobe ich mir. Nun, bis auf das *rücksichtslos*, das sich nur gegen unsere Feinde richtet, muss ich vehement verneinen.« Der Mann strich mit den Fingern der Rechten, die in einem dunkelgrünen Samthandschuh steckten, über die Waffenhalterung. »Sie benannten sich nach einem Piratenschauspieler, der dazu noch als exzellenter Fechter galt. Ich spekulierte, dass er vielleicht diesbezüglich auch als Vorbild stand.«

Clarissa drehte sich einmal auf der Stelle im Kreis. »Wo ist Triton?«

»Nicht hier. Ob Sie sich wiedersehen, hängt von Ihrem Verhandlungsgeschick ab«, erwiderte der Mann. »Sie wählen zuerst, Miss Fairbanks.«

Sie kam noch näher, sah sich erneut im Saal um. »Was ist das hier?«

»Ein Ausbildungsraum für unsere Wachen. Wir mögen es stilvoll«, antwortete er. Sie bemerkte eine Anstecknadel am Kragen, die im Sonnenlicht aufblinkte: ein Kreuz mit einem von Stacheldraht umschlungenen Schwert. Er schob den fahrbaren Ständer an, die Klingenwaffen rollten auf sie zu. »Bedienen Sie sich, Miss Fairbanks.«

Clarissa stoppte ihn mit dem Fuß, klirrend wackelten die Stich- und Hiebwaffen. »Was wird das hier? Sie sind der Scharfrichter und erlauben sich ein Spielchen?«

»Wie ich bereits sagte: Wir verhandeln.« Er lächelte. »Sie verhandeln um Ihre Zukunft und die Ihres Ersten Offiziers, sofern man die Dienstgrade von Piraten anerkennen will.«

»Freibeuter«, verbesserte Clarissa, was den Soutanenträger zum Schmunzeln brachte. »Das heißt, Sie wollen gegen mich fechten, und je nach Ausgang …« Sie beließ es bei einer Andeutung. »Und Sie sind *wer?* Wie offiziell ist das Ganze? Oder wie verbindlich?«

»Ich bin der Vertreter der Church of Stars, und somit sind die getroffenen Regelungen verbindlich. Für meine Institution und auch für Sie sowie Ihren Ersten Offizier.« Er deutete eine Verbeugung an. »Ignatius Horàt, Apostolischer Geheimsekretär.«

Clarissas Miene hellte sich auf. »Oh, ein Stubenhocker. Was ist mit Ihrem Gesicht passiert?«

»Ein Unfall beim Kaffeekochen«, erwiderte er grinsend. »Was Stubenhockern eben so zustößt, wenn man sie aus dem Büro und den Gang hinunterschickt.«

Clarissa erschien die Aufgabe machbar, aber sie fiel nicht darauf herein, in Horàt einen untrainierten Gegner zu sehen. *Ganz im Gegenteil.* »Die Auszeichnung an Ihrem Kragen?«

»Für die Verwundung. Im Einsatz in der Küche.«

»*Teufels* Küche?« Sie wählte sich ein Rapier und gab dem Ständer einen Schubs, damit er zum Geheimsekretär rollte.

Horàt lachte schallend »Touché! Ich sehe, ich muss mich vor Ihnen hüten, Miss Fairbanks.« Er wählte einen Säbel, ohne die fahrbare Halterung zu bremsen, und drehte sich dabei einmal um die eigene Achse; sein linker Arm lag vorschriftsmäßig auf dem Rücken. »In den Waffen sind Melder eingebaut, die Treffer an jeder Stelle des Körpers mit Ausnahme des Kopfes registrieren. Sie sehen: Es geht nicht darum, jemanden zu töten.«

»Nicht durch Köpfen zumindest.« Clarissa prüfte die Schneide. *Stumpf. Aber es wird dennoch wehtun.* »Die Spitze?«

Horàt vollführte einen Probeschwung, wobei er die rechte Hand noch immer auf dem Rücken hielt. »Ich kann Ihnen nicht verbieten, mich damit zu treffen. Das Durchbohren wird nicht gelingen, ich muss Sie enttäuschen. Mein Unterkleid ist ebenso gepanzert wie Ihr Anzug. Ein blauer Fleck, mehr wird es nicht werden.« Er hob den Säbel an und grüßte sie. »En garde, Miss Fairbanks.«

»En garde.« Clarissa erwiderte die Ehrengeste und hielt sich bereit. »Was ist der erste Punkt unserer Verhandlungen?«

»Ich würde sagen, wir beginnen mit Ihrem Leben.« Horàt schlenderte heran, den Säbel ausgestreckt auf sie gerichtet. »Angenommen, wir verhandeln andere Dinge zuerst, und am Ende verlieren Sie Ihr Leben an mich ... ich denke, das würde uns beide ärgern. Vergeudete Zeit.«

Gleich in die Vollen. Sie umkreiste ihn, wich vor ihm zurück und manövrierte dabei auf die Wand zu. Erst dann griff sie ihn mit einer Reihe von Finten an, um zu prüfen, wie schnell er war.

Ihr Rapier war lang, aber leicht, vereinigte Reichweitenvorteil mit Geschwindigkeit. Sein Säbel dagegen ließ sich schwerer führen, und es machte den Eindruck, als sei Horàt durch eine Verletzung in manchen Bewegungen eingeschränkt.

Clarissa stellte die Attackenserie ein und nahm das Umkreisen auf. Weder sie noch er atmeten auffällig schnell, in Sachen Kondition schienen beide gleichauf zu liegen.

»Sie sind ein echter Fan des alten Fairbanks! Ihre Finten waren durchaus filmreif und erquickend anzuschauen«, merkte Horàt an. »Doch im Kampf wären Sie damit höchstens eine schöne Gegnerin, aber keine gefährliche.«

»Ist das so?«

»Das ist so. Ich zeige Ihnen, was ich meine.« Der Geheimsekretär attackierte blitzschnell, und zwar nicht wie ein Säbelkämpfer, sondern eher wie ein Kendokrieger. Er explodierte förmlich mit seinem einzigen schallschnellen Hieb.

Clarissa konnte das Rapier zwar noch in die Höhe reißen und dem Angriff die Wucht nehmen, aber der Säbel traf sie an der Schulter.

Ein elektronisches Signal ertönte, ein in der Decke verborgener Projektor schrieb leuchtend grün HORÀT: 1 an die Marmorwand.

Scheiße. Sie stieß den Säbel wütend weg. *Das war mein Leben!*

Der Mann lächelte. »Betrachten wir es als Test.«

»Einverstanden.« Sie ging in Angriffsposition. *Weniger Grazie, mehr Effizienz.* Abrupt startete sie einen Ausfall und trieb Horàt vor sich her, der sich mühte, die zustoßende Rapierspitze jeweils vom Körper wegzuschlagen. Clarissa spürte den Schweiß, der sich auf der Stirn und unter der Kleidung sammelte. Als sie sich zu einem besonders langen

Vorwärtsschritt spannte, schleuderte Horàt seinen Säbel und traf sie gegen die Brust.

Ein Hupen. HORÀT: 2

»Das Unerwartete gewinnt das Gefecht. Nicht die Regel.«

»Aber Sie haben keine Waffe mehr!« Wütend setzte sie nach. *Dich erwische ich!*

Er wich zur Seite aus, packte ihre Rapierhand und nahm seinen Arm vom Rücken. Ein kurzer Dolch lag in seinen Fingern, den er ihr an die vom Anzugkragen geschützte Kehle setzte.

Ein Hupen. HORÀT: 3

»Doch. Habe ich«, sagte er lachend und gab sie frei. »Damit habe ich zwei weitere Male Ihr Leben gewonnen.« Horàt ging zum Waffenständer und nahm sich ebenfalls ein Rapier. »Ich dachte, dass sich Piraten wenig an Abmachungen halten? Sie scheinen eine Ausgeburt der Fairness zu sein, Miss Fairbanks. Aber dadurch verliert man.« Er hob eine Hand und spreizte zwei Finger in die Höhe. »Da Sie bereits schon zweimal ins Jenseits fahren, kommen wir zu Triton. Ein bemerkenswertes Exemplar eines SupraSoldiers. Psychopathisch durch und durch. Er simulierte übrigens.«

»Simulierte?«

»Als meine Leute in Ihre Zelle eindrangen und Sie beide betäubten. Das Mittel wirkte bei ihm nicht, weil er noch so viele eingelagerte Restchemikalien und veränderte DNA in sich trägt. Aber da Sie ihm befahlen, sich nicht zu wehren, spielte er mit. Wir bemerkten es.« Horàt kam wieder auf sie zu. »Er verhält sich genauso, wie Sie es ihm befehlen.«

Clarissa schluckte. »Dann werden Sie ihn freilassen, wenn ich Sie treffe?«

»Ja. Er mag danach tun, was er will.«

Clarissa warf ihr Rapier und traf ihn an der Schulter, hob seinen Säbel auf und hechtete gegen ihn, um ihn niederzureißen und die Klinge auf Herzhöhe gegen die Brust zu setzen.

Ein Doppelhupen ertönte. HORÀT: 3 – FAIRBANKS: 2

»Da ich Sie *zweimal* getroffen habe, bekommt Triton obendrein noch eine kostenlose Fahrt runter von Christ an einen beliebigen Ort«, verlangte sie.

Horàt grinste. »Sie haben verstanden, wie Verhandlungen laufen: Überrumpelung.« Er schob sie von sich. »Gewährt.«

Beide erhoben sich, standen sich mit vier Metern Abstand gegenüber.

»Was noch? Wollen wir um meine Todesart kämpfen?«, fragte Clarissa provozierend und warf ihm den Säbel zu, um ihr Rapier zu nehmen. Sie stellte es mit der Spitze voran auf den Parkettboden.

»Wie wäre es, wenn … Sagen wir, ich habe meinen guten Tag: Sie besiegen mich, und ich schenke Ihnen Ihr Leben, wenn Sie dafür in die Dienste der Church treten.« Horàt zwinkerte ihr zu. »Nicht lebenslänglich. Sondern nur für die Dauer der Aufträge, die wir wiederum durch die Anzahl meiner Treffer bei Ihnen festlegen. Innerhalb einer Minute.«

In nur einer Minute? Da trifft er mich höchstens einmal. Clarissa wunderte sich. »Wie heißen eigentlich Justifiers, die für die Kirche ausrücken? Konquistadoren?«

»Oh, das ist ein guter Vorschlag! Nein, ich dachte wirklich an einen echten Eintritt für eine begrenzte Zeit. Das ließe sich doch sicherlich von Ihrer Seite aus bewerkstelligen? Sie dürften auch die *Interception* weiter benutzen. Natürlich nach meinen Vorgaben. Und wenn Sie möchten, nennen wir Sie gern *Konquistadora.*«

Jetzt musste sie grinsen. »Ah, so langsam durchschaue ich das Spiel. Sie locken mich in die Dankbarkeitsfalle. Aber in Wahrheit wissen Sie und Ihre Techniker bloß nicht, wie man den ReRouter benutzt und brauchen mich. Und Triton.«

Horàt lachte freundlich. »Nein, Miss Fairbanks. Wir haben durchaus erste Erkenntnisse gewonnen. Ein ehemaliger TTMS-Mitarbeiter geht uns dabei zur Hand, den Computer auszuwerten, den die *Calyptics* entwickelt haben. Außerdem wissen *Sie* es ebenso wenig. Triton wollte uns das zwar glauben machen, aber darauf fallen wir nicht rein.«

Mist. Wäre auch zu schön gewesen. Bleibt mir nur noch der Kircheneintritt. Clarissa lockerte die Schultern und den Nacken mit rollenden Bewegungen. »En garde.« Sie nahm das Rapier hoch, grüßte erneut. Und während der Geheimsekretär noch zum Erwidern ansetzte, attackierte sie ihn.

Klirrend trafen die Waffen aufeinander, er hatte pariert. Schleifend rieben die Klingen übereinander.

»Sie werden verstehen, dass ich mir größte Mühe geben werde.« Sie versetzte ihm einen Tritt in den Unterleib, der ihn zurückschleuderte.

Horàt ersparte sich eine Antwort.

Dieses Mal entspann sich ein hartes, abwechslungsreiches Gefecht. Tricks versuchten beide Seiten, jeder rechnete mit einer Hinterhältigkeit des anderen. Das Sirren und Klingeln der Rapiere schallte durch die riesige Halle.

Clarissa spürte, dass ihr Arm schwer wurde. Sie war es nicht gewohnt, so lange zu kämpfen. *Die Entscheidung muss her! Und zwar zu meinen Gunsten, sonst machen sie Reliquien aus meinen Überresten.*

Sie wich zurück und lockte Horàt zu den Fenstern, vor denen die Vorhänge wehten.

Sie sprang zwischen die schwingenden Stoffbahnen, er folgte ihr. Die zischenden Schneiden schnitten die Tücher in Fetzen, hinterließen klaffende Löcher.

Dann geschah das, womit Clarissa gerechnet hatte: Horàts aufwendiger Griffschutz verfing sich bei einem Angriff im Vorhang. Es genügte, um die Bewegung unsauber werden zu lassen und ihn zu irritieren.

Sie vollführte einen langen Ausfallschritt und ging dabei tief in die Knie. Ihre Rapierspitze zielte auf seinen rechten Oberschenkel.

Die gegnerische Waffe surrte über sie hinweg.

Ein Signalton. HORÀT: 3 – FAIRBANKS: 3.

»Ausgezeichnet!« Der Geheimsekretär wischte sich mit dem Soutanenärmel den Schweiß von der Stirn. »Hervorragendes Manöver. Jetzt die Anzahl Ihrer Aufträge nach Treffern.«

»Innerhalb einer Minute«, präzisierte Clarissa und richtete sich auf. *Habe ich es dir gezeigt, alter Mann.* »Sie werden mich nicht ein einziges Mal treffen.« Sie lockerte erneut ihre Muskeln. »Was sagen Sie dazu?«

»Das glaube ich nicht. Sechzig Sekunden ab JETZT.« Horàt aktivierte die Stoppuhrfunktion seiner Multibox und schlug nach ihr. Clarissa parierte, er stieß sie mit Schwung zurück und stellte dabei seinen Fuß auf ihren linken.

Aus dem Gleichgewicht gebracht, stürzte sie auf den Holzboden und schaffte es, ihren Kopf vor seinem Stampfschritt in Sicherheit zu bringen. *Er wird mich ohnmächtig schlagen, um mich danach in aller Ruhe so oft mit der Klinge zu berühren, wie er will!*

Hastig rollte sie sich mehrmals um die eigene Achse, um weg von ihm zu gelangen – und prallte gegen ein Hindernis. *Verdammter Waffenständer!*

Horàt ragte daneben in die Höhe und kippte ihn mit einem Lachen nach vorne.

Ein Regen aus allen möglichen Waffen trommelte auf Clarissa nieder.

So ein raffinierter alter Sack! Sie schlug das Beil und das Schwert, die auf ihren ungeschützten Kopf zuhielten, mit dem Rapier keuchend zur Seite, spürte aber gleichzeitig sehr viele Treffer überall an ihrem Körper. Sie musste mehrmals die Zähne zusammenbeißen, bis sie sich endlich zu lautem Fluchen hinreißen ließ.

Wie zum Hohn verfiel die Signalhupe in frenetisches *Möp, Möp, Möp*, als würde sie sich freuen, dass Clarissa eingedeckt wurde.

Wie viele beschissene Waffen hängen denn da dran?

Dann endete das Poltern und Scheppern.

Clarissa hob den Kopf und sah sich rechts und links von einem kleinen Klingenberg umgeben; manche Waffen steckten im Holzfußboden, ein Main Gauche hatte sie knapp verfehlt.

Horàt lehnte neben dem Ständer. »Sechzig Sekunden«, verkündete er süffisant, »sind … JETZT verstrichen, Miss Fairbanks. Lassen Sie mich Ihnen aufrichtig zum Beitritt in die Church of Stars und zu Ihrem Status als Konquistadora gratulieren.«

»Das war ein …« Clarissa schnaufte und sah zur Anzeige.

HORÀT: 27 – FAIRBANKS: 3.

»Davon gehen natürlich die drei Treffer ab, die vorher gezählt wurden«, sagte der Geheimsekretär gönnerhaft. »Bleiben vierundzwanzig Aufträge für mich, Miss Fairbanks. Ach nein, das eine war ja ein Test. Minus zwei. Macht fünfundzwanzig.« Horàt lächelte und senkte die Arme, um sie auf dem Rücken zu verschränken. »Freut mich sehr, dass Sie Ihr Leben erkämpft haben. Wir sehen uns bald. Es kommt gleich jemand, der Sie zu Mister Triton bringt. Setzen Sie ihn von den neuen Parametern in Kenntnis. Er wird sich an Ihre Anweisungen halten.« Er wandte sich um und verließ die Turnhalle.

Clarissa stemmte sich mit einem weiteren Fluch in die Höhe. *Fünfundzwanzig.* Jeder Justifier war besser dran als sie.

Zudem beschlich sie das Gefühl, dass Horàt von Anfang an den Verlauf der Verhandlungen genauso geplant hatte. *Ich schulde ihm mein Leben und muss Aufträge erfüllen. Ohne Bezahlung. Gefangen in meinem Ehrenwort.*

Sie war in mehr als eine Falle getappt.

Vierte Szene

5. Oktober 3042 a.D. (Erdzeit)

»Die Sache auf Trojarsk war das Schlimmste, was ich jemals filmen musste.
Klar, ich kannte den Geruch von Blut schon vorher,
und ich weiß, wie ein Sterbender schreien kann.
Aber das, was sich dort abspielte ...«

DER VADOR

SYSTEM: SOL
PLANET: TERRA
ORT: GLOBALCITY LONDON

Zumi sah auf das Pad-Display und las zum zehnten Mal das Dossier, das ihm die Frau gegeben hatte, bevor sie vergangen war, in der schwarzen Explosion, in dem kalten Feuer, das nichts von ihr ließ als ihre zerfetzten Kleider und Schuhe.

Nach ihrem rätselhaften Tod erwachten die Alarmsystem des U.S.N.O.-Gebäudes zum Leben. Die Trooper hatten das Haus komplett evakuiert.

Man hatte Zumi ins Krankenhaus verfrachtet, um ihn untersuchen zu lassen. Das schwarze Feuer richtete keinerlei Verbrennungen an, weder an ihm noch in der Vorhalle. Aber eine ultra-tomographische Untersuchung hatte eine Veränderung seiner Zellen ergeben. Sie teilten sich doppelt so schnell wie früher; auch die Pigmentierung seiner Haut veränderte sich. Sie wurde dunkler, vergleichbar mit dem Aussehen nach einem anhaltenden Sonnenbad. Sonst schien er sich keine Schäden zugezogen zu haben.

Nach dem Verhör durch U.S.N.O.-Spezialisten wurde er in sein Hotel entlassen, wo er im 173. Stock saß, gelegentlich auf die Überreste des Hydeparks blickte, die durch den Nebel zu erkennen waren, und sich dem Dossier auf dem Chip widmete. Eine packende, eine tragische Lektüre, die Wut und Betroffenheit hinterließ.

Zumi trank aus der Flasche mit dem isotonischen Getränk. Es schmeckte chemisch, mit einem Hauch von Grapefruit oder dem, was die Entwickler dafür hielten. Der beigefarbene Hausmantel, in den er sich geworfen hatte, schenkte ihm seine warme Zuneigung.

Zumi wusste, dass eine umfassende Untersuchung vonnöten war, um dem Phänomen auf die Spur zu kommen, zu dem auch die Frau gehörte.

Sie hieß Louise Bertrand, stammte vom Planeten Port, der bis vor Kurzem noch unter der Obhut der Collies gestanden hatte.

Ihr Alter konnte sie selbst nur schätzen, es gab keine für Menschen auswertbare Geburtsaufzeichnungen. Die Daten und Computer der Besatzer gaben den Technikern noch viele Rätsel auf. Seinem eigenen Eindruck nach konnte sie knapp achtzehn gewesen sein.

Zumis Augen ruckten hin und her, er überflog ihre Aufzeichnungen. *Wie viele gibt es von ihrer Art? Eine Handvoll? Hunderte? Tausende?*

Sie stammte ihren eigenen Angaben nach aus einer Zuchtfabrik der Collies. Besonders fruchtbare und stabil gebärende Frauen wurden nicht in die Verwertung gegeben, sondern blieben als Dauerkinderbringer im Einsatz.

Louise hatte mit acht Jahren ihre erste Entbindung. Fünflinge. Danach folgten weitere fünf bis sechs Kinder im Abstand von etwa zehn Monaten. Nach zwei Fehlgeburten war sie jedoch zur Verwertung freigegeben worden.

Zumis Abscheu vor den Collectors wuchs beständig. *Diese Bestien!*

Louise gehörte bereits zur Generation derer, die auf Obhut-Planeten nach Einsatz der Collector-Mittel gezeugt worden waren. Das bedeutete, dass die Ahumanen biologische und chemische Substanzen einsetzten, um sowohl die Gebärfähigkeit als auch die -bereitschaft zu erhöhen. Nach Louises Aufzeichnungen kamen in der Verwertung weitere Zusätze in der Nahrung zum Einsatz, die den Geschmack des Fleischs verbessern sollten.

Diese Mittel schienen jedoch in Wechselwirkung mit den anderen getreten zu sein: Louise bemerkte an sich bald eine Veränderung.

Ihre Stimme schwand oder verstärkte sich auf doppelte Lautstärke, mal sah sie im Stockdunkeln, dann glaubte sie, Farben riechen zu können, oder hörte den Staub, wenn er durch die Luft glitt und landete. Als sie eines Tages nieste, schossen ihr schwarze Flammen aus dem Mund.

Den Collies war es egal, und dank der beruhigenden Drogen im Essen kümmerte es auch die übrigen Menschen nicht.

Das änderte sich mit dem Ende der Obhut und dem Ende der allgegenwärtigen Rausch- und Beruhigungsmittel.

Louise war nach der Befreiung zunächst gemieden, danach verstoßen und schließlich von den Normalen gejagt worden. Man wollte sie nicht in der Stadt wissen, betrachtete sie als Geschöpf der Collies. Niemand wollte durch sie daran erinnert werden, was die Ahumanen mit den Menschen angestellt hatte.

Zumi rieb sich über das Gesicht und fühlte Übelkeit. *Diese arme Frau! Was hat sie alles durchmachen müssen.* Es erinnerte ihn an das Schicksal der Chemicals und SupraSoldier, die ebenso Opfer ihrer Veränderung geworden waren, wenn auch überwiegend aus freien Stücken. *Mutanten.*

Er stand auf, las auf dem Pad und wanderte im Zimmer umher.

Louise zog sich in eine halb zerstörte Containersiedlung der Collies zurück. Bald stießen noch mehr der Veränderten hinzu, und es gründete sich eine kleine Gemeinschaft, der jedoch keine Ruhe gegönnt wurde. Eine Horde Bewaffneter tauchte auf und stellte sie vor die Wahl, die Welt zu verlassen oder erschossen zu werden.

Louise entschied sich zu gehen, zusammen mit achtzehn Männern und Frauen. Was mit den elf Zurückgebliebenen wurde, wusste sie nicht.

Zumi las von ihrer Odyssee, ihrem Raumstations-Hopping. Sobald klar wurde, dass die Gruppe ein Geheimnis umgab, schlug ihnen Ablehnung und Hass entgegen. Dann verschwanden die Ersten einfach so, ohne einen Abschiedsbrief oder einen Hinweis auf ihren Verbleib. Louise spekulierte auf Entführungen.

Er teilte ihre Einschätzung. *Die Konzerne haben bereits ihre Finger im Spiel.*

Zwei Weitere brachten sich aus Verzweiflung um. Drei starben, und einer davon wiederum in einer schwarzen Explosion, in der auch Louise vergangen war. Eine löste sich an der Luft auf wie Rauch, eine andere quoll auseinander wie ein gärender Teig und zersetzte sich.

Grausam. Schrecklich. Zumi legte das Pad weg und verschwand im Bad, um sich das Gesicht mit Wasser abzureiben. Die Taten der Collectors hinterließen mehr als traumatisierte Menschen.

Er betrachtete seine feuchten Züge im Spiegel. *Und ich habe gejammert, weil mich der Collie in Gefangenschaft hielt. Im Vergleich zu Louise hab ich in einem goldenen Käfig gesteckt.*

Sie hatte von ihm gewollt, dass er sich kümmerte. Dass er sich einsetzte. Für alle, die ihr Schicksal teilten, das ihnen schuldlos aufgebürdet worden war.

Natürlich wussten die Kons bereits von den Mutanten. Noch ein Grund mehr, die Sache publik zu machen. Das *StellarWeb* musste von ihnen erfahren, und er würde sich mit dem Reporter treffen, diesem Vador. Der Menschheit musste vor Augen geführt werden, dass sie kein Recht hat, die Verwandelten zu behandeln wie schlimmste Verbrecher.

»Also schön«, sagte er zu seiner Reflexion. »Dann erfülle ich Louises letzten Wunsch.«

Es erschien Zumi, als habe eine höhere Macht ihn dazu auserkoren, stets in der ersten Reihe zu stehen, wenn sich etwas von großer Tragweite ereignete. Und stets spielten dabei Spezies eine Rolle, denen die menschliche Rasse zum ersten Mal begegnete.

Zurück von den Collies und keine Sekunde Zeit, einmal zur Ruhe zu kommen.

Er trocknete sich das Gesicht ab, kehrte ins Zimmer zurück und sah hinab in den Hydepark, der zwischen den beleuchteten Hochhäusern wie ein von den Stadtplanern vergessener grüner Fleck wirkte.

Mitleid, Wut, aufgestaute Gefühle. Zumi wollte weinen, um den inneren Druck abzubauen, der sich angestaut hatte, aber es ging nicht. Sein Hals war eng, er fühlte das Brennen in den Augen. Die Tränen blockierten und verweigerten sich ihm. Erlösung sollte es erst geben, wenn er seinen Auftrag erfüllt hatte.

Er schaltete den 3D-Cube ein und switchte durch die Sender, die nach wie vor von Paris berichteten, von der wabernden Sphäre, von Isix, der verschwunden blieb, von den Beratschlagungen zu den Radiovoices, vor denen der Collie sie wiederum gewarnt hatte.

Die U.S.N.O. kam aus den Sitzungen gar nicht mehr raus, denn die Gefahr durch die Wyvers war nach wie vor gegeben. Sie hatten die Kontrolle über fast alle ehemaligen Collector-Planeten erlangt. Bis auf Hakup, Port und Freedom.

Die Götter, und zwar alle Götter, scheinen uns prüfen zu wollen. Zumi wollte den Cube wieder ausschalten, weil sein Verstand schon beschäftigt genug war. Noch eine Sorge mehr brauchte er nicht.

Das Zimmer-Kom blendete sich auf dem Display ein: *U.S.N.O.-Sekretär Dröger.*

Was will der Wichser? Zumi hatte noch weniger Lust, sich mit dem Deutschen zu unterhalten, doch dann fiel ihm ein, dass Louise bei ihrem Zusammentreffen zuerst nach Dröger gefragt hatte, bevor sie sich ihm anvertraute.

Er nahm den Anruf entgegen.

»Mister Zumi! Der Mann der Stunde. Was Sie alles überleben, ist unheimlich«, sagte Dröger, und gleich darauf wurde sein markantes Gesicht auf dem Cube sichtbar; die Frisur war so unverwüstlich wie der joviale Ausdruck auf seinen Zügen. »Wie geht es Ihnen?«

Besser als Louise. Er verzichtete darauf, die kleine Kamera im Gehäuse einzuschalten. Seine Stimme musste dem Mann genügen. »Was wollen Sie? Ich nehme mal nicht an, dass es eine Entschuldigung sein wird.«

»Mister Zumi, es geht mir um die Frau, die im U.S.N.O.-Gebäude mit Ihnen sprach. Sie sagten bei Ihrer Vernehmung, dass Sie zu mir wollte.«

»Sagte sie. Ja.«

»Und nannte sie ihren Namen?«

»Ja.«

Dröger verzog den Mund. »Kann ich ihn erfahren?«

»Weswegen? Sie ist tot, und Sie waren nicht da.«

Er lehnte sich kurz zur Seite, griff nach etwas und hielt ein Bild in die Höhe. Es war eindeutig Louise, aber die Aufnahme konnte nicht in London gemacht worden sein. »Das ist sie. Sie schrieb mir, dass sie mich treffen müsste und dass sie Informationen für mich hätte, die von größter Wichtigkeit sind.«

»Wie gesagt: Schade, dass Sie nicht da waren.«

Drögers Blick wurde forschend. »Mister Zumi, warum kann ich Sie nicht sehen?«

»Sie müssen nicht alles sehen, Mister Dröger.« *Er will rausfinden, ob ich etwas verberge.* »Ich trage gerade nichts.«

»Ah.« Er sah nicht überzeugt aus. »Hat Ihnen diese Frau vielleicht sonst noch etwas gesagt?«

»Nein«, log er spontan.

»Oder etwas für mich gegeben, Mister Zumi?«

»Nein.«

Drögers Blick blieb auf die Kamera gerichtet, und es wirkte, als würde er Zumi anschauen. »Sie können das nicht wissen, aber ich lasse Ihre Stimme durch ein nettes kleines Gerät analysieren, und das sagt mir gerade, dass Sie mich mit einer Wahrscheinlichkeit von dreiundachtzig Prozent anlügen.«

»Mein Stressfaktor ist derzeit höher, wie Sie sich denken können. Da wird Ihre Maschine durcheinanderkommen«, rettete er sich. *Dieses Arschloch! Am liebsten würde er auch meine Pupillenreflexe prüfen. Ich habe dich durchschaut.*

»Und gerade hat sich der Wert erhöht, Mister Zumi.« Dröger sah ihn vorwurfsvoll an. »Zu Ihrer Information: Ich lasse die Aufzeichnungen aus dem U.S.N.O.-Gebäude prüfen. Sollte sich herausstellen, dass Sie mich wirklich anlügen und Ihnen die Frau etwas übergab, das für mich bestimmt war, werden Sie sich wünschen, in der Obhut Ihres Kuschelcollies geblieben zu sein.«

»War das ein Statement des U.S.N.O.-Sekretärs oder des *SternenReich*-Knechts?«, konterte Zumi.

»Der Sekretär, der auf die Möglichkeiten eines Konzerns zurückgreifen kann«, umschrieb er es mit einem kalten Lächeln. »*SternenReich* sagte mir Unterstützung zu, um im Interesse der Menschheit zu handeln.«

Zumi wusste gar nicht, was er bei so viel Anmaßung entgegnen sollte, und spürte gleichzeitig aufkommende Panik. *Ich muss Louises Story unbedingt veröffentlichen.* »Entschuldigen Sie mich, Mister Dröger. Ich bin zum Essen verabredet«, sagte er.

»Hundert Prozent«, sagte Dröger noch, dann schaltete Zumi das Gespräch weg.

Er setzte sich an den Schreibtisch, setzte eine Mail an Reporter Ransom M. Vador auf, hing das Louise-Dossier als Kopie an und schickte die Nachricht wenige Minuten darauf ab.

Er fühlte sich gleich wohler, nicht mehr der einzige Wissende zu sein. Das Schicksal der Mutantin würde sich verbreiten und hoffentlich Verständnis sowie Betroffenheit auslösen.

Es klopfte.

»Ja?«

»Housekeeping, Sir. Ich bringe Ihr Abendessen«, erwiderte eine weibliche Stimme.

Vollpension. Wie aufmerksam. Zumi hatte zwar keinen Hunger, doch er musste etwas zu sich nehmen, sonst würde er vor Unterzuckerung nicht mehr klar denken können. In England bestellte man sich Sandwiches, natürlich mit Gurke. Auch der Tee kam gerade recht.

Er ging zur Tür und öffnete sie. »Vielen Dank«, sagte er und machte Platz, damit sie den Servierwagen hereinschieben konnte. »Stellen Sie es bitte auf den Tisch.«

Die Livrierte nickte freundlich und bugsierte das Essen auf dem fahrbaren Untersatz herein, deckte ein und mied das Gespräch, wie es gute Bedienstete Gästen gegenüber taten.

Zumis Computer gab ein Geräusch von sich. Auf dem Bildschirm stand: NACHRICHT KONNTE NICHT ZUGESTELLT WERDEN. SPEICHER DES EMPFÄNGERS VOLL.

Super. Zumi eilte an den Schreibtisch und aktivierte einen neuerlichen Versuch.

Seine Multibox vibrierte, eine Kurzmitteilung war eingegangen.

Lese ich nach dem Tee. Er setzte sich und nahm die Tasse, in der das Getränk dampfte. Die Angestellte blieb neben dem Servierwagen stehen und schien ihn bedienen zu wollen. »Sie können gehen«, sagte er. »Ich komme allein zurecht.«

»Sehr wohl.« Sie nickte und zog sich langsam zurück, während er vom Sandwich kostete.

Das Weißbrot war weich, die Butter leicht gesalzen, und die Gurke schmeckte fast wie frisch geerntet.

Zumi kaute, hörte das Krachen des festen Fruchtfleischs. Der Tee schwappte dunkel im hellen Porzellan. Nach einem Schuss warmer Milch und einem Löffel Zucker schmeckte er wesentlich besser. Dank der langen Jahre mit synthetischem Collie-Essen, das eine breiähnliche Konsistenz besaß und nach nichts schmeckte, bedeutete dieser Imbiss eine kulinarische Offenbarung.

Erst jetzt sah er auf die Multibox und die Kurznachricht.

Sie stammte von Dröger:

»Mister Zumi,
die Auswertung des Bildmaterials durch Experten ergab, dass Sie sich etwas aneigneten, was *mir* zusteht.
Ich gebe Ihnen zehn Minuten Zeit, mich anzurufen.
Danach macht sich ein Team zu Ihnen auf den Weg,
um die Übergabe vorzunehmen.«

Zumi sah auf die Uhr. Elf Minuten waren seit Eingang der Nachricht vergangen. *Scheiße, verdammte!* »Eine Übergabe vorzunehmen« bedeutete eine aktive Handlung. *Ob mit oder ohne meine Zustimmung.* Sandwich und Tee wollten wieder seine Kehle hinauf.

Er hastete zum Schreibtisch und suchte im London-Web nach Zeitungen, nach Web-Publishern, nach Info-Plattformen, denen er die Dossier-Kopie zusenden konnte. Vador würde sie dann eben nicht als Erster erhalten. Zumi wollte sein Wissen teilen, mit möglichst vielen Menschen und Medien, bevor Drögers Leute …

NACHRICHT KONNTE NICHT ZUGESTELLT WERDEN. SPEICHER DES EMPFÄNGERS VOLL.

Bei allen? Zumi durchfuhr es eiskalt. *Dröger! Er hat bereits reagiert.*

Es war kein Fehler von Vadors elektronischem Postfach – die Hacker von *SternenReich* hatten schlicht dafür gesorgt, dass keine Nachricht aus dem Zimmercomputer gelangte.

Mein Kom! Zumi nahm das Pad und hielt es gegen die Datenschnittstelle der Multibox, um das Dossier zu übertragen und es von dort aus zu senden.

»Housekeeping. Verzeihen Sie die erneute Störung, Mister Zumi«, sagte die Bedienstete von der Tür her. »Darf ich abräumen?«

»Ja, machen Sie nur. Mir ist der Appetit vergangen«, murmelte er und sah auf die Anzeigen des Übertragungsvorgangs.

»Schade. Das Gurkensandwich ist gut«, antwortete sie. Mit Drögers Stimme. »Sie hätten mich anrufen sollen.«

Erschrocken wandte Zumi den Kopf und sah den *SternenReich*-Mann neben dem Servierwagen stehen und genüsslich das zweite von drei Sandwichs essen. Die Bedienstete wurde gerade von einem Mann aus dem Raum geschleift. Ob sie bewusstlos oder tot war, konnte Zumi nicht einschätzen. »Zu spät, Dröger. Die Welt weiß von Louise und den Mutanten!«

»Nein. Weiß Sie nicht. Jedenfalls nicht von Ihnen.« Er zog eine *Versatile XP* aus dem Achselholster. »Und das wird sie auch nicht mehr.« Er legte an und schoss dreimal.

Dreifach tödlich getroffen ging Zumi zu Boden.

5. Oktober 3042 a. D. (Erdzeit)

Isix stand vor der wabernden, opalisierenden Sphäre, von der gelegentliche Ausläufer herauszuckten und zurückschnellten.

Er hielt die Hand ausgestreckt, um zu empfinden, was das freigesetzte Plasma an Veränderung mit sich brachte.

Die Luft hatte sich auf hundert Grad Celsius erwärmt. Nach etwa zwanzig Schritten setzte eine elektrostatische Ladung ein, die alles Elektrische in einem Umkreis von hundert Metern antrieb, ohne dass es an eine eigene Stromquelle angeschlossen werden müsste.

Mehr fand Isix ohne weitere Untersuchungsgeräte nicht heraus.

Die Behüteten hatten bereits mehrere Versuche vorgenommen, Drohnen mit Kameras in die Halbkugel geschickt, zu denen der Kontakt jedoch sofort abbrach, sobald sie eingedrungen waren. Man hatte eine Gruppe Justifiers hineingehetzt, und auch die Betas blieben verschwunden und kehrten nicht wieder zurück.

Danach waren die Versuche vorerst eingestellt worden. Die Behüteten warteten ab, wie sich die Sphäre entwickelte.

Isix überlegte, was er unternehmen sollte.

Die FTL-Module stammten aus den Fabriken der Pjagoor. Nach menschlichen Maßstäben belief sich die Entfernung auf vierhundertelf Lichtjahre, und da er sich ungefähr an die Koordinaten erinnerte, wäre es ein Leichtes, zu ihnen zu reisen und ihren Rat einzuholen. Das wäre das Einfachste und Sicherste, statt sich auf die Experimente und Bemühungen der Behüteten zu verlassen.

Das hatte nichts mit Mitleid zu tun. Isix wollte schlicht verhindern, dass sich das außer Kontrolle geratene Plasma durch den Kern fraß und die Welt vernichtete. Sträfliche Verschwendung von Nahrungsressourcen, mit den vielen Millionen Behüteten darauf. An ihrer überwiegend miserablen Fleischqualität konnte man arbeiten.

Zudem hatte er kein Interesse an der Destabilisierung des Sonnensystems. Der terranische Kollaps könnte größere Katastrophen nach sich ziehen und das planetarische Gefüge auflösen.

Abgesehen davon neigten die Behüteten dazu, selbst den größten Feinden gegenüber dankbar zu sein, sobald man ihnen etwas Gutes tat. Pervers.

Isix rechnete daher fest damit, dass man ihm nach der Rettung Terras eine Zufluchtsstätte vor den Wyvers zukommen ließ. Er hatte zu viel angeboten, um ignoriert zu werden.

Die Behüteten, denen er von den Aufzeichnungsgeräten Rede und Antwort gestanden hatte, fragten die merkwürdigsten Dinge. Vom Heimatplaneten seines Volks bis hin zum Stand der Technik, dem Verhältnis zwischen Wyver und Collector, der Bedrohung durch die Radiovoices, der Sphäre und vieles mehr. Am meisten verwunderte ihn die Frage nach einer eventuellen sexuellen Kompatibilität zwischen den Behüteten und seinem Volk. Man musste diese Wesen nicht verstehen.

Es war beschlossen: Er reiste zu den Pjagoor.

Isix verließ das Zentrum der Zerstörung, schlenderte durch den Schutt und stieg über die Trümmer. Er verfiel in einen raschen Dauerlauf, um den extern gelegenen Raumhafen zu erreichen, wo sich die Hilfsmannschaften und Wissenschaftler aller möglichen Nationen sowie Konzerne versammelten.

Isix passierte die ersten Stellungen, die von CityTroopern errichtet worden waren, um Plünderer abzuhalten. Niemand sprach ihn an, man wich vor ihm zurück.

Seinen guten Ohren entging nicht, dass man ihn verfluchte oder ihm den Tod wünschte. Noch so eine Eigenheit der Behüteten: der Glaube an höhere Mächte. An Götter. An etwas, das sie für Gutes und Schlechtes verantwortlich machen konnten.

Es erleichterte das Weltbild und das Leben durchaus, wenn man nie um Ausreden verlegen war. Sein Volk hatte dieses Stadium schon lange hinter sich gelassen, es aber in der Vergangenheit gnadenlos ausgenutzt, als Götter verehrt zu werden. Das wiederum erleichterte vieles.

Isix ließ den zweiten Sicherungsring hinter sich.

Hier war wesentlich mehr los. Wagemutige Behütete mit Kameras berichteten von hier aus, schwenkten die Linsen auf ihn und bauten ihn in ihre Berichte ein. Außer den CT standen Konzern-Gardeure herum und sicherten die mobilen Labore ihrer Unternehmen.

Einige entsicherten ihre Waffe, als Isix erschien und einfach zwischen ihren Linien hindurchmarschierte, aber sie schossen nicht auf ihn, um ihrem Hass freien Lauf zu lassen. Niemals waren die Behüteten konsequent mit dem, was sie taten. Mal ja, mal nein. Das Zaudern bedeutete eine weitere Schwäche.

Dann hatte er den Rand des Raumhafens erreicht, blieb stehen und sah sich um.

Die Maschinen, die geparkt standen, besaßen bis auf eine keinen FTL-Antrieb. Nur ein Schiff, auf dessen Seite das Emblem von *Knowledge Alliance* angebracht war, würde für sein Vorhaben nützlich sein.

Isix marschierte los, ging auf den Eingang zu, vor dem zwei gepanzerte Gardeure standen.

»Sir, Halt! Es tut mir leid«, sagte der eine und nahm die Waffe hoch. »Wir haben Anweisung …«

»Komm ruhig näher, du Scheißcollie«, fiel ihm der andere ins Wort und legte an. »Noch einen Schritt, und ich schwöre dir, dass ich herausfinde, wie viel du in diesem komischen Fetischanzug aushältst!«

Isix schritt weiter geradeaus. Die Waffe, mit der er bedroht wurde, war eine *Samurai*, mit einer Kapazität von achtzig Schuss, einem Kaliber von neun Millimetern und einer Austrittsgeschwindigkeit von 1200 Meter pro Sekunde. Das könnte gefährlich werden, sofern er sich treffen ließ.

Er nahm das Pad hoch und schrieb: »Bitte geht mir aus dem Weg, liebe Behütete. Ich brauche das Schiff, um Terra vor der Vernichtung zu retten.«

»Das *Schiff*?«, echote der aggressivere Gardeur. »Fuck, warum nicht auch meinen haarigen Arsch?«

»Sir, bleiben Sie stehen. Ich rede mit meinem Vorgesetzten«, bat der andere und wich langsam zurück. »Hatch, lass den Mist.«

»Unser Auftrag lautet, niemanden an Bord zu lassen«, gab der Gardeur knurrig zurück. »Und den werde ich erfüllen, es sei denn, der Sarge pfeift mich zurück.«

Isix hatte die beiden Behüteten fast erreicht und tippte: »Ihr seid herzlich eingeladen, mich zu begleiten und zu Helden zu werden. Ihr werdet euren Anteil zur Rettung beitragen.« Immer noch ging er auf sie zu.

»Darauf habe ich gehofft«, murmelte Hatch und löste aus.

Die *Samurai* spie die Geschosse mit Überschall gegen Isix.

Er drückte sich ab und schoss senkrecht in die Höhe, griff mit einer Hand eine tieferhängende Atmosphärenschwinge des Raumers und zog sich hinauf, sodass er sicher vor den Garben war.

»Scheiße! Du verfickter Collie«, grölte Hatch und eilte rückwärts, die Waffe im Anschlag, um eine bessere Schussposition zu finden. »Ich hole dich … Craig! Craig, die Bordgeschütze! Puste den Wichser von der *Nautilus*!«

Isix fand es bemerkenswert, endlich an einen Behüteten geraten zu sein, der nicht zauderte.

Die Geschosse des hasserfüllten Gardeurs jagten klingelnd gegen die Tragfläche und sirrten gefahrlos davon.

Doch die herumschwenkenden Flaks, die gleich drei Doppelläufe auf Isix ausrichteten, wurden zum Problem. Die Mannschaft an der Geschützsteuerung schien wie Hatch zu empfinden.

Er rannte in schnellem Zickzack über die Außenhülle, während die Flaks auf kürzeste Distanz aufröhrten.

Die Hitze der meterlangen Mündungsfeuer brandete von allen Seiten gegen Isix und wirkte wie glühender Wind. Schrapnelle erwischten ihn mehrmals, schnitten sich durch sein Unterkleid und pellten große Teile seiner Schutzhülle brachial ab. Gegen solche Attacken, auch wenn er nur indirekt getroffen wurde, wirkte die filigrane Panzerung nicht.

Isix fühlte, dass er durch die Risse an Substanz verlor. Die Behüteten trugen etwas Ähnliches in sich und nannten es Blut.

Sosehr sich die Zusatzherzen mühten, die Implantate ansprangen und die Versiegelungsnaniten in Aktion traten, es strömte aus. Dummerweise besaßen die Behüteten nichts, mit dem er die Löcher auf die Schnelle zu stopfen vermochte.

Isix schaffte es, aus den Feuerwinkeln der Flaks zu entkommen und an einen Noteinstieg zu gelangen.

Mit einem harten Ruck entfernte er die Schlösser, überlastete die Schutzelektronik mit einem Hieb und einem Spritzer seiner Substanz, der sich durch die Kabel fraß und sie auflöste. Anschließend öffnete er die Luke, um sich hineingleiten zu lassen.

Die Mannschaft der *Nautilus* hatte an dieser Stelle nicht mit seinem Eindringen gerechnet. So rannte Isix unbehelligt durch den schmalen Gang hinab, der zur Evakuierung gedacht gewesen war, sprang in einen Hauptgang und flog nahezu, um zur Brücke zu gelangen.

Hinter ihm zischten die Vakuumschotts hinab, doch die Behüteten konnten die Verriegelungen nicht schnell genug von Hand auslösen. Vermutlich befand sich der Bordcomputer auf Stand-by und musste erst hochgefahren werden.

Isix erreichte die Brücke, auf der sich nur zwei Behütete befanden.

Ein Mann und eine Frau saßen an den Kontrollen, die Finger flogen über die Knöpfe, Regler und Tastfelder. Funksprüche drangen quakend aus den Lautsprechern.

»Er ist hier! Heiliges Troja! Der Collie ist schon drin!«, rief der Behütete panisch.

Die Frau tippte einen Befehl zu Ende, bevor sie sich umdrehte. »Das ist Eigentum von *Knowledge*, Collie. Runter von der Brücke und raus, oder du wirst sehen, was wir noch alles aufbieten, um dich vom Schiff zu entfernen.«

Isix nahm das Pad. »Ich brauche das Schiff, um Terra zu retten. Bitte leistet keinen Widerstand, geschätzte Behütete. Es ist mir ein Leichtes, dieses Modell allein zu steuern. Ich brauche euch nicht. Seid dabei und werdet Helden, oder steht mir im Weg und werdet vergessen.«

Der Behütete klappte den Mund auf und wieder zu.

Das weibliche Exemplar sah genauer hin, legte die linke Hand auf einen Knopf, ohne ihn zu drücken. »Ist das ... sein ... Blut?«

»Ich weiß es nicht«, gab der Behütete zurück. »Es ist blau und …
schwebt nach oben! Sieht aus wie winzig kleine Blasen.«

Isix wunderte sich nicht, dass sie sich von seinen Verletzungen ablenken ließen. Es war natürlich kein Blut, sondern seine Substanz, die sich verflüchtigte. Wesentlich höher entwickelt und keinesfalls vergleichbar mit dem Lebenssaft der Behüteten, voller Kraft, voller Energie und voller Potenzial. Aber er brauchte es zum Überleben. Wie schnödes Blut.

»Startet das Schiff, und verlasst die Atmosphäre. Ich nenne euch die Koordinaten für den FTL-Sprung durch das Interim«, befahl er über das Pad. Gleichzeitig ließ er das Schott hinter sich zufallen, da die Noteinstiegsluke noch offen stand, was im Weltraum zu unschönen Konsequenzen führte. Mit ein wenig seiner Substanz vernichtete er anschließend den Kontrollmechanismus, der sich zischend auflöste. Niemand außer ihm würde den Eingang öffnen.

»Grill ihn!«, verlangte der Behütete. »Charlene, grill ihn endlich!«

Isix reagierte präventiv. Er nahm eine aufsteigende Perle seiner Substanz aus der Luft und schnipste sie in Richtung der beiden Behüteten.

Das kleine blaue Kügelchen flog laserstrichgerade auf sie zu.

Die zwei Exemplare wichen hastig aus, das Quäntchen Substanz prallte gegen die Wand hinter ihnen – und entlud sich.

Die Detonation setzte Energie frei, die sich als tausendfache Verästelungen auf alles warf, was um sie herum war. Auch auf die zwei Behüteten. Sie wurden von der schieren Macht und Kraft durchgeschüttelt und brachen lautlos zusammen; ein paar letzte Blitze umspielten sie.

Isix eilte, leicht vor Schwächung schwankend, zu den Bedienungskonsolen und fuhr die Schiffssysteme hoch. Die Steuerung konnte von jedem Kind bedient werden, das über ein wenig Verstand verfügte.

Ein Blick sagte ihm, dass der FTL-Antrieb im Innern der *Nautilus* lief. Er war nicht abschaltbar. Jedenfalls nicht über diese Steuerung. Wieder einmal hatten die Behüteten etwas konstruiert und kombiniert, das früher oder später in einer Katastrophe enden würde. Gut, dass er die Maschine in seinen Besitz gebracht hatte.

Isix schaltete das Mikrofon ein und hielt das Pad davor; parallel dazu sendete er seine Ansprache universal in den Äther, damit ihn möglichst viele Sendeanstalten auffingen und den Behüteten auf diesem Planeten mitteilen konnten. Er wollte, dass *alle* erfuhren, was *er* für die Rasse Mensch tat.

»Geschätzte Behütete.

Ihr habt genug gelitten und eure Strafe für euer Fehlverhalten erhalten. Das Leiden wird ein Ende haben.

Wir brechen auf, um die Rettung für Terra zu bringen. Ich kenne einen Weg, den Untergang eurer Heimat aufzuhalten!

Ich brauche niemanden an Bord, möchte aber jedem freistellen, mich zu begleiten. Wer mit mir reist, unterwirft sich meinem Willen. Bedingungslos.

Alle anderen haben dreißig Sekunden, um die Nautilus zu verlassen.

Ich danke auch dem Konzern Knowledge Alliance für seine großzügige Leihgabe. Ich werde versuchen, das Schiff unbeschadet zurückzubringen.

Wenn ich zurückkehre, freue ich mich auf eine sichere Bleibe für mich und meinesgleichen. Und ich teile, wie versprochen, mein Wissen mit euch. Und jedes weitere Wissen, das ich auf meiner Mission erwerben werde.

Mein Name ist Isix. Ich komme wieder.«

Isix ließ die Zeit verstreichen und legte eine Hand auf das größte Loch, das ihm die Splitter ins Unterkleid gerissen hatten. Der Substanzverlust musste unbedingt aufgehalten werden.

Die Reparaturnaniten gaben ihr Bestes, durchströmten ihn, fluteten seine Adern und Leitungen, um die schadhaften Stellen zu kitten. Es kitzelte leicht an den Regionen, in denen sie wirkten. Aber gleichzeitig beanspruchten sie auch von seiner Substanz. Es würde dauern, bis er die Einbußen wieder aufgestockt hatte.

Isix sah, dass sein Ultimatum abgelaufen war. Um seine Gnade zu zeigen, wartete er weitere dreißig Sekunden, bis er die Düsen aufbrüllen und die *Nautilus* auf vier Feuerstrahlen in den dreckig grauen terranischen Himmel reiten ließ.

Gemäß der Meldeanzeigen hatten es alle Crewmitglieder vorgezogen, keine Helden zu werden und nicht mit ihm zu kommen. Außer den zwei betäubten Behüteten zu seinen Füßen.

Kaum befand sich der Raumer außerhalb der kritischen Masseentfernung zur Erde, gab er die Koordinaten für den Sprung durchs Interim ein und brachte den FTL-Antrieb mit einem Knopfdruck dazu, das Schiff mit allen Insassen in die graue Passage zu bringen.

Isix ignorierte den Gedanken, dass ausgerechnet er in die erste Falle der Radiovoices rauschen könnte.

Fünfte Szene

8. Oktober 3042 a.D. (Erdzeit)

> »Der berühmte Religionsstifter um das Heilige Handtuch,
> Douglas Adams, sagte:
> Es gibt eine Theorie, die besagt, wenn jemals irgendwer
> genau herausfindet, wozu das Universum da ist und warum es da ist,
> dann verschwindet es auf der Stelle und wird durch noch
> etwas Bizarreres und Unbegreiflicheres ersetzt. –
> Es gibt eine andere Theorie, nach der das schon passiert ist.
> Er hatte recht.
> Und es geschah schon mehrmals.«
>
> ANDREJ POPOWITSCH, Philosoph

SYSTEM: ROSS 614 A
PLANET: CORNU COPIAE (COS-BESITZ, VERPACHTET AN TAUCETIPRIME)
ORT: CORNUS-CITY

Das wird spannend. Black ärgerte sich, dass es keinen Kaffee gab.

Er war definitiv schon viel zu lange auf den Beinen. Erst die Sache mit der Handgranate, die er gerade so am Explodieren hatte hindern können, und jetzt das hier. Seine gewonnenen Erkenntnisse über den Verbleib von Colomba brachten gerade gar nichts.

George Hu saß wie ein Häufchen Elend auf einem Hocker neben der offen stehenden falschen Collie-Panzerung. Den toten Stuntman darin hatten sie nicht angerührt. »Aber nicht abknallen?«, versicherte er sich mit einem Blick zu Idòciu erneut.

»Werde ich nicht«, bekräftigte der Commander.

Seine Justifiers behielten die Eingänge locker im Auge, aber da Black die halbe Trooper-Einheit lahmgelegt hatte, würde so schnell niemand kommen und nach dem Rechten sehen. Zumal er durch den Rang eines Nuntius die höchste rechtliche Instanz auf Cornu Copiae war. Höchstens ein mutiger Mob könnte Ärger machen.

Aber nicht um kurz nach fünf Uhr morgens. Black hatte die Handgranate eingesteckt. Irgendetwas sagte ihm, dass er sie als Druckmittel nicht brauchte. Das Team von *SternenReich* hatte andere Sorgen.

Er sah zu White. Dass er seinen Uditor hier antraf, war kein Zufall. Sicherlich hatte man dem ehrgeizigen Kerlchen einen heimlichen Sonderauftrag mitgegeben, der die Church munter in den Dreck geritten hatte. *Kommt drauf an, was der Kleine alles gesagt hat.*

George deutete schwach auf den Inhalt des Rucksacks vor den Stiefelspitzen des Panther-Betas. »Ich bin freier Journalist und auf der Suche nach Storys. Ich wollte die Machenschaften der Konzerne sowie des 2OT aufdecken. In aller Öffentlichkeit und so. Ganz ohne Auslegungsmöglichkeit. Und die Church wollte ich gleich mit bloßstellen.« Er seufzte. »Ich traf mich zufällig mit Frank Dominian für eine Doku über die Action-Serie. Er erzählte mir von den Collie-Panzerungen, wie echt sie aussähen und so. Dabei entstand der Gedanke, einen ultimativen Köder zu bauen: der nette Collector, dem man was bieten muss. Es sollte auf einem entlegeneren Planeten stattfinden, um die Täuschung länger aufrechtzuerhalten. Frank und ich haben uns als Arbeiter auf *Cornu* eingeschmuggelt, um uns frei bewegen und unsere Ausrüstung herbringen zu können. Ich habe die Nachricht über den Collector im *StellarWeb* platziert, und dann warteten wir.«

»Hat geklappt.« Black sah zu Idòciu, danach auf den toten 2OT und schließlich auf den Uditor. *Drei Kandidaten sind schon da. Es könnten noch mehr werden, die mit einem Collie verhandeln wollen.*

George räusperte sich. »Frank … na ja. Er hat sich ein bisschen zu ernst genommen und sich schon als halber Collector gesehen, der die

Menschen beschützen muss. Wir entdeckten dann auch noch die Verrückten, diese Ancients-Anbeter, die Templer …«

»Templ*ars*«, verbesserte Black. »Die Templer waren die Guten.«

»Von mir aus. Ich habe diese Deppen auch ausgehorcht, um daraus eine Doku zu machen, und fand immer mehr heraus. Frank habe ich aus seiner Rüstung und der noblen Beschützerrolle gar nicht mehr rausbekommen, und er musste dann unbedingt als Collie einen von ihnen umnieten und die Preacheress befreien. Danach ging ihm der Saft aus, er musste aufladen, aber als er zurückkehrte, war sie von den Templars bereits wieder eingesackt. Und dann …«

»Das ist ja nett, dass du uns alles erzählst, aber eigentlich wollte ich wissen: Wohin hast du gesendet?«, fragte Idòciu mürrisch.

George zeigte nach oben. »Direkt zum Satellit. Ging schon raus. Ich habe einen eigenen Kanal im *StellarWeb*, der freigeschaltet wird, sobald ich das Senden-Signal gebe.«

»Fuck«, knurrte der Panther-Beta. Saber versetzte dem Kameramann einen Hieb gegen den Hinterkopf, was ihm einen Anschiss des Commanders einbrachte.

»Und du wirst das Signal natürlich nicht geben«, sagte Idòciu drohend.

»Ich … habe es schon. Eigentlich war es die Lady.« Er nickte auf Tye. »Es ist eine Totmann-Schaltung und die Absicherung für mein Material. Wenn es mich erwischt, sollte der Kanal erwachen und die Menschheit über meine Erkenntnisse informieren. Als sie den Kontakt durch das Rausziehen der Stromversorgung unterbrach, wurde das als Notfall eingestuft.« Er kniff die Lippen zusammen. »Nicht abknallen«, erinnerte er leise und vorsichtshalber.

Alle sahen Tye an, die wiederum die Hände abwehrend hob. »Wie hätte ich das wissen sollen?«, verteidigte sie sich. »Er hat ja kein Schildchen drangehängt.«

Black sah zur Decke, als könnte er den Satelliten sehen, der die ungeschönte Wahrheit verbreitet hatte. »Das *StellarWeb* wird also in absehbarer Zeit erfahren, dass sich sowohl der 2OT, die Church of Stars und *SternenReich* die Blöße gaben, ein Wettbieten um Konditionen zu veranstalten, damit ein Collector auf ihre Seite wechselt. Es wurde in aller

Offenheit mit einem Fressfeind der Menschheit verhandelt, als wäre es ein regulärer Geschäftspartner«, fasste er zusammen. »Vermutlich aus zwei Kameraperspektiven. Richtig, Mister Hu?«

»Richtig, Nuntius Black«, erwiderte er fahrig. »Kann ich mal aufs Klo, Sir?«, fragte er dann Idòciu. »Ich scheiße mir sonst in die Hose. Ehrlich!«

Er nickte und schickte Saber mit ihm, um ihn zu bewachen. Er wirkte ratlos und sah auf seine Multibox.

Black winkte seinen Uditor zu sich. »Wir reden später darüber, was du hier tust und warum ich das Gefühl habe, dass mich Horàt mit der Mission, zwei Preacher zu retten, verarschen wollte«, raunte er. White wurde bleich. »Gentlemen, Sie haben sicherlich ein Raumschiff?«, richtete er die Worte an den Commander.

»Was geht Sie das an?«

»Weil wir an dem gleichen Problem arbeiten sollten.« Black zeigte auf Hus Geräteberg. »Wir müssen die Ausstrahlung verhindern. Uditor White hat sich sicherlich hinreißen lassen, über das Ziel hinauszuschießen, aber der Rang gibt seinen Worten mehr Gewicht, als gut ist. Der Pakt mit dem Teufel – das könnte die Schäfchen in Unruhe versetzen.« Black blickte Idòciu an und sah auf seine erloschene *Holy Smoke*. »Was Sie und Ihre Deltas angeht: Ihr Kon-Emblem wird gut zu sehen gewesen sein. Sie haben dem falschen Collie ein gutes Angebot gemacht, das das Unternehmen bei der U.S.N.O. und in der Öffentlichkeit in Schwierigkeiten bringen wird. Öffentlichkeit bedeutet fallende Aktienkurse, bedeutet Verluste, bedeutet das Ende von vielen CEOs und Arbeitsplätzen. Korrekt?«

Der Commander atmete mehrmals tief ein und aus. »Sir, ich müsste dazu Rücksprache mit meinen Vorgesetzten halten. Abgesehen davon ist es zu spät.«

Er hat seine Hausaufgaben nicht gemacht. Black schüttelte den Kopf, die schwarzen Haare flogen. »Wir sind am Arsch der Welt, Idòciu. Die Nachricht, die Hu sendete, wird mindestens drei Wochen brauchen, bis das Signal dorthin gelangt, von wo es unwiderruflich via Stellar Voice Radio in das *Web* gebroadcastet wird.« Er bemerkte, dass Tye augenblicklich ihr Pad zur Hand nahm und Sternenkarten aufrief. Sie prüfte seine Aussage. »Ich habe die Route jetzt nicht im Kopf, aber wir haben mehr als eine Chance, eine Verstärkerstation zu kapern. Und es wäre mir sehr recht, wenn wir das selbst machen, anstatt Vorgesetzte zu informieren. Justifiers mögen das Unauffällige, und wir auch.« Er sah White an. »Nicht wahr, Uditor? Wo du doch eine große Karriere vor dir haben könntest und ich meinen Lebensabend in Ruhe genießen will?«

White senkte den Blick. Er war nichts weiter als ein Preacher, der einen Tick zu früh befördert worden war.

Black hielt ihm den Flachmann hin, doch er lehnte ab.

»Tye?«, machte Idòciu.

Die Justifierin hackte auf die Oberfläche ein, schob und vergrößerte, ließ Berechnungen laufen. »Der Nuntius ist gut«, befand sie mit Sex in der Stimme. »Wir haben knappe vier Wochen und drei Möglichkeiten, die letzten Bilder einzusacken.«

Black grinste gemein. *Der alte Mann ist nicht schlecht.* Als er die Karte und den Planetennamen Ryker Ten sah, fiel ihm noch etwas ein. Etwas Entscheidendes und Wundervolles.

»Mir macht es nichts, dass der 2OT diskreditiert wird, aber die Church sollte in dem Bericht nicht auftauchen.« Eine neue Kippe fand den Weg zwischen seine Lippen und wurde angezündet. »Wie sieht's aus: Tun wir uns zusammen? Ich meine, ich breche auch ohne Sie und Ihre Beta-Truppe auf, aber wer weiß, was uns unterwegs zustößt? *SternenReich* hätte den Segen des HERRN auf seiner Seite. Welcher Konzern kann das von sich behaupten?«

Idòciu sah zu Tye, deren Augen sich kurz verengten, als würde sie einwilligen. »Unser Schiff liegt ein paar Kilometer von hier entfernt verborgen. Aber … der FTL-Antrieb ist beim Eintritt in die Atmosphäre verglüht. Das Gewitter erwischte uns auf dem linken Fuß. Wir kämen zwar vom Planeten runter, aber springen scheidet aus.« Er schnalzte mit der Zunge. »Sie werden aber auch nicht starten können, Sir.«

Black fühlte ein heißes Brennen in seinen Eingeweiden, als habe man ihm einen Tauchsieder in den Darm geschoben. »Weil?«

Der Commander hob entschuldigend die Achseln. »Wir mussten sicherstellen, dass uns niemand folgt. Da Sie die rechtliche Instanz der Church sind und das Sprungschiff hatten, legten wir es vorhin lahm.«

»*Lahmlegen* bedeutet?«, erkundigte sich White mit quiekender Stimme. Die Panik machte ihn zu einer Maus. »Ist es reparabel?«

»Sofern man alle Ersatzteile hat«, steuerte Tye bei. »Die Explosion dürfte die komplette Steuerelektronik des Navigationscomputers zerlegt haben, die kleine Säurekapsel müsste die Schnittstellen …«

Black schnellte nach vorn – und sah in den Lauf von Idòcius *Prawda*.

»Sir, wollten wir uns nicht zusammentun?«, fragte der Commander kühl, einen Finger am Abzug. »Damit meinte ich nicht Ihre Faust und das Gesicht meiner Technikspezialistin.«

Knurrend setzte sich der Nuntius wieder und zog mit solcher Inbrunst an seiner *Holy Smoke*, dass sich ihre Länge um die Hälfte reduzierte.

»Der Automat hat ein Raumschiff geordert«, sagte Hu und kehrte vom Klo zurück; Saber folgte ihm und sah sehr angewidert aus. »Er rief bei seiner Zentrale in *Automaton Prime* an und verlangte ein Taxi für den Collector. Es müsste in ein paar Tagen da sein, wenn sie gleich gesprungen sind. Oder in ein paar Monaten, wenn sie ein Shuttle im Blindsprung schicken. Das TransMatt-Portal werden sie eher nicht nutzen, denke ich.« Er sah erleichtert aus. Im wahrsten Sinne.

»Wie hat er das gemacht?«, fragte Black verblüfft.

»Der Automat hat einen Senderverstärker gebastelt, den er in seiner Werkstatt aufbewahrt. Unter der Hebebühne. Damit kann er …«, erklärte Hu.

Das ist schon besser. Black sah Idòciu an. »Wollen Sie lieber einen Trupp 2OT aufmischen, oder sagen wir meiner Zentrale auf Christ Bescheid? Ich kann uns ein Schiff besorgen, das weder mit der Church noch mit Ihrem Konzern in Verbindung gebracht wird.«

»Brauchen wir dazu nicht einen guten Grund?«, warf White zögerlich ein.

»Wir müssen die Entführer von Preacheress Colomba verfolgen. Und das können wir nur mit einem sprungfähigen Schiff«, antwortete er. *Das ist nicht mal gelogen.* »Ich weiß, wohin sie gebracht wurde.«

White öffnete den Mund. »Woher?«

»Später.« Black sah die Justifiers an. »Und Sie, Commander, werden uns mit Ihren Leuten dabei zur Hand gehen.«

Idòciu senkte die *Prawda*. »Dazu bräuchte ich mehr Informationen.«

Black nickte. »Das können wir auf dem Weg zur Werkstattniederlassung des 2OT besprechen.« Er sah auf das Collie-Imitat. »Schaffen wir den weg, zusammen mit dem Automaten. Ich werde mit dem verstärkten Sender eine offizielle Nachricht an Christ absetzen, dass der 2OT beim Reparieren eines Vollernters in den Häcksler gefallen ist. Außerdem gab es Ausfälle durch die Unruhen, welche die Templars auslösten, wie auch in der Spielhalle. Offiziell haben wir Cornu Copiae damit befriedet.« Sein harter Blick streifte White. »Aber unsere Arbeit ist noch nicht beendet.«

Idòciu stimmte zu.

Sie verpackten die Leichen von Frank Dominian sowie Kyniras Beta 23/23811 in Säcke und schafften sie hinaus, was bei dem vielarmigen 2OT gar nicht trivial war. Tye stellte zusammen mit zwei Justifiers den Collie wieder hin, als wäre er der Spielautomat, und nahm die Munition aus den Ladesystemen.

Danach versiegelte Black die Halle mit seinem Nuntius-Siegel und schrieb dem Pächter eine Notiz, dass er sich bei Deaconess Jeanne melden sollte.

Danach begann die Fahrt in die Werkstatt.

Idòciu, Black und White chauffierten zusammen, und die Truppe, die aus einem ganzen Arsenal weiterer Betas bestand, kassierte Hu ein. Unterwegs besprachen sie die weitere Vorgehensweise.

»Spielen wir mit offenen Karten: Der Uditor und ich haben den Auftrag«, sagte Black, »eine verschwundene Preacheress einzusammeln. Die Templars«, wobei er das *a* betonte, »haben ihren Begleiter gekillt und sie verschleppt. Ich habe mich ein wenig umgesehen, während mein Uditor meinte, im Namen der Church Angebote an Ahumane zu unterbreiten. Aufgrund von benutzten Symbolen bei der Verzierung einer nachgebauten Kultstätte der Ancients, Äußerungen und Hinweisen der Verhörten, kam dabei der Planet Ryker Ten als möglicher Aufenthaltsort heraus.« Black ließ sich von White das Pad geben. »Ihre Technikerin hat vorhin die Route der gesendeten Übertragung ermittelt. Zu meiner großen Freude liegt Ryker Ten in unmittelbarer

Nachbarschaft zur dritten Verstärkerstation.« Er reichte das Gerät an Idòciu.

»Hm«, brummte der Commander und betrachtete die Berechnungen. »Es bedeutet trotzdem einen Umweg.«

»Ich möchte noch darauf hinweisen: Die Nachricht braucht sicherlich eine Weile, bis sie auf Christ ist. Wir wissen nicht, wie stark der Sender ist, den der 2OT gebastelt hat.«

»Das wird Tye herausfinden.«

»Gut. Gehen wir im besten Fall von einer Woche aus. Die *Interception* mit einem Sprungkranz wiederum benötigt eine Woche bis nach Ryker Ten. Ihre ... Tye berechnete nach den alten Parametern knappe vier Wochen und drei Möglichkeiten, die uns blieben. Das reduziert unser Zeitfenster, das wir zum Abfangen haben, ganz erheblich«, mischte sich White in die Überlegungen ein.

Leider zurecht, wie Black einräumen musste. »Schön. Reden wir von zwei Wochen und zwei Möglichkeiten.« *Es klingt zumindest positiver.*

Idòciu stieß neue Berechnungen auf dem Pad an und sah auf die aktualisierten Zahlen. Die mäßige Begeisterung stand ihm ins Gesicht geschrieben. »Schaffen wir es und fangen die Nachricht dort ab, sind wir sicher und können uns um die Befreiung der Preacheress kümmern. Aber angenommen, die Daten gehen uns aus welchen Gründen auch immer bei Station drei durch die Lappen, bleibt uns nur noch *ein* Schlag. Verzögerungen sind nur in einem gewissen Toleranzbereich erlaubt.« Der Justifier sah zwischen Nuntius und Uditor hin und her. »Ich bin ein Freund vom sogenannten Plan B. In diesem Fall haben wir jedoch keinen. Das ist den Gentlemen klar?«

Er weiß, dass er keine Wahl hat, wenn er eine Blamage seines Konzerns und seine eigene Entlassung ... nein, eher seinen Tod verhindern möchte. Die CEOs werden ihn ausschalten lassen, wenn er es verkackt. Black deutete ein Nicken an. »Ich hätte auch lieber einen anderen Job.«

»Kann ich darauf bestehen, dass wir *zuerst* die Nachricht sichern und *danach* Ihre Preacheress?«, versuchte es der Commander.

»Nein. Wir springen zu Station 3, donnern zum Planeten, retten sie und ...«

»Warum vernichten wir das Relais nicht einfach?«, fragte White vorsichtig. »Danach haben wir Zeit, Colomba zu retten.«

Die Frage und der darin schlummernde Vorschlag waren so einfach, dass Black nicht fassen konnte, warum sein Verstand das nicht von selbst bemerkt hatte. *Da war doch was*, grübelte er.

Idòciu rief ein paar Daten ab und hielt sie so, dass die beiden Männer sie lesen konnten. »Die Relaisstationen sind eine Gemeinschaftsentwicklung verschiedener Konzerne. Die U.S.N.O. wiederum besitzt die Codes, mit denen die eingebauten Abwehrabrichtungen abgeschaltet werden können. Alles, was näher als fünfhundert Meilen an die Stationen herankommt, wird unter Beschuss genommen.«

Richtig! Das war's. Black wünschte sich einen Tank voll *Mighty Spirit*.

»Aber das lassen Sie Tye machen. Sie baut uns was. Eine Woche im Interim wird ihr ausreichen, sich einen Störsender auszudenken.«

Noch eine Unwägbarkeit. Black legte den Kopf in den Nacken. *Und das alles vor meiner Pensionierung.*

6. Oktober 3042 a. D. (Erdzeit)

SYSTEM: SOL
PLANET: TERRA
ORT: GLOBALCITY LONDON

»Sir?«, fragte eine helle Stimme zögerlich.

Zumi fühlte sich, als habe er drei Löcher in sich, aus denen Blut und sonstiges Zeug lief, das normalerweise in seinen Körper gehörte und nicht auf einen Hotelfußboden. Zwei in der Brust, eines … in seinem Schädel?

Wieso kann ich noch denken? Diese Art Schmerzen kannte er nicht, sie waren unvergleichlich und sollten einfach aufhören. Das Atmen gelang ihm nicht. Ein fetter Riese saß auf seiner Brust und quetschte sie zusammen. Zumi konnte nicht einmal die Augen heben, um den Riesen zu betrachten. *So ist es zu ersticken … trotz Kopfschuss. Was für eine Scheiße …*

»Sir? Sir, das könnte ein bisschen wehtun.«

Dann werde ich es nicht merken. Und ...

Ein grelles Licht blendete ihn durch die Lider hindurch.

Es knisterte wie von starker Elektrizität, ein dumpfes Stöhnen kam über seine nach Blut schmeckenden Lippen. Eine Macht blies ihm die Lungen auf, gegen die er sich nicht zu wehren vermochte.

Zumi begriff, dass das Licht IN ihm war! Es durchdrang ihn. Er öffnete die Augen und sah nach wie vor nichts außer Blitze und zackige Lichtkränze.

Seine Brust quoll auseinander, der Metallgeschmack in seinem Mund verstärkte sich. Er spuckte Blut, hustete und sog Luft ein, bis er genug für einen gewaltigen Schrei in sich hatte, in den er sein Leiden hineinlegte. In seinen Ohren knackte es wie bei Überdruck.

»Ruhig, Mister Zumi! Bitte, nicht aufregen. Es ist schon schwer genug«, sagte die helle Stimme. »Gleich haben Sie es geschafft.«

Gleich zog sich unendlich in die Länge. Die Luft roch inzwischen aufgeladen, nach Ozon, nach Wärme, nach Schweiß und ... dann erstarb das Gleißen in seinen Augen.

Zumis Sicht kehrte allmählich zurück.

Er lag seitlich auf dem Boden, vor einer Lache Erbrochenem. Aus dem Hellen schälte sich das Zimmer, in dem reichlich Chaos herrschte. Dröger und seine Leute hatten alles durchwühlt und waren dabei wenig zimperlich vorgegangen. Vermutlich hatten sie auch alles gefunden: Chip, Dossier, Sicherheitskopien, die Nachrichten in der Warteschleife seines Programms. Es war nichts von Louise übrig geblieben.

Er blinzelte, was sich auf dem rechten Auge anders anfühlte als auf dem linken. *Leicht geschwollen.* Seine Arme reagierten nicht auf seine Befehle. Überhaupt konnte er sich kaum rühren. Er wollte wenigstens die Rettungssanitäterin sehen, die ihm das Leben bewahrt hatte.

In Zeitlupe hob er den Kopf – und sah ein Mädchen vor sich knien.

Es konnte von Statur und Gesichtsform her nicht älter als sieben Jahre sein, doch die blauen Augen blickten wie die einer älteren Frau. Ihre Kleidung war unauffällig, sodass man sich nicht leicht an sie erinnerte. Eine Kappe verbarg den Großteil der hellblonden Haare.

»Das ist das erste Mal, dass ich einen Kopfschuss und einen Nackenschuss gleichzeitig behandeln muss«, sagte sie und wirkte dabei sehr stolz. »Hat geklappt. Hoffe ich. Geben Sie Ihrem Körper noch ein, zwei Stunden, dann hat er sich erholt. Die Synapsen verknüpfen sich neu und lernen im Zeitraffer. Bin gespannt, was Sie noch alles wissen.« Sie zeigte auf den Sessel. »Ich warte so lange.« Im Vorbeigehen nahm sie sich ein übrig gebliebenes Gurken-Sandwich. Knuspernd kaute sie den Imbiss.

Zumi kam sich erniedrigt vor, wie ein Alkoholiker im Hausmantel neben seiner Kotze zu liegen und von einem unbekannten Kind angestarrt zu werden. »Wer …?«, krächzte er. Mehr ging noch nicht.

»Sirona«, antwortete sie undeutlich und mit Gurke im Mund.

»Wie …?« *Ich führe mich auf wie ein Idiot!*

»Durch die Tür. Nachdem Dröger weg war.« Sirona verschlang den letzten Bissen.

»Was …?«

Sie wischte die Hand am Polster ab. »Ich könnte Ihnen alles erklären, aber ich weiß nicht, ob Sie sich in zwei Stunden noch erinnern und ich alles noch mal erzählen muss. Den Fehler habe ich schon mal gemacht. Also: Wir warten.« Sirona schaltete den 3D-Cube ein und suchte einen Comic-Kanal, in dem sie augenblicklich versank.

Zumi schossen tausend Gedanken durch den Kopf. Wenn Dröger zurückkehrte? Wenn die Trooper auftauchten oder jemand vom Hotel? Was tat Dröger mit der Datei? Wie konnte er in der U.S.N.O. über die Mutanten sprechen, wo ihm die Beweise fehlten? Was würde Dröger tun, wenn er erfuhr, dass er lebte?

Aber das Wichtigste: *Was bei allen Unheiligen hat dieses Kind gemacht, um meine Schussverletzungen ungeschehen zu machen?*

Er wollte aufspringen, etwas tun, irgendwas – aber bestimmt nicht neben seinem Erbrochenen liegen und warten, bis seine motorischen Fertigkeiten erwachten, während sich dämliche animierte Figuren auf dem Cube lachend jagten und in Stücke hackten.

Endlich, nach qualvoll vielen Cartoons, verkündete das Kribbeln, dass das Gefühl in den Armen zurückkehrte.

Zumi konnte sich bewegen und stemmte sich langsam und unsicher wie ein Hundertjähriger nach dem Mittagsschlaf in die Höhe.

Sirona sah zu ihm und schaltete den Cube aus. »Na?«, machte sie neugierig.

Zumi schluckte angestrengt und brauchte dringend einen Schluck Wasser. In seinen Gedanken traten gelegentliche weiße Felder auf, die sich erst langsam mit Wissen und Erinnerungen füllten, aber sie kehrten zurück. Die Frage, wie es das Mädchen geschafft hatte, ihn zu heilen, gab er sich selbst: *Sie ist eine Mutantin!*

»Durst«, sagte er und schwankte zum Mini-Bar-Automat, drückte den Knopf für Cola und riss den Becher gierig heraus, noch bevor er gefüllt war.

»Wer bin ich?«

»Sirona. Das sagtest du zumindest.« Zumi ließ den Automat nachfüllen und rülpste leise. Egal. »Du bist mit Louise gekommen.«

»Oh, ja! Das stimmt! Dann können Sie ja richtig gut denken!«, freute sie sich und klatschte begeistert. »Wie schön. Mist. Dann hätte ich Ihnen ja alles schon vorhin erzählen können.« Sie lachte. »Aber Glotze war auch gut.« Sie überkreuzte die Beine. »Ich bin Louises Tochter.«

»Was?«

»Sie erzählte Ihnen sicherlich von den Fehlgeburten, die sie hatte.« Sie zeigte an sich hinab. »Ich bin so eine. Ein paar der Collie-Mittel, die zu schnellerem Wachstum und Reifung führen sollten, griffen nicht immer. Keine Ahnung, was die Ahumanen anfangs falsch gemacht haben. Ich landete in einem Forschungslabor und wurde aufgezogen, gecheckt, überwacht. Eine Art Versuchstier, um zukünftige Fehler zu vermeiden.« Sirona nahm ihr Schicksal sehr gelassen. *Und auch den Tod ihrer Mutter.* »Lassen Sie sich also nicht von meinem Äußeren täuschen. Ich bin volljährig.« Sie zwinkerte.

Zumi suchte den Wahlknopf für Alkoholika und gab sich einen Wodkashot. »Und ... du ... Sie ...« Die Verwirrung stammte nicht von fehlerhaften Synapsen. Es war blanke Überforderung.

Sirona grinste und setzte die Kappe falsch herum auf. »Mutter und ich hatten uns schon lange verabschiedet. Ihr Tod war unvermeidlich.

Ebenso wird es meiner sein. Lange habe ich nicht mehr.« Sie sah auf die Uhr. »Etwa neun oder zehn Tage, dann ist es mit mir vorbei.«

»Das wissen Sie so genau?«

»Es gibt Anzeichen, Mister Zumi. Kennen Sie den Spruch *Das Licht, das doppelt so hell brennt, brennt eben nur halb so lange?* Bei mir ist es so«, gab sie abgeklärt zurück. »Ich begleitete Louise bei ihrer Mission nach Terra, wir wurden getrennt, und … tja, ich erfuhr aus den Nachrichten, dass sie bei Ihnen war. Ich verfolgte Dröger, weil ich wusste, dass sie ursprünglich zu ihm wollte, und bekam mit, was er mit Ihnen anstellte. Ein ganz schönes Arschloch. Schade, dass er doch in den Besitz von Mutters Dossier kam. Bei Ihnen wäre es besser aufgehoben. Und als Wiedergutmachung für den ganzen Ärger habe ich Sie vor dem guten alten Charon gerettet.«

»Das mit Dröger sehe ich auch so.« Zumi versuchte, ihren Worten zu folgen. Beim Zapfen des zweiten Shots bemerkte er, wie sein Hausmantel an ihm klebte. Er blickte an sich hinab und hätte beinahe gekotzt: Er starrte vor seinem eigenen Blut!

Bei den beiden Löchern im Stoff auf Brusthöhe hatte der *Sternen-Reich*-Mann Explosivmunition für die *Versatile XP* benutzt.

Er konnte sich schwer vorstellen, wie sein Kopf und sein Nacken ausgesehen haben mussten. Kaum mehr als ein paar Fetzen, Knochensplitter und traurige Reste des Kleinhirns.

Daraus hat sie mich zusammengebastelt? Zumi musste an die Wunder denken, die Heiligen nachgesagt wurden. Wäre er ein gläubiger Mensch, hätte er auf der Stelle die Religion der Sirona gegründet.

»Und?« Sirona ergründete ihn mit Blicken. »Was haben Sie jetzt vor?«

»Danke sagen. Für's Retten«, erwiderte er und zeigte auf die Badtür. »Duschen. Danach reden wir weiter.« Er ging in das Zimmer nebenan, in dem nicht weniger Durcheinander herrschte. Sämtliches Interieur war zerlegt.

»Soll ich den Zimmerservice holen, damit er aufräumt?«, fragte sie laut von draußen.

»Wie soll ich das erklären?«

»Drogen und Rotwein. Das kennt man in Hotels«, gab sie trocken zurück. »Außerdem müssen Sie was essen. Ihr Körper regeneriert noch und braucht Energie.« Ohne seine Antwort abzuwarten, führte sie über das Kom ein gedämpftes Gespräch.

Zumi ließ den triefend schweren Hausmantel zu Boden fallen. Er duschte rasch, trocknete sich ab und betrachtete sich in den Resten des Wandspiegels. Ohne das ganze Blut waren die Veränderungen besser zu erkennen.

Die Haut auf Brust, Rücken und im Gesicht war schneeweiß, die Haare auf seinem Hinterkopf ebenso. Alle ersetzten Stellen unterschieden sich deutlich von seinem alten Körper.

Das ist mehr als ein Wunder. Die Macht einer Sirona war … *Was ist, wenn es Mutanten gibt, die das gleiche Potenzial besitzen und es zum Zerstören einsetzen?*, durchzuckte es ihn.

Er stieg in einen frischen Bademantel und betrat das Zimmer.

Wie von einem guten Geist aufgeräumt, befand sich alles wieder an seinem Platz. Sogar das Blut und das Erbrochene waren verschwunden.

Sirona saß im Sessel, der Comic-Kanal zeigte wieder gezeichnete Geduldsproben und Angriffe auf den guten Geschmack. »Das hätten Sie sehen müssen«, rief sie begeistert, und ihre blauen Augen leuchteten. »Zehn Mann und zwei Drohnen, und *wusch*, alles wurde entfernt und ersetzt, was nicht zu retten war. Es wird auf die Rechnung gesetzt, meinten sie.«

»Die von der U.S.N.O. bezahlt wird«, sagte er. »Sie sollen sich das Geld von Dröger holen.« Beim Duschen hatte er den Entschluss gefasst, den Konzernmann nicht durchkommen zu lassen, und wenn er sich dazu eine freie Justifier-Einheit anmieten musste. »Ich hole mir Louises Vermächtnis zurück«, eröffnete er ihr und ging zum Teller mit den Häppchen. Frische Gurken-Sandwichs, mit leicht gesalzener Butter und pikantem Senf. »Sind Sie dabei?«

»Bin ich. Haben Sie einen Plan?«

»*Sie* sind mein Plan.« Zumi knurpste mit Hingabe. Wie sagenhaft gut Gurke schmeckte, nachdem man ins Gras gebissen hatte. »Was haben Sie alles drauf, Sirona? Können Sie mehr als Tote wiederbeleben?«

Die Frau, die in einem Mädchenkörper steckte, grinste und kicherte vorfreudig.

23. Oktober 3042 a. D. (Erdzeit)

Clarissa sah auf die Kontrollen: Alles bewegte sich im grünen Bereich.

Die *Interception* war dem Interim entkommen, ohne in eine ange-drohte Falle der Radiovoices zu geraten. Abgesehen von dem Shuttle, das man ihnen anmontiert hatte, steckte der agile Raumer in einem ringförmigen Kranz, der ein externes FTL-Modul darstellte, das von ihrem Cockpit aus gesteuert wurde.

Alustahl- und Sternenstahlträger verbanden die *Interception* mit der Vorrichtung und raubten ihr etwas von der üblichen Agilität; hübscher wurde das Schiff dadurch auch nicht. Es war eine Notlösung. »Irgend-was Feindliches, Triton?«

Die Nachricht, dass es unfreundlich gesinnte Lebewesen im Interim gab, hatte sich rasch verbreitet und bei vielen Passagieren für spontane Absagen gesorgt. Die Sprungschiff-Reedereien verzeichneten hohe Ausfälle, sowohl Fracht als auch Menschen.

Dafür stiegen die Aktien der TTMS ins Unermessliche. Der Slogan vom *gesunden Reisen* gegenüber der FTL-Nutzung bekam doppelte Brisanz. Die Passagiere der *Interception* dagegen hatten keine Wahl. Sie mussten durchs Interim, um Zeit zu sparen.

Clarissa war von Horàt nach Cornu Copiae geschickt worden, um einen Nuntius sowie einen Uditor einzusammeln. Das klang zunächst einfach.

Horàt sagte ihr noch zum Abschied, dass die *Interception* mit geheim angebrachten Sprengladungen versehen sei, die über ein Stellar-Voice-Radio-Signal gezündet werden konnten. Für den Fall, dass man das wertvolle Schiff vor dem Zugriff anderer schützen musste.

Clarissa verstand es als die klare Ansage, dass sie gesprengt würde, sollte sie versuchen, das Schiff zu entführen. Sie hatte beschlossen, sich keine Gedanken um die Bomben zu machen.

Auf Cornu Copiae standen außer dem Uditor und dem Nuntius plötzlich noch eine Gruppe Justifiers von *SternenReich* sowie ein Zivilist auf dem Raumhafen, die mit an Bord des Raumers sollten.

Natürlich kannte sie Black und White. Ausgerechnet für ihre Bezwinger musste sie Kutscher spielen.

Aus der Rückkehr nach Christ wurde nichts. Der Nuntius hatte ihr befohlen, die von ihm errechneten Koordinaten anzusteuern. Mitten ins Nichts, in die Nähe von Ryker Ten, einem langweiligen Eisplaneten, der auf der Navigationskarte als »vergeben« eingetragen war. Und dazu noch ganz in die Nähe einer hochgerüsteten Verstärker-Relaisstation mit nervöser automatischer Zielerfassung.

Um was es bei ihrem Ausflug mit der ungewöhnlichen Reisegruppe ging, darüber schwieg man sich ihr gegenüber aus.

»Nein, Captaine. Die Station befindet sich fünfhundertdrei Meilen von uns entfernt«, meldete Triton. »Kein sonstiges Flugobjekt in unserer Nähe. Alles ruhig.« Er sah auf eine rot aufleuchtende Anzeige. »Doch, hier ist was.«

»Was genau?«

»Ein überhitzter regulärer Antrieb. Ich vermute, es liegt am Interim-Schleim. Er hat sich in der Turbine festgesetzt.« Triton klickte auf Knöpfen herum und setzte die Reinigungsanlage erneut in Betrieb. »Rührt sich nicht. Scheint gröber zu sein als erwartet. Ich würde nicht losfliegen, bevor wir das geklärt haben. Sonst geht uns der Antrieb hoch.«

Clarissa dachte sofort an die Drohung der RV. »Ich gehe raus und ...«

Er schüttelte den Kopf. »Nein, Captaine. Lass mich das machen. Sag du dem Nuntius, was Sache ist. Meine Empfehlung wäre, dass er mit dem Shuttle losfliegen soll. Er scheint es ja eilig zu haben.« Triton schenkte ihr ein Lächeln und verschwand aus dem Cockpit.

In solchen Momenten hätte sie niemals geglaubt, dass der SupraSoldier einen Menschen einfach töten konnte, ohne dabei etwas zu empfinden. Sie schauderte. *Hoffentlich bleibt er mir in Zuneigung verbunden.* Sie nutzte das Bordsprechgerät, um die Passagiere von ihrer Situation in Kenntnis zu setzen.

»Okay, kommen Sie runter, Konquistadora«, befahl ihr Black. »Wir haben noch ein paar Anschlussfragen.«

»Sicher, Sir.« Sie verließ die schmale Brücke und fuhr mit dem Fahrstuhl in die sehr engen Kabinen, ein Stockwerk über dem ReRouter. Sie rückte den Raumanzug zurecht, ein blütenweißes Prachtstück aus den Ausrüstungskammern des Ministrators. Dünn, aber unbequem.

Black, White, Commander Idòciu sowie eine Justifierin und der Zivilist hatten sich in der kleinen Messe eingefunden. Sie saßen über einem Pad und betrachteten vergrößerte Anzeigen der Station in ihrer Nähe.

Clarissa trat ein und stellte sich dazu. Die Anzahl der Stühle reichte nicht für alle aus. »Sir«, sagte sie gleichgültig. *Wäre ich mal bei den Raiders geblieben.*

»Die *Interception* ist nicht flugbereit?«, fragte Black, ohne aufzuschauen.

»Nein, Sir, Nuntius, Sir.« Sie grinste. So machte es doch irgendwie Spaß. »Mein Erster Offizier ist ausgestiegen, um sich anzuschauen, ob uns die RV eine Salami in den Auspuff gestopft haben oder es einfach nur Schleim ist, Sir.«

Black ließ sich von ihr nicht herausfordern. »Zeitschätzung?«

Sie zuckte mit den Schultern. »Er wird sich melden. Meine Empfehlung ist die Nutzung des Shuttles. Wäre ohnehin besser, weil es weniger Aufmerksamkeit erregt.«

Black sah den Commander an. »Ihre Einschätzung?«

»Ich stimme dem Vorschlag zu. Wir haben es mit einer Handvoll Sektenspinner zu tun, die auf Ancients-Ruinen herumspringen«, sagte Idòciu. »Wir gehen hart rein, schlagen hart zu und sind wieder draußen. In der Zwischenzeit«, er sah zu Tye, »wird unsere Spezialistin mit Mister Hu was Basteln, um die Station zu hacken.«

»Können Sie das?«, hakte White ein und richtete den Blick auf den Zivilisten.

»Klar kann ich das«, gab Hu beleidigt zurück. »Wir haben ja das halbe Labor des 2OT sowie die meisten Teile seiner Sendeanlage von Cornu mitgenommen. Die Schönheit und ich machen das spielend.«

Clarissa wusste nicht genau, um was es ging und warum die Gruppe unbedingt die Verstärker-Relaisstation einnehmen wollte. »Nur als Warnung, Sir, Nuntius, Sir: Das wird haarig«, warf sie ein. »Ich warne Sie, weil ich es bin, die vermutlich mit dem Raumer an diese Bastion heranfliegen muss. Die hat genug Feuerkraft, um ein Schiff der *Hyperion*-Klasse in Bedrängnis zu bringen, das wissen Sie?«

»Wissen wir«, antwortete Tye. »Deswegen versuchen wir es lieber mit der List.«

Clarissa hatte noch nie, nie, nie eine Frau in ihrem Leben getroffen, bei der sie sexuelles Interesse verspürt hatte. Doch sobald diese Spezialistin den Mund öffnete und einen Ton produzierte, und es musste nur ein Ton sein, wollte sie wissen, wie ihre Lippen schmeckten. Sie fühlte sich unwohl – so kannte sie sich gar nicht. *Was geht erst in den Männerköpfen vor?*

»Danke dennoch«, fügte White in ihre Richtung hinzu.

Weichei, dachte Clarissa. *Vor Kurzem noch Preacher, jetzt Uditor.* Der Church gingen Männer wie Black aus. Ihn fand sie cool, trotz aller Abneigung und des Altersunterschieds. Bei ihm wusste man wenigstens, woran man war.

Passend dazu meldete sich Triton über sein Funkgerät, seine Stimme erklang in ihrem Ohrstecker. »Captaine, wir haben Schleim. Und einen kleinen Gegenstand«, meldete er. »Keine Ahnung, was das Ding genau macht, aber es sorgt dafür, dass sich der Glibber erhitzt. Müsste sich ein Wissenschaftler anschauen. Als Laie gesprochen: Sie haben versucht, einen Sprengsatz zu bauen, der hochgeht, sobald man aus dem Interim kommt.«

»Scheint nicht geklappt zu haben«, antwortete sie und sah, wie sich die Köpfe der Versammelten zu ihr drehten. »Kannst du es entfernen?«

»Das ist kein Problem, nur knifflig. Es hat sich in den Querlagern verkeilt. Wie lange ich brauche, weiß ich nicht.«

»Alles klar.« Clarissa schloss den Kanal. »Herrschaften, wir haben eine Art Sprengsatz von den RV angehängt bekommen, der nicht hochging.« Die Reaktionen gingen von *Fuck* über *Scheiße* bis *Allmächtiger, hilf uns.* Black gehörte natürlich zur *Fuck*-Fraktion. »Triton entfernt ihn gerade, aber es wird dauern.«

»Dann nehmen wir das Shuttle«, beschloss der Nuntius. »Commander, lassen Sie Ihre Leute aufsitzen.«

»Tye, Hu. Ihr bleibt an Bord«, befahl Idòciu. »Ihr wisst, was ihr zu tun habt: Knackt den Code, oder lasst das Mädchen mit den Wummen glauben, wir dürften ihr an die Wäsche.« Er sah auf seine Multibox. »Uhrenvergleich: Zeit bis zur voraussichtlichen Ankunft des Signals in T-43 Stunden, elf Minuten und zehn Sekunden. Ich erwarte, dass wir in T-3 Stunden spätestens in die Station vorrücken können. Saber, du bleibst ebenfalls und passt auf Mister Hu auf. Wegtreten.«

Die Justifiers salutierten und verließen die Besprechung.

»Das sieht sehr verlassen aus da unten«, sagte White, der die vergrößerte Ansicht der Relaisstation weggedrückt und gegen eine planetare Aufnahme ausgetauscht hatte.

Clarissa hatte sich in ihrem Cockpit über das Ziel kundig gemacht. *Kein natürliches Wasserreservoir, abgesehen von tonnenweise Eis, eine Atmosphäre wie auf vergleichbaren sechstausend Terra-Metern Höhe.*

Es gab unter dem kilometerdicken Eispanzer Land, ja, aber keine akut benötigten Bodenschätze. Früher hätte man für das vorhandene Erdöl einen Krieg begonnen, aber heute besaß Öl nicht mehr seinen damaligen Wert. Seltene Erden, das war nötig, kam jedoch nicht auf Ryker Ten vor. Ach ja, und das viele Eis als haltbares Wasser zu verkaufen, dafür waren die Flüge in diesen Winkel zu teuer.

»Offiziell gehört Ryker Ten zum Konzern *Enclave Limited*, doch es gibt keine Niederlassung«, sagte White.

»Üblich ist in solchen Fällen ein Überwachungssatellit, der unerlaubte Annäherungen meldet«, steuerte der Commander bei.

»Da sich die *Ancients*-Templars ein nettes Container-Iglu gebaut haben, werden sie das Ding ausgetrickst haben. Es sollte uns sowieso nicht stören. Wir sind ganz schnell hier raus.« Black vergrößerte die Karte auf dem Pad. »Das sind die Koordinaten, die ich herausgefunden habe. Wir gehen in ihrem Lager runter?«

Idòciu nickte. »Details besprechen wir auf dem Flug.« Er sah zu Clarissa. »Muss sie nicht interessieren.«

»Verstehe.« Sie wandte sich zum Gehen um. »Ich bereite den Shuttle-Start vor, Sir, Nuntius, Sir.«

»Lassen Sie den Sir-Unsinn, Konquistadora«, rief er ihr nach.

Clarissa kehrte ins Cockpit zurück und erkundigte sich bei Triton nach dem Verlauf der Arbeiten. Es schien Fummelei zu sein, die seine Laune beständig senkte.

Danach prüfte sie den Zustand des Shuttles, das die Techniker auf Christ auf der Oberseite der *Interception* aufgeflanscht hatten. *Das sieht dermaßen nach Begattungsunfall aus.*

Alle Systeme des kleineren Gleiters arbeiteten einwandfrei, auch wenn die Sauerstoffsättigung nicht hoch genug war. Clarissa korrigierte ihn und gab die Schleuse zum Einsteigen frei. »Bereit«, gab sie über die Lautsprecher durch. »Es kann beladen werden.«

Nach einer halben Stunde waren die Justifiers und der Nuntius an Bord.

Sie löste auf Blacks Befehl die Andockklammern, und die *Little Interception* schwebte davon, zündete die Schubdüsen und donnerte los, um nach Ryker Ten zu fliegen. »Wie viele wohl zurückkommen?«, murmelte sie.

»Störe ich?«, fragte Whites Stimme hinter ihr.

Sie wandte sich um und sah den Uditor in seinem Uniformhabit verlegen auf der Schwelle stehen. »Äh … sollten Sie nicht …?« Clarissa zeigte auf das ablegende Schiff.

»Nuntius Black war der Meinung, dass ich … also … er meinte … einer muss Auge und Ohr der Church of Stars an Bord sein.« Er kam näher. »Die anderen brauchen mich nicht, und da fragte ich mich, ob Sie eigentlich getauft sind, Miss Fairbanks.« Er lächelte sehr missionarisch. »Sind Sie?«

Sie sah ihn an, als habe er sein bestes Stück aus der Hose geholt, und sie hätte feststellen müssen, dass eine Flöte darauf tätowiert war. Mit dem Mundstück nach vorne.

»Die meisten Männer fragen mich, ob ich schon was vorhabe, oder ob ich mit ihnen auf einen Drink in die Bar gehe. Aber DAS wollte noch kein Kerl von mir wissen.« Sie legte die Füße auf die Armaturen. »Ich

überlege gerade, ob ich das *schmeichelhaft* oder *zweifelhaft* finden soll.«
Süßes Kerlchen. Aber ein Weichei. Da hilft ihm auch die schmucke Uniform nichts.
Sie grinste und biss sich auf die Lippen, damit sie nicht laut loslachen
musste.

»Äh«, stammelte er. »Wenn wir in einer Bar wären, würden Sie dann
mit mir über Gott sprechen wollen?«, versuchte es White nochmals,
aber er musste auch lächeln. »Ich versuche nur, Konversation zu betreiben.«

»Sie reden mit der Captaine des Schiffs, das Sie und Ihr Nuntius
gestohlen haben, und Sie erwarten allen Ernstes, dass ich auch nur ein
Wort wechsle, solange ich nicht muss?« Clarissa musterte ihn. »Sie
haben echt Nerven, Uditor.«

»Ich habe Vertrauen zum HERRN«, gab er zurück und hob die Hand
zum Gruß. »Wir reden noch. Über den Glauben. Über Ihre Nöte.«

»Nur in einer Bar, wenn Sie nackt auf dem Tisch tanzen und step-
pen«, ergänzte sie feixend. »Wenn Sie sich *das* trauen, haben Sie sich das
Gespräch verdient.« Clarissa zeigte auf die Tür. Und White ging. *Weichei.*

Sechste Szene

23. Oktober 3042 a. D. (Erdzeit)

> *»Ich weigere mich, daran zu glauben,*
> *dass die Menschheit nichts aus der Vergangenheit lernte.*
> *Sonst bräuchte man die Vergangenheit nicht.«*
>
> KATHLEENA DYONISIOS, Historikerin

SYSTEM: KRÜGER 60 B
PLANET: RYKER TEN
ORT: –

»Einfacher Ritt, Sir«, sagte der Panther-Beta Night und legte das Shuttle
leicht schräg, um senkrecht in die dünne Atmosphäre einzudringen.

»Keine besonderen Turbulenzen, keine sonstigen Beeinträchtigungen.« Er sah auf ihre Zielanzeige. »Eintreffen an Bestimmungsort in weniger als vier Minuten.«

Black hatte den Blick auf das Pad mit der Landkarte gerichtet und studierte die Aufnahmen, die sie beim ersten orbitalen Überflug geschossen hatten.

Ein Containercamp unmittelbar unter ihnen, das genug Kapazität für fünfzig Personen bot, strahlte enorme Wärme ab. Die Wände schienen nicht besonders gut isoliert zu sein. Ansonsten gab es einige Strukturen, die Straßen im Eis sein konnten. Sie führten viele Meilen über den Planeten und schienen ohne erkennbares Ziel zu enden.

»Bereit machen«, sagte Idòciu, und die Justifiers luden ihre Waffen durch, vollführten eine letzte Prüfung der Ausrüstung. Eine Handlung, die pro forma gemacht wurde und ein Ritual darstellte.

Black hatte ein ausgezeichnetes Gefühl bei der Truppe. *Sie wissen, was sie tun und was sie können.* Die Delta-Einheit war genau aufgeteilt, nach Waffengattung, nach Können, nach Besonderheiten. *Sie hätten mir auf Cornu schwer zu schaffen gemacht.*

»Alles gecheckt?«, fühlte sich der Commander verpflichtet, ihn zu erinnern.

»Sicher.« Er verkleinerte die Ansicht und färbte die Straßen mit Hilfe des Computers ein.

Auf dem Eis wurden Symbole sichtbar, welche die Templars ins Weiß gezogen hatten. Akkurat, pedantisch und bis aufs Kleinste genau.

Black musste nicht suchen, er erkannte die Zeichen wieder, die er in Lennards selbstgebautem Tempelraum gefunden hatte. *Sie haben Monate, wenn nicht Jahre gebraucht, um das zu erschaffen.*

Damit folgten die Sektierer einer uralten Tradition. Selbst die alten Kulturen auf Terra hatten gewaltige Bilder aus weißen Linien erschaffen, die erst aus der Luft sichtbar wurden. Zeichen für die Götter, einfache Gemälde zu Ehren der Überirdischen.

Leider verstand sich Black nicht auf das Deuten der Hieroglyphen. Das war nicht sein Ressort. Die Spezialisten dafür saßen in Dechiffrier-Abteilungen auf Christ, computergestützt, schlau und mit dem Wissen aus Jahrhunderten im Kopf ausgestattet. Auf die Schnelle war nichts zu machen. *Die Templars werden mir sagen, was es bedeutet.*

»Was haben Sie da, Nuntius?« Idòciu sah auf das Pad.

»Wie sich unsere Freunde die Zeit vertreiben. Früher hätte man Schneeballschlachten veranstaltet, heute macht man so etwas.« Er hielt es so, dass der Commander die Linien sah.

»Die Bedeutung?«

»Keine Ahnung.« Black betrachtete die Wohncontainer. Er teilte die Ansicht, dass die Überraschung ihr größter Vorteil war. Die Templars hatten garantiert Waffenkundige in ihren Reihen, wie die Trooper auf *Cornu*, aber mehr als zehn gute Schützen würde es auf der Eiskugel unter ihnen nicht geben. Und wenn doch, waren die Justifiers bestens auf alles vorbereitet.

»Sir.« Crank, der Wiesel-Beta mit den kleinen schwarzen Knopfaugen, der ständig in Bewegung zu sein schien, hatte eine Hand an seinem Waffengriff, als wollte er in Sekunden losballern.

»Ja?«

»Entweder einer von uns benutzt neuerdings Waschbären-Pheromone, oder wir haben mehr Passagiere an Bord, als wir wissen, Sir.«

Waschbär? Black dachte sofort an die drollige Truppe, die sich so aufopfernd vor die Deaconess gestellt hatte, obwohl sie ihr anfangs misstrauten. Ein klärendes Gespräch hatte sie zu besten Freunden werden lassen, vereint in Glaube und Rebellentum. Wie Colomba. *Sie werden sich doch nicht an Bord geschmuggelt haben, um ihre Taufpatin zu befreien?* Rasch teilte er seine Vermutung laut mit.

»Such sie«, befahl Idòciu Crank. »Aber nicht handeln. Nur aufstöbern.«

»Sir, geht die Operation weiter?«, erkundigte sich Night. »Noch kann ich abbrechen.«

»Wir gehen runter.« Black stand auf und schaltete die Innenlautsprecher ein. »Ich weiß, dass ihr mich hören könnt, ihr Maisköpfe von Cornu Copiae! Schafft euch sofort aus euren Löchern«, wetterte er. »Ihr wisst, wer ich bin. Ihr gefährdet durch eure Eigenmächtigkeit eine wichtige Mission der Church of Stars. Solltet ihr nicht in einer Minute vor uns stehen, erschieße ich jeden Beta, der nicht zur Truppe des Commanders gehört. Und, bei Gott, ich halte meine Versprechen!«

Nach wenigen Sekunden klickte es, eine Seitenverkleidung im Laderaum löste sich und fiel scheppernd auf den Boden.

»Wir kommen ja, Nuntius. Nicht schießen!« Zuerst schob sich Red aus dem Versteck und stand wie ein geprügelter Fuchs an der Wand. »Wir haben es doch nur gut gemeint.«

Danach folgte Susa. »Colomba hat uns beigestanden und uns viel mehr gegeben als jeder andere zuvor«, quietschte sie aufgeregt. »Wir sind es ihr schuldig.«

Danach folgte Pelzig, der es ebenso geschafft hatte, sich hinter die Abdeckung zu quetschen. Anscheinend hatten die Betas unerlaubte Veränderung an der *Little Interception* vorgenommen, um Platz zu finden. Sie trugen ihre Latzhosen mit den Kon-Abzeichen. »Und wir kämpfen mit der Kraft des Glaubens für sie«, fügte der Bären-Beta hinzu, als wäre es nicht schlimm genug, was sie angerichtet hatten. »Wir sind unterwegs im Auftrag des HERRN, Nuntius.«

»Seid ihr nicht.« Er tippte sich mit dem Mittelfinger gegen sein Abzeichen. »Das bin ich. Ihr seid ohne Hirn unterwegs. *TauCetiPrime* wird euch häuten, das ist euch klar?«

Red wurde von seinen Freunden nach vorne geschoben. Wie immer, wenn es brenzlig wurde. Die puschlige Rute peitschte hin und her. »Wir haben der Deaconess Bescheid gesagt. Sie verbürgt sich für uns gegenüber der Firma.«

»Wir kehren ja wieder zurück«, warf Susa ein, die mit ihrem Waschbärengesicht wie ein maskierter Bandit aussah. »Sobald wir Colomba befreit haben.«

»Genau«, pflichtete Pelzig bei und wirkte trotz des entschlossenen Gesichtsausdrucks naiv und wenig beeindruckend.

»Du meine Fresse«, entfuhr es Night. »Kleine Gläubige auf dem Kreuzzug für ihre Erlöserin.«

Idòciu atmete betont aus. »Wenigstens haben wir Ziele, auf die wir die Templars zur Ablenkung schießen lassen können.«

»Stimmt genau.« Black verwünschte die Preacheress. Nicht nur dass er wegen der Rotzgöre durchs All gejagt wurde und von Drinks und Zigarren abgehalten wurde, nun hatte er noch ihre selbsternannten Jünger am Hals. »Stecken noch mehr von euch im Shuttle?«

»Nein, Nuntius«, sagte Red beflissen. »Die anderen waren zu fett.«

»Und ich habe extra abgenommen«, fügte Pelzig brummend hinzu. »War sogar in der Sauna.«

Die Justifiers lachten leise.

Idòciu scheuchte die drei Betas in die hintere Ecke. »Ihr werdet an Bord des Shuttles bleiben. Das wäre meine Empfehlung. Als Reserve, falls die Verluste unter meinen Leuten zu hoch sind. Ihr seid dann unsere letzte Rettung. Unsere Bastion.« Dem Commander gelang das kleine Wunder, dabei ernst zu klingen und den Eindruck zu erwecken, dass er es tatsächlich so meinte; sein Salutieren setzte dem Ganzen die Krone auf.

Die Einheit prustete; selbst Black konnte sich gegen ein düsteres Grinsen nicht wehren.

Red erwiderte die militärische Geste falsch. Wie sollte er es auch wissen, als Arbeitertierchen? »Danke, Commander. Aber wir unterstehen nicht ...«

»*Ich* befehle es euch«, unterbrach ihn Black. Aufmüpfigkeit konnte er nicht gebrauchen. »Eure pelzigen Hintern bleiben hier drin, bis der Commander oder ich euch rufen, verstanden?«

Red gab ein Fuchsbellen von sich, die Ohren legten sich an. »Ja, Nuntius.« Er trat nach hinten in die Reihe seiner Freunde.

»Erreichen das Ziel in einer Minute, Sir.« Night schaltete das Innenlicht auf Blau. »Alles ruhig. Wir sind nicht entdeckt worden.« Der Panther-Beta gab einen Laut der Verwunderung von sich, der nach einem dunklen Maunzen und gleichzeitigem Grollen klang. »Sir, wir haben ...«

Das Shuttle bockte plötzlich.

Ein Rütteln lief durch den Rumpf, die Justifiers wurden in die Gurte geworfen, Reds kleine Jüngertruppe purzelte durcheinander und verwandelte sich in lebendige Geschosse, die erschrocken rufend gegen die Wände knallten und fluchten.

Night arbeitete an der Steuerkonsole, deaktivierte den Autopiloten und manövrierte die *Little Interception* von Hand, deren Flug sich daraufhin stabilisierte.

Black wollte gerade fragen, was denn los war, als er ein Raumschiff an ihnen vorbeiziehen sah. Ein gewaltiges Raumschiff, das von grellen Eintrittsflammen umhüllt wurde und an einen Meteoriten erinnerte. Es erstaunte den Nuntius jedes Mal, dass die Schiffe nicht einfach verglühten. Wegen der Lohen war nicht zu erkennen, um welche Baureihe es sich handelte und von wem es ausgesandt war.

»Das war ihre Sprungwelle, was uns eben erwischte«, kommentierte Idòciu irritiert. »Sind die allen Ernstes in die Atmo gesprungen?«

»Ja, Sir«, antwortete Night knurrend. »Ich würde nicht da unten sein wollen.« Black wusste nicht genau, welche Folgen es für die *Templars* haben würde, daher fragte er nach. »Was im All als Verdrängung von nicht-sichtbarer, aber vorhandener Energie einhergeht, wie Schwarze Materie, funktioniert in einer Atmosphäre genauso. Nur dass Luft verdrängt wird, vergleichbar mit einer Explosion über der Oberfläche«, erklärte der Panther-Beta und sah auf die Anzeigen. »Bei der Größe und Geschwindigkeit, mit der sie reinrauschen … na, wir sind schon dicht an einer schicken Atombombe, was die Druckwelle angeht.«

Die Container! Hoffentlich haben die Spinner sie fest im Eis verankert, sonst verteilen sie sich. Black schluckte. Er blickte auf den Monitor und versuchte, mehr von dem Schiff zu erkennen, das sie bereits hinter sich gelassen hatte und in dessen Schweifausläufer sie eintauchten. Erneutes Rütteln und heftiges Schlingern waren die Folge.

Susa übergab sich würgend, entweder weil sie sich eine Gehirnerschütterung eingefangen hatte oder weil ihr die Flugbewegungen auf den Magen schlugen.

Idòciu zog einen Monitor mit Bedienfeld zu sich und versuchte mit Zoom, Einzelheiten zu erkennen, doch die Schlacketeilchen sowie der Ruß machten es unmöglich. »Welches Schiff, Night? Hat der Bordcomputer ein Transpondersignal aufgefangen?«

»Nein, Sir. Könnte der Form nach ein Kreuzer sein. Die Sicht ist zu schlecht. Die machen das sehr geschickt und nebeln uns ein. Eines unserer Triebwerke ist bereits verstopft.«

»Die wissen, dass wir hier sind?« Black fluchte. Er hatte gehofft, dass sie aufgrund der geringen Größe übersehen worden waren.

»Ich schätze ja, Nuntius.« Idòciu schien darüber nachzudenken, ob es eine gute Idee war, sich mit der Besatzung eines Kreuzers auf Boden-kämpfe einzulassen, von einem direkten Feuergefecht zwischen der *Little Interception* ganz zu schweigen. Ein Kreuzer besaß genug Geschütze und Panzerung, um den Kampf zehnmal zu gewinnen.

»Wir gehen runter«, knurrte Black. »Ich denke nicht, dass es Freunde der Templars sind. Wird eine Abordnung von *Enclave Limited* sein, die auf ihrem Planeten nach dem Rechten sehen wollen. Garantiert ist dem Kon aufgefallen, dass sich jemand auf seinem Besitz tummelt.«

»Wir müssen Colomba retten, Sirs«, betonte Red unnötigerweise. »Das Schneegestöber dort unten wird uns genug Zeit verschaffen, um sie zu finden und zu befreien.«

Black sah dem Commander an, dass er keine Lust verspürte, seine Mannschaft für null BuyBack und eine vergleichsweise wertlose Prea-cheress aufs Spiel zu setzen. Er stand kurz davor, die Mission abzubrechen.

»Nur einen Versuch, Idòciu«, sagte er leise. »Falls er misslingt, versu-che ich es beim zweiten Mal allein.« Er streckte die Hand aus, und der Anführer schlug ein.

Night ermittelte ihren Landepunkt wie vorgesehen genau zwischen den Containern; der Kreuzer wiederum musste abseits aufsetzen. Er war zu groß.

Ein Sturm, ausgelöst durch den gesprungenen Atmosphäreneintritt aus dem Interim, wirbelte Eiskristalle umher und reduzierte die Sicht auf weniger als zwei Meter.

Idòciu klappte das Visier seines Helms zu. »Wärmesicht an, Justifiers. Zwei Teams mit vier Mann, ich führe Team 1, Nuntius Black Team 2. Keine Diskussionen mit Gegnern, Feuer frei. Das Bild unserer Zielper-son hat jeder verinnerlicht. Sollte ich ausfallen, übernimmt Nuntius Black die Gesamtleitung. Abbruch der Mission bei einem Ausfall höher als fünfzig Prozent, Rückkehr zum Shuttle nach zehn Minuten ab … JETZT.« Er nickte Night zu, der die Ladeklappe im abgesonderten Frachtraum öffnete. »Deltas kung pao!«

»Deltas kung pao!«, erwiderte sein Team.

Ein brutal kalter Wind schoss hinein, die Temperaturfühler zeigten -92 Grad an. Ohne Schutzanzug zog sich ein menschliches Wesen in weniger als einer Minute schwerste Erfrierungsschäden zu oder starb einfach.

Die Justifiers und Black gingen durch die Schleuse in den Frachtraum und von da ins Freie. Sie rückten vor, die Mündungen der Waffen nach vorne gerichtet.

Idòciu zeigte auf den aus dem Gestöber auftauchenden Container und bog ab, verschwand mit seinen drei Deltas in den blitzenden, flirrenden Kristallen.

Black nahm sich den zweiten Container vor. Es war ungewohnt, eine Gruppe anzuführen, weil er normalerweise allein arbeitete, doch die Justifiers wiederum bildeten ein eingespieltes Team, das von ihm nur wissen wollte, wohin sie gingen. Den Rest machten sie allein: Sichern, Türen auftreten, Deckung geben, Absuchen.

Der Container schien als Besprechungsraum genutzt zu werden. Es standen Computer herum, die noch liefen. Ein Projektor warf ein aktuelles Bild des Camps an die weiße Wand, worauf man zurzeit nichts als Grieseln erkannte. Die Justifiers sicherten den Raum und stürmten durch die Türen in die anliegenden Zimmer.

Blacks Aufmerksamkeit wurde durch eine Multimediawand erregt, die in der Ecke des Raums stand. Darauf waren die Planetenoberfläche mitsamt der Linien angezeigt. *Sie haben rund um den gesamten Globus gemalt! Was für ein Aufwand!* Der Glaube trieb die Menschen zu Höchstleistungen an – leider hingen die Templars dem falschen gottlosen Kult an.

An einem Punkt unmittelbar neben dem Camp liefen die Striche, Bögen und Hieroglyphen in einem monumentalen Kunstwerk zusammen, das an Mandelmännchen-Zeichnung erinnerte, und faszinierte noch mehr.

Solche Strukturen übersieht kein Satellit. Es war nur eine Frage der Zeit, wann Enclave *es mitbekommt und einen Kreuzer schickt, der die ungewollten Untermieter aufmischt. Dumm, dass es ausgerechnet heute geschehen muss.* Black überlegte. *Ist das Schiff nicht genau in der Mitte gelandet?*

»Gesichert, Sir«, rief ein Justifier und kehrte zurück. »Nichts, Sir.«
Auch die anderen drei meldeten keine Colomba.

Die Campkamera zeigte ihnen, dass sich der Wind legte. Die Umrisse der übrigen Container wurden sichtbar, in einiger Entfernung erhoben sich die imposanten Aufbauten des Kreuzers, die etwa fünfzig Meter hoch sein mussten.

»Zielperson nicht entdeckt«, sagte Idòcius Stimme in Blacks Helm. »Behausung leer. Rücken weiter vor.«

Die Blicke des Nuntius blieben auf der planetaren Darstellung. Eingetragen war darauf, kaum auf den ersten Blick erkennbar, der Vermerk:

Tag der Fertigstellung des IncantationsPiktus: 22. 10. 3042, genau einen Tag vor errechneter Ankunftszeit der Götter.

Heute ist der 23.! Black folgte seiner Eingebung. *Das ist kein Kon-Kreuzer. Hier geht etwas anderes vor.* »Commander, wir müssen zum Raumschiff, das eben landete. Die Templars sind dort. Mit Colomba«, funkte er und gab seinem Team den Abzugsbefehl.

»Zu Fuß gegen einen Kon-Kreuzer? Negativ, Black. Es sei denn, Sie verraten mir jetzt, dass Sie ein paar Wunderkräfte von der Church bekommen haben«, erwiderte Idòciu.

»Sie haben mir einen Versuch versprochen, Commander«, schnarrte Black und lief bereits hinaus, über den schmalen Hof des Camps, verfolgt von den drei Justifiers. Sie trafen sich mit Team 1 in der Deckung eines Containers. »Hier ist niemand. Das Suchen können wir uns sparen.« Er zeigte zum fremden Schiff. »*Das* ist kein *Kon*!«

»Sondern? Die fliegende Festung der Templars?«

»Sir.« Crank, der Wiesel-Beta, hielt einen Feldstecher vor das Helmvisier. »Ich sehe Colomba und insgesamt neun Personen mit dem Templars-Abzeichen auf der Schutzkleidung. Sie befindet sich in der Mitte der Gruppe. Entfernung zu uns: 1322 Meter. Entfernung zum Schiff: 422 Meter.« Er sah nach rechts und links. »Das unbekannte Schiff trägt keinerlei Typisierung, auch die Bauweise ist mir neu. Könnte ein modifizierter Kreuzer sein. Der Antrieb ist zumindest identisch, Sir.«

»Versetzt vorrücken. Klick, Verlangsamungsfeuer. Zielt auf die Köpfe.«

»Ja, Sir.« Klick, ein schlanker Mungo-Beta, erklomm mit sicheren Bewegungen den nächststehenden Container, auf dem Rücken ein längliches, breites Case, das an einen Billardkoffer erinnerte. Black schoss auf einen Scharfschützen.

In einer langen versetzten Reihe und in schnellem Trab ging es über die vereiste Oberfläche, auf der es sich wie auf einer Tartanbahn laufen ließ.

Scheiße. Wozu hat man ATV und Schweber erfunden? Black musste nach vierhundert Metern keuchen. *Holy Smoke* verursachte zwar keinen Krebs, aber die Kippen reduzierten das Lungenvolumen. Aufgrund seiner anstehenden Pensionierung hatte er das Training vernachlässigt, was sich nun rächte. *Noch ein knapper Kilometer bis zu Colomba.* Bei seiner Ankunft wäre er garantiert erledigt.

Im Sekundentakt fielen vor ihnen die Templars in den Schnee, als würde man ihnen ein Bein stellen. Auf einen Knall oder ein Schussgeräusch wartete er vergebens. Ob Klick sie erschoss oder nur kampfunfähig machte, konnte der Nuntius nicht erkennen.

Nach dem vierten Ausfall kauerten sich die Verfolgten auf den Boden und kramten ihre Waffen heraus, um die Justifiers ihrerseits unter Beschuss zu nehmen.

Idòciu schaute zum Kreuzer, der über gehörige Waffenbänke verfügte und die unschwer als solche erkennbar waren. Seine besorgten Blicke sprachen Bände. »Night, irgendwas Neues?«, fragte er.

»Nein, Sir. Das Shuttle ist nicht unbedingt für einen Kampfeinsatz ausgelegt. Ich sehe lediglich, dass die Repulsortriebwerke des Gegners hochfahren. Die Gravitation um den Kreuzer reduziert sich. Scheint nach einem baldigen Start auszusehen.«

»Sobald die Templars mit Colomba an Bord sind, verschwinden sie.« Black sah einen weiteren Gegner plötzlich zusammensacken. Klick feuerte munter weiter.

Das Delta-Team musste keine Deckung suchen, die Waffen ihrer Widersacher reichten noch nicht bis zu ihnen.

Oder warten sie auf was? Black musste plötzlich husten und stehen bleiben, lehnte sich nach vorne und stützte sich auf den Knien ab. Die Luft wurde ihm knapp. *Training wäre eine gute Idee gewesen.* Er keuchte und hätte beinahe ausgespuckt, was in einem Helm dämlich wäre.

»Deckung!«, schrie Idòcius Stimme in sein Ohr.

Der Nuntius ließ sich nach vorne kippen, versank im Schnee.

Es wurde hell, als würde eine zweite Sonne über den Horizont schießen. Danach erklang ein Fauchen, Eiskristalle stoben auf.

Kein Schreien, kein Gebrüll? Black rollte sich vorsichtshalber zwei Meter nach links und sah sich um.

Seine Wärmeansicht zeigte ihm eine tiefe Furche im Schnee, die mitten durch ihre Formation lief und im Container endete, wo sich Klick befand. Nein, befunden *hatte.*

Das kastenförmige Gebilde hatte sich in eine brodelnde Masse verwandelt, die sich tiefer und tiefer ins Eis schmolz. Sollte sich der Mungo-Beta nicht mit einem Sprung gerettet haben, wäre er die Fleischeinlage in der Alu-Hardplast-Suppe.

Heiliger Rasputin! Black konnte den Kreuzer im Gestöber zwar nicht ausmachen, doch er sah eine tonnenrunde Mündung des Schiffs noch nachglühen.

»Sir, Sir!«, erklang Nights entsetzte Stimme. »Sir … Scheiße! Plasma! Die schießen mit Plasma oder so etwas!«

»Hier Commander Idòciu. Meldung, Team Delta?«

»Black«, sagte der Nuntius und wartete.

Und wartete.

Erst nach einigen Sekunden meldeten sich Crank und Vibes, der Gorilla-Beta. Mehr Stimmen kamen nicht.

»Rückzug«, befahl Idòciu folgerichtig. In seiner Stimme brodelte es. Heiße Wut drohte mit Eruption.

Hoffentlich lassen sie unser Shuttle in Ruhe. Oder die Interception. Black schlug einen Bogen und eilte zum Dingi.

»Sir, der Kreuzer hebt ab«, meldete der Panther-Beta nervös. »Er hat etwas dagelassen. Sieht aus wie eine … pyramidale Struktur. Analyse läuft.«

Black sah das Schiff aufsteigen und sich dabei drehen. Die Repulsatoren glommen, das Wummern fühlte er als Vibration. In einer geschätzten Höhe von zweitausend Metern jagten lange Flammen aus den Triebwerken, der Kreuzer beschleunigte brutal und schoss dem All entgegen.

»Sir, die *Interception* ist gewarnt«, informierte Night sie.

Black war stehen geblieben. Ohne die Unterstützung des Kreuzers wurden die Templars am Boden unvermittelt wieder zu schlagbaren Gegnern. »Commander? Würden Sie …?«

»Sie wollten *eine* Chance. Die habe ich Ihnen eingeräumt«, kam es kalt. »Sie müssen Ihre Preacheress jetzt allein retten, wenn Sie unbedingt wollen. Der HERR wird Ihnen vielleicht mehr beistehen als meinen Leuten.«

Bei aller Wut konnte Black es Idòciu nicht verdenken. Er hielt sich streng genommen an die Vereinbarung. »Ist in Ordnung.« Er trabte los, dorthin, wo er die klaren Wärmesignaturen von drei Personen sah. Es gab noch weitere, aber sie schwächten sich bereits ab. Klick hatte getötet.

Es knackte, und Night meldete sich. »Sir, Achtung. Der Kreuzer hat soeben ein Teil verloren. Kommt ganz in Ihrer Nähe runter.«

Black sah die Signaturen, die jetzt aufsprangen und auf die Hinterlassenschaft der Unbekannten zurannten, so schnell sie konnten. Sie stolperten und fielen und halfen sich gegenseitig auf – sie fürchteten sich nicht einmal mehr davor, von den Justifiers unter Beschuss genommen zu werden.

Wohin wollen sie, verflucht? Der Nuntius trabte wieder keuchend und versuchte dabei, den Feldstecher zu benutzen.

Das verwackelte Bild zeigte ihm, dass sich eine Tür in der viereckigen Konstruktion geöffnet hatte. Die Zeichen darauf deckten sich mit den Symbolen aus Lennards selbstgebauter Opferkammer.

Da begriff Black – er hetzte über das raue Eis, wie er noch niemals in seinem Leben gerannt war. »Commander, in dieses Ding!«, brüllte er. »In dieses Ding! Sofort!«

»Nein, Nuntius. Das müssen Sie allein erledigen.«

»Sie haben nicht verstanden, Commander: Sie sollen mir nicht helfen. Sie sollen sich in Sicherheit bringen. Ich fürchte«, hechelte er atemlos,

»dass dieses Ding der einzig sichere Ort ist.« Black spürte, dass er sich verausgabt hatte.

Es waren noch knappe fünfhundert Meter bis zum Ziel, die Templars hatten noch dreihundert vor sich.

Zwischendurch sandte Black Garben zu ihnen hinüber, um sie aufzuhalten oder zu verlangsamen, aber sie kümmerten sich nicht darum. Die Angst vor dem, was aus dem Himmel fiel, überwog den Schrecken vor einer Kugel.

»Sir, das ist kein Trümmerstück«, rief Night entsetzt. »Das sieht aus wie … ist das eine Bombe?«

»Starten«, befahl Idòciu. »Hoch mit dem Shuttle!«

»Und Sie, Sir?«

»Wir versuchen, den Nuntius zu überholen.«

Black musste grinsen. Es tat gut, auch mal recht zu haben.

23. Oktober 3042 a. D. (Erdzeit)

SYSTEM: KRÜGER 60 B
PLANET: NAHE PLANET RYKER TEN
ORT: –

Innocent sah Tye fasziniert zu. *Wie kann sie den Überblick behalten?*

Sie saß zusammen mit Hu im Materialraum der *Interception*, war umgeben von elektronischen und mechanischen Teilen, Kabeln, ausgebauten Prozessoren, Platinen sowie Spezialwerkzeug in Hülle und Fülle. Sie löteten, verbanden, demontierten und fügten neu zusammen, brachten Bauteile zum Durchschmoren, um fluchend von vorne anzufangen.

Dazu dudelte leise Musik, die Hu eingelegt hatte und die Innocent nichts sagte. Es klang nach einer Mischung aus deutschem Volkslied mit Bass und arabischem Hintergrundgesang. Vermutlich war es als Folter für seinen Aufpasser gedacht.

»Wird es denn gehen?«, fragte Innocent und kam sich sofort dumm vor. *Klar wird es gehen. Sie ist die Technikspezialistin.* Nachdem er mit seinen Missionierungsansätzen an Fairbanks abgeprallt war, wartete er auf eine Gelegenheit, sich mit Hu und Tye zu befassen. Den schlecht gelaunten Dobermann-Beta Saber ignorierte er.

»Sie sind als Uditor eine ziemliche Niete«, sagte Tye, ohne von ihrer Arbeit aufzusehen. Obwohl es eine Beleidigung oder zumindest nichts Nettes war, sorgte der Klang ihrer Stimme für sehr explizite Gedanken in seinem Kopf. Mit knappen Gesten gab sie dem Journalisten Anweisungen, was er als Nächstes tun sollte. »Wollten Sie das werden?«

Ihre knallhart-ehrliche Analyse überrumpelte Innocent. Er sah über Hus Grinsen hinweg. »Wie kommen Sie darauf?«

»Sie sind hier, und Ihr Nuntius springt auf dem Planeten herum. Sie sollten ihm den Rücken freihalten.«

»Nur rechtlich«, konterte er schnell.

»Ah, ein Paragrafen-Uditor.« Tye schmunzelte. »Hoffen Sie, dass er draufgeht?«

Jetzt bellte Saber ein gemeines Lachen.

»Wie … kommen Sie denn darauf?« Innocent war verwirrt. »Erwecke ich den Eindruck?«

Tye warf Hu zwei Bauteile zu, die er zusammenlöten sollte. Sie ging dazu über, Platinen zu verbinden und Kabel mit winzigen Steckern zu versehen. »Sie sind kein Team, das ist offensichtlich. Dazu machen Sie nicht den Eindruck, als freuten Sie sich über Ihren Rang. Wenn Black draufgeht, könnten Sie wechseln.«

»Ich weiß nicht, welche Vorstellungen Sie von der Church haben, ich kann mich auch versetzen lassen.« *Was ich nach der Mission tun werde.* »Man muss niemandem den Tod wünschen.«

»Hm«, machte sie zustimmend. »Ich wollte auch mal zur Church.«

»Wirklich?« Aufregung erfasste ihn. *Eine Schwester im Geiste!* »Und warum sind Sie Justifierin?«

»Weil ich abgelehnt wurde.« Sie fuhr sich mit zwei Fingern die Kehle entlang. »Zu sexy. Ich kann nichts dafür. Der Deacon, der mein Aufnahmegespräch führte, meinte, ich sei eine Versuchung des Teufels und solle verschwinden. *Nach* dem Sex mit ihm. Der Klassiker eben. Da habe ich ihn umgenietet, und anstatt in den Bau zu wandern, landete ich bei *SternenReich*.«

Innocent sah sie bestürzt an. »O Himmel! Das ...« Er wusste gar nicht, was er sagen sollte.

»Du schuldest mir zehn Tois«, rief Saber durch den Materialraum. »Ich sagte dir, dass er die Story glaubt.«

Hu lachte, und Tye grinste.

Innocent wäre am liebsten in den Platten versunken. *Ich bin so ... es liegt an ihrer Stimme. Sie verwirrt einen Mann.* »Ich wusste das«, sagte er platt. »Wollte Ihr Spielchen nicht ruinieren.«

»Schon klar.« Sie nahm Hu das Bauteil ab und fügte es zu ihrer Arbeit hinzu. Nach ein paar Energiezellen, die sie mit Tape befestigte, leuchteten zehn blaue und zwei grüne Dioden auf. »Kann losgehen. Wir haben unseren Codebreaker gebaut. Jetzt schauen wir, was die Programmierer der Relaisstation draufhatten.«

Gemeinsam gingen sie hoch auf die Brücke, wo Captaine Fairbanks mit ernstem Gesicht saß.

»Was ist los?«, fragte Innocent besorgt.

»Da unten geht es rund«, antwortete sie. »Ein Kreuzer ist aufgetaucht und hat die Hälfte der Truppe ausgelöscht. Der Commander und Black sind okay. Night gab gerade durch, dass das feindliche Schiff startet und vermutlich auf dem Weg zu uns ist. Ich habe Triton reingerufen, auch wenn er dieses Ding noch nicht aus der Antriebsturbine gefummelt bekam.«

Innocent sah, dass sie die Waffenstation aktiviert hielt. »Ein Kreuzer? Von *Enclave*?«

»Nein. Ein modifizierter Kreuzer ohne Kennung. Können Justifiers sein.« Fairbanks behielt das Radar im Auge. »Ich wollte eben Alarm geben.«

Tye sah zu Saber. »Ruhig, Reißzahn. Wir sind Profis. Der Commander will, dass wir diese Station hacken, also tun wir das.«

Der Dobermann-Beta knurrte und winselte gleichzeitig.

Innocent bewunderte, wie Tye ihre Stimme zur Beschwichtigung ihres Kollegen einsetzen konnte.

Sie setzte sich auf den Notsitz neben der Captaine an die Funkkontrollen, demontierte die Verblendungen und zog beherzt Kabelsalat heraus. »Scheiße, was ist *das* denn?«, entfuhr es ihr. »Wer hat das gebaut? Da ist ja nichts markiert!«

»*Calyptics*«, erwiderte Fairbanks lakonisch.

»Na, herzlichen Glückwunsch«, murmelte Tye und schickte Hu in den Raum, um ihr Werkzeug zu bringen. Saber begleitete den Mann.

Innocent sah durch das große Fenster hinaus, als müsste der unbekannte Kreuzer vor ihnen auftauchen. *HERR, das ist eine wahre Prüfung.* Er sorgte sich um Black, was er geradezu pervers fand, um die Einheit, um Colomba – und schließlich auch um sich selbst.

Wie von selbst drifteten seine Gedanken zur Preacheress, für die so viel in die Wege geleitet worden war. Sogar die *Interception* hatte Horàt ohne zu zögern gesandt, obwohl das Schiff ein unbezahlbares Vermögen wert war. Dank des ReRouters. *Ja, das sind sehr viele Tois, die eingesetzt werden.*

Er war sich nicht sicher, ob er doch lieber um die Sendung der Spezialeinheit hätte bitten sollen. Sie wäre auf Ryker Ten sicherlich nützlich gewesen. Aber dann wäre seine Verfehlung nicht zu vertuschen gewesen.

Nun gab es schwerlich ein Zurück, ohne bis ganz nach unten zu sinken oder einen Rauswurf aus der Church zu riskieren. Das wollte er auf keinen Fall. Was er tat, war sein Leben. Seine Bestimmung. Verstohlen schob er den Ärmel in die Höhe und sah auf die Tätowierung.

»Nur der Mann, der nie geboren wird, ist ohne Fehler und ohne Makel«, sagte Fairbanks getragen. »Doch der, der lebt und Fehler begeht, bezeuge sie im Angesicht des HERRN und siehe, er wird Vergebung erfahren. Nimm sie in Demut an und lege deine Überheblichkeit vor den Gescheiterten ab, denn sie begannen wie der Beste von uns.«

Innocent starrte sie an.

»Ihre Tätowierung«, sagte die Captaine. »Ein schöner Spruch.«

»Der Kleine ist tätowiert?« Tye feixte. »Na, dann wird er doch mal ein Kerl wie der Nuntius.«

»Sie …« Er bemerkte, dass sich die Zeichen auf dem Display spiegelten. »Ach ja. Ich vergesse, dass ich nicht der Einzige bin, der diese Schrift beherrscht.«

»Sanskrit. Alte terranische Schrift. Wir nutzen sie gelegentlich, um Codes daraus zu generieren.« Fairbanks achtete auf die kleinsten Pings der Überwachungsmonitore, um sie sofort danach zu prüfen. Asteroiden, Raumschrott, nichts Gefährliches wie ein unbekannter Kreuzer mit Feuerkraft.

Sanskrit. Innocent war erleichtert. Endlich wusste er Bescheid und hatte innerlich doch mit *Dieser Schwanzlutscher ist es nicht wert, dass man mit ihm ein Bier trinkt* oder einer anderen saftigen Beleidigung gerechnet.

Die Tür öffnete sich, und Hu kehrte zusammen mit dem Dobermann-Beta zurück. Das Schweigen hielt wieder Einzug im Cockpit. Es war viel zu eng, die Klimakontrolle kam mit frischer Luft kaum nach, aber niemand wollte gehen.

Tye fummelte, grub und wühlte sich durch die Anschlüsse, verwünschte die *Calyptics*, isolierte Kabel ab, steckte Platinen wieder um, bis sie auflachte und einmal in die Hände klatschte. »Es geht los«, sagte sie und rollte eine zweite Tastatur aus. »Hu, zu mir.«

Gemeinsam begannen sie die Computerattacke auf das System der Station, während Saber ins leere All starrte, um den Kreuzer auszumachen, und Fairbanks auf die Monitore.

Jeder hatte was zu tun.

Nur ich nicht. Innocent flüchtete sich ins Gebet. Gottes Beistand schadete nicht.

Als Tye irgendwann aufjauchzte und schrie: »Wir sind drin!«, musste sich der Uditor beherrschen, nicht zu sehr zu erschrecken. »Zugriff auf die Verteidigungsanlagen gewährt«, las sie stolz vor und schlug Hu auf die Schulter. »Dann wollen wir mal.«

»Was wollen wir mal?« Innocent wusste nicht, wie sehr er sich freuen durfte. Zudem fehlte Meldung von der Oberfläche, was die Justifiers und Black machten.

»Näher ran und übersteigen.« Tye befand sich im Jagdfieber, ihre Stimme klang erregt – und das brachte das Testosteron in Wallung. »Captaine, bringen Sie uns rüber.«

Fairbanks deutete mit dem Daumen über die Schulter, auf Innocent. »Er hat die Befehlsgewalt hier. Das ist ein Schiff der Church.«

Tye sah daraufhin ihn an. »Wären Sie so nett, Uditor?«

Bin ich so nett? Er blickte zu Fairbanks. »Sie sind die Captaine. Was denken Sie?«

»Ich denke«, sagte sie langsam, »dass wir uns nahe an die Relaisstation begeben sollten und Tye unser Bordprofil als Freund in den Verteidigungscomputer eingibt, um danach alle Systeme wieder scharf zu schalten. Sollte der Kreuzer zu uns wollen, wären wir da drüben besser aufgehoben als mitten im All.«

Tye nickte. »Schon dabei.«

»Dann fliege ich uns hinüber.« Fairbanks startete die *Interception* und nahm Kurs. »Das nenne ich mal einen Unterstand. Sicherer und günstiger kann man nicht parken.«

Ihr Schiff ging längsseits zur Station und fuhr das Notandocksystem aus, das an einen überdimensionalen Schlauch erinnerte.

Tye, Hu und Saber stiegen hinüber. Die Schulterkameras auf den Raumanzügen übertrugen, was sie gerade taten und sagten. Sie suchten sich durch die engen Gänge, um zum Datenempfänger und -speicher zu gelangen, wo die Nachrichten aufliefen und von dort verstärkt weitergesendet wurden. Saber machte dem Reporter unmissverständlich deutlich, dass er ihn sofort abknallte, sollte er Tricks versuchen.

Innocent fand die Drohung unsinnig. *Was macht man denn allein auf einer Relaisstation?* Er blickte unsicher zur Captaine, die ihre Displays nicht aus den Augen ließ. *Jeder weiß, was zu tun ist,* stellte er erneut fest.

Der Entschluss, sein Amt als Uditor niederzulegen, sobald sie Colomba befreit hatten, stand fest.

Siebte Szene

23. Oktober 3042 a. D. (Erdzeit)

> *»Das Universum ist vollkommen.*
> *Es kann nicht verbessert werden.*
> *Wer es verändern will, verdirbt es.*
> *Wer es besitzen will, verliert es.«*

LAOTSE

SYSTEM: KRÜGER 60 B
PLANET: PLANET RYKER TEN
ORT: –

Black ärgerte sich, weil Idòciu dem Shuttle den Start befohlen hatte. *Night hätte uns ebenso gut einsammeln können! Dann müsste ich nicht rennen und mir die Lunge aus dem Hals husten!*

Plötzlich war der Commander an seiner Seite, packte ihn am Arm und zog ihn mit sich. »Los! Sonst machen sie zu, bevor wir reinkommen.« Auf der anderen Seite erschien Vibes und schnappte sich den zweiten Arm. Der Nuntius konnte sich gar nicht gegen die Geschwindigkeit sträuben.

Sowohl Idòciu als auch Crank und Vibes hatten ihre Pistolen gezogen und sandten kurze Feuerstöße zu den Templars hinüber.

Wieder gingen zwei aufs Eis, die anderen schossen blind zurück, aber die Kugeln sirrten viel zu weit vorbei.

Black verfolgte durch sein beschlagenes Helmvisier, wie Colomba in die viereckige Pyramidenkonstruktion gestoßen wurde, ein Angreifer sprang mit hinein. Die restlichen zwei Verbliebenen gingen hinter den Kanten in Deckung und feuerten gezielter auf die Deltas.

Crank fiepte auf und sandte einen Templar in den Schnee, doch er humpelte leicht und verfiel in Blacks langsames Tempo.

»Aufschlag in T-elf Sekunden«, schrie Night ihnen in die Ohren. »Das wird knapp! Sir, das wird knapp!«

Das wird beschissen knapp, dachte Black und mähte den letzten Gegner mit einem Kopfschuss nieder. Das große Kaliber der *Thorn* verteilte den Schädel in alle Richtungen.

Auf den letzten Metern zog Idòciu eine Flash-Bang-Granate und schleuderte sie in die Tür, die gerade von innen zugezogen wurde. Dumpf knallte es, mehrere erschrockene Schreie erklangen, und der Eingang wurde durch die leichte Druckwelle aufgedrückt.

»Sir, Aufschlag! Ach du ... AUFSCHL...«

Vibes huschte mit zwei Pistolen im Anschlag hinein, der Commander und Crank folgten. Der ungestüme Stoß eines Unsichtbaren in den Rücken beförderte Black über die Schwelle und warf die Tür zu.

Wie eine Bowlingkugel fegte der Nuntius unter die Versammelten, erkannte weder Feind noch Freund und überschlug sich mehrmals. Einmal glaubte er, Colombas panisches Gesicht zu sehen, aber da er sich unentwegt um die eigene Achse drehte, konnte er sich auch täuschen.

Das Drehen stammte daher, dass sich die Pyramide in Rotation versetzt hatte. Der Einschlag der Bombe und die wie auch immer geartete Folge schien mit dem Konstrukt Ball zu spielen, es auf die Spitze zu stellen und kreiseln zu lassen.

Es dauerte, bis das Schütteln endete.

Hoch mit dir! Los, hoch! Es gibt noch einen Templar! Black richtete sich auf und wurstelte sich aus dem Gliedmaßenknäuel, in dem er steckte. Crank schien es mit seinem langen, schlanken Wieselleib geschafft zu haben, sich um ihn zu schlingen und dazu noch zu verknoten.

Im Innern herrschte Dunkelheit.

Die Wärmeansicht erlaubte dem Nuntius, wenigstens die Umrisse der Versammelten zu erkennen. Den Commander sah er in einer Ecke liegen, bewegungslos. Ein Umriss gehörte zu Colomba, die Merkmale einer Frau waren unübersehbar.

Der verbliebene Templar sprang in dem Augenblick auf ihn zu, als er den Kopf zu ihm drehte. Er hielt ein kurzes Schwert in der Hand, mit dem er auf den Helm zielte.

Ich brauche ihn lebend. Black trat gegen den Waffenarm, drehte sich in den Gegner hinein und warf ihn über die Hüfte zu Boden. Er versetzte dem Liegenden zwei harte Tritte gegen den Solarplexus, damit die Luft aus den Lungen schoss, und setzte die Mündung seiner *Thorn* senkrecht auf das Visier. »Ruhig. Liegen. Bleiben.«

Der Mann zuckte schwach, war aber zu mitgenommen, um sich zur Wehr zu setzen.

»Preacheress Colomba«, sagte er laut und deutlich. »Mein Name ist Civer Black, ich bin Nuntius des Ministrators und gesandt worden, um dich zu finden und nach Christ zu bringen. Ich preise den HERRN, dass er mich in meiner Mission unterstützte. Bist du so weit in Ordnung?«

»Ja, Nuntius«, sagte sie schwach. »Ich bin … nur benommen.«

»Bleib liegen. Ich schaue gleich nach dir. Commander?«

»Bereit, Black«, erwiderte Idòciu und stand gleich darauf an seiner Seite. Er hatte sein *Repeater* im Anschlag und hielt es auf den Templar gerichtet. »Ich übernehme. Sehen Sie nach Ihrem gefundenen Schäfchen. Crank, Vibes, hoch mit euch, Deltas.«

Der Wiesel-Beta rollte sich auseinander und gab einen unterdrückten Schmerzenslaut von sich. »Zu Diensten, Sir. Das Loch in der Seite ist nicht so schlimm. Müsste sich jemand bei Gelegenheit mal ansehen, bevor die rote Soße ganz aus mir gelaufen ist.«

Vibes stand auf und sicherte mit zwei *Prawdas*.

Black begab sich zu Colomba, die sich eben aufsetzte und ihn ansah. Er nahm eine Taschenlampe aus dem Anzug, schaltete sie ein und leuchtete damit gegen die Wand, um durch das Streulicht allgemeine Helligkeit in dem dreieckigen Raum zu erzeugen.

Sie sah sehr jung aus, wirkte aber nicht abgemagert oder schlecht behandelt, was ihn schon mal beruhigte. In ihren Augen erkannte er eine gewisse Traurigkeit, die er nicht einzuordnen vermochte. »Wir sind da, Preacheress. Ein Raumschiff wartet im Orbit auf uns, mit dem wir nach Christ springen. Du wirst von Geheimsekretär Horàt erwartet. Man macht sich große Sorgen um dich.« *Das sollte als Erklärung reichen.* »Bist du verletzt?«

»Nein, Nuntius.«

Er nickte. »Gut. Dann schauen der Commander und ich nach, wie es draußen aussieht und ob wir das Shuttle rufen können.« Black nahm ihre Hand und drückte sie. »Lobe den HERRN, Mädchen. Wir hatten alle sehr, sehr viel Glück.«

Sie kniff die Lippen zusammen.

Das war nicht die Dankesreaktion, die er erwartet hatte, aber er schob es auf den Schock. Die Ereignisse der letzten Wochen hatten Spuren in ihrer Psyche hinterlassen, die von den Spezialisten der Church behandelt werden konnten.

Black strich ihr väterlich über die Schulter und kehrte zum Commander zurück. Langsam ging er neben ihrem gefangenen Templar in die Hocke, so gut es der schräge Boden zuließ. »So, Ungläubiger. Was ist das für eine Pyramide, in der wir stecken?«

Der Templar bedachte ihn mit einem verächtlichen Blick und sah zur Decke.

Black steckte die *Thorn* weg und nahm ein Messer hervor, beleuchtete die Klinge mit der Lampe. »Siehst du das?« Ansatzlos rammte er die Spitze durch die Thermoschutzkleidung im Bein und schlitzte sie auf, ohne den Mann zu verletzen.

Der Gefangene zuckte zusammen und versuchte, sich zu wehren, aber Idòciu stellte ihm den rechten Fuß auf die Brust. »Mal sehen, wie viele Sekunden du in der Eishölle durchhältst.« Er setzte die Klinge am anderen Bein an. »Was ist das für eine Pyramide, und wer war in dem Schiff, das startete?«

Der Templar atmete schneller. Seine Blicke huschten zwischen dem Commander und dem Nuntius hin und her, dann sah er wieder nach oben. Er biss die Zähne fest zusammen. Demonstratives Schweigen.

Währenddessen untersuchte Crank die Wände, das zugefallene Schott, machte Aufnahmen, prüfte die Hieroglyphen und schien dabei ganz aufgeregt. Black hatte schon bemerkt, dass die Symbole die gleichen wie bei Lennards Nachbau waren. Vibes beschränkte sich weiterhin aufs Achtgeben.

»Schön. Dann lassen wir dich hier, ohne Ausrüstung und ohne die Container. Mal sehen, ob du dir ein Iglu …«

»Die *Ancients* werden euch vernichten!«, spie der Templar wütend aus. Er konnte sich nicht länger beherrschen und musste seiner Verachtung freien Lauf lassen. »Sie haben sich uns gezeigt und erwiesen uns ihre Gnade. Sie wollten uns mitnehmen, zu ihrer Sternenfestung, aber dann seid ihr aufgetaucht.«

»Und sie haben euch eine kleine Pyramide zum Nachbauen hier gelassen«, sagte Black amüsiert.

Der Templar schüttelte den Kopf. »Nein. Es ist ein Schutzraum. Gegen die Bombe, die sie abwarfen. Wir wussten das, weil sie uns warnten.«

»Ach? Ihr versteht die *Ancients*?«

»Das tun wir. Ihre Sprache ist leichter als gedacht.« Der Templar sah Black zornig an. »Wir bereiten den Tag vor, an dem sie sich nicht nur uns, sondern allen Wesen des Universums zeigen und Ansprüche auf ihre alten Stätten erheben. Denn das werden sie tun. Und alle, die nicht ehrfürchtig sind oder ihre Ansprüche verlachen, werden den Tod finden. Wie die Collectors.«

»Wie die Collies?« Idòciu wechselte einen raschen Blick mit Black. »Wie meinst du das?«

Aber der Gefangene lachte nur. »Ihr seid erbärmlich. Ihr verschließt euch den Göttern und Erschaffern des Lebens, um an einen Gott zu glauben, den es niemals gab. Die *Ancients* entwarfen uns, entwickelten uns, gaben uns Planeten zum Leben und erschufen viele weitere Wesen, um …«

Black verpasste ihm einen Hieb gegen den Helm. »Schweig! Ich will deine blasphemischen Äußerungen nicht hören.« Er nahm Flexibinder und legte sie dem Mann um die Handgelenke, um ihn zu fesseln. Danach entwaffnete er ihn. »Wir bringen dich auch nach Christ. Wir werden sehen, was du nach einem Exorzismus zu sagen hast.«

Der Templar lachte. »Eher sterbe ich, als mich in die Hände der Church zu begeben.«

»Die Chance hast du verpasst.« Black klopfte mit dem Messer gegen das Helmvisier. »Du wirst sehen, wie fortschrittlich die Methoden des Malleus Maleficarum heute noch sind.«

»Sirs, kommen Sie her!«, rief Crank aufgeregt. »Ich weiß, was er gemeint hat.«

Der Commander und der Nuntius gingen zum Wiesel-Beta, der im Schein seiner Lampe vor Piktogrammen auf und ab lief.

Die Bilder waren leicht zu deuten: Wesen in Rüstungen, die wie die der Collectors und Wyvers aussahen, wurden von Kreaturen gehetzt und niedergerungen.

Auf einem anderen Bildchen standen die Rüstungen offen, und die Kreaturen fraßen daraus.

Eine weitere Darstellung zeigte die Kreaturen mit Trinkgefäßen, die sie aus den Panzerungen der Collies und Wyvers gemacht hatten.

»Ist es das, was ich denke?« Idòciu fuhr mit den Fingern der rechten Hand über die Darstellungen.

»Sir, diese Wesen«, Crank leuchtete mit dem Strahler über die Bilder, »sind die natürlichen Feinde der Collies und Wyvers!«

»Ja, ja, die Nahrungskette«, murmelte Black. »Aber es handelt sich um nette Bildchen. Es ist nichts, dem wir Bedeutung beimessen sollten. Es kann frei erfunden sein.«

Idòciu sah ihn an. »Nuntius, wir stehen in einer pyramidalen Konstruktion unbekannten Ursprungs und haben mit angesehen, wie ein unbekanntes Schiff mehr als die Hälfte meiner Truppe mit einer Plasmawaffe verdampfte. Das ist sicherlich nicht frei erfunden! Und solange ich keine bessere Erklärung von Ihnen höre, bin ich geneigt, unserem Gefangenen zu glauben.«

»*Meinem* Gefangenen«, verbesserte Black. Er hörte heraus, dass der Commander bereits in Kon-Bahnen und vermutlich an eine fette Belohnung dachte, die er von *SternenReich* bekam, wenn er mit den Neuigkeiten von Ryker Ten zurückkehrte. Oder sogar mit der Kleinpyramide. »Sie unterstehen mir, Idòciu. Nicht vergessen.«

»Ich unterstehe Ihnen nicht. Wir haben uns zusammengeschlossen, würde ich sagen.« Idòciu befahl Crank, alles zu fotografieren. »Weil wir diese Sendung von Hu abfangen wollten. Danach habe ich Ihnen versprochen, die Preacheress zu befreien. Was *das hier* angeht«, er zeigte herum, »sind die Zuständigkeiten völlig offen. Ich habe die gleichen Rechte wie Sie.« Er lächelte freundlich, aber hart. »Sie haben recht: Ich denke an meine Karriere und an den BuyBack meiner Teammitglieder.

Sollte es diese Festung mit colliefressenden *Ancients* geben und sie wären die Rettung vor den Obhutwichsern, bin ich bereit, an sie zu glauben und sie meinetwegen sogar als Götter zu verehren. Mich hindert keine Religion daran. Und jetzt sollten wir nachschauen, was die Bombe angerichtet hat.«

Black biss die Zähne zusammen. Es war sinnlos, sich unter diesen Umständen auf eine theologische Diskussion einzulassen; seine Waffe des Glaubens war eher das Schwert, weniger die geschliffenen Worte. Ironie – gern, Sarkasmus auch. Aber sich mit Bibelstellen zu schlagen, das war nicht nach seinem Geschmack.

Außerdem werde ich danach pensioniert. Soll sich doch White als Missionar versuchen. Oder Colomba. Er sah zu der stillen Preacheress, die wiederum die Betas beobachtete. »Schauen wir nach«, erwiderte er und ging zum Ausgang.

Der Commander begleitete ihn. »Thermalsicht, negativ«, sagte er laut. »Die Außenhülle des Konstrukts hat sich durch die Auswirkung der Bombe nicht erhitzt.«

Black fand den Öffnungsmechanismus und aktivierte ihn.

Die Tür öffnete sich.

Unverzüglich schwappte Wasser über die Schwelle, glücklicherweise nicht so viel, dass sich der Innenraum füllte.

»Klimaerwärmung durch *Ancients*«, murmelte Black und watete hinaus, stand gleich darauf bis zu den Unterschenkeln in Eismatsch und sah auf einen gigantischen dampfenden See, auf dem Eisschollen dümpelten und die letzten Containerbauten der Templars dahintrieben. Die aufsteigenden Schwaden bildeten Nebelfetzen, die sich vereinten und trennten.

Wie groß der Krater war, ließ sich nicht abschätzen, aber die obere Ausdehnung des Gewässers belief sich auf mindestens drei Kilometer.

»... sehe Sie, Sir!«, kam die erfreute Stimme des Panther-Betas über Funk. Sie hatten wieder Empfang. »Ich sehe Sie. Ich dachte schon, es hätte Sie erwischt.« Gleich darauf zog das Shuttle dröhnend über sie hinweg und wackelte grüßend mit den Flügeln. Der Lack war komplett weggebrannt, kleinere Antennen geschmolzen. »Landen wird schwierig, weil der Untergrund komplett angetaut ist. Außerdem hat es mir reichlich

Stabilisierungselektronik zerschossen. Sie müssten zur Aufnahme ungefähr einen Kilometer westlich marschieren, oder aber ich versuche es mittels Seilwinde. Repulsatoren hat das Dingi leider nicht, Sir.«

»Gut gemacht, Night. Wir nehmen die Seilwinde«, funkte Idòciu. »Crank ist verletzt und muss dringend behandelt werden. Außer mir, Vibes und den Nuntius haben wir die Zielperson sowie einen Gefangenen.«

Betroffene Stille, dann: »Mehr nicht, Sir?«

»Nein«, gab der Commander knapp zurück. »Bereit machen zur Aufnahme.« Er kehrte in die Pyramide zurück. »Wir nehmen das Ding mit. Das sollen sich Spezialisten ansehen«, eröffnete er, ohne dass er konkretisierte, welche er meinte: Church oder *SternenReich*. »Das Shuttle wird es hieven können.«

Black war davon noch nicht überzeugt, sparte sich erneut Widerspruch. Er befand sich gedanklich bereits auf einem stillen kleinen Planeten mit Alkohol und Kippen. *Sollen sich die Mächtigen Gedanken um Ancients, Wyvers und Collectors machen. Ich bin raus.*

Er hätte gern eine geraucht, aber der Anzug und die Temperaturen, die trotz des Sees noch immer bei minus achtzig Grad lagen, sowie die dünne Atmosphäre vereitelten seinen Wunsch.

Der dumpfe Schrei der Preacheress erklang, dann kam sie rückwärts aus der Pyramide getaumelt und fiel in den Matsch. Schüsse peitschten, Idòciu rief nach dem Nuntius.

Der verdammte Templar hat sich befreit! Er riss die *Thorn* aus dem Holster, rannte los und sah, dass Colomba wenigstens nichts geschehen war. Vorsichtig lugte er um die Ecke in den Eingang.

Der Templar stand über Idòciu, hielt eine *Prawda* auf ihn gerichtet und die andere auf den Gorilla-Beta, der sich die Schulter hielt; zwischen den krallenhaften Fingern sickerte Blut hervor. Crank lag in der Ecke, die Augen auf den Gegner gerichtet. Er hatte eine zweite Schusswunde im Bein.

»Und schon wendet sich das Blatt, was, Nuntius?«, fragte der Ex-Gefangene gehässig. »Ich werde Ihnen noch ein weiteres Wunder meiner Götter zeigen. Denn sie antworten mir, wenn ich sie rufe. Nicht wie bei

Ihrem Christengott, der schon lange tot ist. Meine Götter haben ihre Rückkehr angekündigt. Sie wollen nach ihren Kindern sehen, Nuntius.« Er lachte überdreht und ging langsam rückwärts bis zur Symbolwand, drückte mehrere Zeichen mit dem Lauf der Pistole; die andere *Prawda* ruckte zwischen Betas und Commander hin und her.

»Was haben Sie getan?« Black machte sich bereit.

»Ihnen zugerufen. Damit sie wissen, dass wir überlebt haben.«

»Sir, ich empfange ein ausgehendes Signal«, meldete sich Night über den Helmfunk, den der Templar nicht vernehmen konnte. »Es ist ziemlich stark.«

»Können Sie es nachverfolgen?«, fragte Black.

»Schwierig. Dazu müsste es erst empfangen werden, damit ich einen Anhaltspunkt habe. Ich funke zur *Interception*. Die haben die bessere Anlage.« Der Panther-Beta schien verwundert, dass der Nuntius antwortete. »Ich mache mich bereit zur Aufnahme.«

»Warten Sie noch. Wir haben ein kleines Problem, das wir beheben müssen.« Black hob die *Thorn* und richtete sie auf den Templar, schaltete auf Außenlautsprecher. »Wenn du dich jetzt ergibst, wird es nicht schlimmer für dich«, sagte er kühl.

»Oh, selbst wenn ich draufgehen sollte, wirst du nicht verhindern, dass der Triumphzug meiner Götter beginnt. Auf Ryker Ten haben wir die Schleusen geöffnet, um das Unvermeidliche fließen zu lassen wie eine Urgewalt! Wie eine gewaltige Welle aus schwarzer Materie.«

Black wollte den Abzug drücken, als die Wand hinter dem Templar auffächerte und einen Hohlraum freigab.

Darin wurde eine kleine Kreatur sichtbar, die den Abbildungen auf den Piktogrammen ähnelte. Sie war einen Meter hoch, hatte einen dürren, knochigen Körper und einen vogelhaften Kopf mit geschwungenem, langem Schnabel, in dem Reißzähne sichtbar wurden. Sie trug nichts am Leib, um sich vor der Kälte zu schützen, die Haut schillerte olivfarben mit gelben und schwarzen Mustern darauf. Als die Kreatur einen Schritt nach vorne machte, wurden Pranken sichtbar, die Löwenfüßen ähnelten.

Heilige Scheiße! Black musste einfach hinstarren. *Was ist DAS denn? Ein Ancient-Beta?*

Die Kreatur schnaubte aggressiv, und dunkelgrüne Wolken stoben aus den Löchern auf dem Schnabel. Während sie vortrat, schien ihr ausgemergelter Körper auseinanderzugehen und zu wachsen, bis er zwei Meter hoch emporragte. Muskeln setzten an und schwollen zu beeindruckendem Umfang, wie es Black nur bei SupraSoldiern gesehen hatte. Jetzt wirkte das Wesen extrem gefährlich. Die langen Krallenhände öffneten und schlossen sich.

Crank drückte sich dicht an die Wand und wurde nahezu unsichtbar, der Commander wollte aufstehen, aber der Templar richtete die Waffe auf ihn. Er schien die Kreatur nicht bemerkt zu haben.

Was jetzt? Black schwenkte den Lauf langsam nach oben. *Eigentlich müsste ich …*

»Nun seid ihr erstarrt, nicht wahr?« Der Templar machte einen demonstrativen Schritt zur Seite. »Tretet dem Rhak gegenüber!« Er senkte die Waffen und verneigte sich vor der Kreatur. »Vernichte die Feinde der Götter!«

Bevor Black abdrücken konnte, schnappte der Rhak zu – und riss dem Templar den Kopf ab, den er in hohem Bogen ausspie und anscheinend für ungenießbar eingestuft hatte. Blutsprühend fiel der Leichnam zu Boden.

Der Rhak wollte sich auf den Commander stürzen, als sich der Wiesel-Beta mit erhobener *Prawda*, die vom Toten stammte, vor seinen Anführer stellte und ihm die andere Pistole zuwarf. »Verpiss dich, du Drecksvieh!«, quietschte er heldenhaft und bekam einen Klauenhieb gegen den Kopf, der das Visier wegriss.

Der Rhak hielt abrupt inne, die Vogelaugen weiteten sich. Er stieß einen überraschten Ruf aus und starrte Crank an, als könnte er nicht glauben, was er vor sich sah. Langsam erhob er sich zu seiner beeindruckenden Größe, die einschüchternden Muskeln zuckten. Er hätte den Wiesel-Beta zwischen seinen Bruststängen erdrücken können – stattdessen neigte er sich behutsam nach vorne.

Bleib so, hässliches Ding! Black löste die *Thorn* mit rasender Geschwindigkeit aus. *Ich sende dir Grüße von meinem Gott!*

Die leeren Hülsen flogen aus dem Auswurf, das Dröhnen erfüllte den Innenraum der kleinen Pyramide.

Es war das Signal an Crank und Idòciu, sich ihrer Waffen zu besinnen und sich vom Anblick des Wesens loszureißen. Vibes bückte sich nach der *Mower* und drückte ab. Das einsetzende Stakkato der *Prawdas* und der *Mower* von über 120 Dezibel ließ die automatische Geräuschreduzierung der Anzüge anspringen.

Die Kugeln perforierten den Körper der zuckenden Kreatur von oben bis unten, stanzten Löcher, rissen Gewebeteile heraus, knackten hörbar die Knochen im Leib. Blubbernd flossen grünliche und graue Flüssigkeiten aus den Wunden und schlugen Blasen, während der Feind rückwärtsfiel und still lag.

Das war's! Black hatte zweimal nachgeladen, stand umringt von verschossenen Patronen und näherte sich mit vorgehaltener *Thorn.* »Commander?«

»Alles klar, Nuntius.« Er erhob sich und lud ebenfalls nach, sammelte das *Repeater* auf.

Crank humpelte näher und schoss Fotos, während die Männer sicherten. Sein Atem wurde in der kalten Luft als weiße Wolke sichtbar. »Sir, ich glaube ... ich kann mich irren ... nein. Es ... das Ding ... regeneriert«, sagte er entsetzt.

»Warte.« Vibes setzte das Magazin der *Mower* vollständig in den Rhak, der unter den Einschlägen ruckte. Der Schnabel splitterte, der Schädel brach auseinander und gab eine gelbliche Masse frei, die nicht nach Hirn aussah. »Besser?«

Zu viert starrten sie auf die Überreste.

»Scheiße«, murmelte Crank, dem ein Eisbart unter der Nase wuchs. »Sir, bilde ich mir das ein?«

Idòciu verneinte. »Das Gewebe wächst nach.«

»Vermutlich hat es kein Hirn. Kein zentrales.« Black sah, dass die Symbole in dem Hohlraum schwach glommen. »Denkt ihr, dass der Templar mehr getan hat, als das Wesen auf uns zu hetzen?« Er machte sie auf seine Beobachtung aufmerksam.

»Die klassische Selbstzerstörung?«, diagnostizierte der Commander verkniffen.

»Könnte sein, Sir«, sagte Vibes nach einer Weile.

»Wollen wir dann warten, bis wir hochgehen, oder setzen wir uns ab?« Black sah auf das zerfetzte Wesen, dessen Wunden sich schlossen, und das immer rascher.

»Ist eh nicht der Planet meines Konzerns. Ich bin nicht für die Probleme zuständig.« Idòciu zog sich zuerst zurück und rief Night nochmals zu, sich zu beeilen. Der Panther-Beta gab durch, dass er Colomba bereits an Bord geholt hätte.

Crank biss die Zähne fest zusammen, sowohl wegen seiner Verletzungen als auch wegen der Gedanken an die Kälte außerhalb der Pyramide.

Mit der Seilwinde ging es für sie nach oben, dann schossen sie in den Weltraum. Weg von Ryker Ten, dem Eissee, der langsam erstarrte, der merkwürdigen Miniaturpyramide mit dem auferstehenden Rhak darin und hinauf zur *Interception*.

Red, Susa und Pelzig kümmerten sich hingebungsvoll um sie, halfen beim Verbinden von Cranks sowie Vibes Verletzungen.

Der Nuntius betrachtete sie. Durch den hohen Ausfallgrad des Delta-Teams erhielten die einst als lustig gedachten Worte des Commanders über die Bedeutung der Agrarwelt-Betas eine ernste Bedeutung. *Wir werden sie als Ersatzspieler brauchen.*

Als sie den Orbit verließen, ging eine kleine Sonne auf dem Planeten auf.

Black vermutete, dass der See gerade dank ahumaner Technik vergrößert wurde.

23. Oktober 3042 a. D. (Erdzeit)

SYSTEM: KRÜGER 60 B
PLANET: NAHE PLANET RYKER TEN
ORT: –

Hu hackte auf die Computertastatur ein. »Bin drin und habe alles resettet.«

Tye beäugte ihn misstrauisch. »Rutsch zur Seite. Ich will das prüfen.«

Innocent sah ihnen zu und verstand gar nichts von dem, was die beiden machten. Sie hatten in dem kleinen Raum Kabel neu verlegt, sich mit drei Computern und Pads eingeloggt und rückten der Relaisstation zu Leibe.

Sie hatten das Signal von der Oberfläche verfolgt, aber ohne Resonanz war es nicht möglich, das Ziel zu bestimmen. *Wie ein Pfeil im Flug ins Dunkle.*

Aus Langeweile hatte sich Innocent auf die Station begeben. Er glaubte nicht, dass Fairbanks oder Triton es wagen würden, einfach mit der *Interception* zu verschwinden.

Das Schiff der Ahumanen, vor dem sie gewarnt worden waren, hatte sie nie erreicht. Aufgrund der Werte nahmen sie an, dass sie gesprungen waren.

»Was heißt denn resettet?«, erkundigte er sich, um zu verstehen, was Hu tat.

Tye ließ sich die Routine anzeigen, die der Journalist programmiert hatte. »Er hat die alten Pfade umgeschrieben. Bevor eine eingehende Botschaft weitergeleitet wird, muss sie zuerst von uns gesichtet werden und eine Freigabe erhalten«, sagte sie beiläufig und sah erleichtert aus. »Ich habe in der Zwischenzeit die Lokalisierung der eingehenden Sprüche verbessert, sodass wir trotz Verschlüsselung oder Verzerrer nachvollziehen können, wer die Botschaft sandte.«

Saber knurrte vor sich hin und sah sich ständig um, als würde er auf einer verlassenen Relaisstation im All damit rechnen, angegriffen zu werden. Es konnte auch sein, dass die empfindlichen Ohren des Dobermann-Betas auf das permanente Summen und Surren der Aggregate reagierten und er von Minute zu Minute gereizter wurde.

Tye gab Hu den Wink, aufzustehen und vom Computer wegzugehen. »Arbeit erledigt. Ich möchte nicht, dass Sie noch mehr daran herumfummeln. So, wie es ist, kann es bleiben.«

Da der Mann nicht schnell genug reagierte und gelangweilt scrollte, schnappte ihn Saber im Nacken, zerrte ihn weg vom Stuhl und knallte ihn mit dem Bauch gegen die Wand. »Du musst flotter werden«, schnarrte er und hielt den Unterarm in Hus Nacken gedrückt.

»Ja, ja, ist gut. Iss ne Baldrianwurst, damit du runterkommst«, keuchte der Mann.

Innocent wollte dazwischengehen, weil er keine Notwendigkeit sah, den Reporter so ruppig zu behandeln.

Es klopfte, und die Tür zu dem kleinen Wartungsraum wurde geöffnet.

Black kam herein, begleitet von Idòciu. Er sah nicht wirklich zufrieden aus, obwohl er Colomba eingesammelt hatte. Nach einem knappen Gruß lieferte er einen kargen Bericht von den Vorfällen auf Ryker Ten.

Innocent lauscht und fühlte eine Million Fragen, die ihm jedoch weder der Nuntius noch der Commander beantworten konnten.

Danach ließ sich Black von Tye eine Botschaft basteln, die an den Ministrator gehen sollte.

»Sie können auch mit Christ direkt sprechen, wenn Sie wollen«, informierte sie ihn. »Wir haben das gute Stück zu einem *Stellar Voice Radio* hochmodifiziert, dank der Spende des 2OT. Vermutlich machen das die Relais nicht lange mit und überhitzen sich, aber es wird für einige Minuten Sprechzeit ausreichen.«

Der Nuntius sah zu Innocent. »Du kennst bestimmt den Sicherheitsschlüssel für die Codierung?«

»Sicher. Ich kann Kontakt herstellen.« Er setzte sich neben die Justifierin und öffnete die Verbindung, bekam in weniger als zehn Sekunden die Bestätigung, dass man in Christ auf Empfang war. *Tye und Hu haben ein kleines Wunder vollbracht!*

Er arbeitete sich durch die Passwortabfragen und wechselte in den geschützten Bereich, wo man ihn weiterverband. In den Inneren Kreis. Man sicherte dem Uditor zu, nach Horàt zu schicken.

Black warf die Justifiers und Hu hinaus, damit sie ungestört sprechen konnten.

Innocent grinste, als sich der Nuntius auf dem freien Platz niederließ. »Siehst du, dass es doch gut ist, einen Uditor bei sich zu haben?«

»Normalerweise brauche ich niemanden, der mich mit Christ verbindet.«

»Heute schon. Und es ist dazu noch sehr wichtig.« Er lächelte glücklich. »Wie geht es Colomba? Haben die Sektierer ihr etwas angetan?«

»Nein, ich glaube nicht. Sie leidet an einem generellen Trauma, was nach diesen Ereignissen keine Besonderheit ist. Ich habe ihr etwas zur Beruhigung gegeben. Die Ärzte auf Christ kümmern sich bald um sie.«

Es knackte, das WARTEN-Symbol erlosch, und Horàts vernarbtes Gesicht erschien. »Nuntius, Uditor«, grüßte er. »Mir wurde angedeutet, ihr beiden hattet Erfolg!«

»So ist es, Geheimsekretär.« Genauso knapp wie vorhin unterrichtete ihn Black von den Ereignissen, was die Rettung von Colomba anging; die Justifiers-Einheit verschwieg er. Dabei sandte er die Aufzeichnungen, die der Wiesel-Beta auf dem Planeten gemacht hatte. Er ließ sie parallel dazu ablaufen und seine Worte von den Bildern und Tönen untermalen.

»Sollten unsere Schlussfolgerungen korrekt sein, haben wir es mit Ahumanen zu tun, die sich von den Wyvers und den Collies ernähren und sie jagen. Es wäre daher von Vorteil, wenn man mit ihnen ins Geschäft kommt«, schloss er seinen Bericht. »Man sollte jedoch darauf verzichten, ihnen biblische Namen zu geben. Der Begriff Samariter erwies sich letztes Mal auch als unpassend.«

Diese Spitze hatte sein müssen. Innocent sah auf die Kontrollanzeige auf einem anderen Display, auf dem einkommende Nachrichten aufgelistet wurden. Noch befand sich Hus Bericht aus Cornu Copiae nicht darunter.

Horàt nickte nachdenklich. »Das sehe ich genauso. Momentan laufen die Nationen und die Konzerne Amok, um mit den Collectors ins Geschäft zu kommen, was das Asyl angeht. In dieses Buhlen werden wir uns unter keinen Umständen verstricken lassen. Wir gehen keine Deals ein.«

Innocent musste sich zur Seite drehen, weil er fühlte, dass er errötete. *HERR, vergib mir meine Tat!* Gut, dass sie die Station erreicht hatten, um das Schlimmste abzuwehren.

»Das sehe ich genauso, Geheimsekretär«, stimmte Black genüsslich zu.

»Habe ich das richtig verstanden, dass man mit der Station nachvollziehen kann, wohin die *Ancients* sendeten, bevor diese Pyramide explodierte?«

»Ja, Geheimsekretär.«

»Ausgezeichnet. Sobald es Koordinaten gibt, fliegt ihr mit der *Interception* los. Ich möchte, dass ihr Kontakt aufnehmt. Falls das nicht möglich sein sollte, ist der Auftrag, die Stellung zu halten, bis wir von Christ Experten zu euch senden, die sich auf Xeno-Sprache verstehen.«

»Verstanden, Geheimsekretär. Was ist mit Colomba?«, hakte Black wenig begeistert ein, für den seine Pensionierung um einen weiteren Auftrag nach hinten rückte. »Sie sollte von Ärzten behandelt werden.«

Horàt überlegte nicht lange. »Die Verzögerung ihrer Rückkehr ist bedauerlich, aber leider nicht zu ändern. Wegen der dringenden Umstände. Wir würden zwei Wochen verlieren, wenn wir die *Interception* zuerst nach Christ springen lassen. Die Preacheress ist in eurer Obhut sicher. Ihr habt vollste Fürsorgepflicht und garantiert für ihre leibliche Unversehrtheit.«

»Was machen wir, wenn die Ahumanen uns angreifen?«, fragte Innocent nach.

»Springt ihr nach Christ«, erwiderte Horàt unverzüglich.

Black wartete drei Sekunden, bevor er tief einatmete und sagte: »Wer ist sie?«

»Nuntius, ich verstehe deine Frage nicht.«

»Die Preacheress. Wessen Kind ist sie? Das eines Apostels?«

Bei allen Heiligen der Church! Innocent starrte den Nuntius an, der so gelassen am Pult saß, als befände er sich in einer seiner abgeranzten Bars.

Horàt wurde sichtlich unruhig und versuchte zu lachen, was sich sehr falsch anhörte.

»Nicht mit mir, Geheimsekretär. Wenn wir schon in Schwierigkeiten geraten, wüsste ich gern, für wen.«

»Ihr beide habt die Personalakte …«

Black hob aufzählend einen Finger. »Du gehörtest *Galahad* an, und somit hast du Zugriff auf die Einheit. Aber du schicktest *uns*, um nicht zu viel Aufsehen zu erregen.«

»Du verrennst dich in einen Gedanken, Nuntius.«

»Tue ich das? Es geht noch weiter.« Er hob den zweiten Finger. »White zu befördern, um mir einen kleinen Spion zu schicken, der garantiert einen Sonderauftrag bekommen hat, ohne dass ich es wissen soll. Ich schätze, es hatte was mit dem 2OT zu tun.« Der dritte Finger schnellte nach oben. »Zuerst sendest du uns zu den unbekannten Ahumanen, beorderst uns aber *sofort* nach Hause für den Fall, dass Colomba dabei in Gefahr gerät. Erscheint das logisch? Das kann nur bedeuten, dass sie jemandem wichtig ist. Das wiederum kann nur eine Person sein, die in der Hierarchie weit oben steht.«

Horàt wand sich. »Nuntius, ich darf es dir nicht sagen.«

Innocent glaubte, sich in einem Film zu befinden. Er hatte Black sträflich unterschätzt. *Er ist umsichtiger als erwartet. Und sehr anmaßend.*

Black sah dem Geheimsekretär ins Displaygesicht, legte die tätowierten Arme entspannt auf das Pult und grinste. »Dann rate ich: Ist sie die Tochter des Ministrators?«

Achte Szene

23. Oktober 3042 a. D. (Erdzeit)

> »Das Universum ist mehr als nur ein Gedanke Gottes,
> wie Schiller es vermutete. Aber wir sind gerade dabei
> herauszufinden, wer dahintersteckt.«
>
> CAIMAN DELO, freier Beta auf *Paradise*

SYSTEM: KRÜGER 60 B
PLANET: NAHE PLANET RYKER TEN
ORT: –

Clarissa sah Triton an. »Nein«, sagte sie leise, doch nachdrücklich.

Sie konnte seine Blicke lesen, die wiederum eine direkte Wiedergabe seiner Gedanken waren. Und die sagten, dass sie nur den dünnen Schlauch zwischen Relaisstation und *Interception* abkoppeln und auf die Sprung-Taste drücken musste. Dann gehörte das einzigartige Schiff ihnen. Ganz allein ...

Aber sie hatte einen Deal mit Horàt gemacht.

Sicher war es absurd, dass sich eine ehemalige Freibeuterin an Absprachen hielt, doch sie war besiegt worden. Zudem würde ihnen der Geheimsekretär eine Justifiers-Einheit auf den Hals hetzen, sollten sie nachweislich abgehauen sein. Oder zwei oder drei oder sonstige Einheiten der Church, die einen legendären Ruf besaßen. *Geld spielt dann keine Rolle.*

Es war die Vernunft, die sie auch daran hinderte, dem stummen Vorschlag des SupraSoldiers nachzugeben: Es wäre ihr beider Todesurteil.

Bislang lief es entspannt.

Was genau die Truppe aus *SternenReich*-Justifiern und Kreuzen auf der Station machte, wusste sie nicht. Vermutlich setzten sie die Nachricht ab, dass man die Preacheress eingesammelt hatte. Blieben noch 23 Missionen als Konquistadora für die Church.

Die Raiders lachen sich tot, wenn ich sie zufällig treffe. Clarissa überprüfte die Anzeigen des Reaktors, checkte die Werte der ruhenden Triebwerke. Sie wurden auf Stand-by gehalten, um sie jederzeit einschalten zu können. Ihre externe Sprungvorrichtung, die wie ein Kranz um sie lag, lief im Sparmodus.

Tritons rechter Mundwinkel zuckte. Er wandte den Kopf nach vorne, sah wieder auf die Anzeigen der Waffenbänke. Sie blieben in höchster Alarmbereitschaft, falls die unbekannten Ahumanen doch auftauchen sollten. »Schade.« Mehr äußerte er nicht, und doch war alles damit gesagt. »Finden wir es gut, dass wir nicht wissen, was die drüben funken?«

Clarissa grinste. Ganz nach Triton-Art hatte er sich gleich ein neues Thema gesucht, um das er sich kümmern konnte. »Nein, es gefällt uns nicht.« Sie hatte sich bereits unbemerkt von ihrem gelegentlich auftauchenden Aufpasser Night darum gekümmert, um die Meldungen der

Relaisstation mithören zu können. Die verschlüsselten Nachrichten blieben unzugänglich, aber sie hatte die Hoffnung, einen Zufallstreffer zu landen.

Als Clarissa dieses Mal ihren Scanner einschaltete, rauschte sie mitten in eine Unterredung zwischen Black, White und einem Mann namens Horàt. Dem Horàt, der sie besiegt hatte. Staunend hörten sie und Triton zu, wie sich die beiden ein Wortgefecht lieferten und sie neue Anweisungen bekamen.

»Kamikaze«, kommentierte Triton den Auftrag, zu den Ahumanen zu fliegen und sie zu kontaktieren. »Mit einem kleinen Notausstieg namens Colomba.«

Ihre Verblüffung wurde riesig, als der Nuntius eiskalt die Vermutung in den Raum warf, die Kleine sei die Tochter des Ministrators.

Auch das noch. Clarissa fühlte Tritons Blick geradezu auf sich. Wäre sie noch ein *Raider*, hätte sie die teuerste Geisel des Universums an Bord und damit vermutlich die reichste Person des Universums. *Horàt, dieser Bastard!*

Mit einem Schiff, das wahnsinnige Techniker der *Calyptics* zusammengezimmert hatten, ausgestattet mit einer Erfindung, von der niemand genau verstand, wie sie funktionierte – das war schlimm genug.

Aber wenn sich herumsprach, wer die Preacheress war, könnten sich einige gierige Menschen auf den Weg machen, um die *Interception* mit dem Goldvogel an Bord schnappen zu wollen.

»Um auf das erste Thema zurückzukommen: JETZT vielleicht, Captaine?«, warf Triton ein. »Aus dem Staub machen scheint mir nicht die schlechteste Option zu sein.«

Sie schüttelte langsam den Kopf. »Nein. Wir hängen drin«, gab sie zurück. »Aber wir werden mehr herausschlagen. Das verspreche ich dir. Da wird eine fette Prise fällig.« Eigentlich war es keine Prise, sondern eher eine Entschädigungszahlung.

Horàt und Black verabschiedeten sich, ohne dass der Geheimsekretär etwas verneint oder zugegeben hätte. Somit sah sie die Vermutung des Nuntius erst recht als gesichert an.

Es wurde zwischen den Kreuzen entschieden zu warten, bis man ein

Signal habe, um die Himmelsfestung der Ahumanen auszumachen. Danach würde sich Black nochmals melden und mitteilen, wohin die Xeno-Spezialisten der Church kommen sollten.

Die Unterredung wurde beendet.

»Habe ich das richtig gesehen, dass sich dieses Wesen vor dem Chim verneigte?« Nachdenklich sah Triton auf den Bildschirm, wo er die Aufzeichnung des Wiesel-Betas in Endlosschleife laufen ließ und sie plötzlich anhielt. »Schau dir das an, Captaine: Das Vieh mag unseren kleinen Pelzträger so sehr, dass er sich verbeugt!«

Sie drehte sich mit dem Stuhl, damit sie besser sah. »Du hast recht«, sagte sie überrascht. »Was hat das denn wieder zu bedeuten?«

Triton grinste böse. »Dass noch Überraschungen kommen werden, von denen keiner etwas ahnt. Ich meine, was hat es zu bedeuten, wenn ein Wesen einem anderen eine Geste der Demut oder des Respekts zeigt, ohne dass sie sich persönlich kennen oder voneinander wissen konnten?«

Clarissa überlegte inzwischen ernsthaft, ob sie vom Recht Gebrauch machen sollte, sich als gefangene Freibeuterin zu sehen und auszubrechen. Sowohl aus ihrer Abmachung als auch aus der Mission.

Ihre Blicke richteten sich auf die Kontrollen für die Abkopplungsvorrichtung. Eine kleine Bewegung, und sie wären frei und müssten nur noch den Panther-Beta ausschalten. Millionen von Tois mit einem überschaubaren Risiko.

Es war verlockend.

Clarissa seufzte. »Wenigstens können wir später sagen, dass wir ...«

Sie verstummte, weil jetzt Commander Idòciu mit seiner Zentrale und einem Mann namens Dröger sprach und über die neusten Erkenntnisse unterrichtete. Wie vorher der Nuntius die Justifiers konsequent ausgelassen hatte, wurden die Kreuze mit keinem Wort erwähnt. Teile der Wahrheit entfielen kurzerhand.

Der Commander bekam den Auftrag, ebenfalls zur Himmelsfestung zu fliegen und im Namen von *SternenReich* Kontakt herzustellen. Jede anderen Mitbewerber sollten ausgeschaltet werden. Der Konzern wollte den großen Kuchen ganz allein für sich.

Der Ansporn: Gelang die Mission, war der BuyBack aller Deltas erfüllt.

»Das wird Black aber nicht gern hören«, sagte Triton leise lachend.

Clarissa kam sich wie ein geheimer Zuschauer in einem Agentenfilm vor. Sie saß hinter einem Schrank und belauschte ein Geheimnis nach dem nächsten. Und es waren wichtige Geheimnisse. »Ich bin gespannt, wie sie sich einigen. Diese Justifierin …

»Tye.«

»Sie hat das technische Wissen, das die Kreuze noch brauchen werden. Es ist eine Pattsituation. Keiner kann ohne den anderen, und doch sind sie Rivalen.«

»Und wir mittendrin. Wir müssen nur abwarten. Mit etwas Glück nieten sie sich gegenseitig um. Wir sollten dringend daran arbeiten, unentbehrlich für beide Seiten zu werden.« Clarissa wartete darauf, dass der Panther-Beta erschien, aber er schien sich nach wie vor um die Preacheress zu kümmern.

»Wie meinst du das?«

»Indem wir uns absichern.« Clarissa pochte gegen die Kontrollanzeigen. »Ich gebe ein paar Sicherheitsabfragen ein, ohne die niemand außer mir den Vogel fliegen wird. Du gehst und versteckst Sprengsätze. Nur welche, die Krach machen, ohne strukturelle Zerstörung anzurichten. Es wird dazu dienen, Aufmerksamkeit zu sichern.«

»Aye, Captaine.« Triton erhob sich. »Knallfrösche. Mach ich, solange sich der Beta noch um die Preacheress kümmert.« Er ging hinaus. »Wenn er fragt, sage ich, dass ich nach dem RV-Ding suche.«

Clarissa fühlte sich unwohl. *Eine mehr als kritische Konstellation.*

Sie sah zum Fenster hinaus ins sternenvolle All, überlegte, was noch geschehen würde, und hörte, dass sich der Commander von seinem Vorgesetzten verabschiedete. Dann knackte es leise.

Clarissa richtete ihr Augenmerk auf die Anzeigewerte der Funkübertragung. Die Antworten wurden mit unglaublich viel Kraft ausgestrahlt, was vermutlich an der selbstgebauten Anlage der Justifierin lag.

Sie funkte ihren Ersten Offizier an und schilderte ihm ihre Entdeckung. »Denkst du, dass die Relais das lange mitmachen?«

Triton überlegte »Ich bin kein Experte. Aber wenn ich eine Waffe auf Dauerfeuer benutze, wird sie überhitzen und mir irgendwann um die Ohren fliegen. Ich hoffe mal, dass sie daran denken.«

Während sie sich unterhielten, meldete der Nachrichteneingang der Station unentwegt Botschaften, die aus allen Ecken des Universums angerauscht kamen und auf Weiterleitung warteten. Aus irgendeinem Grund horteten die Kreuze und die Justifiers die Botschaften. *Muss ich das verstehen?*

23. Oktober 3042 a. D. (Erdzeit)

SYSTEM: KRÜGER 60 B
PLANET: NAHE PLANET RYKER TEN
ORT: –

»Das ist Ihre Nachricht!« Tye sah zu Hu, der bestätigend den Daumen hob. »Sicher?«

»Wir können sie uns ansehen, damit alle beruhigt sind.« Der Reporter öffnete die Datei, drückte auf Wiedergabe und ließ die Sequenzen laufen.

Innocent stand schräg neben dem Nuntius, die Arme verschränkt, und blickte gebannt auf den Bildschirm.

Die Aufnahmen waren im Dualsystem aufgenommen, in einem Split-Screen-System, das gleichzeitig sowohl die On-board-Cam des Collies als auch die Ansicht des Reporters wiedergab. Das machte es erschreckend realistisch und doppelt eindrucksvoll.

Hu hatte ganze Arbeit geleistet.

Es war alles zu sehen: das professionelle Erstürmen der Halle, das Konzern-Logo, der Schusswechsel, das Rufen der Männer, die Verhandlungen mit dem vermeintlichen Collie, das Ende von Frank Dominian in seiner Rüstung, während die Kamera gnadenlos weiterfilmte, bis schließlich zum Einsacken von Hu durch den Panther-Beta und die fluchende Tye, die mit einem Griff die Energie kappte.

Der Monitor wurde schwarz.

Nicht auszudenken, wenn das publik geworden wäre. Innocent betete leise ein Danke an den HERRN. *Wie konnte ich mich nur dazu hinreißen lassen, im Namen der Church zu sprechen?*

Hu wandte sich ihnen zu. »Zufrieden?« Er hatte ein undeutbares Grinsen auf dem Gesicht, das jede Sekunde in ein Lachen überzugehen drohte.

Innocent wusste es nicht zu deuten. *Sollte er nicht betrübt sein? Wir haben den Erfolg seines Films ruiniert.*

Black nickte. »Ja. Jetzt löschen.«

Idòciu hielt Hus Hand fest, als dieser die Datei bearbeiten wollte. »Tye, mach du das. Am Ende versucht er einen Trick.«

Die Justifierin schob den Reporter mit dem Stuhl nach hinten, damit sie besser arbeiten konnte. Sie löschte die Aufzeichnung. »Ich schreddere sie doppelt«, erklärte sie ihre Vorgehensweise, ihre Finger flogen über die Tastatur, während Abfragen aufleuchteten, durch die sie sich kämpfte. Innocent konnte nicht einmal lesen, was aufpoppte und erlosch. »Das einfache Löschen ist nicht sicher genug. Die Relaisstation hat mehrere Auffangspeicher, um zu verhindern, dass Botschaften verloren gehen.« Gleichzeitig gab sie alle anderen aufgelaufenen Nachrichten frei, um die Weiterleitung nicht länger zu behindern. »Die Techniker der U.S.N.O. werden sich sowieso wundern, was mit der Station ist, und alles genau prüfen. Es ist daher doppelt wichtig, dass ich …«

Ein Signalton aus einer Konsole erklang.

»Was bedeutet das?« Black sah zu Hu, der abwehrend die Hände hob.

»Nicht meine Baustelle«, rief er hastig, weil Saber bereits mit einem Knurren an ihn herantrat. »Es ist Ihr Verfolgungsprogramm.«

»Wir haben den Aufschlagpunkt des Ahumanen-Signals«, sagte Tye aufgeregt und rutschte hinüber an den dazugehörigen Computer. »Ich versuche, eine Feinpeilung vorzunehmen. Momentan haben wir nur das Sternensystem.«

»Und wo ist das?« Innocent dachte an die nächste Mission, die auf ihn wartete und keinesfalls weniger gefährlich war. Die Ahumanen hatten bewiesen, dass sie mit dem Tod nicht geizten und nur diejenigen retteten, die ihnen wichtig waren und Gefolgschaft schworen. *Ich werde eine gute Taktik benötigen, um ans Ziel zu gelangen.*

»Sagen wir Ihnen früh genug.« Idòciu schob sich halb vor die Justifierin, um ihren Rücken zu decken und die Sicht auf den Bildschirm zu rauben, die Hand am Griff der *Prawda*. Auf seinen Wink gesellten sich Saber und Vibes zu ihm.

Innocent sah sich in seinen Befürchtungen bestätigt. *Jetzt kommt der knifflige Teil vor dem gefährlichen.*

Noch wusste er nicht, wie sie sich mit dem Commander einig wurden. Sie hatten darauf bestanden, während des Gesprächs zwischen ihm und *SternenReich* im Hintergrund zu stehen und mitzuhören. Der Auftrag der Zentrale machte aus Uditor und Nuntius Gegner, die beseitigt werden mussten. Aber gleichzeitig brauchten sie wiederum die Justifiers.

Ein zweiter Warnton erklang, dieses Mal aus den Lautsprechern der Station. Hu riss gleich wieder die Arme hoch, um seine Unschuld symbolisch darzustellen.

Die Computerstimme sagte:

»WARNUNG! RELAIS 7 bis 28/a ÜBERHITZT. ABSCHALTUNG ERFORDERLICH. SENDEBETRIEB WIRD VORÜBERGEHEND EINGESTELLT. NOTFALLWARTUNG INITIIERT. NACH ABKÜHLUNG WIRD PRÜFUNG ERFORDERLICH.«

Kaum verklang die Ansage, erloschen die Bildschirme.

»COOLDOWN EINGELEITET. WIEDERAUFNAHME IN GESCHÄTZTEN ELF STUNDEN TERRA-STANDARD.«

»Das war's mit der Feinpeilung«, kommentierte Hu.

»Heiliger Rasputin!«, fluchte Black und suchte seinen Flachmann aus der Tasche des Raumanzugs. »Elf Stunden warten, bis wir wissen, wo genau wir hinmüssen.«

Idòciu blieb gelassen. »Das gibt uns Zeit, über die Konditionen unserer Zusammenarbeit zu sprechen. Wir haben unsere schmutzigen Geheimnisse gemeinsam gerettet. Wegen Ihnen und Ihrer Colomba habe ich sehr gute Deltas auf diesem Eisloch verloren. Sie schulden mir was, Nuntius.«

»Indem ich Ihnen die Ahumanen überlasse?« Er zuckte mit den Achseln. »Von mir aus.«

»Nuntius!«, rief Innocent empört. »Sie haben die Aufgabe gehört, die wir vom Ministrator bekamen! Wie können wir sein Wort ignorieren?«

Black nahm einen Schluck *Mighty Spirit*. »Da hören Sie, was mein Uditor sagt, Commander. Er ist die Stimme der Vernunft. Behauptet er wenigstens.« Er hielt ihm den Flachmann hin. »Haben Sie einen anderen Vorschlag, ohne dass wir gleich herumballern und alle dabei draufgehen? Ich möchte in Pension und nicht in die Ewige Ruhe.«

Idòciu grinste. »So habe ich Sie eingeschätzt, Nuntius.« Dann sah er Innocent an. »Was schwebt Ihnen vor, Uditor?«

»Dass wir gemeinsam weitermachen und es danach die schlauen Köpfe von Konzern und Church untereinander aushandeln lassen«, schlug er vor. »Wichtig ist, dass wir einen gelungenen *First Contact* herstellen. Sollten die Ahumanen wirklich Verbündete werden, sind sie in erster Linie Verbündete der Menschheit, um uns vor den Wyvers und Collectors zu retten. Danach kommen die Interessen der Einzelnen ins Spiel.«

»Klingt vernünftig.« Idòciu sah zu Vibes und Saber, der die Ohren natürlich nach hinten gelegt hatte. Ein Signal seines Commanders, und er würde losstürzen. »Aber wir wissen, dass Worte eine gute Sache sind. Wie sieht es mit Garantien aus?«

»Tye kann doch Bombenpäckchen bauen, die wir alle um den Hals tragen. Sobald wir uns zu weit voneinander entfernen, gehen wir hoch«, schlug Black vor.

Für einen Moment dachte Innocent, der Nuntius meinte es ernst. *In seinem Verstand ist alles möglich.* »Es mag Sie überraschen, aber bleiben wir beim Wort. Beim Schwur auf die Bibel. Es gibt nichts Heiligeres, auf das wir schwören können.«

Idòciu winkte ab. »Danach kommen Sie mit Spitzfindigkeiten und Auslegungen. Nein, belassen wir es bei gegenseitigen Versprechen und der Schuld, in der Sie stehen, Nuntius.«

»Einverstanden.« Black hielt ihm wieder den Flachmann hin. »Trinkt dies zum Gedächtnis«, wandelte er die Abendmahlliturgie ab.

Dieses Mal nahm ihn der Commander und trank. »Auf die nächsten elf Stunden Warterei.« Der Whiskey machte einmal die Runde zwischen Church und *SternenReich*; sogar Tye nahm einen Schluck. Nur Hu wurde ausgespart.

»Was machen wir mit ihm?«, fragte Innocent und musste sich beherrschen, um sich nicht zu schütteln. »Er ist rechtlich betrachtet ein Gefangener der Church, da er sich illegal Zugang zu einem Planeten verschafft hat und gegen lokale Gesetze verstieß.«

»In einer Schleuse auf der *Interception* festsetzen und mitnehmen«, erwiderte Black. »Auf Church machen sie ihm bestimmt gern den Prozess.« Er nickte dem Mann zu. »Ist doch ein tolles Thema für eine Reportage, George. Schade, dass Sie damit nichts anfangen können.«

Hu grinste nach wie vor. Er wirkte glücklich. »Für die Pressefreiheit nimmt man manches auf sich. Werde ich eben zu einem Märtyrer im Namen der Medien. Ist mir auch recht. Aber ich habe das Recht auf einen Anwalt.«

Rechtlich gesehen stimmte Innocent zu, aber das musste Horàt oder einer der Apostel entscheiden. »Behalten Sie Ihre gute Laune«, sagte er zu ihm. »Sollten Sie reden wollen, Mister Hu, ich bin jederzeit für Sie da.«

Der Reporter musste auflachen. »Ja. Ja, das ist sehr nett«, sagte er kichernd und versuchte, sich zu kontrollieren. »Danke.«

Black runzelte die Stirn, die blassgrünen Augen bekamen den inquisitorischen Ausdruck. »Was haben Sie getan, Nachrichtenmann?«

Idòciu sah zuerst den Nuntius und dann Hu an. »Kommen Sie darauf, weil er so gut gelaunt ist?«

Black zog die *Thorn* und richtete sie auf den rechten Fuß des Gefangenen. Er spannte den Schlagbolzen, der Zündstift trat einige Millimeter hervor.

Hu verlor alle Farbe aus dem Gesicht, aber er schwieg.

»Haben Sie eine Lieblingszehe?« Der Lasermarkierer der Pistole leuchtete auf.

»Sir!«, rief Tye entsetzt. »Sir, dieses Arschloch hat alles gesendet!«

»Was meinst du mit *alles*, Tye?« Idòciu drehte sich zu ihr. Innocent drängte sich zwischen ihn und Saber, ignorierte den Geruch nach Hund sowie das Grollen, das drohend aus der Kehle aufstieg. Er wollte sehen, was sie ihm zeigte. »Etwa den Bericht? Aber du hast ihn doch …«

»Als er ihn uns zum Beweis vorspielte, wurde er gleichzeitig gesendet!«, erklärte sie mit überschnappender Stimme, die zum ersten Mal nicht sexy klang. »Er hat uns verarscht! Der ganze Bericht ging raus.«

Jetzt platzte es aus Hu heraus. Er konnte sich nicht mehr länger beherrschen und gab sich dem Hochgefühl seines Triumphs hin. »Dieses Mal werdet ihr nichts mehr abfangen können, ihr Verlierer! Tye ist nicht schlecht, aber ich bin viel besser. Und mein Aufpasser-Wauwau ist so hohl, dass er keine Tabellen von Befehlsprogrammen unterscheiden kann.«

Saber wollte sich auf ihn stürzen, aber der Commander hielt den Beta zurück.

»Die Relais sind durchgebrannt, weil er die Daten an vier verschiedene Empfänger sandte und noch live streamte. Gleichzeitig und in Echtzeit über Stellar Voice Radio«, diagnostizierte Tye zornig und sichtete die Übertragungsprotokolle; dann stöhnte sie resigniert. »O nein«, raunte sie. »Sir … wir … wir sind am Arsch!« Sie sprang vom Sitz auf und schlug Hu mit der Faust mitten auf die Nase, dass sie knackend brach und ein Schwall Blut herausschoss, während er einfach nach hinten gegen Black fiel und von da auf den Boden knallte. »Wegen dir Wichser sind wir am Arsch!«

»Tye!«, rief sie Idòciu scharf zur Ordnung.

Innocent kniete sich neben den Blutenden und half ihm, so gut es ging. Er stützte den Kopf des Benommenen. »Beherrschen Sie sich, Miss. Das hat er nicht verdient.«

»Und wie er das verdient hat! Sir! Er hat unsere Nachrichten ebenso gestreamt!«, schrie sie außer sich. »Das Gespräch mit *SternenReich* und«, sie schaute zu Black, »und die Unterredung mit Horàt. Was auch immer Sie der Church mitteilten: Das Universum weiß es.«

»Was?« Innocent stand auf und ließ Hus Schädel auf die Platten krachen. Die Nächstenliebe endete abrupt – am liebsten hätte er dem ächzenden, sich windenden Mann gleich noch einmal in die Fresse gehauen.

Der ReRouter, die Tochter des Ministrators, die Ahumanen – drei große Geheimnisse, die keine mehr waren.

Innocent starrte auf Hu. »Du musst vom Teufel gesandt worden sein«, murmelte er.

»Nein. Von StellarWeb.« Black sah kalt in die Runde. »Planänderung. Wir springen sofort. Noch können wir wenigstens die Ersten im System sein. Danach sollten wir beten, auch die Ersten zu sein, die fündig werden.«

23. Oktober 3042 a. D. (Erdzeit)

SYSTEM: SOL
PLANET: TERRA
ORT: GLOBALCITY LONDON

»Das ist mir scheißegal, Commander! Sie fliegen zu den Ahumanen und bringen sie dazu, auf unsere Seite zu kommen. *SternenReich* bietet ihnen alles, was sie möchten«, sagte Dröger und sah in das müde Männergesicht, das auf dem Display flackernd sichtbar war. Er musste weit, weit entfernt sein. Es grenzte an ein Wunder, dass die Übertragung überhaupt gelang. »Sagen Sie denen ruhig, dass wir ihnen auch gern ein paar Collies als Snack anbieten. Wir sind gerade dabei, Verbindungen zu knüpfen.«

»Sir, das wird alles andere als einfach.«

»Widersprechen Sie mir, Commander?«

»Es ist ein *Hinweis*, Sir. Bei unserem Einsatz habe ich die Hälfte meiner Leute verloren. Wir brauchen Kavallerie, falls wir nicht allein sein sollten.« Idòciu sah weder bittend noch verzweifelt aus, sondern wie der Anführer einer professionellen Truppe Justifiers, die keinen leichten Job hatte.

»Sie haben recht, Commander. Alles andere wäre sträflich nachlässig.«
Dröger machte sich Notizen auf dem Pad. »Sie senden mir sofort die
genauen Koordinaten, und ich lasse eine weitere Einheit zu Ihnen stoßen,
darunter auch zwei Xeno-Professoren und zwei Xeno-Linguisten. Wäre
doch gelacht, wenn wir mit denen nicht ins Geschäft kommen. Exklusiv.
Die Menschheit kann sich dann unsere Dienste teuer erkaufen.«

»Verstanden, Sir. Ich kümmere mich drum.« Idòciu salutierte. Die
Verbindung wurde unterbrochen.

Dröger lehnte sich in seinem Sessel zurück und richtete die Augen an
die verzierte Decke.

Sie war klassizistischem Dekor nachempfunden und mit Neonelementen und Rotationseinheiten versehen, die sich auf Befehl drehten.
Somit konnten die Deckenmuster in beliebiger Zusammenstellung vorgenommen werden.

Dröger ließ sie mit einem Handzeichen wechseln. Der Firlefanz war
cool, hip, teuer. Er konnte es sich leisten – und bald noch viel, viel mehr.

Ganz langsam entstand ein Grinsen auf seinem Gesicht.

Die Informationen über die Mutanten brachten ihm eine Belobigung
sowie eine fette Zusatzprämie. Sollte dazu noch Commander Idòciu
Erfolg haben, würde er in den Aufsichtsrat wechseln. Eines seiner
Lebensziele.

Aus dem Fall des vermeintlichen Collie auf Cornu Copiae war ein
gänzlich unbekannter Ahumaner im Prokyon A-System geworden, der
sich als ausgezeichneter Verbündeter herausstellen konnte. Die Vernichtung der Collector-Flotte vor Hakup ging sicherlich auf das Konto
der Fremden. Diese Feuerkraft musste gesichert werden.

Dröger sah auf den Chip, der auf seinem Schreibtisch lag. Harmlos
und doch gewaltig, mächtig. Niemals hätte er angenommen, dass als
Resultat der Collie-Drogen noch bessere Mutanten als die Chemicals
oder Jumps hervorgebracht wurden. Das Grinsen wollte gar nicht mehr
aus seinem Gesicht weichen.

Er sah auf seinen im Tisch eingelassenen Terminkalender, der ein
abendliches Treffen mit dem Vorstandsvorsitzenden von *SternenReich*
verkündete.

Es ging zwar eigentlich um die Strategie beim nächsten Zusammenkommen der U.S.N.O. und wie Dröger dabei die Geschicke Deutschlands und des Konzerns vertreten sollte; doch der Zusatz ABENDESSEN. GARDEROBE ENTSPRECHEND WÄHLEN hatte sein Kon-Herz schneller schlagen lassen.

Das bedeutete einen ersten Adelsschlag für ihn.

Der weitere Aufstieg war unvermeidlich. Ihm fielen die Namen von zehn Kollegen ein, die aus dem Stand vor Neid irgendwelche Leute mit fadenscheinigen Begründungen feuern würden.

Dröger berührte den Rahmen des elektronischen Displays fast schon zärtlich – und der ABENDESSEN-Zusatz wurde plötzlich vom Sekretariat gelöscht. Vor seinen Augen verschwand das eben noch fest angenommene Menü.

Er zog die Augenbrauen zusammen. Ein Fehler seines Vorzimmers?

Noch in der gleichen Sekunde erlosch der Termin gänzlich. Es gab kein Treffen mit Dero von Hartgenstein, dem Chef von *SternenReich* und einem guten Freund des deutschen Kaisers. So schnell platzten kleine Träume.

Was Dröger jedoch nicht verstand, war, dass man ihm keine Mail gesandt hatte. Eine Absage ohne Begründung kam nur in den niedrigen Diensträngen vor, und die hatte er lange hinter sich gelassen.

Fest entschlossen, dem Rätsel auf die Spur zu kommen, drückte er auf dem Kom die Taste, um sich zu seiner Vorzimmerdame durchstellen zu lassen. »Nancy?«

Sie antwortete nicht. Da auch das »Beschäftigt«-Zeichen nicht leuchtete, vermutete er, dass sie wieder einmal Privatgespräche führte und nicht bemerkte, dass er etwas von ihr wollte. Dröger bekam große Lust, sie zu entlassen. Frustabbau.

»Warum auch nicht?«, sagte er halblaut zu sich selbst und erhob sich. Er marschierte durch sein Büro im 232. Stockwerk nahe des Hydepark und stieß die Doppeltür auf. »Nancy, wieso …?«

Sein Vorzimmer war verwaist.

Nicht nur das, es fehlten bereits die ersten Möbelstücke und Ordnerimitationen, in denen die Aufzeichnungsdateien festgehalten wurden.

Dröger hatte die antike Optik immer gemocht. »Was bei allen Planeten …?«

Er sah einen Arbeiter im Blaumann hereinkommen, der eine Antigrav-Plattform vor sich navigierte und sie mit einer geschickten Bewegung unter den Schreibtisch einfädelte. Zwei, drei schnelle Handgriffe, und das Möbel war aufgeladen. Er achtete nicht mal nebenbei auf Dröger, der im piekfeinen Maßanzug fassungslos danebenstand und sich vorkam wie ein Geist.

»Hey! Hey, Sie!«, sprach er den Mann an. »Was tun Sie da?«

»Hausverwaltung«, gab er gelangweilt zurück, als würde er jeden Tag das Zimmer eines U.S.N.O.-Sekretärs ausräumen. »Büroauflösung.«

In dem Moment kamen zwei weitere Kollegen herein, ebenfalls ausgestattet mit Antigravplattformen und einer einfachen Lastendrohne.

»*Auflösung?* Scheiße, wo ist Nancy?«

»Die Tippse?«, fragte der Arbeiter und bugsierte den Schreibtisch auf den Ausgang zu.

»Ja, meine verkackte *Sekretärin.*«

»Ist ja doll, dass ein Sekretär eine Sekretärin braucht«, meinte sein Kollege belustigt, und alle lachten.

Bis auf Dröger.

»Sie ist gegangen und meinte, sie würde nicht mehr für ein Schwein wie dich arbeiten«, sagte der Mann, der die Drohne mit gezielten Fingerbewegungen steuerte.

»Was erlauben Sie sich?« Dröger bekam den Eindruck, dass er in den letzten Stunden etwas Essentielles verpasst hatte.

Der Mann drehte sich um und schlug ihm dabei mit dem Handrücken der geballten Faust auf die rechte Wange.

Drögers Kopf schnappte herum, dann folgte der Rest seines Körpers, und er krachte auf den Schreibtisch. Zwei Zähne fielen ihm zwischen den blutigen Lippen heraus, er musste sich orientieren und seine zitternden Beine unter Kontrolle bringen, bevor er ans Aufrichten dachte. Er spuckte aus, bebte vor Wut.

Der Arbeiter sah ihn kalt an. »Sei froh, dass ich dich nicht einfach aus dem Fenster schmeiße, du riesiges Riesenarschloch. Und ich verspreche dir vor meinen Freunden: Mach einen Schritt auf mich zu, und ich verpasse dir noch eine, dass du dieses Mal liegen bliebst und deinen Kopf nach hinten drehen kannst.« Dann widmete er sich wieder seiner Arbeit, als sei nichts geschehen.

Dröger verzichtete auf einen Kommentar, dem unweigerlich die größte Dresche seines Lebens gefolgt wäre. Drei gegen einen, das konnte er nicht auf sich nehmen. Waffen hatte er im Büro, aber bevor er nicht wusste, warum ihm die drei Kerle mit einem Hass begegneten, den man fast greifen konnte und der wie Hitzeflimmern im Zimmer schwebte, wollte er nichts Übereiltes tun.

Seine Multibox meldete sich. Angezeigt wurde die Nummer seiner Freundin Hilly.

Hastig nahm er ab. »Stell dir vor, mir räumen sie gerade das Büro aus, meine Sekretärin ist weg, und man hat versucht, mich zu töten!«

»Ich ... sag mal, weißt du, was du getan hast?«, fragte sie leise.

»Was ich getan habe? Nein, offenbar nicht.«

»Du bist im *StellarWeb*.«

»Das bin ich gelegentlich von Berufs wegen. Das ist doch ... was genau von mir war im *StellarWeb*?« Dröger wusste nicht, was alle Welt plötzlich mit ihm hatte. Eben noch mit dem besten Freund des Kaisers essen gehen, jetzt Persona non grata.

»Deine Unterredung mit Commander Idòciu. Es war jedes Wort zu hören. Von Anfang an, ab dem vermeintlichen Collie auf Cornu irgendwas bis zum Ende«, erklärte Hilly ihm mit weinerlicher Stimme. »Clemens, du bist untragbar geworden. Du bist ... Menschen, denen ich einmal begegnet bin, riefen mich an und beschimpften mich als deine Hure. Als die Hure eines skrupellosen Konzernmenschen.«

»Was?« Dröger wollte sich übergeben, aber seine Kehle war so schmal und trocken, dass nichts hindurchgelangt wäre.

Er taumelte und sackte an der Wand zusammen, während die Männer Stück um Stück aus dem Zimmer schleppten.

»*SternenReich* hat mit einer Stellungnahme reagiert. Sie lieferten Beweise, dass du alles auf eigene Faust in die Wege geleitet hattest und den Commander zu deinen eigenen Zwecken eingespannt hast«, redete sie weiter. »Ich kann nicht mit einem solchen Menschen zusammen sein.«

»Hilly!«

»Du verdirbst mir mein ganzes Leben. Das kann ich für einen Mann wie dich nicht auf mich nehmen. Nicht, nachdem ich weiß, was du alles getan hast. Lebewohl, Clemens.« Sie unterbrach das Gespräch.

Dröger brüllte auf, riss sich die Multibox vom Handgelenk und schleuderte sie gegen die Wand.

Hilly war eine Schlampe gewesen, die er einem Kollegen ausgespannt hatte, ja, das hatte er gewusst. Und dass sie eines Tages die Seiten wechseln würde, ja, auch das war ihm klar gewesen. Aber die von ihr angegebenen Gründe für das Beziehungsende waren so absurd, sie konnte nur verrückt geworden sein.

Dröger stand auf, schleppte sich in sein Büro und schubste den Mann zurück, der den 3D-Cube eben demontieren wollte. »Nein! Ich muss noch was …«, sagte er überfordert und schaltete auf die Nachrichtenkanäle, ließ sich alle gleichzeitig in kleinen Fenstern anzeigen.

Hilly, die Schlampe, hatte die Wahrheit gesprochen. Was selten vorkam, aber in diesem Fall wäre es ihm lieber gewesen, belogen zu werden.

Alle sendeten den Ausschnitt der Einsatzbesprechung mit Commander Idòciu.

Und dabei erfuhr Dröger, dass er nicht als Einziger kompromittiert worden war. Ein Uditor und ein Nuntius schienen exakt die gleiche Mission von einem Geheimsekretär namens Horàt erhalten zu haben.

Natürlich wurde das System, in dem sich die Ahumanen aufhalten sollten, welche die Rettung der Menschheit bedeuteten, genannt. Prokyon A. Information als Allgemeingut.

Dröger konnte sich vorstellen, wie sich Dutzende Justifier-Teams in diesem Moment auf den Weg machten, vielleicht sogar Privatleute in die Raumschiffe stiegen, um die ahumanen Collie-Fresser zu treffen und sie von einer Allianz zu überzeugen.

Außerdem erfuhr er aus den Nachrichten, dass er laut *SternenReich* schon seit Monaten in psychiatrischer Behandlung war, wegen allen möglichen geistigen Erschöpfungszuständen. Dass Nancy ihn schwer belastete. Dass ihn die Kollegen als Sonderling und rücksichtslosen Karrieristen bezeichneten.

Daraus formte sich ein Bild, das Dröger zum Kotzen fand, obwohl er sich selbst als abgehärtet bezeichnete. Kein Wunder, dass ihm der Arbeiter eine verpasst hatte. Die U.S.N.O. hatte ihn gefeuert. Alle hatten ihn gefeuert, aber niemand schien es für nötig gehalten zu haben, ihn davon in Kenntnis zu setzen.

Dröger mutmaßte, dass sie alle zuerst eine schöne Geschichte stricken wollten, bevor man ihn informierte.

Aber so leicht wurde man ihn nicht los. Nicht dafür, dass er seinen Job gemacht hatte. Sein langjähriger Job als Sekretär bei der U.S.N.O. und bei *SternenReich* hatte ihn einige schöne Geheimnisse erfahren lassen. Das würde dafür sorgen, dass er weich fiel.

Sein Selbsterhaltungstrieb erwachte.

Untertauchen. Danach einige OPs, ein neues Gesicht, eine andere Identität, und aus Dröger wurde schon bald ein Mister Smith, der neu bei *SternenReich* eingestellt und sich bald nach oben arbeiten würde. Nein, meine Herrschaften, der Konzern wurde ihn so rasch nicht los.

Das Wörtchen *Erpressung* geisterte durch seinen Verstand, doch das drängte er zurück. Erpresser landeten tot in der Gosse, in einem Hundefutterwerk oder sonst wo, aber nicht reich und entspannt auf der Insel der Glückseligen.

Dröger beruhigte sich, so gut es ging. Es brachte nichts, wenn er den Kopf verlor. Die Geheimnisse der Mutanten konnte er jedem Kon verkaufen. Dem Meistbietenden. Das wäre ein guter Anfang.

Er wandte sich vom 3D-Cube ab und wunderte sich, wie schnell drei Männer und eine Drohne arbeiten konnten, wenn der Hass sie anspornte, jede Spur von ihm zu beseitigen. Es gab nichts mehr im Zimmer außer seinem Schreibtisch, auf dem neben seinem Pad noch …

Der Datenträger war verschwunden.

Dröger sah sich um – und erkannte neben der Tür jemanden, der nicht mehr unter den Lebenden weilen durfte. »Zumi?« Das konnte nicht sein!

»Ganz recht.« Der Mann im dunkelroten Anzug hob die rechte Hand und zeigte ihm den Chip, den er behutsam zwischen Daumen und Zeigefinger hielt. »*Das* gehört *nicht* Ihnen.«

»Doch! Geben Sie es her!« Er machte zwei Schritte zum Schreibtisch, öffnete die Schublade und nahm die *Versatile XP* heraus. Er lud durch, richtete die Mündung auf Zumi. »Her damit, oder ich knalle Sie nochmals … ach, egal.« Er drückte ab.

Aber es krachte nicht.

Kurz vor Erreichen des Druckpunkts blieb der Abzug stehen und ließ sich nicht mehr bewegen.

»Kennen Sie Sirona?«, fragte Zumi freundlich und deutete zu einer Nische, in der ein Kind stand. »Sie ist Louises Tochter. Sie war nicht besonders amüsiert darüber, als sie hörte, was Sie vorhatten. Die Menschheit muss von den Mutanten erfahren. Sonst wäre Louises Tod umsonst gewesen.«

»Ich werde …« Dröger hatte Karriere gemacht, weil er schnell handelte. Er ließ die störrische Waffe los, die vor ihm in der Luft schwebte, und machte lange Schritte auf Zumi zu. »Geben Sie mir mein Eigentum! Sie bringen mich nicht um den letzten Strohhalm, der mir geblieben ist!«

»Sie wollen sich an etwas klammern?« Zumi lächelte Sirona an. »Wirf ihm etwas zu, an dem er Halt findet. Es sollte nicht zu klein sein.«

Der Schreibtisch schoss plötzlich los und erfasste Dröger, drückte ihn gegen das riesige Fenster, das unter dem Einschlag erbebte und knallend barst. Wind surrte herein, wirbelte durch seine penibel frisierten Haare.

Zusammen mit dem Möbel und umringt von glitzernden Splittern stürzte Dröger 232 Stockwerke in die Tiefe, um danach auf der Straße zu landen und von seinem Schreibtisch begraben zu werden.

Das Letzte, was flackernd und knisternd nach dem Lebenslicht des Mannes erlosch, war das Display mit der Terminanzeige: Die Kündigungen rauschten herein.

DRITTER AKT

Erste Szene

30. Oktober 3042 a. D. (Erdzeit)

> »In dieser Welt gibt es nur zwei Sorten Menschen –
> intelligente Menschen ohne Religion und
> religiöse Menschen ohne Intelligenz.«

ABU'L-ALA-AL-AA'ARRI, arabischer Dichter und Schriftsteller

SYSTEM: PROKYON A

Die *Interception* schnellte in ihrem FTL-Trägerkranz aus einer Wolke explodierender Sterne und verließ das Interim.

Clarissa war abgehärtet genug, sich nicht mehr übergeben zu müssen – sie brauchte nur etwa zehn Sekunden, bis ihre Gliedmaßen ihr wieder gehorchten. Zehn Sekunden wiederum konnten ausreichen, um gegen ein Hindernis zu krachen oder abgeschossen zu werden. Austritte bedeuteten die kniffligsten Momente bei solchen Reisen – vor allem, da ihr Schiff nicht unter dem Sprungdelay litt.

»Alles in Ordnung, Captaine. Wir sind allein.« Triton saß neben ihr, öffnete die Augen und bewegte sich so koordiniert, als wäre nichts geschehen. Der SupraSoldier bedeutete ihre größte Absicherung gegen Überraschungen nach dem Übergang.

Clarissa atmete ein und aus, blinzelte und konzentrierte sich. Die *Calyptics* hatten das Schiff so gebaut, dass es keinerlei Verzögerung gab und die Systeme arbeiteten. Die Captaine kannte den Sprungdelay, an der die meiste Elektronik zu knabbern hatte. Der Austritt aus dem Reisekanal bedeutete eine Belastung für die meisten Computersysteme, die oft zur Sicherheit kurz vor dem Austritt runtergefahren werden mussten.

Nicht so die *Interception*, die sich sofort in den Kampf stürzen könnte –

was bei der eher geringen Bewaffnung nicht sinnvoll erschien. Aber sie könnte.

»Gut«, sagte sie mit belegter Stimme. Clarissa drückte die Knöpfe für die Scanner. Mit minimaler Abweichung trafen ihre Finger die Kontrollen. »Wir sind im Prokyon A-System.« Die Ortungsgeräte arbeiteten bereits, suchten nach Besonderheiten. Eine ahumane Raumstation, ein gewaltiges Schlachtschiff, eine Sonde oder sonst was. Eine »Himmelsfestung«, wie der Templar gesagt hatte, sollte nicht zu übersehen sein.

Die Austrittswelle würde sich im Sektor verbreiten und ein messbares Signal erzeugen, das jedem deutlich machte, dass Besuch aufgetaucht war.

Hoffentlich finden wir die Ahumanen schnell, und dann weg hier, bevor die Millionen Idioten auftauchen. Die *Interception* war kein Schlachtschiff und würde ein Gefecht nicht durchstehen. Sie war ein Dieb, ein Schmuggler, ein Sprinter. Clarissa sah durch das große Fenster hinaus. *Das werden wir brauchen.*

Es klopfte am Schott, dann traten Black und Commander Idòciu ein. Beide waren Sprung-Profis, man sah ihnen die Strapazen des FTL-Austritts nicht an.

»Schon was entdeckt?«, fragte der Nuntius.

Sie hörte ihm an, dass er ebenso rasch wegwollte. Clarissa unterstellte ihm sogar, dass er heimlich hoffte, sofort von den Ahumanen attackiert zu werden, um die Mission abzubrechen. »Nein. Die Scanner haben eben erst losgelegt.« Sie gab dem Sprungcomputer ihres Trägerkranzes den Auftrag, die Route nach Christ zu berechnen. Das Ergebnis machte sie nicht froh. *Dachte ich mir.*

Black war die Anzeige nicht entgangen. »Was soll das bedeuten: *Sprung erst in 43,21 Stunden möglich*?«

»Der FTL-Triebwerkkranz, den die Kreuze uns gaben, braucht lange, bis er sich aufgeladen hat. Eine sehr alte Konstruktion«, erklärte sie.

»Bis dahin wird der Quadrant voll sein mit Kon-Schiffen, Justifiers und Glücksrittern.« Die unverrückbare Erkenntnis, dass sie vorerst festsaßen, begeisterte Idòciu nicht.

»Darauf zu hoffen, dass niemand Hus kleine Show gesehen hat, wäre wohl naiv«, stimmte Clarissa zu und ließ die *Interception* dahintreiben, während der Grobscan anzeigte: o OBJEKTE GEFUNDEN.

Fluchend initiierte sie einen Feinscan. »Das wird jetzt eine Stunde dauern. Bewegen sollten wir uns dabei nicht.« Sie schnallte sich ab. »Triton, du hast die Brücke. Sollte was auftauchen, dann …«

Die Scanner piepsten eine Warnung, dann wölbten sich die Sterne keine elf Meilen von ihnen entfernt wie unter einer verzerrenden Lupe oder einem Bildbearbeitungstool, bevor sich eine klobige, rechteckige Schiffsspitze aus einem grellweißen Feuerwerk schob.

»Das geht aber früh los«, murmelte der Commander. »Ich hätte mir gewünscht, wenigstens eine ungestörte Stunde zu haben.«

»United Industries«, identifizierte Black das Logo.

»Es ist eine Korvette«, fügte Triton den Typus hinzu. »Sie hat ordentlich Feuerkraft und …«

Schwarze Schlieren umwaberten den Rumpf des ersten Gegners. Die kleinen tanzenden Funken veränderten ihre Farbe zu Trübgrün und schließlich zu Braun.

Die grauen Reste des Interim-Schleims wurden plötzlich blau, dann schlugen Flammen an den Stellen aus der Korvette, an denen die Substanz klebte. Noch bevor es ganz ausgetreten war, zerriss es das Schiff in mehrere Teile, die in verschiedene Richtungen davonwirbelten.

»Kollisionsalarm«, meldete Triton unbeeindruckt und gab mit Clarissas Zustimmung die notwendigen Korrekturen ein, um die *Interception* nicht in den Schrottsturm fliegen zu lassen.

»Was war *das*?« Idòciu erwartete eine Erklärung von Clarissa. »Das sah nicht nach Triebwerksschaden aus.«

Sie nickte bestätigend. »Die RV. Jedenfalls mit hoher Wahrscheinlichkeit. Uns hatten sie eine Falle angehängt, die nicht zünden wollte, oder nicht schnell genug. Daraus scheinen sie gelernt zu haben. *United Industries* hatte weniger Glück als wir.«

»Damit wissen wir, was das komische Päckchen macht.« Triton manövrierte sie behutsam durch den Schauer und achtete dabei auf die Geschwindigkeit, um den laufenden Scan nicht abzuwürgen. »Es erhitzt den Interim-Schleim auf solche Temperaturen, sobald es mit dem

Vakuum in Kontakt kommt, dass er sich in wenigen Sekunden durch die Hüllen brennt.«

»Gut für uns. Die Konzernler sind wir los«, war der unbarmherzige Kommentar des Nuntius. »Haben wir nichts Neues angehängt bekommen?«

»Dann wären wir schon detoniert wie die armen Schweine.« Clarissa brauchte dringend einen Kaffee. Außerdem wollte sie mit Tye sprechen. Die Justifierin hatte sich zwischendurch dank Blacks Erlaubnis mit dem ReRouter beschäftigt. »Ich habe die Außentemperaturfühler auf höchste Feinheit gestellt. Sobald sich was auf der Hülle tut, werden wir gewarnt, und Triton geht raus.«

Der SupraSoldier salutierte mit einer Hand, was man auch als Leck-mich-Geste verstehen konnte. »Wie gesagt: Du hast die Brücke.« Sie ging.

Clarissa fuhr mit dem Fahrstuhl in den Mannschaftsbereich und vorbei an Hus mickrigem Gefängnis. Sie hatten ihn in die Putzkammer gesperrt. Ein Blick durch das kleine Fenster zeigte ihr, dass er am Boden saß und die Bänder eines Wischmops zu einem Zopf flocht.

Das wäre doch eine Perücke für mich. Grinsend schlenderte sie in die Küche und nahm sich einen Kaffee, danach suchte sie Tye im Stockwerk darunter und fand sie wie das letzte Mal neben der selbstgebauten Abfangvorrichtung der *Calyptics*. Die Technikerin hatte alle möglichen Kabel angesteckt und angeklemmt, Verkleidungen entfernt. Einige Vorrichtungen stammten aus dem geplünderten Arsenal des 2OT.

Tye schaute angestrengt auf die Testwerte, schüttelte den Kopf, tippte auf den Computer ein und ließ vier Diagnoseprogramme gleichzeitig laufen.

»Na? Was gefunden?«, machte Clarissa auf sich aufmerksam.

»Ja. Ein Wunder nach dem nächsten«, erwiderte die Justifierin. »Diese Verrückten haben einen immensen Vorteil. Sie basteln so lange, bis was passiert, und wir Menschen mit normalem technischem Verstand fragen uns, wie das überhaupt möglich ist.«

»Apropos: Ist es *damit* möglich«, sie zeigte mit der Kaffeebecherhand auf den ReRouter, »einen RV aus dem Interim zu fischen?«

Tye hob die Augenbrauen. »Ich wusste nicht, dass *Sie* auch so verrückt sind«, sagte sie dann nach Sekunden des Staunens. »Aber die Idee, das muss ich Ihnen lassen, ist prima.«

»Geht es, oder geht es nicht?«

»Woher soll ich das wissen? Ich habe nicht mal verstanden, wie das Ding funktioniert, geschweige denn, wie man es dazu bringt, etwas aus dem Interim oder sonst wo herauszuholen.« Tye zeigte auf das Display an der Vorrichtung. »Alle paar Sekunden spult es Witze ab. Kann man sich das vorstellen? Wer macht so etwas?«

»Chaotiker.«

»Eher Chaot*en*.« Tye schnaubte. »Das wird nichts. Ich kann noch hundert Jahre davor sitzen. Man bräuchte jemand, der sich damit auskennt. Aber wie ich hörte, starb der Letzte durch Ihren SupraSoldier.« Ihr Vorwurf war unmissverständlich. »Oder vermögen Sie das? Black deutete das an.«

Wäre Tye von der Church gewesen, hätte Clarissa sofort zugestimmt. »Verraten Sie mich nicht bei dem Nuntius: Ich weiß genauso viel wie Sie. Na, sagen wir, ich weiß, wie man es an- und ausschaltet, aber wie man eine *TransMatt*-Fuhre abfischt, das haben sie uns im Detail nicht verraten. So verrückt waren selbst die *Calyptics* nicht.«

Tye sah auf den ReRouter. »Dann werde ich wohl weitermachen müssen.«

»Hundert Jahre?«

»Hundert Jahre.« Sie widmete sich der Vorrichtung und stöpselte einige Zugänge um. »Sie könnten mir einen Kaffee bringen, Captaine.«

»Ich schicke meinen Steward.« Clarissa wandte sich um – und erschrak: Vor ihr erhob sich Colomba.

Die Preacheress hatte sich unbemerkt genähert und stand im Türrahmen, ihr Blick war leicht verschleiert, was an den Beruhigungsmitteln lag, die ihr der Panther-Beta verabreicht hatte. Die Wirkung ließ offenbar nach. Oder die Folgen ihres Traumas aus der Gefangenschaft gingen zurück. Sie hatte mit niemandem gesprochen, von daher wusste auch keiner, was die Templars alles mit ihr angestellt hatten.

Die junge Frau trug einen weißen Habit, der körperbetont geschnitten war. Die blonden Haare standen wirr auf dem Kopf, ihr Mund öffnete und schloss sich wieder.

»Alles okay mit Ihnen, Preacheress?«, fragte Clarissa besorgt. »Haben Sie sich verlaufen?« Eine unsinnige Anmerkung, da es ziemlich unmöglich war, sich in den überschaubaren Gängen und dem Fahrstuhl zu verirren.

Sie bewegte leicht den Kopf, was man als Nicken deuten konnte, und rieb sich mit der Rechten über das Gesicht, als würde sie Wasser abwischen. »Wahrlich, ich sage euch, einer von euch wird mich noch in jener Nacht verraten.«

Tye blickte nicht auf. »Was soll das denn?«

Clarissa war sich nicht sicher. »Ich denke, sie zitiert aus der Bibel.«

»Und der, der ohne Schuld ist, der werfe den ersten Stein«, kam es von Colomba geraunt. »Und sie tanzten um das Goldene Kalb.« Tränen rannen die Wangen hinab. »Ich bin der HERR, dein Gott. Du sollst keine anderen Götter haben neben mir.«

Ich bringe sie zurück in die Koje. Clarissa legte behutsam einen Arm um die Preacheress und führte sie aus dem ReRouter-Raum. »Kommen Sie. Sie müssen sich noch ausruhen. Bald sind wir auf Christ. Ich sage Night, dass er Ihnen noch eine schöne Ladung von den Schlafmitteln geben soll.«

Ohne Widerstand zu leisten, folgte Colomba der Captaine und murmelte dabei unentwegt Zitate aus der Heiligen Schrift der Christenheit.

»Aber«, sagte sie unvermittelt klar und deutlich und blieb wie angewurzelt stehen, »was ist, wenn die anderen Götter neben Gott das Gleiche sagen wie er?«

»Colomba, kommen Sie.«

Die Preacheress rührte sich keinen Millimeter. »Es gibt auch mehr als einen Sohn Gottes. Wusstest du das?« Sie senkte den Kopf und starrte auf den Boden. »Es steht in der Bibel. Buch Hiob, Kapitel achtunddreißig, Verse vier bis sieben: *Als mich die Morgensterne miteinander lobten und jauchzten alle Gottessöhne.* So steht es geschrieben. Aber wo sind sie alle, die Söhne und die anderen Morgensterne?«

Clarissa war nicht die Richtige für theologische Spitzfindigkeiten.

Die zehn Gebote waren schon kompliziert genug und unmöglich einzuhalten.

»Erstes Buch Mose: *Da sahen die Söhne Gottes die Töchter der Menschen, wie schön sie waren, und sie nahmen sich von ihnen allen zu Frauen, welche sie wollten. Da sprach der HERR: Mein Geist soll nicht ewig im Menschen bleiben, da er ja auch Fleisch ist*«, murmelte die Preacheress. »*Seine Tage sollen einhundertzwanzig Jahre betragen. In jenen Tagen waren die Riesen auf der Erde, und auch danach, als die Söhne Gottes zu den Töchtern der Menschen eingingen und sie ihnen gebaren. Das sind die Helden, die in der Vorzeit waren, die berühmten Männer.*« Sie drehte den Kopf und schaute zum Fenster hinaus. »Die Bibel spricht die Wahrheit, aber wir verstehen sie falsch. Doch ich habe gesehen. Ich habe gelernt. Ich habe verstanden.« Dann ging Colomba einfach weiter.

Night muss ihr etwas gegen das Trauma geben, sonst wird sie durchdrehen, bis wir auf Christ sind. Sie begleitete die junge Frau bis in ihr Quartier.

Colomba legte sich von selbst aufs Bett, faltete die Hände auf dem Bauch und schaute gegen die Decke. Dann entstand ganz langsam ein Lächeln auf ihrem Antlitz, und sie schloss die Augen. »Die Götter«, flüsterte sie. »Sie haben uns erschaffen. Sie sind nicht Gottes Söhne.«

Clarissa sah hinauf, und ihr Staunen steigerte sich: Die Preacheress hatte mit einem dünnen schwarzen Filzstift Symbole gemalt, die denen aus der Pyramide stark ähnelten. Und sie hatte wirre Kreise und Linien gekrakelt, sie mit Hieroglyphen versehen, über Striche verbunden und teilweise durchgestrichen.

Aber etwas daran kam Clarissa bekannt vor.

Moment mal. Sie nahm sich einen Hocker und stellte sich darauf, um die Kritzeleien besser betrachten zu können. *Das ist … das System, in das wir gesprungen sind!*

Sie zog ihr Pad aus der Gürtelhalterung und rief die Daten des Schiffscomputers auf, hielt das Display gegen die Decke und verglich: Sicherlich passte der Maßstab nicht, doch es waren Übereinstimmungen erkennbar.

Einen Planeten in Prokyon A hatte Colomba durchgestrichen und angemerkt: *theo mors.*

Laut den Computerdaten hieß weder dieser Ort noch ein anderer in ihrem direkten Umfeld so. *Was hat das zu bedeuten?* Clarissa fotografierte die Malereien. *Eine Abkürzung oder ...* Es konnte eine alte Sprache sein.

Kurzerhand informierte sie den Nuntius von der neuen Entwicklung, der gleich darauf in der Kabine erschien.

Zuerst warf Black schweigend einen Blick auf die Preacheress, dann auf das Deckengemälde, und ließ sich dabei in allen Einzelheiten erklären, was Colomba zur Captaine gesagt hatte. »Hm. Das klingt nicht gut«, befand er. »Sie könnte ein Fall für die Kommission werden, wenn ich mir das überlege.«

Kommission war ein verniedlichender Ausdruck der Moderne für *Inquisition.* Clarissa lachte herzhaft – bis sie verstand, dass er keinen Scherz gemacht hatte. »Was? Wieso?«

»Ihr Glaube geriet ins Wanken und wurde von den Thesen der Templars angegriffen. Eine Preacheress darf jedoch nicht ins Zweifeln kommen, sonst wird sie ihren Beruf nicht ausüben können. Ohne die innere Festigung ist sie nichts wert. Ganz egal, wessen Tochter sie ist.«

Clarissa wunderte sich nicht über den Zusatz. *Du meinst die Tochter des Ministrators.* »Na, es klang eher so, als habe sie neue *Erkenntnisse* gewonnen.«

Black zeigte auf den Planeten, den die Preacheress durchgestrichen und mit dem Titel *Theo Mors* versehen hatte. »Latein. *Gottes Tod* lautet die Übersetzung. Das ähnelt stark der Einstellung der Templars, die in Gott lediglich einen Propheten der *Ancients* sahen und ihn schon lange für tot erklärt haben. Wenn das bekannt wird, muss sie vor eine Kommission.«

Die Erwähnung der Bezeichnung *Kommission* hatte Folterbilder in Clarissa heraufbeschworen, die unmittelbar Mitleid mit der Preacheress weckten. *Das hat das arme Ding nicht verdient.* »Dann schweigen Sie doch einfach.«

»Ich bin Nuntius. Würde ich es verschweigen, könnte ich ebenso vor die Kommission treten«, gab er dunkel zurück. Black legte den tätowierten Mittelfinger auf den markierten Planeten. »Schalten Sie die Scanner aus, Captaine. *Das* ist unser Ziel. Bringen Sie uns nach Gottes Tod.« Er kniete sich neben die schlafende Preacheress, faltete die bemalten Hände und sprach ein kurzes Gebet.

»Alles klar.« Sie wandte sich um und verließ den Raum.

Clarissa kehrte auf die Brücke zurück und setzte Kurs, beschleunigte und raste mit unglaublicher Geschwindigkeit durchs All, geradewegs auf die Welt zu, auf der ein Gott gestorben war. Die *Interception* arbeitete einwandfrei, gehorchte den kleinsten Korrekturanweisungen.

Derweil informierte Blacks Stimme den Rest der Besatzung über die Bordsprechanlage, was als Nächstes auf ihrer Reise anstand.

Ganz in ihrer Nähe meldete das Radar einen weiteren Austritt aus dem Interim. Die Sprungwelle war gewaltig und schüttelte ihren Raumer durch.

»Zerstörer, *Hyperion*-Klasse, Captaine«, kam es angespannt von Triton. »Sie senden die Kennung der U.S.N.O., und wenn ich …«

Da verging das neue Schiff in mehreren heftigen Explosionen. Die RV hatten den Bogen raus, wie man die Fallen an den durchreisenden Schiffen anbrachte, um vernichtend zu sein.

»Du meine Scheiße! *Hyperion*-Klasse«, entfuhr es Clarissa beunruhigt. Ein einzelner Laser aus der Waffenbank dieses Typus reichte aus, um die *Interception* zu verdampfen.

Es tat ihr dieses Mal um die Besatzung leid. Die U.S.N.O. war potenziell eher den Guten zuzurechnen. Sicherlich waren sie aufgebrochen, um im Namen der Menschheit zu sprechen und mit den Ahumanen um Beistand gegen die Wyvers und Collies zu verhandeln.

Auch das hatte sich dank der RV erledigt.

Wie viele werden ihr Leben verlieren?

»Die RV haben bemerkt, dass es eine große Bewegung in diesen Quadranten hinein gibt«, konstatierte Triton. »Mit etwas Beistand halten sie uns alles vom Leib, was hereingesprungen kommt.«

»Vergiss nicht, dass wir wieder hinausmüssen«, gab sie zurück. Clarissa hatte anfangs nicht an eine große Bedrohung durch die Wesen glauben wollen, die im Interim lebten. Auch die Drohung erschien ihr wenig glaubhaft.

Doch es stellte sich vor ihren Augen heraus, dass die RV extrem gefährlich wurden. Der gesamte FTL-Verkehr konnte zusammenbrechen. Die TransMatt-Technologie unterlag den bekannten Einschränkungen in Größe und langen Reisezeiten. So ziemlich alle Transporte würden sich verzögern, Engpässe und Verteuerungen wären die Folge. Dagegen stand das verlockende Angebot der Collies, den Menschen einen Trick gegen die RV zu verraten, sofern sie wiederum vor den Wyvers und den unbekannten Ahumanen geschützt wurden.

Egal, welche Entscheidung die Menschheit traf, es machte kaum etwas besser.

»Das schaffen wir. Das habe ich im Gefühl«, sagte Triton beruhigend. »Ich mache mir mehr Sorgen um die Ahumanen auf Gottes Tod. Die Video-Aufzeichnungen des Wiesel-Betas fand ich äußerst beeindruckend.«

Ich auch. Clarissa erhöhte den Schub auf Maximum.

30. Oktober 3042 a. D. (Erdzeit)

SYSTEM: SOL
PLANET: TERRA
ORT: GLOBALCITY LONDON

»Deswegen, meine Damen und Herren, geschätzte Vertreter der U.S.N.O. und an alle Menschen an den Cubes oder wo auch immer Sie sonst zusehen: Ich appelliere an Sie, das Problem der Bedauernswerten ernst zu nehmen! Sie können nichts dafür, dass sie unter diesen Umständen geboren wurden. Unterbinden wir die Hexenjagden auf den Welten. Die Mutanten sind eine *Chance.*« Zumi stand in der vorderen Mitte des Halbrunds, umzingelt von den Sitzen der verschiedensten U.S.N.O.-Vertreter, die ihm aufmerksam zuhörten. Das hohe Haus erinnerte an eine Theaterbühne, mit schrägen Sitzreihen, zusätzlichen Rängen und Tribünen sowie riesigen Cubes und Leinwänden zur Bildübertragung.

Alle, von den Besuchern und Journalisten bis hin zu den Delegierten und Bevollmächtigten, hörten ihm zu.

Zugegebenermaßen war es ihm eine Genugtuung.

Er erinnerte sich genau daran, dass ihn zuerst hatte niemand anhören wollen. Heute konnte er sich vor Meetings, persönlichen Gesprächen,

Interviews und Anfragen gar nicht mehr retten: Er war der Mann des *First Contact*, der Mann, der als Einziger die Gefangenschaft bei einem Collie überlebt hatte und schon wieder mit unbekannten Ahumanen als Erster in Kontakt trat.

Er legte eine Hand auf Sironas Schulter, die neben ihm wartete. Sie hatte vorhin detailgetreu geschildert, welche Hölle sie und zwei weitere Mutanten durchlitten hatten. Dabei waren die verbalen Anfeindungen noch die harmlosesten. Dazu kam die Schilderung, wie Dröger mit Louise umgesprungen war und was er von ihr verlangt hatte.

»Helfen Sie mir, ebenso zu verhindern, dass skrupellose Konzerne ihre gierigen Krallen in sie schlagen. Wir wissen, zu was eine Unzahl der Unternehmen fähig ist. Leider auch solche Unternehmen, die staatlich sind.« Zumi vermied die Nennung des Namens *SternenReich*, aber die Übertragung von Dröger mit dem Justifiers-Commander Idòciu sowie Sinoras Worte waren jedem im Gedächtnis.

Er deutete eine Verbeugung an und setzte sich zusammen mit der Frau im Mädchenkörper auf die Bank, wo die Gastredner üblicherweise warteten, bis sie aufgerufen wurden und Sprecherlaubnis erhielten. »War ich gut?«, flüsterte er ihr zu.

»Das waren Sie, Mister Zumi.« Sirona lächelte.

Er entspannte sich leicht und trank von dem Wasser, das man ihm gebracht hatte. Die Dateien über die Mutanten von Port waren nun in der Hand von vertrauenswürdigen Personen der U.S.N.O.

Sicherlich würden Konzerne ihre Abwerber auf die Planeten senden, die von der Obhut befreit worden waren und auf denen es weder Collies noch Keeper gab. Und sie würden sicherlich versuchen, sich Mutanten unter den Nagel zu reißen. Dazu gab es die Justifiers-Einheiten. Aber die Aufmerksamkeit der Menschen war geweckt, und das machte es nicht unbedingt einfacher für die Häscher.

Zumi gab sich keinen Illusionen hin. Es würden dennoch genügend Mutanten verschwinden, entweder von Bewohnern umgebracht oder von Justifiers entführt.

Der Vorsitzende der U.S.N.O.-Vollversammlung erhob sich. »Ich bedanke mich ausdrücklich bei Mister Zumi für seinen Bericht und seinen

Appell. Auch wenn das Universum gerade an allen Ecken und Enden zu brennen scheint, sollten wir nicht vergessen, was Menschlichkeit, was Mitgefühl ist. Es sind diese Tugenden, auf die wir uns gerade in den schwärzesten Stunden besinnen sollten.« Er sah zu den Delegierten. »Ich eröffne hiermit die Diskussion und erwarte Vorschläge.«

Die Liste der Wortmeldungen wurde abgearbeitet.

Es gab ein paar rhetorisch einwandfreie Beistandsbekundungen ohne Substanz, einige bedenkliche Reservatvorschläge, das Anstoßen von Integrationsprogrammen, das Verfrachten auf andere Planeten, um einen unbelasteten Neuanfang zu beginnen, und natürlich zwei selbstlose Angebote, die Mutanten auf einem eigenen Planeten anzusiedeln.

Die Diskussion entspann sich und entwickelte sich zu einer Mischung aus Reservat und Integrationsideen nach dem Vorbild von Zeugenschutzprogrammen: Anonymisierung, Neustart. Ohne die Beteiligung von Konzernen, weder privaten noch staatlichen, sondern durch eine neu zu gründende U.S.N.O.-Behörde.

Zumi brannte es auf der Zunge, sich einzumischen, um den Reservate-Unsinn abzublocken, doch sein Rederecht war erloschen.

Sirona sah ihn gelegentlich bittend an, doch er musste mit den Schultern zucken.

»Ich erteile dem deutschen U.S.N.O.-Generalsekretär Gero Isen das Wort«, sagte der Vorsitzende.

Der Mann, ungefähr Anfang dreißig, trug einen perfekt sitzenden schwarzen Anzug, dazu eine weiße Krawatte und weiße Manschettenknöpfe. Auf den Schultern und an den Hosenbeinen hinab zogen sich weiße Zierstreifen. Eine beeindruckende Erscheinung, zumal er noch ein breites Kreuz wie ein Ringer hatte.

»Ich danke Ihnen, Herr Vorsitzender«, sagte er in perfektem Englisch und mit sonorer Stimme. Ein idealer Politiker, der mit seinem Lächeln vertrauenerweckend wirkte. »Es tut mir leid, etwas Unruhe in die Diskussion zu bringen, aber ich muss mich leider mit der Causa Fredinald Zumi beschäftigen.«

Gemurmel setzte in der Versammlung ein.

»Wir sind bei einem anderen Tagesordnungspunkt, Herr Isen«, machte ihn der weißhaarige Vorsitzende mürrisch aufmerksam, der eine richterähnliche Robe trug. »Lassen Sie die Spielchen. *SternenReich* hat bei mir gerade keinerlei Kredit.«

Es gab daraufhin einige Lacher, aber auch Beifall und böse Worte in Richtung des Sekretärs.

Ah. Drögers Nachfolger. Zumi musterte den Mann genauer, der ihm mit seinen überhellblauen Augen geradewegs anschaute. Sie schienen von innen zu strahlen. *Konzerne verlieren nie Zeit.*

»Hohes Gremium, bitte, machen Sie mich und meinen Konzern nicht für das alleinige Fehlverhalten eines verwirrten Mannes haftbar. Seien Sie so fair«, erwiderte Isen gewandt. »Zudem spreche ich nicht in der Funktion eines *SternenReich*-Angehörigen. Ich fühle mich dem Wohl aller Menschen verpflichtet.«

Der Vorsitzende sah Zumi an. »Wenn Sie damit einverstanden sind, Sir, lasse ich diesen Mann sprechen und erteile Ihnen gleichzeitig Rederecht, um etwas erwidern zu können.«

»Nein«, flüsterte Sirona. »Nicht.«

Gern hätte er ihr zugestimmt, aber er wollte nicht den Anschein erwecken, er habe etwas zu verbergen oder fürchte sich vor den Schlangenzungen. »Ich bin gespannt, was Herr Isen von mir möchte.«

Isen lächelte. »Sehr freundlich, Mister Zumi.« Er nahm sein Pad vom Tisch auf. »Ich habe Ihre ganze Geschichte gelesen, von Ihrer Zeit als Vorsitzender der Interstellaren Handelskommission auf Hakup bis zur ungeheuerlichen Entführungsgeschichte bis hin zu Ihrer Flucht, dem Absturz und allem, was danach kam. Beeindruckend, Mister Zumi.«

»Danke.«

»Sie sind ein Held, Sir.« Isen applaudierte drei-, viermal. Das Klatschen erinnerte an Schüsse, niemand fiel mit ein.

»Nein. Das nicht. Eher jemand, dem zu viel passiert ist.« Zumi war der Beifall des Mannes unangenehm. *Ich hätte auf Sirona hören sollen.* Jetzt war es zu spät.

Isen wandte sich zu den Delegierten. »Auch wenn alle DNA-Tests positiv verlaufen sind, die Wesenstests, die Gegenüberstellungen mit

Freunden uns überzeugen sollten – ich denke, wir haben es mit einem Duplikat zu tun, das die Collectors uns sandten.«

Gelächter, Gemurmel, empörte Ausrufe.

Bevor der Vorsitzende einschreiten konnte, antwortete Zumi: »Ah, ich bin ein Duplikat? Um *was* zu tun? Sie versuchen, mich zu diskreditieren, weil Ihnen nicht passt, was ich sage. Weil ich Wahrheiten über *SternenReich* kenne. Ganz abgesehen davon sind alle Bedenken ausgeräumt. Es ist erwiesen, dass ich das Original bin, Sir.«

Isen wartete den Sturm der Entrüstung ab. »Wissen die Delegierten von Ihrem Leben auf Hakup?«

»Die GUSA hat meine Akte auf meinen eigenen Wunsch zugänglich gemacht.«

»Nein, nicht das. Ich meinte Ihr Privatleben, Sir.« Isen blieb betont unverbindlich und freundlich. »Nennen Sie mir doch rasch Ihre Hobbys.«

»Ich unterbreche diese Lächerlichkeit«, schritt der Vorsitzende ein. »Ich verhänge außerdem ein Ordnungsgeld …«

»Angeln, Bergsteigen, Jetski fahren«, zählte Zumi auf.

»Ist das nicht ein bisschen mühsam? Hakup hat doch diese merkwürdige Atmosphäre, die mit diesen bunten Partikeln angereichert ist und sich ablagert. Sport führt doch dazu, dass man mehr als gewöhnlich davon einatmet.«

»Ich trug einen Respirator, Sir. Das verhindert es.«

»Ah.« Isen schien nicht mit der Möglichkeit gerechnet zu haben. »Das verhindert, dass die Partikel in die Lunge gelangen, das mag sein, Mister Zumi.« Er drückte einen Knopf am Pad, und die Anzeigetafel sowie die individuellen Monitore blendeten eine Zahlentabelle ein, zwei Werte davon waren rot markiert. »Dennoch werden sie üblicherweise über die Augen oder gelegentlich in geringer Dosierung über die Haut aufgenommen. Das ist doch korrekt?«

»Nun ja …«

»Ja oder nein, Mister Zumi?«

»Ja.«

»Und sie werden auch nicht abgebaut, sondern lagern sich ein und müssten mit einer aufwendigen Prozedur entfernt werden?«

»Stimmt.«

»Durchliefen Sie jemals eine solche Prozedur, Sir?«

Was hat er vor? »Nein.«

Jetzt lächelte Isen, als wäre er ein Raubtier, das endlich seine Zähne in das leckere junge Kitz schlagen durfte. »Sie sehen, meine Damen und Herren Delegierte, dass sich in Mister Zumis Körper null, ich wiederhole, NULL – KOMMA – NULL Ansammlungen der hakupianischen Färbepartikel nachweisen ließen! Die Untersuchung wurde von einem U.S.N.O.-Labor vorgenommen, und ich bin bereit, diesen Test jederzeit von einem anderen Labor wiederholen zu lassen.« Isen deutete auf Zumi. »*Sie*, Sir, sind mitnichten das Original. Was immer von den Collies zurückkam und welchen Zweck Sie verfolgten, ob bewusst oder unbewusst – Sie sind aufgeflogen!«

Zumi wusste nicht, was er sagen sollte, außer: »Es wird sicherlich eine Erklärung geben!«

»Oh, die gibt es: Sie sind ein Klon. Ein Werk der Collectors. Das ist die wahrscheinlichste Lösung. Sollte es eine andere und für Sie bessere geben, müssen Spezialisten das erörtern. Mit neuen Untersuchungen.« Isen warf wieder einen Blick in die Runde, die dieses Mal still blieb. Seine Ausführungen erschienen zu schlüssig, um sie zu verlachen oder zu ignorieren. »Ich bitte daher die U.S.N.O., Mister Zumi festzusetzen, bis einwandfrei geklärt ist, wie es zu diesen Werten kam. Sollte er ein Spion oder Attentäter sein, könnte er unglaublichen Schaden anrichten. Ich bin sicher, dass er nicht überprüft wurde, als er das Haus betrat. Eine Bombe könnte sich *in* ihm befinden. So viele Möglichkeiten. Sollte sich eine plausible Erklärung ergeben, bekommt er natürlich Schadensersatz für die Zeit seiner Sicherheitsverwahrung.« Er verneigte sich. »Ich bedanke mich für die Aufmerksamkeit und die Möglichkeit, sprechen zu dürfen, Herr Vorsitzender.« Isen setzte sich; sein Nachbar lehnte sich zu ihm und flüsterte ihm etwas ins Ohr, klopfte ihm leicht auf die Schulter.

Das glaube ich nicht! Zumi war wie gelähmt. Der Konzern hatte einen Weg gefunden, ihn aus dem Weg zu räumen.

Der Vorsitzende beriet sich knapp, dann marschierten vier U.S.N.O.-

Sicherheitskräfte in Aries-ONE-Rüstungen herein und steuerten auf Zumi zu.

»Es tut mir leid, Mister Zumi«, erklärte der weißhaarige Vorsitzende zähneknirschend. »Aufgrund der Beweislage müssen wir dem Antrag von Herrn Isen Folge leisten und Sie vorerst in Gewahrsam nehmen, bis die genauen Gründe für die Werte gefunden sind. Ich persönlich glaube nicht an den Klon-Quatsch, den Mister Isen uns weismachen will, sondern halte es für einen raffinierten Zug eines Konzernmanns. Aber da es nicht nach meinen persönlichen Ansichten geht, muss ich Sie um Verständnis bitten.«

Zumi nahm das Glas und trank es leer. So schnell wurde man vom Held zum gefährlichen Wesen. »Ich verstehe, Herr Vorsitzender. Im Übrigen teile ich Ihre Meinung.« Tatsächlich wunderte er sich dennoch, wie die Werte zustande kamen. *Ich müsste wirklich erhöhte Partikel haben.* Er war schlau genug, seine Verwunderung nicht offen zu zeigen. Selbstzweifel bedeuteten nur Sonne auf die Solarkollektoren von *SternenReich.*

Isen zwinkerte ihm zu.

Zumi wollte sich erheben, die Aries ONE hatten ihn und Sirona bereits in die Mitte genommen.

»Was machen wir denn jetzt?«, fragte sie ängstlich.

»Keine Sorge. Ich habe meine Aufgabe erfüllt. Die U.S.N.O. kümmert sich um euch«, gab er zurück und strich über ihren Kopf. Die Kappe hatte sie abgenommen, aus Respekt vor dem Hohen Haus. »Niemandem soll ein Leid geschehen.«

»Wir warten noch, bis Mister Zumi den Saal …« Der Vorsitzende stockte, runzelte die Stirn. Dann sah er genauer auf seinen Tischbildschirm und beriet sich mit seinen Stellvertretern. »Ich muss die Tagesordnung aufgrund der neusten Vorfälle unterbrechen.« Er ließ das, was er schon gesehen hatte, auf die Einzelschirme und die Allgemeinleinwände einblenden. »Diese Nachrichten erreichten uns soeben.«

Sichtbar wurde der umtriebige Sternenreporter Vador, der am Boden kauerte und über die Reste einer zerstörten Mauer spähte. »Geschätzte Zuschauer, ich sende von Trojarsk, einem Planeten der F.E.C. und nicht weit entfernt von Port. Wie Sie alle wissen, galt Port als befreit, und wir kennen die glücklichen Bilder meines letzten Besuchs dort. Ich bekam Informationen, dass sich ein Collectorschiff bei Port herumtreiben sollte, und eilte mit meinem Team los, um der Sache auf den Grund zu gehen. Beim Eintreffen auf Port fanden wir plötzlich leere Städte, entvölkerte Landstriche und verlassene Zuchtstationen der Besatzer vor. Es gab keinen einzigen Menschen auf dieser befreiten Welt! Dann bekamen wir einen Hilferuf von Trojarsk.« Er winkte den Kameramann hastig zu sich. »Wir landeten vor einer halben Stunde und entdeckten *das!* Achtung: Die Bilder sind unzensiert und nicht geschönt oder kindgerecht. Aufgrund der Brisanz sehen wir uns dazu gezwungen, die Aufnahmen genau so an Sie weiterzugeben.«

Die Kamera kroch nach vorne, schob sich aus dem Schutz des Mäuerchens.

Zumis Augen weiteten sich, und ein Entsetzensschrei ging durch die U.S.N.O.-Generalversammlung.

Im ersten Moment hätte man glauben können, dass Erntemaschinen damit beschäftigt waren, wild wogende Halme in einem eingezäunten Feld zu erfassen, zu kappen und einzusaugen.

Aber als die Sicht vergrößert wurde, verstand auch der Letzte, dass es sich dabei um Menschen handelte.

Sie waren in abgetrennten Gattern festgesetzt, während eine Art automatisierter Greifer immer mitten hineinstieß und so viele wie möglich packte. Dass dabei Knochen brachen, die Haut aufriss und Verletzungen entstanden oder es Tote gab, spielte keine Rolle. Die Eingesperrten am Boden schrien verzweifelt, manche schlugen gegen die Greifer, was nichts brachte.

Die Unglücklichen zwischen den Zangen wurden durch die Luft geschwenkt und über einem Container einfach abgeworfen. Kreischend verschwanden sie darin. Wie würdelos behandeltes Massenschlachtvieh.

Schon zuckten die Greifer wieder herab und schnappten die nächsten …

»Wir haben insgesamt acht solcher Einrichtungen gefunden und vermuten wesentlich mehr. Aufgrund des hohen Risikos können wir nichts weiter unternehmen, ohne selbst *gepflückt* zu werden. Unseren Recherchen nach wurden die Bewohner aus dem Umfeld zusammengetrieben. Regelrechte Jagdszenen spielten sich vor unseren Augen in den Großstädten ab. Die Collies haben begonnen, sich massenweise Fleisch zu besorgen«, sagte Vador aus dem Off, während die Kamera weiter die Gräuel zeigte. Dann schwenkte die Linse zurück auf den Reporter. »Ich habe schon viel erleben müssen, aber *das* ist unvorstellbar. Ich kann lediglich Mutmaßungen anstellen, aber für mich sieht es aus, als würden die Collies ihre Vorratskammern füllen und sich für eine Flucht vorbereiten. Möglicherweise spielt das Auftauchen der Ahumanen eine Rolle, die Hakup befreiten. Es bleibt abzuwarten, wie die Wyvers reagieren. Ich prognostiziere: Sie sammeln ebenfalls, um den Fortbestand der Menschheit an einem anderen Ort nach ihren Vorstellungen und abseits ihrer Feinde fortzuführen. Eine Zwangsarche.« Die Kamera schwenkte auf das Gatter, wo die grässliche Ernte voranschritt. »Mögen uns alle möglichen und unmöglichen Götter gnädig sein oder die neuen ahumanen Freunde uns beistehen: Was sich gerade auf Trojarsk abspielt, ist schlimmer als jede Obhut.« Der Bericht endete.

Die Vollversammlung schwieg. Manche Delegierte brachen in Tränen aus, andere beteten, aber die Mehrheit wusste nicht, was nach diesen Bildern zu sagen war.

Zumi wusste, was die Entdeckungen des Reporters bedeuteten. Eigentlich musste die U.S.N.O. eine Flotte aufstellen, um sowohl die Wyvers als auch die Collies bei ihrer verheerenden Ernte aufzuhalten.

Doch die technologische Überlegenheit der Gegenseite machte es unmöglich, zumal sich die Flotte noch lange nicht von ihrer letzten vernichtenden Niederlage im Krieg gegen die Collies erholt hatte.

Dazu kamen die Bedrohung durch die RV und ihre Ankündigung, die Schiffe mit FTL-Antrieb zu vernichten. Selbst wenn die U.S.N.O. eine kleine Schutzflotte auf den Weg sandte, konnte es passieren, dass kein einziger Zerstörer das Ziel erreichte.

Es bleibt wirklich nur ein neuerlicher Pakt mit dem Unbekannten. Für Zumi war es die einzige Option. *Nein, DEN Unbekannten.* Mit den Collie-Fressern, von denen Commander Idòciu unwissend und unfreiwillig dem ganzen Universum berichtet hatte. Diese Nachricht war garantiert zu den Collies gelangt und hatte Panik ausgelöst.

Zumi fand es trotz der schrecklichen Situation versöhnlich, dass die als unbesiegbar geltende Rasse, der sowohl Collies als auch Wyvers angehörten, vor einem größeren Fressfeind Reißaus nahm. Eine primitive Angst, bekannt von den einfachsten Tieren und doch auch bei Hightech-Wesen vorherrschend und derart dominierend, dass sie sich ihr beugten und ihrer Furcht nachgaben.

Das Gesicht des weißhaarigen Vorsitzenden war tränenüberströmt, er konnte nicht sprechen. Seine Stellvertreterin, eine junge Frau mit langen schwarzen Haaren, die farblich mit der dunklen Robe verschmolzen, übernahm daher die Leitung der Sitzung.

»Meine Damen und Herren Delegierte«, sprach sie erschüttert. »Mit Ihrer Erlaubnis streichen wir die weiteren Punkte der Tagesordnung. Ich unterbreche die Sitzung für zwei Stunden. Beraten Sie sich mit Ihren Regierungen, und danach finden wir uns zusammen, um zu beschließen, wie wir reagieren. Meine Hoffnung, ohne Ihre Entscheidung vorwegzunehmen, ruht auf den Ahumanen im Prokyon-A-System. Ich bete, dass unser U.S.N.O.-Kontaktschiff wohlbehalten angekommen ist.« Da sie keine Widerrede bekam, schloss sie die Sitzung. Dann sah sie Zumi an. »Leider ändert das nichts an der Vorsicht, die wir Ihnen gegenüber walten lassen, Sir. Aber es wird bald geklärt sein, da bin ich sicher.«

Die vier Aufpasser in den Aries-ONE-Rüstungen wandten sich ihm zu.

»Danke.« Zumi verfluchte Isen. Er wollte nach seiner Freilassung dafür sorgen, dass die Anliegen der Mutanten nicht unter den Tisch fielen, trotz der mannigfaltigen Bedrohung. Es sollte keine Ausrede sein, die Minderheit zu vernachlässigen. Die Gaben der Mutanten wurden dringender denn je benötigt.

»Danke, Mister Zumi«, sagte Sirona und reichte ihm die Hand.

»Mein Auftrag ist noch nicht zu Ende.« Er schlug ein – dann gab es einen leisen Knall, und die Welt wurde sehr bunt, bis sie in einem Flimmern verschwand.

Zweite Szene

30. Oktober 3042 a. D. (Erdzeit)

> »Wer vom rechten Pfad abgekommen ist, sollte nicht
> in Panik verfallen, denn die Umgebung wird
> voll mit Menschen sein, die verloren gegangen sind.
> Diese kann man dann um Rat fragen, von wo sie gekommen sind.
> Besser auf ausgetretene Pfade zurückkehren,
> als im Dickicht stecken bleiben.«

IRONIKA, pragmatischer Philosoph

SYSTEM: PROKYON A
PLANET: GOTTES TOD
ORT: –

Man kann die Luft beinahe schneiden. Innocent fiel das Atmen schwer, auch wenn es sich um Einbildung handelte. Die Sauerstoffversorgung im Laderaum funktionierte gut.

In der *Little Interception* war es eng. Sie war angefüllt mit dem bunten Konglomerat aus Justifiers, ausgebüxten Betas, Angehörigen der Church und einer Konquistadora, die den kleinen Raumer sicher der Oberfläche entgegensteuerte.

Gottes Tod. Innocent wurde mulmig. *Nicht der beste Ort für Angehörige der Kirche.*

Die Captaine hatte ihm von der kurzen Unterredung mit Colomba erzählt, der Nuntius bestätigte alles. Was auch immer die Templars mit ihr angestellt hatten, sie musste unbedingt auf den rechten Pfad des Glaubens zurück.

Innocent hatte es versucht. Aber seine gemeinsamen Gebetsversuche mit ihr zeigten keinerlei Erfolg, sie fiel nicht mit in die Liturgie ein und verweigerte ebenso eine spontane Kommunion. Es erinnerte Innocent an Besessenheit. *Wenn sie jetzt noch flucht und spuckt, kann man an einen Dämon glauben.*

Immerhin hatte sie spontan versucht, ihn zu küssen – und er hatte es zugelassen. Beim ersten Mal ebenso wie beim zweiten. Sie war attraktiv, er fühlte sich zu ihr hingezogen. Doch sein Gewissen peinigte ihn. War es eine weitere Prüfung? *Ich werde beichten müssen. Es darf nicht noch einmal geschehen.* Er sah zu ihr hinüber.

Colomba stierte auf Night, der ihr gegenübersaß und leise grollte. Der Raubkatzen-Beta mochte es nicht, angestarrt zu werden. Saber hätte sicherlich schon längst zugeschnappt oder geschlagen.

Die Tochter des Ministrators, und wir bringen sie gehörig in Gefahr. Innocent wollte sie lieber zurück an Bord der *Interception* lassen, weil er es dort sicherer fand.

Black hatte nicht auf seinen Einwand gehört. Er argumentierte, dass die vorübergehende Blockierung des FTL-Antriebs die Sicherheit aufhob. Lieber reiste sie mit ihnen, als allein mit dem unberechenbaren Triton auf dem Schiff zu sitzen. Außerdem schloss Black nicht aus, dass sie mehr wusste, als sie bislang offenbart hatte oder offenbaren konnte. Und dass sie Dinge bei den Templars mitbekommen hatte, die von Nutzen sein konnten.

Innocent musste zugeben: Ohne Colomba und ihre Kritzeleien wären sie keinesfalls auf Gottes Tod gekommen.

»Wir kommen jetzt rein«, sagte Fairbanks nüchtern, der man die Erfahrung als Pilotin anmerkte. Es gab den Passagieren die Sicherheit, dass wenigstens an Bord des Schiffs alles seine Richtigkeit hatte. »Die Scanner melden ... nichts Besonderes. Erdähnliche Atmosphäre, zu hoher Schwefelanteil in der Luft, also höchstens ein paar Minuten den Helm öffnen, falls notwendig. Temperaturen liegen konstant bei 56 Grad Celsius, keine Wasservorkommen an der Oberfläche. Trockene Sache. Beginne orbitale Umrundung im Gegenuhrzeigersinn zum Kurs der *Interception*. Groß-Scan initiiert.«

Commander Idòciu holte sich von Vibes, Night, Saber, Tye und Crank die Meldungen, dass die Ausrüstung gecheckt und bereit sei. Profis, Justifiers, in schwarzen Panzerungen mit Ausrüstungsgegenständen an den Koppeln und Beinschienen, die davor warnten, ihren Trägern dumm zu kommen. Night trug den *Override*-EMP-Erzeuger auf dem Rücken, was ihm ein noch gefährlicheres Aussehen verlieh.

Red und seine Arbeiterfreunde Susa und Pelzig hockten dagegen in hässlichen roten Schutzanzügen weiter hinten. Man würde sie auf zwei Meilen Entfernung mit bloßem Auge erkennen.

Das Trio hatte Waffen von der *Interception* bekommen, mit denen die *Calyptics* in den Krieg gezogen waren. Wie sie die Pistolen und Gewehre hielten, zeigte dem Uditor, dass sie kaum bis gar keine Kampferfahrung besaßen.

Zielscheiben. Tontauben. Ablenkung. Bei dem Gedanken, die Leben der Betas einfach aufs Spiel zu setzen, kam sich Innocent nicht gut vor, aber sie wollten unbedingt bei der Preacheress bleiben. Ihre Täuferin.

Die Preacheress streckte langsam die Hand aus und berührte Night an der Kniepanzerung. »Ihr werdet herrschen«, sagte sie zuversichtlich und mit schimmernden Augen. »Siegen und herrschen. Wahrlich, aus Knechten werden Herren, und Könige wandeln durch das Universum, die vorher nicht einmal niedrigsten Bettlern gleich waren.« Ihre Stimme klang feierlich.

Night zog sein Knie weg. »Lassen Sie das, Ma'am«, herrschte er sie an.

Innocents schlechtes Gefühl verstärkte sich. Es waren keine Bibelzitate, die aus Colombas Mund kamen. Sie improvisierte und erschuf eigene Weisheiten. Er bedauerte sie, fühlte mit ihr und hätte sie am liebsten in den Arm genommen, um ihr Trost zu spenden.

Das andere Empfinden, das in ihm für sie aufkeimte, versuchte er zu ignorieren. Sie war vermutlich die Tochter des Ministrators und zudem verwirrt. Was bedeutete schon ein Kuss in ihrer Situation?

Vermutlich würde sie Black ebenso küssen. Oder Night. Er durfte ihre Lage nicht ausnutzen. Wer wusste schon, wie sie ihn fand, sobald ihre geistige Umnachtung verschwunden war. *Sie erinnert sich bestimmt nicht mehr daran.* Innocents Lippen schon. »Führe mich nicht in Versuchung«, murmelte er.

»Triton meldet was«, gab Fairbanks bekannt. »Wir haben ein pyramidales Objekt im geostationären Orbit, das über lange Leitungen mit einer zweiten Einheit am Boden verbunden ist. Jeweilige Kantenlänge:

etwa ein Kilometer von der umgedrehten Spitze bis zur quadratischen Basis. Deren Kantenlänge: fünfhundertelf Meter.«

Beim Wort pyramidal dachte Innocent sofort an Ryker Ten und die Schutzkapsel. *Scheint so, dass Colomba mit Gottes Tod richtig lag.*

»Senden Sie, dass wir gekommen sind, um die Ancients zu ehren«, befahl Black. »Und da wir das offiziell machen, landen wir auch ganz offiziell auf der Pyramide. Die Fläche ist ja groß genug.« Er bekreuzigte sich. »Verlassen wir uns auf den HERRN.«

Innocent sah zur Preacheress. »Colomba, erinnerst du dich an etwas? An irgendeine Losung oder ein Codewort, das man braucht?«

Die junge Frau sah nur kurz zu ihm, konnte ihre Blicke kaum von Saber lösen und schenkte ihm ein verzücktes Lächeln. »Wir haben alles, was wir brauchen«, gab sie freudig zurück. Sie wollte den Dobermann-Beta ebenfalls am Knie berühren.

Innocent hielt sie zurück. »Nicht, Colomba. Er mag das nicht.« Er versuchte, ihre Aufmerksamkeit auf sich zu ziehen, aber sie winkte stattdessen Red zu, der ihre Geste fröhlich erwiderte. »Colomba, bitte! Haben die Templars irgendwas zu dieser Pyramide gesagt?« Innocent drehte ihr den Kopf, damit sie aus dem kleinen Bullauge schaute und das Konstrukt sah.

Ihr Gesichtsausdruck wechselte, aus Überschwang wurde Ehrfurcht. »Die Halle der Götter«, raunte sie. »Es gibt sie wirklich!« Sie griff nach seinem Arm. »Schau! Sie hatten recht! Wir sind zu den Göttern aufgefahren!« Colomba stieß ein Juchzen aus, und bevor sich der Uditor versah, spürte er ihre Lippen auf seinem Mund.

Innocent konnte sich gegen das warme Gefühl nicht wehren, das er bei ihrer Zärtlichkeit spürte. Er war im Begriff, sich zu verlieben, und das durfte nicht sein. Nicht in sie und nicht unter diesen Umständen.

»Vade retro«, hörte er Blacks rauchige Stimme sagen. Colomba wurde weggerissen, stieß dabei einen leichten Schrei der Empörung aus. Er hatte sie an der Schulter zurückgezogen und gegen den Sitz gedrückt. »Du bist nicht Herrin deiner Sinne, kleine Preacheress. Verzeih meinem Uditor, dass er nicht damit umzugehen weiß. Ich schon. Halte dich zurück, oder ich halte dich zurück, wie es mir mein Amt erlaubt.«

Colomba senkte den Kopf, ihr Blick wurde zornig. »Du bist ein Ungläubiger«, fauchte sie. »Sie werden dich richten, und ich«, sie schaute zu Night, »erhalte die Belohnung, weil ich den Göttern brachte, wonach sie sich sehnten.« Sie lachte hell und schrill. »Wir besuchen die Götter!«

Black zog eine Rolle Tape aus einem kleinen Fach, riss ein Stück ab und klebte es der Preacheress über den Mund. »Damit solltest du *weder* reden *noch* küssen können.« Die Justifiers lachten unterdrückt. »Du arme gepeinigte Seele. Wir reinigen dich schon bald von aller Unbill, die auf dir liegt. Wie sagte schon Jesus: Kommt alle zu mir, die ihr mühselig und beladen seid.« Er schlug nochmals das Kreuz.

»Nachricht gesendet, Landeanflug beginnt«, sagte Fairbanks angespannt. »Ich kann mehrere Luken an der Oberseite erkennen. Ansonsten sind da noch zwei große Schotts, die wie Triebwerkabdeckungen aussehen. Ich gehe am Rand runter.«

Innocent fühlte das Vibrieren, das durch die *Little Interception* ging, hörte das satte Gegenschubdröhnen und hektische Zischeln der Manövrierdüsen.

»Touchdown.« Fairbanks atmete auf. »Keinerlei Reaktionen ersichtlich. Öffne Ladeluke, bereit machen zum Aussteigen.«

»Justifiers absitzen«, befahl Idòciu und erhob sich. »Black, Sie bestimmen, wer noch mitgeht.«

»Alle außer Fairbanks.« Der Nuntius stand bereits und hielt ein *Lightspear*-Lasergewehr in der Rechten. »Sie halten sich bereit für einen Notstart, Konquistadora. Sollten irgendwelche Gestalten auftauchen und Sie aus dem Vogel zerren wollen, setzen Sie die Bordwaffen ein. Wird der Beschuss stärker, steigen Sie auf und halten sich zu unserer Abholung bereit.«

»Aye«, kam es von ihr.

Bevor Colomba den Helm schloss, entfernte Innocent ihr rasch den Tapestreifen. »Nicht um dich zu küssen«, raunte er, »sondern falls du um Hilfe rufen musst.«

Sie nickte und berührte seine Wange. »Die Götter werden dir wohlgesonnen sein. Verschließe dich ihnen nicht«, wisperte sie.

Die Gruppe verließ das Shuttle und betrat die goldschimmernde Oberfläche. Ein starker Wind wehte, Innocent musste sich dagegen lehnen.

Idòciu und die Deltas rückten vor, danach folgten Black, hinter ihm Innocent mit der Preacheress; Red und seine Freunde sicherten Colomba und damit den Schluss der Einheit.

Das Material, über das sie etwas ziellos liefen, war hart und klang unter den Stiefeln nach Metall. Sauber, leicht angelaufen, aber weder verdreckt noch mit deutlichen Spuren von Schmutz versehen. Es erschien niemand, um sie zu begrüßen – weder friedlich noch aggressiv.

»Sollen wir uns einen Eingang hineinsprengen, Sir?«, erkundigte sich Night. »Ich hätte alles da.«

»Was meinen Sie, Nuntius?« Der Commander wirkte etwas ratlos.

»Nein. Wir wollen die *Götter* ja besuchen und nicht bei ihnen einbrechen«, lehnte er den Vorschlag des Panther-Betas ab. »Gehen wir zu den Luken und klopfen. Aber zusammenbleiben.«

Die Gruppe marschierte weiter bis zu einer Luke, um die herum die Ornamente zu sehen waren, die sie von Lennards Eigenbautempel sowie von Ryker Ten kannten.

Wenn man wüsste, was es bedeutet. Innocent ging in die Hocke und fuhr über Zeichen. Hatte er gehofft, dass sie aufleuchteten und sich das Schott öffnete, wurde er enttäuscht. So leicht machten es ihm die Ahumanen nicht. *Sie scheinen den unbedingten Willen der Besucher auf die Probe stellen zu wollen.*

»Genug Zeit verplempert.« Idòciu sah auf Black, dann winkte er den Panther-Beta zu sich. »Mal sehen, wie die Götter auf einen Anklopfer mit Override-EMP reagieren.«

»Nein!« Colomba kniete sich neben Innocent. »Seht ihr es denn nicht? Gottes Tod!« Sie zeigte auf eine Hieroglyphe. »Das ist der Schlüssel. Zuerst *Gottes*.« Ihre Finger drückten nicht etwa, sondern sie zogen das barrengroße Element heraus, das sich leicht entfernen ließ, um es auf ein zweites zu pressen. Sie griffen ineinander, vereinigten sich klackend und ließen sich hineindrücken. »*Tod*«, kommentierte sie. »Gottes Tod.«

»Sie kann sie entschlüsseln!«, kommentierte Idòciu verwundert und gab Order, auf den Eingang zu zielen, der sich mit einem Zischen öffnete. Silbern flirrende Luft schoss heraus.

»Reste des Wissens, das sie bei den Templars aufschnappte.« Black packte Colomba unter der Achsel und zog sie in die Höhe. »Von nun an tust du nichts mehr, ohne uns vorher zu sagen, was du vorhast. Ich will nicht, dass du uns überraschend in Gefahr bringst.«

Sie sah ihn verächtlich an. Mehr nicht.

Saber ging vor, danach folgten Vibes und Night, der Rest folgte. Es passten nur zwei Personen nebeneinander, es war eng und wie geschaffen für eine Falle. Die Kegel der unter den Läufen montierten Lampen durchschnitten das Zwielicht.

Sie stiegen steile Stufen hinab, die aus dem gleichen goldenen Metall gearbeitet waren.

Die Luft schien voller Quecksilberinseln zu sein, regelrechte Schlieren schwebten leuchtend umher und ließen sich auf den Rüstungen nieder. Sobald die Strahlen auf sie trafen, glitzerten sie und speicherten die Helligkeit.

Innocent versuchte, die Substanz wegzuwischen, was auch gelang. Sie schien nicht gefährlich für die Anzüge zu sein und sorgte für nicht zu helles Licht. Sie brauchten nicht einmal die eingebauten Anzugscheinwerfer.

Nach zehn Stufen beschrieb die Treppe einen Knick und teilte sich in drei weitere, die abwärts führten. Auf dem Absatz waren wiederum Hieroglyphen eingelassen.

Wegbeschreibungen? Innocent sah zu Colomba. »Kannst du uns helfen?« Er fühlte sich dazu berufen, ihr Helfer und Betreuer zu sein. Einer groben Seele und einem rauen Geist wie Black wollte er die verwirrte Frau nicht überlassen. »Was sagten die Templar?«

»Kam einem schon mal in den Sinn, dass die Preacheress von einem CoDriver eingenommen wurde?«, knurrte Saber.

»Ruhe«, befahl Idòciu knapp.

»Entschuldigung, Sir. Aber es fiel mir eben ein, dass hier was läuft, das gar nichts mit Ahumanen zu tun hat«, warf der Doberman-Beta ein. »Jedenfalls nicht mit unbekannten.«

Colomba sah auf die Zeichen, zog eines nach dem anderen mit der Fußspitze nach. »Die Pfade der Erleuchtung. Sie entscheiden, was geschieht. Es ist egal, welchen wir wählen.« Und schon setzte sie den Fuß auf die erste Stufe der mittleren Treppe. »Kommt!«, rief sie und rannte plötzlich davon.

»Warte!« Innocent stolperte los und versuchte, sie einzuholen.

»Saber, Vibes, Night: ihnen nach«, sagte der Commander und brachte seine *Repeater* in den Anschlag.

Innocent musste sich konzentrieren, um nicht zu stürzen. Wie es der Preacheress gelang, wusste er nicht.

Dann schoss Saber an ihm vorbei. Der Dobermann-Beta bewegte sich geradezu leichtfüßig, holte Colomba nach zehn Schritten ein und streckte die Hand aus, um sie zum Stehen zu bringen.

Da löste sich ein Schatten aus der Wand, warf sich gegen ihn und riss ihn nach rechts davon. Colomba dagegen eilte lachend tiefer und tiefer in die Pyramide hinein.

Was war das? Was hat ihn erwischt? Innocent zog seine *Thorn II* aus dem Holster. Dadurch abgelenkt, verfehlte er die nächste Stufe und trat ins Leere, konnte sich nicht mehr abfangen und überschlug sich mehrmals. Trotzdem sah er, dass ein ebenso schwarzes Nichts hinter ihm auftauchte und den nachfolgenden Panther-Beta verschlang. Gleich danach erwischte es den aufbrüllenden Vibes, der noch zwei Schüsse aus seinen *Prawdas* abgab.

»Commander! Wir werden angegriffen!«, schrie Innocent und kam endlich zum Liegen.

Gebrochen hatte er sich nichts, er spürte Stauchungen und Prellungen, die zu hübschen blauen Flecken werden würden. Doch darum machte er sich gerade gar keine Sorgen.

Er sah die Treppe hinauf.

»Nuntius Black! Wo bleibst du?« Innocent drehte den Kopf in die andere Richtung.

Colomba verschwand um eine Ecke und war nicht mehr zu erkennen.

Er hob die *Thorn II* auf, die ihm bei seinem Sturz aus der Hand gerutscht war, und zielte in die Leere, als könnte er die Schatten damit bedrohen. *HERR, hast du gar kein Mitleid mit mir? Oder welchen Grund hat es, dass du mich so sehr prüfst?*

Weder erschien der Rest der Deltas noch sein Vorgesetzter oder Red.

Innocent hastete die Stufen abwärts, um nach Colomba zu suchen. Jegliches Zögern könnte ihr Leben kosten.

Waren das eben Schüsse? Er bog um die Ecke – und stand vor einem Rhak, die er von den Aufnahmen des Wiesel-Betas auf Ryker Ten kannte. Dieses Exemplar hatte die Wachstumsphase bereits durchlaufen und erhob sich groß, gewaltig und ihm an körperlichen Kräften zehnfach überlegen.

Das furchteinflößende Maul des Rhak öffnete sich, und er machte sich mit ausgebreiteten Armen für seinen Angriff bereit. Muskelpakete und Sehnenstränge wölbten sich.

Innocent hörte sich selbst schreien, sah sich den Arm mit der *Thorn II* in die Höhe reißen und mit der zweiten Hand ebenso den Griff umfassen, um besser schießen zu können. Dann drückte er ab.

Wieder und immer wieder.

SYSTEM: UNBEKANNT

Ohne Ansatz, mitten in der Passage, geschah es.

Isix hatte es beinahe körperlich gefühlt, dass etwas mit der *Nautilus* nicht stimmte, und gleich darauf verließ das Schiff unplanmäßig das Interim: Die Cutesha-Schmarotzer hatten den FTL-Antrieb sabotiert, um das Schiff aus der Fahrrinne zu werfen und zum Stranden zu bringen.

Schon leuchteten die Warnanzeigen auf und machten auf einen sprunghaften Temperaturanstieg an mehreren Stellen der Außenhaut aufmerksam. Sie hatten sich erdreistet, ihm eine ihrer simplen Fallen anzuhängen.

Sein Volk hatte schon lange Gegenmaßnahmen ergriffen und wusste sich zu verteidigen. Abgesehen davon wagten es die Cutesha auch gar nicht mehr bei den Jindaix-Schiffen, nach der vernichtenden Niederlage, die ihnen zugefügt worden war. Woher sollten sie wissen, dass er an Bord der Nautilus war?

Der Computer warnte vor anstehendem Hüllenbruch an elf Stellen und vernichtender Dekompression.

Isix wusste durch das Studium der Schiffspläne, dass die Brücke als Rettungskapsel konzipiert war, und betätigte das Ausklinken.

Die ersten Stöße schüttelten das Schiff. Der Maschinenraum zerbrach zuerst, und der FTL-Antrieb tat das, was die meisten dieser gefährlichen Modelle taten, wenn sie unter Spannung gesetzt wurden: Sie schalteten sich ein. Mit Volllast.

Ein roter Blitz gefolgt von einer Eintrittswelle war das Resultat.

Die vergehende *Nautilus* sowie manche ihrer Einzelstücke wurden zurück in das Interim geschleudert. Weil die Computersteuerung vom Modul abgekoppelt war, würde der FTL nach dem Übergang überlasten und explodieren. Isix wünschte den Schmarotzern viel Spaß dabei. Eine Antwort auf den Versuch, ihn zu vernichten.

Die Eintrittswelle spülte die restlichen Trümmer davon. Rumpelnd kollidierte der Schrott mit der Brücke, das Metall ächzte leidend und gab den Geräuschen zufolge nach. Lange wäre er vor dem Vakuum und der Kälte des Alls nicht mehr sicher.

Das Licht flackerte und erlosch, die Notbeleuchtung sprang nicht an. Isix saß in kompletter Dunkelheit.

Da er momentan nichts ändern konnte, harrte er im Sessel aus und wartete vorerst ab. Überstürzte Handlungen brachten nichts. Er würde sich trotzdem sehr ärgern, wenn sich seine Rückkehr nach Terra verzögerte.

Isix kam als Retter in der Not. Er war bei den Pjagoor gewesen, hatte sich erklären lassen, was in einem solchen Fall der Modulüberhitzung und exothermen Reaktion zu tun war, sich alles aufgeschrieben und sogar die Zeit im Interim genutzt, um eine Übersetzung in die Allgemeinsprache der Behüteten vorzunehmen. Für deren Wissenschaftler. Die Behüteten würden sich mit ihren technisch primitiven Mitteln schwertun, aber es wäre machbar. Auch ein paar Stichpunkte zu den Cutesha notierte er.

Die Nebenwirkungen der Methode, um die Sphäre zu stoppen, würde er verschweigen. Denn sicherlich waren die Behüteten nicht damit zufrieden, dass im Radius von eintausend Kilometern um diese hässliche Stadt alles zerstört wurde. Auch den Fallout würden sie kritisch sehen, aber die Alternative dazu bedeutete das Ende von Terra in geschätzten zwanzig Jahren.

Es war wirklich so, dass sich die Sphäre nach unten durchfraß, wie ihm die Pjagoor bestätigten. Langsam, aber beständig. Unaufhaltsam, wenn man nicht wusste, wie vorzugehen war. Die Behüteten kämen niemals von allein auf das benötigte Verfahren.

Nach einer Weile erhob er sich und wartete, bis das unvermittelte graublaue Grieseln vor den Sehorganen aufhörte. Auswirkungen seiner Schwäche.

Noch fühlte er sich angegriffen. Die Naniten hatten alle Löcher in seinem Unterkleid geschlossen und weiteren Austritt seiner Substanz verhindert, aber die Anstrengung machte ihm zu schaffen. Es würde dauern, bis er seine vollen Kräfte und Fähigkeiten zurückerhalten hatte.

Es reichte Isix. Er wollte nicht mehr warten. Umhertastend fand er die Konsole und riss die Verkleidung ab.

Die Elektrizität war da, er spürte es als Kribbeln in den Fingern, doch es genügte nicht, um damit die gesamten Geräte auf der Brücke zu speisen.

Er unterbrach den Kreislauf, riss Kabel ab und verband sie neu, bis einzelne Displays aufleuchteten. Es gab keine Anzeigen darauf, doch das spielte keine Rolle. Er brauchte nur etwas Helligkeit, um genauer arbeiten zu können.

Isix fand eine Knicklicht-Handlampe und begab sich auf die Suche nach der Notstromversorgung.

Was mit den beiden Behüteten an Bord der *Nautilus* geworden war, wusste er nicht. Vermutlich waren sie tot. Er hatte sie in einem anderen Teil des Schiffs eingesperrt. Entweder trieben sie im All oder im Interim.

Endlich fand er einige Beschriftungen und Symbole, die vor Stromschlägen warnten.

Isix entfernte die Klappe und sah, dass die eingelassene Brennstoffzelle ein Loch hatte, aus der größtenteils die Füllung ausgelaufen war.

Das bisschen, was sie an Energie produzierte, reichte zu nichts, außer Displays hell werden zu lassen. So viel dazu.

Er überlegte. Ohne Strom keine Anzeigen, kein Funk, keine Möglichkeit, sich einen Überblick zu verschaffen oder auf sich aufmerksam zu machen. Isix saß streng genommen in einem Gefängnis, in dem er ersticken würde. Irgendwann, wenn der Strom für die Aufbereitung nicht mehr ausreichte.

Seinem Ende würde in zwanzig Jahren diese verdreckte Kugel Terra folgen.

Wenigstens blieb den Behüteten genug Zeit für eine geordnete Evakuierung, aber die Folgen für das System Sol blieben unabsehbar. Die Brocken der vernichteten Erde würden Verderben über viele Planeten bringen, der Mond geriete aus der Bahn und könnte eine neuerliche Kettenreaktion auslösen.

Erneut ging es Isix bei seinen Rettungsgedanken nicht um Mitleid oder Bedauern.

Es ging darum, Verschwendung einzudämmen. Das Chaos zurückzuhalten, was sich im Weltraum als schwierig genug gestaltete.

Am Ende seiner Überlegungen stand, dass sein Ende an diesem Ort keine Option darstellte. Er war der Einzige, der alles aufzuhalten vermochte.

Zuerst musste er einen Weg finden, mehr Energie zu produzieren, vielleicht von seiner potenten Substanz opfern und danach eine schnelle Ortung mit den primitiven Scannern der *Nautilus* vornehmen, um wenigstens zu erfahren, *wo* er sich befand. Außerdem wurde es Zeit, dass er den Behüteten vermittelte, was sie gegen die RV tun konnten. Sonst stiegen die Verluste ins Unendliche, und damit reduzierten sich auch die Nahrungsquellen.

Ein neuerliches Rumpeln erklang, ein fast zärtlicher Ton, als habe sich die Hand eines freundlichen Sternengiganten an die Außenhaut gelegt.

Isix wusste sofort, dass jemand angedockt hatte oder man die Trümmer gerade an Bord eines Schiffs zog.

Schnell stieg er in einen Raumanzug und zog sich eine Sturmhaube über den Kopf, um sein Äußeres zu verbergen. Den Chip mit den übersetzten Informationen der Pjagoor verstaute er in einer Innentasche. Es erschien ihm zunächst taktisch klüger, sich als Behüteter auszugeben, bis klar war, wie sich seine Lage entwickelte. Im geschwächten Zustand wollte er sichergehen, nicht einem übereifrigen Collector-Hasser zum Opfer zu fallen.

Zuerst klopfte es mehrmals gegen die Haupteingangstür. Als sie sich nicht öffnen ließ, erklang das hohe Surren einer Maschine, dann schnitt sich eine dicke, glühende Laser-Trennscheibe durch den Stahl. Funken flogen meterweit wie hektischer Sternennachwuchs auf der Brücke umher.

Die Scheibe verschwand, fräste einen zweiten Schnitt, anschließend wurden Spreizhaken in den Öffnungen sichtbar, und eine zweite Maschine verrichtete jaulend ihre Arbeit.

Millimeterweise öffnete sich das Schott.

Isix begab sich zurück in den Sessel und wartete. Jetzt formte sich in ihm die Gewissheit, dass es irgendwie für ihn weiterging.

Endlich öffnete sich der Eingang.

Gleich fünf Scheinwerferstrahlen beendeten die Displayschummrigkeit, tauchten die Brücken in Helligkeit. Sieben, acht gedrungene Gestalten kamen auf ihn zu, die meisten hielten Waffen mit langen Läufen in Händen; ein Strahler blieb blendend auf Isix gerichtet.

»Okay, er ist unbewaffnet«, drang es durch den Helmfunk. »Hey, Kumpel! Hörst du uns?«

Isix nickte, machte dann ein Zeichen zu seiner Kehle und dass er nicht sprechen könne.

»Funkgerät im Arsch?«

Er deutete wieder auf seine Kehle.

»Ah, du bist heiser? Egal, jedenfalls kannst du nicht antworten.« Eine kleine breite Gestalt stellte sich vor ihn, und er erkannte einen sogenannten Heavy, untersetzte und kompakt gebaute Behütete von Hochschwerkraftplaneten.

Das erinnerte Isix daran, dass er schon immer mal einen von ihnen hatte kosten wollen. Ob sich durch die Gedrungenheit auch der Geschmack komprimierte?

»Hiermit ist das Wrack offiziell in meinen Besitz übergegangen«, verkündete er salbungsvoll wie ein Herrscher. »Die *Knowledge Alliance* hat jeden Anspruch verloren. Wir fanden es und bargen es. Raumstrandgut.« Er legte eine Hand auf den Schaft der abgesägten *Galactic*, die er am Gürtel trug. »Einwände von dir, Kumpel?«

Isix machte eine verneinende Bewegung.

»Sehr gut. Schlaues Kerlchen.« Er nickte, und seine Leute rückten bis auf zwei ab, die als Aufpasser zurückblieben. »Ich bin Ironmän, bedingt durch meinen Job und meine Muskeln. Was ist denn passiert? Wo sind die anderen Stücke abgeblieben? Von deiner Mühle fehlt ja die Hälfte.«

Isix fand die Art der Konversation unbefriedigend und deutete auf den Ausgang.

»Verstehe. Können wir auch an Bord besprechen, hast recht.« Der Ironmän machte ihm Platz. »Brauchst du Hilfe oder ...?«

Er lehnte ab und ging zum Schott, hinter dem eine Schlauchschleuse angebracht lag. Mehr sah er noch nicht.

Der Ironmän trabte neben ihm her. Seine Männer stellten derweil ein Aggregat neben dem Kasten der Stromversorgung ab und schlossen es an. Sie traten hinaus, als das Licht aufleuchtete und die Elektronik der Brücke mit einem bunten Lämpchenflackern ins Leben zurückkehrte. »Du wirst aber keine Heldentaten für deinen Kon versuchen? Ich meine, dir gehört das Teil ja nicht, also spar dir Scherereien.«

Isix schüttelte den Kopf und hob nochmals die Arme, als Zeichen seiner Friedfertigkeit.

Sie marschierten durch die flexible Notverbindung, die leicht unter ihnen nachgab, und endeten in einer massiveren Luftschleuse, über deren Ausgang ein rotes Licht brannte.

»Um ein Haar hätten wir dich plattgeschossen«, erklärte der Ironmän lachend. »Du bist so schnell aus dem Nichts gefallen, dass unsere Waffentechniker gerade noch verhindern konnten, dass dich unsere Automatikkanonen zerstäubten. Ich habe denen schon die Ohren lang gezogen, weil sie fiese Löcher in schöne Wracktrümmer stanzten. Bevor sie die Brücke mit den Laserbänken in ein Sieb verwandelten, konnten wir die Zielerfassung anhalten.«

Isix sah aus den Fenstern der Schleuse – und machte eine mehrstöckige Wagenradstation aus, die sich in nicht allzu großer Entfernung drehte.

Das war *noch* besser als ein Raumschiff. Hier gestaltete sich die Auswahl, mit welchem Modell er seinen Weg nach Terra fortsetzte, bedeutend größer. Er schärfte sich ein, vorher jedoch die Verteidigungsanlagen auszuschalten.

»Schön, nicht wahr? Willkommen auf unserer wundervollen Raumstation *Paradise*, erobert und gehalten von freien Seelen, die sich gegen die Konzerne auflehnen«, mimte der Ironmän den Reiseführer und bekam vor fröhlichem Stolz exorbitante Grübchen auf den Wangen. »Du bist herzlich willkommen, falls du dich nicht mehr nach Hause traust, nachdem du dein Schiff geschrottet hast. Vorher musst du unseren kleinen Chef überzeugen, und der redet dann mit dem großen Chef.«

Isix malte ein Fragezeichen in die Luft.

»Cohlonn. Ein ziemlich eingebildeter Tiger-Beta. Bis vor Kurzem war er für die Abfertigung zuständig, jetzt ist er aufgestiegen.«

Das wiederum gefiel Isix weniger. Beta-Humanoide begegneten ihm garantiert mit Misstrauen, riesigem Misstrauen, gerade nach der Sache mit der Vernichtung zahlreicher Brutwelten der künstlichen Wesen, die weder schmeckten noch sonst zu was taugten.

Isix hob den Daumen, um zu zeigen, dass er verstanden hatte und es schaffen würde, den Beta zu überzeugen.

Das rote Lämpchen über dem Durchgang erlosch.

»Okay, gehen wir. Du wirst ein bisschen warten müssen, bis wir die *Nautilus*-Teile geborgen haben. Ich gebe dir so lange einen Kaffee aus.« Der Ironmän brachte Isix durch die Luftschleuse in einen Aufenthaltsraum, wo er ihm aus dem Raumanzug helfen wollte. Vier andere Behütete machten sich gerade bereit, um in das Wrack zu gehen. »Die Pelle brauchst du hier nicht.«

Isix lehnte ab.

Der kleine Behütete machte ein fragendes Gesicht. »Du kannst nicht da drinbleiben. Wie trinkst du denn deinen Kaffee?« Er streckte die

Hand nach den Laschen aus. »Außerdem würde ich gern dein Gesicht sehen. Ich will wissen, wen ich vor mir habe.«

Isix wehrte die kurzen Finger ab. Die Neugier gehörte ebenso zu den Eigenschaften der Behüteten, die zweischneidig waren. Man konnte sie ausnutzen – oder aber die Pläne gerieten durch die Hartnäckigkeit in Gefahr.

»So langsam glaube ich, dass du was vor mir verbergen willst, Kumpel.« Der Ironmän kniff das rechte Auge zusammen. Das Quartett sah zu ihnen und kam langsam herüber. Sie wollten ihrem Freund gegen den Widerspenstigen beistehen. »Sofort raus aus dem Anzug!«

Isix wollte tatsächlich aus dem Anzug, damit er sich besser bewegen konnte. Er tat so, als fiele das Aussteigen schwer, und lockte damit die Behüteten näher an sich heran. Drei gingen ihm zur Hand, der Ironmän und ein weiterer warteten ab, die Hände locker auf die Waffengriffe gelegt.

Die letzte Schnalle war geöffnet und die ersten Steckverbindungen des Anzugs abgezogen, da ging Isix zur Attacke über.

Schneller, als die Behüteten seine Bewegungen erkannten, versetzte er seinen drei Helfern Schmetterschläge gegen die Köpfe, welche die Schädel zertrümmerten. Hirnstückchen und Blut klatschten gegen die Wand, die Einrichtung und auf den Boden.

Mit dem Fuß schaltete Isix die Schleuse auf Entlüftung und sperrte sie, damit niemand vom Wrack unbemerkt in ihr Schiff kommen konnte; gleichzeitig versetzte er dem Behüteten neben dem Ironmän einen Hieb in den Magen, der die Gedärme und Gefäße innerlich zum Platzen brachte. Sich übergebend fiel der Gegner auf den Boden und starb in einer Lache aus Erbrochenem und Blut.

Dann packte Isix den schreienden Ironmän an der Kehle und hob ihn mit einer Hand hoch, drehte ihn um 180 Grad in der Luft und ließ ihn mit dem Kopf auf die eiserne Bodenplatte fallen. Es knackte, der Kopf deformierte sich zu einer Art breitem Ei.

Isix war zwar hungrig, aber wählerisch genug, diese Behüteten nicht zu verzehren. Sie hatten schlecht gerochen, nach Giftstoffen, die in ihrem Körper angereichert waren; zudem schienen sie oft gesprungen zu sein und litten bereits unter erheblichen Veränderungen ihrer DNA. Auch das wirkte sich negativ auf den Geschmack aus.

Ohne sich weiter um die Toten zu kümmern, nahm er den Chip mit den Pjagoor-Dateien, eilte voran und suchte die Brücke.

Es dauerte nicht lange, und Isix erreichte sie. Die Kontrollen waren verwaist, die Behüteten hatten sich voll und ganz auf das Plündern des Wracks konzentriert. Man machte es ihm einfach.

Isix setzte sich an das Pult und ließ sich die Art des eroberten Gefährts anzeigen.

Die Enttäuschung ließ nicht auf sich warten: ein lahmer Bergungskahn namens *Schleppa*, weder sprungfähig noch sonderlich schnell. Damit käme er nicht weit, vermutlich nicht einmal weit genug von der Station weg, ohne von den Verteidigungsanlagen zerlegt zu werden.

Also benötigte er eine andere Transportmöglichkeit nach Terra.

Er nutzte die Scanner des Schiffs, um sich einen Überblick der angedockten Schiffe zu verschaffen.

In erster Linie lagen kleinere Modelle an den Kais, ein paar zerrupfte Barkassen schwebten herein, die einen Ritt ohne Überlichtgeschwindigkeit hinter sich gebracht hatten. Nichts davon eignete sich für eine FTL-Reise.

Isix setzte sich gerade hin: Auffällig waren laut der Daten zwei Transportraumer, die FTL-Antriebe besaßen. Zwar verfügten sie über kaum Bewaffnung, aber die Panzerung war nachträglich verstärkt worden. Die Aufschriften *ARC II* und *ARC III* waren schlecht übermalt worden.

Aus Mangel an Alternativen entschied er sich, einen der Transporter zu wählen und damit nach Terra zu springen.

Da sich die Raumstation in der Hand von Aufständischen befand, musste er keinerlei Rücksicht bei seinem Kapervorgehen nehmen. Es gab weder einen Konzern noch eine Nation, die sauer auf ihn sein konnte.

Isix sendete zuerst einen automatisierten Notruf und zündete die Düsen des Bergungskahns mit voller Kraft, öffnete sämtliche Schotts und ließ den kostbaren Sauerstoff ins All zischen – zusammen mit den

Leichen von dem Ironmän und den vier Behüteten. Der flexible Schleusenschlauch dehnte sich zuerst und riss, ließ die Behüteten auf dem Wrack zurück.

»Hey, Zwerg!«, plärrte es aus dem Funk. »Was ist los bei euch?«

Isix ließ die *Schleppa* um die eigene Achse rollen und simulierte einen Defekt in der Steuerung, dann drückte er die Tankentleerung. Das hochbrennbare Xerosin wurde von den Flammen der Düsen entzündet und malte eine rote Verpuffung in den Weltraum, die es noch mehr nach einem Unfall aussehen ließ.

Der Bergungskahn trudelte auf die Station zu, driftete zur Seite und hielt grob Kurs auf die Transporter.

»Ironmän, hörst du mich?«

Isix morste: »Ausfall der Steuerung, Explosion des Treibstoffs. Komme heiß rein. Nicht feuern! Werde die Maschine abfangen.«

»Du heilige Scheiße! Alles klar«, antwortete die Flugkontrolle der Station panisch. »Ich sage den Mannschaften Bescheid und hetzte zwei Bergungsdrohnen raus. Sie bremsen dich, wenn du es allein nicht mehr schaffst.«

»Danke«, morste Isix. »Versuche, nicht in die Transporter zu krachen.«

»Das wäre nett. Bei der Menge an Atomsprengköpfen an Bord wäre das ein finales Manöver für uns alle, Ironmän.« Es klackte mehrmals. »Du hast recht. Du kommst ziemlich schnell rein. Ich ziehe sie lieber ab.«

Isix hätte gelacht, wenn er es gekonnt hätte. Atomsprengköpfe waren ideal zur Bekämpfung der Sphäre auf Terra! Damit musste er die Behüteten erst gar nicht danach fragen, sondern konnte die von ihm geraubten einfach einsetzen. Fast musste er den RV dankbar sein, dass sie ihn sabotiert hatten.

Die Transporter *ARC II* und *ARC III* legten ab und brachten sich mit großer Geschwindigkeit auf Abstand zum trudelnden Bergungsschiff.

Isix morste: »Kann es nicht länger kontrollieren! Fangt mich ab! Nutzt die Drohnen!« Dann erhob er sich und stieg erneut in den Anzug, packte den Chip wieder in eine Innentasche, schloss den Helm und öffnete die Schleuse.

Die Dekompression trug ihn genau wie berechnet mit sehr viel Kraft durch den Gang, aus der Brücke und durchs All. Während das Bergungsschiff auf die Station zustürzte, jagte er auf den Transporter zu, die *ARC III*, die er sich als sein Reisevehikel auserkoren hatte.

Der Winkel würde ihn flach über die Oberseite driften lassen und ihm die Chance geben, eine der Antennen zu greifen und sich einen Weg hinein zu suchen.

Isix schaute erst gar nicht nach den Bemühungen der Behüteten, den Sturz der *Schleppa* aufzuhalten. Sein Ziel stand ihm klar vor Augen.

Die *ARC III* war jetzt nahe heran, die Panzerplatten huschten unter seinen Füßen hindurch. Ein Antennendickicht tauchte vor ihm auf. Die ersten zwei Stangen verfehlte er, schließlich packte er zu und stoppte seinen Flug.

Isix schob sich daran nach unten, gleich einer Flagge, die eingeholt wurde, hüpfte dank der Magnetschuhe auf der Oberfläche entlang und fand eine Wartungsluke.

Bevor er sie öffnete und den Eindringlingsalarm auslösen würde, betrachtete er die Station.

Die Drohnen, die ihm versprochen worden waren, hatten den Bergungskahn aufgehalten, ungefähr vierhundert Meter vor dem Einschlag. Dennoch wäre das Schiff niemals bis zum Habitatring gelangt. Die Waffenmündungen der Laser und Automatikkanonen waren auf es gerichtet und hätten es rechtzeitig pulverisiert.

In Gedanken ging Isix seinen Plan und die Abläufe durch:

1. Er würde durch das Schott in die Röhre gleiten, zwei, drei kleinere Kämpfe absolvieren und mit der *ARC III* nach Terra springen.

2. Er ging nicht davon aus, dass die RV ihn wieder als Opfer für ihre Fallen aussuchten. Die Statistik sprach für ihn.

3. Nach seiner Ankunft bewahrte er die Menschheit davor, Terra an eine Sphäre und den einhergehendem Planetenkollaps zu verlieren.

4. Danach würden ihn die Menschen als Retter feiern, und er konnte fordern, was immer er wollte.

Isix riss den Sicherungshebel der Luke ab und öffnete das Schott, um den ersten Punkt seiner Liste abzuarbeiten.

Aber mit dem Empfangskomitee auf der anderen Seite hatte er in seinem Vier-Punkte-Plan nicht gerechnet.

Und auch nicht mit den zahlreichen Waffen, die man auf ihn richtete.

Bevor Isix reagieren konnte, eröffneten die Behüteten das Feuer.

Dritte Szene

30. Oktober 3042 a. D. (Erdzeit)

>*Das Schöne an Wahrscheinlichkeitsberechnung ist:
Sie gibt dem Unmöglichsten den Hauch einer Chance,
auch wenn es vorher alle als nicht machbar einstuften.*«

ABIIN BIRAGI, Stochastiker

SYSTEM: PROKYON A
PLANET: GOTTES TOD
ORT: –

Der vogelhafte Kopf des riesigen ahumanen Monstrums wich den Geschossen der *Thorn II* aus, als könnte es die Kugeln genau kommen sehen. Lediglich zwei Projektile trafen und rissen große Löcher in Hals und Brust.

»Vade retro, Satanas!« Innocent hatte nicht das Gefühl, dass sich der Gegner dadurch beeindrucken ließ, weder von seinem Ruf noch von den Kugeln. Wie beim ersten Zusammentreffen in der kleinen Pyramide heilten die Verletzungen des Rhak beinahe sofort.

Zurückweichend wechselte er das leergeschossene Magazin und tauchte unter den kräftigen Armen weg.

Die Klauen zischten über seinen Kopf, doch der Prankenfuß krachte ihm in die Seite und warf ihn rücklings gegen die Aufwärtsstufen.

Keuchend feuerte Innocent im Liegen nochmals, aber dieses Mal drückte das Wesen seinen Arm zur Seite, sodass die Geschosse gegen die Wand sirrten. *Verflucht! So lege ich mein Leben in deine Hand, HERR. Führe meine Seele ins Paradies!*

Eine Löwenpfote stemmte sich gegen die Brust des Uditors und hielt ihn auf den Stiegen, mit einer Klaue entwaffnete er Innocent. Die blau leuchtenden Augen des Rhak schienen drohen zu wollen. Es brachte seinen gebogenen Schnabel dicht vor das Visier und tippte mit der Spitze dagegen.

Ein hohes Quietschen erklang, ein langer Kratzer wurde in das beständige Material geritzt.

Innocent konnte das Knistern hören, sah den langen Span, der sich dicht vor ihm aufrollte. Es schien dem Gegner Spaß zu machen, mit seiner Beute zu spielen. Er wollte sich nicht fürchten, da er seine Seele bei Gott aufgehoben wusste, aber er hing an seinem irdischen Leben. *Ich will nicht draufgehen!*

Der Rhak hielt inne, als habe er seinen mentalen Appell vernommen, und wälzte Innocent herum. Dann wurde er an der Rettungslasche des Anzugs gepackt und angehoben wie ein Gepäckstück. Er ging mit ihm zusammen los, den Gang hinab, in dem Colomba verschwunden war.

Innocent kam sich vor wie ein Jungtier, das von seiner Mutter getragen wurde.

Der Rhak lief mit ihm die Stufen hinab und trat auf eine Wand zu, die sich vor ihnen öffnete. Von da gelangten sie in eine Kammer, die ein Fahrstuhl sein konnte, und endeten letztlich in einer Halle, die mit goldenen Wänden versehen war; silberne Hieroglyphen schimmerten darauf.

Bewacht wurde der eindrucksvolle Raum von zehn weiteren der Kreaturen, alle in ihrer großen Gestalt, mit Muskeln und Mäulern und Klauen, die ganze Köpfe vom Hals fetzten.

Innocent sah sich um.

Auf der rechten Seite standen Möbel, die für humanoide Kreaturen gemacht waren, aber in die ein Rhak weder im großen noch im kleinen Zustand passte. Die Formen waren streng geometrisch, hatten ausgeprägte Kanten und würden bei einem Sturz dagegen sofort Platz- oder Schnittwunden anrichten.

Licht fiel aus den Hieroglyphen, das Geräusch von fließendem Wasser erklang von irgendwoher. Tischplatten schwebten in Hüfthöhe frei herum und erinnerten an fliegende Inseln; darauf standen durchschimmernde Behältnisse, in denen Flüssigkeiten schwappten oder sich rundliche Gegenstände befanden.

Innocent drehte den Kopf und unterdrückte einen Freudenruf: Auf der linken Seite bildeten Glaswände ein transparentes Gefängnis, auf das der Rhak mit ihm zusteuerte. Darin warteten bereits der Nuntius, der Commander, Tye sowie Colomba.

Sie hatten die Visiere ihrer Anzüge geöffnet. Black lag am Boden, Idòciu tastete ihn ab. Die Preacheress sah ihm dabei zu und sprach leise auf ihn ein.

Gut! Sie leben noch! Es hat nur die Betas erwischt. Der Computer meldete Innocent, dass die Luft atembar war, wenn auch der Sauerstoffgehalt zu hoch lag. Er öffnete das Visier.

Es roch nach – Essen! Jemand hatte gekocht, zumindest dem Duft nach. Das Mahl auf den Tischen galt hoffentlich ihnen.

Der Rhak ging zur Tür und öffnete sie, warf Innocent lässig hinein, der den Schwung nicht abzufangen vermochte und sich überschlagend bis zur Gruppe rutschte.

»Uditor«, sagte Idòciu nickend. »Schön, Sie lebend zu sehen. Sie können mir helfen, den Nuntius zu überzeugen, sich nur noch sehr langsam und vorsichtig zu bewegen.«

»Was ist passiert?« Innocent sortierte seine Gliedmaßen und kniete sich neben Black. In einem ersten Impuls hatte er zuerst Colomba umarmen wollen.

»Ein Tritt von einem der Viecher«, sagte er grollend. »Hat mich drei Meter geschleudert, dann krachte ich mit der Brust auf eine Kante.«

»Geht es mit dem Atmen, oder …?« Innocent sah zu Colomba, die kein Lächeln mehr auf dem ansprechenden Gesicht trug und ihre Euphorie verloren hatte. Anscheinend hatten sich die Götter nicht so verhalten, wie sie dachte. Noch immer wollte er sie kurz drücken und halten.

»Ja. Aber das Luftholen tut höllisch weh«, erwiderte Black.

Innocent räusperte sich. Er tastete die Rippenbögen ab, drückte leicht und fühlte schon, was geschehen war. »Du hast auf jeder Seite vier bis fünf gebrochene Rippen«, verkündete er seine Diagnose und bemerkte die sich abzeichnenden Blutergüsse. »Du musst sehr genau überlegen, welche Bewegungen du machst, sonst durchbohrst du dir die Lungenflügel. Mehrfach.«

»Das sagte ich ihm auch schon«, stimmte Idòciu zu. »Wir sollten ihm eine Korsage bauen. Ein Wunder, dass seine Lunge nicht verletzt wurde.«

Eine Korsage bauen – aber wie? Innocent hatte weder Tape noch Stangen oder Stäbe zur Hand, um etwas zu improvisieren. »Vorerst bleibst du besser liegen, Nuntius«, beschloss er. »Wir warten, wie sich die Situation entwickelt.« Er erhob sich und betrachtete erneut den Raum.

Der Commander kam an seine Seite, Tye blieb bei Black. »Wir haben die Betas im Gang verloren, diese Wesen haben sie einfach ausgeschaltet. Uns sammelten sie ein und warfen uns in das Aquarium.«

»Terrarium«, verbesserte Innocent nebenbei. »Also sind diese Wesen nicht prinzipiell darauf aus, uns umzubringen, wie sie es auf *Gottes Tod* versuchten. Das hätten sie schon lange tun können.«

Idòciu brummte seine Zustimmung. »Ich frage mich nur, auf *was* sie warten.«

»Auf die Wesen, die in diese Stühle passen«, erwiderte er. *Noch mehr Überraschungen.*

Der Commander stutzte. »Das hätte mir auch auffallen können«, sagte er dann. Er legte eine Hand an sein Koppel. »Sie haben mir und Tye alle Waffen abgenommen, bis auf die beiden Messer, die in die Rüstung eingearbeitet sind. Ich kann die Klingen ausfahren, aber ich dachte, ich warte, bevor ich meinen Joker ausspiele«, flüsterte er.

Innocent nickte. »Ich kann gerade nicht einschätzen, was mit uns geschehen soll. Eine Art Verhör vielleicht?«

»Und danach gibt es lecker Essen?«, hielt Tye vom Boden aus grimmig dagegen. »Ich glaube das nicht.«

Idòciu musterte die Rhaks. »Anscheinend sind diese Kreaturen nicht die wahren Chefs der Pyramide.«

»Diese Ansicht teile ich mit Ihnen, Commander. Diese Chimären scheinen Soldaten zu sein.« Innocent wollte gerade noch etwas hinzufügen, da schwang eine Tür auf.

Herein kamen Red und seine Freunde, danach Night und Saber, gefolgt von Vibes und Crank. Sie trugen kimonoartige, bestickte Gewänder, die sehr bequem aussahen. Auch wenn sich die Betas nicht sonderlich behaglich dabei fühlten, sah man, dass es ihnen gut ging. Sehr gut sogar.

»Ritualkleidung«, schätzte Innocent. »Ich nehme an, sie werden gleich geschlachtet oder geopfert.«

Die Betas begaben sich an den Tisch und setzten sich.

Die Deltas grüßten zu ihnen herüber, und Red hatte ein derart breites Grinsen auf dem Fuchsgesicht, dass es schon wieder frech war: Er freute sich über die Behandlung der Menschen.

Ich Narr! »Commander«, kam es langsam über Innocents Lippen. »Sehen Sie auch, was ich sehe?«

»Bestätigt, Uditor.« Idòciu klang überrascht. »Habe ich was verpasst? Ist das ihr Henkersmahl, oder werden sie gerade wie … Fürsten oder Staatsgäste behandelt?«

Drei der Rhaks nahmen innerhalb weniger Sekunden ihre verkleinerte Statur an und bedienten die Beta-Humanoiden, legten ihnen Essen auf die Teller, gossen Getränke ein und erkundigten sich mit Blicken nach weiteren Wünschen. Die Kommunikation funktionierte über Gesten.

»Heiliger Rasputin«, rief Black vom Boden aus und wollte aufstehen, aber Colomba und Tye hielten ihn sanft zurück. »Sagt den Vögeln, sie sollen uns freilassen!«

Die Hieroglyphen leuchteten jetzt heller und sorgten für mehr Licht. Anschließend veränderte sich der Ton ins Bronzefarbene und fiel durchdringender in den Glaskäfig.

»Sir, wir können nichts tun«, rief Night zu ihnen herüber und bekam einen bösen Blick von einem großen Rhak. »Wir dürfen auch nicht mit ihnen reden, bis ...« Er schwieg, weil einer der Wächter auf ihn zukam. Zwar drückte die Haltung Respekt vor dem Beta aus, aber es schien dennoch nicht erwünscht zu sein, dass sie zu den Gefangenen sprachen. Die Panther-Ohren legten sich nach hinten, er fauchte und zeigte sein Gebiss.

»Ich bin keinen Jota schlauer«, murmelte Black und stieß einen unchristlichen Fluch aus. »Ich glaube, es wird schlimmer. Das Atmen fällt mir schwer.«

»Das ist die Schwellung rund um die Bruchstellen. Bleib liegen, und versuche, nicht zu heftig zu atmen.« Innocent war vollkommen verwirrt und bat den HERRN um Einsicht, um Verstehen, um Erleuchtung.

Unvermittelt tönte eine Stimme auf sie herab. Es waren Laute, Wiederholungen von Silben, die ein bestimmtes Muster bildeten, deren Sinn sich aber dem Uditor nicht erschloss. Systematisch, ja. Verständlich, nein.

»Jemand redet mit uns«, sagte Idòciu und lauschte angestrengt. »Welche Sprache ist das?«

»Nichts, was ich kenne.« Innocent schloss die Augen und konzentrierte sich, aber seine Bemühungen blieben erfolglos. Ebenso gut könnte er einem Japaner zuhören oder einem nordamerikanischen Ureinwohner von vor eintausendfünfhundert Jahren. Schlechte Voraussetzungen für einen Dialog.

Die Stimme aus der Decke verstummte, um dann erneut auf die Gefangenen einzureden, dieses Mal lauter und fordernder.

»Wir sollten uns was einfallen lassen«, ächzte Black dünn wie ein Bergsteiger auf sechstausend Meter.

»Er sagt, dass er mit uns reden will und bereit ist, uns gegen die Wyvers und die Collectors beizustehen, wenn seine Vorgaben erfüllt werden.«

Innocent brauchte einige Minuten, bis er verstanden hatte, dass es Colomba war, die gesprochen hatte. Er wandte sich ebenso wie Idòciu abrupt zu ihr um. »Du *verstehst*, was die Stimme sagt?«

Die Preacheress sah ihn an. »Natürlich verstehe ich die Götter. Denn ich folge ihnen.«

»Fuck«, keuchte Black. »Etwas hat von ihr Besitz ergriffen!«

Colomba lachte. »Ja. Es sind die Einsicht und die Vernunft, die mich ereilten und die meine Gedanken lenken. Die *Templars of the Ancients* wiesen mir den rechten Weg, und sie lehrten mich die Sprache der Götter.«

»Es gibt nur *einen* Gott und das Gebet. *Das* ist die Sprache, die er versteht«, kam es über Innocents Lippen.

»Die Ancients waren überall im Weltraum, zeigten sich auf Erden und auf weiteren Planeten. Wahrlich, ich sage dir«, antwortete Colomba, »ich war verblendet. Und ich wurde zur Gläubigen der wahren Götter, deren Stimme du hörst. Weil ich WEISS, dass es sie gibt. Wir sind am Leben, weil sie es zuließen und weil sie uns helfen wollen. Nicht nur mit Gebeten, wie es mein alter Gott tat.« Sie erhob sich und näherte sich Innocent. »Es ist wundervoll, Mächten zu dienen, die es real gibt und die sich uns zeigen und uns mit konkreten Taten beistehen. Dein Gott vermag Derartiges nicht. Er würde uns gegen die Ahumanen sterben und untergehen lassen.« Sie lächelte. »Ich konvertierte, Uditor. Ich bin eine Templar, und mein Name ist nicht länger Colomba, sondern Eloise. So hieß ich vor der Church, und so soll es wieder sein. Und ihr solltet mir folgen. Glaubt an die Götter, denn es GIBT sie.«

»Niemals«, stöhnte Black.

Innocent unterdrückte den Impuls, in den theologischen Ring zu steigen und sich auf einen Disput einzulassen. *Später. Es gibt Wichtigeres.* »Was wollen diese Ahumanen von uns?«

Eloise lächelte. »Sie machen uns ein Angebot, das wir nicht ausschlagen sollten, sofern wir dem Untergang entgehen wollen. Die Götter sagen, dass die Jagd auf die Menschheit eröffnet wurde. Die Collectors legen sich Fressvorräte an, die Wyvers versuchen, möglichst viele von uns abzuschöpfen, um mit ihnen eine reine Züchtung zu beginnen und den Fortbestand zu sichern. An irgendeinem Ort der Galaxis. Aber die Götter haben die Macht, unsere Feinde zu besiegen.«

Die sie einzig von meinem Gott bekamen, dachte Innocent widerständig. »Was ist der Preis?«

»Es gibt keinen Preis. Sie verlangen keine Opfer von uns«, sagte Eloise lachend. »Die *Ancients* sagen ihre Hilfe zu, sofern folgende Bedingungen gelten: ALLE Betas erhalten Menschenrechtsstatus. Das bedeutet, sie werden für alles, was sie für Konzerne tun, voll bezahlt und können jederzeit aussteigen. Es wird ihnen erlaubt, sich niederzulassen, wo immer sie möchten. Sie können die Leben führen, die sie möchten. Keine Konzerne bestimmen über sie.« Colomba unterbrach ihre Ausführungen und hörte der Stimme aus der Decke zu. »Und: Sie sind Gottes Schöpfung.«

Tye erhob sich langsam und schien sich gleich auf Eloise werfen zu wollen, um sie als Geisel zu nehmen. Der Commander verhinderte ihre Aktion mit einer knappen Geste. Die Justifierin ließ eine Hand an ihrer Rüstung, vermutlich wo eines der Messer verborgen lag.

Innocent überlegte fieberhaft. Die Forderungen klangen leicht – und waren doch unmöglich zu erfüllen. Der Ministrator wird niemals zustimmen. »Sag ihnen, dass wir darüber nachdenken«, bat Innocent und sah zum Nuntius. »Die U.S.N.O. muss darüber abstimmen. Sie ist das Gremium der Menschheit.«

»Die Betas sind Machwerke von Menschen, die sich ihrer Hybris ergaben«, warf Black kurzatmig ein. »Sie sind Chimären, Kunstwesen, die in der Natur niemals …«

»Nuntius, ich denke, wir haben das nicht zu entscheiden«, fuhr ihm Innocent dazwischen und wunderte sich über seinen eigenen Mut. »Wir werden nur die Boten sein, nicht diejenigen, die zu entscheiden haben.«

»Wir sind keine Boten«, knurrte er. »Wir sind Gefangene.«

»Nicht mehr lange.« Eloise verlor ihr Lächeln nicht. »Wir tragen die Verantwortung für die Zukunft der Menschheit, denn wir sind ihr Sprachrohr.« Danach sprach sie laut und deutlich in der fremden Sprache, deren Name sie nicht genannt hatte. Gleich darauf schwieg der unsichtbare Sprecher. »Ich richtete deine Nachricht aus, Uditor.«

Idòciu sah Innocent hoffnungslos an. »Das wird nicht klappen. Niemals. Die Konzerne können es sich nicht leisten, ihren Beta-Justifiers und Billiglohnkräften den Menschenrechtsstatus zu verleihen. Sie wären alle auf einen Schlag pleite. Abgesehen davon müssten sie Aktionärsversammlungen einberufen und abstimmen lassen.« Er sah zu Eloise. »Die Menschheit ist am Arsch, wenn die Ancients das ernst meinen.«

»Bei den Aussichten wäre ich gern glatt eine Beta«, sagte Tye leise und sah beneidend zu den tafelnden Deltas.

»Wie ich der Preacheress …« Er hielt inne. *Sie ist keine mehr von uns.* »Wie ich Eloise bereits sagte: Wir haben nichts zu entscheiden, sondern werden reisen und berichten und abwarten, was die U.S.N.O. entscheidet.«

»Einfach so?« Der Commander knetete sich die Unterlippe. »Wir brauchen einen Beweis, dass diese … Götter überhaupt in der Lage sind, was gegen die Pest von Collie und Wyvers auszurichten.«

»Mehr Beweise als vor Hakup?«, schaltete sich Eloise ein. »Sie vernichteten eine Entsatzflotte der Collies in weniger als einer halben Stunde.«

Innocent atmete tief ein und war froh, dass er keine gebrochenen Rippen hatte. »Sag ihnen, dass wir Beweise brauchen. *Sichere* Beweise. Mit Aufzeichnungen und allem. Nur so können wir vor die U.S.N.O. treten und Glaubhaftes berichten.«

Eloise erhob ihre Stimme und sprach mit dem Unsichtbaren, der ihr keine zehn Sekunden darauf antwortete. »Die Götter sagen, dass du anmaßend bist. Anmaßend und überheblich. Aber sie werden dir deinen Beweis liefern, damit es keine Zweifel an ihrer Macht gibt. Sie überlassen dir die Auswahl des Ziels, das sie von den Collies befreien sollen. Als Demonstration ihrer Allmacht.«

Innocent sah zu Idòciu, der zustimmend nickte, danach zu Black, der ebenfalls zustimmte. »Dann möchte ich, dass der Planet *Quantum* befreit wird. Von allen Collies.«

Eloise übermittelte seine Bitte und bekam eine Erwiderung von der Stimme. »Es wird geschehen – und wir werden dabei sein«, übersetzte sie.

»Wir?« Innocent hoffte, dass sie freigelassen wurden, um der Church und der U.S.N.O. zu berichten.

»Alle, die sich auf der Station befinden, werden die Götter begleiten und zuschauen, wie sie vorgehen.« Eloise beschrieb mit dem Zeigefinger einen Kreis. »Besser als jedes Bild ist der direkte Eindruck, sagen die Götter. Ihr werdet Zeugen sein und Zeugnis ablegen.«

Innocent sah zum Tisch, an dem die Betas saßen und es sich schmecken ließen. *Ein Abendmahl.* Red prostete ihm mit einem Zwinkern zu, der Schweif tanzte und zeigte, wie glücklich der Fuchs-Humanoid war. Die Ketten waren gesprengt, die Befreier vom Joch der Menschheit aufgetaucht.

Innocent musste zugestehen, dass es etwas Biblisches besaß: Das Göttliche erschien, um den Unterdrückten beizustehen. Laut aussprechen wollte er den Gedanken nicht, solange Black in der Lage war, seine Waffe zu ziehen und ihn wegen Blasphemie an Ort und Stelle zu erschießen.

»Bleiben wir Gefangene?«, fragte er Eloise.

»Ihr bekommt Räumlichkeiten, in denen ihr euch frei bewegen könnt, bis ihr den Eid geleistet habt, Betas nicht länger zu unterdrücken.« Sie betrachtete ihn, schien seine Überlegungen zu lesen und lächelte. »Ich sehe, bei dir setzen ebenso Einsicht und Vernunft ein, wie sie es bei mir taten?«

»Nein, nein«, stotterte er rasch und warf einen kurzen Blick zum Nuntius. »Wirklich, ich bin weit entfernt von …« Er stockte.

»Von Einsicht und Vernunft?«, vollendete Eloise schmunzelnd.

Idiot. Innocent senkte den Kopf. »Verblendung«, murmelte er.

Der Commander versuchte heimlich, sich per Zeichensprache mit Night zu verständigen. Aber Red machte einen der Wächter auf den Vorgang aufmerksam.

Der Rhak drehte sich um, kam auf die Glaswand zu und gab einen unverständlichen Befehl, woraufhin sich das durchsichtige Material ins Trübe kehrte und den Blickkontakt unterbrach. Innocent sah noch, wie der Panther-Beta dem Fuchs einen heftigen Stoß versetzte und ein böses Fauchen ausstieß. »Wann … reisen wir los?«, fragte er, um von seinem Fauxpas abzulenken. »Was geschieht mit der *Interception*? Und kann man Black verarzten? Ich habe Angst, dass er sich die Lungen mehrfach punktiert.«

»Wir reisen bereits.« Eloise ging auf eine Stelle ihres Gefängnisses zu, und ein Teil der Wand schob sich für sie auf. »Ich weiß nicht, was mit eurem Schiff ist. Nun entschuldigt mich. Die Götter wollen mich sehen.« Sie ging hinaus und ließ die drei Männer mit Tye zurück. Die Lücke schloss sich wieder.

Idòciu blickte auf den Nuntius, der den Kopf senkte und zur Decke starrte. »Hätte mir einer gesagt, was aus dem Auftrag wird, ich hätte ihn schallend ausgelacht.«

»Ich auch«, fügte Innocent hinzu. Er machte sich Gedanken über die Forderung der Götter und wie sehr sie die Zukunft der Menschheit verändern würde.

Es blieb die winzige Hoffnung, dass es sich vielleicht um einen Scherz handelte. Ausgebrochene Betas, wie diejenigen, welche die Raumstation von BaIn in ihre Gewalt gebracht hatten und sich an einer schlau eingefädelten galaxisweiten Revolution versuchten.

Aber wahrscheinlicher war, dass er vorher Jesus begegnete.

Dem echten Jesus.

30. Oktober 3042 a.D. (Erdzeit)

SYSTEM: PROKYON A
PLANET: GOTTES TOD
ORT: –

Triton hatte die umgekehrte Pyramide nicht mehr aus den Augen und den Scannern gelassen – und doch hätte er um ein Haar verpasst, wie sie sprang. Erst danach pfiffen und fiepten die Geräte, meldeten eine Erschütterung des Quadranten, wie sie zu keiner bekannten Interims-Welle passen wollte.

Die Ahumanen verschwanden zusammen mit der *Little Interception*, den Justifiers, Betas, den Kreuzen und … *Clarissa!*

Triton handelte unwillkürlich: Er aktivierte den ReRouter.

Dass er den *Calyptic* getötet hatte, war kein Zufall oder Affekt gewesen. Auch seine Aussage, er wüsste, wie der ReRouter funktionierte, bedeutete keine Lüge – nur glaubte ihm niemand wirklich. Weder die Captaine, gegenüber der er es mehrmals beteuerte, noch die Kreuze, die ihn verhört hatten. Der SupraSoldier beschrieb ihnen genau, was die *Calyptics* taten, um die Maschine zu aktivieren und wie sie zu bedienen war, aber sie trauten sich nicht, sie nach seinen Vorgaben zu testen. Weder die Captaine noch die Kreuze.

Die digitalen Anzeigepegel zuckten in die Höhe, der ReRouter gehorchte ihm und suchte nach einem Opfer, das er traktieren durfte. Nach zwei Sekunden meldete er ein extrem starkes Signal und fing es ein.

Tritons Plan war, die Pyramide aus dem Interim oder durch welchen Kanal sie immer flogen zu holen und zurückzuzwingen. Danach musste er improvisieren.

Seine Sinne liefen auf Übertouren, die Geschwindigkeit seiner Bewegungen übertraf die eines normalen Menschen um das Dreifache. Den Trick wandte er äußerst selten an, da es ihm Kraft raubte und seine Organe verschliss. Der menschliche Körper war für derlei Beanspruchung nicht gebaut – er hielt einem solchen mörderischen Sprint zwar stand, doch er rieb sich auf. Jedes Mal.

Die ReRouteranzeigen kamen aus dem roten Bereich nicht mehr heraus. Die Vorrichtung hatte ihren Haken ausgeworfen, aber der Fisch war zu schwer.

Die *Interception* begann zu rütteln, die Turbine im Bauch röhrte und fabrizierte einen Hochton, der sich in Tritons empfindliches Gehör bohrte.

Mehrmals drückte er die Nachfrage weg, ob man das ReRouting aufgeben sollte. Die Überlastung nahm weiter zu, die Temperaturanzeige im Maschinenraum warnte vorm Betreten. Es herrschten zweihundertelf Grad Celsius.

»Hol sie raus!«, schrie der SupraSoldier die Maschine an und spannte die Muskeln, als würde sie sich beeindrucken lassen. Obwohl er auf die Anzeigen blickte, sah er überall Clarissas Gesicht als geisterhaftes Relief.

Er würde nicht ohne sie leben wollen. Sein Tod wäre eher eine Erlösung als alles andere.

Triton leitete die Energie des herkömmlichen Antriebs ebenfalls in den ReRouter und erhöhte die Bindung, verdickte die Schnur, an der die Pyramide hing – und plötzlich verschwand der Weltraum.

Vor der großen Glaskanzel wölbte sich ein schlierendurchzogenes, honigfarbenes Wabern, das schlagartig grellgelb, danach braun und letztlich giftgrün wurde.

Die *Interception* gab ein Geräusch von sich, als würde ihre Außenhülle von tausend Trennschleifern bearbeitet. Es rauschte und quietschte metallisch, gelegentlich erklang ein Hämmern, bei dem das Schiff jedes Mal bockte, als wäre es von einem Asteroiden getroffen worden. Dann verabschiedete sich der FTL-Kranz, die Sternenstahlstreben rissen ab wie Hölzchen.

Triton hatte die Hände von den Kontrollen genommen. Er wusste, was geschehen war: Die Pyramide hatte ihn in die Tiefe mitgezogen wie ein Wal einen Angler.

Der Unterschied war, dass der SupraSoldier es sich nicht erlauben konnte, die Leine zu kappen und aufzutauchen. Er steckte nicht im Interim, sondern dazu noch in einem anderen Übergang. Da die *Interception* keinen Sprungantrieb besaß, würde er an diesem Ort stranden. Die Schiffsgeräusche und die Anzeigen, die sich überall im kritischen Bereich befanden, ließen vermuten, dass sein Vehikel diese Passage durch Zeit und Raum und weitere Dimensionen nur mit sehr, sehr viel Glück überstand.

Triton beschäftigte sich mit der Frage, ob die Pyramide wusste, dass sie jemand im Schlepptau hatte – oder ob es sogar Absicht war und gar nichts mit dem ReRouter zu tun hatte?

Er aktivierte die spärlichen Waffenbänke, was lediglich seiner eigenen Beruhigung diente. Wer Collie-Schiffe verdampfte, würde über den Beschuss von kleinkalibrigen Autokanonen und Mini-Lasern allerhöchstens lächeln.

Clarissa. Triton freute sich dennoch, mit ihr verbunden zu sein. Er würde sie niemals im Stich lassen, ganz gleich, unter welchen Umständen.

Neben der Kanzel schlug eine Panzerplatte plötzlich Funken.

Der SupraSoldier konnte zusehen, wie sie durch die Kräfte des Übergangs regelrecht runtergeschliffen wurde; an weiteren Stellen setzte das ungewollte Feuerwerk ein. Auf dem Glas des Cockpits zeigten sich erste Kratzer wie von Nadeln gezogen, die Sicht wurde rasch schlechter und erinnerte an dicken Nebel.

Was faszinierend anzuschauen war, bedeutete das Ende der *Interception*. Eine Woche würde das Schiff niemals durchhalten.

Tritons Prognosen nach hielt der Schutzmantel noch zwei, drei Stunden, die tragende Konstruktion darunter und die Segmenthüllen höchstens eine Stunde, und dann hatte sich sein Gefährt in kleine Spänchen aufgelöst oder zerbrach vorher.

Aber ans Aufgeben dachte Triton nicht.

Er ließ den Computer berechnen, welcher Raum an Bord der sicherste war und dabei am längsten durchhielt.

Als er die Anzeige RETTUNGSKAPSEL, DU DEPP! bekam, verließ er die Brücke.

Bis eben hatte er nicht gewusst, dass es eine Kapsel gab. Es konnte ebenso sein, dass es sich bei der Meldung um einen weiteren Scherz der Konstrukteure handelte. Die *Calyptics* mochten Überraschungen und Durcheinander.

Triton nicht.

Gerade dann nicht, wenn es um sein Leben ging, das er möglichst lange in Clarissas Anwesenheit verbringen wollte.

Dank seiner Substanzen im Blut und in den Organen standen seine Chancen gar nicht schlecht – sofern er das hier überlebte und an Nachschub seiner Medikamente kam.

SYSTEM: UNBEKANNT
ORT: EINST STELLARE FORSCHUNGSSTATION
  SHIVA'S FORTRESS (IM BESITZ VON EASTERN STARS, GELEITET DURCH
  BANGASH INDUSTRIES), JETZT: RAUMSTATION PARADISE
  (BESETZT VON ENTFLOHENEN BETA-HUMANOIDEN)

Isix wusste nicht mehr genau, was geschehen war.

Die Einschläge in seinen Körper, in seine Organe, in sein Leitungssystem hatten viel Zerstörung angerichtet. Die Reparaturnaniten verlangten sehr viel Energie, um ihn am Leben zu erhalten. Der Verlust von neuerlicher Substanz gesellte sich hinzu, sodass seine Wahrnehmungsverarbeitung zwangsläufig darunter leiden musste.

Als seine Sinne ihre Arbeit neu aufnahmen, befand er sich aufrecht stehend an einer Wand angebunden, in einer Zelle, aus der er unter normalen Bedingungen sofort ausgebrochen wäre. Die Stahlmanschetten, die man ihm um Hand- und Fußgelenke sowie den Leib gelegt hatte, waren zu sprengen.

Doch nicht in seiner jetzigen Verfassung ...

Vor ihm stand ein Tiger-Beta, bei dem es sich sicherlich um Cohlonn handelte. Er trug als Einziger eine martialisch zu nennende Rüstung und diskutierte mit fünf weiteren Chimären auf Terra-Standard, aber alle mit dieser typischen Beimischung des Animalischen in der Stimme, das Isix grässlich fand. Zwei von ihnen trugen weiße Kittel und Pads in der Hand. Er hörte, dass sie über nicht messbare Werte und Anomalien sprachen.

Daraus folgerte Isix mit besonderer Genugtuung: Sie hatten noch nicht herausgefunden, was er war, sondern hielten ihn für einen unbekannten Ahumanen.

Das konnte sich schlagartig ändern, falls einer von ihnen zufällig die Sendungen im *StellarWeb* fand, bei denen er seine Interviews gegeben hatte. Daher musste er die Unwissenheit der Halbtiere ausnutzen, solange es ging.

Sie hatten ihm sein Unterkleid gelassen und auch das Gesicht, oder das, was die Behüteten Gesicht nannten, nicht freigelegt. Sie wagten es nicht, was durchaus verständlich und sinnvoll war.

Einer der Kittelträger, ein Schimpansen-Beta, machte die Gruppe auf sein Erwachen aufmerksam. Anscheinend hatten sich die Vitalwerte verändert, denn geöffnete Augen würden sie bei ihm wegen des schützenden Unterkleids nicht erkennen.

Ein Drohnenarm schwenkte von der Decke in Isix' Sichtbereich.

Vier leichte Laser richteten sich auf ihn; im Zentrum saß eine kleine Kameralinse. Die Verteidigungsvorrichtung wurde von außen oder einem einfachen Computerhirn gesteuert.

Der Schimpansen-Beta näherte sich ihm und blieb zwei Meter vor ihm stehen. Er schob an seiner modernen Brille herum, sah auf das Pad und dann auf ihn. »Ver-steh-en Sie mich?«, fragte er langsam.

Isix überlegte, was er tun sollte. Es wäre sicherlich besser, mit den lächerlichen Kreaturen in den Dialog zu treten, um sie manipulieren zu können wie die Menschen auf Terra. Daher nickte er.

»Schön.« Der Schimpanse deutete auf den Drohnenarm. »Da wir nicht wissen, was Sie sind und welche Absichten Sie verfolgen, haben wir Sicherheitsvorkehrungen getroffen. Die Laser werden schießen, sobald Sie aggressive Tendenzen an den Tag legen oder ich oder einer meiner Begleiter es an die Sicherheitszentrale befielt. Sollte es Ihnen gelingen, dennoch zu entkommen, wird ein tödliches Gas freigesetzt. Der Korridor vor Ihrer Zelle ist gespickt mit Selbstschussanlagen sowie mit einer Notentlüftungsschleuse versehen, die Sie ins All befördert. Sie würden also sterben.«

Isix fand das Arsenal beeindruckend. *BaIn* hatte damals viel an Sicherheit installiert, um ihre Versuchsobjekte gegen ein Ausbrechen zu sichern. Heute nutzten es ironischerweise die Betas selbst. Wieder nickte er.

Der Schimpansen-Beta wirkte nach wie vor angespannt. »Mein Name ist Schopenhauer. Ich bin der Xeno-Experte an Bord der Freien Raumstation Paradise. Sie geben uns momentan reichlich Rätsel auf, Sir. Zuerst hielten wir Sie für ein Ein-Mann-Justifiers-Team, das die Transporter entwenden soll, aber …« Er verschränkte die Arme hinter dem Rücken, mitsamt Pad. »Sie sind kein Mensch.«

Isix nickte.

»Aha. Sehr schön.« Schopenhauer wippte auf den Zehenspitzen. »Aber Sie sind auch nicht in der Datenbank der bekannten Ahumanen gelistet, die wir auf dem Rechner gefunden haben.«

Isix verhielt sich ruhig. Es sollte zeigen, dass er nicht wusste, warum das so war.

»Sie verstehen mich, sind aber nicht in der Lage, menschliche Laute zu produzieren?«, hakte der Beta nach. Als Isix zustimmte, entwich ihm ein Laut der Enttäuschung. »Wäre zu einfach gewesen.«

»Fragen Sie ihn«, meldete sich der Tiger-Beta ungeduldig aus dem Hintergrund, »was er mit dem Transporter wollte!«

Schopenhauer lächelte. »Sie haben die Frage vernommen, schätze ich«, sagte er. »Der Chef denkt manchmal nicht weit genug. Können wir irgendwie kommunizieren?«

Isix deutete mit dem Finger auf das Pad und stellte die Umrisse mit Gesten dar. Er kam sich dabei unsagbar erniedrigt vor.

»Aha. Sehr gut!«, freute sich Schopenhauer.

»Wir machen ihn nicht los«, rief Cohlonn dröhnend aus dem Hintergrund, eine prankenähnliche Hand am Griff eines oberschenkellangen Vibrodolchs. »Einer wird ihm das Pad hinhalten müssen.«

Der zweite Wissenschaftler, ein Raben-Beta, der sich als Huugin vorstellte, kam näher und hielt ihm das Gerät hin, sodass Isix mit einer Hand darauf tippen konnte.

Nach Aktivierung der Sprachausgabe stellte er sich vor: »Mein Name ist Usòl aus dem Orionnebel«, log er munter drauflos. »Ich kam zu euch, um eure Station vor der Vernichtung zu bewahren. Die Atomsprengköpfe an Bord der Transporter werden instabil.«

»Und deswegen macht sich ein Ahumaner auf den Weg? Um Betas den Arsch zu retten?«, fuhr Cohlonn dazwischen, dann lachte er grollend, dass seine Barthaare vibrierten. »Das glaube ich dir nie und nimmer!«

Ein paar Umstehende fielen in sein Gelächter ein.

Isix kam eine sehr, sehr gute Idee, wie er fand. Er hatte sich an etwas erinnert, womit er punkten konnte, denn niemand der Anwesenden war in der Lage, einen Gegenbeweis zu erbringen. »Ich sagte nicht, dass ich ein Ahumaner bin.«

Schopenhauer nahm die Hände vom Rücken und betrachtete die Werte. »Aber was dann?«

»Ich bin ein Copy23. Ich bin einer der vermissten Androiden, und wir hassen die Menschen dafür, was sie uns antaten. Wir sind also Verbündete.«

Cohlonn stieß ein kurzes Brüllen aus, Schopenhauer sah den Raben-Beta an, und die übrigen tuschelten miteinander.

»Das würde einiges erklären«, sagte Huugin bedächtig. »Der Mix aus Organischem und ... nicht Nachvollziehbarem.«

»Im Orionnebel haben wir eine Kolonie errichtet, von der aus wir beobachten, was die Menschheit unternimmt. Uns liegen deren Opfer besonders am Herzen. Als wir instabile Signaturen empfingen, machten wir uns auf den Weg, um das Schlimmste zu verhindern. Diese Station darf nicht vergehen.« Isix fand seine Erklärung brillant. Den Tier-menschgesichtern nach kam sie zudem gut an und erschien logisch. »Ich schlage vor, ihr macht mich los, damit wir in Ruhe weiterreden können. Das ist meiner und eurer nicht würdig. Ihr müsst mich nicht halten wie ein wildes Tier. Ich schwöre, dass ich nichts unternehmen werde, was euch schadet. Bindet mir einen Sprengsatz mit Fernauslöser um, wenn ihr euch damit sicherer fühlt.«

Schopenhauer sah zu Huugin, danach zu Cohlonn.

Der Tiger-Beta zögerte mit der Zustimmung.

Da schwang die Tür auf.

Ein aufgebrachter Ratten-Beta mit einem Pad, auf dem Isix' Bild von der Pressekonferenz in Paris zu sehen war, stürzte herein. Er zeigte auf den Gefangenen und schrie: »Ich weiß, wer er ist! Das ist der Collie ohne Anzug, der auf Terra war!«

Das zornige Brüllen, das Cohlonn daraufhin von sich gab, ließ die Versammelten zusammenzucken.

Sogar Isix war davon beeindruckt, aber nicht begeistert.

Vierte Szene

30. Oktober 3042 a. D. (Erdzeit)

»Fragt man hundert Menschen nach ihrer Meinung,
was Mega-Konzerne und deren Einfluss angeht, wird man
überwiegend Ablehnung für die Machenschaften
der Unternehmen hören. Aber dass die gleichen Konzerne
zehn Tochterfirmen unterhalten, bei denen diese hundert
Menschen Arbeit finden, das kritisiert niemand.
Was bedeutet das?
Die großen Höllenfürsten werden beschimpft,
aber ihre Dämonen zu Heiligen erklärt. Selektive Wahrnehmung.
So funktionierte es schon immer.«

UUNSOON, Soziologe und Verhaltenstherapeut

SYSTEM: –
PLANET: –
ORT: –

Als Civer Black die Lider hob, waren die Wände seines Gefängnisses verschwunden.

Da macht man ein kurzes Nickerchen ...

Er lag in einem Bassin, dessen Boden nicht tief war; um ihn herum waren die Wände versehen mit den bekannten, aber unleserlichen Hieroglyphen. *Die Schrift der falschen Götter*, dachte er schlecht gelaunt.

Mehr als das Becken sowie zwei Handtücher und einen schwarzen Bademantel auf einem Beistelltischchen gab es in dem neun Quadratmeter großen Raum nicht.

Black hatte von Tamara geträumt, von der Zeit mit ihr und sehr, sehr expliziten Dingen. Er wurde die Frau nicht los – und wollte es auch gar nicht.

Umspült von roter Flüssigkeit, konnte er seinen eigenen Körper zuerst gar nicht erkennen, doch als er sich bewegte, tauchten seine Arme auf.

Was soll das? Black richtete sich auf.

Das rote Wasser perlte von seiner behaarten breiten Brust. Schwach waren darauf Narben und Blutergüsse zu erkennen; in seinem Mund haftete der Geschmack von Gummibärchen, der passende Geruch ging von der Flüssigkeit aus.

Habe ich davon geschluckt? Gleich darauf meldete sein Verstand, dass er keine Schmerzen mehr spürte.

Vorsichtig tastete er seinen Oberkörper ab, ohne dass ihm etwas wehtat oder er Brüche fühlte. Die Rippen waren miteinander verwachsen und belastbar.

Die Wand glitt nach oben, und Eloise trat ein.

Sie hatte die Garderobe gewechselt, trug eine einfache weiße Hose mit einem langen, taillierten hellen Hemd darüber, das auf der rechten Seite Ornamente aufwies. Sie verneigte sich andeutungsweise. »Hallo Nuntius. Ich sehe, die Heilung ist abgeschlossen.«

»Was habt ihr mit mir gemacht?«

»Die Götter erhörten das Bitten von Innocent und brachten dich in einen der Heilungsräume, wo normalerweise die Soldaten ruhen. Die Zellen der Menschen reagieren schneller auf die Inhaltsstoffe als die Rhakon Sha.«

Black nahm an, dass es der korrekte Name für die bizarren Wesen war, gegen die er in der Pyramide angetreten war. Er spie aus und erhob sich. Dass er nackt vor der jungen Frau stand, war ihm herzlich gleichgültig. Er hatte andere Probleme. Mit dem Tuch wischte er sich das Rot von der Haut – und stieß einen lauten Fluch aus. »Wo sind sie hin?«

»Die Verletzungen wurden restlos getilgt.«

»Das spüre ich. Aber was ich nicht *sehe*, sind meine Tätowierungen!«, rief er wütend und drehte sich, betrachtete seinen Hintern, die Arme. Weiß, ohne eine Narbe oder einen einzigen bunten oder schwarzen Strich präsentierte sich seine Haut. *Das darf nicht wahr sein! Jetzt hat White mehr Tätowierungen als ich!*

»Oh!« Eloise betrachtete ihn eindringlich, als sei sie Ärztin. »Soweit ich sehen kann: weg. Scheint, als sei die Farbe als Giftstoff erkannt und entfernt worden.«

Er warf sich den Bademantel über und breitete das lange schwarze Haar über die Schultern aus. *Das kostet mich Stunden und ein Vermögen, die Bilder ... nein, ich kann sie nicht einfach nachmachen lassen.* »Du und deine Götter haben meine schönsten und schlimmsten Erinnerungen ausgelöscht«, sagte er dumpf.

»Ich weiß, dass du annimmst, ich hätte die Church verraten.« Eloise kam auf ihn zu. Sie sah ihm fest in die Augen. »So ist es nicht. Ich bin *aufgewacht* und habe die Götter gesehen. Reale Götter. Nicht wie der Ministrator, der behauptet, der Stellvertreter eines Wesens zu sein, das angeblich unsere Geschicke lenkt.« Die Verachtung drang aus ihrer Stimme und ihren Blicken.

Ah. Daher weht der Wind. Rebellion des Nachwuchses. Black lachte. »Verstehe. Du weißt, dass der Ministrator dein Vater ist, und wolltest etwas tun, um ihn wütend auf dich zu machen. Um ihn zu treffen. Um ihm etwas heimzuzahlen.«

Eloise blieb bei ihrem ablehnenden Ausdruck, sah jedoch ertappt aus. »Das ... nein. Das hat damit nichts zu tun.«

»Hat es nicht?« Black griente und band sich den Gürtel zu. »Hör zu, kleines Fräulein, was denkst du, was los sein wird ...« Er sah eine Veränderung in ihren Zügen. »Oh, *jetzt* wird es mir klar.«

»Was sollte dir klar werden?«

»Warum du konvertiert bist: Du möchtest, dass man dich nicht mehr belästigt. Du hast dir mit den Ancients Verbündete gesucht, gegen die selbst der Ministrator nicht vorgehen kann. Ihr Schutz ist das Beste, was dir passieren konnte!« Black schlug sich gegen die Stirn. »Ich habe dich unterschätzt. Du bist keine verwöhnte Göre, die den Aufstand probt. Du hast eine grandiose Flucht hingelegt.«

»Ja, das hast du. Aber ich bin wirklich nicht einfach nur geflohen, um meinen Vater zu treffen.« Eloise ging voraus, durch die Lücke in der Wand, und Black folgte ihr in einen zweiten Raum, in dem Essen auf ihn wartete. Es erinnerte an eine Kantine in abgefahrenem Künstlerdesign, eine Mischung aus Museum und moderner Kunst.

Sie bot ihm einen Platz an und begab sich auf die andere Seite des Tischs.

Das Mahl bestand aus einem Teller, auf dem sich nudelähnliche Dinge mit gulaschähnlichen Stückchen befanden. Zumindest duftete es gut. Zu trinken gab es etwas, das nach Bier roch.

»Was ist das?«

»Das, nach was es aussieht: Droi-Gan Nudeln mit utschentinischem Gulasch«, erklärte Eloise grinsend, »und ein dunkles Bier. Von Tau Ceti. Die Götter haben es für die Betas organisiert, aber dir geben sie davon ab.«

»Die Götter müssen verrückt sein«, murmelte Black und aß, nicht zu langsam und nicht zu schnell. »Denkst du, dein Vater wird es mit deiner Konvertierung auf sich beruhen lassen?« Er pochte sich mit dem Gabelgriff gegen die Brust. »Selbst wenn ich dich laufen lasse, hat er noch genug Nuntii, die er auf die Reise schickt, um dich zu suchen und zurück in den Schoß der Kirche zu bringen. Nach dem Durchlaufen eines Exorzismus und der Prüfung vor der Kommission.«

»Nein. Er wird mich aufgeben«, sagte sie störrisch.

Black aß weiter. Es entstanden immer wieder Gerüchte, dass es Nachkommen des Ministrators gab, doch nur in zwei Fällen waren die Namen der Mütter publik geworden. Anschließend verschwanden die Frauen in einem Kloster, mitsamt der Kinder. »Du bist in einem Konvent aufgewachsen?«

Eloise nickte. »Meine Mutter sagte mir sehr früh, wessen Tochter ich bin. Sie war verbittert, weil er ihr Versprechungen machte, die er nicht einhielt. Er hatte niemals vorgehabt, sie einzuhalten. Das *sorgenlose Leben* entpuppte sich als gefängnishaftes Kloster, das für mich ebenso gelten sollte. Lange Zeit spielte ich die Folgsame, suchte mir allerdings Themen für meine Predigten, von denen ich wusste, sie würden seinen Unmut erregen«, erzählte sie, während er mit viel Genuss sein Mahl verschlang. »Ich sah es als meine Aufgabe, die Church vorzuführen und Partei für die Schwachen zu ergreifen. Wie es Jesus tat.«

»Jesus betete aber keine anderen Götter an«, warf er ein.

»Was ist schon *Glaube*? Er basiert auf Nichtwissen, künstlichen Illusionen und Auslegungen, die viel Schlechtes in der Vergangenheit brachten.«

»Und viel Gutes. Ohne die Church gäbe …«

Eloise winkte ab. »Geschenkt, Nuntius. Ich sehe die Vorteile, aber ich habe meinen Glauben gegen das WISSEN um Götter getauscht.« Sie zeigte auf die Wände. »Es ist plausibel. Die Ancients sind real, und sie erschufen uns. Nicht Gott. Nicht aus Lehm. Kein Adam und keine Eva.«

Black hatte seinen Teller leer gegessen und trank das Bier in langen Zügen aus. »Das glaubt eh niemand. Aber Gott steckt hinter allem. Auch hinter den Ancients, die auch wiederum jemand erschaffen haben muss. Basta. Den sonstigen theologischen Schrott kannst du mit meinem Uditor verhackstücken.« Er stützte sich auf und betrachtete sie über den Teller hinweg. »Ich werde dich zurückbringen, Eloise oder Colomba oder wie auch immer.«

»Die Götter werden es nicht zulassen, dass du mich mitnimmst. Ich bin ihre Stimme. Das sagten sie mir.«

Black hatte Gedanken, die auch Eloise erfahren sollte. »Denkst du, die Templars werden hinnehmen, dass du diese Stelle einnimmst? Sie haben Jahrzehnte darauf hingearbeitet, Kontakt zu ihren Göttern aufzunehmen, und dann kommt eine Konvertierte, die zuerst als Druckmittel gegen die Church eingesetzt werden sollte, und macht deren Job. An deren Stelle«, er sah bedauernd in den leeren Krug, »würde ich dich umlegen.«

Sie wurde nervös. »Denkst du? Aber die Götter …«

»Die Götter wissen sicherlich von ihren größten Fans und Anhängern. Die Templars werden früher oder später zu den Ancients vordringen, und einer von denen wiederum wird den Auftrag bekommen, dich zu erledigen. Vielleicht nicht sofort, sondern erst, wenn sie einen Ersatz für dich in der Nähe der Ahumanen platzieren konnten. Aber dann wirst du einen jähren Tod erleiden. Und deinen Göttern wird es egal sein, weil sie eine neue Stimme haben.« Black wollte sie gar nicht überreden, mit nach Christ zu kommen. *Doch sie muss wissen, was sie erwartet.*

Eloise schien zu begreifen, wie viele Gefahren um sie herum lauerten. »Dann ist es mein Schicksal, Nuntius. MEIN Schicksal, das ich mir aussuchte und das mir nicht von einer höheren unsichtbaren Macht vorgegeben wird.«

»Das tut mein Gott auch nicht, Eloise. Er bestimmt nicht, was du tust. Aber er wäre für dich da, wenn etwas schiefläuft. Und er rettet deine Seele.« Black lehnte sich nach hinten und steckte die Hände in die weiten Taschen des Bademantels. »Können das deine Götter auch? Kümmern sie sich nach deinem Tod um dich?«

»Ist mir egal.« Ihr Mund wurde zu einem Strich.

Er betrachtete sie lange mit einem Nuntius-Blick, unter dem schon die härtesten Verbrecher zusammengebrochen waren. »Dein Wille geschehe«, antwortete er bedächtig. »Zusammengefasst: Du wirst nicht freiwillig nach Christ gehen und stehst unter dem Schutz deiner Götter. Das wird ein hartes Stück Arbeit für einen alten Nuntius wie mich, der schon lange in Pension sein sollte. Was ich aber nicht bin, weil ich dich jagen musste. Ich bin nicht nur verpflichtet, sondern tief in meinem Innern sehr, sehr böse auf dich.« Er grinste. »Ich werde mir was einfallen lassen, um meinen Auftrag zu erledigen.«

»Und ich werde alles kontern«, erwiderte Eloise zuversichtlich.

»Sicher.« Black sah sich absichtlich auffällig um. »Gehen wir zu den anderen zurück?«

»Sollten wir. Aber ich muss dich enttäuschen: Du hast die Schlacht verpasst.«

»Die Befreiung von *Quantum*? Schon vorbei? Aber … wie lange lag ich in diesem Bassin? Mehr als eine Woche?«

»Nein. Nur etwa achtzehn Terra-Standard-Stunden.« Sie lächelte. »Die Götter mögen es nicht, Zeit zu verschwenden. Sie reisen nicht durch das Interim, sondern greifen auf andere Technik zurück. Sie springen innerhalb von sechs bis zehn Stunden regulär an die meisten Orte der Galaxis. Die Woche im Interim oder die Monate beim Transport via TransMatt-Technologie würde sie verrückt werden lassen. Wegen der Ineffizienz.«

Black schauderte und erhob sich, als die ehemalige Preacheress aufstand. »*Stunden* für Lichtjahre? Wie machen die das?« Er blieb an ihrer Seite, während sie von Raum zu Raum wanderten. Die Wände hoben sich wie von Geisterhand für sie.

»Selbst wenn es mir die Götter erklärten, ich fürchte, ich würde es nicht verstehen.« Eloise berührte ihn am Ellbogen. »Verstehst du nun, warum wir die Götter nicht in Frage stellen dürfen? Sie sind uns in allem überlegen!«

»Solange sie sich Raumschiffe bauen, um zu reisen, stelle ich sie in Frage, egal, wie schnell sie sind. Gott braucht kein Raumschiff. Er ist überall.« Black lachte schallend, als er ihr beleidigtes Gesicht sah. »Habe ich deine Ansicht zerstört?«

»Nein. Vorurteile bestätigt«, erwiderte Eloise knapp und schritt durch eine neue Öffnung, die sie zurück zu den Betas und den Justifiers brachte.

Inzwischen war die Gefangenschaft aufgehoben. Commander Idòciu saß mit den Resten seiner Deltas zusammen und schien Pläne zu schmieden. Red und seine Freunde hielten sich abseits und bewunderten die Hieroglyphen, priesen die Macht ihrer Retter.

So schnell seid ihr Colomba gefolgt. Glaubens-Hopper nennt man das wohl. Black wunderte sich nicht über die neuerliche Änderung. Wäre er an der Stelle der Unterdrückten, hätte er sich bestimmt ähnlich entschieden. *Damals wären sie Jesus gefolgt, heute sind es die Ahumanen, die sich als Götter verehren lassen.*

White stand einsam vor einem gewaltigen Bildschirm, der den Weltraum zeigte.

Inmitten der Schwärze und den stecknadelkopfgroßen Sternen trieben die Trümmer von Collie-Schiffen. Der Größe nach zu urteilen hatten die Ancients en passant zwei *Bigger* und ein *Hough* zerlegt.

Black stellte sich an die Seite seines Uditors, der sich vom Anblick der Zerstörung nicht losreißen konnte. »Beeindruckt?«

»Sehr«, gab White zurück, ohne den Kopf zu drehen. »Wir sprangen ins System, und schon ging es los. Ich weiß nicht, mit welcher Sorte von Raketen und Bomben die Ancients vorgehen, aber sie sind erfolgreich. Ich weiß nicht einmal, ob es Laser oder eine unbekannte Energie war, die sie einsetzten. Nichts kann sie aufhalten. Sie sind den Collies überlegen. Haushoch. Turmhoch. Berghoch.« Seine Stimme klang gefährlich tonlos, als rutschten seine Gedanken in die Ecke, in der Eloise stand. »Es grenzt an ein Wunder.«

Er lässt sich von den Erfolgen beeindrucken. »Das mag sein. Aber wer sagt uns, dass es«, er tippte gegen die Wand, die sich in den gigantischen Monitor verwandelt hatte, »nicht einfach nur eine schöne Animation ist, um uns zu täuschen?«

»Weil ich draußen war, Nuntius«, flüsterte White und setzte zum Bekreuzigen an, senkte dann nach der Berührung der Stirn die Hand. »Ich stand auf der Oberseite der Pyramide, Seite an Seite mit dem Commander und den Betas. Ich sah es, ich SAH es! Mit meinen eigenen Augen!«

»Wir sahen es alle!«, rief Red fröhlich aus dem Hintergrund. »Gepriesen sei die Macht der Götter!«

»Wo sich die Flotte der U.S.N.O. aufgerieben hatte, gingen die Ancients binnen Minuten als Sieger vom Schlachtfeld.« Erst jetzt drehte White den Kopf. »Nuntius, wir *brauchen* diese Ahumanen! Wir brauchen sie, um uns alle zu retten. Sie vermögen das Wunder!«

»Das *Wunder*? Das da draußen war höchstens ein Wunder der Technik. Nur Gott erzeugt wahre Wunder.«

»Und die Ancients«, fiel Eloise ein. »Da sie Götter sind.«

»Weil mein Gott es zulässt«, setzte Black nach, dem auffiel, dass sich sein Uditor dezent mit Statements zurückhielt. *Was hat das zu bedeuten? Geht auch er von der Fahne der Church?* »Nichts geschieht ohne seine Zustimmung.«

»Ja, ja. Das Übliche«, gab sie genervt zurück. »Das ist das Totschlagargument. Wie die Collies zuerst Samariter genannt wurden und die Church zurückrudern musste. Aber Gott ist tot. Er handelte nie. Er wartete ab. Stets. Bei allem Leid war er fern und ließ sich feiern, wenn das Leid endete – als ob ER das Leid beendet hätte.« Eloise redete sich in Rage. »Ich freue mich, den wahren Göttlichen zu dienen, Nuntius. Das mag dir nicht schmecken, aber *das*«, sie nickte auf den Bildschirm, »war nicht *dein* Gott. Die Menschen werden sich den Göttern zuwenden, die ihnen echte Hilfe bieten. Sie haben genug vom lahmen Seelentroststrauß, gebunden aus uralten Floskeln und versehen mit dem abgestandenen Duft von falschen Versprechungen und dem Gestank von Heuchelei.« Sie wandte sich abrupt ab. »Die Götter machen das Schiff startklar. Es geht zur U.S.N.O.«

White folgte ihr schlafwandlerhaft. »Warte! Eloise, warte! Ich habe so viele Fragen!«

»Uditor!«, herrschte ihn Black an. »Zu mir! Sofort!«

White verlangsamte seine Schritte. »Aber ich …«

Die junge Frau blieb stehen, kam auf den Uditor zu und nahm seine Hand. »Komm. Du bist auf dem Schiff der Götter. Hier ist dir nichts Befehl, was aus seinem Mund kommt.«

Black sah mit an, wie Eloise Innocent White in eine Ecke des Raums zog und sich ein Zwiegespräch entspann. *Der Ministrator verliert nicht nur seine Tochter, sondern anscheinend auch den jüngsten Uditor in der Geschichte der Church an die Ahumanen.*

Er wünschte sich wirklich eine Zigarre und einen Drink. Dabei schweiften seine Blicke über die Versammlung.

Endlich fragte er sich: *Wo steckt eigentlich Fairbanks?*

30. Oktober 3042 a. D. (Erdzeit)

SYSTEM: EPSILON INDI B–
PLANET: VOR QUANTUM

Clarissa hing in den Gurten der *Little Interception* und war kaum in der Lage, sich zu bewegen.

Der Sauerstoffvorrat ihres Rettungsanzugs wies zwar volle Sättigung auf, doch etwas stimmte nicht mit ihr. Eine Mischung aus stockbesoffen und kotzübel.

Die Reise durch … diesen Sprungtunnel. Das wird es gewesen sein. Ich bin verstrahlt. Mit irgendwas bin ich verstrahlt worden. Die Umgebung verschwamm vor Clarissas Augen. Sie konnte die Konsole nicht mehr bedienen, sah nur ein rot blinkendes Lichtermeer.

Sie hatte lange Zeit auf die Rückkehr der Gruppe gewartet, auf die kleinste Regung auf der goldenen Oberfläche gelauert, doch es geschah nichts – bis sich das Gebilde in Rotation versetzte.

Clarissa hatte die Magnetverankerung der Landebeine verstärkt, um den Fliehkräften Paroli zu bieten und nicht davongeschleudert zu werden wie ein lästiges Insekt. Auf ihre Funksprüche reagierte niemand – dann kam der Übergang in den Sprung.

So etwas hatte Clarissa noch nie erlebt.

Schmerzlos, kein Ziehen, einfach nur eine Veränderung des Lichts und schnell wechselnde Farbspiele, als würde man durch einen hell erleuchteten Regenbogen fliegen.

Was ihrem Körper in den ersten Stunden offenbar wenig ausmachte, setzte dem Dingi schwer zu.

Es dauerte gerade einmal dreißig Minuten, und die Sonden an der Außenhaut registrierten erste Abnutzungserscheinungen der Panzerung.

Die Umgebung war höchst aggressiv, den Geräuschen nach machten sich ein Schaber und ein Hobel zusammen mit einer Gang aus Schleifgeräten an dem kleinen Raumer zu schaffen. Die Kameras zeigten ihr die Funkenwolken, die aus geschredderten kleinen und sehr heißen Metallspänchen bestanden; dann erwischte es auch die Linsen.

Da verstand Clarissa, dass die *Little Interception* keine Chance hatte, diesen Ritt zu überstehen.

Aber sie wollte die Klammern nicht lösen und in dieser Dimension verloren gehen. Eher starb sie im Shuttle und bekam einen gloriosen Abgang, umspielt von tanzenden Funken und strahlendem, buntem Licht.

Sie saß im Cockpit, hörte das Dröhnen und Krachen und versank in grauenvoller Furcht. Meldung um Meldung verkündete den Ausfall von elektronischen, elektrischen und mechanischen Systemen. Die Außenhaut war vollständig abgepellt, die Kräfte rissen bereits an der inneren Struktur der *Little Interception*.

Clarissas Vorstellungskraft zeigte ihr, wie sie zu einem Asteroid mit einem wundervollen Schweif wurde und man ihre Bahn sicherlich bewunderte. Wer auch immer in dieser Dimension leben sollte.

Dann war die Reise zu Ende.

Plötzlich verstummten die Geräusche, und dieses Gefühlsgemisch aus Trunkenheit und Übelkeit setzte ein und schaltete sie für einige Zeit aus.

Sie war aus dem Cockpit gestiegen, in dem riesige Löcher klafften, und hatte sich taumelnd durch den perforierten Laderaum gekämpft, um die *Little Interception* zu verlassen. Sie wollte ins Innere der Pyramide, wo sie sich mehr Schutz versprach.

Doch das Raumschiff begann erneut mit der Rotationsbewegung, kreiselte und sprang erneut.

Die kaum mehr vorhandene Magnetverankerung löste sich, und die *Little Interception* blieb im All zurück, trieb tot dahin.

Clarissa hatte sich unter Tränen der Verzweiflung zurück auf die Brücke geschleppt, sich in den Sitz gewuchtet und angeschnallt.

Seitdem wartete sie darauf, dass ein Notsystem ansprang, über das sich wenigstens die Manövrierdüsen steuern ließen.

Immer wieder stieß ihr die Magensäure auf, ein Übergeben konnte sie verhindern. Noch.

Ich weiß nicht mal, wo sie mich abschüttelten. Die geringste Sorge galt den Justifiers und den Kreuzen. Es war ein Auftrag gewesen, ein erpresster Auftrag, mehr nicht. Sollten sie mit der Pyramide ins Paradies fliegen oder zur Hölle fahren. *Ich bin schon in der Hölle.*

Sie wollte aufstehen und sich zwingen, wenigstens durch eine Luke einen Blick hinauszuwerfen, um ein Gefühl für ihre Umgebung zu bekommen, aber ihre Finger waren zu schwach, um die Schließe zu öffnen. Außerdem fühlte sie genau, dass ihre Beine sie nicht mal in der Schwerelosigkeit tragen würden.

Dann bekam das halbe Wrack einen unglaublichen Schlag, der Clarissa im Sitz hin und her warf. Hätte sie sich abgeschnallt, wäre sie gegen die Wand geschleudert worden und ums Leben gekommen. Das Shuttle war kollidiert oder aufgeschlagen.

Und es zerbrach ...

Clarissa fühlte sich an einen surrealen Film erinnert: Sie saß in ihrem Sessel, während sich die Verkleidungen um sie herum dehnten und auseinanderrissen.

Vor ihr schien sich ein Tor zu öffnen, hinter dem eine blaue Sonne sichtbar wurde.

Die Steuerung der *Little Interception* löste sich aus der Halterung und trudelte davon, die Wände bogen sich um. Löcher taten sich auf, durch die blaue Lichtlanzen stachen und auf Clarissas Gesicht fielen. Ein höheres Wesen schien ihr die Hand zu reichen.

Dann kippte ihr Stuhl langsam nach hinten, da sich der Boden der Brücke wellte und die Befestigung rückwärts drückte; gleichzeitig wölbten sich geborstene Deckenstreben abwärts und reckten sich ihr gleich einer Ansammlung Speerspitzen entgegen.

Das blaue Licht umschmeichelte sie intensiver, spiegelte sich auf dem blanken Metall.

Das war es. Gleich bin ich aufgespießt. Clarissa wurde von den Gurten erbarmungslos gehalten. Was eben ihre Rettung gewesen war, bedeutete jetzt ihren Tod. *Besser sofort als noch lange leiden.*

An ihren Schultern rüttelte es, dann fühlte sie, wie der Druck von ihr wich. Gleich darauf schleuderte sie etwas aus dem Polster.

Clarissa schwebte plötzlich neben ihrem Sitz und verfolgte, wie sich die scharfen Enden in Kopfstütze und Rückenlehne bohrten. *Das hätte ich sein müssen!*

Sie sah sich um, um herauszufinden, was ihre Rettung bewirkt hatte, und blickte genau in das grelle, hellblaue Licht … um dann das vertraute, kantige Gesicht ihres Ersten Offiziers zu erkennen.

»Triton!«, wisperte sie.

Er lächelte sie an und tupfte ihre Stirn mit einem kalten Tuch ab. »Willkommen zurück an Bord, Captaine«, sagte er leise und beruhigend.

Clarissa begriff: Sie lag auf einer Pritsche, an Bord der *Interception*. Wie sie dorthin gekommen war, wusste sie nicht, aber sie ahnte, dass der SupraSoldier sie aus dem Wrack und an Bord des Raumers geholt hatte. »Wie … konntest du uns folgen?«

»Der ReRouter. Das Ding verfügt über sensationelle Möglichkeiten«, erklärte er. »Ich glaube, man kann damit nicht nur Lieferungen abfangen, sondern sich auch an schwerere Sprungschiffe hängen, die vorbeiziehen.«

»Die Pyramide?«

»Weitergesprungen. Ich musste dich erst retten. Die anderen sind mir egal.« Triton wusch den Lappen in einer kleinen Schale aus, füllte

Eiswürfel aus einer anderen hinein und legte ihn an ihre rechte Schläfe. »Du hast Fieber, Captaine. Wird an der Sprungpassage liegen, die die Ahumanen nutzen. Ich kann dich leider nicht genauer untersuchen, weil die *Interception* stark beschädigt ist. Wir müssen uns zuerst eine Werft suchen und sie instand setzen lassen. Der Antrieb läuft, aber die Panzerung ist bis auf das Tragegerüst runter. Waffen haben wir auch keine. Wir sind leichte Beute.«

»Wie lange brauchen wir bis dahin?«

»Eine Woche. Wir sind zwar leichte Beute, können aber verflucht schnell rennen.« Triton bedachte sie mit einem liebevollen Blick. »Bis dahin machst du keinen Unsinn und wirst gesund, Captaine. Abgesehen vom Fieber scheint alles in Ordnung zu sein. Keine Kontamination.«

Clarissa schwieg und sagte nichts über eine mögliche DNA-Veränderung. »Und du?«

»Kein Fieber. SupraSoldier-Vorteil. Ich bin zäher.«

Aber nicht gestorben. Das ist … nicht schlecht. Sie musste die Augen schließen.

»Falls du dir Gedanken machen solltest, wie es weitergeht: Ich hätte einen Vorschlag«, hörte sie seine Stimme.

»Ja?«

»Ich nehme an, dass wir offiziell als tot betrachtet werden. Du zumindest. Ich habe einen Notruf aus dem Shuttle abgesendet. Mich wird man als vermisst betrachten«, erläuterte er ihr seinen Plan. »Wir können die *Interception* komplett umbauen lassen. Ich habe die BlackBox bereits entfernt, ebenso die Transponder, als ich in der Übergangspassage war. Mögen sie dort jemanden glücklich machen. Die Sprengladungen sind gefunden und ausgebaut. Offiziell gibt es uns also nicht mehr.«

Es hatte keinen Sinn, nach der Pyramide zu suchen. Sie konnte überall sein, und die *Interception* würde beim kleinsten Schuss aus einer winzigen Kanone auseinanderfallen.

Zurück zu den Freibeuter-Wurzeln, und er überlässt mir die Entscheidung. Clarissa hob die Lider und blickte ihren Ersten Offizier an. Sie dachte an Horàt, das Duell, ihr Wort, das sie gegeben hatte, wie die Mission verlaufen war und dass er sich über ihre Fairness amüsiert hatte – und beschloss, dass sie ihr Soll erfüllt hatte. Der Tod hatte sie im Vorbeigehen gegrüßt.

Sollte sie bei etwas ums Leben kommen, dann bei einer Mission, die sie gern und mit Stolz erfüllte.

Mein Leben ist zu wertvoll, um es für die korrupten Kreuze aufs Spiel zu setzen. Clarissa richtete sich auf und hielt den Eisbeutel mit einer Hand fest. »Geben wir dem Wrack einen neuen Namen, einen neuen Körper und eine neue Bestimmung«, sagte sie. Dann beugte sie sich nach vorne und küsste Triton auf den Mund.

Er hielt still, stocksteif und ohne Regung, bis sie ihre Lippen von seinen nahm. »Wofür war das?«

»Fürs Lebenretten.« Clarissa schluckte. Sie war von ihrem Impuls selbst überrascht worden. Nachträglich meldeten sich Verwunderung und Angst, das Falsche getan zu haben. *Das Fieber. Das wird es sein.* »Nur für's Lebenretten. Danke«, fügte sie rasch hinzu. Ihr Herz klopfte schneller als gewöhnlich.

Triton grinste. »Verstanden, Captaine. Aber ich bin dein Erster Offizier. Es war mir sowohl Pflicht als auch Vergnügen.« Er erhob sich und fuhr dabei mit dem Zeigefinger über seine Lippen. »Aber die Belobigung habe ich gern angenommen.« Der übermuskulöse Mann schritt zur Tür. »Ich bringe uns zur Werft.«

Clarissa versuchte, sich von ihrem Herzrasen abzulenken. »Die Bezahlung? Das wird doch Zehntausende kosten?«

Triton winkte ab und pochte auf die Seitentasche seines grauen Overalls. »In den Unterkünften habe ich etliche Tois gefunden. Die Kriegskasse der *Calyptics*, nehme ich an. Wir können sie besser gebrauchen.«

Sie lachte, lehnte sich mit dem Rücken gegen die Wand und sah ihm nach, bis er auf der Schwelle stand. »Sollte ich als Captaine nicht wissen, wie unser Ziel heißt?«

»Solltest du.« Der SupraSoldier trat in den Gang und sagte über die Schulter. »Wir sind Adam und Eva.«

»Verstehe ich nicht.«

»Wir fliegen zurück ins Paradies. Die Raumstation, die von aufständischen Betas eingenommen wurde: Paradise. Und wenn die Miezekatze namens Cohlonn ihre neugierige Nase wieder in Angelegenheiten steckt, die sie nichts angehen, gibt es eine drauf, und danach ziehe ich ihr die Barthaare einzeln und mache aus seinem Darm eine Tennisschlägerbespannung.« Triton ließ sie in der Unterkunft zurück.

Clarissa legte sich aufstöhnend wieder hin und drückte das Eis gegen die pochende Stirn.

Eigentlich hatte sie nicht vorgehabt, nach Paradise zu fliegen, doch wie Triton schon sagte: *Wir haben keine Wahl. Und danach stechen wir in See und ärgern die Konzerne mit Hilfe des ReRouters. Und die Church.* Sie schloss die Augen. *Nur noch Missionen, die ich gut finde.*

Während sich Clarissa noch über die neuen Aufgaben und Voraussetzungen freute, schlief sie ein.

SYSTEM: UNBEKANNT
ORT: EINST STELLARE FORSCHUNGSSTATION
SHIVA'S FORTRESS (IM BESITZ VON EASTERN STARS, GELEITET DURCH
BANGASH INDUSTRIES), JETZT: RAUMSTATION PARADISE
(BESETZT VON ENTFLOHENEN BETA-HUMANOIDEN)

Schopenhauer wurde vom zornigen Cohlonn zur Seite gestoßen. Der Tiger-Beta riss an Isix' gepanzertem Unterkleid und versuchte, es vom Körper zu lösen. »Ich bringe dich um! Du und deinesgleichen haben Hunderttausende von uns getötet! Zeig mir dein Gesicht! Los, du Mörder!«

Isix war zu schwach, um sich zu wehren, und hoffte, dass der Anzug den prankenhaften Händen mit den Krallen standhielt.

Huugin wagte es, den Rasenden aufzuhalten, aber erst zusammen mit Schopenhauer und weiteren Betas gelang es ihnen, den Tiger-Beta zu bändigen und wegzuziehen. »Nicht! Wir dürfen ihn nicht umbringen. Dann wären wir ebenso verkommen wie die Collies.«

»Nein. Dann müssten wir ihn töten, um ihn zu fressen. Aber ich will ihm einfach nur aus Rache den Kopf abreißen«, grollte Cohlonn. »Das ist ein verdammt guter Grund.«

Isix fühlte, dass die Krallen nicht durch die Hülle gedrungen waren, aber die Kraft, die in dem Tierwesen steckte, konnte es halbwegs mit seiner aufnehmen.

Huugin strich das zerzauste schwarze Gefieder glatt, ging auf Isix zu und hielt das Pad wieder hin. »Du bist Isix, der die Sphäre auf Terra gezündet hat?« Die Nickhäutchen der Krähenaugen klimperten hektisch.

»Ja«, tippte er.

»Du bist ein Wesen, das wir Collector nennen, richtig?«

»Ja. Und ich biete euch Wissen, Beistand und vieles mehr, wenn ihr mir Zuflucht vor denen gewährt, die ihr Wyvers nennt, und denen, die vor Hakup auftauchten«, schrieb Isix und wiederholte in knapper Form, was er den Behüteten schon angeboten hatte.

Nicht dass er es den grässlichen Wesen gegenüber ernst meinte.

In erster Linie ging es darum, Zeit zu gewinnen, zu Kräften zu kommen und anschließend die Station zu säubern. Aber noch erlaubte es ihm sein geschwächter Zustand nicht. Isix wollte, dass sie sich zerstritten, dass sie ein Angebot diskutierten, dass zwei Lager entstanden. Uneinigkeit – das kam ihm gerade recht.

Die Beta hörten sehr genau zu. Niemand sprach, als das Pad die abschließenden Worte wiedergegeben hatte.

Dann drehte sich Schopenhauer zu seinen Freunden um und rückte an seiner Brille herum. »Begreift ihr, welche Möglichkeiten sich uns bieten?«, sagte er.

Isix fühlte sich bestätigt. Der erste Fürsprecher war gefunden. Erstaunlicherweise schlugen sich die Wissenschaftler meist zuerst auf die Seite des Unbekannten, danach folgten üblicherweise die Militärs.

»Ja«, stimmte Huugin sofort zu. »Wir haben einen lebendigen Collie, und wir sind die Einzigen im Universum, die das behaupten können.«

Fürsprecher Nummer zwei hatte seine Stimme erhoben. Isix sah weiterhin Ablehnung auf Cohlonns Tigerzügen.

»Isix ist ein Collie, ohne Schale und ohne eine Bedrohung zu sein«, führte der Schimpansen-Beta begeistert aus. »Wir können Tests an ihm durchführen und die Schwachstellen ergründen, falls seine Art auftauchen sollte. Stellt euch vor, was die Menschen uns dafür geben würden.«

Nun nahm das Gespräch einen Verlauf, der Isix nicht zusagte. »Aber ihr wärt somit ebenso grausam wie die Forscher von *Baln*«, schrieb er eilends und vertippte sich. »Das habt ihr nicht nötig. Ich kooperiere.«

Nun grinste Cohlonn. »Ah, der Collie fürchtet sich, merkt ihr das?« Er lachte und nickte Schopenhauer und Huugin zu. »Gut. Da ihr auf der richtigen Spur zu sein scheint, erlaube ich euch, den Collie zu untersuchen. Seid nicht zimperlich und doch hochgradig aufmerksam.«

»Wir werden ihn tiefkühlen«, verkündete der Raben-Beta. »Schopenhauer und ich haben vor, ihn schockzufrosten und in Stasis zu versetzen. Wir haben alte Kryo-Aggregate gefunden, wie sie damals von der ersten Langstreckenraumfahrt benutzt wurden. *Baln* setzte sie wohl ein, um Versuchsobjekte ruhigzustellen. Mal schauen, ob es auch bei dem Collie funktioniert. In diesem Zustand entfernen wir die letzte Schutzhülle, und dann sehen wir weiter.«

»Je nachdem, welcher Anblick uns darunter erwartet. Die Innereien scheinen mitunter gefährlich zu sein, sobald sie mit Atmosphäre in Kontakt kommen, wenn ich an das Ende seines Artgenossen denke.« Schopenhauer schrieb auf sein eigenes Pad. »Unter Umständen könnten wir die Mutanten von Port fragen, die auf die Station gekommen sind, ob sie sich mit ihren besonderen Kräften einbringen können. Wer weiß, was sie alles vermögen?«

»Röntgenblick brauchen wir nicht. Das können unsere Maschinen«, sagte Huugin mit krächzendem Lachen. »Aber du hast recht. Mister Zumi, ihr Anführer, macht mir den Eindruck, als ließe sich mit ihm darüber sprechen. Vielleicht gibt es eine Möglichkeit, in Isix' Verstand einzudringen und ihm Geheimnisse gegen seinen Willen zu entlocken.«

Isix geriet jetzt wirklich in Panik. Mutanten. Das hatte er nicht bedacht. Und mit der Anfälligkeit für Kälte lagen sie richtiger, als sie vermuten konnten!

Gerade wollte er noch etwas auf Huugins Pad tippen, dass nur er die Möglichkeit kannte, das Ende von Terra zu verhindern, da wurde es ihm entzogen.

»Fangen wir an. Die Kältestasiskammer ist einsatzbereit.« Huugin gab den wartenden Betas ein Zeichen.

Sie gingen an den Wissenschaftlern und dem Tiger-Beta vorbei, ließen die Wandplatte, an der sich die Haltemanschetten befanden, herumklappen und schoben ein Antigrav-Lastmodul darunter. Dann wurde Isix darauf abgelegt und aus dem Labor kutschiert.

Die Wände zogen an ihm vorbei, während ihm nichts einfallen wollte, um das Einfrieren zu verhindern. Sie hatten den wunden Punkt getroffen, die ungeschützte Stelle seiner Rasse, und das durch bloßes Raten.

Seine Substanz wurde ab minus hundert Grad Celsius und nach mehr als einer Stunde kristallin und konnte die wichtigen Nährstoffe nicht mehr zu den Systemen transportieren. Würden sie Isix zu lange in der Kältestasis aufbewahren, starb er.

Sobald sie ihn ohne schützendes Unterkleid auftauten und sich ein kleines Loch in seiner Haut befand, das sie vielleicht bei dem Versuch, eine Gewebeprobe zu entnehmen, geschnitten hatten, würde er ausperlen. Die Reparaturnaniten vertrugen die Kälte ebenso wenig und arbeiteten träge, da sie aus seiner Substanz ihre Kraft zogen, aber sie in kristalliner Form nicht aufnehmen konnten.

Isix spürte ein Gefühl, das die Behüteten Verzweiflung nannten.

Er ließ sich nicht dazu herab, an den Manschetten zu reißen. Es wäre Kraftverschwendung. Stattdessen versank er in Konzentration und regte die Naniten und die Substanz an, um sie auf den bevorstehenden Schock vorzubereiten. Isix hoffte, dass es dadurch weniger schlimm wurde.

Sie fuhren in einen Lift, die Türen schlossen sich.

»Wie ruhig er daliegt«, sagte Schopenhauer neugierig.

»Er hat aufgegeben«, kommentierte Huugin. »Das zeigt mir, dass unsere Idee mit der Kältestasis genau die richtige war.« Er sah zu Cohlonn. »Niemand darf erfahren, dass wir einen Collie an Bord von *Paradise* haben. Sonst kommen sie alle: Konzerne, Collies, Wyvers und diese neuen Götter.«

»Sehe ich auch so.« Der Tiger-Beta legte eine warme Prankenhand gegen Isix' Brust. »Ich würde dir gern das Herz rausreißen, stellvertretend für alle, die deinesgleichen sind. Aber zuerst sind die Wissenschaftler an der Reihe. Du kannst von mir aus denken, dass wir nicht besser als

Bala sind, doch wir tun es aus anderen Gründen. Du bist eine Krankheit, an der die Menschen und die Betas leiden. Wir sind die Ärzte, die ein Mittel dagegen suchen.«

Die Kabine hielt an.

Isix wurde hinausgerollt. Cohlonn winkte ihm nach und grinste böse.

Isix fand den Vergleich nicht unbedingt passend. Und wenn doch, dann war er eine Krankheit, die vielleicht manchen den Tod gebracht hatte, aber wertvolle Antikörper gegen eine noch schlimmere in sich trug, die Milliarden das Leben rettete. Ohne dass die Betas es ahnten.

Denn ohne sein Wissen würden die Interim-Schmarotzer Cutesha jedem FTL-Schiff nach Belieben den Tod bringen.

Und ohne sein Wissen würde Terra vernichtet werden.

Vielleicht auch das Sonnensystem – und was aus dieser Kettenreaktion resultierte, konnte sich niemand ausmalen.

Nicht einmal Isix.

Fünfte Szene

2. November 3042 a. D. (Erdzeit)

>»Terra. Meine Güte, was hat man nicht alles versucht.
Aber diese Sphäre ... sie brannte und brannte.
Dass es dann so enden würde, dachte niemand.«

TACOI, Pressesprecher der *STPD*-Niederlassung Terra

SYSTEM: SOL
PLANET: TERRA
ORT: GLOBALCITY LONDON

Eine Bombe hier drin, und es wäre alles erledigt. Dann könnten die MegaKonzerne tun und lassen, was sie wollten. Civer Black sah sich um und fand die Mischung im Saal sehr ungewöhnlich, wenn nicht sogar unpassend.

Die Vertreter der U.S.N.O. bevölkerten sämtliche Sitzreihen. Jeder Delegierte und Sekretär war gekommen, um sich das historische Ereignis nicht entgehen zu lassen. Dazu waren die Gastrednerplätze von den Vorsitzenden oder Befugten der staatlichen Konzerne besetzt. Wo sonst Leere gähnte, herrschte Enge.

Die Klimaanlage schuftete auf vollen Touren, um das CO_2 und die Luftfeuchtigkeit sowie die Körperausdünstungen und Parfümwolken aus dem Raum zu blasen.

Black, gekleidet in den schwarzen Uniformhabit mit dem alten, grauen Mantel darüber, hob seinen Flachmann und nahm einen Schluck vom *Mighty Spirit*, schaute sich weiter um und ließ den Anblick auf sich wirken.

Auf den großen Bildschirmen flackerten heute keine Tagesordnungen, Beweisbilder und -aufnahmen oder beruhigende Tierbildchen oder Landschaftsdarstellungen. Groß und überragend schauten die Vorsitzenden der freien großen MegaKonzerne auf sie herab. Es hatte durchaus etwas von einer Kathedrale.

Bezeichnend, dachte Black. Die Firmen thronten über allem und ließen der U.S.N.O. die Illusion, sie könnten etwas ohne deren Zustimmung beschließen oder gar erzwingen.

Lediglich auf einem Display war die umgekehrte goldene Vierkantpyramide zu sehen. Sie schwebte geostationär über der GlobalCity London. Man konnte darüber streiten, ob es beschützend oder bedrohend sein sollte.

Black blickte nach vorne, zum Rednerpult, wo sich Eloise in Position brachte. *Die Stimme der Götter*, wie sie sich selbst angekündigt hatte. Absichtlich hatte sie sich jetzt erst zu erkennen gegeben, um der Church möglichst wenig Zeit für eine Reaktion zu geben. Sicherlich würde sich Horàt und eine *Galahad*-Einheit auf den Weg machen, um die Tochter des Ministrators einzusammeln.

Damit klar wurde, dass es sich bei ihr nicht um eine Spinnerin handelte, hatten die Götter ihr ein Dutzend ihrer Rhak mitgegeben. Sie machten mit ihrer zwei Meter großen, muskulösen Figur, die in einer modernen Panzerung steckte, einen respekteinflößenden Eindruck.

Die vogelhaften Köpfe ruckten wachsam umher, gelegentlich klappte einer von ihnen seinen gebogenen langen Schnabel auf, um die Reißzähne darin zu zeigen. Als eines der Wesen schnaubte und die dunkelgrüne Atemluft aus den Schnabellöchern schoss, wurde sie von der Klimaanlage nach oben gezogen und verwirbelte mit wirrem Muster. In den krallenhaften Händen hielten sie dicke, anderthalb Meter lange Waffen mit Abzügen.

Man hatte sie den Rhak gelassen, dafür aber eine Schutzwand zwischen dem Bereich um das Pult und die Delegierten errichtet. Ansonsten zog eine Hundertschaft von U.S.N.O.-Wächtern in Aries-ONE-Rüstungen auf, jeder ausgestattet mit einer *Deathmace*.

Könnte ein tolles Feuerwerk werden, wenn beide Seiten loslegen. Black nahm noch einen Schluck. Ohne seine Tätowierungen fühlte er sich nackt. Er hatte viele Sitzungen vor sich, um die strichfreie Haut auf das alte Level zurückzubringen. Dann hielt er den Flachmann White hin, der neben ihm saß. »Auch?«

Der junge Mann nahm das Angebot an und trank den Flachmann fast leer. »Auch«, sagte er dann und gab sie zurück.

Black wusste, dass die Church of Stars ihren Vorzeigepreacher und Jüngst-Uditor White an die junge Frau verloren hatte. Eloise und er hatten viele Stunden miteinander verbracht, mit Gesprächen und Disputen, aber auch mit Lachen und Erzählen. Sie waren sich auf mehreren Ebenen nähergekommen.

Blacks Multibox vibrierte.

Er sah auf die Textnachricht. Sie kam von Christ:

»Nuntius Black – im Namen seiner Heiligkeit:
Colomba unter allen Umständen festhalten.
Eintreffen eines Eskortkommandos abwarten.
Horàt.«

Wie ich es mir dachte. Er stieß White an und hielt ihm die Botschaft hin. »Was machen wir, Kleiner?«

Er unterdrückte ein Rülpsen. »Ich weiß es nicht«, antwortete er ehrlich. »Colomba hat Zweifel in mir gesät. Zweifel an der Unfehlbarkeit des Ministrators und dem Kurs der Church. Sie berichtete mir von ihrer Kindheit, ihrer Mutter und dem Verhalten ihres Vaters.« Er ballte die Hände zu Fäusten. »Ich will alles, nur nicht sie zurückbringen.«

»Abgesehen davon: Willst du noch Uditor sein?«

White sah ihn lange an. »Ich weiß es nicht«, brach es aus ihm heraus. »Kann ich es? Mit den Zweifeln in meinem Herzen?«

Black bedauerte, dass sein Vorrat an *Mighty Spirit* zu Ende ging. »Das musst du wissen. Aber ich kann dir sagen: Wer an einer Sache zweifelt, sollte es lassen. Es kommt nichts dabei heraus, außer halbherzigen Versuchen. Die bringen keinem was.«

Wieder meldete sich seine Box.

Jetzt wurde ihm von Horàt mitgeteilt, dass ein Notsignal der *Little Interception* eingegangen war. Man hatte Trümmer des Shuttles sowie einen beschädigten Raumanzug mit Blut darin gefunden.

»Fairbanks hat es erwischt«, sagte er zu White. »Und Horàt schreibt außerdem, dass die Transpondersignale der *Interception* erloschen sind. Der kleine FTL-Sprungkranz wurde bei *Quantum* eingesammelt, die Aufnahmen werden noch ausgewertet.«

White seufzte. »Keine erfolgreiche Mission für die Church.«

»Aber hoffentlich für die Menschheit.« Black setzte sich gerade hin. »Es geht los!«

Eloise trat an das Mikrofon, und ihre Ansprache wurde direkt in das *StellarWeb* übertragen. »Ich bin Eloise Drake, einst Colomba genannt und die Tochter des Ministrators der Church of Stars. Heute jedoch bin ich die Stimme der Götter, der *Ancients*, die zu uns kamen, um uns vor den Collectors und den Wyvers zu retten. Die Ancients wissen, was man gegen sie unternehmen kann: Denn sie haben diese Geschöpfe ins Leben geholt, wie sie uns ins Leben holten. Sie kennen die Schwächen ihrer eigenen Kreation am besten. Wir wurden Zeugen, wie sie die gefürchtetsten Schiffe der Collectors ohne Anstrengung beseitigten. Die Befreiung von Hakup dürfte darüber hinaus noch jedem im Gedächtnis sein.«

Das saß! Die ersten Stimmen wurden in der Versammlung laut, ohne dass Black Genaues verstand. Die Eröffnung glich einem Paukenschlag. Die Blicke der Vorstandsvorsitzenden wurden ernster und neugieriger.

»Doch die Götter werden erst etwas unternehmen, wenn ihre Bedingungen akzeptiert sind: Menschenrechtsstatus für sämtliche Beta-Humanoide, die volle Akzeptanz der Betas als Mitglieder der Gesellschaft und eine ordentliche Bezahlung. Es gibt keine Unterscheidung mehr zwischen Mensch und Beta.« Colomba deutete auf Red, der mit Susa und Pelzig hinter ihr stand. »Millionen von ihnen warten darauf, sich frei und uneingeschränkt für das Allgemeinwohl einsetzen zu dürfen. Weil sie es *möchten*. Weil sie ein besseres Leben für sich und ihre Familien *wollen*. Weil sie leben wollen wie wir.« Sie drehte den Kopf von rechts nach links. »Deswegen sind wir zusammengekommen. Eine neue *Bill of Beta-Rights*, eine neue *Magna Charta Bestiae*. Ohne die zwingende Festschreibung auf diese Pfeiler werden die Ancients nichts unternehmen und zusehen, wie ihre Schöpfungen sich bekriegen. Wie wir von den Collies als Futterreserve und von den Wyvers für ihr Schutzprogramm eingesammelt werden. Es liegt an *uns*«, sie hob die ausgestreckten Arme, »wie es mit der Menschheit endet.«

Dann trat Eloise vom Pult zurück und gab das Wort an den weißhaarigen Vorsitzenden in der dunklen Robe weiter.

»Vielen Dank für Ihre Erklärungen, Miss Drake. Für das Prozedere: Weitere Wortmeldungen sind nicht gestattet«, sagte der Mann. »Ich weise darauf hin, dass es nicht um Grundsatzdiskussionen geht, sondern einzig um die Abstimmung, ob wir uns den Bedingungen beugen oder nicht. Diese Änderungen müssen überall, in allen Konzernen, stattfinden. Nun denn, meine Damen und Herren. Fangen wir an. Aufgrund der Brisanz der Entscheidung geschieht der Vorgang öffentlich und für jeden hörbar, der über eine Empfangsmöglichkeit im *StellarWeb* verfügt.« Er nickte. »Fangen wir an: Das Votum von TTMS?«

»Dafür«, kam es von den Delegierten.

Black sah zu Eloise, die sich nicht anmerken ließ, ob sie nervös oder siegessicher war. Sie trug dieses freundliche Lächeln, das alles und nichts bedeuten konnte. *Da wird sich der Ministrator freuen, wie berühmt seine Tochter wurde und wie fest sie für ihren Glauben einsteht. Dummerweise nicht für die Church.*

Da sich die Abstimmung zog, stand er auf und verließ den Saal, um Nachschub für seinen zur Neige gegangenen *Mighty Spirit* zu finden. Er erinnerte sich an eine kleine Bar in der Lobby. Dort gab es sicherlich Hartstoff. Es befanden sich genug Trinker in den Reihen der Delegierten.

Da Black als Nuntius Sonderrechte besaß, führte er seine *Thorn* mit sich, die schwer in seinem Schulterhalfter gegen die Seite drückte. Das beruhigte ihn, milderte den Schmerz des Tätowierungsverlusts. Schon allein wegen dieser Demütigung würde er sich nicht auf die Seite der Ancients schlagen. Sie bezahlten ihm außerdem keine Pension. Die Church schon.

Black fuhr mit den Rolltreppen nach unten und sah die Bar, in der sich einige Journalisten an Generalsekretäre und Delegierte ranwanzten, die noch kein Votum abgegeben hatten, um Infos zu bekommen.

Das Rudel sah zu ihm und identifizierte ihn sofort. Zwei lösten sich aus der Gruppe und machten ihre Kameras bereit. Man würde ihn befragen wollen.

Heiliger Rasputin! Darauf hatte Black so gar keine Lust, aber zum Kuschen war er zu alt. Sie würden sich an ihm die Zähne ausbeißen und die Fingernägel abbrechen.

»Sir! Nuntius Black! Sir, bitte, ein Statement!«, rief der Vorderste.

»Es gibt einen Gott, und du kommst in die Hölle«, erwiderte er und erntete damit die Lacher der übrigen Reporter. Black schritt durch ihre Linien und ließ sich durch nichts bremsen, schob die ganz Aufdringlichen zur Seite und bestellte beim Barkeeper eine Flasche *Mighty Spirit*.

»Sind Sie ein Trinker, Nuntius Black?«, fragte eine Journalistin sofort.

»Nein. Wir grillen oben und bekommen das Feuer nicht an. Mit dem Hochprozentigen sollte es klappen«, retournierte er trocken und bedankte sich beim Angestellten, schob ihm die Tois plus Trinkgeld hin. Dann drängte er sich erneut durch die Barriere aus Menschen und Kameras.

Aus den Augenwinkeln sah er ein Grüppchen aus drei Leuten, die sich abseits des Pulks bewegten.

Sie trugen Presseausweise an den Taschen, doch keiner von ihnen hielt eine Kamera in der Hand. Zu zweit schleppten sie ein Stativ, das sehr klobig und schwer aussah. *Viel* zu schwer. Der Dritte ging voraus und lotste sie unauffällig an der Wand entlang, um keinerlei Aufmerksamkeit zu erregen.

In Black schrillten die Alarmglocken.

Er konnte jetzt den Aufstand proben, die Sicherheit rufen und abwarten, was geschah. *Oder ich prüfe es selbst.*

Er glaubte nicht daran, dass es sich um eine Truppe der Church handelte, die einen Versuch starteten, Eloise zu entführen. Eine Justifiers-Einheit wäre anders vorgegangen. Blieben noch irgendwelche christlichen Eiferer, Durchgeknallte, Spaßvögel oder eine Gruppe beleidigter Templars.

Black sah das Trio mit dem Stativ um die Ecke zum Fahrstuhl biegen. »Ich muss weg«, verabschiedete er sich und rannte los. Sicher wäre es ihm leichter gefallen, wenn er die Flasche weggestellt hätte, aber sie konnte geklaut werden, und es war kein billiger Stoff.

Über die lange Rolltreppe gelangte er in den dritten Stock und hatte von da einen sehr guten Blick auf den Lift, dessen Kabine an der Wand nach oben fuhr.

Da es nicht anders ging, zog Black den Mantel aus, stellte die Flasche hinter einen Blumenkübel und nahm Anlauf.

Ich bin zu alt für den Scheiß. Aber jemand muss es tun. Er spurtete, sprang mit einem Satz auf das Geländer und von dort aufs Dach des Fahrstuhls.

Im Flug zog er die *Thorn* und legte den Schlagbolzen nach hinten. Bei der rumpelnden Landung entsicherte er die Waffe und riss sofort die Wartungsklappe auf. Die Mündung zielte abwechselnd auf die drei. »Ruhig. Niemand kommt zu Schaden, wenn ihr ...«, setzte Black an.

Einer von ihnen sprang überraschend in die Höhe, packte seine Hand und riss ihn in die Kabine.

Durch den Ruck löste sich ein Schuss und drang dem Angreifer durch die Schulter, durchschlug das Gelenk, trat aus und zerstörte das Kabinenglas dahinter. Aufschreiend sank der Mann nieder und fiel gleich darauf rücklings durch die sich auflösende Scheibe in die Lobby.

Unsanft landete Black auf dem Boden und fing sich einigermaßen geschickt mit einer Rolle ab, da krachten Schüsse.

Zwei Einschläge trafen den Nuntius in den Rücken, doch die kugelsichere Weste fing die Projektile ab. Das Dröhnen der Treibladungen klingelte in seinen Ohren.

Black wälzte sich herum und schoss zurück, sah Mündungsfeuer gegen ihn zucken und spürte den heißen Wind, hörte das Bersten der Glaswände, die sich der Reihe nach auflösten. Eine kühle Brise umwehte sie, während der Turbo-Lift unbeirrt nach oben jagte.

Ohne die Weste wäre er schon lange tot. Die Treffer in den Oberschenkel brachten ihn zum Aufknurren und Fluchen, dann fühlte er ein heißes Glühen an der rechten Wange. Blut strömte aus dem Stummel, wo einst sein Ohr gewesen war.

»Du Arschloch!« Black schoss einem Gegner mitten durch den Hals. Beim Austritt durchtrennte die Kugel die Nackenwirbel und ließ den Mann schlaff nach vorne kippen. Der Nuntius versetzt ihm einen Tritt, damit er nicht auf ihn fiel, ohne dass er seinen Beschuss des letzten Feinds unterbrach. Die Leiche fiel aus der Kabine.

Klick, machte Blacks *Thorn – Klick*, machte die *Versatile XP* des verbliebenen Feinds, der etliche Löcher an der Seite, an der Schulter und am Hals kassiert hatte. Blutüberströmt sahen sie sich an, keuchten und ächzten wegen der Schmerzen.

Dann luden beide nach.

Beinahe synchron fielen die leeren Magazine zu Boden. Sein Gegner ließ das neue bereits einrasten und lud durch, als Black sein Magazin erst in den Griffschacht einführte. Die gegnerische Mündung senkte sich auf ihn herab.

Klack.

Fluchend lud der Mann durch, beförderte die fehlzündende Patrone aus der Kammer und schoss im gleichen Moment wie Black.

Innocent verfolgte die Abstimmung mit leichtem Schwindel. *Es war keine gute Idee, das Zeug zu trinken.* Er schüttelte sich, doch das Benebelte blieb.

Ein Delegierter nach dem anderen stimmte der *Magna Charta Bestiae* zu, was nicht verwunderlich war. Danach folgten die Delegierten der staatseigenen Konzerne.

Innocent hörte nur halb zu.

Seine Gedanken kreisten um die Zukunft.

Seine Zukunft.

Mit Eloise, zu der er sich hingezogen fühlte. Menschlich und auch von ihren Einstellungen her.

Noch hielt er der Church die Treue, trotz allem, was Eloise ihm erzählt hatte. Aber die Zweifel nagten unaufhörlich an ihm, an allem, was ihm einst an der Institution gefallen hatte.

Er hatte Gott um ein Zeichen gebeten, um sich zu orientieren. Bislang war nichts geschehen.

Ein leises Raunen der Delegierten zwang seine Aufmerksamkeit zurück auf die Versammlung. Als die Reihe an *SternenReich* kam, hatte sich zur allgemeinen Verwunderung ein Mann erhoben, der, anstatt »ja« oder »nein« zu sagen, Fragen in den Raum schleuderte.

»*SternenReich* respektiert das Votum des Deutschen Kaiserreichs, aber wir bestehen darauf, dass wir nicht einfach abnicken«, sagte der Mann, dessen markantes Konterfei mit den leuchtend blauen Augen auf dem Bildschirm gezeigt wurde. Sein Name war Isen, und seine Statur passte dazu.

»Wir bestehen weiterhin darauf, Verantwortung zu tragen. Welche Beweise gibt es? Nur die Aussagen dieser Betas, eines Commanders und eines Uditors. Ja, und ein paar Filmchen. Aber wie uns schon der Fall Zumi lehrte, dürfen wir nicht allem glauben, das uns mit Angeboten lockt und schöne Worte bietet. Bis heute ist nicht klar, wo der Zumi-Klon abgeblieben ist, nachdem er von der Mutantin dem Zugriff der U.S.N.O. entzogen wurde. Und wir werden nicht erfahren, welchen Plan er in Wahrheit verfolgte. *Jetzt* steht die kirchenabtrünnige Tochter des Ministrators vor uns und will uns weismachen, sie sei die *Stimme der Ancients*. Bei allem Respekt: Das ist doch alles mehr als kurios! Wieso kommen sie nicht aus ihrer Pyramide und zeigen sich? Und diese Wesen, diese Rhak: Sie könnten in jedem Beta-Labor zusammengebaut worden sein. Ich verlange, dass wir genauere Nachforschungen anstellen.« Isen setzte zu einem ausholenden Statement an.

»Ja oder nein, Mister Isen?«, unterbrach ihn der Vorsitzende unwirsch. »Sie hatten bereits einmal eine gelungene Vorstellung vor dem Hohen Haus, aber heute kann ich es Ihnen nicht erlauben. Weitere Wortmeldungen sind Ihnen nicht gestattet. Für jeden weiteren Versuch erlasse ich ein Ordnungsgeld in Höhe von fünfzigtausend Tois.«

Isen lächelte herablassend. »So schweigt die Vernunft und stimmt mit Enthaltung«, erwiderte er. »*SternenReich* will keine Verantwortung für das Kommende tragen.« Er setzte sich; gelegentlicher Beifall brandete auf, dann ging die Abstimmung weiter.

Innocent hatte die Luft angehalten. Eloise wirkte bei Isens Worten sehr angespannt und befürchtete wohl ein Debakel. Er wünschte sich in diesem Moment, an ihrer Seite zu sein, ihre Hand zu halten und sie spüren zu lassen, dass er für sie da war.

Dieses Empfinden sagte ihm alles. *Ich habe meine Entscheidung getroffen.*

Sobald der Nuntius von seinem Alkoholausflug zurückkam, würde er ihm die Entscheidung mitteilen, sein Amt als Uditor vorerst ruhen zu lassen, bis sich seine Zweifel aufgelöst hatten und er zu einem Entschluss gekommen war: Er wollte die Götter näher erforschen. Vielleicht fand er dabei Gott. Oder den Beweis, dass Gott nur ein Prophet der Ancients gewesen und schon lange tot war.

Die kleineren Konzerne waren an der Reihe. Der Vorstandsvorsitzende von *Arstac* blickte ernst in die Kamera und wollte sein Votum bekanntgeben.

Da erklang der Alarm.

Die Ancients-Soldaten umringten Eloise und legten vorsichtshalber die Waffen an, die Delegierten riefen durcheinander, und Isen verließ sofort den Saal. Ihm folgten weitere Konzernvertreter – aber sie gelangten nur bis an die Türen.

Die Ausgänge waren schlagartig blockiert, nachdem Isen hinausgelangte.

Eloise! Innocent sprang auf und rannte nach vorne.

Black drehte sich nach rechts und hörte das grelle *Pling*, als das Geschoss dicht neben seinem abgerissenen Ohr auf den Kabinenboden knallte.

Sein Gegner gab einen erstickenden Laut von sich und hielt sich das linke Auge; unter seiner Hand lief Blut hinab, noch mehr Rot klebte an den Seitenstreben der Kabine und den letzten Resten der Verglasung. Dann fiel er nach hinten, raus aus dem Lift.

Black schnaufte. Gut, dass er die Schnapsflasche nicht mitgenommen hatte. Sie hätte die Schießerei nicht überstanden.

»Nothalt«, verkündete eine Frauencomputerstimme.

Die Fahrt wurde jäh unterbrochen, was Black aus dem Gleichgewicht brachte. Zwar öffneten sich zischend die Türen, damit man den zerstörten Lift verlassen konnte, aber er rutschte durch den Ruck von der Plattform.

Reflexhaft bekam seine rechte Hand eine Kante zu greifen. Sie schnitt schmerzhaft in sein Fleisch, doch der Sturz wurde aufgehalten.

Er baumelte über dem Lobbyboden, gute zweihundert Meter über den drei Leichen und den Reportern, die ihn und die Toten abwechselnd filmten.

Heiliger Rasputin, ich preise dich. Schnell steckte er die *Thorn* in das Holster und griff mit der zweiten Hand nach.

Unter Schmerzen und Fluchen wuchtete er sich zurück in die Kabine, rollte sich auf den Rücken und schob sich mit den Absätzen in die Mitte, wo er sich sicher wähnte. Dabei stieß er gegen etwas, das klackernd nachgab und davonrutschte.

Als Black den Kopf hob, um nachzusehen, glitt das Stativ der Truppe mit einem Schleifen aus dem Fahrstuhl. *O mein Gott!* »Alles weg da unten!«, schrie er und robbte aus der Kabine um die Ecke. Hastig schob er die Türen des Lifts zu, seine Hände hinterließen blutige Abdrücke.

Die Detonation war nicht laut, höchstens vergleichbar mit einem Schuss aus der *Thorn*. Doch Black kannte das Geräusch sehr genau. Er hatte ähnliche Bomben bereits bei Missionen eingesetzt, wenn es darum ging, die Sünde mit reinigendem Feuer auszumerzen.

Black drängte sich gegen die Wand und machte sich ganz klein.

Die Hitze, die gleich darauf fauchend emporschoss und durch die

Ritzen der Türen drang, war kein Vergleich zu der Glut, die am Boden der Lobby schwelen musste. Alles, was keiner Temperatur von eintausend Grad standhielt, würde sich unter ihm in Asche verwandeln oder schmelzen.

»Eloise!« Innocent näherte sich dem Rednerpult, schob sich durch die aufspringenden Delegierten.

Die U.S.N.O.-Wächter in den Aries-ONE-Rüstungen stapften auf die Türen zu, um sie mit der Kraft der Servomotoren aufzuzwingen.

»Eloise, ich bin gleich bei dir!«

Einer der Aries-ONE-Träger gab den panischen Menschen souverän Anweisungen, sie sollten an ihren Plätzen bleiben, damit die Sicherheitskräfte ihre Arbeit erledigen konnten. Dann hob er unglaublicherweise seine Waffe und feuerte mit seiner *Deathmace* mitten in die Delegierten.

Wo die Raketengeschosse einschlugen, war die Luft erfüllt von roter Gischt und umherfliegenden Einrichtungstrümmern. Der Geruch von Eisen, Verbranntem und Schmorendem mischte sich; dann erklangen die Schreie von Verwundeten und Umstehenden.

Die Druckwelle holte Innocent von den Füßen und schleuderte ihn meterweit. Sein Flug endete auf einer Bank, die Polsterung nahm dem Aufprall die Wucht. Er stemmte sich in die Höhe, orientierte sich und setzte seinen Weg zu Eloise fort.

Der Aries-ONE-Gegner schleuderte wahllos Granaten um sich und nahm dafür zwei Treffer aus den *Deathmaces* der übrigen Wächter hin, die große Brocken aus der Rüstung und seinem Leib rissen. Bevor er sterbend niedersank, löste er eine letzte Salve in Richtung Eloise aus.

Heldenhaft warfen sich die Rhaks in die Geschosse und wurden von ihnen zerfetzt. Körperteile flogen davon, umgeben von grünen und milchigen Flüssigkeiten. Diesen Grad an ultimativer Zerstörung des Leibs konnten sie nicht kompensieren.

Innocent sah Eloise hinter dem Rednerpult kauern, die Hände auf die Ohren gepresst und den Blick starr auf die Rhak-Fetzen gerichtet.

Ich muss sie da wegholen! Es können noch mehr Attentäter unter den Aries-ONE-Truppen sein.

Geduckt lief er durch die Reihen, stieg über Tote und Verletzte hinweg, bis er an der Bühne angelangt war. Schnell zog er sich am Rand in die Höhe – und wich einem herabstoßenden Waffenlauf aus.

Einer der *Ancients*-Wächter stand über ihm, den Schnabel weit geöffnet. Er unterschied nicht zwischen den Menschen, sondern sah sie alle als Bedrohung für die Stimme der Götter an.

Tut mir leid. Im Liegen zog Innocent die *Thorn II* und setzte der Kreatur zwei Treffer in den Schnabel und den Kopf, die beide in Fetzen davonwirbelten. Der enthauptete Körper fiel. Ob die Regeneration erneut einsetzte, wollte er nicht abwarten.

Er kroch zu Eloise, packte einen Arm und zerrte sie hinter sich her. »Komm! Ich bringe dich raus.«

Sie folgte ihm.

Innocent führte sie nach hinten, an den Plätzen des Präsidenten vorbei, zu einem schmalen Eingang, der eigentlich für die Hausdiener gedacht war. Er hatte ihn vorhin erspäht, als er Eloise bei ihrer Rede beobachtete. Hier gab es keine Feuerschotts, die zufallen konnten.

Gemeinsam hasteten sie hinaus, folgten dem breiten, aber kurzen Korridor und standen vor der Anrichte.

Die Bediensteten hatten sich aus dem Staub gemacht, die Schnittchen standen unfertig auf den Stahltischen herum, Tee und Kaffee dampften in Tassen vor sich hin, ohne serviert zu werden. Auch wenn es appetitlich roch, am liebsten hätte sich Innocent übergeben. Der Gestank von Blut, Verbranntem und Kokelndem steckte in seiner Nase.

»Da entlang!« Er zog Eloise nach rechts, wo er eine Tür entdeckt hatte, die angelehnt stand.

Gleich darauf landeten sie in der Vorratskammer und gelangten durch sie hindurch ins Freie. Sie standen auf einer Verladerampe, vor der sonst die Lieferanten ihre Ware für das hohe Haus ausluden.

Auch jetzt hielt ein Van mit der Aufschrift »JUNGES GEMÜSE« dort, aber die vier Gestalten trugen keine Kisten mit Salat. Drei Männer und eine Frau blickten ihn verdutzt an. Unter den weißen Arbeitsanzügen wurden graue Panzerungslamellen sichtbar, die Taschen waren dick ausgebeult.

Noch mehr Attentäter! Doch bevor Innocent einen Schritt machen konnte, tanzten drei grüne Punkte auf seiner Brust. Die vier hatten Scharfschützen unsichtbar in der Umgebung positioniert, um den Rückzug zu decken.

»Uditor White?«, rief die Frau verwundert, aber erleichtert. »Gott sei Dank! Ausgezeichnet, Sie bringen uns die Preacheress!«

Die Wortwahl machte Innocent sofort klar, wen er vor sich hatte. Horàt hatte umgehend reagiert und eine eigene Truppe auf den Weg geschickt. *Galahads?* »Vertrau mir«, raunte er Eloise zu. »Ja, ich nutzte die Verwirrung«, erwiderte er laut.

»Welche Verwirrung?«, fragte die Frau.

»Es gab einen Anschlag auf die U.S.N.O. Viele Tote und Verletzte, und da griff ich zu. Wir sollten uns beeilen. Es kann sein, dass man uns verfolgt.« Innocent kam die Rampe hinab und ging auf den Van zu. »Sie sind?«

Die Männer öffneten die Heckklappe und ließen sie einsteigen, dann folgte die Truppe und schloss die Klappe wieder; der Van fuhr los.

»Walburga«, stellte sie sich vor. »Wir sollen Sie beide und den Nuntius zurückbringen. Wo ist Black? An der Vorderseite?«

Innocent wurde kalt. »Er ist noch im Gebäude.« Gleichzeitig kam er sich schäbig vor, den Mann zurückgelassen zu haben. *Er ist erfahren genug. Er kommt durch, und dazu ohne einen Kratzer.* »Er hat mich gebeten, Colomba wegzuschaffen, und wollte nachkommen«, log er. Er sah, dass Walburga einen E-Schocker an ihrem Gürtel trug. *Perfekt.*

Sie sah wenig erbaut aus. »Nein, wir müssen ihn mitbringen. So lautet mein Auftrag, Uditor.« Walburga beugte sich vor, um dem Fahrer des Vans neue Anweisungen zu geben.

Darauf hatte Innocent gewartet: Unbemerkt nahm er den E-Schocker aus der Halterung und attackierte die vier blitzschnell damit, was dank der Enge des Raums keine Hexerei war. Der Letzte wehrte sich zwar, aber Eloise trat ihm zielsicher in den Schritt, gleich darauf zuckte er unter der Wirkung des Stromschlags und sackte zusammen.

Der Van fuhr weiter. Die Vorgänge im Laderaum waren nicht bemerkt worden.

»Und jetzt?«, flüsterte sie Innocent zu.

»Kapern wir den Van und kehren zu deinen Göttern zurück. Dort warten wir in Ruhe das Votum ab«, erklärte er ihr.

»*Wir?*« Eloise lächelte glücklich.

»Wir. Aber ich bin noch auf der Suche und voller Zweifel. Ich verspreche dir nicht, dass ich sie anbete, doch ich achte sie als göttliche Wesen«, sagte Innocent. »Kannst du damit leben?«

»Ich kann. Und die Ancients auch.« Sie gab ihm einen gehauchten Kuss. »Ich freue mich, dich an meiner Seite zu haben.«

Innocent fühlte sich großartig. Und in seinem Innern wusste er, dass Black ihm gratuliert hätte. Das waren Taten, die einem Uditor alle Ehren machten. *Ich drücke dir alle Daumen, Höllenhund. Du hast es sicherlich geschafft.* Er nahm den E-Schocker in die Rechte. »Dann ändern wir doch mal die Fahrtroute.« Behutsam schob Innocent das Fensterchen zum Fahrerraum auf.

SYSTEM: UNBEKANNT
ORT: EINST STELLARE FORSCHUNGSSTATION SHIVA'S FORTRESS (IM BESITZ
     VON EASTERN STARS, GELEITET DURCH BANGASH INDUSTRIES),
     JETZT: RAUMSTATION PARADISE (BESETZT VON ENTFLOHENEN BETA-HUMANOIDEN)

Huugin krächzte leise Töne vor sich hin, die ein Lied sein sollten. Doch es gab einen Grund, warum man einen Raben nicht als Singvogel bezeichnete.

Er stand in seinem Labor, die Überwachungskameras auf Aufzeichnung geschaltet, und setzte seine Untersuchungen fort. Auf dem OP-Tisch lag eine fingerdicke Scheibe des Wesens, das sich Isix genannt hatte, tiefgefroren bei minus hundertachtzig Grad. Der saubere Querschnitt durch den Brustkorb brachte beeindruckende Einblicke in den Aufbau der Collectors – oder zumindest hatten Isix und dieser andere auf Terra behauptet, ein Collector zu sein.

Mit Gesten steuerte Huugin den dünnen Schwenkarm, der von der

Decke ragte und an dem zahlreiche Geräte befestigt waren, inklusive hochauflösenden Kameras und Mikroskopen. Er befahl zu zoomen und Detailaufnahmen zu machen.

»Wir sehen neben verschiedenen organischen Komponenten, wie sie bei humanoiden Lebewesen auf Sauerstoffwelten und Kohlestoffbasis vorkommen, erneut mechanisch-elektronische Bauteile, die eine Einheit mit dem Körper des Objekts bilden«, sprach er seinen Kommentar. »Die Knochensubstanz ist hier ebenso vorzufinden wie Weichteile, Arterien und so weiter, vergleiche Aufzeichnung römisch drei. Am unteren Rand des Schnitts erkenne ich die Spitze eines dritten, kleineren Herzens.«

Dabei behielt Huugin die Temperaturanzeige der Dauerüberwachung im Blick. Sollte das Präparat auftauen und sich über minus hundert Grad erwärmen, konnte eine heftige exotherme Reaktion stattfinden. Ein Labor hatte es dabei bereits zerlegt, Schopenhauer lag noch immer auf der Krankenstation und musste sich von seinen Verätzungen erholen. Das, was bei Betas und Humanoiden Blut war, bestand bei Isix aus einer komplexen chemisch-organischen Substanz mit Anteilen von Naniten. Sicher war, dass selbst der 2OT noch von den Ahumanen lernen konnte.

»Ich beginne nun mit dem Zerlegen.« Huugin steuerte die Miniatur-Laser und -Sägen, trennte Fleisch von Plastik und anderen Materialien, die sich im Collector befanden. Es war schwierig, und jede Bewegung wurde akribisch gespeichert.

Vorangegangen waren etliche Röntgen- und CT-Aufnahmen, Fein- und Grob-Scans, bis dem eingefrorenen Leichnam keine Rätsel von außen mehr zu entlocken waren. Danach begannen Huugin und sein Team damit, den Collie Scheibchen für Scheibchen auseinanderzunehmen, trennten die Komponenten, die wiederum von weiteren Spezialisten examiniert wurden.

Jeder Konzern hätte für diese Erkenntnisse die Hälfte seines Vermögens und die halbe Vorstandsetage geopfert – aber sie befand sich in den Händen von freien Betas.

Huugin erinnerte sich an die Diskussionen, ob man die Position von

Paradise öffentlich zugänglich machen sollte, nachdem den Betas die Menschenrechte verliehen worden waren, doch es gab einen klaren Beschluss dagegen. Die Betas waren immer noch Rechtsbrecher, *Baln* konnte seine Station zurückverlangen, und darauf hatte niemand Lust.

Er hatte ein Bauteil herausgefräst, das vage an Miniaturrelais erinnerte. Das ging abermals in die Technik- und Kybernetikabteilung. Huugin sah sich in seiner Annahme bestätigt, dass es sich nicht um Copy23-Androiden handelte. Die Collectors schienen zunächst organisch aufzuwachsen, versahen sich danach aber mit zusätzlichen künstlichen Innereien, wenn man so wollte.

Aufschluss, aus welchem System die besiegten Unterdrücker stammten, sammelte er leider nicht.

Nach vier Stunden Tüftelei unterbrach er seine Arbeit und legte den Rest der Scheibe in den Tiefkühler zurück, damit sie sich nicht erwärmte, während er Pause machte.

Leise und halbwegs melodisch krächzend verließ er das Labor und ging in die kleine Kantine.

Hier wimmelte es von Betas in Kitteln und offenen Schutzanzügen, die sich über ihre neusten Erkenntnisse austauschten, auf Pads starrten, dabei Kaffee in sich hineinschütteten und mit Süßigkeiten vollstopften. Nerds unter sich.

Huugin grüßte in die Runde, schlenderte zum Vollautomaten und zog sich eine Mischung aus Cappuccino und Schokocreme, nahm einen Strohhalm und schlürfte das Getränk. Er begab sich an seinen Lieblingstisch am anderen Ende des Raums, von dem aus er den besten Überblick hatte.

Seine Kollegen. Der Raben-Beta feixte und betrachtete das quirlige Rudel, hörte die palavernden Stimmen und vernahm geniale Gedanken, die hin und her geworfen wurden.

Am Nachbartisch ließ sich eine Putzkolonne nieder, zu der früher auch Cohlonn gehört hatte, bevor er sich mit Ellbogen und Reißzähnen seinen Aufstieg erkämpft hatte. Typisches Tiger-Beta-Verhalten, die Raubkatzen markierten zu gern den König. Huugin amüsierte sich darüber.

Die drei Waschbär-Betas unterhielten sich keckernd, einer von ihnen öffnete schließlich einen großen Beutel und nahm andeutungsweise einen Raumanzug heraus, was allgemeine Bewunderung auslöste.

Huugin erkannte das Stück. Es war der Anzug, in dem Isix gesteckt hatte. Er musste grinsen: So wurde sogar dieses Teil ein Souvenir.

Ihm entging nicht, dass sich aus dem Innern des Anzugs etwas Kleines, Dünnes löste und zu Boden fiel. Die Waschbär-Betas bemerkten es nicht.

Im allgemeinen Kommen und Gehen wurde der Gegenstand durch die Kantine gekickt, bis Huugin ihn aus den Augen verlor und nicht mehr daran dachte. Die Untersuchungen von Isix' Überresten beschäftigten ihn mehr.

Er schlürfte sein Getränk zu Ende und erhob sich – da knirschte es unter seiner dünnen Schuhsohle.

Huugin sah unter sich. *Ein Chip.* Neugierig bückte er sich und hob ihn auf. *Stammt er aus dem Anzug?*

Der Raben-Beta nahm wieder Platz, kramte sein Pad aus der Kitteltasche und verscheuchte zwei Kollegen, die sich ihm näherten, mit einem Blick. Niemand nahm ihm das übel, Wissenschaftler verstanden sich in ihrem Nerdtum.

Huugin schob den Datenträger in den Leseschlitz und rief die Dateien auf.

Er brauchte mehrere Sekunden, um zu verstehen, was sich vor ihm öffnete. Welche Möglichkeiten sich *er*öffneten.

Gleichzeitig beschloss er, das gefundene Wissen nicht für sich zu behalten oder erst eine Versammlung einzuberufen, in der sich ein großspuriger Cohlonn oder ein zögerlicher Schopenhauer in die Haare gerieten.

Huugin hob den Kopf, die Nickhäute schnellten vor und zurück. Niemand von seinen Kollegen ahnte, was er in den Händen hielt.

Sein Entschluss lautete: Sie würden es aus dem *StellarWeb* erfahren.

Er lehnte sich zurück, aktivierte die Kamera im Padrahmen und machte ein freundliches Rabengesicht. »Guten Tag, geschätzte Mitbewohner der Galaxis. Dies ist ein Geschenk der Freien Betas von der

Raumstation *Paradise* an alle Menschen und Betas, an alle Konzerne und Staaten«, sagte er locker in die Linse. »Anbei ist eine Datei, die Aufschluss gibt, wie die zerstörerische Sphäre auf Terra aufgehalten werden kann und was man gegen die Radiovoices unternimmt. Diese Erkenntnisse stammen von Isix, dem Collector, der auf *Paradise* den Tod fand.« Huugin ließ offen, wie das geschehen war. »Mögen die Wissenschaftler die Informationen nutzen. Sie sollen allen gehören. Vielen Dank und möglichst viele Tage in Frieden.« Er nickte und beendete die Aufzeichnung.

Huugin erhob sich, ging gemütlich aus der Kantine, nahm sich noch einen Schokocreme-Cappu für unterwegs mit und begab sich in die Kommunikationszentrale, in der findige Techniker sogar ein *Stellar Voice Radio* zusammengebastelt hatten.

Niemand dachte sich etwas dabei, als Huugin die Crew bat, seine Botschaft an verschiedene öffentliche Download-Server zu senden. Auch Vador M. Ransom bekam seine Nachricht wie alle anderen kleinen und großen Sender und Journalisten, die ihm spontan einfielen. Keine Stunde später war das Weltall versorgt.

Huugin kehrte summend in sein Labor zurück und nahm die leidlich gefledderte Isix-Scheibe aus dem Tiefkühler.

»Aufzeichnung«, befahl er dem Computer und machte sich gut gelaunt ans Werk. Er verspürte regelrechte Euphorie bei dem Gedanken, welche Freude er angerichtet hatte. Dass er millionenfache Erleichterung verschenkte – einfach so. Das konnten sogar Kreaturen wie die Menschen nicht ignorieren.

»Professor Huugin«, schallte Cohlonns grollende Stimme aus dem Lautsprecher des Labors, »bitte in die Versammlung. Wir müssen dringend etwas besprechen.«

»Es wurde alles gesagt«, gab der Raben-Beta fröhlich zurück und dachte gar nicht daran, sich dem geifernden Tigergesicht gegenüberzusetzen. »Ich habe zu tun.« Behutsam schälte er das nächste Bauteil aus dem steinharten Fleisch. »Entschuldigung, Cohlonn, aber ich muss mich beeilen, sonst detoniert mein Isix-Puzzleteilchen. Schönen Tag.«

Einem Grundsatz der Church musste Huugin zustimmen: Geben war seliger denn Nehmen.

5. Februar 3043 a.D. (Erdzeit)

SYSTEM: SOL
PLANET: TERRA
ORT: GLOBALCITY LONDON

Isen blickte auf die Uhr.

In genau zwei Minuten musste er online gehen und auf die sichere Leitung wechseln. Dann sollte die geheime Sitzung über *Stellar Voice Radio* auch geheim über die Bühne gehen.

Grummelnd bewegte er den rechten Arm. Der Splitter, den man ihm entfernt hatte, musste einen Nerv gekappt haben. An einer Stelle spürte er nichts mehr, und das bedeutete, dass er sich noch einmal unters Messer legen musste. Er spielte mit dem Gedanken, sich gleich einen kybernetischen Ersatz vom 2OT einsetzen zu lassen. Das würde zudem das Golfspielen ungemein erleichtern.

Der Anschlag der *Templars of the Ancient* lag nun drei Monate zurück. Die fanatische Gruppe hatte sich dazu bekannt und verkündet, man habe Eloise vernichten wollen. Sie sei keine wahre Gläubige, sondern ein Spitzel des Ministrators. Die Bombe hatte ihr und der U.S.N.O. gegolten, um den Göttern den Weg zu ebnen und sie nicht zu unwürdigen Verhandlungen zu zwingen. Sie forderten die U.S.N.O. auf, allein über die Sekte mit den Ancients zu verhandeln.

Isen nahm das Pad und las das Dossier, das die Info-Spezialisten von *SternenReich* angefertigt hatten. Diese Forderung war natürlich Unfug.

Eloise stellte den Kontakt zu den Wesen her, und es funktionierte dank ihrer Vermittlung großartig. Die Templars waren neidisch und unfähig, sahen sich ihrer Arbeitsfrüchte beraubt. Niemand brauchte diese Sekte. Weder die Götter noch die Menschheit. Deren Traum, bei der Rückkehr der Ancients zu Privilegierten zu werden, verwandelte sich in einen Albtraum.

994

»Tja. So kann es gehen. Manchmal platzen Geschäfte.« Isen sah auf die Uhr und aktivierte die Übertragung.

Das große Display teilte sich in viele kleine Kästchen, in denen die Köpfe der Vorstandsvorsitzenden von MegaKons sichtbar wurden, deren Name nicht ausgesprochen werden durfte. Trotz aller Sicherheit. Sie saßen irgendwo in der Galaxis, an sehr sicheren Orten.

Konspiration, fiel Isen beim Anblick der vielen Persönlichkeiten ein. Es hatte etwas von Verrat. »Guten Abend, meine Damen und Herren«, grüßte er. »Ich freue mich, dass mein Konzern auserkoren wurde, an diesem Zusammenschluss teilnehmen zu dürfen.«

»Ja, das sollte es auch, Mister Isen«, sagte Takashi Renzo huldvoll. »Sie haben uns mit Ihrer Tatkraft beeindruckt, und das in der Kürze der Zeit. Nicht zuletzt blicken Sie auf die hervorragende Vorarbeit von Mister Dröger zurück. Erbe und Ansporn, Mister Isen. Erbe und Ansporn.«

»Sehr gern.« Er nickte. Die Neugier, um was es im Detail gehen würde, wurde immer größer. »Ich werde ihn übertreffen, Sir.«

»Oh, die Deutschen mal wieder«, steuerte Janet Selleck bei. »Immer die Musterschüler.«

»Jemand muss es sein, Sir.« Isen lächelte und ließ die blauen Augen strahlen.

»Dann beginnen wir mit der Planung«, schaltete sich Renzo wieder ein. »Jeder von Ihnen erhält eine kleine Datei mit Informationen. Darin ist zusammengetragen, was die Wissenschaftler seit dem Auftauchen der Ancients an Wissen sammelten, von Antriebsform über Abgasstrahlzusammensetzung, das Material ihrer Pyramide, bis hin zu der Beschaffenheit der Bomben und Strahlung, die sie gegen die Collies und Wyvers einsetzen. Ich bin stolz, Ihnen einen Abschlussbericht übermitteln zu können. Nicht zuletzt sorgten die Erkenntnisse, die aus dem Wrack der *Little Interception* gezogen wurden, für den Durchbruch. An den Landeklammern hafteten Spuren des Pyramidenmaterials. Somit konnten wir Berechnungen anstellen, welche Waffen notwendig sind, um die Schale zu knacken. Aber bevor ich ins Detail gehe: Wir sind uns einig, dass wir die vermeintlichen Götter loswerden? Mit allen Konsequenzen?«

»So schnell wie möglich, Sir, damit der Schaden nicht noch größer wird«, sagte Isen sofort.

»Der Musterschüler. Wie immer der Erste«, spöttelte Selleck und zündete sich eine Zigarre an. »Aber er hat recht. Es muss ein Ende haben. Seit drei Monaten stehen die Maschinen still oder fliegen unseren Technikern um die Ohren, sobald sie auch nur daran denken, den FTL-Antrieb einzuschalten.«

Isen erinnerte sich an die Verluste, die *SternenReich* zu beklagen hatte.

Nachdem das Votum zugunsten der Ancients abgeschlossen worden war und die Betas die Menschenrechte in einer nicht eben feierlichen Zeremonie von der U.S.N.O. verliehen bekommen hatten, begannen die Götter mit ihrer Arbeit.

Zum Einsatz kamen herkömmliche Waffen, die perfekt auf die Beschaffenheit der Collie- und Wyver-Schiffe ausgerichtet waren. Torpedos jagten in die Beilrümpfe, als bestünden sie aus Butter. Die Beobachter, die von der U.S.N.O. ausgesandt wurden, konnten nur staunen, wie schnell die Ancients ihre Erfolge erzielten. Was die Sieger danach mit den Wracks und Leichen anstellten, blieb geheim. Bei der Ausschlachtung wurde die Menschheit ausgesperrt.

Die Collies und Wyvers bildeten allerletzte Bastionen, aus denen heraus sie erbitterten Widerstand leisteten.

Auch darauf hatten die Ancients die passende Antwort: Flächenbomben, die kreisförmig in alle Regionen des Weltraums reichten. Es schien, als explodierten kleine Sonnen und verstrahlten alles, was sich um sie herum aufhielt – Bomben von solcher Kraft, dass sie das All erschütterten und deren Auswirkungen weit reichten. Der Radius betrug ein halbes Lichtjahr.

Isen wusste nicht, ob die Ancients die Wucht falsch berechnet hatten oder ob sie absichtlich zu viel Wirkung hineinlegten. Jedenfalls fielen seitdem extrem viele FTL-Antriebe aus oder gingen hoch, sobald sie eingeschaltet wurden. Auch diffizilere Technik wie Sensoren und Scanner wurden gestört, sowohl auf Planeten als auch auf Schiffen. Anders als bei EMP schmorten sie nicht durch, sondern lieferten falsche Werte, was weitere Unfälle zur Folge hatte.

Isen sah auf die Desasterliste.

Die Krönung des Ganzen: In zwei Fällen waren Magnetstürme ausgelöst worden, die eine Forschungsstation zerlegten, und im System Wolf 359 war durch eine Ancients-Bombe ein Sonnensturm von solcher Wucht ausgebrochen, dass die Eruptionen gefährlich nahe an einem Außenposten der Church eingeschlagen war. Seitdem war der Kontakt abgebrochen.

Auf der positiven Seite stand: Immerhin galten die Wyvers und die Collies als ausgelöscht.

Sämtliche Obhutplaneten waren befreit.

Und die RV hatten sich nicht mehr durch Anschläge hervorgetan – weil sie die Strahlung der Ancients-Waffen auch im Interim spürten. Die Erkenntnisse, die sich durch einen Raben-Beta namens Huugin von der abtrünnigen Station *Paradise* im StellarWeb verbreiteten, taten ihr Übriges: Die Schutzvorkehrungen gegen die Erpresser griffen. Die RV oder Cutesha, wie sie von Isix genannt wurden, waren in die Flucht geschlagen.

»Ich stimme zu, dass es enden muss – aber *hat* es das nicht schon?«, warf Wenceslaff Kyrthen ein. »Die Ancients haben die Menschenfresser besiegt, und somit endet auch das Bombenwerfen. Sollten wir wirklich zu dem drastischen Schritt greifen? Wir wissen nicht, ob es nur *eine* Pyramide gibt.«

Isen fühlte sich berufen, den harten Kurs zu verfolgen, denn er sah das Gefahrenpotenzial weiterhin als extrem hoch an. »Das sollten wir, Sir. Mit Verlaub: Die Ancients sind zu gefährlich, um sie frei agieren zu lassen. Die Ahumanen werden mitbekommen haben, welche Nebenwirkungen ihre Waffen auf unsere Technik haben und wie sehr sie uns damit treffen. Sie könnten diese Bomben jederzeit gegen uns einsetzen und den FTL-Verkehr komplett zum Erliegen bringen. Die wirtschaftlichen Auswirkungen möchte ich mir nicht einmal in meinen schlimmsten Albträumen ausmalen müssen. Die Aktienkurse sind durch die Gleichstellung von Beta und Menschen ohnehin schon in den Keller gerauscht. Nur TTMS ist unaufhaltsam stark, da alle wieder langsam, aber sicher reisen wollen.« Er lachte. »Aber wollen *Sie* für ein Lichtjahr *einen* Monat unterwegs sein?«

Zustimmendes Nicken und Gemurmel.

Isen bekam Oberwasser und redete sich in Fahrt. Er wollte beweisen, dass er besser war als Dröger.

»Abgesehen davon können wir diese unsägliche Charta rückgängig machen, sobald es die Ancients nicht mehr gibt«, führte er einen weiteren Vorteil auf. »Vorteil: Die Löhne sinken auf das übliche Niveau von null, was Betas angeht, und die Gewerkschaften verlieren an Macht. Nachteil: vorübergehende Aufstände in den Unternehmen, die sich aber niederschlagen lassen.«

»Das wird ein heißes Eisen«, fiel Renzo ein. »Zu viele Betas sind froh über die Änderung des Status. Wenn die Gewerkschaft sie gegen uns aufhetzt, brennen Fabriken und Fertigungshallen. Das muss uns klar sein.«

»Dann sollten wir die Gardeure und Trooper rechtzeitig in Stellung bringen«, hielt Isen dagegen. »Abgesehen davon kann man den Betas eine großzügige Aufstockung ihrer Buybacks in Aussicht stellen. Das geht schon. Wenn die Ancients als Beschützer weggefallen sind und wir bewiesen haben, dass es *keine* Götter sind, sondern besiegbare Gegner, wird der Schock sie zuerst lähmen.«

»Ich habe gehört, die GWA hat bereits Gelder angehäuft, um zuzuschlagen, sobald die Aktienkurse einzelner Unternehmen weiter sinken«, berichtete Selleck düster. »Es gibt einige Übernahmekandidaten.«

Isen verschwieg wohlweislich, dass *SternenReich* ebenso auf der Lauer lag. Als Staatskonzern waren sie zwar nicht so einflussreich wie die MegaKonzerne, aber auch nicht so anfällig.

Die Vorsitzenden diskutierten noch ein wenig, wobei es eher um Ablaufpläne und Koordinierung der konzertierten Aktionen gegen die Ancients und die Sicherung vor Ausschreitungen unter den Arbeitern ging. Im Grunde war die Entscheidung längst gefallen.

Isen hielt sich raus. Er hatte seine Glanzstunde hingelegt und sonnte sich im Erfolg.

»Dann ist es beschlossen«, sagte Renzo schließlich. »Die Waffeningenieure von *United Industries, Gauss Industries* und *SternenReich* haben sich etwas einfallen lassen, um diese Pyramide der Ancients zu durchschlagen.

In den kommenden Wochen stelle ich einen Einsatzplan auf, welcher Konzern welche Ausrüstung und Schiffe stellt. Wenn es keinen Widerspruch gibt, koordiniere ich den Ablauf. *Code: Vade Retro.*«

Niemand widersprach.

»Ausgezeichnet.« Renzo applaudierte der Versammlung, und die Vorsitzenden fielen mit ein. »Mister Isen, wollen Sie mir die Ehre erweisen und als mein Copilot zur Seite stehen? Ich denke, Sie sind ein fähiger Mann und wollen sich ein paar Sporen verdienen? Wer weiß, wie lange Sie noch bei Ihrem Konzern bleiben wollen? Hier könnten sich Türen für Sie öffnen.«

Isen strahlte. »Sehr gern, Sir.«

»Dann lasse ich die Versammlung wissen, wann es weitergeht, sobald die Waffen fertiggestellt sind. Ich wünsche Ihnen eine geruhsame Nacht.« Renzo hob die Hand zum Gruß und schaltete ab.

Die Leitung wurde unterbrochen, auf dem Bildschirm erschienen wieder die Nachrichten, die eben einen neuerlichen Sonnensturm, dieses Mal im Sol-System, meldeten.

»Schon wieder einer.« Isen schüttelte ganz leicht den Kopf. So ging es in der Tat nicht weiter. Sollten die Ancients wirklich die Schöpfer der Menschheit sein, erhoben sich die Kinder gegen ihre Eltern. Jede Mythologie kannte diese Begebenheit.

Er verfolgte die Aufnahmen und sinnierte. Bald war die alte Ordnung wiederhergestellt. Die moderne Welt brauchte keine Götter, keine Relikte aus mystischen Tagen. Die Welt brauchte Aktienkurse.

»*Vade Retro*«, wiederholte Isen den Projektnamen. Besser hätte man ihn nicht wählen können.

Sechste Szene

3. Februar 3043 a. D. (Erdzeit)

> »Sicherlich, wir begingen schreckliche Fehler.
> Mögen uns die Nachkommen deswegen anklagen,
> doch ich bitte, dass sie uns verzeihen.
> Der schwerste von allen: Niemals hätten wir den
> Beta-Humanoiden die Menschenrechte geben dürfen,
> nicht einmal für einen Tag.
> Denn was man hatte, vermisst man.«
>
> ZACK MCCOY, U.S.N.O.-Präsident

SYSTEM: BARNARDS PFEILSTERN
PLANET: CHRIST
ORT: VATIKAN CITY

Civer Black stand in der gleichen imposanten Halle, in der er schon mal mit White gewartet hatte, bevor der Kleine zum Uditor gemacht worden war und alles schieflief. *Vor meiner Pensionierung.*

Warum man ihn nach seinem Rekonvaleszenzurlaub einbestellt hatte, wollte ihm niemand sagen.

Lediglich eine knappe Anweisung hatte er bekommen, nachdem endgültig klar war, dass White die Truppe des Ministrators an der Nase herumführte und sich auf Eloises Seite schlug. Sie befanden sich irgendwo in der goldenen Pyramide, suchten nach allerletzten Collies und Wyvers und verkauften den Leichtgläubigen die Taten als Göttergunst. Eine neue Religion erhob sich.

Wenn sie mir deswegen das Altersgeld streichen, suche ich mir White und schneide mir die fehlenden Tois aus seinen Rippen, schwor er.

Eine Tür schwang auf.

Horàt erschien in seiner dunkelgrünen Soutane und kam auf ihn zu. »Nuntius«, sagte er grüßend und drückte ihm einen Chip in die Hand. »Das ist deine Rückstufung in den Rang eines Priest und deine Abordnung auf den beschaulichen Planeten Cornu Copiae. Du wirst Jeanne ablösen. Wir haben eine andere Verwendung für sie.«

»Ah. Ich soll die Maisköpfe aufmischen und den Teilzeit-Nuntius geben.« Er sah auf den Chip. »Habt ihr Angst, dass sich noch Templars dort herumtreiben?«

Horàt lächelte schief, die Narben schienen Botschaften schreiben zu wollen. »Solltest du diese Zukunft nicht mögen, mache ich dir ein zweites Angebot: Du wirst weiterhin offiziell ein Nuntius bleiben und erhältst die besten meiner Leute, um Jagd auf zwei Abtrünnige zu machen.«

»Eloise und der Kleine«, sagte er rau, dann lachte er. »Nein, danke. Ich bin alt genug, um junge Nuntii nach vorne zu schicken.« Er deutete eine Verbeugung an. »Ich schicke dir eine Karte von Cornus-City. Wird sicherlich nett dort. Die haben sogar einen Spielautomaten, der wie ein Collie aussieht.« Black wandte sich um und ging langsam durch die Halle zum Ausgang.

»Du wirst dich langweilen, *Priest*«, rief ihm Horàt nach.

»Werde ich nicht«, gab er laut zurück und zog eine *Holy Smoke* aus der Jacke, steckte sie an und nahm einen tiefen Zug. »Habt ihr in den Löschanlagen eigentlich Weihwasser?« Er blies eine dichte Wolke gegen den Rauchmelder.

Schon war Black aus der Tür, während hinter ihm eine Sirene aufheulte und das Zischen von versprühtem Wasser erklang. Darunter mischte sich das Zetern des Geheimsekretärs.

Civer Black trat in den Sonnenschein und rauchte genussvoll.

Vor seinem Abflug würde er Tamara treffen und sie zum Essen ausführen. Heimlich, damit sie keine Schwierigkeiten bekam. Und danach flog er als Priest nach Cornu Copiae.

Ich weiß auch schon, was ich als Erstes tue. Er sah auf seine jungfräulichen muskulösen Unterarme. *Eine schöne Tätowierung.*

Er paffte weiter und ging los, um die Vorbereitungen für das Dinner zu treffen.

Dabei fiel ihm ein, was er sich in die Haut stechen lassen wollte: *Heaven's Devil Number One.*

Isen steckte in einem Raumanzug, der ihm gerade so passte, was ihm das Gefühl gab, eine Presswurst zu sein. Dabei lag es an seiner trainierten Figur. Offenbar hatten die Hersteller nicht vorgesehen, dass es Männer wie ihn gab.

»Sehr spannend«, wiederholte er zum vierten Mal, ohne den Ausführungen des begeisterten Wissenschaftlers zuzuhören.

»Nicht wahr, Sir?« Professor Unken hakte einen weiteren Punkt auf seinem Pad ab. Die Besichtigungstour im Wrack war noch nicht zu Ende. Sie befanden sich bei Station vier von elf. »Wollen Sie mich nun mittschiffs begleiten? Wir haben da so etwas wie eine …«

Isen hob die Hand. »Professor, ich bewundere Ihren Enthusiasmus. Ihre Erkenntnisse werden *SternenReich* unermesslich viel Vorsprung gegenüber der Konkurrenz verschaffen, aber nun bitte ich Sie um Verständnis, wenn ich ein wenig allein herumstreifen möchte.«

Unken verzog den Mund, wie man deutlich durch das große Visier erkannte. »Langweile ich Sie?«

»Sie überfordern mich«, formulierte es Isen charmanter und bog in einen Korridor ab, der begehbar aussah. »Wir treffen uns in einer Stunde im Shuttle. Ich muss heute noch zurück. Der Vorstand will meinen Bericht.«

»Gut, Sir. Aber geben Sie Acht, dass Sie sich nicht verlaufen. Wir haben noch keine durchgehende Kartographie angelegt«, funkte Unken.

Isen machte sich auf den Weg und bewunderte im Schein seiner Handlampe sowie des Helmscheinwerfers die Ornamente und Hieroglyphen an den Wänden.

Die Ancients hatten es verstanden, sich ein gemütliches Heim für ihre Reisen zu entwerfen.

Dass er sich im Innern der Pyramide befand, verdankte er dem Genie von Renzo und den Waffenkonstrukteuren, nicht zuletzt auch der Zusammenarbeit der MegaKonzerne, deren Shuttles um das Wrack kreisten wie kleine Boote um einen erlegten Wal, um das Tier zu zerteilen. Dabei achteten sie genau darauf, dass keiner mehr erfuhr oder bekam als der andere.

Sie hatten die Pyramide aufgeteilt, nach Anteil am Projekt. Niemand wusste, was er aus den Innereien zutage förderte. Es konnte das große Los oder eine Niete sein, aber so verhielt es sich nun einmal bei ahumaner Technologie. Lediglich der Maschinenraum wurde gemeinschaftlich erkundet.

Isen leuchtete und berührte die Zeichen mit den Kuppen seiner Handschuhe.

Vade Retro war ein Erfolg.

Ein Triumph. Ein Meilenstein in der privaten Kriegsführung.

Isen hatte die Pyramide mit einem fingierten Hilferuf in die Falle gelockt, wo sie von zwei Gefechtsplattformen erwartet wurde, die sie mit den neusten Errungenschaften der Waffentüftler eindeckten: eine Salve Panzerbrecher, gefolgt von Schwärmen der *Override*-EMP-Torpedos sowie eine Breitseite dorthin, wo die Brücke vermutet wurde.

Die Pyramide hatte nicht einmal zurückgeschossen. Zu Hunderten waren die Soldaten-Wesen ins All getrudelt, erstickt oder erfroren. Jeder Konzern hatte sich welche eingesammelt. Vermutlich würde es bald entsprechende Beta-Hybrid-Formen geben. Die Gamma-Versionen.

Von den Wesen, die sich Götter nannten, gab es keine Spur. Entweder waren sie beim direkten Treffer in die Brücke verdampft, oder es hatte sie nie gegeben.

Isen schloss aus, dass sie einen Weg aus dem Schiff gefunden hatten. Das wäre den Scannern aufgefallen. Auch von ihrer *Stimme*, dieser Ex-Preacheress namens Eloise, fanden sie nichts. Vermutlich reiste sie über einen Planeten und missionierte.

Die U.S.N.O. ahnte von alldem nichts.

Das sollte laut der Planung von *Vade Retro* so bleiben. Die Pyramide würde irgendwann ausgeschlachtet gefunden werden, die Spekulationen würden ins Kraut schießen, aber die Sache war bis dahin erledigt und die Erfolge eingefahren.

Isen freute sich innerlich, dass sie drei Gefahren für den Konzern erledigt hatten. Die Gefahr durch die Ahumanen war gebannt. Wenn es noch Wyvers oder Collies gab, dann einzelne Exemplare, die isoliert in ihren Rüstungen durch die Gegend stapften und die man mit einer Handvoll Raketenwerfer und den *Override*-EMP abschießen konnte.

Isen dachte an die Delegierten in der U.S.N.O., an die Bedenkenträger, an die Einknicker und die Verbeuger. Die MegaKons hatten das Problem clever und sauber gelöst und Schluss mit der Bevormundung gemacht – und ganz nebenbei die Aktienwerte gesichert. Wer wagte es da noch, von egoistischen Firmen zu sprechen?

Er durchschritt den Korridor und stand in einem Raum mit einem leeren Bassin. Rote Farbe haftete an den Wänden, die sich bei genauerem Hinsehen als gefrorene Flüssigkeit herausstellte. Ein Bad?

Es gab etliches in der Pyramide zu entdecken, so viel stand fest. Isen streifte weiter durch die Gänge, die *SternenReich* zugesprochen worden waren, schoss illegalerweise ein paar Erinnerungsfotos und kehrte zum verabredeten Treffpunkt zurück.

Aber Unken ließ auf sich warten.

»Professor, wo stecken Sie?«, rief er ihn über Funk.

»Ich bin noch im Maschinenraum, Sir«, kam die Meldung. »Verzeihung, wir diskutieren gerade über eine Vorrichtung, und darüber habe ich die Zeit vergessen.«

Isen unterdrückte ein Lachen. »Kein Problem, Professor. Ich freue mich über jede neue Erkenntnis. Ich kehre über den Notlift zum Shuttle zurück. Sie können so lange mit Ihren Kollegen reden, wie Sie möchten.« Er ging zu dem Loch, das durch die Breitseite entstanden und durch das ein improvisierter Röhrenlift errichtet worden war. Seine Neugier erwachte. »Was für eine Vorrichtung ist es? Und sagen Sie nicht, es sei die Selbstzerstörung. Das wäre ein Klassiker, den niemand gebrauchen kann.«

Unken lachte. »Nein, Sir. Keine Selbstzerstörung. Wir haben einen Block gefunden, der unabhängig von den anderen läuft. Im Gegensatz zu den Übrigen haben die *Override*-EMP-Torpedos keine Wirkung erzielt. Er läuft ... sagen wir es flapsig ... *auf Hochtouren.* Die Werte sind gigantisch! Er kann damit Energie erzeugen, die ausreicht, um zehn GlobalCitys mit Strom zu versorgen.«

»Und was macht der Generator damit?«

»Wissen wir nicht, Sir. Die Systeme leiden noch unter dem EMP. Ich vertrete die Ansicht, dass ... nun, um Sie nicht zu überfordern, Sir, benutze ich einen Vergleich: Der Bogen ist gespannt. Aber weder sehen wir den Pfeil noch das Ziel. Das beunruhigt uns etwas.«

Isen stand in der Kabine, in der nur zwei Menschen in Raumanzügen Platz hatten. Er zögerte, den Aufwärtsknopf zu drücken. »Ist es möglich, dass die Ancients eine Vorrichtung nutzten, um sich von Bord zu bringen?«

»Sie meinen einen TransMatt-Bogen, Sir?«

»Etwas in der Art.«

»Nein, Sir. So etwas haben wir nicht gefunden.« Unkens Tonfall hatte sich verändert, er klang unfreundlich. »Bogen, gespannt, Pfeil, Ziel, Sir. Diese Energie ist ...« Er stieß einen Fluch aus, dann gab es ein langgezogenes Surren.

»Unken?« Isen betätigte doch den Knopf, die Kabine schoss aufwärts. Sollten die Wissenschaftler eine Katastrophe auslösen, wollte er nicht mit ihnen zusammen sterben. »Was treiben Sie da unten?«

»Sir, ich ... wir wissen es nicht.«

»Sie wissen nicht, was Sie tun?«

»Sir, doch. Schon. Aber die Anzeigen springen von selbst an. Und eben ... Nein, Doktor Vronz! Lassen Sie das! Finger weg! Wir hatten vereinbart, dass die Xeno-Linguisten ...«

Isen erreichte die Oberfläche und sah die Vielzahl der gelandeten Beiboote sowie die Armada von Schiffen, die um die Pyramide kreiste. Wissenschaftler, Katzen und kleine Kinder, das waren die neugierigsten Wesen, die er kannte. Alle drei konnten mit ihrem Spieltrieb die schönsten Katastrophen anrichten. »Was ist geschehen?«

»Sir, Doktor Vronz war der Meinung, er wüsste, was zu tun ist, um den Block abzuschalten, aber ...« Unken klang panisch.

»Sagen Sie nicht *Selbstzerstörung*. Das gibt es nur in schlechten Filmen«, mahnte Isen eindringlich und lief zu seinem Shuttle. »Wir hatten eine Abmachung, Professor.«

»Danach sieht es nicht aus«, antwortete er. »Hier unten tut sich was, und ...« Seine Stimme ging in Interferenzen unter. Eine Störquelle schien erwacht.

Die Pyramide bebte heftig, dann klappte keinen Steinwurf von Isen entfernt die Abdeckung einer Röhre nach oben und zertrümmerte dabei ein Dingi. Heraus schoss ein Zylinder von zwanzig Metern Durchmesser, der ein dickes Kabel hinter sich herzog.

Isen wurde vom Rütteln zu Boden geworfen. »Unken? Unken, was geht da vor?«

Nichts, außer Rauschen. Die Funkfrequenzen blieben alle blockiert. Er verfolgte den Flug des Zylinders und erhob sich.

Das Objekt jagte höher und höher, zog das Kabel hinter sich her.

»Hört mich jemand?« Isen ging weiter auf sein intaktes Shuttle zu, ohne den Blick abzuwenden. »Irgendwer?«

Inzwischen war der Zylinder nicht mehr mit bloßem Auge zu erkennen. Lediglich das Kabel wies dem Auge eine ungefähre Richtung.

Er hatte nicht die leiseste Vorstellung, was gleich geschehen würde oder sollte. Isen konnte aber nicht ins Shuttle steigen, ohne zu erfahren, was dieser Zylinder auslöste. Er blieb auf der Leiter stehen und musste suchend nach oben schauen.

Plötzlich blitzte es hoch über ihm, dann entstand exakt zwischen den beiden Planeten des Systems ein heller Punkt, aus dem eine Kugel und dann eine große Blase wurde. Von der Pyramide aus betrachtet schien ein dritter Planet zu entstehen, der aus purem Licht bestand.

Das Kabel hatte offenbar seine Spannung verloren. Es kringelte sich leicht und trieb dahin.

»Unken, verfluchte Scheiße!«, schrie Isen gegen die Interferenzen an. »Was haben Sie und Ihre dämlichen Freunde angestellt? Wie kann man einen IQ von über 170 haben und *das* anrichten?«

Die Kugel färbte sich ein, verlor das Leuchten und wurde grau.

Sehr grau.

Ein bekanntes Grau.

Isen fühlte sich an das Interim erinnert.

Um die Blase sonderte sich eine Gloriole ab und dehnte sich mit jedem Blinzeln mehr und mehr aus. Blitze zuckten aus dem Gebilde, trafen die Planeten, stachen in die Sonne – und verbanden sich mit dem Gestirn, das daraufhin weniger stark leuchtete.

Isen machte große Augen. Zapfte das Gebilde die Sonne an?

»... mich hören, Sir?«, drang Unkens Stimme zu ihm durch.

»Ja, sch... schön, Sie zu hören, Professor«, antwortete er beherrscht. »Hier flog eben ein Zylinder hinaus, der sich in eine ... Sonne ... ich weiß es nicht!«

»Es könnte ein Sprungtor sein, Sir«, rief Unken. »Wir kommen hoch. Bleiben Sie, wo Sie sind.«

»Sprungtor?«

»Eine Art TransMatt-Dauerportal, ununterbrochen geöffnet, das seine Kraft aus der benachbarten Sonne saugt. Die Initialzündung geschah durch den Energieblock der Pyramide. Lange wird die Sonne das nicht mitmachen, fürchte ich. Sie kann schon bald kollabieren«, sagte der Professor. »Jedenfalls ist das meine Theorie. Leider wollte mir Vronz nicht folgen.«

Isen starrte zu der Blase. »Unken, sofort zu mir!«

Der Professor erschien bald neben ihm und schaute gebannt in den Himmel über ihnen. »Das ist ... wunderschön!«, stammelte er.

»Was ist das?«, fragte Isen schneidend.

»Ein Sprungtor. Ein Dauerzugang ins Interim.«

»Und ... das Graue?«

»Interim-Schleim. Er dringt zu uns.« Unken fand es spannend. Isen dagegen überlegte, was er gegen seine aufsteigende Furcht tun konnte. »Sehen Sie, wie das Portal die Kraft aus der Sonne zieht?«

»Das sehe ich. Wie lange wird sie das mitmachen?«

»Nicht sehr lange. Sie wird kollabieren und sich in ein schwarzes Loch verwandeln.« Er packte Isens Oberarm. »Ich habe gerade die neusten Daten von unserem Schiff erhalten. Die Abstrahlung des Tors wirkt sich bereits aus. Es wurde ein Kraftfeld gemessen, das die beiden

Planeten der Umgebung strukturell angreift, Sir. Sie drohen zu zerbrechen!«

Ein zweiter Blitz flammte auf und zwang Isen dazu, die Augen zu schließen. Als er nach der Blase sah und hoffte, dass sie verschwunden war, wurde er enttäuscht: Sie hatte sich schwarz gefärbt, existierte aber noch. Dunkle Ausläufer schlängelten sich wie Risse daraus hervor und schienen den Weltraum zerschneiden zu wollen.

Isen hatte genug gehört und gesehen.

Er betrat das Shuttle und sah zu Unken. »Es ist mir egal, wie lange Sie brauchen, Professor, aber ich rate Ihnen: Bringen Sie das in Ordnung. *Sie* und Ihre Kollegen haben es angerichtet, und es ist *Ihre* Verantwortung, was in diesem System geschieht.« Er presste den Knopf zum Schließen des Schotts und sah Unken allein, klein und verloren auf der glänzenden Oberfläche der Pyramide stehen.

»So eine Scheiße!«, schrie Isen wütend und streifte den Helm ab, sobald das Sauerstoffzeichen in der Schleuse aufleuchtete.

Er setzte sich auf den Treppenabsatz und fuhr sich durch die Haare. Seine Gedanken rasten. Die Operation *Vade Retro* hatte gravierende Schattenseiten offenbart.

Sollte das System zusammenbrechen, die Planeten zerfallen und ein Schwarzes Loch entstehen … Dazu konnten neue Ancients durch das Tor in diese Dimension vordringen.

Und Rache üben.

Isen hoffte, dass sich Unken etwas ausdachte, um das Tor zu schließen. Mehr als Hoffnung blieb ihm nicht. Man musste abwarten und hoffen, dass die U.S.N.O. keinen der Konzerne in Verbindung mit den Ereignissen brachte.

»Die Götter wussten, dass so etwas geschehen würde.«

Isen fuhr erschrocken herum: Hinter ihm stand Eloise Drake in einem gepanzerten schwarzen Raumanzug, auf den Zeichen der Templars gemalt waren. Neben ihr lehnte sich dieser abtrünnige Uditor gegen das Schott, auch er trug eine Kampfpanzerung. Der junge Mann hielt eine unbekannte, langläufige Waffe auf Isen gerichtet. Sie ähnelte den Gewehren der Rhak.

»Deswegen sandten sie die Pyramide ohne Besatzung, und deswegen fiel euch der Sieg so leicht«, erklärte Eloise weiter. »Die Rhak, die ihr aus dem Wrack habt trudeln sehen, waren schon lange tot. Wir wollten euch im Glauben lassen, ihr hättet die Götter besiegt.« Sie lachte böse. »Die Götter *besiegen!* Die Wesen, die uns erschaffen haben und die der Menschheit gegen die schlimmsten Feinde beistanden – wie vermessen ihr seid! Ist es nicht traurig, dass Verrat eine der hervorstechendsten Eigenarten der Menschheit ist?«

»Das erfuhr auch Jesus«, steuerte der Uditor bei.

Isen erhob sich langsam. Er sparte sich jede Ausflucht, man hatte ihn durchschaut. »Was passiert jetzt?«, raunte er heiser. Ein unerwartetes Rucken ging durch das Shuttle, er musste balancieren, um nicht zu stürzen.

Eloise sah enttäuscht aus. »Die Götter prüften euch sowie eure Gesinnung. Das taten sie in der Geschichte öfter. Und die Menschheit versagte erneut. Sie ziehen sich auf unbestimmte Zeit in ihre Heimat zurück und nehmen mit, was sich in und um die Pyramide befindet«, erklärte sie und legte eine Hand auf die Schulter des Uditors. »Uns erwartet ein besonderer Lohn.« Ihre blauen Augen richteten sich auf Isen. »Was sie mit dir machen, vermag ich mir nicht auszumalen. Aber ich kann dir sagen, dass sie erzürnt über deinen Verrat sind. Es sind keine gütigen Götter.«

»Nein«, rief Isen, schloss den Helm und drückte den Öffnungsmechanismus für die Schleuse.

Aber das Shuttle reagierte nicht.

Dafür entstand ein Rütteln wie von fehlerhaften Repulsatoren oder wie in einem defekten Fahrstuhl. Das Wrack bewegte sich mit dem Dingi zusammen auf das Sprungtor zu.

»Nein, ich will nicht!«, schrie Isen. »Bitte, lasst mich hier! Ich ... werde vor der U.S.N.O. sprechen und alles zugeben ... und ich sorge dafür, dass ...«

Eloise schritt langsam auf ihn zu. »Dieses System wird untergehen. Die Sonne wird sich in ein Schwarzes Loch verwandeln. Es ist die Mahnung der Götter an den Rest der Menschheit, in Zukunft besonnener zu sein. Bis zur nächsten Prüfung wird sich die Gesinnung hoffentlich verbessert haben.« Sie blieb vor Isen stehen. »Hast du Kinder?«

Isen überlegte kurz, ob er lügen sollte, dann schüttelte er den Kopf.

»Schade. Dann gäbe es Hoffnung, dass sie besser als ihr Vater werden würden.« Eloise wandte sich um und verschwand mit dem Uditor durch das Schott.

Isen sackte in der ruckelnden und bebenden Schleuse zusammen, in der es hell und heller wurde. Buntes Licht drang durch die Wände und schien sie aufzulösen.

Doch ans Aufgeben dachte er nicht.

Er glaubte nach wie vor auch nicht daran, dass diese Ancients Götter und die Erschaffer der Menschheit waren. Ahumane, wie Isix oder die CuTeshas. Wie alle möglichen sonstigen Kreaturen, die in der Galaxis hausten. Mehr nicht.

Doch sie waren leider mächtiger als er.

»Irgendeiner ist immer mächtiger«, so lautete die alte Konzernweisheit.

Isen gab die winzige Hoffnung nicht auf, dass auch diese Wesen, die Ancients, stärkere Feinde hatten. Das war der Kreislauf, das war das Gesetz.

Das Licht wurde gleißend und blendete ihn.

Zusammen mit dem Pyramidenwrack, den Hunderten von Kreuzen, kleinen und großen Raumschiffen, den Wissenschaftlern und Konzernangestellten verschwand Gero Isen an diesem 31. Juli 3043 im Nirgendwo.

SUBOPTIMAL

**Eine Erzählung
aus dem Collector-Universum**

Prolog

1. Januar 3040 a. D. (Erdzeit)

SYSTEM: 61 CYGNI, PLANET: BETTERDAY (IM BESITZ DER FEC,
DERZEIT VERMIETET AN: KONZERN STERNENREICH)
DISTRIKT: VIERZEHN
STADT: MOREAU

»Hier können Sie sehen, wie die verschiedenen Nährmittelflüssigkeiten nach der Produktion durch aufwändige Analysen getestet werden, bevor sie zum Einsatz kommen. Wichtig sind dabei vor allem die ph-Werte und die gelösten Mineralstoffe, die dafür sorgen, dass sich der Beta-Keimling optimal entwickelt. *KrEArtificial* ist bestrebt, die Zeit im Natus-Tank auf ein Minimum zu reduzieren. Je eher die Biester bereit sind, in Dienst zu treten, desto besser für das Unternehmen.« Doktor Ilja Shmiet deutete nach links, und die Köpfe der Besuchergruppe ruckten herum; er musste an Erdmännchen denken. »Wir gehen nun in den Neubau.« Er bog ab und ging auf ein Schott zu, neben dem ein Scanfeld angebracht war; die Männer und Frauen folgten ihm.

Shmiet steckte die Karte in den Schlitz, ein blauer Laserstrahl tastete sein Gesicht inklusive der Augenretina ab; der Eingang öffnete sich. »Was Sie nun zu sehen bekommen, soll ein Ansporn sein. Auf dass Sie in Ihren Laboren bald unter ähnlichen Bedingungen forschen können. Überzeugen können Sie die Konzernleitung unseres Mutterkonzerns SternenReich nur durch Ihre Leistungen.« Er leitete sie hinein.

Shmiet machte eine solche Führung einmal im Monat, durchgeschleust wurden wichtige Laborleiter der verschiedensten Niederlassungen von *KrEArtificial*, manchmal aber auch die Kinder von Vorstandsmitgliedern oder andere Verwandte; heute war der Nachwuchs eines Aufsichtsratstypen von *SternenReich* dabei, ein uneheliches Kind, ein Junge von elf Jahren. Bislang war der Knabe erfreulich stumm geblieben. Vermutlich, weil er nichts verstand und dumm wie PathiBrot war.

Shmiet blieb bei seiner Mischung aus Motivationsveranstaltung und Peitsche. Er hatte dafür zu sorgen, dass keine echten Geheimnisse aus dem Herzen nach außen gelangten. Die Männer und Frauen sollten staunen, forschen mussten sie selbst. Ehrgeiz war ein perfekter Motor, die gute Bezahlung das Schmiermittel für die Kolben.

Dabei machte es Shmiet einen Höllenspaß, das Ganze zu inszenieren. Die Hälfte von dem, was bestaunt wurde, war nichts weiter als Deko und eigens für die Besucher hingestellt, um gleich nach der Führung wieder in der Requisite zu verschwinden.

Die Gruppe betrat eine riesige Halle, die dem Forschungskomplex neu angebaut worden war.

Der Geruch von frischer Farbe und Reinigungsmitteln vermischte sich bereits mit den Düften der chemischen Reagenzen, die überall auf matt polierten Stahltischen standen und in den unglaublichsten Farben durch die Wände der Glaskolben schimmerten, in denen sie aufbewahrt wurden. Einige trugen die Aufschrift Nährflüssigkeit Typ Alpha 34-B-Max und rochen penetrant nach Formaldehyd; blaue Linien waren auf den Boden gemalt worden.

Weiter hinten erhoben sich hinter einer durchsichtigen Wand ein Dutzend Duraplexglastanks wie dicke Säulen in einem Tempel. Das Innere war schwach beleuchtet, schimmerte mal bläulich, mal grünlich oder bräunlich. Darin schwebten Beta-Keimlinge in verschiedenen Stadien der Reifung.

Shmiet führte sie an den Tischen vorbei auf den Tankwald zu. Er freute sich auf die Gesichter, wenn sie bemerkten, dass die Säulen nur die erste Reihe von vielen weiteren waren. »Sie befinden sich in der neu geschaffenen Abteilung für Experimentelle Aufzucht«, erklärte er. »Hier arbeiten die Disziplinen Genetik, speziell die Vererbungslehre, mit unseren Experten für Nährflüssigkeit Hand in Hand.«

Die Kon-eigenen Arbeiter in der Halle, die letzte Handgriffe am Neubau tätigten, blieben unbeeindruckt von der tuschelnden Ansammlung, die sich bald hierhin, bald dorthin bewegte und alles genauestens begutachtete. Die Laboranten, die in abgeschotteten, klimatisierten Räumen mit Stahlglaswänden saßen, sahen erst gar nicht von ihren Tätigkeiten auf.

Gepanzerte Gardeure, ausgestattet mit Gewehren und Pistolen, standen an den Schotts sowie auf der Galerie. Sie waren zur Kontrolle der Arbeiter gedacht und unterstrichen die Bedeutung der Einrichtung. Zwei Sicherheits-Bots, die Waschmaschinen auf Gummirädern ähnelten, fuhren langsam Patrouille auf vorprogrammierten Wegen.

»Meine Damen, meine Herren«, rief Shmiet und hob die Arme, um die Aufmerksamkeit der Besucher zu erlangen.

»*KrEArtificial* freut sich über Ihr reges Interesse.« Der große, dunkelhaarige Mann mit den sympathischen Gesichtszügen legte eine theatralische Pause ein und blickte in die Runde der Wissenschaftler, die sich wie Schuljungen gegenseitig schubsten und drängelten. »Sie haben nun die Labore gesehen. Jetzt kommen wir zu den Prototypen. Verlassen wir also den vorderen, langweiligen Teil der Halle und begeben uns in die Zuchtstationen, die weiter hinten liegen. Ich darf Sie daran erinnern, dass Sie sich in einem Hochsicherheitssektor befinden. Vermeiden Sie daher jegliches Verlassen der vorgeschriebenen Wege, die mit blauen Linien gekennzeichnet sind.« Er deutete auf die Gardeure um sie herum. »Das Wachpersonal und die Bots haben strengste Anweisungen. Und nun folgen Sie mir, bitte«, sagte Shmiet und ging los.

Nachdem die Wissenschaftler zusammen mit dem Doktor die insgesamt dritte Sicherheitsschleuse in der durchsichtigen Wand passiert hatten, gelangten sie in die Räume der Zuchtstation.

»Willkommen im Tankwald«, sagte Shmiet und weidete sich am Erstaunen der Besucher. »Wir nennen es auch gern unseren Dschungel – weil wir viele exotische Tierchen haben, die Sie so auf keinem Planeten finden werden.« Er sah nach rechts oben, wo Gardeure auf der Galerie standen und sie nicht aus den Augen ließen; grüßend hob er die Hand. Er erntete ein Nicken. »Kommen Sie. Wir erkunden den Dschungel. Aber denken Sie bitte an die blauen Linien.«

Die beeindruckten Männer und Frauen tappten hinter ihm her und betrachteten die Keimlinge mit einer Bewunderung, wie sie Besucher eines Museums normalerweise für Werke längst verstorbener Meister aufbrachten; sogar der brotdumme Junge wurde etwas wacher.

In den röhrenförmigen, durchsichtigen Bassins von vier Metern Durchmesser schwebten jeweils mehrere Kreaturen, von denen sich nicht wirklich vorhersagen ließ, was aus ihnen werden würde. Shmiet wusste es selbst nicht, er gehörte nicht in diese Abteilung. »*KrEArtificial* hat sowohl verschiedene Tiergene kombiniert als auch menschliche DNA eingebracht. Darüber hinaus war es mit modernsten Mitteln möglich, Zugang zum Erbgut der menschlichen Vorfahren zu erhalten«, referierte er. »Sie können sich ausmalen, dass wir einige Eigenschaften der Homini, vom Neandertaler bis zum Homo rudolfensis, durchaus in einem Beta gebrauchen können. Betterday nimmt eine Vorreiterrolle auf dem Gebiet des RetroDNA-Composing ein.«

Shmiet folgte den Linien und leitete sie tiefer in den Wald. Die Zuchtstation wurde von den rot getönten Deckenlampen nur spärlich beleuchtet, so dass die Maschinerien und verschiedenfarbig schimmernden Bassins eine gespenstische Atmosphäre schufen. An den Außenwänden der Behälter saßen kleine Anzeigen, auf denen Werte und Kurvenverläufe dargestellt wurden; dicke Kabelstränge liefen daran entlang. »Was aussieht wie Lianen«, sagte er im Vorbeigehen, »sind Leitungen, die alle in einen Großcomputer im Kern des Gebäudes führen. Es wird zentral überwacht und gesteuert.«

»Wie hoch ist der Ausschuss, Doktor Shmiet?«, fragte eine jüngere Frau und zeigte auf die Säule neben sich. »Ich schätze, es sind mindestens fünfhundert Keimlinge. Das sind enorme Summen, die *KrEArtificial* benötigt.«

Er nickte. »Sie haben Recht. Viele Keimlinge sterben in der Anzuchtphase ab, weil sie durch das Composing verschiedener DNA äußerst empfindlich sind. Pro Woche dumpen wir neunzig Prozent der Keimlinge, und von denen, die übrig sind, gehen weitere neunzig Prozent in einer späteren Phase ein. Doch wir lernen auch aus den Misserfolgen und können Fehler Schritt für Schritt korrigieren. Sie werden sehen, dass *KrEArtificial* Beta-Humanoide auf den Markt bringen wird, die andere Konzerne für unmöglich gehalten haben.« Shmiet wollte sich umdrehen. »Die toten Keimlinge werden verarbeitet und dienen als Futter für die Wildzuchten, die wir in Betterday betreiben.«

Die Wissenschaftler murmelten wieder. Sie waren beeindruckt – da hob der Dumm-wie-Brot-Junge schüchtern die Hand.

»Ja?« Shmiet setzte sein freundlichstes Lächeln auf. »Du hast eine Frage?«

»Ich … Könnten Sie erklären, wie Betas gemacht werden?«, stammelte er und hielt sein elektronisches Schreibpad wie einen Schild vor sich. »Ich muss über meinen Besuch ein Referat halten. Und was für die Schülerzeitung schreiben. Mein Vater hat gesagt, dass Sie mir bestimmt sagen, wie … Na ja …« Er hob den Stift und hielt sich bereit, auf das Pad zu schreiben, das sein Gekrakel aufzeichnen würde.

Shmiet unterdrückte den Fluch. Er musste nett bleiben, auch wenn die Männer und Frauen leise aufstöhnten. Grundlagenerklärungen bedeuteten für die Übrigen Langeweile pur. »Also, wir … Wie ist dein Name noch gleich?«

»Fred.«

»Schön, Fred. Also, wir bei *KrEArtificial* setzen den isolierten tierischen Embryonen einige menschliche Geninformationen zu und beschießen sie danach mit besonderer Strahlung, um eine Verbindung herzustellen. Auf diese Weise kreieren wir eine neue Spezies, die dir unter dem Namen Beta-Humanoide oder Chimären geläufig sein dürfte.« Es fiel Shmiet schwer, seine schlechte Laune aus der Stimme zu drücken. Er wollte so gar nicht den Lehrer für einen Nichtskönner spielen müssen, und doch blieb ihm nichts anderes übrig, wenn er befördert werden wollte. »Sie werden, jedenfalls bei *KrEArtificial*, in den Bassins so weit herangezogen, bis sie voll lebensfähig sind. Im Rahmen des weiteren Verfahrens werden die Beta-Grundhüllen mit Hilfe eines Schnellbrutkastens zu Ende gezüchtet und ihren Talenten entsprechend ausgebildet. Tag und Nacht, im wachen und im schlafenden Zustand. Wie bei allen anderen Firmen auch nutzen wir die Biester und ihre speziellen Fähigkeiten, um *SternenReichs* Ansprüche zu sichern. Wo und bei was auch immer.«

Fred nickte und kritzelte auf dem Pad herum, das Aufzeichnungssignal leuchtete. »Danke sehr. Ich glaube, das reicht auch schon«, sagte er schnell. »Soll ja nur ein kurzer Bericht werden.«

Eine blonde Frau hob zögernd die Hand, Shmiet nickte ihr aufmunternd zu. »Wissen Sie, eine Sache hat mich von jeher beschäftigt: Diese Kreaturen tragen menschliche Erbanlagen in sich, sind zum Teil also auch Menschen. Aber trotzdem werden sie in Einsätze geschickt, bei denen die Todesrate ziemlich hoch liegt.«

Fred hob den Stift und schrieb mit. Bad news waren good news, auch für Schülerzeitungen.

Shmiet stellte sich vor, wie der Vater des Jungen den Bericht las und welche Figur er als Vertreter von *KrEArtificial* dabei gemacht hatte. Vor einem Monat hatte er sich zudem für die Versetzung in die Abteilung Öffentlichkeitsarbeit beworben – ein Test des Unternehmens, um seine Schlagfertigkeit zu testen? Er öffnete den Mund.

»Sie treiben vorsätzlichen Missbrauch mit ihnen und betrachten freie Lebewesen als Eigentum.« Die blonde Frau funkelte den Doktor an. »Halten Sie und die *KrEArtificial* dieses Vorgehen moralisch und ethisch für verantwortbar?«

Shmiet bedauerte bereits, dass er sie zum zweiten Mal hatte zum Sprechen kommen lassen. Seine Antworten waren lange vorbereitet, und er konnte sie einfach abspulen, ohne lange zu überlegen. Seine Chance, sich zu profilieren – sowohl in der Schülerzeitung als auch bei Freds Vater. »Die Betas haben die Möglichkeit, ihren Wert, also das, was sie dem Unternehmen für Aufzucht, Verpflegung, Ausbildung und dergleichen schuldig sind, abzuzahlen. Haben sie den individuellen BuyBack-Wert erreicht, der meistens bei ein paar Millionen liegt, gehen sie in die Freiheit über.« Er formulierte es absichtlich allgemeiner, damit Fred wusste, um was es ging. Der Junge notierte immer noch. »Ich darf Sie daran erinnern, Miss …«, er las ihren Namen auf dem Besucherschildchen an ihrem Kittel, »… Margrove, dass die Biester außerdem über Rechte verfügen, die vor einigen Jahren blanke Utopie gewesen wären.«

Sie lachte böse auf. »O ja, das Feigenblatt der Konzerne: gewisse

Rechte. Warum nicht die vollen Menschenrechte? Warum dürfen Betas zum Beispiel nicht in die Gewerkschaft oder Aktien besitzen?«

»Nicht alle sind klug genug.«

»Sind das Menschen denn immer?«, konterte sie. »Eine Frau hat einem Kind das Leben geschenkt – aber sie besitzt das Kind nicht. Es ist nicht ihr Eigentum wie ein Fernseher oder ein Schrank. Aber genau *das* tun die Konzerne mit den Beta-Humanoiden!«

»Das liegt daran, dass die DNA keine rein menschliche ist. Wir züchten keine Menschen, sondern Werkzeuge.« Shmiet sah zu Fred. Am Pad leuchtete zusätzlich das Lämpchen neben der integrierten Kamera auf. Jetzt filmte er auch noch! Also musste Shmiet mit seiner Performance noch besser werden, wenn er zu den hübschen Frauen in der PR-Abteilung wollte. »Ist es Ihnen lieber, wir schickten richtige, echte Menschen auf lebensbedrohliche Außenwelten, deren Gefahren Sie höchstens in Albträumen zu Gesicht bekommen haben? Sie wollen also den Tod des Homo sapiens, sehe ich das richtig?«

»Ab wann ist denn ein Mensch ein Mensch? Geht es um prozentuale Verteilung in der DNA? Verhalten sich viele Betas nicht menschlicher als verurteilte menschliche Schwerverbrecher?«, gab sie zurück.

Er legte den Kopf schief. »Die Chimären verfügen über genug animalische Instinkte, um sich entsprechend schnell auf die Situationen, mit denen sie konfrontiert werden, einstellen zu können. Menschen hätten dort keine Chance.« Er klopfte gegen den nächsten Natus-Tank, und der Keimling darin zuckte in einem Reflex zusammen. »Sehen Sie, wir verwenden die unterschiedlichsten Tierspezies, die in ihrer Form über Möglichkeiten verfügen, von denen der Mensch heute noch hofft, sie zu erlangen.«

Margrove verzog den schmalen Mund. Es wirkte, als hätte sie sich die Lippen entfernen lassen. »Ich wollte nie Flügel haben.«

Shmiet lächelte sie an. »Das glaube ich Ihnen nicht. Jedes Kind hat mal davon geträumt zu fliegen oder nachts zu sehen oder so schnell zu rennen wie ein Gepard.« Er legte eine Hand gegen die Glasröhre. »Diese Wesen kombinieren den menschlichen Verstand mit ihren angeborenen

Eigenschaften und erreichen hin und wieder IQs, auf die jeder Wissenschaftler neidisch wird.«

»Sie halten gerade ein Plädoyer dafür, Beta-Humanoide in die Freiheit zu entlassen oder mit allen Rechten in die Konzerne aufzunehmen. Wo sie uns doch sogar mental überlegen sind, wie Sie sagten. Welche Forschungsergebnisse würden sie wohl erzielen? Und würden Sie den perfekten Menschen in Natus-Tanks erschaffen, um ihn auf fremde Welten zu schicken?« Margrove grinste fies und sah Fred an. »Schreib das auf! Das finde ich gut.«

Shmiet suchte nach einem Ansatzpunkt, um dagegen argumentieren zu können, und verlor zwei, drei wertvolle Sekunden. Er wollte den Test aber unbedingt bestehen und rettete sich in ein: »Äh, das kann man so nicht sagen …«

»Ich lasse mich nicht mit Leuten wie Ihnen auf eine Grundsatzdiskussion ein.« Margroves Blick schweifte über die verwunderten, irritierten Gesichter der Gruppe, Fred schwenkte das Pad und filmte, was ihm sichtlichen Spaß zu bereiten schien – plötzlich wurde einem was geboten. »Ich glaube, diese Wesen in den Glasbehältern haben ein Recht auf ein freies Leben oder sollten besser sterben, bevor sie für die gierigen Interessen einer Ausbeuterfirma wie *SternenReich* auf irgendeinem Planeten elend zugrunde gehen müssen.«

Allmählich wurde Shmiet stutzig. Zuerst hatte er geglaubt, man hätte eine Schauspielerin engagiert, die eine sehr gute Show ablieferte, doch er bekam Zweifel an dieser Theorie. Der Feuereifer und die Verachtung in ihren Augen wirkten zu echt. Er nahm sein eigenes Pad aus der Kitteltasche und rief die Liste mit den heutigen Besuchern auf, scrollte zu ihrem Eintrag. Hatte er eine echte Fanatikerin vor sich?

Die Züge auf der Anzeige stimmten zumindest mit der Person überein: Anice Margrove kam aus den Feedo-Labs, einer Laborkette, die wichtige enzymatische Trockenbestandteile der Nährflüssigkeiten lieferte. Warum sollten die ausgerechnet eine verkappte Beta-Menschenrechtlerin auf Besichtigungstour schicken?

Das Gemurmel der anderen Wissenschaftler zeigte ihm, dass ihre Gedanken ähnlicher Natur sein mussten.

»Können Sie mir sagen, wieso Sie mit Ihrer Einstellung bei den Feedo-Labs arbeiten?«, erkundigte er sich. Unauffällig löste er über das Pad den Sicherheitsalarm aus; die Gardeure waren in Kenntnis gesetzt. »Anscheinend halten Sie nichts von dem Tun Ihres Geldgebers.«

Vier Schwerbewaffnete bewegten sich den Säulenwald hinab und kamen auf sie zu.

Shmiet atmete erleichtert auf. Lieber war er einmal zu vorsichtig, als dass es zu einer Katastrophe kam. Die Gardeure würden Margrove höflich nach ihrem Ausweis fragen und genauestens überprüfen. Er fand seine Reaktion professionell und achtete darauf, dass er von Fred aufgenommen wurde.

»Man muss von etwas leben.« Aber auch die ungemütliche Margrove hatte die Männer in den Panzerungen bemerkt, die nur noch wenige Schritte von ihr entfernt waren. Sie bückte sich, zog ihre Schuhe aus und schlug die Absätze gegeneinander. Ein Schuh flog weit nach rechts, der andere nach links.

»Bis man etwas gefunden hat, für das sich das Sterben lohnt!«

»Was tun Sie da?« Shmiet gab den Gardeuren ein Zeichen, sich zu beeilen. Margrove war verrückt – und der Ort war zu sensibel, um eine Wahnsinnige frei herumlaufen zu lassen.

Ruckartig riss die Frau ihre Handtasche von der Schulter, drückte auf die Schnalle und schleuderte sie ebenfalls mitten unter die Bassins.

Er glaubte, vor dem Wurf ein klickendes Geräusch gehört zu haben. »Bombe!«, rief er und wich zurück. »Bombe!«

Die Wissenschaftler stoben auseinander, Fred wurde umgestoßen und fiel auf den Stahlboden. Das Pad ging unter den Füßen der Flüchtenden zu Bruch.

»Runter, runter!«, dröhnten die Befehle der Gardeure aus den Helmlautsprechern, aber die wenigsten Besucher folgten den Aufforderungen.

»Freiheit allen Lebewesen oder Tod!«, schrie Margrove inbrünstig und fasste an ihre Gürtelschnalle.

Shmiet ging in Deckung und beobachtete durch eine Glassäule hindurch, was nun geschah.

Drei der Gardeure eröffneten aus ihren automatischen Schrotgewehren das Feuer. Die Kugeln mähten drei Wissenschaftler nieder, die das Schussfeld behinderten, der vierte hielt sein Gewehr angelegt und wartete, um Margrove mit einem gezielten Treffer zu erledigen. Als er sich sicher war und ihn niemand mehr behinderte, betätigte er den Abzug; der Finger blieb hinten.

Schuss um Schuss löste sich. Die Wucht der zu Hunderten einschlagenden Plastikschrotkügelchen schleuderte die Frau mehrere Meter nach hinten und warf sie gegen einen NatusTank. Sie rutschte daran herab und fiel mit dem Gesicht auf den Boden, wo sich sofort eine rote Lache unter ihr bildete.

Einer der Gardeure lief zur Handtasche und warf sich darauf; anscheinend verließ er sich auf den Schutz der Panzerung.

Die erfolgende Explosion zerriss den Mann und verteilte die traurigen Überreste in der ganzen Zuchtstation, doch die Natus-Tanks um ihn herum hielten.

Gleich darauf detonierten die Schuhe, die Margrove von sich geworfen hatte. Shmiet hörte das Splittern aus verschiedenen Stellen des Säulenwalds, gefolgt von einem mehrstimmigen Ächzen, dann sah er einen der großen Tanks langsam kippen, als wäre es ein Baum. Die Beleuchtung im Innern flackerte und erlosch, und das mehrere Tonnen schwere Konstrukt fiel gegen einen anderen Tank und löste einen Dominoeffekt aus.

»Scheiße!« Shmiet drehte sich um und rannte.

Erste Ausläufer der großen Flut umspülten seine Beine, ein kleiner Beta-Keimling trieb an ihm vorbei. Hinter ihm schrien die Wissenschaftler. Alarmsirenen gellten und vervollständigten das Chaos um Shmiet. Etwas Warmes lief ihm die Stirn hinab, und er wischte es weg. Blut. Ein Teil der Panzerung der zerfetzten Wache hatte ihn gestreift und am Kopf verletzt. In seinem Schock hatte er es nicht mal bemerkt.

Die Woge aus Nährflüssigkeit erreichte ihn und riss ihn von den Beinen.

Hilflos wurde Shmiet nach vorne geschwemmt und prallte gegen die Glaswand, die das Labor von der Zuchtstation trennte. Ein heißer Stich zuckte durch sein Schulterblatt. Auf der anderen Seite sah er die Arbeiter und Laboranten rennen und sich in Sicherheit bringen; einige waren stehen geblieben und gafften.

Shmiet wurde nach oben gedrückt wie Korken in einer Flasche, die Flüssigkeiten hatten sich gemischt und eine rosabraune Farbe angenommen. Er paddelte, hielt den Kopf über Wasser und versuchte, das Schlucken zu vermeiden.

Immer wieder stießen Beta-Keimlinge gegen ihn, manche zappelten und zuckten, weil sie die Umgebung nicht vertrugen, und starben mit seltsamen Lauten. Er fühlte einen Biss am rechten Handgelenk und schlug nach dem undefinierbaren Ding, das seine Zähne in ihn geschlagen hatte. Der dünne, kleine Schädel platzte wie eine Frucht.

Shmiet sah, dass nicht alle Natus-Tanks durch die Sprengsätze und Auswirkungen zerstört worden waren. Fünf tapfere Röhren standen noch, der Rest war zerschellt oder geborsten und erinnerte ihn an eine Ruinenstadt oder eine Stätte der Ancients; das Wasser war auf vier Meter gestiegen.

»Bleiben Sie ruhig«, tönte es von der Decke. »Wir holen Sie gleich raus.«

Shmiet übergab sich und ruderte weiter mit den Armen. Er würde heute nicht sterben. Aber in die PR-Abteilung würde er vermutlich auch nicht kommen.

2. Februar 3041 a. D. (Erdzeit)

SYSTEM: 61 CYGNI
PLANET: BETTERDAY (IM BESITZ DER FEC, DERZEIT VERMIETET AN:
   KONZERN STERNENREICH)
DISTRIKT: TESTGEBIET DELTA
STADT: –

»Kein gutes Wetter, meine Damen.« Sergeant Uwe Neuburg sah auf seine Uhr und richtete den Blick anschließend zum wolkenverhangenen Himmel. Seit beinahe acht Jahren bildete er die Beta-Neulinge für

KrE Artificial aus und hatte entsprechende Routine, was die manchmal aufbrausende Art der Betas anging. Die Grundausbildung in den jeweiligen Kategorien gehörte zum Service, den das Unternehmen lieferte, die Spezialisierungen musste vom Käufer beziehungsweise vom Besteller selbst übernommen werden. »Sieht so aus, als würde unser letzter Campingausflug ungemütlich werden.«

Die Betas um ihn herum schwiegen. Er hatte ihnen keine Sprecherlaubnis erteilt.

Neuburg betrachtete die Chimären und war zufrieden, dass er sich dieses Mal nicht mit den Problemfällen herumschlagen musste. Seiner Meinung nach waren die Mischungen, in denen Bisons und Rhinozerosse genetisch enthalten waren, am schlimmsten. Diese Kreaturen versuchten ständig, ihre gestellten Aufgaben mit purer Kraft zu lösen, während zahlreiche Vertreter der Raubkatzen-Betas unter permanenter Geltungssucht litten; Löwen kehrten mitunter krankhaft den »König der Tiere« heraus. Bisher hatte Neuburg sie alle im Sinne des Unternehmens erziehen können.

Diese Senga-III-Gruppe umfasste fünf Betas, die nach Ende ihrer Ausbildungszeit einer Justifier-Einheit zugewiesen werden sollten. Das bedeutete Dienst bei *SternenReich* oder einem Tochterkonzern, Fremdplanetenerkundung, Sicherheitsaufgaben und vieles andere mehr. Es konnte auch sein, dass sie von einem Land eingekauft wurde, was sich dann Staatenware nannte. Neuburg kümmerte sich prinzipiell nicht darum, was aus seinen Schützlingen wurde. Er versuchte, keinerlei Bindung zu ihnen aufzubauen. Nicht immer gelang es.

»In Ordnung, meine Damen. Wir bleiben über Nacht hier«, sagte er laut und zeigte auf eine kleine Lichtung, die dreihundert Meter entfernt lag. »Trefft die üblichen Vorbereitungen für ein Außenweltlager unter feindlichen Bedingungen, verstanden?«

Fast geräuschlos verteilten sich seine Schützlinge im Dickicht und arbeiteten sich von fünf Seiten an die gerodete Stelle heran.

Neuburg sah ihnen genau zu und zückte sein Pad, um eine abschließende Bewertung vorzunehmen. Eignungsprüfung.

Er richtete seine Aufmerksamkeit auf Osceola. Mit geschmeidigen

Bewegungen glitt das Beta-Panterweibchen ins Unterholz, die Schnurbarthaare zitterten erregt, und die gelbgrünen Augen schienen unentwegt wachsam zu sein.

Neuburg wusste, dass sie ihre Aufgabe sehr ernst nahm und extrem von ihrer Raubtiernatur beherrscht wurde. Ihr professionelles, unerschütterliches Verhalten hatte beinahe dazu geführt, dass sie in die Ausbildung für die Sicherheitsabteilung versetzt worden wäre. Aber sie hatte sich dagegen gewehrt, wo andere Justifiers gejubelt hätten. Sie brauchte die Herausforderung fremder Welten und ungewohnter Situationen.

Neben Kühnheit und Angriffslust hatte sie eine zusätzliche Auffälligkeit zu bieten: Osceolas hochgewachsene, durchtrainierte Gestalt zeichnete sich vor allem durch den eisblau gefärbten Irokesenschnitt aus. Sie und der Fledermaus-Beta Keokuk waren vollkommen den terranischen Indianertraditionen verfallen, die sie zufällig in den historischen Scoutdatenbanken entdeckt hatten. Sie waren der Meinung, dass sich die Lebensweise und Einstellung gut mit den Aufträgen eines Aufklärers vereinbaren ließen.

Neuburg hob das Fernglas und sah nach Keokuk, der eben einen Baum erklommen hatte und sich bereit machte zu fliegen. Osceola und er bildeten ein ungleiches, aber hervorragend abgestimmtes Team, das Neuburg mit ihren indianischen Tricks oftmals verblüffte. Neben den seltsamen Frisuren – Keokuks Irokesenschnitt war dunkelgrün gefärbt – trugen sie immer irgendwelche Talismane mit sich herum, die angeblich vor bösen Geistern schützten.

»Bisher hat es gewirkt«, murmelte er und beobachtete den kleinen Fledermaus-Beta bei seinen gewagten Flugkunststückchen, die er meisterhaft beherrschte. Auch Keokuk, der ihm gerade bis knapp über die Gürtelschnalle reichte, wies eine für seine Spezies untypische Angriffslust auf, die ihn hin und wieder unvorsichtig werden ließ, wenn das Adrenalin mit ihm durchging.

Langsam hob Neuburg sein Funkgerät. »Hier Teamleiter Senga III. Die Überraschungsparty für unsere Pfadfinderinnen kann gleich starten«, sprach er grinsend hinein. Um Osceola und Keokuk machte er sich keine Sorgen, was den bevorstehenden, finalen Test anging, aber die anderen in der Gruppe würden wohl Nerven zeigen, angesichts der Gegner, die er ausgesucht hatte. Er schwenkte das Fernglas.

Der Schimpansen-Beta Togo hatte seine Versetzung zur Pilotenabteilung schon lange vorher beantragt und absolvierte den Geländegang mehr pro forma. Geschickt hangelte er sich durch die Wipfel der mächtigen Tunturalaubbäume und hatte offensichtlich seinen Spaß.

Die Wolf-Betas waren von Neuburgs Position nicht mehr zu erkennen. Tesla und Ferris verfügten über zu wenig Ehrgeiz, um es später zu einem höheren Rang zu bringen, ansonsten hielt ihr Ausbilder sie aber für fähige Aufklärer, die sich in eine Justifier-Einheit gut einfügen würden.

Neuburg hatte allen eingeschärft, dass die Prüfung hart und unter Umständen blutig werden könnte.

»Hier Überraschungsparty. Ich wollte nur sagen, dass wir jetzt anfangen«, quakte eine Stimme aus dem Funkgerät.

»Bestätigt.« Neuburg nickte und wünschte in Gedanken allen viel Glück. Mindestens so viel Glück, wie der Eisbären-Beta Ice McCool bei seinen Missionen gehabt hatte. Über ihn gab es eine eigene Serie – heute entschied sich, ob es einer von seinen Schützlingen auch so weit bringen würde.

Keokuk zog in geringer Entfernung zu den Wipfeln der Bäume seine Kreise und stieß unentwegt die für normale Menschen unhörbaren Ultraschallsignale aus, die ihm einen ungefähren Eindruck von der Lage und Beschaffenheit der Lichtung ermöglichten. Er trug eine Tarnuniform mit Aussparungen auf dem Rücken für seine Flügel, darüber eine leichte Panzerung; an der Koppel waren die notwendigsten Utensilien sowie eine Pistole befestigt.

Die Dämmerung war inzwischen so weit hereingebrochen, dass die normale Sicht erheblich eingeschränkt wurde; die schwarzen Regenwolken trugen ihren Teil zur Verdunklung bei. Doch sein Ultraschall verschaffte ihm immense Vorteile.

Bei jedem Flügelschlag knisterte die pergamentartige Lederhaut seiner

Schwingen leise. Vorsichtig ging der Fledermaus-Beta in den Sinkflug und landete elegant in der Krone einer besonders mächtigen Tunturaeiche. Automatisch krallte er sich fest, presste sich dicht an den Stamm und lauschte, ob in seiner Nähe ein verräterischer Laut zu hören war. Nichts. Die Eiche, auf der er gelandet war, stand am Rand der gerodeten Stelle, die seiner Meinung nach nichts Ungewöhnliches aufwies. »Hier Keokuk. Bin dicht an der Lichtung. Kein Kontakt«, gab er über Funk an den Rest der Gruppe durch. »Ich beobachtete weiter die Umgebung.« In ihm kribbelte es. Am liebsten wäre er losgeflogen und hätte das Lager allein klar gemacht.

Aber er musste warten.

Ferris und Tesla saßen zweihundert Meter von Keokuks Position in einem Wald aus dichtem Farn und folgten dem Bericht ihres Freundes mit gespannter Aufmerksamkeit.

Obwohl sie schon Dutzende Male ein Lager unter Außenweltbedingungen angelegt hatten, blieb trotz der Routine ein winziger Rest Unsicherheit. In diesem Abschnitt von Betterday war ihre Gruppe zum ersten Mal.

Sie wussten, dass Testgebiet Delta extra nicht kultiviert worden war, um die Natürlichkeit so weit wie möglich zu erhalten. Ein gewaltiger Elektrozaun umschloss die vielen Quadratkilometer, jeder Schritt, den sie machten, wurde von einem Satellitensystem überwacht. Es wirkte zwar, als wären sie allein, aber die unsichtbaren Augen waren überall.

Tesla und Ferris wussten sehr wohl, welche Arten von Lebewesen vorzugsweise im Delta Testgebiet lebten – besser gesagt: ausgesetzt worden waren. Biologen nannten sie Huntclaws, eine karnivore, clevere Echsenart der übelsten Sorte, die in etwa Menschengröße erreichte, aufrechten Gang bevorzugte und als die schnellsten Jäger im dichten Unterholz des Delta-Gebiets galten – neben den ganzen anderen Viechern, die den zukünftigen Justifiern nicht wohlgesonnen waren. Huntclaws verständigten sich untereinander, wenn es Beute zu holen gab, und hetzten ihre Opfer nach Wolfsmanier zu Tode.

Das ausgeprägte Gruppengefühl der Huntclaws machte es fast unmöglich, ein einzelnes Exemplar anzutreffen, wobei der Intelligenzquotient der Echsen leicht über dem der herkömmlichen Primaten lag. Zu den natürlichen Gefahren stießen die Secutoren, eigens ausgebildete Betas, die den Neulingen im Auftrag des Konzerns aufs Zahnfleisch fühlten.

»Bereit?« Ferris hob sein Gewehr, ein UI RapidFire, das wie die gleichnamige Pistole mit Simulationsmunition geladen war. Beim Aufprall platzte ein Kügelchen und markierte den Treffer. Gegen die Gokifffs hatten sie Dolche und das aufgepflanzte Bajonett. Tesla knurrte kurz ihre Zustimmung.

Die Wolf-Betas legten den Weg unter größter Wachsamkeit zurück und gaben sich gegenseitig Deckung.

Urplötzlich verharrte Ferris und starrte in eine Unterholzansammlung, die Ohren richteten sich gespannt auf.

Tesla unterdrückte den Wunsch zu knurren, fühlte aber, wie sich ihr Fell sträubte. »Was ist?«, flüsterte sie und sog prüfend die Luft ein. Auf ihren Geruchssinn konnte sie sich bestens verlassen, auch wenn es scheinbar nichts zu sehen gab.

»Ich dachte für einen Augenblick, es hätte sich etwas im Gebüsch gerührt«, erwiderte er ebenso leise und schwenkte den Lauf der großkalibrigen Waffe hin und her.

»Keine Witterung«, stellte die Beta enttäuscht fest. Unvermittelt glaubte sie, eine huschende Gestalt aus den Augenwinkeln erkannt zu haben. Nur nicht nervös werden! Sie brachte ihr Gewehr in Anschlag. »Kontakt auf neun Uhr, verschwunden elf Uhr.« Dieses Mal knurrte Ferris zur Bestätigung. Tesla langte auf den Rücken und zog zwei Magazine hervor. Eins davon reichte sie dem Beta. »Hier.«

»Denkst du, ich hätte vergessen …« Er sah die massiven Geschossspitzen. »Woher hast du die?«

»Ein Gefallen vom Typen aus der Waffenkammer«, sagte sie grinsend. »Ich wollte gegen diese Echsen nicht ohne echte Munition ausrücken. Diese Biester sind mir zu gefährlich.«

Ferris zögerte. »Ist das nicht Betrug?«

Sie zuckte mit den Achseln. »Wären wir etwa ohne echte Patronen auf einem Fremdplaneten?«

Er nahm das Magazin und tauschte es gegen die Simulationspatronen aus, sie wechselte ebenso. Rücken an Rücken tasteten sie sich vorwärts. Weitere fünfzig Meter wurden von den beiden bewältigt. Es blieb ruhig, abgesehen vom leise raschelnden Farn, der vom auffrischenden Wind bewegt wurde. Teslas schlechtes Gefühl hatte sich ein wenig gebessert, und ihr dunkelbraunes Fell lag glatt an. Die echte Munition gab ihr mehr Ruhe. Ganz anders hingegen verhielt er sich; Ferris Blicke schweiften ständig umher.

Regen setzte ein, und die dunklen Wolken spien eine lang anhaltende Serie von lautlosen Blitzen auf die Erde.

Im gleißenden Licht der Energieentladungen sah Tesla einen Huntclaw, der wie aus dem Nichts vor ihr aus dem wogenden Farnmeer aufgetaucht war und in leicht nach vorn geneigter Haltung auf sie zuraste; die Reptilaugen glitzerten kalt, während die gespaltene schwarze Zunge vor und zurück schnellte. Dann donnerte es laut, das Krachen verschluckte ihre gefunkte Warnung an den Rest der Gruppe.

Die Beta-Wölfin blieb ruhig, kniete sich hin und zielte in aller Ruhe auf den heranstürmenden Angreifer. Als sie den Kopf des Huntclaws sicher im Visier hatte, zog sie den Finger zweimal nach hinten und spürte zufrieden den Rückschlag in ihrer Schulter.

Die Echse wurde von den Projektilen getroffen, geriet ins Stolpern, fiel und rutschte durch den Schwung etliche Meter durch den Farn. Der leblose Körper stoppte vor Teslas Knie, hinter ihm war eine Schneise aus geknickten Halmen und aufgerissener Erde.

Ferris blickte unbeirrt nach vorn. »Alles in Ordnung bei dir?«

»Kein Huntclaw wird mich so schnell überrumpeln«, antwortete sie und erhob sich. »Gehen wir weiter. Es regnet mir zu viel. Das schadet meinem gepflegten Fell.«

Der Beta grinste.

Quicksilver, ein Berglöwen-Beta, hatte die Reaktion der Wölfe während des Jagdechsenangriffes von seinem Versteck aus im Baum über ihnen genau studiert und kam zu dem Schluss, dass er eine anspruchsvolle Aufgabe bewältigen musste. Woher sich das Duo die echte Munition besorgt hatte, wusste er nicht, aber es schreckte ihn auch nicht. Er war nicht umsonst ein Secutor.

Ganz in der Nähe sah er einen Schimpansen-Beta in Tarnuniform, der sich geschickt durch die Äste des Waldes hangelte, was Quicksilver zu einem wohligen Schnurren veranlasste. Dieses Kerlchen mit dem lächerlichen Namen Togo würde er zuerst erledigen.

Ein paar schnelle Sprünge und Sätze von Ast zu Ast brachten den Secutor elegant zurück auf den Boden. Die Verfolgung der Beute begann.

Der Schimpanse bemerkte nichts von der drohenden Gefahr, strengte sich auch nicht sonderlich an, ungesehen durch die Luft zu schwingen.

Quicksilver ließ ihn vom Boden aus nicht aus den Augen und wartete, bis Togo bei seinem Pendeln weiter nach unten gelangte, in die niedrigeren Baumbereiche. Der Berglöwen-Beta drückte sich ab, landete auf einem Ast und schloss von hinten zu seinem Opfer auf.

»Hallo, kleines Äffchen«, grollte er. »Du bist raus!« Dann schlug er zu.

Gerade mit dem Umgreifen beschäftigt, erwischte Quicksilver den Neuling vollkommen unvorbereitet. Trotz der enormen Geschicklichkeit gelang es Togo nicht, dem wuchtigen Hieb des Secutors auszuweichen. Seine Finger lösten sich, und er stürzte. Ein Busch bremste seinen Fall, so dass der Schimpansen-Beta beim Aufschlag sicherlich mit leichten Prellungen davonkam.

Quicksilver lachte und sprang neben ihn, zog ihn am Kragen der Tarnuniform auf die Beine und lächelte. »Du warst total miserabel, Kleiner.«

Schlecht gelaunt klopfte Togo den Dreck ab und zeigte seine weißen Zähne. »Ich wusste gar nicht, dass die Secutoren die Neulinge umbringen sollen.«

Ungerührt nahm Quicksilver eine Spraydose von seinem Kampfgeschirr und sprühte einen sichtbaren roten Streifen quer über Togos Anzug. Das Zeichen der Verlierer. »Bis später«, grüßte er, drückte ihm die Dose in die Hand und hetzte los.

Fassungslos starrte Togo auf die Farbe. »Hey! Musste das wirklich sein?«, rief er ihm nach. »Ich hasse Rot! Hätte es ein kleiner Punkt nicht auch getan?«

Auf eine Antwort wartete er vergeblich.

»Meine Güte. Es wird Zeit, dass ich diesen Scoutmist endlich aufgebe«, murmelte er. Mit hochgezogenen Schultern und verdrossenem Gesicht machte sich Togo auf den Weg quer durch den Wald und hoffte, die richtige Richtung zum Sammelpunkt eingeschlagen zu haben.

Das Rascheln im Gebüsch hinter sich bemerkte er nicht.

Osceola kauerte im Schutz eines umgestürzten Baums und sondierte sorgfältig ihre Umgebung. Vor wenigen Minuten hatte Keokuk neue Meldungen durchgegeben, die in höchstem Maße beunruhigend waren.

Der Fledermaus-Beta sprach von acht bis neun Huntclaws, die sich geschickt um die zu erreichende Lichtung platzierten und ständig eigene Späher aussandten, um die Positionen der Neulinge zu erfahren. Verwunderlich an diesen Aktionen der Jagdechsen war für Osceola allerdings, dass sie nahezu militärisch koordiniert handelten, was für den Aufstieg in eine neue Entwicklungsstufe sprach. Oder steckte sogar mehr dahinter?

Togo war aus dem Spiel, wie er selbst mitgeteilt hatte, somit verblieben nur noch vier aus der Senga-III-Truppe, die von dem Secutor verfolgt wurden. Von Quicksilver. Der Schimpansen-Beta hatte ihr den Namen verraten.

Osceola kannte Quicksilver recht gut und akzeptierte den Beta als begabten Jäger, der nicht nur Neulinge prüfte, sondern für *SternenReich* schon einige Abtrünnige zur Strecke gebracht hatte. Denn ein Konzern akzeptierte es nicht, wenn sich eines seiner Geschöpfe ohne Erlaubnis in die Freiheit entließ, und das, ohne seine Schulden, den BuyBack, zu begleichen.

Vor dem entwurzelten Waldriesen tauchten zwei schlanke Huntclaws auf.

Osceola zog sich weiter zurück und nahm den größeren in den Sucher ihrer automatischen Armbrust, die sie anstelle des Schnellfeuergewehrs benutzte. Die Schüsse, die Tesla vorher abgegeben hatte, waren vermutlich noch in drei Meilen Entfernung zu hören gewesen. Osceola wollte die eigene Position auf keinen Fall verraten; außerdem hatte sie sich rechtzeitig Pfeile mit echten Spitzen besorgt.

Doch die Echsen verschwanden wieder.

Sie atmete tief ein, entsicherte ihre lautlose Waffe und ging behutsam weiter.

Ferris warf einen Blick auf sein Pad, auf dem die Landkarte des Gebiets angezeigt wurde, und fluchte. Neugierig sah ihm Tesla über die Schulter. »Diese Huntclaws haben sich so verteilt, dass wir an mindestens zwei von ihnen vorüber müssen, um den Lagerplatz zu erreichen. Wenn die Alarm schlagen, haben wir in wenigen Sekunden die ganze Meute am Hals.«

Sie lachte leise. »Eine verdrehte Situation für uns zwei. Normalerweise hetzen wir. Das hat doch was.«

Ferris packte das Pad weg. »So witzig wie du finde ich unsere Lage nicht. Die können uns den Arsch aufreißen. Aber so was von.« Er deutete nach oben. »Soweit ich mich erinnern kann, sind sie keine besonders begeisterten Kletterer. Daher schlage ich vor, wir hangeln uns wie Togo von Baum zu Baum.« Tesla blickte misstrauisch den gewaltigen Stamm der Tunturaeiche hinauf. »Habe ich schon erwähnt, dass ich ebenfalls kein begeisterter Kletterer bin?«

»Wir haben nicht genug Kugeln, um sie alle fertig zu machen. Also hinauf mit uns«, entgegnete Ferris und zog sich an den untersten Ästen nach oben.

Tesla folgte ihm. Ihr gefiel es gar nicht, sich wie ein Affe zu benehmen. Sie hob den Kopf und sog prüfend die Luft ein. Für sie roch es entschieden zu stark nach Katze. »Ferris. Ich glaube, wir werden verfolgt. Witterung auf drei Uhr.«

Vorsichtig balancierte er den schmalen Ast entlang und ging neben der Beta in die Hocke. »Ich schaue nach, während du mir Deckung gibst«, flüsterte er. »So leicht wie mit Togo machen wir ihm das Spiel nicht.«

Elegant drückte er sich ab. Die kräftigen Finger schlossen sich um die Zweige des benachbarten Tunturabaums, sicher landete der Scout auf einer breiten Astgabel.

Die Beta empfand den Raubkatzengeruch nun beinahe als aufdringlich. Ferris gab ihr das Signal, nachzukommen.

Tesla hatte gerade die ersten Schritte vorwärts getan, als sich etwas Kaltes, Schneidendes um ihre Kehle legte, das sie ruckartig zurückriss. Sie fiel mit dem Rücken gegen den Stamm des Baums, wobei das Gewehr von der Schulter rutschte und klappernd im Dunkel unter ihr verschwand.

Verzweifelt schlug sie nach ihrem heimtückischen Angreifer, der den Druck der Metallschlinge um ihren Hals erhöhte.

»Du hast verloren, Tesla«, raunte ihr Gegner und ließ sie urplötzlich los.

Sie stolperte nach vorn, krallte sich wahllos in den Zweigen fest, um nicht abzustürzen, und schnappte nach Luft.

»Was ist?« Ferris zielte auf die Stelle hinter ihr. »Ich kann niemanden erkennen.«

»Vielen Dank für deine Hilfe«, krächzte Tesla und sah auf den rechten Arm, der mit roter Farbe besprüht worden war.

»Er hat mich erwischt, großer Wolf, ohne dass du eingegriffen hast. Wolltest du es ihm nicht so leicht machen wie bei Togo?« Wütend begann sie mit dem Abstieg. Sie überwand die letzten Meter bis zum Boden durch einen Sprung. Ihr taten die harschen Worte jetzt schon leid, denn ihr Partner konnte nichts für ihre Unachtsamkeit. »Schon gut, Leitwolf«, beschwichtigte sie. »Ich habe die Katze gerochen und hätte vorsichtiger sein müssen. Es war meine Schuld. Wir treffen uns später am Sammelpunkt.«

Er lächelte und tippte sich an einen imaginären Hut, dann setzte er den Weg zur Lichtung fort.

Tesla suchte nach ihrem RapidFire-Gewehr, fand es allerdings nicht. Beunruhigt machte sie sich auf den Weg, den ständigen Regen verfluchend.

Ferris wurde von Quicksilver schon wenige Minuten später ausgeschaltet.

Zwar gerieten die beiden noch in ein kleines Gefecht, das den Wolf-Beta eher an ein Spiel erinnerte, das sich der Secutor mit ihm erlaubte. Das Katzen-Gen brachte den Berglöwen dazu, mit seinem Opfer zu spielen und nach allen Regeln der Kunst zu vertrimmen. Nach einem unerwarteten Schmetterschlag gegen das Wolfskinn war es für Ferris aber vorbei, und er bekam den roten Streifen der Verlierer verpasst.

»Ich hatte keine Lust mehr«, meinte Quicksilver und grinste den Scout an, dessen Kopffell ziemlich zerpflückt war.

Ferris lachte rau, sein Kinn schmerzte dabei höllisch. »Das dürfte der beste Kampf in meiner Ausbildungszeit gewesen sein. Nur das Ende der Auseinandersetzung kam etwas … plötzlich.« Er rieb sich die Stelle, die nach dem Treffer des Secutors verdächtig geknirscht hatte.

»Ich mag den Regen nicht besonders«, konstatierte Quicksilver und schüttelte den Kopf. Wassertröpfchen flogen von den Schnurrbarthaaren. »Gehen wir ins warme HQ-Zelt und gönnen uns mit Neuburg und den anderen eine heiße Brühe. Nach fedujanischem Rezept: extra Fleisch.«

Ferris lief der Speichel im Mund zusammen. »Gute Idee«, stimmte er zu und folgte dem Berglöwen-Beta, der sich bereits in Bewegung gesetzt hatte.

»Außerdem möchte ich nicht mit den Huntclaws in ein Gefecht geraten«, meinte der Secutor beiläufig und zog vorsichtshalber seine schwere Pistole. »Wenn die Biester sehen, dass man bewaffnet ist, werden sie meistens friedlicher. Es sei denn, sie sind hungrig.«

Ferris dachte an den Zwischenfall vor ein paar Minuten und entsicherte sein Sturmgewehr ebenfalls. »Wer verfolgt eigentlich die Restlichen der Senga-III-Einheit?«

»Er nennt sich Aidem und stieß erst kürzlich zu uns. Ich habe ihn noch nie gesehen, aber was ich so gehört habe, lässt auf einen neuen Beta-Typen schließen.«

»Ist er besser als du?«

Quicksilver stieß ein kurzes Pumagrollen aus. »Bestimmt nicht. Keiner ist besser als ich. Aber seine Testergebnisse sind beeindruckend. Wenn ich abtrete, wird er die Nummer eins sein.« Er grinste. »Senga III wird viel Spaß mit ihm haben.«

Zufrieden mit der Antwort schaltete Ferris sein Funkgerät ab und hoffte, dass Keokuk und Osceola die Informationen verstanden hatten und von nun an noch vorsichtiger waren.

Keokuk überblickte die Lichtung mit Hilfe seines Ultraschallorgans nahezu vollkommen: Die Anzahl der Huntclaws unter seiner Eiche hatte sich inzwischen verdoppelt. Die Echsenwesen warteten scheinbar ruhig ab, wann sich ihre Beute zu ihnen bewegen würde, und versuchten erst gar nicht, Osceola zu fangen.

Keokuk wusste, dass Osceola nur noch wenige Meter von der waldfreien Fläche entfernt in einer Erdmulde lag und auf eine günstige Gelegenheit wartete, um ungesehen an den Huntclaw-Posten vorbeizukommen. Gebannt sah er auf die Stelle, wo er seine Blutsschwester vermutete.

»Keo«, meldete sie sich über Funk, »ich werde in exakt zehn Sekunden losschlagen. Bitte, gib mir Bescheid, wenn sich etwas Unvorhergesehenes ereignen sollte.« Gewohnheitsmäßig benutzten sie in ihrer Gefechtsunterhaltung den lange ausgestorbenen Dialekt der Mohawks, um der Gefahr des Abhörens vorzubeugen. Sie hatten ihn aus den Datenbanken gesucht und sich beigebracht; es gab niemanden, der sie auf Anhieb belauschen konnte. »Countdown ab – jetzt!«

Der Fledermaus-Beta zählte von zehn rückwärts und bemerkte diesmal eine Bewegung nach Ablauf der Frist.

Als sie sich geradlinig in den Rücken zweier Huntclaws begab, verschmolzen die Tarnkleidung Osceolas und das schwarze Fell ihre Gestalt mit dem Dunkel des Waldes. Ohne seinen Ultraschall hätte Keokuk sie nicht gesehen. In sicherer Entfernung für einen gezielten Schuss hob sie ihre automatische Armbrust und feuerte.

Lautlos brach die erste Echse zusammen. Die andere reagierte einen Sekundenbruchteil zu spät und lag kurz darauf ebenfalls leblos im matschigen Untergrund.

Keokuk sah Osceola hinhuschen und sich vergewissern, ob beide tot waren, dann lief sie geduckt an den Rand der Lichtung.

»Check«, funkte er knapp – und entdeckte etwas, das eine Warnung wert war: Schräg hinter seiner Blutsschwester erschien ein Huntclaw aus dem Dickicht und richtete unvermittelt ein Sturmgewehr auf ihren Rücken. Dieses Exemplar trug zu seinem Erstaunen eine Tarnuniform mit dem Emblem der *KrEArtificial* und dem Abzeichen eines Secutors!

Bevor Keokuk funken konnte, stieß die Echse ein zischendes Geräusch aus und schoss eine Salve direkt über Osceolas Kopf, die daraufhin zur Seite hechtete. Das RapidFire röhrte laut, das Mündungsfeuer tanzte vor dem Lauf und verjagte für Sekunden die Dunkelheit in der Umgebung.

»Ich komme!« Keokuk ließ sich fallen und breitete seine Schwingen aus. Er segelte an den verdutzten Huntclaws vorbei, ging in den Sturzflug über und attackierte den Secutor.

Mit eiskalter Echsengelassenheit zog Aidem das Gewehr nach oben und betätigte in schneller Folge den Abzug.

Der Schutzengel aller Scouts musste unmittelbar vor Keo herfliegen, denn er erhielt lediglich einen winzigen Streifschuss in den Oberschenkel, der ihn ein wenig aus der Bahn brachte. Doch bevor Aidem ein weiteres Mal abdrücken konnte, hatte Osceola ihn erreicht.

Keokuk sah, wie die übrigen Huntclaws allmählich am Ort des Geschehens eintrafen und dem Zweikampf zuschauten, ohne für ihren seltsamen Artgenossen in irgendeiner Weise einzugreifen. »Beeil dich, Schwester!«, funkte er.

Osceola und Aidem wälzten sich derweil ineinander verkeilt im Schlamm und tauschten Schläge aus. Jeden Hieb der prankenähnlichen Hände, den der Secutor erhielt, zahlte er mit einem Angriff seiner Klauen zurück; nach wenigen Sekunden bluteten die Kontrahenten aus zahlreichen kleineren Wunden. Plötzlich schaffte es Osceola, sich auf Aidems Bauch zu rollen. Sie zog ihr Breitschwert und stieß den Knauf der Waffe mit aller Kraft zwischen die Reptilienaugen des Secutors.

Augenblicklich erlahmte dessen Gegenwehr, besinnungslos sank er zurück.

Die restlichen Huntclaws wandten sich enttäuscht ab und verschwanden in verschiedene Richtungen im Wald.

»Was war das denn?« Keokuk landete hinter Osceola und ließ sein Sturmgewehr sinken. »Ich dachte schon, die freundlichen Zuschauer würden zum Vorteil des Secutors eingreifen.«

Schwer atmend und aus mehreren Wunden blutend stand sie auf, nahm Aidems Waffe sowie die eigene an sich und betrat die Lichtung. Kein einziger Huntclaw zeigte sich. Es gab nicht einmal ein leises Rascheln oder Stängelwackeln im Farn, das ihre Anwesenheit verraten würde. Sie waren weg.

»Es wäre jedenfalls ein schönes Stück Arbeit geworden, alle Huntclaws zu erledigen, die hier durch die Pampa schleichen.« Der Kampf gegen den neuen Beta-Typus schien sie stärker erschöpft zu haben, als sie zunächst angenommen hatte. Sie taumelte, das rechte Bein knickte leicht ein. »Mir ist schwindlig. Ich ... « Sie lehnte sich an den Baum und beugte sich vor, stützte die Hände gegen die Oberschenkel.

»Du brauchst einen Arzt. Auf der Stelle.« Keokuk deutete in den Himmel, an dem sich rasch bewegende Lichtpunkte auszumachen waren. Rotorengeräusche dröhnten heran und übertönten das Rauschen des Regens. »Ich besorge dir ein Taxi.« Er zog seine Signalpistole und gab einen Schuss ab, um ihre Position anzugeben.

»Den nehmen wir besser mit.« Müde löste sich Osceola von ihrer Stütze und zerrte den bewusstlosen Aidem heran, ließ ihn zu Boden fallen. Interessiert betrachtete sie den reglosen Körper vor sich. »So hundertprozentig scheint mir der Huntclaw-Beta noch nicht entwickelt zu sein. Warum hat er sein Gewehr eingesetzt? Ich dachte, die Secutoren dürfen die Neulinge nur im Nahkampf überwältigen?«

Der erste der drei Skylord Helikopter senkte sich langsam auf die freie Fläche. Schwer gepanzerte Gardeure von *SternenReich* verließen das Innere der Flugmaschine und gaben sich gegenseitig Deckung, bevor zwei Ärzte in dicken Panzerungen aus dem Laderaum gerannt kamen; einer von ihnen schob eine Antigrav-Liege vor sich her. Die anderen gaben ihnen Deckung; die beiden Hubschrauber blieben über ihnen und sicherten ebenfalls.

»Ganz schöner Aufstand für zwei Justifiers auf ihrer Abschlussprüfung«, kommentierte Keokuk. Er konnte nicht verhindern, dass er zum bewusstlosen Aidem hinsah. »Wetten, dass da viel mehr dahintersteckt?«

»Das fragen wir am besten Neuburg«, meinte Osceola.

»Komm schon. Ich habe Hunger und will die verdammten nassen Klamotten loswerden.«

Die Sanis bugsierten Aidem auf der Liege in den Hubschrauber, Fledermaus- und Puma-Beta folgten ihnen. Die Gardeure kehrten in das Luftgefährt zurück, das gleich darauf in die Höhe schnellte.

Auf dem Flug entging Keokuk nicht, dass am Boden unter ihnen sieben kleine Kampfläufer vom Typus Bronco mit flammenden Scheinwerfern durch den Wald trampelten. Sie waren ungefähr dreimal so hoch wie ein großer Beta – eine Art stählerne Riesenrüstung, in der speziell ausgebildete Gardeure saßen, die sie bedienten, in einer Kanzel oben im Kopf oder in der Brust der Maschine. Selbst gegen die Huntclaws bedeuteten die Broncos mit ihrer Bewaffnung extreme Gewaltanwendung. Die eingebauten Raketenlafetten, Automatikkanonen und Laser waren gegen Panzer, Festungen und Flugzeuge gedacht.

»Schwere Geschütze auf elf Uhr.« Mit einem Nicken machte er Osceola auf sie aufmerksam, und in ihren Augen sah er die gleichen Gedanken wie in seinem Verstand: Etwas war beim Abschlusstest schiefgelaufen.

Gründlich schiefgelaufen.

Alle Scouts der Senga-III-Gruppe saßen im beheizten Besprechungszelt. Sie trugen bequeme Jogginganzüge in den rosagrünen Konzernfarben von *KrEArtificial*, die ihnen anstelle der durchweichten Tarnuniformen gegeben worden waren. Schüsseln mit dampfend heißer Aufbauflüssigkeit standen vor ihnen, in der dicke Echtfleischbrocken schwammen. Leise wurde gelöffelt, manche schmatzen und schlangen dafür umso lauter.

Neuburg stand am Eingang des Zelts und wartete auf den Leiter der Secutoren, Major Philip Akkaran, der ein Schlussprotokoll über den

Einsatz liefern und die Tauglichkeitsgrade verteilen sollte; seinen eigenen Bericht hatte Neuburg schon abgeliefert.

Osceola schlürfte leise an ihrem Getränk und blickte gedankenversunken auf einen Hartplaststützpfeiler, während Keokuk den Verband am Oberschenkel zurechtzurrte. Die Wolf-Betas unterhielten sich über ihre Kletterpartie in den Tunturaeichen, Togo hörte den beiden gelangweilt zu.

»Achtung«, rief Neuburg. »Er kommt!«

Die Scouts stellten ihre Unterhaltung ein und sahen gespannt auf den Eingang, durch den sich die eindrucksvoll große Gestalt des Majors schob.

Er trug die tiefblaue Uniform der Secutoren, wie sie bei offiziellen Einsätzen benutzt wurde, die mit schlichten Rangabzeichen und einigen Auszeichnungen dekoriert war. Das Gesicht zeichnete sich nicht durch besondere Markanz aus, doch die grün-braunen Augen versprühten förmlich die Energie, die in dem Mann pulsierte. Neuburg hatte schon immer den Verdacht gehabt, dass Akkaran früher ein SupraSoldier gewesen war. Der Statur nach würde es ihn nicht wundern. Die linke Hand war mechanisch-elektronisch, ein Kybernetikersatzteil. Wo er die Gliedmaße verloren hatte, wusste niemand. Knapp grüßte Akkaran die Anwesenden und setzte sich an das Kopfende des Tisches. Neuburg blieb absichtlich im Hintergrund. Die Sache ging ihn nun fast nichts mehr an: Seine Leute hatten sich bewährt und würden in den regulären Dienst von *SternenReich* übernommen werden, daran zweifelte er keine Sekunde.

»Togo.« Der Major reichte ihm einen Umschlag. »Darin befindet sich ihre sofortige Versetzung ins Pilotenausbildungszentrum. Es macht dir hoffentlich nichts aus, dass du die Scoutprüfung versiebt hast?«

Togo stand auf und nahm Haltung an. »Nein, Major!«

»Sehr gut. Wegtreten und zum Abflug in einer halben Stunde bereit machen.«

»Jawoll, Major Akkaran!« Der Schimpansen-Beta wandte sich auf den Absätzen herum und stiefelte mit einem erfreuten Grinsen aus dem Zelt.

Neuburg musste ein Lachen unterdrücken, als man von draußen Togos lauten Jubelruf vernahm.

Akkaran räusperte sich. »Nun zum eher erfreulichen Rest der Senga-III-Einheit. Alle haben die Prüfung bestanden, mit mehr oder weniger gravierenden Einschränkungen. Ferris und Tesla: Trotz der Niederlage gegen Secutor Quicksilver nehme ich euch beide offiziell in die Dienste von *SternenReich* auf. Ihr werdet ebenfalls in einer halben Stunde zu einer anderen Einheit verlegt.« Er gab ihnen ihre Zeugnisse, einmal gedruckt und auf einem Chip abgespeichert, der unten auf dem Blatt eingeprägt war. »Alles in allem war die Vorgehensweise routiniert und durchdacht. Es hat mir sehr gut gefallen, wie ihr vorgerückt seid und den Huntclaw ausgeschaltet habt. Weggetreten, Scouts.«

Auch sie verließen das Zelt sichtlich erleichtert und zufrieden.

Osceola und Keokuk wechselten schnelle Blicke.

Akkaran legte die Hände zusammen, musterte zuerst den Fledermaus-Beta, dann die Panther-Beta. »Ihr beide habt mich mit eurer Aktion gegen den Secutor am meisten beeindruckt«, sagte der Major schließlich. »Es ist schon eine Leistung, einen speziell ausgebildeten Huntclaw-Beta zu überwältigen, der zudem noch bewaffnet ist. Und schießwütig. Ich würde das nicht sagen, wenn ich es nicht so meinen würde, doch bildet euch nicht zu viel darauf ein. Versteht es als gelungene Generalprobe für die gefährlicheren Aufträge, die euch erwarten.« Akkaran schob zwei Umschläge über die Tischplatte. »Hiermit seid auch ihr, Osceola und Keokuk, in die Justifier-Einheiten von *SternenReich* aufgenommen. Für die erbrachten Leistungen wird eine Woche Sonderurlaub gewährt.« Er lächelte. »Weggetreten.«

Neuburg dachte, ihn würde ein Büffel-Beta treten, als er sah, dass die Panther-Beta stehen blieb. »Sir, ich hätte eine Frage.«

»Nur zu.« Akkaran nickte.

»Die Sache mit dem Secutor – es war das Gewehr von Tesla, das er sich genommen hat. Wieso wurde er nicht zurückgepfiffen, Sir?« Sie zeigte auf Keokuk. »Es hätte den Kleinen beinahe erwischen können. Muss der Secutor den doppelten BuyBack zahlen, wenn er einen von den Neulingen kaltmacht?«

Neuburg betrachtete seinen Vorgesetzten, der viel zu ruhig blieb.

»Wir hatten alles unter Kontrolle, Osceola«, lautete seine Antwort. »Es wäre niemand zu Schaden gekommen. Nun, sagen wir: umgekommen.«

»Die Bronco-Kampfläufer, die wir vorhin draußen gesehen haben, Sir«, warf Keokuk ein. »Was suchen sie im Wald? Können wir vielleicht helfen?«

»Eine Übung der Gardeure. Nichts Bedeutsames.« Akkaran zeigte auf den Ausgang. »Los, wegtreten zum Sonderurlaub, bevor er verfällt.«

Die Betas salutierten und gingen hinaus. Neuburg schickte sich an, ihnen zu folgen. Er wollte ihnen die Hand schütteln, weil sie das seltene Kunststück fertiggebracht hatten, einen Secutor auszuschalten.

»Sie bleiben, Neuburg.«

Er blieb vor dem Ausgang stehen. »Sir?«

»Setzen Sie sich.« Der Major deutete auf den kargen Hocker neben sich. »Sie haben sich bestimmt gewundert.«

»Über was, Sir?«

»Meine ausweichenden Antworten.«

»Sie werden Ihre Gründe haben, Major«, erwiderte Neuburg vorsichtig. »Ebenso für die Ausreden, was die Broncos im Gelände sollen.« Er lächelte. »Es steht keine Übung an. Ich habe es geprüft.«

Akkaran bleckte die Zähne, und die Pupillen wurden von einer Sekunde zur nächsten so klein wie eine vurinische schwarze Kaviarperle. »Ich mache Sie jetzt zum Geheimnisträger, Neuburg: Der neue Beta-Typ Huntclaw ist eine ansonsten zuverlässige Spezies. In ihren Eigenschaften ähnelt er dem bisher bekannten Komodowaran-Betas.«

»Aha, Sir«, antwortete Neuburg aus dem Drang heraus, etwas sagen zu müssen. Der Ausbilder ahnte, dass er gleich unangenehme Dinge hören würde. Müsste.

»Das Verhalten von Secutor Aidem hat mich stutzig werden lassen: aggressiv, zu forsch, hat nicht auf Befehle reagiert. Es wich von dem ab, was die Genetiker implantiert hatten. Besser gesagt: Er hat von dem, was sie haben wollten, zu viel. Er ist kaum mehr kontrollierbar, wenn es zu Stresssituationen kommt.« Akkaran legte einen Stapel Listen vor

Neuburgs Nase. »Daraufhin wurden alle Kleinigkeiten im Lebenslauf des Huntclaw-Betas abgecheckt.«

»Ein Fehler in der Nährflüssigkeitszusammensetzung, Sir?«, steuerte Neuburg bei. »Falsche Hormonsteuerung?«

Akkaran schüttelte den Kopf. »Es ergaben sich keine Unstimmigkeiten, keine defekten Steuerungsapparate oder falsch zusammengestellte Nährflüssigkeiten, die das enorme Aggressionspotenzial des Betas erklären könnten. Zufällig stolperte ein Hilfswissenschaftler über einen Vorfall, der sich während der Reifungsphase zugetragen hatte.« Er nahm sein Pad aus der Tasche und entrollte es vor Neuburg, dann drückte er die Play-Taste. »Eine Attentäterin von PrideFur sprengte in der Zuchtstation einen Gardeur in die Luft und richtete verheerendes Chaos in einer Forschungsabteilung an.«

»Ich erinnere mich. An dem Tag saß ich in der Kantine«, sagte er.

Akkaran rief die Bilder vom damaligen Vorfall auf und spielte eine Art Best-of der Überwachungskameras ein. »Die Bröckchen des Unglücklichen verteilten sich im ganzen Raum und in einigen Bassins, die die Explosion überstanden hatten. Die Reagenzglasschüttler gehen davon aus, dass bei diesen Betas die ungewohnte Nahrung in dem Stadium ihrer Entwicklung zu abnormem Verhalten führen könnte.« Er sah zum Eingang.

»Sie nehmen weiter an, dass sie eine Vorliebe für Menschenfleisch entwickeln könnten – sollten sie jemals durch einen Zufall darauf gebracht werden.«

Neuburg holte tief Luft. »Schöne Scheiße, Sir.« Unglücklicherweise hatte er nicht das Gefühl, dass das schon alles war.

Akkaran zog die Nase hoch, und die Pupillen weiteten sich wie sich ausbreitende Lachen und drängten das Augenweiß zurück. »Die Scheiße wird noch beschissener: Ihre zwei besten Leute, Osceola und Keokuk, gehören ebenfalls zu diesen Betas, die in den Genuss des Gardeurragouts kamen.« Er deutete auf die entsprechenden Listen vor dem Ausbilder.

Neuburg zog die Brauen zusammen. »Ich nehme an, dass die beiden direkt eliminiert werden. Wegen der Gefahr, die von ihnen ausgeht.

Wenn in die Öffentlichkeit gelangt, dass der Konzern Menschenfresser gezüchtet hat, dann ...«

Akkaran hob die Hand. »*KrEArtificial* hat beschlossen, diese sogenannten Flesh-Betas nicht zu vernichten und als misslungenes Experiment abzustempeln. Die Konzernetage von *SternenReich* lässt sie sozusagen als Test weiter bestehen, und bald werden ihnen einzelne Spezialaufgaben zugedacht.«

Neuburg redete im Geist weiter, weil er wusste, wie *SternenReich* tickte. Wie jeder Konzern tickte: Sollte sich diese F-Spezies als tauglich erweisen, würden diese menschlichen Zusätze in der Reifungsphase öfters eingesetzt. Ihm wurde schlecht. Er blätterte in den Ausdrucken, um seine Abscheu zu überspielen, und schluckte. »Ich hoffe, *KrEArtificial* hat genug Gardeure, die sich freiwillig sprengen lassen.«

Akkaran lachte kurz. »Sie haben einen herrlichen Humor.« Der Major erhob sich und sammelte die Listen ein. »Es versteht sich von selbst, dass nichts von unserem Gespräch bekannt wird.«

»Selbstverständlich, Major.« Er hatte das dumpfe Gefühl, dass genau das Gegenteil passieren sollte. Hatte der Major ihn ins Vertrauen gezogen, *damit KrEArtificial* mit seiner neusten Entdeckung aufflog? Sollte Neuburg den Judas spielen, der an die Medien ging? Aber weswegen? Hatte Akkaran vielleicht Geld von einem anderen Unternehmen bekommen, damit er jemand dazu brachte, die Beta-Entwickler zu ruinieren?

»Schön, Neuburg. Wir haben uns verstanden, wie ich sehe. Sollten Sie allerdings plaudern wollen, werde ich melden müssen, dass ich einen Kandidaten für den Nährflüssigkeitszusatz habe. Es müssen ja nicht immer gleich Gardeure gesprengt werden. Ausbilder werden es auch tun.« Der Major verließ das Besprechungszelt.

»Du mich auch«, flüsterte Neuburg und setzte sich fassungslos vor eine der Gasheizungen. So sehr ihm heiße Luft entgegengeblasen wurde, die Kälte wollte nicht aus seinem Inneren weichen.

Aber eines wusste er sicher: Er musste eine Entscheidung treffen, die sein Leben nachhaltig beeinflusste. Aufrichtiger und der Wahrheit verpflichteter Verräter oder schweigsamer, loyaler Verbrecher?

Neuburg fuhr sich mit beiden Fingern durch die kurzen Haare. Potenzial für eine eigene Serie war definitiv vorhanden, wie bei Ice McCool. Leider durfte er das niemandem erzählen. »Was mache ich nur?«, flüsterte er.

12. Februar 3041 a. D.

SYSTEM: 61 CYGNI
PLANET: BETTERDAY (IM BESITZ DER FEC, DERZEIT VERMIETET AN: KONZERN STERNENREICH)
DISTRIKT: VIERZEHN
STADT: MOREAU

»Und was genau bedeutet das?« Professor Remigius Dalljin verschob die pulsierenden Tabellen mit einer Handbewegung in den virtuellen Müllkorb des im Tisch integrierten Monitors und sah seine Kollegin Doktor Estifania Esterhazy scharf an. Es war eine Kampfansage des Dreiundfünfzigjährigen, indem er ihre Erkenntnisse mit Ablehnung strafte und sie sogar vernichtete – wenn auch nur auf seinem Rechner. »Welche neuen Erfolge soll *das* dem Konzern bringen?«

Die brünette, deutlich jüngere Kollegin rammte die Fäuste in die Kitteltaschen, dass das Material knirschte. »Sie sind ein Ignorant!«

Die Wissenschaftler standen sich im Hauptlabor gegenüber, in dem sich in erster Linie Computer und Spektrometer sowie andere saubere Untersuchungsgeräte befanden; auseinandergeschnitten, zerstückelt, zerkleinert und püriert wurde hinter den anderen Türen. Assistenten lieferten das Material für die Analysen. Damit waren Dalljin und Esterhazy allein. Niemand wurde Zeuge der Bloßstellung und des Affronts, sah man von den summenden, blinkenden Maschinen ab.

Dalljin lehnte sich nach hinten, verschränkte die Arme und lachte die Frau schallend aus.

»Ja, blöken Sie ruhig wie ein Schaf-Beta!«, giftete Esterhazy.

»Wir werden sehen, was Professorin Mølta zu meinen Ergebnissen sagen wird.«

»Was wird sie wohl sagen? Ich denke, das Gleiche wie ich, und das ist eine Mischung aus Unglaube und Belustigung«, gab er grinsend zurück und wischte sich die Tränen aus den Augenwinkeln. »Machen Sie sich ruhig lächerlich, Kollegin. Sie haben bei *KrEArtificial* ohnehin keine Karriere vor sich, da können Sie gern als Laborclown Ruhm ernten.« Dalljin schüttelte das schüttere schwarze Haupt. »Sie haben die Kurven falsch interpretiert, und der Computer hat sich gemäß Ihrem Modell ...«

»Nein«, unterbrach sie ihn. »*Ich* habe *keinen* Fehler gemacht! Die Beigabe von Menschenfleisch zu Beginn der Aufzucht in den Natus-Tanks der Spezies Huntclaw hatte Auswirkungen auf die psychische und physische Entwicklung. Es lässt ...«

»Hören Sie mit dem Schwachsinn auf«, stieß Dalljin entnervt aus und riss die Hände in die Höhe, als wollte er einen Gott um Gnade anflehen. »Gehen Sie meinetwegen zu Mølta, präsentieren Sie ihr Ihren Unsinn, aber jammern Sie hinterher nicht rum, man würde Sie auslachen.« Nach einer Pause fügte er hinzu: »Schon wieder.« Seufzend öffnete er den Kühlschrank neben sich, fischte einen Glaskolben heraus, auf dem das Biohazardzeichen aufgemalt war, und trank daraus. »Wie oft sind Sie mit Ihren Entdeckungen schon baden gegangen, Kollegin?«

Esterhazy sackte leicht in sich zusammen. »Ich sollte ...«

»Fünfmal«, sagte er an ihrer Stelle und gönnte sich noch einen Triumphschluck. »Und immer hatten Sie einen Berechnungsfehler zu Beginn Ihrer Formeln. Was glauben Sie, wie oft Mølta Ihnen noch eine Chance geben wird?« Dalljin lehnte sich nach vorn, sein Atem roch nach Pfefferminzschnaps. »Zetsche aus der Personalabteilung hat eine Streichliste aus der Vorstandsetage bekommen. Tausche gute Neue gegen schlechte Alte. Und ich sage es mal so: Mein Name stand nicht drauf. Ich prüfe nämlich meine Ergebnisse mehrmals, bevor ich eine Eingabe mache.« Er stellte den Kolben zurück. »Ist nur freundlich gemeint.«

Esterhazy stieß die Luft aus und schlurfte davon. Ihr Kampfgeist war gebrochen.

»Diese jungen Dinger«, murmelte er und öffnete mit einem Fingerdruck die Kom-Leitung zu seiner Tochter. Sie gehörte ebenfalls zu den

Anfängern und durfte folgerichtig in einem der Labore: auseinander-
schneiden, zerstückeln, zerkleinern und pürieren. Schlachthausdienst
nannte man das auch gern. In der Schreibtischoberfläche, die zugleich
ein Komplettdisplay war, öffnete sich ein Fenster, und Xian wurde darin
sichtbar. Sie trug einen blauen Ganzkörperschutzanzug mit eigener
Sauerstoffversorgung; ihr hübsches asiatisch-europäisches Gesicht war
kaum zu erkennen. In der rechten Hand hielt sie seine Kreissäge, die auf
einem beweglichen Deckenhalter montiert war, und sie war voller blass-
roter Blutspritzer.

»Ja, Papa?«

Dalljin beugte sich vor. »Was bearbeitest du da?«

»Einen Mandibelreißer, den man nur auf Gliese Jahreiss 1111 findet.
Ich versuche, an sein inneres Myrisma zu gelangen, aber der Knochen-
panzer ist sehr dick.«

»Und warum nimmst du keinen Laser?«

»Die Hitze verbrennt das Myrisma.« Xian lächelte tadelnd.

»Wolltest du mich mal wieder testen, Papa?«

Dalljin grinste und wackelte mit der rechten Hand. »War keine
Absicht. Ist mir rausgerutscht. Wie lange bist du noch an dem Ding
dran?«

Seine Tochter sah neben sich, wo der Kadaver außerhalb seines
Sichtbereichs lag. »Wenn die Säge so funktioniert, wie sie soll, würde ich
sagen … zehn Minuten, bis ich durch bin, und nochmals zehn, bis ich
die Ovulat-Flüssigkeit entnommen und gesichert habe.«

»Gut. Ich warte hier auf dich. Sei pünktlich. Du weißt, dass wir noch
was vorhaben. Es ist alles organisiert.«

Xian warf die Säge an, und das ohrenbetäubende Kreischen schluckte
jedes Geräusch, einschließlich ihrer Antwort. Roter Regen sprühte
gegen sie und auf das Objektiv.

Dalljin schaltete aus, räumte um seinen Schreibtisch herum auf und
kontrollierte alle übrigen Geräte, die Anzeigen für Raumluft und
Inhaltsstoffe. Er war penibel, seit ihn vor beinahe zwanzig Jahren die
Reste eines ätzenden, geruchlosen Chemie-Sauerstoff-Gemischs den
rechten Lungenflügel gekostet hatten. Das geklonte Organ arbeitete

einwandfrei, aber Dalljin fühlte sich mit einem inneren Makel behaftet. Rational betrachtet war das Unsinn – wer wusste das besser als ein Wissenschaftler?

Eine halbe Stunde später kam Xian in einem sportlichen Outfit ins Hauptlabor. Sie sah aus, als wäre sie gerade vom Dauerlauf gekommen. Deogeruch erfüllte die Luft. »Ich musste noch duschen«, entschuldigte sie sich. »Mir war, als hätte mich das Mandibelreißerblut durch den Anzug erwischt.«

Sie kam näher, Tochter und Vater umarmten sich.

»Hast du alles rausholen können?« Dalljin war stolz auf seine hübsche, clevere Xian.

»Ja. Die Kreissäge mit der Diamant-Wasser-Schneide hat es geschafft. Es war das größte Ei, das ich jemals aus einem Weibchen geschnitten habe«, sprudelte es aus ihr hervor, und schon begann die Abhandlung über die Fortpflanzungseigenheiten der vogelähnlichen Käferrasse von Gliese Jahreiss 1111, die ihren Nachwuchs in einer Schale in sich austrugen. Sobald der Nachwuchs die Schale von innen durchstoßen konnte, starb das Muttertier und diente dem Nachwuchs mit seinem Fleisch als Nahrung. »Bislang waren die Eier fußballgroß, aber heute das!« Xian sog die Luft ein. »Medizinball! Mindestens! Die Ovulat-Flüssigkeit wird Aufschlüsse bringen, und das Myrisma ist unglaublich.« Sie atmete die Begeisterung laut aus.

»Und bei dir? Fortschritte in Sachen Beta-Neuzucht-Optimierung?«

»Nichts Wichtiges.« Dalljin wollte nicht über Esterhazy sprechen.

»Schau es dir an. Ich muss zur Toilette. Danach können wir los.« Er eilte aus dem Labor in den Korridor, passierte zwei Sicherheitsschleusen.

Ihm kamen zwei Kollegen entgegen, die ihn freundlich grüßten, als sie auf gleicher Höhe waren.

Er kannte sie nicht, was ihn nicht weiter verwundert hätte – aber die Ausweise waren keine Besucherausweise, und sie behaupteten, dass die Männer in sein Labor gehörten. Dalljin kannte die Namen seiner persönlichen Mitarbeiter allerdings genau. Jeden.

»Einen Moment!« Er wandte sich um, aber die Schleusentore aus Duraplexglas fuhren hinter dem Duo zusammen. Ohne zu zögern, machte er einen Schritt zur Seite und drückte den Notknopf neben dem Öffnungsmechanismus am Schott.

Der Alarm schallte sofort aus den in der Decke verborgenen Lautsprechern, und kleine rote Warnlampen flackerten über den Durchgängen auf. Es wurde verriegelt.

»Hier ist die Zentrale. Was ist passiert, Professor Dalljin?«, kam es aus der Sprechanlage über dem Knopf.

»Zwei Unbekannte auf dem Weg ins Hauptlabor.« Solche Besuche bedeuteten, dass ein anderes Unternehmen versuchte, an Wissen zu kommen, ohne dafür Forschung betreiben zu müssen. Zwei Leute waren alles andere als harmlos, je nachdem wie ihr Auftrag lautete. Beispielsweise Sabotage oder ein Anschlag mit Sprengstoff. Er stockte, weil ihm siedend heiß einfiel, dass Xian dort auf ihn wartete. »Meine Tochter …«, bekam er viel zu spät über die Lippen. Ihm wurde schlecht.

»Das Sicherheitsteam ist bereits auf dem Weg.« Der Sprecher klang routiniert. »Zehn zu eins, dass es Spione von *United Industries* sind. Die versuchen es meistens auf diesem Weg.«

Es war gängige Praxis, auf die Herkunft von Angreifern und Spionen zu wetten, und der Professor hatte früher immer mitgemacht. Aber da seine geliebte Xian in Gefahr war, fehlte ihm der Sportsgeist. »Sie sollen sich beeilen«, raunte er entsetzt und bereute es, keine Waffe zu tragen. Er wäre den beiden Fremden hinterher, bevor sie seine Tochter treffen konnten.

Das Schott, durch das er hatte gehen wollen, öffnete sich. Ein Fünferteam Gardeure, ausstaffiert mit dicken Panzerungen und Schnellfeuergewehren, rückte vor und an ihm vorbei. Dalljin folgte ihnen. Es ging ihm nicht schnell genug, die Sicherheitstruppe vergeudete seiner Meinung nach an jeder Schleuse wertvolle Sekunden, indem sie sicherten. »Die Leute sind nicht gepanzert«, rief er. »Sie müssen schneller …«

»Professor, entschuldigen Sie, aber lassen Sie uns bitte unseren Job machen«, unterbrach ihn der Anführer. »Die Zentrale schickt uns Verstärkung.«

»Verstärkung gegen zwei Männer?« Dalljin musste aufpassen, damit er nicht loslachte.

»Ich habe den Hinweis bekommen, dass Teile des Überwachungssystems ausgefallen sind. Es geht wahrscheinlich um mehr als nur zwei Angreifer«, erwiderte der Bewaffnete und gab der Truppe das Zeichen vorzurücken. »Sie hatten Hilfe von einem Insider.«

Die Prozedur ging weiter.

Die Alarmsirenen gellten immer noch und zermürbten Dalljins klares Denkvermögen. Er wünschte sich, in einer *ARIES*-Vollrüstung zu stecken, um seine Xian aus dem Raum zu holen, bevor Unsägliches darin geschah.

Zwei Sicherheits-Bots in einem segwayähnlichen Design rollten surrend an ihnen vorbei; obenauf saßen zwei Automatikgewehre auf einer 360-Grad-Lafette sowie ein Schwenkarm mit einer Kamera. Sie wurden von der Zentrale gesteuert und durch das sich öffnende Schott ins Hauptlabor geschickt.

Es krachte laut, als sie von den Unbekannten unter Beschuss genommen wurden. Eine der Maschinen verging mit einem leisen Knall, die andere schoss noch zurück, bevor ein Glaskolben daran zerschellte und sich Säure darüber ergoss; feiner Rauch kräuselte auf.

»Xian!«, schrie Dalljin und hetzte los, vorbei an den Gardeuren.

Aber der vorderste bekam seinen Kittel zu fassen und brachte ihn zu Fall. Das Handgelenk ziepte, als er aufschlug.

»Bleiben Sie liegen, Sir. Wir machen den Rest.« Die Gepanzerten sprangen vorwärts, stürmten ins Labor.

Wieder dröhnten Schüsse. In das anhaltende Stakkato der Schnellfeuergewehre mischte sich ein dunkles Wummern. Mehrere Schreie erklangen, dann endete die Gegenwehr.

»Xian!« Dalljin stemmte sich auf die Beine und schaute in sein zweites Zuhause.

Seine Tochter lag neben dem Computertisch, einer der Angreifer war von den Garben buchstäblich zerfetzt worden. Sein Blut hatte die Wände der gesamten Umgebung getüncht, der Mann selbst erinnerte an einen rohen Fleischklumpen, aus dem das Rot sickerte. Vom zweiten Angreifer konnte er nichts entdecken.

»Nein!« Dalljin rannte los und erreichte seine Tochter zusammen mit einem der Gardeure; auf dessen rechtem Oberarm prangte ein kleines rotes Kreuz, das ihn als Sani auswies. Hilflos tastete der Professor an Xian herum, an ihrer Kleidung haftete Blut. Er konnte winzigste Moleküle aufstöbern, die Kreuzungsgesetze brechen und Kreaturen jenseits aller Vorstellungen erschaffen, die *DNA* von nahezu jedem Lebewesen verändern – aber Erste Hilfe beherrschte er nicht. Ein Gott mit einem Schönheitsfehler.

»Sir, lassen Sie mich nachschauen.« Der Gardeur schob ihn mit sanfter Gewalt zur Seite und untersuchte Xian. »Das Blut an ihr ist nicht ihr eigenes«, befand er nach einigen Sekunden Abtasten. »Am Hinterkopf hat sie eine Beule. Entweder vom Sturz auf den Boden, oder einer von denen hat sie niedergeschlagen. Ich gebe ihr etwas, das sie wieder auf die Beine bringt.« Er zog einen pistolenartigen Hochdruckinjektor und verabreichte ihr eine Dosis von einer klaren Flüssigkeit; die leere Ampulle wurde wie aus einer Waffe seitlich ausgeworfen. »Und gegen die Schmerzen war auch was dabei.«

Xians Lider flatterten, sie kam zu sich.

Dalljin hörte über den Funk des Mannes, dass der zweite Eindringling noch gejagt wurde. Er hatte sich abgesetzt, bevor die Gardeure den Sturm aufs Labor begannen.

»Papa?« Xian schlug die Augen auf, sah sich verwirrt um und entdeckte das verwüstete Labor. Sie setzte sich auf, Dalljin hielt sie am Arm. Als sie die Leiche sah, die eben von den Sicherheitsleuten hinausgeschleift wurde, schüttelte sie sich.

Ein Monitor an der Wand flackerte und zeigte das Gesicht von Professor Gundel, dem Leiter der Gesamteinrichtung.

»Was ist passiert, Remigius? Alles in Ordnung, Xian?« Mit einem leisen Geräusch richtete sich die Überwachungskamera in der rechten Ecke auf sie. Das System funktionierte offenbar wieder.

»Alles in Ordnung, Professor.« Sie rieb sich die Stelle am Kopf. »Ein Beule, mehr nicht.« Xian zeigte auf den Schreibtisch. »Ich stand da und habe auf meinen Vater gewartet, als die Tür aufging und zwei Männer in Kitteln hereinhetzten. Einer kam sofort zu mir und stieß mich zur Seite. Mehr weiß ich nicht.«

Gundel nickte. »Wir erfahren mehr, wenn wir den zweiten erwischen. Sie hatten Hilfe von innen, das ist sicher. Und dieser Maulwurf muss gefunden werden.« Die Augen richteten sich auf Dalljin. »Sehr geistesgegenwärtig. Gut gemacht. Wer weiß, welcher Schaden angerichtet worden wäre.«

»Danke, Chef.« Er erhob sich und half seiner Tochter beim Aufstehen. »Wir müssen gehen. Ich habe einen Flug gebucht, der uns nach Relax bringt. Für unsere angeschlagenen Nerven genau das Richtige, würde ich sagen.«

»Ah, der alljährliche Vater-Tochter-Urlaub.« Gundel lächelte. »Heute habt ihr ihn euch besonders verdient. Ich werde beim *CEO* durchdrücken, dass *KrEArtificial* sämtliche Kosten übernimmt. Nach den Heldentaten und dem Schrecken.« Er deutete eine Verbeugung an, und der Bildschirm wurde schwarz.

»Ja, ich denke, wir haben uns die zwei Wochen auf Relax verdient«, murmelte Xian und schüttelte sich, als sie auf die rote Lache blickte, die von zwei kleinen Putzbots bekämpft wurde.

Dalljin gab ihr einen Kuss auf die Stirn, und sie hakte sich ein, als sie an den Gardeuren vorbeischritten. Zwei von ihnen eskortierten sie; Xian zog sich in der Umkleide rasch frische Kleidung an. Ihre Leibwächter verließen sie erst, als Dalljin und Xian mit dem SonicSpeed Sportschweber davonfuhren.

Eine Stunde später saßen sie im Raumschiff und flogen der Erholung entgegen.

17. Februar 3041 a. D

SYSTEM: 61 CYGNI
PLANET: RELAX (IM BESITZ DER UNITED INDUSTRIES),
   4. KONTINENT (VERMIETET AN FREEPRESS MOVIESECTION)
STADT: POOL

»Ich hätte gern noch einen WhiteRussian.« Dalljin schob das leere Glas zum Barkeeper und drehte seinen Sitz zur Seite. Er saß unterhalb des

Antigrav-Pools und sah hinauf zu den Schwimmern, Tauchern und Planschern. Mittendrin befand sich irgendwo auch seine Tochter, die ihr schreckliches Erlebnis von vor einer Woche gut verkraftet hatte.

Die Null-G-Pools waren der letzte Schrei. Ein Kraftfeld schuf einmal in der Stunde eine stabile Antigrav-Glocke und hob das Wasser des gesamten Bassins nach oben, auf dreißig Meter Höhe. Die Schwimmer schwebten über allen, genossen die Aussicht und konnten beim Tauchen weit unter sich die Erde sehen. Rausfallen sollte unmöglich sein, hieß es.

Dalljin war der Spaß zu gefährlich. Nicht auszudenken, wenn die Generatoren ausfielen – aber die Ferienparkbetreiber garantierten, dass keinerlei Unfälle geschahen. Seit der Installierung vor einem Jahr war es auch so geblieben.

»Auch wieder da, Remi?«, hörte er eine dunkle Frauenstimme neben sich sagen.

»Wie jedes Jahr.« Dalljin musste sich nicht umdrehen, um zu sehen, wer ihn gefunden hatte. Es war Lisbetta Engers, eine langjährige Freundin, mit der er sehr viele schöne Erinnerungen im zwischenmenschlichen Bereich verband, wenn er es neutral formulieren sollte. Andere würden sagen: Sex und Freundschaft, keine Liebe im klassischen Sinn. Das dachte er zumindest. Und sie war verheiratet. Jetzt schaute er sie an und lächelte. »Du siehst gut aus.«

Lisbetta trug einen schwarzgrauen Bikini und ein Hüfttuch; mit ihren 45 Jahren hatte sie sich die perfekte Figur erhalten, an der er jede Stelle kannte. Sie stellte sich neben ihn und legte eine Hand auf seinen Rücken. »Schön, dich zu sehen. Ich freue mich.«

Dalljin beugte sich vor und schloss sie in die Arme. Die langen, weißen Haare trug sie offen, und sie roch nach dem dezenten Eau de parfum, das er ihr geschenkt hatte. Der Körperkontakt löste vieles bei ihm aus, und er war froh, dass sein weites Hawaiihemd die anbahnende Erektion in der weißen Badehose verdeckte. »Ich freue mich auch.«

»Alles an dir freut sich«, neckte Lisbetta und setzte sich elegant auf den Hocker neben ihm. Auf ihrer Nase saß die schwarze, dünne Brille, die ihrem Gesicht die besondere Note verlieh. »Ist Xian wieder schwimmen?«

Er nickte. »Ja. Sie genießt es.« Rasch berichtete Dalljin von dem Überfall auf das Labor, so vage, wie es ging. Lisbetta arbeitete für einen anderen Konzern, in einer ähnlichen Abteilung und ähnlichen Position wie er. Beruflich waren sie Konkurrenten und achteten darauf, einander nichts zu verraten.

»Kamen die beiden von euch?«, konnte er es sich nicht verkneifen zu fragen.

»Nein. Unser Maulwurf bei euch hat uns bestätigt, dass wir schon viel weiter sind als ihr«, erwiderte sie grinsend. »Ihr habt keine Chance. Wir arbeiten gerade für die Pornoindustrie an einem Hybriden aus Mann und Elefant.« Lisbetta zwinkerte, und Dalljin lachte schallend. Der Barkeeper schob ihm den WhiteRussian hin, sie bestellte das Gleiche.

»Es ist so schade, dass wir uns nur einmal im Jahr sehen.« Er nahm einen Schluck.

Sie seufzte. »Du weißt, dass es nichts anders geht. Lass uns diese eine Woche genießen.«

Dalljin merkte, dass er einen Fehler begangen hatte und die Stimmung ruinierte. Wie jedes Jahr, eine Art Ritual. Normalerweise wäre es gut gewesen, und sie hätten einander zugeprostet, getrunken und wären aufs Zimmer gegangen, um Sex zu haben. Aber heute sagte er: »Ich habe gehört, er wird versetzt.« Unausgesprochen schwebte in der Luft, dass es die Gelegenheit für eine Trennung von ihrem Mann oder häufigere gegenseitige Besuche wäre.

Lisbetta verzog den Mund. »Du weißt, dass ich dahin muss, wo er ist? Ich bin inoffiziell seine rechte und linke Hand. Was glaubst du, was bei *TTMS* los wäre, wenn ich …« Sie biss sich auf die Lippe.

Dalljin übersetzte innerlich: Sie würden Lisbetta nicht gehen lassen. Goldener Käfig. Das kam davon, wenn man zu wertvoll für ein Unternehmen wurde. Er nahm ihre Hand und drückte sie. »Tut mir leid. Ich habe nicht drüber nachgedacht.« Er küsste sie sanft auf den Mund. »Genießen wir die Woche.«

Lisbetta erwiderte die Zärtlichkeit.

Der Antigrav-Pool schwebte langsam nach unten, und als Xian an die Bar kam, standen zwei leere Gläser am Platz ihres Vaters. Sie sah, dass es zwei WhiteRussian gewesen waren.

Der Barkeeper schob ihr einen Zettel hin. »Der ist für Sie, Miss Dalljin.«

Xian setzte sich. »Einen IpanemaDiablo, bitte, Paul.« Auf dem Wisch stand in der Handschrift ihres Vaters, dass er eine alte Freundin getroffen habe und sie sich zum Austausch von Erinnerungen zurückgezogen hätte.

Sie musste grinsen. Ihr Vater dachte immer noch, dass sie nicht wüsste, dass er ein Verhältnis hatte. Mit Lisbetta Engers, der Frau des Senior Vice President von Moreau Labs, die wiederum zu *TTMS* gehörten.

Es war delikat und nicht ungefährlich, etwas mit der Frau eines Konkurrenten anzufangen, zumal die Frau selbst die Position des Vice President des Unternehmens innehatte. Xian konnte sich vorstellen, welche Position Lisbetta gerade eingenommen hatte.

»Bitte sehr, Miss Dalljin.« Paul stellte den IpanemaDiablo vor ihr ab. »Einen kleinen Snack dazu?«

Sie winkte ab, und der Barkeeper kümmerte sich nach einem Verabschiedungslächeln wieder um andere Gäste.

Sie trank durch den Strohhalm und spürte, wie der starke Alk direkt ins Blut ging und ihr in den Kopf schoss. Auch wenn der IpanemaDiablo den Anschein der Harmlosigkeit erweckte – wie der promillefreie Bruder –, hatte es der Cocktail in sich. Nach einem Bad im Pool mochte sie ihn besonders gern.

Xian schaute sich um.

Relax war ein Projekt von Freepress Moviesection, ein Nebenprodukt der Filmindustrie. Moviesection hatte alte Requisiten zusammengetragen und sie quer auf einem Kontinent verteilt. So hatte man den Eindruck, man wäre ständig in einem bekannten Film, und wartete darauf, dass gleich etwas Entsprechendes geschah. Was aber nicht eintrat. Relax war vergleichbar mit Luxuskreuzfahrtraumschiffen, deren einziger Zweck darin bestand, Zeit mit Entspannung zu vergeuden.

»Na, wenn das nicht Xian Dalljin ist!«, tönte es plötzlich neben ihr, und grelles Licht überschüttete sie. »Wow, Sie machen ja eine klasse Figur in dem Hauch von nichts, das andere Trikini nennen.«

Sie wandte sich um und ärgerte sich, ihr Handtuch bei der Liege gelassen zu haben. Sie hatte eine gute Figur, wenn auch für ihren Geschmack zu wenig Oberweite, aber das war kein Grund, es laut herumzuschreien. Als sie den Mann vor sich sah, der eine kleine Kamera auf sie gerichtet hielt, wusste sie, wen sie vor sich hatte: »Der Vador!«

»Oh, ich bin geschmeichelt. Sie kennen mich?« Der windige Reporter, für den es ebenso viele Beleidigungen wie Lobeshymnen gab, grinste sie frech an. Seinen richtigen Namen hatte sie gerade nicht parat. Er liebte es, unter seinem Spitznamen aufzutreten. Er hatte sich in Bermudas geschwungen, auf denen Leuchtschriften aufblinkten. Sie machten Werbung für Sendungen – natürlich seine Sendungen. Das durchsichtige Hemd war bis zum Nabel aufgeknöpft.

»Nur vom Wegschalten.« Sie sah Paul an, und Paul wiederum streckte sich und hob die Hand. Er schien einen Sicherheitsmann herbeizuwinken.

»Locker bleiben, Limettenquäler«, empfahl Vador. »Ich habe eine Drehgenehmigung.«

»Sie müssen mich um Erlaubnis bitten, bevor Sie mich filmen. Und wenn das live ist, verklage ich Sie!« Xian konnte es kaum fassen. »Woher kennen Sie mich?«

Vador schaltete die Kamera aus. »Woher wohl? Von der Gästeliste? Der Name Dalljin ist recht bekannt, und da ich Ihren Vater nirgends aufstöbern konnte, dachte ich, *Sie* würden mir vielleicht ein kleines Interview geben.«

»Zu welchem Thema?«

»Relax. Ich mache ein Imagefilmchen für die Reisebranche. Werbung, Sie verstehen. Total harmlos.« Vador sah sie bittend an, und der Hundeblick brachte Xian zum Lachen. Er täuschte vor, ins Taumeln zu geraten. »Götter und Sterne! Sie sollten Model werden! Sie hauen einen ja um!«

Auch wenn sie sich geschmeichelt fühlte, ein Stimmchen warnte

Xian davor, sich von dem Reporter bequatschen zu lassen. »Nein, ich habe schon was getrunken. Ich möchte klar sein, wenn Sie mir Fragen stellen. Sie führen die Leute gern aufs Glatteis.« Schnell trank sie vom IpanemaDiablo. »Wie lange sind Sie noch hier?«

»Bis morgen, Miss Dalljin. Nur noch bis morgen.« Vador sah bedauernd aus, taxierte sie und schien sich den Trikini wegzudenken, was keine große Kunst war. Der Stoff war mit Spezialkleber aufgetragen, so dass ein Verrutschen im Wasser unmöglich wurde. Somit blieb sie vor Busenblitzern sicher – zum Leidwesen von Vador und anderen Männern. »Das ist schade. Ein hübsches Gesicht wäre schön gewesen. Ein natürlich schönes.« Er reichte ihr seine Karte: *Salvador »Vador« M. Ransom, Sternenreporter.* »Wenn Ihr werter Vater Zeit und Lust hat …« Der Reporter grüßte und ging.

»Zeit und Lust hat er schon. Allerdings spielst du dabei keine Rolle«, murmelte Xian hinter ihm her. Da sie nicht wusste, wohin damit, legte sie die Karte neben den Untersetzer. »Lassen Sie die bitte auf mein Zimmer schicken«, sagte sie zu Paul und schaute sich wieder um.

Sie war auf der Suche nach Beute. Nach Bekanntschaften. Nach einem Partner für ein nettes Treffen. Und auch das fand man auf Relax; darüber hinaus hatte sie noch etwas zu erledigen. Je eher Xian das hinter sich gebracht hatte, desto entspannter konnte sie sein. In einer Stunde war es so weit.

Sie glitt vom Hocker und ging in Richtung der Massagebecken. Entspannt gingen die meisten Dinge einfach besser.

»Remi, das war …« Lisbetta rollte sich auf den Rücken und sah ihn neben sich liegen. Schweiß rann an ihnen herab, mischte sich und wurde auf den Laken zu feuchten Flecken. Sie hatten sich beim Liebesspiel verausgabt, der zweite Durchgang würde langsamer und zärtlicher sein als der erste. Aber nicht weniger intensiv.

Dalljin mochte es, wenn sie ihn Remi nannte. Es klang französisch, verrucht und jenseits von dem, was ihm als Image anhaftete: ein verstaubter, spaßfreier Superkopf, für den nur *DNA* und Vererbungslehre zählten. Mit Lisbetta war er Mann, durch und durch. »Ja, das war es«, sagte er und wischte ihre zerzausten weißen Haare zur Seite, damit er sie küssen konnte. Er sank in die weichen, duftenden Kissen, und sie rückte an ihn heran, schmiegte sich an ihn. Schweigend lagen sie da, lauschten auf die Geräusche, die von draußen hereindrangen: Stimmengewirr, Wasserplätschern, Lachen, gedämpfte Musik.

Ein Tag am Meer.

»Warum sind nicht alle Tage so wie hier?«, flüsterte er. »Mit dir?«

Lisbetta gab ihm einen Kuss auf die Wange. »Nicht! Quäl uns nicht mit Wünschen, die niemals in Erfüllung gehen können.«

»Weil du dein Leben aufgeben müsstest.« Dalljin schluckte.

»Ich verstehe das. Aber ... du weißt, du kannst jederzeit zu mir kommen. Du wirst als Vice President bei *KrEArtificial* anfangen, und ...«

Lisbetta stand auf und schlüpfte in ihren Bikini.

»Was machst du da?«

»Das weißt du ganz genau. Wir hatten eine Abmachung, und die lautete, dass wir niemals«, sie hob energisch den Zeigefinger, »*niemals* anfangen, den anderen überreden zu wollen, die Seiten zu wechseln. Und genau das«, Lisbetta schlang sich die Hüfttuch um, »tust du gerade.« Sie marschierte auf die Tür zu, während ihr der verblüffte Dalljin nachblickte. »Schönen Urlaub, du Idiot!«

»Aber ...« Er sprang aus dem Bett und verfolgte sie, stellte sich vor sie. »Es war nicht so gemeint. Ich ... ich möchte doch nicht mehr als ...«

Sie lächelte, wenn auch schwach, und küsste ihn auf die Nasenspitze. »Ich weiß, Remi. Aber Strafe muss sein. Es gibt erst morgen wieder Sex. Lass es dir eine Lehre sein.« Lisbetta schob sich an ihm vorbei und verließ das Appartement; mit einem dünnen Summen rastete das Schloss ein.

»Scheiße!«, rief Dalljin und trat gegen die Wand, was seinem Fuß mehr Schaden zufügte als dem gegossenen Sandkunststoffgemisch.

Im gleichen Moment flog hinter ihm das Fenster auf, das zur kleinen Seitenstraße führte.

In einem Scherbenregen landete eine schwarz gekleidete Gestalt auf dem Terrakottafliesenboden. Ein geschlossener Helm saß auf dem Kopf, der das Gesicht verbarg; der Unbekannte sah durch zwei unterschiedlich große Kameralinsen.

Dalljin sah die leichte Panzerung, die der Mann trug; in Gurthalterungen saßen verschiedene Pistolen an seinem Körper verteilt, und der Griff eines Schwerts ragte über die Schulter hinaus. Er wich vor dem Besucher zurück. »Was ...?«

Langsam richtete sich der Unbekannte auf, Scherben fielen leise klirrend zu Boden. »Sie haben etwas aus dem Labor nach Relax mitgenommen, das dem Unternehmen gehört«, sagte eine elektronisch verzerrte Stimme. »*KrE Artificial* findet es nicht gut, dass Sie Verrat begehen, indem Sie Erkenntnisse an Moreau Labs weitergeben.«

Dalljin dämmerte, wen er vor sich hatte: einen Justifier, ausgesandt von der Bossetage, um ihn ... um ihn *was*? »Ich habe nichts getan. Meine Beziehung zu Lisbetta ist rein freundschaftlich.« Er tastete hinter sich, um die Klinke zu finden.

»*Meine* Beziehung zu Ihnen, Professor, ist rein professionell.« Der Justifier kam langsam auf ihn zu und zog eine Pistole. »Also: Wo ist der Datenträger?«

»Ich weiß nicht, wovon Sie sprechen! Ich bin seit Dekaden ein loyaler Mitarbeiter von *KrE Artificial*, und ich bin der Letzte, der ...«

»Sir, es ist mir egal. Ich bin ausgesandt worden«, unterbrach ihn der Maskierte, »um die Informationen zurückzubringen, die von Ihnen entwendet wurden. Finde ich sie nicht bei Ihnen, gehe ich zu Ihrer Liebschaft.« Er krümmte den Finger, und im gleichen Moment bohrte sich ein stechender Schmerz durch Dalljins Oberschenkel. Der Schuss hatte kein Geräusch erzeugt.

Der Professor wollte aufschreien, doch seine Stimme versagte. Die Lähmung hatte blitzartig eingesetzt, und er rutschte an der Tür nach unten.

»Das Gift setzt Ihre Muskeln außer Kraft, nicht aber Ihr Schmerzempfinden. Wir sind bei Stufe eins: Ich werde Sie in den nächsten zehn Minuten bearbeiten, danach gebe ich Ihnen das Gegenmittel, damit Ihr Herz nicht stehen bleibt. Dann beginne ich erneut mit meiner Befragung. Lügen Sie oder bleiben Sie stumm, folgt Stufe zwei: Ihre Liebschaft wird in der gleichen Weise bearbeitet. Antworten Sie mir immer noch nicht, kommen wir zu Stufe drei: Ich bringe Ihre Tochter her und werde auch sie vor Ihren Augen behandeln, um Ihre Zunge zu lösen, Professor. Es liegt an Ihnen, wie viele Stufen wir erklimmen, bis ich höre, was ich will, und die Daten erhalte.«

Dalljins Gedanken waren zuerst bei seiner Tochter, dann bei Lisbetta. Er musste sie warnen, wollte zu seinem Kommunikator, wollte wegrennen, wollte laut um Hilfe schreien – aber er lag regungslos zu Füßen des Justifiers, der ein Messer mit einer langen, dünnen Klinge zog und vor ihm in die Hocke ging. Als die Schneide spielend leicht durch Fleisch und Knochen glitt und den kleinen Zeh abtrennte, schossen Dalljin die Tränen aus den Augen. Mehr konnte er nicht tun, um seine Qualen zum Ausdruck zu bringen.

17. Februar 3041 a. D

SYSTEM: 61 CYGNI
PLANET: RELAX (IM BESITZ DER UNITED INDUSTRIES), 3. KONTINENT
(VERMIETET AN STARLOOK),
STADT: OBJECTIVE

Xian hatte sich der Studio-Tour angeschlossen, die durch die Requisiten und Studios von StarLook reiste. Ein ein Meter großer, knallrot gestrichener Bot im Spielzeugroboterdesign fuhr vor der hundert Mann starken Gruppe her, die Stimme eines Schauspielers, dessen Namen ihr nicht einfallen wollte, erklang aus den Boxen und erklärte die Abläufe. Es war das System-Hauptstudio, in dem Nachrichten, Unterhaltungssendungen, Spielshows und Soaps produziert wurden. Hier liefen die Berichte von den Planeten ein, und hier landeten auch die Meldungen aus dem Rest des besiedelten Universums.

Xian hörte nur mit halbem Ohr zu. Wichtiger war ihr, dass sie endlich ins Studio 54 gelangten. Dort wartete ihr Date. Ein außergewöhnliches Date. Sie wusste nicht, wie es ablaufen sollte, und kannte nur das verabredete Stichwort *Gedankenmühle*, auf das sie *Eiersalat* antworten sollte. Was danach kam, war Improvisation pur.

Bewaffnet war Xian nicht. Sie verließ sich auf die Zusicherung, dass ihr nichts geschehen würde, und auf ihre Kampfsportfertigkeiten. Als Halb-Asiatin hatte sie es geradezu als Pflicht angesehen, sich in traditionellem Karate und Aikido zu schulen. Ein guter Ausgleich zum Laborjob.

Endlich kamen sie ins Studio 54, wo sie durch das Set von *The Boss and Me* liefen, eine Comedy-Serie um einen Konzernangestellten, der nach oben wollte und von einer selbst verschuldeten Katastrophe in die nächste stolperte. Xian mochte sie nicht, die Gags waren ihr zu dämlich.

»Damit endet unsere Tour. Wir bedanken uns für Ihre Aufmerksamkeit«, sagte der Bot mit der Schauspielerstimme, »und wünschen Ihnen noch einen schönen Tag. Gehen Sie bitte geradeaus, folgen Sie den blauen Strichen, und Sie gelangen in unseren Souvenirshop: Autogramme, Shirts und mehr für Ihre Lieben zu Hause. Auf Wiedersehen, und: immer schön einschalten!«

Die Leute applaudierten und folgten den Linien, die sie in die Einkaufshölle schickten.

Xian sah sich um, konnte jedoch niemanden entdecken.

»Was nun?«, murmelte sie. Ihre Nervosität schlug um in steigende Angst, dass das Treffen platzen könnte, was zumindest für zwei Menschen fatal wäre.

»Man könnte denken, die Studios sind eine einzige Gedankenmühle«, sagte eine bekannte Stimme.

Xian fuhr herum – und sah den Spielzeugbot vor sich stehen. Die Augen befanden sich auf Höhe ihres Schritts und blinkten blau. »Was?«

»Sie haben schon richtig verstanden: Die Studios sind eine einzige Gedankenmühle.«

»Eiersalat. Ich hätte Lust auf … Eiersalat«, brachte sie stotternd heraus.

»Oh, wirklich? Dann folgen Sie mir. Ich bringe Sie zur Kantine.« Der Bot wandte sich um und rollte los.

Xian folgte ihm und überlegte die ganze Zeit, wo sie einen Handkantenschlag bei einer Maschine anwenden konnte, um sie auszuschalten. Da sie keine kybernetischen Modifikationen besaß, würde sie sich die Hand am Kunststoff brechen und den Roboter nicht wesentlich beeindrucken.

Der Bot kurvte durch das Dickicht aus Sets, vorbei an schwebenden Kameras und Scheinwerfern, vorbei an Crews und durch schmale Gänge, die als Abkürzungen dienten, vorbei an Filmaufnahmen. Niemand achtetet auf die Frau und die Maschine.

Sie bewegten sich in einen noch engeren Gang, das Licht wurde schummrig. Es fiel Xian schwer, etwas im Halbdunkel zu erkennen. Dann standen sie vor einem Raumschiffschott, auf das *Damn Collie, die* aufgesprüht war.

»Warten Sie hier.« Der Roboter bog nach links ab und verschwand in einem der Seitengänge. Das Blau seiner Blinkaugen gelangte zunächst als Reflexion bis zu ihr, dann verschwand es.

Xian blickte sich um und fühlte sich unwohl.

Mit einem lauten Zischen öffnete sich das Schott, Kunstnebel waberte aus der Öffnung. Von hinten beleuchtet erhob sich ein Collector vor ihr, die Rüstung überragte sie um gut einen Meter. »Schützenswerte, bedrohte Rasse Mensch«, erklang die Botschaft aus den Lautsprechern, die jedes Kind in den Kolonien kannte und fürchtete. »Eure Rettung ist nahe!«

Xian rümpfte die Nase. »Was ist denn *das* für eine Idee? Geht es noch auffälliger?«

»Oh, Sie sind nicht leicht zu beeindrucken«, kam es vom Collector. »Scheint, als wäre das zarte Laborblümlein voller Dornen.« Die gepanzerte Hand, die dem Original lediglich aus Plastik nachempfunden war, reckte sich ihr entgegen. Darin lag ein Datenleser. »Bitte schieben Sie den Chip rein und aktivieren Sie den Decryptor.«

Xian langte in die Tasche, nahm ihr scheckkartendünnes Kom heraus und öffnete die Klappe auf der Rückseite. In dem kleinen Fach, in dem normalerweise der Memorychip lag, wartete der Datenträger, den sie aus dem Labor von *KrEArtificial* geschmuggelt hatte. Sie holte ihn heraus und hielt ihn zwischen Daumen und Zeigefinger. »Wir sind uns einig?«

»Sicher. Sie halten sich an Ihre Abmachung, wir an unsere.« Die Collie-Imitation vollführte eine auffordernde Bewegung. Xian blieb nichts anderes übrig. Sie drückte den Chip in den Schlitz und schaltete den

Decryptor ein. Das Gerät summte auf, mehre Lämpchen leuchteten farbig auf, und auf dem flachen Display stand *Running*.

Schweigend warteten sie ab, was das Gerät ermitteln würde. Nach langen Minuten sprangen die Lämpchen nacheinander auf blau um, und die Meldung *Okay* war zu lesen.

»Sehr gut, Miss Dalljin. Sie haben mir einen sehr großen Dienst erwiesen.« Die Hand des Collectors schloss sich um Chip und Decryptor. »Sie müssen nichts mehr tun. Ihre Aufgabe ist erfüllt.« Er machte einen Schritt zurück, und der Kunstnebel schoss fauchend aus der Luke und verschluckte ihn. Das Schott schloss sich, wie Xian mehr ahnen als sehen konnte, und es wurde finster.

Sie schluckte und bemerkte, dass sie zitterte. Xian wollte zurück nach Pool. Sie brauchte dringend einen IpanemaDiablo. Am besten zwei.

17. Februar 3041 a. D

SYSTEM: 61 CYGNI
PLANET: RELAX (IM BESITZ DER UNITED INDUSTRIES),
   4. KONTINENT (VERMIETET AN FREEPRESS MOVIESECTION)
STADT: POOL

Es war kurz vor dem Abendessen, als Xian ins Ressort zurückkehrte.

Auf die Anrufe von unterwegs bei ihrem Vater hatte er nicht reagiert. Also würden sie vermutlich nicht zusammen am Tisch sitzen und einen Berg Alanam-Scampi mit creolisch-daturianischer Soße verputzen. Sie konnte sich denken, dass er noch immer mit Lisbetta das Wiedersehen feierte.

Xian ging direkt zur Bar am Pool, um sich den ersten der verdienten IpanemaDiablo zu gönnen.

Ihr entging nicht, dass ihre Bekanntschaften ihr Blicke zuwarfen, die sie nicht zu deuten vermochte. Mitleid, Erstaunen, Fassungslosigkeit.

Sie hatte die Bar erreicht und setzte sich. »Hallo, Paul. Einen Ipanema-Diablo.«

Der Barkeeper sah sie an und schluckte. »Miss Dalljin, Sie werden von den *UI*-Sicherheitskräften gesucht.«

Xian konnte fühlen, wie sie ihre Farbe verlor und blass wurde. »So?«, fragte sie gespielt gleichgültig und wusste, dass jeder ihre schlechte Darbietung durchschauen würde. »Kann nur ein Missverständnis sein. Ich habe nichts angestellt.«

Paul räusperte sich und stellte zu ihrer Verwunderung einen Tequila hin. »Miss Dalljin, ich weiß nicht, wo Sie gewesen sind, aber haben Sie nichts mitbekommen?«

»Paul, Sie machen mir Angst. Ich war ein bisschen unterwegs. Am … Strand. Was habe ich nicht mitbekommen?« In Xians Kopf ging alles durcheinander. Die Vermutungen wirbelten umher, ohne dass sie einen echten Verdacht greifen konnte.

»Ich bin wahrlich nicht der Richtige für die Nachricht.« Paul wand sich, wusste sich aber nicht anders zu helfen als zu flüstern: »Ihr Vater wurde ermordet, Miss Dalljin. In seiner Suite. Zusammen mit seiner Freundin.«

Xian wurde schlecht. In ihrem Magen bildete sich etwas Kaltes, Dickes, und Magensäure schoss ihr den Hals hinauf. Mit Mühe schaffte sie es, sie nicht vor dem Barkeeper auf den Tresen platschen zu lassen. Sie zitterte schon wieder, starrte Paul an. »Was?«, brachte sie mit Anstrengung über die Lippen. Paul wiederholte die Auskunft, die nicht besser und nicht weniger schrecklich wurde. Dann richtete er sich auf, die Augen schauten an ihr vorbei; der Ausdruck war eine einzige Warnung an sie. »Sir. Ich wollte Sie gerade informieren, dass Miss Dalljin aufgetaucht ist.«

Zuerst roch Xian den Mann, der eine Duftwelle vor sich herschob. Es war ein kühler, sportlicher Duft mit einer unbekannten, kräftig-würzigen Note darin, der nicht so recht dazu passen wollte. Dann lehnte er sich neben ihr an den Tresen und sah sie an. Freundlich, aber wachsam. »Hallo, Miss Dalljin. Mein Name ist Phileas Kalimeropoulus. Ich bin der Sonderermittler, der von *United Industries* mit dem Fall betraut wurde. Der Konzern hat allergrößtes Interesse, dass der Fall gelöst wird.« Er zeigte ihr seinen Ausweis.

»Was ist passiert …?« Xian wisperte, obwohl ihr zum Schreien zumute war.

Er sah auf den unangerührten Tequila. »Wir sollten unsere Unterredung an einem anderen Ort fortführen, Miss Dalljin. Ich werde Sie über das in Kenntnis setzen, was wir bisher wissen.« Behutsam nahm er sie am Ellbogen und ging los.

Xian folgte ihm wie in Trance. Die Umgebung glitt an ihr vorbei, die Gesichter verschmolzen zu einem Konglomerat aus Augen, Mündern und Nasen. Wo sie entlanggingen, wusste sie nicht; dann schritten sie in ein Gebäude, durch einen Korridor und schließlich durch eine Bürotür; hier warteten bereits zwei Frauen und ein Mann, die sich leise berieten und verstummten, als sie näher kamen.

Kalimeropoulos bugsierte sie sanft auf einen Stuhl und nahm ihr gegenüber am Tisch Platz. Die Leute stellten eine Karaffe mit Blauwasser und zwei Gläser vor sie hin, eine Kamera war bereits aufgebaut. »Wir werden das Gespräch aufzeichnen, Miss Dalljin. Das dient unserer und Ihrer Absicherung.«

»Was ist passiert?«, fragte sie wieder und immer noch leise, mit brüchiger Stimme.

»Der Zimmerservice hat Ihren Vater, Professor Remigius Dalljin, und Lisbetta Engers tot aufgefunden. Beide lagen nackt im gleichen Raum. Der Zeitpunkt des Todes wurde nach einem ersten Check auf 20.30 Uhr Standardzeit geschätzt, und die Leichen wiesen massive Verstümmelungen auf. Die Einzelheiten erspare ich Ihnen, Miss Dalljin. Aber meinen Erfahrungen nach«, er sah sie mitleidig an, »wurden die beiden Opfer eines Psychopathen. Bei der Tat wurde die Methode von Ernest Frenouille imitiert. Sagt Ihnen der Name etwas?«

Xian atmete mit einem lauten Schluchzer ein und schlug die Hände vors Gesicht. Das Weinen ließ sich nicht länger zurückhalten, der Damm war gebrochen, und sie musste heulen, heulen, heulen. Ihr Körper bebte, die Tränen rannen in einem unaufhörlichen Strom. Jemand drückte ihr ein Tuch in die Hand, aber sie konnte nicht aufhören.

»Miss Dalljin, ich habe volles Verständnis, und glauben Sie mir, dass auch ich erschüttert bin«, hörte sie Kalimeropoulos' tiefe, vibrierende

Stimme. Seine Art zu sprechen war beruhigend wie das Schnurren einer Katze. »Aber Sie müssen uns helfen, damit wir den Täter noch auf Relax zu fassen bekommen. Zum einen, damit er nicht weiter mordet. Zum anderen: Die Brisanz des Falls ist Ihnen klar. Lisbetta Engers war die Frau des Senior Vice President von Moreau Labs, und diese wiederum gehören ...«

»... zu *TTMS*, ja, das weiß ich«, stieß Xian hervor und nahm die Hände vom Gesicht. Sie wischte sich die Tränen weg, ihre Augen brannten. »Mein Vater ist tot, und Sie reden allen Ernstes von den Belangen eines Konzerns?«

Kalimeropoulus behielt den freundlichen Ausdruck bei.

»Wir reden von *TTMS*. Es ist nicht *ein* Konzern, es ist *der* Konzern. Ein Unternehmen mit derart viel Einfluss, dass *United Industries* nichts unversucht lassen darf, Resultate vorzuweisen. Und vergessen möchte ich nicht, dass Ihr Vater wie Sie bei einem kleinen, aber ebenso feinen Konzern gearbeitet hat. Das sind drei«, er hob die passende Anzahl von Fingern, »Beteiligte, die alle wissen wollen, wer Dalljin und Engers ermordet haben. Mister Engers wird sich mit Sicherheit auch einschalten und private Ermittler beauftragen.« Er sah sie an.

»Ihr Vater und Miss Engers standen in welchem Verhältnis zueinander?«

»Sie ... haben sich geliebt.«

»Wie lange geht das schon?«

»Etwa ... ich weiß es nicht, um ehrlich zu sein. Aber lange.«

»Wissen Sie von Drohungen gegen Ihren Vater?«

»Nein.«

»Oder gegen Miss Engers?«

»Nein.«

»Wurden Ihr Vater wegen seiner Liaison ...«

»Sie haben sich *geliebt*«, fiel ihm Xian ins Wort und schrie dabei fast.

»Wurde Ihr Vater wegen der Beziehung zu Miss Engers erpresst?«, formulierte es Kalimeropoulus um.

»Mir hat er nichts davon gesagt.« Sie suchte seinen Blick.

»Ich dachte, Sie gehen von einem Psychopathen aus? Das klingt, als verfolgten Sie eine andere Spur.«

»Wir müssen vieles in Betracht ziehen, Miss Dalljin.« Kalimeropoulus zeigte ein Raubtierlächeln und ein Gebiss mit starken, kräftigen Zähnen. »Haben Sie etwas Besonderes beobachtet, während Sie auf Relax oder im Ressort waren? Gab es einen aufdringlichen oder auffälligen Gast?«

»Nein.« Xian konzentrierte sich. Die Fragen des Sonderermittlers sorgten dafür, dass sich ihre eigenen Gedanken ordneten. Sie wusste mehr, als Kalimeropoulus ahnte. Und ihre schlimmste Befürchtung war, dass sie die Schuld am Tod ihres Vaters und Lisbettas trug. Sie traute SternenReich, dem Mutterkonzern von *KrEArtificial*, durchaus zu, einen Justifier oder eine ganze Einheit hinterhergehetzt zu haben, um den Chip zurückzuholen. Den Chip, den sie aus dem Labor geschmuggelt hatte. Unschuldige waren ihretwegen gestorben! Sie hatte ihren eigenen Vater auf dem Gewissen!

»Wo waren Sie eigentlich heute Nachmittag?«

Die Frage brachte Xian in die Gegenwart zurück. »Schwimmen.«

»Schwimmen.«

»Wo?«

»Am Meer. Pool hat sehr schöne Strände, auch wenn die meisten lieber im Ressort bleiben«, gab sie zurück.

»Und vermutlich waren Sie allein. Niemand kann bezeugen, dass Sie tatsächlich am Meer waren, Miss Dalljin.«

Xian sah ihn entrüstet an. »Wollen Sie damit andeuten, ich hätte was mit dem Mord zu tun?«

»Nein. Ich will nur herausfinden, wo Sie wirklich waren und warum Sie lügen«, entgegnete er mit einem Lächeln. »Der Grund erschließt sich mir nicht. Und Sie haben nicht danach gefragt, wer Ernest Frenouille war, obwohl ich Ihrem Gesicht ansehen konnte, dass Sie es nicht wussten.«

Sie langte nach dem Glas Blauwasser und trank es in einem Zug leer. »Finden Sie den Mörder meines Vaters«, sagte sie danach und stellte das Gefäß behutsam ab. »Mehr muss Sie von meiner Seite aus nicht interessieren. Haben Sie noch Fragen an mich?«

»Keine. Bis auf den Umstand, wo Sie heute Nachmittag waren.«
Kalimeropoulus schenkte ihr nach. »Eher werden Sie dieses Büro nicht
verlassen, Miss Dalljin. Sie sind auf einem Planeten von *United Industries*,
und hier habe ich das Sagen.« Er lehnte sich vor. »Ich bin nicht Ihr
Feind, sondern will wie Sie herausfinden, wer das angerichtet hat! Wer
Ihrem Vater, seiner Liebe und Ihnen das angetan hat.«

Xian erhob sich langsam. »Ich war am Strand. Schwimmen. Allein«,
wiederholte sie, und ihre Stimme klang fester als vorhin. »Sobald die
Ermittler von *SternenReich* eingetroffen sind, sagen Sie mir Bescheid. Ich
halte sie für fähiger als Sie, Mister Kalimeropoulus. Sie können nichts
als implizite Verdächtigungen aussprechen. Einen erfolgreichen Tag
wünsche ich Ihnen.« Sie ging los.

Die übrigen Sonderermittler machten ihr Platz.

»Ernest Frenouille«, sagte er laut in ihrem Rücken, »war ein Psycho-
path, der im Auftrag folterte. Er entlockte seinen Opfern, die allesamt
hochrangige Konzerngrößen waren, die intimsten und strengsten
Geheimnisse. Durch Drogen und Schmerzen. Es dauerte lange, bis
man ihn geschnappt und erledigt hatte. Doch die *Methode Frenouille*
wurde berühmt.«

Xian war stehen geblieben. Sie wusste, was der Mann ihr damit sagen
wollte.

»Miss Dalljin, wenn ich mich nicht irre, dann hat der Mörder Ihres
Vaters und seiner Geliebten den beiden vor dem Tod Geheimnisse entlockt.« Kalimeropoulus schlürfte an seinem Wasser. »Hat er nicht das
gehört, weswegen man ihn geschickt hat, würde ich stark annehmen, er
geht bei der erstbesten Gelegenheit zu der Person, die den Opfern
nahesteht, und versucht es nochmals. Sollte das so sein, werden Sie die
Methode Frenouille bald selbst zu spüren bekommen. Ich rate Ihnen:
Sagen Sie mir, wo Sie waren und was Sie verbergen. Nur dann kann ich
Sie beschützen.« Wieder erklang das Schlürfen. »Eines noch: Bitte verlassen Sie den Planeten vorerst nicht, bis wir die ersten Ermittlungen
abgeschlossen haben.«

»Werde ich nicht.«

»Was werden Sie nicht?«

»Den Planeten verlassen und mich noch verdächtiger machen, als ich anscheinend ohnehin schon bin.« Xian stieß die Luft aus und öffnete die Tür, verließ das Zimmer und eilte vorwärts, um dem Gebäude zu entkommen. Aber die Schuldvorwürfe blieben an ihr haften und würden sich mit keinem Reinigungsmittel der Welt entfernen lassen. Sie wusste, dass Vater und Lisbetta ihretwegen gestorben waren.

Wegen des Chips.

Und dass der Mörder nun sie suchen würde.

18. Februar 3041 a. D.

SYSTEM: LALANDE 21185
ORT: ORBITALE RAUMSTATION UM DEN PLANETEN FRUIT

Sebastiènne Engers, ein stattlicher Mann von Mitte fünfzig mit einem dreifachen grauen Irokesenschnitt, saß auf seinem Schreibtisch und schaute zum Bürofenster hinaus ins All. In der asymmetrisch geschnittenen knallroten Hose und mit freiem Oberkörper, über dem sich die Hosenträger spannten, sah er reichlich merkwürdig aus.

Raumschiffe zogen in großer Entfernung vorbei und wirkten doch, als könnte er sie mit der Hand berühren.

Es waren große Frachter, die mit den landwirtschaftlichen Erzeugnissen von den Farmplaneten des Systems nach Fruit kamen. Man hatte den Welten keinen Namen gegeben, sie waren nicht mehr als große Äcker, die einmal im Jahr eingesät, sich selbst überlassen und dann Saison für Saison abgeerntet wurden.

»Ich habe«, sagte Sebastiènne nachdenklich, »als kleiner Junge auf einem der Planeten gearbeitet. Mein Onkel hatte mich runtergeschickt. Er wollte, dass ich erfahre, was körperliche Arbeit ist.« Mit einer Handbewegung, die von den Sensoren erfasst wurde, ließ er das Fenster mit einem Außenschott von der Elektronik schließen, die Muskelpakete auf der Brust und am Arm zuckten. »Ich war mit einem Apfelernter, diesen kleinen Antigrav-Traktoren mit Pflückvorrichtung, unterwegs. Mein Lieblings-Beta Carlson hatte mich begleitet, der beste und treuste Hunde-

Beta, den ich jemals kennenlernen durfte. Eine Applesnake hat mich angefallen, aber Carlson hat mich gerettet. Ihn hat sie zweimal gebissen, und die Chimäre ist elend am Gift der Blausäure eingegangen.« Sebastiènne ließ die Beine baumeln, stützte sich ab und sah auf die schwingenden Schuhspitzen. Es schien, als wollte er gleich eine Turnkür beginnen. »Ich bin weinend nach Hause gefahren, aber am nächsten Tag war ich wieder im Waldstück. Bis an die Zähne bewaffnet, ohne dass es mir irgendjemand erlaubt hätte. Es war mir egal. Ich wollte Rache für Carlson.« Die Beine stoppten, Engers rutschte vom Tisch und stand lässig davor, die Daumen unter die Hosenträger gelegt. »Als ich fertig war, hatte ich elf Applesnakes gefangen. Danach habe ich sie bei lebendigem Leib seziert und darauf geachtet, dass sie bis zum Schluss gelitten haben.«

Er ging zum massiven cremefarbenen Schrank neben der Eingangstür und öffnete ihn. Darin stand ein überlebensgroßes Bild von seiner Gattin Lisbetta, das mit schwarzem Trauerflor bekränzt war. Sebastiènne kniete davor nieder, den Kopf leicht nach oben gereckt und die Augen auf das Antlitz seiner Frau gerichtet. »Wie Sie gehört haben, Gentlebeings, mag ich es nicht, wenn mir Sachen genommen werden, die mir ans Herz gewachsen sind.«

»Ja, Sir«, sagte einer der fünf Leute, die im Dunkel neben der Tür standen. Seit ihrem Eintreten bewahrten sie Ruhe, hatten die Hände auf den Rücken gelegt und verfolgten Sebastiènne nur mit Blicken. Im schwachen Licht waren ihre Gesichter nicht zu erkennen, aber der Statur nach waren drei davon Beta-Humanoide: Paviane und ein Bluthund.

»Ich bin für *Moreau Labs* auf der Station gerade unabkömmlich. Wir haben ein Meeting, das entscheidend für die neue Richtung unseres kleinen Konzerns ist. Deswegen werden Sie das tun, was ich damals auf dem Ackerplaneten getan haben: den Schuldigen ausfindig machen. Und ihn töten. Ihn und alle, die dazugehören.« Sebastiènne zog die Nase hoch und fing damit das Schluchzen ab, das sich anbahnte. »Finden Sie ihn. Foltern Sie ihn, so lange es geht, und halten Sie alles fest. Ich will sehen, wie der Mörder meiner Frau hat leiden müssen!« Er senkte den Kopf.

»Ja, Sir«, rief die gleiche Stimme wieder. »Wir haben verstanden.«

»Einen Scheißdreck haben Sie verstanden!« Sebastiènnes Stimme schallte durchs Büro, der breite Nacken schwoll an. »Ich will Rache! Vernichten Sie alles, was zum Mörder gehört. Sobald ein Verdächtiger bekannt wird, suchen und töten Sie ihn.«

»Sir«, sagte die Stimme zögerlich, »einen *Verdächtigen*? Wenn er aber unschuldig ...«

»Jeder ist schuldig wegen irgendwas«, unterbrach ihn Sebastiènne. »Sobald Sie einen Namen hören, bringen Sie das Schwein um. Und wenn es der Falsche war, dann warten wir auf den neuen Namen.« Er erhob sich und kam auf das Quintett zu. »Es ist mir egal, hören Sie? Lieber töte ich hundert Unschuldige, als einen Schuldigen laufenzulassen.« Sein Finger wies auf den Ausgang. »Gehen Sie und rotten Sie die Applesnakes aus, Gentlebeings.«

Die Leute salutierten und verließen das Büro durch die automatisch öffnende Tür.

Sebastiènnes Blick wanderte zum Gemälde. Zu Lisbetta.

»Schlampe«, sagte er hasserfüllt. »Hast mich mit diesem Dalljin hintergangen. Jahrelang.« Er spuckte vor dem gemalten Gesicht aus. »Aber dennoch darf dein Tod nicht ohne Folgen bleiben.«

Ein leises *Gong* erklang. »Sir, man erwartet Sie im Meeting«, säuselte seine Assistentin durch die Sprechanlage.

»Ich komme, Elisa.« Sebastiènne nahm den quadratischen Ordner, in dem er sein TabSheet und seine Unterlagen aufbewahrte, vom Tisch und ging los. Dabei war er in Gedanken bei dem Team, das er nach Relax geschickt hatte, und konnte es kaum erwarten, erste Filmaufnahmen zu sehen.

18. FEBRUAR 3041 A. D.
SYSTEM: 61 CYGNI
PLANET: RELAX (IM BESITZ DER UNITED INDUSTRIES)
ORT: 3. KONTINENT (VERMIETET AN STARLOOK)
STADT: OBJECTIVE

Xian Dalljin wartete am Abfertigungsschalter und sah nervös zur Hostess. *Liliana* stand auf deren LED-Anstecker am Revers, und sie trug einen unifarbenen Hosenanzug im Samtbeige mit den roten Schräg-streifen. Auf der rechten Brust funkelte das Logo von *TTMS:* ein glän-zendes TransMatt-Portal.

»Stimmt etwas nicht?«

»Madame, es tut mir leid, aber ich habe einen Sperrvermerk für Ihren Namen hier stehen.« Liliana lächelte, ohne es so zu meinen.

»Und ich habe ein Ticket erstanden.« Xian legte es mit Schwung auf den durchsichtigen Tresen, in dem einer der Slogans *TransMatt – gesund reisen!* aufleuchtete. Die ganzen Wände waren damit zugemalt.

»Wir erstatten Ihnen den Preis zurück, wenn Sie nachweisen können, dass Sie nichts vom Sperrvermerk wussten«, sagte Liliana und lächelte gleichzeitig.

Natürlich wusste Xian, dass sie Relax nicht verlassen durfte. Da sie mit dem Raumschiff gekommen war, hatte sie gehofft, durch ein Trans-Matt-Portal unbemerkt verschwinden zu können. Aber der Sonderer-mittler von *United Industries,* Kalimeropoulus, schien ihre Gedanken erahnt und ihr jegliche Möglichkeit zum Verschwinden genommen zu haben. Der Mann schien überzeugt davon zu sein, dass sie mit den Mor-den an ihrem Vater und seiner Geliebten etwas zu tun gehabt hatte.

»Das muss ein Irrtum sein«, beharrte sie und hoffte, Liliana durch Hart-näckigkeit und Lästigkeit mürbe zu machen.

»Tut mir leid, Madame. Das System ist anderer Ansicht.« Die Hostess hob die Hand und machte eine scheuchende Bewegung. Das Lächeln blieb wie festgetackert auf ihren Zügen.

»Würden Sie bitte zur Seite gehen? Die Leute warten schon darauf, dass es weitergeht.«

Widerstrebend räumte Xian den Platz und schulterte ihren Koffer-rucksack. Sie trottete durch das *TTMS*-Gebäude, in dem zehn Portale aufgebaut waren: fünf für die Ankunft, fünf für die Abreise. Neben einem Snackautomaten setzte sie sich und ließ sich einen Kaffee mit Frutrini-Geschmack, geeist, SemiSahne und Schokostreusel zubereiten. Als sie mit ihrem Fingerabdruck zahlen wollte, weigerte sich das Gerät. Auf der Anzeige stand: »Gesperrt von *UI.* Bitte zahlen Sie bar, lieber Gast.«

»Ach, Scheiße!«, rief sie und starrte auf den Becher hinter der Absperrscheibe. Einschlagen war keine Option, wenn sie nicht auch noch wegen Vandalismus festgesetzt werden wollte.

Der Countdown von einer Minute lief; nach dessen Ablauf würde das Getränk ausgeschüttet und recycelt werden.

»Darf ich Ihnen einen ausgeben, Miss Dalljin?« Ein gelber Plastiktoi wurde in das Münzfach geworfen, die Scheibe fuhr in die Höhe.

Xian sah auf und erkannte Salvador *the Vador* M. Ransom, den Reporter mit dem sympathischen Gesicht, der sie gestern am Pool des Ressorts angesprochen hatte. »Danke, Mister ... Ransom.« Sie nahm den Becher raus und trank einen kleinen Schluck. Fett, Schokolade und Zucker wirkten augenblicklich beruhigend auf sie.

»Keine Ursache. Ich hätte Sie zwar lieber auf einen Drink an einer Bar eingeladen, an einem lauschigen Abend, aber hier bot sich die Gelegenheit, also habe ich sie ergriffen.« Er deutete eine Verbeugung an. »Mein Beileid.«

Sie nickte – und in ihr keimte sofort der Verdacht auf, dass das Zusammentreffen mit dem Reporter nicht zufällig stattfand. »Sie haben mich verfolgt, stimmt's?« Ekel breitete sich in ihr aus.

Ransom setzte sich neben sie. »Sehen Sie eine Kamera?«

»Die Dinger, die Sie haben, sind mikrobisch klein. Außerdem weiß ich nicht, ob Sie eine eingebaut haben.« Xian tippte sich gegen den Schädel.

»Kybernetik? Ich?« Ransom lachte auf. »Nein, danke. Das überlasse ich mal lieber dem 2OT.« Er zeigte nach rechts auf eine Brünette, die krampfhaft in die Auslage eines Relax-Souvenirshops stierte. »Ich habe *sie* verfolgt. Sie gehört zu Kalypsos Leuten ...«

»Kalypso?«

»Oh, das ist Kalimeropoulus' Spitzname. Phil Kalypso. Hängt mit seiner Vorliebe für ... egal. Jedenfalls ist er der beste Sonderermittler bei *United Industries,* und das hat ihm bei seinen Freunden und in der obersten Etage den Namen *Getter* eingebracht.« Ransom winkte der Frau zu. »Als ich seine Visage hier gesehen habe, wusste ich, dass etwas im Busch ist. Zusammen mit dem Tod Ihres Vaters wurde die Sache deutlicher, und als ich bemerkt habe, dass er Sie verfolgen lässt …« Er legte die Hände in den Schoß. »Ich verstehe echt nicht, warum er Sie verdächtigt und Sie sogar sperren lässt. Sie waren zur fraglichen Zeit ja gar nicht auf Pool, sondern hier, und haben eine Besichtigungstour durch die Studios gemacht.« Er lächelte sie an. Ein Lächeln der Überlegenheit.

Xian wusste, dass es nicht lange dauern würde, bis Kalypso es auch herausfinden würde. Sie nahm einen langen Schluck Kaffee, dann setzte sie erneut an, bis der Becher leer war.

»Wollten Sie sich eben damit umbringen?« Ransom betrachtete sie.

»Wenn ich Ihnen helfen kann, sagen Sie einen Ton.«

»Und Sie bekommen dafür die Story exklusiv?«

»So läuft es gemeinhin. Ja.«

Sie sah sich in ihrer Annahme bestätigt: Es ging um die Geschichte, möglichst reißerisch. Das Potenzial dazu hatte sie allemal. »Ich muss hier weg«, raunte sie.

»Aber nicht, weil Sie schuldig sind, sondern …?«

»Der Mörder meines Vaters und Engers auch hinter mir her sein wird.« Xian war fast froh, sich dem Mann zu öffnen, von dessen Beiträgen sie Gutes und Schlechtes gehört hatte. Ransom blieb bei der Wahrheit, das war sein großes Plus, war die Wahrheit auch noch so gefährlich und unangenehm. Genau so einen Kerl brauchte sie jetzt, der ihre Unschuld beweisen konnte.

»Dachte ich mir.« Ransom erhob sich. »Gehen wir in das kleine Café dort drüben.«

Zusammen schritten sie durch die Halle zum Lokal *Transporterraum*, in dem reger Betrieb herrschte. Sie suchten sich einen der hintersten Plätze, umringt von lärmenden Kindern und einem streitenden Pärchen.

»Das ist der beste Schutz gegen das Abhören.« Ransom zog seinen E-Assi aus der Tasche und legte ihn vor sich auf den Tisch, drückte eine Kombination. »So. Störsender funktioniert auch. Legen Sie los, Miss Dalljin, damit ich mir einen Eindruck machen kann. Danach hören Sie von mir, was ich zum Stand der Ermittlungen weiß, und anschließend versuchen wir, einen Weg für Sie aus dem Schlamassel zu finden.« Auf dem Tischdisplay gab er Döner ein. »Für Sie auch was zu essen?«

»Nein.« Xian berichtete zuerst stockend, dann immer rascher. »Angefangen hat alles vor vier Monaten.«

Ransoms Gesichtsausdruck zeigte höchste Aufmerksamkeit.

»Vier Monate?«

»Ich bekam eine Nachricht, dass eine Gruppe von Menschen vorhatte, meinen Vater umzubringen, wenn er ihnen nicht bestimmte Daten aus dem Labor besorgte. Ich kenne meinen Vater ...« Sie schluckte. »Kannte meinen Vater zu gut, um zu wissen, dass er auf diese Forderung nicht eingehen und die Erpressung dem Konzern melden würde.«

»Was zu seinem Tod führen konnte«, ergänzte Ransom.

»Das war meine Befürchtung. Die Nachrichten an mich häuften sich, wurden eindringlicher, drohender, wandten sich gegen mich und meinen Vater. Ein Zurück gab es für mich nicht mehr. Es gab eindeutige Signale ... Sprengstoffattrappen und so etwas.« Xian sank in sich zusammen und stützte den Kopf in die Hand.

»Ist dir schlecht?« Ein Mädchen aus der Gruppe stand vor ihr und betrachtete sie neugierig. »Musst du gleich kotzen?«

»Ja. Und zwar auf dich«, sagte Ransom. »Sie hat vorhin Fisch und Blaulilabeeren gegessen. Du wirst stinken und im Dunkeln leuchten, wenn du ...«

Das Mädchen stieß einen spitzen Ruf aus und hüpfte davon. Xian war wirklich speiübel, während sie in der Erinnerung unterwegs war. Die Selbstvorwürfe erhielten neue Nahrung.

»Sie haben mir gesagt, dass es einen Scheinangriff auf das Labor meines Vaters geben würde. Ich sollte zu der Zeit irgendwie drin sein, damit sie mir den gestohlenen Chip mit den fraglichen Daten geben könnten. Im Gegenzug sollte mein Vater am Leben bleiben.«

»Ich erinnere mich. Ein Kollege hatte die Berichterstattung darüber gemacht. Die Sicherheit hat die Eindringlinge ausgeschaltet.«

»Ja. Der Plan ging auf.«

Ransom legte den Kopf schief, die Augen wurden schmaler.

»Sie haben den Chip bei ihrem Ausflug und der Studiotour an den Spion übergeben, korrekt?«

»Ja«, stieß Xian hervor.

»Und der Spion hat anschließend Ihren Vater und ... nein«, sagte Ransom sinnierend. »Nein, er kann es nicht gewesen sein. Ein zweites Kommando der Spione?«

Xian hob die Schultern. Einerseits tat es gut, sich alles von der Seele zu reden, andererseits spürte sie dadurch das Gewissen noch stärker als vorher. »Ich weiß es nicht ... oder ...«

»Vielleicht waren es Justifiers von *SternenReich*«, grübelte er halblaut weiter. »Ihr Vater mit einer Professorin von *Moreau Labs*, Spionageverdacht, Chipdiebstahl. Für *SternenReich* sieht alles furchtbar offensichtlich aus. Wäre ich dort, würde ich das Gleiche vermuten.« Ransom sah sie an und schwieg. Er hatte verstanden, dass er die Schuld am Tod zweier Menschen eben Xian gegeben hatte.

Tränen rollten ihr aus den Augen und tropften auf den Tisch, wo sie sich als kleine Kügelchen sammelten und durch die behandelte Oberfläche in wenigen Sekunden versickerten.

»Ich habe ihn umgebracht«, schluchzte sie. »Dabei habe ich ihn retten wollen!«

Er legte eine Hand auf ihren Rücken. »Langsam, Miss Dalljin. Noch ist es nicht klar, wer für den Tod verantwortlich ist. Kalypso weiß, dass ein Verhörprofi am Werk war, was meistens dafür spricht, dass ein Konzern in die Sache verwickelt ist. Es kann ebenso Engers gewesen sein, aus Eifersucht. Er hat jemanden angeheuert, der seine untreue Ehefrau und Ihren Liebhaber erledigen sollte.«

»So oder so ist er tot. Und der Mörder wird mich auch aufsuchen. Ich denke, dass er von *SternenReich* geschickt wurde, um den Chip zurückzuholen.« Xian hustete. »Ich muss weg, bevor er mich findet. Ich habe die Daten doch nicht mehr!«

Ransom streichelte ihr beruhigend über den Rücken. »Da haben Sie Recht. Vom Planeten bekomme ich Sie nicht runter ...«

»Was?«, schrie sie entsetzt auf. »Sie haben mir versprochen ...«

»... dass ich Ihnen helfe, ja. Und das tue ich auch, okay? Nicht ausflippen! Ein Kollege von mir hat sich vor Jahren eine Insel gekauft. Hier, auf Relax. Ich lasse Sie von ihm abholen und dort verstecken. Sobald die Gefahr gebannt ist, sage ich Ihnen Bescheid.« Ransom drückte ihre Hand. »Ich bekomme das hin. Was den Mord und Ihre Unschuld angeht. Den Chipdiebstahl, nun ja, das kann ich im Bericht heldenhaft darstellen, so dass *SternenReich* milder mit Ihnen sein wird.« Er stand auf und ließ die Bedienung den Döner einpacken. »Sie müssen aus der Schusslinie, bevor der Irre auftaucht.«

Gemeinsam durchquerten sie das Gebäude.

Ransom bugsierte sie in ein DriveYourself-Taxi der Marke *Sportsman* und setzte sich ans Steuer. Mit seiner IC brachte er das Gefährt zum Laufen und trat das Pedal durch, mit dem die Geschwindigkeit reguliert wurde. Der Turbinenmotor brüllte auf und überschüttete die Passanten hinter dem schnittigen dreirädrigen Wagen mit einem tornadoreifen Warmluftschwall. »Schon mal eine Sonderermittlereinheit abgehängt?«

Xian schüttelte den Kopf.

»Dann mal aufgepasst. Es geht los.« Hart schlug er nach rechts ein und brachte sämtliche Kontrolllämpchen zum Aufglühen.

18. Februar 3041 a. D. System: 61 Cygni

PLANET: RELAX (IM BESITZ DER UNITED INDUSTRIES)
ORT: 4. KONTINENT (VERMIETET AN FREEPRESS MOVIESECTION)
STADT: POOL

Phileas Kalimeropoulus alias Phil Kalypso alias Getter scrollte auf dem TabSheet hoch und runter. Die Tatortaufnahmen, die er sich in der zum Büro umfunktionierten Honeymoonsuite ansah, waren erschreckend. Auch für ihn, der in den letzten Dienstjahren als Sonderermittler schon viel bei *UI* gesehen hatte: durchgeknallte Betas, die um sich gebissen hatten und Amok gelaufen waren; verrückt gewordene Wissenschaftler, die mit ihren Erfindungen ganze Häuserblöcke gesprengt hatten; Unfälle in Atmosphärekuppeln, was zum Tod von Tausenden Kolonisten geführt hatte.

»Die Methode Frenouille.« Kalimeropoulus zoomte die Grausamkeiten heran, sog jedes Detail auf und erinnerte sich genau an die Gerüche, die er im Zimmer wahrgenommen hatte. Blut, Innereien, Mark, Parfum, Spermien und Smegma, Waschmittel, Seife, Poolwasser und Meeresaroma – aber was ihm fehlte, waren Geruchsandenken des Angreifers. Alles, was er wahrgenommen hatte, waren vage Spuren, aber nichts, woraus er weitere Ableitungen führen konnte.

Auch wenn man es auf den ersten Blick nicht sah: Er war ein Hybrid, eine Mischung aus Mensch und Raubtier-Beta. Sein Gebiss verriet ihn, deswegen vermied er ausgelassenes Gelächter. An manchen Stellen seiner Haut zeichnete sich Jaguarmuster ab, an anderen war sie schwarz. Kalimeropoulus vermutete, dass ein Panther im Spiel gewesen war. Seine Mutter hatte es ihm nie gesagt, und er arbeitete von Geburt an für *United Industries.* Das bedeutete, dass sein Beta-Vater diesem Konzern gehörte oder gehört hatte.

»Ein Professioneller.« Ira Tummins, eine Ermittlerin in seinem Team, sah ihn über die Reihe aus Monitoren hinweg an.

»Die Frage ist, welcher Konzern ihn geschickt hat.« Sie hatte es sich am großen Tisch bequem gemacht, ein Schirmchencocktail war zur Hälfe leer getrunken. Ira hatte auf den Drink bestanden, weil er in der Benutzung der Honeymoonsuite inbegriffen war.

Kalimeropoulus schürzte die Lippen. Dass sie ein schreckliches Verbrechen in einem Zimmer für die schönsten Tage nach der christlichen Hochzeit zu lösen versuchten, störte ihn nicht. Er mochte Diskrepanzen, sie beflügelten das Denken. »Diffizile Sache. Mir wurde ein Untersuchungsteam von *TTMS* gemeldet, das bald eintreffen wird. Die Jungs von *SternenReich* werden auch bald eine Abteilung zu uns beamen.«

»Zwei Tote, drei Konzerne«, kommentierte Ira. »Hat man auch selten.«

Kalimeropoulus hätte es gern als sportliche Herausforderung betrachtet, aber es würde in erster Linie Unruhe bedeuten. Kompetenzgerangel, Anträge, Mails und Konferenzen auf allerhöchster Ebene. »Ich bin froh, wenn sich alles Weitere bald auf einem anderen Planeten abspielt.«

Ira grinste breit. »Ich erkenne eine Lüge, Chef. Und *das* war eine. Es geht gegen Ihre Ehre, wenn Sie anderen das Feld überlassen müssen.«

»Normalerweise schon. Aber ich habe«, er sah auf das TabSheet und die ausgebreiteten, dicken Eingeweide, »kein gutes Gefühl bei der Sache. Überhaupt keins.« Er erhob sich und schwang sich in den durchsichtigen Mantel. »Mein einziger Anspruch ist: Ich will herausfinden, was die Kleine damit zu tun hat und warum sie mich anlügt. Sie war zur Mordzeit jedenfalls nicht am Strand. Das kriegen die Kollegen von mir geliefert, und danach bin ich draußen.«

»Geben Sie mir noch eine Stunde, und ich kann Xian Dalljins gestrigen Standort mit Hilfe der Satelliten herausfinden.«

»Ich wette um mein Monatsgehalt, dass ich schneller bin als Ihre Computer«, gab Kalimeropoulus zurück und grollte dabei leise. Wie eine Raubkatze. Noch so ein Erbe, das er nicht immer kontrollieren konnte. Die wenigsten Frauen standen beim Sex darauf, wenn er im Rausch der Lust seine Fänge in sie schlug. Das machte die Auswahl und sein Intimleben recht kompliziert.

»Ein Monatsgehalt, machen Sie Witze? Woher soll ich das nehmen?« Ira lehnte sich im Stuhl nach hinten.

»Kiste Bier?«

»Starkbier dann aber. Plus zehn Kilo saftige Kobayashi-Steaks.«

»Gebongt.« Ira federte nach vorn, hängte sich das *Nicht stören. Wir sind in den Flitterwochen*-Schild um und hackte einhändig auf die Tastatur ein, mit der anderen verband sie ein Kabel mit der Steckverbindung im Nacken. Sie lud sich alle Informationen direkt auf ein kleines Speichermodul, auf das sie Zugriff hatte, wo sie ging und stand.

»Sie haben den Kopf immer voller Fakten«, sagte er zum Abschied und verließ das Übergangsbüro. Eigentlich kannten er und sein Team als mobile Sonderermittlereinheit nur Übergangsbüros. Er hob seine Kom-Einheit, die er am Handgelenk trug. »Was gibt es Neues?«

»Sir, Zielperson hat versucht, sich mit Hilfe der TransMatt-Einheit von Relax zu entfernen, scheiterte aber am Sperrvermerk«, erstattete Ermittlerin Umparini Bericht. »Aber ich habe ein Problem.«

»Welches?« Kalimeropoulus dachte sofort an den Killer.

»Vador ist hier. Und wie es aussieht, stellt er soeben Kontakt zur Zielperson her.«

Jeder kannte Salvador M. Ransom, der im Informations- und Aufklärungsgeschäft arbeitete. Natürlich auch Kalimeropoulous, der in der Vergangenheit gleich zweimal Bekanntschaft mit dem Sternenreporter gemacht hatte. Es schmerzte ihn, dabei zugeben zu müssen, dass Ransom sein Schnüfflerhandwerk verstand. »Dranbleiben. Er hat was vor. Sobald Sie der Meinung sind, dass er der Zielperson bei einer Flucht vom Planeten hilft, greifen Sie ein. Ich komme zum TransMatt-Gebäude.« Er rannte los und fuhr in die Tiefgarage, wo seine *Fastlane* auf ihn wartete. Das Hoverbike hatte sich auf seinen bisherigen Einsätzen bewährt und bedeutete in nahezu jedem Gelände einen Vorteil.

Kalimeropoulous donnerte auf dem Hoverbike los, angetrieben von zwei kleinen, schwenkbaren Düsen. Noch gab es keinen triftigen Grund, die Sirenen und Warnlichter zu aktivieren, obwohl es ihm das Vorankommen im dichten Verkehr erleichtert hätte. Als ihm die Ermittlerin zehn Sekunden darauf mitteilte, dass Ransom mit Dalljin in einem *Sportsman* davonraste, verwandelte er die *Fastlane* in einen jaulenden Weihnachtsbaum und drehte voll auf.

Über die Zentrale ließ er sich das GPS-Signal des DriveYourself-Taxis sowie die Funkfrequenz geben. Über sein Kom stellte er den Kontakt zum *Sportsman* her. »Hier ist Kalimeropoulous, Ransom. Den Spaß an Geschwindigkeitsübertretungen sollten Sie in Ihrem Alter doch allmählich verloren haben, oder?«

»Ho, wenn das nicht Phil Kalypso ist!«, hörte er den Reporter antworten. »Was kann ich für Sie tun?«

»Wohin fahren Sie mit meiner Verdächtigen, Ransom?«

»Ich zeige ihr die Stadt, Mister Kalypso, Sir«, antwortete er im gespielt militärischen Ton.

»Hundertzwanzig Sachen dürften ein bisschen zu schnell sein für eine gemütliche Rundfahrt«, fügte Kalimeropoulous hinzu. »Sie wissen schon, dass Sie ein DYT nicht unbedingt für eine spurlose Flucht nutzen sollten. Ich habe Ihr GPS-Signal.«

»Ich weiß, ich weiß. Und an meinem Arsch klebt die süße Biene aus dem *TTMS*-Gebäude. Nach zwei Blöcken hat sie mich immer wieder eingeholt.« Ransom klang vergnügt. »Gesellen Sie sich zur Jagd hinzu?«

»Bin dabei. Dann nehme ich mir Ihre IC und kratze die Markierungen für die Fahrerlaubnis eigenhändig herunter.« Vor Kalimeropoulus tauchte der *Sportsman* aus einer Seitenstraße auf. »Da sind Sie ja.«

»Ach ja, ich sehe Sie auch, Kalypso. Dann mal los! Zeigen Sie mir, dass Sie mit Ihren aufgeblasenen Kissen unterm Hintern besser sind als ich.«

Das dritte Rad des *Sportsman* wurde nach oben im Boden versenkt, das verbliebene rückte in die Mitte und bildete mit dem hinteren eine Linie. Das Auto war zu einem Motorrad mit ziemlich breiten Reifen geworden und musste die hohe Geschwindigkeit halten, um nicht zu kippen. So wie der Reporter fuhr, hatte er das auch fest vor: Er schwenkte auf den Freeway ein, der um diese Zeit beinahe leer war.

Kalimeropoulus wusste, dass sein Hoverbike gegen die Sportmaschine chancenlos war. »DYT-Zentrale, Abschaltung des Wagens mit der Ziffer …«

»Geht nicht, Sir. Haben wir schon direkt am Anfang versucht, als uns die Geschwindigkeitsübertretung gemeldet wurde«, kam die Erwiderung aus dem Kom.

Ransom lachte. »Ha! Sie haben eben versucht, den *Sportsman* per Fernbedienung stillzulegen. Das wird so nichts.«

»Ransom, seien Sie kein Idiot. Ich habe in zwei Minuten meine Flugdrohnen oben, die Sie verfolgen können, bis Ihnen der Sprit ausgeht.«

»Die Kleine hat mir eine Story erzählt, die ungeheuerlich klingt und die ich ihr glaube.« Der Reporter klang plötzlich ernst. »Sie ist in Gefahr, und Sie lassen Sie im Freien herumlaufen. Warum haben Sie ihr nicht noch eine Zielscheibe auf die Stirn gemalt? Wenn die Methode Frenouille im Spiel ist, müssten Sie als Sonderermittler mehr Register ziehen als das.«

»Ich habe ihr gesagt, dass ich sie erst schützen werde, wenn sie mir sagt, wo sie in den Stunden des Mords war.« Er lenkte das Hoverbike an den Straßenrand und gab Ira den Befehl, die Drohnen loszuschicken. Die Gardeure von *UI* hatten so etwas in den Garagen stehen und setzten sie üblicherweise zur Verkehrsüberwachung ein. Stutzig geworden, rief er Ransoms Fahrtroute auf, inklusive der gefahrenen Geschwindigkeiten. Insgesamt war er dreimal langsamer als zehn Stundenkilometer gefahren. Gerade dazu geeignet, eine Person aus einem fahrenden Wagen springen zu lassen. »Haben Sie mich verarscht, Ransom? Wo ist die Kleine?«

»Bei mir.«

»Nein, denke ich nicht. Sie ist ausgestiegen, entweder in der Eden Street oder in der Baylane oder am Paradise Plaza.« Kalimeropoulus gab es sofort an Ira weiter und beorderte die Drohnen jeweils dorthin. »Sie wollten, dass wir Ihnen folgen, damit ein Komplize Dalljin verschwinden lässt.«

»Niemals. Würde ich nie zugeben und sagen, dass Sie das alles erfunden haben«, gab Ransom amüsiert zurück. »Klingt aber nicht schlecht. Wäre doch kein mieser Plan, oder?«

»Ich lasse mir was Nettes für Sie einfallen, Ransom. Sie kommen von Relax auch nicht mehr schnell weg. Behinderung eines Sonderermittlers auf einem *UI*-Planeten … Hey, das werden spannende Tage im Arbeitsknast!«

Ransom war für mehrere Sekunden still. Das Röhren der *Sportsman*-Triebwerke wurde leiser, und die Geschwindigkeit wurde auf dem Display mit 80 km/h angezeigt. »Kann ich Ihnen einen Deal anbieten, Kalypso?«

»Sicher. Sie sagen mir, was die Kleine Ihnen gesagt hat, und ich entscheide, ob ich Sie schuften lasse.«

»Alles klar. Folgendes …« Nach knappen drei Minuten war Ransom fertig. »Ist das tragisch, Sonderermittler?«

»Wenn es stimmt, ja.« Für Kalimeropoulus klang es schlüssig. »Und zu Ihrer Beruhigung, ich lasse Sie laufen, Ransom. Das waren gute Infos.« Er wendete das Hoverbike und gab Gas. »Ich gehe und hole mir die Kleine. Schutzhaft ist angebracht, da haben Sie Recht.«

»Sie ist bei der Baylane raus«, gestand er. »Da wartete ein Kumpel von mir, um sie abzuholen.«

»Und dann?«

»Geht es zum Hafen und mit einem Speedboat nach Isla-Happy. Privateigentum und sicherer Grund. Und gut überwacht.«

»Okay. Danke.« Kalimeropoulus gab alles an die Zentrale weiter. »Oh, und Ira: Sie schulden mir eine Kiste Starkbier und zehn Kilo Kobayashi-Steak. Die Kleine war auf Objective und hat in den *Star-Look*-Studios eine Führung gemacht.«

Ira stieß einen saftigen Fluch aus.

Und während er sich mit seinem jaulenden, blinkenden Weihnachtsbaum der Baylane näherte, meldeten die Drohnen Zug um Zug, dass sie die gesuchte Xian Dalljin nirgends ausfindig machen konnten.

An keinem der drei genannten Orte.

Xian erhob sich und wischte sich den Schmutz von den Kleidern. Vador war langsam genug gefahren, damit sie an der Ecke Baylane und Carousers aus dem *Sportsman* springen konnte. Es war keine Menschenseele auf der Straße, was das Manöver natürlich erleichterte.

Xian drückte sich in einen Hauseingang und blickte sich um. Ihr Ellbogen schmerzte und pochte, das rechte Knie hat auch etwas abbekommen, aber es war nichts, was sie als Kampfsportlerin nicht locker verkraften konnte. Unterschenkel und -arme hatte sie mehrmals gebrochen gehabt, als Resultat von Training und Wettkämpfen.

»Wo ist der Typ?«, fragte sie leise und spähte umher. Vadors Kumpel sollte sie hier abholen, ein Mann namens

Money. Es gab subtilere Spitznamen, und Killer oder Bodyguard wäre ihr angesichts der Umstände lieber gewesen. Treffpunkt war Hausnummer 1232, und genau davor stand sie auch.

Nur Money nicht.

»Scheiße«, fluchte sie und öffnete die Tür, um sich im Flur zu verbergen.

Die Gardeure und Kalypso waren ihnen mit Sicherheit auf den Fersen gewesen. Wenn sie die Route des *Sportsman* verfolgen würden und die Baylane entlangkamen, wollte sie nicht wie auf dem Präsentierteller herumstehen.

Im Flur roch es nach kaltem Eisen, Rost und Feuchtigkeit. Irgendwo stritten sich ein Mann und eine Frau, woanders dröhnte vermutlich ein 3D-Cube, dazu mischte sich der durchgehend gleiche Basslauf eines Minimalsongs. Es war nicht das beste Viertel, in dem der Reporter sie abgesetzt hatte.

Xian sah durch den Spalt hinaus auf die Straße, auf der gelegentlich ein Fahrzeug vorbeifuhr. Die Fabrikate waren alt, klapprig und wiesen Spuren von größeren und kleineren Unfällen auf. Inklusive Einschusslöchern. Sie hoffte, dass es Requisitenfahrzeuge aus Actionfilmen waren.

Im Stockwerk über ihr wurde eine Tür mit einem lauten Zischgeräusch geöffnet, dann surrte der Lift nach unten, und eine Frau lief aus der Kabine, sobald sich die Türen geöffnet hatten. Die Schminke auf ihrem Gesicht war verlaufen, sie steckte sich eine Zigarette an, eine rulipanische, wie Xian sah. Rulipanischer Tabak besaß unglaublich viel Nikotin und halluzinogene Beimischungen, Produkte damit waren auf Planten von *UI, TTMS* und einer Handvoll weiterer verboten worden.

Die Frau warf ihr einen kurzen Blick zu – und blieb stehen. Ihre Augen verengten sich. »Willst du zu *meinem* Mann, du Schlampe?«

Xian wich dem stechenden Blick aus. Sie wollte nicht provozieren, schon gar keine Tussi, die auf Ruli war. Angst spürte sie nicht, das Vertrauen in die eigenen Fertigkeiten verlieh ihr Rückhalt. Adrenalin wurde dennoch ausgeschüttet, der Puls kletterte leicht. »Nein, Madame. Ich stelle mich nur wegen des … Regens unter.«

Die Frau kam einen Schritt näher, die glimmende Spitze war weniger als eine halbe Fingerlänge von Xians Nase entfernt. »Es pisst nicht, du dumme Ritzel!« Sie holte zum Hieb aus.

Auch wenn Xians Herz schneller schlug und sie sich keinesfalls wohlfühlte, hatte sie eine Sache gelernt: Einen Wettkampf gewann man niemals durch Abwarten, sondern durch präventive Schnelligkeit. Bei einem echten Fight sah das nicht anders aus.

Sie hatte versucht, einem Streit aus dem Weg zu gehen, nun musste sie ihn schnell beenden. Sie konnte es nicht riskieren, Money zu verpassen.

Mit dem linken Arm blockte sie den gegnerischen Schwinger und leitete ihn gegen die Wand. Krachend traf die Faust der Schlägerin dagegen, es knackte vernehmlich, und sie jaulte auf. Xian schlug mit der Rechten gegen den Solarplexus, zog den Arm nach oben und drosch die Faust unters Kinn, so dass ihre Kontrahentin nach hinten taumelte, und verpasste ihr einen Fußtritt. Die Frau flog rücklings gegen die andere Gangwand, krachte dagegen und sackte ohnmächtig zu Boden. Die Kippe hatte sie noch immer zwischen den Lippen.

»Sorry.« Xian atmete tief durch. Zögernd ging sie zu ihr und nahm ihr die Zigarette aus dem Mund, damit sich die Bewusstlose nicht verbrannte.

»Hey!«, dröhnte die Mischung aus Schrei und Ruf neben ihr. Sie fuhr herum und sah einen tätowierten, breit gebauten Typen am Ende der Feuertreppe stehen: Brandings, Laserscars, Skin-Implants und partielles PigmentChanging sowie ein drittes kybernetisches Auge auf der Stirn, das an ein Einschussloch erinnerte. »Wieso schlägst du meine Alte zusammen? Für den scheiß Ruli?«

Er kam näher. Das feine Surren verriet Xian, dass entweder ein Bein oder ein Arm ein Werk der Kybernetik waren. Sie musste schon wieder an Actionfilme denken. C-Movies.

Ihr Eindruck wurde verstärkt, als er in seine Gürteltasche griff und einen ausfahrbaren Schlagstock herauszog; die Spitze flackerte und schlug Funken.

»Sie …« Xians Herzschlag erhöhte sich um ein Vielfaches. Training hin oder her: Gegen eine Unbewaffnete anzutreten war okay, gegen einen kybernetisierten Vollasi mit Schockschlagstock dagegen überhaupt nicht. Letztlich war sie eine zierliche Wissenschaftlerin mit Selbstverteidigungspotenzial, aber keine professionelle Straßenkämpferin. Wie viele verschiedene Drogen der Typ im Blut hatte, wollte sie gar nicht wissen. »Es war Notwehr. Sie hat mich wohl mit jemanden verwechselt.«

»Kann sein.« Der Mann stapfte weiter auf sie zu und verfiel unvermittelt ins Tänzeln, wie es Boxer gern taten. »Ist mir aber egal. Ich hau dir einfach ein paar rein, und wir sind quitt.« Er zeigte mit dem Schlagstockende auf die Kippe. »Ruli her. Den hat sie mir geklaut.«

Xian fand, dass es Zeit war zu gehen. Lieber fiel sie den Gardeuren und Kalypso in die Finger. »Hier!« Sie warf die Zigarette, drehte sich um und rannte los zur Tür. Ein schneller Griff, ein Ruck – und sie fühlte Finger im Haar, die sie zurückrissen.

»Ich habe gesagt, du bekommst ein paar aufs Maul!«

Xian trat schräg nach unten, auf den Spann des Mannes, doch der Absatz schrammte über den Boden. Dafür bekam sie einen Schlag gegen die rechte Niere, der sie aufschreien und zusammensacken ließ. Da er sie aber immer noch am Schopf hielt, hing sie in seinem Griff. Der Kerl musste brutal stark sein – oder eben kybernetisiert. Die Schmerzen waren furchtbar.

»Das war der *erste* Schlag«, sagte er in ihrem Rücken und lachte. »Insgesamt kommen fünf, okay?« Er wartete ihre Erwiderung nicht ab. Der nächste Hieb krachte genau gegen ihre Wirbelsäule, gleichzeitig ließ er die Haare los.

Xian flog vorwärts, prallte gegen die halboffene Tür. Feuerräder entstanden vor ihren Augen, die Kraft wich aus den Beinen. Sie stürzte auf die Schwelle. Alles unterhalb des Gürtels war wie taub, kribbelte und ließ sich nicht bewegen.

Auf den Stufen vor dem Haus wartete ein Mann, der sie erstaunt anblickte. »Sind Sie Miss …« Dann sah er an ihr vorbei auf den Gegner. »Oh, fuck.«

»Richtig. Oh, fuck.« Ihr Gegner stellte einen Fuß auf ihre Brust und hielt sie gepinnt. »Bist du ihr Stecher?«

»Money, helfen Sie mir«, krächzte Xian.

»Das ist aber ein schöner Name.« Ihr Peiniger hob den Schlagstock. »Wenn du die Schlampe ohne hässliche Brandwunden im Gesicht haben möchtest, dann bezahlst du. Alles, was du dabeihast. Und jetzt zeig mal, ob du deinen Namen zu Recht hast.«

»Da muss ich erst mal jemanden anrufen.« Money hob sein Kom-Gerät, das er als Anhänger um den Hals trug. »Wähle Vador.«

»Lass den Scheiß, du Wichser!«, schrie der Mann und holte zum Schlag aus. »Gib mir sofort deine scheiß Kohle, sonst hat die kleine Hure gleich kein Gesicht …«

Xian konnte nichts anderes tun, als die Arme zum Schutz zu heben. Keine Sekunde darauf traf sie warmer Regen, und ein schwerer Gegenstand prallte auf ihre Deckung, bevor er von dort auf die Stufe hopste. Sie hörte Money schreien und gleich darauf mit einem Röcheln verstummen. Der Druck auf ihrer Brust wich, neben ihr fiel jemand nieder.

Vorsichtig nahm Xian die Arme runter und schaute sich um.

Der Asi aus dem C-Movie lag kopflos zu ihrer Rechten, sein Blut strömte aus dem Stumpf und plätscherte auch gegen sie.

»Nein!« Xian richtete sich auf, so gut es ging.

Money lag auf dem Bürgersteig, sein Rücken wies ein faustdickes Loch auf, aus dem sein Lebenssaft unspektakulär herausrann. Sein Gesicht zeigte nur das Erstaunen, das sie vorhin schon bemerkt hatte.

»Miss Dalljin. Ich arbeite für *SternenReich* und vertrete aktuell die Interessen von *KrEArtificial*. Geben Sie mir, wonach ich suche.«

Mit einem Aufschrei zuckte sie zusammen und wandte sich nach vorne.

Eine schwarzgekleidete Gestalt, an der verschiedene Pistolen in Waffengurten griffbereit verstaut waren, kauerte im Eingang. Hatte sie seinen Aufzug zuerst für dunkle Kleidung gehalten, bemerkte sie, dass flexible Panzerung darauf angebracht war.

»Ich habe den Chip nicht«, stammelte sie sofort. Der Blutgeruch drang ihr mit Macht in die Nase. Metall, voll, süßlich. Es machte ihr nichts aus, sie hatte Schlimmeres im Labor gerochen.

Der Mann richtete sich auf. In der rechten Hand hielt er eine klobige Pistole mit dickem Lauf, der Griff dagegen wirkte nahezu filigran, in der linken hielt er eine Kurzpeitsche, deren Riemen metallisch leuchtete. So etwas hatte Xian noch nie gesehen. »Sie wissen, was ich bin, Miss Dalljin. Ihr Vater zumindest wusste es sofort. Auch Miss Engers.«

»Wenn Sie mich umbringen, kann ich Ihnen nichts mehr sagen«, stotterte sie.

»Haben Sie eben nicht gesagt, dass Sie den Chip nicht in Ihrem Besitz hätten?« Seine Stimme war leise, lauernd und gefährlich. Die Augen zuckten umher, behielten die Umgebung im Blick. »Ich könnte Sie demnach einfach töten. Es wäre kein Verlust.«

»Ich hatte ihn.« Xian spürte ihre Beine nach wie vor nicht. Sie saß da auf der Schwelle, umringt von den beiden Toten. Ein Schrottauto fuhr wieder vorbei, der Fahrer hob die Hand zum Gruß. Vermutlich dachte er, es würde ein Film gedreht. Eine C-Produktion.

Der Maskierte sah auf sie herab. »Ich höre.«

»Ich bin zu der Tat gezwungen worden«, sprudelte es unter Tränen aus ihr heraus, und sie sah ihren Vater vor sich. Unschuldig gestorben, hingerichtet von einem Konzernkiller, zusammen mit Lisbetta. Ihretwegen.

Aber der Mann schüttelte den Kopf. »Ich bin nicht von der Rechtfertigungsabteilung, Miss Dalljin. Sagen Sie mir, wem Sie den Chip übergeben haben.«

»Ich kenne ihn nicht«, schluchzte sie. Xian verlor mehr und mehr an Fassung. »Er trug eine Collector-Rüstung.«

»Sicher.«

»So war es aber!«, schrie sie. »Hier, auf Objective, bei einer Tour durch die *StarLook*-Studios. Er hat mich mit dem Bot gelotst.« Sie berichtete von ihrem Ausflug und der Übergabe. »So ist es gelaufen.«

»Ich glaube Ihnen nicht, Miss Dalljin. Ich werde Sie mitnehmen, um Sie ...« Der Maskierte trat einen Schritt zurück, bevor Xian verstand, warum. Dann hörte sie ein leises Surren wie von einem Computerlüfter, und im nächsten Moment schwebte eine kleine ungepanzerte Überwachungsdrohne über der Straßenschlucht.

Auf ihrer Unterseite prangte der fünfzackige Stern als Hinweis auf ihre Herkunft und Funktion als Ordnungshüter, darunter das Konzernzeichen von *UI*. Die Drohne war ausgestattet mit Hochleistungssensoren und Kameras, um Verkehrssünder zu erfassen und zu melden, nicht aber mit dicken Kevlarplatten oder gar Feuerwaffen. Dass sie sich durch einen Zufall in diesen Stadtteil verirrte, schloss Xian aus: Man suchte nach ihr. *Kalypso* suchte nach ihr ...

»Hier!«, schrie sie und winkte dabei. »Hier unten! Kalypso, hier ist Dalljin ...«

Ein harter Schlag traf sie in den Rücken. Die Welt wurde schwarz.

Phileas Kalimeropoulus handelte meistens nach Vorschrift – solange sie ihn nicht behinderte oder einen Erfolg infrage stellte. Die Vorschriften besagten unter anderem, dass man Verdächtige nach Möglichkeit lebend abliefern sollte.

Davon hielt er normalerweise nichts. Bei Xian Dalljin wollte er seit langem eine Ausnahme machen, weil er sie nicht für die Schuldige an den Morden hielt.

Den Kerl im schwarzen Dress, der neben ihr stand und sich vor der *UI*-Spitzeldrohne in den Schatten des Eingangs zurückgezogen hatte, schon. Also war die Sache für Kalimeropoulus entschieden.

Der Lauf der *Prawda* richtete sich auf den Rücken des Maskierten, in Höhe des Nackens, dann leuchtete der Infrarotzielpunkt auf, den Kalimeropoulus' modifizierte Augen ohne entsprechende Brille erkannten. Zweimal drückte er ab.

Die *Prawda* dröhnte rasch hintereinander auf, die Projektile flogen. Das erste traf mit einem metallischen Geräusch auf sein Ziel, das zweite bohrte sich in die Wand: Der Killer war verschwunden!

»Scheiße«, fluchte er und gab dem Zugriffsteam den Einsatzbefehl.

Gepanzerte Gardeure von *UI*, die vier Meter hinter ihm mucksmäuschenstill gewartet hatten, stampften an ihm vorbei von hinten ins Gebäude, zwei Polizeiradpanzer kamen angeprescht und hielten vor dem Eingang an. Noch im Bremsen öffnete sich die Klappe und spuckte eine weitere Mannschaft aus.

»Sichert mir Dalljin und macht den Killer fertig«, gab er Anweisung über Funk. Er roch die verbrannten Reste der Treibladung. Seine beiden Schüsse hatten gegen den Feind nichts ausgerichtet, was ihn nicht eben zuversichtlich stimmte. Ein Konzernmörder, ein Justifier, der einem sicheren Genickschuss trotzte, hatte sicherlich einiges auf Lager. »Seid vorsichtig«, fügte er an.

Die Welt verschwand in einem stummen, gleißend weißen Blitz; die überreizten Augen lieferten kein Bild mehr, sondern reinstes Weiß, als würde Kalimeropoulus gegen eine Wand schauen, auf der sich nichts als Farbe befand. Trotz der Schmerzen reagierte er: zur Seite treten, sich ducken, wenig Ziel bieten.

Dann hörte er das Schreien der Gardeure, ohne dass ein Schuss brüllte. Mit was immer der Killer tötete, es erzeugte keinerlei Geräusch.

»Einsatzleitung?«, funkte er leise. »Was geht da vor?«

»Ich weiß es nicht, Sir. Er hat die Drohne ausgeschaltet«, antwortete der Gardeur in der Zentrale aufgeregt, im Hintergrund hörte man Wortwechsel und lautes Rufen. »Die Lebenssignale der eingesetzten Gardeure verlöschen ... Sekunde um Sekunde, Sir! Er metzelt sie ...«

Die Worte verschwanden im Krachen von Schnellfeuergewehren. Anscheinend feuerten die Gardeure – egal, ob Ziel oder nicht. Es war die Angst, die sie dazu brachte, vermutete Kalimeropoulus.

Das Weiß vor seinen Augen wurde weniger, und die Umrisse der Umgebung kehrten zurück. Zwar flimmerte es wie bei einem schlecht eingestellten 3D-Cube oder einem mies programmierten Game, aber er sah wieder etwas und konnte sich verteidigen.

Vor ihm im Gang zuckte das Mündungsfeuer aus einem Sturmgewehr. Der Gardeur drehte sich auf der Stelle und schoss um sich.

Kalimeropoulus warf sich flach hin, die Kugeln pfiffen über ihn hinweg. »Hey! Aufhören, Officer, sonst ...«

Ein Schatten kam aus der Decke und landete mit den Füßen voraus auf den Schultern des Gardeurs und warf ihn um, Kalimeropoulus sah im Gegenlicht, wie der Maskierte die Pistole gegen den Helm des Mannes richtete und einmal abdrückte. Weder ein Geräusch noch eine Feuerblume entstanden.

Kalimeropoulus Sicht wurde noch besser. Halle und Gang waren übersät mit regungslosen Gardeuren. Fünfzig Mann. Ihn beschlich das Gefühl, doch in arge Probleme zu kommen.

»Sir? Sir ... Sie sind als Einziger noch ... Hören Sie mich, Sir?«

Der Maskierte hob den Kopf, der Arm mit der Waffe ruckte in die Höhe.

Kalimeropoulus rollte sich herum, bekam ein herrenloses Gewehr zu fassen und drückte ab. Salve um Salve löste sich.

Aber sein Gegner rannte sogar noch auf ihn zu, sprang gegen die Wände, die Decke und den Boden, drückte sich blitzschnell ab, drehte sich um die eigene Achse. Nur der gestreckte Arm blieb unbeirrt nach vorne gerichtet.

Zuerst dachte Kalimeropoulus, sein Feind würde nicht schießen – bis er den ersten Treffer in der rechten Schulter spürte. Mit einem dumpfen Grollen und Fauchen schoss er weiter, bis er in die linke Schulter getroffen wurde … dann in den rechten Oberarm, in den linken Oberarm …

Der Killer machte sich einen Spaß daraus, sein letztes Opfer kaltzustellen, ehe er den Fangschuss setzen wollte.

Beim elften nichttödlichen Einschlag in den rechten Unterschenkel schrie er seinen ganzen Frust heraus. Seine raue Stimme rollte durch das Haus.

Der Killer landete federnd vor ihm, steckte die Pistole weg und nahm eine andere aus einem Gürtelholster. Es sah nach einer Laserwaffe aus. »Sieh an. Wenn das nicht der Mann ist, den man Getter nennt.«

Kalimeropoulus hätte gern etwas erwidert, doch die Schmerzen waren zu übermächtig. Mehr als unkontrolliertes Stöhnen und Ächzen kam nicht aus seinem Mund.

»Sir! Sir, halten Sie durch! Hilfe ist unterwegs!«, ließ ihn der Gardeur in der Zentrale wissen.

»Heute fängt der Getter zum letzten Mal etwas«, sagte der Maskierte gehässig; der Arm senkte sich langsam, die schmale, fast zierliche Mündung verharrte auf Höhe des Herzens.

»Viele Menschen werden mir dankbar sein, Mister Kalimeropoulus.«

Es krachte mehrmals.

Kalimeropoulus hatte sich im ersten Schock gewundert, warum eine Laserpistole beim Auslösen Lärm veranstalten sollte, doch da wankte der Killer und wollte sich aus der Schusslinie bringen. Auch wenn Kalimeropoulus vor Qual aufkreischte, er schaffte es, dem Mann ein Bein zu stellen. Das reichte zwar nicht, um ihn zu Fall zu bringen, doch Kalimeropoulus verfolgte, wie sein Feind in eine Kugel stolperte, die sich durch die ungeschützte rechte Wange bohrte; eine zweite jagte über dem linken Auge in den Schädel, und er kippte nach hinten.

»Sir? Sir?«, schrie ihm der Gardeur ins Ohr. »Die Verstärkung ist noch einen Block entfernt! Gleich sind sie bei Ihnen!«

Mit Anstrengung hob Kalimeropoulus den Kopf und sah Xian Dalljins Umriss in der Eingangstür. Sie hatte sich gegen den Rahmen gestützt, hielt ein Gewehr, und ihre Beine schlotterten.

»Ich habe niemanden umgebracht, Kalimeropoulus!«, rief sie und warf die Waffe weg. »Glauben Sie mir und lassen Sie mich in Ruhe!« Dalljin verschwand.

»Würde ich«, flüsterte er und ließ den Kopf zurücksinken. Ihm wurde kalt, der Schock breitete sich in seinem geschundenen Körper aus. »Muss ich wohl.« Die nächsten Tage, wenn nicht sogar Wochen würde er im Krankenhaus verbringen. Seine Erkenntnisse würden jedoch weder *UI* noch *TTMS* zufriedenstellen.

Seine Jagd war unterbrochen, aber nicht beendet. Dass ihm Dalljin das Leben gerettet hatte, verbuchte er als positiv für sie. Mehr aber auch nicht.

Sirenen erklangen, Sekunden darauf standen zwei Gardeure neben ihm und versorgten ihn grob, bevor sie ihn hinaus zum Med-Schweber brachten.

Eines war sicher, noch bevor er abflog: Xian Dalljin war erneut entkommen.

Xian humpelte durch den Stadtteil, der immer mehr an einen C-Movie erinnerte.

Gangnamen waren an die Wände gelasert worden, kaputte Schweber lagen einfach so am Straßenrand, und in einem ausgebrannten Wagen glaubte sie, ein schwarzes Skelett zu sehen.

Gelegentlich kamen ihr Passanten entgegen, die meistens billige Kleidung trugen. Manche hatten zwei oder mehr Kampfbestien bei sich: Hunde mit eingekreuzten ahumanen Wesen. Abfallprodukte der Beta-Forschung. Immer wurde sie misstrauisch beäugt, niemals angesprochen. Der Kontrast zum idyllischen Städtchen Pool machte die Szenerie für sie unwirklich. Dorian Grey als zwei Orte.

Sie hatte absichtlich keine Waffen mitgenommen, weil sie damit doch nicht umgehen konnte. Vermutlich war der Killer wieder aufgestanden und sie hatte ihn nur gestreift.

Aber Xian genügte es, vorerst geflüchtet zu sein. Weg von Kalimeropoulus, weg vom Justifier, weg von den Gardeuren. Sie wollte Ruhe, nachdenken, durchatmen – und zwar in Freiheit, nicht in einer Zelle, um an *TTMS* oder *SternenReich* überstellt zu werden.

Ihre zitternden Knie drohten vollends nachzugeben. Sie betrat schnell das nächstbeste Haus, stieg über die eingetretene Tür hinweg und ließ sich in dem von Flecken gezeichneten, zerrupften Sofa nieder. Warum es im Flur stand, interessierte sie nicht; dass daneben eine doppelläufige, abgesägte Schrotflinte lag, noch weniger.

Kaum saß Xian, übergab sie sich und kotzte knapp an den Stiefeln vorbei; das Würgen ging in ein Weinen über, das sie nicht mehr in den Griff bekam. Vor ihrem geistigen Auge stiegen Bilder der Schießerei auf, von ihrem Vater, vom Labor, von Lisbetta, von dem Maskierten – alle mischten sich zu einem Karussell, das sich schnell und schneller drehte. Begleitet wurden die Eindrücke von Schuldgefühlen und Vorwürfen, die wiederum das Weinen verstärkten.

»Was mache ich nur? Was mache ich nur?« Xian zog die Nase hoch und spuckte aus. Langsam setzte sie sich aufrecht hin und sah zur Tür.

Ihr Leben war im Eimer. Karriere im Eimer, Familie im Eimer. Zum Diebstahl gezwungen, den Vater auf dem Gewissen.

… und doch keimte in ihr ein weiteres Gefühl auf: Rachedurst. Flankiert wurde es von Hass. Beide zusammen bildeten ein starkes Duo, das zuerst die Schuld, dann die Vorwürfe zum Verstummen und schließlich die Tränen zum Versiegen brachte.

Vergeltung für ihren toten Vater – das Ziel brannte sich in ihr fest. Ihre Gedanken ordneten sich neu an, formierten sich um diese Aufgabe.

Dazu musste sie herausfinden, wer bei *SternenReich* den Killer ausgesandt hatte, und dann würde sie die Verantwortlichen eliminieren.

Als Nächstes würde sie in Erfahrung bringen, welcher Konzern hinter ihrer Erpressung steckte und verantwortlich für das Drama war. Soweit es in ihrer Macht stand, würde sie den Tod bringen, am besten der gesamten Vorstandsetage.

Xian saß kerzengerade, ohne dass es ihr bewusst war. Vergeltung würde ihr neuer Lebensinhalt sein.

Vergeltung für das, was man ihr und ihrer Familie angetan hatte.

Ihre Augen richteten sich auf die Schrotflinte, dann bückte sich Xian und hob sie auf. Die Kammern waren gefüllt, und drumherum lagen noch zehn der dicken Patronen. Vollgeschosse und Schrot.

Sie steckte sie in die Tasche, erhob sich und ging los, zurück auf die Straße. Die Waffe hielt sie am langen Arm unterm Ärmel verborgen.

Nun brauchte sie Verbündete. Kriminelle. Menschen, die sie für ihre Zwecke einspannen konnte. Um das zu erreichen, benötigte Xian Geld. Viel Geld. Aber auch das würde sich beschaffen lassen.

Sie ging an einem Geschäft vorbei, das gebrauchte 3D-Cubes und andere elektronischen Geräte verkaufte. Xian tippte auf Hehlerware, jedenfalls wäre das in Krimiserien immer so.

Ohne zu zögern, betrat sie den Laden. Hier würde man ihr sicherlich Auskunft geben können, wer in Sachen Verbrechen das Sagen hatte und wo man ihn fand.

Auf dem Weg zum Tresen sah sie auf einem der Bildschirme die Serie *Die Memoiren von Ice McCool* laufen. Das hatte sie schon ewig nicht mehr geschaut.

Jugenderinnerungen stiegen empor, während sie sich von der Handlung mitreißen ließ.

»Verdammt!«

Aus den Memoiren von Ice McCool, heute ein freier und stolzer Eisbären-Beta

FRÜHERE EINHEIT: JUSTIFIER-TEAM HUMBOLDT
KONZERN: GAUSS INDUSTRIES, EINSATZPLANET: UGLY-U, GENANNT WHEED WORLD,
 SYSTEM: GROOMBRIDGE 34

»Gehe runter.« Die knappe Mitteilung des Piloten war vielmehr die Anweisung an die übrigen Justifiers, sich trotz der Gurte sofort an etwas festzuhalten. Es würde ruppig werden. Ice McCool hatte keine

Bedenken, was die Flugkünste von Togo anging, ihrem Schimpansen-Beta im Cockpit. Er hatte sie aus einem Dutzend Missionen lebend und fast immer vollständig nach Hause geflogen. Das bisschen Rütteln machte dem Eisbären-Beta nichts aus, er schaute sich grinsend um.

»Na? Kotzalarm, Sir?« Die Frage galt Lieutenant Frey, dessen Gesicht sich bereits verfärbt hatte: eierschalengelb mit einer Spur weiß im oberen Stirnbereich und kleinen Schweißperlchen auf der schlanken Nase. Ice konnte riechen, dass Frey schlecht war. *Wie immer.*

Das Shuttle, die Humboldt 13, schoss mit der stumpfen Nase voraus nach unten, durchstieß eine Atmosphärenschicht nach der anderen. Nach dem Blindsprung durch das TransMatt-Tor auf JumpMoonIV in der Nähe der Basis auf Gauss II waren sie wie berechnet im Orbit von Ugly-U materialisiert. Alles, was danach kam, bedeutete für Ice und sein Team mehr oder weniger Routine.

»Okay, Zootiere. Fertigmachen für Landung«, sagte Frey gepresst. Auf Ices Kommentar ging er gar nicht ein. Er schloss die Augen und hielt sich an den Gurten fest.

Ich wette, er kotzt wieder. Es gab das Gerücht, dass der einzige Mensch unter ihnen früher ein hohes Konzerntier gewesen war, ein Sveep oder etwas in der Art, bis er etwas gehörig verbockt hatte. Ice kannte drei Versionen: ein geplatzter Deal, ein geplatztes Aktienpaket an der Börse und ein geplatzter Kragen mitten in einer Geschäftsverhandlung. So oder so lautete die Konsequenz: Befehlshaber eines Justifier-Teams und Rehabilitierung durch maximalen Erfolg. Vorher war an eine Rückkehr in einen gemütlichen Sessel in einer oberen Etage nicht zu denken.

Zootiere. Dass Frey keine Betas mochte, zeigte er ihnen oft. Und gern. Ice dachte mit Wehmut an ihren alten Lieutenant, der beim letzten Einsatz aber ums Leben gekommen war.

Es gab einen Schlag, und das Shuttle sackte mehrere Meter nach unten, beschleunigte stärker als jede Achterbahn. Frey würgte und rülpste leise.

»Neun G«, rief Zapatero aus seiner Ecke und feixte. Er war ein Nashorn-Beta, der Mann mit den schweren Waffen auf der Nase und an seinem Kampfgeschirr. Würden sie am Boden auf Wesen treffen, die mit hoher Feuerkraft beruhigt werden mussten, tat er das. »Boah, was'n Ritt! Togo hat kein'n gut'n Tag.«

Ice spürte die Belastung. Das neunfache Körpergewicht brachte ihn dazu, flacher zu atmen und zu schnaufen, aber das Shuttle fing sich wieder. »Liegt an den Stürmen«, schätzte er.

»Ugly-U zeigt sich von seiner beschissensten Seite.«

Als wären seine Worte vernommen worden, begann ein kurvenreicher Sturzflug, der spürbar auf den Magen drückte. Mehr aber auch nicht. Ice und seine Leute waren dafür ausgebildet.

Frey war das nicht, jedenfalls nicht sein Leben lang. Folgerichtig übergab er sich, wobei die Bröckchen den Gesetzen der Physik gehorchten und sich in einem wirren Muster um den Offizier verteilten.

»Gewonnen!«, rief Emilia, ihre Waschbären-Beta und Beauftragte für Funk und Wissenschaft. Sie hatte das Labor des Shuttles unter Kontrolle, nahm Proben jeglicher Art und analysierte sie. »Ich habe gewonnen! Er hat genau«, sie sah auf die Borduhr, »zwei Minuten nach Materialisierung gekotzt! Ich bin am nächsten dran von euch. Der Pott gehört mir!« Sie klatschte in die Hände.

Ice brummte ärgerlich. Damit hatte er schon wieder zwanzig Tois verloren. »Auf Sie und Ihren Magen ist kein Verlass, Sir«, murmelte er zu Frey hinüber, der die Augen immer noch geschlossen hatte und heftig atmete. »Das letzte Mal haben Sie so schön durchgehalten.«

»Okay, neue Runde«, schaltete sich Phibes ein. Er war der Arzt der Truppe und besaß einen Doktortitel; sein schwarzbepelztes Katzengesicht verschwand fast vor der dunklen Wand.

»Ich sage, er reihert noch zweimal, bis wir landen.«

»Aufhören«, würgte Frey hervor. »Ich fühle mich von euch verarscht genug.«

Ice gab den Justifiers ein Zeichen, dass sie schweigen sollten. Es war unstrittig, wer wirklich das Kommando in der Humboldt 13 hatte, aber offiziell musste es der Lieutenant sein. »Aye, Sir. Entschuldigen Sie den kleinen Spaß. Wir wussten nicht, dass es Sie so dermaßen ankotzt.« Er grinste, und die anderen Betas verkniffen sich das Lachen; leises Prusten war zu hören, mehr nicht.

Außer Ice, Phibes, Emilia, Zapatero und Togo gab es noch die Wolf-Brothers, zwei Wolf-Betas, die für die Aufklärung bei einer Mission zuständig waren: Devil besaß rötlich dunkles Fell und schwarze Ohren, die wie Hörner wirkten und ihm seinen Namen eingebracht hatten. Cream dagegen war silberfarben und hatte alle möglichen Felltönungscremes mit dabei, um sich rasch einzufärben und der Umgebung anzupassen. Mit ihren feinen Nasen waren sie prädestiniert dafür, als Scouts zu arbeiten.

Ice winkte ihnen zu, was so viel bedeutete wie: *Ihr geht als Erste raus.* Sie nickten.

»Landeanflug«, kam Togos Stimme aus dem Lautsprecher.

»Ich habe einen Platz zwischen zwei Gewitterfronten ausgemacht. Laut Wettersonde haben wir gut vierundzwanzig Stunden Ruhe, bevor sich bei uns in der Nähe ein Tornado aufbaut.«

»Jetzt weiß ich wieder, warum der Planet Ugly-U heißt.« Phibes zog die Nase hoch, und Emilia wischte sich mit den Krallenhänden aufgeregt zweimal über die Schnauze. »Warum gehen wir noch gleich runter?«

»Bisschen umschauen.« Ice erinnerte sich an die Berichte der Spähsonden. Der Planet lag abseits der gängigen Flugrouten und einsam am Rand des Systems. Zwar hatte es bereits früh Hinweise auf humanoide Lebensformen gegeben, aber die Konzernleitung hatte sich dazu entschlossen, erst andere Planeten zu erkunden.

Die Wetterzustände auf Ugly-U machten es schwer, sich auf der Oberfläche zu bewegen: Entweder regnete es wie verrückt, oder es stürmte. In den wenigen Momenten, wo die Sonne schien, herrschte eine Temperatur von über fünfzig Grad. Emilia und Phibes hatten gestaunt, als sie die meteorologischen Daten ausgewertet hatten. So viele Hochs und Tiefs jagten sich wie auf zehn Planeten zusammen. Es blieben nur kleine Zeitfenster, innerhalb derer man sich halbwegs trocken und ohne Böenattacken bewegen konnte.

»In der Nähe ist eine Stadt«, meldete Togo und schaltete die Bildschirme im Laderaum ein, damit sie sahen, von was er sprach. Die Bordkamera lieferte die Aufnahmen von weitläufigen, massiv gebauten Steinhäusern mit abgerundeten Flachdächern, damit sich der Wind nicht fing; eingeblendet wurden dazu weitere Informationen wie Temperatur, Luftfeuchte, Sauerstoffgehalt und mögliche Schadstoffe.

»Alles bestens«, meldete Emilia nach einem schnellen Check. »Wir brauchen keine geschlossenen Anzüge. Die Luft ist so sauber, dass wir husten müssen. Das sind unsere Lungen gar nicht mehr gewohnt.«

Gespannt schaute Ice auf die Messanzeigen. »Die Häuser sind im Schnitt drei Meter hoch, die Mauerdicke wird auf sechs Meter geschätzt«, las er. »Optimal, um Wirbelstürmen zu trotzen.«

»Bunker auf Mittelalterniveau.« Zapatero schabte mit den Fingern über die dicke, plattenbesetzte Haut. »Gut, dass ich meine Spielzeuge dabeihabe. Damit knacke ich sie.«

»Wir sollen erst mal Kontakt herstellen, *ohne* sie gleich umzubringen.« Frey spuckte aus.

»Ich wette, dass es hier nichts zu holen gibt.« Phibes sah wenig begeistert aus. Katzen-Betas hassten Wasser, und davon lieferte Ugly-Us Himmel reichlich.

Das Shuttle setzte auf, ganz in der Nähe eines Gebirgsmassivs und mitten in einem Tal, das voller Geröll lag. Togo hatte sich ein Plateau ausgesucht. Damit war gewährleistet, dass das Gefährt nicht absoff, wenn sich die Senke in einen kleinen Fluss verwandeln sollte.

»Okay, Lager aufbauen. Höhle auf sieben Uhr in Cockpitrichtung. Die Wolf-Brothers gehen nachschauen, der Rest mit offenen Augen umsehen, ob es was Auffälliges gibt, was uns nicht bekommen könnte«, ordnete Ice an und sah Frey an.

»Das jedenfalls würden Sie gleich sagen, nicht wahr, Sir?« Der Lieutenant nickte und schnallte sich ab. »Ice, bevor du rausgehst, sei so gut und wisch meine Kotze auf.« Er ging an den Betas vorbei und nahm sich ein großkalibriges Gewehr aus dem Waffenständer. Dabei murmelte er etwas von »beschissenem Zoo« und »Dompteur«.

Ice kannte das Spielchen: scheinbar erniedrigende Arbeiten, um sich für die Herabsetzung zu revanchieren. *Arschloch.* Leider hatten sie keinen Putzbot mit, der diese Tätigkeit übernehmen konnte. »Aye, Sir.«

Emilia reichte ihm Vereisungsspray. »Alter Trick.«

»Verstehe.« Ice hielt die Düse auf den stinkenden Haufen und drückte ab. Ein weißer Gasstrahl traf die getürmten Bröckchen, die sofort gefroren und von ihm mit einem Spaten, den er aus einer der Boxen nahm, aufgehoben wurden. »So einfach kann es sein.« Feierlich wurde das Häufchen ins Entsorgungssystem gekippt, wo es in die Verbrennungskammer der Triebwerke gelangte. Die Resthitze der Plasmatriebwerke genügte locker, um es in nichts zu verwandeln. Danach verließen sie das Shuttle und sahen sich Ugly-U an.

Wind umwehte ihre Nasen, es roch nach feuchter Erde. Am Himmel wogten und walzten graue, weiße und schwarze Wolken umeinander, als würde man eine Zeitrafferdarstellung betrachten. Flüchtige Gebirge, die miteinander rangen. Die Umgebung war karg, der Boden ausgetrocknet.

Emilia und Phibes nahmen sofort Proben, sammelten die wenigen Pflanzen im Landebereich ein, während Zapatero sicherte. Dazu hatte er sich einen Gyrorucksack, eine Art Tragegestell angelegt, auf der ein leichtes Maschinengewehr *RockIt-9* sowie ein automatischer Granatwerfer *Quieter II* auf einem künstlichen Arm ruhten. Damit konnte er die schweren Waffen verhältnismäßig spielend leicht führen und abfeuern. Beta-Humanoide unter zweihundert Kilogramm durften nicht mal erwägen, den Gyro zu tragen – sie würden entweder umfallen oder beim ersten Schuss meterweit nach hinten katapultiert.

»Drecksplanet.« Frey saß auf einem Stein, das Gewehr in die Hüfte gestemmt, und sah sich mit dem Fernglas um. »Nichts, auf das ich ballern könnte.«

»Schade, Sir. Wäre zu schön gewesen.« Ice kam zu ihm. Die Wolf-Brothers waren in der Zwischenzeit aufgebrochen. Ice sah sie nicht mehr. Als Meister der Tarnung waren die Wölfe für ihn immer wieder ein Phänomen. Sie haben bestimmt Chamäleon-Gene reingekreuzt. »Wie lauten Ihre Befehle, Sir?«

Frey senkte das Glas und musste den Kopf in den Nacken legen, um zum Eisbären-Beta aufzuschauen. »Kotze schon weggewischt?«

»Ja, Sir.«

»Braver Bär.« Die Verachtung in den hellblauen Augen war überdeutlich zu erkennen. »Was würdest du machen, wenn du das Kommando hättest?« Er hob das Gerät wieder vor die Augen.

»Nach der Lagersicherung einen Spähtrupp zur Stadt senden, um zu prüfen, welchen Technikstandard wir erwarten können, und erste Kontakte zur Bevölkerung knüpfen«, sagte Ice und ließ sich nichts anmerken. Frey war sein Vorgesetzter. Im besten Fall ging er bei einem Einsatz drauf und *Gauss* schickte einen besseren, im schlimmsten Fall wären sie die nächsten Jahre unterwegs. *Deswegen: ruhig bleiben.*

Ice hatte ausgerechnet, dass ihm noch 321.000 TerraCoins fehlten, und er hatte dem Konzern den BuyBack, den Wert, der ihm durch *Gauss* für seine Erschaffung und Ausbildung in Rechnung gestellt wurde, abbezahlt. Dann wollte er dorthin, wo freie Betas lebten, und sich eine kleine Firma aufbauen. Wachdienste. Vermutlich wieder für einen Konzern, aber dann als freier Unternehmer und nicht als mehr oder weniger Leibeigener. Bis das so weit war, durfte er es sich mit dem Lieutenant nicht verderben.

»Schön. Dann machen wir das so.« Frey seufzte. »Ich wünsche uns in unser beider Interesse, dass dieser eklige Planet etwas auf Lager hat, das uns bei der Konzernleitung sehr beliebt macht. Aber vermutlich ist das Höchste, was wir erwarten dürfen, eine Regenschirmmanufaktur irgendwo.« Er drehte sich hin und her. »Da kommen die Wölfchen wieder. Mal sehen, was sie zu berichten haben.«

Die Nachrichten, die Devil und Creme brachten, waren weder gut noch schlecht. Die Höhle war nicht groß genug, um das Shuttle darin zu parken, aber es lebte auch keine Kreatur drin, welche ihnen gefährlich werden konnte.

»Bär und Wölfe, Abmarsch. Stadterkundung«, lautete Freys Anweisung, dann drehte er sich um und ging die Laderampe hinauf. Er flüchtete vor dem einsetzenden Nieselregen und dem auffrischenden Wind. »Ich schaue zu, was die Pussy und der Waschbär machen.« Innen angekommen, drückte er die Schließen-Taste, und das Tor fuhr herab.

»Arschloch«, sagte Devil.

Creme grollte, die Ohren legten sich nach hinten. »So riecht der Typ auch. Das ist der stinkendste Mann, der mir jemals begegnet ist.«

Ices Verzückung über den Auftrag hielt sich in Grenzen – nicht weil er ihn ungern gemacht hätte. Es lag am Wetter. *Schlechte Voraussetzungen.* Ein Blick zu den Wolkenwirbeln sagte ihm, dass aus den gelegentlichen Tröpfchen wahre Sturzbäche werden würden. Der Wind riss jedes Wort von den Lippen und trug es davon. Verständigung würde nur über Funk möglich sein. »Gehen wir.« Er stapfte los.

»Ich möchte einmal«, grummelte Creme, »nur ein einziges Mal auf einen Planeten, wo Halbwesen wie wir als Götter verehrt werden. *Das* wäre eine Show!«

Devil lachte kläffend. »Und Frey würde ich auf der Stelle zu unseren Ehren opfern lassen.«

Ice brummte amüsiert. »Träumt weiter. Ladet mich ein, wenn ihr so eine Welt gefunden habt.«

Emilia hatte das Shuttle-Labor zum Leben erweckt und jagte die Erd- und Pflanzenproben durch die verschiedensten Analysegeräte, während ihr Phibes dabei zur Hand ging. In einem Justifier-Team gab es Spezialisten für verschiedene Aufgaben, aber gerade die Wissenschaftler konnten interdisziplinär arbeiten. Bei den mental einfacher gestrickten Betas wie Zapatero gelang das eher nicht.

Frey hatte sich in seine Kabine verkrochen, Togo und der Nashorn-Beta schoben Wache an den Erfassungsmonitoren. Nichts, was größer war als ein Insekt, würde sich unbemerkt der Humboldt nähern können.

Phibes überflog die Auswertung, die der Computer zu den Pflanzen abgeliefert hatte. »Ich werd verrückt«, rief er, so dass sich Emilia neugierig zu ihm drehte. »Das … diese Pflänzchen …« Er hielt ihr das Protokoll mit den Daten hin.

Sie runzelte die Stirn, bis die schwarze Fellmusterung um die Augen kleiner wurde und sie wie ein böser, maskierter Dieb aussah. »Das kann nicht sein.« Emilia senkte den Ausdruck, klopfte gegen das Gerät, schaltete es ein und aus, um danach eine zweite Probe durchzujagen. Aber bereits nach den ersten Minuten des gespannten Wartens blitzten die gleichen Parameter auf wie in der ersten Probe.

»Wir müssen Frey Bescheid sagen«, presste Phibes endlich heraus.

»Und dann?«

»Dann ...« Er warf die Arme hoch. »Dann wird er begeistert sein, der Idiot! Sobald er versteht, was das bedeutet!«

Emilia fand die Vorfreude verfrüht. »Ich lasse nochmals eine Probe checken. Mit einem anderen Gerät. Das ist mir lieber, bevor wir den Lieutenant scheu machen.« Sie strich sich wieder kurz über die Schnauze und deutete ein Niesen an, was aber nichts anders als Zeichen ihrer Nervosität war.

Sie wusste, dass diese kleinen Halme, die unscheinbar auf dem Boden wuchsen, das Potenzial zu viel mehr hatten, als ein netter kleiner Farbtupfer zu sein. Die Werte wiesen für Gras ungewöhnliche Konzentrationen von Enzymen jeglicher Art auf; dazu kamen Spurenelemente, Stärke und ein Hauch von Wasser, in dem auch noch Traubenzucker gelöst war.

Müsste Emilia es einem Laien beschreiben, würde sie sagen, dass es nichts anderes als ein nahrhafter und gesunder Snack war, der aus dem Boden wuchs und dazu noch einen THC-Gehalt barg, der einen ausgewachsenen Bison-Beta einen Trip verschaffte, dass er von hier bis zur Basis auf Gauss II fliegen konnte. Immer unter der Maßgabe, dass der Analysator korrekt arbeitete, was die Waschbären-Beta noch immer bezweifelte.

»Willkommen auf Wheed World.« Emilia ahnte, dass es dem Konzern eine Menge Geld wert war, das Saatgut in die Finger zu bekommen, auch wenn *Gauss* nicht unbedingt für die Herstellung von Nahrung bekannt war. Die Forschungsabteilung würde dennoch vor Freude Kekse daraus backen und verteilen. Je nach Planet und herrschender Gesetzgebung ließ sich sogar das THC noch verhökern. »Da winkt Profit«, murmelte sie und stieß helle Laute aus. Das würde auch ihren Buy-Back erheblich reduzieren.

Gespannt saßen sie und Phibes vor dem Gerät und warteten auf den dritten Durchgang.

Ice und die Wolf-Brothers lagen im Schlamm, keinen Kilometer von der Stadt entfernt, und besahen sich die Siedlung durch die elektronischen Ferngläser, während ein Wasserfall auf ihnen niederzugehen schien. Die Justifiers hatten schon viel Regen erlebt, aber das, was Ugly-U auf sie herunterprasseln ließ, überstieg alles.

»Ich bin kein Seewolf«, knurrte Devil, der die Ohren so gestellt hatte, dass ihm keine Tropfen ins Ohr prasselten. Der Wind hatte sich gelegt, sie verzichteten vorerst auf den Funk. Creme schüttelte sich zum x-ten Mal, ohne dass es etwas gebracht hätte. Wo keine Uniform oder Panzerung war, hing ihr Fell glatt nach unten, als wären sie schwimmen gewesen.

Ice fiel auf, dass sich das viele Wasser nicht staute, sondern vom Boden regelrecht aufgesogen wurde. Er hatte damit gerechnet, von einem spontan entstehenden Bach davongerissen zu werden oder in einem Tümpel zu schwimmen. Nichts dergleichen geschah. »Keiner zu sehen«, sagte er.

»Wundert dich das? Welche Idioten außer uns dreien gehen denn freiwillig vor die Tür?« Creme versuchte, etwas in der Luft zu wittern, fluchte aber laut. »Ich kann keine Spuren aufnehmen. Das Wetter macht mich fertig.«

»Lasst uns nachschauen, ob die Leute hier nett sind.« Ice gab ihnen das Zeichen zum Vorrücken.

Nacheinander huschten sie los, der Eisbären-Beta übernahm den Schluss, weil er wegen seiner Größe zu auffällig und zu leicht zu entdecken war.

Je näher sie der Stadt kamen, desto sicherer wurden sie, dass der Technikstandard auf Ugly-U der Zeit um 400 A.D. auf der Erde entsprach, eher noch etwas darunter. Zwar hatten die Eingeborenen Straßen angelegt und sie befestigt, aber es waren schlichte Sicherungen. Immerhin gab es Bürgersteige; die Straßen selbst lagen tiefer und dienten zugleich als Gosse. Die langen, recht flachen Gebäude zogen sich auf vier Quadratkilometer hin, der Aufbau war symmetrisch. Die Fenster waren mit dicken Läden versehen, durch deren Schlitze fast überall flackerndes, gelbliches Licht fiel.

»Weiter.« Ice wollte sich eine der Behausungen von innen ansehen. Dazu musste er durch ein Fenster schauen können, am besten ohne den störenden Laden.

Creme und Devil hetzten vorwärts, die Gewehre an der Seite, aber ohne die Hände daran gelegt zu haben. Sie wollten keinen zu kriegerischen Eindruck machen.

Ice unterschätzte keine Zivilisation mehr, mochte sie einen noch so rückständigen Eindruck machen. Er hatte schon die tollsten Dinge auf Fremdplaneten erlebt, bis hin zu vermeintlichen kleinen, süßen und niedlichen Kuschelbären, die gepanzerte Kampfläufer der Marke Pony und Bronco mit einfachsten Mitteln außer Gefecht gesetzt hatten. Oder die Rasse, die er »blauer Klaus« genannt hatte: drei Meter hoch, Naturreligion, aber sich standhaft weigernd, mit *Gauss* zusammenzuarbeiten. Der Krieg gegen die Kläuse tobte bereits ein halbes Jahr und hatte etliche Justifiers das Leben gekostet. Auch Pfeile konnten töten.

Die Wolf-Brothers gaben Entwarnung.

Ice pirschte sich an das erste Haus und versuchte, einen Laden zu öffnen. Die Sicherung im Inneren verhinderte das. Was einen Orkan aushalten musste, hielt einem Eisbären-Beta erst recht stand.

Nach einer kurzen Untersuchung stellte er fest, dass die Abdeckung aus Stein war. Beschuss könnte helfen, wäre aber allzu auffällig. Da er durch die schrägen Schlitze nichts sah, traf er die Entscheidung, an der Tür zu klopfen.

»Wartet hier«, befahl er Creme und Devil. Nach einem kurzen Dauerlauf gelangte er an die Vordertür und fand einen Griff, der zu einer Schnur gehörte, die ins Innere führte. Behutsam zog er daran und wartete.

Es dauerte eine knappe Minute, bis sich etwas tat: ein lautes, mehrfaches Klicken, als wenn sich viele Haltebolzen aus ihrer Verankerung lösten, gefolgt von einem Quietschen, danach ein Rumpeln. Geräuschlos schwang die Tür auf.

Dahinter sah er eine Gestalt.

Ahumaner, Typus Alpha, kategorisierte Ice automatisch und meinte damit: äußerlich beinahe menschlich. *Kleinere Unter- schiede in der Kopf- und*

Augenform, dazu längere Extremitäten sowie deutlich ausgeprägtere Lippen. Die Hautfarbe war totenblass, die Haare tiefschwarz. Die Kleidung erinnerte an einen Bademantel.

Da der Ahumane keine Waffen bei sich führte und unerschrocken auf den Besucher schaute, ging Ice davon aus, dass der erste Kontakt friedlich verlaufen würde, zumindest mit hoher Wahrscheinlichkeit. Er überließ ihm eine erste Reaktion.

Der Ahumane musterte ihn, wobei die gelben Augen zu leuchten begannen und pulsierten.

Ein eingebauter Scanner? Ice hielt den Blicken stand und lächelte, ohne seine kräftigen Zähne zu zeigen. Es gab durchaus Kulturen, da bedeuteten entblößte Zähne Aggression. Zum Beispiel bei Eisbären.

Das Schimmern erlosch, der Ahumane legte den Kopf langsam schief, bis er einen ungesund anmutenden Neunzig-Grad-Winkel erreicht hatte, ohne dass es auch nur einmal knackte. *Wenn ich wüsste, was das bedeuten soll?* Die Mimik blieb starr, und Ice konnte nur raten. Es roch aber irgendwie vertraut aus dem Hausbunker. Sehr vertraut. Er deutete eine Verbeugung an, räusperte sich und sagte auf TerraStandard: »Ich grüße dich, Ahumaner. Ich bin Ice McCool, und ich bin hier im Namen von *Gauss*, um Kontakt zu deiner Zivilisation aufzunehmen. Bring mich zu deinem Anführer.« Diesen Standardsatz wiederholte er in mehreren Sprachen, darunter auch zwei, die ahumanen Ursprungs waren.

Das Wesen drehte den Kopf um einhundertachtzig Grad nach hinten, holte Luft und rief: »Da ist noch so ein Spinner. Aber der hat keine Geschenke dabei.«

Ice riss vor Verblüffung die Augen weit auf, und sein Unterkiefer klappte herab.

Emilia rieb sich jetzt unentwegt über die Schnauze, weil sie es kaum mehr aushielt vor Spannung. Der Countdown lief. Noch eine Minute, und sie wussten endlich zu einhundert Prozent, ob die ersten zwei Analysen korrekt oder totaler Schwachsinn waren.

Dr. Phibes hatte sich inzwischen an die Untersuchung der Bodenproben gemacht, die mindestens ebenso knifflig verlief wie die andere

Examination. Die Böen rüttelten am Shuttle, die Windstärke lag bei neun, wie ihnen Togo durchsagte. Ein ausgewachsener Sturm, der sich in den nächsten elf Stunden zu einem Hurrikan entwickeln konnte. Merkwürdig war, dass es dabei immer noch 25 Grad waren und der Regen die Temperatur nicht abkühlte.

Zehn Sekunden.

Frey tauchte im Labor auf und warf einen Blick auf die Apparaturen. »Na, Forschertiere? Was machen die Werte?« Er klang nicht sonderlich erwartungsvoll.

Emilia und Phibes tauschten Blicke und versuchten eine stumme Absprache.

Aber der Lieutenant schien einen guten Riecher dafür zu haben, dass sich eine spektakuläre Entdeckung anbahnte. Er stand plötzlich neben Emilia und sah auf die Listen. Die Augenbrauen wanderten in die Höhe. »THC?« Sein Kopf fuhr herum, und er nahm sich einen der Stängel, die halb so dick waren wie ein menschlicher kleiner Finger. Er biss hinein, kaute behutsam, lutschte und schmatzte. »Gar nicht mal so schlecht, der Geschmack.«

»Sir?«, maunzte Phibes auf und langte nach dem Notfallkoffer. »Ich werde sofortiges Erbrechen herbeiführen, damit …«

»Unsinn«, nuschelte Frey und biss erneut ab.

»Lass ihn.« Emilia sah zum Analysegerät, das die Null erreicht hatte und auf dem Monitor seine Werte angab. Von kleineren Schwankungen einmal abgesehen, deckten sich die Zahlen. »Es ist unschädlich.« Sie schnurrte. »Für uns. Unser Lieutenant wird bald abheben und eine Runde um Ugly-U fliegen.« Sie sah, dass sich seine Pupillen bereits erweiterten. Das Schwarz wurde größer und größer. Tintenflecke, die sich ausdehnten.

»Schmeckt wie …« Ein breites Grinsen entstand auf Freys Gesicht.

»Hühnchen?«, half Emilia feixend.

»Ja!«, sagte er erstaunt und kicherte. »Ja, genau! Wie Hühnchen.« Dann brach er in Lachen aus und zeigte auf ein Display, auf dem Balkendiagramme zuckten. »Hey, cool! Das hat was! Das hat voll was!« Er nickte mit dem Kopf im Takt zu einer unhörbaren Melodie.

»Okay, wir wissen jetzt, dass es wirkt. Und dass es schnell wirkt.«
Phibes stellte den Notfallkoffer ab, öffnete ihn und nahm Elektroden
heraus, die er am immer noch lachenden Lieutenant befestigte. »Nutzen
wir die Gelegenheit, den Feldtest am Freiwilligen genauestens zu dokumentieren.« Dazu schaltete er die Kamera noch ein, um das Verhalten
aufzunehmen.

Emilia quiekte vor Vergnügen. »Sehr schön! Der Streifen wird der
Renner bei der nächsten Weihnachtsfeier.« Da Phibes in seinem medizinischen Element war, kümmerte sie sich lieber wieder um die Bodenproben.

Da erschütterte ein gewaltiger Schlag das Shuttle. Die Lampen sprangen um auf Rot, der Alarm gellte auf.

Emilia musste sich am Tisch festhalten, sonst wäre sie gefallen. Phibes
tänzelte, die katzenhaften Reflexe bewahrten ihn vor einem Sturz; aber
der total zugedröhnte Frey knallte mit dem Kopf gegen die Wand und
rutschte selig lächelnd daran herab.

»Raketentreffer!«, meldete Togo hektisch über den Lautsprecher.
»Feindfeuer von …« Es krachte, und seine Stimme erlosch.

Ice war sich im Klaren darüber, dass er den Ahumanen anstarrte. Richtig und dumm anstarrte. *War das eben TerraStandard?*

Die menschenähnliche Kreatur lächelte und zeigte dabei ein paar
lange Reißzähne, die denen des Eisbären-Betas beinahe ebenbürtig
waren. »Ich bin Hojok. Willkommen in Chtari, der Stadt der Winde.« Er
machte einen Schritt zur Seite, damit Ice eintreten konnte.

»Danke, Sir.« Er funkte rasch an Creme und Devil, dass sie draußen
auf ihn warten und die Augen offen halten sollten. Hojok hatte gesagt
noch einer von den Spinnern – was bedeutete, dass es noch Fremde auf
Ugly-U geben musste, die nicht zum Team Humboldt gehörten. Dann
machte er einen Schritt in das Haus hinein.

Jetzt wurde der Duft intensiver, und er wusste, woher er ihn kannte:
silikonisiertes Waffenöl, wie es zur Pflege von Automatikwaffen benutzt
wurde.

Hojok ging vor und führte ihn durch einen verwinkelten Korridor, der durch kleine, leuchtende Steine in den Nischen schummrig beleuchtet wurde. »Ich habe meinen Leuten immer gesagt, dass der Tag kommen wird, an dem ihr zurückkehrt.«

»Hm, ja, klar«, machte Ice, als wüsste er, wovon der Ahumane sprach. Die Rechte hielt er nun am Gewehrgriff, den Sicherungsknopf hatte er gedrückt. Es war eindeutig, dass ein zweites Justifier-Team auf dem Planeten gelandet war.

»Es war so schade, dass das mit den ersten von euch passiert ist, aber es war nicht unsere Schuld«, redete Hojok weiter.

»Wir haben sie gewarnt.« Er blieb stehen und musterte Ice.

»Ihr seid doch hoffentlich schlauer?«

»In Bezug auf was, Sir?«

»Auf das Ftunga. Die Traumstängel.«

Ice konnte die Erklärungen nicht einordnen. »Das sind fleischfressende Pflanzen?«, vermutete er ins Blaue hinein.

»Nein. Es sind … Gräser, deren Verzehr nur bestimmten Tieren möglich ist. Wenn einer von uns, oder noch schlimmer, einer von euch oder den Menschen dieses Zeug isst, kann es ein unschönes Ende nehmen.« Hojok drehte sich um und ging weiter. »Das habe ich auch den anderen gesagt. Vorsichtshalber.«

Ice konnte wiederum nur vermuten, von was der Ahumane redete. Irgendein Gewächs bekam den Menschen auf Ugly-U nicht gut, was zur Folge gehabt hatte, dass eine erste Justifier-Einheit unter die Räder gekommen war. Oder unter die Stängel. »Woher haben Sie unsere Sprache gelernt, Sir?«

»Durch die Stimme aus dem Apparat«, antwortete Hojok fröhlich. »In dieser Flugmaschine, die den anderen von euch gehört hatte. Fast alle von uns haben eure Sprache gelernt.« Er blieb vor einer Tür stehen und öffnete sie; der Geruch des silikonisierten Waffenöls war durchdringend. »Schön, dass ihr gekommen seid.« Er trat ein und sofort zur Seite, damit sich die Besucher gegenseitig sehen konnten.

In der Mitte des Raums standen drei Betas, zwei Löwen und ein Bison sowie ein Mensch in Tarnuniformen mit Panzerung darüber. Dem Abzeichen nach gehörten sie zu *United Industries:* ein Schild aus dem drei Blitze auf einem Fleck einschlugen. Die drei Betas hielten die Waffen locker vor den Körpern und waren bereit, sie jederzeit in den Anschlag zu reißen. Einer der Löwen grollte leise. Ihr Befehlshaber hatte die Linke auf den Griff einer *S-Crack* an seinem Gürtel gelegt und musterte Ice; er sah nicht belustigt aus.

Hojok gab ein paar Töne von sich, die menschliches Lachen imitieren sollten. »Oh, so viele neue Freunde!«

»Nein. Nur einer von uns kann ein Freund sein«, gab der Mann zurück. »Würden Sie uns einen kurzen Moment allein lassen, damit wir die Angelegenheit klären, Sir?«

Hojok nickte und schob sich an Ice vorbei, der widerwillig einen Schritt ins Zimmer machte. *Was kommt jetzt?* Sein Nackenfell sträubte sich, der Raubtiergeruch der anderen reizte ihn. Gegen einen der Löwen und den Menschen hätte er bestehen können, aber bei dieser Übermacht war es geschickter, sich nicht aus der Reserve locken zu lassen. Jetzt bereute er es, die Wolf-Brothers im Freien gelassen zu haben. *Ich hätte Granaten mitnehmen sollen, dann hätten sie wenigstens ein bisschen Schiss vor mir.*

Betont lässig sah er sich im Zimmer um, das vollgestapelt war mit Dingen aus einem Erkundungsshuttle. Hojok hatte sie so drapiert, dass sie zu Wohnaccessoires geworden waren: Ein Vierphasen-Analysegerät diente als Miniaturaquarium, im halb auseinandergebauten Sprechfunkgerät steckten kleine Blumen, aus Ersatzteilen war ein Mobile gebaut worden, das an der Decke pendelte. Und so ziemlich auf allen Gegenständen prangte das Emblem von *United Industries.* »Schön hier, was?«

Der Mann, dem Rang nach ein Captain, blieb ernst. »Wir waren zuerst hier.«

»Sie sind zumindest zum *zweiten* Mal hier. Ob Sie die Ersten waren, weiß ich nicht.« Ice wollte sich nicht einschüchtern lassen. Wenn ein Konzern ein zweites Team auf einen derart unfreundlichen Planeten sandte, konnte es bedeuten, dass es etwas zu holen gab.

»Es ist nur fair, wenn du dich mit deinen Leuten verziehst«, sagte der Captain. »Wir haben den älteren Anspruch.«

»Wir sind euch überlegen«, setzte der rechte Löwen-Beta fauchend hinzu. »Euer Shuttle ist schon lange geortet.«

Ice ärgerte sich, dass Togo die *UIs* übersehen hatte. Die Sensoren hätten die Anwesenheit der potenziellen Konkurrenten bemerken müssen. »Nur die Ruhe, Mähnenkämmer«, sagte er brummend. »Ich schlage vor, wir lassen es auf die Verhandlungen mit Hojok und seinen Kollegen ankommen.«

Der Captain schüttelte langsam den Kopf. »Wer zuerst kommt ...« Die Finger lösten den Klettriemen über dem Pistolengriff, so dass er die Waffe ziehen konnte. Der kleine Kasten am Gürtel bewies, dass er unter Umständen einen Schildgenerator trug, der in der Lage war, ein Absorberfeld vor dem Nutzer zu errichten. Normale Kugeln würden nichts gegen ihn ausrichten.

»Wenn ihr das zweite Team seid, warum hat *UI* seine Ansprüche nicht offiziell geltend gemacht? Habt ihr euer TransMatt-Portal noch nicht aufgebaut bekommen?« Ice wollte Zeit gewinnen und Informationen sammeln, auch wenn er nicht daran glaubte, dass er sie geliefert bekam. Aber selbst aus Ablehnungen konnte man Schlüsse ziehen. »Was hat Ugly-U zu bieten?«

Der Captain zeigte auf die Tür. »Ich gebe dir zwanzig Sekunden, um durch das Loch zu marschieren. Danach sagst du deinem Befehlshaber, dass *United Industries* den Planeten unter seine Kontrolle gebracht hat und dass er das Shuttle mit euch zusammen von der Oberfläche hieven soll, bevor meine Justifiers es auseinandernehmen. Fliegt ins Nachbarsystem. Da sind noch ein paar Welten frei, die sich noch keiner angeschaut hat.« Der Captain hob langsam den Arm, an dem eine Kom-Einheit festgeschnallt war. »Deine Zeit läuft ab ... jetzt.« Parallel dazu hoben die Löwen-Betas die Schnellfeuergewehre und hielten die Mündungen auf Ice gerichtet.

Mist, echt. Es gab für ihn keine Frage, dass er den Rückzug antreten musste. Wären die Wolf-Brothers an seiner Seite gewesen, dann ... aber so. Allein. Gegen *United Industries. Nein.* Rückwärtsgehend schritt er bis zur Tür und öffnete sie. Er verließ den Raum, ohne die Augen von den Justifiers zu nehmen; beinahe hätte er deswegen Hojok überrannt.

»Und?«, fragte der Ahumane interessiert. »Was haben Sie beschlossen?«

»Sir, wir haben nichts beschlossen«, sagte Ice rasch. »Was immer diese Leute Ihnen bieten, ich garantiere Ihnen, dass der Konzern, für den ich arbeite, Ihnen das Doppelte zur Verfügung stellt. Ich …«

Der Eingang wurde wieder geöffnet, und die beiden Löwen-Betas drängten sich hindurch. Mit Sicherheit hatten sie vorgehabt, Ice zu erlegen, aber als sie ihren Gastgeber sahen, wurden sie vorsichtiger und verlangsamten die Bewegungen. Dennoch blieben ihre Absichten eindeutig. Die Raubtieraugen leuchteten, die *UIs* rochen nach Jagdlust.

»Ich komme wieder, Sir. Unterschreiben Sie nichts.« Ice wandte sich um und lief los.

Die verwinkelten Korridore gaben ihm Schutz vor Schüssen in den Rücken, aber dennoch war er sehr froh, als er ins Freie trat und sich Creme sowie Devil zu ihm gesellten. Kurz berichtete er, was er gesehen und gehört hatte. Doch als er versuchte, Kontakt mit der Humboldt 13 herzustellen, antwortete ihm niemand.

»Wir müssen sofort zum Shuttle.« Ice stemmte sich gegen den Wind, der Regen knallte schmerzhaft gegen die Schnauze und in die Augen. »Wir schauen nach unseren Leuten, und danach fangen wir an, unser TransMatt-Tor aufzubauen. Die *UIs* sind noch nicht so weit, also haben wir eine Chance.«

»Wir müssen dann aber zwei Monate einen Verteidigungskrieg gegen die anderen führen«, gab Devil zu bedenken.

»Wäre es nicht klüger, wir gehen wirklich ins Nachbarsystem?«

»Nein.« Ice trabte los, und die Scouts folgten ihm. Sicherlich wäre es klüger gewesen, da stimmte er sofort zu.

Aber sein Riecher sagte ihm, dass Ugly-U eine Überraschung auf Lager hielt, die unter Umständen bedeutete, dass der Wert der Mission astronomisch hoch lag und er als freier Beta aus dem Abenteuer hervorging. *Die ganzen 300.000 auf einen Schlag abbezahlen.* Dafür setzte er sein Leben, das derzeit noch *Gauss* gehörte, gern aufs Spiel.

Seine Existenz wäre erst richtig etwas wert, wenn sie ihm allein gehörte.

Emilia versuchte, das Gleichgewicht zu halten, was ihr als gute Kletterin normalerweise recht gut gelang. Aber selbst Phibes hatte schwer zu kämpfen, bei den unaufhörlichen Einschlägen auf den Beinen zu bleiben. Leitungen waren geborsten, Sauerstoff entwich zischend, das Pfeifen schmerzte in den Ohren der Waschbären-Beta.

»Zur Notschleuse«, rief Phibes. »Die schießen uns gerade die Laderampe zu Schrott, da kommen wir nicht raus.« Er erschien durch eine Wolke aus Wasserdampf vor ihr, behängt mit verschiedenen Taschen und zwei Gewehren. Die Waffen wirkten an ihm geradezu lächerlich überdimensioniert. Er hatte sich die schwersten, größten Modelle gegriffen. »Wo ist Zap?«

Emilia zog den Speicherchip mit den neusten Daten aus den Analysatoren, taumelte zu Frey und versuchte, den Mann unter den Achseln zu packen und zu ziehen, aber sie schaffte es fast nicht. Gemeinsam mit Phibes zerrte sie den Lieutenant aus dem Labor durch den Gang zur zweiten Ausstiegsluke, während die Einschläge nicht mehr aufhörten. Ab und zu erklangen die Detonationen etwas weiter von ihnen weg, dafür prasselten kleine Geschosse gegen die Hülle.

»Das sind keine Raketen mehr«, stellte Phibes fest. »Mörserbeschuss.«

Ein Schott neben ihnen öffnete sich. Zapatero erschien, das Gyrogestell angelegt und den blutenden, verletzten Togo auf der rechten Schulter. Auch der Rhino-Beta sah mitgenommen aus. »Was'n Schrott! Cockpittreffer«, sagte er. »Der Kleine hat schwer was abbekommen, aber jetzt raus, bevor sie uns alle in die Luft spreng'n.«

Phibes machte sich bereits an der Notentriegelung zu schaffen, das grüne Lämpchen zeigte an, dass sie das Shuttle verlassen konnten. »Wer ist das? Einheimische?«

Zapatero schüttelte den Kopf, das Horn zischte über sie hinweg. »Nee.« Er langte an seine Rüstung und zog ein Splitterstück heraus. »Da isses Zeichen von *United Industries* drauf.«

»Fuck. Wir sind doch nicht die Ersten auf dem Planeten.« Emilia wartete den nächsten Einschlag ab, dann stieß sie den Eingang auf. »Gib uns Togo, du nimmst den Lieutenant«, wies sie den hünenhaften Beta an. »Wir gehen zur Höhle und warten dort auf Ice.«

»Check.« Zapatero legte sich den Mann über die Schulter, als wäre es eine leichte Schmusedecke, und stieg aus, den Gyroarm mit den montierten *RockIt9* und *Quieter* umherschwenkend. »Frei«, rief er.

Phibes machte sich mit Emilia auf den Weg, Togo hing zwischen ihnen herab und schleifte mit den Beinen über den nassen Boden.

Durch den niederfallenden Regen, der ihnen wenigstens Deckung vor einer optischen Zielerfassung des Gegners gab, rannten sie den Hügel hinauf zum Loch in der Felswand, das die Wolf-Brothers bereits erkundet hatten. Die Granaten flogen ihnen um die Ohren, die starken Böen ließen die Explosivkörper weit umherdriften und an den willkürlichsten Orten einschlagen.

Emilia betete zum Waschbärengott, dass sie lebend bis in die Höhle gelangte.

»Wärmesucherrakete!«, schrie Zapatero durch das Geheule des Winds.

Emilia musste den Kopf drehen und nach hinten schauen, in welcher Gestalt das Verderben über sie hereinbrechen wollte. Durch die graue Wand aus unzähligen Tropfen kam sie angeschossen, mit einem leichten Abgasschweif, der vom Wind einen halben Meter hinter der Düse weggerissen wurde. Der Sprengkopf leuchtete grellgelb, die Flugbewegungen verliefen zackig. Der Zielcomputer korrigierte den Flug, steuerte gegen den Sturm und ließ seine Opfer nicht mehr entkommen.

Emilia hatte die Befürchtung, dass ihr Leben an dem Tag auf Ugly-U zu Ende gehen würde.

»Weiter, weiter!«, brüllte Phibes.

Zapatero stemmte sich mit den Beinen in den Boden, richtete den Gyroarm mit den montierten Waffen auf die Rakete und betätigte den Auslöser.

Hell kreischend spie die *RockIt* ihre Kugeln. Jedes zehnte Geschoss war Leuchtspurmunition, so dass eine gerade, leuchtende Linie zwischen dem Rhino-Beta und der Rakete entstand. Auch das *Quieter* jagte seine dicken Granaten aus dem Lauf, und plötzlich zerbarst die Rakete geschätzte vierzig Meter vor ihnen. Die Druckwelle fegte für zwei

Sekunden die Macht des Winds von Ugly-U zur Seite, bevor sich der Sturm wieder durchsetzte.

Innerlich pries Emilia Zapatero in den höchsten Tönen. Phibes lief bereits wieder, und sie musste ihm folgen, da sie Togo gemeinsam schleppten.

Endlich gelangten sie in den Schutz der Höhle und eilten einige Meter tief hinein, um dem Regen samt Sturm zu entkommen. Ächzend und schnaufend ließen sie den Lieutenant auf den Boden sinken und hockten sich auf die Steine.

»Alles klar. Ist keiner da.« Zapatero verharrte am Eingang.

»Komm da weg, bevor sie die nächste Wärmesucherrakete auf uns hetzen«, befahl Phibes mit dem genervten Katzenunterton, den er so gut beherrschte. »Hier drin reicht die Druckwelle, um uns platt zu machen oder die Decke zum Einsturz zu bringen.« Er zog den schweren Rucksack vom Rücken und suchte ein Langstreckenfunkgerät heraus, das er an Emilia reichte. »Schau, ob du Ice erreichen kannst. Nutz den Modulator, um …«

»Ich weiß, was zu tun ist. Ich bin die Technikerin von uns beiden«, fuhr sie ihn gereizt an und wischte sich über die Schnauze. Sie leckte das Regenwasser ab, das süß und herrlich schmeckte.

Phibes gab beschwichtigende Laute von sich und untersuchte Frey. Zapatero setzte sich neben ihn und hielt den Gyroarm auf den Eingang gerichtet. »Doc, wenn du'n bisschen Zeit hast, kannste dann mal nach mein'n Verletzungen schauen?«, fragte er schnaufend.

Während sie sich mit dem Funkgerät beschäftigte, bemerkte Emilia aus den Augenwinkeln, dass sich der Rhino-Beta Splitter in den Beinen und am Oberkörper eingefangen hatte. Die meisten waren in der dicken, gepanzerten Haut stecken geblieben, aber an manchen Stellen sickerte Blut aus den Wunden.

»Du bist zuerst an der Reihe, Zap.« Phibes kümmerte sich sofort um die Wunden und entfernte die Schrapnelle, die von der detonierten Rakete stammten, mit einer Zange. »Da gibt es gar keine Frage.«

Emilia bekam Funkkontakt zu Ice, der allerdings stark geschwächt war. Das gegnerische Justifier-Team hatte einen Störsender aktiviert.

»Boss, wir haben das Shuttle verloren. Phibes flickt gerade Zap, danach wird Togo an der Reihe sein, und unser Lieutenant ist stoned.«

»*Stoned?*«, hörte sie den Eisbären-Beta verwundert sagen.

»Stoned. Er hat das Gras gegessen, das ich untersucht habe, und der THC-Gehalt ist so hoch, dass er die nächsten Stunden noch um Ugly-U fliegen wird.« Sie girrte leise und aufgeregt.

»Wir brauchen dich hier, Ice. Irgendjemand hat uns mit Mörsern und Raketen den Arsch aufgerissen. Wie es aussieht, ist es ein Team von …«

»… *United Industries*«, vervollständigte Ice grimmig. »Ich habe ihren Captain getroffen. Hätte ich gewusst, dass die Schweine den Krieg eröffnen, hätte ich ihn und seine Leibwache plattgemacht. Wo steckt ihr?«

»An dem Ort, den die Wolf-Brothers bereits gecheckt hatten.« Emilia wollte vage bleiben, um ihren Standort nicht zu verraten. »Gib uns ein Zeichen, bevor ihr reinkommt, sonst zerlegt euch Zap.«

»Was mir echt leidtun würde«, rief der Rhino-Beta und prüfte dabei die Gurtmagazine seiner schweren Waffen.

»Alles klar. Ach, Emilia?«

»Ja, Boss?«

»Wisst ihr, von wo der Beschuss kam.«

Sie dachte kurz nach. »Es waren kleine Mörsergranaten, was bedeuten dürfte, dass sie im Umkreis von zwei Kilometern zu finden sein müssten. Wenn man die schlechte Sicht wegen des Regens nimmt, sagen wir höchstens einen.«

»Danke. Wir schauen uns um. Haltet die Stellung. Over.« Er beendete das Gespräch.

Emilia legte das Funkgerät zur Seite und half Phibes dabei, Togo zu verarzten. Der Lieutenant pupste im Schlaf, grinste breit und rollte sich in die Embryostellung.

Danach machte sie sich an die Sichtung der Daten, die aus den Analysegeräten stammten. Es musste einen Grund geben, weswegen man versucht hatte, sie mit Stumpf und Stiel auszuschalten. Das alles für ein bisschen THC und Gras, das als isotonischer Snack dienen kann?

Emilia konnte es sich nicht vorstellen. Es gab noch ein kleines, dreckiges Geheimnis. Während Zapatero sicherte und Phibes die letzten kleinen Schönheitsnähte an Togo machte, sichtete sie die Bodenproben – und dieses Mal stutzte sie.

»Was ist das denn?«, fragte sie und pfiff dabei leise vor Verwunderung.

»Was gibt's?« Phibes legte Togo auf eine selbstaufblasende Isomatte. Ein Luxus, den er dem Lieutenant nicht gewährte.

»Hat sich Ice nochmal gemeldet?«

»Nein. Aber was immer das ist, auf dem das unser gesundes Wheed gewachsen ist, es handelt sich dabei nicht um das, was man gemeinhin als Erde bezeichnet.« Fassungslos schüttelte Emilia den Kopf, fuhr sich über die Schnauze und warf die nassen, schwarzen Haare nach hinten. »Es ist eine Art Kunststoff.«

»Fruchtbares Plastik?« Phibes Schweif zuckte hin und her.

»Kontakt!«, schrie Zapatero vom Eingang, dann röhrte sein *RockIt9* auf.

Ice und die Wolf-Brothers stemmten sich durch den immer stärker werdenden Sturm. Das Anschleichen im klassischen Sinn konnten sie vergessen. Sie waren froh, wenn sie der starke Wind nicht packte oder sie mit umherfliegenden Gegenständen traf und niederstreckte.

»Hier sind Spuren«, sagte Creme und zeigte auf den Boden.

»Sie hatten einen kleinen Feldmörser aufgebaut.« Er wies auf die Bohrlöcher. Neben einem Stein lag die verbrauchte Treibkartusche eines Raketengeschosses. »Und damit haben sie die Humboldt auch behandelt.«

Prima. Das war es mit dem TransMatt-Bogen. Ice starrte durch Sturm und Regen nach vorn, wo er das Shuttle als deformierten Umriss sah. »Augen offen halten«, schärfte er ihnen ein.

»Ich nehme an, dass sie immer noch nach uns suchen. Sie wissen, dass wir auf Ugly-U und lebend aus dem Shuttle gekommen sind.« Dieses Mal setzte er sich an die Spitze, das *Gauss*-Sturmgewehr locker im Anschlag. Es war im Grunde Unsinn, denn bei den Windgeschwindigkeiten würde von tausend Kugeln höchstens eine treffen. Die Gardeure oder Justifiers mit Laserwaffen waren eindeutig im Vorteil.

Bald hatten sie die Trümmer der Humboldt erreicht. Ein millionenteures Vehikel, die nicht weniger teure Ausstattung war durch diverse Treffer von Mörser und Raketen in eine zerfetzte Metallskulptur verwandelt worden.

»Da ist nichts zu holen«, meinte Devil. »Die Arschlöcher waren gründlich.«

»Die wollen uns fertigmachen.« Creme zeigte auf die Stelle, wo sich einst die Laderampe befunden hatte. »Seht ihr das? Sie wollten uns jede Möglichkeit nehmen, ins All zu flüchten. Alle Schotts sind im Eimer.«

Ice gab ihnen Recht. Der Captain des anderen Justifier-Teams würde ihre Fährte verfolgen lassen und hoffen, dass er alle auf einen Schlag hochnehmen konnte. Noch war ihm nicht klar, warum der Aufwand für Ugly-U betrieben wurde.

»Gehen wir zur Höhle und besprechen uns mit den anderen.« Er lief los, die Wolf-Brothers flankierten ihn.

Als sie den Hang erklommen, sahen sie die tiefen, einen Meter breiten und zwei Meter langen Abdrücke in der Erde. Jeder von ihnen wusste, was vor ihnen den Gang zum Unterschlupf angetreten hatte.

»Verdammt, die haben einen Bronco!« Ice sah auf sein Gewehr, dann auf die von Creme und Devil. Nichts von dem, was sie dabeihatten, würde ausreichen, um den etwa vier Meter großen Kampfläufer ernsthaft zu beschädigen. Stahl, Karbon, Hydraulik, Automatikkanonen, Maschinengewehre, vielleicht sogar einen Pulslaser und Raketen – das würde unangenehm werden. »Vorschläge?«

»Keine«, kam es von Devil.

Auch Creme zuckte mit den Achseln. »Aber würde das nicht bedeuten, dass sie schon ein TransMatt-Tor aufgebaut haben, durch den sie den Bronco geschoben haben? Warum haben sie Ugly-U nicht offiziell als besetzt gemeldet?«

»Kann sein, dass ihnen das Tor kaputtgegangen ist?«, versuchte sich Devil an einer Erklärung. »Womöglich will *UI* erst abwarten, was als Nächstes geschieht?«

Ice hörte durch das Tosen des Winds das Knattern eines *RockIt*, schwach sah er das Blitzen über ihnen.

»Da ist der Eingang zur Höhle«, sagte Creme. »Müsste Zap sein, der herumballert.«

»Und er schießt nicht auf uns. Das ist gut«, fiel Devil trocken ein.

»Gehen wir hoch und beten, dass uns was einfällt, wie wir die Blechbüchse geknackt bekommen.« Eine panzerbrechende Waffe hatte Zapatero zwar auf seinem Gyroarm montiert, aber ob die Munition ausreichte, um den Bronco unter den Bedingungen zu beschädigen oder auszuschalten, blieb abzuwarten.

Sie hetzten den Hügel hinauf.

Vor dem Eingang zum Unterschlupf stand der Kampfläufer. Die auf seinen Schultern montierten Raketenwerfer schossen gelegentlich in das Innere, die Maschinengewehre im unteren Torso jagten unaufhörliche Garben hinein. Die Autokanonen beharkten die Ränder, um den Eingang zum Einsturz zu bringen.

Ice wurde heiß und kalt gleichzeitig, wenn er daran dachte, dass seine Mannschaft darin gefangen saß und den Angriffen ausgeliefert war. *Ich muss etwas unternehmen. Wo war nochmal die Schwachstelle der Broncos?*

»Die Höhle soll einstürzen.« Creme klappte den Helmaufsatz vor die Augen. »Der Kampfläufer ist allein. Keine weiteren Einheiten, sagt die Wärmekamera.«

»Vermutlich bleiben sie bei dem Wetter lieber in ihrer Basis.« Ice hatte bemerkt, dass der Sturm weiter an Kraft zunahm. »Gut für uns.«

»Ich mag es«, knurrte Devil, »wenn ich unterschätzt werde.« Ice war noch immer nicht eingefallen, was sie gegen den Stahlfeind machen konnten. Er wagte es auch nicht, Emilia und die anderen anzufunken, um durch das Signal keine Aufmerksamkeit zu erregen.

Aber genau das geschah soeben: Der Bronco drehte sich zu ihnen!

»Verteilen!«, rief Ice und hetzte genau auf den übergroßen und übermächtigen Gegner zu. Um ihn herum spritzte die Erde auf, die Kugeln summten an ihm vorbei. Darauf hatte er gesetzt: Der Wind war im Moment ihr bester Verbündeter. *Was tue ich hier? Was will ich denn zwischen seinen Beinen? Es gibt keine Hoden, in die ich treten könnte!*

Je näher er kam, desto weicher wurde der Boden. Es war, als renne er durch feinkörnige Sandwüste anstatt über Steingeröll.

Vor sich sah er die Höhle hinter dem Bronco zusammensacken. Die Wirkung des Beschusses war zu viel für den Fels gewesen … aber dann verschwand auch der Boden hinter dem Kampfläufer! Auf Ice machte es den Anschein, als würde der Untergrund nachgeben wie in seiner Sanduhr, und alles, was nicht aus Fels bestand, mit nach unten ziehen. *Scheiße, was …* Der Bronco hatte nichts bemerkt. Seine Raketenwerfer waren in Position gebracht, die eingeschalteten, violettfarbenen Ziellaser auf Ice gerichtet. Anscheinend hatte der Pilot verstanden, dass es nur mit Tricks funktionieren würde, den Feind auszuschalten. Der Trick bestand in diesem Fall aus einem Sprengkopf, der dem Richtlaser folgen würde.

Entkommen wird schwierig. Ice machte einen Hopser zur Seite, aber der Lichtpunkt blieb auf ihm haften.

Der Bronco feuerte seine Rakete nach ihm ab, aber im gleichen Moment sackte er nach hinten weg. Zwar versuchte der Pilot noch einen Ausgleichschritt, aber das Kippen ließ sich nicht mehr aufhalten. Ohne festen Untergrund fiel die tonnenschwere Maschine rücklings und verschwand aus Ices Blickfeld; die Rakete rauschte in den Himmel und folgte dem sinnlos gewordenen Laserstrahl.

Ices Erleichterung hielt nicht lange an.

Das Verschwinden des Erdreichs hielt an und kam auf ihn zu. Dahinter gähnte ein Loch, dessen Ränder goldfarben glühten.

»Zurück!«, funkte er. »Rennt! Sonst landen wir in dem Schlund!« Ice sprintete den Hang wieder hinab, aber er kam ins Stolpern und stürzte, überschlug sich mehrmals und zog sich dabei Schürfwunden zu. Kleine Körnchen gerieten in seine Nase, er musste auch noch niesen, während er sich im Waffengurt verhedderte – dann sah er es unter sich glühen, und er rutschte die schräge Trichterwand hinab. Ins Zentrum des Leuchtens.

Festhalten! Irgendwo! Ice schaffte es, sich beim Schliddern auf den Rücken zu drehen, um zu schauen, wohin seine Reise ging. Vor ihm rollte der Bronco und ruderte hilflos mit den Waffen, von den anderen Seiten sah er die Wolf-Brothers, die dem weichenden Untergrund ebenso wie er nicht entkommen waren. Devil brachte es fertig, wie ein Surfer auf seinen Schuhsohlen nach unten zu gleiten, Creme saß auf dem Hintern und wirkte dabei immer noch eleganter als der Eisbären-Beta.

Vor ihnen leuchtete es intensiv, der helle Schein reflektierte auf den Wänden.

Was ist das? Ice versuchte, seine Fahrt irgendwie zu beeinflussen, aber es gelang ihm nicht.

Der Bronco hatte den Boden erreicht und prallte hart auf, Funken flogen, und eine Maschinenkanone wurde abgerissen, während sich der Läufer mehrmals überschlug. Eine der Raketenlafetten detonierte mit einem grellen Blitz, zwei Geschosse flogen wie Silvesterraketen nach oben und explodierten mit lautem Knallen.

Ice sah eine Art grobes Sieb, durch das Sand und Geröll rieselten und auf dem der Bronco lag. Gleich darauf trafen seine Schuhe auf Widerstand, und er musste rennen, um den Schwung auszugleichen, den ihm sein Rutschen beschert hatte.

Er fiel nicht, sehr zu seiner Erleichterung. Der Sand haftete an so ziemlich jeder Stelle unter seiner Kleidung und Panzerung. Er schüttelte sich, feuchter Dreck flog umher. Der Regen erreichte ihn im Loch, das er auf mindestens zweihundert Meter Tiefe schätzte. Unter ihm, jenseits des Siebs, glomm es noch immer.

»Boss!« Devil lief zu ihm, Creme näherte sich ebenfalls.

»Alles klar.«

»Kümmert euch um den Bronco«, befahl er. »Holt den Piloten raus, bevor er ihn wieder auf die Beine stellt und uns jagt.« Ice blickte sich genauer um. *Was ist das hier?*

Der Durchmesser des Kreises, der sich gebildet hatte, betrug in etwa fünfzig Meter; die Wände aus Geröll liefen schräg nach oben wie bei einem Krater, und unter ihm schien es noch weiterzugehen. Ohne das Sieb würden sie immer noch rutschen und rutschen und rutschen.

Ice witterte. Es roch nach Regen, nach feuchter Erde, von unten strömte Hitze nach oben. Er suchte nach seinem Fernglas und starrte hinab.

Erkennbar wurden mehrere Düsen, dick wie Kanalschächte, vor denen das Hitzeflimmern tanzte.

Ist das ein … Antrieb? Dann blickte er sich um, ob er Emilia und den Rest seines Teams ausfindig machen konnte. Seine Angst war, dass sie irgendwo im Schutthaufen steckten und erstickt waren.

»Erledigt«, sagte Devil über Funk.

Ice drehte den Kopf und sah ihn auf dem Bronco stehen, eine Hand hielt einen Kasten in die Höhe gereckt. Eine kleine Wartungsklappe war am unteren hinteren Cockpitbereich geöffnet. Der Wolf-Beta hatte ein Steuermodul entfernt. »Was macht der Pilot?«

»Schläft. Oder tot. Aber ich bekomme die Kanzel nicht geöffnet. Ohne das Ding hier macht der Läufer allerdings nichts.« Devil steckte es ein und sprang auf das Gitter.

»Hier drüben«, meldete Creme aufgeregt, »ist eine Luke.« Ice und Devil entdeckten den Scout und liefen zu ihm.

Die Luke war groß genug, um mit einem kleinen Transporter hinein-zufahren. Creme hatte die Ränder mit dem Klappspaten von seiner Koppel freigelegt, und sie stand einen Spalt offen.

Ice wollte eben Anweisungen geben, als sie mit einem Brummen auf-ging und Emilias Waschbärenkopf erschien.

»Hallo Jungs«, rief sie quiekend vor Freude. »Los, rein mit euch!«

Ice fühlte riesige Erleichterung, verkniff sich vorerst weitere Fragen und schob sich als Letzter durch die Öffnung.

Emilia zog sie hinter ihm zu, wischte über Zeichnungen an der Wand, die sogleich aufschimmerten, und ein lautes Klacken erklang. Die Luke hatte sich verriegelt, eins der Symbole leuchtete in beige. »Na, habt ihr schon eine Ahnung, was wir gefunden haben?«

Lass es das sein, was ich denke! Ice hatte eine Ahnung, und wenn sie stimmte, hätte er den BuyBack für mindestens einhundert weitere Betas abgegolten – wenn es übertragbar gewesen wäre. »Stehen wir in einem Relikt der Ancients?« Sie befanden sich in einer Röhre, die durch kleine Schlitze in der Decke grünlich beleuchtet wurde.

»Ich kann es nur vermuten, aber die Hieroglyphen und Bedienele-mente, die Phibes und ich gefunden haben, sprechen dafür. Allerdings ist das eine Anlage, wie ich sie in den Aufzeichnungen während meiner Ausbildung nicht zu Gesicht bekommen habe. Ich bringe euch in unser neues Hauptquartier.« Sie ging voran und stieß helle Laute aus. Ein sicheres Zeichen, wie aufgeregt sie war. Creme und Devil hatten ein Dauergrinsen im Gesicht.

Ice bildete den Schluss, ließ seine Blicke schweifen, während er Emilia folgte, und erinnerte sich, was er zu diesem Thema wusste.

Die Ancients waren eine uralte Rasse, deren Ruinen man auf erstaunlich vielen Planeten fand, auf denen die menschliche Kolonisation stattfand. Konzerne und Wissenschaftler gierten danach, diese Hinterlassenschaften zu finden, denn die Ancients waren eine technologisch überlegene Rasse gewesen. Warum sie ihre Siedlungsstätten verlassen hatten, ob sie durch eine Krankheit oder eine andere Rasse ausgerottet worden waren, wusste die Wissenschaft noch nicht. Anscheinend hatten sich die Ancients auch auf Ugly-U niedergelassen.

»Der Fund bedeutet die Freiheit für uns alle«, sagte er halblaut und strich mit den Fingern an der Wand entlang. Sie fühlte sich warm und metallisch an.

Umso merkwürdiger war es, dass *United Industries* den Planeten nicht für sich reklamiert hatte. Der Anspruch hätte den Zugang zu den Ancient-Artefakten gesichert, mehr oder weniger. Womöglich hatte *UI* aber auch versucht, erst eine kleine Streitmacht auf Ugly-U in Stellung zu bringen, um eventuelle Angriffe von anderen Konzernen zurückzuschlagen. Für Ancient-Technologie waren sehr viele Organisationen bereit zu töten. Sogar die organisierte Kriminalität streckte die Hand danach aus. Alle träumten vom ultimativen Fund.

Das hier kann so einer sein. Ice wusste, dass die meisten Entdeckungen harmloser Natur gewesen waren, die den Findern minimale technologische Fortschritte gebracht hatten. Was er und sein Team auf dem Planeten gefunden hatten, sah nach mehr aus: nach einer intakten Großanlage … für was auch immer sie gedacht war. »Hast du schon Informationen für mich, Emilia?«

»Zap, Phibes, der Lieutenant und ich saßen in der Höhle, als sie mit dem Bronco gekommen sind und uns Raketen um die Ohren haben fliegen lassen, dass wir dachten, wir gehen alle drauf«, erzählte sie. »Eins der Geschosse hat die hintere Wand durchschlagen und dabei eine Tür aufgesprengt. Da sind wir rein und haben einen Gang dahinter entdeckt. Aktuell sieht es so aus, dass wir uns in einer Art Turm befinden, der neben diesem Loch in den Berg gebaut worden war. Er reicht mindestens vierhundert Meter in die Tiefe. Meiner Ansicht nach ist es eine Kontrollstation.«

Ice beglückwünschte sich dazu, dass Emilia ein Faible für die Ancients hatte, auch wenn sie deswegen von Zapatero bereits mehr als einmal verarscht wurde. Der Nashorn-Beta hielt die Rasse für ein Märchen wie das vom Weihnachtsmann, das lanciert wurde, um den Glauben an eine bessere Zukunft oder etwas in der Art aufrechtzuerhalten. »Was kontrolliert sie? Ist das ein Triebwerk neben uns in der Erde? Kann man mit dem Planeten durch die Gegend fliegen?«

Emilia führte sie zu einem Fahrstuhl und ließ sie einsteigen, dann drückte sie ein paar Symbole, und der Lift setzte sich in Bewegung. »Kann ich noch gar nicht sagen. Phibes und ich haben erst angefangen, die Station zu überprüfen. Ich meine, ich bin zwar gut und traue mir viel zu, was die Entschlüsselung angeht, aber das, was wir *hier* haben, wird eine Expertenkommission auf *Jahre* hin beschäftigen.«

»Wir sind frei«, bellte Devil freudig. »Leute, ich kann mich zur Ruhe setzen! Mein BuyBack ist durch!«

Ice nickte grinsend. »Dann überleg dir schon mal, was du machen wirst.«

»Also, ich bleibe bei *Gauss*«, sagte Creme und sorgte für Verwunderung.

»Echt?« Man hörte Emilia an, dass sie ihm nicht glaubte.

»Ja. Mir macht das Leben als Justifier Spaß. Und ich werde in Zukunft viel verdienen, da mein Rückkauf beglichen ist. Was will ich mehr? Auf einem kleinen Planeten leben und von den Menschen dort als Missgeburt betrachtet werden?« Er grollte. »Nein, danke.«

»Du weißt schon, dass viele Menschen nicht so scheiße sind?«, fühlte sich die Waschbären-Beta verpflichtet, die Verteidigung zu führen. »Oder du lebst in einer Beta-Kolonie.«

»Mir egal. Ich bleibe ein Justifier.« Demonstrativ lud Creme durch. »Vielleicht bekomme ich ein eigenes Kommando.« Er feixte. »Am besten eins, das nur aus Menschen-Asis besteht. Das würde mir echt Laune machen!«

Die Kabine hielt, und sie stiegen aus.

Vor ihnen öffnete sich ein runder, großer Raum, in dem sich mehrere Blöcke befanden, auf denen Unmengen von Ancient-Zeichen eingelassen waren. Ein paar Tische standen herum – jedenfalls sah es aus wie Tische –, und aus den Wänden ragten Anschlüsse für Steckverbindungen, die zu keinerlei Geräten passten, von denen Ice wusste. Die schwarzen Glasflächen an den Wänden schienen erloschene Monitore zu sein.

Phibes saß vor einem der massiven Blöcke und schoss Detailfotos der Zeichen. In einer Ecke hatten sie Togo und den Lieutenant abgelegt, die sich schlafend von den Wunden und dem Trip auskurierten.

»Hey, Boss!« Zap stand auf einem anderen Block und schwenkte den Gyroarm. Er fühlte sich verpflichtet, auch hier die Sicherung zu übernehmen. »Ham wa das nicht gut hingekriecht? Voll cool, wie wir das mit der Station 'nbekommen haben, was? Und ich hab' beschlossen, dass ich an Ancients glaub'.«

»Länge des Horns in Zentimetern ist gleich Rhino-IQ«, maunzte Phibes leise.

Emilia stellte sich vor einen Block, auf dem zwei der Symbole hell funkelten. »Das haben wir aus Versehen in Gang gesetzt, nachdem wir nach einer Möglichkeit gesucht hatten, eventuelle Verteidigungsanlagen gegen den Kampfläufer zu aktivieren.«

»Stattdessen habt ihr den Untergrund verschwinden lassen«, befand Devil amüsiert.

Ice fragte erneut, ob es Antriebe seien, die vorzuglühen schienen.

Dieses Mal antwortete Phibes. »Nein. Wir haben es nicht mit Ancient-Raumfahrttechnologie zu tun. Es ist so, dass wir gerade dabei sind, eine wissenschaftliche These zu untermauern.« Er pochte gegen den Block, vor dem er hockte. »Ich glaube, dass wir im Kontrollzentrum des planetaren Wetterkontrollsystems sitzen.«

»Soll das heißen, wir können den beschissenen Regen dazu bringen aufzuhören?« Creme kläffte vor Freude auf. Devil rutschte ein Heulen raus.

Emilia nahm den Faden auf. »Phibes und ich sind uns ziemlich sicher. Es spricht alles dafür. Die unterschiedlichsten Historiker gehen fest davon aus, dass die Ancients in der Lage waren, sogenanntes Geo- und Terramorphing zu betreiben, was bedeutet, dass sie den Planeten derart verändert haben, um darauf leben zu können.« Sie hob den Arm und beschrieb eine kreisende Bewegung. »Das muss eine solche Station sein, mit der sie das Wetter bestimmt haben.«

»Nach dem Untergang oder Verschwinden der Ancients hat sich die Anlage abgeschaltet, was dazu führte, dass die alten, chaotischen Zustände wieder über Ugly-U hereingebrochen sind«, führte Phibes fort. »Das ist zumindest unsere Theorie.«

Logisch! Ice war beeindruckt. Und überschwänglich. Und plötzlich mit der Sorge angefüllt, wie sie sich mit einer Handvoll Justifiers gegen die Einheiten von *United Industries* zur Wehr setzen konnten, um die Station zu halten und sie für *Gauss* zu sichern.

Vor allem: Wie gelang es, die Basis zu informieren? In der Zwischenzeit hatte der Captain des gegnerischen Teams mit Sicherheit Nachschub angefordert und würde die Einheimischen auf seine Seite ziehen. Es sah nach einem verlorenen Posten aus, auf dem sie standen. »Habt ihr was gefunden, mit dem man einen Funkspruch absetzen kann oder … Verteidigungsvorrichtungen?«

Phibes und Emilia lachten gleichzeitig auf. »Boss, wir sind keine Ancient-Runen-Cracks. Wir haben eine ungefähre Ahnung, aber um diese Bedienungsanleitung zu verstehen, müssten wir Jahre damit verbringen«, gab die Waschbären-Beta zur Antwort. »Wir können ein bisschen auf den Knöpfchen herumdrücken, aber frag mich nicht, was wir damit alles ein- und ausschalten.«

»Nee, lass das mal«, rief Zapatero. »Sonst schmeißt ihr die Windmaschine nochmal an, und wir ham nur noch Hurricanos.«

In dem Moment fiel es Ice wie Schuppen von den Augen. *Besser geht es ja gar nicht!* Er wusste, was sie gegen die Einheiten von *UI* unternehmen konnten: Sie hatten alles, was sie brauchten, direkt vor den Nasen. »Phibes, Emilia, macht euch dran, nach den Windsymbolen zu suchen. Creme und Devil, raus mit euch und kundschaftet mir aus, wo die Idioten von *UI* ihr Lager errichtet haben. Zeichnet es mir genau in die Karte ein. Lasst euch nicht erwischen. Ich brauche euch beide lebend. Die Freiheit erwartet euch.«

Sie salutierten und ließen sich von Phibes beschreiben, wie sie ins Freie gelangten.

Ice trat neben den Lieutenant, der auf dem Boden hin und her rollte, sich dabei krümmte, lachte und furzte wie ein Pferde-Beta, der an Verdauungsstörungen litt. »Wie lange hält die Wirkung des Wheed an?«

»Mit Sicherheit noch ein paar Stunden«, rief Emilia. »Oh, der Boden, auf dem das Zeug wächst, ist keine Erde. Es ist ein Kunststoffgemisch, sehr porös und wasserdurchlässig. Ich vermute, es gehört zum planetaren Wettersystem und lässt den Niederschlag schneller versickern, um Grundwasser zu speichern.«

Ice dachte an die glimmenden Düsen, die er gesehen hatte. *Ob sie dazu dienen, die Atmosphäre aufzuheizen?* »Brennt das Zeugs?«

Phibes und Emilia schauten sich an. »Von der Zusammensetzung her ... möglich. Aber schwierig. Man bräuchte extrem hohe Temperaturen«, gab sie zurück. »Wie kommst du darauf?«

»Ich überlege, ob das der Brennstoff für das Wetterkontrollsystem ist. Eine Art fossiler Vorrat wie Kohle. Ganz früher.« Ice glaubte es selbst nicht ganz. Die Ancients hatten eher Fusionsreaktoren, Tiefenwärmeturbinen, Magmakraftwerke zum Einsatz gebracht als einen künstlich geschaffenen Rohstoff, der zur Neige gehen konnte. »Vergesst es. Damit sollen sich unsere Experten beschäftigen.« Er bedeutete Zapatero, von dem Block zu steigen. »Geh und sichere den Ausgang. Mach dich mal schlau, wie man ihn besser verteidigen kann. Es wird nicht mehr lange dauern, bis der Captain seine Mannschaft rausschickt, die nach dem Bronco sucht.

»Ich habe noch Plastiksprengstoff«, versetzte Phibes. »Vielleicht kannst du damit was basteln.«

Der Rhino-Beta salutierte und wollte mit einem gewaltigen Sprung auf den Boden zurückkehren, aber er blieb mit dem groben Stiefel an der Kante hängen und landete wenig elegant.

Dafür flammte der Kubus auf!

Ein Rütteln ging durch den Turm, ein dunkles Heulen erklang, das sich langsam in der Tonhöhe steigerte. Als würden Plasmaantriebe vorgeglüht und zum Zünden bereit gemacht.

»Upsi«, machte Zapatero und kratzte sich an den Nüstern.

»War ich das?«

»Super«, seufzte Phibes.

»Beweis erbracht: Das mit seinem IQ und dem Horn stimmt.« Emilia erhob sich und drückte auf den Symbolen herum, um das, was sich anbahnte, im Ansatz zu unterbinden.

Vor den erloschenen Monitoren wurde es heller, und Ice musste einsehen, dass er sich getäuscht hatte: *Es sind Fenster!* Die Kunststofferde, der sich davor aufgetürmt hatte, und der Berg fielen in sich zusammen und gaben die Sicht frei. Wind und Regen warfen sich gegen die Scheiben und spülten den Staub ab, so dass Ice mit offenem Mund auf die Umgebung blicken konnte.

Der Turm musste wie eine riesige Nadel wirken, die ein Riese in den Boden gesteckt hatte. Ice sah alles: Die Stadt, die sie besucht hatten, den Schlund neben ihnen, in dem es noch immer gelb glühte; und direkt vor ihnen blitzte es in den Wolken, die weiß, grau und schwarz an ihnen vorbeitrieben. Er nahm an, dass auch der Berg komplett aus dem Kunststoff bestand und sich an der Oberfläche einfach verhärtet hatte. Dadurch, dass sie die Umweltkontrollen in Gang gesetzt hatten, wurde der Kunststoff wieder weich und …

»Oh, ihr Zähne des großen Eisbären«, flüsterte Ice und sah hinab in den Trichter. Er hatte eine Eingebung: *Aus dem Zeug haben sie die Oberfläche von Ugly-U geformt und modelliert. Es ist der Werkstoff, um Terraforming zu betreiben!* Er wandte sich Phibes und Emilia zu. »Ich hab's! Der Kunststoff ist das Zeug, aus dem sie Teile der Welt neu erschaffen haben. Da unten ist die Schmelze oder etwas in der Art, wollen wir wetten?« Schnell sah er wieder in die Tiefe.

»Bedeutet das, dass wir gerade dabei sind, den Planeten umzubauen?«
Phibes erhob sich und kam zu Ice ans Fenster.

»Ach du dickes Schnurbarthaar«, entfuhr es ihm. »Wir haben nicht nur den BuyBack komplett ausgeglichen, ich würde sagen, *Gauss* schuldet uns noch mindestens eine Billiarde Tois!« Er stieß ein lautes Lachen aus und schlug Ice auf die Schulter.

»Wir haben eine komplett funktionstüchtige Ancient-Anlage gefunden.«

»Und zum Leben erweckt, ohne sie steuern zu können.« Emilia musste sich zwanghaft an der Nase herumreiben. »Leute, das kann so was von schiefgehen, was wir da gerade machen. *So was* von!« Sie wirkte kein bisschen euphorisch, sondern ängstlich. »Wir können den Menschen hier Schlimmstes antun, wenn wir auch nur eine einzige Hieroglyphe drücken.« Ice wusste, was sie meinte: Vielleicht schmolzen sie durch unbedarftes Drücken ganze Teile von Ugly-U ein oder ließen eine Stadt versinken oder hoben sie auf einen Berg. Oder ließen das Meer versickern! »Keiner fasst mehr was an.« Sein Nackenfell sträubte sich, und auch er spürte Furcht; der Geruch, der jetzt von Phibes ausging, sagte ihm, dass es dem Katzen-Beta nicht besser ging.

Einzig Zapatero hatte nicht begriffen, in welcher Gefahr sie und der Planet schwebten. »Ich könnt' mir echt einen Berg bauen, der aussieht wie mein Horn auf der Nase?«, fragte er begeistert und schaute sich um, als könnte er das entsprechende Symbol auf einem der Kuben entdecken. »Is ja titanosteif!«

»Finger weg!«, betonte Ice nochmals und kam zu einem drastischen Entschluss. Es würde ihn vermutlich um seinen BuyBack bringen, aber in dem Fall ging es um mehr als um materielle Werte. Nicht zuletzt war auch sein Leben bedroht. Solange der Lieutenant in seinem Wheedschlaf lag, musste er die Entscheidungen treffen.

Er öffnete einen Kanal und funkte, damit er vom Captain des *UI*-Teams gehört wurde: »Ich weiß, dass Sie mich hören, und bitte antworten Sie mir anschließend. Wir haben ein Problem. Wir haben die Ancient-Anlage in Gang gesetzt, und wie es aussieht, stehen wir kurz davor, das Terraforming zu aktivieren. Vielleicht haben wir es schon getan. Wenn Sie Spezialisten in Sachen Ancient-Sprache und -Schrift haben, bitte schicken Sie diese zum Turm. Unbewaffnet.«

Es rauschte.

»Hier spricht Ice McCool, Justifier-Team Humboldt. Ich rufe den Captain des …«

»Hier ist Captain Oberhuber, Justifier-Team Conquista. Ich höre dich, Ice. Da habt ihr ja schöne Scheiße gebaut.«

Ice ging nicht darauf ein. »Sie sollten Ihre Spezialisten für Ancient-Technologie schicken, wenn Sie nicht zusammen mit mir eingeschmolzen werden wollen.«

»Wir kommen rein.«

»Nein, Captain, nicht Sie und Ihre Justifiers. Nur Ihre Spezialisten.« Ice nickte Zapatero zu. »Machen Sie keinen Unsinn, Sir. Wir haben immerhin herausgefunden, wie man die internen Verteidigungsanlagen aktiviert.«

»Ich verlange die Übergabe der Ancient-Station«, sagte Oberhuber ruhig. »Wir waren zuerst hier.«

»Es gibt keinerlei Eintragungen und offiziellen Ansprüche seitens *United Industries.*«

»Wir haben ein TransMatt-Tor errichtet und rechnen minütlich mit Verstärkungseinheiten. Du kannst nicht gewinnen. Wenn ihr aber aus dem Turm rauskommt, ihn übergebt und nichts weiter unternehmt, lassen wir euch durch unser Tor gehen – wohin auch immer ihr möchtet.« Der Captain klang zumindest aufrichtig.

Ice sah zuerst zu Emilia, dann zu Phibes und schließlich zu Zapatero. Sie alle gaben ihm zu verstehen, dass sie nicht vorhatten, ihren BuyBack und damit ihre Freiheit zu verlieren. Sie standen alle mit einem Fuß außerhalb der Leibeigenschaft für *Gauss.* »Muss ich leider ablehnen.«

»Du gehst also lieber drauf, als aufzugeben?«

»So sieht es aus, Captain.«

»Und was kommt danach, wenn wir das Terraforming aufgehalten haben? Müssen wir uns dann einen Weg zu euch durchschlagen und euch alle töten?« Oberhuber gab nicht auf, um vermutlich die Verluste auf seiner Seite zu minimieren.

»Sir, vielleicht finden wir eine Lösung. Können wir uns darauf einigen, uns zuerst um das Primärproblem zu kümmern?« Ice sah zum Trichter hinab, wo er glaubte, die Kunststofferde verschwinden und schmelzen zu sehen.

Oberhuber brauchte mehrere Sekunden, bevor er schließlich einwilligte. »Ich schicke euch Willy und Billy, und als Eskorte …«

»Keine Eskorte«, unterbrach Ice ihn. »Zwei Mann reichen. Wir werden sie am Fuß des Turms erwarten. Over.« Er nickte Zapatero zu und folgte ihm, Phibes und Emilia sollten von oben beobachten und durchgeben, wenn das gegnerische Team eine Schweinerei plante.

Was ihn leicht beunruhigte, war, dass sich Creme und Devil nicht mehr meldeten. Entweder waren sie Opfer der Schmelzanlage geworden oder in die Hände von *United Industries* gefallen. Er wünschte den beiden Wolf-Betas, dass Letzteres der Fall war.

Keine halbe Stunde später arbeiteten die Justifiers von *UI* hoch oben unter der Bewachung von Ice und Zapatero an den Ancient-Kuben.

Es waren zwei Erdmännchen-Betas, deren Bewegungen schnell und hektisch waren. Ständig schauten sie sich um, sahen zu den Zeichen auf den anderen Kuben, redeten mit ihren hohen, gurrenden Stimmen, die an Emilias Waschbären-Tonlage erinnerten. Sie hatten mehrere Geräte mitgebracht, die sie an verschiedenen Stellen aufstellten.

Phibes und Emilia hatten sie vorher gecheckt, ob es nicht getarnte Waffen waren, um das Team Humboldt auszuschalten. Offensichtlich handelte es sich bei Willy und Billy um wirkliche Experten. Die Apparate dienten zur Spannungsmessung, zur Prüfung thermischer Aktivitäten der Kuben; derweil hantierten die Erdmännchen-Betas mit den Symbolen. Ice musste zugeben, dass es aussah, als wüssten sie, was sie taten.

Emilia schaute zum Trichter. »Da glüht noch alles.«

Phibes, der sich auf das Dach des Turms begeben hatte, meldete per Funk, dass er eine Art goldgelbem Lavastrom im Westen gesehen hatte, der sich auf eine kleine Siedlung zubewegte. »Ich berichtige. Es ist kein Lavastrom, sondern ein Lavafeld. Es kommt, wie wir gedacht haben:

Ganze Landstriche sind gerade dabei, neue Formen anzunehmen. Ich kann ähnliche Areale im Süden und im Nordosten erkennen.«

»Habt ihr gehört?« Zapatero schwenkte den Lauf seines *RockIt9* in Richtung der Spezialisten. »Macht schneller! Und formt mir noch 'nen Berg, der aussieht wie mein Nas…«

»Ruhe«, schnauzte Ice ihn an. Ihm war nicht nach Flachsen.

»Lass sie ihre Arbeit machen und schüchtere sie nicht ein, Zap.«

Der Rhino-Beta murmelte ein »Schulligung«, ohne aber den Lauf weg von dem Duo zu richten. Er war für die Sicherheit verantwortlich, und das wollte er ganz klar betonen.

Dann leuchteten mehrere Hieroglyphen auf, und die Messapparate zeichneten Ausschläge auf. Die Daten wurden in einen Auswertungscomputer eingespeist, wie Ice sah, vor dem Billy plötzlich kniete und auf die Tastatur einhackte. Hektisch und schnell, wie alles, was die Erdmännchen-Betas taten.

Tabellen schossen über den Schirm, Zahlen leuchteten rot, gelb und grün, Diagramme und Linien tanzten, mit denen Ice nichts anfangen konnte. »Na?«, fragte er, um zu verstehen, was gerade geschah.

»Ich arbeite dran«, knurrte Billy unwirsch zurück. »Nicht nerven, Kumpel.« Der Kopf fuhr vor und zurück.

»Bekommt ihr es gestoppt?«, hakte er nach.

Jetzt wandte Billy den Kopf und sah ihn vorwurfsvoll an.

»Hast du eine Vorstellung davon, wie kompliziert das ist, was ich und mein Freund gerade versuchen?«

»Äh…«

»Angenommen, ein Mensch aus dem Jahr 1232, der aus Oberitalien stammt, kommt durch ein Zeitloch ins 21. Jahrhundert, nach Russland, und wird dort mit vorgehaltener Waffe dazu gezwungen, ein Atomkraftwerk, das kurz vor dem Detonieren steht, wieder in den Griff zu bekommen.« Billy redete immer schneller und piepsiger. »Wie hoch ist die Wahrscheinlichkeit, dass es ihm gelingt?«

Ice gab lieber keine Antwort und zeigte auffordernd zum Computer. Jetzt wusste er aus dem Mund eines Experten, was er sich die ganze Zeit über ausgemalt hatte: dass sich eine Katastrophe anbahnte. *Was haben wir den Menschen auf Ugly-U angetan?* Sein schlechtes Gewissen wurde beinahe schon unerträglich. Es war eine Sache, ein anderes Justifier-Team plattzumachen. Aber Unschuldige, die absolut nichts dafür konnten, alles unter dem Hintern zum Schmelzen und Verbrennen zu bringen, das war …

Billy sah zu Willy und stieß einen Pfiff aus. Dann begann er, die mitgebrachten Apparate abzubauen und in die Kisten zu stopfen.

»Ihr packt ein?« Emilia kratzte sich nervös mit beiden Händen hinter den Ohren. »Was wird das denn?«

»Hat keinen Sinn.« Billy aktivierte sein Kehlkopfmikrofon.

»Captain, hier spricht Billy. Das wird nix mehr. Die Idioten haben den Backofen angemacht und den Hebel abgebrochen. In zwei Stunden haben wir eine brodelnde Oberfläche. Wir kommen zurück. Die Evakuierung von Ugly-U sollte dringend beginnen, bevor wir in die Brühe fallen und neue Bestandteile der Terraform-Suppe werden.«

»Die Einlage«, brummte Willy und schob die Sachen zum Fahrstuhl.

Phibes meldete sich vom Dach. »Die Flächen werden immer größer«, sagte er aufgeregt. »Bald ist der Turm eingeschlossen. Das … Der Anblick ist der Wahnsinn! So etwas habe ich noch nie gesehen! Die Stadt ist jetzt am Rand der kochenden, heißen Masse, und die Einwohner fliehen nach Süden. Aber weit werden sie nicht kommen.«

Sie haben uns nicht verarscht. Alles wird sich auflösen! »Alles klar«, hörte Ice die Stimme des Captains aus dem Ohrstöpsel des Erdmännchen-Betas. »Wir fangen mit den ersten Rücktransporten an. Ihr werdet den Schluss bilden.«

»Aye, Sir.« Billy wollte abschalten.

»Frag mal, ob wir mitkommen können«, sagte Ice schnell. »Nachdem ihr unser Shuttle mit unserem TranMatt-Tor zerlegt habt, wäre das nur fair.«

Billy fragte nach, und Oberhuber sagte zu; allerdings unter der Voraussetzung, dass sie erst dann durch den Torbogen gingen, nachdem die Letzten des Teams Humboldt Ugly-U verlassen hatten. Ice war es recht.

»Abmarsch«, sagte er zu seinen Leuten. »Packen wir unsere Bekifften und Verletzten und verziehen uns.« Die Vorwürfe, die er sich machte, wurden immer größer. »Phibes, triff die üblichen Maßnahmen und komm runter.«

»Aye, Boss.«

Sicherlich konnte er nichts dafür, dass Zapatero die Anlage angeschaltet hatte, aber er fühlte sich dennoch mies. Sie hatten die großartige Errungenschaft der Ancients zum denkbar schlechtesten Einsatz gebracht. *Ich kann mich bei den Eingeborenen nicht mal entschuldigen.*

Gemeinsam mit den Erdmännchen-Betas machten sie sich an den Abstieg, trugen die Schlafenden mit sich; Phibes brauchte etwas länger.

Vor dem Turm stand ein ATV-Truck, in den glücklicherweise alle hineinpassten. Ice setzte sich ans Steuer und kurvte los, sich an die Anweisungen von Willy haltend.

Was aus Ugly-U wurde, wusste der Eisbären-Beta nicht.

»Hält der Prozess irgendwann an oder …?« Er schaute kurz zu Billy, der neben ihm saß.

»Woher soll ich das wissen? Es gibt keine Aufzeichnungen dazu. Kann sein, dass sich der Planet selbst vernichtet oder auf immer eine wabernde Kugel bleibt, deren Oberfläche nicht zur Ruhe kommt. Oder das Zeug härtet von selbst aus, was mit Sicherheit spannende Strukturen geben wird.« Er sah auf die blubbernden, flüssigen und leuchtenden Flächen, die an den Hartgummirädern vorbeizogen. Er richtete ein kleines Messinstrument darauf und zeigte Ice das Display: *521 Grad Celsius, steigend.* »Sicher ist: Lebewesen wird es danach nicht mehr geben.«

Ice wich den Pfützen aus. *Es tut mir so leid.*

Sie erreichten ihren Zielort, das Lager von Team Claim-11. Gerade wurde ein hektisch zerlegter Pony Kampfläufer Stück für Stück durch das TransMatt-Tor geschoben, danach folgten mehrere Justifiers, die ihnen knapp zuwinkten.

Ansonsten war der Platz bereits leer; die Spuren auf dem Boden verkündeten, dass sich einige schwere Geräte bereits von Team Conquista auf Ugly-U befunden hatten. Viele Baracken hatte der Captain einfach stehen lassen. Im Vergleich zu den anderen Ausrüstungsgegenständen und den Leben der Menschen und Betas waren sie nichts wert.

»Boss, was machen wir mit Devil und Creme?«, fragte Emilia leise von der Ladefläche.

»Ich gehe davon aus, dass sie tot sind. Sonst hätten sie sich gemeldet.« Ice seufzte und grollte gleichzeitig. Zwei gute Justifiers, die er dieses Mal nicht mit nach Hause gebracht hatte. Er brachte den ATV-Truck vor dem Tor zum Stehen, und sie stiegen aus.

Billy und Willy sahen auf die Koordinaten und schoben die Metall-kisten hindurch, dann nickten sie Team Humboldt zu und durchschritten den Bogen ebenfalls. Die Luft flimmerte, es gab einen Blitz, und dann waren die Erdmännchen-Betas verschwunden, in ihre Moleküle und Energie zerlegt und auf die Reise nach Hardcase geschickt.

»Was für ein Reinfall.« Phibes sprach mauzend aus, was alle dachten. Emilia programmierte die Koordinaten für den Planeten Gauss II. »Dabei können wir nicht mal was dafür.« Er sah zu Zapatero. »Na ja, nicht so richtig.«

»'s war ein Unfall!«, betonte der Rhino-Beta unglücklich. Es schien in seinem Verstand angekommen zu sein, was sein Fehltritt auf dem Kubus ausgelöst hatte. »Und meinen Nashornberg bekomme ich auch nich' mehr. So 'ne Scheiße.«

Ice sah das genauso: *So eine Scheiße.* Der Konzern würde für das Debakel ein Opfer haben wollen. Jemand musste die Verantwortung übernehmen und die Konsequenzen für den milliardenschweren Verlust tragen. »Wir schieben unserem schlafenden Furzkissen die Schuld in die Schuhe«, verkündete er kurzerhand. »Sind wir uns alle drüber einig, dass er im bekifften Zustand die Symbole im Turm gedrückt hat?«

Sein Team nickte.

Ice grinste und zeigte seine Raubtierzähne. Damit wären sie Frey als ihren Chef los. Nach *der* Nummer würde er vermutlich als normaler Anfänger Dienst in einer Justifier-Einheit schieben müssen.

Zuerst schoben sie Togo und den Lieutenant durch den Bogen, nachdem Emilia ihr Okay gegeben hatte, dann folgte einer nach dem anderen der Humboldts. Ice bildete die Nachhut und sah zu, wie Phibes als Vorletzter durch das Energiefeld schritt.

Der Eisbären-Beta wandte sich um, ging rückwärts auf das Trans-

Matt-Portal zu, um einen letzten Blick auf das brodelnde, Blasen werfende Ugly-U zu werfen. »Es tut mir leid«, schrie er laut und machte einen Schritt zurück.

Captain Ludwig Oberhuber, Befehlshaber des Teams Conquista, beobachtete aus der Baracke heraus, wie Ice durch das Portal ging und verschwand; neben seinen Stiefeln lagen die verschnürten Wolf-Betas Creme und Devil, die gar nicht mehr aufhören wollten zu grollen und zu knurren. Die Knebel verhinderten, dass sie sich deutlicher bemerkbar machen konnten. »Okay, die Idioten haben Ugly-U verlassen. Die Wiedererrichtung des Camps kann beginnen.«

»Aye, Sir«, bestätigte sein Sergeant. »Operation MyWorld läuft weiter.«

Oberhuber lächelte auf die gefangenen Wolf-Betas herunter. »Keine Sorge. Ich lasse euch am Leben. Mal sehen, was mir an Verwendungszweck für euch einfällt. Vielleicht als Geschenke für die Einwohner – oder als Schuldige an den Vorgängen.« Er trat ins Freie und hörte sie hinter sich noch lauter toben.

Oberhuber fühlte Triumph darüber, den Konflikt hervorragend gelöst zu haben. Das TransMatt-Portal hatte seine eigenen Leute durch das zweite Tor auf der anderen Seite von Ugly-U ausgespuckt und das Humboldt-Team dank der manipulierten Anzeigen glauben gemacht, die Evakuierung nach Hardcase hätte in der Tat stattgefunden. Stattdessen kehrten seine Leute gerade zurück und würden den Turm für *United Industries* in Besitz nehmen.

Das hatte es noch niemals gegeben: Ein Unternehmen konnte sich einen Planeten nach seinen eigenen Vorstellungen formen! Oberhuber war ein gemachter Mann, der so viele Aktienpakete haben konnte, wie er fordern würde.

Willy und Billy hatten es geschafft, die Anlage abzuschalten, obwohl sie gegenüber den Idioten von Team Humboldt das Gegenteil behauptet hatten. Dass die Täuschung so einfach und schnell gelang, das musste am schauspielerischen Talent der Erdmännchen-Betas liegen. Auch wenn es nicht so aussah, der Ancient-Terraformkunststoff schmolz nicht weiter ein. Es entstand eine Phase der Stabilisierung, es würde keine weiteren Ausdehnungen mehr geben. Sogar die Stadt würde unversehrt bleiben. Mehr hatten Billy und Willy auf die Schnelle nicht erreichen können.

Er sah auf die Uhr. In einem halben Monat wären die richtigen Experten von *UI* vor Ort, um die Anlage im kleinsten Detail zu erforschen. Solange würde er Ugly-U locker halten können. Der Eisbären-Beta würde seinen Vorgesetzten garantiert erzählen, dass der Planet nicht mehr benutzbar war, und bis sie ein zweites *Gauss*-Team schickten, hatte er genügend Feuerkraft versammelt, um alles zu eliminieren. Andererseits wäre ein Schiff im Orbit nicht die schlechteste Variante. Oder sie sollen uns eine Batterie Verteidigungssatelliten schicken.

Oberhuber sah zum Himmel, der aufklarte. Der Regen hörte auf, und ein blauer Himmel zeigte sich zwischen den grauen und schwarzen Wolken. Die Erdmännchen-Betas hatten auch die Stürme in den Griff bekommen. »Ugly-U wird bald einen neuen Namen bekommen«, sagte er leise und zufrieden. Vielleicht sogar seinen.

Da erfolgte eine gewaltige Detonation in der Ancient-Station, die Flammen aus dem oberen Teil schlagen ließ. Elektrostatische Entladungsblitze jagten in die Wolken und in den Boden, ein großes Stück brach heraus und fiel herab, Dreck spritzte beim Aufschlag hoch auf.

Oberhuber glaubte nicht an einen Defekt. Für ihn bedeutete das, dass Team Humboldt wohl doch nicht auf den Bluff hereingefallen war und die Vorkehrungen getroffen hatte, die im Fall eines Totalverlusts vorgeschrieben waren: Entweder bekam ein Konzern ein Ancient-Relikt oder niemand.

»Verdammt …«

Der Himmel über Ugly-U verfinsterte sich wieder, und Regen setzte ein, während vor seinen Stiefeln die Erde plötzlich brodelte und sich verflüssigte. Die Anlage hatte mit ihrem Sterben das Terramorphing wieder eingeschaltet.

Xian Dalljin schüttelte die Gedanken an Ice McCool ab. Die Fernsehserie hatte sie für Minuten in eine andere Welt eintauchen lassen, was als Ablenkung gar nicht schlecht gewesen war. Sie stand nach wie vor im Laden für gebrauchte Ware, den sie als Hehlerhöhle im Verdacht hatte. Und genau so etwas suchte sie: Kontakt zu Verbrechern.

Sie musste zu ihrem eigenen Plan zurückkehren. Fälschlich als Mörderin verfolgt, vom Konzern als Spionin gehetzt und dicht an der Schwelle zum Tod, wollte sie Rache für das, was ihr angetan worden war.

Sicher hatte sie den Chip aus dem Labor von *KrEArtificial* gestohlen, aber sie war erpresst worden. Um ihren Vater zu schützen, hatte sie die Tat begangen – und wegen dieser Tat war ihr Vater vom Justifier des Unternehmens getötet worden. Samt seiner Geliebten.

Xian war Wissenschaftlerin mit ein bisschen Kampfsporterfahrung. Aber das würde für ihr Vorhaben nicht ausreichen, also benötigte sie die Hilfe von Kriminellen. Sie wollte denjenigen, der den Tod ihres Vaters befohlen hatte, ausfindig machen und umbringen. Das gleiche Schicksal sollte ihre Erpresser treffen.

Schritt für Schritt näherte sie sich dem Tresen, hinter dem eine junge Frau auf einem Barhocker saß und auf einen Computerbildschirm starrte, als wäre sie von dem Geschehen hypnotisiert. Sie kaute mit offenem Mund einen Kaugummi – rot, und er roch nach Blumen.

»Hallo«, sagte Xian. Die abgesägte Schrotflinte, die sie auf ihrer Flucht vor den Gardeuren und dem Killer mitgenommen hatte, verbarg sie.

»Hi.« Sie schaute nicht hoch, die kleinen Pupillen zitterten.

»Was suchst du?« Sie trug einen schwarzen Overall mit einem weißen

Gürtel, der Reißverschluss war bis zum Bauchnabel geöffnet und gab den Blick auf ihre Figur und den weißen BH frei.

»Ich … suche …« Xian dachte, dass sie ungefähr im gleichen Alter sein mussten und doch so vollkommen verschieden waren. »Drogen«, stieß sie hervor.

»Gebrauchte Drogen führen wir nicht.«

»Klar. Ich meinte auch mehr …« Xian kam sich dämlich vor. In ihrem Labor war sie eine angehende Koryphäe, arbeitete mit Geräten, von denen jedes über eine Million Tois kostete, zerlegte Fremdtiere in ihre Bestandteile, bediente Computer und schulte Personal – und bekam es nicht hin, Informationen zu sammeln. »Gibt es so etwas wie einen Dealer?«

Langsam sah die junge Frau vom Bildschirm auf. »Sieht das hier aus wie eine Touristeninformation?«

»Nein. Wie ein schäbiger Laden, in dem illegale Dinge verkauft werden«, konterte Xian. »Deswegen bin ich ja hier.«

Die Frau lächelte unecht. »Welchen Stoff brauchst du?«

»Ich will nur den Dealer treffen.«

Jetzt verzog die Bedienung das Gesicht. »Wenn du ein Bulle sein willst, musst du noch viel lernen.« Ihr Blick wanderte an Xian entlang. »Zusammengeschlagen worden?«

»So in etwa.«

»Und was willst du dann mit einem Dealer? Solltest du nicht eher zu den Gards?«

Xian schüttelte den Kopf, zog die abgesägte Schrotflinte.

»Sag mir, wo ich einen Dealer finden kann!«, schrie sie. Wieder pochte ihr Herz unsagbar schnell, weil sie fast damit rechnete, dass ihr Gegenüber ebenfalls eine Waffe ziehen würde. »Mehr will ich gar nicht.«

Langsam hob die junge Frau die Hände. »Okay, okay. Geh die Straße runter, bis zur nächsten Ecke. Da läufst du nach rechts, bis zu einer Kneipe, dem *Starfuck's*. Frag den Typen am TriChess-Automat nach Cudo und sag ihm, dass Balanja dich geschickt hat.«

Xian nickte ihr zu und verließ rückwärtsgehend den Laden, um ihr neues Ziel anzusteuern.

Kaum hatte sie das Geschäft verlassen, drückte Balanja einen Knopf an der Tastatur, während sie wieder auf den Monitor starrte. Sie spielte Blonky, ein Geschicklichkeitsspiel, bei dem die Steuerung über die Augenbewegung lief. »Ahoi, Cudo. Ich habe dir eine Ische geschickt. Sie ist ein bisschen durcheinander und hat eine Schrotflinte dabei, aber sie sieht richtig gut aus und hat eine starke Figur. Halbasiatin, würde ich sagen. Hast du nicht nach so etwas für deinen Fickladen gesucht?«

»Ja, habe ich. Danke«, antwortete eine kratzige Männerstimme.

»Keine Umstände. Damit habe ich was gut.«

»Sicher. Die nächsten zehn Schüsse Zzing gehen auf mich.«

Klick.

Balanja fluchte, als sie die nächste Runde verlor, und sah zur Tür. Da sie keine Kundschaft hatte, konnte sie noch eine Runde zocken, bevor sie an die Inventur gehen würde. Danach würde sie sich ihren ersten Schuss Zzing im *Starfuck's* abholen. Ein schlechtes Gewissen oder Reue empfand sie nicht. Sie mochte ohnehin keine Touristen.

Dann ging die Tür auf, und die breite Silhouette eines Mannes schob sich herein, der in einer Mischung aus abzeichenloser Uniform und Panzerung steckte.

Mit den Jahren hatte Balanja in ein Gespür dafür entwickelt, wann Ärger drohte.

Und das war ein solcher Moment.

Xian wunderte sich, wie heruntergekommen Objective war. Es kam ihr vor, als hätten alle ausgemusterten C-Movie-Darsteller und die aus noch schlechteren Filmen hier eine Unterkunft bekommen; dabei hatten sie ihre Rollen gleich beibehalten, die sie in der Filmkulisse einer herunter-gekommenen Stadt gut gebrauchen konnten.

Sie war nicht mehr ängstlich, aber ihr Puls war gleichbleibend hoch. Die Waffe und die Ersatzpatronen gaben ihr etwas Sicherheit.

Schrottreife Wagen, Schweber und andere Vehikel bevölkerten die Straßen, Menschen jeglicher ethnischer Herkunft liefen herum und schienen ihren Geschäften nachzugehen. In diesem Bereich war Objective belebter als in der Baylane, wo Xian aus dem Wagen des Reporters gesprungen war, aber nicht unbedingt sicherer. Immer wieder erschienen Gruppen von Betas zwischen den Menschen, unzweifelhaft Gangmitglieder, wie die einheitlichen Abzeichen verdeutlichten.

Xian ging den Halbwesen aus dem Weg und achtete darauf, niemanden anzurempeln oder direkt in die Augen zu schauen. Streit hatte sie heute schon genug gehabt.

Das *Starfuck's* tauchte vor ihr auf: Ein penisartiger Stern flog mit einem breiten Grinsen und Augen, die weit aufgerissen waren, in ein schwarzes Loch.

Geschmacklos, fiel Xian dazu ein. Vor solchen Orten hatte ihr Vater sie gewarnt. Die Kehrseite der gesellschaftlichen Medaille und anscheinend von StarLook geduldet, die den Kontinent von *United Industries* gemietet hatten. Den Grund verstand sie nicht – bis sie durch Zufall die Kamera sah, klein und unauffällig, die an einer Laterne angebracht war.

»Ich Idiotin.« Xian fiel die Serie wieder ein, die StarLook unter dem Namen »crime & life« produzierte: Unterschichtenmilieu, Gangster, Huren ... alles echt. Und sie befand sich mittendrin. Man konnte sie also dabei beobachten, wie sie gerade einen Mann mit dem Namen Cudo suchte, um ihre Rache zu planen. Vermutlich hing auch das *Starfuck's* voller Kameras.

Xian hatte beschlossen, dass es ihr egal war. Möglicherweise wurde sie durch *crime & life* zum neuen Quotenstar und erschloss sich vollkommen neue Möglichkeiten. Kurz kam ihr der Gedanke, ihre Story an Star-Look zu verkaufen, um Geld zu machen, doch sie verwarf ihn. Erst wollte sie Cudo suchen, alles andere würde sich später entscheiden.

Xian marschierte über die Straße, vorbei an röhrenden Maschinen und qualmenden Lastwagen, von denen Büffel-Betas herunterjohlten und Fahnen schwenkten. Sie machten Werbung für einen Stierkampf. »Mensch gegen Beta-Torro«, schepperte es aus den Boxentürmen. »Alles ist erlaubt. Wir freuen uns auf euch! Kommt und schaut, wie Kreaturen gegen Menschen kämpfen und ihr Blut vergießen. Keine Fakes, alles echt! Mit Wettmöglichkeit!«

Xian hatte den Slalom geschafft und fasste es nicht, was StarLook für die Quote alles möglich machte. »Wer schaut sich dieses Programm an?

Das ist ja pervers!«, sagte sie vor sich hin und betrat das *Starfuck's*, ging an zwei Türstehern vorbei, die sie mit Blicken auszogen. Sie atmete möglichst flach, um nicht zu viel des Duftgemischs aus Schweiß, billigen Deodorants, verschüttetem Alkohol, Tabak und Tabakersatzstoffe einzuatmen, das ihr entgegenschlug. Zu allem Überfluss musste sie durch einen Alkvaporisator gehen, der hochprozentigen Nebel ausstieß. Wer mehr als zweimal die kühle, alkoholvolle Luft einatmete, war direkt angetrunken.

Xian schaffte es hindurch, ohne besoffen zu werden, und orientierte sich.

Links von ihr war die lange Bar, daneben schlossen sich die Spielgänge an, wo die Zocker in kleinen Nischen Geld an den Automaten verprassen konnten. Nach rechts öffnete sich eine Tanzfläche mit Hoverelementen, auf denen sich knapp bekleidete Männer und Frauen räkelten; im hinteren Bereich gab es sogar Betas, mal rasiert, mal nicht. Für die Fetischisten. Das Schild »For Starfuckers!« über einer Rolltreppe wies nach oben, wo die Huren sicherlich auf Freier warteten.

Jetzt musste Xian nur noch den TriChess-Spieler finden. Also ging sie nach links und tauchte in die Gänge ein. Sie kam aus dem Staunen nicht raus. Mal standen alte Arkadestationen herum, an denen gespielt wurde, mal war da nichts als ein kleiner Kasten, mit dem sich der Spieler über Drähte verband. Steckverbindungen im Nacken sorgten für einen direkten Zugang ins Hirn. Andere nutzten Spielbrillen oder trugen Sensoranzüge, es gab Simulationssitze, Mini-Arenen für MultiMassiveGames und vieles mehr. Jede Art Spiel wurde gezockt, von Geschicklichkeit bis brutalem Splatter.

Xian fand den verwaisten TriChess-Automaten, der aus einem Bildschirm bestand. »Scheiße«, entfuhr es ihr. In dem Bereich war sie ziemlich allein. Es würde ihr nichts anderes übrig bleiben als zu warten.

Ein Junge kam angelaufen, in der Hand ein Tablett mit Koffybechern. Bei verschiedenen Leuten machte er Halt und reichte ihnen ein Gefäß, bis er auch zu Xian kam und den Becher vor dem TriChess-Automaten platzierte.

»Nein, danke. Ich möchte nichts«, sagte sie.

»Okay«, erwiderte er gleichgültig und begann, die Konsole zu putzen.

Xian begriff, dass er zur Belegschaft gehörte. »Sag mal, wann kommt denn der Mann, der normalerweise TriChess spielt?«

Der Junge lachte laut. »Kann es sein, dass du mich gerade mit dem Putzbot verwechselst?«

Sie war irritiert. »Äh …«

»Ich spiele hier meistens.« Er nahm den Koffy und schlürfte daran. »Hab eine Pause gemacht. Was ist? Suchst du eine Herausforderung? Mein Mindesteinsatz sind 50, aber wenn du willst und denkst, du kannst mich schlagen: Scheiß aufs Limit. Wenn du nicht zahlen kannst, wirst du deine Schulden abarbeiten, und zwar bei den Schlampen oben im *Starfuck's*.« Er grinste sie an. »Ich bin Brain. Dein Albtraum.«

Xian war sich im Klaren darüber, dass sie glotzte. Sie schätzte ihn auf höchstens dreizehn oder vierzehn … und ihn sollte sie nach Cudo fragen? Nach einem Dealer? Andererseits sprach er, als wüsste er sehr genau, was in Objective los war. Ob er ein Schauspieler war?

»Willst du schwarz oder weiß?«

»Ich … suche Cudo«, sagte sie zögerlich. »Balanja schickt mich.«

»Ach?« Brains Augenbrauen wanderten synchron nach oben. »Na, dann.« Er ging los, den Koffy nahm er mit. »Mir nach.«

Xian folgte ihm bis zum Eingang, die Rolltreppe nach oben, in den Bereich *For Starfuckers* und dort zwei weitere Rolltreppen empor, bis er vor einer Stahltür stehen blieb, auf die jemand *Biggest cock in town* geschrieben hatte. Xian war sich sicher, dass es nicht die Umgebung war, die ein Halbstarker zum Aufwachsen benötigte. Dass StarLook wegen des Sendeformats noch keine Anzeige bekommen hatte, war ein Wunder. Oder auch keins. Ihr war unwohl, weil sie nicht wusste, ob sie gerade eben im 3D-Cube in der ganzen Galaxie zu sehen war.

Brain betätigte die Klingel.

»Ja?«, fragte eine kratzige Stimme aus dem Lautsprecher, der neben der Linse in der Wand eingelassen war.

»Cudo, hier ist eine Dame …« Auffordernd sah er sie an.

»Xian«, sagte sie rasch und hätte sich ohrfeigen können, ihren echten Namen genannt zu haben.

»… die Balanja zu dir geschickt hat.«

»Ich weiß. Sie wurde angekündigt.« Es surrte, und die Stahltür sprang auf. »Schick sie rein.«

Brain machte einen Schritt zur Seite und deutete mit beiden Händen auf den Eingang. »Bitte sehr. Willkommen.« Er verharrte so, bis sie an ihm vorbeigegangen war, dann schlug die Tür hinter ihr zu.

Xian stand in einem Büro, das im asiatischen Stil eingerichtet war. Ein fetter, weißhaariger Katzen-Beta saß in einem breiten Sessel und streichelte eine schwarze Monsterratte, die sich friedlich und entspannt auf seinem Schoß zusammengerollt hatte. Um den Leib des Betas spannte sich ein roter, bestickter Kimono, der verzweifelt versuchte, die Fülle zu bedecken, was nicht gelang. Zu seinen Füßen lagen vertrocknete, abgebissene Rattenschwänze. Das Schicksal der Ratte war bereits besiegelt.

»Guten Tag, Mister Cudo«, sagte sie und trat näher.

»Hallo Xian.« Der Beta sprach schnurrend und schnaufend, als bekäme er nicht genügend Luft. Die Raubtieraugen waren durch das feiste Gesicht zu kleinen Schlitzen geworden, in denen Verschlagenheit lauerte. »Schön, dass du den Weg zu mir gefunden hast. Was kann ich für dich tun?«

Sie wunderte sich, wie leicht plötzlich alles ging. »Mister Cudo, ich habe ein ungewöhnliches Anliegen. Ich brauche … Ich habe etwas vor, das vollkommen illegal ist.« Xian sah sich um. »Sind hier auch Kameras installiert?«

Cudo brach in schallendes Gelächter aus. »Nein. Hier nicht. Nur überall sonst, inklusive der Suiten im *Starfuck's*. Für die ganzen Spanner.« Er streichelte die Ratte mit gleitenden, langsamen Bewegungen. »Wir haben selten Touristen, Xian. Die wenigsten trauen sich zu uns, nachdem sie die Schilder und Warnhinweise gelesen haben.«

Xian wusste, dass sie keine gesehen hatte. Das passte zu ihrem bisherigen Glück.

»Zu gefährlich, zu verrucht. Damit können die Spießer nicht umgehen. Sie sehen sich die Serie an, das reicht ihnen.« Cudo musterte sie mit einem Profiblick, der einem Schneider hätte gehören können. »Du hattest Stress, Xian. Das wirst du nach einem schönen Bad und einer Massage vergessen haben. Und frische Kleidung sollte es auch noch geben.« Er hob die Stimme. »Computer. Programm elf.«

»Sehr wohl, Sir«, antwortete eine Frauenstimme.

Xian verstand nicht, was gerade vorging. »Ich bin Ihnen dankbar für Ihre Freundlichkeit, Mister Cudo. Aber ich …« Sie sammelte all ihren Mut. »Ich möchte jemanden umbringen.«

»Aha. Wen?«

»So genau weiß ich es noch nicht. Es können zwei sein, es können mehrere sein. Konzerngrößen, womöglich. Von Ster- nenReich und von jemandem, von dem ich noch herausfinden muss, wer er ist und für wen er arbeitet. Sie haben meinen Vater, seine Geliebte und meine Karriere auf dem Gewissen, und dafür müssen sie bluten!«

Cudo schnurrte belustigt. »Das klingt nach einem ganz schönen Pensum für ein Mädchen wie dich. Aber ich helfe dir dabei. Wenn wir ins Geschäft kommen.«

Xian erlaubte sich ein erstes Aufatmen. »Was schlagen Sie vor?«

»Na ja. Du bist hier im Star*fuck's*. Was denkst du?«

»Bitte?« Xian war entrüstet. Sie hatte mit Geldforderungen oder Betriebsgeheimnissen gerechnet, aber nicht mit simpler Prostitution.

»Du machst die Beine breit, sagen wir für ein Jahr. Danach schauen wir, was du verdient hast, und reden darüber, was ich für dich tun kann.« Cudo schien es ernst zu meinen. Er streichelte seine Ratte, als wollte er einen Snack anwärmen.

»Haben Sie einen Kollegen, den Sie mir empfehlen könnten? Ich glaube nicht, dass ich Ihr freundliches, uneigennütziges Angebot annehmen kann.« Ihr Tonfall war ätzend.

»Nein, habe ich nicht. Du kommst auch nicht mehr so einfach aus diesem Raum.« Cudo lächelte und zeigte seine Fänge.

»Kommen wir nicht freiwillig ins Geschäft, und ich muss mir etwas ausdenken, um dich gefügig zu machen, verlängere ich deinen Buy-Back … nein, deinen FuckBack um ein paar Jahre.« Xian zog ihre Schrotflinte und richtete die Läufe auf den Beta. »Ich gehe jetzt raus, und du kommst mit«, befahl sie und hoffte, überzeugend genug zu klingen. Zu ihrem eigenen Erstaunen blieb ihre Hand ruhig. »Ich will nur lebend …«

Ein helles Summen erklang, und ein Stich jagte in ihren Handrücken, wo eine kleine, rote Blutkugel entstand. Sofort breitete sich eine Lähmung aus, die es ihr unmöglich machte, den Finger zu krümmen.

»Das war Programm elf«, kommentierte Cudo schadenfroh.

»Keine Sorge, das ist nichts Schlimmes. Gefrorenes Sarotoxin, das die Haut durchdringt, sofort taut und in die Blutbahn eindringt. Es lähmt ein bisschen und macht hochgradig abhängig. Der Trip beginnt in zehn Minuten. Bis dahin sollten wir zu einer Einigung gekommen sein.«

Xian kannte Sarotoxin. Sie hatte es in ihrer Ausbildung kennengelernt, wie so ziemlich alle Gifte und Drogen. Sie musste damit umgehen können, um alle möglichen Organismen betäuben zu können. Deswegen wusste sie, dass Cudo log. Zumindest der Trip würde ausbleiben. Da er aber jederzeit den Computer und die damit verbundene Schusseinrichtung befehligen konnte, spielte sie mit. »Wie viel bekomme ich im Jahr?«

»Ich bin ja kein Un-Beta. Sagen wir: Zehn Prozent gehen an dich. Es hängt ganz davon ab, was du leisten möchtest. Jung, unverbraucht, Halbasiatin mit schöner Figur … ich schätze, wir können dich als Edelnutte platzieren.« Cudo sah auf einen Bildschirm an der Wand, wo ihr Gesicht zu sehen war. Darunter ratterten eben ihre persönlichen Daten durch. »Oh, das wusste ich nicht. Du bist eine Berühmtheit?«

Dann blinkte der Haftbefehl von *United Industries* auf, gefolgt von einem privaten Kopfgeld eines anonymen Spenders in Höhe von 40.000 Credits, dazu auch ein Haftbefehl von SternenReich.

Cudo schluckt und hörte auf, die Ratte zu tätscheln. »Scheiße, Kleine. Xian Dalljin. Was hast du denn angestellt?«, maunzte er und setzte sich aufrecht in seinen Sessel, der von seinem Körper beinahe gesprengt wurde. »Ich glaube, du bist mir zu gefährlich für den offiziellen Betrieb. Für dich haben wir das Spezialprogramm.«

Xian hatte keine Lust auf irgendein Programm, das mit dem *Starfuck's* zu tun hatte. Sie hob die ungelähmte Hand, nutzte die Finger, um den

Abzug der Schrotflinte zu ziehen, bevor der Computer reagieren konnte.

Cudo kreischte katzenhaft auf und versuchte, sich zur Seite zu wälzen, aber die Vollgeschosse trafen ihn dennoch. Zwar nur in die rechte Schulter, aber sie wirbelten Fell- und Fleischstücke davon, schlugen durch die rotgesprenkelte Wand und jagten bis in den Raum dahinter.

Alarm schrillte.

Xian rannte zur Tür und wollte sie öffnen – aber Brain kam ihr entgegen. Von unten erklangen die Geräusche eines heftigen Feuergefechts, die sich mit Schreien und Rufen mischte. Er sah sie an, dann auf die rauchende Schrotflinte. »Scheiße«, flüsterte er und sah an ihr vorbei. »Boss? Leben Sie noch?«

»Wo sind Coco und Ramp? Los, hol sie und macht die Schlampe fertig!«, sagte er weinerlich hinter seinem Schreibtisch hervor. »Heiliger Katzengott, sie hat mich angeschossen! Schick mir einen Arzt!«

Brain hob die Arme, damit Xian sah, dass er nicht beabsichtigte, ihr etwas zu tun. »Boss, Coco ist tot, und Ramp hat sich verpisst. Da unten sind ein paar Justifiers, wenn ich richtig liege, die den Laden zerlegen. Mit allem, was drin ist.«

»Daran ist die Schlampe schuld«, maunzte er wieder jämmerlich. »Sie hat sie angelockt!« Sein Arm tauchte aus der Deckung und wies auf den Monitor, wo die Haftgesuche standen.

Von draußen erklangen dunkle Stimmen und erste Schüsse. Das Kommando hatte sie bald erreicht.

»Wie komme ich hier raus?« Xian lud die Flinte nach.

»Über das Dach.« Der Junge zeigte auf das Fenster, lief hin und drückte auf den Öffnungsmechanismus. Zuerst hob sich das Gitter, dann die Eisenlamellen, und danach fuhr das Panzerglas nach unten. Er schwang sich bereits hinaus. »Bis später, Cudo.« Dann war er verschwunden.

Xian folgte ihm und blieb ihm dicht auf den Fersen. Sie hatte beschlossen, Brain nicht von der Seite zu weichen. Er schien hier geboren zu sein und sich extrem gut auszukennen. »Kleiner, ich brauche Hilfe.«

Sie rannten über das Wellblech, sprangen und hüpften über breite und schmale Spalten.

»Das sieht so aus, Lady.« Er sah nach hinten und fluchte, wie sie noch niemals einen Zwölfjährigen hatte fluchen hören.

»Die verfolgen uns.«

Xian wagte es, den Kopf zu drehen.

Fünf Personen in abzeichenlosen, schwarzen Uniformen und mit Panzerung und dicken Waffen rannten über die Dächer. Zwei, drei Betas erkannte sie, irgendwas Großes, dazu Männer mit überbreiten Proportionen. Sie befürchtete, dass es SupraSoldiers waren. Und vermutlich jubelten die Macher der Serie gerade. Das dürfte genau nach dem Geschmack der IQ-schwachen Zuschauer sein.

»Du schuldest mir was, Brain«, sagte sie. »Du hättest mich als Hure schuften lassen!«

»Selbst schuld. Wer hierher kommt, trotz der Warnschilder ...« Er sprang über einen Abgrund, landete auf der anderen Seite – und rutschte aus.

Xian setzte über die Lücke, packte ihn am Kragen und schleuderte ihn auf das sichere Dach. »JETZT schuldest du mir was«, stieß sie keuchend hervor.

Brian war schneeweiß geworden, aber er nickte und hielt auf eine Feuerleiter zu. »Ich weiß, wer Ihnen helfen kann.«

Xian sah nach den Verfolgern, die bedrohlich aufgeholt hatten. Der Schmächtigste von ihnen hob eine lange Waffe, die verdächtig nach einem Scharfschützengewehr aussah; gleich danach schlug eine Nadel neben ihr in der Wand ein, die elektrische Funken schlug. Es ging dem Kommando darum, sie lebend in die Finger zu bekommen.

Xian klemmte sich die Waffe unter den Gürtel und ließ sich die Treppe hinabgleiten, wie sie es aus engen Forschungsraumschiffen kannte. Brain hatte bereits etwas Vorsprung, aber sie holte rasch wieder auf.

Die Straßen wurden enger, verwinkelter und labyrinthartiger. Es roch stärker nach Essen, nach Lavendel und Rosmarin, und die Sprache der Passanten wandelte sich und klang noch fremdartiger. Das war nicht TerraStandard.

Brain wandte sich nach links und führte sie in einen Hinterhof. »Hey«, rief er und winkte scheinbar sinnlos. »Ragazzi! Por favore!«

Xian behielt den Durchgang im Auge, die Schrotflinte erhoben und bereit, jederzeit den Abzug zu betätigen.

Lichtschein fiel von vorne auf sie, und sie wurde am Arm gezogen.

»Kommen Sie schon. Wir dürfen rein.« Brain führte sie in einen Raum, in dem ein stechender Geruch schwebte.

An kleinen Tischen saßen Arbeiterinnen und Arbeiter mit Masken vor Mund und Nase, die Pulver in Pressvorrichtungen gaben und Pillen fabrizierten. Neben Brain stand ein Mann in einem Vollschutzanzug und Gasmaske, Panzerung und einem Sturmgewehr, der sie zur nächsten Tür durchwinkte.

»Willkommen bei der Rosetti-Niederlassung in Objective«, erklärte Brain nebenher, als würde er einkaufen oder Sehenswürdigkeiten erklären.

Nach der Tür folgte ein Halle, in der Chemiker damit beschäftigt waren, aus verschiedenen Zutaten Drogen zu mischen; weiter hinten stand eine Wärmelampe, die aus der feuchten, sandartigen Substanz ein Pulver trockneten. Woanders übernahmen leise summende Gebläse diese Aufgabe. Mit Sicherheit waren drei Dutzend Männer und Frauen sowie einige Betas mit der Produktion beschäftigt.

Brain steuerte auf eine Gruppe Männer zu, die unter ihren Schutzoveralls perfekt geschnittene Anzüge und teure Schuhe trugen. Die Capos. »Ah, Senori«, rief er und lief ungebremst auf sie zu. »Ich habe Ihnen etwas mitgebracht. Eine Investition auf zwei Beinen.«

»Brain. Buon giorno«, grüßte einer der Männer lachend.

»Wie schön, dich zu sehen.« Drei Augenpaare richteten sich auf Xian. »Ist das etwa Xian Dalljin?«

»Ja.« Xian seufzte. »Ich habe einen schweren Tag hinter mir, und ich brauche dringend ...«

Der Mann im roten Anzug hob den Arm und legte den rechten Zeigefinger ans Ohr. »Scusi, bella. Anruf.« Er verfiel in diese seltsame, singende Sprache, die sich unglaublich schnell anhörte.

»Was mein Cousin sagen wollte«, hakte der Mann im schwarzen

Anzug ein, »ist: Was können wir für Sie tun? Ich nehme an, Sie möchten den Planeten verlassen?« Er lächelte geschäftstüchtig.

Xian sah sich im Labor um. »Nein. Also: Doch, schon, aber zuerst muss ich ein paar Dinge vorbereitet haben.«

»Carlo«, sagte Roter-Anzugträger, »wir haben Besuch im Hof: fünf Gestalten, keine von hier. Bis an die Zähne bewaffnet. Justifiers oder Kopfgeldjäger.« Er sah Xian an. »Ich nehme an, es sind Ihre Bekannte, Miss Dalljin?«

Brain nickte, leckte den Finger ab und tauchte die Kuppe in das weiße Pulver. Bevor er es ablecken konnte, schnappte der dritte Mann, der einen lavendelfarbenen Anzug trug, die Hand. »Was habe ich dir hundertmal übers Naschen gesagt, Kleiner?«

Xian war erleichtert, dass es wenigstens einen unter den Gangstern gab, der so etwas wie Verantwortungsgefühl besaß.

»Nicht das Rohmaterial«, antwortete Brain.

»Weil?«

»Es zu stark ist.«

»Richtig.« Der Lavendelanzug führte den Finger nach unten und wischte ihn am Overall ab. »Nimm dir später ein kleines Päckchen mit, Ragazzo.« Er fuhr ihm durch die Haare und kniff ihn in die Wange. »Aus dir wird nochmal was.«

»Danke, Monsignore.« Er grüßte, zwinkerte Xian zu und lief auf das Ende der Halle zu. Seine Aufgabe war erfüllt und der Gefallen abgearbeitet.

»Wenn er die Nase aus dem harten Stoff lässt«, ergänzte der rote Anzug. »Miss Dalljin, ich habe Befehl gegeben, dass man das Team nicht angreift. Es könnte zu viel Aufmerksamkeit auf unsere Niederlassung lenken, und wenn es Justifiers sind, kommen wieder welche, und dann wieder. Ich lasse das Kommando ziehen.«

Xian nickte konsterniert. Sie hatte sich noch nicht davon erholt, wie locker mit Drogen umgegangen wurde. »Äh …«

»Erlauben Sie mir, dass ich uns vorstelle: Ich bin Thomasi Rosetti, das sind meine Großcousins Ronaldo«, er zeigte auf den Lavendelanzug, »und Pietro.« Er deutete auf den Mann in Schwarz. »Normalerweise sind wir gar nicht hier, aber heute wollten wir die Fabrik besichtigen.«

»Eine schöne Fügung«, setzte Pietro hinzu.

Thomasi legte einen Arm um Xians Schulter. »Kommen Sie. Gegen wir ins Büro und bereden, wie wir Ihnen helfen können und was uns im Gegenzug geboten wird.«

»Jedenfalls arbeite ich nicht als Hure«, rutschte es ihr heraus.

»Ah! Sie waren bei Cudo«, sagte Pietro. »Die fette Pussy versucht immer wieder, Touristinnen auf den Strich zu schicken.«

»Wieso ... arbeitet Brain für Sie und für Cudo?«

»Brain arbeitet für viele. Er ist klassischer Straßenjunge. Keiner kennt Objective besser als er, sowohl von der Stadt her als auch von den Turfs und dem, was darin geschieht.« Thomasi führte sie aus der Halle zu einer Schleuse, in der sie die Overalls ablegten. Die Anzüge kamen nun erst vollends zur Geltung und waren im alten, symmetrischen Stil geschnitten. Aus den Umkleideboxen nahmen die drei Männer farblich passende Hüte und setzten sie auf.

Xian wurde um die Ecke geschickt, um sich nach Wechselwäsche umzuschauen. Anscheinend hielten die Rosettis so etwas für ihre Arbeiter vor. Sie wählte Unterwäsche, eine dunkle Hose und ein schwarzes Shirt, dazu eine einfache Jacke. An einem Waschbecken entfernte sie den gröbsten Dreck zumindest aus dem Gesicht, ehe sie zurückkehrte. Die Schrotflinte ließ sie nach kurzem Nachdenken zurück.

»Ah, so gefallen Sie mir schon viel besser.« Thomasi deutete einen Handkuss an. »Kommen Sie. Möchten Sie einen original italienischen Espresso?«

»Sehr gern.«

Mit einem Fahrstuhl fuhren sie nach oben und landeten in einem Aufenthaltsraum, in dem sich außer ihnen niemand befand. Pietro besorgte die Espressi, Ronaldo ein paar Kleinigkeiten zu essen, und Thomasi lauschte derweil ihrer Erzählung.

Xian hatte jegliches Zeitgefühl verloren, spürte Hunger und Durst. Die Stärkung kam also genau richtig. Sie berichtete von ihrer Verfolgung durch den ersten Justifier, vom Mord an ihrem Vater und Lisbetta, von ihrer Odyssee durch Objective. Den Diebstahl des Chips durch sie erwähnte sie ebenso wie den Grund dafür. »Deswegen möchte ich Rache an allen, die verantwortlich sind.«

Die Cousins wechselten rasche Blicke und redeten in der Sprache, die sie für Italienisch hielt. »Bella, Ihre Geschichte ist spannend, ergreifend und tragisch. Als Italiener verstehen wir sehr gut, was Vendetta bedeutet«, begann Thomasi.

»Deswegen möchten wir Ihnen helfen«, fügte Ronaldo hinzu. »Sie brauchen dazu einige Informationen, die wir für Sie beschaffen möchten, sowie Geld, ein bisschen Ausrüstung, mit der Sie in den Krieg ziehen.«

»Wir rechnen zusammen, was uns das kostet, und geben es mit einem kleinen Aufschlag an Sie weiter«, ergänzte Pietro. »Dazu kommen Kost und Logis in einem sicheren Versteck. Das Verlassen des Planeten leiten wir für Sie gern auch in die Wege. Das alles wird eine gewisse Zeit in Anspruch nehmen, in der Sie das Abbezahlen übernehmen könnten.«

Thomasi fasste sich an die Krempe und richtete den Hut. »Was können Sie uns anbieten? Wie sieht Ihr BuyBack aus?«

Xian fiel nur eine Sache ein. »Wie wäre es mit ein paar neuen Designerdrogen?«

Das entstehende Lächeln auf den Gesichtern der Cousins wirkte sehr, sehr glücklich.

6. April 3041 a. D.

SYSTEM: 61 CYGNI
PLANET: RELAX (IM BESITZ DER UNITED INDUSTRIES), 3. KONTINENT
  (VERMIETET AN STARLOOK)
STADT: OBJECTIVE

Xian schaute auf den Bildschirm, wo das Mikroskopbild angezeigt wurde, danach verglich sie sie Kurven und Diagramme, die durch die Analyse der Substanz entstanden waren. Die Linien und Schwünge des heutigen Ergebnisses waren fast schon poetisch zu nennen.

Wenn es keine Drogen gewesen wären, die sie entwickelte, wäre sie fast der Einbildung erlegen, sie stünde in einem regulären Labor. Sie mischte, untersuchte, ließ sich Xenodrogen und Gifte von Insekten bringen, die sie mit natürlichen Pflanzengiften vermengte und destillierte.

Woche für Woche erzielte sie Ergebnisse, die sie Thomasi ablieferte, der sie wiederum mitnahm und an einem ihr unbekannten Ort prüfen ließ.

An was der Mafioso die Substanzen testete, wollte sie nicht wissen. Aber es war ihr Anspruch, Halluzinogene zu entwickeln, die möglichst kaum schädliche Wirkung auf den Organismus hatten.

Um ihr Gewissen reinzuwaschen, schob sie die Schuld an dem, was sie tat, auf diejenigen, die ihren Vater umgebracht und sie erpresst hatten: auf die Konzerne. Ohne deren Taten wäre sie auf Betterday, würde ihre eigenen Forschungen vorantreiben und mit ihrem Vater zusammen an einer lupenreinen Karriere arbeiten.

Was sie heute tat, war ziemlich das genaue Gegenteil.

Pietro hatte ihr einen Plan gegeben, auf welchen Straßen es keine Kameras gab beziehungsweise welche Winkel sie hatten oder welche man mit einer eigens entwickelten Fernbedienung an- und ausschalten konnte. So gelang es Xian, sich ungesehen durch Objective zu bewegen; zudem trug sie immer eine Maske und wurde von einer Abordnung Bodyguards begleitet. Die unbekannte Justifier-Truppe tauchte ebenso auf wie Kalimeropoulus mit einer Sondereinheit, aber die Verstecke der Rosetti-Familie waren zu gut. Xian war sicher.

»Das ist doch mal gut«, murmelte sie und fuhr die Tabellen mit dem E-Pen nach: Rausch, erträgliche Wahrnehmungsveränderung für Menschen zwischen 40 und 90 Kilogramm; die darunter würde es umhauen, die darüber hätten eine Art kleinen Schwips. »Nebenwirkungen: keine«, sagte sie zufrieden und speicherte die Ergebnisse.

Xian erhob sich und streckte sich, dann trat sie durch die kleine Schleuse, in der sie ihre Arbeitskleidung ablegte und sich mit einem Desinfektionsgebläse bepusten ließ. Auf der anderen Seite begann die normale Drogenverpackung. Die Päckchen wurden in farbiges Acrylglas eingegossen und in Paketboxen gestapelt. Wohin diese gingen, wusste Xian nicht und wollte es auch nicht wissen.

Sie schritt durch die Reihen der Arbeiter, was inzwischen fast schon normal für sie geworden war. Lustigerweise saßen unter den Männern und Frauen auch einige, die sie bereits mehrmals in Objective und in Pool gesehen hatte. Vormittags Zimmer sauber machen, abends zwischendurch rasch Drogen verpacken.

Als sie an den Tischen vorbeiging, wurde sie am Handgelenk festgehalten. »Miss Dalljin. Eine Sekunde.«

Xian schreckte zusammen und sah den Mann an, dem eine Verbrennung das Gesicht schwer entstellt hatte; das Gewebe war vernarbt, und das ganze Gesicht wirkte verschoben, als hätte jemand seitlich mit der Faust draufgedroschen. Sie wusste nicht, wie sie reagieren sollte.

Einer ihrer Leibwächter, der vor der Ausgangstür auf sie wartete, hob den Kopf und schaute abwartend zu ihr.

»Miss Dalljin, ich kannte Ihren Vater. Ich weiß, wer ihn auf dem Gewissen hat.« Mit den Fingern der freien Hand fuhr er sich über das Gesicht. »Sein Schicksal verbindet uns: Bei mir haben sie es auch versucht.«

Xian überlief es siedendheiß. Sie kannte den Mann nicht, auch die Stimme sagte ihr nichts. »Woher kannten Sie ihn, Mister ...?«

»Ich war auf Betterday, einer der Ausbilder der Betas und sozusagen der Tester derjenigen Kreaturen, die Ihr Vater entwickelt hat. Ich ...«

Xian bedeutete ihm, dass er sich erheben sollte. Es gab zu viele aufmerksame Augen und Ohren um sie herum, für die diese Informationen nicht bestimmt waren. »Wir machen ein bisschen Pause und reden.« Sie klärte es rasch mit ihrem Leibwächter, und gleich darauf saßen sie in der improvisierten Kantine vor zwei Bechern Wilmon-Koffy. »Also, wer sind Sie?«

»Mein Name ist Uwe Neuburg. Ich war Sergeant bei *KrEArtificial* und zuständig für die Qualitätsprüfung der Betas im Feld zwecks genauer Talentbestimmung. Bis vor ein paar Monaten. Ein Bronco-Kampfläufer hat mich mit einer Garbe bei einem Manöver erwischt. Ein Unfall, hieß es – bis ich mir den Piloten vorgeknöpft hatte. Er gestand mir, dass er auf Anweisung von Van Akkaran gehandelt habe.«

Der Namen ließ es bei Xian klingeln. Akkaran war seit Anfang des Monats in den Vorstand von *KrEArtificial* berufen worden, und man handelte ihn sogar als Anwärter für einen Wechsel zum Mutterkonzern *SternenReich*. In eine gehobene Position.

»Zwei Tage danach brannte mein Wagen ab, mit mir drin. Der Bronco-Pilot ist ebenfalls am gleichen Tag bei einem Wartungsunfall ums Leben gekommen. Ich habe es vorgezogen, mich abzusetzen, und bin hier gelandet.« Neuburg nahm sich einen Strohhalm und sog damit den Koffy ein. »Wegen der Lippen«, erklärte er rasch. »Ich kann Hitze an den Lippen nicht mehr ertragen.«

»Sie wollen damit sagen, dass Akkaran meinen Vater hat töten lassen?«

»Ja. Er hat jedem den Tod versprochen, der mit den Geheimnissen der F-Betas ...«

»Welche F-Betas?«

»Die Flesh-Betas.« Erstaunt blickte er sie an. »Ich dachte, Sie wissen davon? Die Abteilung Ihres Vaters hat daran gearbeitet.« Als sie den Kopf schüttelte, erzählte er. »Akkaran berichtete mir von einem Vorfall, der sich während der Reifungsphase zugetragen hatte. Eine PrideFur-Aktivistin hat sich in die Luft gejagt, zusammen mit einem Gardeur und dem restlichen Labor. Die Abteilung Ihres Vaters sollte untersuchen, inwieweit den Betas, die überlebt haben und mit menschlichem Gewebe gefüttert wurden, eine Veränderung im Verhalten nachweisbar ist. Außerdem bestand die Gefahr, dass sie eine Vorliebe für Menschenfleisch haben würden. Zwei meiner zwei besten Leute gehörten zu den F-Betas. *KrEArtificial* hatte beschlossen, diese sogenannten Flesh-Betas am Leben zu lassen und genau zu kontrollieren, ihre Werte, ihr Verhalten. Ich nehme an«, Neuburg drehte den Koffybecher in der Hand, »dass diese Betas in irgendeiner Weise herausragend sind.«

»Prototypen einer neuen Beta-Rasse.« Xian schwieg betroffen. Sie hatte keine Ahnung gehabt, welche Geheimnisse sie transportiert hatte! Vermutlich waren die eigentlichen Informationen chiffriert zwischen harmlosen Infos verborgen gewesen. Das Wissen und die Daten bedeuteten unter Umständen Milliarden von Credits sowie einen Aufschrei der Empörung, wenn bekannt wurde, dass menschliches Fleisch verfüttert wurde. Aber das rechtfertigte für sie nicht den Tod eines geliebten Menschen, den Tod von Lisbetta und die Anschläge auf sie.

»Akkaran, sagten Sie?«

Neuburg nickte. »Ich bin mir sicher, dass er Ihren Vater und Lisbetta Engers für ihren Verrat umbringen ließ. Er war früher ein Secutor, ein Major einer Spezialeinheit mit besten Verbindungen, die man für einen solchen Auftrag braucht. Er war früher einer der SupraSoldier, seine linke Hand ist ein Kybernetikteil.«

»Mein Vater hat keinen Verrat begangen.« Xian rang mit den Tränen. »Er war unschuldig.«

»Wie ich.« Neuburg zeigte mit dem Strohhalm auf sein Gesicht. »Geschützt hat es mich nicht vor Akkarans Niedertracht.«

»Wo kann ich ihn finden?«

Er sah sie erstaunt an, weil er wohl an ihren Augen abgelesen hatte, was in ihr vorging. »Sie hätten keine Chance gegen ihn.«

»Ich kenne andere Methoden, Menschen umzubringen. Aber dazu muss ich in seine Nähe gelangen.« Sie nahm seine Hand. »Helfen Sie mir! Sie haben bestimmt noch Kontakte auf Betterday oder bei der Sicherheit des Konzerns.«

Er lachte auf. »Das schaffen Sie niemals.«

Xian deutete nach unten, wo sich das Labor befand. »Ich kann das stärkste Gift zusammenbauen, das Sie sich vorstellen können, Mister Neuburg. Kein Mann, nicht mal ein SupraSoldier, wird es überstehen. Mit einem Hochdruckinjektor befördere ich ihn ins Aus.« Danach würde ihre Suche nach dem Erpresser beginnen. Ein Schritt nach dem anderen. Akkarans Tod schien für sie einfacher zu bewerkstelligen. »Wir können für Sie Rache nehmen, Mister Neuburg!«

Er sah auf ihre Hand, dann legte er seine darauf. »Ich bin dabei, Miss Dalljin. Ich tätige einige Anrufe und schreibe Nachrichten, wenn ich das notwendige …«

»Thomasi wird uns alles besorgen, was wir benötigen«, unterbrach sie ihn. »Mein BuyBack ist inzwischen hundertmal abgegolten.« Außerdem hatte Xian keine Lust mehr, Drogen für die Unterwelt zu designen. Es gab ein Ziel für ihren Hass und ihre Wut – endlich! *Akkaran.* Diesen Namen würde sie nicht mehr vergessen. »Wir reden miteinander, Mister Neuburg.« Dann küsste sie ihn auf die Stirn. »Vielen Dank!«

Sie stand auf und eilte zurück ins Labor.

Mit Feuereifer zog sie die Schutzmaske an, schüttete sie die Reagenzen weg, die sie angesetzt hatte, und machte sich daran, ein Gift zu kreieren, das dermaßen tödlich war, dass ein Tropfen davon ausreichte, um eine Horde kulintaorischer Ferrofanten in einer Millisekunde zu töten. Zwischendurch sprach sie mehrmals mit Thomasi, um ihn von ihrem Vorhaben zu unterrichten.

Es dauerte keine Stunde, und die Tür zu ihrem kleinen Reich öffnete sich.

Herein kam aber nicht wie erwartet der Anführer der Cousins, sondern Pietro, wie immer in einen schwarzen Anzug gekleidet. »Hallo, Miss Dalljin.« Seine Stimme klang sonor und entspannt. »Hätten Sie wohl ein paar Minuten?« Seine Blicke schweiften über die Apparaturen, in denen es köchelte. »Wir müssen auch nicht rausgehen, wenn Sie gerade arbeiten.«

»Danke, Mister Rosetti.« Xian lächelte hinter ihrer Schutzmaske hervor und schob sie hoch. »Geht es um mein Anliegen?«

»Ja. Das geht es.« Pietro setzte sich mit einer Hinterbacke auf den Schreibtisch, faltete die Hände und legte sie in den Schoß. »Lassen Sie mich vorwegschicken: Sie machen gute Arbeit. Sehr gute Arbeit! Sie haben, das bestätigte mir das Labor, wundervolle Drogen gebaut. Mit ein paar Nachbesserungen kann man sie auf den Markt bringen.«

»Was meinen Sie mit Nachbesserungen?«

»Das abhängig machende Moment wurde von Ihnen vernachlässigt. Wir aber haben Interesse daran, dass wir möglichst viele und dauerhafte Kunden haben. Deswegen werden Sie ein paar Anreize zu Ihren Kreationen hinzufügen, damit die Käufer gar nicht genug davon bekommen können.« Er nickte ihr väterlich zu. »Ich finde es großartig, dass Sie es geschafft haben, die Nebenwirkungen so gering wie möglich zu halten.«

Xian hörte am Tonfall, dass die Nachbesserungen die Voraussetzung dafür waren, dass sie aus den Diensten der Rosettis entlassen wurde. »Ah«, machte sie.

»Wir verstehen uns, Miss Dalljin. Danach und nicht vorher erfülle ich gern Ihre Wünsche, damit Sie Rache nehmen können.« Pietro strahlte sie an. »Sollten Sie bereits mit dem Gedanken spielen, dies nicht tun zu wollen, weil wir Kriminelle sind und Sie die Menschen vor uns und den Drogen schützen wollen, möchte ich Sie darauf hinweisen, dass es nach wie vor ein Leichtes ist, Sie an einen Konzern oder an Getter zu überstellen. Es täte mir zwar sehr leid«, er legte die gepflegte, faltenlose Hand gegen die Brust, »doch wir sind: Kriminelle.« Dazu lächelte er derart charmant, dass Xian ihm seine Drohung beinahe verzieh. Sie hatte gewusst, auf was sie sich einließ, als sie mit den Wölfen einen Pakt eingegangen war.

»Sicher«, erwiderte sie nur und sank in sich zusammen.

»Sehr schön.« Er klatschte in die Hände. »Dann legen Sie los, Miss Dalljin. Ich bin mir sicher, Sie finden etwas, um die Sucht bei einmaligem Konsum ausbrechen zu lassen.« Pietro verließ das Labor.

Xian war zum Heulen zumute. Aber einen Ausweg sah sie nicht. Eine kleine, leise Stimme fragte sie zwar, ob sie allen Ernstes tausendfaches, hunderttausendfaches Leid über Menschen bringen wollte, um den Tod von zweien zu rächen, doch sie antwortete ihr einfach nicht. Was hätte sie entgegnen sollen? Rationalität griff hier nicht.

Stattdessen rief sie einige Stunden später die Nummer auf einer Visitenkarte an, die sie fast vergessen hätte. Es konnte sein, dass es eine Möglichkeit gab, die sie weniger schwer in Gewissenskonflikte brachte.

16. April 3041 a. D

SYSTEM: 61 CYGNI

PLANET: RELAX (IM BESITZ DER UNITED INDUSTRIES), 3. KONTINENT

(VERMIETET AN STARLOOK)

STADT: OBJECTIVE

»… habe ich erfahren, dass die gesuchte Xian Dalljin sowohl den Sicherheitsbehörden von Relax sowie den Sonderermittlern von *TTMS* entkommen ist und den Planeten schon vor einigen Wochen verlassen hat.« Salvador Ransom, der Sternenreporter, sah in die Kamera. »Auch die Kopfgeldjäger, die sich erhofft hatten, die von einer unbekannten

Privatperson ausgelobte Prämie zu sichern, gehen damit leer aus.« Bilder wurden eingespielt, die Xian auf dem Raumhafen von Kumajon II zeigten, wie sie gerade durch die Kontrollen ging. Es folgten mehrere Einblendungen von Sicherheitskameras, die bewiesen, wie die Frau in ein Taxi einstieg und davonfuhr.

»Auf Kumajon II hat nun die Jagd mit Hochdruck begonnen, um die Flüchtige zu stellen. Aber auch hier, so versicherte mir der Leiter der Sicherheitsbehörde Allan Grant ...« Ein Einspieler zeigte den breitschultrigen Mann, der versuchte, einen sowohl seriösen als auch kompetenten Eindruck zu vermitteln: »Wir haben die Fahndung bereits eingeleitet. Miss Dalljin wird unseren besten Aufspürern nicht entkommen und von uns bei einem entsprechenden Antrag von *TTMS* oder *UI* an die Konzerne ausgeliefert. An die Kopfgeldjäger appelliere ich: Bleiben Sie weg! Wir tolerieren keinerlei Gesetzesübertretung durch Privatpersonen. Ohne eine gültige Lizenz, die von einem unserer ...« Ransom kam wieder ins Bild. »Soweit die letzte Neuigkeit. Das war Salvador M. Ransom, Sternenreporter für StarLook, live von Kumajon II.«

Die Aufnahme erstarb. Xian hatte den 3D-Cube ausgeschaltet. »Das ist ...« Sie drehte den Kopf zu Ransom. »Danke!« Erleichterung breitete sich in ihr als warmes Gefühl aus.

»Keine Ursache. Wir haben einen Deal«, lehnte er ab. »Damit haben wir eine sehr verlässliche Nebelgranate gezündet. In wenigen Minuten kommt meine Maskenbildnerin, und dann bauen wir Sie ein bisschen um, Miss Dalljin. Ich habe auf dunklen Pfaden eine falsche Retina und die dazu passenden Fingerabdruckfolien besorgen lassen, was mich ein kleines Vermögen gekostet hat. Es wird nicht lange dauern, und die Rosettis wissen es.«

»Ich habe ihnen geschrieben, dass ich zurückkomme und meine Schulden begleiche. Ich will nicht auch noch die Mafia am Hals haben.« Xian fühlte sich gut.

In ihrem Gepäck hatte sie einhundert Einheiten ihres Gifts, getrennt in zwei harmlose Flüssigkeiten, die ihre Wirkung erst entfalteten, wenn sie gemischt wurden. Neuburg saß bereits im Raumschiff nach Betterday, in einem Versorgungsfrachter und natürlich undeklariert. Seine

Kontakte hatten ihm geholfen, und die gleichen Kontakte würden auch ihr helfen, auf die Welt von *SternenReich* zu gelangen.

Aber erst musste sie von Relax verschwinden.

»Das Justifier-Team von *TTMS* ist immer noch da, aber sie haben bereits eine Starterlaubnis beantragt. Ich denke, dass sie morgen nach Kumajon II aufbrechen, um dort nach Ihnen zu suchen. Wir haben einen Vorsprung von einer Woche, bis sich herausstellen wird, dass ich einer Fälschung aufgesessen bin und Ihre Fluchtroute falsch verkündet habe.« Er lächelte.

»Wir treffen uns dann auf Betterday, Miss Dalljin.«

»Vielen Dank, Mister Ransom.« Sie umarmte ihn, und er lachte. Er war der Meinung, dass Xian nach Betterday reiste, um der Konzernleitung von *KrEArtificial* neue Beweise für ihre Unschuld vorzulegen. Dass sie Akkaran umbringen wollte, ahnte der Reporter nicht. Darauf durfte sie jedoch keine Rücksicht nehmen. Damit würde sein Bericht außerdem noch dramatischer.

Es klingelte.

»Ah, das wird sie sein.« Er ließ die Dame rein, die sich kurz als Dolores vorstellte und an die Arbeit machte. Als Vorlage diente ihr dazu der Ausdruck eines Bildes, das sie neben dem Spiegel auf den Tisch stellte. Die Züge der Frau glichen Xian nicht mal ansatzweise.

Xians halbasiatisches Gesicht wurde mit Hilfe einer formbaren, selbsthaftenden Masse eurasisch, die Augen runder, die Haare verschwanden unter einer Perücke. Die Zweifel waren unbegründet gewesen. Währenddessen setzte sich Ransom ab, um Essen für alle zu kaufen. »Wie heiße ich denn?«

»Die Frau hieß Erica Mitri«, antwortete Dolores und formte die Nase neu: ein kleiner Höcker und eine lange Spitze. »Sie ist bei einem Unfall ums Leben gekommen.«

»Erica Mitri.« Xian wiederholte den Namen mehrmals. Es würde ihr neues Ich sein, mit dem sie den ersten Teil ihrer Rache üben würde.

Doch plötzlich hatte sie eine bessere Idee …

»Schick hier.« Phileas Kalimeropoulus hatte die Geschichte nicht vergessen, die ihm der Reporter Salvador M. Ransom über die wahren Hintergründe der Morde an Remigius Dalljin und Lisbetta Engers berichtet hatte. Jetzt stand er in den Kulissen von »*The Beauty & the Beta*« und machte zusammen mit zwei weiteren Ermittlern die Studiotour mit. Heimlich, ohne sich als Konzerngesetzeshüter zu erkennen zu geben.

Ebenso wenig hatte er den Kampf gegen den Killer vergessen, der hinter der Tochter des Ermordeten her gewesen war. Seine zahlreichen Schusswunden waren noch nicht ganz verheilt, doch dank der Mittel, die er genommen hatte, schmerzten sie nicht. Ballistik- und DNA-Vergleiche hatten ergeben, dass der Justifier ohne Abzeichen auch der Scharfrichter von Remigius und Lisbetta gewesen war. Damit hatte Kalimeropoulus den Schuldigen gefunden und gleich exekutiert, wie das seine Art war. Deswegen nannte man ihn als Sonderermittler von *United Industries* auch gerne Getter.

Für die Akten von *UI* war Xian Dalljin unschuldig an den Morden auf dem konzerneigenen Planeten, und somit hatte er keinen weiteren Grund, die junge Frau zu verfolgen. Dass sie den Chip aus dem Labor von *KrEArtificial* gestohlen und an einen Mittelsmann übergeben hatte, interessierte ihn nicht. Falscher Konzern.

»Finde ich auch«, sagte einer der Touristen und schoss Fotos mit seiner CamBrille, wie man an dem leisen Klicken erkannte. Es wurde elektronisch erzeugt, damit die Umgebung wusste, dass digitale Aufnahmen gemacht wurden. Sehr moderne Gläser hatten sogar genug Kapazität, um Filme zu drehen. »Ist wie im Film.«

Kalimeropoulus fuhr sich über die Mundwinkel und verbarg so das Grinsen. Dass er die Tour machte, verdankten die Studios dem Umstand, dass Xian Dalljin gesagt hatte, der Mittelsmann habe bei der Chip-Übergabe eine Collectors-Rüstungsattrappe getragen. Die gab es natürlich auch in einem Filmstudio.

Es war zwar nicht mehr sein Fall, aber es interessierte Kalimeropoulus, wie es der Mittelsmann oder Erpresser geschafft hatte, sich Zugang zu verschaffen: sowohl zum niedlichen kleinen ferngesteuerten Roboter, der als Führer diente, als auch zur Rüstung. Von langen Verhören hielt er nicht viel. Er ging seinen eigenen Weg.

Kalimeropoulus folgte dem Pulk von Touristen, die eben durch den Ausgang zum Souvenirshop geschickt wurden, damit sie dort nochmals richtig viel Geld ließen.

»Und heute ist Ice McCool, der berühmte Beta und Darsteller aus der gleichnamigen Serie, eine Stunde lang für Sie da. Das Foto mit ihm kostet 15 Tois, ein Autogramm ebenfalls 15«, sagte die verzerrte Stimme aus dem Lautsprecher des Bots.

Die Männer, Frauen und Kinder folgten der Aufforderung artig. Kalimeropoulus dagegen bog nach links ab und verschwand in einem Seitengang. »Sehen wir mal, wohin uns das Ding führt.« Er setzte sich mit seinen beiden Begleitern in Bewegung.

Nur wenige Menschen wussten, dass er ein Hybrid war, eine Mischung aus Beta und Mensch.

Seine kräftigen Zähne, die durchaus an ein Raubtiergebiss erinnerten, hätten den Verdacht schnell aufkommen lassen können, weswegen er darauf verzichtete, laut und ausgiebig zu lachen, was wiederum für das Image als *UI*-Sonderermittler nicht schlecht war. Darüber hinaus gab es an seinem Körper Stellen, die den Panther in ihm verrieten: schwarz eingefärbte Haut und Jaguarfellmuster.

Geerbt hatte er außerdem einen stark verbesserten Geruchssinn, und dieser sagte ihm, dass Dalljin hier entlang gegangen war.

Vor einem Schott kam der Bot zum Halten. Die Öffnung schwang auf, und ein junger Techniker kam heraus, eine Tasche mit Werkzeugen umgehängt. Er kniete sich neben den Bot, zog das Ladekabel heraus und verband ihn mit einer Steckdose. Dann öffnete er zwei Wartungsklappen, um den Bot zu checken.

Kalimeropoulus trat aus seiner Deckung. »Hallo«, grüßte er. Der Techniker zuckte nicht zusammen, sondern blickte ihn über den ein Meter großen Bot hinweg an. »Sie waren vorhin bei der Führung dabei. Sie sollten doch bei der Gruppe bleiben.« Mit der abgebauten Ladeklappe wies er den Gang hinunter. »Diese Richtung, bitte. Sie haben hier nichts zu suchen.«

»Sagen Sie, könnten Sie mir und meinen Freunden vielleicht eine kleine Sonderführung geben?« Kalimeropoulus zog seine Brieftasche und nahm einen Hundert-Toi-Chip heraus.

»Pro Person«, sagte der junge Mann sofort und richtete sich auf. »Aber nichts anfassen und nichts mitnehmen, sonst hole ich den Sicherheitsdienst und tue so, als hätte ich Sie überrascht. Klar?«

Kalimeropoulus nickte. »Klar.« Damit war schon mal der Beweis erbracht, dass der Techniker bestechlich war. »Wie heißen Sie?«

»Für Sie? Rundführer.« Der Techniker schob den Bot bis an die Wand. »Irgendeinen speziellen Wunsch, was Sie sehen wollen?«

»Nö ... Oder, doch! Haben Sie eine Collector-Rüstung hier?«

»Ein Dutzend. Also, zumindest sehen sie von außen aus wie die echten.« Er ging durch das Schott und sammelte die 300 Tois ein. »Mir nach. Fotos sind gratis, aber nur nicht mich dabei erwischen.«

Kalimeropoulus und sein kleines Team folgten ihm. Dem Geruch nach war Dalljin nicht hindurchgegangen, genau wie sie es gesagt hatte. Nach kurzem Fußmarsch gelangten sie in die Kammer, wo die Collector-Rüstungen nebeneinander aufgereiht standen.

Der Techniker ließ sie rein. »Bitte sehr.«

»Kann man die mal aufmachen?«

»Einen, okay.«

Kalimeropoulus sah ihm in die Augen. »Nein. Alle. Für 300 Tois ...«

Der Mann zuckte mit den Schultern und zeigte ihnen einmal, wie die Verschlüsse funktionierten.

Es reichte Kalimeropoulus schon, dass sie den Helm abnehmen konnten. Er hielt die Nase über jede Öffnung und sog den austretenden Geruch tief ein, verglich die Düfte und bemerkte abgesehen vom gleichbleibenden Odeur von Schweiß in verschiedenen Varianten in der viertletzten Rüstung eine Besonderheit: Sonnenöl mit dem Hauch von Bolohanf und Kusmibeeren – sehr teures Zeug, das in erster Linie von Frauen benutzt wurde.

»Darf ich reinsteigen?«, fragte er.

»Nein, bestimmt nicht«, wehrte der Techniker ab. »Kommen Sie, ich zeige Ihnen noch …«

»Von wo steuern Sie den Bot? Ist da so eine richtig große Schaltzentrale?«, fiel ihm Kalimeropoulus ins Wort.

»Äh, nein. Nur ein kleines Kabuff.«

»Das möchte ich mir mal anschauen.«

Der Techniker sah auf die Uhr. »Dann ist aber Schluss. Ich muss noch Wartungsarbeiten machen. Und zurück gibt es auch nichts, verstanden?«

»Aber sicher.« Kalimeropoulus lief wieder hinter ihrem Führer her und gab seinen beiden Leuten das Zeichen, wachsam zu sein.

Bolohanf und Kusmibeeren schwebten bereits sachte in der Luft, als sie um die Ecke in den Hauptgang bogen, und die Spur führte in das Kabuff, das dem Techniker gehörte. Kalimeropoulus senkte den Kopf und unterdrückte das Grollen.

Sie betraten den kleinen Raum, und das Sonnenöl lag vermutlich sogar für Menschen deutlich in der Luft. Jedenfalls wunderte er sich immer, dass die Menschen so wenig rochen. Kalimeropoulus ging herum, schaute auf die Werkbank, die elektronischen Diagnosegeräte, die vielen verschiedenen Werkzeuge. Die Fernsteuereinrichtung für den Bot sah er auch. Er roch gründlich daran, ohne sie anzufassen oder aufzuheben.

»Was … machen Sie denn da?« Verwundert schaute ihm der Techniker zu.

»Ich? Ich habe bemerkt, dass der viertletzte Collector innen nach Sonnenöl roch, mit Spuren von Bolohanf und Kusmibeere.« Kalimeropoulus zeigte auf die Fernsteuereinheit. »Der gleiche Geruch, das gleiche Öl, das ich weder an Ihnen noch an irgendeinem anderen Werkzeug in diesem Raum feststellen kann. Das bedeutet, dass Sie es nicht benutzen, aber sich eine Person mit diesem Sonnenöl daran zu schaffen gemacht hat.« Er lächelte schwach, um sein Gebiss nicht zu zeigen.

Der Techniker sah zu den beiden Männern, die sich neben dem Ausgang postiert hatten, und begriff, dass es aus diesem Raum kein Entkommen geben würde. »Wer seid ihr?«

»Wahrheitsfinder, mein Kleiner. Und du bist ein Teil davon.« Kalimeropoulus zog seinen Sonderermittlerausweis aus der Jacke. »Wie viele Frauen waren hier, die dieses Sonnenöl benutzen? Und deinen Namen hätte ich jetzt auch gern.«

Der Techniker wurde blass. »Hermann Obberg. Ich …« Er nahm die 300 Tois und legte sie auf die Werkbank. »Oh, Mann, Scheiße. Ehrlich, ich mache das nie wieder! Konnte doch nicht ahnen, dass die Studios gleich einen Sonderermittler …«

Kalimeropoulus setzte sich. »Hermann, denk nach, wen du hereingelassen hast.«

»Niemanden. Ich schwöre!« Er hob die Finger.

»Hatte jemand die Gelegenheit, die Zutrittskarten nachzumachen?«

»Für meinen Bereich gibt es keine Karten. Da reichen einfache elektronische Schlüssel.« Er griff in die Tasche und zog ihn heraus. »Das ist er.«

Auch daran hatte Kalimeropoulus das Öl bemerkt. »Ich glaube, dass du zwar einerseits die Wahrheit sagst, andererseits aber noch ein bisschen was verschweigst.« Er betrachtete Obbergs Gesicht, und je länger er seine Augen darauf gerichtet ließ, desto stärker roch der Mann nach Schweiß.

»War sie gut im Bett, Hermann?« Sofort veränderte sich sein Duft. Ertappt. »Also schön. Du hast mit einer Frau schlafen dürfen. Die besondere Studiorundtour, ja?«

»Ja«, sagte er.

»Beschreib sie mir.«

»Warum?« Jetzt wunderte er sich. »Was ist an ihr denn …«

»Beschreib sie einfach, Hermann!«, grollte Kalimeropoulus.

»So groß wie ich, Spitzenfigur, jung, um die Mitte zwanzig, langes schwarzes Haar, und dem Akzent nach kam sie von einem Planeten, der den Russen gehört.«

»Ihr Name?«

»Olga. So hat sie sich jedenfalls genannt. Aber ich glaube nicht, dass es ihr echter Name war. Ich habe sie einmal damit angesprochen, und sie hat nicht reagiert.« Hermann sah zu den beiden anderen Ermittlern. »Bekomme ich Schwierigkeiten?«

»Nur, wenn du kein Sterilgel und kein Sprühkondom benutzt hast. Sie hat hässliche Geschlechtskrankheiten«, sagte Frederik todernst, und Hermann wurde noch weißer im Gesicht.

»Eine Kom-Nummer hast du auch nicht für mich?«

»Nein. Ein Bild leider auch nicht. Sie hat mich gezwungen, das Bild, das ich beim … öhm … Sex gemacht habe, zu löschen.« Kalimeropoulus nickte dem Team zu. »Lasst sie euch beschreiben und fertigt eine Phantomzeichnung an. Wenn wir die Frau finden, sind wir ein gutes Stück weiter.« An Hermann gewandt sagte er: »Keine Extratouren mehr, oder du bist deinen Job los. Wir schweigen und verzichten auf eine Anzeige.«

»Ja. Danke.« Hermann schwitzte jetzt stark.

Kalimeropoulus erhob sich, strich mit dem kleinen Finger über die Fernsteuerung und hielt sich den Geruch des Sonnenöls unmittelbar unter die Nase. Es wäre ihm ein Leichtes, den Duft aufzunehmen. Er brauchte nur einen ungefähren Anhaltspunkt, wo sich die Unbekannte auf Relax aufhielt. Er nahm an, dass sie in Pool residierte, brauchte aber das Phantombild, um es mit den Aufzeichnungen der Ü-Kameras abzugleichen. »Ich bin im Hauptquartier im Hotel. Mir ist da eine Idee gekommen.«

Kalimeropoulus verließ den Raum, wo ein so eingeschüchterter wie dankbarer Hermann Obberg versuchte, sich an Einzelheiten der Frau zu erinnern, die oberhalb ihrer Brüste gelegen hatten.

3. März 3041 a.D.

SYSTEM: 61 CYGNI
PLANET: RELAX (IM BESITZ DER UNITED INDUSTRIES), 4. KONTINENT
   (VERMIETET AN FREEPRESS MOVIESECTION)
STADT: POOL

Kaum im Hauptquartier angekommen, ließ sich Phileas Kalimeropoulus vom Computer mithilfe der Beamerfunktion alle Menschen anzeigen, die im unmittelbaren Umfeld von Remigius Dalljin gearbeitet hatten, soweit er Zugriff auf die Daten bekommen konnte. Da es sich bei *KrEArtificial* nicht unbedingt um einen befreundeten Konzern handelte, wurde es schwierig, alle Wissenschaftler ausfindig zu machen.

Also wählte er einen anderen Weg. Auch wenn Konzerne auf ihren eigenen Planeten strengste Kontrollen installiert hatten, gelegentlich durften die Wissenschaftler auf Symposien oder folgten den Einladungen von Forschungsinstituten oder Staaten.

Das StellarWeb mit seinem riesigen Gehirn und den vielen kleinen unkontrollierbaren Satelliten hatte ein enormes Gedächtnis, das er anzuzapfen gedachte. Kalimeropoulus gab den Namen des Professors als Suchbegriff ein.

Es kamen etliche Bilder mit Remigius Dalljin, meistens im Zusammenhang mit Doktoranden und Diplomanden oder Kollegen, denen er auf Kongressen ihre Auszeichnungen überreichte.

Kalimeropoulus betrachtete die Bilder ganz genau, prägte sich die Gesichter ein. Eine Stunde verging, und er machte nichts anderes als Leute betrachten.

Sein Kom meldete via Kurznachricht, dass ihm sein Team das Phantombild geschickt hatte, angefertigt nach den Anweisungen von Obberg.

Rasch lud Kalimeropoulus es in den Hauptrechner, aktivierte die ID-Software, die bestimmte biometrische Daten herausfilterte und extrapolierte. Danach loggte er sich in die Sicherheitszentrale ein und jagte die Daten durch den Kontrollrechner.

Kameras auf dem ganzen Planeten sowie Satelliten sorgten für eine lückenlose Überwachung in den Großstädten oder an sicherheitsrelevanten Punkten. Die elektronische Gesichtserkennung machte sich auf die Suche, prüfte Tausende Menschen und sortierte nach möglicher Übereinstimmung mit dem Phantombild, geordnet nach Wahrscheinlichkeiten, ohne dass die Gescannten etwas bemerkten. Gleichzeitig ließ er auch die Massen- sowie Einzelbilder von Remigius Dalljin durch die Software prüfen.

Kalimeropoulus machte sich einen Koffy und wartete. Das hatte er in seinem Job gelernt.

Die Software meldete eine ganze Reihe Treffer, was natürlich an der unbekannten Komponente des Phantombilds lag. Aber als es auch zwei Treffer bei den Aufzeichnungen mit dem Professor gab, grenzte sich die Liste der Interessenten rapide ein.

Kalimeropoulus legte die Bilder einer blonden und einer rothaarigen Frau übereinander und kam zu einer Übereinstimmung von 99 %. Der Computer rechnete die störenden Elemente weg, etwa Reflexionen und die Sonnenbrille, erfasste Haaransatz und weitere Punkte. Beide wiesen mit dem Phantom jeweils eine Ähnlichkeit von 71 % auf.

Kalimeropoulus brach die Suche ab, trank seinen Koffy aus und machte sich auf den Weg zum Sieben-Sterne-Hotel *Russia*, wo die Rothaarige unter dem Namen Carmina Duzmaninov abgestiegen war. Das Team ließ er zurückkehren und das Büro abbauen. Sein Job als Sonderermittler war bereits beendet.

Kalimeropoulus arbeitete zu lange in seinem Beruf, um sich von Prunk beeindrucken zu lassen. Das *Russia* protzte als Nachbildung des historischen Kreml und bot in der Empfangshalle eine Armada von Angestellten auf, damit auch wirklich jeder Gast sofort volle, zuvorkommende Aufmerksamkeit erhielt.

Allerdings bewegten sich zwei breit gebaute Männer in russischen Trachten auf ihn zu, und sie sahen nicht aus, als wollten sie ihm imaginäres Gepäck abnehmen.

»Ruhig, Freunde.« Kalimeropoulus zog seinen Dienstausweis. »Einer von Ihnen bringt mich bitte zum Hotelmanager, damit ich mit ihm etwas klären kann.«

Der Rechte von ihnen führte ihn ohne Fragen durch die Lobby und durch eine Personaltür in ein Büro, wo kunstvoll *Amanda Jackson* auf die Tür gemalt worden war. »Miss Jackson, Besuch für Sie. Sonderermittler …«

»… Kalypso!« Sie erhob sich und präsentierte ihr knitterfreies Delano-Kostüm, das eine geschickte Kombination aus durchsichtigem und normalem Stoff war. »Es ist mir eine Ehre, Sie persönlich kennenzulernen.« Sie entließ den Sicherheitsmann mit einem Wink. »Sie waren wegen des Doppelmords bei uns, wenn ich das richtig verfolgt habe.«

»Das ist richtig, Miss Jackson.« Er blieb stehen, darauf bedacht, hier nicht viel Zeit zu verbringen.

»Den Killer haben Sie erledigt, und diese andere Frau ist verschwunden. Ich will gar nicht wissen, welchen Dreck sie am Stecken hat.« Sie tippte auf den Schreibtisch, und in der Wand öffnete sich eine Klappe, in der zwei Gläser standen.

»Etwas zu trinken, Mister Kalypso?«

»Nein, danke.«

Abschätzend sah sie ihn an. »Ich frage mich … haben wir Miss Dalljin etwa bei uns beherbergt, ohne es zu wissen?«

»Miss Dalljin ist meines Erachtens an den Morden unschuldig, also interessiert sie mich nicht mehr. Ich möchte einer anderen Sache auf den Grund gehen.« Er nahm sein KomGerät heraus und richtete die Infrarotschnittstelle auf die im Tisch. »Ich möchte alles über Carmina Duzmaninov wissen.«

»Einen Moment.« Jackson wischte auf der Multifunktionsarbeitsplatte herum, die vom Kom bis zum Computer alles beherrschte. Sie rief die Buchungen auf. »Luxussuite deluxe, Ankunft am 10. Februar, gebucht bis morgen noch. Sie hatte verschiedene Beauty- und Wellnesspakete, war in der Spielbank und hat etwa 40 000 Tois verzockt.«

»Wie bezahlt?«

»Bar.« Jackson klang nicht verwundert. »Sie zahlt alles bar. Das machen viele unserer Gäste.«

»Zeigen Sie mir bitte die Schließzeiten ihrer Tür.«

Jackson tippte auf den Schreibtisch, eine Liste erschien.

»Was hat sie sich zuschulden kommen lassen?«

»Nichts, was Ihrem Haus Probleme bereiten wird. Im Gegenteil. Danach könnte es sein, dass Sie einen Zulauf von hohen *SternenReich*-Anzugträgern bekommen.« Er sah sofort, dass Duzmaninov am 12. bis zum 14. Februar nicht im Zimmer gewesen war. Abgesehen vom Housekeeping hatte niemand ihre Unterkunft betreten. »Hatte sie einen Flirt, den man als intensiv bezeichnen kann?«

»Sie meinen, ob sie die Nächte in einem anderen Zimmer verbracht hat?« Jackson suchte nach anderen Dateien. »Sie hat in den Tagen keinerlei Buchungen auf ihr Zimmer vorgenommen, weder an der Bar noch im Casino. Ich denke, sie hat einen Ausflug gemacht. Irgendwo auf Relax. Es gibt viele andere schöne Fleckchen.«

Kalimeropoulus sah, dass Duzmaninov in ihrem Zimmer war. »Danke, Miss Jackson. Sie haben mir sehr geholfen. Kann ich eine Masterkarte für die Öffnung bekommen?«

Sie öffnete eine Schublade und nahm ein kleines Märkchen heraus. »Damit sollte es gehen. Brauchen Sie Unterstützung durch die Security?«

»Es wird so gehen.« Er nickte ihr zu und schritt zum Ausgang. »Ich werde behutsam vorgehen. Niemand wird etwas bemerken, ich verspreche es.«

»Danke, Mister Kalypso.«

Kalimeropoulus verließ das Büro und marschierte durch die Lobby zu den Antigrav-Fahrstühlen. Es ging hinauf in den achten Stock, wo er die Suitenummer schnell fand.

Ohne zu klopfen oder auf sich aufmerksam zu machen, öffnete er mit der Karte und trat ein; die Tür warf er absichtlich ins Schloss.

»Ah, nicht jetzt. Ich bin im Bad«, rief eine Frauenstimme. »Kommen Sie später noch mal, um aufzuräumen, Dimitri.«

Kalimeropoulus roch das Sonnenöl, das so besonders war und das er sowohl in der Collie-Rüstung als auch an der Bot-Fernbedienung wahrgenommen hatte. Das stimmte also schon mal.

In aller Ruhe öffnete er die Schränke und betrachtete ihre Garderobe. Dass er dabei Perücken fand, eine schwarze und eine rote, wunderte ihn nicht. Er hatte Carmina Duzmaninov ebenso gefunden wie die ominöse Olga und die eigentliche Hauptverdächtige. Die mit den blonden Haaren.

»Dimitri? Hatte ich nicht gesagt, dass Sie später kommen sollen?« Duzmaninov klang genervt.

Er überbrückte den elektronischen Safemechanismus mit einem Gerät aus dem Fundus seiner Spezialausstattung und öffnete ihn. Darin stapelten sich die dicken 1000er Toi-Chips, und da sie im Casino nicht gewonnen hatte ... Er überschlug die Summe und kam auf lockere zwei Millionen. Vermutlich hatte sie noch mehr Geld im Zimmer versteckt.

Kalimeropoulus nahm einen Chip heraus und ließ ihn aus großer Höhe auf den Glastisch fallen.

»Scheiße, was ...« Sie kam aus dem Badezimmer, einen Mantel umgeworfen und den Gürtel rasch festzurrend. Die Haare hatte sie unter einem Handtuch verborgen. Als sie Kalimeropoulus sah, blieb sie stehen; ihre Augen richteten sich für eine Sekunde auf den offenen Safe, dann auf den einsamen Chip und wieder auf ihn. »Sind Sie verrückt? Ich rufe die Security ...«

»Sie können das Handtuch abnehmen. Ich weiß, dass Sie Estifania Esterhazy sind. Sie arbeiten bei *KrEArtificial,* in der gleichen Abteilung wie Remigius Dalljin. Weil Sie verstanden haben, dass man mit den Daten viel Geld verdienen kann und Sie gehofft haben, dass man Dalljin verdächtigt, erpressten Sie seine Tochter. Sie verlangten, dass sie Ihnen die Daten bei einer guten Gelegenheit besorgt. Der Clou: einen Sack voll Geld und vielleicht der Posten von Remigius Dalljin.« Er lächelte zurückhaltend. »Sie haben Obberg mit Sex gefügig gemacht, um die Übergabe im Filmpark über die Bühne zu bringen. Alles in allem recht clever. Vermutlich hat Ihnen der Fremdkonzern dabei geholfen. Zumindest ein bisschen.« Er schwieg und wartete ab. Was er sah, gefiel ihm. Die Doktorin hatte Sexappeal. Das Animalische in ihm erwachte schlagartig. Er LIEBTE blondes Haar!

»Wer sind Sie?« Sie zog das Handtuch tatsächlich ab. Lange blonde Haare fielen auf den weißen Kragen.

An ihren Bewegungen sah er, dass sie an einem Ersatzplan arbeitete, der ihm sehr gut gefallen könnte. »Spielt das eine Rolle?«

»Kopfgeldjäger?«

Kalimeropoulus schüttelte den Kopf. »Dann wäre Ihr Safe wohl leer.«

»Sie haben mich aufgespürt. Okay.« Sie sah ihn an, und der Blick wurde verführerisch. Damit hatte er gerechnet. »Wie geht es weiter?«

»Was hätten Sie im Angebot?«

Sie zeigte auf den Safe, die Rechte stemmte sie in die Hüfte.

»Wie wäre es mit einer halben Million?«

»Wie wäre es mit … Sex?« Er grollte, die Finger krümmten sich. Ihr Haar und der Duft von reiner Haut machten ihn an.

»Das, was Obberg bekommen hat. Und ein bisschen mehr. Ich führe.«

Sie legte den Kopf leicht schief. »Sex? Mehr nicht?«

»Sagen wir noch 250.000 Tois obendrauf.«

Estifania löste den Gürtel, der Bademantel klaffte einen Spalt auf und enthüllte ihre weiße, weiche Haut. Sie war eine echte Blondine, wie er erkennen konnte. »Abgemacht.« Sie kam auf ihn zu. »Sprühkondom dabei?«

Er lächelte. »Wem haben Sie den Chip übergeben?« Knurrend packte er sie mit einer Hand im Nacken und zog sie hart zu sich heran.

Sie atmete laut und sah ihn erstaunt an. Erstaunt und voller Neugier. Offenbar freute sie sich auf das, was ihr bevorstand.

»Nehmen Sie das Geld und genießen Sie den Sex.« Estifania küsste ihn leidenschaftlich auf den Mund. »Der Rest bleibt mein Geheimnis.«

Kalimeropoulus leckte sich über die Lippen und genoss ihren Geschmack. Er musste sich zurückhalten, um sie nicht sofort zu nehmen. Sein animalisches Erbe schlug wieder zu.

»Das werden wir gleich sehen.«

Estifania wusste es nicht, aber gleich würde er auf die Toilette huschen und seine Fingernägel mit einer besonderen Flüssigkeit behandeln. Seine Nägel würden ihre Haut leicht kratzen, Schrammen zufügen und die Substanz in ihre Blutbahn bringen. Ein Wahrheitsserum. Und beim Höhepunkt würde sie alles herausschreien. Alles, was er wissen wollte.

Kalimeropoulus riss ihr den Bademantel herunter und betrachtete sie. »Sehr schön, Frau Doktor. Ich bin gleich wieder da.«

3. März 3041 a.D.

SYSTEM: 61 CYGNI

PLANET: RELAX (IM BESITZ DER UNITED INDUSTRIES),

    4. KONTINENT (VERMIETET AN FREEPRESS MOVIESECTION)

STADT: POOL

Phileas Kalimeropoulus stieg in seinen Wagen und schnurrte leise vor sich hin.

Der Sex mit Estifania Esterhazy hatte sehr viel Spaß gemacht, und wenn er ihre Lustschreie und das Beben ihres Körper richtig interpretierte, ihr auch. Mit seinen spitzen Fingernägeln hatte er über ihre Haut gekratzt und ihr das Wahrheitsserum eingebracht. Nun wusste er, wie der Überfall abgelaufen war und wohin sie den Chip gebracht hatte. Es gab keine Geheimnisse mehr.

Sein Weg führte ihn zu einem anderen Hotel, dem *Stargate*, einer vergleichsweise einfachen Absteige. Dort hatte Esterhazy ein Zimmer auf *Meyer* reserviert und den Chip versteckt. Wann und wer dort aufkreuzte, um ihn abzuholen, wusste sie nicht. Möglicherweise war der Chip schon weg, vielleicht aber auch noch da.

Kalimeropoulus fuhr durch Pool, in dem das Nachtleben begann. Der Touristenkontinent hatte alles auf Lager, was man brauchte, um auszuspannen, und davon machten viele Leute, die im System lebten, Gebrauch.

Das *Stargate* war gebaut wie ein großes Rad, mit Fenstern in Hieroglyphenform, die wohl Ancient-Sprache imitieren sollten. In der freien Mitte verlief der Fahrstuhl, und im Zentrum des Kreises wiederum hing eine an Streben befestigte Kugel, in der sich vermutlich die Konferenz-,

Wellness- und Frühstücksräume befanden. Für ein Mittelklassehotel war die ausgefallene Architektur große Raumfahrt.

Kalimeropoulus parkte den Wagen in der Tiefgarage und nahm den Fahrstuhl, der an der Innenseite des Rads verlief. Die Kabine war drehbar angebracht, so dass man im Innern immer senkrecht stand. Auf der passenden Ebene stieg er aus, nahm die Karte für Zimmernummer 1147 und betrat die Unterkunft; seine Waffe hatte er dabei halb gezogen, falls jemand da sein sollte, der auf ein Feuergefecht aus war.

Doch der Raum war leer. Es roch klinisch, leicht nach Standardlufterfrischer und einem Hauch Sonnenöl.

Kalimeropoulus ging ins Badezimmer, demontierte die Deckenverkleidung, klappte eine Luftschachtabdeckung in die Höhe und ergriff – den Chip. Er grinste breit. Damit könnte er Mitarbeiter des Monats werden, entweder bei *SternenReich* oder bei *United Industries*. 250 000 Tois von Esterhazy hatte er in der Tasche, und wenn er richtig verhandelte, könnte er sich das Zehnfache mit dem Chip dazuverdienen …

»Ich bin nicht lebensmüde.« Er sprang auf den Boden, setzte sich ins Wohnzimmer in den Sessel, das Gesicht zur Tür und die Pistole in der Rechten.

Mit dem Zimmerkommunikationssystem ließ er eine Verbindung zur nächsten Niederlassung von *SternenReich* aufbauen.

Zuerst erschien das Logo, ein senkrechtes Schwert umgeben von einem Feuerkranz; im Hintergrund schwebten Sterne. Dann flog der Slogan heran: »nihil obstat – nichts widersteht.«

Das Bild sprang um, und eine Frau in einer adretten Vierfarbbluse und einem grünen Gesichtsschal, der ihre Züge undeutlich machte, schaute ihn an. »Willkommen bei *SternenReich*. Was kann ich für Sie tun, mein Herr?«

»Mein Name ist Phileas Kalimeropoulus, ich bin Sonderermittler von *United Industries* und habe den Tod von Remigius Dalljin sowie Lisbetta Engers untersucht. Ich habe den Chip, der auf Betterday entwendet wurde, ausfindig machen können. Vermutlich hätte Ihr Konzern den gern zurück?«

»Einen Moment, mein Herr!« Die Dame verschwand, das Logo glühte wieder auf. Dieses Mal dauerte es lange, mindestens fünf Minuten, bevor ein Mann erschien. Kalimeropoulous nahm an, dass sie eine Satellitenverbindung zu einem entfernteren System geschaltet hatten.

»Ich bin Philip Schuster, zuständig für die Spionageabwehr bei *SternenReich*«, stellte sich der grauhaarige Mann vor. »Sie sind eine Legende, Herr Kalypso. Und dazu auch noch überaus generös, wenn Sie den Chip einfach so zurückgeben möchten. Ohne Ihre Vorgesetzten zu informieren?«

»*UI* hat kein Interesse an dieser Art Forschung. Und ich habe kein Interesse daran, mir Ärger mit Ihnen einzuhandeln. Es werden mehr als eine Justifier-Einheit danach auf der Suche sein, schätze ich. Und jetzt hören Sie gut zu, Herr Schuster. Ich sage Ihnen, wie die Sache auf Betterday gelaufen ist.« Rasch fasste er seine Erkenntnisse zusammen: der Ablenkungsüberfall, das Hinausschmuggeln des Datenträgers durch Xian Dalljin aufgrund der Erpressung, die Fädenzieherin Esterhazy, und natürlich der Konzern *TTMS*, mit dem Esterhazy verhandelt hatte. Diese Wahrheit hatte er ebenfalls dem Serum zu verdanken.

»Ich sitze im Hotel *Stargate*, wie Sie festgestellt haben. Sie sollten Ihren Ermittlern, die sich noch auf Relax aufhalten, Bescheid geben, damit sie kommen und ich Ihnen den Chip in der Lobby geben kann. Sie sollen alle rote Rosen am Revers tragen. Wie ich aussehe, wissen die Herrschaften, schätze ich.«

»Danke, Herr Kalimeropoulous.« Schuster nickte. »Ich sorge dafür, dass Sie einen Finderlohn erhalten, sobald unsere Experten die Dateien geprüft haben.«

»Es gibt keine Kopien. Esterhazy hat sich nicht getraut. Ich habe auch keine angefertigt.« Er blieb vollkommen entspannt.

»Sorgen Sie dafür, dass Xian Dalljin rehabilitiert wird oder zumindest ihre Strafe nicht zu hart ausfällt. Sie hat genug verloren.«

Schusters Gesicht regte sich nicht. »Wir werden sehen. Sie hätte sich wenigstens mit meiner Abteilung in Verbindung setzen müssen, aber nun ja. Damit müssen Sie sich nicht belasten.« Er sah an der Kamera vorbei. »Ich habe gerade signalisiert bekommen, dass unser Team in einer Stunde bei Ihnen sein kann.«

»Gut. Sie finden mich in der Lobby. Schönen Tag, Herr Schuster.«

»Ihnen auch, Herr Kalimeropoulus.« Die Verbindung wurde unterbrochen.

Er ging hinaus, fuhr mit dem Lift zurück in die Eingangshalle und ließ sich von einem Bot einen Eistee bringen. Dann flegelte er sich auf eines der großen Sofas. Raubkatzenerbe. Dabei behielt er den Eingang immer im Blick.

Nach zwei weiteren Eistee und einer knappen Stunde betraten vier Frauen und drei Männer die Lobby. Die Bodyguards waren leicht an der Haltung und der Statur zu erkennen, trotz der unauffälligen Kleidung. Eine Frau und ein Mann trugen Aktenkoffer bei sich.

Kalimeropoulus hob das Glas, und einer der Leibwächter wurde auf ihn aufmerksam. Die Gruppe kam zu ihm, setzte sich um ihn herum und tat so, als sei man miteinander bekannt. »So, da sind ja die Repomen.« Er schnurrte kurz, weil es ihm gefiel, dass alles reibungslos verlief. Sie trugen sogar die Rosen.

»Nochmals vielen Dank, Herr Kalimeropoulus«, sagte die Frau. »Namen müssen wir nicht nennen.« Auf ihren Wink hin wurde ihm ein Koffer hingeschoben. »Zwei Millionen Tois. Als Dankeschön von *SternenReich* für die Wiederbeschaffung.«

Kalimeropoulus nahm den Koffer entgegen und legte dafür den fingernagelgroßen Chip auf den Tisch. »Danke sehr. Ich investiere es in meinen BuyBack.«

»Wir alle haben einen BuyBack, auf die eine oder andere Weise.« Sie hob den zweiten Aktenkoffer und öffnete ihn, nahm einen Subnotebook heraus und legte den Chip in den Leseschlitz. Der Bildschirm erwachte zum Leben, wie er am Aufleuchten sah, und die Augen der Frau hefteten sich auf die Anzeigen. »Sieht gut aus. Für uns alle«, murmelte sie. »Die Dateien sind im Original vorhanden, keine Anzeichen von Kopierversuchen oder Dechiffrierung.« Sie klappte das Laptop zu, legte es in den Koffer und schloss ihn. Mit einer unauffälligen, hautfarbenen Stahlplastmanschette befestigte sie den Koffer an ihrem Handgelenk. »Welches Zimmer, sagten Sie, hatte Esterhazy reserviert?«

Kalimeropoulus nahm die Karte aus der Tasche. 1147.

Die Frau reichte sie an einen ihrer Bodyguards weiter, und vier von ihnen marschierten los. »Nochmals danke sehr, im Namen von *Sternen-Reich.* Wir hoffen, dass Sie die Angelegenheit ebenso diskret behandeln wie wir.«

»Ich habe das alles mehr oder weniger privat gemacht. Es gehörte nicht zu den offiziellen Ermittlungen, also muss ich keinen Bericht dazu verfassen.« Kalimeropoulus lächelte verkniffen – wegen der Reißzähne. »Ich möchte aber keine Schießereien im *Stargate,* sonst muss ich doch als Sonderermittler auftauchen.«

»Diskret. Versprochen.« Sie stand auf, reichte ihm die Hand und verließ mit ihrer verkleinerten Entourage die Lobby.

Er sah, wie sie in einen sechsrädrigen, schweren Wagen einstieg, ein umgebautes Sicherheitsfahrzeug mit zentimeterdicker Panzerung. Aus dem fahrbaren Safe würde man den Chip so schnell nicht bekommen.

Der Wagen rollte an und verschwand.

Kalimeropoulus legte die Beine hoch, auf den Koffer mit dem Geld, und bestellte noch einen Eistee. Er liebte das Zeug. Für ihn war der Fall durch. Die Schuldigen wurden bestraft, für Xian Dalljin drückte er die Daumen, und jetzt wartete er, was sich bald in Zimmer 1147 abspielte. Auch wenn er seinen Job als Sonderermittler liebte, freute er sich auf den Tag, an dem er *UI* den BuyBack zurückbezahlt hatte. Mit dem Ränkespiel der Konzerne hatte er nichts am Hut.

18. April 3041 a.D.

SYSTEM: 61 CYGNI
PLANET: BETTERDAY (IM BESITZ DER FEC, DERZEIT VERMIETET AN:
  KONZERN STERNENREICH)
DISTRIKT: VIERZEHN
STADT: MOREAU

Akkaran atmete ein, aus, ein und nochmals lange aus – dann schlug er zu.

Die Faust krachte durch das millimeterstarke Blech, als sei es ein Blatt Papier.

Zufrieden betrachtete der eindrucksvoll große Mann das Resultat des Hiebs und zog den Arm zurück. Die scharfen Ränder ritzten die Haut und schnitten an anderen Stellen tief ein, doch es quoll kein Blut hervor. »Einwandfrei, Doktor Street«, sagte er zufrieden, und der Mann neben ihm im Kittel lächelte wissend.

Ein Assistent eilte herbei und bestrich die verletzten Stellen mit einer klaren Flüssigkeit, die in die Rillen lief und aushärtete. Wenige Sekunden danach war von den Rissen nichts mehr zu sehen.

»Das dachte ich mir, Major«, sagte Street. »Die Voraussetzungen waren perfekt.«

»Ich bin kein Major mehr.« Akkaran krempelte den Ärmel runter und steckte sich die Ringe wieder an die Finger.

»Sie sind es immer noch. In Ihrem Herzen. Und Ihr dunkelblauer Anzug erinnert sehr an Ihre alte Uniform.« Street schnalzte mit der Zunge. Er wies den Assistenten an, die Geräte im Zimmer abzubauen und zu verstauen: Diagnoseeinheiten, Scanner und weitere elektronische Prüfinstrumente; auf allen prangte das Emblem des Order of Technology, des 2OT.

Akkaran lachte leise. »Danke, Professor. Und nochmals danke dafür, dass Sie zu mir gekommen sind.«

»Ich bitte Sie, Major. Für einen derart prominenten Kunden ist das keine Frage. Es waren zudem keine großen Eingriffe, sondern lediglich Routinekontrollen. Sie sehen ja, dass wir nicht viel gebraucht haben.« Er packte selbst mit an. Unter dem Kittel kamen vier weitere Hände zutage und wirbelten.

Als einer im Orden mit höheren Weihen besaß sein Körper bereits mehrere Umbauten. Soweit Akkaran verstanden hatte, besaß Street keinen echten menschlichen Leib mehr, doch die Technik des Maschinenordens war derart ausgefeilt, dass es nicht auffiel – bis der Doktor seine Modifikationen offen zeigte.

Akkaran sah fasziniert zu, dass keine der vier Arme und Hände fehlgingen. Wie genau die Steuerung funktionierte, konnte er sich nicht vorstellen. Zusatzeinbauten im Hirn? Danach strebte er nicht. Ihm reichte kybernetische Modifizierung. »Wir sehen uns dann wann wieder?«

»In einem Jahr zum Routinecheck. Aber es sollte nichts daran zu finden sein. 2OT Technology gewährt nicht umsonst vierzig Jahre Garantie. Bis dahin, Major.«

»Bis dahin, Doktor.« Er streckte ihm die Hand hin – und wusste nicht, welche von den vieren er ergreifen sollte.

»Sie haben die Auswahl, Major.« Street lächelte. »Verzeihen Sie, ich wollte Sie nicht in Verlegenheit bringen.« Ein Arm schob sich weiter nach vorn, Akkaran ergriff ihn. Nach einem herzlichen Schütteln verließ er den Besprechungsraum und machte sich auf den Weg zur Konferenz, die abgehalten werden sollte. Es ging um neueste Forschungsergebnisse der F-Beta-Serie und wie man mit der Causa Dalljin/Dalljin umgehen sollte.

Mit einem leisen Ton machte sich sein Kom bemerkbar.

Akkaran hob den offensichtlichen Kybernetikarm, in den das Gerät eingebaut war. »Ja?«

»Hier ist Vorwerk, Kontrollstation G, Frachtsektor des Raumhafens. Wir haben jemanden aufgegriffen, der Sie sprechen möchte. Er war an Bord des Versorgungsschiffs und hat sich einschmuggeln wollen.«

Akkaran glaubte es nicht, dass man ihn damit behelligte.

»Schmeißen Sie das Arschloch ins Testgebiet der Huntclaw.«

»Sein Name ist Uwe Neuburg. Er war mal Sergeant bei uns, sagt er. Er müsse dringend mit Ihnen sprechen.«

Akkaran blieb stehen. Gedanken zuckten durch seinen Kopf.

»Neuburg? Totgesagte leben länger.«

»Sir?«

»Bringen Sie den Mann in einen Verhörraum, lassen Sie ihn bewachen. Ich bin gleich bei Ihnen.« Er sah auf die Uhr. »Ich muss zur Konferenz.« Nun eilte er durch die Korridore, vorbei an ihn grüßenden Männern und Frauen, Betas salutierten bei seinem Anblick.

Gerade noch rechtzeitig betrat er den abgedunkelten Raum, wo sich ein Dutzend Abteilungsleiter versammelt hatte; vierzig weitere, die an anderen Orten auf Betterday saßen, waren per 3DCube zugeschaltet.

Kaum saß Akkaran, erwachte der übergroße Monitor zum Leben. Das Gesicht von Graf Erwin Claus zu Erimon erschien. Der stellvertretende Vorstandsvorsitzende von *SternenReich* nickte grüßend. »Einen schönen Tag, Herrschaften. Wir haben eine lange Liste vor uns, also lassen Sie uns direkt anfangen. Mehr als eine Stunde Ihrer Zeit möchte ich nicht vergeuden, denn damit könnten Sie Forschung betreiben, und genau DAS möchten wir als Mutterkonzern von *KrEArtificial*.«

Akkaran tat, als würde er zuhören, aber seine Gedanken drifteten ab. Er sah Neuburg vor sich, von dem er geglaubt hatte, er sei tot.

Wie der ehemalige Sergeant den Anschlag hatte überleben können, würde Akkaran in Erfahrung bringen. Und was noch viel wichtiger war: Warum ging er das Risiko ein und kehrte als blinder Passagier nach Betterday zurück? Erpressung? Am liebsten wäre er gleich zu dem Mann gegangen und hätte seine Absichten herausgeprügelt, aber als Vorstandsvorsitzender des Unternehmens musste er bleiben, sonst stand seine Abberufung zu *SternenReich* auf Füßen aus dünnen Keramikscheiben.

»… haben wir Estifania Esterhazy als Schuldige ausmachen können. Sie hat die Erpressung mithilfe von *TTMS* vorbereitet. Sie gehört schon bald der Geschichte an«, hörte er den Grafen sagen. »Die Frage ist natürlich: Wie gehen wir mit Xian Dalljin um?«

Akkaran dachte an den Justifier, den er nach Pool gesandt und der das Massaker angerichtet hatte. Er bedauerte, dass es die Tochter nicht ebenso erwischt hatte. Das hätte einen Schlussstrich unter alles gezogen.

»Rehabilitierung«, kam es von Doktor Isni. »Sie ist auf dem besten Weg, eine ebenso exzellente Wissenschaftlerin zu werden wie ihr Vater. Werfen wir sie raus, verlieren wir eine angehende Kapazität.«

»Ich bin dagegen«, sagte Akkaran sofort. »Sie hat bewiesen, dass sie angreifbar ist und auf Erpressung eingeht, statt sich der Spionageabwehr oder der Sicherheit zu offenbaren. Wir verdanken es großem Glück, dass wir den Chip wiederhaben. Ohne diesen *UI*-Sonderermittler würde sich *TTMS* bedanken.«

»Wie sollte man Dalljin denn noch erpressen können? Ihr Vater ist bereits tot, andere Familie gibt es nicht.« Isni wirkte überlegen, und das, obwohl er sich gegen ein Vorstandsmitglied stellte. »Nein, wir müssen ihr eine zweite Gelegenheit geben. Ich denke, dass sie sehr dankbar sein wird. Wohin sollte sie sonst auch? Die Motivation, die Arbeit ihres Vaters fortzuführen, dürfen wir nicht einfach so abtun.«

Akkaran sah sich um. Isni erntete vielfaches Nicken und zustimmendes Gemurmel, leider auch unter den Vorstandskollegen von *KrEArtificial*. Sich dagegen zu stemmen, würde nichts fruchten. Er machte böse Miene zum guten Spiel. »Von mir aus«, grummelte er. »Aber sie wird Auflagen erfüllen müssen. Wegen der Sicherheit.« Seine grün-braunen Augen blitzten wütend.

»Sehr gut. Dann machen wir das so.« Erimon sah aus, als hätte er die gleiche Entscheidung bereits lange vorher getroffen und wollte sich die Bestätigung dafür einholen. »Sobald Miss Dalljin aufgetaucht ist, wird ihr der Vorschlag unterbreitet. Die Kopfgelder sind bereits zurückgezogen worden, auch das private von Engers. Damit sollte einer Wiederaufnahme von Xian Dalljin nichts entgegenstehen.« Er sah in die Runde.

»Noch Anmerkungen dazu oder zu einem anderen Thema?« Als sich niemand meldete, grüßte der Graf noch einmal und stieg aus der Leitung.

Akkaran sprang aus dem Sitz und stürmte hinaus. Niemand konnte ihn dazu bringen, auf ein paar Worte stehen zu bleiben. Er musste Neuburg sprechen, und danach würde er ihn zu den Huntclaws schicken. Noch einmal würde er dem Tod nicht entrinnen können.

Er verließ das Gebäude, nahm sich einen der Geländewagen und fuhr in halsbrecherischem Tempo zum Raumhafen. Auf dem Landefeld erhoben sich drei große Schiffe, Frachtmaschinen, die Nachschub brachten. Schweber und Stapler umkreisten sie, luden aus oder bestückten sie mit auslieferungsreifen Betas.

Der Frachtsektor von Kontrollstation G lag nördlich, am Ende der Hallen, die sich dicht an dicht drängten. Es roch nach Zoo, wie Akkaran es gern nannte. Sein Konzern lebte von den Beta-Rassen, aber er mochte sie nicht. Sein Ziel war es, zu *SternenReich* zu kommen, weg von den Chimären.

Akkaran hielt den Wagen an, stieg aus und eilte auf den Eingang zu. Kontrollstation G war für das Sichten der Lebensmittel zuständig, die aus dem System nach Betterday gebracht wurden. Sollten sich trotz aller Vorkehrungen Schädlinge auf den Planeten verirren, wäre das unter Umständen fatal, und das musste verhindert werden.

Vorwerk, ein Gardeur in dicker Panzerung und mit Waffen bestückt, als wollte er allein gegen ein Rudel Huntclaws in den Krieg ziehen, erwartete ihn am Durchgang zu den Arrestzellen. Sie waren weniger für blinde Passagiere als für randalierende Betas gebaut worden. »Sir.« Er salutierte. »Kommen Sie.«

Akkaran lief dem Gardeur hinterher, und bald stand er vor der Zelle, in dem er die bekannte Gestalt seines alten Sergeants erkannte. Das Gesicht war eine einzige verheilte Brandwundennarbe, doch die Züge waren noch immer da. Seine ganze Statur hatte sich durch die Wucht der Bombe verändert; bewacht wurde er von einem Panther- und einem Fledermaus-Beta. »Vorwerk, gehen Sie raus und nehmen Sie die beiden mit. Ich möchte mit dem Gefangenen allein sprechen.«

Der Gardeur beorderte die Wachen zu sich und verschwand, das Schott schloss sich mit lautem Klicken hinter ihnen.

»Neuburg.« Akkaran öffnete die Zelle. »Wieso leben Sie noch?«

»Die Bombe war schlecht gebaut. Sie müssen sich schon was Besseres einfallen lassen.« Seine Augen lagen voller Hass auf ihm.

»So ist sie, die Konzernpolitik. Ich musste eine Quelle zum Schweigen bringen.«

»Wie Dalljin, ja?«

»Ja. Wie Dalljin. Der Justifier hat ihn erledigt. Es war Pech, dass seine Tochter den Chip gestohlen hatte und nicht er.« Akkaran schmunzelte. »Das nennt man Sippenhaft. Aber zurück zu Ihnen: Was treibt Sie dazu, von den Toten aufzuerstehen und nach Betterday zu kommen?«

»Geschäfte.«

»Geschäfte, ja? Mit wem?« Akkaran lachte.

»Mit Ihnen. Ich weiß, dass Dalljin versuchen wird, auf den Planeten zu gelangen. Um Sie umzubringen. Aus Rache.«

Jetzt stutzte er. »Woher weiß sie, dass ich dahinterstecke?« Neuburg zuckte mit den Schultern. »Das hat sie mir nicht gesagt. Ich habe sie auf Relax getroffen, wir haben für die gleichen Leute gearbeitet. Sie glaubt, ich helfe ihr dabei, an Sie heranzukommen.« Er streckte die verbrannte Hand aus.

»Rache bringt mir nichts. Ich will leben. Gut leben, und dazu brauche ich ...«

»... TerraCoins. Ich verstehe.« Akkaran überlegte fieberhaft. »Hat sie einen Plan?«

»Sie will sich einschleichen. Mit einer gefälschten IC, aber mehr verrate ich nicht. Nicht ohne einen Vertrag mit Ihnen, Akkaran.«

»Aber ich weiß doch schon das Wichtigste.« Er feixte. »Ich fürchte, aus dem Geschäft wird nichts, Neuburg.«

»Wieso wird es nichts? Wenn ich Ihnen sage, wie sie gerade heißt und beschreibe, wie Sie aussieht ...«

Akkaran winkte ab. »Geschenkt. *SternenReich* hat sie begnadigt. Sie wird wieder bei uns anfangen können, und das wird man sie wissen lassen. Egal, wo sie ist. Also kommt Xian Dalljin zur Tür hereinspaziert, denkt, sie könnte mich überraschen und – wumm!« Die kybernetische Hand krachte neben Neuburgs Kopf gegen die Stahlwand und hinterließ eine Delle.

»Ein Treffer, und die kleine Xian ist hinüber.« Akkaran holte aus. »Wie Sie, Neuburg.«

»Und wenn Dalljin aber an ihrem alten Plan festhält?«, rief dieser panisch und versuchte, sich wegzuducken. »Sie hat sich eine Maskenbildnerin kommen lassen. Sie werden die Kleine nicht erkennen, wenn sie vor Ihnen steht.«

Akkaran ließ die Hand erhoben. »Wie viel Geld möchten Sie?«

»Zwei Millionen Credits.«

»Abgelehnt.«

»Sollte Ihnen das Ihr Leben nicht wert sein?« Neuburg faltete sich langsam auseinander. »Sie hat ein Gift gebraut. Es ist derart tödlich, dass ein Tropfen in Ihrem Organismus ausreicht, um Sie verrecken zu lassen. Sie bluten aus, in Takt des Herzschlags. Ein Pfeil, ein Kratzer, Sie merken es vielleicht gar nicht – bis es zu spät ist.« Er lächelte.

Akkarans Vernunft befahl ihm, den Arm zu senken und den einstigen Sergeant nicht zu erschlagen, wie er es nur zu gern getan hätte.

»Außerdem bringt mich ein Raumschiff von hier weg«, legte Neuburg behutsam nach.

»Von mir aus. Aber einen Vertrag bekommen Sie nicht.«

»Ich möchte etwas Schriftliches, von mir aus vom Konzern«, beharrte er und stand auf. »Gehen wir in Ihr Büro.«

»Nach Ihnen. Ich habe Arschlöcher nicht gern in meinem Rücken.« Akkaran machte einen Schritt zurück und ließ ihn an sich vorbeigehen. Die Wut schwelte noch in ihm. Einen harmlosen Schlag würde Neuburg überstehen, und die Schmerzen würden ihn weniger überheblich machen.

Da zuckte Neuburgs Arm nach vorn, es zischte, und ein Hochdruckinjektor entlud eine Kammer in Akkarans Arm.

Akkaran schlug sofort zu und traf den überraschten Sergeant gegen die Schulter, so dass er abhob und bis zum anderen Zellenende flog. Benommen rutschte er an der Wand hinab. Der Position des Schlüsselbeins und der Armhaltung nach war es gebrochen. »Was wolltest du mir injizieren?«, brüllte er und rannte auf den Sergeant zu. »War das ihr Gift?« Der Mann versuchte aufzustehen, aber er schrie vor Schmerzen auf und blieb sitzen. Die Stimme klang anders. Höher als vorhin.

»Du konntest nicht wissen, dass ich mir den anderen Arm habe auch noch ersetzen lassen.« Akkaran hatte den Sergeant erreicht, packte ihn mit dem kybernetischen Arm und hielt ihn ausgestreckt vor sich. »Das Gift ist harmlos, in Fleischimitat gesprüht.« Mit der anderen packte er die Hand, die den Injektor hielt, und entriss ihm das Gerät. »Bist du dagegen immun? Schauen wir, ob es sein kann!«

Neuburg gab röchelnde Geräusche von sich und trat zu. Die Schuhspitze rammte Akkarans Bauch, und dieses Mal spürte er den Stich.

Nochmals aufschreiend schmetterte er Neuburg zu Boden und wollte ihm den Kopf zerstampfen – als sein Kreislauf von einer Sekunde auf die nächste wegsackte.

Die Kraft verließ ihn, die Beine knickten ein, und er fiel. Metallischer Geschmack schwappte über seine Zunge, und er erbrach Blut, während er mit gelähmten Muskeln am Boden lag. Die Kybernetikarme schlenkerten unkontrolliert herum, weil die Synapsen ihnen wirre Befehle sandten. Lidschlag um Lidschlag wurde es dunkler, bis Akkaran nichts mehr sah und das Gefühl hatte einzuschlafen ...

Xian ächzte und unterdrückte den Schrei, während sie sich mit dem gebrochenen Schlüsselbein bewegte.

So musste es sich anfühlen, wenn man von einem Hochhaus sprang und am Boden aufschlug. Akkaran hatte ihr die Nase gebrochen, mehrere Zähne waren lose oder gesplittert, und aus ihrem Mund und Platzwunden im Gesicht strömte Blut. Vermutlich war ihr Kiefer ebenso geborsten.

Neben ihr scharrten die falschen Arme des Mörders ihres Vaters über die Stahlplatten, während Akkaran Blut kotzte und es ihm aus allen Körperöffnungen und Poren strömte. Er blutete aus, wie sie es ihm versprochen hatte.

Die Maskerade als Neuburg war wesentlich sinnvoller gewesen und hatte sie direkt zum Ziel geführt. Dass er zwei künstliche Arme besaß, hatte sie nicht wissen können, und das hätte um ein Haar ihren eigenen Tod bedeutet. Es war eine gute Idee von Neuburg gewesen, vergiftete Nadeln auch an den Schuhen anzubringen.

Die Tür öffnete sich. Keokuk und Osceola kamen herein, rannten zu ihr und kümmerten sich um sie. Vorwerk war von ihnen überwältigt worden.

Xian konnte nicht sprechen, aber das machte nichts. Der Plan sah vor, dass die Betas, Neuburgs beste Kontakte auf Betterday, mit ihr zusammen im Raumschiff verschwanden. In einer Kiste. Alles war vorbereitet. Osceola und Keokuk wollten nicht länger für *KrEArtificial* arbeiten.

Im Schutz eines automatischen Staplers liefen sie über das Rollfeld, die Ladeluke hinauf.

»Hier.« Der Fledermaus-Beta setzte ihr eine Injektion gegen die Schmerzen. »Ich schaue mir deine Wunden an, wenn wir in unserer Kiste sind.«

Xian sagte etwas, das »ja« heißen sollte, aber nicht so klang. Also hob sie zur Bestätigung den Arm. Unvermittelt hatte sie einen *neuen* Plan, für die Zeit nach ihrer Genesung. Möglich wurde er durch ihre unverhoffte Rehabilitierung.

Nach der Rache für den Tod ihres Vaters wollte sie auch den Konzern bestrafen. Xian schwor sich, wieder bei *KrEArtificial* anzufangen und eine gute Wissenschaftlerin zu werden. In den nächsten Jahren wollte sie auf der Karriereleiter ganz nach oben, bis sie an die geheimsten Daten und Aufzeichnungen gelangte – um dann zu *TTMS* überzulaufen.

Der Gedanke gefiel ihr.

Die drei zwängten sich in die Kiste, die Osceola vorbereitet hatte: Nahrung, Getränke, Sauerstoffmasken und mehr.

Xian grübelte weiter. Wenn ihr dieser Aufstieg innerhalb der nächsten fünf Jahre verwehrt wurde, würde sie aus dem Gift, von dem sie noch viele Dosen besaß, ein Gas machen und es bei einer Vorstandssitzung ausprobieren. Am besten bei einer gemeinsamen Sitzung von *SternenReich* und *KrEArtificial*. Dass sie dabei mit draufging, störte sie nicht. Sie hatte nichts mehr zu verlieren.

Osceola schloss die Kiste von innen, ein Knicklicht spendete rötliche Helligkeit. Keokuk betrachtete ihre Wunden und hatte bemerkt, dass sie lächelte. »Wow. Ist das Zeug, das ich dir gesetzt habe, so gut?«

Xian hob den ausgestreckten Daumen.

Manual

DRAMATIS PERSONAE

WIOLANT »KRIS« SCHMIDT-KNEEN • Frachterpilot
UMAIA KNEEN • Seine Frau
SORAYA • Seine Tochter

Church of Stars (CoS)

DEACONESS HERA • Aufstrebendes Mitglied der CoS
PREACHER EMANUELL • Aufstrebendes Mitglied der CoS
PREACHERESS RODOSTA • Aufstrebendes Mitglied der CoS
BISHOPNESS THERESA • Gestandenes Mitglied der CoS
DEACONESS RALDA • Bishopness' Theresas persönliche
    Assistentin
CIVER BLACK • Nuntius der CoS
PREACHER INNOCENT WHITE • Mitglied der CoS
IGNATIUS HORÀT • Apostolischer Geheimsekretär auf Christ
DEACONESS TAMARA • Mitglied der CoS auf Christ
PREACHER COLOMBA (ELOISE DRAKE) & ANJELO • Mitglieder
    der CoS
DEACONESS JEANNE • Leiterin der Niederlassung der CoS
    auf Cornu Copiae

Auf dem Raumschiff *Cortés*

FAYE DURRICK • Abenteurerin

NURIA SUEDE • Fayes ältere Schwester, Professorin

ERNEST »23« KARUPOPOULOS • LSP-/KSP-Pilot

ANDREW MCFAIDEN • Major und Befehlshaber des Justifiers Corps

LOPEZ, HARPER, INKMAN, EMERALD • *Justifiers*

Auf dem Planeten Hakup

ANATOL LYSSANDER • Ex-Langstreckensprungpilot auf Hakup

FREDINALD ZUMI • Vorsitzender der Interstellaren Handelskommission von Hakup

DARA DARAKINTA • Mitglied der Interstellaren Handelskommission von Hakup

Gauss Industries (GI)

VERONICA CROMPTON • Ausgrabungsleiterin für GI

MARC MILLERS • Ingenieur bei GI

Auf der Forschungsstation Shiva's Fortress

PROFESSOR OPHRAY FANDARAM • Leiter der Forschungsstation

PROF. DR. TAMARA HUNTINGTON-SINGH • Leiterin der Forschungsstation

Auf dem Planeten Putin

Maxim Medotschow • Gouverneur des Planeten Putin

MAJA ERINAWA, PJOTR GRUSCHIN, BILL KASPAROW • Distrikt-Direktoren auf Putin

TERENCE OMINSKY • *RussMining*

Order of Technology (2OT)

OLONIN LYSSANDER • Kris' Halbbruder, 2OT-Mitglied

SCARLETT LYSSANDER (KRATOS BETA 21/239) • Kris' Halbschwester, 2OT-Mitglied

DAIDALOS BETA 21/1245643 • 2OT-Mitglied

JOULE • 2OT-Mitglied

KOTHAR GAMMA 57/1 • 2OT-Mitglied

Bangash Industries (BaIn)

MAYERS • Unterhändler von *BaIn*

INSTRUCTOR B. MALHOTRA • Ausbilder bei *BaIn*

HUMBOLDT • Malhotras Sekretär

Vereinte Humane Raumfahrtnationen (VHR)

AIR MARSHAL WILHELM FRIEDRICH TANNMANN • Befehlshaber der VHR-Flotte

TRIFFONI-DALE • Vorsitzender der VHR

Auf dem Raumschiff *Jeton*

PROF. NIMOY INGSTRABUR • Arzt auf der *Jeton*

GROUP CAPTAIN MICHELLE LAROUX • Kommandantin der *Jeton*

CORPORAL SPECIALISTS REDHAND & WELLINGTON • Special Forces auf der *Jeton*

GROUND COMMANDER USCHTROW • Anführer der Special Forces auf der *Jeton*

PASCHULEK • Erster Ingenieur auf der *Closer*

Team Delta

OLEG IDÒCIU • Commander des Justifier-Teams Delta von *SternenReich*

SABER, NIGHT, CRANK, KLICK, VIBES • Betas vom Team Delta
TYE • Technikerin vom Team Delta

Weitere

GEORGE HU • freier Journalist

FRANK DOMINIAN • Ex-Schauspieler

JEFF • Imperialer Hexenmeister des Ky-Klos-Clang auf Hail

RED, PELZIG, SUSA, JARK, DANA • Betas auf Cornu Copiae

LENNARD • Arbeiter auf Cornu Copiae

KYNIRAS BETA 23/23811 • genannt »Arms«, Leiter der Werkstatt-
niederlassung des 2OT auf Cornu Copiae

BEATE METZ, CLEMENS DRÖGER • Konzernangehörige von
SternenReich

BARUM • Hunde-Beta, Justifier von *SternenReich*

PROFESSOR WEILANDER • Ärztin und Justifier von *SternenReich*

PROFESSOR KARLANDER • Ingenieur bei *STPD Engeneering*

PROFESSOR HOUBLET • Leiter des französischen Xeno-Physiker-
und Bergungsteams in Paris

RANSOM M. VADOR • Sternenreporter, oft für *StarLook*

TACOI • Pressesprecher der *STPD*-Niederlassung Terra

LOUISE BERTRAND • Überlebende der Obhut auf Port

Sirona • Louise Bertrands Tochter

HILLY • Drögers Freundin

GERO ISEN • U.S.N.O.-Generalsekretär und *SternenReich*-
Zugehöriger

PROFESSOR UNKEN • *SternenReich*-Zugehöriger

TAKASHI RENZO • CEO eines MegaKons

JANET SELLECK • CEO eines MegaKons

WENCESLAFF KYRTHEN • CEO eines MegaKons

T'ARJ EMIN ISIX, D'RAI JRO PASXAL, Y'LO DIN QAN •
Angehörige der Jindaix

CLARISSA FAIRBANKS • Ex-Piratin, Pilotin, nun Söldnerin

TRITON • Ex-Pirat, SupraSoldier, Erster Offizier

MORLIN • Ex-Pirat, Ingenieur und Pilot

DER GENERAL, SIERRA, CHEAP • *Calyptics*-Besatzungsmitglieder der *Interception*

COHLONN • Tiger-Beta, Kon-Flüchtling auf der Station *Paradise*

HUUGIN • Raben-Beta und Wissenschaftler auf der Station *Paradise*

SCHOPENHAUER • Schimpansen-Beta und Wissenschaftler auf der Station *Paradise*

IRONMÄN • Heavy und Schrotthändler auf der Station *Paradise*

Wesen

CHIMÄREN/BETA-HUMANOIDE (BETAS) • Mischwesen aus Tier und Mensch, Laborzüchtungen von Konzernen und Regierungen; ein bis drei Meter groß, je nach verwendeter Tier-DNS; der Anblick erinnert an die klassischen Werwesen aus Horrorfilmen

COLLECTORS • Außerirdische Fremdrasse; gebräuchlich ist auch der Begriff *Samariter* aufgrund der ersten Begegnung mit ihnen

GORGONENBAUM • Große fleischfressende Exoart auf Atlas II

HAKUGEI • Bunt gefiederte Raubflugechse auf Hakup

PJAGOOR • Ahumanes, technisch hochstehendes Volk

RADIOVOICE • Lebewesen, die im Interim leben und deren Stimmen sich anhören wie von einem urtümlichen alten Radio übertragen; die Collectors nennen sie CuTesha

RHAK • Ein Ancient-Wesen

TIRANI, TIRANOI • Vierbeinige Humanoide

WYVERS • Auch *Keeper* genannt; gehören zu den Jindaix, dem gleichen Volk wie die Fraktion der Collectors, sind aber mit ihnen verfeindet; die Wyvers möchten die Menschen zum Fortbestand der Menschheit vermehren

Konzerne & Organisationen

ARSTAC • Tochterunternehmen von *KA* und *Hikma*, das sich auf Planetenerschließung und -ausbeutung spezialisiert hat

ARTCO INC • Konzern, der interstellare Kunstausstellungen organisiert

B'HAZARD MINING • Konzern, der sich auf Hochschwerkraft-Bergbau spezialisiert hat

BANGASH INDUSTRIES (BAIN) • Asiatischer Forschungskonzern

CALYPTICS • Sekte, die am Untergang der Menschheit arbeitet, um das Universum von der Seuche Mensch zu befreien.

CHURCH OF STARS (COS) • Zusammenschluss christlicher Konfessionen zur interstellaren Mission

DOOMSDAY UNLIMITED • Ominöser Pseudo-Konzern, der nichts anderes betreibt als Forschung für Massenvernichtungswaffen; vermutlich ein Projekt der *Calyptics*

EASTERN STARS (EAST) • Indien, Pakistan, Vereintes Korea, Japan, Taiwan und die Emirate

ENCLAVE LIMITED • Hersteller von Material für den Siedlungs- und Wohnungsbau, für Metalle und Siedlungsgerätschaften

EVERYWHERE BROADCASTING • Familienunternehmen, das Unterhaltungs- und Dokufilme produziert (darunter *Damn' Collie, die!* und *Desperate Housewives in Space*)

FEUDAL EUROPEAN COALITION (FEC) • Deutschland, Polen, Russland und England

FREEPRESS • Großer Nachrichtenkonzern

GARDNER PHARMACEUTICAL • Pharmazeutik-Konzern

GAUSS INDUSTRIES (GI) • Europäischer Forschungskonzern

GERUCA INSTITUTE • Konsortium staatlicher Wissenschaftsstand-orte aus Deutschland, Russland und Canada

GUSA • Greater United States of America

GWA • Galaxy Workers Alliance, Gewerkschaft

HARDCASTLE & CO • Regierungskonzern der GUSA

HIKMA CORPORATION • Konzern im Besitz der IJAS; einstiger Vorreiter in Sachen Androiden, Kybernetik und Robotik sowie Profi in Sachen Ancient-Artefaktsuche

HIROSAMI TECH • Unabhängiger Kybernetik-Kon, der an Künstlicher Intelligenz und Robotik forscht

IJAS • Indian Japanese Arabian Syndicate, ein Forschungskonsortium

INTERRUN LIMITED • Privatunternehmen in Besitz eines misstrauischen Russen, das sprungunfähige Schiffe in ferne Sternensysteme befördert; verfügt höchstens über zwei oder drei gut bewaffnete Lotsenschiffe

KINGDOM OF ZULU (KOZ) • Reich, das sich über ganz Mittel- und Südafrika erstreckt und nach seinem Herrscher benannt wurde, einem Albino und Psioniker

KNOWLEDGE ALLIANCE (KA) • Großer und wenig spezialisierter Konzern, der ursprünglich von den *Eastern Stars* gegründet wurde, inzwischen unabhängig

KY-KLOS-KLANG • Die Vereinigung ging aus dem erloschenen Ku-Klux-Clan hervor und führt die Traditionen der militanten Verachtung fort

MIRRORGEN SOLUTIONS • Kleiner Kon mit dem Schwerpunkt auf Cryo-Technologie, Altersforschung und Genmanipulation

ORDER OF TECHNOLOGY (2OT) • Orden mit dem Ziel der Abschaffung des anfälligen menschlichen Körpers, um dem Verstand durch Technisierung mehr Möglichkeiten zu geben

ROYAL RAIDERS • Vereinigung von Adligen, die sich ganz in der Tradition der edlen Piraten sehen

ROMANOW INC • Ein echter Luxus-Kon, der sich auf Metallveredlung, Kunstdiamanten und Lasertechnologie spezialisiert hat

SILVERMAN & SONS • Privatbank

SONS OF ANCIENTS • Nordafrikanischer Staatenbund, bestehend aus Tunesien, Algerien, Marokko, Libyen, Mauretanien und dem Königreich Ägypten

STELLAR EXPLORATION (SE) • Tochterunternehmen der *KA*; Konzern, der auf Planetenerkundung und -verkauf spezialisiert ist

STERNENREICH • Großer Konzern der *FEC*

STPD ENGINEERING • Einer der großen Verlierer in den Konzernkriegen; spezialisiert auf Antriebs- und Navigationssysteme

TAUCETIPRIME • Ältester unabhängiger Konzern und größter Produzent von Nahrungsmitteln

TERRA TRANSMATT SPECIALITIES INC. (TTMS) • Gewaltiger
Konzern mit TransMatt-Monopol
UNITED INDUSTRIES (UI) • Junger Konzern, der an Waffentech-
nologien und Körperpanzerungen forscht
UNITED SPACE TRAVELLING NATIONS ORGANISATION
(U.S.N.O.) • Vorher VHR: Vereinte Humane Raumfahrtnationen,
eine Art UNO-Ersatz fürs Weltall
WONGAWONGA! • Mysteriöse Bank, die sich unterschichten- und
betafreundlich gibt

Begriffe

ADN • Arab. »Paradies«
AGILOMONE • Beweglichkeitsdrogen, illegal
AHUMANE • Bezeichnung für nichtmenschliche Rassen; früher
»Außerirdische«
ALLROUNDER • Leichtes Gewehr
ALPHA • Tier mit menschlicher Intelligenz
ALUSTAHL • Extrem leichte und gleichzeitig stabile Metall-
legierung
ANCIENTS • Nicht mehr existente Hochkultur, die lange vor den
Menschen Raumfahrt betrieben hat und deren Relikte/Artefakte
sich auf anderen Planeten finden; solche Artefakte sind heiß
begehrt
ANDROID/GYNOID • Bezeichnung für äußerlich menschengleiche
männliche bzw. weibliche Roboter
ANTIGRAVITATIONSPULSATOR • Modul, das ähnlich einer Düse
ein begrenztes Feld von geringer bis null Schwerkraft unter sich
schafft
ARCLIGHT • Laserpistole
AROMATA-SPENDER • Kleines Gerät mit Pillen, die den
Geschmack eines Essens/Getränks verändern
AUGIE • Eigentlich *Augmented Human*, Individuen, die eine Genver-
besserung an sich haben vornehmen lassen

AUTOMATEN, BLECHBÜCHSEN • Abfälliger Spitzname für die Mitglieder des 2OT mit höheren Weihen

BETA/BETAS • Auch: Beta-Humanoide, Chim; Tier-Mensch-Chimären ohne Rechte; werden speziell für Justifiers-Einsätze gezüchtet

BIOSCANNER • Einrichtung zum Aufspüren von Lebenssignalen

BOT • Kürzel für Roboter/robot

C • Kunstwährung der TTMS, die härteste Währung in der Galaxie

CEO • Chief Executive Officer (Generaldirektor)

CHAMELEONSKIN • High-Tech-Tarnanzug, der den Träger nahezu unsichtbar macht

CHEMICAL • Meist missgebildete Personen mit starken psionischen Fähigkeiten; oft geht die Missbildung auf den Missbrauch von genverändernden Medikamenten der Eltern während der Schwangerschaft/Zeugung zurück

CHOCFROG • Schokoriegel in Froschform

CODECRACKER • High-Tech-Gerät zum Datenhacken

COLLIE, COLLIES • Kürzel für »Collector«

CYBEROOS • Cyber-Tattoos, bei denen sich langsam verändernde Muster auf der Haut abgebildet werden

DAMN' COLLIE, DIE! • Populäre Actionserie von *Everywhere Broadcasting*

DEA • Drugs Enforcement Agency; Behörde zur Zerschlagung des illegalen Drogenhandels

DRIVER/CODRIVER • Geistwesen, die eine Symbiose mit höher entwickelten Lebewesen eingehen können; Menschen, die derart »besessen« sind, nennt man CoDriver

ELECTROCLOTHS • Kleidungsstücke mit elektronischen Extras

EMP • Elektromagnetischer Impuls, stört oder zerstört elektronische/elektrische Anlagen

ENDOKRINES KRISTALL • Geheimnisvolles Material der *Ancients*

EVAPORATOR • Blasterwaffe

EXEC • Abk. für Executive Officer, hochrangiger Konzernmitarbeiter in leitender Funktion, etwa als Gouverneur

FERROPLASTRIEMEN • Fessel aus extrem hartem Plastik

FIRST CONTACT • Begriff für das erste Zusammentreffen zwischen
Menschen und einer Fremdrasse

FLAMMIFER • Flammenwerfer

GALACTIC • Automatische Schrotflinte

GALAHAD • Eine hochgerüstete Einheit der Church of Stars,
die angeblich alle Feinde des Glaubens ausradiert, was nicht
zwangsläufig Andersgläubige sein müssen

GANGBANG • Multi-Flash-Bang-Granate

GARDEUR • Begriff für einen Sicherheitsmann eines Konzerns

GATLING MARK IX • Leichtes Maschinengewehrgeschütz mit
rotierenden Läufen

GRON-LEDER-IMITAT • Gut gemachte Imitation von unbezahl-
barem Gron-Leder, einem Luxusleder, das aus der Haut weißer
Gron-Rinder gewonnen wird

HARDBALL • Körperbetontes Spiel; Mischung aus Fußball, Rugby,
Lacrosse und Catchen

HEAVY • Menschen von Hochschwerkraftplaneten mit
gedrungenem Wuchs und kräftiger Körpermuskulatur

HOCHREGALHORT • Lager mit einer gewaltigen Ansammlung
von Hochregalen (mehrere Kilometer hoch), Ausdehnung über
viele Quadratkilometer

HOLO-KUBUS/3DCUBE/CUBE • Würfel, in dessen Inneres
Filme und Bildaufzeichnungen in 3D projiziert werden; es gibt
erschieden große Modelle

IC • Identity Card, engl. »Ausweis«; enthält allgemeine Angaben und
biometrische Daten

INTERIM • Die Sphäre, durch die man sich bei einem KSP und
einem LSP bewegt

INTERIM-SYNDROM • Krankheit nach zu vielen Interimsprüngen;
viele Betroffene werden wahnsinnig

ISOWASSER • Mineralwasser mit geschmacksneutralen isotonischen
Zusätzen

JETPACK • Tragbare Antriebseinheit, mit der sich eine Person frei
im Weltall bewegen kann

JUMP • Gesellschaftlich ausgegrenzter Nachkomme von Elternteilen mit Interim-Syndrom; Kennzeichen: granitfarbene Augäpfel; gelten als latente Psioniker

JUSTIFIERS • Einsatzteam eines Konzerns für Angriffe, Planetenerkundung etc.; überwiegend militärisch

K-SPRAY • Wund- und Schmerzmittel

KSP • Kurzstreckensprung

LIGHTSPEAR • Lasergewehr

LSP • Langstreckensprung

MEDIATOR • Eine Person, die sich in Gedanken und Gefühle anderer Individuen, vornehmlich ahumane, einklinken kann

MEDICS • Abk. für Medical Doctors, Ärzte

MINISTRATOR • Leiter der Church of Stars

MULTIBOX • Multifunktionsgerät aus Kom, Uhr, Speichermedium, Kalender, Telefonbuch etc.; wird üblicherweise wie eine Armbanduhr am Handgelenk getragen

MULTIBRILLE • Multifunktionsbrille

NADLER • Schusswaffe, die Pfeile oder nadelförmige Projektile verschießt; gut geeignet gegen engmaschige Körperpanzerungen

NAMASTE • Hindi, ind. Gruß

NATUS-TANK • Behältnis, in denen Betas gezüchtet werden

NOTE-PAD • Kleincomputer, ungefähr DIN-A6 groß

OVERRIDE-EMP • Neue Form eines tragbaren EMP-Erzeugers; löst einen weitreichenden elektromagnetischen Impuls aus, der auch bei Collector-Rüstungen wirkt

PHIR MILENGE • Hindi »Bis später«

PHONESTICK • Moderne Form eines Mobiltelefongeräts

PLAYCUBE • Spielekonsole

PLEXISTAHLGLAS • Eine besonders stabile Form von Panzerglas

PILOTPET • Starre Laserkanone, die meist bei Raumjägern Verwendung findet

PRAWDA • Schwere Pistole, die gemäß der russischen Waffentradition nahezu unzerstörbar ist

PUGNAMINE • Kampfdrogen (höhere Aggressivität, verringertes/ ausgeschaltetes Schmerzempfinden, erhöhte Leistungsfähigkeit); illegal

RAK-LAFETTEN • Abk. für Raketenlafetten

REPEATER • Sturmgewehr

REPULSOR-KANONE • Modernes Geschütz, das seine Projektile mittels Gravgeneratoren beschleunigt

REROUTER • Vorrichtung zum Abfangen von TransMatt-Sprüngen, Prototyp

RESPIRATOR • Atemmaske mit integrierter Sauerstoffkapsel

RETINA SCAN • Biometrische Technik, die darauf beruht, dass die Struktur der Netzhaut eines jeden Menschen einzigartig ist

ROCKIT 9 • Maschinengewehr

SACHBET/I • Arab. »Freund/in«, ironisch für Polizisten

SAMURAI • Schnellfeuergewehr

SCHRAUBENDREHER • Ugs. Mechaniker

SPEED-AIR-RENNEN • Moderne Form der Formel Eins

SPOTLIGHT • Äquivalent zu einer Super-Maglite

SOROYI-SUPPE • Leckeres Gericht auf Basis von eingekochten Schalentierkarkassen, Rind und Nudeln, dazu gibt es Hummus-Paste

SORULIT • Künstlich erzeugte Universalzelle, aus der verschiedenste Dinge gezüchtet werden können

STARLOOK • Interstellares Nachrichtenmagazin

STEHKRAGEN, GOTTESANBETERIN • Abfälliger Spitzname für Mitglieder der Church of Stars

STELLAR VOICE RADIO (SVR) • Ermöglicht Kommunikation quasi ohne Lightlag; benötigt riesige Sende- und Empfangsstationen

STERNENSTAHL • Metalllegierung aus Titan, die zunehmend Ultrastahl ablöst

STPD-RACER • Veraltetes, aber immer noch verbreitetes Antriebs-system

STRONTIUM 90 • Hochreaktives Flüssigmetalloid, das als Antriebs-mittel bei Sprungtriebwerken Verwendung findet

STYLICIOUS • Modemagazin im StellarWeb

SUKH • Markt

SWEEPER • Leichte Maschinenpistole

SUPERSOLDIER/SUPRAKRIEGER • Genetisch oder medikamentös verbesserte Soldaten, meistens Gardeure; heute sind die dafür verwendeten Medikamente illegal

TAB-SHEET • Millimeterdünne Folie, auf der wie auf Papier gemalt werden kann; ist mit einem Mini-Chip ausgestattet, der die Bilder aufzeichnet

TARÓTEE • Aufputschendes Erfrischungsgetränk

TERRACOIN (KURZ: TOIS) • Interstellare Währung

TORIIN-SCHWERT • Energiegestützte Nahkampfwaffe der Collectors, auch Lichtbogenschwert genannt

TOUCHPAD • Moderner Computer mit Holo-Display, Folienbildschirm

TROOPER • Lokale Sicherheitskräfte auf einem Planeten, werden von einem Konzern (Gardeure) oder einem Staat (je nach Besitzlage des Planeten) gestellt

THORN • Eine robuste, vollautomatische Projektilpistole, die von der Church of Stars in verschiedenen Varianten eingesetzt wird; sie ist berüchtigt für ihren Lärm und die Durchschlagskraft

UDITOR • Begleiter eines Nuntius; ein Diplomat des geistlichen Stands, vertraut mit örtlichem Recht sowie Feuerwaffen

ULTRALEICHT • Leicht transportables Einmann-Fluggerät

ULTRASTAHL • Speziallegierung für Raumschiffe; das Minimum, mit dem man den Gefahren des Alls entgegentreten sollte

VEEP • Abk. für Vice President; stehen unter den Execs

VELOC • Schweres Gewehr

VELOXCIDE • Geschwindigkeitsdrogen, illegal

VERSATILE XP • Altmodische schwere Pistole ohne elektronischen Schnickschnack

VERSUCCI • Nobelmarke

XENAN • Katalysator für den Treibstoff Xerosin

XEROSIN • Gängiger Raumschiff-Kraftstoff, ausgelegt für Negativtemperaturen

ZERO G LONG COMBINATION VEHICLES (ZG LCV) • Zugmaschinen mit mehreren Aufliegern, angehoben durch Antigravitationspulsatoren; können bis zu dreihundert Meter lang sein und neunhundert Tonnen bewegen

T.S. Orgel

Terra

Der Untergang der Erde ist beschlossen

Atemlos, packend, visionär – T. S. Orgel entführen ihre Leser
in die Weiten des Alls

978-3-453-31967-7

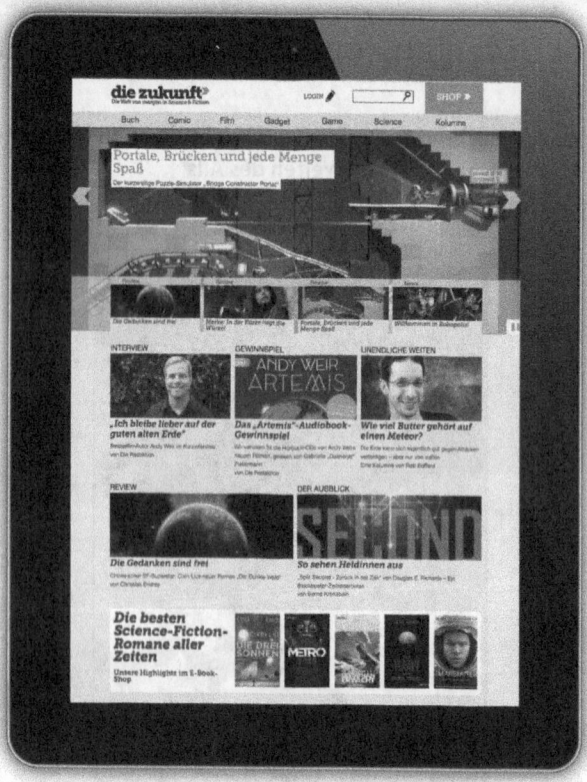
 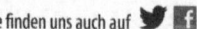